O ZORTE

A GUERRA DOS TRONOS

AS CRÔNICAS DE GELO E FOGO
LIVRO UM

GEORGE R.R. MARTIN

A GUERRA DOS TRONOS

AS CRÔNICAS DE GELO E FOGO
LIVRO UM

Tradução
Jorge Candeias

2ª edição
4ª reimpressão

Copyright © George R. R. Martin

Tradução para Língua Portuguesa © 2010, LeYa Editora Ltda., Jorge Candeias

Título original: *A Game of Thrones*

Todos os direitos reservados e protegidos pela Lei 9.610, de 19/2/1998.

É proibida a reprodução total ou parcial sem a expressa anuência da editora.

Este livro foi revisado segundo o Novo Acordo Ortográfico da Língua Portuguesa.

Preparação de texto: Márcia Duarte

Revisão: Bel Ribeiro, André Albert, Vivian Miwa Matsushita e Paula Almeida

Diagramação: A2

Capa: Rico Bacellar

Ilustração da capa: Guilherme Marques

Dados Internacionais de Catalogação na Publicação (CIP)
(Câmara Brasileira do Livro, SP, Brasil)

Martin, George R. R.
   A guerra dos tronos / George R. R. Martin ;
tradução Jorge Candeias. – São Paulo : Leya,
2012. – (As crônicas de gelo e fogo ; 1)

   Título original: The game of thrones.
   ISBN 978-85-8044-626-5 (pocket)

   1. Ficção fantástica norte-americana I. Título.
II. Série.

12-11697   CDD-813

Índice para catálogo sistemático:
1. Ficção : Literatura norte-americana 813

Todos os direitos reservados à
LEYA EDITORA LTDA.
Av. Angélica, 2318 – 13º andar
01228-200 – Consolação – São Paulo–SP
www.leya.com.br

Prólogo

— **D**everíamos regressar – insistiu Gared quando os bosques começaram a escurecer ao redor do grupo. – Os selvagens estão mortos.

– Os mortos o assustam? – perguntou Sor Waymar Royce com não mais do que uma sugestão de sorriso no rosto.

Gared não mordeu a isca. Era um homem velho, com mais de cinquenta anos, e vira os nobres chegarem e partirem.

– Um morto é um morto – respondeu. – Nada temos a tratar com os mortos.

– Mas estão mortos? – perguntou Royce com suavidade. – Que prova temos disso?

– Will os viu – disse Gared. – Se ele diz que estão mortos, é prova suficiente para mim.

Will já sabia que o arrastariam para a discussão mais cedo ou mais tarde. Desejou que tivesse sido mais tarde.

– Minha mãe me disse que os mortos não cantam – contou Will.

– Minha ama de leite disse a mesma coisa, Will – respondeu Royce. – Nunca acredite em nada do que ouvir junto ao peito de uma mulher. Há coisas a aprender mesmo com os mortos – sua voz criou ecos, alta demais na penumbra da floresta.

– Temos uma longa cavalgada pela frente – salientou Gared. – Oito dias, talvez nove. E a noite está para cair.

Sor Waymar Royce olhou para o céu de relance, com desinteresse.

– Isso acontece todos os dias a esta hora. Você perde a virilidade no escuro, Gared?

Will via a boca de Gared comprimida, a ira só a custo reprimida nos olhos que espreitavam sob o espesso capuz negro de seu manto. Ele passara quarenta anos na Patrulha da Noite, desde que era jovem até se tornar um homem, e não estava acostumado a ser desvalorizado. Mas era mais do que isso. Will conseguia detectar no homem mais velho algo mais sob o orgulho ferido. Era possível sentir-lhe o gosto: uma tensão nervosa que se aproximava perigosamente do medo.

Will partilhava o desconforto do outro homem. Estava havia quatro anos na Muralha. Quando fora enviado para lá, todas as velhas histórias ressurgiram em sua mente, e suas entranhas tinham virado água. Era agora um veterano de cem patrulhas, e a sombria e infinita terra selvagem a que os homens do sul chamavam de floresta assombrada já não o aterrorizava.

Até aquela noite. Algo parecia diferente então. Havia naquela escuridão algo ameaçador que fazia os pelos de sua nuca eriçarem. Cavalgavam havia nove dias, para norte e noroeste, e depois de novo para norte, cada vez para mais distante da Muralha, seguindo sem desvios a trilha de um bando de salteadores selvagens. Cada dia fora pior que o anterior. Aquele tinha sido o pior de todos. Um vento frio soprava do norte e fazia as árvores sussurrarem como coisas vivas. Durante todo o dia, Will tivera a sensação de que alguma coisa o observava, algo frio e implacável que não gostava dele. Gared também sentira. Will desejava com toda a sua força cavalgar rapidamente de volta à segurança da Muralha, mas este não era um sentimento que poderia partilhar com um comandante.

Especialmente um comandante como aquele.

Sor Waymar Royce era o filho mais novo de uma Casa antiga com herdeiros demais. Era um jovem atraente de dezoito anos, olhos cinzentos, elegante e esbelto como uma faca. Montado em seu enorme corcel de batalha negro, o cavaleiro elevava-se bem acima de Will e Gared, montados em seus garranos de menores dimensões. Trajava botas negras de couro, calças negras de lã, luvas negras de pele de toupeira e uma cintilante cota de malha negra e flexível por cima de várias camadas de lã negra e couro fervido. Sor Waymar era um Irmão Juramentado da Patrulha da Noite havia menos de meio ano, mas ninguém poderia dizer que não se preparara para a sua vocação. Pelo menos no que dizia respeito ao guarda-roupa.

O manto constituía a consumação de sua glória: zibelina, espessa e negra, suave como pele. "Aposto que foi ele mesmo quem as matou todas, ah, com certeza", dissera Gared na caserna, entre os vapores do vinho, "torceu-lhes as cabecinhas e arrancou-as, o nosso poderoso guerreiro." A gargalhada fora partilhada por todos.

"É difícil aceitar ordens de um homem de quem zombamos de copo na mão", refletiu Will, sentado, tremendo, sobre o dorso do garrano. Gared devia sentir o mesmo.

– Mormont nos disse para os encontrarmos, e encontramos – disse Gared. – Estão mortos. Não voltarão a nos causar problemas. Temos uma dura cavalgada pela frente. Não gosto desse tempo. Se nevar, poderemos levar uma quinzena para regressar, e a neve é o melhor que podemos esperar. Alguma vez viu uma tempestade de gelo, senhor?

O nobre pareceu não ouvi-lo. Estudava o crepúsculo, o que acentuava aquele seu modo meio aborrecido e meio distraído. Will já cavalgava com o cavaleiro havia tempo suficiente para compreender que era melhor não o interromper quando tinha aquela expressão.

– Diga-me de novo o que viu, Will. Todos os detalhes. Não deixe nada de fora.

Will fora um caçador antes de se juntar à Patrulha da Noite. Bem, na verdade fora um caçador furtivo. Os cavaleiros livres de Mallister tinham-no apanhado com a boca na botija nos bosques do próprio Mallister, esfolando um de seus gamos, e pudera apenas escolher entre vestir-se de negro e perder uma mão. Ninguém conseguia se mover pela floresta tão silenciosamente como Will, e os irmãos negros não tinham demorado muito tempo para descobrir seu talento.

– O acampamento fica duas milhas mais à frente, para lá daquela cumeada, ao lado de um córrego – disse Will. – Cheguei o mais perto que me atrevi. Eles são oito, com homens e mulheres. Não vi crianças. Ergueram um abrigo contra a rocha. A neve já o cobriu bem, mas mesmo assim consegui descortiná-lo. Não vi nenhum fogo ardendo, mas a cova da fogueira ainda estava clara como o dia. Ninguém se movia. Observei durante muito tempo. Nunca um homem vivo ficou tão quieto.

– Viu algum sangue?

– Bem, não – admitiu Will.

– Viu armas?

– Algumas espadas, uns tantos arcos. Um homem tinha um machado. Parecia ser pesado, com duas lâminas, um cruel bocado de ferro. Estava no chão a seu lado, junto à sua mão.

– Prestou atenção à posição dos corpos?

Will encolheu os ombros.

– Um par deles está sentado junto ao rochedo. A maioria está no chão. Parecem caídos.

– Ou adormecidos – sugeriu Royce.

– Caídos – insistiu Will. – Há uma mulher numa árvore de pau-ferro, meio escondida entre os galhos. Uma olhos-longos – ele abriu um tênue sorriso. – Assegurei-me de que não conseguiria me ver. Quando me aproximei, notei que ela também não se movia – e sacudiu-se por um estremecimento involuntário.

– Está com frio? – perguntou Royce.

– Um pouco – murmurou Will. – É o vento, senhor.

O jovem cavaleiro virou-se para seu grisalho homem de armas. Folhas pesadas de geada suspiravam ao passar por eles, e o corcel de batalha movia-se de forma inquieta.

– Que lhe parece que possa ter matado aqueles homens, Gared? – perguntou Sor Waymar com ar casual, arrumando o longo manto de zibelina.

– Foi o frio – disse Gared com uma certeza férrea. – Vi homens congelar no inverno passado e no outro antes desse, quando eu era pequeno. Toda a gente fala de neve com doze metros de profundidade, e do modo como o vento de gelo chega do norte uivando, mas o verdadeiro inimigo é o frio. Aproxima-se em silêncio, mais furtivo do que o Will. A princípio, estremece-se e os dentes batem, e bate-se com os pés no chão e sonha-se com vinho aquecido e boas e quentes fogueiras. Ele queima, ah, como queima. Nada queima como o frio. Mas só durante algum tempo. Então penetra no corpo e começa a enchê-lo, e passado algum tempo já não se tem força suficiente para combatê-lo. É mais fácil limitarmo-nos a nos sentar ou a adormecer. Dizem que não se sente dor alguma perto do fim. Primeiro, fica-se fraco e sonolento, e tudo começa a se desvanecer, e depois é como afundar pacificamente num mar de leite morno.

– Quanta eloquência, Gared – observou Sor Waymar. – Nunca suspeitei que a tivesse dentro de si.

– Também tive o frio dentro de mim, senhor – Gared puxou para trás o capuz, oferecendo a Sor Waymar um longo vislumbre dos cotos onde as orelhas tinham estado. – Duas orelhas, três dedos dos pés e o mindinho da mão esquerda. Tive sorte. Encontramos meu irmão congelado no seu posto de vigia, com um sorriso no rosto.

Sor Waymar encolheu os ombros.

– Deveria vestir roupas mais quentes, Gared.

Gared lançou ao nobre um olhar feroz, e as cicatrizes em redor de suas orelhas ficaram vermelhas de fúria nos locais onde Meistre Aemon as cortara.

– Veremos quão quente poderá se vestir quando chegar o inverno – puxou o capuz para cima e arqueou as costas sobre o garrano, silencioso e carrancudo.

– Se Gared diz que foi o frio… – começou Will.

– Você fez alguma vigia nesta última semana, Will?

– Sim, senhor – nunca havia uma semana em que ele não fizesse uma maldita dúzia de vigias. Aonde o homem queria chegar?

– E em que estado encontrou a Muralha?

– Úmida – Will respondeu, franzindo a sobrancelha. Agora que o nobre o fizera notar, via os fatos com clareza. – Eles não podem ter congelado. Se a Muralha está úmida, não podem. O frio não é suficiente.

Royce assentiu.

– Rapaz esperto. Tivemos alguns frios passageiros na semana passada, e uma rápida nevasca de vez em quando, mas com certeza não houve nenhum frio suficientemente forte para matar oito homens adultos. Homens vestidos de peles e couro, relembro, com um abrigo ali à mão e meios para fazer fogo – o sorriso do cavaleiro transbordava confiança. – Will, leve-nos lá. Quero ver esses mortos com meus próprios olhos.

E a partir desse momento nada mais havia a fazer. A ordem fora dada, e a honra os obrigava a obedecer.

Will seguiu à frente, com o pequeno garrano felpudo escolhendo com cuidado o caminho por entre a vegetação rasteira. Uma neve ligeira caíra na noite anterior, e havia pedras, raízes e buracos escondidos por baixo de sua crosta, à espreita dos descuidados e dos imprudentes. Sor Waymar Royce vinha logo atrás, com o grande corcel negro de batalha resfolegando de impaciência. Aquele cavalo era a montaria errada para uma patrulha, mas tentem dizer isso ao nobre. Gared fechava a retaguarda. O velho soldado resmungava para si mesmo enquanto avançava.

O crepúsculo aprofundava-se. O céu sem nuvens tomou um profundo tom de púrpura, a cor de uma velha mancha escura, e depois se dissolveu em negro. As estrelas começaram a surgir. Uma meia-lua se ergueu. Will estava grato pela luz.

– Certamente podemos avançar mais depressa do que isto – disse Royce depois de a lua se erguer por completo.

– Com este cavalo, não – respondeu Will. O medo tornara-o insolente. – Talvez meu senhor deseje tomar a dianteira?

Sor Waymar Royce não se dignou a responder.

Em algum lugar nos bosques, um lobo uivou.

Will levou o garrano para baixo de uma velha e nodosa árvore de pau-ferro e desmontou.

– Por que parou? – perguntou Sor Waymar.

– É melhor ir o resto do caminho a pé, senhor. O lugar é logo depois daquela colina.

Royce fez uma pausa momentânea, de olhos presos na distância e com o rosto pensativo. Um vento frio sussurrou por entre as árvores. O grande manto de zibelina agitou-se nas costas como uma coisa semiviva.

– Há alguma coisa errada aqui – murmurou Gared.

O jovem cavaleiro lhe sorriu desdenhosamente.

– É mesmo?

– Não sentiu? – perguntou Gared. – Escute a escuridão.

Will sentia. Em quatro anos na Patrulha da Noite, nunca sentira tanto medo. O que era aquilo?

– Vento. Ruído de árvores. Um lobo. Que som te apavora tanto, Gared? – como este não respondeu, Royce deslizou graciosamente da sela. Atou com segurança o corcel de batalha a um galho baixo, bem afastado dos outros cavalos, e desembainhou a espada. Joias cintilaram no punho e o luar percorreu o aço brilhante. Era uma arma magnífica, forjada num castelo e, segundo aparentava, novinha em folha. Will duvidava que alguma vez tivesse sido brandida em fúria.

– O arvoredo é espesso por aqui – preveniu Will. – Essa espada o atrapalhará, senhor. Uma faca é melhor.

– Se precisar de instruções, eu as pedirei – disse o jovem senhor. – Gared, fique aqui. Guarde os cavalos.

Gared desmontou.

– Precisamos de uma fogueira. Cuidarei disso.

– Quanta tolice tem nessa cabeça, velhote? Se houver inimigos nesta floresta, uma fogueira é a última coisa que queremos.

– Há alguns inimigos que uma fogueira manterá afastados – disse Gared. – Ursos, lobos gigantes e... e outras coisas...

A boca de Sor Waymar transformou-se numa linha dura.

– Não haverá fogo.

O capuz de Gared engolia-lhe o rosto, mas Will conseguia ver a cintilação dura nos olhos que se fixavam no cavaleiro. Por um momento, temeu que o homem mais velho puxasse a espada. Era uma coisa curta e feia, com o punho desbotado pelo suor e o gume denteado pelo uso frequente, mas Will não daria um pendão de ferro pela vida do nobre se Gared a desembainhasse.

Por fim, Gared olhou para baixo.

– Não haverá fogo – murmurou de forma quase inaudível.

Royce tomou aquilo como aquiescência e virou-se.

– Indique o caminho – disse a Will.

Will teceu uma trilha através de um matagal, depois subiu o declive da colina baixa onde encontrara seu ponto de vigia, por baixo de uma árvore sentinela. Sob a fina crosta de neve, o solo estava úmido e lamacento, escorregadio, com rochas e raízes escondidas, prontas para provocar tropeços.

Will não fez nenhum som enquanto subia. Atrás de si ouvia o suave roçar metálico da cota de malha do nobre, o restolhar de folhas e pragas murmuradas quando galhos se prendiam à espada e puxavam o magnífico manto de zibelina do outro homem.

A grande árvore estava mesmo no topo da colina onde Will sabia que estaria, com os galhos inferiores não mais que trinta centímetros acima do solo. Will deslizou por baixo, com a barriga apoiada na neve e na lama, e olhou a clareira vazia mais abaixo.

O coração parou em seu peito. Por um momento, não se atreveu a respirar. O luar brilhava acima da clareira, sobre as cinzas no buraco da fogueira, sobre o abrigo coberto de neve, sobre o grande rochedo e sobre o pequeno riacho meio congelado. Tudo estava como estivera algumas horas antes.

Eles não estavam lá. Todos os corpos tinham desaparecido.

— Deuses! — ouviu alguém dizer atrás de si. Uma espada golpeou um galho quando Sor Waymar Royce atingiu o topo da colina. Ficou em pé ao lado da árvore, de espada na mão, com o manto a ondular nas costas, soprado pelo vento que se levantava, nobremente delineado contra as estrelas para que todos o vissem.

— *Abaixe-se!* — sussurrou Will com urgência. — Há algo de errado.

Royce não se moveu. Olhou para a clareira vazia e deu risada.

— Parece que seus mortos levantaram acampamento, Will.

A voz de Will o abandonou. Procurou palavras que não vieram. Não era possível. Seus olhos percorreram toda a extensão do acampamento abandonado e pararam no machado. Um enorme machado de batalha de duas lâminas, ainda caído onde o vira pela última vez, intocado. Uma arma valiosa...

— De pé, Will — ordenou Sor Waymar. — Não há ninguém aqui. Não quero vê-lo escondido por baixo de um arbusto.

Relutante, Will obedeceu.

Sor Waymar olhou-o com aberta desaprovação:

— Não vou regressar a Castelo Negro com um fracasso em minha primeira patrulha. *Vamos* encontrar aqueles homens —

olhou de relance em volta. – Suba na árvore. Seja rápido. Procure uma fogueira.

Will virou-se, sem palavras. Não valia a pena discutir. O vento movia-se. Trespassava-o. Dirigiu-se para a árvore, uma sentinela abobadada cinza-esverdeada, e começou a subir. Em pouco tempo tinha as mãos pegajosas de seiva e estava perdido entre as agulhas. O medo enchia-lhe o estômago como uma refeição que não conseguia digerir. Murmurou uma prece aos deuses sem nome da floresta e libertou o punhal da bainha. Colocou-o entre os dentes para manter as mãos livres para a escalada. O sabor do ferro frio na boca o confortou.

Embaixo, o nobre bruscamente gritou:

– Quem vem lá?

Will ouviu incerteza na pergunta. Parou de escalar; escutou; observou.

Os bosques responderam: um restolhar de folhas, o correr gelado do riacho, o pio distante de uma coruja das neves.

Os Outros não faziam som algum.

Will viu movimento com o canto do olho. Sombras pálidas que deslizavam pela floresta. Virou a cabeça, viu de relance uma sombra branca na escuridão. Logo depois ela desapareceu. Galhos agitaram-se gentilmente ao vento, coçando-se uns aos outros com dedos de madeira. Will abriu a boca para gritar um aviso, mas as palavras pareceram congelar na garganta. Talvez estivesse errado. Talvez tivesse sido apenas uma ave, um reflexo na neve, um truque qualquer do luar. Afinal, o que vira?

– Will, onde está? – chamou Sor Waymar. – Vê alguma coisa? – o homem descrevia um círculo lento, cauteloso, de espada na mão. Deve tê-los pressentido, tal como Will os pressentia. Nada havia para ver. – Responda! Por que está tão frio?

E estava frio. Tremendo, Will agarrou-se com mais força ao

seu poleiro. Apertou o rosto com força contra o tronco da árvore. Sentia a seiva doce e pegajosa na bochecha.

Uma sombra emergiu da escuridão da floresta. Parou na frente de Royce. Era alta, descarnada e dura como ossos velhos, com uma carne pálida como leite. Sua armadura parecia mudar de cor quando se movia; aqui era tão branca como neve recém-caída, ali, negra como uma sombra, por todo o lado salpicada com o escuro cinza-esverdeado das árvores. Os padrões corriam como o luar na água a cada passo que dava.

Will ouviu a exalação sair de Sor Waymar Royce num longo silvo.

– Não avance mais – preveniu o nobre. A voz estava esganiçada como a de um rapaz. Atirou o longo manto de zibelina para trás, por sobre os ombros, a fim de libertar os braços para a batalha, e pegou na espada com ambas as mãos. O vento parara. Estava muito frio.

O Outro deslizou para a frente sobre pés silenciosos. Na mão, trazia uma espada diferente de tudo que Will tivesse visto. Nenhum metal humano tinha entrado na forja daquela lâmina. Estava viva de luar, translúcida, um fragmento de cristal tão fino que parecia quase desaparecer quando visto de frente. Havia naquela coisa uma tênue cintilação azul, uma luz fantasmagórica que brincava com os seus limites, e de algum modo Will soube que era mais afiada do que qualquer navalha.

Sor Waymar enfrentou o inimigo com bravura.

– Neste caso, dance comigo.

Ergueu a espada bem alto, acima da cabeça, desafiador. As mãos tremiam com o peso da arma, ou talvez devido ao frio. Mas naquele momento, pensou Will, Sor Waymar já não era um rapaz, e sim um homem da Patrulha da Noite. O Outro parou. Will viu seus olhos, azuis, mais profundos e mais azuis do que quaisquer olhos humanos, de um azul que queimava como gelo.

Will fixou-se na espada que estremecia, erguida, e observou o luar que corria, frio, ao longo do metal. Durante um segundo, atreveu-se a ter esperança.

Emergiram em silêncio, das sombras, gêmeos do primeiro. Três... quatro... cinco... Sor Waymar talvez tivesse sentido o frio que vinha com eles, mas não chegou a vê-los, não chegou a ouvi-los. Will tinha de chamá-lo. Era seu dever. E sua morte, se o fizesse. Estremeceu, abraçou a árvore e manteve o silêncio.

A espada clara veio pelo ar, tremendo.

Sor Waymar parou-a com o aço. Quando as lâminas se encontraram, não se ouviu nenhum ressoar de metal com metal, apenas um som agudo e fino, quase inaudível, como um animal a guinchar de dor. Royce deteve um segundo golpe, e um terceiro, e depois recuou um passo. Outra chuva de golpes, e recuou outra vez.

Atrás dele, para a direita, para a esquerda, à sua volta, os observadores mantinham-se em pé, pacientes, sem rosto, silenciosos, com os padrões mutáveis de suas delicadas armaduras a torná-los quase invisíveis na floresta. Mas não faziam um gesto para intervir.

Uma vez e outra, as espadas encontraram-se, até Will querer tapar os ouvidos, protegendo-os do estranho e angustiado lamento de seus choques. Sor Waymar já arquejava por causa do esforço, e a respiração criava nuvens ao luar. Sua lâmina estava branca de gelo; a do Outro dançava com uma pálida luz azul.

Então, o golpe de Royce chegou um pouco tarde demais. A espada cristalina trespassou a cota de malha por baixo de seu braço. O jovem senhor gritou de dor. Sangue surgiu por entre os aros, jorrando no ar frio, e as gotas pareciam vermelhas como fogo onde tocavam a neve. Os dedos de Sor Waymar tocaram o flanco. Sua luva de pele de toupeira veio empapada de vermelho.

O Outro disse qualquer coisa numa língua que Will não conhecia; sua voz era como o quebrar do gelo num lago de inverno, e as palavras, escarnecedoras.

Sor Waymar Royce encontrou sua fúria.

– Por Robert! – gritou, e atacou, rosnando, erguendo com ambas as mãos a espada coberta de gelo e brandindo-a num golpe lateral paralelo ao chão, carregado com todo o seu peso. O golpe do Outro foi quase displicente.

Quando as lâminas se tocaram, o aço despedaçou-se.

Um grito ecoou pela noite da floresta, e a espada quebrou-se numa centena de pedaços, espalhando os estilhaços como uma chuva de agulhas. Royce caiu de joelhos, guinchando, e cobriu os olhos. Sangue jorrou-lhe por entre os dedos.

Os observadores aproximaram-se uns dos outros, como que em resposta a um sinal. Espadas ergueram-se e caíram, tudo num silêncio mortal.

Era um assassinato frio. As lâminas pálidas atravessaram a cota de malha como se fosse seda. Will fechou os olhos. Muito abaixo, ouviu as vozes e os risos, aguçados como pingentes.

Quando reuniu coragem para voltar a olhar, um longo tempo se passara, e a colina lá embaixo estava vazia.

Ficou na árvore, quase sem se atrever a respirar, enquanto a lua foi rastejando lentamente pelo céu negro. Por fim, com os músculos cheios de cãibras e os dedos dormentes de frio, desceu.

O corpo de Royce jazia de barriga para baixo na neve, com um braço aberto. O espesso manto de zibelina tinha sido cortado numa dúzia de lugares. Jazendo assim morto, via-se como era novo. Um rapaz.

Will encontrou o que restava da espada a alguns pés de distância, com a extremidade estilhaçada e retorcida, como uma árvore atingida por um relâmpago. Ajoelhou-se, olhou em volta com cautela e a apanhou. A espada quebrada seria sua prova.

Gared saberia compreendê-la, e, se não soubesse, então haveria o velho urso do Mormont ou o Meistre Aemon. Estaria Gared ainda à espera com os cavalos? Tinha de se apressar.

Will endireitou-se. Sor Waymar Royce erguia-se sobre ele.

Suas belas roupas eram farrapos, o rosto, uma ruína. Um estilhaço da espada trespassara a agora branca e cega pupila do olho esquerdo.

O olho direito estava aberto. A pupila queimava, azul. Via.

A espada quebrada caiu de dedos despidos de força. Will fechou os olhos para rezar. Mãos longas e elegantes roçaram em sua bochecha e depois se fecharam em volta de sua garganta. Estavam enluvadas na mais fina pele de toupeira e pegajosas de sangue, mas seu toque era frio como gelo.

Bran

A manhã chegara límpida e fria, com uma aspereza que sugeria o fim do verão. Partiram ao nascer do dia para assistir à decapitação de um homem, vinte ao todo, e Bran cavalgava com os outros, nervoso e excitado. Fora a primeira vez que se considerara que ele tinha idade suficiente para ir com o senhor seu pai e os irmãos ver fazer-se a justiça do rei. Era o nono ano de verão, e o sétimo da vida de Bran.

O homem tinha sido capturado no exterior de um pequeno povoado nos montes. Robb pensava que se tratava de um selvagem, com a espada a serviço de Mance Rayder, o Rei-para-lá-da-Muralha. Pensar nisso fazia a pele de Bran formigar. Lembrava-se das histórias que a Velha Ama lhes contava à lareira. Os selvagens eram homens cruéis, dizia, escravagistas, assassinos e ladrões. Faziam amizade com gigantes e vampiros, raptavam meninas na calada da noite e bebiam sangue em cornos polidos. E suas mulheres deitavam-se com os Outros durante a Longa Noite e geravam terríveis crianças meio humanas.

Mas o homem que encontraram amarrado pelos pés e mãos ao muro do povoado, à espera da justiça real, era velho e descarnado, não muito mais alto do que Robb. Perdera ambas as orelhas e um dedo, queimados pelo frio, e vestia-se todo de negro como um irmão da Patrulha da Noite, não estivessem as peles esfarrapadas e besuntadas de gordura.

As respirações de homens e cavalos misturavam-se em nuvens de vapor no ar frio da manhã quando o senhor seu pai ordenou que cortassem as cordas que prendiam o homem ao muro e o arrastassem até junto do grupo. Robb e Jon sentavam-se, altos e imóveis, sobre os cavalos, com Bran entre eles, em seu pônei, tentando parecer ter mais do que os seus sete anos, e fingindo que já assistira a tudo aquilo. Um vento tênue soprava através do portão do povoado. Sobre suas cabeças agitava-se o estandarte dos Stark de Winterfell: um lobo gigante cinzento correndo por um campo branco de gelo.

O pai de Bran sentava-se solenemente sobre o cavalo, com longos cabelos castanhos a ondular ao vento. A barba bem aparada estava salpicada de branco, fazendo-o parecer mais velho do que os seus trinta e cinco anos. Hoje tinha uma sombra severa sobre os olhos cinzentos, e parecia bem diferente do homem que se sentava em frente ao fogo, à noite, e falava suavemente da era dos heróis e das crianças da floresta. Tirara a expressão de pai, pensou Bran, e colocara a de Lorde Stark de Winterfell.

Questões foram colocadas e respostas foram dadas ali, no frio da manhã, mas, mais tarde, Bran não recordaria muito do que fora dito. Por fim, o senhor seu pai deu uma ordem, e dois de seus guardas arrastaram o homem esfarrapado até o toco de pau-ferro no centro da praça. Empurraram-lhe a cabeça à força contra a madeira dura e negra. Lorde Eddard Stark desmontou, e seu protegido, Theon Greyjoy, apresentou-lhe a espada. Chamavam Gelo àquela espada. Era larga como a mão de um homem e mais alta do que Robb. A lâmina era de aço valiriano, forjado com feitiços e escuro como fumo. Nada mantinha o fio como o aço valiriano.

O pai de Bran descalçou as luvas e as entregou a Jory Cassel, o capitão da guarda de sua casa. Pegou Gelo com ambas as mãos e disse:

– Em nome de Robert da Casa Baratheon, o Primeiro do seu Nome, rei dos Ândalos e dos Roinares e dos Primeiros Homens, Senhor dos Sete Reinos e Protetor do Domínio, pela voz de Eddard da Casa Stark, Senhor de Winterfell e Guardião do Norte, condeno-o à morte – e ergueu a espada bem alto sobre a cabeça.

O irmão bastardo de Bran, Jon Snow, aproximou-se.

– Mantenha rédea curta sobre o pônei – sussurrou. – E não afaste os olhos. O pai saberá se assim fizer.

Bran manteve rédea curta sobre o pônei e não afastou os olhos.

Seu pai cortou a cabeça do homem com um único golpe, dado com segurança. O sangue borrifou a neve, tão vermelho como vinho de verão.

Um dos cavalos empinou-se e teve de ser segurado para que não fugisse. Bran não conseguia tirar os olhos do sangue. A neve que rodeava o poste bebia-o com sofreguidão, ficando cada vez mais vermelha enquanto ele observava.

A cabeça bateu numa raiz grossa e rolou. Parou perto dos pés de Greyjoy. Theon era um jovem esguio e escuro de dezenove anos que achava tudo divertido. Soltou uma gargalhada, pôs a bota sobre a cabeça e deu-lhe um pontapé.

– Cretino – resmungou Jon, suficientemente baixo para que Greyjoy não ouvisse. Pôs uma mão no ombro de Bran, que olhava o irmão bastardo. – Esteve bem – disse-lhe Jon solenemente. Jon tinha catorze anos, já era experiente na justiça.

O tempo parecia mais frio durante a longa viagem de regresso a Winterfell, embora o vento tivesse enfraquecido e o sol estivesse mais alto no céu. Bran cavalgava junto aos irmãos, bem adiantados em relação ao resto dos cavaleiros, com o pônei esforçando-se ao máximo para acompanhar o ritmo dos outros cavalos.

– O desertor morreu com bravura – disse Robb. Era grande e largo e crescia dia a dia, com as cores da mãe, a pele clara, os cabelos vermelho-acastanhados e os olhos azuis dos Tully de Correrrio. – Tinha coragem, pelo menos.

– Não – disse Jon Snow calmamente. – Não era coragem. O homem estava morto de medo. Podia-se ver em seus olhos, Stark – os de Jon eram de um cinza tão escuro que pareciam quase negros, mas pouco havia que não vissem. Tinha a mesma idade que Robb, mas os dois não eram parecidos. Jon era esguio e escuro, enquanto Robb era musculoso e claro; este era gracioso e ligeiro; seu meio-irmão, forte e rápido.

Robb não estava impressionado.

– Que os Outros levem seus olhos – praguejou. – Ele morreu bem. Fazemos uma corrida até a ponte?

– Fazemos – disse Jon, impulsionando o cavalo em frente. Robb praguejou e seguiu-o, e galoparam trilha afora, com Robb aos gritos e assobios, e Jon silencioso e concentrado. Os cascos dos cavalos levantavam nuvens de neve por onde passavam.

Bran não tentou segui-los. Seu pônei não poderia acompanhá-los.

Vira os olhos do homem esfarrapado, e agora pensava neles. Após algum tempo, o som das gargalhadas de Robb atenuou-se e os bosques ficaram silenciosos novamente.

Estava tão perdido em seus pensamentos que não ouviu o resto do grupo, até que seu pai colocou o cavalo a par com sua montaria.

– Está bem, Bran? – perguntou, não sem simpatia.

– Sim, pai – disse Bran. Olhou para cima. Envolto em peles e couros, montado no grande cavalo de guerra, o senhor seu pai pairava acima de si como um gigante. – Robb diz que o homem morreu bravamente, mas Jon disse que ele tinha medo.

– E o que você acha? – perguntou-lhe o pai.

Bran refletiu sobre o assunto.

– Pode um homem continuar a ser valente se tiver medo?

– Esta é a única maneira de um homem ser valente – seu pai respondeu. – Compreende por que o fiz?

– Ele era um selvagem – disse Bran. – Eles roubam mulheres e vendem-nas aos Outros.

Seu pai sorriu.

– A Velha Ama tem andado outra vez a lhe contar histórias. Na verdade, o homem era um insurreto, um desertor da Patrulha da Noite. Ninguém pode ser mais perigoso. O desertor sabe que sua vida está perdida se for capturado, e por isso não vacilará perante nenhum crime, por mais vil que seja. Mas você não me compreendeu bem. A pergunta não era sobre o motivo por que o homem tinha de morrer, mas sim por que *eu* tive de fazê-lo.

Bran não tinha resposta para aquilo.

– O rei Robert tem um carrasco – respondeu, em tom incerto.

– Tem – admitiu o pai. – E os reis Targaryen também tiveram antes dele. Mas o nosso costume é o mais antigo. O sangue dos Primeiros Homens ainda corre nas veias dos Stark, e mantemos a crença de que o homem que dita a sentença deve manejar a espada. Se tirar a vida de um homem, deve olhá-lo nos olhos e ouvir suas últimas palavras. E se não conseguir suportar fazê-lo, então talvez o homem não mereça morrer. Um dia, Bran, será vassalo de Robb, mantendo um domínio seu para o seu irmão e o seu rei, e a justiça caberá a você. Quando esse dia chegar, não deverá ter nenhum prazer na tarefa, mas tampouco deverá desviar os olhos. Um governante que se esconde atrás de executores pagos logo se esquece do que é a morte.

Foi então que Jon reapareceu sobre o cume da colina à frente do grupo. Acenou e gritou-lhes:

– Pai, Bran, venham depressa ver o que Robb encontrou! – e depois desapareceu novamente.

Jory pôs-se ao lado de Bran e do pai.

– Problemas, senhor?

– Sem nenhuma dúvida – disse o senhor seu pai. – Vamos, vamos ver que velhacaria desenterraram agora os meus filhos – pôs o cavalo a trote. Jory, Bran e o resto do grupo seguiram-no.

Encontraram Robb na margem do rio, ao norte da ponte, com Jon ainda montado ao seu lado. As neves do fim do verão tinham sido pesadas naquela volta da lua. Robb estava enterrado em branco até os joelhos, com o capuz atirado para trás, e o sol brilhava em seus cabelos. Aconchegava alguma coisa no braço enquanto os rapazes conversavam em vozes excitadas, mas baixas.

Os cavaleiros escolheram o caminho com cuidado através dos detritos empilhados pelo rio, tateando em busca de apoio sólido no terreno escondido e irregular. Jory Cassel e Theon Greyjoy foram os primeiros a chegar perto dos rapazes. Greyjoy ria e gracejava enquanto se aproximava. Bran sentiu o fôlego sair-lhe do peito.

– *Deuses!* – exclamou, lutando para manter o controle do cavalo enquanto levava a mão à espada.

A espada de Jory já estava na mão.

– Robb, afaste-se disso! – gritou, enquanto o cavalo empinava entre suas pernas.

Robb sorriu e ergueu o olhar do volume que tinha nos braços.

– Ela não pode lhe fazer mal – disse. – Está morta, Jory.

Àquela altura, Bran já ardia de curiosidade. Teria esporeado o pônei para avançar mais depressa, mas o pai os fez desmontar junto à ponte e aproximar-se a pé. Bran saltou do animal e correu.

Também Jon, Jory e Theon Greyjoy já tinham desmontado.

– O que, pelos sete infernos, é isso? – perguntou Greyjoy.

– Uma loba – disse Robb.

– Uma aberração – disse Greyjoy. – Olha o *tamanho* da coisa.

O coração de Bran martelava-lhe no peito enquanto abria caminho através de uma pilha de detritos que lhe alcançava a cintura, até que chegou ao lado do irmão.

Meio enterrada na neve manchada de sangue, uma forma enorme atolava-se na morte. Em sua desgrenhada pelagem cinzenta formara-se gelo, e um tênue cheiro de putrefação impregnava-a como perfume de mulher. Bran viu de relance os olhos cegos repletos de vermes, uma grande boca cheia de dentes amarelados. Mas foi o tamanho da coisa que o fez ficar de boca aberta. Era maior que seu pônei, com o dobro do tamanho do maior cão de caça do canil de seu pai.

– Não é aberração nenhuma – disse Jon calmamente. – Isso é uma loba gigante. Esses animais crescem mais do que os da outra espécie.

Theon Greyjoy disse:

– Não é visto nenhum lobo gigante ao sul da Muralha há duzentos anos.

– Vejo um agora – respondeu Jon.

Bran desviou os olhos do monstro. Foi então que reparou no fardo que estava nos braços de Robb. Soltou um grito de deleite e aproximou-se. O filhote era uma minúscula bola de pelo cinza-escuro, ainda com os olhos fechados. Batia cegamente com o focinho contra o peito de Robb, procurando leite nos couros que o cobriam, soltando um pequeno som lamentoso e triste. Bran estendeu uma mão hesitante.

– Vamos – disse-lhe Robb. – Pode tocá-lo.

Bran fez um afago rápido e nervoso no filhote e depois se virou quando Jon disse:

– Ora, veja aqui – seu meio-irmão pôs um segundo filhote em seus braços. – Há cinco ao todo – Bran sentou-se na neve e abraçou a cria de lobo, encostando-a ao rosto. O pelo do animal era macio e morno.

– Lobos gigantes à solta no reino depois de tantos anos – murmurou Hullen, o mestre dos cavalos. – Não me agrada.

– É um sinal – disse Jory.

O pai franziu a sobrancelha.

– Isto é só um animal morto, Jory – disse, apesar de parecer perturbado. A neve rangia sob seus pés enquanto passeava ao redor do corpo. – Sabemos o que a matou?

– Há alguma coisa na garganta – disse Robb, orgulhoso de ter encontrado a resposta mesmo antes de o pai ter perguntado. – Ali, por baixo da mandíbula.

O pai ajoelhou-se e tateou sob a cabeça do animal. Deu um puxão e ergueu a coisa para que todos a vissem. Trinta centímetros de um chifre estilhaçado de veado, com as pontas partidas, todo vermelho de sangue. Um silêncio súbito caiu sobre o grupo. Os homens olharam inquietos para o corno, mas ninguém se atreveu a falar. Mesmo Bran pressentia seu medo, embora não compreendesse.

O pai atirou o chifre para o lado e limpou as mãos na neve.

– Surpreende-me que ela tenha vivido tempo suficiente para parir – disse, e sua voz quebrou o encantamento.

– Talvez não tenha – disse Jory. – Ouvi histórias... talvez a loba já estivesse morta quando os filhotes chegaram.

– Nascidos com os mortos – interveio outro homem. – Pior sorte.

– Não importa – disse Hullen. – Não tarda e estarão mortos também.

Bran soltou um grito inarticulado de desalento.

– Quanto mais depressa, melhor – concordou Theon Greyjoy e puxou a espada. – Dê-me o animal, Bran.

A criaturinha enroscou-se nele, como se tivesse ouvido e compreendido.

– Não! – gritou Bran ferozmente. – É meu.

– Guarde a espada, Greyjoy – disse Robb, que por um momento soou tão autoritário quanto o pai, como o senhor que viria a ser um dia. – Vamos ficar com esses filhotes.

– Não pode fazer isso, rapaz – disse Harwin, que era filho de Hullen.

– Será misericordioso matá-los – disse Hullen.

Bran olhou o senhor seu pai em busca de salvação, mas só recebeu um franzir de sobrancelhas, uma testa cheia de sulcos.

– Hullen fala a verdade, filho. É melhor uma morte rápida do que uma lenta, de frio e fome.

– *Não!* – sentia que lágrimas lhe brotavam dos olhos e afastou-se. Não queria chorar na frente do pai.

Robb resistia com teimosia.

– A cadela vermelha de Sor Rodrik pariu de novo na semana passada – disse. – Foi uma ninhada pequena, só com dois cachorros vivos. Ela terá leite suficiente.

– Ela os despedaçará quando tentarem mamar.

– Lorde Stark – disse Jon. Era estranho ouvi-lo chamar o pai assim, de modo tão formal. Bran olhou-o com uma esperança desesperada. – Há cinco crias. Três machos e duas fêmeas.

– E então, Jon?

– O senhor tem cinco filhos legítimos – disse Jon. – Três filhos e duas filhas. O lobo gigante é o selo da vossa Casa. Os vossos filhos estão destinados a ficar com essa ninhada, senhor.

Bran viu o rosto do pai mudar e os outros homens trocarem olhares. Naquele momento, amou Jon de todo o coração. Mesmo com seus sete anos, Bran compreendeu o que o irmão fizera. A conta estava certa apenas porque Jon se omitira. Incluíra as moças e até Rickon, o bebê, mas não o bastardo que usava o apelido Snow, o nome que, pelo costume, devia ser dado a todos aqueles que, no Norte, eram suficientemente infelizes para não possuir um nome seu.

O pai também o compreendera.

– Não quer uma cria para você, Jon? – perguntou brandamente.

– O lobo gigante honra os estandartes da Casa Stark – Jon retrucou. – Eu não sou um Stark, pai.

O senhor seu pai o olhou, pensativo. Robb apressou-se a preencher o silêncio que ele deixara.

– Cuidarei eu próprio dele, pai – prometeu. – Embeberei uma toalha em leite morno e assim lhe darei de mamar.

– Eu também! – disse Bran num eco.

O senhor avaliou os filhos longa e cuidadosamente com os olhos.

– É fácil dizer, mas é difícil fazer. Não quero vê-los desperdiçando com isto o tempo dos criados. Se querem esses filhotes, vocês os alimentarão. Entendido?

Bran acenou com ardor. O animal se contorceu em seus braços e lambeu-lhe o rosto com uma língua morna.

– Devem treiná-los também – disse-lhes o pai. – *Devem* ensiná-los. O mestre do canil não vai querer lidar com esses monstros, garanto a vocês. E que os deuses os protejam se negligenciarem, maltratarem ou treinarem mal esses animais. Esses não são cães que peçam festas ou se esquivem a um pontapé. Um lobo gigante é capaz de arrancar o braço de um homem com tanta facilidade como um cão mata uma ratazana. Têm certeza de que querem isso?

– Sim, pai – disse Bran.

– Sim – concordou Robb.

– Os filhotes podem morrer de qualquer modo, apesar de tudo que fizerem.

– Eles não morrerão – disse Robb. – Não *deixaremos* que morram.

– Fiquem então com eles. Jory, Desmond, recolham os demais. É tempo de regressarmos a Winterfell.

Foi só depois de terem montado e de se terem posto a caminho que Bran se permitiu saborear o doce ar da vitória. Nessa altura, seu filhote estava aconchegado entre seus couros, quente contra seu corpo, a salvo durante a longa viagem para casa. Bran perguntava-se como haveria de chamá-lo.

No meio da ponte, Jon puxou subitamente as rédeas.

– Que se passa, Jon? – perguntou o senhor seu pai.

– O senhor não ouviu?

Bran ouvia o vento nas árvores, o ruído dos cascos nas tábuas de pau-ferro, os lamentos da cria faminta, mas Jon escutava outra coisa.

– Ali – disse Jon. Fez o cavalo dar meia-volta e galopou pela ponte, pelo caminho por onde viera. Viram-no desmontar onde a loba gigante jazia morta na neve e ajoelhar-se. Um momento mais tarde, cavalgava de regresso, sorrindo. – Deve ter se afastado dos outros – ele disse.

– Ou sido afastado – disse o pai, olhando a sexta cria. A pelagem desta era branca, enquanto a do resto da ninhada era cinzenta. Seus olhos eram tão vermelhos quanto o sangue do homem esfarrapado que morrera naquela manhã. Bran achou curioso que só aquele cachorro tivesse aberto os olhos, enquanto os outros ainda estavam cegos.

– Um albino – disse Theon Greyjoy com um perverso divertimento. – Este vai morrer ainda mais depressa do que os outros.

Jon Snow deitou sobre o protegido de seu pai um olhar longo e gelado.

– Penso que não, Greyjoy – disse. – Este me pertence.

Catelyn

Catelyn nunca gostara daquele bosque sagrado.

Nascera entre os Tully, em Correrio, mais ao Sul, nas margens do Ramo Vermelho do Tridente. O bosque sagrado que havia ali era um jardim, luminoso e arejado, onde grandes árvores de pau-brasil espalhavam sombras sarapintadas por córregos que rumorejavam entre as margens, as aves cantavam em ninhos escondidos e o ar era perfumado pelo odor de flores.

Os deuses de Winterfell habitavam um tipo diferente de bosque. Era um lugar escuro e primordial, três acres de floresta antiga, intocada ao longo de dez mil anos, enquanto o castelo se levantava a toda sua volta. Cheirava a terra úmida e a decomposição. Ali não crescia o pau-brasil. Aquele era um bosque de obstinadas árvores sentinelas, revestidas de agulhas cinza-esverdeadas, de poderosos carvalhos, de árvores de pau-ferro tão velhas quanto o próprio reino. Ali, espessos troncos negros enroscavam-se uns aos outros, enquanto galhos retorcidos teciam um denso dossel elevado e raízes deformadas batalhavam sob o solo. Aquele era um lugar de profundo silêncio e sombras meditativas, e os deuses que ali viviam não tinham nomes.

Mas ela sabia que naquela noite encontraria ali seu marido. Sempre que ele tirava a vida de um homem, procurava depois o sossego do bosque sagrado.

Catelyn fora ungida com os sete óleos e recebera o nome no arco-íris de luz que enchia o septo de Correrio. Pertencia à Fé, tal como o pai e o avô, e o pai deste antes dele. Seus deuses possuíam nomes, e seus rostos eram-lhe tão familiares como os de seus pais. O serviço religioso era um septão com um turíbulo, o cheiro do incenso, um cristal de sete lados animado com luz, vozes erguidas em canto. Os Tully mantinham um bosque sagrado, como todas as grandes casas, mas era apenas um lugar para passear, ler ou ficar deitado ao sol. A prece pertencia ao septo.

Para ela, Ned tinha construído um pequeno septo onde podia cantar às sete faces de deus, mas o sangue dos Primeiros Homens ainda corria nas veias dos Stark, e seus deuses eram os antigos, os deuses sem nome nem rosto da mata verde que partilhavam com os filhos desaparecidos da floresta.

No centro do bosque, um antigo represeiro reinava pensativo sobre uma pequena lagoa onde as águas eram negras e frias. Ned chamava-lhe "a árvore-coração". A casca do represeiro era branca como osso e suas folhas, vermelhas como mil mãos manchadas de sangue. Um rosto tinha sido esculpido no tronco da grande árvore, de traços compridos e melancólicos, com os olhos profundamente escavados, vermelhos de seiva seca e estranhamente vigilantes. Aqueles olhos eram velhos; mais velhos do que Winterfell. Se as lendas eram verdadeiras, tinham visto Brandon, o Construtor, assentar a primeira pedra; tinham visto as muralhas de granito do castelo crescer à sua volta. Dizia-se que os filhos da floresta tinham esculpido rostos nas árvores durante os séculos de alvorada, antes da chegada dos Primeiros Homens, vindos do mar estreito.

No sul, os últimos represeiros tinham sido derrubados ou queimados havia mil anos, exceto na Ilha das Caras, onde os homens verdes mantinham sua vigilância silenciosa e as coisas eram diferentes. Aqui, cada castelo possuía seu bosque sagrado, e cada bosque sagrado tinha sua árvore-coração, e cada árvore-coração, seu rosto.

Catelyn encontrou o marido sob o represeiro, sentado numa pedra coberta de musgo. Tinha Gelo, a espada, pousada sobre as coxas, e limpava-lhe a lâmina naquelas águas, negras como a noite. Mil anos de húmus jaziam numa grossa camada no solo do bosque sagrado, engolindo o som dos pés da mulher, mas os olhos vermelhos do represeiro pareciam segui-la enquanto se aproximava.

– Ned – ela chamou, com suavidade.

Ele ergueu a cabeça para olhá-la.

– Catelyn – disse. Sua voz era distante e formal. – Onde estão as crianças?

Ele sempre lhe perguntava aquilo.

– Na cozinha, discutindo nomes para as crias de lobo – ela estendeu o manto sobre o chão da floresta e sentou-se junto à lagoa, de costas voltadas para o represeiro. Podia sentir os olhos a observá-la, mas fez o melhor que pôde para ignorá-los. – Arya já está apaixonada, e Sansa, enfeitiçada e apiedada, mas Rickon não está muito seguro.

– Tem medo? – Ned perguntou.

– Um pouco – admitiu ela. – Só tem três anos.

Ned franziu as sobrancelhas.

– Ele tem de aprender a enfrentar seus medos. Não terá três anos para sempre. E o inverno está chegando.

– Sim – concordou Catelyn. As palavras provocaram-lhe um arrepio, como sempre. O lema Stark. Todas as casas nobres tinham o seu. Lemas de família, pedras de toque, espécies de oração, que alardeavam honra e glória, prometiam lealdade e verdade, juravam fé e coragem. Todas, menos a dos Stark. *O inverno está chegando*, diziam as palavras Stark. Refletiu sobre como aqueles nortenhos eram um povo estranho, e já não era a primeira vez que o fazia.

– O homem morreu bem, posso lhe assegurar – disse Ned. Tinha na mão um bocado de couro oleado no qual deslizava com leveza a espada enquanto falava, polindo o metal até soltar um brilho escuro. – Fiquei contente por Bran. Teria ficado orgulhosa dele.

– Estou sempre orgulhosa de Bran – Catelyn respondeu, observando a espada enquanto ele a esfregava. Conseguia ver as ondulações profundas do aço, onde o metal fora dobrado sobre si mesmo cem vezes durante a forja. Catelyn não sentia qualquer amor por espadas, mas não podia negar que Gelo possuía sua beleza. Fora forjada em Valíria antes de a destruição ter caído sobre a antiga cidade franca, quando os ferreiros trabalhavam seus metais tanto com feitiços como com martelos. Tinha já quatrocentos anos, e era tão afiada como no dia em que fora forjada. O nome que ostentava era ainda mais antigo, um legado da era dos heróis, quando os Stark eram reis no Norte.

– Foi o quarto este ano – disse Ned sombriamente. – O pobre homem estava meio louco. Algo lhe incutiu um medo tão profundo que minhas palavras não o alcançaram – suspirou. – Ben escreveu-me dizendo que a força da Patrulha da Noite já não tem mil homens. Não são só deserções. Tem perdido homens também nas patrulhas.

– São os selvagens? – ela perguntou.

– Quem mais poderia ser? – Ned ergueu Gelo e observou o aço frio ao longo de todo o seu comprimento. – E só vai piorar. Pode chegar o dia em que eu não tenha escolha a não ser reunir os vassalos e marchar para o norte a fim de lidar de uma vez por todas com esse Rei-para-lá-da-Muralha.

– Para lá da Muralha? – a ideia fez Catelyn estremecer. Ned viu o terror no seu rosto.

– Mance Rayder não é nada que devamos temer.

– Há coisas mais sombrias para lá da Muralha – ela olhou de relance a árvore-coração às suas costas, o tronco claro e os olhos vermelhos, observando, escutando, pensando seus longos e lentos pensamentos.

O sorriso dele era gentil.

– Você acredita demais nas histórias da Velha Ama. Os Outros estão tão mortos quanto os filhos da floresta, desaparecidos há oito mil anos. Meistre Luwin lhe diria que nunca sequer chegaram a estar vivos. Nenhum homem vivo sequer viu um.

– Até hoje de manhã, nenhum homem vivo tinha visto um lobo gigante – recordou Catelyn.

– Já devia saber que não se pode discutir com uma Tully – ele disse com um sorriso triste e devolveu Gelo à sua bainha. – Não veio até aqui para me contar histórias de ninar. Sei bem que não gosta deste lugar. Qual é o problema, minha senhora?

Catelyn tomou nas suas a mão do marido.

– Hoje chegaram dolorosas notícias, meu senhor. Não quis incomodá-lo até ter se purificado – não havia maneira de suavizar o golpe, e ela o disse sem rodeios. – Lamento tanto, meu amor. Jon Arryn está morto.

Os olhos dele encontraram os dela, e Catelyn viu como lhe custou, como sabia que custaria. Na juventude, Ned fora acolhido no Ninho da Águia, e Lorde Arryn, que não tinha filhos seus, tornara-se um segundo pai para ele e para o seu outro protegido, Robert Baratheon. Quando o Rei Aerys II Targaryen, o Louco, exigira suas cabeças, o Senhor do Ninho da Águia erguera em revolta os seus estandartes da lua e do falcão em vez de entregar aqueles que jurara proteger.

E um dia, há quinze anos, seu segundo pai tinha se transformado também num irmão, quando ele e Ned se juntaram no septo de Correrrio para desposar duas irmãs, as filhas de Lorde Hoster Tully.

– Jon… – Ned disse. – Esta notícia é segura?

– Trazia o selo do rei, e a carta foi escrita na caligrafia do próprio Robert. Guardei-a para você. Diz que Lorde Arryn partiu depressa. Nem Meistre Pycelle pôde fazer alguma coisa, mas deu-lhe leite de papoula, para que Jon não ficasse muito tempo em sofrimento.

– Isto foi uma pequena misericórdia, suponho – ele disse. Catelyn via o pesar em seu rosto, mas mesmo nesse momento seu primeiro pensamento era dedicado a ela. – A sua irmã – disse Ned. – E o filho de Jon. Que notícias há deles?

– A mensagem dizia apenas que estavam bem e que tinham regressado ao Ninho da Águia – ela respondeu. – Eu preferia que tivessem ido para Correrrio. O Ninho da Águia é um lugar alto e solitário, e sempre foi o lugar de Jon, não deles. A memória de Lorde Jon assombrará cada pedra. Conheço minha irmã. Ela precisa do conforto da família e dos amigos ao seu redor.

– Seu tio espera no Vale, não é verdade? Ouvi dizer que Jon o nomeou Cavaleiro do Portão.

Catelyn assentiu com a cabeça.

– Brynden fará por ela e pelo garoto o que puder. É algum conforto, mesmo assim...

– Vá encontrá-la – Ned tentou animá-la. – Leve as crianças. Encha aqueles salões de ruído, gritos e risos. Aquele garoto precisa de outras crianças à sua volta, e Lysa não deve ficar só na sua dor.

– Gostaria de poder fazer isso – disse Catelyn. – A carta trazia outras notícias. O rei viaja para Winterfell à sua procura.

Ned precisou de um momento para perceber o significado daquelas palavras, mas, quando as compreendeu, a escuridão abandonou seus olhos.

– Robert vem para cá? – quando ela assentiu, um sorriso abriu-se em seu rosto.

Catelyn desejou poder compartilhar da alegria do marido. Mas ouvira o que se dizia pelos pátios; um lobo gigante morto na neve, com um chifre partido na garganta. O terror retorcia-se em seu interior como uma serpente, mas forçou-se a sorrir para aquele homem que amava, aquele homem que não punha fé alguma nos sinais.

– Sabia que te agradaria – disse. – Deveríamos enviar uma mensagem ao seu irmão, na Muralha.

– Sim, claro – ele concordou. – Ben vai querer estar aqui. Direi a Meistre Luwin para enviar sua ave mais rápida – Ned ergueu-se e ajudou a esposa a se levantar. – Demônios, quantos anos já se passaram? E não nos dá mais notícias do que estas? A mensagem dizia quantos homens traz na comitiva?

– Penso que cem cavaleiros, pelo menos, com todos os seus servidores, e vez e meia esse número de cavaleiros livres. Cersei e as crianças viajam com eles.

– Robert virá em passo moderado por causa delas – disse Ned. – Ainda bem. Teremos mais tempo para nos preparar.

– Os irmãos da rainha também vêm na comitiva – ela completou.

Ao ouvir aquilo, Ned fez uma careta. Catelyn sabia que pouca simpatia havia entre ele e a família da rainha. Os Lannister de Rochedo Casterly aderiram tardiamente à causa de Robert, quando a vitória era praticamente certa, e ele nunca os perdoara por isso.

– Bem, se o preço a pagar pela companhia de Robert é uma infestação de Lannister, que seja. Parece que Robert traz metade da corte.

– Aonde o rei vai, o reino segue – ela respondeu.

– Será bom ver as crianças. O mais novo ainda mamava no peito da Lannister da última vez que o vi. Agora deve ter o quê? Cinco anos?

– O Príncipe Tommen tem sete anos. A mesma idade de Bran. Por favor, Ned, controle a língua. Lannister é nossa rainha, e dizem que seu orgulho cresce a cada ano que passa.

Ned apertou-lhe a mão.

– Terá de haver um banquete, bem organizado, com cantores, e Robert vai querer caçar. Enviarei Jory para o sul com uma guarda de honra ao seu encontro, a fim de escoltá-los no caminho até aqui pela estrada do rei. Deuses, como iremos alimentar a todos? Maldito seja o homem. Maldito seja o seu real couro.

Daenerys

O irmão ergueu o vestido para que ela o inspecionasse.

— Isto é uma beleza! Toque-o. Vamos. Acaricie o tecido.

Dany o tocou. O tecido era tão macio que parecia correr-lhe pelos dedos como água. Não conseguia se lembrar de alguma vez ter usado algo tão suave. Assustou-se. Afastou a mão.

— É mesmo meu?

— Um presente do Magíster Illyrio — disse Viserys, sorrindo. Seu irmão estava de bom humor naquela noite. — A cor realçará o violeta de seus olhos. E você também terá ouro e joias de todos os tipos. Illyrio prometeu. Esta noite deve se parecer uma princesa.

Uma princesa, pensou Dany. Já se esquecera de como era aquilo. Talvez nunca tivesse realmente sabido.

— Por que ele nos dá tanto? — ela perguntou. — O que quer de nós? — há quase meio ano que viviam na casa do magíster, comiam de sua comida, eram paparicados por seus criados. Dany tinha treze anos, idade suficiente para saber que tais presentes raramente vêm sem preço ali, na cidade livre de Pentos.

— Illyrio não é nenhum tolo — Viserys respondeu. Era um jovem magro, com mãos nervosas e um ar febril nos olhos de um tom claro de lilás. — O magíster sabe que não esquecerei os amigos quando subir ao trono.

Dany não disse nada. Magíster Illyrio era um comerciante de especiarias, pedras preciosas, ossos de dragão e outras coisas menos palatáveis. Tinha amigos em todas as Nove Cidades Livres, dizia-se, e mesmo além delas, em Vaes Dothrak e nas terras das fábulas junto ao Mar de Jade. Também se dizia que nunca tinha tido um amigo que não fosse capaz de vender alegremente pelo preço justo. Dany escutava o falatório nas ruas e ouvia essas coisas, mas também sabia que era melhor não questionar o irmão enquanto ele tecia suas teias de sonho. Quando era despertada, a ira de Viserys era algo terrível. Ele a chamava "o acordar do dragão".

O irmão pendurou o vestido ao lado da porta.

– Illyrio enviará as escravas para lhe darem banho. Assegure--se de se livrar do fedor dos estábulos. Khal Drogo tem mil cavalos e hoje vem à procura de um tipo diferente de montaria – estudou-a criticamente. – Ainda tem as costas tortas. Endireite--se – pôs-lhe as mãos nos ombros e puxou-os para trás. – Deixe--os ver que agora tem a forma de uma mulher – os dedos do irmão roçaram levemente seus seios em botão e apertaram um mamilo. – Não me falhará esta noite. Senão, será ruim para você. Não quer acordar o dragão, quer? – os dedos torceram-se, um beliscão cruel e duro através do tecido grosseiro da túnica. – Quer? – ele repetiu.

– Não – respondeu Dany docilmente.

O irmão sorriu.

– Ótimo – tocou-lhe os cabelos, quase com afeição. – Quando escreverem a história do meu reinado, minha doce irmã, dirão que ela começou esta noite.

Quando ele saiu, Dany foi até a janela e olhou, melancólica, as águas da baía. As torres quadradas de tijolo de Pentos eram silhuetas negras delineadas contra o sol poente. Ela conseguia ouvir os sacerdotes vermelhos cantando, enquanto acendiam as fogueiras noturnas, e os gritos de crianças esfarrapadas que brincavam fora dos muros da propriedade. Por um momento desejou poder estar com elas, de pés nus, sem fôlego e vestida de farrapos, sem passado nem futuro, sem banquete para ir na mansão de Khal Drogo.

Em algum lugar além do pôr do sol, do outro lado do estreito mar, havia uma terra de colinas verdes e planícies cobertas de flores e grandes rios caudalosos, onde torres de pedra negra se erguiam por entre magníficas montanhas azul-acinzentadas e cavaleiros de armadura cavalgavam para a batalha sob os estandartes de seus senhores. Os dothrakis chamavam essa terra de *Rhaesh Andahli*, a terra dos ândalos. Nas Cidades Livres, falavam de Westeros e dos Reinos do Poente. O irmão tinha um nome mais simples. Chamava-lhe "nossa terra". Para ele, as palavras eram como uma prece. Se as dissesse o número de vezes suficiente, os deuses certamente ouviriam. "É nosso direito de sangue, usurpado por meios traiçoeiros. Não se rouba um dragão, ah, não. O dragão se lembra."

E o dragão talvez recordasse mesmo, mas Dany não. Nunca vira aquela terra que o irmão dizia que lhes pertencia, esse domínio para lá do estreito mar. Os lugares de que ele falava, Rochedo Casterly e o Ninho da Águia, Jardim de Cima e o Vale de Arryn, Dorne e a Ilha das Caras, para ela eram apenas palavras. Viserys era um garoto de oito anos quando fugiram de Porto Real para escapar ao avanço dos exércitos do Usurpador, mas Daenerys não passava de uma partícula de vida no ventre da mãe.

Mesmo assim, por vezes, Dany conseguia visualizar os acontecimentos, tantas tinham sido as ocasiões em que ouvira o irmão contar as histórias. A fuga no meio da noite para a Pedra do Dragão, com o luar cintilando nas velas negras do navio. Seu irmão, Rhaegar, combatendo o Usurpador nas águas sangrentas do Tridente e morrendo pela mulher que amava. O saque de Porto Real por aqueles a quem Viserys chamava os cães do Usurpador, os senhores Lannister e Stark. A princesa Elia de Dorne suplicando misericórdia quando o herdeiro de Rhaegar lhe fora arrancado do seio e assassinado perante seus olhos. Os crânios polidos dos últimos dragões a olhar sem ver do alto das paredes da sala do trono quando o Regicida abrira a garganta do Pai com uma espada dourada.

Nascera em Pedra do Dragão quatro luas depois da fuga, durante a fúria de uma tempestade de verão que ameaçava destroçar a estabilidade da ilha. Diziam que aquela tempestade tinha sido terrível. A frota Targaryen fora esmagada enquanto estava ancorada e enormes blocos de pedra foram arrancados dos parapeitos e desabaram sobre as águas encapeladas do mar estreito. A mãe morrera ao dá-la à luz, e por esse fato Viserys nunca a perdoara.

Tampouco se lembrava de Pedra do Dragão. Tinham fugido de novo, imediatamente antes de o irmão do Usurpador zarpar com sua nova frota. A essa altura, dos Sete Reinos que tinham pertencido aos seus, restava apenas Pedra do Dragão, a antiga sede de sua Casa. Mas não por muito tempo. A guarnição estava preparada para vendê-los ao Usurpador, mas, uma noite, Sor Willem Darry e quatro homens leais invadiram o quarto das crianças, raptaram-nas e sua ama de leite, e zarparam sob a escuridão da noite em busca da segurança da costa bravosiana.

Lembrava-se vagamente de Sor Willem, um homem que mais parecia um grande urso cinzento, meio cego, a rugir e berrar ordens de sua cama de doente. Os criados tinham vivido aterrorizados por causa dele, que sempre fora bondoso para Dany. Chamava-a de "pequena princesa" e, por vezes, "minha senhora", e suas mãos eram macias como couro velho. Mas nunca deixava a cama, e o cheiro da doença impregnava-o dia e noite, com um odor quente, úmido, de uma doçura doentia. Nessa época viviam em Bravos, na grande casa de porta vermelha. Dany tinha seu próprio quarto, com um limoeiro junto à janela. Depois da morte de Sor Willem, os criados roubaram o pouco dinheiro que lhes restava e em pouco tempo os irmãos foram postos fora da casa. Dany chorara quando a porta vermelha se fechara às suas costas para sempre.

Desde então, tinham andado de um lado para o outro, de Bravos para Myr, de Myr para Tyrosh e daí para Qohor, Volantis e

Lys, sem nunca ficarem muito tempo no mesmo lugar. O irmão não permitia. Insistia que os traidores contratados pelo Usurpador viriam atrás deles, embora Dany nunca tivesse visto nenhum.

A princípio, os magísteres, arcontes e príncipes mercadores tinham se sentido felizes por dar as boas-vindas às suas casas e mesas aos últimos Targaryen, mas, à medida que os anos foram passando e o Usurpador continuou sentado no Trono de Ferro, as portas foram se fechando e suas vidas tornaram-se mais pobres. Anos antes, tinham se visto forçados a vender os últimos tesouros e, agora, até o dinheiro que tinham obtido pela coroa da mãe desaparecera. Nas vielas e tabernas de Pentos chamavam o irmão de "rei pedinte". Dany não queria saber do que a chamavam.

"Um dia teremos tudo de volta, minha doce irmã", prometia-lhe Viserys. Às vezes, as mãos tremiam-lhe quando falava daquilo. "As joias e as sedas, Pedra do Dragão e Porto Real, o Trono de Ferro e os Sete Reinos, tudo que nos roubaram, teremos tudo de volta." Ele vivia para esse dia. Tudo que Daenerys queria de volta era a grande casa de porta vermelha, com o limoeiro em frente à janela de seu quarto, a infância que nunca conhecera.

Ouviu-se um suave toque na porta.

– Entre – disse Dany, virando as costas à janela. As criadas de Illyrio entraram com reverências e começaram a tratar de suas tarefas. Eram escravas, um presente de um dos muitos amigos dothrakis do magíster. A escravatura não existia na cidade livre de Pentos. E, no entanto, elas eram escravas. A mulher mais velha, pequena e cinzenta como um rato, nunca dizia uma palavra, mas a moça compensava. Era a favorita de Illyrio, uma jovem de dezesseis anos, cabelos claros e olhos azuis, que tagarelava sem cessar enquanto trabalhava.

Encheram a banheira com água quente trazida da cozinha e perfumaram-na com óleos odoríferos. A moça puxou a túnica de algodão grosseiro pela cabeça de Dany e a ajudou a entrar na banheira. A água escaldava, mas Daenerys não hesitou nem gritou. Gostava do calor. Fazia-a sentir-se limpa. Além disso, o irmão dissera-lhe com frequência que nunca nada estava quente demais para um Targaryen. "A nossa é a Casa do dragão", dizia. "O fogo está em nosso sangue."

A mulher mais velha lavou seus longos cabelos esbranquiçados e removeu suavemente os nós com uma escova, sempre em silêncio. A moça esfregou-lhe as costas e os pés e disse-lhe como tinha sorte.

– Drogo é tão rico que até seus escravos usam colares de ouro. Seu *khalasar* tem cem mil cavaleiros, e seu palácio em Vaes Dothrak, duzentos quartos e portas de prata sólida – e houve mais do mesmo gênero, muito mais; como o *khal* era um homem bonito, alto e feroz, destemido em batalha, o melhor cavaleiro que alguma vez montara um cavalo, um arqueiro demoníaco. Daenerys nada disse. Sempre assumira que se casaria com Viserys quando chegasse à idade adulta. Durante séculos, os Targaryen tinham se casado entre si, desde que Aegon, o Conquistador, tomara as irmãs como noivas. Viserys dissera-lhe mil vezes que a pureza da linhagem devia ser mantida, que o sangue real era deles, o sangue dourado da antiga Valíria, o sangue do dragão. Os dragões não acasalavam com os animais do campo, e os Targaryen não misturavam seu sangue com o de homens menores. E, no entanto, agora Viserys conspirava para vendê-la a um estranho, a um bárbaro.

Quando ficou limpa, as escravas ajudaram-na a sair da água e secaram-na com toalhas. A moça escovou-lhe os cabelos até fazê-los brilhar como prata derretida, enquanto a mulher mais velha a untava com o perfume de flores de especiarias das planícies dothrakianas, um salpico em cada pulso, atrás das orelhas, na ponta dos seios e, por fim, um refrescante, lá embaixo, entre as pernas.

Vestiram-lhe a roupa de baixo que Magíster Illyrio lhe enviara e depois o vestido, de seda, com um profundo tom de ameixa para realçar o violeta de seus olhos. A moça enfiou-lhe as sandálias douradas nos pés enquanto a mulher mais velha lhe fixava a tiara na cabeça e fazia deslizar pulseiras douradas incrustadas de ametistas em seus pulsos. O último adorno foi o colar, um pesado cordão de ouro torcido ornado com antigos glifos valirianos.

– Agora sim se parece com uma princesa – disse a moça, sem fôlego, quando terminaram. Dany olhou de relance para sua imagem no espelho prateado que Illyrio tão previdentemente lhe fornecera. Uma princesa, pensou, mas lembrou-se do que a moça dissera, de como Khal Drogo era tão rico que até seus escravos usavam colares de ouro. Sentiu um súbito arrepio percorrer os braços nus.

O irmão a esperava na frescura do átrio, sentado à beira da fonte, arrastando a mão pela água. Pôs-se em pé quando ela surgiu e observou-a com olhos críticos.

– Venha aqui – disse. – Vire-se. Sim. Ótimo. Você tem um ar...

– Real – disse Magíster Illyrio, entrando por uma arcada. Movia-se com uma delicadeza surpreendente para um homem tão corpulento. Sob vestimentas soltas de seda cor de fogo, nuvens de gordura oscilavam enquanto ele caminhava. Pedras preciosas cintilavam em todos os dedos, e seu criado oleara-lhe a barba amarela bifurcada até que brilhasse como ouro verdadeiro.

– Que o Senhor da Luz a banhe em bênçãos neste tão afortunado dia, Princesa Daenerys – disse o magíster quando lhe tomou a mão. Inclinou a cabeça, mostrando um fino relance de dentes amarelos e tortos através do dourado da barba. – Ela é uma visão, Vossa Graça, uma visão – exclamou, dirigindo-se a Viserys. – Drogo ficará arrebatado.

– É magra demais – disse Viserys. Seus cabelos, do mesmo tom loiro-prateado dos dela, tinham sido puxados para trás e bem atados com uma presilha de osso de dragão. Era um visual severo, que dava ênfase às linhas duras e esguias de seu rosto. Pousou a mão no punho da espada que Illyrio lhe emprestara e disse: – Tem certeza de que Khal Drogo gosta de suas mulheres assim tão novas?

– Ela já teve o seu sangue. Tem idade suficiente para o *khal* – respondeu Illyrio, e já não era a primeira vez que dizia aquilo. – Olhe para ela. Esses cabelos loiro-prateados, esses olhos púrpuros... ela é do sangue da antiga Valíria, sem dúvida, sem dúvida... e bem-nascida, filha do antigo rei, irmã do novo, não é possível que não arrebate nosso Drogo – quando Illyrio soltou sua mão, Daenerys percebeu que estava tremendo.

– Suponho que sim – disse o irmão em tom duvidoso. – Os selvagens têm gostos estranhos. Rapazes, cavalos, ovelhas...

– É melhor não sugerir isso a Khal Drogo – disse Illyrio.

A ira flamejou nos olhos lilases de Viserys.

– Toma-me por tolo?

O magíster fez uma ligeira reverência.

– Tomo-o por um rei. Aos reis falta a cautela dos homens comuns. Minhas desculpas se o ofendi – virou-se e bateu palmas para chamar os carregadores.

As ruas de Pentos estavam escuras como breu quando saíram na elaboradamente esculpida liteira de Illyrio. Dois criados iam à frente para iluminar o caminho, transportando ornamentadas lanternas a óleo com vidraças de um azul-claro, e uma dúzia de homens fortes conduziam a liteira aos ombros. O espaço lá dentro, atrás das cortinas, era quente e apertado. Dany conseguia sentir o fedor da carne pálida de Illyrio sob seus pesados perfumes.

O irmão, esparramado em almofadas a seu lado, nada notava. Sua mente estava longe, do outro lado do mar estreito.

– Não necessitaremos de todo o seu *khalasar* – disse Viserys. Os dedos brincavam no punho da lâmina emprestada, embora

Dany soubesse que ele nunca usara uma espada de verdade. – Dez mil serão suficientes, posso varrer os Sete Reinos com dez mil guerreiros dothrakis. O domínio se erguerá em nome do seu rei de direito. Tyrell, Redwyne, Darry, Greyjoy não sentem mais amor pelo Usurpador do que eu. Os homens de Dorne ardem pela possibilidade de vingar Elia e os seus filhos. E as pessoas simples estarão conosco. Elas choram por seu rei – olhou ansioso para Illyrio. – Choram, não é verdade?

– São o seu povo, e o amam bastante – disse amavelmente Magíster Illyrio. – Em povoados por todo o território, os homens fazem brindes secretos à sua saúde, enquanto as mulheres cosem estandartes do dragão e os escondem até o dia de seu regresso do outro lado das águas – encolheu os maciços ombros. – Ou pelo menos é o que me dizem meus agentes.

Dany não tinha agentes, nenhuma maneira de saber o que alguém estaria fazendo ou pensando do outro lado do mar estreito, mas desconfiava das palavras doces de Illyrio do mesmo modo que desconfiava de tudo o que dizia respeito a ele. Mas o irmão gesticulava com ardor.

– Matarei eu mesmo o Usurpador – prometeu, ele que nunca matara ninguém –, tal como ele matou meu irmão Rhaegar. E também Lannister, o Regicida, pelo que fez ao meu pai.

– Isso será muito adequado – disse Magíster Illyrio. Dany viu a minúscula sugestão de sorriso que brincava nos lábios cheios do homem, mas o irmão não reparou em nada. Acenando, ele afastou uma cortina e perdeu o olhar na noite, e Dany soube que estava lutando de novo a Batalha do Tridente.

A mansão de nove torres de Khal Drogo erguia-se junto às águas da baía, com hera de tons claros cobrindo seus grandes muros de tijolo. Tinha sido oferecida ao *khal* pelos magísteres de Pentos, Illyrio lhes disse. As Cidades Livres eram sempre generosas com os senhores dos cavalos.

– Não que temamos esses bárbaros – explicava Illyrio com um sorriso. – O Senhor da Luz poderia defender nossas muralhas contra um milhão de dothrakis, ou pelo menos é isso que prometem os sacerdotes vermelhos... Mas para que correr riscos, quando a amizade deles sai tão barata?

A liteira em que seguiam foi parada no portão e as cortinas, puxadas rudemente para trás por um dos guardas da casa. Possuía a pele acobreada e os olhos escuros e amendoados de um dothraki, mas tinha o rosto livre de pelos e usava o capacete guarnecido de pontas agudas dos Imaculados. Avaliou-os friamente. Magíster Illyrio rosnou-lhe qualquer coisa no rude idioma dothraki; o guarda respondeu-lhe no mesmo tom e, com um gesto, lhes deu passagem através dos portões.

Dany reparou que a mão do irmão estava cerrada com força no punho de sua espada emprestada. Parecia quase tão assustado quanto ela se sentia.

– Eunuco insolente – murmurou Viserys enquanto a liteira subia aos solavancos até a mansão.

As palavras de Magíster Illyrio eram mel.

– Esta noite estarão presentes no banquete muitos homens importantes. Homens assim têm inimigos. O *khal* deve proteger seus convidados, você acima de todos, Vossa Graça. Não há dúvidas de que o Usurpador pagaria bem por sua cabeça.

– Ah, sim – disse sombriamente Viserys. – Ele tentou, Illyrio, asseguro-lhe. Seus traidores contratados nos seguem para todo lado. Sou o último dragão, e ele não dormirá descansado enquanto eu viver.

A liteira desacelerou e parou. As cortinas foram puxadas e um escravo ofereceu a mão para ajudar Daenerys a sair. Seu colar, reparou ela, era de bronze comum. O irmão a seguiu, com uma das mãos ainda fortemente cerrada no punho da espada. Foram necessários dois homens fortes para pôr Magíster Illyrio de pé.

Dentro da mansão, o ar estava pesado com o cheiro de especiarias, noz-de-fogo, limão-doce e canela. Foram levados através do átrio, onde um mosaico de vidro colorido retratava a Destruição de Valíria. Óleo ardia em lanternas negras de ferro dispostas ao longo das paredes. Sob uma arcada composta por folhas de pedra interligadas, um eunuco anunciou a chegada:

– Viserys da Casa Targaryen, o Terceiro de seu Nome – gritou numa voz doce e aguda –, Rei dos Ândalos, dos Roinares e dos Primeiros Homens, Rei dos Sete Reinos e Protetor do Território. Sua irmã, Daenerys, Filha da Tormenta, Princesa de Pedra do Dragão. Seu honorável anfitrião, Illyrio Mopatis, Magíster da Cidade Livre de Pentos.

Passaram pelo eunuco e entraram num pátio orlado de pilares cobertos de hera clara. O luar pintava as folhas em tons de osso e prata enquanto os convidados vagueavam entre elas. Muitos eram senhores dos cavalos dothrakis, grandes homens de pele vermelho-acastanhada, com os bigodes pendentes presos por anéis de metal e os cabelos negros oleados, trançados e atados a campainhas. Mas, entre eles, moviam-se sicários e mercenários de Pentos, Myr e Tyrosh, um sacerdote vermelho ainda mais gordo que Illyrio, homens peludos vindos do Porto de Ibben e senhores das Ilhas do Verão com a pele negra como ébano. Daenerys olhou a todos maravilhada… e compreendeu, com um súbito sobressalto de medo, que era a única mulher ali presente.

Illyrio sussurrou-lhes:

– Aqueles três são os companheiros de sangue de Drogo, ali – ele mostrou. – Junto ao pilar está Khal Moro com o filho Rhogoro. O homem de barba verde é irmão do Arconte de Tyrosh, e o homem que está atrás dele é Sor Jorah Mormont.

O último nome capturou a atenção de Daenerys.

– Um cavaleiro?

– Nem mais, nem menos – Illyrio sorriu sob a barba. – Ungido com os sete óleos pelo próprio Alto Septão.

– Que faz ele aqui? – ela perguntou.

– O Usurpador quis vê-lo morto – disse-lhes Illyrio. – Uma afrontazinha qualquer. Vendeu alguns caçadores furtivos a um negociante de escravos de Tyrosh em vez de entregá-los à Patrulha da Noite. Uma lei absurda. Um homem deve ser autorizado a fazer o que bem entender com seus bens.

– Quero falar com Sor Jorah antes do fim da noite – disse Viserys.

Dany deu por si olhando com curiosidade o cavaleiro. Era um homem velho, com mais de quarenta anos e quase calvo, mas mantinha-se forte e em forma. Em vez de sedas e algodão, trajava lã e couro. Sua túnica era verde-escura, bordada com a imagem de um urso negro em pé sobre duas patas.

Ainda observava aquele estranho homem proveniente da pátria que nunca conhecera quando Magíster Illyrio colocou a mão úmida em seu ombro nu.

– Ali, doce princesa – sussurrou –, está o próprio *khal*.

Dany quis fugir e se esconder, mas o irmão a observava, e ela sabia que acordaria o dragão se lhe desagradasse. Ansiosa, virou-se e olhou o homem que Viserys esperava que pedisse para desposá-la antes de a noite acabar.

A jovem escrava não se enganara muito, pensou. Khal Drogo era uma cabeça mais alto do que o mais alto dos presentes na sala, mas de certo modo leve de pés, tão gracioso como a pantera que havia na coleção de Illyrio. Era mais novo do que ela pensara, não tinha mais de trinta anos. A pele era da cor de cobre polido, e o espesso bigode estava preso com anéis de ouro e bronze.

– Devo ir fazer as minhas apresentações – disse Magíster Illyrio. – Esperem aqui. Eu o trarei até vocês.

O irmão tomou-lhe o braço quando Illyrio se dirigiu, bamboleante, até o *khal*, e seus dedos apertaram-na com tanta força que a machucaram.

– Vê a sua trança, querida irmã?

A trança de Drogo era negra como a meia-noite, carregada de óleo perfumado e repleta de minúsculas campainhas que tiniam suavemente quando ele se movia. Chegava-lhe bem abaixo do cinto, até mesmo abaixo das nádegas; a ponta roçava-lhe a parte de trás das coxas.

– Vê como é longa? – continuou Viserys. – Quando os dothrakis são derrotados em combate, cortam a trança em desgraça, para que o mundo saiba da sua vergonha. Khal Drogo nunca perdeu um combate. É Aegon, o Senhor do Dragão regressado, e você será a sua rainha.

Dany olhou Khal Drogo. Seu rosto era duro e cruel, os olhos tão frios e escuros como ônix. O irmão às vezes a magoava, quando acordava o dragão, mas não a assustava como aquele homem.

– Não quero ser sua rainha – ouviu sua voz dizer num tom fraco e agudo. – Por favor, *por favor*, Viserys, não quero. Quero ir para casa.

– *Para casa?* – ele manteve a voz baixa, mas ela conseguia ouvir a fúria na entoação. – Como podemos ir para casa, minha doce irmã? Eles roubaram nossa casa! – levou-a para as sombras, para fora da vista dos convidados, com os dedos enterrados em sua pele. – *Como podemos ir para casa?* – repetiu, referindo-se a Porto Real, à Pedra do Dragão e a todo o território que tinham perdido.

Dany se referira apenas aos seus aposentos na propriedade de Illyrio, que certamente não era sua casa verdadeira, mas era tudo que possuíam; no entanto, seu irmão não quis ouvir. Para ele, ali não havia uma casa. Mesmo a grande casa com a porta vermelha não tinha sido uma casa para ele. Seus dedos enterravam-se com força no braço dela, exigindo uma resposta.

– Não sei... – Dany disse por fim, com a voz perdendo a firmeza. Lágrimas jorraram-lhe dos olhos.

– Mas eu sei – disse ele com voz cortante. – Vamos para casa com um exército, minha doce irmã. Com o exército de Khal Drogo, é assim que vamos para casa. E se para isso tiver de se casar com ele e com ele dormir, é isso que fará. – sorriu-lhe. – Deixaria que todo o seu *khalasar* a fodesse se fosse preciso, minha doce irmã, todos os quarenta mil homens e também os seus cavalos, se isso fosse necessário para obter o meu exército. Fique grata que seja só o Drogo. Com o tempo, pode até aprender a gostar dele. Agora enxugue os olhos. Illyrio o está trazendo para cá, e ele *não vai* vê-la chorar.

Dany virou-se e viu que era verdade. Magíster Illyrio, todo sorrisos e reverências, escoltava Khal Drogo na direção do lugar onde se encontravam. Afastou com as costas da mão as lágrimas que não tinham escorrido de seus olhos.

– Sorria – murmurou Viserys nervosamente, com a mão caindo sobre o punho da espada. – E fique ereta. Deixe que ele veja que você tem seios. Bem sabem os deuses que os tem bem pequenos.

Daenerys sorriu e se aprumou.

Eddard

Os visitantes entraram pelos portões do castelo como um rio de ouro e prata e aço polido, trezentos homens, um esplendor de vassalos e cavaleiros, soldados juramentados e cavaleiros livres. Sobre suas cabeças, uma dúzia de estandartes dourados esvoaçavam de um lado para o outro ao sabor do vento do Norte, adornados com o veado coroado de Baratheon.

Ned conhecia muitos dos cavaleiros. Ali vinha Sor Jaime Lannister, com os cabelos tão brilhantes como ouro batido, e ali estava Sandor Clegane, com a face terrivelmente queimada. O rapaz alto ao seu lado só podia ser o príncipe herdeiro, e aquele homenzinho atrofiado ao lado era certamente o Duende, Tyrion Lannister.

Mas o homem enorme que vinha à frente da coluna, flanqueado por dois cavaleiros que usavam o manto branco como a neve da Guarda Real, pareceu a Ned quase um estranho… Até saltar de cima de seu cavalo de guerra com um rugido familiar e o esmagar num abraço de partir os ossos.

– *Ned!* Ah, como é bom ver essa sua cara congelada – o rei o observou de cima a baixo e soltou uma gargalhada. – Não mudou nem um pouco.

Ned gostaria de poder dizer o mesmo. Quinze anos antes, quando tinham cavalgado juntos para conquistar um trono, o Senhor de Ponta Tempestade era um homem sem barba, de olhos claros e musculoso como um sonho de donzela. Com quase dois metros de altura, erguia-se acima dos outros homens e, quando punha a armadura e o grande capacete provido de chifres de sua Casa, transformava-se num autêntico gigante. Também tinha a força de um gigante, e sua arma predileta era um martelo de batalha com ponta afiada que Ned quase não conseguia erguer do chão. Naquela época, o cheiro do couro e do sangue aderia à sua pele como perfume.

Agora era perfume mesmo que aderia à sua pele, e ele tinha uma largura que se equiparava à altura. Ned vira o rei pela última vez nove anos antes, durante a rebelião de Balon Greyjoy, quando o veado e o lobo gigante tinham se juntado para acabar com as pretensões do autoproclamado Rei das Ilhas de Ferro. Desde a noite em que estiveram lado a lado no quartel-general derrotado de Greyjoy, quando Robert aceitara a rendição do senhor rebelde e Ned tomara seu filho Theon como refém e protegido, o rei ganhara pelo menos cinquenta quilos. Uma barba tão grosseira e negra como fio de ferro cobria-lhe a face, escondendo o duplo queixo e a flacidez das reais bochechas, mas nada conseguia esconder seu estômago ou os círculos escuros sob os olhos.

Mas Robert era agora o rei de Ned, e não apenas um amigo; portanto, limitou-se a dizer:

– Vossa Graça. Winterfell é seu.

A essa altura, os outros já desmontavam, e moços de estrebaria corriam para lhes recolher as montarias. A rainha de Robert, Cersei Lannister, entrou a pé com seus filhos mais novos. A caravana em que tinham viajado, uma enorme carruagem de dois pisos feita de carvalho untado e metal dourado, puxada por quarenta cavalos de tração pesada, era larga demais para passar pelo portão do castelo. Ned ajoelhou-se na neve a fim de beijar o anel da rainha, enquanto Robert abraçou Catelyn como a uma irmã há muito perdida. Depois, as crianças foram trazidas, apresentadas e aprovadas por ambas as partes.

Assim que aquelas formalidades se completaram, o rei disse ao anfitrião:

– Leve-me à sua cripta, Eddard. Quero prestar os meus respeitos.

Ned o adorou por isso, por ainda se lembrar dela, depois de tantos anos. Gritou por uma lanterna. Não foram necessárias mais palavras. A rainha começara a protestar. Que tinham viajado desde a madrugada, que estavam todos cansados e com frio, que decerto deveriam descansar primeiro. Que os mortos podiam esperar. Não disse mais que isso; Robert olhou-a, o irmão gêmeo Jaime pegou-lhe calmamente no braço e ela não disse mais nada.

Desceram juntos para a cripta, Ned e seu rei, que quase não reconhecia. Os degraus de pedra em espiral eram estreitos. Ned seguiu à frente com a lanterna.

– Já começava a pensar que nunca mais chegaríamos a Winterfell – queixou-se Robert enquanto desciam. – No Sul, do modo como falam de meus Sete Reinos, um homem se esquece de que a sua parte é tão grande quanto as outras seis juntas.

– Espero que tenha apreciado a viagem, Vossa Graça.

Robert resfolegou.

– Lodaçais, florestas e campos, e quase sem uma estalagem decente a norte do Gargalo. Nunca vi um vazio tão vasto. Onde estão todas as suas *gentes*?

– Provavelmente estavam muito acanhadas para sair – brincou Ned. Sentia o frio que subia as escadas, a respiração gelada vinda das profundezas da terra. – Os reis são uma visão rara no Norte.

Robert resfolegou.

– O mais certo é que estivessem escondidas debaixo da neve. *Neve*, Ned! – o rei pôs a mão na parede para se manter firme enquanto descia.

– As neves do fim do verão são bastante comuns – disse Ned. – Espero que não lhe tenham causado problemas. São geralmente suaves.

– Que os Outros carreguem as suas neves suaves – praguejou Robert. – Como será este lugar no inverno? Estremeço só de pensar.

– Os invernos são duros – admitiu Ned. – Mas os Stark os suportarão. Sempre os suportamos.

– Tem de vir até o Sul – disse Robert. – Precisa experimentar o verão antes que ele fuja. Em Jardim de Cima há campos de rosas douradas que se estendem até perder de vista. Os frutos estão tão maduros que explodem na boca: melões, pêssegos, ameixas-de-fogo, nunca saboreou tamanha doçura. Verá, eu trouxe alguns. Mesmo em Ponta Tempestade, com aquele bom vento da baía, os dias são tão quentes que quase não conseguimos nos mexer. E precisa ver as vilas, Ned! Flores por toda parte, os mercados a rebentar de comida, os vinhos estivais tão bons e baratos que podemos nos embebedar só de respirar o ar. Toda a gente é gorda, bêbada e rica – soltou uma gargalhada e deu uma palmada no amplo estômago. – E as *moças*, Ned! – exclamou com os olhos faiscando. – Juro, as mulheres perdem toda a modéstia no calor. Nadam nuas no rio, mesmo por baixo do castelo. Até nas ruas faz calor demais para se usar lã ou peles, e elas andam por aí com aqueles vestidos curtos de seda, se tiverem prata, ou algodão, se não tiverem, mas é tudo igual quando começam a suar e o tecido lhes adere à pele, é como se andassem nuas – o rei riu, feliz.

Robert Baratheon sempre fora um homem de enormes apetites, um homem que sabia como conquistar seus prazeres. Essa não era uma acusação que alguém pudesse deixar à porta de Eddard Stark. No entanto, Ned não podia deixar de notar que esses prazeres estavam cobrando seu preço do rei. Robert respirava pesadamente quando chegaram ao fim das escadas, e com o rosto vermelho à luz da lanterna quando penetraram na escuridão da cripta.

– Vossa Graça – disse Ned respeitosamente. Moveu a lanterna num largo semicírculo. As sombras moveram-se e oscilaram. A vacilante luz tocou as pedras do chão e roçou numa longa procissão de pilares de granito que marchavam diante deles, dois a dois, na direção das trevas. Entre os pilares sentavam-se os mortos em seus tronos de pedra apoiados nas paredes, de costas voltadas para os sepulcros que continham seus restos mortais. – Ela está lá ao fundo, com o pai e Brandon.

Indicou o caminho por entre os pilares e Robert seguiu-o sem uma palavra, estremecendo com o frio subterrâneo. Ali fazia sempre frio. Seus passos ressoavam nas pedras e ecoavam na abóbada que se erguia sobre suas cabeças enquanto caminhavam por entre os mortos da Casa Stark. Os Senhores de Winterfell viam-nos passar. Suas imagens tinham sido esculpidas nas pedras que selavam as tumbas. Sentavam-se em longas filas, olhos cegos virados para a escuridão eterna, enquanto grandes lobos gigantes de pedra se aninhavam junto aos seus pés. As sombras móveis faziam com que as figuras de pedra parecessem mover-se quando os vivos passavam por elas.

Seguindo um costume antigo, uma espada de ferro tinha sido colocada sobre o colo de todos os que tinham sido Senhores de Winterfell, a fim de manter os espíritos vingativos em suas criptas. A mais antiga já havia muito enferrujara até a inexistência, deixando apenas algumas manchas vermelhas onde o metal tocara a pedra. Ned perguntou a si mesmo se isso significava que aqueles espíritos estavam agora livres para passear pelo castelo. Esperava que não. Os primeiros Senhores de Winterfell tinham sido homens tão duros como a terra que governavam. Nos séculos anteriores à vinda dos Senhores do Dragão do outro lado do mar, não tinham jurado fidelidade a ninguém, fazendo tratar-se por Reis do Norte.

Ned parou, finalmente, e ergueu a lanterna. A cripta continuava à sua frente, mergulhando na escuridão, mas para lá daquele ponto as tumbas estavam vazias e por selar; buracos negros à espera de seus mortos, à espera dele e de seus filhos. Ned não gostava de pensar naquilo.

– Aqui – disse ele ao seu rei.

Robert acenou em silêncio, ajoelhou-se e inclinou a cabeça.

Havia três tumbas, dispostas lado a lado. Lorde Rickard Stark, o pai de Ned, tinha um rosto longo e austero. O esculpidor conhecera-o bem. Estava sentado com uma calma dignidade, com os dedos de pedra agarrados com força à espada que trazia no colo, mas em vida todas as espadas lhe tinham falhado. Em dois sepulcros menores, de ambos os lados, estavam seus filhos.

Brandon morrera com vinte anos, estrangulado por ordem do Rei Louco Aerys Targaryen, poucos dias antes de se casar com Catelyn Tully de Correrrio. O pai fora obrigado a vê-lo morrer. Era ele o verdadeiro herdeiro, o mais velho, nascido para governar.

Lyanna tinha apenas dezesseis anos, uma menina-mulher de inigualável encanto. Ned amara-a de todo o coração. Robert amara-a ainda mais. Ela estava destinada a ser sua noiva.

– Era mais bela que isto – disse o rei após um silêncio. Seus olhos demoravam-se no rosto de Lyanna, como se pudesse trazê-la de volta à vida com sua força de vontade. Por fim, ergueu-se, com o peso a torná-lo desajeitado. – Ah, maldição, Ned, tinha de enterrá-la num lugar como *este*? – sua voz estava enrouquecida com a lembrança do desgosto. – Ela merecia mais que trevas...

– Ela era uma Stark de Winterfell – disse Ned calmamente. – Este é o seu lugar.

– Podia estar em algum lugar numa colina, sob uma árvore frutífera, com o sol e as nuvens acima dela e a chuva para lavá-la.

– Eu estava com ela quando morreu – lembrou Ned ao rei. – Queria regressar à nossa casa, para descansar ao lado de Brandon e do pai – por vezes ainda conseguia ouvi-la. *Prometa-me*, suplicara, num quarto que cheirava a sangue e a rosas. *Prometa-me, Ned*. A febre levara-lhe as forças e a voz era tênue como um suspiro, mas quando ele lhe dera sua palavra, o medo deixara os olhos da irmã. Ned recordava o modo como então sorrira, a força com que seus dedos agarraram os dele quando ela desistira de se agarrar à vida, as pétalas de rosa que se derramaram de sua mão, mortas e negras. Depois daquilo, não se lembrava de mais nada. Tinham-no encontrado ainda abraçado ao seu corpo, silenciado pela dor. O pequeno cranogmano, Howland Reed, retirara a mão dela da dele. Ned nada recordava.

– Trago-lhe flores sempre que posso – disse. – Lyanna era... amiga das flores.

O rei tocou o rosto da estátua, roçando os dedos na pedra áspera tão suavemente como se fosse carne viva.

– Jurei matar Rhaegar pelo que lhe fez.

– E foi o que Vossa Graça fez – lembrou-lhe Ned.

– Só uma vez – disse Robert amargamente.

Tinham chegado juntos ao baixio do Tridente enquanto a batalha rugia à sua volta, Robert com seu martelo de batalha e seu grande elmo com chifres de veado, e o príncipe Targaryen revestido de armadura negra. No peitoral trazia o dragão de três cabeças de sua Casa, todo trabalhado com rubis que relampejavam como fogo à luz do sol. As águas do Tridente corriam vermelhas sob os cascos de seus cavalos de batalha, enquanto eles andavam em círculos e entrechocavam as armas, uma e outra vez, até que, por fim, um tremendo golpe do martelo de Robert abriu um rombo no dragão e no peito que estava por baixo. Quando Ned finalmente chegou ao local, Rhaegar jazia morto na corrente, enquanto homens de ambos os exércitos escarafunchavam as águas rodopiantes em busca de rubis que tivessem se soltado de sua armadura.

– Nos meus sonhos mato-o todas as noites – admitiu Robert. – Mil mortes ainda serão menos do que ele merece.

Não havia nada que Ned pudesse responder àquilo. Depois de uma pausa, disse:

– Devemos regressar, Vossa Graça. Sua esposa está à espera.

– Que os Outros carreguem minha esposa – murmurou Robert em tom azedo, mas encaminhou-se com passos pesados na direção de onde tinham vindo. – E se ouvir mais alguma vez "Vossa Graça", enfio sua cabeça num espeto. Somos mais do que isso um para o outro.

– Não me esqueci – respondeu Ned calmamente. – Fale-me de Jon.

Robert sacudiu a cabeça.

– Nunca vi um homem adoecer tão depressa. Organizamos um torneio no dia do nome de meu filho. Se tivesse visto Jon nesse dia, poderia jurar que viveria para sempre. Uma quinzena depois, estava morto. A doença foi como um incêndio em suas tripas. Queimou-o todo por dentro – fez uma pausa junto a um pilar, em frente à tumba de um Stark havia muito morto. – Adorava aquele velho.

– Ambos o adorávamos – Ned fez uma pausa momentânea. – Catelyn teme pela irmã. Como Lysa está suportando a dor?

A boca de Robert fez um trejeito amargo.

– Não muito bem, na verdade – admitiu. – Penso que a perda de Jon levou a mulher à loucura, Ned. Ela voltou para o Ninho da Águia com o garoto. Contra os meus desejos. Tinha planejado criá-lo com Tywin Lannister em Rochedo Casterly. Jon não tinha irmãos nem outros filhos. Deveria permitir que fosse educado por mulheres?

Ned antes confiaria uma criança a uma víbora do que ao Lorde Tywin, mas guardou para si essa opinião. Algumas velhas feridas nunca chegavam a sarar de verdade, e voltavam a sangrar à primeira palavra.

– A mulher perdeu o marido – disse cuidadosamente. – Talvez a mãe tema perder o filho. O garoto é muito novo.

– Tem seis anos, é enfermiço e Senhor do Ninho da Águia, que os deuses o salvem – praguejou o rei. – Lorde Tywin nunca tomou um protegido. Lysa deveria se sentir honrada. Os Lannister são uma Casa grande e nobre. Ela recusou até ouvir falar no assunto. E, depois, foi-se embora na calada da noite, sem sequer um "com licença". Cersei ficou furiosa – soltou um profundo suspiro. – O garoto é meu homônimo, sabia? – "Robert Arryn." Jurei protegê-lo. Como poderei fazer isso se a mãe o rapta e o leva embora?

– Posso tomá-lo como protegido, se assim desejar – disse Ned. – Lysa certamente consentirá. Ela e Catelyn eram próximas quando moças, e ela mesma também será bem-vinda aqui.

– Uma oferta generosa, meu amigo – disse o rei –, mas chegou tarde demais. Lorde Tywin já deu seu consentimento. Criar o garoto em outro lugar seria uma grave afronta.

– Preocupa-me mais o bem-estar de meu sobrinho do que o orgulho de um Lannister – declarou Ned.

– Isso porque não dorme com uma Lannister – Robert soltou uma gargalhada, fazendo o som chocalhar por entre as sepulturas e ressoar no teto abobadado. – Ah, Ned, continua sério demais – pôs um braço maciço em torno dos ombros de Ned. – Tinha planejado esperar alguns dias antes de falar contigo, mas agora vejo que não há necessidade. Venha, acompanhe-me.

Os dois voltaram por entre os pilares. Cegos olhos de pedra pareciam segui-los quando por eles passavam. O rei manteve o braço ao redor dos ombros de Ned.

– Deve estar curioso sobre o motivo que finalmente me fez vir para o Norte, até Winterfell, depois de tanto tempo.

Ned tinha suas suspeitas, mas não disse nada.

– Pela alegria de minha companhia, certamente – disse, com ligeireza. – E há também a Muralha. Tem de vê-la, Vossa Graça, precisa caminhar entre suas ameias e falar com aqueles que a guarnecem. A Patrulha da Noite é uma sombra do que já foi. Benjen diz...

– Sem dúvida que ouvirei o que diz seu irmão muito em breve – respondeu Robert. – A Muralha está ali há, o quê?, oito mil anos? Pode esperar mais alguns dias. Tenho preocupações mais urgentes. Estes são tempos difíceis. Necessito de bons homens ao meu redor. Homens como Jon Arryn. Ele serviu como Senhor do Ninho da Águia, como Protetor do Leste, como a Mão do Rei. Não será fácil substituí-lo.

– Seu filho... – começou Ned.

– Seu filho herdará o Ninho da Águia e todos os seus rendimentos – disse Robert bruscamente. – Nada mais.

Aquilo pegou Ned de surpresa. Parou, surpreso, e virou-se para olhar o rei. As palavras saíram-lhe espontaneamente:

– Os Arryn sempre foram Protetores do Leste. O título vem com o domínio.

– Talvez quando tenha idade a honraria lhe seja restaurada – disse Robert. – Tenho este ano e o seguinte para pensar no assunto. Um garoto de seis anos não é um líder de guerra, Ned.

– Em tempo de paz, o título é apenas uma honraria. Deixe que o garoto o mantenha. Pelo seu pai, se não por ele. Decerto deve isto a Jon por seus serviços.

O rei não estava contente. Tirou o braço dos ombros de Ned.

– Os serviços de Jon constituíram seu dever para com seu senhor. Não sou ingrato, Ned. Você, de todos os homens, deveria sabê-lo. Mas o filho não é o pai. Um mero garoto não pode defender o Leste – então o tom suavizou-se. – Basta disto. Há um cargo mais importante sobre o qual conversar, e não desejo discutir contigo. – Robert agarrou Ned pelo cotovelo. – Preciso de você, Ned.

– Estou às vossas ordens, Vossa Graça. Sempre – eram palavras que tinha de pronunciar, e ficou apreensivo com o que poderia vir a seguir.

Robert quase não pareceu ouvi-lo.

– Aqueles anos que passamos no Ninho da Águia... *deuses*, foram bons anos. Quero você de novo a meu lado, Ned. Quero-o lá embaixo, em Porto Real, e não aqui no fim do mundo, onde não tem utilidade para ninguém – por um momento, Robert olhou a escuridão tão melancólico como um Stark. – Juro-lhe, estar sentado num trono é mil vezes mais difícil do que conquistar um. As leis são uma coisa entediante, e contar tostões é pior. E o povo... não tem fim. Sento-me naquela maldita cadeira de ferro e ouço-os se queixarem até ficar com a mente embotada e o rabo em carne viva. Todos querem alguma coisa, dinheiro, terra ou justiça. As mentiras que contam... e os meus senhores e senhoras não são melhores. Estou cercado de aduladores e idiotas. Aquilo pode levar um homem à loucura, Ned. Metade deles não se atreve a me dizer a verdade, e a outra metade não é capaz de encontrá-la. Há noites em que desejo que tivéssemos perdido no Tridente. Ah, não, não de verdade, mas...

– Compreendo – disse Ned com voz suave.

Robert olhou para ele.

– Penso que compreende. E se compreende, é o único, meu velho amigo – sorriu. – Lorde Eddard Stark, é meu desejo nomeá-lo Mão do Rei.

Ned caiu sobre um joelho. A oferta não o surpreendera; que outra razão teria Robert para viajar até tão longe? A Mão do Rei era o segundo homem mais poderoso nos Sete Reinos. Falava com a voz do rei, comandava seus exércitos, esboçava suas leis. Por vezes até se sentava no Trono de Ferro para fazer a justiça do rei, quando este se encontrava ausente, ou doente, ou indisposto de outra maneira qualquer. Robert agora oferecia uma responsabilidade tão grande quanto o próprio reino. Era a última coisa no mundo que desejava.

– Vossa Graça, não sou merecedor de tal honra.

Robert grunhiu com uma impaciência bem-humorada.

– Se quisesse honrá-lo, deixaria que se aposentasse? Planejo fazê-lo gerir o reino e lutar as guerras enquanto eu como, bebo e fornico a caminho de uma cova antecipada – deu uma palmada no estômago e abriu um sorriso. – Conhece aquele ditado sobre o rei e a sua Mão?

Ned conhecia o ditado:

– Aquilo que o rei sonha, a Mão constrói.

– Uma vez dormi com uma peixeira que me disse que os de baixo nascimento têm uma versão mais refinada. O rei come, dizem eles, e a Mão recolhe a merda – jogou a cabeça para trás e rebentou em sonoras gargalhadas. Os ecos ressoaram pela escuridão, e, ao seu redor, os mortos de Winterfell pareceram observar com olhos frios e desaprovadores.

Por fim, o riso diminuiu e cessou. Ned continuava sobre o joelho, sem alegria nos olhos.

– Que diabos, Ned – queixou-se o rei. – Podia ao menos brindar-me com um sorriso.

– Dizem que fica tão frio por aqui no inverno que as gargalhadas dos homens congelam em suas gargantas e os sufocam até a morte – disse Ned em tom monocórdio. – Talvez seja por isso que os Stark possuem tão pouco humor.

– Venha comigo para o Sul e o ensinarei de novo a rir – prometeu o rei. – Ajudou-me a ganhar este maldito trono, agora ajude-me a mantê-lo. Estamos destinados a governar juntos. Se Lyanna tivesse sobrevivido, teríamos sido irmãos, ligados pelo afeto e também pelo sangue. Pois bem, não é tarde demais. Eu tenho um filho. Você tem uma filha. Meu Joff e sua Sansa unirão as nossas Casas, como Lyanna e eu poderíamos ter feito em tempos.

Aquela oferta o surpreendeu.

– Sansa tem apenas onze anos.

Robert fez um gesto impaciente com a mão.

– Tem idade suficiente para ficar prometida. O casamento pode esperar alguns anos – ele sorriu. – Agora, ponha-se em pé e diga que sim, maldito.

– Nada me daria maior prazer, Vossa Graça – respondeu Ned. Mas hesitou. – Todas estas honrarias são tão inesperadas. Posso ter algum tempo para refletir? Preciso contar à minha esposa...

– Sim, sim, claro, conte a Catelyn, durma sobre o assunto se for preciso – o rei estendeu a mão, agarrou a de Ned e puxou-o rudemente, pondo-o em pé. – Basta que não me deixe à espera tempo demais. Não sou o mais paciente dos homens.

Por um momento, Eddard Stark sentiu-se atacado por uma terrível sensação de mau presságio. *Aquele* era seu lugar, ali no Norte. Olhou as figuras de pedra que o rodeavam, inspirou profundamente no silêncio gelado da cripta. Conseguia sentir os olhos dos mortos. Sabia que todos eles escutavam. E o inverno estava chegando.

Jon

Havia momentos – não muitos, mas alguns – em que Jon
Snow ficava feliz por ser um bastardo. Enquanto enchia
mais uma vez sua taça com o vinho de um jarro que ia passando,
deu-se conta de que aquele poderia ser um desses momentos.

Voltou a se instalar em seu lugar ao banco, entre os escudeiros mais novos, e bebeu. O sabor doce e frutado do vinho estival
encheu-lhe a boca e trouxe-lhe um sorriso aos lábios.

O ar no Grande Salão de Winterfell estava repleto de fumaça
e pesado com os cheiros de carne assada e pão recém-assado. As
grandes paredes de pedra do salão estavam adornadas com estandartes. Branco, dourado, carmesim: o lobo gigante de Stark,
o veado coroado de Baratheon, o leão de Lannister. Um cantor
tocava harpa e recitava uma balada, mas nesta ponta do salão
quase não se conseguia ouvir sua voz acima do rugir do fogo,
do clangor de pratos e taças de peltre, e do burburinho grave de
uma centena de conversas ébrias.

Era a quarta hora do banquete de boas-vindas oferecido ao rei.
Os irmãos e as irmãs de Jon tinham sido postos junto dos filhos
do rei, por baixo da plataforma elevada onde o Senhor e a Senhora Stark recebiam o rei e a rainha. Em honra da ocasião, o senhor
seu pai iria sem dúvida permitir a cada filho um copo de vinho,
mas não mais do que isso. Ali, nos bancos, não havia ninguém
para impedir que Jon bebesse tanto quanto sua sede exigisse.

E estava descobrindo que tinha uma sede de homem, para
a áspera satisfação dos jovens que o rodeavam e que o incenti-
vavam toda vez que esvaziava um copo. Eram boa companhia,
e Jon apreciava as histórias que contavam, histórias de batalha,
de cama e de caça. Tinha certeza de que os companheiros eram
mais divertidos do que a prole do rei. Saciou sua curiosidade a

respeito dos visitantes quando estes entraram. A procissão passara a não mais de um pé do local que lhe fora atribuído no banco, e Jon lançara um intenso e demorado olhar para todos eles.

O senhor seu pai viera à frente, acompanhando a rainha. Ela era tão bela quanto os homens descreviam. Uma tiara cravejada de joias brilhava entre seus longos cabelos dourados, e as esmeraldas que continha combinavam perfeitamente com o verde de seus olhos. O pai de Jon a ajudou a subir os degraus que levavam ao tablado e indicou-lhe o caminho até seu lugar, mas a rainha nem sequer olhou para ele. Mesmo com catorze anos, Jon era capaz de ver além de seu sorriso.

Em seguida, veio o próprio Rei Robert, trazendo a Senhora Stark pelo braço. O rei foi uma grande desilusão para Jon. O pai falara dele com frequência: o inigualável Robert Baratheon, demônio do Tridente, o mais feroz guerreiro do reino, um gigante entre os príncipes. Jon viu apenas um homem gordo, com o rosto vermelho sob a barba, transpirando através de suas sedas. Caminhava como um homem meio embriagado.

Depois vieram os filhos. Primeiro o pequeno Rickon, dominando a longa caminhada com toda a dignidade que um garotinho de três anos é capaz de reunir. Jon teve de incentivá-lo a seguir, quando Rickon parou ao seu lado. Logo atrás veio Robb, vestido de lã cinzenta ornamentada de branco, as cores dos Stark. Trazia pelo braço a Princesa Myrcella. Era uma pequena menina, com quase oito anos, os cabelos como uma cascata de cachos dourados sob uma rede cravejada de joias. Jon reparou nos olhares acanhados que ela dirigia a Robb enquanto passavam por entre as mesas e no modo tímido como lhe sorria. Decidiu que a menina era insípida. Robb nem tinha o bom senso de notar quão estúpida ela era, e sorria como um tolo.

Suas meias-irmãs acompanhavam os príncipes reais. Arya tinha como par o roliço jovem Tommen, cujos cabelos loiro-

-esbranquiçados eram mais longos que os dela. Sansa, dois anos mais velha, puxava o príncipe real, Joffrey Baratheon. Ele tinha doze anos, menos que Jon ou Robb, mas era mais alto do que qualquer um deles, para sua grande frustração. Príncipe Joffrey tinha os cabelos da irmã e os profundos olhos verdes da mãe. Uma espessa mata de cachos loiros caía para lá de sua gargantilha dourada e da alta gola de veludo. Sansa parecia radiante enquanto caminhava a seu lado, mas Jon não gostou dos lábios mal-humorados de Joffrey nem do modo aborrecido e desdenhoso com que avaliou o Grande Salão de Winterfell.

Interessou-lhe mais o par que veio a seguir: os irmãos da rainha, os Lannister de Rochedo Casterly. O Leão e o Duende; não havia como confundi-los. Sor Jaime Lannister era gêmeo da Rainha Cersei; alto e dourado, com flamejantes olhos verdes e um sorriso que cortava como uma faca. Trajava seda carmesim, botas negras de cano alto, um manto de cetim negro. No peito da túnica, o leão de sua Casa estava bordado em fio de ouro, rugindo em desafio. Chamavam-lhe Leão de Lannister na sua presença e "Regicida" às suas costas.

Jon sentiu dificuldade em desviar o olhar do homem. *É este o aspecto que um rei deve ter*, pensou consigo mesmo quando Jaime passou por ele.

Então viu o outro, bamboleando ao lado do irmão, meio escondido por seu corpo. Tyrion Lannister, o mais novo dos filhos de Lorde Tywin e de longe o mais feio. Tudo que os deuses tinham dado a Cersei e Jaime negaram a Tyrion. Era um anão, com metade da altura do irmão, lutando para acompanhar seu passo sobre pernas atrofiadas. A cabeça era grande demais para o corpo, com um rosto animalesco esborrachado por baixo de sobrancelhas salientes. Um olho verde e um negro espreitavam sob uma cascata de cabelos escorridos e tão loiros que pareciam brancos. Jon o observou fascinado.

O último dos grandes senhores a entrar foi seu tio, Benjen Stark, da Patrulha da Noite, e o protegido do pai, o jovem Theon Greyjoy. Benjen dirigiu a Jon um sorriso caloroso quando passou por ele. Theon o ignorou por completo, mas nisso nada havia de novo. Depois de todos terem se sentado, foram feitos brindes, dados e devolvidos agradecimentos e, então, deu-se início ao festim.

Jon começara a beber nesse momento e ainda não parara. Algo roçou sua perna sob a mesa. Ele viu os olhos vermelhos que o encaravam.

– Outra vez com fome? – perguntou. Ainda havia meio frango com mel no centro da mesa. Jon esticou o braço para arrancar uma perna, mas depois teve uma ideia melhor. Espetou uma faca na ave inteira e a deixou escorregar para o chão por entre as pernas. Fantasma a atacou em silêncio selvagem. Não tinham permitido aos irmãos e às irmãs que trouxessem seus lobos para o banquete, mas naquela ponta do salão havia mais rafeiros do que Jon conseguia contar, e ninguém dissera uma palavra sobre seu cachorro. Disse a si mesmo que também nisto era afortunado.

Seus olhos ardiam. Jon os esfregou furiosamente, amaldiçoando a fumaça. Engoliu outro trago de vinho e observou seu lobo gigante devorar o frango.

Cães moviam-se por entre as mesas, perseguindo as criadas. Um deles, uma cadela preta vira-lata com longos olhos amarelos, detectou o cheiro do frango. Parou e meteu-se por baixo do banco para obter uma parte. Jon observou o confronto. A cadela soltou uma rosnadela profunda e aproximou-se. Fantasma ergueu os olhos quentes e rubros, em silêncio, e se fixou nela. A cadela soltou um desafio irado. Tinha três vezes seu tamanho, mas Fantasma não se afastou. Ergueu-se sobre ela e abriu a boca, mostrando as presas. A cadela ficou tensa, latiu uma vez mais, e depois pensou melhor a respeito da luta. Virou-se e escapuliu, com um último latido desafiador para salvar o orgulho. Fantasma voltou a prestar atenção à refeição.

Jon sorriu e esticou o braço para lhe acariciar o pelo branco. O lobo gigante olhou para ele, deu-lhe uma dentadinha gentil na mão e pôs-se a comer novamente.

– Este é um dos lobos gigantes de que tanto ouvi falar? – perguntou perto dele uma voz familiar.

Jon ergueu seus olhos, feliz, quando tio Ben lhe pôs a mão na cabeça e desalinhou seus cabelos tanto quanto ele fizera com os pelos do lobo.

– Sim – disse. – Chama-se Fantasma.

Um dos escudeiros interrompeu a história obscena que estava contando para abrir lugar na mesa para o irmão de seu senhor. Benjen Stark escarranchou-se no banco com pernas longas e tirou a taça de vinho da mão de Jon.

– Vinho de verão – disse depois de provar. – Não há nada mais doce. Quantas taças já bebeu, Jon?

Jon sorriu.

Ben Stark soltou uma gargalhada.

– Tal como eu temia. Ah, bem. Acho que era mais novo do que você da primeira vez que fiquei verdadeira e sinceramente bêbado – surrupiou de uma travessa próxima uma cebola assada que pingava molho de carne e mordeu-a. A cebola estalou.

O tio de Jon tinha feições angulosas e era descarnado como um penhasco, mas havia sempre uma sugestão de riso em seus olhos azul-acinzentados. Vestia-se de negro, como era próprio de um homem da Patrulha da Noite. Hoje trajava um rico veludo negro, com grandes botas de couro e um cinto largo com fivela de prata. Uma pesada corrente de prata pendia de seu pescoço. Benjen observou Fantasma, divertido, enquanto comia a cebola.

– Um lobo muito sossegado – observou.

– Não é como os outros – disse Jon. – Nunca solta um som. Foi por isso que o chamei Fantasma. Por isso e porque é branco. Os outros são todos escuros, cinzentos ou pretos.

– Ainda há lobos gigantes para lá da Muralha. Nós os ouvimos em nossas patrulhas – Benjen Stark olhou longamente para Jon. – Não costuma comer à mesa de seus irmãos?

– Na maioria das vezes – respondeu Jon em voz monocórdia. – Mas hoje a Senhora Stark pensou que poderia ser um insulto para a família real se um bastardo se sentasse entre eles.

– Estou vendo – o tio olhou por sobre o ombro para a mesa elevada na outra ponta do salão. – Meu irmão não parece muito festivo hoje.

Jon também notara. Um bastardo tinha de aprender a reparar nas coisas, a ler a verdade que as pessoas escondiam por trás dos olhos. Seu pai cumpria todas as cortesias, mas havia nele uma rigidez que Jon raramente vira antes. Pouco falava, olhando o salão com olhos turvos, sem nada ver. A dois lugares de distância, o rei bebera durante toda a noite. O rosto largo estava corado por trás da barba negra. Fizera muitos brindes, rira sonoramente com todas as brincadeiras e atacara todos os pratos como um faminto, mas, ao seu lado, a rainha parecia tão fria como uma escultura de gelo.

– A rainha também está zangada – disse Jon ao tio, com uma voz calma e baixa. – Meu pai levou o rei às criptas esta tarde. A rainha não queria que ele fosse.

Benjen lançou um olhar cauteloso e avaliador a Jon.

– Não deixa passar muitas coisas, não é, Jon? Podíamos fazer uso de um homem como você na Muralha.

Jon inchou de orgulho.

– Robb é um lanceiro mais forte do que eu, mas sou melhor espadachim, e Hullen diz que monto um cavalo tão bem como qualquer outro no castelo.

– Notáveis realizações.

– Leve-me com você quando regressar à Muralha – disse Jon com súbita precipitação. – Meu pai me dará licença para ir se eu lhe pedir, sei que dará.

Tio Benjen estudou seu rosto com cuidado.

– A Muralha é um lugar duro para um rapaz, Jon.

– Sou quase um homem-feito – Jon protestou. – Vou fazer quinze anos no próximo dia do meu nome, e Meistre Luwin diz que os bastardos crescem mais depressa que as outras crianças.

– Isso é verdade – disse Benjen, retorcendo a boca para baixo. Tomou a taça de Jon, encheu-a de um jarro que encontrou ali perto e bebeu um longo gole.

– Daeren Targaryen tinha só quinze anos quando conquistou Dorne – disse Jon. O Jovem Dragão era um de seus heróis.

– Uma conquista que durou um verão – o tio ressaltou. – Seu Rei Rapaz perdeu dez mil homens na conquista do lugar e outros cinquenta ao tentar mantê-lo. Alguém devia ter lhe dito que a guerra não é um jogo – bebeu outro gole de vinho. – Além disso – disse, limpando a boca –, Daeren Targaryen tinha só dezoito anos quando morreu. Ou será que se esqueceu dessa parte?

– Não me esqueço de nada – vangloriou-se Jon. O vinho o deixava ousado. Tentou sentar-se muito ereto para parecer mais alto. – Quero servir na Patrulha da Noite, tio.

Tinha refletido sobre o assunto longa e duramente, deitado na cama à noite enquanto os irmãos dormiam à sua volta. Robb um dia herdaria Winterfell, comandaria grandes exércitos enquanto Protetor do Norte. Bran e Rickon seriam vassalos de Robb e governariam castros em seu nome. As irmãs, Arya e Sansa, se casariam com os herdeiros de outras grandes Casas e iriam para o Sul como senhoras de seus próprios castelos. Mas a que lugar podia um bastardo aspirar?

– Não sabe o que está pedindo, Jon. A Patrulha da Noite é uma irmandade juramentada. Não temos famílias. Nenhum de nós algum dia será pai. Somos casados com o dever. Nossa amante é a honra.

– Um bastardo também pode ter honra – disse Jon. – Estou pronto para prestar o juramento.

– Você é um rapaz de catorze anos – disse Benjen. – Não é um homem. Ainda não. Até ter conhecido uma mulher, não pode compreender o que estará deixando para trás.

– Isso não me interessa! – Jon respondeu ardentemente.

– Mas poderia se interessar se soubesse a que me refiro – disse Benjen. – Se soubesse o que o juramento lhe custará, estaria menos ansioso por pagar o preço, filho.

Jon sentiu a ira crescer no peito.

– Não sou seu filho!

Benjen Stark pôs-se em pé.

– Maior é a pena – pôs uma mão no ombro de Jon. – Venha ter comigo depois de ter sido pai de alguns bastardos seus e veremos então como se sente.

Jon estremeceu.

– Nunca serei pai de um bastardo – disse com cuidado. – *Nunca!* – cuspiu a palavra como se fosse veneno.

De repente, percebeu que a mesa caíra em silêncio e que todos o estavam olhando. Sentiu que as lágrimas começavam a jorrar por trás de seus olhos e pôs-se em pé.

– Devo me retirar – disse, com o resto de sua dignidade. Virou-se e fugiu antes que o vissem chorar. Devia ter bebido mais vinho do que se dera conta. Seus pés embaralhavam-se sob seu corpo quando tentou sair do salão e cambaleou de lado, esbarrando numa criada, atirando ao chão um jarro de vinho com especiarias. Gargalhadas trovejaram por todo o lado à sua volta, e Jon sentiu lágrimas quentes nas bochechas. Alguém tentou ampará-lo, mas ele saiu com violência daquelas mãos e correu meio cego para a porta. Fantasma o seguiu de perto para a noite.

O pátio estava silencioso e vazio. Uma sentinela solitária estava bem no alto, nas ameias da muralha interior, bem enrolada no manto contra o frio. O homem parecia aborrecido e infeliz ao apertar-se ali, sozinho, mas Jon teria rapidamente trocado de lugar com ele. Além da sentinela, o castelo estava escuro e deserto. Jon vira certa vez um castro abandonado, um lugar lúgubre onde nada se movia além do vento e as pedras mantinham o silêncio acerca de quem vivera ali. Hoje, Winterfell lembrava-lhe aquele dia.

Os sons de música e cantos derramavam-se pelas janelas abertas em suas costas. Eram as últimas coisas que Jon queria ouvir. Limpou as lágrimas na manga da camisa, furioso por tê-las deixado fluir, e virou-se para ir embora.

– Rapaz – chamou uma voz. Jon voltou-se.

Tyrion Lannister estava sentado na saliência por cima da porta do grande salão, assemelhando-se por completo a uma gárgula. O anão sorriu-lhe.

– Esse animal é um lobo?

– Um lobo gigante – disse Jon. – Chama-se Fantasma – pôs-se a olhar o homenzinho, de súbito esquecido do desapontamento. – O que faz aí? Por que não está no banquete?

– Está quente demais, ruidoso demais e bebi muito vinho – disse o anão. – Aprendi há muito que se considera má-educação vomitar por cima do irmão. Posso ver o seu lobo mais de perto?

Jon hesitou, mas depois lentamente concordou.

– Consegue descer daí ou devo ir buscar uma escada?

– Ah, que se dane – disse o homenzinho. Atirou-se da saliência para o ar vazio. Jon sobressaltou-se, depois viu com um temor respeitoso como Tyrion Lannister rodopiou numa bola apertada, aterrissou ligeiro sobre as mãos e depois volteou para trás, caindo em pé.

Fantasma afastou-se dele com receio.

O anão sacudiu o pó e soltou uma gargalhada.

– Creio que assustei seu lobo. Minhas desculpas.

– Não está assustado – disse Jon. Ajoelhou-se e chamou seu lobo. – Fantasma, vem cá. Anda. Isso mesmo.

A cria de lobo aproximou-se e encostou o focinho no rosto de Jon, mas manteve um olho cuidadoso em Tyrion Lannister, e, quando o anão estendeu a mão para lhe fazer carinho, afastou-se e mostrou os caninos num rosnado silencioso.

– É tímido, não é? – observou Lannister.

– Senta, Fantasma – ordenou Jon. – Isso mesmo. Quieto – ergueu os olhos para o anão. – Pode tocá-lo agora. Ele não se mexerá até que eu lhe diga para fazê-lo. Eu o tenho treinado.

– Compreendo – disse o Lannister. Esfregou o pelo branco como a neve entre as orelhas de Fantasma e disse: – Bonito lobo.

– Se eu não estivesse aqui, ele rasgaria sua garganta – disse Jon. Ainda não era bem verdade, mas viria a ser.

– Nesse caso, é melhor que fique por perto – disse o anão. Inclinou a cabeça grande demais para um lado e observou Jon com seus olhos desiguais. – Chamo-me Tyrion Lannister.

– Eu sei – disse Jon. Ergueu-se. Em pé, era mais alto que o anão. Mas isso o fazia sentir-se estranho.

– E você é o bastardo de Ned Stark, não é?

Jon sentiu-se atravessado por uma sensação de frio. Apertou os lábios e não disse nada.

– Eu o ofendi? – disse Lannister. – Perdão. Os anões não têm de ter tato. Gerações de bobos variegados conquistaram para mim o direito de me vestir mal e de dizer qualquer maldita coisa que me venha à cabeça – ele sorriu. – Mas você é o bastardo.

–Lorde Eddard Stark é meu pai – admitiu Jon rigidamente.

Lannister estudou-lhe o rosto.

– Sim – disse. – Consigo ver. Você tem em si mais do Norte que seus irmãos.

– Meios-irmãos – Jon corrigiu. O comentário do anão o agradara, mas tentou não mostrar.

– Deixe-me lhe dar um conselho, bastardo – disse Lannister. – Nunca se esqueça de quem é, porque é certo que o mundo não se esquecerá. Faça disso sua força. Assim, não poderá ser nunca a sua fraqueza. Arme-se com essa lembrança, e ela nunca poderá ser usada para magoá-lo.

Jon não estava com disposição de ouvir conselhos de ninguém.

– Que sabe você de ser um bastardo?

– Todos os anões são bastardos aos olhos dos pais.

– Você é filho legítimo de Lannister.

– Ah, sou? – respondeu o anão, sarcástico. – Vá dizer isso ao senhor meu pai. Minha mãe morreu ao dar-me à luz, e ele nunca teve certeza.

– Nem sequer sei quem foi minha mãe – disse Jon.

– Uma mulher qualquer, sem dúvida. A maior parte delas é isso – dirigiu a Jon um sorriso tristonho. – Lembre-se disso, rapaz. Todos os anões são bastardos, mas nem todos os bastardos precisam ser anões – e, com essas palavras, virou as costas e regressou vagarosamente ao banquete, assobiando uma canção. Quando abriu a porta, a luz vinda de dentro atirou pátio afora sua sombra bem definida e, por um momento, Tyrion Lannister ergueu-se alto como um rei.

Catelyn

Entre todos os quartos da Torre Grande de Winterfell, os aposentos de Catelyn eram os mais quentes. Ela raramente tinha de acender uma fogueira. O castelo tinha sido construído sobre nascentes naturais de água quente, e as águas escaldantes corriam por suas paredes e quartos como sangue pelo corpo de um homem, afastando o frio dos salões de pedra, enchendo os jardins de vidro com um calor úmido, impedindo o congelamento da terra. Lagoas ao ar livre fumegavam noite e dia numa dúzia de pequenos pátios. Isso, no verão, era coisa pouca; no inverno, era a diferença entre a vida e a morte.

O banho de Catelyn era sempre quente e cheio de vapor, e suas paredes, mornas ao toque. O calor lembrava-lhe Correrrio, dias ao sol com Lysa e Edmure, mas Ned nunca conseguira se habituar. Os Stark eram feitos para o frio, dizia-lhe, e ela ria e respondia que nesse caso tinham certamente construído seu castelo no lugar errado.

Por isso, quando terminaram, Ned rolou e saltou para fora da cama, como já fizera mil vezes antes. Atravessou o quarto, afastou as pesadas tapeçarias e abriu as altas e estreitas janelas uma a uma, deixando entrar o ar da noite.

O vento rodopiou à sua volta quando parou para olhar a escuridão, nu e de mãos vazias. Catelyn puxou as peles até o queixo e o observou. Parecia de certo modo menor e mais vulnerável, como o jovem com quem se casara no septo de Correrrio havia quinze longos anos. Seus rins ainda doíam da urgência do amor. Era uma dor boa. Conseguia sentir a semente dele dentro de si. Rezou para que pudesse aí brotar. Tinham se passado três anos desde Rickon. Ela não era velha demais. Podia lhe dar outro filho.

– Vou dizer-lhe que não – disse Ned quando se voltou de novo para ela. Tinha os olhos assombrados por fantasmas e a voz espessa de dúvidas.

Catelyn sentou-se na cama.

– Não pode. Não *deve*.

– Meus deveres estão aqui no Norte. Não tenho nenhum desejo de ser a Mão de Robert.

– Ele não o compreenderá. É agora um rei, e os reis não são como os outros homens. Se se recusar a servi-lo, ele quererá saber por que, e mais cedo ou mais tarde começará a suspeitar de que se opõe a ele. Não vê o perigo em que nos colocaria?

Ned balançou a cabeça, recusando-se a acreditar.

– Robert nunca me faria mal, nem a nenhum dos meus. Éramos mais próximos que irmãos. Ele me adora. Se lhe disser que não, ele rugirá, praguejará e estrondeará, e uma semana mais tarde estaremos juntos, rindo do assunto. Conheço o homem!

– Conhece o homem – disse ela. – O rei é um estranho para você – Catelyn recordava o lobo gigante morto na neve, com o chifre quebrado profundamente alojado na garganta. Tinha de fazê-lo compreender. – O orgulho é tudo para um rei, meu senhor. Robert percorreu essa distância toda para vê-lo, para lhe trazer essas grandes honrarias, não pode atirá-las à cara.

– Honrarias? – Ned soltou uma gargalhada amarga.

– Aos seus olhos, sim – disse ela.

– E aos seus?

– Aos meus *também* – exclamou ela, agora zangada. Por que ele não compreendia? – Oferece o próprio filho em casamento à nossa filha, que outro nome daria a isso? Sansa pode vir um dia a ser rainha. Os filhos deles poderão governar da Muralha até as montanhas de Dorne. O que tem isso de errado?

– Deuses, Catelyn, Sansa tem só *onze anos* – Ned respondeu. – E Joffrey... Joffrey é...

Ela terminou a frase por ele.

– ... príncipe da coroa e herdeiro do Trono de Ferro. E eu tinha só doze anos quando meu pai me prometeu ao seu irmão Brandon.

Aquilo trouxe um sorriso amargo aos lábios de Ned.

– Brandon. Sim. Brandon saberia o que fazer. Sabia sempre. Tudo estava destinado a Brandon. Você, Winterfell, tudo. Ele nasceu para ser Mão do Rei e pai de rainhas. Eu nunca pedi para que esse cálice me fosse oferecido.

– Talvez não – disse Catelyn –, mas Brandon está morto, o cálice foi oferecido, e agora você deve beber dele, goste ou não.

Ned virou-lhe as costas, devolvendo o olhar para a noite. E ficou observando talvez a lua e as estrelas, talvez as sentinelas na muralha.

Então Catelyn enterneceu-se ao ver sua dor. Eddard Stark casara com ela ocupando o lugar de Brandon, como mandava o costume, mas a sombra do irmão morto ainda pairava entre eles tal como a outra, a sombra da mulher que dera à luz seu filho bastardo.

Preparava-se para se aproximar dele quando alguém bateu à porta, sonora e inesperadamente. Ned virou-se, franzindo o olho.

– Que é?

A voz de Desmond soou através da porta.

– Senhor, Meistre Luwin está lá fora e suplica uma audiência urgente.

– Disse a ele que deixei ordens para não ser incomodado?

– Sim, senhor. Ele insiste.

– Muito bem. Mande-o entrar.

Ned atravessou o quarto na direção de um armário e enfiou--se num roupão pesado. Catelyn subitamente percebeu como tinha esfriado. Sentou-se na cama e puxou as peles até o queixo.

– Talvez devêssemos fechar as janelas – sugeriu.

Ned assentiu de forma ausente. Meistre Luwin foi introduzido no aposento.

O meistre era um pequeno homem cinzento, como seus olhos, rápidos, que viam muito. Os cabelos, o pouco que os anos lhe tinham deixado, eram grisalhos. Sua toga era de lã cinza ornamentada com pelo branco, as cores dos Stark. As grandes mangas pendentes tinham bolsos escondidos no interior. Luwin passava a vida a enfiar coisas nessas mangas e a delas extrair outras mais: livros, mensagens, estranhos artefatos, brinquedos para as crianças. Com tudo que mantinha escondido nas mangas, Catelyn surpreendia-se de o Meistre Luwin ser capaz de erguer os braços.

O meistre esperou até que a porta fosse fechada atrás de si antes de falar.

– Meu senhor – disse a Ned –, perdoe-me por perturbar seu descanso. Foi-me deixada uma mensagem.

Ned parecia irritado.

– Foi-lhe *deixada*? Por quem? Chegou um cavaleiro? Não fui informado.

– Não houve nenhum cavaleiro, senhor. Apenas uma caixa de madeira esculpida, deixada sobre a mesa do meu observatório enquanto eu cochilava. Meus servos não viram ninguém, mas deve ter sido trazida por alguém da comitiva do rei. Não recebemos nenhum outro visitante vindo do Sul.

– Uma caixa de madeira, você diz? – falou Catelyn.

– Dentro dela havia uma nova lente de qualidade para o observatório, aparentemente proveniente de Myr. Os fabricantes de lentes de Myr não têm igual.

Ned franziu a testa. Catelyn sabia que ele tinha pouca paciência para aquele tipo de coisa.

– Uma lente – disse. – Que tem isso a ver comigo?

– Fiz-me a mesma questão – disse o Meistre Luwin. – Era claro que havia ali mais do que parecia.

Sob o peso de suas peles, Catelyn estremeceu.

– Uma lente é um instrumento para auxiliar a visão.

– De fato, é – o meistre levou os dedos ao colar de sua ordem; uma corrente pesada, apertada em torno do pescoço sob a toga, com cada elo forjado de um metal diferente.

Catelyn podia sentir o terror a agitar-se de novo dentro dela.

– O que é que eles querem que vejamos mais claramente?

– Foi isso mesmo o que me perguntei. – Meistre Luwin retirou um papel muito bem enrolado de dentro da manga. – Encontrei a verdadeira mensagem escondida num fundo falso quando desmantelei a caixa em que a lente tinha vindo, mas não é para os meus olhos.

Ned estendeu a mão.

– Então, dê-me.

Luwin não se mexeu.

– Perdoe-me, senhor. A mensagem também não é para o senhor. Está marcada para os olhos da Senhora Catelyn, e apenas para ela. Posso me aproximar?

Catelyn assentiu, faltando-lhe a confiança necessária para falar. O meistre colocou o papel na mesa ao lado da cama. Estava selado com uma pequena gota de cera azul. Luwin fez uma reverência e preparava-se para sair.

– Fique – ordenou-lhe Ned. Sua voz era grave. Olhou para Catelyn.

– O que houve? Senhora, está tremendo.

– Tenho medo – ela admitiu. Esticou o braço e pegou a carta com mãos trementes. As peles caíram, revelando sua nudez esquecida. Na cera azul encontrava-se o selo do falcão e da lua da Casa Arryn. – É de Lysa – Catelyn olhou para o marido. – Não o deixará contente – ela disse ao marido. – Há dor nesta mensagem, Ned. Posso senti-la.

Ned franziu a sobrancelha, e uma sombra cobriu seu rosto.

– Abra-a.

Catelyn rompeu o selo.

Seus olhos moveram-se sobre as palavras. A princípio pareceu não encontrar nenhum sentido. Mas depois se recordou.

– Lysa não deixou nada ao acaso. Quando éramos meninas, tínhamos uma língua privada.

– Consegue lê-la?

– Sim – admitiu Catelyn.

– Então nos conte o que diz.

– Talvez deva me retirar – disse o Meistre Luwin.

– Não – Catelyn pediu. – Precisaremos de seus conselhos – atirou as peles para o lado e saiu da cama. Ao caminhar pelo aposento, sentiu na pele nua o ar da noite, tão frio como uma sepultura.

Meistre Luwin afastou o olhar. Até Ned pareceu chocado.

– Que está fazendo? – perguntou.

– Estou acendendo o fogo – ela informou. Encontrou um roupão e encolheu-se para dentro dele, ajoelhando-se depois junto à lareira fria.

– O Meistre Luwin... – começou Ned.

– O Meistre Luwin pôs no mundo todos os meus filhos – disse Catelyn. – Agora não é hora para falsos pudores – enfiou o papel entre os gravetos e colocou os troncos mais pesados por cima.

Ned atravessou o quarto, agarrou-lhe o braço e a pôs de pé. Segurou-a assim, com o rosto a centímetros do dela.

– Minha senhora, diga! O que havia na mensagem?

Catelyn ficou tensa sob o aperto.

– Um aviso – disse com suavidade. – Se tivermos perspicácia para escutá-lo.

Os olhos dele perscrutaram seu rosto.

– Prossiga.

– Lysa diz que Jon Arryn foi assassinado.

Os dedos dele endureceram em seu braço.

– Por quem?

– Os Lannister – ela disse. – A rainha.

Ned largou o braço. Havia profundas marcas vermelhas na pele de Catelyn.

– Deuses – murmurou. Sua voz estava rouca. – Sua irmã está doente de dor. Não sabe o que diz.

– Sabe – disse Catelyn. – Lysa é impulsiva, sim, mas essa mensagem foi cuidadosamente planejada, e inteligentemente escondida. Ela sabia que, se a carta caísse nas mãos erradas, isso significaria a morte. Para arriscar tanto, deve ter mais do que meras suspeitas – Catelyn olhou para o marido. – Agora realmente não temos escolha. Você *tem* de ser a Mão de Robert. Tem de ir com ele para o Sul e descobrir a verdade.

Viu de imediato que Ned tinha chegado a uma conclusão muito diferente.

– As únicas verdades que conheço estão aqui. O Sul é um ninho de víboras que eu faria bem em evitar.

Luwin puxou a corrente de seu colar no local onde lhe irritara a delicada pele da garganta.

– A Mão do Rei possui grande poder, senhor. Poder para descobrir a verdade sobre a morte de Lorde Arryn, para trazer seus assassinos à justiça do rei. Poder para proteger a Senhora Arryn e seu filho, se o pior se confirmar.

Ned olhou desamparado em torno do aposento. O coração de Catelyn apiedou-se dele, mas sabia que ainda não podia tomá-lo nos braços. Primeiro a vitória tinha de ser conseguida, para o bem de seus filhos.

– Você diz que ama Robert como a um irmão. Gostaria de ver seu irmão cercado pelos Lannister?

– Que os Outros levem os dois – murmurou Ned em tom

sombrio. Virou-lhes as costas e foi até a janela. Ela nada disse, assim como o meistre. Esperaram, calados, enquanto Eddard Stark silenciosamente se despedia da casa que amava. Quando por fim se afastou da janela, tinha a voz cansada, repleta de melancolia, e um leve brilho úmido nos cantos dos olhos. – Meu pai foi para o Sul uma vez, a fim de responder à convocatória de um rei. Nunca mais regressou para sua casa.

– Um tempo diferente – disse Meistre Luwin. – Um rei diferente.

– Sim – disse Ned com uma voz entorpecida. Sentou-se numa cadeira perto da lareira. – Catelyn, você ficará aqui em Winterfell.

As palavras foram como um sopro gelado que atravessava seu coração.

– Não – respondeu, de súbito temerosa. Seria aquela a sua punição? Nunca voltar a ver o rosto dele, nem sentir seus braços em volta de seu corpo?

– Sim – disse Ned, num tom de quem não toleraria discussões. – Deve governar o Norte em meu nome enquanto trato dos recados de Robert. Tem de haver um Stark em Winterfell sempre. Robb tem catorze anos. Logo será homem-feito. Tem de aprender a governar, e eu não estarei aqui para ajudá-lo. Faça-o tomar parte dos conselhos. Ele precisa estar pronto quando sua hora chegar.

– Que os deuses permitam que ela não chegue por muitos anos – murmurou Meistre Luwin.

– Meistre Luwin, confio em você como no meu próprio sangue. Dê à minha esposa a sua voz em todas as coisas grandes e pequenas. Ensine a meu filho aquilo que ele precisa saber. O inverno está chegando.

Meistre Luwin assentiu com gravidade. Então caiu o silêncio, até Catelyn reunir coragem e colocar a questão cuja resposta mais temia.

– E as outras crianças?

Ned levantou-se e tomou-a nos braços, trazendo-lhe o rosto para junto do seu.

– Rickon é muito novo – disse, com suavidade. – Deve ficar aqui com você e Robb. Os outros levarei comigo.

– Eu não suportaria – disse Catelyn, tremendo.

– Tem de suportar – disse ele. – Sansa deverá desposar Joffrey, isto é evidente agora; não devemos lhes dar motivos para suspeitar de nossa devoção. E já é mais que tempo de Arya aprender os costumes de uma corte do Sul. Dentro de poucos anos ela também estará em idade de se casar.

Sansa brilharia no Sul, pensou Catelyn para si mesma, e os deuses bem sabiam como Arya precisava de requinte. Relutantemente, abriu mão delas no coração. Mas Bran não. Bran nunca.

– Sim – disse –, mas, por favor, Ned, pelo amor que me tem, deixe que Bran fique aqui em Winterfell. Ele só tem sete anos.

– Eu tinha oito quando meu pai me enviou para ser criado no Ninho da Águia – ele respondeu. – Sor Rodrik me disse que existem maus sentimentos entre Robb e o Príncipe Joffrey. Isso não é saudável. Bran pode construir uma ponte sobre essa distância. É um garoto amável, rápido para rir, fácil de amar. Deixe que cresça com os jovens príncipes, deixe que se torne seu amigo como Robert se tornou meu. Nossa Casa ficará mais segura assim.

Ele tinha razão, e Catelyn sabia. Mas isso não tornava a dor mais fácil de suportar. Então perderia todos os quatro: Ned e ambas as meninas, e o seu doce e amoroso Bran. Só lhe restariam Robb e o pequeno Rickon. Já se sentia só. Winterfell era um lugar tão vasto.

– Então, mantenha-o longe das muralhas – ela disse com bravura. – Você sabe como Bran gosta de escalar.

Ned secou-lhe as lágrimas nos olhos com beijos, não lhes dando tempo de cair.

– Obrigado, senhora minha – murmurou. – Isso é duro, bem sei.

– E quanto a Jon Snow, senhor? – perguntou Meistre Luwin.

Catelyn retesou-se ao ouvir a menção ao nome. Ned sentiu a ira nela e afastou-se.

Muitos homens eram pais de bastardos. Catelyn crescera com esse conhecimento. Não tinha sido surpresa para ela, no primeiro ano do casamento, saber que Ned fora pai de uma criança nascida de uma mulher qualquer, encontrada por acaso em campanha. Afinal de contas, tinha as necessidades de um homem, e os dois tinham passado aquele ano afastados, com Ned no Sul, na guerra, enquanto ela permanecia em segurança no castelo do pai, em Correrrio. Seus pensamentos iam mais para Robb, o bebê que amamentava, do que para o marido, que pouco conhecia. Qualquer consolo que ele encontrasse entre batalhas era-lhe indiferente, e se algum bebê vingasse, ela esperava que Ned assegurasse as necessidades da criança.

Ele fez mais do que isso. Os Stark não eram como os outros homens. Ned trouxe o bastardo para casa consigo e chamou--o de "filho", para que todo o Norte ouvisse. Quando as guerras enfim terminaram e Catelyn viajou para Winterfell, Jon e sua ama de leite já tinham estabelecido residência.

O golpe foi profundo. Ned não falava da mãe, nem uma palavra, mas um castelo não tem segredos, e Catelyn escutou suas aias repetirem histórias que tinham ouvido dos maridos soldados. Segredavam sobre Sor Arthur Dayne, a Espada da Manhã, o mais mortífero dos sete cavaleiros da Guarda Real de Aerys, e sobre o modo como seu jovem senhor o tinha matado em combate singular. E contavam como Ned levara depois a espada de Sor Arthur à bela jovem irmã que o esperava num castelo chamado Tombastela, na costa do Mar do Verão. A Senhora Ashara Dayne, alta e de pele clara, com assombrosos olhos cor de violeta. Levara uma quinzena para reunir coragem, mas, por fim, uma noite na cama, Catelyn perguntara ao marido se aquilo era verdade, confrontando-o com a história.

Fora a única vez em todos os anos passados juntos em que Ned a assustara.

– Nunca me pergunte sobre Jon – ele dissera, frio como gelo. – É do meu sangue, e é tudo que precisa saber. E agora vou saber onde ouviu esse nome, minha senhora – ela tinha jurado obedecer. Cumprira a promessa. E a partir daquele dia os segredos pararam, e o nome de Ashara Dayne nunca mais voltou a ser ouvido em Winterfell.

Quem quer que tivesse sido a mãe de Jon, Ned devia tê-la amado ferozmente, pois nada do que Catelyn dizia era capaz de convencê-lo a mandar o garoto embora. Era a única coisa que nunca lhe perdoaria. Tinha acabado por amar o marido de todo o coração, mas nunca encontrara em si lugar para amar Jon. Por Ned, poderia ter ignorado uma dúzia de bastardos, desde que fossem mantidos longe de sua vista. Jon nunca estava longe da vista, e à medida que crescia ficava mais parecido com o pai do que qualquer um dos filhos legítimos que Catelyn lhe dera. De algum modo isso tornava as coisas piores.

– Jon tem de ir – ela dizia agora.

– Ele e Robb são próximos – disse Ned. – Tive esperança…

– Ele não pode ficar aqui – disse Catelyn, interrompendo-o. – É seu filho, não meu. Não o quero aqui – ela sabia que era duro, mas não menos verdade por isso. Ned não faria bem algum ao rapaz deixando-o em Winterfell.

O olhar que Ned lhe lançou foi de angústia.

– Sabe que não posso levá-lo para o Sul. Não haverá lugar para ele na corte. Um rapaz com nome de bastardo… Sabe o que dirão dele. Será posto de lado.

Catelyn fortificou o coração contra o apelo mudo nos olhos do marido.

– Dizem que seu amigo Robert foi pai de uma dúzia de bastardos.

– E nenhum deles algum dia foi visto na corte! – exclamou Ned. – A Lannister assegurou-se disso. Como pode ser tão cruel, Catelyn? Ele não passa de um rapaz. Ele...

Ele tinha a fúria no corpo. Poderia ter dito mais, e pior, mas Meistre Luwin intrometeu-se:

– Outra solução se apresenta – disse, com voz calma. – Seu irmão Benjen veio há alguns dias falar-me de Jon. Parece que o rapaz aspira a vestir negro.

Ned pareceu chocado.

– Ele pediu para se juntar à Patrulha da Noite?

Catelyn nada disse. Que Ned trabalhe sozinho a ideia em sua mente; sua voz não seria agora bem-vinda. Mas de bom grado teria beijado o meistre naquele momento. Aquela era a solução perfeita. Benjen Stark era um Irmão Juramentado. Jon seria para ele um filho, o filho que nunca teria. E a seu tempo, o rapaz faria também o juramento. Não seria pai de filhos que poderiam um dia competir com os netos de Catelyn pela posse de Winterfell.

Meistre Luwin disse:

– Existe grande honra no serviço na Muralha, senhor.

– E mesmo um bastardo pode erguer-se a grande altura na Patrulha da Noite – refletiu Ned. Apesar disso, sua voz estava perturbada. – Jon é tão novo. Se o tivesse pedido depois de ter se tornado homem-feito, seria uma coisa, mas um rapaz de catorze anos...

– É um sacrifício duro – concordou Meistre Luwin. – Mas estes são tempos duros, senhor. O caminho dele não é mais cruel que o seu ou o de sua senhora.

Catelyn pensou nos três filhos que perderia. Não foi fácil se manter em silêncio.

Ned virou-lhes as costas para olhar pela janela, com o longo rosto silencioso e pensativo. Por fim, suspirou e virou-se novamente.

– Muito bem – disse a Meistre Luwin. – Suponho que é o melhor. Falarei com Ben.

– Quando devemos dizê-lo a Jon? – perguntou o meistre.

– Quando tiver de ser. Há que se fazer preparativos. Passará uma quinzena antes de estarmos prontos para partir. Prefiro deixar Jon usufruir desses últimos dias. O fim do verão já está próximo, e o da infância também. Quando o momento certo chegar, comunicarei a ele eu mesmo.

Arya

Os pontos de Arya estavam de novo tortos.

Franziu a sobrancelha, desapontada, e olhou de relance para onde a irmã Sansa estava entre as outras moças. Os bordados de Sansa eram magníficos. Todos assim diziam. "O trabalho de Sansa é tão belo como ela", dissera uma vez Septã Mordane à senhora sua mãe. "Ela tem mãos tão bonitas e delicadas." Quando a Senhora Catelyn lhe perguntara por Arya, a septã fungara: "Arya tem as mãos de um ferreiro".

Arya atravessou a sala com um olhar furtivo, com receio de que Septã Mordane pudesse ter lido seus pensamentos, mas hoje a septã não lhe prestava atenção. Estava sentada junto da Princesa Myrcella, toda sorrisos e admiração. Não era frequente que a septã fosse privilegiada com a instrução de uma princesa real nas artes femininas, como ela mesma afirmara quando a rainha trouxera Myrcella. A Arya pareceu que os pontos de Myrcella também estavam um pouco tortos, mas ninguém o adivinharia pelo modo como a Septã Mordane tanto elogiava.

Voltou a estudar o trabalho, procurando alguma maneira de salvá-lo, mas então suspirou e pousou a agulha. Olhou, carrancuda, para a irmã. Sansa tagarelava enquanto trabalhava, feliz. Beth Cassel, a filha mais nova de Sor Rodrik, estava sentada a seus pés, escutando cada palavra que ela dizia, e Jeyne Poole inclinava-se para lhe segredar qualquer coisa ao ouvido.

– De que vocês falam? – perguntou Arya de repente.

Jeyne olhou-a com ar sobressaltado, e depois soltou um risinho. Sansa pareceu atrapalhada. Beth corou. Ninguém respondeu.

– Digam-me – pediu Arya.

Jeyne olhou de relance para a Septã Mordane, a fim de se assegurar de que não a ouviria. Myrcella disse então qualquer coisa, e a septã riu como o resto das damas.

– Estávamos falando do príncipe – disse Sansa, com a voz suave como um beijo.

Arya sabia a que príncipe se referia: Joffrey, claro. O alto e bonito. Sansa pudera sentar-se a seu lado no banquete. Arya tivera que se sentar ao lado do pequeno e gordo. Naturalmente.

– Joffrey gosta da sua irmã – segredou Jeyne, tão orgulhosa como se tivesse alguma coisa a ver com o assunto. Era filha do intendente de Winterfell e a melhor amiga de Sansa. – Disse-lhe que é muito bonita.

– Vai casar com ela – disse a pequena Beth em tom sonhador, abraçando-se ao ar. – Depois Sansa será rainha de todo o reino.

Sansa teve a delicadeza de corar. E corava lindamente. Fazia tudo lindamente, pensou Arya com um ressentimento surdo.

– Beth, não devia inventar histórias – Sansa a censurou, afagando-lhe suavemente os cabelos para retirar a rispidez das palavras. Olhou para Arya: – Que pensa do Príncipe Joff, irmã? É muito galante, não acha?

– Jon diz que parece uma moça – Arya respondeu.

Sansa suspirou enquanto dava um pesponto.

– Pobre Jon. Ele tem ciúmes porque é um bastardo.

– Ele é nosso irmão – disse Arya, alto demais. Sua voz cortou o sossego da tarde na sala da torre.

Septã Mordane ergueu os olhos. Tinha o rosto ossudo, olhos aguçados e uma fina boca sem lábios, feita para ser franzida. E agora assim estava.

– Do que estão falando, crianças?

– De nosso meio-irmão – respondeu Sansa, suave e precisa. Sorriu para a septã. – Arya e eu estávamos observando como é agradável termos a princesa hoje conosco – disse.

Septã Mordane acenou com a cabeça.

– De fato. Uma grande honra para todas nós – a Princesa Myrcella recebeu o cumprimento com um sorriso pouco firme.

– Arya, por que você não está trabalhando? – perguntou a septã. Pôs-se de pé, fazendo restolhar as saias engomadas ao atravessar a sala. – Deixe-me ver os seus pontos.

Arya quis gritar. Era mesmo do feitio de Sansa atrair a atenção da septã.

– Aqui está – disse, entregando o trabalho.

A septã examinou o tecido.

– Arya, Arya, Arya – disse. – Isto não serve. Isto não serve de modo nenhum.

Todas a observavam. Era demais. Sansa era educada demais para sorrir da desgraça da irmã, mas havia o sorriso afetado de Jeyne no seu lugar. Até a Princesa Myrcella parecia ter pena dela. Arya sentiu que seus olhos se enchiam de lágrimas. Saltou da cadeira e correu para a porta.

Septã Mordane a chamou.

– Arya, volte aqui! Nem mais um passo! A senhora sua mãe saberá disso. E na frente da nossa princesa real! Envergonha-nos a todos!

Arya parou à porta e voltou-se, mordendo o lábio. As lágrimas corriam-lhe agora pelo rosto. Conseguiu fazer uma pequena reverência rígida a Myrcella.

– Com a sua licença, minha senhora.

Myrcella pestanejou e olhou para suas damas em busca de orientação. Mas onde faltava segurança à princesa, não faltava à Septã Mordane.

– Exatamente aonde pensa que vai, Arya? – quis saber a septã.

Arya lançou-lhe um olhar furioso.

– Tenho de ir ferrar um cavalo – disse com doçura, obtendo uma breve satisfação da expressão chocada no rosto da septã. Então rodopiou e saiu, correndo degraus abaixo tão depressa quanto os pés a conseguiam levar.

Não era justo. Sansa tinha tudo. Sansa era dois anos mais velha; talvez, quando Arya nasceu, já nada restava. Era frequente sentir-se assim. Sansa sabia costurar, dançar e cantar. Escrevia poesia. Sabia como se vestir. Tocava harpa e sinos. Pior: era bela. Sansa recebera as formosas maçãs do rosto altas da mãe e os espessos cabelos arruivados dos Tully. Arya saíra ao senhor seu pai. Os cabelos eram de um castanho sem brilho, e o rosto, longo e solene. Jeyne costumava chamá-la Arya Cara de Cavalo, e relinchava sempre que ela se aproximava. A única coisa que Arya fazia melhor que a irmã era andar a cavalo, e isso doía. Bem, andar a cavalo e gerir uma casa. Sansa nunca tivera grande cabeça para números. Se se casasse com o Príncipe Joff, Arya esperava, para o bem dele, que o príncipe tivesse um bom intendente.

Nymeria estava à sua espera na casa da guarda que se erguia na base da escadaria, e pôs-se em pé de um salto assim que a viu. Arya sorriu. A cria de lobo a amava, mesmo se ninguém mais o fizesse. Iam juntas para todo lado, e Nymeria dormia em seu quarto, aos pés da cama. Se a mãe não o tivesse proibido, Arya teria levado de bom grado a loba para a sala de costura. Gostaria de ver então Septã Mordane queixar-se de seus pontos.

Nymeria mordiscou-lhe a mão, ansiosa, enquanto Arya a desamarrava. O animal possuía olhos amarelos. Quando capturavam a luz do sol, cintilavam como duas moedas de ouro. Arya dera-lhe o nome da rainha guerreira dos roinares, que liderara seu povo na travessia do mar estreito. Também isso fora um grande escândalo. Sansa, naturalmente, chamara sua cria de "Lady". Arya fez uma careta e abraçou a lobinha com força. Nymeria lambeu-lhe a orelha e ela soltou um risinho.

Àquela altura, Septã Mordane com certeza já teria mandado uma mensagem à senhora sua mãe. Se fosse para o quarto, a encontrariam. Arya não queria ser encontrada. Teve uma ideia melhor. Os rapazes estavam treinando no pátio. Queria ver Robb atirar o galante Príncipe Joffrey ao chão. "Anda", sussurrou a Nymeria. Levantou-se e correu, com a loba a morder-lhe os calcanhares.

Havia uma janela, na ponte coberta entre o armeiro e a Torre Grande, de onde se podia ver todo o pátio. Foi para lá que se dirigiram.

Chegaram, coradas e sem fôlego, e foram encontrar Jon sentado no parapeito, com um joelho languidamente erguido até o queixo. Observava a ação tão absorvido que pareceu não se dar conta da aproximação da irmã até que o lobo branco foi ao encontro delas. Nymeria aproximou-se em passos cautelosos. Fantasma, já maior que os companheiros de ninhada, farejou-a, deu-lhe uma dentada cuidadosa na orelha e voltou a instalar-se.

Jon lançou uma olhadela curiosa a Arya.

– Não devia estar trabalhando em seus pontos, irmãzinha?

Arya fez-lhe uma careta.

– Queria vê-los lutar.

Ele sorriu.

– Então venha cá.

Arya trepou na janela e sentou-se ao lado do irmão, no meio de um coro de estrondos e grunhidos vindos do pátio, lá embaixo.

Para sua desilusão, eram os rapazes mais novos que se exercitavam. Bran estava tão almofadado que parecia que tinha se afivelado a um colchão de penas, e Príncipe Tommen, que já era naturalmente rechonchudo, parecia definitivamente redondo. Fanfarronavam, ofegavam e atacavam-se um ao outro com espadas de madeira almofadadas, sob o olhar vigilante de Sor Rodrik Cassel, o mestre de armas, um robusto homem em forma de barril, com magníficas suíças brancas. Uma dúzia de espectadores, homens e rapazes, os encorajavam, e, entre todas, a voz de Robb era a mais forte. Arya reconheceu Theon Greyjoy ao lado do irmão, de gibão negro ornamentado com a lula gigante dourada de sua Casa, ostentando no rosto um ar de retorcido desprezo. Ambos os combatentes cambaleavam. Arya concluiu que já lutavam havia algum tempo.

– É um pouquinho mais cansativo que o trabalho de agulhas – observou Jon.

– É um pouquinho mais divertido que o trabalho de agulhas – Arya retorquiu. Jon sorriu, esticou o braço e despenteou-lhe os cabelos. Arya corou. Sempre foram próximos. Jon tinha o rosto do pai, assim como ela. Eram os únicos. Robb, Sansa, Bran e até o pequeno Rickon, todos saíram aos Tully, com sorrisos fáceis e fogo nos cabelos. Quando pequena, Arya tivera medo de isso significar que também ela fosse bastarda. Fora a Jon que contara o medo, e fora ele quem a sossegara.

– Por que não está no pátio? – perguntou-lhe Arya.

Ele lhe deu um meio sorriso.

– Não se permite a bastardos danificar jovens príncipes – disse. – Quaisquer hematomas que recebam no pátio de treinos devem provir de espadas legítimas.

– Ah – Arya sentiu-se envergonhada. Devia ter compreendido. Pela segunda vez naquele dia pensou que a vida não era justa.

Observou o irmão mais novo bater em Tommen.

– Podia sair-me tão bem quanto Bran – disse. – Ele tem só sete anos. Eu tenho nove.

Jon olhou-a com toda a sua sabedoria de catorze anos.

– Você é magra demais – disse. Pegou seu braço para apalpar o músculo. Então suspirou e balançou a cabeça. – Duvido até que consiga levantar uma espada, irmãzinha, quanto mais brandi-la.

Arya recolheu o braço e lançou-lhe um olhar furioso. Jon voltou a despentear-lhe os cabelos. Observaram Bran e Tommen, que andavam em círculos ao redor um do outro.

– Vê o Príncipe Joffrey? – perguntou Jon.

Ao primeiro relance não o tinha visto, mas quando voltou a olhar, descobriu-o atrás dos outros, à sombra do alto muro de pedra. Estava cercado por homens que não reconheceu, jovens escudeiros com librés dos Lannister e dos Baratheon, todos eles estranhos. Havia entre eles alguns homens mais velhos; cavaleiros, presumiu.

– Olhe o brasão de sua capa – sugeriu Jon.

Arya olhou. Um escudo ornamentado tinha sido bordado na capa almofadada do príncipe. Não havia dúvida de que o bordado era magnífico. O brasão estava dividido ao meio: de um lado tinha o veado coroado da Casa real; do outro, o leão de Lannister.

– Os Lannister são orgulhosos – observou Jon. – Seria de se pensar que a chancela real seria suficiente, mas não. Ele faz a Casa da mãe igual em honra à do rei.

– A mulher também é importante! – protestou Arya.

Jon soltou um risinho.

– Talvez devesse fazer o mesmo, irmãzinha. Casa Tully e Stark no seu brasão.

– Um lobo com um peixe na boca? – a ideia a fez rir. – Pareceria disparatado. Além disso, se uma moça não pode lutar, por que haveria de ter um brasão de armas?

Jon encolheu os ombros.

– Às moças dão as armas, mas não as espadas. Aos bastardos dão as espadas, mas não as armas. Não fui eu que fiz as regras, irmãzinha.

Ouviu-se um grito no pátio, embaixo. Príncipe Tommen rebolava na poeira, tentando sem sucesso pôr-se em pé. Todos aqueles almofadados faziam-no assemelhar-se a uma tartaruga deitada sobre o casco. Bran estava sobre ele, com a espada de madeira erguida, pronto a bater-lhe de novo assim que se levantasse. Os homens desataram a rir.

– Basta! – gritou Sor Rodrik. Ofereceu a mão ao príncipe e o pôs de novo em pé. – Uma boa luta. Lew, Donnis, ajudem-nos a tirar as armaduras – olhou em volta. – Príncipe Joffrey, Robb, querem mais um assalto?

Robb, já suado de uma luta anterior, avançou com ardor.

– De bom grado.

Joffrey saiu para o sol em resposta à chamada de Rodrik. Seus cabelos brilharam como ouro tecido. Parecia aborrecido.

– Este é um jogo para crianças, Sor Rodrik.

Theon Greyjoy soltou uma súbita gargalhada.

– Vocês são crianças – disse, com ironia.

– Robb pode ser uma criança – disse Joffrey. – Eu sou um príncipe. E já estou cansado de dar pancada nos Stark com uma espada de brinquedo.

– Você levou mais pancada do que deu, Joff – disse Robb. – Será que tem medo?

Príncipe Joffrey olhou para ele:

– Ah, estou apavorado – disse. – Você é tão mais velho – alguns dos Lannister deram risada.

Jon afastou os olhos da cena com um olhar carrancudo.

– Joffrey é um verdadeiro merda – disse a Arya.

Sor Rodrik puxou, pensativo, pelas suíças brancas.

– O que sugere? – perguntou ao príncipe.

– Aço vivo.

– Feito – disparou Robb em resposta. – Vai se arrepender!

O mestre de armas pôs a mão no ombro de Robb, tentando acalmá-lo.

– Aço vivo é demasiado perigoso. Permitirei espadas de torneio, com gumes embotados.

Joffrey não disse nada, mas um homem que era estranho a Arya, um cavaleiro alto com cabelos negros e cicatrizes de queimaduras no rosto, avançou para a frente do príncipe.

– Este é o seu príncipe. Quem é você para lhe dizer que não pode ter um gume na espada, sor?

– Sou o mestre de armas de Winterfell, Clegane, e faria bem se não se esquecesse disso.

– Está aqui para treinar mulheres? – quis saber o homem queimado. Era musculoso como um touro.

– Treino *cavaleiros* – respondeu severamente Sor Rodrik. – Eles terão aço quando estiverem prontos. Quando tiverem idade.

O homem queimado olhou para Robb.

– Que idade você tem, rapaz?

– Catorze anos – disse Robb.

– Matei um homem aos doze. E pode ter certeza de que não foi com uma espada sem fio.

Arya conseguia ver que Robb se irritava. Seu orgulho estava ferido. Virou-se para Sor Rodrik.

– Deixe-me fazê-lo. Posso vencê-lo.

– Então, vença-o com uma lâmina de torneio – respondeu Sor Rodrik.

Joffrey encolheu os ombros.

– Venha ter comigo quando for mais velho, Stark. Se já não for velho *demais* – soaram gargalhadas vindas dos Lannister.

As pragas de Robb ressoaram pelo pátio. Arya cobriu a boca, chocada. Theon Greyjoy agarrou o braço de Robb a fim de mantê-lo afastado do príncipe. Sor Rodrik coçou as suíças, consternado.

Joffrey fingiu um bocejo e virou-se para o irmão mais novo.

– Venha, Tommen – disse. – A hora da brincadeira terminou. Deixe as crianças com seus divertimentos.

Aquilo provocou mais risos entre os Lannister, e mais pragas de Robb. O rosto de Sor Rodrik, por baixo do branco das suíças, estava vermelho como uma beterraba em fúria. Theon manteve Robb preso com mão de ferro até que os príncipes e sua comitiva partissem em segurança.

Jon observou-os partir, e Arya observou Jon. Seu rosto tinha ficado tão imóvel como a lagoa no coração do bosque sagrado. Por fim, ele desceu da janela.

– O espetáculo acabou – disse. Curvou-se para coçar Fantasma atrás das orelhas. O lobo branco pôs-se em pé e esfregou-se contra ele. – É melhor correr para o seu quarto, irmãzinha. Septã Mordane está sem dúvida à espreita. Quanto mais tempo ficar escondida, mais severa a penitência. Costurará durante todo o inverno. Quando chegar o degelo da primavera, encontrarão seu corpo ainda com uma agulha bem presa entre os dedos congelados.

Arya não achou graça.

– Detesto costura! – disse com paixão. – Não é justo!

– Nada é justo – disse Jon. Voltou a despentear-lhe os cabelos e afastou-se, com Fantasma a caminhar em silêncio ao seu lado. Nymeria também começou a segui-los, mas depois parou e regressou quando viu que Arya permanecia onde estava.

Arya virou-se relutantemente para a outra direção.

Foi pior do que Jon pensara. Não era Septã Mordane quem a esperava no quarto. Eram Septã Mordane *e* sua mãe.

Bran

Os caçadores partiram de madrugada. O rei desejava javali para o festim da noite. Príncipe Joffrey ia com o pai, e, por esse motivo, Robb também foi autorizado a juntar-se ao grupo. Tio Benjen, Jory, Theon Greyjoy, Sor Rodrik e até o pequeno e engraçado irmão da rainha iam com eles. Afinal, era a última caçada. Na manhã seguinte, partiriam para o Sul.

Bran fora deixado para trás com Jon, as meninas e Rickon. Mas Rickon era só um bebê, as meninas eram apenas meninas, e não encontravam Jon e seu lobo em lugar nenhum. Bran não o procurou por muito tempo. Achava que Jon estivesse zangado com ele. Naqueles dias, Jon parecia estar zangado com todo mundo. Bran não sabia por quê. Ele ia com Tio Ben para a Muralha, juntar-se à Patrulha da Noite. Isso era quase tão bom quanto ir para o Sul com o rei. Era Robb quem ia ser deixado para trás, não Jon.

Nos últimos dias, Bran quase não conseguia esperar pela partida. Ia percorrer a estrada do rei montado num cavalo seu, não um pônei, mas um cavalo de verdade. O pai seria Mão do Rei, e viveriam no castelo vermelho em Porto Real, o castelo que os Senhores do Dragão tinham construído. A Velha Ama dizia que lá havia fantasmas, e masmorras onde tinham sido feitas coisas terríveis, e cabeças de dragão nas paredes. Bran arrepiava--se só de pensar nisso, mas não tinha medo. Como podia ter? O pai estaria com ele, e também o rei, com todos os seus cavaleiros e homens de armas.

O próprio Bran um dia seria um cavaleiro, um membro da Guarda Real. A Velha Ama dizia que eram os melhores espadachins de todo o reino. Eram apenas sete, usavam armaduras brancas e não tinham esposas nem filhos, viviam apenas para servir o rei. Bran conhecia todas as histórias. Os nomes deles eram como música para seus ouvidos. Serwyn do Escudo Espelhado; Sor Ryam Redwyne; Príncipe Aemon, o Cavaleiro do Dragão; os gêmeos, Sor Erryk e Sor Arryk, que tinham morrido pelas espadas um do outro havia centenas de anos, quando irmãos lutavam contra irmãs na guerra que os poetas chamavam a Dança dos Dragões; Touro Branco, Gerold Hightower; Sor Arthur Dayne, a Espada da Manhã; e Barristan, o Ousado.

Dois dos Guardas do Rei tinham vindo para o Norte com Rei Robert. Bran observara-os, fascinado, sem chegar a se atrever a dirigir-lhes a palavra. Sor Boros era um homem calvo com um maxilar largo, e Sor Meryn tinha olhos oblíquos e uma barba cor de ferrugem. Sor Jaime Lannister parecia-se mais com os cavaleiros das histórias e também pertencia à Guarda do Rei, mas Robb dizia que ele tinha matado o velho rei louco e já não contava. O maior cavaleiro vivo era Sor Barristan Selmy, Barristan, o Ousado, o Senhor Comandante da Guarda do Rei. O pai prometera que conheceriam Sor Barristan quando chegassem a Porto Real, e Bran marcara a passagem dos dias na parede do quarto, ansioso por partir, por ver um mundo com que só sonhara e começar uma vida que quase nem conseguia imaginar.

Mas agora que o último dia se aproximava, repentinamente Bran sentia-se perdido. Winterfell era a única casa que conhecera. O pai dissera-lhe que devia fazer hoje as suas despedidas, e ele tentou. Depois de os caçadores terem partido, vagueou pelo castelo com o lobo a seu lado, tencionando visitar aqueles que ficariam ali, a Velha Ama e o cozinheiro Gage, Mikken na sua forja, Hodor, o cavaleiro que tanto sorria, cuidava de seu pônei e nunca dizia nada que não fosse "Hodor"; o homem nas estufas que lhe dava uma amora silvestre sempre que ia visitá-lo...

Mas foi inútil. Dirigiu-se primeiro ao estábulo e viu seu pônei na baia, mas já não era *seu* pônei, pois teria um cavalo de verdade e deixaria o pônei para trás, e de repente quis apenas sentar e chorar. Virou-se e fugiu dali antes que Hodor e os outros moços da estrebaria vissem as lágrimas em seus olhos. Foi o fim das despedidas. No lugar delas, passou a manhã sozinho no bosque sagrado, tentando sem sucesso ensinar o lobo a buscar um pedaço de madeira. O lobinho era mais inteligente que qualquer dos cães no canil do pai, e Bran juraria que entendia cada palavra que lhe era dita, mas o animal mostrava muito pouco interesse em perseguir pedaços de madeira.

Ainda andava à procura de um nome. Robb chamara seu lobo de Vento Cinzento, porque ele corria muito depressa. Sansa chamara a sua cria de Lady, e Arya dera à sua o nome de uma rainha feiticeira qualquer das canções, e o pequeno Rickon batizara seu filhote de Cão Felpudo, o que Bran julgava ser um nome bastante estúpido para um lobo gigante. O lobo de Jon, o branco, chamava-se Fantasma. Bran gostaria de ter pensado primeiro nesse nome, apesar de seu lobo não ser branco. Tentara cem nomes ao longo da última quinzena, mas nenhum lhe parecera ideal.

Por fim, cansou-se de atirar pedaços de madeira e decidiu escalar. Havia semanas que não subia à torre quebrada, por causa de tudo que acontecera, e aquela poderia ser sua última oportunidade.

Atravessou correndo o bosque sagrado, escolhendo o caminho mais longo, a fim de evitar a lagoa onde crescia a árvore-coração. Ela sempre o assustara; as árvores não deveriam ter olhos, pensava Bran, nem folhas que se parecessem com mãos. O lobo corria junto aos seus calcanhares.

– Fique aqui – disse ao animal na base da árvore sentinela que crescia ao lado da parede do armeiro. – Deite. Isso. Agora *fique*.

O lobo fez o que lhe foi ordenado. Bran coçou-o atrás das orelhas e depois se virou, saltou, agarrou um galho baixo e içou-se. Estava no meio da árvore, deslocando-se com facilidade de galho em galho, quando o lobo se pôs em pé e começou a uivar.

Bran olhou para baixo. O lobo calou-se, olhando-o através das fendas de seus olhos amarelos. Um estranho arrepio o atravessou, mas recomeçou a trepar. Uma vez mais o lobo uivou.

– Quieto – gritou. – Senta. Fique. Você é pior que a minha mãe – os uivos seguiram Bran até o topo da árvore quando, por fim, saltou para o telhado do armeiro e para fora de vista.

Os telhados de Winterfell eram a segunda casa de Bran. A mãe dizia frequentemente que ele já era capaz de escalar antes de aprender a andar. Bran não se lembrava de quando começara a andar, mas tampouco se lembrava do momento em que começara a escalar; portanto, supunha que devia ser verdade.

Para um garoto, Winterfell era um labirinto de pedra cinzenta, com paredes, torres, pátios e túneis que se estendiam em todas as direções. Nas partes mais antigas do castelo, os salões inclinavam-se para cima e para baixo, de modo que nem era possível saber ao certo o andar em que se estava. Meistre Luwin dissera-lhe uma vez que o edifício fora crescendo ao longo dos séculos como se fosse uma monstruosa árvore de pedra, com galhos nodosos, grossos e retorcidos, e raízes que se afundavam profundamente na terra.

Quando saía de baixo dessa espécie de árvore e subia até perto do céu, Bran conseguia ver todo Winterfell com um relance. E gostava do aspecto do lugar, estendido à sua frente, apenas com aves a rodopiar sobre sua cabeça enquanto toda a vida do castelo prosseguia lá embaixo. Bran podia ficar horas empoleirado entre as gárgulas sem forma, desgastadas pela chuva, que matutavam no topo da Primeira Torre, observando tudo: os homens que se exercitavam com madeira e aço no pátio, os cozinheiros que cuidavam de suas plantas nas estufas, cães irrequietos que corriam de um lado para o outro nos canis, o silêncio do bosque sagrado, as moças que mexericavam junto ao poço das lavagens. Fazia-o sentir-se senhor do castelo, de um modo que nem mesmo Robb conheceria.

E também lhe revelava os segredos de Winterfell. Os construtores nem sequer tinham nivelado a terra; havia colinas e vales por trás dos muros de Winterfell. Havia uma ponte coberta que ligava o quarto piso da torre sineira ao segundo piso do aviário. Bran a conhecia. E também sabia que podia entrar na muralha interior pelo portão sul, subir três pisos e correr por todo Winterfell dentro de um túnel estreito aberto na pedra, e depois sair *ao nível do chão* no portão norte com trinta metros de muralha a elevar-se acima de sua cabeça. Bran estava convencido de que nem mesmo Meistre Luwin sabia *disso*.

A mãe andava aterrorizada com a possibilidade de Bran um dia escorregar de um muro e matar-se. Ele dissera-lhe que isso não aconteceria, mas ela nunca acreditou. Uma vez o fez prometer que permaneceria no chão. Ele conseguiu cumprir a promessa durante quase uma quinzena, infeliz todos os dias, até que uma noite saiu pela janela do quarto quando os irmãos estavam mergulhados no sono.

Confessou o crime no dia seguinte, num ataque de remorso. O Senhor Eddard ordenou-lhe que fosse se purificar no bosque sagrado. Foram destacados guardas para assegurar que Bran permaneceria lá toda a noite, sozinho, a refletir sobre sua desobediência. Na manhã seguinte, Bran não se encontrava em lugar nenhum. Foram finalmente encontrá-lo, profundamente adormecido, nos galhos superiores da mais alta árvore sentinela do bosque.

Por mais zangado que estivesse, o pai não conseguiu conter uma gargalhada.

– Você não é meu filho – disse a Bran quando o trouxeram para baixo –, é um esquilo. Que seja. Se tem de escalar, então escale, mas não deixe que sua mãe o veja.

Bran fez o melhor que pôde, embora achasse que nunca conseguira realmente enganá-la. Como o pai não o proibia, ela virara-se para outros lados. A Velha Ama contou-lhe uma história sobre um garotinho mau que escalou alto demais e foi atingido por um relâmpago, e sobre o modo como os corvos vieram bicar-lhe os olhos depois. Bran não se impressionou. Havia ninhos de corvo no topo da torre quebrada, onde nunca ninguém ia, além dele, e às vezes enchia os bolsos de milho antes de escalar até lá, e os corvos comiam de sua mão. Nenhum jamais mostrou a mais leve intenção de lhe bicar os olhos.

Mais tarde, Meistre Luwin moldou um pequeno garoto de barro, vestiu-o com as roupas de Bran e atirou-o do muro para o pátio, a fim de demonstrar o que aconteceria a Bran se caísse. Foi divertido, mas depois da demonstração Bran limitou-se a olhar para o meistre e dizer:

– Não sou feito de barro. E, seja como for, nunca caio.

Depois disso, durante algum tempo os guardas o perseguiam sempre que o viam nos telhados e tentavam puxá-lo para baixo. Foi a melhor época de todas. Era como brincar com os irmãos, exceto que naquele jogo era sempre Bran quem ganhava. Nenhum dos guardas era capaz de escalar tão bem como Bran, nem metade, nem mesmo Jory. E, fosse como fosse, a maior parte das vezes nem sequer o viam. As pessoas nunca olhavam para cima. Era outra coisa que apreciava em escalar; era quase como ser invisível.

E também gostava da sensação de se içar por um muro acima, pedra a pedra, com os dedos das mãos e dos pés enterrando-se com força nas pequenas fendas que havia entre elas. Quando escalava, sempre tirava as botas e subia descalço; aquilo o fazia se sentir como se tivesse quatro mãos em vez de duas. Gostava da dor profunda e doce que sentia depois nos músculos. Gostava do sabor que o ar tinha lá em cima, doce e frio como um pêssego de inverno. Gostava dos pássaros: os corvos na torre quebrada, os minúsculos pardais que faziam ninho nas fendas entre as pedras, a velha coruja que dormia no sótão poeirento que ficava por cima do antigo armeiro. Bran conhecia-os todos.

E acima de tudo gostava de ir a lugares onde ninguém mais podia ir e de ver a extensão cinzenta de Winterfell de um modo que nunca ninguém vira. Transformava todo o castelo no lugar secreto de Bran. Seu local favorito era a torre quebrada. Antigamente tinha sido uma torre de atalaia, a mais alta de Winterfell. Há muito tempo, cem anos antes do nascimento de seu pai, um relâmpago a incendiara. O terço superior da estrutura tinha tombado para dentro, e a torre nunca fora reconstruída. Por vezes, seu pai mandava caçadores de ratos até a base dela para limpar os ninhos que sempre eram encontrados por entre a confusão de pedras caídas e traves queimadas e podres. Mas agora nunca ninguém ia até o topo irregular da estrutura, exceto Bran e os corvos.

Conhecia duas maneiras de chegar lá. Podia-se ir diretamente, escalando o lado da própria torre, mas as pedras estavam soltas, a argamassa que as mantivera juntas havia muito que tinha se transformado em cinzas, e Bran nunca gostara de pôr todo seu peso em cima delas.

A *melhor* maneira era partir do bosque sagrado, escalar a grande sentinela, atravessar o armeiro e o salão dos guardas, saltando de telhado em telhado descalço, para que os guardas não ouvissem. Depois disso, estava-se no lado oculto da Primeira Torre, a mais antiga parte do castelo, uma fortaleza quadrada e atarracada que era mais alta do que parecia. Só ratos e aranhas viviam ali agora, mas as velhas pedras ainda davam uma boa escalada. Podia-se ir diretamente até o local onde as gárgulas se inclinavam, cegas, sobre o espaço vazio, e balançar de gárgula em gárgula, uma mão depois da outra, até o lado norte. Daí, caso se esticasse bem, era possível alcançar a torre quebrada e içar-se em direção a ela no lugar onde se inclinava para mais perto. A última parte era engatinhar pelas pedras enegrecidas até o ponto mais elevado, não mais que três metros, e então os corvos chegariam, para ver se tinha trazido milho.

Bran estava passando de gárgula em gárgula com a facilidade de uma longa prática quando ouviu as vozes. Ficou tão sobressaltado que quase perdeu o apoio. A Primeira Torre estivera vazia durante toda a sua vida.

– Não estou gostando – uma mulher dizia. Havia uma fileira de janelas por baixo de Bran, e a voz saía da última janela daquele lado. – *Você* é que devia ser a Mão.

– Que os deuses o proíbam – respondeu indolentemente uma voz masculina. – Não é honra que eu deseje. Dá um trabalho desmedido.

Bran ficou ali, pendurado, à escuta, com medo de prosseguir. Eles poderiam ver de relance seus pés, se tentasse passar pela janela.

– Não vê o perigo em que isso nos coloca? – disse a mulher. – Robert adora o homem como a um irmão.

– Robert quase não tem estômago para os irmãos. Não que o censure. Stannis seria suficiente para dar uma indigestão a qualquer um.

– Não se faça de tolo. Stannis e Renly são uma coisa, Eddard Stark é outra totalmente diferente. Robert *escutará* Stark. Malditos sejam ambos. Eu devia ter *insistido* para que ele o nomeasse, mas tinha certeza de que Stark recusaria o cargo.

– Deveríamos agradecer por nossa sorte – disse o homem. – O rei podia perfeitamente ter nomeado um de seus irmãos, ou mesmo o Mindinho, que os deuses nos protejam. Dê-me inimigos honrados em vez de ambiciosos e dormirei melhor à noite.

Bran compreendeu que falavam de seu pai. Quis ouvir mais. Mais alguns pés... mas o veriam se balançasse na frente da janela.

– Teremos de vigiá-los cuidadosamente – disse a mulher.

– Eu preferiria vigiar você – disse o homem, soando aborrecido. – Volte aqui.

– Lorde Eddard nunca mostrou nenhum interesse em nada que acontecesse ao sul do Gargalo – disse a mulher. – Nunca. Escute-me bem, ele planeja uma jogada contra nós. Por que outro motivo aceitaria abandonar a sede do seu poder?

– Por cem motivos. O dever. A honra. Deseja escrever seu nome em letras grandes no livro da História, fugir da mulher ou ambas as coisas. Talvez não queira mais do que estar quente por uma vez na vida.

– A mulher é irmã da Senhora Arryn. É um milagre que Lysa não esteja aqui para nos receber com suas acusações.

Bran olhou para baixo. Havia um estreito parapeito por baixo da janela, com apenas algumas polegadas de largura. Tentou abaixar-se até lá. Estava longe demais. Nunca o alcançaria.

– Aborrece-se sem motivo. Lysa Arryn é uma vaca assustada.

– Essa vaca assustada partilhava a cama de Jon Arryn.

– Se soubesse alguma coisa, teria ido falar com Robert antes de fugir de Porto Real.

– Depois de já termos concordado em criar aquele fracote do seu filho em Rochedo Casterly? Não me parece. Ela sabia que a vida do garoto ficaria refém do seu silêncio. Mas pode se tornar mais ousada, agora que está a salvo no topo do Ninho da Águia.

– Mães – o homem fez a palavra soar como uma praga. – Acho que dar à luz faz qualquer coisa às suas mentes. São todas loucas – ele riu, um som amargo. – Que a Senhora Arryn se torne tão ousada quanto deseje. Seja o que for que ela sabe, seja o que for que ela pensa que sabe, não tem provas – fez uma pausa momentânea. – Ou será que tem?

– Você acha que o rei precisará de provas? – disse a mulher. – Já te disse que ele não me ama.

– E quem tem culpa disso, querida irmã?

Bran estudou o parapeito. Podia cair. Era estreito demais para aterrissar nele, mas se conseguisse se segurar ao passar por ele e depois içar-se... Mas isso faria barulho e os traria até a janela. Não tinha certeza do que estava ouvindo, mas sabia que não se destinava aos seus ouvidos.

– É tão cego como Robert – dizia a mulher.

– Se quer com isso dizer que vejo as mesmas coisas, então, sim – disse o homem. – Vejo um homem que mais depressa morreria do que trairia seu rei.

– Já traiu um, ou será que se esqueceu? – disse a mulher. – Ah, não nego que ele é leal ao Robert, isso é óbvio. O que acontecerá quando Robert morrer e Joff subir ao trono? E, quanto mais depressa *isso* acontecer, mais seguros estaremos todos. Meu marido torna-se cada vez mais inquieto. Stark a seu lado só o fará ficar pior. Ainda ama sua irmã, a insípida menininha de dezesseis anos morta. Quanto tempo demorará para decidir me pôr de lado em favor de alguma nova Lyanna?

De repente, Bran ficou muito assustado. Nada mais desejava do que regressar pelo caminho de onde tinha vindo e ir à procura dos irmãos. Mas o que poderia dizer a eles? Compreendeu que tinha de se aproximar mais. Tinha de ver quem estava falando.

O homem suspirou.

– Devia pensar menos no futuro e mais nos prazeres próximos.

– Para com isso! – disse a mulher.

Bran ouviu o súbito som de carne batendo em carne, e em seguida o riso do homem. Bran içou-se, escalou a gárgula, rastejou para o telhado. Era a maneira mais fácil. Deslocou-se ao longo do telhado até a gárgula seguinte, que ficava mesmo por cima da janela do quarto onde os dois conversavam.

– Todo esse falatório está se tornando muito cansativo, irmã – disse o homem. – Venha cá e se cale.

Bran sentou-se na gárgula com uma perna para cada lado, apertou-as em volta dela e deslizou até ficar de cabeça para baixo. Pendurou-se pelas pernas e esticou a cabeça lentamente até a janela. O mundo parecia estranho de pernas para o ar. Um pátio nadava vertiginosamente lá embaixo, com as lajes ainda úmidas da neve derretida.

Bran olhou pela janela.

Dentro do quarto, um homem e uma mulher lutavam. Estavam ambos nus. Bran não conseguia ver quem eram. As costas do homem estavam voltadas para ele, e seu corpo ocultou a mulher quando ele a empurrou contra a parede.

Ouviam-se sons suaves e úmidos. Bran percebeu que se beijavam. Observou, assustado e de olhos esbugalhados, com a respiração apertada na garganta. O homem tinha uma mão entre as pernas da mulher, e a devia estar machucando, porque ela começou a gemer, com voz profunda.

– Para – disse ela – para, para. Ah, *por favor...* – mas a voz era baixa e fraca, e ela não o empurrava para longe. As mãos enterraram-se nos emaranhados cabelos dourados dele e puxaram-lhe o rosto para o peito.

Bran viu-lhe o rosto. Os olhos dela estavam fechados e a boca aberta, gemendo. Os cabelos moviam-se de um lado para o outro quando a cabeça dela se deslocava para a frente e para trás, mas, mesmo assim, reconheceu a rainha.

Deve ter feito algum ruído. De repente, os olhos dela abriram-se e fitaram-no. Ela gritou.

Então, tudo aconteceu ao mesmo tempo. A mulher empurrou precipitadamente o homem, gritando e apontando. Bran tentou içar-se, dobrando-se sobre si mesmo ao tentar alcançar a gárgula. Mas o fez com muita pressa. A mão arranhou inutilmente a pedra lisa, e no seu pânico as pernas deslizaram e, de repente, viu-se caindo. Houve um instante de vertigem, um desamparo nauseante quando a janela passou por ele. Esticou a mão, agarrou o parapeito, perdeu-o, voltou a agarrá-lo com a outra mão. Bateu com força no edifício. O impacto tirou-lhe o fôlego. Bran ficou suspenso por uma mão, arquejando.

Rostos surgiram na janela acima dele.

A rainha. E agora Bran reconhecia o homem a seu lado. Eram tão parecidos como reflexos num espelho.

– Ele *nos viu* – disse a mulher com voz esganiçada.

– Pois viu.

Os dedos de Bran começaram a deslizar. Agarrou o parapeito com a outra mão. Suas unhas enterraram-se na pedra dura. O homem estendeu um braço.

– Agarre a minha mão – disse. – Antes que caia.

Bran agarrou-lhe o braço com toda a sua força. O homem o puxou até o umbral.

– Que está fazendo? – quis saber a mulher.

O homem a ignorou. Era muito forte. Pôs Bran em pé sobre o parapeito.

– Que idade tem, garoto?

– Sete anos – disse Bran, tremendo de alívio. Seus dedos tinham marcado profundas estrias no braço do homem. Largou-o, envergonhado.

O homem olhou para a mulher.

– As coisas que faço por amor – disse, com repugnância. Deu um empurrão em Bran.

Gritando, Bran caiu da janela de costas para o vazio. Nada havia a que se pudesse agarrar. O pátio correu ao seu encontro.

Em algum lugar, a distância, um lobo uivava. Corvos voavam em círculos sobre a torre quebrada, esperando por milho.

Tyrion

Em algum lugar no grande labirinto de pedra de Winterfell um lobo uivou. O som pairou sobre o castelo como uma bandeira de luto.

Tyrion Lannister ergueu os olhos dos seus livros e estremeceu, apesar de a biblioteca estar quente e aconchegante. Há algo no uivar de um lobo que tira um homem do seu aqui e agora e o transporta para uma sombria floresta da mente, correndo nu à frente da matilha.

Quando o lobo gigante voltou a uivar, Tyrion fechou o pesado livro encadernado a couro que estava lendo, um discurso com cem anos de um meistre havia muito morto sobre a mudança das estações. Abafou um bocejo com as costas da mão. Sua lanterna de leitura bruxuleava, com o óleo quase gasto, enquanto a luz da madrugada se esgueirava pelas janelas elevadas. Tinha passado a noite inteira lendo, mas isso não era novidade. Tyrion Lannister não era homem de dormir muito.

Quando deslizou do banco, sentiu as pernas rígidas e doloridas. Devolveu-lhes alguma vida com uma massagem e mancou pesadamente até a mesa onde o septão ressonava baixinho, com um livro aberto a servir-lhe de almofada. Tyrion lançou um olhar de relance ao título. Não admirava: era uma biografia do Grande Meistre Aethelmure.

– Chayle – disse, em voz baixa. O jovem ergueu-se de um salto, pestanejando, confuso, com o cristal de sua ordem balançando vigorosamente na ponta de sua corrente de prata. – Vou quebrar o jejum. Trate de pôr os livros de volta nas prateleiras. Tome cuidado com os rolos valirianos, porque o pergaminho está muito seco. O *Máquinas de Guerra* de Ayrmidon é bastante raro, e a sua é a única cópia completa que já vi – Chayle olhou-o de boca aberta, ainda meio adormecido. Pacientemente, Tyrion repetiu as instruções, depois deu ao septão uma palmada no ombro e o deixou com suas tarefas.

No exterior, Tyrion encheu os pulmões com o frio ar da manhã e começou sua laboriosa descida dos íngremes degraus de pedra que se enrolavam em torno do exterior da torre da biblioteca. Era um avanço lento; os degraus eram altos e estreitos, ao passo que as pernas eram curtas e tortas. O sol nascente ainda não iluminava os muros de Winterfell, mas os homens já estavam muito ativos no pátio, lá embaixo. A voz áspera de Sandor Clegane vagueou até seus ouvidos.

– O garoto leva muito tempo para morrer. Gostaria que se fosse logo.

Tyrion olhou para baixo de relance e viu Cão de Caça em pé ao lado de Joffrey, enquanto escudeiros formigavam ao redor.

– Pelo menos morre em silêncio – respondeu o príncipe. – É o lobo que faz barulho. Quase não consegui dormir esta noite.

Clegane lançou uma longa sombra sobre a terra bem batida quando seu escudeiro levantou o elmo negro sobre sua cabeça.

– Posso silenciar a criatura, se o agradar – disse através do visor aberto. O ajudante colocou-lhe uma espada na mão. Clegane testou o seu peso cortando o frio ar da manhã. Atrás dele, o pátio ressoava com o som estridente de aço batendo em aço.

A ideia pareceu encher o príncipe de prazer.

– Mandar um cão matar um cão! – exclamou. – Winterfell está tão infestado de lobos que os Stark nunca perceberão a falta de um.

Tyrion saltou do último degrau para o pátio.

– Permita-me discordar, sobrinho – disse. – Os Stark são capazes de contar até seis. Ao contrário de certos príncipes que eu poderia citar.

Joffrey teve pelo menos a educação de corar.

– Uma voz vinda de lugar nenhum – disse Sandor. Espreitou através do elmo, olhando para um lado e para o outro. – Espíritos do ar!

O príncipe riu, como ria sempre que o guarda-costas fazia aquela farsa de pantomimeiro. Tyrion já estava habituado.

– Aqui embaixo.

O homem alto espreitou para o chão e fingiu reparar nele.

– O pequeno senhor Tyrion – disse. – As minhas desculpas. Não o vi aí.

– Hoje não tenho disposição para a sua insolência – Tyrion virou-se para o sobrinho. – Joffrey, já é mais que tempo de ir falar com Lorde Eddard e sua senhora, para lhes oferecer seu consolo.

Joffrey pareceu tão petulante como só um jovem príncipe podia ser.

– E que bem lhes faria o meu consolo?

– Nenhum – disse Tyrion. – Mas espera-se que faça isso. Sua ausência foi notada.

– O garoto Stark não é nada para mim – disse Joffrey. – Não consigo suportar o choro das mulheres.

Tyrion Lannister ergueu o braço e deu um forte tapa na cara do sobrinho. A bochecha do rapaz começou a corar.

– Uma palavra – disse Tyrion –, e bato outra vez.

– Vou contar para minha mãe! – exclamou Joffrey.

Tyrion bateu-lhe de novo. Agora ambas as bochechas ardiam.

– Vai lá contar para ela – disse-lhe Tyrion. – Mas primeiro vá falar com o Senhor e a Senhora Stark, ponha-se de joelhos e lhes diga quanto lamenta e que está a seu serviço se houver alguma coisa que possa fazer por eles nesta hora desventurada, e que lhes dedica todas as suas preces. Compreende? *Compreende?*

O rapaz fez cara de quem ia chorar. Mas, em vez disso, acenou fracamente com a cabeça. Depois se virou e fugiu correndo do pátio, com as mãos cobrindo o rosto. Tyrion ficou vendo-o correr.

Uma sombra caiu-lhe sobre o rosto. Virou-se e deparou com Clegane, que se erguia acima de sua cabeça como uma falésia. A armadura negra como fuligem do cavaleiro parecia embotar o sol. Ele tinha baixado o visor do elmo, moldado de forma que parecesse com a cabeça de um cão de caça negro, de dentes arreganhados, assustador ao olhar, mas Tyrion sempre o considerara uma grande melhoria comparado à cara horrivelmente queimada de Clegane.

– O príncipe se recordará disso, pequeno senhor – preveniu Cão de Caça, e o elmo transformou sua gargalhada num estrondo oco.

– Rezo para que se recorde – respondeu Tyrion Lannister. – Caso se esqueça, seja um bom cãozinho e o relembre – passou os olhos pelo pátio. – Sabe onde posso encontrar meu irmão?

– Está no desjejum com a rainha.

– Ah – respondeu Tyrion. Inclinou negligentemente a cabeça para Sandor Clegane e afastou-se, assobiando, com tanta vivacidade quanto suas pernas deformadas permitiam. Sentia pena do primeiro cavaleiro a medir forças hoje com o Cão de Caça. O homem tinha gênio ruim.

Uma refeição fria e triste tinha sido servida na sala de estar da Casa de Hóspedes. Jaime estava sentado a uma mesa com Cersei e as crianças, conversando em voz baixa e abafada.

– Robert ainda está deitado? – perguntou Tyrion ao sentar-se à mesa sem ser convidado.

A irmã o olhou com a mesma tênue expressão de desagrado que ostentava desde o dia em que ele nascera.

– O rei não chegou a dormir – informou. – Está com Lorde Eddard. O desgosto do amigo o atingiu profundamente no coração.

– Tem um grande coração o nosso Robert – disse Jaime com um sorriso indolente. Eram muito poucas as coisas que Jaime levava a sério. Tyrion conhecia essa característica do irmão, e o perdoava. Durante todos os terríveis longos anos da infância, só Jaime lhe mostrara o menor sinal de afeto ou respeito, e por isso Tyrion estava pronto a perdoar-lhe quase tudo.

Um servo aproximou-se.

– Pão – disse-lhe Tyrion –, e dois daqueles peixinhos, e uma caneca daquela bela cerveja preta para empurrá-los para baixo. Ah, e algum bacon. Queime-o até ficar preto – o homem fez uma reverência e afastou-se. Tyrion voltou-se novamente para os irmãos. Gêmeos, um homem e uma mulher. E, naquela manhã, estavam muito parecidos. Ambos tinham escolhido um verde profundo que combinava com seus olhos. Os cachos loiros de ambos eram uma confusão elegante, e ornamentos de ouro brilhavam em seus pulsos, dedos e gargantas.

Tyrion perguntou a si mesmo como seria ter um gêmeo, mas decidiu que preferia não saber. Já era suficientemente ruim encarar-se todos os dias no espelho. Outro dele era uma ideia terrível demais para imaginar.

Príncipe Tommen falou:

– Tem notícias de Bran, tio?

– Passei pela enfermaria ontem à noite – anunciou Tyrion. – Não havia mudança. O meistre acha que é sinal esperançoso.

– Não quero que Brandon morra – disse Tommen timidamente. Era um bom garoto. Não era como o irmão, mas Jaime e Tyrion também não eram propriamente a imagem um do outro.

– Lorde Eddard também tinha um irmão chamado Brandon – meditou Jaime. – Um dos reféns assassinados por Targaryen. Parece ser um nome sem sorte.

– Ah, certamente não é assim tão desafortunado – disse

Tyrion. O servo trouxe-lhe o prato, e ele partiu um bocado de pão escuro.

Cersei o estudava com prudência.

– O que quer dizer?

Tyrion deu-lhe um sorriso torto.

– Ora, apenas que Tommen pode ver realizado seu desejo. O meistre pensa que o garoto talvez sobreviva – e bebeu um trago de cerveja.

Myrcella fez um arquejo de contentamento, e Tommen sorriu nervosamente, mas Tyrion não estava observando as crianças. O olhar que Jaime e Cersei trocaram não durou mais de um segundo, mas não lhe passou despercebido. Então, a irmã deixou cair seu olhar sobre a mesa.

– Isso não é nenhuma misericórdia. Esses deuses nortenhos são cruéis ao permitir que crianças passem por tamanha dor.

– Quais foram as palavras do meistre? – Jaime perguntou.

O bacon estalou ao ser mordido. Tyrion mastigou por um momento, pensativo, e disse:

– Ele pensa que se o garoto fosse morrer, já teria acontecido. E já se passaram quatro dias sem nenhuma mudança.

– Será que Bran ficará melhor, tio? – perguntou a pequena Myrcella, que tinha toda a beleza da mãe, mas nada de sua natureza.

– Ele quebrou a coluna, minha menina – informou Tyrion. – O meistre só tem esperança – Tyrion mastigou mais um pouco de pão. – Eu seria capaz de jurar que é o lobo do garoto que o mantém vivo. A criatura fica junto à sua janela dia e noite uivando. E sempre que o afugentam, ele volta. O meistre disse que uma vez fecharam a janela, para abafar o barulho, e Bran pareceu ficar mais fraco. Quando voltaram a abri-la, seu coração bateu com mais força.

A rainha estremeceu.

– Há qualquer coisa que não é natural nesses animais – disse. – São perigosos. *Não quero* que nenhum deles venha para o Sul conosco.

Jaime interveio:

– Teremos dificuldade em impedi-los de ir, irmã. Eles seguem aquelas moças para todo lado.

Tyrion atacou o peixe.

– Então partirão em breve?

– Não será breve o suficiente – disse Cersei. Então franziu a sobrancelha. – Não *vamos* partir? – ela disse alto. – E você? Deuses, não me diga que vai ficar *aqui*?

Tyrion encolheu os ombros.

– Benjen Stark regressará à Patrulha da Noite com o filho bastardo do irmão. Penso em ir com eles e ver essa Muralha de que tanto ouvimos falar.

Jaime sorriu.

– Espero que não esteja pensando em vestir o negro, querido irmão.

Tyrion soltou uma gargalhada.

– O quê, eu, celibatário? As prostitutas virarão pedintes entre Dorne e Rochedo Casterly. Não, só quero subir ao topo da Muralha e mijar do limite do mundo.

Cersei se pôs abruptamente em pé.

– As crianças não têm de ouvir essa nojeira. Tommen, Myrcella, venham – Cersei saiu da sala de estar em passo rápido, seguida pela cauda do vestido e pelas crias.

Jaime Lannister observou o irmão, pensativo, com seus frios olhos verdes.

– Stark nunca consentirá em abandonar Winterfell com o filho pairando sob as sombras da morte.

– Ele consentirá se Robert ordenar – disse Tyrion. – E Robert *ordenará*. De qualquer forma, não há nada que Lorde Eddard possa fazer pelo filho.

– Poderia pôr fim ao seu tormento – disse Jaime. – Era o que eu faria se fosse meu filho. Seria um ato de misericórdia.

– Aconselho-o a não sugerir essa ideia a Lorde Eddard, meu querido irmão – disse Tyrion. – Ele não a receberá de bom grado.

– Mesmo que o garoto sobreviva, será um aleijado. Pior que um aleijado. Uma coisa grotesca. Eu preferiria uma morte boa e limpa.

Tyrion respondeu com um encolher de ombros que acentuou o modo como eram deformados.

– Falando em nome das coisas grotescas – disse –, permito-me discordar. A morte é terrivelmente final, ao passo que a vida está cheia de possibilidades.

Jaime sorriu.

– Você é um duendezinho perverso, não é?

– Ah, sim – admitiu Tyrion. – Espero que o garoto acorde. E vou ficar muito interessado em ouvir o que ele pode ter a dizer.

O sorriso do irmão coagulou como leite azedo.

– Tyrion, meu querido irmão – disse ele em tom sombrio –, há momentos em que você me dá motivo para duvidar de que lado esteja.

A boca de Tyrion estava cheia de pão e de peixe. Bebeu um trago da forte cerveja preta para empurrar tudo para baixo e dirigiu a Jaime um sorriso de lobo.

– Ora, Jaime, meu querido irmão – disse –, assim você me magoa. Bem sabe como amo minha família.

Jon

Jon subiu os degraus lentamente, tentando não pensar que aquela podia ser a última vez. Fantasma caminhava em silêncio ao seu lado. Lá fora, a neve rodopiava através dos portões do castelo, e o pátio era um lugar de barulho e caos, mas dentro das espessas paredes de pedra ainda havia calor e silêncio. Muito silêncio para o gosto de Jon.

Chegou ao patamar e ficou ali por um longo momento, com medo. Fantasma encostou o focinho em sua mão e Jon ganhou coragem com aquele contato. Endireitou-se e entrou no quarto.

A Senhora Stark estava lá, junto à cama. Estivera ali, noite e dia, ao longo de quase quinze dias. Nem por um momento abandonara a cabeceira de Bran. Ordenara que as refeições lhe fossem trazidas, e também os banhos e uma pequena cama dura, embora se dissesse que quase não tinha dormido. Ela mesma alimentava o filho com a mistura de mel, água e ervas que lhe sustentava a vida. Nem uma vez deixara o quarto. Por isso Jon mantivera-se afastado.

Mas agora não havia mais tempo.

Parou à porta por um momento, com medo de falar, de se aproximar. A janela estava aberta. Lá embaixo um lobo uivava. Fantasma o ouviu e ergueu a cabeça.

A Senhora Stark olhou para ele. Por um momento não pareceu reconhecê-lo. Por fim, pestanejou.

– O que *você* está fazendo aqui? – perguntou numa voz estranhamente monótona e despida de emoção.

– Vim ver Bran – Jon respondeu. – Dizer-lhe adeus.

O rosto dela não se alterou. Seus longos cabelos ruivos estavam opacos e emaranhados. Parecia ter envelhecido vinte anos.

– Acabou de dizer. Agora, vá embora.

Parte dele só desejava fugir, mas sabia que se o fizesse podia nunca mais ver Bran. Deu um nervoso passo para dentro do quarto.

– Por favor – ele pediu.

Algo frio se moveu nos olhos dela.

– Eu disse para sair. Não o queremos aqui.

Tempos atrás, aquilo o teria posto para correr, talvez até o tivesse feito chorar. Mas agora só o deixou zangado. Seria em breve um Irmão Juramentado da Patrulha da Noite, e enfrentaria perigos maiores que Catelyn Tully Stark.

– Ele é meu irmão – disse.

– Terei de chamar os guardas?

– Chame-os – disse Jon, em desafio. – Não pode me impedir de vê-lo – atravessou o quarto, mantendo a cama entre ele e a Senhora Stark, e olhou para Bran.

Ela segurava uma das mãos do filho. Parecia uma garra. Este não era o Bran de que Jon se lembrava. A carne tinha desaparecido por completo. A pele esticava-se, apertada, sobre ossos espetados. Por baixo do cobertor, as pernas dobravam-se de uma maneira que o enchia de náusea. Os olhos estavam profundamente afundados em poços negros; abertos, mas nada viam. A queda de algum modo o encolhera. Quase parecia uma folha, como se o primeiro vento forte o fosse levar para a tumba.

E, no entanto, sob a frágil gaiola daquelas costelas estilhaçadas, o peito subia e descia a cada respiração pouco profunda.

– Bran – disse Jon –, lamento não ter vindo antes. Tive medo – conseguia sentir as lágrimas rolarem pelo rosto. Já não se importava. – Não morra, Bran. Por favor. Estamos todos à espera de que você acorde. Robb e eu, e as meninas, todos...

A Senhora Stark observava. Não tinha gritado pelos guardas, e Jon tomou o fato por aceitação. Fora da janela, o lobo gigante voltou a uivar. O lobo a que Bran não tivera tempo de batizar.

– Tenho agora de ir embora – disse Jon. – Tio Benjen está à espera. Vou para o Norte, para a Muralha. Temos de partir hoje, antes da chegada das neves – lembrou-se de como Bran estivera excitado com a perspectiva da viagem. O pensamento de deixá-lo para trás assim era mais do que conseguia suportar. Jon limpou as lágrimas, inclinou-se e deu um beijo ligeiro nos lábios do irmão.

– Eu quis que ele ficasse aqui comigo – disse a Senhora Stark em voz baixa.

Jon a observou, desconfiado. Ela nem sequer o olhava. Não estava falando para ele, mas para uma parte de si, era como se ele nem estivesse no quarto.

– Rezei para que isso acontecesse – disse ela em voz baixa. – Ele era o meu garotinho especial. Fui até o septo e rezei sete vezes aos sete rostos de deus para que Ned mudasse de ideia e o deixasse aqui comigo. Por vezes as preces são respondidas.

Jon não sabia o que dizer.

– A culpa não foi da senhora – conseguiu falar, depois de um silêncio incômodo.

Os olhos dela o encontraram. Estavam cheios de veneno.

– Não me faz falta a sua absolvição, bastardo.

Jon baixou os olhos. Ela embalava uma das mãos de Bran. Ele pegou na outra e a apertou. Dedos como ossos de pássaro.

– Adeus – ele se despediu.

Já tinha chegado à porta quando ela o chamou.

– Jon – ele devia ter continuado a andar, mas ela nunca antes o chamara pelo nome. Virou-se e a viu olhando-o no rosto, como se o visse pela primeira vez.

– Sim? – ele respondeu.

– Deveria ter sido você – ela disse, e então voltou a virar-se para Bran e começou a chorar, todo o corpo a estremecer com os soluços. Jon nunca antes a vira chorar.

Foi uma longa descida até o pátio.

Lá fora, tudo era barulho e confusão. Carregavam-se carroças, homens gritavam, eram postas armaduras e selas em cavalos tirados da cavalariça. Começara a cair uma neve ligeira, e toda a gente estava mergulhada no tumulto da partida.

Robb encontrava-se no meio da confusão, gritando ordens com os melhores desses homens. Parecia ter amadurecido ultimamente, como se a queda de Bran e o colapso da mãe o tivessem de algum modo tornado mais forte. Vento Cinzento estava a seu lado.

– Tio Benjen anda à sua procura – ele disse a Jon. – Queria ter partido há uma hora.

– Eu sei – Jon respondeu. – Em breve – olhou em volta, para todo o ruído e confusão. – Partir é mais difícil do que eu pensava.

– Para mim também – disse Robb. Tinha neve nos cabelos, que derretia com o calor do corpo. – Você o viu?

Jon fez um aceno, por não confiar na voz.

– Ele não vai morrer – disse Robb. – Eu sei.

– Vocês, os Stark, são difíceis de matar – concordou Jon. A voz saiu sem entoação e cansada. A visita tinha levado toda a sua força.

Robb percebeu que havia algo de errado.

– A minha mãe...

– Ela foi... muito amável – disse-lhe Jon.

Robb pareceu aliviado.

– Ótimo – sorriu. – Da próxima vez que o vir, estará todo de negro.

Jon forçou-se a devolver o sorriso.

– Sempre foi a minha cor. Daqui a quanto tempo pensa que isso acontecerá?

– Não muito – prometeu Robb. Puxou Jon para si e lhe deu um forte abraço. – Até a vista, Snow.

Jon devolveu o abraço.

– Até a vista, Stark. Cuide de Bran.

– Cuidarei – afastaram-se e olharam um para o outro, embaraçados. – Tio Benjen disse para mandá-lo para os estábulos se o visse – disse Robb por fim.

– Tenho mais uma despedida a fazer – informou Jon.

– Então não o vi – respondeu Robb. Jon o deixou ali, na neve, rodeado de carroças, lobos e cavalos. Era uma curta caminhada até o armeiro. Recolheu seu embrulho e dirigiu-se pela ponte coberta até a Torre.

Arya estava em seu quarto, enchendo uma arca de pau-ferro polido que era maior que ela. Nymeria a ajudava. Arya só tinha de apontar, e a loba atravessava o quarto de um salto, abocanhava algum bocado de seda e o trazia para a garota. Mas quando farejou Fantasma, sentou-se e soltou um ganido.

Arya olhou para trás, viu Jon e pôs-se em pé de um salto. Atirou-lhe os braços magros com força ao pescoço.

– Temia que já tivesse partido – ela disse, com um nó na garganta. – Não me deixaram sair para dizer adeus.

– O que foi que você fez agora? – a voz de Jon soava divertida.

Arya o largou e fez uma careta.

– Nada. Estava de malas feitas e tudo – indicou com um gesto a enorme arca, que não estava mais que um terço cheia, e as roupas espalhadas por todo o quarto. – Septã Mordane diz que tenho de fazer tudo outra vez. Não tinha as coisas dobradas como deve ser, uma senhora respeitável do Sul não se limita a atirar a roupa para dentro da arca como trapos velhos, ela me disse.

– E foi isso que você fez, irmãzinha?

– Bem, a roupa vai ficar toda amassada de qualquer modo – disse Arya. – Quem se importa como está dobrada?

– Septã Mordane – Jon respondeu. – E também não me parece que ela goste de ver Nymeria ajudando – a loba olhou-o em silêncio com seus escuros olhos dourados. – Mas ainda bem. Tenho uma coisa que quero que leve com você, e tem de ser muito bem embalada.

O rosto dela iluminou-se.

– Um presente?

– Pode chamar assim. Feche a porta.

Desconfiada, mas excitada, Arya verificou o átrio.

– Nymeria, aqui. Guarda – deixou a loba do lado de fora, a fim de avisá-los caso intrusos se aproximassem, e fechou a porta. Nessa altura, Jon tinha já removido os panos em que embrulhara a coisa. Apresentou-a à irmã.

Os olhos de Arya se arregalaram. Olhos negros, como os dele.

– Uma espada – disse ela numa voz baixa e segredada.

A bainha era de macio couro cinzento, tão maleável como o pecado. Jon desembainhou a lâmina devagar, para que Arya visse o profundo brilho azul do aço.

– Isto não é um brinquedo – disse-lhe. – Tenha cuidado para não se cortar. O gume é suficientemente afiado para fazer a barba.

– Meninas não fazem a barba – disse Arya.

– Mas talvez devessem. Já viu as pernas da septã?

Ela riu.

– É tão fininha.

– Tal como você – disse-lhe Jon. – Mandei Mikken fazer isto especialmente para você. Os espadachins usam espadas assim em Pentos, Myr e nas outras Cidades Livres. Não arrancará a cabeça de um homem, mas pode enchê-lo de buracos se for suficientemente rápida.

– Eu posso ser rápida – disse Arya.

– Terá de treinar todos os dias – colocou a espada em suas mãos, mostrou-lhe como segurar e deu um passo para trás. – Como você a sente? Gosta do equilíbrio?

– Acho que sim – disse Arya.

– Primeira lição – disse Jon. – Espete no adversário a ponta aguçada.

Arya deu-lhe uma pancada no braço com a parte plana da lâmina. O golpe doeu, mas Jon começou a sorrir como um idiota.

– Eu sei qual é a ponta que se usa – disse Arya. Um olhar de dúvida atravessou-lhe o rosto. – Septã Mordane vai tirá-la de mim.

– Não, se não souber que a tem – disse Jon.

– Com quem hei de treinar?

– Há de encontrar alguém – prometeu-lhe Jon. – Porto Real é uma verdadeira cidade, mil vezes maior que Winterfell. Até encontrar um parceiro, observe como lutam no pátio. Corra, ande a cavalo, fortaleça-se. E, faça o que fizer…

Arya sabia o que vinha a seguir. Os dois disseram ao mesmo tempo:

– … não… conte… a… Sansa!

Jon afagou-lhe os cabelos.

– Vou sentir sua falta, irmãzinha.

De repente, ela pareceu quase chorar.

– Queria que viesse conosco.

– Por vezes, estradas diferentes vão dar no mesmo castelo. Quem sabe? – estava se sentindo melhor agora. Não ia permitir a si mesmo ficar triste. – Tenho de ir. Acabarei passando o primeiro ano na Muralha limpando penicos se deixar Tio Benjen à espera mais tempo.

Arya correu para ele para um último abraço.

– Largue a espada primeiro – Jon a preveniu, rindo. Ela pôs a arma de lado quase timidamente e o encheu de beijos.

Quando ele se virou, já na porta, Arya estava de novo com a espada na mão, testando seu equilíbrio.

– Ia me esquecendo – disse. – Todas as melhores espadas têm nomes.

– Como a Gelo – disse ela. Olhou a espada que tinha na mão. – E esta, tem nome? Ah, diga-me.

– Não adivinha? – brincou Jon. – A sua coisa favorita.

Arya a princípio pareceu desorientada. Mas depois compreendeu. Era assim: rápida. Os dois disseram juntos:

– *Agulha!*

A memória da gargalhada dela o aqueceu ao longo da demorada viagem para o Norte.

Daenerys

Daenerys Targaryen desposou Khal Drogo com medo, e um esplendor bárbaro, num descampado para lá das muralhas de Pentos, pois os dothrakis acreditavam que todas as coisas importantes na vida de um homem deviam ser feitas a céu aberto.

Drogo chamou seu *khalasar* para servi-lo e eles vieram, quarenta mil guerreiros dothrakis e incontáveis mulheres, crianças e escravos. Acamparam fora das muralhas da cidade com suas vastas manadas de gado, erguendo palácios de erva trançada, comendo tudo que encontravam e tornando o bom povo de Pentos mais ansioso a cada dia que passava.

– Meus colegas magísteres duplicaram o tamanho da guarda da cidade – informou Illyrio certa noite na mansão que pertencera a Drogo, entre bandejas de pato com mel e laranjas-pimenta. O *khal* juntara-se a seu *khalasar*, e sua propriedade fora oferecida a Daenerys e ao irmão até o casamento.

– É melhor que casemos depressa a Princesa Daenerys, antes que entreguem metade da riqueza de Pentos a mercenários e sicários – brincou Sor Jorah Mormont. O exilado pusera a espada a serviço do irmão de Dany na noite em que a garota fora vendida a Khal Drogo; Viserys aceitara-a com avidez. Mormont tornara-se desde então uma companhia constante.

Magíster Illyrio soltou uma ligeira gargalhada através da barba bifurcada, mas Viserys nem sequer sorriu.

– Pode tê-la amanhã, se assim desejar – disse o príncipe. Olhou de relance para Dany e ela abaixou os olhos. – Desde que pague o preço.

Illyrio ergueu uma mão lânguida, fazendo cintilar anéis em seus gordos dedos.

– Já lhe disse, tudo está acertado. Confie em mim. O *khal* lhe prometeu uma coroa, e a terá.

– Sim, mas quando?

– No momento que o *khal* escolher – Illyrio respondeu. – Ele terá primeiro a donzela, e depois do casamento deverá fazer sua procissão pela planície, para apresentá-la a *dosh khaleen* em Vaes Dothrak. Talvez depois disso. Se os presságios favorecerem a guerra.

Viserys fervilhou de impaciência.

– Eu cago nos presságios dothrakis. O Usurpador está sentado no trono de meu pai. Quanto tempo terei de esperar?

Illyrio encolheu os enormes ombros.

– Já esperou a maior parte da vida, grande rei. Que são mais alguns meses, mais alguns anos?

Sor Jorah, que viajara para o leste até Vaes Dothrak, concordou com um aceno.

– Aconselho-o a ser paciente, Vossa Graça. Os dothrakis cumprem com a palavra dada, mas fazem as coisas ao seu próprio ritmo. Um homem inferior pode suplicar um favor ao *khal*, mas nunca deve ter a presunção de censurá-lo.

Viserys eriçou-se.

– Cuidado com a língua, Mormont, ou acabará sem ela. Não sou nenhum homem inferior, sou o Senhor de direito dos Sete Reinos. O dragão não suplica.

Sor Jorah baixou respeitosamente os olhos. Illyrio deu um sorriso enigmático e arrancou uma asa do pato. Mel e gordura escorreram-lhe pelos dedos e pingaram-lhe na barba quando mordiscou a carne tenra. *Já não há dragões*, pensou Dany, de olhos fixos no irmão, embora não se atrevesse a dizê-lo em voz alta.

Apesar disso, naquela noite sonhara com um. Viserys batia nela, a machucava. Ela estava nua, atordoada de medo. Fugiu dele, mas o corpo parecia pesado e desajeitado. Ele bateu nela de novo. Ela tropeçou e caiu. "Você acordou o dragão", gritava ele enquanto lhe dava pontapés. "Acordou o dragão, acordou o dragão." Tinha as coxas escorregadias de sangue. Fechou os olhos e choramingou. Como que em resposta, ouviu-se um hediondo som de *rasgar* e o crepitar de um grande fogo. Quando voltou a olhar, Viserys tinha desaparecido, grandes colunas de chamas erguiam-se por toda a parte e, no meio delas, estava o dragão. Virou lentamente a grande cabeça. Quando os olhos fendidos do animal encontraram os dela, Dany acordou, tremendo e coberta por uma fina película de suor. Nunca tivera tanto medo...

... até o dia em que seu casamento por fim chegou.

A cerimônia iniciou-se de madrugada e prosseguiu até o crepúsculo, um dia que parecia não ter fim de bebida, comida e luta. Um monumental talude de terra fora erguido entre os palácios de erva e Dany foi colocada ali sentada, ao lado de Khal Drogo, sobre o fervente mar de dothrakis. Nunca vira tantas pessoas no mesmo lugar, nem pessoas tão estranhas e assustadoras. Os senhores dos cavalos vestiam tecidos ricos e usavam doces perfumes quando visitavam as Cidades Livres, mas a céu aberto mantinham os velhos costumes. Tanto os homens quanto as mulheres trajavam vestimentas de couro pintado sobre os peitos nus e polainas de pelo de cavalo cilhadas por cintos com medalhões de bronze, e os guerreiros untavam suas longas tranças com gordura que tiravam de fossas abertas. Empanturravam-se de carne de cavalo assada com mel e pimentões, bebiam leite fermentado de égua e os vinhos delicados de Illyrio até cair e cuspiam ditos de espírito uns aos outros, por cima das fogueiras, com vozes ásperas e estranhas aos ouvidos de Dany.

Viserys estava sentado logo abaixo dela, magnífico numa túnica nova de lã negra com um dragão escarlate no peito. Illyrio e Sor Jorah sentavam-se ao seu lado. Era deles o lugar de maior honra, logo abaixo dos companheiros de sangue do *khal*, mas Dany percebia a ira nos olhos lilases do irmão. Não gostava de estar sentado abaixo dela, e exasperava-se sempre que os escravos ofereciam os pratos primeiro ao *khal* e à noiva, e lhe faziam escolher entre as porções que eles recusavam. Nada podia fazer além de embalar o ressentimento, e foi isso que fez, com o humor a tornar-se mais negro com o passar das horas e dos insultos à sua pessoa.

Dany nunca se sentira tão só como enquanto esteve sentada no meio daquela vasta horda. Seu irmão lhe dissera para sorrir, por isso sorriu até lhe doer o rosto e as lágrimas lhe subirem aos olhos sem serem convidadas. Fez o melhor que pôde para escondê-las, sabendo como Viserys ficaria zangado se a visse chorando, aterrorizado com a possível reação de Khal Drogo. Era-lhe trazida comida, pedaços fumegantes de carne, grossas salsichas negras, tortas dothraki de sangue, e mais tarde frutos, guisados de erva-doce e delicadas tortas doces vindas das cozinhas de Pentos, mas afastou tudo com gestos. Seu estômago dava voltas e sabia que não conseguiria manter nele qualquer alimento.

Não havia ninguém com quem falar. Khal Drogo gritava ordens e brincadeiras aos companheiros de sangue, e ria de suas respostas, mas quase não olhava para o seu lado. Não tinham nenhuma língua em comum. O dothraki era incompreensível para ela, e o *khal* sabia apenas algumas palavras do valiriano adulterado das Cidades Livres, e nem uma única do Idioma Comum dos Sete Reinos. Ela até teria acolhido bem a conversa de Illyrio e do irmão, mas estavam afastados demais para ouvi-la.

E assim ali ficou, sentada em suas sedas nupciais, embalando uma taça de vinho com mel, com medo de comer, falando consigo mesma. *Sou do sangue do dragão*, disse a si própria. *Sou Daenerys, Filha da Tormenta, Princesa da Pedra do Dragão, do sangue e semente de Aegon, o Conquistador.*

O sol estava apenas no primeiro quarto do céu quando viu o primeiro homem morrer. Soavam tambores acompanhando algumas das mulheres que dançavam para o *khal*. Drogo assistia sem expressão, mas seus olhos seguiam-lhes os movimentos e, de vez em quando, atirava-lhes um medalhão de bronze para que elas o disputassem.

Os guerreiros também assistiam. Por fim, um deles entrou no círculo, agarrou uma dançarina pelo braço, atirou-a no chão e montou-a ali mesmo, como um garanhão monta uma égua. Illyrio dissera-lhe que aquilo poderia acontecer. "Os dothrakis acasalam como os animais de suas manadas. Não há privacidade num *khalasar*, e eles não compreendem o pecado ou a vergonha como nós."

Dany afastou o olhar da união, assustada ao compreender o que estava acontecendo, mas um segundo guerreiro avançou, e um terceiro, e logo não havia maneira de desviar os olhos. Então dois homens agarraram a mesma mulher. Ouviu um grito, viu um empurrão, e num piscar de olhos tinham sido empunhados os *arakhs*, longas lâminas afiadas como navalhas, meio espadas, meio foices. Começou uma dança de morte, e os guerreiros andaram em círculos, dando golpes, saltando um sobre o outro, fazendo rodopiar as lâminas sobre as cabeças, guinchando insultos a cada entrechocar de metal. Ninguém fez um gesto para interferir.

Acabou tão depressa como começou. Os *arakhs* estremeceram um contra o outro mais depressa do que Dany conseguia acompanhar, um dos homens falhou um passo, o outro brandiu a lâmina num arco horizontal. O aço mordeu a pele acima da cintura do dothraki e o abriu da espinha ao umbigo, derramando-lhe as entranhas na poeira. Enquanto o perdedor morria, o vencedor agarrou-se à mulher mais próxima – nem sequer aquela por quem tinha lutado – e a possuiu ali mesmo. Escravos levaram o corpo para longe e a dança recomeçou.

Magíster Illyrio também prevenira Dany sobre aquilo. "Uma boda dothraki sem pelo menos três mortes é considerada aborrecida", dissera. O casamento dela devia ter sido especialmente abençoado; antes de o dia terminar, tinha morrido uma dúzia de homens.

À medida que as horas foram passando, o terror cresceu em Dany, até que se transformou em tudo que a impedia de gritar. Tinha medo dos dothrakis, cujos modos pareciam estranhos e monstruosos, como se fossem animais em pele humana, e não verdadeiros homens. Tinha medo do irmão, do que ele poderia fazer se ela lhe falhasse. Acima de tudo, tinha medo do que poderia acontecer naquela noite, sob as estrelas, quando o irmão a desse ao pesado gigante que bebia a seu lado, com um rosto tão imóvel e cruel como uma máscara de bronze.

Sou do sangue do dragão, disse novamente a si mesma.

Quando o sol por fim baixou no céu, Khal Drogo bateu palmas, e os tambores, os gritos e o festim chegaram a um súbito fim. Drogo ergueu-se e pôs Dany de pé a seu lado. Tinha chegado o momento de seus presentes de noiva.

E ela sabia que depois dos presentes, depois do sol desaparecido no horizonte, chegaria o momento da primeira cavalgada e da consumação do casamento. Dany tentou afastar esse pensamento, mas ele não a abandonava. Apertou os braços contra o corpo, tentando evitar tremer.

O irmão Viserys ofereceu-lhe três aias. Dany sabia que nada lhe tinham custado, que sem dúvida fora Illyrio quem tinha oferecido as mulheres. Irri e Jhiqui eram dothrakis de pele acobreada, cabelos negros e olhos amendoados, Doreah era uma jovem lysena de cabelos claros e olhos azuis.

– Estas não são criadas comuns, minha doce irmã – disse-lhe o irmão enquanto as traziam uma por uma. – Illyrio e eu as selecionamos pessoalmente para você. Irri a ensinará a montar, Jhiqui a treinará na língua dothraki e Doreah a instruirá nas artes femininas do amor – ele deu um tênue sorriso. – É muito boa. Tanto Illyrio como eu podemos jurar.

Sor Jorah Mormont desculpou-se pelo presente.

– É coisa pouca, minha princesa, mas é tudo de que um pobre exilado pode dispor – disse, ao pôr-lhe à frente uma pequena pilha de velhos livros. Viu que eram canções e histórias dos Sete Reinos, escritas no Idioma Comum. Agradeceu-lhe de todo o coração.

Magíster Illyrio murmurou uma ordem e quatro corpulentos escravos apressaram-se a avançar, trazendo entre eles uma grande arca de cedro com aplicações em bronze. Quando a abriu, encontrou pilhas dos mais finos veludos e damascos que as Cidades Livres podiam produzir... e, em cima de tudo, aninhados nos suaves panos, três enormes ovos. Dany ofegou. Eram as coisas mais belas que já vira, diferentes uns dos outros, com padrões de cores tão ricas que ela a princípio pensou que estivessem incrustados de joias, e tão grandes que precisava de ambas as mãos para pegar num. Ergueu um ovo delicadamente, à espera de encontrá-lo feito de algum tipo de fina porcelana ou delicado esmalte, ou até de vidro soprado, mas era muito mais pesado do que julgara, como se todo ele fosse rocha sólida. A superfície da casca estava coberta de minúsculas escamas, e quando rodou o ovo entre os dedos elas cintilaram como metal polido à luz do sol poente. Um ovo era de um verde profundo, com manchas de lustroso bronze que iam e vinham, dependendo do modo como Dany o virava. Outro era creme-claro listrado de dourado. O último era negro, tão negro como o mar da meia-noite, mas vivo, com ondulações e remoinhos escarlates.

– O que são? – perguntou, com a voz baixa e maravilhada.

– Ovos de dragão, vindos das Terras das Sombras para lá de Asshai – disse Magíster Illyrio. – As eras os transformaram em pedra, mas ainda possuem uma beleza ardente e brilhante.

– Serão preciosos a mim para sempre – Dany ouvira histórias sobre aqueles ovos, mas nunca vira nenhum, nem pensara que chegaria a vê-los. Era um presente realmente magnífico, embora ela soubesse que Illyrio podia ser generoso. Ganhara uma fortuna em cavalos e escravos pelo papel que desempenhara na sua venda a Khal Drogo.

Os companheiros de sangue do *khal* ofereceram-lhe as três armas tradicionais, e que estupendas armas eram. Haggo deu-lhe um grande chicote de couro com cabo de prata; Cohollo, um magnífico *arakh* com relevos em ouro; e Qotho, um arco de dupla curvatura, feito de osso de dragão, mais alto que ela. Magíster Illyrio e Sor Jorah tinham-lhe ensinado a recusa tradicional daquelas oferendas.

– Este é um presente digno de um grande guerreiro, ah, sangue do meu sangue, e eu não passo de uma mulher. Que o senhor meu marido o use em meu nome – e assim Khal Drogo também recebeu os seus "presentes de noiva".

Dany ainda ganhou uma profusão de outros presentes, oferecidos por outros dothrakis: chinelos, joias e anéis de prata para os cabelos, cintos de medalhão, vestes pintadas e peles macias, tecidos de sedareia e potes de perfume, agulhas, penas e minúsculas garrafas de vidro púrpuro, e um vestido feito da pele de mil ratos.

– Um belo presente, *khaleesi* – disse Magíster Illyrio deste último, depois de lhe dizer o que era. – Muito afortunado.

Os presentes amontoavam-se à sua volta em grandes pilhas, mais presentes do que poderia imaginar, desejar ou usar.

E, no fim de tudo, Khal Drogo trouxe-lhe o seu próprio presente de noiva. Um silêncio de expectativa se alastrou a partir do centro do acampamento quando ele saiu do lado de Dany, crescendo até engolir todo o *khalasar*. Quando regressou, a densa multidão de ofertantes abriu-se à sua frente, e ele levou o cavalo até ela.

Era uma potranca jovem, espirituosa e magnífica. Dany sabia apenas o suficiente sobre cavalos para reconhecer que aquele não era um animal vulgar. Havia algo nela que cortava a respiração. Era cinzenta como o mar de inverno, com uma crina que parecia fumaça prateada.

Hesitante, estendeu a mão e afagou o pescoço do cavalo, fazendo correr os dedos pelo prateado da crina. Khal Drogo disse qualquer coisa em dothraki e Magíster Illyrio traduziu.

– Prata para o prateado de seus cabelos, disse o *khal*.

– É belíssima – murmurou Dany.

– É o orgulho do *khalasar* – disse Illyrio. – O costume decreta que a *khaleesi* deve conduzir uma montaria digna de seu lugar ao lado do *khal*.

Drogo avançou e pôs-lhe as mãos na cintura. Levantou-a com tanta facilidade como se fosse uma criança e a pousou sobre a fina sela dothraki, muito menor do que aquelas a que estava acostumada. Dany ficou ali sentada, por um momento incerta. Ninguém lhe falara daquela parte.

– O que devo fazer? – perguntou a Illyrio.

Foi Sor Jorah Mormont quem respondeu.

– Pegue nas rédeas e cavalgue. Não precisa ir longe.

Nervosa, juntou as rédeas nas mãos e fez deslizar os pés para os pequenos estribos. Não passava de uma cavaleira razoável; passara muito mais tempo viajando em navios, carroças e liteiras do que sobre o dorso de cavalos. Rezando para não cair e envergonhar-se, deu à potranca o mais tímido dos toques com os joelhos.

E pela primeira vez nas últimas horas esqueceu-se de ter medo. Ou talvez pela primeira vez desde sempre.

A potranca cinza-prateada avançou com um porte suave e sedoso, enquanto a multidão abria alas para deixá-la passar, com todos os olhos postos nela. Dany deu por si avançando mais depressa do que tencionara, mas isso, de algum modo, era excitante, em vez de aterrador. O cavalo pôs-se a trote e ela sorriu. Os dothrakis precipitavam-se para abrir caminho. À mais ligeira pressão com as pernas, ao menor toque de rédeas, a égua respondia. Dany a colocara a galope, e agora os dothrakis assobiavam, gargalhavam e gritavam-lhe enquanto saltavam para longe do seu caminho. Quando virou para regressar, um buraco de fogueira surgiu-lhe à frente, diretamente em seu caminho. Estava cercada de ambos os lados, sem espaço para parar. Uma coragem que nunca conhecera encheu então Daenerys e ela deu liberdade à potranca.

A égua prateada saltou sobre as chamas como se tivesse asas.

Quando refreou o animal junto a Magíster Illyrio, a garota falou:

– Diga a Khal Drogo que me ofereceu o vento – o gordo pentoshi repetiu as palavras em dothraki enquanto afagava a barba amarela, e Dany viu o novo marido sorrir pela primeira vez.

Os últimos raios de sol desapareceram por trás das grandes muralhas de Pentos, para oeste. Dany perdera por completo a noção das horas. Khal Drogo ordenou aos companheiros de sangue para lhe trazerem o cavalo, um esguio garanhão vermelho. Enquanto o *khal* selava o cavalo, Viserys esgueirou-se até junto de Dany, enterrou os dedos em sua perna e disse:

– Dê-lhe prazer, minha doce irmã, senão juro que verá o dragão acordar como nunca acordou antes.

O medo regressou com as palavras do irmão. Sentiu-se de novo uma criança, apenas com treze anos e completamente só, malpreparada para o que estava prestes a lhe acontecer.

Cavalgaram juntos sob as estrelas que surgiam, deixando para trás o *khalasar* e os palácios de erva. Khal Drogo não lhe dirigiu uma palavra, mas fez o garanhão atravessar num trote duro a penumbra que se aprofundava. As minúsculas campainhas de prata na longa trança ressoavam baixinho enquanto cavalgava.

– Sou do sangue do dragão – murmurou ela enquanto o seguia, tentando manter a coragem. – Sou do sangue do dragão. Sou do sangue do dragão – o dragão nunca tinha medo.

Mais tarde não soube dizer até que distância ou durante quanto tempo cavalgaram, mas a noite tinha já caído por completo quando pararam num gramado junto a um pequeno riacho. Drogo saltou do cavalo e a tirou do dela. Sentiu-se frágil como vidro nas mãos dele, com membros tão fracos como a água. Ficou ali, desamparada e tremendo sob as sedas nupciais enquanto ele prendia os cavalos. Quando Drogo se virou para olhá-la, ela começou a chorar.

Khal Drogo ficou olhando as lágrimas, com o rosto estranhamente vazio de emoção.

– Não – disse. Ergueu uma mão e limpou rudemente as lágrimas com um polegar calejado.

– Fala o Idioma Comum – disse Dany, espantada.

– Não – disse ele de novo.

Talvez soubesse apenas aquela palavra, pensou ela, mas era uma palavra, mais do que podia supor, e de algum modo a fez sentir-se um pouco melhor. Drogo tocou-lhe levemente os cabelos, fazendo deslizar as madeixas loiro-prateadas entre os dedos e murmurando suavemente em dothraki. Dany não compreendeu as palavras, mas havia calor na entoação, uma ternura que nunca esperara daquele homem.

Pôs um dedo sob seu queixo e ergueu-lhe a cabeça, para que ela o olhasse nos olhos. Drogo erguia-se acima dela como se erguia acima de toda a gente. Pegando-a agilmente por baixo dos braços, ergueu-a e sentou-a numa rocha arredondada ao lado do riacho. Depois, sentou-se no chão diante dela, de pernas cruzadas sob o corpo, com o rosto de ambos ao mesmo nível.

– Não – disse ele.

– Esta é a única palavra que conhece? – ela perguntou.

Drogo não respondeu. Sua longa e pesada trança estava enrolada na terra ao seu lado. Puxou-a por sobre o ombro direito e começou a remover as campainhas do cabelo, uma a uma. Depois de um momento, Dany inclinou-se para a frente para ajudar. Quando terminaram, Drogo fez um gesto. Ela compreendeu. Devagar, com cuidado, começou a desfazer-lhe a trança.

Levou muito tempo. E durante todo o tempo, ele ficou ali sentado em silêncio, observando-a. Quando acabou, ele balançou a cabeça e os cabelos espalharam-se pelas costas como um rio de escuridão, oleoso e cintilante. Nunca vira cabelos tão longos, tão negros, tão espessos.

Depois foi a vez dele. Começou a despi-la.

Seus dedos eram hábeis e estranhamente ternos. Removeu-lhe as sedas, uma por uma, com cuidado, enquanto Dany permanecia sentada, imóvel, silenciosa, a olhá-lo nos olhos. Quando desnudou seus pequenos seios, não conseguiu evitá-lo. Desviou o olhar e cobriu-se com as mãos.

– Não – disse Drogo. Puxou-lhe as mãos para longe dos seios, com gentileza, mas firmemente, e depois ergueu-lhe de novo o rosto para fazer com que o olhasse. – Não – ele repetiu.

– Não – ela ecoou.

Então, ele a pôs de pé e a puxou, a fim de remover a última de suas sedas. Sentia o frio ar noturno na pele nua. Estremeceu, e um arrepio cobriu-lhe os braços e as pernas. Temia o que viria a seguir, mas durante algum tempo nada aconteceu. Drogo ficou sentado de pernas cruzadas, olhando-a, bebendo-lhe o corpo com os olhos.

Um pouco mais tarde, começou a tocá-la. A princípio ligeiramente, depois com mais força. Ela sentia o feroz poder de suas mãos, mas ele nunca chegou a machucá-la. Segurou uma mão na dele e afagou-lhe os dedos um a um. Correu-lhe a mão suavemente pela perna. Afagou-lhe o rosto, delineando a curva de suas orelhas, percorrendo-lhe a boca gentilmente com o dedo. Tomou-lhe os cabelos com ambas as mãos e os penteou com os dedos. Virou-a de costas, massageou-lhe os ombros, deslizou o nó do dedo ao longo da coluna.

Pareceu que se passaram horas antes que as mãos dele se dirigissem por fim aos seus seios. Afagou a suave pele da base até deixá-la num torpor. Rodeou os mamilos com os polegares, beliscou-os entre o polegar e o indicador, depois começou a puxá-los, muito levemente a princípio, depois com maior insistência, até que enrijeceram e começaram a doer.

Então parou, e puxou-a para o seu colo. Dany estava corada e sem fôlego, com o coração a palpitar no peito. Ele envolveu seu rosto nas mãos enormes e ela o olhou nos olhos.

– Não? – disse ele, e ela soube que era uma pergunta.

Tomou-lhe a mão e a dirigiu para a umidade entre as coxas.

– Sim – sussurrou ao introduzir o dedo dele dentro de si.

Eddard

A convocatória chegou na hora que precede a alvorada, quando o mundo estava quieto e cinzento. Alyn arrancou-o rudemente dos sonhos com um chacoalhão, e Ned cambaleou para o frio da madrugada, tonto de sono, indo encontrar seu cavalo selado e o rei já montado. Robert vestia grossas luvas marrons e um pesado manto de peles com um capuz que lhe cobria as orelhas, e estava igualzinho a um urso sentado em cima de um cavalo.

– De pé, Stark! – rugiu. – De pé, de pé! Temos assuntos de Estado a tratar.

– Com certeza – disse Ned. – Entre, Vossa Graça – Alyn ergueu a aba da tenda.

– Não, não, *não* – disse Robert. Saía-lhe vapor da boca a cada palavra. – O acampamento está cheio de ouvidos. Além disso, quero afastar-me e saborear este seu país – Ned viu que Sor Boros e Sor Meryn esperavam atrás dele com uma dúzia de guardas. Nada havia a fazer exceto esfregar o sono para longe dos olhos, vestir-se e montar.

Robert marcou o passo, puxando com seu enorme cavalo de batalha negro, enquanto Ned galopava ao seu lado, tentando acompanhá-lo. Gritou uma pergunta enquanto cavalgavam, mas o vento levou suas palavras para longe e o rei não o ouviu. Depois disso, Ned seguiu em silêncio. Em pouco tempo abandonavam a estrada do rei e avançavam por onduladas planícies escuras de névoa. A essa altura, a guarda tinha ficado uma pequena distância para trás, suficiente para não ouvi-los, mas mesmo assim Robert não abrandava.

A alvorada chegou quando subiam ao cume de uma pequena elevação, e o rei finalmente parou. A essa altura, estavam várias milhas ao sul do grupo principal. Robert estava corado e anima-do quando Ned puxou as rédeas do cavalo a seu lado.

– Deuses – o rei praguejou, rindo –, faz bem sair e *cavalgar* como é suposto que um homem faça! Juro, Ned, este rastejar por aí é o suficiente para deixar um homem louco – Robert Baratheon nunca fora um homem paciente. – Aquela maldita casa rolante, o modo como range e geme, subindo cada aclive na estrada como se fosse uma montanha… prometo-lhe que, se aquela miserável coisa partir mais algum eixo, queimo-a, e Cersei que ande!

Ned soltou uma gargalhada.

– De bom grado acenderei a tocha por Vossa Graça.

– Bom homem! – o rei deu-lhe uma palmada no ombro. – Parte de mim quer deixá-los todos para trás e simplesmente continuar a andar.

Um sorriso tocou os lábios de Ned.

– E acho que fala a sério.

– Falo, falo – disse o rei. – Que lhe parece, Ned? Só você e eu, dois cavaleiros vagabundos na estrada do rei, com as espadas ao nosso lado e só os deuses sabem o que à nossa frente, e talvez uma filha de lavrador ou uma garota de taberna para nos aque-cer a cama esta noite.

– Gostaria que fosse possível – disse Ned –, mas agora te-mos deveres, meu suserano… para com o reino, para com nossos filhos, eu para com a senhora minha esposa e você para com a sua rainha. Não somos mais os rapazes que fomos.

– Você nunca foi um rapaz – resmungou Robert. – Maior é pena. E, no entanto, houve aquela ocasião… Como se chamava aquela plebeia que teve? Becca? Não, essa foi uma das minhas, que os deuses a adorem, de cabelos negros e aqueles doces olhos grandes, podia-se afogar neles. A sua chamava-se… Aleena? Não. Você me disse uma vez. Seria Merryl? Sabe a quem me re-firo, a mãe do seu bastardo.

– O nome era Wylla – respondeu Ned com fria cortesia –, e eu prefiro não falar dela.

– Wylla. Sim – o rei sorriu. – Devia ser uma mulher incomum, pois foi capaz de fazer Lorde Eddard Stark se esquecer de sua honra, ainda que por uma hora. Nunca me falou de sua aparência...

A boca de Ned apertou-se em ira.

– Nem o farei. Deixe esse assunto, Robert, pelo amor que diz ter por mim. Desonrei-me e desonrei Catelyn, aos olhos dos deuses e dos homens.

– Que os deuses sejam louvados, quase nem *conhecia* Catelyn.

– Tinha-a tomado por esposa. Ela esperava meu filho.

– É duro demais consigo, Ned. Sempre foi. Que diabo, nenhuma mulher quer ter na cama Baelor, o Bem-Aventurado – deu uma palmada no joelho. – Bem, não falarei mais no assunto se guarda sentimentos tão fortes a esse respeito, se bem que, juro, por vezes é tão espinhoso que devia adotar o ouriço como selo.

O sol nascente lançava dedos de luz através das pálidas neblinas brancas da alvorada. Uma larga planície estendia-se abaixo deles, nua e marrom, com a planura interrompida aqui e ali por longos outeiros baixos. Ned indicou-os ao seu rei.

– As elevações tumulares dos Primeiros Homens.

Robert franziu a sobrancelha.

– Viemos dar em um cemitério?

– No Norte há elevações tumulares por todo lado, Vossa Graça – Ned informou. – Esta terra é antiga.

– E fria – resmungou Robert, apertando mais o manto ao redor do corpo. A guarda tinha parado bem atrás deles, na base da elevação. – Bem, não o trouxe aqui para falar de sepulturas ou discutir sobre o seu bastardo. Chegou um mensageiro durante a noite com uma mensagem de Lorde Varys em Porto Real. Tome – o rei tirou um papel do cinto e o entregou a Ned.

Varys, o eunuco, era o mestre dos segredos do rei. Servia agora Robert da mesma forma que antes servira Aerys Targaryen. Ned desenrolou o papel, agitado, pensando em Lysa e sua terrível acusação, mas a mensagem não dizia respeito a Senhora Arryn.

– Qual é a fonte desta informação?

– Lembra-se de Sor Jorah Mormont?

– Gostaria de poder esquecê-lo – disse Ned sem cerimônia. Os Mormont da Ilha dos Ursos eram uma Casa antiga, orgulhosa e honrada, mas suas terras eram frias, distantes e pobres. Sor Jorah tentara encher os cofres da família vendendo alguns caçadores furtivos a um negociante de escravos tyroshi. Como os Mormont eram vassalos dos Stark, seu crime tinha desonrado o Norte. Ned fizera a longa viagem para o oeste até a Ilha dos Ursos só para descobrir, ao chegar, que Jorah havia zarpado, escapando do alcance de Gelo e da justiça do rei. Desde então tinham se passado cinco anos.

– Sor Jorah está agora em Pentos, ansioso por ganhar um perdão real que lhe permita regressar do exílio – explicou Robert. – Lorde Varys faz bom uso dele.

– Então o negociante de escravos transformou-se em espião – disse Ned com antipatia. Devolveu a carta ao rei. – Preferia que tivesse se transformado em cadáver.

– Varys me disse que os espiões são mais úteis do que os cadáveres – disse Robert. – Jorah à parte, que acha do relatório?

– Daenerys Targaryen desposou um senhor dos cavalos dothraki qualquer. E então? Devemos enviar-lhe um presente de casamento?

O rei franziu a sobrancelha.

– Talvez uma faca. Uma boa faca afiada e um bom homem para manejá-la.

Ned não fingiu surpresa; o ódio de Robert pelos Targaryen era nele uma loucura. Lembrava-se das palavras iradas que tinham trocado quando Tywin Lannister presenteara Robert com os cadáveres da esposa e dos filhos de Rhaegar em sinal de fidelidade. Ned chamara aquilo de assassinato; Robert chamara de guerra. Quando protestara que o jovem príncipe e a jovem princesa não eram mais que bebês, o recém-coroado rei respondera: "Não vejo bebês. Somente filhotes de dragão". Nem mesmo Jon Arryn fora capaz de acalmar essa tempestade. Eddard Stark cavalgara para longe nesse mesmo dia, a fim de lutar sozinho as últimas batalhas da guerra no Sul. Fora preciso outra morte para reconciliá-los, a de Lyanna, e a dor que partilharam com o seu falecimento.

Dessa vez, Ned resolveu dominar o gênio.

– Vossa Graça, a moça é pouco mais que uma criança. Não é Vossa Graça um Tywin Lannister para chacinar inocentes – dizia-se que a filha de Rhaegar chorava quando a arrastaram de debaixo da cama para enfrentar as espadas. O garoto não era mais que um bebê de peito, mas os soldados de Lorde Tywin arrancaram-no dos braços da mãe e esmagaram-lhe a cabeça contra uma parede.

– E quanto tempo essa jovem permanecerá inocente? – a boca de Robert endureceu. – Essa *criança* irá em breve abrir as pernas e começar a parir mais filhotes de dragão para me atormentar.

– Seja como for – disse Ned –, o assassinato de crianças... seria vil... inqualificável...

– Inqualificável? – rugiu o rei. – O que Aerys fez ao seu irmão Brandon foi inqualificável. O modo como o senhor seu pai morreu, isso foi inqualificável. E Rhaegar... quantas vezes acha que ele violou sua irmã? Quantas *centenas* de vezes? – sua voz tornara-se tão alta que o cavalo que montava relinchou nervosamente. O rei puxou as rédeas com força, sossegando o animal, e apontou um dedo irado para Ned. – Matarei cada Targaryen em que puser as mãos até estarem tão mortos como os seus dragões, e então mijarei em suas tumbas.

Ned sabia que não era boa ideia desafiá-lo quando estava sob o domínio da ira. Se os anos não tinham amenizado a sede de vingança de Robert, nenhuma palavra sua poderia ajudar.

– Mas não pode pôr as mãos nesta, está bem? – disse ele em voz calma.

A boca do rei retorceu-se numa expressão amarga.

– Não, malditos sejam os deuses. Um pustulento queijeiro pentoshi qualquer mantém, ela e o irmão, fechados em sua propriedade com eunucos de chapéus bicudos por todo lado, e agora os entregou aos dothrakis. Devia ter mandado matá-los há anos, quando era fácil chegar até eles, mas Jon era tão mau como você. Maior tolo fui eu, por lhe dar ouvido.

– Jon Arryn era um homem sensato e uma boa Mão.

Robert resfolegou. A ira o deixava tão subitamente quanto tinha chegado.

– Diz-se que esse Khal Drogo tem cem mil homens em sua horda. O que diria Jon sobre *isso*?

– Diria que mesmo um milhão de dothrakis não são ameaça para o reino desde que fiquem do outro lado do mar estreito – replicou Ned com calma. – Os bárbaros não têm *navios*. Odeiam e temem o mar aberto.

O rei moveu-se desconfortavelmente na sela.

– Talvez. Mas podem obter navios nas Cidades Livres. Digo-lhe, Ned, esse casamento não me agrada. Ainda há nos Sete Reinos quem me chame Usurpador. Esqueceu-se de quantas casas lutaram pelos Targaryen durante a guerra? Por enquanto esperam a sua hora, mas dê-lhes meia chance e me assassinarão no leito, e a meus filhos também. Se o rei pedinte atravessar o mar com uma horda dothraki atrás dele, os traidores a ele se juntarão.

– Não atravessará – prometeu Ned. – E, se por algum azar atravessar, nós o atiraremos de volta ao mar. Uma vez escolhido um novo Guardião do Leste...

O rei soltou um gemido.

– Pela última vez, não nomearei Guardião o garoto Arryn. Sei que ele é seu sobrinho, mas com os Targaryen usufruindo a cama dos dothrakis seria louco se deixasse um quarto do reino nas mãos de uma criança enfermiça.

Ned estava preparado para aquilo.

– E, no entanto, ainda precisamos de um Guardião do Leste. Se Robert Arryn não serve, nomeie um de seus irmãos. Stannis decerto provou seu valor no cerco à Ponta Tempestade.

Deixou o nome pairar por um momento. O rei franziu a testa e nada disse. Parecia desconfortável.

– Isto é – terminou Ned em voz baixa, observando –, a não ser que já tenha prometido a posição a outra pessoa.

Por um momento Robert teve a elegância de parecer surpreso. Quase no mesmo momento, o olhar passou a denotar aborrecimento.

– E se o fiz?

– É Jaime Lannister, não é?

Robert pôs de novo o cavalo em movimento com os calcanhares e desceu a colina em direção aos outeiros. Ned o acompanhou. O rei prosseguiu a cavalgada, com os olhos fixos em frente.

– Sim – disse por fim. Uma única palavra dura para pôr uma pedra sobre o assunto.

– O Regicida – retrucou Ned. Então os rumores eram verdadeiros. Sabia que trilhava agora terreno perigoso. – Um homem apto e corajoso, sem dúvida – disse com cuidado –, mas seu pai é Guardião do Oeste, Robert. A seu tempo Sor Jaime irá sucedê-lo nesse título. Nenhum homem deve defender tanto o leste como o oeste – deixou de dizer sua real preocupação; que a nomeação iria pôr metade dos exércitos do reino nas mãos dos Lannister.

– Tratarei dessa luta quando o inimigo aparecer no campo de batalha – disse o rei teimosamente. – Por ora, Lorde Tywin paira eterno sobre Rochedo Casterly; portanto, duvido que Jaime lhe suceda em breve. Não me aborreça com isso, Ned, a pedra foi colocada.

– Vossa Graça, posso falar com franqueza?

– Pareço ser incapaz de te impedir – resmungou Robert. Cavalgavam através do mato alto e marrom.

– Pode mesmo confiar em Jaime Lannister?

– É irmão gêmeo de minha mulher, um Irmão Juramentado da Guarda Real, com a vida, a fortuna e a honra sujeitas às minhas.

– Tal como estavam sujeitas às de Aerys Targaryen – Ned ressaltou.

– Por que haveria de desconfiar dele? Fez tudo que lhe pedi. Sua espada ajudou a conquistar o trono em que me sento.

Sua espada ajudou a manchar o trono em que se senta, pensou Ned, mas não permitiu que as palavras lhe atravessassem os lábios.

– Fez o juramento de proteger a vida do rei com a dele próprio. Depois abriu a garganta desse mesmo rei com uma espada.

– Pelos sete infernos, *alguém* tinha de matar Aerys! – disse Robert, puxando as rédeas de sua montaria e fazendo-a parar abruptamente junto a um antigo outeiro. – Se Jaime não o fizesse, teríamos de ter sido você ou eu.

– Nós não éramos Irmãos Juramentados da Guarda Real – Ned respondeu. Decidiu naquele lugar que tinha chegado o momento de Robert ouvir toda a verdade. – Recorda-se do Tridente, Vossa Graça?

– Conquistei lá a minha coroa. Como posso esquecê-lo?

– Vossa Graça foi ferido por Rhaegar – recordou-lhe Ned. – E assim, quando a tropa Targaryen cedeu e fugiu, deixou a perseguição nas minhas mãos. O que restava do exército de Rhaegar apressou-se em regressar a Porto Real. Nós os seguimos. Aerys estava na Torre Vermelha com vários milhares de lealistas. Eu esperava encontrar os portões fechados às nossas forças.

Robert balançou impacientemente a cabeça.

– E, em vez disso, descobriu que os nossos homens já tinham conquistado a cidade. E então?

– Nossos homens, não – Ned disse pacientemente. – Os homens dos Lannister. Era o leão de Lannister que flutuava sobre os baluartes, e não o veado coroado. E eles conquistaram a cidade pela traição.

A guerra durara quase um ano. Senhores, grandes e pequenos, tinham se agrupado sob os estandartes de Robert; outros tinham permanecido leais aos Targaryen. Os poderosos Lannister de Rochedo Casterly, os Guardiães do Oeste, tinham permanecido à margem da luta, ignorando os apelos às armas vindos quer dos rebeldes quer dos lealistas. Aerys Targaryen devia ter pensado que os deuses respondiam às suas preces quando Lorde Tywin Lannister apareceu perante os portões de Porto Real com um exército de doze mil homens, declarando-lhe lealdade. E, assim, o rei louco ordenou seu último ato de loucura. Abriu sua cidade aos leões que estavam à porta.

– A traição era uma moeda que os Targaryen conheciam bem – disse Robert. A ira lhe subia novamente. – Os Lannister pagaram-lhes na mesma moeda. Não foi menos do que mereciam. Não será isso que perturbará meu sono.

– Você não estava lá – disse Ned, com amargura na voz. O sono perturbado não lhe era estranho. Vivera suas mentiras durante catorze anos, e à noite elas ainda o assombravam. – Não houve honra naquela conquista.

– Que os Outros carreguem a sua honra! – praguejou Robert. – Quando foi que algum Targaryen conheceu a honra? Desça à sua cripta e interrogue Lyanna sobre a honra do dragão!

– Vingou Lyanna no Tridente – disse Ned, parando ao lado do rei. *Prometa-me, Ned*, sussurrara ela.

– Isso não a trouxe de volta – Robert afastou o olhar para o horizonte cinzento. – Malditos sejam os deuses. Foi uma vitória vazia, a que me deram. Uma coroa... foi pela *donzela* que orei a eles. A sua irmã, salva... e minha de novo, como estava destinada a ser. Pergunto-lhe, Ned, de que serve usar uma coroa? Os deuses zombam tanto das preces de reis quanto das dos vaqueiros.

– Não posso responder pelos deuses, Vossa Graça... só por aquilo que encontrei quando entrei na sala do trono naquele dia – disse Ned. – Aerys estava morto no chão, afogado no próprio sangue. Seus crânios de dragão observavam das paredes. Havia homens dos Lannister por toda parte. Jaime trajava o manto branco da Guarda Real por cima da armadura dourada. Ainda o vejo. Até a espada era dourada. Estava sentado no Trono de Ferro, bem acima dos cavaleiros, usando um elmo em forma de cabeça de leão. Como brilhava!

– Isso é bem sabido – protestou o rei.

– Eu ainda estava montado. Percorri todo o salão em silêncio, entre as longas fileiras de crânios de dragão. De algum modo, parecia que me observavam. Parei diante do trono, olhando-o por baixo. Tinha a espada dourada pousada sobre as pernas, com a lâmina vermelha do sangue do rei. Meus homens começavam a encher a sala atrás de mim. Os de Lannister afastaram-se. Nunca disse uma palavra. Olhei-o, ali sentado no trono, e esperei. Por fim, Jaime soltou uma gargalhada e se ergueu. Tirou o elmo e disse-me: "Nada tem a temer, Stark. Estava apenas mantendo-o quente para o nosso amigo Robert. Temo que não seja uma cadeira muito confortável".

O rei atirou a cabeça para trás e rugiu. Suas gargalhadas assustaram um bando de corvos que saltaram do meio da alta grama marrom num frenético bater de asas.

– Pensa que devo desconfiar de Lannister porque se sentou no meu trono por alguns momentos? – voltou a sacudir-se de riso. – Jaime não tinha mais de dezessete anos, Ned. Era pouco mais que um rapaz.

– Rapaz ou homem, não tinha direito àquele trono.

– Talvez estivesse cansado – sugeriu Robert. – Matar reis é trabalho pesado. Os deuses sabem que não há mais lugar onde descansar o traseiro naquela maldita sala. E ele falou a verdade: é uma cadeira brutalmente desconfortável. De todas as maneiras – o rei balançou a cabeça. – Bem, agora conheço o negro pecado de Jaime e o assunto pode ser esquecido. Estou mortalmente farto de segredos, questiúnculas e assuntos de Estado, Ned. É tudo tão entediante quanto contar moedas. Vem, vamos cavalgar, você costumava saber fazer isso. Quero voltar a sentir o vento nos cabelos – voltou a pôr o cavalo em movimento e galopou sobre o outeiro, fazendo saltar terra atrás de si.

Por um momento Ned não o seguiu. Tinha ficado sem palavras e sentia-se cheio de uma grande sensação de impotência. Uma vez mais perguntou a si mesmo o que fazia ali e qual seria o motivo de ter vindo. Não era nenhum Jon Arryn, capaz de pôr freio à impetuosidade do rei e de lhe inculcar sabedoria. Robert faria o que lhe apetecesse, como sempre fizera, e nada do que Ned pudesse fazer ou dizer mudaria isso. Seu lugar era em Winterfell. Seu lugar era com Catelyn, na sua dor, e com Bran.

Mas um homem nem sempre podia estar no seu lugar. Resignado, Eddard Stark bateu com as botas no cavalo e foi atrás do rei.

Tyrion

O Norte parecia não ter fim.

Tyrion Lannister conhecia os mapas tão bem como qualquer outra pessoa, mas uma quinzena na trilha irregular que naquela região se passava pela estrada do rei incutira profundamente nele a lição de que o mapa era uma coisa, mas o terreno, outra bem diferente.

Tinham partido de Winterfell no mesmo dia que o rei, no meio de toda a agitação da partida real, saindo ao som dos gritos dos homens e do resfolegar dos cavalos, entre a algazarra das carroças e os gemidos da enorme casa rolante da rainha, enquanto uma neve ligeira caía ao redor. A estrada do rei ficava logo à saída do castelo e da vila. Ali, os estandartes, as carroças e as colunas de cavaleiros da guarda e cavaleiros livres viraram para o sul, levando o tumulto com eles, enquanto Tyrion virara para o norte com Benjen Stark e o sobrinho.

Depois disso ficou mais frio, e muito mais silencioso.

A oeste da estrada estendiam-se colinas de sílex, cinzentas e escarpadas, com altas torres de vigia erguidas em seus cumes rochosos. Para leste o terreno era mais baixo, achatando-se até se transformar numa planície ondulada que se estendia até onde a vista alcançava. Pontes de pedra transpunham rios rápidos e estreitos, e pequenas chácaras espalhavam-se em anéis em torno de castros com fortificações de madeira e pedra. A estrada tinha muito tráfego, e à noite, para seu conforto, podiam-se encontrar rudes estalagens.

Mas após três dias de viagem de Winterfell, as terras de cultivo deram lugar à densa floresta, e a estrada do rei transformou-se num lugar solitário. As colinas de sílex tornavam-se mais altas e selvagens a cada milha, até se transformarem em montanhas pelo quinto dia, gigantes frios, azul-acinzentados, com promontórios irregulares e neve sobre os ombros. Quando o vento soprava do norte, longas plumas de cristais de gelo voavam dos picos mais altos como se fossem estandartes.

Com as montanhas fazendo as vezes de muro, a oeste, a estrada desviava-se para nor-nordeste através da floresta, uma mistura de carvalhos com sempre-verdes e sarças negras, que parecia mais antiga e sombria que qualquer outra que Tyrion tivesse visto. "Mata de lobos", chamara-lhe Benjen, e, de fato, as noites do grupo eram animadas com os uivos de alcateias distantes, e de outras não tanto assim. O lobo gigante albino de Jon Snow erguia as orelhas ao ouvir os uivos noturnos, mas nunca levantava a própria voz em resposta. Para Tyrion, havia qualquer coisa muito perturbadora naquele animal.

Àquela altura, o grupo era composto por oito membros, sem contar o lobo. Tyrion viajava com dois de seus homens, como era próprio a um Lannister. Benjen Stark tinha apenas o sobrinho bastardo e algumas montarias novas para a Patrulha da Noite, mas no limite da mata de lobos haviam passado uma noite protegidos pelos muros de madeira de um castro de floresta e juntou-se a eles outro dos irmãos negros, um tal Yoren. Yoren era corcunda e sinistro, e escondia as feições atrás de uma barba tão negra como as roupas que trajava, mas parecia resistente como uma velha raiz e duro como pedra. Com ele estava um par de jovens camponeses esfarrapados originários dos Dedos.

– Violadores – disse Yoren com uma olhadela fria aos rapazes a seu cargo. Tyrion compreendeu. Dizia-se que a vida na Muralha era dura, mas era sem dúvida preferível à castração.

Cinco homens, três rapazes, um lobo gigante, vinte cavalos e uma gaiola com corvos oferecidos a Benjen Stark pelo Meistre Luwin. Sem dúvida que constituíam uma irmandade incomum, para a estrada do rei ou para qualquer outra.

Tyrion reparou que Jon Snow observava Yoren e seus carrancudos companheiros com uma estranha expressão no rosto, que se parecia desconfortavelmente com desalento. Yoren tinha um ombro torcido e um cheiro fétido, os cabelos e a barba eram emaranhados, oleosos e cheios de piolhos, o vestuário era velho, remendado e raramente lavado. Os dois jovens recrutas cheiravam ainda pior, e pareciam tão estúpidos quanto cruéis.

Não havia dúvida de que o rapaz cometera o erro de pensar que a Patrulha da Noite era composta por homens como o tio. Se assim era, Yoren e os companheiros constituíam um brusco despertar. Tyrion sentiu pena do rapaz. Escolhera uma vida dura… ou talvez fosse mais correto dizer que uma vida dura fora escolhida para ele.

Tinha bastante menos simpatia pelo tio. Benjen Stark parecia partilhar do desagrado do irmão pelos Lannister e não ficara contente quando Tyrion lhe declarara suas intenções.

– Previno-lhe, Lannister, de que não irá encontrar estalagens na Muralha – dissera, olhando-o de cima de toda a sua altura.

– Não duvido de que encontrará algum lugar onde possa me enfiar – respondera Tyrion. – Como talvez tenha notado, sou pequeno.

Não se dizia não ao irmão da rainha, claro, e isso pusera um ponto final no assunto, mas Stark não ficara feliz.

– Não vai gostar da viagem, isso lhe asseguro – dissera ele de modo conciso, e desde o momento da partida fizera tudo que pôde para cumprir a promessa.

Pelo fim da primeira semana, as coxas de Tyrion estavam em carne viva devido à dura cavalgada, as pernas ardiam de cãibras e sentia-se congelado até os ossos. Não se queixou. Maldito fosse se desse a Benjen Stark essa satisfação.

Obteve uma pequena vingança com a pele de montar, uma pele de urso velha, malcheirosa e que provocava coceira. Stark lhe oferecera num excesso de galanteria ao jeito da Patrulha da Noite, sem dúvida à espera de vê-lo declinar com elegância. Tyrion a aceitara com um sorriso. Ao partir de Winterfell, trouxera consigo suas roupas mais quentes, e logo descobriu que não eram, nem de longe, suficientes. Ali em cima fazia *frio*, e estava esfriando ainda mais. De noite, a temperatura caía bem abaixo do ponto de congelamento, e quando o vento soprava era como uma faca a trespassar suas lãs mais quentes. Stark com certeza já tinha se arrependido de seu impulso cavalheiresco. Talvez tivesse aprendido uma lição. Os Lannister nunca declinam, com ou sem elegância. Os Lannister aceitam o que lhes é oferecido.

As chácaras e os castros eram cada vez mais escassos e menores à medida que prosseguiam para o norte, penetrando cada vez mais profundamente na escuridão da mata de lobos, até que finalmente deixou de haver tetos onde pudessem se abrigar, e foram atirados para a necessidade de se valerem de seus próprios recursos.

Tyrion nunca fora de grande utilidade para montar ou desmontar um acampamento. Pequeno demais, manco demais, sempre no caminho dos demais. E assim, enquanto Stark, Yoren e os outros erguiam abrigos rústicos, tratavam dos cavalos e faziam uma fogueira, tornou-se seu hábito pegar a pele e um odre de vinho e afastar-se sozinho para ler.

Na décima oitava noite da viagem, o vinho era um raro âmbar doce das Ilhas do Verão que trouxera consigo ao longo de toda a viagem para o norte desde Rochedo Casterly, e o livro, uma meditação sobre a história e as propriedades dos dragões. Com a autorização de Lorde Eddard Stark, Tyrion pedira emprestados alguns volumes raros da biblioteca de Winterfell e os empacotara para a viagem ao norte.

Encontrou um lugar confortável longe do ruído do acampamento, ao lado de um córrego rápido cujas águas eram transparentes e frias como o gelo. Um carvalho grotescamente antigo o abrigava do vento cortante. Tyrion enrolou-se em sua pele com as costas apoiadas no tronco, bebeu um gole de vinho e pôs-se a ler sobre as propriedades do osso de dragão. *O osso de dragão é negro devido à grande quantidade de ferro que contém*, dizia o livro. *É forte como aço, mas é também leve e muito mais flexível, e, claro, completamente à prova de fogo. Os arcos de osso de dragão são muito apreciados pelos dothrakis, e sem surpresa. Um arqueiro assim armado pode alcançar mais longe do que com qualquer arco de madeira.*

Tyrion sentia um mórbido fascínio por dragões. Quando chegara pela primeira vez a Porto Real para o casamento da irmã com Robert Baratheon, fizera questão de procurar os crânios de dragão que haviam decorado as paredes da sala do trono dos Targaryen. O Rei Robert os substituíra por estandartes e tapeçarias, mas Tyrion insistira, até que encontrou os crânios na úmida e fria câmara subterrânea onde tinham sido armazenados.

Esperava achá-los impressionantes, talvez mesmo assustadores, mas não belos. Porém, eram. Negros como ônix, polidos até ficarem lisos, o osso parecia tremeluzir à luz de seu archote. Sentiu que gostavam do fogo. Atirara o archote para dentro da boca de um dos crânios maiores e fizera as sombras saltarem e dançarem na parede atrás de si. Os dentes eram longas facas curvas de diamante negro. A chama do archote não era nada para eles; tinham-se banhado no calor de fogos muito maiores. Quando se afastou, Tyrion podia jurar que as órbitas vazias do animal o tinham visto partir.

Havia dezenove crânios. Os mais antigos tinham mais de três mil anos; os mais recentes, não mais de século e meio. Esses últimos eram também os menores: um par de crânios, não maiores do que os de mastins, e estranhamente deformados, tudo que restava das últimas duas crias nascidas em Pedra do Dragão.

Eram os últimos dos dragões Targaryen, talvez os últimos dragões em todo o mundo, e não tinham vivido muito tempo.

A partir desses dois crânios, os outros aumentavam em tamanho até os três grandes monstros das canções e histórias, os dragões que Aegon Targaryen e as irmãs soltaram sobre os Sete Reinos de antigamente. Os poetas tinham-lhes atribuído nomes de deuses: Balerion, Meraxes, Vhaghar. Tyrion estivera entre suas maxilas escancaradas, sem palavras e cheio de respeitoso temor. Podia ter entrado a cavalo pela garganta de Vhaghar, embora não fosse possível voltar a sair. Meraxes era ainda maior. E o maior de todos, Balerion, o Terror Negro, podia ter engolido um auroque inteiro, ou até mesmo um dos mamutes peludos que diziam viver nas frias extensões para lá do Porto de Ibben.

Tyrion ficou naquela úmida câmara subterrânea durante muito tempo, de olhos fixos no enorme crânio de órbitas vazias de Balerion, até o archote se apagar, tentando abarcar o tamanho do animal vivo, imaginar a aparência que assumia quando estendia as grandes asas negras e varria os céus, a exalar fogo.

Seu remoto antepassado, Rei Loren do Rochedo, tinha tentado lutar contra o fogo quando uniu forças com o Rei Mern, da Campina, a fim de se opor à conquista Targaryen. Isso acontecera havia cerca de trezentos anos, quando os Sete Reinos *eram* reinos, e não meras províncias de um reino mais vasto. Entre ambos, os dois reis tinham seiscentos estandartes, cinco mil cavaleiros montados e dez vezes esse número em cavaleiros livres e homens de armas. Diziam os cronistas que Aegon, o Senhor dos Dragões, possuía talvez um quinto dessa força, e que a maioria de seus homens tinha sido recrutada das fileiras do último rei que matara, homens de fidelidade duvidosa.

As tropas encontraram-se nas planícies da Campina, entre campos dourados de milho pronto para a colheita. Quando os dois reis se apresentaram, o exército Targaryen tremeu, estilhaçou-se e começou a fugir. Por alguns momentos, escreviam os cronistas, a conquista esteve por um fio... mas só por esses breves momentos, antes que Aegon Targaryen e as irmãs se juntassem à batalha.

Foi a única vez que Vhaghar, Meraxes e Balerion foram soltos ao mesmo tempo. Os poetas chamaram esse evento de o Campo de Fogo. Quase quatro mil homens morreram queimados naquele dia, e entre eles contava-se o Rei Mern da Campina. Rei Loren escapou e viveu tempo suficiente para se render, prestar vassalagem aos Targaryen e gerar um filho, fato que deixava Tyrion devidamente grato.

– Por que lê tanto?

Tyrion ergueu os olhos ao ouvir aquela voz. Jon Snow estava a alguns pés de distância, olhando-o com curiosidade. Fechou o livro sobre um dedo e disse:

– Olhe para mim e diga o que vê.

O rapaz observou-o com suspeita.

– Isso é algum truque? Vejo você, Tyrion Lannister.

Tyrion suspirou.

– Você é notavelmente gentil para um bastardo, Snow. O que vê é um anão. Você tem o quê? Doze anos?

– Catorze – disse o rapaz.

– Catorze, e é mais alto do que alguma vez serei. Minhas pernas são curtas e tortas, e caminho com dificuldade. Necessito de uma sela especial para não cair do cavalo. Uma sela de minha própria concepção, talvez lhe interesse saber. Era isso ou montar um pônei. Meus braços são suficientemente fortes, mas, uma vez mais, curtos demais. Nunca serei um espadachim. Se tivesse nascido camponês, provavelmente me teriam abandonado para que morresse, ou vendido para a coleção de aberrações de algum negociante de escravos. Mas, ai de mim! Nasci um Lannister de Rochedo Casterly, onde as coleções de aberrações são das mais pobres. Esperam-se coisas de mim. Meu pai foi Mão do Rei durante vinte anos. Aconteceu que, mais tarde, meu irmão matou esse mesmo rei, mas minha vida está cheia dessas pequenas ironias. Minha irmã casou-se com o novo rei e o meu repugnante sobrinho será rei depois dele. Devo cumprir minha parte pela honra da minha Casa, não concorda? Mas como? Bem, poderei ter as pernas pequenas demais para o corpo, mas minha cabeça é grande demais, embora eu prefira pensar que tem o tamanho certo para a minha mente. Possuo um entendimento realista das minhas forças e fraquezas. A mente é a minha arma. Meu irmão tem a sua espada, o Rei Robert, o seu martelo de guerra, e eu tenho a mente… e uma mente necessita de livros da mesma forma que uma espada necessita de uma pedra de amolar para se manter afiada – Tyrion deu uma palmada na capa de couro do livro. – É por isso que leio tanto, Jon Snow.

O rapaz absorveu tudo aquilo em silêncio. Possuía o rosto dos Stark, mesmo que não tivesse o nome: comprido, solene, reservado, um rosto que nada revela. Quem quer que tenha sido sua mãe, pouco dela ficara no rapaz.

– E está lendo sobre o quê?

– Dragões – disse-lhe Tyrion.

– De que serve isso? Já não há dragões – disse o rapaz, com as fáceis certezas da juventude.

– É o que dizem – respondeu Tyrion. – É triste, não? Quando tinha a sua idade, costumava sonhar em ter um dragão meu.

– É mesmo? – perguntou o rapaz com suspeita na voz. Talvez pensasse que Tyrion estava zombando dele.

– Mesmo. Até um garotinho enfezado, deformado e feio pode olhar o mundo de cima quando está sentado no dorso de um dragão – Tyrion afastou a pele de urso e pôs-se de pé. – Costumava acender fogueiras nas entranhas de Rochedo Casterly e ficar horas olhando as chamas, fazendo de conta que eram fogos de dragão. Por vezes imaginava meu pai a arder. Outras, minha irmã – Jon Snow olhava-o fixamente, submerso em partes iguais de horror e fascínio. Tyrion soltou uma brusca gargalhada. – Não me olhe assim, bastardo. Conheço o seu segredo. Você sonhou o mesmo tipo de sonho.

– Não – Jon Snow rebateu, horrorizado. – Nunca sonharia...

– Não? Nunca? – Tyrion ergueu uma sobrancelha. – Bem, sem dúvida que os Stark foram ótimos para você. Estou certo de que a Senhora Stark o trata como se fosse um de seus filhos. E seu irmão Robb sempre foi amável. Por que não? Ele fica com Winterfell e você com a Muralha. E seu pai... deve ter bons motivos para enviá-lo para a Patrulha da Noite...

– Pare com isso – Jon Snow ordenou, o rosto sombrio de ira. – A Patrulha da Noite é uma vocação nobre!

Tyrion deu risada.

– Você é esperto demais para acreditar nisso. A Patrulha da Noite é uma pilha de estrume para todos os inadaptados do reino. Vi-o olhando para Yoren e seus rapazes. São aqueles os seus novos irmãos, Jon Snow, o que acha deles? Camponeses mal-humorados, devedores, caçadores furtivos, violadores, ladrões e bastardos como você acabam todos na Muralha, à espreita de gramequins e *snarks* e todos os outros monstros contra os quais a sua ama de leite lhe preveniu. A parte boa é que não existem gramequins nem *snarks* e, portanto, o trabalho pouco perigo oferece. A parte ruim é que por causa do frio torna-se estéril, mas, seja como for, não está autorizado a se reproduzir, suponho que isso não importa.

– *Pare com isso!* – gritou o rapaz. Deu um passo adiante, com as mãos dobradas em punho, prestes a arrebentar em lágrimas.

De repente, absurdamente, Tyrion sentiu-se culpado. Deu um passo em frente, tencionando dar ao rapaz uma palmada tranquilizadora no ombro ou murmurar uma palavra qualquer de desculpa.

Não chegou a ver o lobo, onde estava nem como se aproximou. Num momento caminhava na direção de Snow e no seguinte estava caído de costas no duro chão pedregoso, com o livro a rodopiar para longe na queda, o fôlego a desaparecer com o súbito impacto, a boca cheia de terra, sangue e folhas apodrecidas. Quando tentou se levantar, sentiu um doloroso espasmo nas costas. Devia tê-las machucado na queda. Rangeu os dentes com frustração, agarrou-se a uma raiz e conseguiu puxar-se até uma posição sentada.

– Ajude-me – pediu a Jon, estendendo uma mão.

E de repente o lobo estava entre eles. Não rosnou. A maldita coisa nunca soltava um som. Limitou-se a olhá-lo com aqueles brilhantes olhos vermelhos, mostrou-lhe os dentes, e isso foi mais que suficiente. Tyrion deixou-se cair de novo ao chão com um gemido.

– Pronto, não me ajude. Fico aqui sentado até que vá embora.

Jon Snow afagou os espessos pelos brancos de Fantasma, agora com um sorriso.

– Peça-me com bons modos.

Tyrion Lannister sentiu a ira retorcer-se no seu interior, mas a esmagou com sua força de vontade. Não era a primeira vez na vida em que era humilhado, e não seria a última. Esta até talvez fosse merecida.

– Ficaria muito agradecido por sua amável assistência, Jon – ele disse com uma voz branda.

– Para baixo, Fantasma – disse o rapaz. O lobo gigante sentou-se. Aqueles olhos vermelhos nunca deixaram Tyrion. Jon veio por trás do anão, passou as mãos por baixo de seus braços e o pôs em pé com facilidade. Então pegou o livro e o entregou a Tyrion.

– Por que ele me atacou? – perguntou Tyrion com um olhar de relance ao lobo gigante. Limpou sangue e terra da boca com as costas da mão.

– Talvez achasse que você fosse um gramequim.

Tyrion lançou-lhe um olhar penetrante. Depois riu, um grosseiro e engraçado resfôlego que saiu de suas narinas completamente sem sua autorização.

– Ah, deuses – ele disse, estrangulando o riso e balançando a cabeça. – Suponho que realmente me pareço bastante com um gramequim. O que ele faz aos *snarks*?

– Não vai querer saber – Jon recolheu a pele de urso e a entregou a Tyrion.

Tyrion puxou a rolha, inclinou a cabeça e despejou um longo jorro de vinho na boca. A bebida era como fogo frio a gotejar garganta abaixo e aqueceu-lhe a barriga. Depois, ofereceu o odre a Jon Snow.

– Quer?

O rapaz pegou o odre e experimentou engolir um pouco, com cautela.

– É verdade, não é? – disse, quando terminou. – O que disse da Patrulha da Noite.

Tyrion assentiu.

Jon Snow fez da boca uma linha severa.

– Se isso é o que ela é, então é isso que é.

Tyrion deu um sorriso.

– Isso é bom, bastardo. A maioria dos homens prefere negar uma dura verdade a enfrentá-la.

– A maioria dos homens – Jon respondeu. – Mas não você.

– Não – admitiu Tyrion. – Eu não. Já raramente sonho com dragões. Não existem dragões – recolheu a pele de urso do chão. – Venha, é melhor regressarmos ao acampamento antes que seu tio chame os estandartes.

A caminhada era curta, mas o terreno sob seus pés era irregular, e tinha as pernas cheias de cãibras quando regressaram. Jon Snow ofereceu-lhe uma mão para ajudá-lo a atravessar um espesso emaranhado de raízes, mas Tyrion recusou. Abriria seu próprio caminho, como fizera toda a vida. Apesar disso, ver o acampamento diante de si foi agradável. Os abrigos tinham sido erguidos contra o muro em ruínas de um castro havia muito abandonado, um escudo contra o vento. Os cavalos tinham sido alimentados e uma fogueira acendida. Yoren estava sentado numa pedra, esfolando um esquilo. O saboroso cheiro de guisado encheu as narinas de Tyrion. Arrastou-se até onde um de seus homens, Morrec, estava cuidando da panela. Sem uma palavra, Morrec estendeu-lhe a concha. Tyrion provou e a devolveu.

– Mais pimenta – disse.

Benjen Stark emergiu do abrigo que partilhava com o sobrinho.

– Aí está você. Jon, que diabos, não desapareça sozinho dessa maneira. Pensei que os Outros o tivessem apanhado.

– Foram os gramequins – disse Tyrion, rindo. Jon Snow também sorriu. Stark lançou um olhar severo a Yoren. O homem mais velho grunhiu, encolheu os ombros e retomou ao seu sangrento trabalho.

O esquilo encorpou o guisado e, naquela noite, comeram-no com pão escuro e queijo duro à volta da fogueira. Tyrion partilhou seu odre de vinho, fazendo até mesmo Yoren relaxar. Um a um, os homens e rapazes foram se retirando para os abrigos e para o sono, todos, menos Jon Snow, que ficara com a primeira vigia da noite.

Tyrion foi o último a se retirar, como sempre. Quando entrou no abrigo que seus homens tinham construído, parou e olhou para Jon Snow. O rapaz estava em pé junto à fogueira, com o rosto imóvel e duro, e os olhos perdidos nas profundezas das chamas.

Tyrion Lannister deu-lhe um sorriso triste e foi se deitar.

Catelyn

Ned e as meninas tinham partido havia oito dias quando Meistre Luwin veio ter com Catelyn uma noite, no quarto de doente de Bran, transportando uma candeia de leitura e os livros de contas.

– Já é mais que tempo de rever os números, minha senhora – ele disse. – Vai querer saber quanto nos custou essa visita real.

Catelyn olhou Bran em sua cama, afastou-lhe os cabelos da testa e percebeu que tinham crescido muito. Teria de cortá-los em breve.

– Não tenho nenhuma necessidade de olhar para números, Meistre Luwin – ela respondeu, sem nunca afastar os olhos de Bran. – Sei o que essa visita nos custou. Leve os livros daqui.

– Minha senhora, a comitiva do rei tinha apetites saudáveis. Temos de voltar a abastecer os nossos armazéns antes que…

Ela o interrompeu.

– Eu disse para levar os livros daqui. O intendente tratará de nossas necessidades.

– Não temos intendente – lembrou-lhe Meistre Luwin. Como uma pequena ratazana cinzenta, pensou ela, o homem não a largava. – Poole foi para o Sul a fim de organizar a casa de Lorde Eddard em Porto Real.

Catelyn assentiu de forma ausente.

– Ah, sim. Lembro-me – Bran parecia tão pálido. Perguntou a si mesma se poderiam deslocar a cama para junto da janela, de modo que ele recebesse o sol da manhã.

Meistre Luwin depositou a candeia num nicho perto da porta e ajustou seu pavio.

– Há várias nomeações que requerem sua atenção imediata,

minha senhora. Além do intendente, precisamos de um capitão dos guardas para o lugar de Jory, um novo mestre dos cavalos...

Os olhos dela dardejaram à sua volta e o encontraram.

– Um mestre dos *cavalos*? – sua voz era um chicote.

O meistre ficou abalado.

– Sim, minha senhora. Hullen foi para o Sul com Lorde Eddard, por isso...

– Meu filho jaz aqui, em pedaços e agonizando, Luwin, e quer conversar sobre um novo mestre dos *cavalos*? Acha que me importa o que acontece nos estábulos? Acha que isso tem alguma importância para mim? De bom grado mataria com as minhas próprias mãos os cavalos de Winterfell um a um se isso fizesse com que os olhos de Bran se abrissem. Compreende isso? *Compreende?*

Ele inclinou a cabeça.

– Sim, minha senhora, mas as nomeações...

– Eu farei as nomeações – disse Robb.

Catelyn não o ouvira entrar, mas ali estava ele, na soleira da porta, olhando-a. Compreendeu com um súbito ataque de vergonha que estava gritando. O que estava acontecendo com ela? Estava tão cansada, e sua cabeça doía constantemente.

Meistre Luwin desviou o olhar de Catelyn para o filho.

– Preparei uma lista daqueles que podemos considerar para os cargos vagos – disse, entregando para Robb um papel retirado de dentro da manga.

O filho de Catelyn olhou os nomes. Ela percebeu que Robb viera de fora: tinha as bochechas vermelhas do frio e os cabelos desgrenhados pelo vento.

– São bons homens – disse. – Falaremos deles amanhã – devolveu a lista de nomes.

– Muito bem, senhor – o papel desapareceu dentro da manga.

– Agora, deixe-nos – disse Robb. Meistre Luwin fez uma reverência e partiu. Robb fechou a porta atrás de si e virou-se para a mãe. Catelyn reparou que o filho usava uma espada. – Mãe, o que está fazendo?

Catelyn sempre achara que Robb se parecia com ela; tal como Bran, Rickon e Sansa, possuía as cores dos Tully, os cabelos ruivos, os olhos azuis. Mas agora, pela primeira vez, via algo de Eddard Stark em seu rosto, algo tão resistente e duro como o Norte.

– Que estou fazendo? – respondeu num eco, confusa. – Como pode me perguntar isso? O que imagina que estou fazendo? Estou cuidando de seu irmão. Estou cuidando de Bran.

– É esse o nome que dá a isso? Não saiu deste quarto desde que Bran se machucou. Nem sequer foi ao portão quando o pai e as meninas partiram para o Sul.

– Dei-lhes as minhas despedidas aqui e os vi partir daquela janela – ela suplicara a Ned que não partisse, não agora, não depois do que acontecera; tudo tinha mudado, ele não compreendia isso? Sem sucesso. Ele dissera-lhe que não tinha escolha, e então saíra, fazendo sua escolha. – Não posso deixá-lo, nem por um momento, quando qualquer momento pode ser o último. Tenho de estar com ele, se... se... – pegou na mão flácida do filho, deslizando seus dedos entre os dele. Ele estava frágil e magro, não lhe restava nenhuma força na mão, mas ainda podia sentir o calor da vida em sua pele.

A voz de Robb suavizou-se.

– Ele não vai morrer, mãe. Meistre Luwin diz que o maior perigo já passou.

– E se Meistre Luwin se enganar? E se Bran precisar de mim e eu não estiver aqui?

– *Rickon* precisa da senhora – disse Robb em tom penetrante. – Só tem três anos, não compreende o que está se passando. Pensa que todos o abandonaram, e por isso me segue para todo lado, agarrando-se à minha perna e chorando. Não sei o que fa-

zer com ele – fez uma pequena pausa, mordendo o lábio inferior como fazia quando era pequeno. – Mãe, *eu* também preciso
da senhora. Estou tentando, mas não posso... não posso fazer
tudo sozinho – sua voz falhou, com súbita emoção, e Catelyn
lembrou-se de que ele tinha apenas catorze anos. Quis levantar-
-se e ir falar com ele, mas Bran ainda segurava sua mão, e não
podia se mover.

Fora da torre, um lobo começou a uivar. Catelyn estremeceu,
só por um segundo.

– É o de Bran – Robb abriu a janela e deixou entrar o ar da
noite no abafado quarto da torre. Os uivos ficaram mais fortes.
Era um som frio e solitário, cheio de melancolia e desespero.

– Não – disse ela. – Bran precisa ficar aquecido.

– Ele precisa ouvi-los cantar – disse Robb. Em outro ponto, em Winterfell, um segundo lobo começou a uivar em coro
com o primeiro. Depois um terceiro, mais perto. – Cão Felpudo
e Vento Cinzento – disse Robb enquanto as vozes dos lobos se
erguiam e caíam em conjunto. – É possível identificá-los se ou-
virmos com atenção.

Catelyn tremia. Era a dor, o frio, os uivos dos lobos gigantes.
Noite após noite, os uivos, o vento frio e o vazio castelo cinzento
continuavam, imutáveis, e o seu garoto jazendo ali, quebrado, o
mais doce de seus filhos, o mais gentil, o Bran que gostava de rir,
de escalar, de sonhos de cavalaria, tudo agora desaparecido, nunca mais ouviria sua risada. Soluçando, libertou sua mão da dele e
cobriu os ouvidos contra aqueles terríveis uivos.

– Faça-os parar! – gritou. – Não aguento mais, faça-os parar,
faça-os parar, mate-os todos se for preciso, mas faça-os parar!

Não se lembrava de ter caído ao chão, mas era no chão que
estava, e Robb erguia-a, segurando-a com braços fortes.

– Não tenha medo, mãe. Eles nunca lhe fariam mal –
ajudou-a a caminhar até sua estreita cama no canto do quarto

de doente. – Feche os olhos – disse, em voz branda. – Descanse. Meistre Luwin disse-me que quase não tem dormido desde a queda de Bran.

– Não *posso* – ela chorou. – Que os deuses me perdoem, Robb, mas não posso, e se ele morrer enquanto durmo, e se ele morrer, e se ele morrer... – os lobos ainda uivavam. Ela gritou e voltou a tapar os ouvidos. – Ah, deuses, feche a janela!

– Se me jurar que vai dormir – Robb foi até a janela, mas ao estender as mãos para os postigos, outro som foi acrescentado ao fúnebre uivar dos lobos gigantes. – Cães – ele disse, escutando. – Os cães estão todos ladrando. Nunca antes tinham agido assim... – Catelyn o ouviu prender a respiração. Quando ergueu os olhos, o rosto estava pálido à luz da candeia.

– *Fogo* – murmurou o jovem.

Fogo, pensou ela e, em seguida, *Bran*!

– Ajude-me – disse, com urgência na voz, sentando-se. – Ajude-me com Bran.

Robb não pareceu ouvi-la.

– A torre da biblioteca está em chamas – ele disse.

Catelyn podia ver agora a tremeluzente luz avermelhada pela janela aberta. Recostou-se, aliviada. Bran estava a salvo. A biblioteca ficava para lá do muro exterior do castelo, não havia maneira de o fogo chegar até ali.

– Graças aos deuses – sussurrou.

Robb a olhou como se tivesse enlouquecido.

– Mãe, fique aqui. Volto assim que o fogo estiver extinto – depois correu. Ela o ouviu gritar para os guardas que estavam do lado de fora do quarto, ouviu-os descer juntos as escadas em desenfreado ímpeto, saltando os degraus, dois ou três de cada vez.

Lá fora, ouviam-se berros de "Fogo!" no pátio, gritos, passos apressados, os relinchos de cavalos assustados e o frenético ladrar dos cães do castelo. Enquanto escutava aquela cacofonia, percebeu que os uivos tinham desaparecido. Os lobos gigantes tinham-se silenciado.

Catelyn rezou uma silenciosa prece de agradecimento às sete faces de deus quando se encaminhou para a janela. Do lado de lá do muro do castelo, longas línguas de fogo jorravam das janelas da biblioteca. Viu a fumaça erguer-se para o céu e pensou com tristeza em todos os livros que os Stark tinham reunido ao longo dos séculos. Então fechou as janelas.

Quando virou as costas à janela, o homem estava no quarto com ela.

– Não devia 'tar aqui – ele murmurou amargamente. – Ninguém devia 'tar aqui.

Era um homem pequeno e sujo, vestido com imundas roupas pardas, e fedia a cavalos. Catelyn conhecia todos os homens que trabalhavam nas cavalariças, e aquele não era nenhum deles. Era magro, com cabelos loiros escorridos e olhos claros profundamente afundados num rosto ossudo, e trazia na mão um punhal.

Catelyn olhou para a faca, e depois para Bran.

– Não – disse. A palavra ficou presa em sua garganta, um mero sussurro.

Ele deve tê-la ouvido.

– É uma misericórdia – disse. – Ele já 'tá morto.

– Não – disse Catelyn, agora mais alto depois de ter reencontrado a voz. – Não, não *pode* – girou de volta à janela, a fim de gritar por ajuda, mas o homem se moveu mais depressa do que ela teria acreditado ser possível. Uma mão fechou-se sobre sua boca e atirou-lhe a cabeça para trás, a outra trouxe o punhal até sua traqueia. O fedor que o homem exalava era opressivo.

Ergueu ambas as mãos e agarrou a lâmina com todas as suas forças, afastando-a da garganta. Ouviu-o praguejar ao seu ouvido. Os dedos dela estavam escorregadios de sangue, mas não largava o punhal. A mão sobre sua boca apertou-se mais, tirando-lhe o ar. Catelyn torceu a cabeça para o lado e conseguiu pôr um pouco da carne do homem entre os dentes. Mordeu-lhe a palma da mão com força. O homem grunhiu de dor. Ela fez mais força e rasgou-lhe a pele, e, de repente, ele a largou. O gosto do sangue do homem enchia-lhe a boca. Ela bebeu uma golfada de ar e soltou um grito, e ele agarrou-lhe os cabelos e a empurrou para longe, fazendo-a tropeçar e cair. Então, saltou sobre ela, respirando com força, tremendo. A mão direita do homem ainda agarrava com força o punhal, escorregadio de sangue.

– Não devia 'tar aqui – repetiu, estupidamente.

Catelyn viu a sombra deslizar pela porta aberta atrás dele. Houve um ruído surdo e baixo, menos que um rosnado, o menor murmúrio de ameaça, mas ele deve tê-lo ouvido, porque começou a virar-se no exato instante em que o lobo saltou. Caíram juntos, meio estatelados, sobre Catelyn, que continuava estendida onde tombara. O lobo o tinha preso nas maxilas. O guincho do homem durou menos de um segundo antes que o animal atirasse a cabeça para trás, arrancando-lhe metade da garganta.

O sangue dele foi como chuva quente quando se espalhou sobre o rosto de Catelyn.

O lobo a olhava. Suas maxilas estavam vermelhas e úmidas, e os olhos brilhavam, dourados, no quarto escuro. Catelyn percebeu que era o lobo de Bran. Claro que era.

– Obrigada – sussurrou, com a voz tênue e aguda. Ergueu a mão, estremecendo. O lobo aproximou-se, farejou-lhe os dedos e pôs-se a lamber o sangue com uma língua úmida e áspera. Depois de limpar todo o sangue de sua mão, ele virou-se em silêncio e saltou para a cama de Bran, deitando-se a seu lado. Catelyn desatou a rir histericamente.

Foi assim que os encontraram, quando Robb, Meistre Luwin e Sor Rodrik entraram num rompante no quarto, com metade dos guardas de Winterfell. Quando o riso finalmente lhe morreu na garganta, enrolaram-na em cobertores quentes e a levaram de volta para a Grande Torre, para seus aposentos. A Velha Ama a despiu, ajudou-a a entrar no banho quente e limpou o sangue com um pano suave.

Mais tarde, Meistre Luwin chegou para cuidar de suas feridas. Os cortes nos dedos eram profundos, quase chegavam ao osso, e tinha o couro cabeludo em carne viva e sangrando no lugar onde o homem lhe arrancara um tufo de cabelo. O meistre disse-lhe que a dor estava agora apenas começando, e deu-lhe leite de papoula para ajudá-la a dormir.

E ela, finalmente, fechou os olhos.

Quando voltou a abri-los, disseram-lhe que dormira durante quatro dias. Catelyn fez um aceno com a cabeça e sentou-se na cama. Agora, tudo lhe parecia um pesadelo, tudo desde a queda de Bran, um terrível sonho de sangue e desgosto, mas tinha a dor nas mãos para lembrá-la de que era real. Sentia-se fraca e atordoada, mas estranhamente resoluta, como se um grande peso tivesse sido tirado de cima de seus ombros.

– Tragam-me um pouco de pão e mel – disse às criadas – e mandem um recado a Meistre Luwin, dizendo que minhas ataduras precisam ser trocadas – olharam-na, surpresas, e correram para cumprir suas ordens.

Catelyn lembrava-se de como estivera antes, e sentiu-se envergonhada. Falhara para com todos, os filhos, o marido, a Casa. Não voltaria a acontecer. Ia mostrar àqueles nortenhos como uma Tully de Correrio podia ser forte.

Robb chegou antes dos alimentos. Rodrik Cassel veio com ele, bem como o protegido do marido, Theon Greyjoy, e por fim Hallis Mollen, um guarda musculoso com uma barba castanha e quadrada. Era o novo capitão da guarda, disse Robb. Reparou que o filho vinha vestido com couro fervido e cota de malha, e que trazia uma espada à cintura.

– Quem era ele? – perguntou-lhes Catelyn.

– Ninguém sabe seu nome – informou Hallis Mollen. – Não era homem de Winterfell, senhora, mas há quem diga que foi visto aqui e nas imediações do castelo ao longo dessas últimas semanas.

– Então é um dos homens do rei – disse ela –, ou dos Lannister. Pode ter ficado para trás, à espreita, quando os outros partiram.

– Pode ser – disse Hal. – Com todos aqueles estranhos a encher Winterfell nos últimos tempos, não há maneira de dizer a quem pertencia.

– Ele esteve escondido nas cavalariças – disse Greyjoy. – Podia-se sentir o cheiro nele.

– E como pôde passar despercebido? – disse ela em tom penetrante.

Hallis Mollen pareceu atrapalhado.

– Com os cavalos que o Senhor Eddard levou para o Sul e os que enviamos para o Norte para a Patrulha da Noite, as cavalariças ficaram meio vazias. Não seria grande truque se esconder dos moços da cavalariça. Pode ser que Hodor o tenha visto, dizem que o rapaz anda esquisito, mas simplório como é... – Hal abanou a cabeça.

– Encontramos o lugar onde ele dormia – interveio Robb. – Tinha noventa veados de prata num saco de couro escondido debaixo da palha.

– É bom saber que a vida de meu filho não foi vendida barato – disse Catelyn amargamente.

Hallis Mollen a olhou, confuso.

– As minhas desculpas, senhora, mas está dizendo que o homem foi mandado para matar o seu *garoto*?

Greyjoy mostrou dúvida.

– Isso é uma loucura.

– Ele veio por Bran – disse Catelyn. – Ficou o tempo todo resmungando que eu não devia estar ali. Provocou o incêndio da biblioteca pensando que eu correria para tentar apagá-lo, levando os guardas comigo. Se não estivesse meio louca de desgosto, teria funcionado.

– Por que haveria alguém de querer matar Bran? – Robb perguntou. – Deuses, não passa de um garotinho, indefeso, adormecido...

Catelyn lançou ao seu primogênito um olhar de desafio.

– Se quiser governar o Norte, Robb, precisa analisar essas coisas até o fim. Responda à sua pergunta. Por que haveria alguém de querer matar uma criança adormecida?

Antes que Robb pudesse responder, as criadas regressaram com uma bandeja de comida fresca recém-preparada na cozinha. Havia muito mais do que ela pedira: pão quente, manteiga, mel e conservas de amoras silvestres, uma fatia de bacon e um ovo cozido, uma porção de queijo, um bule de chá de menta. E com os alimentos chegou Meistre Luwin.

– Como está meu filho, Meistre? – Catelyn olhou toda aquela comida e descobriu que não tinha apetite.

Meistre Luwin baixou os olhos.

– Sem alterações, minha senhora.

Era a resposta que ela esperava, nem mais, nem menos. Suas mãos palpitaram de dor, como se a lâmina ainda estivesse nelas, cortando-as profundamente. Mandou as criadas embora e voltou a olhar para Robb.

– Já tem a resposta?

– Alguém tem medo de que Bran acorde – disse Robb –, medo do que ele possa dizer ou fazer, medo de qualquer coisa que ele sabe.

Catelyn sentiu orgulho do filho.

– Muito bem – virou-se para o novo capitão da guarda. –

Temos de manter Bran a salvo. Se existiu um assassino, poderá haver outros.

– Quantos guardas serão necessários, senhora? – perguntou Hal.

– Enquanto o Senhor Eddard estiver fora, é o meu filho quem governa Winterfell – ela respondeu.

Robb pareceu crescer um pouco.

– Ponha um homem no quarto, de noite e de dia, um junto à porta, dois ao fundo das escadas. Ninguém pode ver Bran sem minha autorização, ou a de minha mãe.

– Certamente, senhor.

– Trate disso já – sugeriu Catelyn.

– E deixe que o lobo dele fique no quarto – acrescentou Robb.

– Sim – disse Catelyn. E depois mais uma vez: – Sim.

Hallis Mollen fez uma reverência e deixou o quarto.

– Senhora Stark – disse Sor Rodrik depois de o guarda sair –, teria a senhora, por acaso, reparado no punhal que o assassino usou?

– As circunstâncias não me permitiram examiná-lo de perto, mas posso afirmar com certeza que era afiado – respondeu Catelyn com um sorriso seco. – Por que pergunta?

– Encontramos a faca ainda na mão do vilão. Pareceu-me uma arma boa demais para um homem daqueles, e olhei-a longa e atentamente. A lâmina é de aço valiriano e o punho, de osso de dragão. Uma arma assim não tem nada a ver com um homem como ele. Alguém lhe deu.

Catelyn fez um aceno, pensativa.

– Robb, feche a porta.

Ele a olhou de um modo estranho, mas fez o que lhe foi pedido.

– O que vou dizer não deve sair deste quarto – ela avisou. – Quero que jurem. Se até mesmo parte daquilo de que suspeito for verdade, Ned e as minhas meninas viajaram para um perigo mortal, e uma palavra aos ouvidos errados poderá custar-lhes a vida.

– Lorde Eddard é como um segundo pai para mim – disse Theon Greyjoy. – Presto esse juramento.

– A senhora tem o meu juramento – disse Meistre Luwin.

– E o meu também, minha senhora – ecoou Sor Rodrik.

Ela olhou para o filho.

– E você, Robb?

Ele consentiu com um aceno de cabeça.

– Minha irmã Lysa acredita que os Lannister assassinaram seu marido, Lorde Arryn, a Mão do Rei – informou Catelyn. – Ocorre-me que Jaime Lannister não se juntou à caçada no dia em que Bran caiu. Permaneceu aqui no castelo – o quarto estava num silêncio mortal. – Não me parece que Bran tenha caído daquela torre – disse ela para o silêncio. – Penso que foi atirado.

O choque era claro no rosto dos quatro homens.

– Minha senhora, essa sugestão é monstruosa – disse Rodrik Cassel. – Até mesmo o Regicida hesitaria em assassinar uma criança inocente.

– Ah, hesitaria? – perguntou Theon Greyjoy. – Tenho dúvidas.

– Não há limites para o orgulho ou a ambição dos Lannister – disse Catelyn.

– O garoto sempre teve a mão segura – Meistre Luwin disse, pensativo. – Conhece todas as pedras de Winterfell.

– *Deuses* – praguejou Robb, com o jovem rosto sombrio de fúria. – Se isso for verdade, ele pagará – puxou a espada e a brandiu no ar. – Eu mesmo o matarei!

Sor Rodrik irritou-se com ele.

– Guarde isso! Os Lannister estão a cem léguas daqui. Nunca puxe a espada, a menos que tencione usá-la. Quantas vezes tenho de lhe dizer isso, meu tolo rapazinho?

Envergonhado, Robb embainhou a espada, subitamente transformado de novo numa criança. Catelyn disse a Sor Rodrik:

– Vejo que meu filho agora usa aço.

O velho mestre de armas respondeu:

– Achei que era tempo.

Robb a olhou ansiosamente:

– Já era mais que tempo. Winterfell pode necessitar de todas as suas espadas em breve, e é bom que elas não sejam feitas de madeira.

Theon Greyjoy pôs a mão no punho de sua espada e disse:

– Minha senhora, se chegar a tanto, minha Casa tem uma grande dívida para com a sua.

Meistre Luwin puxou a corrente do colar onde lhe irritava a pele do pescoço.

– Tudo que temos são conjecturas. Quem queremos acusar é o querido irmão da rainha. Ela não o aceitará de bom grado. Temos de encontrar provas, ou ficar em silêncio para sempre.

– Sua prova está no punhal – disse Sor Rodrik. – Uma bela lâmina como aquela não pode passar despercebida.

Catelyn compreendeu que havia apenas um lugar onde a verdade podia ser encontrada.

– Alguém tem de ir a Porto Real.

– Eu vou – disse Robb.

– Não – ela disse imediatamente. – Seu lugar é aqui. Deve haver sempre um Stark em Winterfell – olhou para Sor Rodrik com suas grandes suíças brancas, para Meistre Luwin com sua túnica cinzenta, para o jovem Greyjoy, magro, escuro e impetuoso. Quem enviar? Em quem acreditariam? Então soube. Catelyn esforçou-se por empurrar os cobertores, com os dedos tão rígidos e inflexíveis como pedra, e levantou-se da cama. – Devo ir eu mesma.

– Minha senhora – disse Meistre Luwin –, sua chegada será avisada? Os Lannister certamente encararão isso com suspeita.

– E Bran? – perguntou Robb. O pobre rapaz parecia agora completamente confundido. – Não pode ter a intenção de abandoná-lo.

– Fiz por Bran tudo que podia – ela disse, pousando sua mão ferida sobre o braço do filho. – Sua vida está nas mãos dos deuses e de Meistre Luwin. Como você mesmo me lembrou, Robb, tenho outros filhos em que pensar agora.

– Minha senhora vai precisar de uma forte escolta – lembrou Theon.

– Enviarei Hal com um pelotão de guardas – disse Robb.

– Não – Catelyn respondeu. – Um grupo grande atrai atenções indesejadas. Não quero que os Lannister saibam que estou a caminho.

Sor Rodrik protestou.

– Minha senhora, deixe-me pelo menos acompanhá-la. A estrada do rei pode ser perigosa para uma mulher sozinha.

– Não irei pela estrada do rei – ela retrucou. Pensou por um momento e consentiu com a cabeça. – Dois cavaleiros podem deslocar-se tão depressa como um, e bem mais depressa do que uma longa coluna sobrecarregada com carroças e casas rolantes. Aceito sua companhia, Sor Rodrik. Seguiremos o Faca Branca até o mar e alugaremos um navio em Porto Branco. Com cavalos fortes e ventos vivos, deveremos chegar a Porto Real bem antes de Ned e dos Lannister – *e então*, pensou, *veremos o que tivermos de ver.*

Sansa

Septã Mordane informou Sansa, durante o desjejum, que Eddard Stark partira antes da madrugada.

– O rei mandou chamá-lo. Outra caçada, creio. Dizem que ainda há auroques selvagens nestas terras.

– Nunca vi um auroque – disse Sansa, dando uma fatia de bacon a Lady por baixo da mesa. A loba selvagem a tirou da mão tão delicadamente como uma rainha.

Septã Mordane fungou, desaprovando.

– Uma senhora nobre não alimenta cães à mesa – repreendeu a menina, partindo outro bocado de favo e deixando o mel pingar em sua fatia de pão.

– Ela não é um cão, é um lobo selvagem – Sansa a corrigiu enquanto Lady lhe lambia os dedos com uma língua áspera. – Seja como for, meu pai disse que podíamos mantê-los conosco se quiséssemos.

A septã não estava satisfeita.

– Você é uma boa moça, Sansa, mas, juro, no que toca a essa criatura, é tão teimosa como a sua irmã Arya – franziu a sobrancelha. – E onde está Arya hoje?

– Ela não tinha fome – Sansa respondeu, sabendo perfeitamente que a irmã tinha provavelmente se esgueirado até a cozinha horas antes e convencido algum ajudante de cozinheiro a dar-lhe um café da manhã.

– Lembre-a de que hoje deve se vestir bem. Talvez o vestido de veludo cinza. Estamos todas convidadas para acompanhar a rainha e a Princesa Myrcella na casa rolante real, e devemos apresentar nossa melhor aparência.

Sansa já apresentava sua melhor aparência. Escovara os longos cabelos ruivos até deixá-los brilhando e escolhera suas melhores sedas azuis. Esperava aquele dia havia mais de uma semana. Acompanhar a rainha era uma grande honra e, além disso, Príncipe Joffrey talvez lá estivesse. O seu prometido. Só de pensar nisso sentia uma estranha agitação no peito, ainda que não pudessem se casar antes de se passarem anos e anos. Sansa ainda não *conhecia* realmente Joffrey, mas já estava apaixonada por ele. Era tudo como sonhara que seu príncipe poderia ser: alto, bonito e forte, com cabelos que pareciam ouro. Eram-lhe preciosas as oportunidades de passar algum tempo com ele, por poucas que fossem. A única coisa que a assustava naquele dia era Arya. Arya tinha tendência para estragar tudo. Nunca se sabia o que ela poderia fazer.

– Eu vou avisá-la – disse Sansa, em voz incerta –, mas ela vai vestir o mesmo de sempre – esperava que não fosse muito embaraçoso. – Com a sua licença.

– Com certeza – Septã Mordane serviu-se de mais pão e mel, e Sansa levantou-se do banco. Lady a seguiu de perto quando saiu correndo da sala de estar da estalagem.

Lá fora, parou por um momento entre os gritos e pragas e o ranger de rodas de madeira e a confusão dos homens desmontando as tendas e pavilhões e carregando as carroças para mais um dia de marcha. A estalagem era uma vasta estrutura de pedra clara, com três andares, a maior que Sansa já vira, mesmo assim só tivera lugar para menos de um terço da comitiva do rei, que aumentara para mais de quatrocentas pessoas com a adição da comitiva do pai e os cavaleiros livres que a eles se juntaram na estrada.

Encontrou Arya na margem do Tridente, tentando manter Nymeria quieta enquanto limpava seu pelo de lama seca com a ajuda de uma escova. A loba gigante não parecia gostar. Arya vestia os mesmos couros de montar que usara no dia anterior e no outro antes desse.

– É melhor que vista alguma coisa bonita – disse-lhe Sansa. – Foi Septã Mordane quem aconselhou. Hoje vamos viajar na casa rolante da rainha com a Princesa Myrcella.

– Eu não vou – disse Arya, tentando desfazer um nó no emaranhado pelo cinzento de Nymeria. – Mycah e eu vamos subir a corrente e procurar rubis no vau.

– Rubis – disse Sansa, pensativa. – Que rubis?

Arya a olhou como se ela fosse muito estúpida.

– Os rubis de *Rhaegar*. Foi aqui que o Rei Robert o matou e conquistou a coroa.

Sansa olhou sua magricela irmã mais nova, incrédula.

– Não pode ir à procura de rubis. A princesa nos espera. A rainha nos convidou a ambas.

– Não me importa – disse Arya. – A casa rolante nem sequer tem *janelas*, não se pode ver nada.

– O que você poderia querer ver? – perguntou Sansa, aborrecida. Ficara excitada com o convite, e a estúpida da irmã ia estragar tudo, tal como temera. – Só há campos, fazendas e castros.

– Não, *não é só* – Arya teimou. – Se viesse às vezes conosco, você veria.

– *Detesto* andar a cavalo – Sansa respondeu com fervor. – Tudo que isso faz é nos encher de terra, poeira e dores.

Arya encolheu os ombros.

– Fica *quieta* – ordenou a Nymeria –, não estou te machucando – depois se dirigiu a Sansa: – Quando atravessamos o Gargalo, contei trinta e seis flores que nunca tinha visto antes, e Mycah me mostrou um lagarto-leão.

Sansa estremeceu. Tinham levado doze dias para atravessar o Gargalo, chacoalhando por um talude torto ao longo de um lodaçal preto sem fim, e ela detestara cada momento da travessia. O ar era úmido e pegajoso, o talude tão estreito que sequer

podiam fazer um acampamento digno desse nome à noite, e tiveram de parar na própria estrada do rei. Densas matas de árvores
meio submersas apertavam-se contra eles, com os galhos pingando sob o peso de cortinas de fungos pálidos. Enormes flores
desabrochavam na lama e flutuavam em poças de água parada,
mas havia areias movediças à espera para apanhar quem fosse
suficientemente estúpido para deixar o talude e ir colhê-las, e
serpentes à espreita nas árvores, e lagartos-leões a flutuar, meio
submersos na água, como troncos negros com olhos e dentes.

Nada daquilo era obstáculo para Arya, claro. Um dia regressara com seu sorriso de cavalo, o cabelo todo emaranhado e as
roupas cobertas de lama, agarrada a um grosseiro buquê de flores purpúreas e verdes para o pai. Sansa acalentou a esperança
de que ele dissesse a Arya para se comportar bem e agir como a
senhora de boa família que era suposto ser, mas ele não fez isso,
limitou-se a abraçá-la e a agradecer-lhe pelas flores. E isso só re-
forçou seus maus modos.

Então, descobriu-se que as flores purpúreas eram conhecidas
por *beijos de veneno*, e Arya acabou com uma irritação nos braços. Sansa supôs que aquilo lhe ensinaria uma lição, mas Arya
riu do assunto e no dia seguinte esfregou lama nos braços, de
cima a baixo, como uma mulher ignorante qualquer do pântano, só porque o amigo Mycah lhe dissera que faria desaparecer a
comichão. Também tinha manchas negras nos braços e ombros,
vergões purpúreos escuros e manchas desbotadas verdes e amarelas; Sansa os viu quando a irmã se despiu para dormir. Como
tinha arranjado *aquilo*, só os sete deuses sabiam.

Arya ainda continuava a falar sobre coisas que vira na viagem
para o Sul enquanto desfazia com a escova os nós no pelo de
Nymeria.

– Na semana passada, encontramos uma torre de vigia assombrada e, no dia anterior, perseguimos uma manada de cavalos sel-

vagens. Devia tê-los visto correndo quando sentiram o cheiro de Nymeria – a loba retorceu-se e Arya ralhou com ela. – Para com isso, tenho de limpar o outro lado, você está cheia de lama.

– Você não deve abandonar a coluna – relembrou-lhe Sansa. – Foi o que o pai disse.

Arya encolheu os ombros.

– Não fui longe. Seja como for, Nymeria sempre esteve comigo. E nem sempre saio da coluna. Às vezes é divertido cavalgar junto às carroças e conversar com as pessoas.

Sansa sabia tudo sobre o tipo de gente com quem Arya gostava de falar: escudeiros, cavalariços e criadas, homens velhos e crianças nuas, cavaleiros livres de linguagem rude e nascimento incerto. Arya fazia amizade com *qualquer um*. Aquele Mycah era o pior; filho de um carniceiro, com treze anos e desenfreado, dormia na carroça das carnes e cheirava a matadouro. Bastava olhá-lo para Sansa sentir-se enjoada, mas Arya parecia preferir a companhia do rapaz à sua.

Sansa perdia a paciência.

– Você tem de vir comigo – disse firmemente à irmã. – Não pode dizer não à rainha. Septã Mordane conta com você.

Arya a ignorou. Puxou com força a escova. Nymeria rosnou e rodopiou para longe, irritada.

– Volta *já* aqui!

– Vai ter bolos de limão e chá – continuou Sansa, toda adulta e racional. Lady esfregou-se contra sua perna. Sansa coçou-lhe as orelhas do modo que a loba gostava, e Lady sentou-se ao seu lado, observando a perseguição entre Arya e Nymeria. – Por que motivo ia querer montar um velho cavalo malcheiroso e ficar toda dolorida e suada quando pode se encostar em almofadas de penas e comer bolos com a rainha?

– Não gosto da rainha – Arya respondeu com indiferença. Sansa prendeu a respiração, chocada por alguém, mesmo que fosse *Arya*, dizer uma coisa daquelas, mas sua irmã continuou a tagarelar, sem cuidado algum. – Ela nem sequer me deixa levar Nymeria – enfiou a escova no cinto e passou a perseguir a loba. Nymeria vigiava com prudência sua aproximação.

– Uma casa rolante real não é lugar para um *lobo* – disse Sansa. – E você bem sabe que a Princesa Myrcella tem medo deles.

– Myrcella é um bebezinho – Arya agarrou Nymeria pelo pescoço, mas, no momento em que tirou a escova do cinto, a loba gigante libertou-se com uma contorção e saltou para longe dela. Frustrada, Arya atirou a escova ao chão. – Loba *má*! – gritou.

Sansa não conseguiu evitar um pequeno sorriso. O mestre do canil lhe dissera uma vez que um animal sai ao dono. Deu a Lady um pequeno e rápido abraço. Lady lambeu-lhe o rosto. Sansa soltou um risinho. Arya ouviu e deu meia-volta, olhando--a furiosa.

– Não me interessa o que você possa dizer, eu vou montar – seu longo rosto de cavalo tinha a expressão teimosa que significava que faria algo de propósito.

– Juro pelos deuses, Arya, às vezes você não passa de uma *criança* – Sansa a repreendeu. – Sendo assim, vou sozinha. Vai ser muito mais agradável. Lady e eu vamos comer todos os bolos de limão e passar sem você o melhor dos dias. – Virou-se para se afastar, mas Arya gritou às suas costas:

– Também não vão te deixar levar a Lady – e foi embora, antes de Sansa conseguir pensar numa resposta, perseguindo Nymeria ao longo do rio.

Sozinha e humilhada, Sansa iniciou a longa caminhada de volta à estalagem, onde sabia que Septã Mordane estava à espera. Lady andava em silêncio ao seu lado. Estava quase chorando. Tudo que desejava era que as coisas fossem agradáveis e bonitas, como eram nas canções. Por que Arya não podia ser doce, delicada e bondosa, como a Princesa Myrcella? Ela gostaria de uma irmã assim.

Sansa nunca conseguira compreender como era possível que duas irmãs, nascidas apenas com dois anos de diferença, pudessem ser tão diferentes. Teria sido mais fácil se Arya fosse bastarda, como o meio-irmão Jon. Ela até era *parecida* com Jon, com o rosto longo e os cabelos castanhos dos Stark, e nada de sua mãe no rosto ou nas cores. E a mãe de Jon fora uma mulher *plebeia*, ou pelo menos era isso que se segredava. Uma vez, quando era pequena, Sansa até chegou a perguntar à mãe se não teria havido algum engano. Talvez os gramequins tivessem roubado sua irmã *verdadeira*. Mas sua mãe limitara-se a rir, dizendo que não, que Arya era sua filha e irmã legítima de Sansa, sangue do sangue delas. Sansa não era capaz de imaginar um motivo que levasse a mãe a querer mentir sobre aquilo, e assim concluíra que tinha de ser verdade.

Ao se aproximar do centro do acampamento, sua aflição foi rapidamente esquecida. Uma multidão tinha se reunido em torno da casa rolante da rainha. Sansa ouviu vozes excitadas que zumbiam como uma colmeia. Viu que as portas tinham sido escancaradas e que a rainha estava no topo dos degraus de madeira, sorrindo para alguém. Ouviu-a dizer:

– O conselho nos presta uma grande honra, meus bons senhores.

– O que está acontecendo? – perguntou Sansa a um escudeiro que conhecia.

– O conselho enviou cavaleiros de Porto Real para nos escoltar pelo resto do caminho – informou o homem. – Uma guarda de honra para o rei.

Ansiosa por vê-los, Sansa deixou Lady abrir-lhe caminho através da multidão. As pessoas afastavam-se às pressas da loba gigante. Quando se aproximou, viu dois cavaleiros que se ajoelhavam perante a rainha, usando armaduras tão bonitas e esplendorosas que a fizeram pestanejar.

Um dos cavaleiros usava um intricado conjunto de escamas brancas esmaltadas, brilhante como um campo de neve recém-caída, com relevos e fivelas de prata que brilhavam ao sol. Quando tirou o elmo, Sansa viu que era um homem idoso, de cabelos tão alvos como a armadura, mas, apesar disso, parecia forte e gracioso. De seus ombros pendia o manto de um branco puro da Guarda Real.

O companheiro era um homem com cerca de vinte anos cuja armadura era uma placa de aço de um profundo verde-musgo. Era o homem mais bonito em que Sansa já pousara seus olhos; alto e de constituição poderosa, com cabelos negros como breu que lhe caíam sobre os ombros e emolduravam um rosto escanhoado, e risonhos olhos verdes que combinavam com a armadura. Aninhado debaixo do braço, estava um elmo provido de chifres, cuja magnífica viseira de ouro reluzia.

A princípio, Sansa não reparou no terceiro estranho. Não estava ajoelhado como os outros. Estava em pé, ao lado, junto aos cavalos dos recém-chegados, um homem magro e sombrio que observava os acontecimentos em silêncio. Tinha o rosto sem barba, marcado pela varíola, olhos encovados e bochechas descarnadas. Embora não fosse velho, restavam-lhe poucas madeixas de cabelo, brotando por cima das orelhas, mas deixara-o crescer como o de uma mulher. Sua armadura era uma cota de malha de um tom cinzento de ferro, posta sobre camadas de couro fervido, simples e sem adornos, que revelava a idade e os duros anos de uso. Sobre o ombro direito via-se o manchado punho de couro da lâmina que trazia atada às costas, uma espada de duas mãos, grande demais para ser presa ao flanco.

– O rei foi caçar, mas sei que ficará feliz em vê-los quando regressar – dizia a rainha aos dois cavaleiros que se ajoelhavam diante dela, mas Sansa não conseguia tirar os olhos do terceiro homem. Ele pareceu sentir o peso de seu olhar. Lentamente, virou a cabeça. Lady rosnou. Um terror tão esmagador como qualquer outra coisa que Sansa Stark já sentira encheu-a de repente. Deu um passo para trás e foi de encontro a alguém.

Fortes mãos agarraram-lhe os ombros e, por um momento, Sansa pensou que era o pai, mas, quando se virou, foi a face queimada de Sandor Clegane que encontrou olhando-a de cima, com a boca torcida num terrível simulacro de sorriso.

– Está tremendo, menina! – disse ele, com voz áspera. – Assusto-a tanto assim?

Assustava, e assustava desde que ela pusera os olhos pela primeira vez na ruína em que o fogo transformara seu rosto, embora agora lhe parecesse que não causava nem metade do terror daquela vez. Mesmo assim, Sansa desviou-se para longe dele. Cão de Caça soltou uma gargalhada, e Lady interpôs-se entre ambos, rugindo um aviso. Sansa caiu de joelhos e abraçou a loba. As pessoas reuniram-se em volta dela, de boca aberta. Sansa sentia os olhos postos nela, e aqui e ali ouvia comentários murmurados e farrapos de risos.

"Um lobo", disse um homem, e alguém ecoou "Pelos sete infernos, isto é um lobo gigante", e o primeiro homem perguntou "Que faz ele no acampamento?", e a voz áspera do Cão de Caça replicou: "Os Stark usam-nos como amas de leite", e Sansa compreendeu que os dois cavaleiros desconhecidos olhavam para ela e para Lady, com as espadas nas mãos, e então ficou novamente assustada e envergonhada. Lágrimas encheram-lhe os olhos.

Ouviu a rainha dizer:

– Joffrey, vá falar com ela.

E ali estava seu príncipe.

– Deixem-na em paz – disse Joffrey. Erguia-se acima dela, belo em sua lã azul e couro negro, com os cachos dourados brilhando ao sol como uma coroa. Ofereceu-lhe a mão e a ajudou a ficar em pé. – Que houve, querida senhora? Por que tanto medo? Ninguém lhe fará mal. Guardem as espadas, todos. O lobo é seu animal de estimação, não passa disso – olhou para Sandor Clegane: – E você, cão, desapareça daqui, está assustando minha prometida.

Cão de Caça, sempre fiel, fez uma reverência e esgueirou--se em silêncio através da multidão. Sansa lutou por firmar-se. Sentia-se tão tola. Era uma Stark de Winterfell, uma senhora nobre, e um dia seria rainha.

– Não foi ele, meu querido príncipe – ela tentou explicar. – Foi o outro.

Os dois cavaleiros desconhecidos trocaram um olhar.

– Payne? – disse com um risinho abafado o homem mais novo, da armadura verde.

O homem mais velho vestido de branco falou gentilmente a Sansa.

– Por vezes, Sor Ilyn também me assusta, querida senhora. Tem um aspecto temível.

– E assim deve ser – a rainha descera da casa rolante. Os espectadores afastaram-se a fim de lhe abrir caminho. – Se os malvados não temerem o Magistrado do Rei, isso significa que o homem errado está no cargo.

Sansa finalmente encontrou o que dizer:

– Então, com certeza Vossa Graça encontrou o homem certo – ela terminou o que dizia e uma rajada de gargalhadas explodiu à sua volta.

– Bem dito, menina – disse o velho de branco. – Como é próprio de uma filha de Eddard Stark. Estou honrado por conhecê-la, por mais irregular que tenha sido o modo como nos encontramos. Sou Sor Barristan Selmy, da Guarda Real – o homem lhe fez uma reverência.

Sansa conhecia o nome, e agora as cortesias que Septã Mordane lhe ensinara ao longo dos anos vinham-lhe à memória.

– O Senhor Comandante da Guarda Real – disse – e conselheiro de nosso Rei Robert, e antes dele de Aerys Targaryen. A honra é minha, bom cavaleiro. Mesmo no longínquo Norte, os cantores gabam os feitos de Barristan, o Ousado.

O cavaleiro verde riu novamente.

– Barristan, o Usado, a senhora quer dizer. Não o lisonjeie com tanta doçura, criança, pois ele já tem uma opinião grande demais de si mesmo – e sorriu-lhe. – E agora, menina-lobo, se conseguir também encontrar um nome para mim, então terei de reconhecer que é, sim, filha da nossa Mão.

Joffrey empertigou-se a seu lado.

– Tenha cuidado com o modo como se dirige à minha prometida.

– Eu posso responder – disse Sansa rapidamente, para aquietar a ira de seu príncipe. Sorriu para o cavaleiro verde. – Seu elmo tem chifres dourados, senhor. O veado é o selo da Casa Real. O Rei Robert tem dois irmãos. Por sua extrema juventude, só pode ser Renly Baratheon, senhor de Ponta Tempestade e conselheiro do rei, e assim o nomeio.

Sor Barristan soltou um risinho.

– Por sua extrema juventude, só pode ser um arrogante empinado, e é assim que o nomeio eu.

Ouviu-se uma gargalhada geral, liderada pelo próprio Lorde Renly. A tensão de momentos antes tinha desaparecido, e Sansa começava a se sentir confortável... até que Sor Ilyn Payne abriu caminho entre dois homens à força de seu ombro e surgiu à sua frente, sem sorrir. Não disse uma palavra. Lady mostrou os dentes e começou a rosnar, um rugido baixo cheio de ameaças, mas dessa vez Sansa silenciou a loba passando suavemente sua mão na cabeça dela.

– Lamento se o ofendi, Sor Ilyn – disse.

Esperou por uma resposta, mas nenhuma veio. Enquanto o executor a olhava, seus olhos claros sem cor pareciam despi-la, inclusive a pele, deixando-lhe a alma nua à sua frente. Ainda em silêncio, o homem se virou e foi embora.

Sansa não compreendeu. Olhou para seu príncipe.

– Disse algo de errado, Vossa Graça? Por que motivo ele não falou comigo?

– Sor Ilyn não tem sido tagarela nos últimos catorze anos – comentou Lorde Renly, com um sorriso irônico.

Joffrey lançou ao tio um olhar de pura repugnância, e depois tomou as mãos de Sansa nas suas.

– Aerys Targaryen mandou arrancar-lhe a língua com tenazes quentes.

– No entanto, fala de modo bem eloquente com a espada – disse a rainha –, e sua devoção por nosso reino é inquestionável – então, sorriu amavelmente e disse: – Sansa, os bons conselheiros e eu temos de conversar até que o rei regresse com seu pai. Temo que tenhamos de adiar seu dia com Myrcella. Transmita, por favor, as minhas desculpas à sua querida irmã. Joffrey, talvez possa ter a amabilidade de entreter a nossa convidada.

– Com todo o prazer, mãe – disse Joffrey, muito formalmente. Tomou-a pelo braço e afastou-a da casa rolante, e o estado de espírito de Sansa alçou voo. Um dia inteiro com seu príncipe! Olhou para Joffrey com adoração. Ele é tão galante, pensou. O modo como a salvara de Sor Ilyn e do Cão de Caça, ora, fora quase como nas canções, como daquela vez em que Serwyn do Escudo Espelhado salvou a Princesa Daeryssa dos gigantes, ou quando Príncipe Aemon, o Cavaleiro do Dragão, defendeu a honra da Rainha Naerys contra as calúnias do malvado Sor Morgil.

O toque da mão de Joffrey em sua manga fez seu coração bater mais depressa.

– O que gostaria de fazer?

Estar com você, pensou Sansa, mas, em vez disso, respondeu:

– O que quiser fazer, meu príncipe.

Joffrey refletiu por um momento.

– Podíamos ir montar a cavalo.

– Ah, eu *adoro* montar – ela exclamou.

Joffrey olhou de relance para Lady, que os seguia de perto.

– O lobo pode assustar os cavalos, e meu cão parece assustá-la. Deixemos ambos para trás e vamos os dois sozinhos, o que diz?

Sansa hesitou.

– Se assim desejar – disse, incerta. – Suponho que poderia amarrar Lady – no entanto, não tinha certeza de ter compreendido. – Não sabia que tinha um cão...

Joffrey riu.

– Na verdade, é da minha mãe. Ela o designou para me guardar, e é o que ele faz.

– Fala do Cão de Caça... – Sansa entendeu. Quis bater em si mesma por ser tão lenta. Seu príncipe nunca a amaria se parecesse ser estúpida. – É seguro deixá-lo para trás?

Príncipe Joffrey pareceu aborrecido por ela ter perguntado.

– Nada tema, senhora. Sou quase um homem-feito, e não luto com madeira como seus irmãos. Tudo de que necessito é isto – desembainhou a espada e a mostrou; uma espada longa destramente encolhida para se adequar a um rapaz de doze anos, aço azul brilhante, forjada em castelo e de duplo gume, com um punho de couro e um botão de ouro em forma de cabeça de leão. Sansa exclamou de admiração ao vê-la, e Joffrey pareceu satisfeito. – Chamo-a Dente de Leão – disse.

E assim deixaram para trás a loba gigante e o guarda-costas, e cavalgaram para leste ao longo da margem norte do Tridente sem outra companhia exceto Dente de Leão.

Estava um dia glorioso, um dia mágico. O ar estava quente e pesado com o odor das flores, e os bosques tinham ali uma beleza suave que Sansa nunca vira no Norte. A montaria do Príncipe Joffrey era um corcel baio vermelho, ligeiro como o vento, e ele o montava com destemido abandono, tão depressa que Sansa teve dificuldade em acompanhá-lo em sua égua. Era um dia perfeito para aventuras. Exploraram as grutas próximas da margem do rio e seguiram os rastros de um gato-das-sombras até sua toca, e quando ficaram com fome, Joffrey localizou um castro pela sua fumaça e, ao chegar, ordenou que trouxessem comida e vinho para o príncipe e sua senhora. Jantaram trutas frescas do rio, e Sansa bebeu mais vinho do que alguma vez já bebera.

— Meu pai só nos deixa beber uma taça, e apenas nos banquetes — confessou ao seu príncipe.

— Minha prometida pode beber tanto quanto desejar — disse Joffrey, voltando a encher-lhe a taça.

Depois de comer, prosseguiram mais lentamente seu caminho. Joffrey cantou para ela enquanto cavalgavam, com uma voz aguda, doce e pura. Sansa estava um pouco tonta do vinho.

— Não devíamos regressar? — perguntou.

— Em breve — ele respondeu. — O campo de batalha é logo ali à frente, na curva do rio. Foi ali que meu pai matou Rhaegar Targaryen, sabia? Esmagou-lhe o peito, *crás*, mesmo através da armadura — Joffrey brandiu um martelo de guerra imaginário para lhe mostrar como se fazia. — Depois, tio Jaime matou o velho Aerys e meu pai tornou-se rei. Que barulho é esse?

Sansa também o ouviu, flutuando através dos bosques, uma espécie de ruído de madeira, *snac, snac, snac.*

— Não sei — ela respondeu, já nervosa. — Joffrey, vamos embora.

— Quero ver o que é aquilo — Joffrey virou o cavalo na direção de onde vinha o som, e Sansa não teve escolha a não ser segui-lo. Os ruídos foram ficando mais fortes e mais distintos, o *clac* de madeira batendo em madeira, e quando se aproximaram ouviram também respirações pesadas e um gemido de vez em quando.

– Tem alguém ali – Sansa disse ansiosamente. Deu por si pensando em Lady, desejando que a loba gigante estivesse ali.

– Comigo está a salvo – Joffrey desembainhou sua Dente de Leão. O som do aço raspando em couro a fez tremer. – Por aqui – disse ele, levando o cavalo por entre um grupo de árvores.

Para além delas, numa clareira aberta ao lado do rio, encontraram um rapaz e uma menina brincando de cavaleiros. Suas espadas eram paus, aparentemente cabos de vassoura, e eles corriam pela clareira, batendo-se com vigor. O rapaz era bem mais velho, uma cabeça mais alto, e muito mais forte, e era ele quem atacava. A menina, uma coisinha magricela vestida de couro manchado, esquivava-se e conseguia pôr sua "espada" no caminho da maior parte dos golpes do rapaz, mas não de todos. Quando ela tentou uma estocada, ele parou o pedaço de madeira dela com o seu, varreu-o para o lado e golpeou-lhe duramente os dedos. Ela gritou e deixou cair a "espada".

Príncipe Joffrey soltou uma gargalhada. O rapaz olhou em volta, com os olhos muito abertos e sobressaltado, e deixou cair a "espada" sobre a relva. A menina olhou para eles furiosa, chupando os nós dos dedos para afastar a dor, e Sansa ficou horrorizada.

– *Arya?* – gritou, incrédula.

– Vá embora – gritou Arya de volta, com lágrimas de fúria nos olhos. – O que você está fazendo aqui? Deixe-nos em paz.

Joffrey olhou de relance para Arya, depois para Sansa, e depois de novo para Arya.

– É a sua irmã? – ela confirmou com um aceno, corando. Joffrey examinou o rapaz, um jovem desajeitado com um rosto grosseiro, sardento, e espessos cabelos ruivos. – E quem é você, rapaz? – perguntou, num tom de comando que não dava qualquer importância ao fato de o outro ser um ano mais velho.

– Mycah – o rapaz murmurou. Reconheceu o príncipe e desviou os olhos. – Senhor.

– É o filho do carniceiro – disse Sansa.

– É meu amigo – retrucou Arya em voz penetrante. – Deixem-no em paz.

– Um filho de carniceiro que deseja ser cavaleiro, é isso? – Joffrey saltou da montaria, de espada na mão. – Pegue a sua espada, filho de carniceiro – disse, com os olhos brilhantes de divertimento. – Vamos lá ver como se comporta.

Mycah ficou imóvel, congelado de medo.

Joffrey caminhou na sua direção.

– Vá lá, pega ela. Ou será que só luta com menininhas?

– Ela me pediu, senhor – disse Mycah. – Ela *pediu*.

Sansa só precisou olhar para Arya e ver seu rosto corado para saber que o rapaz falava a verdade, mas Joffrey não estava com disposição de ouvi-lo. O vinho o deixara excitado.

– Vai pegar sua espada?

Mycah balançou a cabeça.

– É só um pedaço de madeira, senhor. Não é espada nenhuma, é só um pedaço de madeira.

– E você é só o filho do carniceiro, não é nenhum cavaleiro – Joffrey ergueu Dente de Leão e pousou sua ponta na bochecha de Mycah, abaixo do olho, enquanto o filho do carniceiro permanecia imóvel, tremendo. – Aquela em quem batia é a irmã da minha senhora, você sabia disso? – um brilhante botão de sangue rebentou onde a espada fazia pressão na pele de Mycah e uma linha vermelha deslizou lentamente pela bochecha do rapaz.

– Para com isso! – gritou Arya, e agarrou seu pedaço de madeira que estava no chão.

Sansa sentiu medo.

– Arya, fique fora disso.

– Não vou machucá-lo... muito – disse o Príncipe Joffrey a Arya, sem desviar os olhos do filho do carniceiro.

Arya saltou sobre ele.

Sansa deslizou de cima da égua, mas foi lenta demais. Arya brandiu a "espada" com ambas as mãos. Ouviu-se um sonoro *crac* quando a madeira se quebrou contra a nuca do príncipe, e então tudo aconteceu ao mesmo tempo perante os horrorizados olhos de Sansa. Joffrey cambaleou e rodopiou, rugindo pragas. Mycah fugiu para as árvores tão depressa quanto as pernas podiam levá-lo. Arya atacou de novo o príncipe, mas dessa vez Joffrey parou o golpe com a Dente de Leão e arrancou-lhe a "espada" das mãos. Tinha a nuca cheia de sangue e os olhos em fogo. Sansa gritava: – Não, não, parem, parem os dois, estão estragando tudo –, mas ninguém a ouvia.

Arya pegou uma pedra e atirou-a na cabeça de Joffrey. Em vez de atingi-lo, acertou o cavalo, e o baio vermelho empinou-se e partiu a galope atrás de Mycah. – *Parem, não, parem!* – gritou Sansa novamente. Joffrey avançou na direção de Arya, de espada em punho, gritando obscenidades, palavras terríveis, nojentas. Arya saltou para trás, agora assustada, mas Joffrey a seguiu, levando-a na direção do bosque, encurralando-a contra uma árvore. Sansa não sabia o que fazer. Ficou assistindo, impotente, quase cega pelas lágrimas.

Então, uma mancha cinzenta passou por ela como um relâmpago e, de súbito, Nymeria estava ali, saltando, cerrando as mandíbulas em torno do braço de Joffrey, que manejava a espada. O aço caiu-lhe dos dedos quando a loba o atirou ao chão, e rolaram na relva, com a loba rosnando e abocanhando o príncipe, que guinchava de dor.

– Tirem-na *daqui!* – ele gritou. – Tirem-na *daqui!*

A voz de Arya estalou como um chicote.

– *Nymeria!*

A loba gigante largou Joffrey e foi para junto de Arya. O príncipe ficou estendido na relva, choramingando, agarrado ao braço retalhado. Sua camisa estava empapada de sangue. Arya disse:

– Ela não te machucou... muito – ela ergueu Dente de Leão do lugar onde caíra e levantou-se sobre ele, segurando a espada com as duas mãos.

Joffrey soltou um som choroso e assustado quando olhou para cima, para Arya.

– Não – disse –, não me machuque. Vou contar para minha mãe.

– *Deixe-o em paz!* – gritou Sansa à irmã.

Arya girou e atirou a espada ao ar, colocando todo o seu corpo no movimento. O aço azul relampejou à luz do sol quando a espada rodopiou sobre o rio. Atingiu a água e desapareceu com um borbulhar. Joffrey gemeu. Arya correu para seu cavalo, com Nymeria a trotar logo atrás.

Depois de terem desaparecido, Sansa foi para junto do Príncipe Joffrey, que tinha os olhos cerrados de dor, a respiração entrecortada, e ajoelhou-se a seu lado.

– Joffrey – soluçou. – Ah, veja o que eles fizeram, veja o que eles fizeram. Meu pobre príncipe. Não tenha medo. Eu vou a cavalo até o castro e lhe trarei ajuda – com ternura, ela estendeu a mão e afastou para trás os macios cabelos loiros.

Os olhos dele abriram-se de repente e olharam-na, e neles nada havia além de repugnância, nada além do mais vil desprezo.

– Então *vá* – ele cuspiu. – E *não me toque.*

Eddard

Encontraram-na, senhor.

Ned levantou-se de um salto.

– Os nossos homens ou os dos Lannister?

– Foi Jory – respondeu o intendente Vayon Poole. – Não lhe fizeram mal.

– Graças aos deuses – Ned respondeu. Seus homens andavam à procura de Arya havia quatro dias, mas os homens da rainha também participavam da busca. – Onde ela está? Diga a Jory que a traga para cá imediatamente.

– Lamento, senhor – disse Poole. – Os guardas do portão eram homens dos Lannister e informaram a rainha quando Jory a trouxe. Ela foi levada diretamente perante o rei...

– *Maldita seja* aquela mulher! – Ned amaldiçoou, caminhando a passos largos para a porta. – Vá à procura de Sansa e traga-a à sala de audiências. Sua versão pode ser necessária – desceu os degraus da torre submerso numa raiva rubra. Ele mesmo dirigira as buscas durante os primeiros três dias, e quase não dormira uma hora desde o desaparecimento de Arya. Naquela manhã estivera tão desanimado e cansado que quase não conseguira se levantar, mas agora tinha no corpo sua fúria, enchendo-o de força.

Homens o chamaram quando atravessou o pátio do castelo, mas, em sua pressa, Ned os ignorou. Teria corrido, mas ainda era a Mão do Rei, e uma Mão deve manter a dignidade. Estava consciente dos olhares que o seguiam, das vozes murmuradas que interrogavam sobre o que ele faria.

O castelo era um modesto domínio a meio dia de viagem para sul do Tridente. A comitiva real impusera-se como um hóspede não convidado do senhor do domínio, Sor Raymun Darry, enquanto eram conduzidas as buscas por Arya e pelo filho do carniceiro em ambas as margens do rio. Não eram visitantes bem-vindos. Sor Raymun vivia sob a paz do rei, mas a família lutara no Tridente pelos estandartes do dragão de Rhaegar, e os três irmãos mais velhos tinham morrido ali, uma verdade que nem Robert nem Sor Raymun tinham esquecido. Com os homens do rei, os de Darry, os dos Lannister e os dos Stark, todos apinhados num castelo que era muito menor que o necessário para recebê-los juntos, as tensões ardiam quentes e pesadas.

O rei apropriara-se da sala de audiências de Sor Raymun, e foi ali que Ned os encontrou. A sala estava cheia de gente quando entrou num impulso. Cheia demais, pensou; a sós, ele e Robert poderiam ser capazes de tratar o assunto de forma amigável.

Robert estava afundado na cadeira alta de Darry, na extremidade mais distante da sala, com uma expressão fechada e carrancuda. Cersei Lannister e o filho encontravam-se em pé ao seu lado. A rainha tinha a mão pousada no ombro de Joffrey. Espessas ataduras de seda ainda cobriam o braço do rapaz.

Arya estava no centro da sala, só com Jory Cassel e todos os olhos pousados nela.

– Arya – chamou Ned em voz alta. E foi falar com ela, fazendo ressoar as botas no chão de pedra. Quando o viu, ela gritou e começou a soluçar.

Ned caiu sobre um joelho e a tomou nos braços. Ela tremia.

– Lamento – soluçou –, lamento, lamento.

– Eu sei – ele disse. Ela parecia tão minúscula em seus braços, nada mais que uma menininha magricela. Era difícil compreender como causara tantos problemas. – Está ferida?

– Não – seu rosto estava sujo, e as lágrimas deixaram trilhos cor-de-rosa nas bochechas. – Tenho um pouco de fome. Comi umas frutinhas, mas não havia mais nada.

– Logo a alimentaremos – prometeu Ned, erguendo-se para encarar o rei. – O que significa isto? – seus olhos varreram a sala em busca de rostos amistosos. Sem contar com seus homens, eram muito poucos. Sor Raymun Darry reservava bem a expressão. Lorde Renly ostentava um meio sorriso que podia significar qualquer coisa, e o velho Sor Barristan tinha uma expressão grave; o resto eram homens dos Lannister, hostis. Sua única sorte era que tanto Jaime Lannister como Sandor Clegane não se encontravam ali, porque ainda dirigiam buscas ao norte do Tridente. – Por que motivo não fui avisado de que minha filha foi encontrada? – Ned exigiu saber, fazendo a voz ressoar. – Por que não me foi trazida de imediato?

Falava para Robert, mas foi Cersei Lannister quem respondeu.

– Como *ousa* falar assim ao seu rei?

Ao ouvir aquilo, o rei agitou-se.

– Silêncio, mulher – ele a silenciou. Endireitou-se no assento. – Lamento, Ned. Não quis assustar a menina. Pareceu melhor trazê-la aqui e despachar o assunto rapidamente.

– E que assunto é esse? – Ned tinha a voz gelada.

A rainha deu um passo à frente.

– Sabe perfeitamente bem, Stark. Essa sua menina atacou meu filho. Ela e o filho do carniceiro. E o animal dela tentou arrancar o braço de Joffrey.

– Isso não é verdade – disse Arya em voz alta. – Ela só o mordeu um pouco. Ele estava fazendo mal a Mycah.

– Joff contou-nos o que aconteceu – disse a rainha. – Você e o filho do carniceiro bateram nele com pedaços de madeira enquanto você atiçava o lobo.

– Não foi assim que as coisas se passaram – disse Arya, de novo quase em lágrimas. Ned pôs-lhe a mão no ombro.

– Foi, sim, senhora! – insistiu Príncipe Joffrey. – Todos me atacaram, e ela atirou a Dente de Leão ao rio! – Ned reparou que ele sequer olhava para Arya enquanto falava.

– Mentiroso! – gritou Arya.

– Cale-se! – gritou o príncipe.

– *Basta!* – rugiu o rei, erguendo-se da cadeira, com a voz carregada de irritação. Caiu o silêncio. Robert lançou um olhar ameaçador a Arya.

– E agora, criança, vai me contar o que aconteceu. Vai contar tudo, e somente a verdade. Mentir a um rei é um grande crime – depois olhou para o filho. – Quando ela acabar, será a sua vez. Até lá, tenha cuidado com a língua.

Quando Arya começou sua história, Ned ouviu a porta abrir atrás de si, olhou de relance por cima do ombro e viu Vayon Poole entrar com Sansa. Ficaram em silêncio no fundo da sala enquanto Arya falava. Quando chegou à parte em que atirava a espada de Joffrey no meio do Tridente, Renly Baratheon desatou a rir. O rei ficou irritado.

– Sor Barristan, escolte meu irmão para fora da sala antes que se engasgue.

Lorde Renly abafou o riso.

– Meu irmão é bondoso demais. Eu consigo encontrar a porta sozinho – fez uma reverência a Joffrey. – Talvez mais tarde tenha oportunidade de me contar como foi que uma menina de nove anos e do tamanho de um rato-d'água conseguiu desarmá--lo com um cabo de vassoura e atirar sua espada ao rio – quando a porta se fechava atrás dele, Ned o ouviu dizer: – Dente de Leão – e soltar outra gargalhada.

Príncipe Joffrey estava pálido ao iniciar sua versão muito diferente dos acontecimentos. Quando o filho acabou de falar, o rei ergueu-se pesadamente da cadeira com uma expressão de quem queria estar em qualquer lugar, menos ali.

– O que, com todos os sete infernos, devo eu pensar? Ele diz uma coisa e ela, outra.

– Eles não eram os únicos presentes – disse Ned. – Sansa, venha cá – Ned ouvira sua versão da história na noite em que Arya desaparecera. Conhecia a verdade. – Conte-nos o que se passou.

A filha mais velha deu um hesitante passo à frente. Vestia veludo azul debruado de branco e usava uma corrente de prata em volta do pescoço. Os espessos cabelos ruivos tinham sido escovados até brilharem. Olhou para a irmã, e depois para o jovem príncipe.

– Não sei – disse com voz chorosa, com uma expressão de quem queria fugir. – Não me lembro. Aconteceu tudo tão depressa, não vi...

– *Sua nojenta!* – Arya guinchou. Saltou sobre a irmã como uma seta, atirando Sansa ao chão, enchendo-a de socos. – Mentirosa, mentirosa, mentirosa, mentirosa.

– Arya, *pare com isso!* – Ned gritou. Jory a puxou de cima da irmã ainda agitando os braços. Sansa estava pálida e tremendo quando Ned a colocou de novo em pé. – Está machucada? – perguntou, mas ela estava de olhos fixos em Arya e não pareceu ouvi-lo.

– A menina é tão selvagem quanto aquele seu animal nojento – disse Cersei Lannister. – Robert, quero vê-la punida.

– Sete infernos – praguejou Robert. – Cersei, olhe para ela. É uma criança. Que quer que eu faça, que a chicoteie pelas ruas? Com os diabos, as crianças brigam. Já acabou. Não foi feito nenhum mal duradouro.

A rainha estava furiosa.

– Joff ficará com aquelas cicatrizes para o resto da vida.

Robert Baratheon olhou para o filho mais velho.

– Pois que fique. Talvez lhe ensinem uma lição. Ned, trate de disciplinar sua filha. Eu farei o mesmo com meu filho.

– De bom grado, Vossa Graça – Ned respondeu, bastante aliviado.

Robert começou a se afastar, mas a rainha ainda não tinha terminado.

– E o lobo gigante? – ela gritou para suas costas. – E o animal que mordeu seu filho?

O rei parou, virou-se, franziu a sobrancelha.

– Tinha me esquecido do maldito lobo.

Ned pôde ver Arya ficar tensa entre os braços de Jory, que falou rapidamente.

– Não encontramos nenhum sinal do lobo gigante, Vossa Graça.

O rei não pareceu infeliz com a notícia.

– Não? Pois que assim seja.

A rainha ergueu a voz.

– Cem dragões de ouro ao homem que me trouxer sua pele!

– Uma pele bem cara – resmungou Robert. – Não tomarei parte disso, mulher. Pode muito bem comprar as suas peles com o ouro dos Lannister.

A rainha o olhou com frieza.

– Eu não o imaginava capaz de tamanha avareza. O rei com quem pensei ter me casado teria disposto uma pele de lobo sobre a minha cama antes de o sol se pôr.

O rosto de Robert escureceu de ira.

– Isso seria um belo truque sem um lobo.

– Nós temos um lobo – disse Cersei Lannister. Sua voz estava muito calma, mas seus olhos verdes brilhavam de triunfo.

Todos precisaram de um momento para compreender suas palavras, mas, quando conseguiram, o rei encolheu os ombros, irritado.

– Como quiser. Que Sor Ilyn trate do assunto.

– Robert, não pode estar falando a sério – Ned protestou.

O rei não estava com disposição para mais discussões.

– Basta, Ned, não quero ouvir mais nada. Um lobo gigante é um animal selvagem. Mais cedo ou mais tarde teria se virado contra sua filha tal como o outro se virou contra meu filho. Arranje-lhe um cão, ela ficará mais feliz assim.

Foi então que Sansa pareceu finalmente compreender. Seus olhos estavam assustados ao dirigi-los para o pai.

– Ele não está falando da Lady, está? – ela viu a verdade no rosto de Ned.

– Não – disse. – Não, a Lady não, a Lady não mordeu ninguém, ela é boa...

– Lady não estava lá – gritou Arya em tom zangado. – Deixem-na em paz!

– Impeça-os – suplicou Sansa. – Não deixe que façam isso, por favor, por favor, não foi a Lady, foi a Nymeria, foi Arya, não podem, não foi a Lady, não deixe que eles machuquem Lady, eu farei com que ela seja boa, prometo, prometo... – começou a chorar.

Tudo que Ned pôde fazer foi tomá-la nos braços e consolá-la enquanto chorava. Olhou para o outro lado da sala, para Robert. Seu velho amigo, mais próximo que um irmão.

– Por favor, Robert. Pelo amor que me tem. Pelo amor que tinha à minha irmã. Por favor.

O rei olhou para eles por um longo momento, depois virou-se para a mulher.

– Maldita seja, Cersei – disse com repugnância.

Ned pôs-se em pé, libertando-se gentilmente do abraço de Sansa. Todo o cansaço dos últimos quatro dias tinha regressado.

– Então o faça, Robert – disse, numa voz fria e afiada como aço. – Pelo menos, tenha a coragem de fazê-lo.

Robert olhou para Ned com olhos baços e mortos, e saiu sem uma palavra, com passos pesados como chumbo. O silêncio encheu a sala.

– Onde está o lobo gigante? – perguntou Cersei Lannister quando o marido saiu. Ao seu lado Príncipe Joffrey sorria.

– O animal está acorrentado ao lado da casa do portão, Vossa Graça – respondeu relutantemente Sor Barristan Selmy.

– Mande chamar Ilyn Payne.

– Não – disse Ned. – Jory, leve as meninas para os quartos e me traga Gelo – as palavras tinham o gosto da bílis na garganta, mas ele as forçou sair. – Se tem de ser feito, eu o farei.

Cersei Lannister olhou-o com suspeita.

– Você, Stark? Isso é algum truque? Por que faria uma coisa dessas?

Todos o olhavam, mas era o olhar de Sansa que cortava.

– Ela pertence ao Norte. Merece mais que um carrasco.

Saiu da sala com os olhos ardendo e os lamentos da filha ecoando em seus ouvidos, e encontrou a cria de lobo gigante onde a tinham acorrentado. Ned sentou-se a seu lado por um momento.

– Lady – disse, saboreando o nome. Nunca prestara grande atenção aos nomes que as crianças tinham escolhido, mas olhando-a agora compreendeu que Sansa tinha escolhido bem. Era a menor da ninhada, a mais bonita, a mais gentil e confiante. A loba o olhou com brilhantes olhos dourados, e ele afagou-lhe os espessos pelos cinzentos.

Pouco tempo depois, Jory trouxe-lhe Gelo.

Quando acabou, disse:

– Escolha quatro homens e ordene que transportem o corpo para o Norte. Enterrem-na em Winterfell.

– Toda essa distância? – perguntou Jory, espantado.

– Toda essa distância – Ned afirmou. – A mulher Lannister nunca terá *esta* pele.

Regressava à torre para se abandonar por fim ao sono, quando Sandor Clegane e seus cavaleiros atravessaram com estrondo o portão do castelo, regressando de sua caçada.

Havia algo jogado sobre a garupa de seu cavalo de batalha, uma forma pesada enrolada num manto ensanguentado.

– Nenhum sinal da sua filha, Mão – disse o Cão de Caça com voz áspera –, mas o dia não foi um desperdício completo.

Encontramos seu animalzinho de estimação – esticou o braço para trás e atirou o fardo de cima do cavalo, fazendo-o cair com um baque surdo à frente de Ned.

Dobrando-se, Ned afastou o manto, temendo as palavras que teria de encontrar para Arya, mas afinal não se tratava de Nymeria. Era o filho do carniceiro, Mycah, com o corpo coberto de sangue seco. Tinha sido quase cortado ao meio, do ombro à cintura, por um terrível golpe dado de cima.

– Você o matou de cima do cavalo – disse Ned.

Os olhos do Cão de Caça pareceram cintilar através do aço daquele hediondo elmo em forma de cabeça de cão.

– Ele fugiu – olhou para o rosto de Ned e soltou uma garga-lhada. – Mas não muito depressa.

Bran

Era como se estivesse caindo havia anos.

Voe, sussurrou uma voz na escuridão, mas Bran não sabia voar e, portanto, tudo que podia fazer era cair.

Meistre Luwin moldou um garotinho de barro, cozeu-o até ficar duro e quebradiço, vestiu-o com a roupa de Bran e atirou-o de um telhado. Bran recordou o modo como se estilhaçara.

– Mas eu nunca caio – disse, já caindo.

O chão estava tão longe que quase não conseguia distingui-lo através das névoas cinzentas que turbilhonavam à sua volta, mas podia sentir que caía muito depressa, e sabia o que o esperava lá embaixo. Mesmo nos sonhos, não é possível cair para sempre. Sabia que acordaria um instante antes de atingir o solo. Sempre se acorda um instante antes de atingir o solo.

E se não acordar?, perguntou a voz.

O chão estava agora mais perto, ainda distante, a mil milhas de distância, mas mais perto do que estivera. Ali, na escuridão, fazia frio. Não havia sol, nem estrelas, apenas o solo, lá embaixo, que subia para esmagá-lo, e as névoas cinzentas, e a voz sussurrada. Teve vontade de chorar.

Não chore. Voe.

– Não posso voar – disse Bran. – Não posso, não posso...

Como sabe? Alguma vez já tentou?

A voz era aguda e fraca. Bran olhou em volta para ver de onde vinha. Um corvo descia com ele, em espiral, longe de seu alcance, seguindo-o na queda.

– Ajude-me – disse.

Estou tentando, respondeu o corvo. *Olha, tem algum milho?*

Bran levou a mão ao bolso enquanto a escuridão girava, estonteante, à sua volta. Quando tirou a mão, grãos dourados deslizaram por entre os dedos, para o ar. E passaram a cair com ele.

O corvo pousou em sua mão e pôs-se a comer.

– É mesmo um corvo? – perguntou Bran.

Está mesmo caindo?, retorquiu o corvo.

– É só um sonho – disse Bran.

Será?, perguntou o corvo.

– Eu acordo quando atingir o chão – Bran respondeu à ave.

Você morre quando atingir o chão, disse o corvo. Pôs-se de novo a comer milho.

Bran olhou para baixo. Conseguia agora distinguir montanhas, com picos brancos de neve, e as fitas prateadas de rios em bosques escuros. Fechou os olhos e começou a chorar.

Isso não serve para nada, disse o corvo. *Já te disse, a resposta é voar, não chorar. Quão difícil pode ser? Eu estou voando.* O corvo entregou-se ao ar e esvoaçou em torno da mão de Bran.

– Você tem asas – fez notar Bran.

Talvez você também tenha.

Bran apalpou os ombros, à procura de penas.

Há diferentes tipos de asas, disse o corvo.

Bran olhava os braços e as pernas. Era tão magro, só pele, toda esticada por cima de ossos. Teria sido sempre assim tão magro? Tentou se lembrar. Um rosto nadou até ele, saído da névoa cinzenta, brilhando, luminoso, dourado.

– As coisas que eu faço por amor – disse o rosto.

Bran gritou.

O corvo levantou voo, grasnando.

Isso, não, guinchou para Bran. *Esquece, não precisa disso agora, ponha-o de lado, faça-o desaparecer.* Pousou no ombro de Bran, deu-lhe bicadas, e o brilhante rosto dourado desapareceu.

Bran estava caindo mais depressa do que nunca. As névoas cinzentas uivavam à sua volta enquanto mergulhava para a terra, embaixo.

– O que você está me fazendo? – perguntou ao corvo, choroso.

Estou lhe ensinando a voar.

– Não posso voar!

Está voando agora mesmo.

– Estou *caindo!*

Todos os voos começam com uma queda, disse o corvo. *Olhe para baixo.*

– Tenho medo...

OLHE PARA BAIXO!

Bran olhou para baixo e sentiu as entranhas se transformarem em água. O chão corria agora em sua direção. O mundo inteiro espalhava-se por baixo dele, uma tapeçaria de brancos, marrons e verdes. Via tudo com tanta clareza que, por um momento, se esqueceu de ter medo. Conseguia ver todo o reino e toda a gente que nele havia.

Viu Winterfell como as águias o viam, as grandes torres que pareciam baixas e atarracadas vistas de cima, as muralhas do castelo transformadas em simples linhas traçadas na terra. Viu Meistre Luwin em sua varanda, estudando o céu através de um tubo de bronze polido e franzindo a testa enquanto tomava notas num livro. Viu o irmão Robb, mais alto e mais forte do que se lembrava, praticando esgrima no pátio com aço verdadeiro nas mãos. Viu Hodor, o gigante simplório dos estábulos, transportando uma bigorna para a forja de Mikken, levando-a ao ombro com a mesma facilidade que outro homem levaria um fardo de palha. No coração do bosque sagrado, o grande represeiro branco pairava sobre o seu reflexo na lagoa negra, com as folhas a bater sob um vento gelado. Quando sentiu que Bran o observava, ergueu os olhos das águas paradas e devolveu-lhe um olhar sábio.

Olhou para leste e viu uma galé que se apressava através das águas do Dentada. Viu sua mãe, sentada, sozinha, numa cabine, olhando para uma faca manchada de sangue pousada sobre a mesa à sua frente, enquanto os remadores puxavam pelos remos e Sor Rodrik se dobrava sobre uma amurada, tremendo com convulsões. Erguia-se uma tempestade à frente do barco, um vasto bramido escuro flagelado por relâmpagos, mas, de alguma maneira, eles não conseguiam vê-la.

Olhou para o sul e viu a grande corrente azul-esverdeada do Tridente. Viu o pai suplicar ao rei, com dor gravada no rosto. Viu Sansa chorar até adormecer, à noite, e Arya guardar seus segredos bem fundo no coração. Havia sombras a toda volta. Uma das sombras era escura como cinzas, com o terrível rosto de um cão de caça. Outra estava armada como o sol, dourada e bela. Sobre ambas erguia-se um gigante numa armadura de pedra, mas, quando abriu a viseira, nada havia lá dentro exceto escuridão e um espesso sangue negro.

Ergueu os olhos e viu com clareza para além do mar estreito, viu as Cidades Livres, o mar verde dothraki e, mais adiante, até Vaes Dothrak, no sopé de sua montanha, até as terras fabulosas do Mar de Jade, até Ashhai da Sombra, onde se agitam dragões ao nascer do sol.

Finalmente olhou para o norte. Viu a Muralha brilhar como cristal azul, e o irmão bastardo Jon dormir sozinho numa cama fria, com a pele ficando branca e dura à medida que a memória de todo o calor ia escapando dele. E olhou para lá da Muralha, para além de florestas sem fim sob um manto de neve, para além da costa gelada e dos grandes rios azuis esbranquiçados de gelo e das planícies mortas onde nada crescia nem vivia. Olhou para o norte, e para norte, e para norte, para a cortina de luz no fim do mundo, e então para lá dessa cortina. Olhou para as profundezas do coração do inverno, e então gritou, com medo, e o calor das lágrimas queimou-lhe o rosto.

Agora você sabe, sussurrou o corvo ao pousar no seu ombro. *Agora sabe por que deve viver.*

– Por quê? – perguntou Bran, sem compreender, e caindo, caindo.

Porque o inverno está chegando.

Bran olhou para o corvo em seu ombro, e o corvo devolveu-lhe o olhar. Possuía três olhos, e o terceiro estava cheio de uma terrível sabedoria. Bran olhou para baixo. Agora, nada havia abaixo dele além de neve, frio e morte, um vazio gelado onde agulhas denteadas de gelo azul-esbranquiçado esperavam para abraçá-lo. Voavam em sua direção como lanças. Viu os ossos de mil outros sonhadores empalados em suas pontas. Sentia um medo desesperador.

– Pode um homem continuar a ser valente se tiver medo? – ouviu sua voz dizer, uma voz pequena e distante.

E a voz de seu pai lhe respondeu.

– Essa é a única maneira de um homem ser valente.

E agora, Bran, insistiu o corvo. *Escolha. Voe ou morra.*

A morte estendeu as mãos para ele, gritando.

Bran abriu os braços e voou.

Asas invisíveis beberam o vento e encheram-se, e empurraram-no para cima. As terríveis agulhas de gelo afastaram-se lá embaixo. O céu abriu-se lá em cima. Bran pairou. Era melhor que escalar. Era melhor que qualquer outra coisa. O mundo encolheu por baixo dele.

– Estou voando! – gritou, deliciado.

Já percebi, disse o corvo de três olhos. Levantou voo, batendo as asas contra o rosto de Bran, reduzindo-lhe a velocidade, cegando-o. O garoto hesitou no ar quando as asas da ave bateram em seu rosto. O bico do corvo apunhalou-o ferozmente, e Bran sentiu uma súbita dor cegante no meio da testa, entre os olhos.

– O que está fazendo? – guinchou.

O corvo abriu o bico e grasnou, um estridente grito de medo, e as névoas cinzentas estremeceram, rodopiaram à sua volta e rasgaram-se como um véu, e ele viu que o corvo era na realidade uma mulher, uma criada com longos cabelos negros, e ele a conhecia de algum lugar, de Winterfell, sim, era isso, agora se lembrava dela, e então compreendeu que estava em Winterfell, numa cama, num quarto gelado qualquer, numa torre, e a mulher de cabelos negros deixara uma bacia de água estilhaçar-se no chão e corria pelos degraus abaixo gritando: "Ele está acordado, ele está acordado, ele está acordado".

Bran levou a mão à testa, entre os olhos. O lugar onde o corvo bicara ainda ardia, mas não havia nada, nem sangue, nem ferida. Sentiu-se fraco e tonto. Tentou sair da cama, mas nada aconteceu.

E então sentiu um movimento ao lado da cama, e algo pousou agilmente sobre suas pernas. Nada sentiu. Um par de olhos amarelos olhava os seus, brilhando como o sol. A janela estava aberta e fazia frio no quarto, mas o calor que vinha do lobo envolveu-o como um banho quente.

Bran compreendeu que se tratava de sua cria... ou não? O lobo estava tão *grande*. Estendeu a mão para lhe fazer carinho, uma mão que tremia como uma folha.

Quando o irmão Robb entrou correndo no quarto, sem fôlego por causa dos degraus da torre acima, o lobo gigante lambia o rosto de Bran.

Bran ergueu os olhos calmamente.

– O nome dele é Verão – ele disse.

Catelyn

— hegaremos a Porto Real dentro de uma hora.

Catelyn afastou-se da amurada e forçou-se a sorrir.

— Seus remadores trabalharam bem por nós, capitão. Cada um receberá um veado de prata, em sinal de minha gratidão.

Capitão Moreo Tumitis concedeu-lhe uma meia reverência.

— É demasiado generosa, Senhora Stark. A honra de transportar uma grande senhora como você é toda a recompensa de que necessitam.

— Mesmo assim receberão a prata.

Moreo sorriu.

— Como desejar — falava a língua comum fluentemente, com não mais que um ligeiro sinal de sotaque tyroshi. Dissera-lhe que já percorria o mar estreito havia trinta anos, como remador, contramestre e, finalmente, capitão de suas próprias galés comerciais. O *Dançarino da Tempestade* era seu quarto navio, e o mais rápido, uma galé de dois mastros e sessenta remos.

Fora certamente o mais rápido dos navios disponíveis em Porto Branco quando Catelyn e Sor Rodrik Cassel chegaram de seu impetuoso galope ao longo do rio. Os tyroshis eram célebres por sua avareza, e Sor Rodrik argumentara em favor de contratarem uma corveta de pesca vinda das Três Irmãs, mas Catelyn insistira na galé. Ainda bem. Os ventos tinham soprado contrários durante a maior parte da viagem, e sem os remos da galé ainda estariam tentando ultrapassar os Dedos, em vez de deslizarem em direção a Porto Real e ao fim da travessia.

Tão perto, pensou. Sob as ataduras de linho, seus dedos ainda latejavam nos lugares onde o punhal penetrara. Catelyn sentia a dor como seu chicote, que existia para que não esquecesse.

Não conseguia dobrar os últimos dois dedos da mão esquerda, e os outros nunca mais seriam destros. Mas era um preço bem pequeno a pagar pela vida de Bran.

Sor Rodrik escolheu aquele momento para aparecer no convés.

– Meu bom amigo – disse Moreo através da barba verde e bifurcada. Os tyroshis adoravam cores vivas, mesmo nos pelos faciais. – É tão bom vê-lo com melhor aspecto.

– Sim – concordou Sor Rodrik. – Já há quase dois dias que não desejo morrer – fez uma reverência a Catelyn. – Minha senhora.

E *estava* com melhor aspecto. Um pouco mais magro do que era quando partiram de Porto Branco, mas quase ele próprio de novo. Os ventos fortes da Dentada e a dureza do mar estreito não se conjugavam com ele, e quase fora atirado borda afora quando a tempestade os apanhara inesperadamente ao largo de Pedra do Dragão, mas de algum modo conseguira agarrar-se a uma corda, até que três dos homens de Moreo conseguiram salvá-lo e o levaram em segurança para o interior do navio.

– O capitão acaba de me dizer que a nossa viagem está quase no fim – disse ela.

Sor Rodrik conseguiu lhe dar um sorriso fatigado.

– Tão depressa? – parecia estranho sem as grandes suíças brancas; de certo modo menor, menos feroz e dez anos mais velho. Mas na Dentada parecera prudente submetê-las à navalha de um tripulante depois de terem se sujado irremediavelmente, pela terceira vez, quando ele se inclinou sobre a amurada para vomitar contra os turbilhões de vento.

– Vou deixá-los discutindo seus assuntos – disse o capitão Moreo. Fez uma reverência e afastou-se.

A galé deslizava sobre a água como uma libélula, com os remos subindo e descendo em perfeita cadência. Sor Rodrik apoiou-se na amurada e observou a costa que ia passando.

– Não tenho sido o mais valente dos protetores.

Catelyn tocou-lhe o braço.

– Estamos aqui, Sor Rodrik, e em segurança. É tudo o que realmente importa – sua mão tateou sob o manto, com os dedos rígidos e desajeitados. Ainda trazia o punhal junto a si. Descobrira que precisava tocá-lo de vez em quando para se tranquilizar. – Agora temos de encontrar o mestre de armas do rei e rezar para que ele seja de confiança.

– Sor Aron Santagar é um homem vaidoso, mas honesto – a mão de Sor Rodrik subiu ao rosto para afagar as suíças e descobriu uma vez mais que elas tinham desaparecido. Pareceu atrapalhado. – Ele pode conhecer a lâmina, sim... mas, minha senhora, no momento em que desembarcarmos, ficaremos desprotegidos. E há quem, na corte, a reconheça à primeira vista.

A boca de Catelyn comprimiu-se.

– Mindinho – murmurou. Seu rosto surgiu-lhe diante dos olhos; um rosto de rapaz, embora já não o fosse. Seu pai morrera havia vários anos, e ele era agora Lorde Baelish, mas ainda o chamavam Mindinho. O irmão de Catelyn, Edmure, dera-lhe esse apelido, havia muito tempo, em Correrrio. Os modestos domínios da família de Petyr ficavam no menor dos Dedos, e ele tinha sido baixo e magro para sua idade.

Sor Rodrik limpou a garganta.

– Uma vez, Lorde Baelish, ah... – seu pensamento partiu, incerto, em busca das palavras delicadas. Mas Catelyn parecia buscar mais que delicadeza.

– Ele foi protegido de meu pai. Crescemos juntos em Correrrio. Eu pensava nele como um irmão, mas seus sentimentos por mim eram... mais do que fraternais. Quando foi anunciado que eu deveria me casar com Brandon Stark, Petyr lançou um desafio pelo direito à minha mão. Era uma loucura. Brandon tinha vinte anos, Petyr, pouco mais de quinze. Tive de suplicar a Brandon que poupasse a vida de Petyr. Mas ele o deixou com uma cicatriz. Depois disso, meu pai o mandou embora. Nunca mais o vi – ergueu o rosto contra os borrifos das ondas, como se o vento fresco pudesse levar as recordações para longe. – Escreveu-me quando eu estava em Correrrio, depois de Brandon ser morto, mas queimei a carta sem ler. Já sabia que Ned se casaria comigo no lugar do irmão.

Os dedos de Sor Rodrik tatearam uma vez mais em busca das suíças inexistentes.

– Hoje Mindinho tem assento no pequeno conselho.

– Eu sabia que ele iria longe – disse Catelyn. – Sempre foi inteligente, mesmo ainda rapaz, mas uma coisa é ser inteligente, e outra é ser sábio. Pergunto a mim mesma o que os anos lhe terão feito.

Bem acima de suas cabeças, os vigias cantaram do topo das velas. Capitão Moreo precipitou-se pelo convés, dando ordens, e o *Dançarino da Tempestade* rebentou numa atividade frenética enquanto Porto Real surgia à vista, em cima de suas três grandes colinas.

Catelyn sabia que trezentos anos antes aquelas elevações estavam cobertas por florestas, e só um punhado de pescadores vivia na margem norte do Torrente da Água Negra, onde esse rio rápido e profundo desaguava no mar. Então, Aegon, o Conquistador, zarpara de Pedra do Dragão. Fora ali que seu exército desembarcara, e no topo da colina mais alta construíra seu primeiro e rústico baluarte de madeira e terra.

Agora a cidade cobria a costa até tão longe quanto Catelyn conseguia ver; mansões, caramanchões e celeiros, armazéns feitos de tijolo e estalagens e estábulos comerciais de madeira, tabernas, cemitérios e bordéis, tudo empilhado, uns edifícios sobre os outros. Mesmo àquela distância, conseguia ouvir o clamor do mercado de peixe. Entre os edifícios, estendiam-se estradas largas debruadas de árvores, sinuosas ruas vazias e vielas tão estreitas que dois homens não poderiam nelas caminhar lado a lado. A colina de Visenya estava coroada pelo Grande Septo de Baelor, com suas sete torres de cristal. Do outro lado da cidade, na colina de Rhaenys, erguiam-se os muros enegrecidos do Poço dos Dragões, com sua enorme cúpula em ruínas, as portas de bronze fechadas havia já um século. A Rua das Irmãs corria entre os dois edifícios, reta como uma seta. As muralhas da cidade erguiam-se a distância, altas e fortes.

Uma centena de desembarcadouros cobria a margem da cidade, e o porto estava repleto de navios. Barcos de pesca de águas profundas e correios do rio chegavam e partiam, barqueiros remavam de um lado para o outro no Torrente da Água Negra, galés comerciais descarregavam produtos vindos de Bravos, Pentos e Lys. Catelyn espiou a ornamentada barcaça da rainha, amarrada ao lado de um gordo baleeiro vindo do Porto de Ibben, com o casco enegrecido de piche, enquanto a montante uma dúzia de esbeltos navios de guerra dourados repousava em suas docas, com as velas enroladas e os cruéis esporões de ferro a afagar a água.

E acima de tudo, lançando um olhar carrancudo da grande colina de Aegon, estava a Fortaleza Vermelha, sete enormes torres cilíndricas coroadas por baluartes de ferro, um imenso e sombrio contraforte, salões abobadados e pontes cobertas, casernas, masmorras e celeiros, maciças muralhas de barragem cravejadas de guaritas para arqueiros, tudo construído de pedra vermelho-clara. Aegon, o Conquistador, ordenara sua construção. Seu filho, Maegor, o Cruel, a completara. E depois exigira a cabeça de todos os pedreiros, carpinteiros e construtores que nela trabalharam. Jurara que só o sangue do dragão podia conhecer os segredos da fortaleza que os Senhores do Dragão tinham construído.

E, no entanto, os estandartes que agora esvoaçavam em suas ameias eram dourados, não negros, e onde o dragão de três cabeças antes exalara fogo, agora curveteava o veado coroado da Casa Baratheon.

Um navio de grandes mastros das Ilhas do Verão estava saindo do porto com suas enormes velas brancas. O *Dançarino da Tempestade* passou por ele, aproximando-se firmemente da costa.

– Minha senhora – disse Sor Rodrik –, enquanto estive acamado, planejei a melhor forma de proceder. Não deve entrar no castelo. Eu irei em seu lugar e trarei Sor Aron até algum lugar seguro.

Ela estudou o velho cavaleiro enquanto a galé se aproximava do cais. Moreo gritava no valiriano vulgar das Cidades Livres.

– Correrá tantos riscos quanto eu.

Sor Rodrik sorriu.

– Julgo que não. Há pouco olhei meu reflexo na água e quase não me reconheci a mim mesmo. Minha mãe foi a última pessoa a me ver sem suíças, e está morta há quarenta anos. Acredito que estou suficientemente seguro, minha senhora.

Moreo berrou uma ordem. Como se fossem um único, sessenta remos ergueram-se do rio, depois inverteram a rotação, e caíram. A galé perdeu velocidade. Outro grito. Os remos deslizaram para dentro do casco. No momento em que o navio esbarrava na doca, marinheiros tyroshis saltaram para terra a fim de amarrá-lo. Moreo aproximou-se em grande azáfama, todo sorrisos.

– Porto Real, minha senhora, tal como havia ordenado, e nunca nenhum navio fez viagem mais rápida e segura. Necessitará de assistência no transporte de suas coisas para o castelo?

– Não vamos para o castelo. Talvez possa me sugerir uma estalagem, um lugar limpo e confortável, e não muito longe do rio.

O tyroshi passou os dedos pela barba verde e bifurcada.

– Com certeza. Conheço vários estabelecimentos que podem lhe convir. Mas primeiro, se me permite a ousadia, há o assunto da segunda parte do pagamento que combinamos. E, bem entendido, a prata extra que teve a bondade de prometer. Sessenta veados, julgo que era esse o montante.

– Para os remadores – lembrou-lhe Catelyn.

– Ah, com certeza – disse Moreo. – Embora eu talvez deva guardá-los para eles até regressarmos a Tyrosh. Para o bem de suas esposas e filhos. Se a prata lhes for dada aqui, minha senhora, irão perdê-la para os dados ou gastá-la por completo numa noite de prazer.

– Há coisas piores em que gastar dinheiro – interveio Sor Rodrik. – O inverno está chegando.

– Um homem deve fazer suas próprias escolhas – disse Catelyn. – Eles ganharam a prata. Como a gastam não me diz respeito.

– Como desejar, minha senhora – respondeu Moreo, fazendo uma reverência e sorrindo.

Para se assegurar de que o dinheiro chegaria ao destino, Catelyn pagou ela mesma aos remadores, um veado para cada homem e uma moeda de cobre para os dois homens que transportaram suas arcas até o meio da encosta de Visenya, onde ficava a estalagem que Moreo sugerira. Era um velho edifício de perfil irregular que se erguia na Viela das Enguias. A dona era uma velha enrugada com um olho preguiçoso, que os mirou com suspeita e mordeu a moeda que Catelyn lhe ofereceu a fim de se certificar de que era verdadeira. Mas seus quartos eram grandes e arejados, e Moreo jurava que seu guisado de peixe era o mais saboroso em todos os Sete Reinos. O melhor de tudo era que não tinha nenhum interesse em seus nomes.

– Julgo ser melhor que se mantenha afastada da sala comum – disse Sor Rodrik, depois de terem se instalado. – Mesmo num lugar como este, nunca se sabe quem pode estar à espreita – usava cota de malha, um punhal e uma espada sob um manto escuro com capuz que podia puxar sobre a cabeça. – Estarei de volta antes de cair a noite com Sor Aron – prometeu. – Agora descanse, minha senhora.

Catelyn *estava* cansada. A viagem fora longa e fatigante, e já não era tão jovem. As janelas de seu quarto davam para a viela e para telhados, com uma vista do Água Negra por cima deles. Observou Sor Rodrik partir e caminhar em passo vivo pelas ruas movimentadas até se perder na multidão, e depois decidiu seguir seu conselho. O colchão era de palha, não de penas, mas não teve dificuldade em adormecer.

Acordou com uma batida na porta.

Catelyn sentou-se de repente. Da janela viam-se os telhados de Porto Real, vermelhos à luz do sol poente. Dormira durante mais tempo do que planejara. Um punho voltou a martelar na porta e uma voz gritou:

– Abra, em nome do rei.

– Um momento – ela gritou. Envolveu-se no manto. O punhal encontrava-se sobre a mesa de cabeceira. Agarrou-o antes de destrancar a pesada porta de madeira.

Os homens que entraram no quarto usavam a cota de malha negra e o manto dourado da Patrulha da Cidade. Seu líder sorriu ao ver o punhal na mão de Catelyn e disse:

– Não há necessidade disso, minha senhora. Temos ordens de escoltá-la até o castelo.

– Sob autoridade de quem? – ela perguntou.

Ele lhe mostrou uma fita. Catelyn sentiu que sua respiração estava presa na garganta. O selo era um tejo, em cera cinzenta.

– Petyr – disse. Tão depressa. Algo devia ter acontecido a Sor Rodrik. Olhou para o chefe dos guardas: – Sabe quem eu sou?

– Não, senhora – disse ele. – O Senhor Mindinho só disse para levá-la até ele, e evitar que seja maltratada.

Catelyn assentiu.

– Pode esperar lá fora enquanto me visto.

Lavou as mãos na bacia e enrolou-as em linho limpo. Sentiu os dedos grossos e desajeitados enquanto lutava para atar o corpete e prender um pesado manto marrom em torno do pescoço. Como Mindinho descobrira que estava ali? Sor Rodrik nunca lhe diria. Podia ser velho, mas era teimoso e impecavelmente leal. Teriam chegado tarde demais? Teriam os Lannister chegado a Porto Real antes deles? Não. Se fosse isso, Ned também estaria ali, e sem dúvida que viria vê-la. Como...?

Então pensou: *Moreo*. O maldito tyroshi sabia quem eles eram e onde estavam. Catelyn esperava que o homem tivesse obtido um bom preço pela informação.

Tinham lhe trazido um cavalo. Os candeeiros estavam sendo acesos ao longo das ruas por que caminhavam e Catelyn sentiu os olhos da cidade postos nela enquanto avançava, rodeada pelos guardas de manto dourado. Quando chegaram à Fortaleza Vermelha, a porta levadiça estava abaixada e os grandes portões trancados para a noite, mas as janelas do castelo mostravam-se vivas com luzes tremeluzentes. Os guardas deixaram as montarias fora da muralha e escoltaram-na por uma estreita porta lateral, e depois ao longo de uma infinidade de degraus até uma torre.

Ele estava sozinho na sala, sentado a uma pesada mesa de madeira, com uma candeia de azeite a seu lado enquanto escrevia. Quando a introduziram no aposento, pousou a pena e olhou-a.

– Cat – disse em voz baixa.

– Por que motivo fui trazida aqui dessa maneira?

Ele se levantou e fez um gesto brusco para os guardas.

– Deixem-nos – os homens partiram. – Não foi maltratada, espero – disse, depois de os outros terem saído. – Dei instruções firmes – reparou nas ataduras. – Suas mãos...

Catelyn ignorou a pergunta implícita.

– Não estou habituada a ser convocada como uma meretriz – disse com voz gelada. – Quando rapaz sabia o que significava cortesia.

– Eu a aborreci, minha senhora. Essa nunca foi minha intenção – parecia arrependido. A expressão trouxe a Catelyn vivas memórias. Fora uma criança maliciosa, mas depois de suas travessuras parecia sempre arrependido; era um dom que possuía. Os anos não o tinham mudado muito. Petyr tinha sido um rapaz pequeno, e crescera até transformar-se num homem pequeno, quatro ou cinco centímetros mais baixo que Catelyn, esbelto e rápido, com as feições inteligentes que ela recordava e os mesmos olhos risonhos cinza-esverdeados. Usava agora uma pequena barbicha pontiaguda, e tinha traços de prata nos cabelos escuros, embora ainda não tivesse trinta anos. Combinavam bem com o tejo de prata que prendia ao manto. Mesmo quando criança, sempre gostara de sua prata.

– Como soube que eu estava na cidade? – ela perguntou.

– Lorde Varys sabe tudo – disse Petyr com um sorriso malicioso. – Ele se juntará a nós em breve, mas eu quis vê-la a sós primeiro. Foi há tanto tempo, Cat. Quantos anos?

Catelyn ignorou a familiaridade do homem. Havia perguntas mais importantes.

– Então foi a Aranha do Rei que me encontrou.

Mindinho encolheu-se.

– Não deve chamá-lo assim. Ele é muito sensível. Imagino que por ser um eunuco. Nada acontece nesta cidade sem que Varys fique sabendo. Por vezes, ele sabe das coisas *antes* de elas acontecerem. Tem informantes por todo lado. Chama-os de seus passarinhos. Um de seus passarinhos ouviu falar de sua visita. Felizmente, Varys veio falar comigo primeiro.

– Por que você?

Ele encolheu os ombros.

– E por que não? Sou o mestre da moeda, o conselheiro do rei. Selmy e Lorde Renly foram para o Norte ao encontro de Robert, e Lorde Stannis partiu para Pedra do Dragão, deixando só Meistre Pycelle e eu. Era a escolha óbvia. Sempre fui amigo de sua irmã Lysa, e Varys sabe disso.

– Saberá Varys sobre...

– Lorde Varys sabe tudo... exceto o motivo de estar aqui – ergueu uma sobrancelha. – E por que motivo *está* aqui?

– É permitido a uma esposa ansiar pelo marido, e se uma mãe precisar das filhas por perto, quem lhe negará isso?

Mindinho soltou uma gargalhada.

– Ah, muito bem, minha senhora, mas com certeza não espera que eu acredite nisso. Conheço-a bem demais. Como era o lema dos Tully?

A garganta dela estava seca.

– *Família, Dever, Honra* – recitou rigidamente. Ele de fato a conhecia bem demais.

– Família, Dever, Honra – repetiu ele. – E todas essas coisas requeriam que tivesse permanecido em Winterfell, onde a nossa Mão a deixou. Não, minha senhora, algo aconteceu. Esta sua súbita viagem sugere certa urgência. Suplico-lhe, deixe-me ajudar. Os velhos amigos íntimos nunca deveriam hesitar em apoiar-se uns nos outros – ouviu-se uma suave batida na porta. – Entre – disse Mindinho em voz alta.

O homem que atravessou a porta era roliço, perfumado, empoado e tão desprovido de cabelos como um ovo. Trajava uma veste de fio de ouro trançado sobre um vestido largo de seda púrpura e, nos pés, trazia chinelos pontiagudos de suave veludo.

– Senhora Stark – disse, tomando-lhe uma mão nas suas –, vê-la de novo após tantos anos é uma grande alegria – sua pele era mole e úmida, e o hálito cheirava a lilases. – Ah, suas pobres mãos. Queimaduras, querida senhora? Os dedos são tão delicados... Nosso bom Meistre Pycelle faz um bálsamo maravilhoso, mando buscar um jarro?

Catelyn puxou a mão.

– Agradeço-lhe, senhor, mas meu Meistre Luwin já tratou de minhas dores.

Varys inclinou a cabeça.

– Fiquei atrozmente triste quando soube do que aconteceu ao seu filho. E ele é tão jovem. Os deuses são cruéis.

– Nisso concordamos, Senhor Varys – ela disse. O título não passava de uma cortesia que lhe era devida por ser membro do conselho; Varys não era senhor de coisa nenhuma, exceto da teia de aranha; mestre de ninguém, exceto de seus segredos.

O eunuco estendeu as mãos macias.

– Em mais do que isso, espero eu, querida senhora. Tenho grande estima por seu marido, nossa nova Mão, e sei que ambos amamos o Rei Robert.

– Sim – foi forçada a dizer. – Com certeza.

– Nunca um rei foi tão amado como o nosso Robert – observou Mindinho, sorrindo maliciosamente. – Pelo menos ao alcance dos ouvidos do Senhor Varys.

– Minha boa senhora – disse Varys com grande solicitude. – Há homens nas Cidades Livres com assombrosos poderes curativos. Basta que me diga uma palavra e mandarei chamar um para o seu querido Bran.

– Meistre Luwin está fazendo tudo que pode ser feito por Bran – ela informou. Não queria falar de Bran, não ali, não com aqueles homens. Confiava apenas um pouco em Mindinho, e absolutamente nada em Varys. Não queria deixá-los ver sua dor.

– Lorde Baelish disse-me que é a você que devo agradecer por me trazerem até aqui.

Varys soltou um risinho de moça.

– Ah, sim. Suponho que sou culpado. Espero que me perdoe, bondosa senhora – instalou-se numa cadeira e juntou as mãos. – Pergunto a mim mesmo se podemos incomodá-la pedindo que nos mostre o punhal?

Catelyn Stark fitou o eunuco com uma descrença atordoada. Ele *era* uma aranha, pensou precipitadamente, um encantador, ou coisa pior. Sabia coisas que ninguém poderia de modo algum saber, a não ser que...

– O que fez a Sor Rodrik?

Mindinho tinha perdido o fio da meada.

– Sinto-me como o cavaleiro que chega ao campo de batalha sem sua lança. De que punhal estamos falando? Quem é Sor Rodrik?

– Sor Rodrik Cassel é mestre de armas em Winterfell – Varys respondeu. – Asseguro-lhe, Senhora Stark, que absolutamente nada foi feito ao bom cavaleiro. Ele veio até aqui esta tarde. Visitou Sor Aron Santagar no armeiro, e conversaram sobre um certo punhal. Por volta do pôr do sol, saíram juntos do castelo e dirigiram-se àquele pavoroso casebre onde estão alojados. Ainda estão lá, bebendo na sala de estar, à espera de seu regresso. Sor Rodrik ficou muito aflito quando não a encontrou lá.

– Como pode saber tudo isso?

– Os sussurros de passarinhos – disse Varys, sorrindo. – Eu sei coisas, querida senhora. É essa a natureza dos meus serviços – encolheu os ombros. – *Tem* o punhal com você, não é?

Catelyn puxou-o de dentro do manto e o atirou em cima da mesa à frente dele.

– Aqui está. Talvez seus passarinhos possam segredar o nome do homem a quem pertence.

Varys ergueu a faca com uma delicadeza exagerada e percorreu-lhe o gume com o polegar. Jorrou sangue, e ele deixou escapar um guincho e largou o punhal sobre a mesa.

– Cuidado – disse-lhe Catelyn –, é afiado.

– Nada mantém o gume como o aço valiriano – disse Mindinho enquanto Varys sugava o polegar ferido e lançava a Catelyn um olhar de carrancuda advertência. Mindinho sopesou a faca com ligeireza, sentindo-a. Atirou-a ao ar e voltou a apanhá-la com a outra mão. – Que belo equilíbrio. Quer encontrar o dono, é esse o motivo desta visita? Não há necessidade de Sor Aron para isso, minha senhora. Devia ter me procurado.

– E se o tivesse feito – disse ela –, o que me teria dito?

– Teria dito que só existe uma faca como esta em Porto Real – pegou na lâmina com o polegar e o indicador, ergueu-a sobre o ombro e atirou-a pela sala com uma torção hábil de pulso. O punhal atingiu a porta e enterrou-se profundamente na madeira de carvalho, estremecendo. – É minha.

– *Sua?* – não fazia sentido. Petyr não estivera em Winterfell.

– Até o torneio no dia do nome de Príncipe Joffrey – disse ele, atravessando a sala para arrancar o punhal da madeira. – Apostei em Sor Jaime na justa, tal como metade da corte – o sorriso acanhado de Petyr fazia-o parecer meio rapaz de novo. – Quando Loras Tyrell o fez cair do cavalo, muitos de nós ficamos um nadinha mais pobres. Sor Jaime perdeu cem dragões de ouro, a rainha perdeu um pendente de esmeralda, e eu perdi a minha faca. Sua Graça obteve a esmeralda de volta, mas o vencedor ficou com o resto.

– *Quem?* – Catelyn exigiu saber, com a boca seca de medo. Seus dedos latejavam de dor.

– O Duende – disse Mindinho, enquanto Lorde Varys observava o rosto dela. – Tyrion Lannister.

Jon

O pátio ressoava com a canção das espadas.

Sob a lã negra, o couro fervido e a cota de malha, o suor corria gelado pelo peito de Jon, enquanto ele pressionava o ataque. Grenn cambaleava para trás, defendendo-se de forma desajeitada. Quando ergueu a espada, Jon fez passar por baixo dela um golpe circular que se esmagou contra a parte de trás da perna do outro rapaz e o deixou mancando. À estocada baixa de Grenn respondeu com um golpe de cima que lhe abriu um corte no elmo. Quando o outro tentou um golpe lateral, Jon afastou sua lâmina e atingiu-lhe o peito com o braço envolto em cota de malha. Grenn desequilibrou-se e caiu com força, de traseiro na neve. Jon arrancou-lhe a espada dos dedos com um golpe no pulso que o fez gritar de dor.

– Basta! – a voz de Sor Alliser Thorne tinha um gume que parecia feito de aço valiriano.

Grenn agarrou-se à mão.

– O bastardo quebrou meu pulso.

– O bastardo o cortou, abriu-lhe esse crânio vazio e decepou--lhe a mão. Ou o teria feito, se essas lâminas tivessem gume. É sorte sua que a Patrulha precise tanto de moços de estrebaria como de patrulheiros – Sor Alliser fez um gesto para Jeren e para o Sapo. – Ponham o Auroque em pé, que ele tem preparativos funerários a fazer.

Jon tirou o elmo enquanto os outros rapazes puxavam Grenn. Sentir o ar gelado da manhã no rosto lhe fez bem. Apoiou-se na espada, inspirou profundamente e permitiu-se um momento para saborear a vitória.

– Isso é uma espada, não a bengala de um velho – repreendeu-o Sor Alliser com voz penetrante. – Suas pernas doem, Lorde Snow?

Jon odiava aquele nome, uma zombaria que Sor Alliser pendurara nele no primeiro dia em que viera treinar. Os rapazes tinham-no adotado e agora o ouvia por todo lado. Enfiou a espada na bainha.

– Não – respondeu.

Thorne caminhou em sua direção, com o duro couro negro sussurrando levemente enquanto se movia. Era um homem compacto de cinquenta anos, seco e duro, com algum cinza nos cabelos negros e olhos que eram como lascas de ônix.

– Agora a verdade – ordenou.

– Estou cansado – Jon admitiu. Seu braço ardia por causa do peso da longa espada, e agora que a luta tinha acabado começava a sentir as contusões.

– Você é fraco.

– Ganhei.

– Não. O Auroque perdeu.

Um dos rapazes soltou um risinho abafado. Jon sabia que era melhor não responder. Vencera todos os que Sor Alliser enviara para lutar contra ele, mas nada ganhara com isso. O mestre de armas só oferecia escárnio. Thorne o odiava, concluíra Jon; e, claro, odiava ainda mais os outros rapazes.

– Chega – disse-lhes Thorne. – Não suporto mais que certa quantidade de inépcia por dia. Se os Outros alguma vez nos atacarem, rezo para que tenham arqueiros, porque vocês só servem para alvos de palha.

Jon seguiu os outros de volta ao armeiro, caminhando sozinho. Ali caminhava solitário com frequência. Havia quase vinte rapazes no grupo com quem treinava, mas a nenhum podia chamar de amigo. A maior parte deles era dois ou três anos mais velho, mas nenhum chegava a ser sequer metade do lutador que Robb fora aos catorze anos. Dareon era rápido, mas tinha medo de ser atingido. Pyp usava a espada como um punhal, Jeren era fraco como uma mulher e Grenn, lento e desastrado. Os golpes de Halder eram brutalmente duros, mas atirava-se diretamente aos ataques do adversário. Quanto mais tempo passava com eles, mais Jon os desprezava.

No armeiro, Jon pendurou a espada e a bainha num gancho na parede de pedra, ignorando os outros à sua volta. Metodicamente, começou a despir a cota de malha, o couro e as lãs encharcadas de suor. Bocados de carvão ardiam em braseiros de ferro em ambas as extremidades da longa sala, mas Jon começou a tremer. Ali, o frio o acompanhava sempre. Dentro de alguns anos iria se esquecer de como era sentir-se quente.

O cansaço o atingiu subitamente enquanto vestia os grosseiros tecidos negros que eram seu vestuário de todos os dias. Sentou-se num banco, brincando com as ataduras do manto. Tanto frio, pensou, recordando os salões de Winterfell, onde as águas quentes corriam pelas paredes como sangue pelo corpo de um homem. Pouco calor podia ser encontrado em Castelo Negro; ali, as paredes eram frias, e as pessoas, mais frias ainda.

Ninguém lhe dissera que a Patrulha da Noite seria assim; ninguém, exceto Tyrion Lannister. O anão oferecera-lhe a verdade na estrada para o Norte, mas então já era tarde demais. Jon perguntava a si mesmo se o pai saberia como era a Muralha. Achava que tinha de saber; e isso só aumentava sua dor.

Até o tio o abandonara naquele lugar frio no fim do mundo. Ali, o genial Benjen Stark que conhecia se transformara numa pessoa diferente. Era Primeiro Patrulheiro, e passava os dias e as noites com o Senhor Comandante Mormont, o Meistre Aemon e os outros altos oficiais, ao passo que Jon fora entregue ao comando bem pouco afável de Sor Alliser Thorne.

Três dias depois da chegada, Jon ouvira dizer que Benjen Stark ia levar meia dúzia de homens numa patrulha pela Floresta Assombrada. Naquela noite, procurou o tio na grande sala de estar de madeira e pediu para ir com ele. Benjen recusou rudemente.

– Aqui não é Winterfell – disse-lhe, enquanto cortava a carne com um garfo e o punhal. – Na Muralha, um homem só obtém aquilo que ganha. Você não é um patrulheiro, Jon, não passa de um rapaz verde ainda cheirando a verão.

Estupidamente, Jon argumentou:

– Farei quinze anos no dia do meu nome. Quase um homem-feito.

Benjen Stark franziu a sobrancelha.

– É e será um rapaz até que Sor Alliser diga que está apto para ser um homem da Patrulha da Noite. Se pensava que seu sangue Stark lhe traria favores fáceis, enganou-se. Quando fazemos nossos votos, deixamos de lado as velhas famílias. Seu pai terá sempre um lugar no meu coração, mas meus irmãos agora são *estes* – indicou com o punhal os homens que os rodeavam, todos eles duros, frios e vestidos de negro.

Jon levantou-se de madrugada para assistir à partida do tio. Um de seus homens, grande e feio, cantava uma canção obscena enquanto selava um pequeno mas forte cavalo, com a respiração formando nuvens no ar frio da manhã. Ben Stark sorriu ao ouvi-lo, mas não teve sorrisos para o sobrinho.

– Quantas vezes terei de lhe dizer que não, Jon? Conversaremos quando eu regressar.

Enquanto observava o tio levar o cavalo para o túnel, Jon recordara as coisas que Tyrion Lannister lhe dissera na estrada do rei, e vira, com o olho da mente, Ben Stark morto, com o sangue vermelho na neve. O pensamento lhe provocou náusea. Em que estava se transformando? Mais tarde, procurou Fantasma na solidão da cela e enterrou o rosto nos espessos pelos brancos do animal.

Se tinha de permanecer sozinho, faria da solidão sua armadura. Castelo Negro não possuía um bosque sagrado, apenas um pequeno septo e um septão bêbado, mas Jon não sentia vontade de rezar a deuses, fossem velhos ou novos. Se existissem, pensava, eram tão cruéis e implacáveis como o inverno.

Tinha saudade de seus verdadeiros irmãos: o pequeno Rickon, com os olhos inteligentes brilhando enquanto suplicava um doce; Robb, seu rival, melhor amigo e constante companheiro; Bran, teimoso e curioso, sempre querendo seguir Jon e Robb e juntar-se ao que quer que fosse que estivessem fazendo. Também sentia falta das meninas, até de Sansa, que nunca o chamava de outra coisa a não ser "o meu meio-irmão", pois já tinha idade para saber o que *bastardo* queria dizer. E Arya... tinha ainda mais saudades dela que de Robb, aquela coisinha magricela, sempre de joelhos esfolados, cabelos emaranhados e roupas rasgadas, feroz e voluntariosa. Arya nunca parecera ajustada, nunca mais do que ele... mas sempre conseguia fazer Jon sorrir. Daria qualquer coisa para estar com ela agora, despentear-lhe os cabelos uma vez mais e observá-la fazer uma careta, ouvi-la terminar uma frase com ele.

– Quebrou meu pulso, bastardo.

Jon ergueu os olhos ao ouvir a voz carrancuda. Grenn erguia-se a seu lado, de pescoço grosso e rosto vermelho, com três dos amigos atrás dele. Reconheceu Todder, um rapaz baixo e feio, com uma voz desagradável. Todos os recrutas o chamavam Sapo. Lembrou-se de que os outros dois tinham sido trazidos por Yoren, violadores apanhados nos Dedos. Esquecera-se de seus nomes. Quase nunca falava com eles, exceto quando não podia evitar. Eram brutos e rufiões, sem um resquício de honra.

Jon ergueu-se.

– E quebro-lhe o outro se pedir com jeitinho – Grenn tinha dezesseis anos e era uma cabeça mais alto que Jon. Todos os quatro eram mais altos que ele, mas não o assustavam. Batera em todos no pátio.

– Se nos for conveniente, podemos quebrar você – disse um dos violadores.

– Tentem – Jon puxou a mão para trás em busca da espada, mas um deles agarrou-lhe o braço e torceu-o atrás das costas.

– Você nos faz parecer maus – queixou-se Sapo.

– Você já parecia mau antes de conhecê-lo – disse-lhe Jon. O rapaz que agarrava seu braço deu-lhe um puxão para cima, com força. A dor o atingiu, mas Jon não queria gritar.

Sapo aproximou-se.

– O fidalgote tem boa boca – disse. Tinha olhos de porco, pequenos e brilhantes. – É a boca da sua mamãe, bastardo? O que ela era, alguma puta? Diga-nos seu nome. Talvez eu a tenha possuído uma vez ou duas – e riu.

Jon retorceu-se como uma enguia e esmagou um calcanhar no peito do pé do rapaz que o segurava. Ouviu-se um grito de dor, e Jon se livrou. Saltou sobre Sapo, atirou-o para trás por cima de um banco e pisou sobre seu peito, prendendo-lhe a garganta com ambas as mãos, e batendo a cabeça dele na terra batida.

Os dois dos Dedos puxaram-no, atirando-o rudemente ao chão. Grenn começou a dar-lhe pontapés. Jon rolava, tentando afastar-se dos golpes, quando uma voz trovejante soou na obscuridade do armeiro.

– PAREM COM ISTO JÁ!

Jon se levantou. Donal Noye os olhava furioso.

– O local das lutas é o pátio – disse o armeiro. – Mantenham suas disputas longe do meu armeiro, ou as transformarei em *minhas* disputas. Não gostariam que isso acontecesse.

Sapo sentou-se no chão, tateando a nuca com cuidado. Os dedos voltaram cheios de sangue.

– Ele tentou me matar.

– Verdade. Eu vi – interveio um dos violadores.

– Quebrou o meu pulso – disse de novo Grenn, mostrando-o a Noye.

O armeiro deu ao pulso o mais breve dos olhares.

– Uma contusão. Talvez uma entorse. Meistre Aemon lhe dará um unguento. Vai com ele, Sapo, essa cabeça precisa ser tratada. Os outros voltem às celas. Você não, Snow. Você fica.

Jon sentou-se pesadamente no longo banco de madeira enquanto os outros saíam, indiferente aos olhares dos outros, às promessas silenciosas de futuras desforras. Sentia seu braço latejar.

– A Patrulha necessita de todos os homens que consiga arranjar – disse Donal Noye quando ficaram a sós. – Mesmo de homens como o Sapo. Não ganhará honrarias se matá-lo.

A ira de Jon relampejou.

– Ele disse que minha mãe era...

– ... uma puta. Eu ouvi. E daí?

– Lorde Eddard Stark não é homem de dormir com putas – disse Jon em tom gelado. – Sua honra...

– ... não o impediu de ser pai de um bastardo. Não é?

Jon estava gelado de raiva.

– Posso ir?

– Vai quando eu disser para ir.

Jon observou carrancudo a fumaça erguendo-se do braseiro, até que Noye lhe tomou o queixo, com dedos grossos que lhe viraram a cabeça.

– Olhe para mim quando falo com você, rapaz.

Jon olhou. O armeiro tinha um peito que era como uma barrica de cerveja, e um estômago à altura. O nariz era largo e achatado, e parecia estar sempre precisando fazer a barba. A manga esquerda de sua túnica de lã negra estava presa ao ombro com um alfinete de prata em forma de espada.

– As palavras não farão de sua mãe uma puta. Ela era o que

era, e nada que Sapo diga pode mudar isso. Sabe, temos homens na Muralha cujas mães *eram* putas.

A minha mãe não, pensou Jon, teimosamente. Nada sabia da mãe; Eddard Stark não falava dela. Mas por vezes sonhava com ela, com tanta frequência que quase podia ver seu rosto. Nos sonhos, era bela, bem-nascida e tinha olhos bondosos.

– Você pensa que tem azar por ser bastardo de um grande senhor? – prosseguiu o armeiro. – Aquele rapaz, Jeren, é descendente de um septão, e Cotter Pyke é filho ilegítimo de uma mulher de taberna. Hoje, comanda Atalaialeste do Mar.

– Não me importa – disse Jon. – Não me importo com eles, e não me importo com você ou Thorne ou Benjen Stark ou seja quem for. Detesto isto aqui. É muito... é frio.

– Sim. Frio, duro e miserável, é assim a Muralha e assim são os homens que a percorrem. Nada como as histórias que sua ama de leite te contou. Pois bem, cague nas histórias e cague na sua ama de leite. É assim que as coisas são, e está aqui para a vida toda, tal como o resto de nós.

– Vida – repetiu Jon amargamente. O armeiro podia falar da vida. Tivera uma. Só vestira o negro depois de perder um braço no cerco de Ponta Tempestade. Antes disso, fora ferreiro de Stannis Baratheon, o irmão do rei. Vira os Sete Reinos de uma ponta à outra, gozara de festins e mulheres, e lutara numa centena de batalhas. Dizia-se que fora Donal Noye quem forjara o martelo de batalha do Rei Robert, aquele que esmagara a vida de Rhaegar Targaryen no Tridente. Fizera tudo aquilo que Jon nunca faria, e depois, quando envelheceu, bem para lá dos trinta anos, recebeu um golpe de raspão de um machado, mas a ferida ulcerou até que todo o braço teve de ser amputado. Só então, aleijado, é que Donal Noye viera para a Muralha, quando tinha a vida praticamente acabada.

– Sim, vida – disse Noye. – Uma vida longa, ou curta, é contigo, Snow. Pelo caminho que está seguindo, um de seus irmãos abrirá sua garganta uma noite.

– Eles não são meus irmãos – Jon retorquiu bruscamente. – Odeiam-me porque sou melhor que eles.

– Não. Odeiam-no porque age como se fosse melhor que eles. Olham para você e veem um bastardo educado num castelo que pensa que é um fidalgo – o armeiro se aproximou. – Não é fidalgo nenhum. Lembre-se disso. É um Snow, não um Stark. É um bastardo e um arruaceiro.

– Um *arruaceiro?* – Jon quase se engasgou com a palavra. A acusação era tão injusta que lhe tirou a respiração. – Foram eles que me atacaram. Os quatro.

– Quatro que você humilhou no pátio. Quatro que provavelmente o temem. Vi você lutar. Contigo não há treinos. Um bom gume em sua espada, e eles estão mortos; você sabe, eu sei, eles sabem. Não lhes deixa nada. Envergonha-os. Isso o deixa orgulhoso?

Jon hesitou. Sentia-se orgulhoso quando ganhava. E por que não havia de se sentir? Mas o armeiro também estava lhe tirando isso, tentando convencê-lo de que estava fazendo algo errado.

– Eles são todos mais velhos que eu – disse, defensivamente.

– Mais velhos, maiores e mais fortes, é verdade. Mas aposto que seu mestre de armas em Winterfell o ensinou a lutar contra homens maiores. Quem é ele, algum velho cavaleiro?

– Sor Rodrik Cassel – disse Jon com prudência. Havia ali uma armadilha. Sentia-a fechar-se à sua volta.

Donal Noye inclinou-se para a frente, encarando Jon de perto.

– Pense agora nisto, rapaz. Nenhum dos outros teve alguma vez um mestre de armas até Sor Alliser. Os pais deles eram lavradores, carroceiros e caçadores furtivos, ferreiros, mineiros e remadores numa galé mercantil. O que conhecem da luta aprenderam entre os conveses, nas ruelas de Vilavelha e Lanisporto, em bordéis e tabernas na estrada do rei. Podem ter dado uns golpes com pedaços de madeira antes de chegarem aqui, mas garanto-lhe que nem um em cada vinte foi suficientemente rico para possuir uma espada verdadeira – seu olhar era sombrio. – Então, que lhe parecem agora as suas vitórias, Lorde Snow?

– Não me chame assim! – disse Jon em tom penetrante, mas sua ira perdera força. De repente, sentiu-se envergonhado e culpado. – Eu nunca... não pensei...

– É melhor que comece a pensar – Noye o preveniu. – É isso, ou passar a dormir com um punhal na cabeceira. Agora vá.

Quando Jon saiu do armeiro era quase meio-dia. O sol rompera as nuvens. Virou-lhe as costas e ergueu os olhos para a Muralha, que ardia azul e cristalina à luz do sol. Mesmo depois de todas aquelas semanas, vê-la ainda o fazia arrepiar-se. Séculos de poeira soprada pelo vento tinham-na marcado e polido, cobrindo-a como uma película, e parecia frequentemente ser de um cinza-claro, da cor do céu nublado... mas quando o sol caía sobre ela num dia luminoso, *brilhava*, viva de luz, um colossal penhasco azul-esbranquiçado que enchia metade do céu.

A maior estrutura alguma vez construída por mãos humanas, dissera Benjen Stark a Jon na estrada do rei quando, pela primeira vez, vislumbraram a Muralha a distância. "E, sem a menor dúvida, a mais inútil", acrescentara Tyrion Lannister com um sorriso, mas até o Duende se remeteu ao silêncio quando se aproximaram. Podia-se vê-la de milhas de distância, uma linha azul-clara ao longo do horizonte norte, estendendo-se para leste e oeste e desaparecendo na distância longínqua, imensa e contínua. *Isto é o fim do mundo*, parecia dizer.

Quando finalmente viram Castelo Negro, suas fortificações de madeira e torres de pedra não pareciam mais que um punhado de blocos de brincar espalhados na neve sob a vasta muralha de gelo. A antiga fortaleza dos irmãos negros não era nenhum

Winterfell, nem sequer era um castelo. Sem muralhas, não podia ser defendida, não pelo sul, leste ou oeste; mas era apenas o norte que preocupava a Patrulha da Noite, e para o norte erguia-se a Muralha. Erguia-se a cerca de duzentos metros, três vezes a altura da mais alta torre do forte que defendia. O tio dissera-lhe que o topo era suficientemente largo para que uma dúzia de cavaleiros cavalgassem lado a lado vestidos de armadura. As esguias silhuetas de enormes catapultas e monstruosas gruas de madeira montavam guarda lá em cima, como esqueletos de grandes aves, e entre elas caminhavam homens de negro, pequenos como formigas.

À porta do armeiro, olhando para cima, Jon sentiu-se quase tão esmagado como naquele dia na estrada do rei em que vira a Muralha pela primeira vez. A Muralha era assim. Por vezes quase conseguia se esquecer de que ela estava ali, do mesmo modo que uma pessoa se esquece do céu ou da terra onde pisa, mas havia outros momentos em que parecia que nada mais existia no mundo. Era mais velha que os Sete Reinos, e quando Jon olhava para cima, sentia-se entontecido. Conseguia sentir o enorme peso de todo aquele gelo fazendo pressão sobre ele, como se estivesse prestes a ruir, e de algum modo Jon sabia que se a Muralha caísse, o mundo cairia com ela.

— Faz-nos pensar no que está do outro lado — disse uma voz familiar. Jon olhou em volta.

— Lannister. Não vi... quer dizer, pensei que estivesse sozinho.

Tyrion Lannister estava enrolado em peles tão grossas que parecia um urso muito pequeno.

— Muito se pode dizer em defesa de apanhar as pessoas desprevenidas. Nunca se sabe o que se pode aprender.

— Não aprenderá nada comigo — disse-lhe Jon. Pouco vira o anão desde o fim da viagem. Na qualidade de irmão da rainha,

Tyrion Lannister era convidado de honra da Patrulha da Noite. O Senhor Comandante destinara-lhe aposentos na Torre Real – embora, apesar do nome, nenhum rei a tivesse visitado em cem anos –, e Lannister jantava à mesa de Mormont, passava os dias percorrendo a Muralha e as noites jogando dados e bebendo com Sor Alliser, Bowen Marsh e os outros oficiais de alta patente.

– Ah, eu aprendo coisas aonde quer que vá – o homenzinho indicou a Muralha com um cajado negro e nodoso. – Como estava dizendo… por que será que quando um homem constrói uma parede, o homem seguinte precisa imediatamente saber o que está do outro lado? – inclinou a cabeça e olhou Jon com seus olhos curiosos e desiguais. – Você *quer* saber o que está do outro lado, não quer?

– Não é nada de especial – disse Jon. Desejava partir com Benjen Stark em suas patrulhas, penetrar profundamente nos mistérios da Floresta Assombrada, desejava lutar com os selvagens de Mance Rayder e defender o reino contra os Outros, mas era melhor não mencionar as coisas que desejava. – Os patrulheiros dizem que é só floresta, montanhas e lagos gelados, com montes de neve e gelo.

– E os gramequins e os *snarks* – disse Tyrion. – Não nos esqueçamos deles, Lorde Snow, caso contrário, para que serve aquela grande coisa?

– Não me chame de Lorde Snow.

O anão ergueu uma sobrancelha.

– Preferiria ser tratado por Duende? Se deixá-los perceber que suas palavras o magoam, nunca se verá livre da troça. Se lhe quiserem atribuir um nome, aceite-o, faça-o seu. Assim, não poderão voltar a magoá-lo com ele – fez um gesto com o cajado. – Venha, ande comigo. A essa altura devem estar servindo um guisado nojento na sala de estar, e não recusarei uma tigela de qualquer coisa quente.

Jon também tinha fome, e assim se pôs ao lado do Lannister e moderou o passo para ajustá-lo aos desajeitados e bamboleantes do anão. O vento estava aumentando, e ouviam os velhos edifícios de madeira estalarem em toda a volta, e, a distância, uma porta pesada bater, uma e outra vez, esquecida. A certa altura ouviu-se um *tump* abafado, quando uma camada de neve deslizou de um telhado e caiu perto deles.

– Não vejo seu lobo – disse o Lannister enquanto caminhavam.

– Amarro-o nos velhos estábulos quando estamos treinando. Agora alojam todos os cavalos nas cavalariças orientais e ninguém o incomoda. Durante o resto do tempo, fica comigo. Minha cela fica na Torre de Hardin.

– Essa é a que tem a ameia partida, não é? Pedra estilhaçada no pátio abaixo e uma inclinação que parece o nosso nobre Rei Robert depois de uma longa noite de bebida? Pensei que todos esses edifícios estivessem abandonados.

Jon encolheu os ombros.

– Ninguém liga para onde dormimos. A maior parte das velhas torres está vazia, e pode-se escolher qualquer cela que se deseje – em outros tempos, Castelo Negro alojara cinco mil guerreiros com todos os seus cavalos, servidores e armas. Agora era o lar de um décimo desse número, e partes do castelo estavam caindo em ruína.

A gargalhada de Tyrion Lannister evaporou como uma nuvem no ar frio.

– Direi ao seu pai para prender mais alguns pedreiros, antes que sua torre caia.

Jon podia sentir a troça que havia naquelas palavras, mas não adiantava negar a verdade. A Patrulha construíra dezenove grandes fortes ao longo da Muralha, mas apenas três se mantinham ocupados: Atalaialeste, em sua costa cinzenta varrida pelo vento;

a Torre Sombria, junto às montanhas onde a Muralha terminava; e, entre elas, Castelo Negro, na extremidade da estrada do rei. As outras fortificações, havia muito desertas, eram lugares solitários e assombrados, onde os ventos frios assobiavam através de janelas negras e os espíritos dos mortos guarneciam os baluartes.

– É melhor que eu esteja sozinho – disse teimosamente Jon. – Os outros temem o Fantasma.

– Rapazes sensatos – disse o Lannister. Então, mudou de assunto. – Dizem que seu tio já está fora há tempo demais.

Jon recordou o desejo que tivera em sua ira, a visão de Benjen Stark morto na neve, e desviou o olhar rapidamente. O anão tinha maneiras de perceber as coisas, e Jon não queria que ele visse a culpa em seus olhos.

– Ele disse que voltaria perto do dia do meu nome – admitiu. O dia do seu nome chegara e partira, sem ser notado, havia uma quinzena. – Iam à procura de Sor Waymar Royce, cujo pai é vassalo de Lorde Arryn. Tio Benjen disse que poderiam ir à sua procura até tão longe como a Torre Sombria. Isso é todo o caminho até as montanhas.

– Ouvi dizer que têm desaparecido muitos patrulheiros nos últimos tempos – disse o Lannister enquanto subiam os degraus que levavam à sala comum. Sorriu e abriu a porta. – Talvez os gramequins estejam com fome este ano.

Lá dentro, o salão era imenso e cheio de correntes de ar, mesmo com um fogo a rugir na grande lareira. Corvos faziam ninhos nas vigas do majestoso teto. Jon ouviu seus gritos, enquanto aceitava uma tigela de guisado e uma fatia de pão preto dos cozinheiros do dia. Grenn, Sapo e alguns dos outros estavam sentados no banco mais próximo do calor, rindo e lançando pragas uns aos outros com vozes rudes. Jon os observou por um momento, pensativo. Depois, escolheu um local na ponta oposta do salão, bem afastado do resto dos presentes.

Tyrion Lannister sentou-se à sua frente, cheirando, desconfiado, o guisado.

– Cevada, cebola, cenoura – murmurou. – Alguém deveria dizer aos cozinheiros que nabo não é carne.

– É guisado de carneiro – Jon descalçou as luvas e aqueceu as mãos no vapor que subia da tigela. O cheiro lhe dava água na boca.

– Snow.

Jon reconheceu a voz de Alliser Thorne, mas havia nela uma curiosa nota que não ouvira antes. Virou-se.

– O Senhor Comandante deseja vê-lo. Já.

Por um momento, Jon ficou muito assustado para se mover. Por que o Senhor Comandante ia querer vê-lo? Tinham ouvido algo sobre Benjen, pensou, descontrolado. Estava morto, a visão tinha se tornado realidade.

– É o meu tio? – proferiu atabalhoadamente. – Regressou em segurança?

– O Senhor Comandante não está habituado a esperar – foi a resposta de Sor Alliser. – E eu não estou habituado a ver minhas ordens questionadas por bastardos.

Tyrion Lannister saltou do banco e pôs-se em pé.

– Pare com isso, Thorne. Está assustando o rapaz.

– Não se intrometa em assuntos que não lhe dizem respeito, Lannister. Não tem lugar aqui.

– Mas tenho um lugar na corte – disse o anão, sorrindo. – Uma palavra ao ouvido certo e morrerá como um velho amargo antes que tenha outro rapaz para treinar. E agora diga ao Snow por que o Velho Urso precisa vê-lo. Há notícias do tio?

– Não – Sor Alliser respondeu. – É um assunto totalmente diferente. Uma ave chegou esta manhã de Winterfell com uma mensagem sobre seu irmão – depois, corrigiu-se: – De seu meio-irmão.

– Bran – disse Jon sem fôlego, pondo-se em pé de um salto. – Alguma coisa aconteceu a Bran.

Tyrion Lannister pousou-lhe a mão no braço.

– Jon. Lamento muito.

Jon quase nem o ouviu. Afastou a mão de Tyrion e atravessou o salão a passos largos. Ao chegar às portas, já estava correndo. Precipitou-se na direção da Torre do Comandante, atravessando pequenas nuvens de neve velha soprada pelo vento. Quando os guardas o deixaram passar, subiu dois a dois os degraus da torre. Ao avançar pelo aposento do Senhor Comandante, tinha as botas empapadas, os olhos agitados, e arquejava.

– Bran – disse. – Que diz a mensagem de Bran?

Jeor Mormont, o Senhor Comandante da Patrulha da Noite, era um homem áspero e velho, com uma imensa cabeça calva e uma desgrenhada barba cinzenta. Tinha um corvo pousado no braço e alimentava-o com grãos de milho.

– Ouvi dizer que sabe ler – sacudiu o corvo, e a ave bateu as asas e voou até a janela, onde pousou, observando Mormont tirar do cinto um rolo de papel e entregá-lo a Jon. *"Grão"*, resmungou o corvo em voz roufenha. *"Grão, grão."*

O dedo de Jon percorreu o contorno do lobo gigante de cera branca do selo quebrado. Reconheceu a letra de Robb, mas as palavras pareciam sair de foco e fugir quando tentou lê-las. Percebeu que estava chorando. Então, através das lágrimas encontrou o sentido das palavras e ergueu a cabeça.

– Ele acordou – disse. – Os deuses o devolveram.

– Aleijado – disse Mormont. – Lamento, rapaz. Leia o resto da carta.

Olhou as palavras, mas não importavam. Bran ia sobreviver.

– Meu irmão vai viver – disse a Mormont. O Senhor Comandante balançou a cabeça, recolheu um punhado de milho e assobiou. O corvo voou até seu ombro, gritando *"Viver! Viver!"*.

Jon correu escada abaixo, com um sorriso no rosto e a carta de Robb na mão.

– Meu irmão vai viver – disse aos guardas. Os homens entreolharam-se. Correu de volta à sala comum, onde encontrou Tyrion Lannister terminando sua refeição. Agarrou o homenzinho pelas axilas, ergueu-o no ar e rodopiou com ele nos braços.

– Bran vai viver! – berrou. Lannister pareceu alarmado. Jon o colocou no chão e pôs-lhe o papel nas mãos. – Está aqui, leia – disse.

Outros se juntavam e olhavam para ele com curiosidade. Jon reparou em Grenn a poucos centímetros. Trazia uma atadura grossa de lã enrolada na mão. Parecia ansioso e desconfortável, nada ameaçador. Jon foi falar com ele. Grenn recuou e ergueu as mãos.

– Fica longe de mim, bastardo.

Jon sorriu para ele.

– Desculpe pelo pulso. Robb usou comigo o mesmo movimento uma vez, mas com uma lâmina de madeira. Doeu como os sete infernos, mas o seu deve ser pior. Olha, se quiser, posso lhe mostrar como se defender dele.

Alliser Thorne o ouviu.

– Lorde Snow quer ocupar meu lugar agora – fez um sorriso de escárnio. – Mais facilmente ensinaria eu um lobo a fazer malabarismos do que você treinaria esse auroque.

– Aceito a aposta, Sor Alliser – disse Jon. – Adoraria ver o Fantasma fazer malabarismos.

Jon ouviu Grenn prender a respiração, chocado. E o silêncio se fez.

Então, Tyrion Lannister soltou uma gargalhada. Três dos irmãos negros juntaram-se a ele numa próxima. O riso espalhou-se pelos bancos, e até mesmo os cozinheiros riam. Os pássaros agitaram-se nas traves e, finalmente, até Grenn soltou um risinho.

Sor Alliser não tirou os olhos de Jon. Enquanto as gargalhadas ressoavam à sua volta, seu rosto tornou-se sombrio e a mão da espada fechou-se num punho.

– Isso foi um enorme erro, Lorde Snow – disse, por fim, no tom ácido de um inimigo.

Eddard

Eddard Stark entrou a cavalo pelas grandes portas de bronze da Fortaleza Vermelha, dolorido, cansado, faminto e irritado. Ainda estava montado, sonhando com um longo banho quente, um frango assado e uma cama de penas, quando o intendente do rei lhe disse que o Grande Meistre Pycelle tinha convocado uma reunião urgente do pequeno conselho. A honra da presença da Mão era requisitada assim que fosse conveniente.

– Será conveniente amanhã – exclamou Ned enquanto desmontava.

O intendente fez uma reverência muito grande.

– Transmitirei aos conselheiros as suas desculpas, senhor.

– Não, raios me partam – disse Ned. Não era boa ideia ofender o conselho ainda antes de começar. – Irei vê-los. Rogo que me concedam alguns momentos para vestir algo mais apresentável.

– Sim, senhor – disse o intendente. – Se desejar, oferecemos os antigos aposentos de Lorde Arryn, na Torre da Mão. Mandarei que suas coisas sejam levadas para lá.

– Agradeço – disse Ned enquanto arrancava as luvas de montar e as enfiava no cinto. O resto de sua comitiva entrava pelo portão atrás dele. Ned viu Vayon Poole, seu próprio intendente, e o chamou. – Parece que o conselho precisa urgentemente de mim. Certifique-se de que minhas filhas encontrem seus quartos e diga a Jory para mantê-las lá. Arya não deve sair – Poole fez uma reverência. Ned voltou-se novamente para o intendente real. – Minhas carroças ainda estão vagando pela cidade. Necessitarei de vestimentas apropriadas.

– Será um grande prazer – o intendente saiu.

E assim Ned entrou em passos largos na sala do conselho,

cansado até os ossos e vestido com roupas emprestadas, e encontrou quatro membros do pequeno conselho à sua espera.

O aposento estava ricamente mobiliado. Tapetes myrianos cobriam o chão em vez de esteiras e, num canto, cem animais fabulosos saltavam em tintas vivas num biombo entalhado vindo das Ilhas do Verão. As paredes estavam cobertas por tapeçarias de Norvos, Qohor e Lys, e um par de esfinges valirianas flanqueava a porta, com olhos de granada polida ardendo em rostos de mármore negro.

O conselheiro de que Ned menos gostava, o eunuco Varys, o abordou no momento em que entrou.

– Senhor Stark, fiquei imensamente triste ao saber de seus problemas na estrada do rei. Temos todos visitado o septo a fim de acender velas pelo Príncipe Joffrey. Rezo por sua recuperação – sua mão esquerda deixou manchas de pó na manga de Ned, e exalava um odor tão repugnante e doce como flores numa sepultura.

– Seus deuses ouviram suas preces – respondeu Ned, frio mas delicado. – O príncipe fica mais forte a cada dia que passa – libertou-se do eunuco e atravessou a sala até onde Lorde Renly estava, junto ao biombo, conversando calmamente com um homem baixo que só podia ser Mindinho. Quando Robert conquistara o trono, Renly não era mais que um garoto de oito anos, mas transformara-se num homem tão parecido com o irmão que Ned o achava desconcertante. Sempre que o via, era como se os anos tivessem desaparecido e estivesse perante Robert, logo depois de obter a vitória no Tridente.

– Vejo que chegou em segurança, Lorde Stark – disse Renly.

– E você também – respondeu Ned. – Peço-lhe perdão, mas por vezes parece a mim a viva imagem de seu irmão Robert.

– Uma cópia malfeita – disse Renly com um encolher de ombros.

– Se bem que muito mais bem-vestida – brincou Mindinho. – Lorde Renly gasta mais em vestuário que metade das senhoras da corte.

E era verdade. Renly vestia veludo verde-escuro, com uma dúzia de veados dourados bordados no gibão. Uma meia capa de fio de ouro estava atirada casualmente por sobre um ombro, presa com um broche de esmeralda.

– Há crimes piores – disse Renly com uma gargalhada. – O modo como se traja, por exemplo.

Mindinho ignorou a piada. Observou Ned com um sorriso nos lábios que beirava a insolência.

– Há alguns anos que tenho alimentado a esperança de conhecê-lo, Lorde Stark. Certamente a Senhora Stark falou de mim.

– Falou – respondeu Ned com gelo na voz. A astuta arrogância do comentário o inflamou. – Pelo que sei, também conheceu meu irmão Brandon.

Renly Baratheon soltou uma gargalhada. Varys arrastou os pés para mais perto a fim de escutar.

– Bem demais – disse Mindinho. – Ainda carrego comigo um sinal de sua estima. Brandon também lhe falou de mim?

– Com frequência, e com algum calor – disse Ned, esperando que a frase pusesse fim à conversa. Não tinha paciência para aquele jogo, para aquele duelo de palavras.

– Julgava que o calor não se coadunava com os Stark – disse Mindinho. – Aqui no Sul, dizem que são todos feitos de gelo e que derretem quando viajam para baixo do Gargalo.

– Não pretendo derreter em breve, Senhor Baelish. Pode contar com isso – Ned dirigiu-se até a mesa do conselho e disse: – Meistre Pycelle, confio que esteja bem de saúde.

O Grande Meistre sorriu gentilmente em seu cadeirão numa extremidade da mesa.

– Suficientemente bem para um homem da minha idade, senhor – respondeu –, mas receio que me canse facilmente – finos fios de cabelo branco rodeavam a larga cúpula calva da testa que se erguia sobre um rosto amável. Seu colar de meistre não era uma simples gargantilha de metal como o que Luwin usava, mas sim duas dúzias de pesadas correntes entretecidas num ponderoso colar de metal que o cobria da garganta ao peito. Os elos tinham sido forjados de todos os metais conhecidos do homem: ferro negro e ouro vermelho, cobre brilhante e chumbo baço, aço e estanho, prata, latão, bronze e platina. Granadas, ametistas e pérolas negras adornavam o metal, e aqui e ali se via uma esmeralda ou um rubi.

– Talvez possamos começar logo – disse o Grande Meistre, com as mãos entrelaçadas sobre a larga barriga. – Temo que adormeça se esperarmos muito mais tempo.

– Como desejar – a cadeira do rei estava vazia à cabeceira da mesa, com o veado coroado dos Baratheon bordado a fio de ouro nas almofadas. Ned ocupou a cadeira ao lado, na qualidade de mão direita do rei. – Meus senhores – disse com formalidade –, lamento tê-los feito esperar.

– É a Mão do Rei – disse Varys. – Nós servimos à sua vontade, Lorde Stark.

Enquanto os outros ocupavam seus lugares habituais, Eddard Stark foi atingido violentamente pelo pensamento de o seu lugar não ser aquele, naquela sala, com aqueles homens. Recordou o que Robert dissera na cripta por baixo de Winterfell. *Estou cercado de aduladores e idiotas*, ele insistira. Ned olhou a mesa do conselho e perguntou a si mesmo quais seriam os aduladores e quais seriam os idiotas. Pensou já sabê-lo.

– Não somos mais que cinco – Ned observou.

– Lorde Stannis viajou para Pedra do Dragão não muito tempo depois de o rei ter partido para o Norte – disse Varys –, e o nosso galante Sor Barristan acompanha o rei na travessia da cidade, como é próprio do Senhor Comandante da Guarda Real.

– Talvez devêssemos esperar até que Sor Barristan e o rei se juntem a nós – sugeriu Ned.

Renly Baratheon riu em voz alta.

– Se esperarmos que meu irmão nos agracie com sua real presença, poderá ser uma longa espera.

– Nosso bom Rei Robert tem muitas preocupações – disse Varys. – Ele nos confia alguns assuntos de menor importância para lhe aliviar o fardo.

– O que Lorde Varys quer dizer é que todas essas conversas sobre moeda, colheitas e justiça aborrecem mortalmente o meu real irmão – disse Lorde Renly. – Por isso recai sobre nós o governo do reino. Ele nos envia uma ordem de vez em quando – retirou da manga um papel muito bem enrolado e o pôs na mesa. – Esta manhã ordenou-me que avançasse à coluna a toda pressa e pedisse ao Grande Meistre Pycelle para convocar imediatamente este conselho. Tem para nós uma tarefa urgente.

Mindinho sorriu e entregou o papel a Ned. Trazia o selo real. Ned quebrou a cera com o polegar e alisou a carta para analisar a urgente ordem do rei, lendo as palavras com descrença crescente. Não haveria fim para a loucura de Robert? E fazer *aquilo* em seu nome era pôr sal sobre a ferida.

– Que os deuses sejam bondosos – praguejou.

– O que o Senhor Eddard quer dizer – anunciou Lorde Renly – é que Sua Graça nos dá instruções para organizarmos um grande torneio em honra de sua nomeação como Mão do Rei.

– Quanto? – perguntou brandamente Mindinho.

Ned leu a resposta da carta.

– Quarenta mil dragões de ouro para o campeão. Vinte mil para o homem que ficar em segundo lugar, outros vinte mil para o vencedor da luta corpo a corpo e dez mil para o vencedor da competição de arqueiros.

– Noventa mil peças de ouro – Mindinho suspirou. – E não devemos negligenciar os outros custos. Robert certamente vai querer um banquete prodigioso. Isso significa cozinheiros, carpinteiros, criadas, cantores, malabaristas, bobos...

– Bobos temos com fartura – disse Lorde Renly.

O Grande Meistre Pycelle olhou para Mindinho e perguntou:

– O tesouro suporta a despesa?

– Que tesouro? – respondeu Mindinho com um meio sorriso na boca. – Poupe-me as tolices, Meistre. Sabe tão bem como eu que o tesouro está vazio há anos. Terei de pedir dinheiro emprestado. Não há dúvida de que os Lannister o adiantarão. Devemos atualmente ao Senhor Tywin cerca de três milhões de dragões, que importam mais cem mil?

Ned ficou estupefato.

– Está dizendo que a Coroa tem uma dívida de *três milhões* de peças de ouro?

– A Coroa tem uma dívida de mais de *seis* milhões de peças de ouro, Lorde Stark. Os Lannister são os maiores credores, mas também pedimos emprestado a Lorde Tyrell, ao Banco de Ferro de Bravos e a vários cartéis mercantis de Tyrosh. Nos últimos tempos, tive de me virar para a Fé. O Alto Septão é pior no regateio do que um pescador de Dorne.

Ned estava horrorizado.

– Aerys Targaryen deixou um tesouro repleto de ouro. Como pôde permitir que isso acontecesse?

Mindinho encolheu os ombros.

– O mestre da moeda arranja o dinheiro. O rei e a Mão o gastam.

– Não posso acreditar que Jon Arryn tenha permitido que Robert reduzisse o reino à miséria – exclamou Ned em tom acalorado.

O Grande Meistre Pycelle balançou a grande cabeça calva, fazendo tilintar suavemente as correntes.

– Lorde Arryn era um homem prudente, mas temo que Sua Graça nem sempre escute conselhos sábios.

– Meu real irmão adora torneios e festins – disse Renly Baratheon –, e abomina aquilo a que chama "contar cobres".

– Falarei com Sua Graça – disse Ned. – Esse torneio é uma extravagância que o reino não pode pagar.

– Fale com ele como quiser – disse Lorde Renly –, mas ainda assim temos de fazer nossos planos.

– Outro dia – disse Ned. Talvez de forma muito incisiva, a julgar pelos olhares que lhe lançaram. Teria de se recordar de que já não estava em Winterfell, onde apenas o rei tinha uma posição superior; ali, não era mais que o primeiro entre iguais. – Perdoem-me, senhores – disse, num tom mais suave. – Estou cansado. Paremos por hoje e recomecemos quando estivermos mais descansados – não pediu o consentimento dos outros; em vez disso, levantou-se abruptamente, fez a todos um aceno e dirigiu-se à porta.

Lá fora, cavaleiros e carroças ainda jorravam através dos portões do castelo, e o pátio era um caos de lama, cavalos e homens gritando. O rei ainda não chegara, disseram-lhe. Desde os feios acontecimentos no Tridente, os Stark e sua comitiva tinham viajado bem à frente da coluna principal, a fim de se distanciarem dos Lannister e da crescente tensão. Robert quase não fora visto; dizia-se que viajava na enorme casa rolante, mais frequentemente bêbado que sóbrio. Se assim era, poderia estar várias horas atrasado, mas mesmo assim chegaria cedo demais para a vontade de Ned. Bastava-lhe olhar o rosto de Sansa para sentir a raiva retorcer-se de novo dentro de si. A última quinzena da viagem fora miserável. Sansa culpava Arya e dizia-lhe que devia ter sido Nymeria a morrer. E Arya estava desnorteada depois de saber o que havia acontecido ao seu amigo, filho do carniceiro. Sansa chorava até adormecer, Arya cismava em silêncio o dia inteiro, e Eddard Stark sonhava com um inferno gelado reservado para os Stark de Winterfell.

Atravessou o pátio exterior e passou sob uma porta levadiça, entrando no recinto do castelo, e, quando se encaminhava para aquilo que pensava ser a Torre da Mão, Mindinho apareceu à sua frente.

– Está indo na direção errada, Stark. Venha comigo.

Hesitante, Ned o seguiu. Mindinho o levou até uma torre, desceram uma escada, atravessaram um pequeno pátio rebaixado e caminharam por um corredor deserto onde armaduras vazias montavam guarda ao longo das paredes. Eram relíquias dos Targaryen, de aço negro com escamas de dragão coroando os elmos, agora empoeirados e esquecidos.

– Este não é o caminho para os meus aposentos – disse Ned.

– E eu disse que era? Estou levando você para as masmorras, a fim de abrir sua garganta e ocultar seu cadáver atrás de uma parede – respondeu Mindinho, com a voz sarcástica. – Não temos tempo para isso, Stark. Sua esposa o espera.

– Que jogo está jogando, Mindinho? Catelyn está em Winterfell, a centenas de léguas daqui.

– Ah! – os olhos cinza-esverdeados de Mindinho cintilaram de divertimento. – Então parece que alguém conseguiu realizar uma espantosa imitação. Pela última vez, venha. Ou, então, não, e eu a guardo para mim – e apressou-se a descer a escada.

Ned o seguiu, desconfiado, perguntando a si mesmo se aquele dia chegaria ao fim. Não tinha nenhum gosto por aquelas intrigas, mas começava a compreender que para um homem como Mindinho elas eram naturais como o ar que respirava.

Onde os degraus terminavam havia uma pesada porta de carvalho e ferro. Petyr Baelish ergueu a tranca e, com um gesto, pediu a Ned que a atravessasse. Saíram para o avermelhado brilho do crepúsculo, numa falésia rochosa bem acima do rio.

– Estamos fora do castelo – Ned observou.

– Você é um homem difícil de enganar, Stark – disse Mindinho com um sorriso afetado. – Foi o sol que o denunciou, ou terá sido o céu? Siga-me. Há vãos abertos na rocha. Tente não cair para a morte, Catelyn nunca compreenderia – e, ao acabar de falar, estava bem além do limite da falésia, descendo depressa como um macaco.

Ned estudou por um momento a face da escarpa, e depois o seguiu mais devagar. Os nichos estavam lá, tal como Mindinho prometera, ranhuras pouco profundas, invisíveis na parte de baixo, a menos que se soubesse onde procurá-las. O rio espraiava-se a uma longa e entontecedora distância lá embaixo. Ned manteve o rosto pressionado contra a rocha e tentou não olhar para baixo com mais frequência do que era obrigado.

Quando finalmente chegou ao fim da descida e a uma estreita trilha enlameada que seguia pela margem do rio, Mindinho espreguiçava-se encostado a uma rocha, comendo uma maçã, já no caroço.

– Está ficando velho e lento, Stark – disse, atirando a maçã, com indiferença, para a corrente. – Não importa, o resto do caminho é a cavalo – tinha dois cavalos à espera. Ned montou e trotou atrás dele, ao longo da trilha, para a cidade.

Por fim, Baelish puxou as rédeas em frente a um edifício de madeira que ameaçava ruir, com três andares e janelas que brilhavam com a luz das lâmpadas no lusco-fusco que se aprofundava. Os sons de música e risos grosseiros abriam caminho até o exterior e flutuavam por sobre a água. Ao lado da porta, uma ornamentada candeia de azeite oscilava na ponta de uma corrente pesada, com um globo de cristal de chumbo vermelho.

Ned Stark desmontou furioso.

– Um bordel? – disse, e agarrou Mindinho pelo ombro, obrigando-o a se virar. – Você me trouxe por todo este caminho até um bordel?

– Sua esposa está lá dentro – disse Mindinho.

Aquilo foi o insulto final.

– Brandon foi demasiado gentil com você – disse Ned, e atirou o homenzinho contra uma parede e encostou o punhal em sua garganta, sob a pequena barbicha pontiaguda.

– Senhor, *não* – gritou uma voz. – Ele fala a verdade – ouviram-se passos vindo naquela direção.

Ned rodopiou, de faca na mão, enquanto um velho homem de cabelos brancos corria para eles. Estava vestido com grosseiro tecido marrom e a pele mole sob o queixo oscilava enquanto corria.

– Isto não é assunto seu – começou Ned a dizer, mas então, de repente, ele reconheceu o homem. Abaixou o punhal, espantado. – *Sor Rodrik?*

Rodrik Cassel confirmou com a cabeça.

– Sua senhora o espera lá em cima.

Ned sentia-se perdido.

– Catelyn está mesmo aqui? Não é uma estranha brincadeira de Mindinho? – embainhou a faca.

– Bem gostaria que fosse, Stark – Mindinho respondeu. – Siga-me, e tente parecer um pouco mais devasso e um pouco menos como a Mão do Rei. Não será bom que seja reconhecido. Talvez possa acariciar um peito ou outro, só de passagem.

Entraram por uma sala de estar cheia, onde uma mulher gorda cantava canções obscenas enquanto bonitas mulheres vestidas com camisas de linho e panos de seda colorida se encostavam nos amantes e eram embaladas em seus colos. Ninguém prestou a menor atenção em Ned. Sor Rodrik esperou embaixo enquanto Mindinho o levou até o terceiro andar por um corredor e através de uma porta.

Lá dentro, Catelyn esperava. Gritou quando o viu, correu para ele e o abraçou ferozmente.

– Minha senhora – sussurrou Ned, assombrado.

– Ah, muito bem – disse Mindinho, fechando a porta. – Conseguiu reconhecê-la.

– Temi que nunca mais chegasse, senhor – sussurrou ela, apertada contra seu peito. – Petyr tem me trazido notícias. Contou-me sobre os problemas com Arya e o jovem príncipe. Como estão minhas meninas?

– Ambas de luto, e cheias de raiva – Ned respondeu. – Cat, não compreendo. O que faz em Porto Real? O que aconteceu? – perguntou Ned à mulher. – É Bran? Ele está... – *morto* foi a palavra que veio aos seus lábios, mas não podia dizê-la.

– É Bran, mas não como pensa – disse Catelyn.

Ned não compreendia.

– Então como? Por que está aqui, meu amor? Que lugar é este?

– Precisamente o que parece – disse Mindinho, deixando-se cair numa cadeira perto da janela. – Um bordel. Consegue imaginar um lugar onde seria menos provável encontrar uma Catelyn Tully? – ele sorriu. – Por acaso, sou dono deste estabelecimento específico, portanto, foi fácil fazer os arranjos necessários. Desejo muito impedir que os Lannister saibam da presença de Cat aqui em Porto Real.

– Por quê? – perguntou Ned. Então viu as mãos da esposa, o modo estranho como se dobravam, as cicatrizes de um vermelho cru, a rigidez dos últimos dois dedos da mão esquerda. – Você foi ferida – tomou as mãos nas suas e as virou. – Deuses, estes cortes são profundos... uma ferida de uma espada ou... como aconteceu isto, minha senhora?

Catelyn tirou o punhal de dentro do manto e o colocou na mão dele.

– Esta lâmina estava destinada a abrir a garganta de Bran e derramar seu sangue.

A cabeça de Ned ergueu-se abruptamente.

– Mas... quem... por que faria...

Ela pousou um dedo em seus lábios.

– Deixe-me contar tudo, meu amor. Será mais rápido assim. Escute.

E ele escutou-a contar-lhe tudo, do incêndio na torre da biblioteca a Varys, aos guardas e ao Mindinho. E quando terminou, Eddard Stark sentou-se atordoado junto da mesa, com o punhal na mão. O lobo de Bran salvara a vida do garoto, pensou sombriamente. Que tinha Jon dito quando encontraram os filhotes na neve? *Seus filhos estão destinados a ficar com esta ninhada, senhor.* E ele matara a loba de Sansa, por quê? Seria culpa o que sentia? Ou medo? Se os deuses tinham enviado aqueles lobos, que loucura ele tinha feito?

Dolorosamente, Ned forçou os pensamentos a regressar ao punhal e àquilo que significava.

– O punhal do Duende – repetiu. Não fazia sentido. Sua mão dobrou-se em torno do suave cabo de osso de dragão, e ele bateu com a lâmina na mesa, sentindo-a morder a madeira. Estava ali zombando dele. – Por que Tyrion Lannister ia querer ver Bran morto? O garoto nunca lhe fez nenhum mal.

– Será que os Stark não têm mais que neve entre as orelhas? – perguntou Mindinho. – O Duende nunca teria agido sozinho.

Ned ergueu-se e pôs-se a percorrer o quarto de ponta a ponta.

– Se a rainha teve um papel nisto ou, que os deuses não o permitam, o próprio rei... não, não acreditarei nisso – mas, mesmo enquanto dizia as palavras, recordou-se daquela manhã gelada nas terras acidentadas, e da conversa de Robert a respeito de enviar assassinos contratados no encalço da princesa Targaryen. Lembrou-se do filho pequeno de Rhaegar, da ruína vermelha de seu crânio e do modo como o rei lhe virara as costas, tal como fizera na sala de audiências de Darry não há muito tempo. Ainda ouvia Sansa suplicando, como Lyanna suplicara tempos atrás.

– O mais provável é que o rei *não* soubesse – disse Mindinho. – Não seria a primeira vez. Nosso bom Robert tem como prática fechar os olhos a coisas que prefere não ver.

Ned não tinha resposta para aquilo. O rosto do filho do carniceiro passou na frente dos olhos, quase rachado em dois, e depois o rei não dissera uma palavra. Sua cabeça latejava.

Mindinho caminhou vagarosamente até a mesa e arrancou a faca da madeira.

– Seja como for, a acusação constitui traição. Acuse o rei e dançará com Ilyn Payne antes de as palavras acabarem de sair de sua boca. A rainha... se forem apresentadas provas e *se for possível* fazer com que Robert escute, então, talvez...

– Temos provas – disse Ned. – Temos o punhal.

– Isto? – Mindinho atirou o punhal ao ar como se nada fosse. – Um belo bocado de aço, mas corta para dois lados, senhor. O Duende sem dúvida jurará que a lâmina foi perdida ou roubada enquanto permaneceram em Winterfell e, com o seu assassino morto, não haverá ninguém para desmenti-lo – atirou a faca com ligeireza a Ned. – Meu conselho é deixar isto cair no rio e esquecer que chegou a ser forjada.

Ned o olhou com frieza.

– Senhor Baelish, sou um Stark de Winterfell. Meu filho jaz aleijado, talvez à beira da morte. Estaria morto, e Catelyn também, não fosse uma cria de lobo que encontramos na neve. Se realmente acredita que posso esquecê-lo, é um tolo tão grande hoje como quando empunhou uma espada contra meu irmão.

– Talvez seja um tolo, Stark... e, no entanto, ainda aqui estou, ao passo que seu irmão se desfaz em pó na sua sepultura gelada há catorze anos. Se está assim tão ansioso para apodrecer ao lado dele, longe de mim dissuadi-lo, mas preferiria não ser incluído na festa, muito obrigado.

– Você seria o último homem que eu incluiria voluntariamente em qualquer festa, Lorde Baelish.

– Fere-me profundamente – Mindinho pousou a mão no coração. – Por minha parte, sempre os considerei, aos Stark, gente cansativa, mas Cat parece ter se afeiçoado a você, por motivos que não sou capaz de entender. Tentarei mantê-lo vivo para o bem dela. Uma tarefa de tolo, admito, mas nunca fui capaz de recusar o que quer que fosse à sua esposa.

– Contei a Petyr nossas suspeitas sobre a morte de Jon Arryn – disse Catelyn. – Ele prometeu ajudá-lo a descobrir a verdade.

Não era uma notícia que agradasse a Eddard Stark, mas era bem verdade que necessitavam de ajuda, e havia muito tempo Mindinho fora quase como um irmão para Cat. Não seria a primeira vez que Ned era forçado a fazer causa comum com um homem que desprezava.

– Muito bem – disse, enfiando o punhal no cinto. – Você falou de Varys. O eunuco sabe de tudo isso?

– Não dos meus lábios – disse Catelyn. – Você não se casou com uma tonta, Eddard Stark. Mas Varys tem maneiras de descobrir coisas que nenhum outro homem poderia conhecer. Ele possui alguma arte negra, Ned, sou capaz de jurar.

– Ele tem espiões, isso é bem conhecido – disse Ned, desvalorizando a capacidade de Varys.

– É mais que isso – insistiu Catelyn. – Sor Rodrik falou com Sor Aron Santagar em completo segredo, e de algum modo a Aranha ficou sabendo da conversa. Aquele homem me dá medo.

Mindinho sorriu.

– Deixe Lorde Varys comigo, querida senhora. Se me permitir uma pequena obscenidade. E que lugar melhor para uma que este? Tenho os bagos do homem na palma da mão – mostrou os dedos em taça, sorrindo. – Ou os teria, caso ele fosse um homem e tivesse bagos. Compreenda que, se descobrirmos a gaiola, os pássaros começarão a cantar, e ele não gostaria de tal coisa. Em seu lugar, me preocuparia mais com os Lannister e menos com o eunuco.

Ned não precisava que Mindinho lhe dissesse aquilo. Recordava o dia em que Arya fora encontrada, o olhar no rosto da rainha quando dissera: *Nós temos um lobo*, tão suave e calmamente. Pensava no rapaz Mycah, na morte súbita de Jon Arryn, na queda de Bran, no velho e louco Aerys Targaryen a agonizar no chão de sua sala do trono, enquanto o sangue de sua vida secava numa lâmina dourada.

– Minha senhora – disse, virando-se para Catelyn –, nada mais pode fazer aqui. Desejo que retorne a Winterfell imediatamente. Se houve um assassino, poderá haver outros. Quem quer que tenha ordenado a morte de Bran logo saberá que o garoto ainda vive.

– Eu tinha esperança de ver as meninas... – disse Catelyn.

– Isso seria muito insensato – interveio Mindinho. – A Fortaleza Vermelha está cheia de olhos curiosos, e as crianças falam.

– Ele fala a verdade, meu amor – disse-lhe Ned, abraçando--a. – Leve Sor Rodrik e corra para Winterfell. Eu vigiarei as meninas. Vá para casa, para junto de nossos filhos, e mantenha-os a salvo.

– Como quiser, senhor – Catelyn ergueu o rosto, e Ned a beijou. Os dedos estropiados dela apertaram as costas de Ned com uma força desesperada, como que para mantê-lo para sempre a salvo no abrigo de seus braços.

– O senhor e a senhora vão querer um quarto? – perguntou Mindinho. – Devo preveni-lo, Stark, de que por aqui geralmente cobramos por esse tipo de coisa.

– Um momento a sós, é tudo que peço – Catelyn solicitou.

– Muito bem – Mindinho seguiu na direção da porta. – Sejam breves. Já passa da hora em que a Mão e eu deveríamos estar de volta ao castelo para que nossa ausência não seja notada.

Catelyn foi até junto dele e tomou-lhe as mãos nas suas.

– Não me esquecerei de sua ajuda, Petyr. Quando seus homens vieram me chamar, não sabia se me levavam até um amigo ou um inimigo. Encontrei em você mais que um amigo. Encontrei o irmão que julgava perdido.

Petyr Baelish sorriu.

– Sou desesperadamente sentimental, querida senhora. É melhor não contar a ninguém. Passei anos convencendo a corte de que sou malvado e cruel, e detestaria ver todo esse árduo trabalho dar em nada.

Ned não acreditou numa palavra daquilo, mas manteve a voz delicada para dizer:

– Tem também os meus agradecimentos, Lorde Baelish.

– Ora, *aí* está um tesouro – disse Mindinho, saindo do quarto.

Depois de a porta se fechar, Ned virou-se para a mulher.

– Quando chegar em casa, mande uma mensagem a Helman Tallhart e Galbart Glover com o meu selo. Eles devem recrutar cem arqueiros cada um e fortificar o Fosso Cailin. Duzentos arqueiros determinados podem defender a Garganta contra um exército. Diga a Lorde Manderly que deve fortalecer e reparar todas as suas defesas no Porto Branco e assegurar-se de que elas estão bem guarnecidas de homens. E a partir deste momento quero que uma vigilância cuidadosa seja mantida sobre Theon Greyjoy. Se houver guerra, teremos grande necessidade da frota de seu pai.

– *Guerra?* – o medo era evidente no rosto de Catelyn.

– Não chegará a tal ponto – prometeu-lhe Ned, rezando para que fosse verdade, e voltou a tomá-la nos braços. – Os Lannister não têm misericórdia perante a fraqueza, como Aerys Targaryen aprendeu para sua desgraça, mas não se atreverão a atacar o Norte sem estarem sustentados por todo o poder do reino, e não o terão. Devo representar este embuste como se nada houvesse de errado. Recorde o que me trouxe aqui, meu amor. Se encontrar provas de que os Lannister assassinaram Jon Arryn…

Sentiu Catelyn tremer em seus braços. Suas mãos marcadas o agarraram.

– Se isso acontecer – disse –, que acontecerá, meu amor?

Ned sabia que essa era a parte mais perigosa.

– Toda a justiça parte do rei – disse-lhe. – Quando eu souber a verdade, terei de ir ter com Robert – e rezar para que seja o homem que penso que é, concluiu em silêncio, e não o homem em que temo que tenha se transformado.

Tyrion

– Está certo de que é preciso ir tão cedo? – perguntou-lhe o Senhor Comandante.

– Mais que certo, Lorde Mormont – respondeu Tyrion. – Meu irmão Jaime deve querer saber o que me aconteceu. Pode pensar que me convenceu a vestir o negro.

– Bem gostaria de fazê-lo. – Mormont pegou uma pinça de caranguejo e a partiu com a mão. Apesar de velho, o Senhor Comandante ainda possuía a força de um urso. – É um homem astuto, Tyrion. Homens assim fazem falta na Muralha.

Tyrion sorriu.

– Então percorrerei os Sete Reinos em busca de anões e os enviarei para cá, Lorde Mormont – enquanto os outros riam, ele sugou a carne de uma pata de caranguejo e apanhou outra. Os caranguejos tinham chegado de Atalaialeste naquela manhã, acondicionados num barril de neve, e eram suculentos.

Sor Alliser Thorne foi o único homem da mesa que sequer esboçou um sorriso.

– O Lannister zomba de nós.

– Só do senhor, Sor Alliser – disse Tyrion. Daquela vez, o riso que percorreu a mesa tinha um tom nervoso e incerto.

Os olhos negros de Thorne fixaram-se em Tyrion com repugnância.

– Tem uma língua ousada para alguém que é menos da metade de um homem. Talvez devêssemos visitar o pátio juntos, o senhor e eu.

– Por quê? – perguntou Tyrion. – Os caranguejos estão aqui.

O comentário arrancou mais gargalhadas. Sor Alliser levantou-se, com a boca transformada numa linha comprimida.

– Venha fazer seus gracejos com o aço na mão.

Tyrion olhou com intenção para a mão direita.

– Ora, mas eu *tenho* aço na mão, Sor Alliser, embora pareça ser um garfo para caranguejos. Fazemos um duelo? – saltou para cima da cadeira e pôs-se a espetar o peito de Thorne com o minúsculo garfo. Um rugido de gargalhadas encheu a sala. Pedaços de caranguejo voaram da boca do Senhor Comandante quando começou a arfar e engasgar-se. Até seu corvo se juntou, grasnando sonoramente de seu poleiro por cima da janela. "*Duelo! Duelo! Duelo!*"

Sor Alliser Thorne saiu da sala tão rigidamente que parecia ter um punhal espetado no traseiro.

Mormont ainda arquejava, tentando recuperar o fôlego. Tyrion deu-lhe uma palmada nas costas.

– Os despojos vão para o vencedor – gritou. – Reivindico a porção de caranguejos de Thorne.

Por fim, o Senhor Comandante venceu o engasgo.

– É um homem maldoso por provocar Sor Alliser assim – censurou.

Tyrion sentou-se e bebeu um trago de vinho.

– Se um homem pinta um alvo no peito, deve esperar que mais cedo ou mais tarde alguém lhe atire uma flecha. Já vi mortos com mais humor que Sor Alliser.

– Não é verdade – objetou o Senhor Intendente, Bowen Marsh, um homem redondo e vermelho como uma romã. – Devia ouvir os nomes engraçados que dá aos rapazes que treina.

Tyrion ouvira alguns desses nomes engraçados.

– Aposto que os rapazes também têm alguns nomes para ele – respondeu. – Arranquem o gelo dos olhos, meus bons senhores. Sor Alliser devia estar limpando o esterco das cavalariças, não treinando seus jovens guerreiros.

– A Patrulha não tem falta de moços de estrebaria – resmungou Lorde Mormont. – Parece ser tudo que nos mandam nos dias que correm. Moços de estrebaria, gatunos e violadores. Sor Alliser é um cavaleiro ungido, um dos poucos a vestir o negro desde que sou Comandante. Lutou bravamente em Porto Real.

– Do lado errado – comentou secamente Sor Jeremy Rykker.

– Eu sei, pois estava lá nas ameias ao seu lado. Tywin Lannister nos deu uma excelente escolha. Vestir o negro ou ver nossa cabeça espetada em espigões antes do fim do dia. Não pretendo ofender, Tyrion.

– Não me ofende, Sor Jeremy. Meu pai gosta muito de cabeças espetadas em espigões, especialmente as de pessoas que o aborreceram de algum modo. E um rosto tão nobre como o seu, bem, sem dúvida que vos imaginou a decorar a muralha da cidade por cima do Portão do Rei. Penso que teria ficado impressionante lá em cima.

– Obrigado – respondeu Sor Jeremy com um sorriso sardônico.

Senhor Comandante Mormont limpou a garganta.

– Por vezes temo que Sor Alliser tenha visto a verdade em você, Tyrion. *Realmente* zomba de nós e de nosso nobre objetivo aqui.

Tyrion encolheu os ombros.

– Todos precisamos ser alvo de zombaria de vez em quando, Senhor Mormont, para evitar que comecemos a nos levar muito a sério. Mais vinho, por favor – estendeu a taça.

Enquanto Rykker a enchia, Bowen Marsh disse:

– Tem uma grande sede para um homem pequeno.

– Ah, eu penso que o Senhor Tyrion é um homem bastante grande – disse Meistre Aemon da ponta mais distante da mesa. Falou em voz baixa, mas todos os grandes oficiais da Patrulha da Noite se calaram para ouvir melhor o que o ancião tinha a dizer. – Penso que é um gigante que surgiu entre nós, aqui no fim do mundo.

Tyrion respondeu com delicadeza.

– Já me chamaram de muitas coisas, senhor, mas *gigante* raramente foi uma delas.

– Apesar disso – disse Meistre Aemon, enquanto seus olhos enevoados, brancos como o leite, se deslocavam para o rosto de Tyrion –, penso que é verdade.

Por uma vez na vida Tyrion Lannister deu por si sem palavras. Só conseguiu inclinar a cabeça polidamente e dizer:

– É bastante amável, Meistre Aemon.

O cego sorriu. Era um homenzinho minúsculo, enrugado e sem cabelo, encolhido sob o peso de cem anos, de tal modo que seu colar de meistre, com elos de muitos metais, pendia solto em torno do pescoço.

– Já me chamaram de muitas coisas, senhor – disse –, mas *amável* raramente foi uma delas – daquela vez foi o próprio Tyrion quem liderou as gargalhadas.

Muito mais tarde, depois de acabar o assunto sério que era comer e de os outros terem se retirado, Mormont ofereceu a Tyrion uma cadeira junto à lareira e uma taça de uma bebida aquecida tão forte que lhe trouxe lágrimas aos olhos.

– A estrada do rei pode ser perigosa aqui tão a norte – disse-lhe o Senhor Comandante enquanto bebiam.

– Tenho Jyck e Morrec – respondeu Tyrion –, e Yoren voltará para o sul.

– Yoren é apenas um homem. A Patrulha os escoltará até Winterfell – anunciou Mormont num tom que não admitia discussão. – Três homens deverão ser suficientes.

– Se insiste, senhor – disse Tyrion. – Pode enviar o jovem Snow. Ele ficará feliz por ter a chance de rever os irmãos.

Mormont assumiu um olhar severo por cima da espessa barba cinzenta.

– Snow? Ah, o bastardo Stark. Penso que não. Os jovens precisam esquecer da vida que deixaram para trás, os irmãos, a mãe e isso tudo. Uma visita à casa só irá agitar sentimentos que é melhor deixar em paz. Eu sei dessas coisas. Meus próprios parentes de sangue... minha irmã Marge governa agora a Ilha dos Ursos, desde a desonra de meu filho. Tenho sobrinhos que nunca vi – bebeu um trago. – Além disso, Jon Snow não passa de um rapaz. O senhor terá três espadas fortes para mantê-lo a salvo.

– Sua preocupação toca-me, Senhor Mormont – a forte bebida estava deixando Tyrion alegre, mas não tão bêbado que não compreendesse que o Velho Urso queria qualquer coisa dele. – Espero que possa pagar sua bondade.

– E pode – disse Mormont sem cerimônia. – Sua irmã senta-se ao lado do rei. Seu irmão é um grande cavaleiro e seu pai, o senhor mais poderoso dos Sete Reinos. Fale-lhes em nosso nome. Diga-lhes de nossas necessidades. O senhor as viu com seus próprios olhos. A Patrulha da Noite está morrendo. Nossa força é agora de menos de mil homens. Seiscentos aqui, duzentos na Torre Sombria, ainda menos em Atalaialeste, e só um escasso terço desses homens está pronto para o combate. A Muralha tem um comprimento de cem léguas. Pense nisso. Se um ataque vier, tenho três homens para defender cada légua de muralha.

– Três e um terço – disse Tyrion com um bocejo.

Mormont pareceu quase não ouvi-lo. O velho aquecia as mãos no fogo.

– Enviei Benjen Stark em busca do filho de Yohn Royce, perdido em sua primeira patrulha. O rapaz Royce estava verde como a grama de verão, mas insistiu na honra de seu próprio comando, dizendo que lhe era devido enquanto cavaleiro. Não desejei ofender o senhor seu pai e cedi. Enviei-o com dois homens que considerava dos melhores que temos na Patrulha. Mas fui tolo.

"*Tolo*", concordou o corvo. Tyrion ergueu o olhar. O pássaro o olhou com aqueles olhos negros, pequenos e brilhantes, agitando as asas. "*Tolo*", gritou de novo. Sem dúvida, o velho Mormont não ficaria feliz se ele esganasse a criatura. Uma pena.

O Senhor Comandante não pareceu reparar na irritante ave.

– Gared era quase tão velho como eu, e tinha mais anos de Muralha – prosseguiu –, mas parece que abjurou e fugiu. Nunca teria acreditado, com ele, não, mas Lorde Eddard me enviou sua cabeça de Winterfell. De Royce não há notícias. Um desertor e dois homens perdidos, e agora também Ben Stark está desaparecido – soltou um profundo suspiro. – Quem enviarei em busca *dele?* Daqui a dois anos farei setenta. Estou demasiado velho e cansado para o fardo que carrego, mas, se o entregar, quem o assumirá? Alliser Thorne? Bowen Marsh? Teria de ser tão cego como Meistre Aemon para não ver o que *eles* são. A Patrulha da Noite transformou-se num exército de rapazes rabugentos e velhos cansados. Além dos homens que partilharam nossa mesa esta noite, tenho talvez vinte que sabem ler, e ainda menos capazes de pensar, planejar ou liderar. Antes a Patrulha passava os verões construindo, e cada Senhor Comandante erguia a muralha mais alta do que a encontrara. Agora, tudo que podemos fazer é permanecer vivos.

Tyrion percebeu que o outro estava sendo mortalmente sincero. Sentiu-se vagamente embaraçado pelo velho. Lorde Mormont passara boa parte da vida na Muralha e precisava acreditar que aqueles anos tinham algum significado.

– Prometo que o rei ouvirá falar de suas necessidades – disse Tyrion gravemente –, e também falarei ao meu pai e ao meu irmão Jaime – e falaria. Tyrion Lannister era um homem de palavra. Deixou o resto por dizer; que o Rei Robert o ignoraria, que Lorde Tywin perguntaria se ele tinha perdido o juízo, e que Jaime se limitaria a rir.

– É jovem, Tyrion – disse Mormont. – Quantos invernos já viu?

Encolheu os ombros.

– Oito, nove. Não me lembro.

– E todos eles curtos.

– É como disse, senhor – Tyrion nascera no auge do inverno, um inverno terrível e cruel que os meistres diziam que durara três anos, mas suas mais antigas memórias eram de primavera.

– Quando eu era garoto, dizia-se que um longo verão significava sempre que um longo inverno se seguiria. Este verão durou *nove anos*, Tyrion, e um décimo chegará em breve. Pense nisso.

– Quando *eu* era garoto – respondeu Tyrion –, minha ama de leite me disse que um dia, se os homens fossem bons, os deuses dariam ao mundo um verão sem fim. Talvez tenhamos sido melhores do que pensávamos, e talvez tenha chegado, enfim, o Grande Verão – sorriu.

O Senhor Comandante não pareceu se animar.

– Não é tolo o bastante para acreditar nisso, senhor. Os dias já estão ficando mais curtos. Não pode haver dúvida, Aemon recebeu cartas da Cidadela, com descobertas que estão de acordo com as dele mesmo. O fim do verão olha-nos nos olhos – Mormont estendeu um braço e agarrou com força a mão de Tyrion. – Tem de *fazê-los* compreender. Digo-lhe, senhor, a escuridão está chegando. Há coisas selvagens nos bosques, lobos gigantes, mamutes e ursos-da-neve do tamanho de auroques, e vi formas mais escuras nos meus sonhos.

– Nos seus sonhos – repetiu Tyrion, pensando na urgência que tinha de outra bebida forte.

Mormont estava completamente surdo à voz do anão.

– Os pescadores da região de Atalaialeste vislumbraram caminhantes brancos na costa.

Daquela vez, Tyrion não conseguiu segurar a língua.

– Os pescadores de Lanisporto vislumbram sereias com frequência.

– Denys Mallister escreve que o povo da montanha está se deslocando para o sul, passando pela Torre Sombria em maior número que em qualquer época. Estão fugindo, senhor... mas fugindo de *quê*? – Lorde Mormont dirigiu-se à janela e olhou perdido para a noite. – Estes meus ossos são velhos, Lannister, mas nunca sentiram um arrepio como este. Conte ao rei o que eu digo, rogo-lhe. O inverno *está* chegando, e quando a Longa Noite cair, só a Patrulha da Noite se erguerá entre o reino e a escuridão que vem do norte. Que os deuses nos protejam a todos se não estivermos preparados.

– Que os deuses protejam a *mim* se não dormir um pouco esta noite. Yoren está decidido a partir ao raiar do dia – Tyrion pôs-se em pé, sonolento do vinho e farto de histórias lúgubres. – Agradeço-lhe por todas as cortesias que me concedeu, Senhor Mormont.

– Diga-lhes, Tyrion. Diga-lhes e faça-os acreditar. Este é todo o agradecimento de que preciso – assobiou e o corvo foi empoleirar-se em seu ombro. Mormont sorriu e deu à ave algum milho que tirou do bolso, e foi assim que Tyrion o deixou.

Estava um frio de rachar lá fora. Bem enrolado nas espessas peles, Tyrion Lannister calçou as luvas e acenou com a cabeça para os pobres desgraçados que montavam guarda à porta da Torre do Comandante. Atravessou o pátio na direção de seus aposentos na Torre do Rei, caminhando o mais vivamente que suas pernas permitiam. Montes de neve rangiam sob seus pés quando as botas quebravam a crosta noturna, e a respiração condensava-se à sua frente como um estandarte. Enfiou as mãos embaixo dos braços e caminhou mais depressa, rezando para que Morrec tivesse se lembrado de aquecer sua cama com tijolos quentes retirados da lareira.

Por trás da Torre do Rei, a Muralha cintilava à luz da lua, imensa e misteriosa. Tyrion parou por um momento para olhá-la. As pernas doíam-lhe do frio e da pressa.

De repente, foi assaltado por uma estranha loucura, um desejo de olhar mais uma vez para lá do fim do mundo. Seria sua última oportunidade, pensou; no dia seguinte iria se dirigir para o sul, e não conseguia imaginar um motivo para alguma vez querer regressar àquela gelada desolação. A Torre do Rei estava à sua frente, com sua promessa de calor e de uma cama macia, mas Tyrion deu por si caminhando para além dela, na direção da vasta paliçada de cor clara da Muralha.

Uma escada de madeira subia pela face sul, ancorada em enormes vigas grosseiramente talhadas, que penetravam de maneira profunda no gelo. Ziguezagueava para um lado e para o outro, escalando a muralha tão torta como um relâmpago. Os irmãos negros tinham-lhe assegurado que era muito mais resistente do que parecia, mas as pernas de Tyrion estavam com cãibras demais para que sequer pensasse em subi-la. Em vez disso, dirigiu-se à gaiola de ferro junto ao poço, pulou para dentro dela e puxou com força a corda do sino, três sacudidelas rápidas.

Teve de esperar o que pareceu ser uma eternidade ali, atrás das grades e com a Muralha nas costas. Tempo suficiente para começar a interrogar-se sobre o motivo que o levara a fazer aquilo. Estava quase decidido a esquecer aquele súbito capricho e ir para a cama quando a gaiola deu um solavanco e começou a subir.

Subiu lentamente, a princípio com paradas e arranques, mas depois mais suavemente. O chão desapareceu por baixo de seus pés, a gaiola oscilou e Tyrion enrolou as mãos nas grades de ferro. Conseguia sentir o frio do metal mesmo através das luvas. Percebeu, com aprovação, que Morrec tinha um fogo a arder em seu quarto, mas a torre do Senhor Comandante estava às escuras. Parecia que o Velho Urso tinha mais juízo do que ele.

E, então, viu-se acima das torres, ainda subindo lentamente. Castelo Negro jazia abaixo de si, delineado ao luar. Dali, via-se bem como era um lugar austero e vazio, com suas torres sem janelas, muros em ruínas, pátios entupidos de pedra partida. Mais longe, conseguia ver as luzes da Vila da Toupeira, um pequeno povoado a meia légua para sul ao longo da estrada do rei, e aqui e ali a brilhante cintilação do luar na água, onde córregos gelados desciam dos cumes das montanhas e cortavam as planícies. O resto do mundo era um vazio desolado de colinas varridas pelo vento e campos pedregosos manchados de neve.

– Sete infernos, é o anão – disse por fim uma voz grossa atrás dele, e a jaula parou com um salto súbito e ali ficou, oscilando lentamente de um lado para o outro, com as cordas rangendo.

– Tragam-no, raios – ouviu-se um grunhido e um sonoro gemido de madeira quando a gaiola deslizou de lado e a Muralha apareceu por baixo de seus pés. Tyrion esperou que a oscilação parasse antes de abrir a porta da gaiola e saltar para o gelo. Uma pesada figura vestida de negro apoiava-se no guincho, enquanto uma segunda segurava a gaiola com uma mão enluvada. Seus rostos estavam cobertos por lenços de lã que deixavam ver apenas os olhos, e estavam inchados com as camadas de lã e couro que traziam, negro sobre negro.

– E o que o senhor há de querer a esta hora da noite? – perguntou o homem do guincho.

– Um último vislumbre.

Os homens trocaram olhares carrancudos.

– Olhe o que quiser – disse o outro. – Tenha apenas cuidado para não cair, homenzinho. O Velho Urso exigiria a nossa pele – uma pequena cabana de madeira erguia-se sob a grande grua. Tyrion viu o pálido brilho de um braseiro e sentiu uma breve lufada de calor quando os homens do guincho abriram a porta e voltaram para dentro. E então ficou só.

Estava um frio medonho ali em cima, e o vento o puxava pela roupa como uma amante insistente. O topo da Muralha era mais largo que a maior parte da estrada do rei, e Tyrion não tinha medo de cair, embora seus pés escorregassem mais do que gostaria. Os irmãos espalhavam pedra esmagada pelas passagens, mas o peso de incontáveis passos derretia a Muralha nesses locais e o gelo parecia crescer em torno do cascalho, engolindo-o, até que o caminho ficava liso novamente e era hora de esmagar mais pedra.

Mesmo assim, não era nada com que Tyrion não conseguisse lidar. Olhou para leste e oeste, para a Muralha que se estendia à sua frente, uma vasta estrada branca sem princípio nem fim e um abismo escuro de ambos os lados. Oeste, decidiu, por nenhum motivo em especial, e começou a andar nessa direção, seguindo o caminho mais próximo da extremidade norte, onde o cascalho parecia mais recente.

As bochechas nuas estavam coradas de frio, e as pernas queixavam-se mais alto a cada passo, mas Tyrion as ignorou. O vento rodopiava à sua volta, a brita rangia sob as botas, enquanto à frente a fita branca seguia os contornos das colinas, erguendo-se cada vez mais alta, até se perder para lá do horizonte ocidental. Passou por uma maciça catapulta, alta como uma muralha de cidade, com a base profundamente afundada na Muralha. O braço lançador tinha sido removido para passar por reparos, e depois fora esquecido; jazia ali como um brinquedo partido, meio embutido no gelo.

Do lado de lá da catapulta, uma voz abafada soltou um grito.

– Quem vem lá? Alto!

Tyrion parou.

– Se permanecer assim por muito tempo, congelo, Jon – disse, enquanto uma hirsuta silhueta clara deslizava silenciosamente em sua direção e farejava suas peles. – Olá, Fantasma.

Jon Snow se aproximou. Parecia maior e mais pesado dentro de suas camadas de peles e couro e com o capuz do manto sobre o rosto.

– Lannister – disse, soltando o lenço para descobrir a boca. – Este é o último lugar em que esperaria vê-lo – carregava uma pesada lança com ponta de ferro, maior que ele, e da cintura pendia uma espada numa bainha de couro. Atravessado no peito trazia um cintilante berrante negro com faixas de prata.

– Este é o último lugar onde esperaria ser visto – admitiu Tyrion. – Fui tomado por um capricho. Se tocar no Fantasma, ele arranca minha mão?

– Comigo aqui, não – Jon assegurou.

Tyrion coçou o lobo branco atrás das orelhas. Os olhos vermelhos observaram-no, impassíveis. O animal já lhe chegava ao peito. Mais um ano e Tyrion tinha a sensação sombria de que teria de olhar para *cima* se quisesse ver sua cabeça.

– Que faz aqui esta noite? – perguntou. – Além de congelar seus órgãos viris?

– Calhou-me a guarda noturna – Jon respondeu. – Outra vez. Sor Alliser tratou gentilmente de arranjar as coisas de modo que o comandante da guarda ganhasse um especial interesse por mim. Parece pensar que, se me mantiverem acordado metade da noite, acabarei dormindo durante o exercício da manhã. Até agora o tenho desapontado.

Tyrion mostrou os dentes.

– E o Fantasma já aprendeu a fazer malabarismos?

– Não – disse Jon, sorrindo –, mas hoje de manhã Grenn conseguiu aguentar Halder, e Pyp já não deixa cair a espada tantas vezes como antes.

– Pyp?

– Seu verdadeiro nome é Pypar. O rapaz pequeno com grandes orelhas. Ele me viu trabalhando com Grenn e me pediu ajuda. Thorne nunca sequer lhe tinha mostrado a maneira certa de segurar uma espada – virou-se para olhar o norte. – Tenho uma milha de Muralha para guardar. Caminha comigo?

– Se andar devagar – disse Tyrion.

– O comandante da guarda diz que devo caminhar para impedir que o sangue congele, mas nunca me disse nada sobre a velocidade.

Puseram-se a caminho, com Fantasma caminhando ao lado de Jon como uma sombra branca.

– Parto de manhã – disse Tyrion.

– Eu sei – Jon soava estranhamente triste.

– Pretendo parar em Winterfell a caminho do sul. Se houver alguma mensagem que deseje que eu entregue...

– Diga a Robb que vou comandar a Patrulha da Noite e mantê-lo a salvo, e por isso ele bem pode aprender a tricotar com as moças e dar a espada a Mikken para que a derreta e faça ferraduras.

– Seu irmão é maior do que eu – disse Tyrion com uma gargalhada. – Declino a entrega de qualquer mensagem que possa me matar.

– Rickon perguntará quando volto para casa. Tente lhe explicar onde estou, se for possível. Diga-lhe que pode ficar com todas as minhas coisas enquanto eu estiver fora; ele gostará disso.

Tyrion pensou que as pessoas pareciam estar lhe pedindo muitas coisas naquele dia.

– Sabe que pode pôr tudo isso numa carta, não sabe?

– Rickon ainda não sabe ler. Bran... – parou subitamente. – Não sei que mensagem enviar a Bran. Ajude-o, Tyrion.

– Que ajuda eu poderia lhe dar? Não sou nenhum meistre para lhe atenuar as dores. Não possuo feitiços para lhe devolver as pernas.

– Ajudou-me quando precisei – disse Jon Snow.

– Não te dei nada – Tyrion respondeu. – Palavras.

– Nesse caso, dê também a Bran as suas palavras.

– Você está pedindo a um coxo que ensine um aleijado a dançar – Tyrion retrucou. – Por mais sincera que seja a lição, é provável que o resultado seja grotesco. Mas sei o que é amar um irmão, Lorde Snow. Darei a Bran qualquer pequena ajuda que esteja ao meu alcance.

– Obrigado, meu senhor de Lannister – Jon tirou a luva e ofereceu a mão nua. – Amigo.

Tyrion deu por si estranhamente comovido.

– A maioria de meus parentes são bastardos – disse com um sorriso cansado –, mas você é o primeiro que tive como amigo – descalçou uma luva com os dentes e agarrou a mão de Snow, carne contra carne. A mão do rapaz era firme e forte.

Depois de voltar a calçar a luva, Jon Snow virou-se abruptamente e caminhou até o baixo e gelado parapeito norte. Para lá dele a Muralha caía bruscamente, havia apenas escuridão e regiões selvagens. Tyrion o seguiu, e lado a lado ergueram-se no limite do mundo.

A Patrulha da Noite não permitia que a floresta se aproximasse mais de uma milha da face norte da Muralha. Os matagais de pau-ferro, árvores sentinelas e carvalhos que em outros tempos cresceram ali, havia séculos tinham sido abatidos para criar uma vasta extensão de terreno aberto através do qual nenhum inimigo poderia esperar passar sem ser visto. Tyrion ouvira dizer que em outros locais da Muralha, entre as três fortalezas, a floresta viera se aproximando ao longo das décadas, que havia locais onde sentinelas cinza-esverdeadas e represeiros esbranquiçados tinham criado raízes à sombra da própria Muralha, mas Castelo Negro possuía um prodigioso apetite por lenha, e ali a floresta ainda era mantida afastada pelos machados dos irmãos negros.

Mas nunca estava longe. Dali, Tyrion podia vê-la, as árvores escuras que se erguiam para lá da extensão de terreno aberto, como uma segunda muralha construída em paralelo com a primeira, uma muralha de noite. Poucos machados tinham alguma vez sido brandidos *naquela* floresta negra, onde até o luar não conseguia penetrar o antigo emaranhado de raízes, espinhos e galhos. Lá onde as árvores cresciam enormes, e os patrulheiros diziam que pareciam meditar e que não conheciam os homens. Pouco surpreendia que a Patrulha da Noite lhe chamasse a Floresta Assombrada.

Ali, em pé, olhando para toda aquela escuridão sem um fogo a arder onde quer que fosse, com o vento soprando e o frio que era como uma lança nas entranhas, Tyrion Lannister sentiu que quase podia acreditar na conversa sobre os Outros, os inimigos da noite. Suas brincadeiras sobre gramequins e *snarks* já não lhe pareciam assim tão engraçadas.

– Meu tio está ali – disse Jon Snow em voz baixa, inclinando a lança enquanto mantinha os olhos fixos na escuridão. – Na primeira noite em que me mandaram aqui para cima, pensei que Tio Benjen voltaria, eu seria o primeiro a vê-lo e sopraria o corno. Mas ele não veio. Nem nessa noite nem em nenhuma das outras.

– Dê-lhe tempo – disse Tyrion.

Longe, para norte, um lobo começou a uivar. Outra voz juntou-se ao chamado, e depois uma terceira. Fantasma inclinou a cabeça e escutou.

– Se ele não regressar – prometeu Jon Snow –, Fantasma e eu vamos à sua procura – pousou a mão na cabeça do lobo gigante.

– Acredito – disse Tyrion, mas o que pensou foi: *E quem irá à sua procura?* Então estremeceu.

Arya

Seu pai tinha estado outra vez lutando com o conselho. Arya podia ver isso em seu rosto quando chegou à mesa, de novo atrasado, como acontecia tantas vezes. O primeiro prato, uma espessa sopa suave feita com abóbora, já fora levado quando Ned Stark entrou a passos largos no Pequeno Salão. Chamavam-no assim para distingui-lo do Grande Salão, onde o rei podia dar um banquete para mil pessoas, mas era uma sala comprida com um teto alto e abobadado, e lugar para duzentos convivas às mesas.

– Senhor – disse Jory quando Stark entrou. Pôs-se de pé, e o resto da guarda ergueu-se com ele. Todos os homens usavam mantos novos, de pesada lã cinzenta com uma borda de cetim branco. Uma mão feita de prata batida se agarrava às dobras de lã dos mantos e marcava quem os usava como membro da guarda pessoal da Mão. Eram só cinquenta, e a maior parte dos bancos encontrava-se vazia.

– Sentem-se – disse Eddard Stark. – Vejo que começaram sem mim. Agrada-me ver que ainda há alguns homens de bom senso nesta cidade – fez sinal para a refeição prosseguir. Os criados começaram a trazer bandejas de costeletas assadas em crosta de alho e ervas.

– Dizem no pátio que vamos ter um torneio, senhor – disse Jory quando voltou a se sentar. – Dizem que virão cavaleiros de todo o reino para a justa e para um banquete em honra de sua nomeação como Mão do Rei.

Arya percebeu que seu pai não estava muito feliz com aquilo.

– Também dizem que isso é a última coisa no mundo que eu desejaria? – o pai falou, e os olhos de Sansa se esbugalharam.

– Um *torneio* – suspirou. Estava sentada entre Septã Mordane e Jeyne Poole, o mais longe de Arya que podia sem receber uma reprimenda do pai. – Vão nos deixar ir, pai?

– Conhece os meus sentimentos, Sansa. Parece que devo organizar os jogos de Robert e fingir estar honrado com eles. Isso não quer dizer que deva submeter minhas filhas a essa loucura.

– Ah, *por favor* – Sansa pediu. – Eu quero ver.

Septã Mordane interveio.

– A Princesa Myrcella estará lá, senhor, e é mais nova que a Senhora Sansa. Num grande evento como este, espera-se a presença de todas as senhoras da corte, e como o torneio é em sua honra, parecerá estranho se sua família não comparecer.

O pai fez uma expressão sentida.

– Suponho que sim. Muito bem, arranjarei um lugar para você, Sansa – ele olhou para Arya. – Para as duas.

– Não me interessa o estúpido torneio deles – disse Arya. Sabia que Príncipe Joffrey estaria lá, e ela o odiava.

Sansa ergueu a cabeça.

– Será um evento *magnífico*. Não a quererão lá.

Um relâmpago de ira surgiu no rosto do pai.

– *Basta*, Sansa. Diga mais uma coisa dessas e mudo de ideia. Estou cansado demais dessa guerra sem fim que vocês duas travam. São irmãs. Espero que se comportem como tal, entendido?

Sansa mordeu o lábio e assentiu. Arya baixou o rosto para o prato e fitou-o, carrancuda. Sentia lágrimas a arder-lhe nos olhos. Esfregou-as, zangada, determinada a não chorar.

O único som que se ouvia era o ruído das facas e dos garfos.

– Por favor, desculpem-me – anunciou o pai à mesa. – Descobri que esta noite tenho pouco apetite – e saiu do salão.

Depois de ele partir, Sansa trocou segredos com Jeyne Poole. Ao fundo da mesa, Jory riu de uma piada e Hullen começou a falar de cavalos.

– Seu cavalo de guerra, preste atenção, pode não ser o melhor para a justa. Não é a mesma coisa, ah, não, realmente não é a mesma coisa – os homens tinham ouvido tudo aquilo antes; Desmond, Jacks e o filho de Hullen, Harwin, gritaram-lhe em uníssono que se calasse, e Porther pediu mais vinho.

Ninguém falou com Arya. Ela não se importou. Gostava das coisas assim. Teria feito suas refeições sozinha no quarto se lhe fosse permitido. E por vezes permitiam, quando o pai tinha de jantar com o rei, com algum senhor ou com os enviados deste ou daquele lugar. No resto do tempo, comiam em seu solar, só ele, ela e Sansa. Era então que Arya mais sentia saudades dos irmãos. Queria provocar Bran, brincar com o bebê Rickon e fazer com que Robb lhe sorrisse. Queria que Jon despenteasse seus cabelos, chamasse-a de "irmãzinha" e completasse as frases com ela. Mas estavam todos longe. Não tinha ninguém, a não ser Sansa, e a irmã nem sequer lhe falava, a não ser que o pai a obrigasse.

Em Winterfell, quase metade das refeições era feita no Grande Salão. O pai costumava dizer que um senhor devia comer com seus homens se esperava conservá-los. Arya um dia o ouviu dizer a Robb: "Conheça os homens que o seguem e deixe que eles o conheçam. Não peça aos seus homens que morram por um estranho". Em Winterfell, havia sempre um lugar extra à sua mesa, e todos os dias um homem diferente era convidado a juntar-se a eles. Uma noite seria Vayon Poole e a conversa versaria sobre cobres, reservas de pão e criados. Na próxima seria Mikken, e o pai o ouviria discorrer sobre armaduras e espadas, quão quente devia estar uma forja e qual a melhor maneira de temperar o aço. Outro dia seria Hullen com sua infinita conversa sobre cavalos, ou Septão Chayle da biblioteca, ou Jory, ou Sor Rodrik, ou até a Velha Ama com suas histórias.

Não havia nada que Arya mais gostasse do que se sentar à mesa do pai e ouvi-los falar. Também gostava de ouvir os homens que se sentavam nos bancos: cavaleiros livres, duros como couro; cavaleiros cortesãos; jovens e ousados escudeiros; velhos e grisalhos homens de armas. Costumava atirar-lhes bolas de neve e ajudá-los a roubar tortas da cozinha. As mulheres desses homens ofereciam-lhe bolinhos de aveia e trigo e ela inventava nomes para seus bebês e brincava com seus filhos de monstros e donzelas, ou busca do tesouro, ou vem ao meu castelo. Gordo Tom costumava chamá-la de "Arya Debaixo dos Pés", porque dizia que era aí que ela sempre estava. Gostava muito mais desse apelido do que de "Arya Cara de Cavalo".

Mas isso era Winterfell, a um mundo de distância, e agora tudo mudara. Aquela era a primeira vez que tinham comido uma refeição com os homens desde a chegada a Porto Real. E Arya detestou. Agora odiava o som de suas vozes, o modo como riam, as histórias que contavam. Tinham sido seus amigos, tinha se sentido segura junto deles, mas agora sabia que isso era uma mentira. Tinham deixado a rainha matar Lady, e isso já fora suficientemente horrível, mas depois o Cão de Caça encontrara Mycah. Jeyne Poole dissera a Arya que o tinha cortado em tantos pedaços que o devolveram ao carniceiro dentro de um saco, e a princípio o pobre homem pensara tratar-se de um porco morto. E ninguém levantara uma voz ou puxara uma espada ou *qualquer coisa*, nem Harwin, que sempre falava tão ousadamente, nem Alyn, que ia ser um cavaleiro, ou Jory, que era capitão da guarda. Nem mesmo seu pai.

– Ele era meu amigo – sussurrou Arya para o prato, tão baixo que ninguém a ouviu. Suas costeletas estavam ali, intocadas, esfriando, uma fina película de gordura solidificando por baixo delas no prato. Arya as olhou e se sentiu mal. Afastou a cadeira da mesa.

– Perdão, aonde pensa que vai, jovem senhora? – perguntou Septã Mordane.

– Não tenho fome – Arya sentia dificuldade em lembrar-se da boa educação. – Com a sua licença – recitou rigidamente.

– Não a tem – disse a septã. – Quase não tocou na comida. Sente-se e limpe o prato.

– Limpe-o você! – antes que alguém pudesse detê-la, Arya saltou para a porta enquanto os homens riam e Septã Mordane a chamava sonoramente, com a voz cada vez mais aguda.

Gordo Tom estava em seu posto, guardando a porta da Torre da Mão. Pestanejou ao ver Arya correr em sua direção por entre os gritos da septã.

– Ora, pequena, espere – começou a dizer, estendendo a mão, mas Arya deslizou entre suas pernas e precipitou-se pelos degraus em espiral da torre acima, com os pés martelando a pedra enquanto Gordo Tom bufava de irritação atrás dela.

Seu quarto era o único lugar de que Arya gostava em todo o Porto Real, e aquilo de que gostava mais nele era a porta, uma maciça prancha de carvalho escuro com reforços negros de ferro. Quando batia aquela porta e deixava cair a pesada tranca, ninguém podia entrar naquele quarto, nem Septã Mordane, nem Gordo Tom, nem Sansa, nem Jory, nem o Cão de Caça, *ninguém*! E a batia.

Depois de a tranca cair, Arya sentiu-se por fim suficientemente em segurança para chorar. Foi até o assento junto à janela e acomodou-se ali, fungando, odiando todos e a si mesma acima de tudo. Era tudo culpa sua, tudo que acontecera. Era o que Sansa dizia, e Jeyne também.

Gordo Tom batia à porta.

– Menina Arya, o que houve? – gritou. – Está aí?

– *Não!* – gritou Arya. As batidas pararam. Um momento mais tarde, ouviu-o partir. Gordo Tom era sempre fácil de enganar.

Arya dirigiu-se à arca que tinha aos pés da cama. Ajoelhou-se, abriu o tampo e começou a tirar a roupa lá de dentro com

ambas as mãos, agarrando seda, cetim, veludo e lã e atirando-
-as ao chão. Ali estava, no fundo da arca, onde a escondera.
Arya ergueu-a quase com ternura e tirou a estreita lâmina de
sua bainha.

Agulha.

Pensou de novo em Mycah, e os olhos se encheram de lágrimas. Culpa sua, culpa sua, culpa sua. Se não tivesse pedido a ele
que brincasse de espadas...

Ouviu-se uma batida na porta, mais alta que antes.

– *Arya Stark, abra esta porta imediatamente, está ouvindo?*

Arya rodopiou, com Agulha na mão.

– É melhor não entrar aqui! – preveniu, e golpeou o ar ferozmente.

– *A Mão ouvirá falar disto!* – encolerizou-se Septã Mordane.

– Não me importa – gritou Arya. – Vá embora.

– *Vai se arrepender desse comportamento insolente, senhorita,
é uma promessa que lhe faço* – Arya escutou atrás da porta até
ouvir o som dos passos da septã se afastando.

Regressou para junto da janela, com Agulha na mão, e olhou
o pátio lá embaixo. Se ao menos fosse capaz de escalar como
Bran, pensou; sairia pela janela e desceria a torre, fugiria daquele
lugar horrível, de Sansa, da Septã Mordane e do Príncipe Joffrey, de todos eles. Roubaria alguma comida da cozinha e levaria
Agulha, botas boas e um manto quente. Poderia encontrar Nymeria nos bosques selvagens abaixo do Tridente e regressariam
juntas a Winterfell, ou correriam até Jon, na Muralha. Deu por
si a desejar que Jon estivesse ali consigo. Então talvez não se sentisse tão só.

Um suave toque na porta atrás dela fê-la virar as costas à janela e aos seus sonhos de fuga.

– Arya – soou a voz do pai. – Abra a porta. Temos de conversar.

Arya atravessou o quarto e ergueu a tranca. O pai estava só. Parecia mais triste do que zangado, fazendo Arya sentir-se ainda pior.

– Posso entrar? – Arya fez que sim com a cabeça e depois baixou os olhos, envergonhada. O pai fechou a porta. – De quem é essa espada?

– Minha – Arya quase esquecera que tinha Agulha na mão.

– Dê-me.

Relutantemente, Arya entregou a espada, perguntando a si mesma se algum dia voltaria a pegar nela. O pai a fez rodar sob a luz, examinando ambos os lados da lâmina. Testou a ponta com o polegar.

– Uma lâmina de espadachim – disse. – No entanto, parece-me que conheço esta marca de fabricante. Isto é trabalho de Mikken.

Arya não podia mentir para o pai. Baixou os olhos.

Lorde Eddard Stark suspirou.

– Minha filha de nove anos é armada por minha própria forja, e eu nada sei sobre o assunto. Espera-se que a Mão do Rei governe os Sete Reinos, mas parece que nem sequer é capaz de governar sua casa. Como foi que se tornou dona de uma espada, Arya? Onde arranjou isto?

Arya torceu os lábios e nada disse. Não queria trair Jon, nem mesmo ao pai. Depois de algum tempo, o pai disse:

– Não me parece que realmente importe – olhou gravemente para a espada que tinha nas mãos. – Isto não é brinquedo para uma criança, e muito menos para uma menina. Que diria Septã Mordane se soubesse que está brincando com espadas?

– Não estava *brincando* – insistiu Arya. – Odeio Septã Mordane.

– Basta – a voz do pai soou seca e dura. – A septã não faz mais que o seu dever, embora os deuses bem saibam que você o transformou numa luta para a pobre mulher. Sua mãe e eu a encarregamos da impossível tarefa de transformar você numa dama.

– Eu não *quero* ser uma dama! – inflamou-se Arya.

– Devia partir este brinquedo no joelho aqui e agora, e pôr fim a esse disparate.

– Agulha não se partiria – disse Arya em desafio, mas a voz traiu-lhe as palavras.

– Ah, tem até nome? – o pai suspirou. – Ah, Arya. Tem um ardor dentro de si, criança. Meu pai costumava chamá-lo "o sangue do lobo". Lyanna tinha um pouco, e meu irmão Brandon, mais que um pouco. E isso levou ambos a uma morte precoce – Arya ouviu tristeza na voz dele; não era frequente que falasse do pai ou do irmão e da irmã que tinham morrido antes de ela nascer. – Lyanna poderia ter usado uma espada, se o senhor meu pai o tivesse permitido. Você por vezes faz com que me lembre dela. Até se parece com ela.

– Lyanna era linda – disse Arya, surpresa. Todos afirmavam aquilo. E não era algo que alguma vez se dissesse de Arya.

– Era mesmo – concordou Eddard Stark –, linda e voluntariosa, e morta antes do tempo – ergueu a espada, segurou-a entre os dois. – Arya, o que pensa fazer com esta... Agulha? Quem planeja espetar nela? Sua irmã? Septã Mordane? Sabe alguma coisa sobre esgrima?

Apenas conseguiu lembrar-se da lição que Jon lhe dera.

– Espeta-se com a extremidade afiada – proferiu.

O pai respondeu com uma gargalhada.

– Essa é a essência da coisa, suponho.

Arya queria desesperadamente explicar, para que ele compreendesse.

– Eu estava tentando aprender, mas... – seus olhos se encheram de lágrimas. – Pedi a Mycah para praticar comigo – o desgosto assaltou-a por inteiro. Virou-se, tremendo: – Eu *lhe pedi* – chorou. – Foi culpa minha, fui eu...

De repente, os braços do pai estavam à sua volta. Abraçou-a gentilmente quando ela se virou e desatou a soluçar contra seu peito.

– Não, querida – murmurou. – Chore por seu amigo, mas nunca se culpe. Você não matou o filho do carniceiro. Esse assassinato cabe ao Cão de Caça, a ele e à cruel mulher que serve.

– Odeio-os – confidenciou Arya, com o rosto vermelho, fungando. – Ao Cão, à rainha, ao rei e ao Príncipe Joffrey. Odeio-os todos. Joffrey *mentiu*, as coisas não aconteceram como ele disse. E também odeio Sansa. Ela se *lembrava*, só mentiu para que Joffrey gostasse dela.

– Todos mentimos – seu pai disse. – Ou será que realmente pensa que acreditei que Nymeria tinha fugido?

Arya corou.

– Jory prometeu não contar.

– Jory manteve a promessa – confirmou o pai com um sorriso. – Há certas coisas que não preciso que me sejam ditas. Até um cego pode ver que aquele lobo nunca te deixaria de boa vontade.

– Tivemos de atirar-lhe pedras – disse ela em tom infeliz. – Eu lhe disse para fugir, para ser livre, que já não a queria. Havia outros lobos com quem brincar, ouvíamos seu uivo, e Jory disse que os bosques estavam cheios de caça, e ela teria veados para caçar. Mas ela continuava a nos seguir, e por fim tivemos que lhe atirar pedras. Atingi-a duas vezes. Ela gemeu e olhou para mim, e eu me senti tão envergonhada, mas foi a coisa certa a fazer, não foi? A rainha a teria matado.

– Foi a coisa certa a fazer – seu pai respondeu. – E mesmo a mentira foi... algo com certa honra – Ned colocou Agulha de lado para abraçar Arya. Depois, voltou a pegar a arma e caminhou até a janela, onde parou por um momento, olhando para além do pátio. Quando se virou, tinha os olhos pensativos. Sentou-se no assento de janela, com Agulha pousada no colo. – Arya, sente-se. Tenho de tentar lhe explicar algumas coisas.

Ela empoleirou-se ansiosamente na beira da cama.

– Você é nova demais para ser sobrecarregada com todos os meus problemas – disse-lhe –, mas também é uma Stark de Winterfell. Conhece o nosso lema.

– O inverno está chegando – sussurrou Arya.

– Os tempos duros e cruéis – disse o pai. – Provamo-los no Tridente, filha, e quando Bran caiu. Você nasceu durante o longo verão, querida, e nunca conheceu nada além dele, mas agora o inverno está realmente chegando. Lembra-se do selo de nossa Casa, Arya?

– O lobo gigante – ela respondeu, pensando em Nymeria. Abraçou os joelhos contra o peito, de repente sentindo medo.

– Deixe-me lhe dizer algumas coisas sobre os lobos, filha. Quando as neves caem e os ventos brancos sopram, o lobo solitário morre, mas a alcateia sobrevive. O verão é o tempo das frivolidades. No inverno, devemos proteger uns aos outros, nos manter quentes, partilhar nossas forças. Por isso, se tiver de odiar, Arya, odeie aqueles que realmente nos querem fazer mal. Septã Mordane é uma boa mulher, e Sansa... Sansa é sua irmã. Vocês podem ser tão diferentes como o Sol e a Lua, mas o mesmo sangue corre em seus corações. Você precisa dela, assim como ela precisa de você... e eu preciso de ambas, que os deuses me protejam.

Seu pai soava tão cansado que fez Arya sentir-se triste.

– Eu não odeio Sansa – disse-lhe. – Não de verdade – era só meia mentira.

– Não quero assustá-la, mas também não vou mentir. Viemos para um lugar sombrio e perigoso, filha. Aqui não é Winterfell. Temos inimigos que nos desejam mal. Não podemos travar uma guerra entre nós. Essa sua obstinação, as fugas, as palavras zangadas, a desobediência... em casa, eram só os jogos de verão de uma criança. Aqui e agora, com o inverno se aproximando, as coisas são diferentes. É tempo de começar a crescer.

– Eu cresço – prometeu Arya. Nunca o amara tanto como naquele instante. – Também posso ser forte. Posso ser tão forte como Robb.

Ele lhe estendeu Agulha, entregando-lhe o cabo.

– Tome.

Ela olhou para a espada com espanto nos olhos. Por um momento teve medo de tocá-la, medo de que, se estendesse a mão, ela lhe seria de novo arrebatada, mas então o pai disse:

– Vamos, é sua – e ela pegou na arma.

– Posso ficar com ela? – perguntou. – De verdade?

– De verdade – ele sorriu. – Se a tirasse de você, não tenho dúvidas de que em menos de uma quinzena encontraria uma maça escondida debaixo de sua almofada. Tente não apunhalar sua irmã, seja qual for a provocação.

– Não farei isso. Prometo – Arya apertou Agulha com força contra o peito enquanto o pai se retirava.

Na manhã seguinte, ao desjejum, pediu desculpas a Septã Mordane. A septã a olhou com suspeita, mas o pai acenou com a cabeça.

Três dias depois, ao meio-dia, o intendente do pai, Vayon Poole, mandou Arya até o Pequeno Salão. As mesas tinham sido desmanteladas e os bancos, arrumados junto às paredes. O salão parecia vazio, até que uma voz que não lhe era familiar disse:

– Está atrasado, garoto – um homem franzino com uma cabeça calva e um nariz que mais parecia um grande bico saiu das sombras segurando um par de estreitas espadas de madeira. – Amanhã deve estar aqui ao meio-dia – seu sotaque tinha a entoação das Cidades Livres, talvez Bravos, ou Myr.

– Quem é o senhor? – perguntou Arya.

– Sou seu mestre de dança – atirou-lhe uma das armas de madeira.

Ela tentou agarrá-la no ar, falhou, e a ouviu cair com estrondo no chão.

– Amanhã você a agarrará. Agora, apanhe-a.

Não era apenas um pedaço de madeira, mas uma verdadeira espada de madeira completa, com punho, guarda e botão. Arya a apanhou e a segurou nervosamente com ambas as mãos, erguendo-a à sua frente. Era mais pesada do que parecia, muito mais pesada do que Agulha.

O homem calvo estalou os dentes.

– Não é assim, garoto. Isto não é uma espada longa, que precisa de duas mãos para ser brandida. Pegue na arma com uma mão.

– É pesada demais – Arya justificou.

– É tão pesada quanto precisa ser para deixá-lo forte e para o equilíbrio. Um buraco aí dentro está cheio de chumbo exatamente para isso. Agora, uma mão é tudo que é preciso.

Arya tirou a mão direita do punho e limpou a palma suada nas calças. Segurou a espada com a mão esquerda. O homem pareceu aprovar.

– A esquerda é boa. Tudo que seja invertido atrapalhará mais seus inimigos. Mas está na posição errada. Vire o corpo de lado, isso, assim. Você é magro como o cabo de uma lança, sabia? Isso também é bom, o alvo é menor. Agora, o modo de agarrar. Mostre-me – aproximou-se e espiou-lhe a mão, afastando-lhe os dedos, rearranjando-os. – Assim mesmo, sim. Não aperte com muita força, não, deve segurá-la de forma hábil, delicada.

– E se a deixar cair? – perguntou Arya.

– O aço deve fazer parte do seu braço – disse-lhe o homem calvo. – Pode deixar cair parte do seu braço? Não. Durante nove anos, Syrio Forel foi primeira-espada do Senhor do Mar de Bravos, ele sabe dessas coisas. Escute-o, garoto.

Era a terceira vez que o homem a chamava de "garoto".

– Sou uma menina – objetou Arya.

– Menino, menina – disse Syrio Forel. – É uma espada, é tudo – fez estalar os dentes. – Isso mesmo, é assim que se segura. Não está segurando um machado de batalha, mas uma...

– ... *agulha* – terminou Arya por ele, ferozmente.

– Isso mesmo. Agora começamos a dança. Lembre-se, criança, não é a dança de ferro de Westeros que estamos aprendendo, a dança dos cavaleiros, que corta e bate, não. Esta é a dança do espadachim, a dança da água, rápida e súbita. Todos os homens são feitos de água, sabia disso? Quando os perfura, a água jorra e eles morrem – deu um passo para trás, ergueu a própria lâmina de madeira. – Agora tente me atingir.

Arya tentou atingi-lo. Tentou durante quatro horas, até ficar com cada músculo do corpo dolorido, enquanto Syrio Forel fazia estalar os dentes e lhe dizia o que fazer.

No dia seguinte, começou o verdadeiro trabalho.

Daenerys

– **O** Mar Dothraki – disse Sor Jorah Mormont ao puxar as rédeas do cavalo e parar ao lado dela no topo da colina.

A seus pés, a planície estendia-se imensa e vazia, uma vasta extensão plana que atingia e ultrapassava o horizonte distante. *Foi um mar*, pensou Dany. Para lá do lugar onde estavam não havia colinas nem montanhas, nem árvores, cidades ou estradas, apenas a mata sem fim, cujas folhas altas ondulavam como ondas quando o vento soprava.

– É tão verde – ela admirou.

– Aqui e agora – concordou Sor Jorah. – Tem de vê-lo quando floresce, flores vermelhas escuras de horizonte a horizonte, como um mar de sangue. E quando chega a estação seca, o mundo fica da cor de bronze velho. E isto é apenas a *hranna*, menina. Há ali cem tipos de plantas, amarelas como limão-siciliano e escuras como índigo, azuis e cor de laranja, e as que são como arco-íris. E dizem que nas Terras das Sombras, para lá de Asshai, há oceanos de erva-fantasma, mais alta que um homem a cavalo e com caules tão claros como vidro leitoso. Mata todas as outras plantas e brilha no escuro com os espíritos dos condenados. Os dothrakis dizem que um dia a erva-fantasma cobrirá o mundo inteiro, e então toda a vida terminará.

Essa ideia fez Dany se arrepiar.

– Não quero falar disso agora – ela retrucou. – Isto aqui é tão lindo que não quero pensar na morte de tudo.

– Como desejar, *khaleesi* – Sor Jorah disse respeitosamente.

Dany ouviu o som de vozes e virou-se para olhar para trás. Ela e Mormont tinham se distanciado do resto da comitiva, e agora os outros subiam a colina. Os movimentos da criada Irri e dos jovens arqueiros de seu *khas* eram fluidos como centauros, mas Viserys ainda lutava com os estribos curtos e a sela plana. O irmão era infeliz ali. Nunca deveria ter vindo. Magíster Illyrio insistira com ele para que esperasse em Pentos, oferecera-lhe a hospitalidade de sua mansão, mas Viserys nem quisera ouvir falar do assunto. Queria ficar com Drogo até que a dívida fosse paga, até ter a coroa que lhe fora prometida. "E se ele tentar me enganar, aprenderá, para sua desgraça, o que significa acordar o dragão", ele garantira, pousando a mão na espada emprestada. Illyrio pestanejara ao ouvir aquilo e lhe desejara boa sorte.

Dany percebeu que naquele momento não desejava ouvir nenhuma das queixas do irmão. O dia estava bastante perfeito. O céu era de um azul profundo, e muito acima deles um falcão caçador voava em círculos. O mar de plantas oscilava e suspirava a cada sopro do vento, o ar batia-lhe morno no rosto, e Dany sentia-se em paz. Não deixaria que Viserys estragasse tudo.

– Espere aqui – disse Dany a Sor Jorah. – Diga a todos para ficar. Diga que eu estou ordenando.

O cavaleiro sorriu. Sor Jorah não era um homem bonito. Tinha pescoço e ombros de touro e grossos pelos negros cobriam-lhe os braços e o pescoço de uma forma tão densa que nada restava para a cabeça. Mas seus sorrisos davam conforto a Dany.

– Está aprendendo a falar como uma rainha, Daenerys.

– Uma rainha, não – ela respondeu. – Uma *khaleesi* – fez girar o cavalo e galopou sozinha encosta abaixo.

A descida era íngreme e rochosa, mas Dany cavalgou destemidamente, e o júbilo e o perigo daquilo eram uma canção em seu coração. Por toda sua vida, Viserys lhe dissera que era uma princesa, mas só quando montou sua prata é que Daenerys Targaryen se sentira como uma.

A princípio não fora fácil. O *khalasar* levantara o acampamento na manhã seguinte ao casamento, dirigindo-se para leste em direção a Vaes Dothrak, e no terceiro dia Dany pensou que ia morrer. Feridas provocadas pela sela abriram-se em seu traseiro, hediondas e sangrentas. As coxas ficaram em carne viva, as rédeas fizeram nascer bolhas nas mãos, e os músculos das pernas e das costas estavam de tal forma doloridos que quase não era capaz de se sentar. Quando caía o crepúsculo, as criadas tinham de ajudá-la a desmontar.

Nem mesmo as noites traziam alívio. Khal Drogo ignorava-a enquanto viajavam, tal como a ignorara durante o casamento, e passava o começo da noite bebendo com seus guerreiros e companheiros de sangue, competindo com seus melhores cavalos, vendo mulheres dançar e homens morrer. Dany não tinha lugar naquelas partes de sua vida. Era abandonada para jantar sozinha ou com Sor Jorah e o irmão, para depois chorar até adormecer. Mas todas as noites, em algum momento antes da alvorada, Drogo vinha à sua tenda e a acordava na escuridão para montá-la tão implacavelmente como montava seu garanhão. Possuía-a sempre por trás, à moda dothraki, e Dany sentia-se grata por isso; dessa maneira, o senhor seu marido não podia ver as lágrimas que lhe molhavam o rosto, e podia usar a almofada para abafar seus gritos de dor. Quando acabava, ele fechava os olhos e começava a ressonar baixinho, e Dany se deitava ao seu lado, com o corpo dolorido e machucado, com dores demais para dormir.

Os dias seguiram-se a outros, e as noites seguiram-se a outras, até Dany compreender que não conseguia suportar aquilo nem mais um momento. Uma noite decidiu que preferia se matar em vez de continuar...

Mas, quando conseguiu adormecer nessa noite, voltou a sonhar o sonho do dragão. Daquela vez Viserys não estava nele. Só ela e o dragão. Suas escamas eram negras como a noite, mas luzidias de sangue. Dany sentiu que aquele sangue era dela. Os olhos do animal eram lagoas de magma derretido, e, quando abriu a boca, a chama surgiu, rugindo, num jato quente. Dany podia ouvi-lo cantar para ela. Abriu os braços ao fogo, acolheu-o, para que ele a engolisse inteira e a lavasse, temperasse e polisse até ficar limpa. Podia sentir sua carne secar, enegrecer e descamar-se, sentia o sangue ferver e transformar-se em vapor, mas não havia nenhuma dor. Sentia-se forte, nova e feroz.

E no dia seguinte, estranhamente, pareceu-lhe que não doía tanto. Foi como se os deuses a tivessem escutado e tivessem se apiedado. Até as criadas repararam na mudança.

– *Khaleesi* – disse Jhiqui –, que houve? Está doente?

– Estava – ela respondeu, em pé junto aos ovos de dragão que Illyrio lhe oferecera quando se casara. Tocou um deles, o maior dos três, fazendo correr a mão sobre a casca. *Negro e escarlate*, pensou, *como o dragão no meu sonho*. A pedra parecia estranhamente quente sob seus dedos... ou estaria ainda sonhando? Retirou a mão, nervosamente.

Daquele momento em diante, cada dia foi mais fácil que o anterior. As pernas ficaram mais fortes; as bolhas arrebentaram e as mãos ganharam calos; as moles coxas enrijeceram, flexíveis como o couro.

O *khal* ordenara à criada Irri que ensinasse Dany montar à moda dothraki, mas sua verdadeira professora era a potranca. A égua parecia conhecer-lhe os estados de alma, como se partilhassem uma mente única. A cada dia que passava, Dany sentia-se mais segura sobre a sela. Os dothrakis eram um povo duro e sem sentimentalismos, e não tinham o costume de dar nome aos animais; portanto, Dany pensava no animal apenas como a prata. Nunca amara tanto coisa alguma.

À medida que a viagem foi deixando de ser uma provação, Dany começou a reparar nas belezas da terra que a rodeava. Cavalgava à frente do *khalasar* com Drogo e seus companheiros de sangue, e assim encontrava todas as regiões frescas e intactas. Atrás deles, a grande horda podia rasgar a terra e enlamear os rios e levantar nuvens de pó que dificultavam a respiração, mas os campos à sua frente estavam sempre viçosos e verdejantes.

Atravessaram as colinas onduladas de Norvos, deixando para trás fazendas de campos amurados e pequenas aldeias onde o povo observava ansioso, de cima de muros brancos de estuque. Atravessaram pelo vau três largos rios plácidos e um quarto que era rápido, estreito e traiçoeiro, acamparam ao lado de uma grande catarata azul e rodearam as ruínas tombadas de uma vasta cidade morta, onde se dizia que os fantasmas gemiam por entre enegrecidas colunas de mármore. Correram por estradas valirianas com mil anos de idade, retas como uma flecha dothraki. Ao longo de meia lua, atravessaram a Floresta de Qohor, onde as folhas formavam uma abóbada dourada muito acima deles e os troncos das árvores eram tão largos como portões de uma cidade. Havia grandes alces naqueles bosques, tigres malhados e lêmures de pelo prateado e enormes olhos púrpuros, mas todos fugiram antes que o *khalasar* se aproximasse e Dany não chegou a vislumbrá-los.

A essa altura, sua agonia era uma lembrança que se desvanecia. Ainda se sentia dolorida depois de um longo dia de viagem, mas, de algum modo, agora a dor incorporava certa doçura, e ela subia de boa vontade para a sela todas as manhãs, ansiosa por saber que maravilhas a esperavam nas terras que se estendiam à frente. Começou a encontrar prazer até mesmo nas noites, e embora ainda gritasse quando Drogo a possuía, nem sempre era de dor.

Na base da colina, as plantas ergueram-se à sua volta, altas e flexíveis. Trotando, Dany penetrou na planície, deixando-se perder na grama, abençoadamente só. No *khalasar* nunca estava só. Khal Drogo só vinha encontrá-la depois de o sol se pôr, mas as criadas a alimentavam, a banhavam e dormiam junto à porta de sua tenda; os companheiros de sangue de Drogo e os homens de seu *khas* nunca estavam muito distantes, e o irmão era uma sombra indesejada, dia e noite. Dany conseguia ouvi-lo no topo da colina, com a voz esganiçada de raiva enquanto gritava a Sor Jorah. Ela avançou, submergindo-se mais profundamente no Mar Dothraki.

O verde a engoliu. O ar estava enriquecido com os odores da terra e das plantas, misturados com o cheiro do cavalo, do suor de Dany e do óleo em seus cabelos. Cheiros dothrakis. Pareciam pertencer àquele lugar. Dany respirou tudo aquilo, rindo. Teve uma súbita vontade de sentir o chão debaixo dos pés, de fechar os dedos sobre aquele espesso solo negro. Desmontando, deixou a prata pastando enquanto descalçava as botas de cano alto.

Viserys chegou junto dela tão subitamente como uma tempestade de verão, com o cavalo se empinando quando puxou as rédeas com demasiada força.

– Como se *atreve?* – ele gritou com ela. – Dar ordens a *mim? A mim?* – saltou do cavalo, tropeçando ao pisar no chão. Seu rosto estava corado quando se pôs em pé. Agarrou-a e a sacudiu. – Esqueceu-se de quem é? Olhe para você. *Olhe para você!*

Dany não precisava se olhar. Estava descalça, com os cabelos oleados, usando couros dothrakis de montar e um vestido pintado que lhe fora dado como presente de noivado. Parecia pertencer àquele lugar. Viserys estava sujo e manchado, vestido com suas sedas citadinas e cota de malha.

Ele ainda gritava.

– Você *não dá* ordens ao dragão. Entende isto? Eu sou o Senhor dos Sete Reinos, não receberei ordens de uma puta qualquer de chefe de horda, está ouvindo? – introduziu a mão sob o vestido dela, enterrando dolorosamente os dedos no seio. – *Está ouvindo?*

Dany o afastou com um forte empurrão.

Viserys a fitou, com os olhos lilases incrédulos. Ela nunca o desafiara. Nunca lutara. A raiva distorceu-lhe as feições. Ela sabia que ele agora a machucaria, e muito.

Crac.

O chicote fez um som de trovão. A ponta enrolou-se no pescoço de Viserys e o atirou para trás. Ele se estatelou na grama, atordoado e estrangulado. Os cavaleiros dothrakis gritavam enquanto ele lutava por se libertar. O dono do chicote, o jovem Jhogo, arriscou uma pergunta. Dany não compreendeu suas palavras, mas então Irri chegou, com Sor Jorah e o resto de seu *khas*.

– Jhogo pergunta se deve matá-lo, *khaleesi* – disse Irri.

– Não – Dany respondeu. – Não.

Jhogo compreendeu aquilo. Um dos outros ladrou um comentário, e os dothrakis riram. Irri disse a Viserys:

– Quaro pensa que deve cortar uma orelha para lhe ensinar respeito.

O irmão estava de joelhos, com os dedos enterrados sob os anéis de couro, gritando incoerentemente, lutando por ar. O chicote enrolava-se apertado na traqueia.

– Diga-lhes que não o quero ferido – disse Dany.

Irri repetiu suas palavras em dothraki. Jhogo deu um puxão no chicote, sacudindo Viserys como uma marionete na ponta de uma corda. Ele se estatelou de novo, livre do abraço de couro, com uma fina linha de sangue sob o queixo, no local onde o chicote cortara profundamente a pele.

– Eu o preveni do que aconteceria, senhora – disse Sor Jorah Mormont. – Disse-lhe para ficar na colina, conforme havia ordenado.

– Eu sei que sim – respondeu Dany, observando Viserys, que jazia no chão, inspirando ruidosamente, corado e soluçando. Era uma coisa digna de pena. Sempre fora. Por que nunca antes tinha compreendido? Havia um lugar oco dentro dela, o lugar onde estivera seu medo.

– Tome o cavalo dele – ordenou Dany a Sor Jorah. Viserys a olhou de boca aberta. Não conseguia acreditar no que ouvia;

e Dany tampouco conseguia acreditar muito bem no que dizia. No entanto, as palavras vieram. – Que meu irmão caminhe atrás de nós até o *khalasar* – entre os dothrakis, o homem que não monta a cavalo não é homem nenhum, o mais vil dos seres vis, sem honra nem orgulho. – Que todos o vejam tal como é.

– *Não!* – Viserys gritou. Virou-se para Sor Jorah, suplicando na língua comum, com palavras que os cavaleiros não compreenderiam. – Bata-lhe, Mormont. Machuque-a. É seu rei que está ordenando. Mate esses cães dothrakis e dê-lhe uma lição.

Os olhos do cavaleiro exilado saltaram de Dany para o irmão; ela de pés nus, com terra entre os dedos dos pés e óleo nos cabelos, ele com suas sedas e seu aço. Dany conseguiu ver a decisão no rosto do homem.

– Ele andará, *khaleesi* – Sor Jorah decidiu. Agarrou as rédeas do cavalo do irmão, enquanto Dany montava sua prata.

Viserys o olhou de boca aberta e sentou-se na terra. Manteve-se em silêncio, mas recusou-se a andar, e seus olhos estavam cheios de veneno ao vê-los se afastar. Em pouco tempo estava perdido por entre as plantas altas. Quando deixaram de vê-lo, Dany ficou com receio.

– Ele conseguirá descobrir o caminho de volta? – perguntou a Sor Jorah enquanto caminhavam.

– Mesmo um homem tão cego como seu irmão deve ser capaz de seguir nosso rastro – respondeu o cavaleiro.

– Ele é orgulhoso. Pode se sentir muito envergonhado para regressar.

Jorah soltou uma gargalhada.

– Para onde mais pode ir? Se não conseguir encontrar o *khalasar*, certamente o *khalasar* o encontrará. É difícil morrer afogado no Mar Dothraki, menina.

Dany compreendeu a verdade daquelas palavras. O *khalasar* era como uma cidade em marcha, mas não marchava às cegas.

Batedores patrulhavam o terreno bem à frente da coluna principal, alerta a qualquer sinal de caça ou inimigos, enquanto os outros guardavam os flancos. Não deixavam passar nada, especialmente ali, naquela terra, naquele lugar que lhes dera origem. Aquelas planícies eram uma parte deles... e agora também dela.

– Eu bati nele – disse Dany, com espanto na voz. Agora que o confronto terminara, parecia um estranho sonho que tivera. – Sor Jorah, pense... ele estará tão zangado quando regressar... – estremeceu. – Acordei o dragão, não acordei?

Sor Jorah resfolegou.

– É capaz de acordar os mortos, pequena? Seu irmão Rhaegar foi o último dragão e morreu no Tridente. Viserys é menos que a sombra de uma serpente.

Aquelas palavras bruscas sobressaltaram-na. Era como se tudo aquilo em que sempre acreditara fosse subitamente posto em causa.

– O senhor... lhe prestava vassalagem...

– É verdade, pequena – disse Sor Jorah. – E se seu irmão é a sombra de uma serpente, em que é que isso transforma os seus servos? – a voz dele soava amarga.

– Ele ainda é o verdadeiro rei. Ele é...

Jorah puxou as rédeas do cavalo e olhou para ela.

– Agora a verdade. Gostaria de ver Viserys sentado num trono?

Dany refletiu sobre a ideia.

– Não seria um rei lá muito bom, não é?

– Já houve piores... mas não muitos – o cavaleiro esporeou o cavalo e retomou a viagem.

Dany seguiu logo atrás dele.

– Mas, mesmo assim – disse –, o povo o espera. Magíster Illyrio diz que o povo borda estandartes do dragão e reza para que Viserys regresse através do mar estreito para libertá-lo.

– O povo reza por chuva, filhos saudáveis e um verão que nunca termine – disse-lhe Sor Jorah. – Não lhe interessa se os grandes senhores lutam suas guerras de tronos, desde que seja deixado em paz – encolheu os ombros. – E nunca é.

Dany seguiu em silêncio durante algum tempo, ordenando as palavras do companheiro como se fossem um quebra-cabeça. Pensar que o povo podia se importar tão pouco se seu soberano era um rei verdadeiro ou um usurpador ia contra tudo que Viserys lhe dissera. Mas quanto mais refletia sobre as palavras de Jorah, mais lhe soavam verdadeiras.

– E por quem reza *o senhor*, Sor Jorah? – perguntou.

– Pela pátria – disse ele, a voz carregada de saudade.

– Eu também rezo pela pátria – disse ela, acreditando no que dizia.

Sor Jorah soltou uma gargalhada.

– Então olhe em volta, *khaleesi*.

Mas não foram as planícies que Dany viu então. Foi Porto Real e a grande Fortaleza Vermelha que Aegon, o Conquistador, tinha construído. Foi Pedra do Dragão, onde nascera. No olho de sua mente, esses lugares ardiam com mil luzes, um fogo em brasa em cada janela. No olho de sua mente, todas as portas eram vermelhas.

– Meu irmão nunca recuperará os Sete Reinos – ela disse, compreendendo que já sabia disso havia muito. Soubera-o por toda a vida. Nunca se permitira dizer as palavras, nem mesmo num sussurro, mas dizia-as agora para que Jorah Mormont e todo mundo as ouvisse.

Sor Jorah lançou-lhe um olhar avaliador.

– Pensa que não?

– Ele não lideraria um exército mesmo se o senhor meu marido lhe oferecesse – Dany respondeu. – Não tem nem uma moeda, e o único cavaleiro que o segue o insulta dizendo que é menos que uma serpente. Os dothrakis zombam de sua fraqueza. Ele nunca nos levará para casa.

– Criança sensata – o cavaleiro sorriu.

– Não sou criança nenhuma – disse-lhe com ferocidade.

Apertou com os calcanhares os flancos de sua montaria, pondo a prata a galope. Correu cada vez mais depressa, deixando Jorah, Irri e os outros muito para trás, com o vento quente nos cabelos e o sol que se punha vermelho no rosto. Quando alcançou o *khalasar*, o crepúsculo já chegara.

Os escravos tinham erguido sua tenda junto à margem de uma lagoa alimentada por uma nascente. Ouviam-se vozes grosseiras vindas do palácio de folhas trançadas, na colina. Logo se ouviriam gargalhadas, quando os homens de seu *khas* contassem o episódio que acontecera na base da colina. Quando Viserys chegasse, coxeando, todos os homens, mulheres e crianças do acampamento o reconheceriam como um caminhante. Não havia segredos no *khalasar*.

Dany entregou a prata aos escravos para que dela tratassem e foi para sua tenda. Sob a seda fazia frio, e estava escuro. Ao deixar cair a porta de pano atrás das costas, Dany viu um dedo de poeirenta luz vermelha estender-se para tocar os ovos de dragão do outro lado da tenda. Por um instante, mil gotículas de chama escarlate nadaram perante seus olhos. Pestanejou, e elas desapareceram.

Pedra, disse a si mesma. *São apenas pedra, até Illyrio lhe dissera, os dragões estão todos mortos.* Pousou a palma da mão no ovo negro, com os dedos suavemente abertos pela curva da casca. A pedra estava morna. Quase quente.

– O sol – sussurrou Dany. – O sol os aqueceu durante a viagem.

Ordenou às criadas que lhe preparassem um banho. Doreah fez uma fogueira fora da tenda, enquanto Irri e Jhiqui foram

buscar a grande banheira de cobre – outro presente de noivado –, montadas em cavalos de carga, e trouxeram água da lagoa.
Quando o banho começou a fumegar, Irri a ajudou a entrar e, em
seguida, também entrou.

– Já viu alguma vez um dragão? – perguntou, enquanto Irri
lhe esfregava as costas e Jhiqui lhe lavava abundantemente os cabelos com água para tirar a areia. Ouvira dizer que os primeiros
dragões tinham vindo do leste, das Terras das Sombras para lá
de Asshai e das ilhas do Mar de Jade. Talvez alguns ainda vives-
sem ali, em reinos estranhos e selvagens.

– Dragões já não há, *khaleesi* – disse Irri.

– Estão mortos – concordou Jhiqui. – Há muitos, muitos anos.

Viserys dissera-lhe que não fazia mais de século e meio que
os últimos dragões Targaryen tinham morrido, durante o reinado de Aegon III, conhecido como Desgraça dos Dragões. E, para
ela, não parecia tanto tempo assim.

– Em toda a parte? – perguntou, desapontada. – Mesmo no
Leste? – a magia morrera no Oeste quando a Perdição caíra sobre
Valíria e as Terras do Longo Verão, e nem o aço forjado com feitiços, nem os cantores de tempestade, nem os dragões conseguiram
afastá-la, mas Dany sempre ouvira dizer que o Leste era diferente.
Diziam que manticoras* percorriam as ilhas do Mar de Jade, que
basiliscos infestavam as selvas de Yi Ti, que encantadores, feiticeiros e aeromantes praticavam abertamente suas artes em Asshai, ao
passo que magos negros e de sangue elaboravam terríveis feitiçarias
na escuridão da noite. Por que não haveria de ter também dragões?

– Dragão, não – disse Irri. – Bravos homens os matam, porque dragões são terríveis, animais malvados. É sabido.

– É sabido – concordou Jhiqui.

– Um mercador de Qarth disse-me certa vez que os dragões

---

* Criatura mitológica com cabeça de homem e corpo de leão. (N.T.)

vinham da Lua – disse a loura Doreah enquanto aquecia uma toalha perto da fogueira.

Jhiqui e Irri eram da mesma idade de Dany, jovens dothrakis tomadas como escravas quando Drogo destruiu o *khalasar* do pai delas. Doreah era mais velha, com quase vinte anos. Magíster Illyrio a encontrara num palácio dos prazeres em Lys.

Molhados cabelos prateados caíram-lhe diante dos olhos quando Dany virou a cabeça, curiosa.

– Da Lua?

– Ele me disse que a Lua era um ovo, *khaleesi* – respondeu a jovem lysena. – Antes havia duas luas no céu, mas uma delas se aproximou demais do Sol e rachou com o calor. Mil milhares de dragões jorraram de dentro dela e beberam o fogo do Sol. É por isso que os dragões exalam chamas. Um dia essa Lua também beijará o Sol, e então rachará e os dragões regressarão.

As duas jovens dothrakis riram.

– É uma tola escrava de cabelos de palha – disse Irri. – Lua não é ovo. Lua é deus, mulher esposa do Sol. Todos sabem.

– Todos sabem – Jhiqui concordou.

A pele de Dany estava corada e cor-de-rosa quando saiu da banheira. Jhiqui a deitou para olear seu corpo e limpar os poros. Depois disso, Irri aspergiu-a com flor-de-especiaria e canela. Enquanto Doreah lhe escovava os cabelos até brilharem como seda fiada, Dany refletiu sobre a Lua, os ovos e os dragões.

O jantar foi uma simples refeição de frutas, queijo e pão frito, com um cântaro de vinho com mel para acompanhar.

– Doreah, fique e coma comigo – ordenou Dany quando mandou embora as outras criadas. A lysena tinha cabelos da cor de mel e olhos que eram como o céu do verão.

Ela baixou os olhos quando ficaram sozinhas.

– Honra-me, *khaleesi* – disse, mas não era honra alguma,

apenas serviço. Ficaram sentadas, juntas, até muito depois de a Lua nascer, conversando.

Naquela noite, quando Khal Drogo chegou, Dany o esperava. Ele parou à porta da tenda e a olhou, surpreso. Ela se levantou devagar, abriu suas sedas de dormir e as deixou cair ao chão.

– Esta noite, devemos ir lá para fora, meu senhor – disse-lhe, pois os dothrakis acreditavam que todas as coisas importantes na vida de um homem devem ser feitas a céu aberto.

Khal Drogo a seguiu para a luz do luar, com os sinos nos cabelos a tilintar baixinho. A alguns metros da tenda havia uma cama com um macio colchão de ervas, e foi para lá que Dany o puxou. Quando ele tentou virá-la, ela pôs-lhe a mão no peito.

– Não. Esta noite quero olhá-lo no rosto.

Não há privacidade no coração do *khalasar*. Dany sentiu olhos sobre ela enquanto o despia, ouviu vozes baixas enquanto fazia as coisas que Doreah lhe dissera para fazer. Não tinha importância. Não era a *khaleesi*? Os dele eram os únicos olhos que importavam, e quando o montou viu algo neles que nunca vira antes. Cavalgou-o com tanto vigor como já cavalgara a sua prata, e quando chegou o momento do prazer, Khal Drogo gritou seu nome.

Estavam no lado mais distante do Mar Dothraki quando Jhiqui afagou com os dedos o suave inchaço na barriga de Dany e disse:

– *Khaleesi*, está à espera de um bebê.

– Eu sei – Dany respondeu.

Isso aconteceu no décimo quarto dia do seu nome.

Bran

No pátio, lá embaixo, Rickon corria com os lobos.

Bran observava, sentado diante da janela. Aonde quer que seu irmão fosse, Vento Cinzento estava lá primeiro, saltando na frente para lhe cortar o caminho, até que Rickon o via, gritava de alegria e desatava a correr em outra direção. Cão Felpudo corria logo atrás dele, rodopiando e mordendo se os outros lobos se aproximassem demais. Seu pelo tinha escurecido até se tornar todo negro, e seus olhos eram fogueiras verdes.

O Verão, de Bran, vinha por último. Era prata e cinzento, com olhos amarelo-ouro que viam tudo, mas era menor que Vento Cinzento, e também mais cauteloso. Bran o achava o mais inteligente da ninhada. Ouvia o riso sem fôlego do irmão, enquanto corria pela terra batida com suas pequenas pernas de criança.

Seus olhos começaram a arder. Queria estar lá embaixo, rindo e correndo. Zangado com aquele pensamento, Bran esfregou as lágrimas antes que tivessem tempo de cair. O oitavo dia do seu nome tinha chegado e partido. Era agora quase um homem-feito, velho demais para chorar.

— Era só uma mentira — ele falou amargamente, lembrando-se do corvo de seu sonho. — Não posso voar. Sequer posso correr.

— Os corvos são todos mentirosos — concordou a voz da Velha Ama da cadeira onde tricotava. — Conheço uma história sobre um corvo.

— Não quero mais histórias — Bran exclamou, com petulância na voz. Antes, ele gostava da Velha Ama e de suas histórias. Antes. Agora era diferente. Agora a deixavam junto dele o dia todo, para vigiá-lo, limpá-lo e evitar que se sentisse só, mas ela só tornava as coisas piores. – Detesto suas histórias estúpidas.

A velha mulher mostrou-lhe um sorriso sem dentes.

– Minhas histórias? Não, meu pequeno senhor, minhas, não. As histórias *são*, antes de mim e depois de mim, e antes de você também.

Ela era uma velha muito feia, pensou Bran rancorosamente; encolhida e enrugada, quase cega, fraca demais para subir escadas, sem lhe restarem mais que alguns fios de cabelo branco para cobrir um couro cabeludo cor-de-rosa e pintalgado. Ninguém sabia bem que idade tinha, mas o pai dizia que já a chamavam Velha Ama quando ele próprio ainda era garoto.

Certamente era a pessoa mais velha de Winterfell, e talvez dos Sete Reinos. A Ama viera para o castelo como ama de leite de um Brandon Stark cuja mãe morrera ao dá-lo à luz, talvez o irmão mais velho de Lorde Rickard, o avô de Bran, ou o irmão mais novo, ou um irmão do pai de *Lorde Rickard*. Às vezes a Velha Ama contava a história de uma maneira, às vezes, de outra. Mas em todas o garotinho morria aos três anos de um resfriado de verão, mas a Velha Ama permanecera em Winterfell com seus próprios filhos. Perdera ambos os rapazes na guerra em que Rei Robert conquistara o trono, e o neto fora morto nas muralhas de Pyke durante a rebelião de Balon Greyjoy. As filhas já tinham se casado havia muito tempo, ido viver longe e morrido. Tudo que restava de seu sangue era Hodor, o gigante simplório que trabalhava nas cavalariças, mas a Velha Ama vivia e continuava a viver, com suas agulhas e suas histórias.

– Não me interessa saber de quem são as histórias – Bran respondeu –, eu as detesto – não queria as histórias e não queria a Velha Ama. Queria a mãe e o pai. Queria correr com Verão aos saltos a seu lado, subir a torre quebrada e dar milho aos corvos, voltar a montar seu pônei com os irmãos, e que tudo fosse como antes.

– Sei uma história sobre um garoto que detestava histórias – a Velha Ama insistiu com seu sorrisinho estúpido, enquanto as agulhas se moviam, *clic, clic, clic*, e Bran sentiu-se capaz de gritar com ela.

Sabia que as coisas nunca voltariam a ser como antes. O corvo o levara para voar, ledo engano, mas, quando acordou, estava quebrado, e o mundo mudado. Tinham-no abandonado todos, o pai, a mãe, as irmãs e até o irmão bastardo Jon. O pai prometera levá-lo para Porto Real montado num cavalo verdadeiro, mas tinham partido sem ele. Meistre Luwin enviara uma ave com uma mensagem para Lorde Eddard, outra para a mãe, e uma terceira para Jon, na Muralha, mas não houve respostas. "Muitas vezes as aves se perdem, criança", dissera-lhe o meistre. "Há muitas milhas e muitos falcões daqui a Porto Real, e a mensagem pode não ter chegado." Mas, para Bran, era como se tivessem todos morrido enquanto dormia... ou talvez ele tivesse morrido e todos o tinham esquecido. Jory, Sor Rodrik e Vayon Poole também tinham partido, e Hullen, Harwin e Gordo Tom, e um quarto da guarda.

Só restavam Robb e o bebê Rickon, e Robb mudara, era agora o Senhor, ou tentava sê-lo. Usava uma espada de verdade e nunca sorria. Passava os dias exercitando a guarda e praticando esgrima, fazendo o pátio ressoar com o som do aço, enquanto Bran observava, desamparado, da janela. À noite fechava-se com Meistre Luwin, conversando, ou revendo os livros de contas. Por vezes saía a cavalo com Hallis Mollen e permanecia longe durante dias, visitando fortificações distantes. Sempre que estava longe por mais de um dia, Rickon chorava e perguntava a Bran se o irmão voltaria. E mesmo quando estava em Winterfell, Robb, o Senhor, parecia ter mais tempo para Hallis Mollen e Theon Greyjoy do que para os irmãos.

– Eu podia lhe contar a história de Brandon, o Construtor – disse a Velha Ama. – Esta sempre foi a sua favorita.

Milhares e milhares de anos antes, Brandon, o Construtor, erguera Winterfell e, segundo alguns diziam, a Muralha. Bran conhecia a história, mas nunca fora sua favorita. Talvez um dos outros Brandons tivesse gostado dela. Por vezes a Ama falava com ele como se fosse o *seu* Brandon, o bebê que amamentara havia tantos anos, e por vezes o confundia com o tio Brandon, que tinha sido morto pelo Rei Louco antes de Bran nascer. Ela vivera tanto tempo, dissera-lhe sua mãe uma vez, que todos os Brandons Stark tinham se transformado numa só pessoa em sua cabeça.

– Esta não é a minha favorita – Bran respondeu. – Minhas favoritas são as assustadoras – ouviu uma agitação qualquer lá fora e virou-se para a janela. Rickon corria para a guarita, com os lobos atrás, mas a torre ficava fora de seu campo de visão, por isso não podia ver o que estava acontecendo, e socou sua coxa, frustrado, mas não sentiu nada.

– Ah, minha querida criança de verão – disse a Velha Ama em voz baixa –, que sabe sobre o medo? O medo pertence ao inverno, meu pequeno senhor, quando as neves se acumulam até três metros de profundidade e o vento gelado uiva do norte. O medo pertence à longa noite, quando o sol esconde o rosto durante anos e as crianças nascem, vivem e morrem sempre na escuridão, enquanto os lobos gigantes se tornam magros e famintos, e os caminhantes brancos se movem pelos bosques.

– Você está falando dos Outros – Bran falou, como que se lamentando.

– Os Outros – concordou a Velha Ama. – Há milhares e milhares de anos, caiu um inverno que era mais frio, duro e infinito que qualquer outro na memória do homem. Chegou uma noite que durou uma geração, e tanto tremeram e morreram os reis em seus castelos como os criadores de porcos em suas cabanas. As mulheres preferiram asfixiar os filhos a vê-los passar fome, e choraram, e sentiram as lágrimas congelarem em seu rosto – a voz e as agulhas calaram-se, ela olhou Bran com seus olhos claros e velados e perguntou: – Então, criança? Este é o tipo de história de que gosta?

– Bem... – disse Bran com relutância – sim, só que...

A Velha Ama acenou com a cabeça.

– Nessa escuridão, os Outros vieram pela primeira vez – a velha começou, enquanto as agulhas faziam *clic, clic, clic.* – Eram coisas frias, mortas, que odiavam o ferro, o fogo, o toque do sol e todas as criaturas com sangue quente nas veias. Arrasaram fortificações, cidades e reinos, derrubaram heróis e exércitos às centenas, montando seus pálidos cavalos mortos e liderando hostes de assassinados. Nem todas as espadas dos homens juntas logravam deter seu avanço, e até donzelas e bebês de peito neles não encontravam piedade. Perseguiam as donzelas através de florestas congeladas e alimentavam seus servos mortos com a carne de crianças.

A voz da Ama tinha se tornado muito baixa, quase um sussurro, e Bran deu por si inclinando-se para a frente para ouvir.

– Esses foram os tempos antes da chegada dos ândalos, e muito antes de as mulheres terem fugido das cidades do Roine através do mar estreito, e os cem reinos desses tempos eram os reinos dos Primeiros Homens, que tinham tomado essas terras dos filhos da floresta. Mas aqui e ali, nos bosques mais densos, os filhos ainda viviam em suas cidades de madeira e colinas ocas, e os rostos das árvores mantinham-se vigilantes. E assim, enquanto o frio e a morte enchiam a terra, o último herói decidiu procurar os filhos da floresta, na esperança de que sua antiga magia pudesse reconquistar aquilo que os exércitos dos homens tinham perdido. Partiu para as terras mortas com uma espada, um cavalo, um cão e uma dúzia de companheiros. Procurou durante anos, até perder a esperança de chegar algum dia a encontrar os filhos da floresta em suas cidades secretas. Um por um os amigos morreram, e também o cavalo, e por fim até o cão, e sua espada congelou tanto que a lâmina se quebrou quando tentou usá-la. E os Outros cheiraram nele o sangue quente e seguiram-lhe o rastro em silêncio, perseguindo-o com matilhas de aranhas brancas, grandes como cães de caça...

De repente a porta se abriu com um *bang*, e o coração de Bran saltou-lhe até a boca num medo súbito, mas era apenas Meistre Luwin, com Hodor parado na escada atrás dele.

– Hodor! – anunciou o cavalariço, como era seu costume, com um enorme sorriso para todos.

Meistre Luwin não estava sorrindo.

– Temos visitantes – anunciou –, e sua presença é solicitada, Bran.

– Mas agora estou ouvindo uma história – o menino protestou.

– As histórias esperam, meu pequeno senhor, e quando regressar, elas estarão aqui – disse a Velha Ama. – Os visitantes não são assim tão pacientes, e muitas vezes trazem suas próprias histórias.

– Quem é? – Bran perguntou a Meistre Luwin.

– Tyrion Lannister e alguns homens da Patrulha da Noite, com notícias de seu irmão Jon. Robb os está recebendo. Hodor, ajude Bran a descer até o salão?

– Hodor! – o moço concordou alegremente e abaixou-se para passar sua grande cabeça desgrenhada pela porta. Hodor tinha quase dois metros e quinze. Era difícil acreditar que fosse parente da Velha Ama. Bran perguntou a si mesmo se, quando envelhecesse, encarquilharia até ficar tão pequeno como a bisavó. Não parecia provável, mesmo que Hodor vivesse até os mil anos.

Hodor levantou Bran tão facilmente como se fosse um pequeno amontoado de feno e aninhou-o no peito maciço. Hodor exalava um leve odor de cavalos, mas não era um cheiro desagradável. Seus braços eram grossos, cheios de músculos e atapetados com pelos castanhos.

– Hodor – o gigante disse uma vez mais. Theon Greyjoy comentara que Hodor não sabia muito, mas ninguém podia duvidar de que conhecesse seu nome. A Velha Ama cacarejara como uma galinha quando Bran lhe contou isso, e ela então confessou que o verdadeiro nome de Hodor era Walder. Ninguém sabia de onde viera "Hodor", ela disse, mas quando ele começou a repetir Hodor, começaram a chamá-lo por esse nome. Era a única palavra que o gigante conhecia.

Deixaram a Velha Ama no quarto da torre com suas agulhas e suas memórias. Hodor cantarolava desafinadamente enquanto carregava Bran pelos degraus e através da galeria, com Meistre Luwin atrás, esforçando-se para acompanhar as longas passadas do cavalariço.

Robb estava sentado no cadeirão do pai, usando cota de malha, couro fervido e o rosto severo como o de um Senhor. Theon Greyjoy e Hallis Mollen estavam em pé a seu lado. Uma dúzia de guardas estava disposta ao longo das paredes de pedra cinzenta, sob janelas altas e estreitas. No centro da sala, encontravam-se o anão com seus criados e quatro estranhos vestidos com o negro da Patrulha da Noite. Bran sentiu a ira que pairava no salão no momento em que Hodor o carregou pela porta.

– Qualquer homem da Patrulha da Noite é bem-vindo aqui em Winterfell pelo tempo que desejar ficar – seu irmão dizia com a voz de Robb, o Senhor. Tinha a espada pousada sobre os joelhos, mostrando o aço para que todos vissem. Até Bran sabia o que significava receber um hóspede com uma espada desembainhada.

– Qualquer homem da Patrulha da Noite – repetiu o anão –, mas eu, não, percebo bem o que quer dizer, meu rapaz?

Robb pôs-se de pé e apontou para o homenzinho com a espada.

– Eu sou senhor aqui enquanto minha mãe e meu pai estiverem fora, Lannister. Não sou seu rapaz.

– Se é um senhor, bem podia aprender a cortesia de um – respondeu o homenzinho, ignorando a ponta da espada erguida para seu rosto. – Seu irmão bastardo ficou com toda a elegância do seu pai, ao que parece.

– *Jon* – Bran arquejou nos braços de Hodor.

O anão virou-se para olhá-lo.

– Então é verdade, o garoto está vivo. Quase não acreditei. Vocês, os Stark, são difíceis de matar.

– E é bom que vocês, os Lannister, se lembrem disso – disse Robb, baixando a espada. – Hodor, traga meu irmão aqui.

– Hodor – o gigante repetiu, e trotou em frente, sorrindo, e pousou Bran no cadeirão dos Stark, onde os Senhores de Winterfell se sentavam desde os tempos em que chamavam a si mesmos Reis do Norte. A cadeira era de pedra fria, polida por incontáveis traseiros; as cabeças esculpidas de lobos selvagens rosnavam nas pontas de seus maciços braços. Bran agarrou-as ao se sentar, com as inúteis pernas a balançar. O grande cadeirão o fez sentir-se quase como um bebê.

Robb pousou-lhe a mão no ombro.

– Você disse que tinha assuntos a tratar com Bran. Pois bem, aqui está ele, Lannister.

Bran estava desconfortavelmente consciente dos olhos de Tyrion Lannister. Um era negro e o outro, verde, e ambos o olhavam, estudando-o, pesando-o.

– Disseram-me que era um belo escalador, Bran – disse o homenzinho. – Diga-me, como caiu naquele dia?

– Eu *não* caí – insistiu Bran. Ele nunca caía, nunca, nunca, *nunca*.

– O garoto não se recorda nada da queda, nem da escalada que a precedeu – disse Meistre Luwin com gentileza.

– Curioso – Tyrion Lannister respondeu.

– Meu irmão não está aqui para responder a perguntas, Lannister – Robb foi conciso no aviso. – Trate logo do que o trouxe aqui e ponha-se a caminho.

– Tenho um presente para você – disse o anão a Bran. – Gosta de montar a cavalo, garoto?

Meistre Luwin adiantou-se.

– Senhor, a criança perdeu o uso das pernas. Não pode se sentar sobre um cavalo.

– Besteira – Lannister respondeu. – Com o cavalo e a sela certos, até um aleijado pode montar.

A palavra foi como uma faca espetada no coração de Bran. Sentiu lágrimas a subir-lhe aos olhos sem serem convidadas.

– Eu *não sou* um aleijado!

– Neste caso, eu não sou um anão – retrucou Tyrion, torcendo a boca.

– Meu pai se alegrará quando souber – Greyjoy riu.

– Que tipo de cavalo e sela está sugerindo? – perguntou Meistre Luwin.

– Um cavalo inteligente – Lannister respondeu. – O garoto não pode usar as pernas para dirigir o animal, portanto, tem de se ajustar o cavalo ao cavaleiro, ensinar-lhe a responder às rédeas, à voz. Eu começaria com um potro não domado de um ano, sem ensinamentos prévios – tirou do cinto um papel enrolado. – Entregue isto ao seu fabricante de selas. Ele tratará do resto.

Meistre Luwin recebeu o papel da mão do anão, curioso como um pequeno esquilo cinzento. Desenrolou-o e o estudou.

– Estou vendo. Desenha bem, senhor. Sim, isto deve funcionar. Deveria ter pensado nisto.

– Para mim é mais fácil, Meistre. Não é muito diferente das minhas selas.

– Serei mesmo capaz de montar? – perguntou Bran. Queria acreditar neles, mas tinha medo. Talvez fosse apenas mais uma mentira. O corvo prometera-lhe que poderia voar.

– Será – disse-lhe o anão. – E juro, meu garoto, sobre o dorso de um cavalo, será tão alto como qualquer cavaleiro.

Robb Stark pareceu confuso.

– Isto é alguma armadilha, Lannister? O que Bran representa para você? Por que quer ajudá-lo?

– Seu irmão Jon me pediu. E tenho um ponto fraco no coração por aleijados, bastardos e coisas quebradas – Tyrion Lannister pôs a mão sobre o coração e mostrou os dentes.

A porta que dava para o pátio foi escancarada. A luz do sol jorrou pelo salão no momento em que Rickon entrou de repente, sem fôlego. Os lobos gigantes vinham com ele. O garoto parou na porta, de olhos muito abertos, mas os lobos entraram. Seus olhos encontraram Lannister, ou talvez tivessem farejado seu odor. Verão foi o primeiro a começar a rosnar. Vento Cinzento juntou-se a ele. Aproximaram-se do homenzinho, um pela direita, o outro pela esquerda.

– Os lobos não apreciam seu cheiro, Lannister – comentou Theon Greyjoy.

– Talvez seja hora de me retirar – disse Tyrion. Deu um passo para trás... e Cão Felpudo saiu das sombras atrás dele, rosnando. Lannister recuou, e Verão precipitou-se sobre ele, vindo do outro lado. Cambaleou para longe, sobre pernas instáveis, e Vento Cinzento atacou-lhe o braço, rasgando-lhe a manga com os dentes e arrancando um pedaço de pano.

– *Não!* – gritou Bran do cadeirão ao mesmo tempo que os homens de Lannister agarravam as armas. – Verão, *aqui*. Verão, venha!

O lobo gigante ouviu a voz, deu uma olhadela para Bran, e de novo para Lannister. Rastejou para trás, se afastando do homenzinho, e sentou-se sob os pés oscilantes de Bran.

Robb prendera a respiração. Largou-a num suspiro e chamou: "Vento Cinzento". Seu lobo gigante moveu-se em sua direção, rápido e silencioso.

Agora restava apenas Cão Felpudo rugindo ao pequeno homem, com os olhos ardendo como fogo verde.

– Rickon, chame-o – gritou Bran para o irmão mais novo, e Rickon, como que acordando, gritou:

– Para casa, Felpudo, anda, para casa – o lobo negro dirigiu a Lannister um último rosnado e saltou para Rickon, que lhe deu um abraço apertado em torno do pescoço.

Tyrion Lannister desenrolou o cachecol, limpou com ele a testa e disse em voz monocórdia:

– Que interessante.

– Está bem, senhor? – perguntou um de seus homens, de espada na mão. Olhava nervosamente os lobos gigantes enquanto falava.

– Tenho a manga rasgada e os calções úmidos por motivos inconfessáveis, mas nada foi ferido, além da minha dignidade.

Até Robb parecia abalado.

– Os lobos... não sei por que fizeram isso.

– Não há dúvida de que me confundiram com o jantar – Lannister fez uma reverência rígida a Bran. – Agradeço-lhe por tê-los chamado, meu jovem. Garanto-lhe que me teriam achado bastante indigesto. E agora, *realmente*, retiro-me.

– Um momento, senhor – disse Meistre Luwin. Aproximou-se de Robb e os dois conferenciaram muito, aos sussurros. Bran tentou ouvir o que diziam, mas suas vozes eram baixas demais.

Robb Stark finalmente embainhou a espada:

– Eu... eu posso ter me precipitado com o senhor. Foi bondoso com Bran e, bem... – Robb reconciliava-se com esforço.

– Ofereço-lhe a hospitalidade de Winterfell se assim desejar, Lannister.

– Poupe-me de sua falsa cortesia, rapaz. Não gosta de mim e não me quer aqui. Vi uma estalagem fora de suas muralhas, na vila de inverno. Encontrarei ali uma cama e ambos dormiremos mais facilmente. Por alguns cobres talvez até encontre uma mulher agradável que me aqueça os lençóis – virou-se para um dos irmãos negros, um homem idoso com a coluna torcida e a barba emaranhada. – Yoren, seguimos para o sul ao nascer do dia. Encontre-me na estrada – e retirou-se, atravessando o salão com dificuldade sobre as curtas pernas, passando por Rickon e pela porta. Seus homens o seguiram.

Os quatro da Patrulha da Noite ficaram. Robb virou-se para eles aparentando incerteza.

– Mandei preparar aposentos, e não lhes faltará água quente para lavar a poeira da estrada. Espero que nos honrem com sua presença à mesa esta noite – Robb disse aquelas palavras de forma tão desastrada que até Bran notou; era um discurso que tinha aprendido, não palavras que lhe viessem do coração, mas os irmãos negros agradeceram-lhe da mesma forma.

Verão seguiu pelos degraus da torre quando Hodor levou Bran de volta para sua cama. A Velha Ama tinha adormecido na cadeira. Hodor disse "Hodor", recolheu a bisavó e a levou, ressonando baixinho, deixando Bran com seus pensamentos. Robb lhe prometera que poderia participar do festim com a Patrulha da Noite no Grande Salão.

– Verão – ele chamou. O lobo saltou para junto da cama. Bran o abraçou com tanta força que sentiu o hálito quente do animal na bochecha. – Agora posso montar – sussurrou para o amigo. – Logo poderemos ir caçar na floresta, espere e verá.

Não demorou e Bran adormeceu. No sonho estava de novo escalando, alçando-se para o alto numa velha torre sem janelas, forçando os dedos entre pedras enegrecidas, com os pés lutando por um ponto de apoio. Escalou mais alto, e mais alto ainda, atravessando as nuvens e penetrando no céu noturno, mas a torre continuava a erguer-se à sua frente. Quando fez uma pausa para olhar para baixo, sentiu a cabeça girar, entontecida, e seus dedos escorregarem. Bran gritou e agarrou-se à vida. A terra estava a mil milhas de seus pés, e ele não sabia voar. *Não sabia voar.* Esperou até que o coração parasse de saltar no peito, até poder respirar, e recomeçou a escalada. Não havia caminho que não fosse para cima. Bem alto, delineadas contra uma lua esbranquiçada, parecia poder ver formas de gárgulas. Tinha os braços machucados, doendo, mas não se atrevia a descansar. Forçou-se a subir mais depressa. As gárgulas o observaram. Seus olhos brilhavam vermelhos como carvões quentes num braseiro. Talvez tivessem sido leões antes, mas agora estavam retorcidas e grotescas. Bran conseguia ouvi-las segredarem umas às outras em suaves vozes de pedra, terríveis de ouvir. Não devia ouvir, disse a si mesmo, não devia ouvir; desde que não as ouvisse, estaria a salvo. Mas, quando as gárgulas se libertaram da pedra e percorreram o lado da torre até onde Bran se agarrava, compreendeu que afinal não estava a salvo. "Eu não ouvi", choramingou, enquanto elas se aproximavam cada vez mais. "Eu não ouvi, não ouvi."

Acordou sem fôlego, perdido na escuridão, e viu uma vasta sombra que se erguia sobre ele.

– Não ouvi – sussurrou, tremendo de medo, mas então a sombra disse "Hodor" e acendeu a vela ao lado da cama, e Bran suspirou de alívio.

Hodor limpou-lhe o suor com um pano morno e úmido e o vestiu com mãos hábeis e gentis. Quando chegou a hora, transportou-o até o Grande Salão, onde uma longa mesa tinha sido montada perto da fogueira. O lugar do senhor à cabeceira da mesa estava vazio, mas Robb sentava-se à direita, com Bran à sua frente. Naquela noite, comeram leitão, torta de pombo e nabos nadando em manteiga, e, para depois, o cozinheiro prometera favos de mel. Verão abocanhava restos da mesa que Bran lhe dava, enquanto Vento Cinzento e Cão Felpudo lutavam por um osso num canto. Os lobos de Winterfell já não vinham para junto da mesa. Bran achara aquilo estranho a princípio, mas já começava a se habituar.

Yoren era o irmão negro de maior patente, e assim o intendente fizera-o sentar-se entre Robb e Meistre Luwin. O velho tinha um cheiro azedo, como se há muito não tomasse banho. Rasgava a carne com os dentes, quebrava as costeletas para sugar o tutano dos ossos, e encolheu os ombros quando o nome de Jon Snow foi mencionado.

– A desgraça de Sor Alliser – grunhiu, e dois de seus companheiros partilharam uma gargalhada que Bran não compreendeu. Mas, quando Robb lhes perguntou por notícias de seu tio Benjen, os irmãos negros fecharam-se num silêncio agourento.

– O que está acontecendo? – Bran perguntou.

Yoren limpou os dedos em suas vestes.

– Há más notícias, senhores, uma maneira cruel de retribuir-lhes a carne e o hidromel, mas o homem que faz a pergunta deve aguentar a resposta. O Stark desapareceu.

Um dos outros homens disse:

– O Velho Urso o enviou para o exterior em busca de Waymar Royce, e ele ainda não voltou, senhor.

– Está muito atrasado – disse Yoren. – O mais certo é que esteja morto.

– Meu tio não está morto – exclamou Robb Stark em voz alta e num tom irritado. Ergueu-se no banco e pousou a mão no cabo da espada. – Ouviram-me? *Meu tio não está morto!* – sua voz ressoou nas paredes de pedra, e Bran subitamente sentiu medo.

O velho e malcheiroso Yoren olhou para Robb sem se impressionar:

– Com certeza, senhor – respondeu, e sugou os dentes para soltar um fiapo de carne preso.

O mais novo dos irmãos negros moveu-se desconfortavelmente no assento:

– Não há homem na Muralha que conheça a Floresta Assombrada melhor que Benjen Stark. Ele encontrará o caminho de volta.

– Bem – disse Yoren –, talvez sim, talvez não. Já houve bons homens que entraram nesses bosques e jamais voltaram.

Tudo em que Bran conseguiu pensar foi na história da Velha Ama sobre os Outros e o último herói, perseguido através dos bosques brancos por mortos e aranhas tão grandes como cães de caça. Sentiu medo por um momento, até se lembrar de como a história terminava.

– Os filhos o ajudarão – Bran exclamou –, os filhos da floresta!

Theon Greyjoy soltou um riso abafado, e Meistre Luwin disse:

– Bran, os filhos da floresta morreram e desapareceram há milhares de anos. Tudo que deles resta são os rostos nas árvores.

– Aqui pode ser que seja verdade, Meistre – Yoren respondeu –, mas lá, depois da Muralha, quem pode dizer? Lá em cima, um homem nem sempre consegue saber o que está vivo e o que está morto.

Naquela noite, depois de os pratos terem sido retirados, Robb levou, ele mesmo, Bran para a cama. Vento Cinzento abria caminho e Verão vinha logo atrás. O irmão era forte para a idade, e Bran era tão leve como uma trouxa de trapos, mas a escada era íngreme e estreita, e Robb resfolegava quando chegaram ao topo.

Robb colocou Bran na cama, cobriu-o e soprou a vela. Durante algum tempo, ficou sentado ao seu lado no escuro. Bran quis falar com ele, mas não soube o que dizer.

– Vamos encontrar um cavalo para você, prometo – Robb lhe disse finalmente.

– Será que eles algum dia voltarão? – Bran perguntou.

– Sim – Robb disse, com tamanha esperança na voz que Bran soube que estava ouvindo o irmão, e não apenas Robb, o Senhor. – Nossa mãe virá para casa em breve. Talvez possamos sair a cavalo ao seu encontro quando ela chegar. Não acha que a surpreenderia vê-lo montado? – mesmo no quarto escuro Bran podia sentir o sorriso do irmão. – E depois iremos para o norte, ver a Muralha. Nem sequer avisaremos Jon, um dia simplesmente chegaremos lá, você e eu. Será uma aventura.

– Uma aventura – repetiu Bran em tom ansioso. Então ouviu seu irmão soluçar. O quarto estava tão escuro que não conseguia ver as lágrimas no rosto de Robb, por isso estendeu a mão e encontrou a do irmão. Seus dedos entrelaçaram-se.

Eddard

— A morte de Lorde Arryn foi uma grande tristeza para todos nós, senhor — disse o Grande Meistre Pycelle. — Ficarei mais que feliz contando-lhe tudo que puder sobre seu falecimento. Mas, por favor, sente-se. Aceita um refresco? Talvez algumas tâmaras? Tenho também uns caquis muito bons. Temo que o vinho não seja bom para minha digestão, mas posso lhe oferecer uma taça de leite gelado adoçado com mel, na minha opinião, muito refrescante neste calor.

O calor era inegável. Ned sentia a túnica de seda aderir ao seu peito. Um ar pesado e úmido cobria a cidade como um cobertor molhado de lã, e a margem do rio tinha se tornado ingovernável quando os pobres fugiram de suas casas quentes e sem ar para se acotovelarem por um lugar para dormir perto da água, onde o único sopro de vento podia ser encontrado.

— É muita gentileza — Ned agradeceu, sentando-se.

Pycelle ergueu uma minúscula campainha de prata com o indicador e o polegar e a fez soar suavemente. Uma jovem e esbelta serva apressou-se a entrar no aposento privado.

— Leite gelado para a Mão do Rei e para mim, por favor, filha. Bem doce.

Enquanto a jovem ia buscar as bebidas, o Grande Meistre entrelaçou os dedos e pousou as mãos na barriga.

— O povo diz que o último ano do verão é sempre o mais quente. Não é bem assim, mas muitas vezes parece que é, não é verdade? Em dias como este, invejo-os, nortenhos, por suas neves de verão — a corrente pesadamente carregada de joias em torno do pescoço do velho tilintou suavemente quando ele mudou de posição. — O certo é que o verão do Rei Maekar foi mais quente do que este, e quase tão longo. Houve tolos, até mesmo na Cidadela, que pensaram que isso significava que o Grande Verão tinha enfim chegado. O verão que nunca termina, mas, no sétimo ano, o tempo mudou subitamente e tivemos um curto outono e um inverno terrivelmente longo. De qualquer modo, o calor foi feroz enquanto durou. Vilavelha fumegava e sufocava durante o dia, e ganhava vida à noite. Costumávamos passear nos jardins junto ao rio e discutir sobre os deuses. Recordo os *cheiros* dessas noites, senhor, perfume e suor, melões prontos para estourar, de tão maduros, pêssegos e romãs, erva-moura e flor-de-lua. Eu era então um jovem, ainda forjando minha corrente. O calor então não me deixava exausto como hoje em dia – os olhos de Pycelle tinham pálpebras tão pesadas que ele parecia meio adormecido. – Minhas desculpas, Senhor Eddard. Não veio ouvir divagações disparatadas acerca de um verão que já tinha sido esquecido antes do nascimento de seu pai. Perdoe-me, se possível, os devaneios de um velho. Temo que as mentes sejam como espadas. As velhas enferrujam. Ah, e aqui está o nosso leite – a criada depositou a bandeja entre eles, e Pycelle lhe concedeu um sorriso. – Querida criança – ergueu uma taça, saboreou-a e acenou com a cabeça: – Obrigado. Pode ir.

Depois de a jovem se retirar, Pycelle dirigiu a Ned seus olhos claros e cheios de remela.

– Bem, onde estávamos? Ah, sim. Falávamos de Lorde Arryn...

– É verdade – Ned tomou um gole bem-educado do leite gelado. Estava agradavelmente frio, mas doce demais para seu gosto.

– A bem da verdade, a Mão já não parecia bem havia algum tempo – disse Pycelle. – Já nos sentávamos juntos no conselho havia muitos anos, ele e eu, e os sinais estavam à vista, mas os debitei na conta dos grandes fardos que suportara tão fielmente durante tanto tempo. Aqueles largos ombros estavam sobrecarregados com todas as preocupações do reino, e mais ainda. Seu filho andava sempre adoentado, e a senhora sua esposa, tão ansiosa, que quase não deixava que a criança saísse de sua vista. Era o bastante para cansar até um homem forte, e Lorde Jon não era jovem. Não era de admirar que parecesse melancólico e cansado. Pelo menos era o que eu pensava nesse tempo. Agora, no entanto, tenho menos certeza – balançou gravemente a cabeça.

– O que pode me dizer sobre sua doença final?

O Grande Meistre abriu as mãos num gesto de desamparada mágoa:

– Ele veio ter comigo um dia em busca de certo livro, tão robusto e sadio como sempre, embora me parecesse que algo o perturbava profundamente. Na manhã seguinte, estava retorcido de dores, doente demais para sair da cama. Meistre Colemon pensou que se tratasse de um calafrio no estômago. O tempo estivera quente, e a Mão costumava gelar o vinho, o que pode perturbar a digestão. Quando Lorde Jon continuou a enfraquecer, fui até ele, mas os deuses não me concederam o poder de salvá-lo.

– Ouvi dizer que afastou Meistre Colemon.

O aceno do Grande Meistre foi tão lento e deliberado como geleira se derretendo.

– Sim, o afastei, e temo que a Senhora Lysa nunca me perdoe. Talvez tivesse cometido um erro, mas naquele momento foi o que me pareceu mais adequado. Meistre Colemon é para mim como um filho, e não há ninguém que mais estime suas capacidades, mas ele é jovem, e muitas vezes os jovens não se dão conta da fragilidade de um corpo mais velho. Ele estava tratando Lorde Arryn com poções desgastantes e sumo de pimenta. Temi que pudesse matá-lo.

– Lorde Arryn lhe disse alguma coisa durante suas últimas horas?

Pycelle enrugou uma sobrancelha.

– No estágio final de sua febre, a Mão gritou várias vezes o nome *Robert*, mas eu não saberia dizer se chamava pelo filho ou pelo rei. A Senhora Lysa não permitia que seu filho entrasse no quarto, temendo que também ele caísse doente. O rei veio e ficou sentado ao lado da cama durante horas, falando e gracejando de tempos há muito passados, na esperança de alimentar o ânimo de Lorde Jon. Seu amor era digno de se ver.

– Nada mais aconteceu? Nenhuma última palavra?

– Quando vi que toda esperança tinha escapado, dei à Mão o leite de papoula, para que não sofresse. Antes de fechar os olhos pela última vez, segredou algo ao rei, e à senhora sua esposa, uma bênção para o filho. *A semente é forte*, ele disse. No fim, seu discurso estava por demais confuso para ser compreendido. A morte só chegou na manhã seguinte, mas, depois disso, Sor Jon ficou em paz. Não voltou a falar.

Ned bebeu mais um pouco de leite, tentando não se engasgar com sua doçura.

– Pareceu-lhe haver algo de não natural na morte de Lorde Arryn?

– Não natural? – a voz do idoso meistre era fina como um suspiro. – Não, não diria isso. Triste, com toda a certeza. Mas, à sua maneira, a morte é a coisa mais natural de todas, Lorde Eddard. Jon Arryn agora descansa em paz, por fim aliviado de seus fardos.

– Essa doença que o acometeu – Ned voltou a falar. – Alguma vez viu algo de semelhante em outros homens?

– Sou Grande Meistre dos Sete Reinos há quase quarenta anos – Pycelle respondeu. – Sob o reinado de nosso bom Robert, antes dele sob Aerys Targaryen, sob o pai deste, Jaehaerys Segundo, e até durante curtos meses sob o reinado do pai de Jaehaerys, Aegon, o Afortunado, o Quinto de Seu Nome. Vi mais doença do que gostaria de recordar, senhor. Digo-lhe apenas isto: cada caso é diferente, e todos os casos são semelhantes. A morte de Lorde Jon não foi mais estranha que qualquer outra.

– Sua esposa pensa o contrário.

O Grande Meistre acenou com a cabeça.

– Agora me lembro, a viúva é irmã de sua nobre esposa. Se se pode perdoar a um velho seu discurso direto, permita-me que lhe diga que a dor pode desequilibrar até a mais forte e disciplinada das mentes, e a da Senhora Lysa nunca foi assim. Desde o seu último natimorto que vê inimigos em cada sombra, e a morte do senhor seu esposo a deixou destroçada e perdida.

– Então, tem total certeza de que Jon Arryn morreu de uma doença súbita?

– Tenho – Pycelle respondeu gravemente. – Se não foi doença, meu bom senhor, que mais poderia ser?

– Veneno – sugeriu Ned com a voz calma.

Os olhos sonolentos de Pycelle abriram-se de súbito. O idoso meistre agitou-se desconfortavelmente no assento.

– Um pensamento perturbador. Não estamos nas Cidades Livres, onde tais coisas são comuns. O Grande Meistre Aethelmure escreveu que todos os homens carregam o homicídio no coração, mas mesmo assim o envenenador merece menos que desprezo – o velho caiu em silêncio por um momento, pensando de olhos perdidos. – O que está sugerindo é possível, senhor, mas não penso que seja provável. Qualquer meistre ignorante conhece os venenos comuns, e o Senhor Arryn não mostrava nenhum dos sintomas. E a Mão era amada por todos. Que tipo de monstro em forma humana se atreveria a assassinar um senhor tão nobre?

– Tenho ouvido dizer que veneno é uma arma de mulher.

Pycelle afagou a barba pensativamente.

– É o que se diz. Mulheres, covardes... e eunucos – limpou a garganta e cuspiu um espesso globo de muco para os juncos. Acima deles, um corvo grasnou sonoramente. – Lorde Varys nasceu escravo em Lys, sabia? Nunca deposite confiança em aranhas, senhor.

Aquilo não era propriamente algo que Ned precisava que lhe fosse dito. Havia qualquer coisa em Varys que o arrepiava.

– Eu me lembrarei do conselho, Meistre. E agradeço-lhe pela ajuda. Já tomei bastante do seu tempo – Ned pôs-se em pé.

O Grande Meistre Pycelle ergueu-se lentamente da cadeira e acompanhou Ned até a porta.

– Espero que tenha ajudado um pouco a acalmar a sua mente. Se houver algum outro serviço que eu lhe possa prestar, basta pedir.

– Há uma coisa – disse-lhe Ned. – Tenho curiosidade em examinar o livro que emprestou a Jon um dia antes de cair enfermo.

– Temo que seja de pouco interesse – disse Pycelle. – Foi um solene volume escrito pelo Grande Meistre Malleon sobre as linhagens das grandes Casas.

– De qualquer modo, gostaria de vê-lo.

O velho abriu a porta.

– Como desejar. Tenho-o guardado por aqui. Quando encontrá-lo, mandarei imediatamente entregar-lhe.

– O senhor foi de grande cortesia – disse-lhe Ned. E então, como se algo lhe tivesse ocorrido de repente, disse: – Uma última pergunta, se sua bondade me permite. O senhor mencionou que o rei esteve à cabeceira de Lorde Arryn quando morreu. Pergunto se a rainha o acompanhava.

– Ora, não – Pycelle respondeu. – Ela e os filhos estavam a caminho de Rochedo Casterly, em companhia do pai. O Senhor Tywin tinha trazido um séquito até a cidade para o torneio do dia do nome do Príncipe Joffrey, sem dúvida esperando ver o filho Jaime ganhar a coroa de campeão. Mas ficou tristemente desapontado. Caiu sobre mim a tarefa de enviar à rainha a notícia da morte súbita de Lorde Arryn. Nunca antes enviei uma ave de coração mais pesado.

– Asas escuras, palavras escuras – Ned murmurou. Era um provérbio que a Velha Ama lhe ensinara quando ainda era um garoto.

– É o que dizem as mulheres dos pescadores – concordou o Grande Meistre Pycelle –, mas sabemos que nem sempre é assim. Quando a ave de Meistre Luwin trouxe a notícia sobre seu filho Bran, a mensagem aqueceu todos os corações verdadeiros do castelo, não é verdade?

– É sim, Meistre.

– Os deuses são misericordiosos – Pycelle inclinou a cabeça. – Visite-me sempre que desejar, Senhor Eddard. Estou aqui para servir.

Sim, pensou Ned quando a porta se fechou, *mas a quem?*

No caminho de volta aos seus aposentos, deparou com a filha Arya nos degraus em espiral da Torre da Mão, girando os braços enquanto lutava para se equilibrar sobre uma perna. A pedra áspera tinha esfolado seus pés nus. Ned parou e olhou para ela.

– Arya, o que está fazendo?

– Syrio diz que um dançarino de água é capaz de se apoiar num dedo do pé durante horas – suas mãos bateram o ar em busca de equilíbrio.

Ned foi obrigado a sorrir.

– Qual dos dedos? – ele brincou.

– *Qualquer* dedo – Arya respondeu, exasperada com a pergunta. Saltou da perna direita para a esquerda, oscilando perigosamente antes de recuperar o equilíbrio.

– Precisa fazer isso aqui? – ele perguntou. – Uma queda por estes degraus é longa e dura.

– Syrio diz que um dançarino de água *nunca* cai – ela abaixou a perna para se apoiar nas duas. – Pai, Bran virá viver conosco agora?

– Não durante algum tempo, querida – ele respondeu. – Ele precisa recuperar as forças.

Arya mordeu o lábio.

– O que Bran fará quando for crescido?

Ned ajoelhou-se ao seu lado.

– Ele tem muitos anos para encontrar essa resposta, Arya. Por ora, basta saber que viverá – na noite em que a ave chegara de Winterfell, Eddard Stark levara as filhas ao bosque sagrado do castelo, um acre de olmos, amieiros e choupos que pairavam sobre o rio. Ali, a árvore-coração era um grande carvalho, cujos antigos galhos estavam cobertos de trepadeiras de bagas-fumo; eles ali se ajoelharam para dar graças, como se fosse um represeiro.

Sansa adormeceu ao nascer da lua; Arya, várias horas mais tarde, enrolando-se na erva sob o manto de Ned. Ele manteve a vigília sozinho pelo resto das horas de sombra. Quando a madrugada surgiu sobre a cidade, os botões vermelho-escuros de sopros-de-dragão rodeavam as filhas.

– Sonhei com Bran – segredara-lhe Sansa. – Eu o vi sorrindo.

– Ele ia ser um cavaleiro – Arya agora estava dizendo. – Um cavaleiro da Guarda Real. Ainda pode ser um cavaleiro?

– Não – Ned respondeu. Não via nenhuma razão para mentir. – Mas um dia pode ser senhor de um grande castelo e sentar-se no conselho do rei. Pode erguer castelos como Brandon, o Construtor, ou dirigir um navio pelo Mar do Poente, ou entrar para a Fé de sua mãe e tornar-se Alto Septão – *mas nunca mais correrá ao lado de seu lobo*, pensou com uma tristeza tão profunda que as palavras não eram suficientes, *ou deitar-se com uma mulher, ou tomar nos braços o próprio filho.*

Arya inclinou a cabeça para um lado.

– E eu posso ser conselheira do rei, construir castelos ou me tornar Alta Septã?

– Você – disse Ned, dando-lhe um suave beijo na testa – casará com um rei e governará seu castelo, e seus filhos serão cavaleiros, príncipes e senhores e, sim, talvez mesmo um Alto Septão.

Arya fez uma careta.

– Não – ela protestou –, esta é a *Sansa* – dobrou a perna direita e voltou aos exercícios de equilíbrio. Ned suspirou e a deixou ali.

No interior de seus aposentos, despiu as sedas manchadas de suor e despejou água pela cabeça abaixo. Alyn entrou no momento em que secava o rosto.

– Senhor – disse –, Lorde Baelish está lá fora e pede audiência.

– Acompanhe-o ao meu aposento privado – disse Ned, estendendo a mão para uma túnica fresca do mais leve linho que conseguiu encontrar. – Eu o receberei de imediato.

Quando Ned entrou, encontrou Mindinho empoleirado no assento na frente da janela, observando o treino com espadas dos cavaleiros da Guarda Real no pátio lá embaixo.

– Se ao menos a mente do velho Selmy fosse tão ágil como sua arma – ele disse com melancolia na voz –, as reuniões de nosso conselho seriam bem mais animadas.

– Sor Barristan é tão valente e respeitável como qualquer homem em Porto Real – Ned tinha um profundo respeito pelo idoso e grisalho Senhor Comandante da Guarda Real.

– E igualmente cansativo – acrescentou Mindinho. – Embora me atreva a dizer que ele deverá conseguir bons resultados no torneio. No ano passado derrubou o Cão de Caça, e foi campeão há não mais de quatro anos.

A questão de quem poderia vencer o torneio não interessava nem um pouco a Eddard Stark.

– Há algum motivo para esta visita, Lorde Petyr, ou está aqui apenas para apreciar a vista da minha janela?

Mindinho sorriu.

– Prometi a Cat que o ajudaria na sua investigação, e foi o que fiz.

Ned foi pego de surpresa. Com ou sem promessas, não era capaz de confiar em Lorde Petyr Baelish, que lhe parecia muitíssimo mais inteligente do que deveria.

– Tem algo para mim?

– *Alguém* – Mindinho o corrigiu. – Quatro, na verdade. Chegou a pensar em interrogar os criados da Mão?

Ned franziu as sobrancelhas.

– Gostaria de poder fazê-lo. A Senhora Arryn levou sua comitiva de volta para o Ninho da Águia. – Nisso Lysa não lhe fez nenhum favor. Todos os que tinham sido próximos do marido partiram com ela quando fugiu: o meistre de Jon, seu intendente, o capitão de sua guarda, seus cavaleiros e criados.

– A *maior parte* da sua comitiva – disse Mindinho –, mas não toda. Há alguns que continuam aqui. Uma criada de cozinha grávida, casada às pressas com um dos cavalariços de Lorde Renly, um moço que se juntou à Patrulha da Cidade, um ajudante de taberna expulso por roubo e o escudeiro de Lorde Arryn.

– Seu escudeiro? – Ned estava agradavelmente surpreso. Um escudeiro com frequência sabia muito das idas e vindas de seu senhor.

– Sor Hugh do Vale – Mindinho o identificou. – O rei o armou cavaleiro após a morte de Lorde Arryn.

– Mandarei buscá-lo – disse Ned. – E os outros.

Mindinho estremeceu.

– Senhor, venha até a janela, por favor.

– Por quê?

– Venha e lhe mostrarei, senhor.

De cenho franzido, Ned atravessou a sala até a janela. Petyr Baelish fez um gesto casual.

– Ali, do outro lado do pátio, na frente da porta do armeiro, vê o rapaz acocorado junto aos degraus, passando uma pedra de afiar pela espada?

– Que tem ele?

– Responde a Varys. A Aranha tomou grande interesse pelo senhor e por tudo que faz – mudou de lugar no assento. – Olhe agora para o muro. Mais atrás para oeste, por cima das cavalariças. Vê o guarda encostado ao parapeito?

Ned viu o homem.

– Outro dos sopradores de segredos do eunuco?

– Não, este pertence à rainha. Note que ele se beneficia de uma boa visão para a porta desta torre a fim de melhor anotar quem o procura. Há outros, muitos deles desconhecidos mesmo para mim. A Fortaleza Vermelha está cheia de olhos. Por que acha que escondi Cat num bordel?

Eddard Stark não sentia nenhum apreço por aquelas intrigas.

– Pelos sete infernos – praguejou. *Realmente* parecia que o homem sobre o muro o observava. Subitamente desconfortável, Ned afastou-se da janela. – Será que todo mundo é informante de alguém nesta maldita cidade?

– Quase – Mindinho respondeu, e contou com os dedos da mão. – Ora, o senhor, eu, o rei... se bem que, agora que penso nisso, o rei conta à rainha muito mais do que devia, e não estou totalmente seguro a respeito dele – pôs-se em pé e continuou: – Há algum homem a seu serviço em quem confie por inteiro?

– Sim – Ned respondeu.

– Neste caso, possuo um palácio encantador em Valíria que adoraria lhe vender – disse Mindinho com um sorriso irônico. – A resposta mais sensata seria *não*, senhor, mas, que seja. Envie este seu modelo de perfeição a Sor Hugh e aos outros. Suas idas e vindas serão detectadas, mas nem mesmo Varys, a Aranha, é capaz de vigiar todos os homens ao seu serviço todas as horas do dia – e dirigiu-se para a porta.

– Lorde Petyr – Ned chamou. – ... Sinto-me grato por sua ajuda. Talvez tivesse sido errado de minha parte desconfiar de você.

Mindinho afagou sua pequena barba pontiaguda.

– É lento para aprender, Senhor Eddard. Desconfiar de mim foi a coisa mais sensata que fez desde que desceu de seu cavalo.

Jon

Jon mostrava a Dareon a melhor maneira de dar um golpe lateral quando o novo recruta entrou no pátio de treinos.

– Seus pés precisam estar mais afastados – ele insistia. – Não vai querer perder o equilíbrio. Assim está bom. Agora, gire ao golpear, ponha todo o seu peso atrás da arma.

Dareon parou e levantou o visor.

– Pelos sete deuses – Dareon murmurou. – Olha só para aquilo, Jon.

Jon se virou. Pela fenda do elmo contemplou o rapaz mais gordo que já vira, parado à porta do armeiro. Pelo aspecto, devia pesar uns cento e trinta quilos. O colarinho de peles de sua capa bordada perdia-se sob seus múltiplos queixos. Olhos claros moviam-se nervosamente naquela grande cara redonda que mais parecia uma lua, e dedos rechonchudos e suados limpavam-se no veludo do gibão.

– Diss... disseram-me que devia vir até aqui para... para o treino – ele falou, para ninguém em especial.

– Um fidalgo – Pyp falou para Jon. – Do Sul, mais provável da zona de Jardim de Cima – Pyp viajara pelos Sete Reinos com uma trupe de pantomimeiros e vangloriava-se de ser capaz de dizer quem eram e de onde vinham as pessoas com quem falava só pelo som de suas vozes.

Um caçador andante tinha sido bordado em fio escarlate no peito do manto de peles do rapaz gordo. Jon não reconheceu o símbolo. Sor Alliser Thorne deu uma olhadela no novo rapaz a seu cargo e disse:

– Parece que ficaram sem caçadores furtivos e ladrões lá no Sul. Agora nos mandam porcos para guarnecer a Muralha. Serão as peles e o veludo sua noção de armadura, meu Senhor do Presunto?

Não demorou muito e todos perceberam que o novo recruta trouxera consigo sua própria armadura: um gibão almofadado, couro fervido, cota de malha, chapa metálica e um elmo, e até um grande escudo de madeira e couro decorado com o mesmo caçador andante que usava no manto. Como nada daquilo era negro, Sor Alliser insistiu que o rapaz se reequipasse no armeiro, o que demorou metade da manhã. Sua largura levou Donal Noye a ter de desmontar uma cota de malha para nela adicionar painéis de couro dos dois lados. Para lhe pôr um elmo na cabeça, o armeiro teve de remover o visor. Os couros ficaram tão apertados nas pernas e por baixo dos braços que o rapaz quase não conseguia se mexer. Vestido para a batalha, o novo recruta parecia uma salsicha inchada depois de tanto cozimento, a ponto de arrebentar.

– Esperemos que não seja tão inepto quanto parece – disse Sor Alliser. – Halder, veja o que Sor Porquinho sabe fazer.

Jon estremeceu. Halder tinha nascido numa pedreira e fora aprendiz de pedreiro. Tinha dezesseis anos, era alto e musculoso, e seus golpes eram os mais duros que Jon já experimentara.

– Isto vai ser mais feio que a bunda de uma puta – murmurou Pyp. E foi mesmo.

Demorou menos de um minuto de luta até o gordo cair no chão, com seu corpo tremendo enquanto sangue jorrava através do elmo estilhaçado e por entre os dedos rechonchudos.

– Rendo-me – ele guinchou. – Basta, rendo-me, não me batam – Rast e alguns dos outros rapazes começaram a rir.

Mas mesmo assim Sor Alliser não pôs fim ao assunto.

– Em pé, Sor Porquinho – gritou. – Pegue a espada – ao ver que o rapaz continuava inerte no chão, Thorne fez um gesto para Halder.

– Bata-lhe com o lado da espada até encontrar seus pés – Halder deu uma pancada exploratória na inchada bochecha do adversário. – Você é capaz de bater com mais força que isso – censurou

Thorne. Halder pegou a espada com ambas as mãos e a deixou cair com tanta força que o golpe rasgou o couro, mesmo estando do lado contrário ao corte. O novo recruta guinchou de dor.

Jon deu um passo à frente. Pyp pousou a mão revestida de cota de malha em seu braço.

– Jon, *não* – o pequeno rapaz falou em tom sussurrante, com um ansioso olhar de relance para Sor Alliser Thorne.

– Em pé – repetiu Thorne. O gordo lutou para se erguer, escorregou e voltou a cair pesadamente no chão. – Sor Porquinho começa a compreender a ideia – Sor Alliser observou. – Outra vez.

Halder ergueu a espada para desferir outro golpe.

– Corte um presunto para nós! – pediu Rast, rindo.

Jon afastou a mão de Pyp.

– Halder, *basta*.

Halder olhou para Sor Alliser.

– O bastardo fala e os camponeses tremem – disse o mestre de armas em sua voz aguçada e fria. – Recordo-lhe que o mestre de armas aqui sou eu, Lorde Snow.

– Olhe para ele, Halder – pediu Jon, ignorando Thorne o melhor que pôde. – Não há honra em espancar um adversário caído. Ele se rendeu – ajoelhou-se ao lado do rapaz gordo.

Halder baixou a espada.

– Ele se rendeu – repetiu num eco.

Os olhos cor de ônix de Sor Alliser estavam fixos em Jon Snow:

– Diria que nosso bastardo se apaixonou – ele disse, enquanto Jon ajudava o gordo a pôr-se em pé. – Mostre-me seu aço, Lorde Snow.

Jon puxou a espada. Atrevia-se a desafiar Sor Alliser só até certo ponto, e temia que tivesse acabado de ultrapassar muito esse ponto.

Thorne sorriu.

– O bastardo deseja defender sua amada, portanto, vamos fazer disto um exercício. Rato, Borbulha, ajudem aqui o Cabeça-
-Dura – Rast e Albett juntaram-se a Halder. – Três de vocês devem ser suficientes para fazer a Senhora Porquinha guinchar. Tudo que têm a fazer é passar pelo Bastardo.

– Fique atrás de mim – Jon disse para o gordo. Sor Alliser com frequência enviava dois adversários contra ele, mas nunca três. Sabia que provavelmente iria dormir ferido e ensanguentado naquela noite. E preparou-se para o assalto.

De repente, Pyp pôs-se ao seu lado.

– Três contra dois fazem uma disputa melhor – disse alegremente o pequeno rapaz. Abaixou o visor e puxou a espada. Antes que Jon conseguisse sequer pensar em protestar, Grenn tinha se juntado a eles.

O pátio ficou mortalmente silencioso. Jon conseguia sentir o olhar de Sor Alliser.

– Estão à espera do quê? – perguntou o mestre de armas a Rast e aos outros, numa voz que se tornara enganadoramente suave, mas foi Jon quem se moveu primeiro. Halder quase não conseguiu erguer a espada a tempo.

Jon o fez recuar, atacando a cada golpe, mantendo o rapaz mais velho na defesa. *Conheça o seu adversário*, ensinara-lhe havia tempos Sor Rodrik; e Jon conhecia Halder, brutalmente forte, mas de paciência curta, sem gosto pela defesa. Frustre-o e ele se abre como o pôr do sol.

O tinir do aço ressoou pelo pátio quando os outros à sua volta se juntaram à batalha. Jon parou um violento golpe lançado à sua cabeça, sentindo o impacto a correr-lhe pelo braço quando as espadas se chocaram. Lançou um golpe lateral nas costelas de Halder e foi recompensado com um grunhido abafado de dor. O contra-ataque apanhou Jon no ombro. A cota de malha ressoou como se algo a triturasse, e um relâmpago de dor subiu-lhe ao pescoço. Por um instante Halder perdeu o equilíbrio, e Jon golpeou-lhe a perna esquerda, fazendo-o cair com uma praga e um estrondo.

Grenn mantinha-se firme como Jon lhe ensinara, dando mais trabalho a Albett do que este gostaria. Mas Pyp estava sob grande pressão, Rast tinha dois anos e quase vinte quilos a mais que ele. Jon aproximou-se dele por trás e fez ressoar seu elmo como se fosse um sino. Quando Rast começou a cambalear, Pyp passou por baixo de sua guarda, atirou-o ao chão e apontou a espada para sua garganta. A essa altura Jon já tinha passado adiante. Enfrentando duas espadas, Albett recuou.

– Rendo-me – ele gritou.

Sor Alliser Thorne inspecionou a cena com repugnância.

– A pantomima já se prolongou o suficiente por hoje – ele protestou e se afastou.

A sessão tinha chegado ao fim.

Dareon ajudou Halder a se levantar. O filho do pedreiro arrancou o elmo e atirou-o para o outro lado do pátio.

– Por um instante pensei que finalmente o tinha pegado, Snow.

– Por um instante pegou mesmo – Jon respondeu. Sob a cota de malha e o couro seu ombro latejava. Embainhou a espada e tentou tirar o elmo, mas, quando ergueu o braço, a dor o fez ranger os dentes.

– Permite-me? – perguntou uma voz. Mãos de dedos grossos desataram o elmo do gorjal[*] e ergueram-no cuidadosamente. – Ele o feriu?

– Já fui ferido antes – Jon tocou no ombro e estremeceu. O pátio à sua volta se esvaziava.

---

[*] Gorjal é a parte da armadura que protege o pescoço. (N. T.)

Sangue manchava os cabelos do rapaz gordo no local onde Halder lhe quebrara o elmo.

– Meu nome é Samwell Tarly, de Monte... – calou-se e lambeu os lábios. – Quer dizer, eu *era* de Monte Chifre até que... parti. Vim vestir o negro. Meu pai é Lorde Randyll, um vassalo dos Tyrell de Jardim de Cima. Era seu herdeiro, só que... – sua voz se extinguiu.

– Sou Jon Snow, bastardo de Ned Stark, de Winterfell.

Samwell Tarly fez um aceno com a cabeça.

– Eu... se quiser, pode me chamar de Sam. Minha mãe me chama assim.

– E você pode chamá-lo *de* Lorde Snow – disse Pyp enquanto se aproximava. – Não vai querer saber como a mãe o chama.

– Estes dois são Grenn e Pypar – disse Jon.

– Grenn é o feio – disse Pyp.

Grenn franziu as sobrancelhas.

– Você é mais feio do que eu. Pelo menos não tenho orelhas de morcego.

– Os meus agradecimentos a todos – o rapaz gordo disse gravemente.

– Por que não se levantou e lutou? – Grenn quis saber.

– Eu queria, garanto. Só que... não pude. Não queria que ele me batesse mais – Sam baixou os olhos. – Eu... temo que seja um covarde. O senhor meu pai sempre disse isso.

Grenn pareceu atingido por um raio. Até Pyp não conseguiu encontrar palavras para responder àquilo, ele, que tinha palavras para tudo. Que tipo de homem se proclama um covarde?

Samwell Tarly deve ter lido os pensamentos naqueles rostos. Seus olhos encontraram-se com os de Jon e fugiram, rápidos como animais assustados.

– Eu... eu lamento – ele se desculpou. – Não queria ser... ser como sou – e caminhou pesadamente na direção do armeiro.

Jon gritou:

– Você foi ferido – ele disse. – Amanhã fará melhor.

Sam olhou por sobre o ombro com ar fúnebre.

– Não, não farei – o rapaz respondeu, piscando para reter as lágrimas. – Eu nunca faço melhor.

Depois de ele sair, Grenn franziu as sobrancelhas.

– Ninguém gosta de covardes – disse desconfortavelmente. – Era melhor que não o tivéssemos ajudado. E se os outros pensarem que também somos covardes?

– Você é estúpido demais para ser covarde – disse-lhe Pyp.

– Não sou nada – Grenn rebateu.

– É, sim. Se um urso o atacasse nos bosques, seria estúpido demais para fugir.

– Não seria nada – Grenn insistiu. – Fugiria mais depressa que você – e parou de repente, piscando os olhos ao ver o sorriso de Pyp e ao perceber o que acabara de dizer. Seu grosso pescoço ficou vermelho-escuro. Jon os deixou ali discutindo e voltou ao armeiro, pendurou a espada e tirou a armadura deformada.

A vida em Castelo Negro seguia certos padrões; as manhãs eram dedicadas à esgrima, e as tardes, ao trabalho. Os irmãos negros atribuíam aos novos recrutas muitas tarefas diferentes, para ver o que sabiam fazer. Jon adorava as raras tardes em que era enviado para a floresta com Fantasma a fim de trazer caça para a mesa do Senhor Comandante, mas para cada dia passado a caçar, doze eram de Donal Noye, no armeiro, girando a roda de amolar enquanto o ferreiro de um braço só afiava machados cegos pelo uso, ou manejando o fole enquanto Noye batia o metal de uma nova espada. Nos outros dias, distribuía mensagens, montava guarda, limpava estábulos, colocava penas nas flechas, dava assistência a Meistre Aemon com suas aves ou a Bowen Marsh com suas contas e inventários.

Naquela tarde, o comandante da guarda o enviou para a gaiola do guindaste com quatro barris de pedra recém-esmagada, para que espalhasse cascalho sobre os caminhos gelados do topo da Muralha. Era um trabalho solitário e aborrecido, mesmo com Fantasma lhe fazendo companhia, mas Jon descobriu que não se importava. Num dia claro, podia-se ver metade do mundo do topo da Muralha, e o ar estava sempre frio e revigorante. Ali podia pensar, e deu por si pensando em Samwell Tarly... e, estranhamente, em Tyrion Lannister. Gostaria de saber o que Tyrion faria com o rapaz gordo. *A maioria dos homens prefere negar uma verdade dura a enfrentá-la*, dissera-lhe o anão com um sorriso. O mundo estava cheio de covardes que fingiam ser heróis; era preciso uma singular forma de coragem para se admitir covarde, como fizera Samwell Tarly.

O ombro machucado fazia com que o trabalho avançasse lentamente. A tarde já chegava ao fim quando Jon terminou de encher os caminhos de cascalho. Deixou-se ficar lá em cima para ver o sol se pôr, colorindo o céu ocidental com a cor do sangue. Por fim, enquanto o ocaso caía sobre o norte, Jon rolou os barris vazios de volta à gaiola e fez sinal aos homens do guindaste para que o baixassem.

A refeição da noite tinha quase acabado quando ele e Fantasma chegaram à sala comum. Um grupo de irmãos negros jogava dados sob o efeito do vinho quente perto do fogo. Seus amigos, dando risada, encontravam-se no banco mais próximo da parede oeste. Pyp estava no meio de uma história. O orelhudo filho do pantomimeiro era um mentiroso nato, possuía cem vozes diferentes, e vivia suas histórias mais que as contava, representando todos os papéis à medida que iam surgindo, num momento um rei e no seguinte um criador de porcos. Quando o personagem era uma criada de cervejaria ou uma princesa virgem, usava uma aguda voz de falsete que levava todos às lágrimas com as gargalhadas que eram incapazes de evitar, e seus eunucos eram sempre caricaturas fantasmagoricamente fiéis de Sor Alliser. Jon tirava tanto prazer das palhaçadas de Pyp como qualquer outro, mas naquela noite afastou-se e, em vez de se juntar aos amigos, dirigiu-se para a ponta do banco, onde Samwell Tarly estava sentado sozinho, tão longe dos outros quanto podia.

Terminava a última das tortas de porco que os cozinheiros tinham servido no jantar quando Jon se sentou à sua frente. Os olhos do gordo esbugalharam-se ao ver Fantasma.

– Isto é um lobo?

– Um lobo gigante – Jon respondeu. – Chama-se Fantasma. O lobo gigante é o símbolo da Casa do meu pai.

– O nosso é um caçador andante – disse Samwell Tarly.

– Gosta de caçar?

O gordo estremeceu.

– Detesto – parecia outra vez prestes a chorar.

– Que se passa agora? – perguntou-lhe Jon. – Por que está sempre tão assustado?

Sam fixou os olhos no resto de sua torta de porco e balançou a cabeça debilmente, assustado demais até para falar. Um estrondo de gargalhadas encheu o salão. Jon ouviu Pyp guinchando com voz aguda. Pôs-se em pé.

– Vamos lá para fora.

A gorda cara redonda olhou-o com suspeita.

– Por quê? Que vamos fazer lá fora?

– Conversar – disse Jon. – Já viu a Muralha?

– Sou gordo, não sou cego – Samwell Tarly retrucou. – Claro que a vi, tem duzentos metros de altura – mas levantou-se mesmo assim, enrolou um manto debruado de peles em volta dos ombros e saiu da sala comum atrás de Jon, ainda desconfiado, como se suspeitasse de que algum truque cruel o esperava na noite. Fantasma caminhou ao lado deles.

– Nunca pensei que fosse assim – Sam disse enquanto caminhavam, com as palavras transformando-se em vapor no ar frio. Já bufava e arquejava, tentando acompanhar Jon. – Os edifícios estão todos ruindo, e é tão... tão...

– Frio? – uma dura geada caía sobre o castelo, e Jon ouvia o suave ranger de ervas cinzentas sob suas botas.

Sam confirmou com a cabeça, ostentando uma expressão infeliz.

– Detesto o frio – disse. – Na noite passada acordei na escuridão e o fogo tinha se apagado, e tive certeza de que ia congelar antes que a manhã chegasse.

– Deve ser mais quente no lugar de onde você vem.

– Nunca tinha visto neve até o mês passado. Vínhamos atravessando as terras acidentadas, eu e os homens que meu pai enviou para me trazerem para o Norte, e essa coisa branca começou a cair como uma leve chuva. A princípio pensei que era belíssima, como penas caindo do céu, mas continuou, e continuou, até que fiquei gelado até os ossos. Os homens tinham crostas de neve nas barbas e mais sobre os ombros, e ela continuava a cair. Temi que nunca mais parasse.

Jon sorriu.

A Muralha erguia-se à frente deles, brilhando fracamente à luz de uma meia-lua. No céu, as estrelas cintilavam, límpidas e nítidas.

– Eles vão me obrigar a subir até lá em cima? – Sam perguntou. Seu rosto azedou como leite velho quando olhou para as grandes escadas de madeira. – Eu morro se tiver de subir aquilo.

– Há um guindaste – Jon o apontou. – Podem subi-lo numa gaiola.

Samwell Tarly fungou.

– Não gosto de lugares altos.

Aquilo foi demais. Jon franziu as sobrancelhas, incrédulo.

– Mas você tem medo de *tudo?* – perguntou. – Não consigo entender. Se é mesmo tão covarde, o que está fazendo aqui? Por que um covarde haveria de querer se juntar à Patrulha da Noite?

Samwell Tarly o olhou por um longo momento, e seu rosto redondo pareceu afundar para dentro de si próprio. Sentou-se no chão coberto de geada e desatou a chorar, com enormes soluços estrangulados que lhe estremeciam todo o corpo. Jon Snow só pôde parar e assistir. Tal como a queda de neve nas terras acidentadas, aquelas lágrimas pareciam não ter fim.

Foi Fantasma que soube o que fazer. Silencioso como uma sombra, o lobo gigante branco aproximou-se e começou a lamber as lágrimas quentes no rosto de Samwell Tarly. O rapaz gordo gritou, surpreso... E, por algum milagre, seus soluços transformaram-se em gargalhadas.

Jon Snow riu com ele. Depois, sentaram-se no chão gelado, aconchegados aos mantos com Fantasma entre ambos. Jon contou a história de como ele e Robb tinham encontrado os lobinhos recém-nascidos no meio da neve do fim do verão. Parecia agora terem se passado mil anos. Pouco depois, deu por si falando de Winterfell.

– Às vezes sonho com o castelo – ele disse. – Caminho por seu longo salão vazio. Minha voz ecoa pelo lugar, mas ninguém responde, e eu ando mais depressa, abrindo portas, gritando nomes. Nem sequer sei quem procuro. Na maior parte das noites é meu pai, mas às vezes é Robb, ou minha irmã mais nova, Arya, ou meu tio – pensar em Benjen Stark o entristeceu, ele continuava desaparecido. O Velho Urso enviara patrulhas à sua procura. Sor Jeremy Rykker liderara duas buscas e Qhorin Meia-Mão partira da Torre Sombria, mas nada tinham encontrado além de um punhado de sinais que o tio deixara nas árvores para marcar o caminho. Nas terras altas pedregosas do noroeste as marcas paravam abruptamente, e todos os sinais de Ben Stark esvaneciam-se.

– Alguma vez encontra alguém em seu sonho? – Sam quis saber.

Jon balançou a cabeça.

– Nem uma só pessoa. O castelo está sempre vazio – nunca falara a ninguém sobre aquele sonho, e não compreendia por que o contava agora a Sam, mas de algum modo sentia-se bem falando dele. – Até os corvos desapareceram da colônia, e as cavalariças estão cheias de ossos. Isso sempre me assusta. Então começo a correr, abrir portas com violência, subir os degraus da torre três de cada vez, gritando por alguém, por quem quer que seja. Então, dou por mim em frente à porta para as criptas. Lá dentro tudo está negro, e vejo os degraus que descem em espiral. Sem saber como, sei que tenho de descer, mas não quero fazê-lo. Tenho medo do que pode haver lá à minha espera. Os velhos Reis do Inverno estão lá, sentados em seus tronos com lobos de pedra a seus pés e espadas de ferro sobre os joelhos, mas não é deles que tenho medo. Grito que não sou um Stark, que aquele não é o meu lugar, mas não serve de nada, tenho de ir, seja como for, e, portanto, começo a descer, tateando as paredes enquanto vou avançando, sem uma tocha para iluminar meu caminho. Fica cada vez mais escuro, até que me dá vontade de gritar – parou, de cenho franzido, embaraçado. – E é então que sempre acordo – com a pele fria e pegajosa, tremendo na escuridão de sua cela. Fantasma salta para a cama, ao seu lado, e seu calor é tão reconfortante como o nascer do dia. Ele volta a adormecer com o rosto enterrado nos pelos brancos e espessos do lobo gigante. – Você sonha com Monte Chifre? – Jon perguntou.

– Não – a boca de Sam comprimiu-se e endureceu. – Detestava aquilo – coçou Fantasma atrás da orelha, pensando, e Jon deixou o silêncio respirar. Depois de um longo tempo, Samwell

Tarly começou a falar. Jon Snow escutou em silêncio, e ficou sabendo como foi que um covarde confesso veio parar na Muralha.

Os Tarly eram uma família antiga na honra, vassalos de Mace Tyrell, Senhor de Jardim de Cima e Protetor do Sul. Como filho mais velho de Lorde Randyll Tarly, Samwell nascera herdeiro de ricas terras, uma sólida fortaleza e uma grande espada cheia de histórias chamada Veneno de Coração, forjada de aço valiriano e passada de pai para filho havia quase quinhentos anos.

Mas todo o orgulho que o senhor seu pai poderia ter sentido com o nascimento de Samwell desapareceu quando o garoto cresceu roliço, mole e desajeitado. Sam gostava de ouvir música e criar as próprias canções, vestir suaves veludos, brincar na cozinha do castelo ao lado dos cozinheiros, absorvendo os cheiros doces enquanto ia roubando bolos de limão e tortas de mirtilo. Suas paixões eram os livros, os gatos e a dança, mesmo desastrado como era. Mas ficava doente à vista de sangue e chorava até ao ver uma galinha ser morta. Uma dúzia de mestres de armas chegou e partiu de Monte Chifre tentando transformar Samwell no cavaleiro que o pai desejava. O garoto recebeu insultos e bengaladas, bateram-lhe e fizeram-no passar fome. Um homem o obrigou a dormir vestido de cota de malha para deixá-lo mais belicoso. Outro vestiu-lhe a roupa da mãe e o obrigou a percorrer o muro exterior do castelo, a fim de lhe incutir valor pela vergonha. Mas ele só foi se tornando mais gordo e mais assustado, até que o desapontamento de Lorde Randyll se transformou em ira, e a ira em desprezo.

– Uma vez – confidenciou Sam, com a voz transformada num murmúrio – vieram dois homens ao castelo, bruxos de Qarth, de pele branca e lábios azuis. Mataram um auroque macho e obrigaram-me a tomar banho no sangue quente, mas isso não me deu a coragem que tinham prometido. Fiquei doente e com vômitos. Meu pai mandou açoitá-los.

Por fim, depois de três meninas em outros tantos anos, a Senhora Tarly deu ao senhor seu esposo um segundo filho. Desse dia em diante, Lorde Randyll ignorou Sam, dedicando todo o seu tempo ao filho mais novo, uma criança feroz e robusta, mais a seu gosto. Samwell conheceu vários anos de uma doce paz, com sua música e seus livros.

Até a madrugada do décimo quinto dia do seu nome, quando foi acordado e lhe apresentaram o cavalo selado e pronto. Três homens de armas o acompanharam até um bosque próximo de Monte Chifre, onde o pai esfolava um veado. "Você é agora quase um homem-feito, e o meu herdeiro", disse Lorde Randyll Tarly ao filho mais velho, enquanto tirava a pele da carcaça.

"Não me deu motivo algum para deserdá-lo, mas também não lhe permitirei herdar a terra e o título que devem pertencer a Dickon. A Veneno de Coração deve passar para as mãos de um homem suficientemente forte para brandi-la, e você nem é digno de lhe tocar o punho. Portanto, decidi que hoje anunciará seu desejo de vestir o negro. Irá renunciar a qualquer pretensão à herança de seu irmão e partirá para o Norte antes do cair da noite. Se assim não fizer, então amanhã teremos uma caçada, e em algum lugar nestes bosques seu cavalo tropeçará e você será atirado da sela para a morte… ou pelo menos será isso que direi à sua mãe. Ela tem um coração de mulher, encontra nele lugar até para estimá-lo, e não tenho nenhum desejo de lhe causar desgosto. Mas que não passe por sua cabeça que será realmente assim tão fácil se pensar em me desafiar. Nada me dará mais prazer que caçá-lo como o porco que você é." Seus braços estavam vermelhos até os cotovelos quando pousou a faca de esfolar. "E é assim. A escolha é sua. A Patrulha da Noite", o pai enfiou a mão no veado, arrancou-lhe o coração e apertou-o na mão, vermelho e a pingar, "ou isto."

Sam contou a história com uma voz calma e sem vida, como se fosse algo que tivesse acontecido a outra pessoa, e não a ele. E estranhamente, pensou Jon, não chorou, nem mesmo uma vez. Quando terminou, ficaram sentados lado a lado escutando o vento por um tempo. Não havia mais nenhum som no mundo inteiro.

Por fim, Jon disse:

– Devíamos voltar para a sala comum.

– Por quê? – Sam perguntou.

Jon encolheu os ombros.

– Há cidra quente para beber, ou vinho temperado, se preferir. Em algumas noites, Dareon canta para nós, se lhe agradar. Era um cantor antes... bem, não era mesmo, mas quase; era um aprendiz de cantor.

– Como veio parar aqui? – Sam quis saber.

– Lorde Rowan de Bosquedouro o encontrou na cama com sua filha. A moça era dois anos mais velha, e Dareon jura que ela o ajudou a entrar pela janela, mas, aos olhos do pai, foi violação, e aqui está ele. Quando Meistre Aemon o ouviu cantar, disse que tinha uma voz que era mel derramado sobre o trovão – Jon sorriu. – Sapo às vezes também canta, se é que se pode chamar aquilo de canto. Canções de taberna que aprendeu com seu pai bêbado. Pyp diz que tem uma voz que é mijo derramado sobre um peido – e os dois riram juntos daquilo.

– Gostaria de ouvi-los – Sam admitiu –, mas eles não vão me querer lá – tinha o rosto perturbado. – Ele vai me fazer lutar outra vez amanhã, não vai?

– Vai – Jon foi forçado a dizer.

Sam pôs-se desajeitadamente em pé.

– É melhor que eu tente dormir – enrolou-se atabalhoadamente no manto e arrastou-se para longe.

Os outros ainda estavam na sala comum quando Jon regressou, acompanhado apenas por Fantasma.

– E onde *você* estava? – Pyp perguntou.

– Conversando com Sam – ele respondeu.

– Ele é mesmo um covarde – Grenn interveio. – Na hora do jantar, ainda havia lugares no banco quando ele recebeu sua torta, mas estava assustado demais para vir se sentar conosco.

– O Senhor do Presunto pensa que é bom demais para se juntar a gente como nós – sugeriu Jeren.

– Vi-o comer uma torta de porco – Sapo disse com um sorrisinho. – Acham que ele seria um irmão? – e desatou a soltar grunhidos.

– *Parem com isso!* – exclamou Jon com voz zangada.

Os outros rapazes calaram-se, surpreendidos pela súbita fúria.

– Ouçam-me – disse Jon mais calmo, e contou-lhes como as coisas deveriam acontecer. Pyp o apoiou, como já sabia que faria, mas, quando Halder falou, foi uma surpresa agradável. Grenn a princípio mostrou-se preocupado, mas Jon conhecia as palavras que o fariam mudar de ideia. Um por um, todos cerraram fileiras. Jon persuadiu alguns, lisonjeou outros, envergonhou os restantes, e fez ameaças onde eram necessárias. No fim, estavam todos de acordo... Todos, menos Rast.

– Vocês, meninas, façam o que quiserem – ele disse –, mas se Thorne me mandar lutar com a Senhora Porquinha, vou cortar para mim uma fatia de bacon – riu na cara de Jon e deixou todos ali.

Horas mais tarde, enquanto o castelo dormia, três dos rapazes fizeram uma visita à cela de Rast. Grenn segurou-lhe os braços, enquanto Pyp se sentava sobre suas pernas. Jon conseguiu ouvir a respiração acelerada de Rast quando Fantasma saltou para cima de seu peito. Os olhos do lobo selvagem ardiam como brasas enquanto os dentes mordiscavam a lisa pele da garganta do rapaz, o suficiente apenas para fazê-lo sangrar.

– Lembra-se? Nós sabemos onde você dorme – disse Jon em voz baixa.

Na manhã seguinte, Jon ouviu Rast contar a Albett e a Sapo como a navalha tinha escorregado enquanto se barbeava.

Daquele dia em diante, nem Rast nem nenhum dos outros machucou Samwell Tarly. Quando Sor Alliser os fazia confrontá-lo, defendiam-se e afastavam seus golpes lentos e desajeitados. Se o mestre de armas gritava por um ataque, dançavam em frente e davam uma pancadinha ligeira na placa de peito, no elmo ou na perna de Sam. Sor Alliser irritava-se, ameaçava-os e os chamava de covardes, mulheres e coisas piores, mas Sam permaneceu incólume. Algumas noites mais tarde, a pedido de Jon, juntou-se a eles para a refeição da noite, sentando-se no banco ao lado de Halder. Passaram-se mais quinze dias até ganhar coragem para se juntar à conversa, e, ao fim de algum tempo, já ria das caretas de Pyp e brincava com Grenn como qualquer outro.

Samwell Tarly podia ser gordo, desajeitado e assustado, mas não era nenhum tolo. Uma noite visitou Jon em sua cela.

– Não sei o que você fez – disse –, mas sei que fez alguma coisa – e afastou timidamente seus olhos. – Nunca tinha tido um amigo.

– Nós não somos amigos – disse Jon, pousando a mão no amplo ombro de Sam. – Somos irmãos.

E eram, pensou consigo mesmo depois de Sam se retirar. Robb, Bran e Rickon eram os filhos de seu pai, e ainda os amava, mas Jon sabia que nunca fora realmente um deles. Catelyn Stark assegurara-se disso. Os muros cinzentos de Winterfell podiam ainda assombrar seus sonhos, mas Castelo Negro era agora a sua vida, e seus irmãos eram Sam, Grenn, Halder e Pyp, e os outros renegados que vestiam o negro da Patrulha da Noite.

– Meu tio disse a verdade – ele segredou a Fantasma, perguntando a si mesmo se algum dia voltaria a ver Benjen Stark para lhe dizer isso.

Eddard

– **É** o torneio da Mão que está causando todos os problemas, senhores – queixou-se o Comandante da Patrulha
da Cidade ao conselho do rei.

– O torneio do rei – corrigiu Ned, já estremecendo. –
Garanto-lhes, a Mão não deseja desempenhar nele nenhum papel.

– Chame como desejar, senhor. Têm chegado cavaleiros de
todo o reino, e para cada cavaleiro recebemos dois cavaleiros
livres, três artesãos, seis homens de armas, uma dúzia de mercadores, duas dúzias de meretrizes e mais ladrões do que me
atrevo a adivinhar. Esse maldito calor já tinha tomado a cidade
inteira numa febre, e agora, com todos esses visitantes… na noite
passada tivemos um afogamento, uma rixa de taberna, três lutas com facas, um estupro, dois incêndios, incontáveis assaltos
e uma corrida bêbada de cavalos ao longo da Rua das Irmãs. Na
noite anterior uma cabeça de mulher foi encontrada no Grande
Septo, flutuando na lagoa do arco-íris. Ninguém parece saber
como foi parar lá ou a quem pertence.

– Que horror – exclamou Varys com um estremecimento.

Lorde Renly Baratheon foi menos compreensivo.

– Se não é capaz de manter a paz do rei, Janos, talvez a Patrulha da Cidade deva ser comandada por alguém que seja.

Janos Slynt, um homem robusto e de fortes maxilares, inchou como um sapo irritado, com sua grande cabeça calva começando a enrubescer.

– Nem o próprio Aegon, o Dragão, seria capaz de manter a
paz, Senhor Renly. Preciso de mais homens.

– Quantos? – Ned perguntou, inclinando-se para a frente.
Como sempre, Robert não se incomodara em estar presente na
sessão do conselho, e assim cabia à sua Mão falar por ele.

– Tantos quantos for possível obter, Senhor Mão.

– Contrate cinquenta novos homens – disse-lhe Ned. – Lorde Baelish lhe arranjará o dinheiro.

– Ah, sim? – Mindinho retrucou.

– Sim. Se foi capaz de encontrar quarenta mil dragões de ouro para uma bolsa de campeão, certamente também o será para reunir alguns cobres a fim de manter a paz do rei – Ned voltou a se virar para Janos Slynt. – Também lhe darei vinte boas espadas da guarda de minha própria Casa para servir com a Patrulha até que a multidão parta.

– Muito agradecido, Senhor Mão – disse Slynt com uma reverência. – Prometo-lhe que será dado bom uso.

Quando o Comandante se retirou, Eddard virou-se para o resto do conselho.

– Quanto mais depressa essa loucura terminar, melhor me sentirei – como se a despesa e os problemas não fossem aborrecimento bastante, todos insistiam em dizer "o torneio da Mão", como se fosse ele sua causa. E Robert parecia pensar honestamente que devia se sentir honrado!

– O reino prospera com tais eventos, senhor – disse o Grande Meistre Pycelle. – Trazem aos grandes a oportunidade de alcançar a glória e aos pequenos um intervalo em suas aflições.

– E põem moedas em muitos bolsos – acrescentou Mindinho. – Todas as estalagens da cidade estão cheias, e as prostitutas caminham de pernas arqueadas, tinindo seus bolsos a cada passo.

Lorde Renly soltou uma gargalhada.

– É uma sorte que meu irmão Stannis não esteja entre nós. Lembram-se daquela ocasião em que propôs que se proibissem os bordéis? O rei lhe perguntou se gostaria talvez de proibir também que se comesse, cagasse e respirasse, já que estava com a mão na massa. A bem da verdade, por vezes pergunto a mim mesmo como foi que Stannis conseguiu arranjar aquela feia mulher que tem. Vai para a cama de casado como quem marcha para o campo de batalha, com uma expressão sombria nos olhos e determinado a cumprir seu dever.

Ned não se juntou às gargalhadas.

– Também me interrogo a respeito de seu irmão Stannis. Pergunto a mim mesmo quando é que ele pretende dar por terminada sua visita à Pedra do Dragão e recuperar seu lugar neste conselho.

– Sem dúvida assim que tenhamos escorraçado todas essas prostitutas para o mar – Mindinho respondeu, provocando mais gargalhadas.

– Já ouvi falar de prostitutas mais que o suficiente para um dia – disse Ned, levantando-se. – Até amanhã.

Harwin guardava a porta quando Ned regressou à Torre da Mão.

– Chame Jory aos meus aposentos e diga ao seu pai para me selar o cavalo – ordenou-lhe Ned com demasiada brusquidão.

– Será feita a sua vontade, senhor.

A Fortaleza Vermelha e o "torneio da Mão" estavam desgastando-o até o osso, refletiu Ned enquanto subia. Ansiava pelo conforto dos braços de Catelyn, pelos sons de Robb e Jon cruzando espadas no pátio de treinos, pelos dias frescos e noites frias do Norte.

Em seus aposentos, despiu as sedas que usava no conselho e sentou-se um momento com o livro enquanto esperava a chegada de Jory. *As linhagens e histórias das Grandes Casas dos Sete Reinos, com descrições de muitos grandes senhores e nobres senhoras e de seus filhos*, pelo Grande Meistre Malleon. Pycelle falara a verdade: era uma leitura tediosa. Mas Jon Arryn se interessara pelo livro, e Ned tinha certeza de que ele tinha seus motivos. Ali havia algo, alguma verdade enterrada naquelas quebradiças páginas amarelas, se ao menos conseguisse vê-la. Mas, *o quê?* O volume tinha mais de um século. Poucos homens de hoje eram nascidos quando Malleon compilara suas poeirentas listas de casamentos, nascimentos e mortes.

Voltou a abri-lo na seção sobre a Casa Lannister e virou as páginas lentamente, atento, mesmo sem esperança de que algo lhe saltasse à vista. Os Lannister eram uma família antiga, seguindo sua linhagem até Lann, o Esperto, um trapaceiro da Era dos Heróis que era, sem dúvida, tão lendário como Bran, o Construtor, embora fosse muito mais amado por cantores e contadores de histórias. Nas canções, Lann era o tipo que tinha arrancado os Casterly de Rochedo Casterly sem nenhuma arma além da esperteza, e que roubara ouro do sol para tornar mais claros os cabelos cacheados. Ned desejou que o homem estivesse ali agora, para arrancar a verdade daquele maldito livro.

Uma sonora pancada na porta anunciou Jory Cassel. Ned fechou o livro de Malleon e disse a Jory para entrar.

– Prometi à Patrulha da Cidade vinte homens da minha guarda até o fim do torneio – ele disse. – Confio em você para fazer a escolha. Dê o comando a Alyn e assegure-se de que os homens são necessários para dar fim às lutas, e não para iniciá-las – erguendo-se, Ned abriu uma arca de cedro e tirou de lá uma leve túnica interior de linho. – Encontrou o cavalariço?

– O guarda, senhor – disse Jory. – Ele jura que nunca mais tocará num cavalo.

– Que tinha ele a dizer?

– Diz que conhecia bem Lorde Arryn. Que eram bons amigos – Jory resfolegou. – Diz que a Mão dava sempre aos rapazes uma moeda de cobre nos dias de seus nomes. Que tinha jeito para os cavalos. Que nunca exigia demais das montarias, e lhes trazia cenouras e maçãs para que se sentissem sempre contentes por vê-lo.

– Cenouras e maçãs – repetiu Ned. Esse rapaz parecia ainda mais inútil que os outros. E era o último dos quatro que Mindinho tinha descoberto. Jory falara com todos eles, um de cada vez. Sor Hugh fora brusco, pouco informativo e arrogante, como só um homem que acabara de ser armado cavaleiro sabe ser. Se a Mão desejava falar com ele, o receberia com agrado, mas não seria interrogado por um mero capitão da guarda… mesmo se o dito capitão fosse dez anos mais velho e cem vezes melhor espadachim.

A criada fora pelo menos agradável. Disse que Lorde Jon tinha andado lendo mais do que seria bom para sua saúde, que andara perturbado e melancólico por causa da fragilidade do filho e impaciente com a senhora sua esposa. O ajudante de taverna, agora sapateiro, nunca chegara a trocar uma palavra com Lorde Jon, mas estava cheio de retalhos de mexericos de cozinha: que o senhor andara discutindo com o rei, que só provava a comida, que ia enviar o filho para ser criado em Pedra do Dragão, que tomara um grande interesse pela criação de cães de caça, que tinha visitado um mestre armeiro a fim de encomendar uma nova armadura, toda trabalhada em prata branca com um falcão azul de jaspe e uma lua de madrepérola no peito. O próprio irmão do rei fora com ele para ajudá-lo a escolher o desenho, dissera o cavalariço. Não, não tinha sido o Senhor Renly; tinha sido o outro, o Senhor Stannis.

– Nosso guarda disse mais alguma coisa digna de nota?

– O rapaz jura que Lorde Jon era tão forte como um homem com metade de sua idade. Diz que montava frequentemente com Lorde Stannis.

De novo Stannis, pensou Ned. Achou aquilo curioso. Jon Arryn e ele tinham tido uma relação cordial, mas nunca amigável. E quando Robert partira para o norte, para Winterfell, Stannis afastara-se para Pedra do Dragão, a fortaleza insular dos Targaryen que conquistara em nome do irmão. Não dissera uma palavra sobre quando poderia estar de volta.

– Aonde iam nesses passeios? – Ned perguntou.

– O rapaz diz que visitavam um bordel.

– Um bordel? – Ned exclamou. – O Senhor do Ninho da Águia e Mão do Rei visitava um bordel com *Stannis Baratheon?* – balançou a cabeça, incrédulo, perguntando a si mesmo o que Lorde Renly faria daquele boato. Os desejos de Robert eram assunto para obscenas canções de taberna por todo o reino, mas Stannis pertencia a um tipo diferente de homem; somente um ano mais novo que o rei, mas completamente diferente dele, austero, sem senso de humor, inflexível, severo na sua ideia de dever.

– O rapaz insiste que é verdade. A Mão levava consigo três guardas, e o rapaz diz que brincavam sobre a visita quando ele ia buscar seus cavalos depois de regressarem.

– Qual era o bordel? – Ned perguntou.

– O rapaz não sabia. Os guardas é que talvez saibam.

– É uma pena que Lysa os tenha levado para o Vale – disse Ned secamente. – Os deuses estão fazendo tudo que podem para nos contrariar. Senhora Lysa, Meistre Colemon, Lorde Stannis... todos os que poderiam realmente conhecer a verdade sobre o que aconteceu a Jon Arryn estão a mil léguas de distância.

– O senhor irá convocar Lorde Stannis a regressar de Pedra do Dragão?

– Ainda não – Ned respondeu. – Só quando tiver uma noção mais precisa sobre o que se passa aqui e onde ele se encaixa – o assunto o importunava. Por que Stannis partira? Teria desempenhado algum papel no assassinato de Jon Arryn? Ou estaria com receio? Ned achava difícil imaginar o que poderia assustar Stannis Baratheon, que já aguentara Ponta Tempestade durante um ano de cerco, sobrevivendo à custa de ratazanas e botas de couro enquanto os senhores Tyrell e Redwyne esperavam fora do castelo com suas tropas, banqueteando-se à vista das muralhas.

– Traga-me meu gibão, por favor. O cinza, com o símbolo do lobo gigante. Quero que o armeiro saiba quem sou. Talvez o torne mais cooperante.

Jory dirigiu-se ao guarda-roupa.

– Lorde Renly é irmão tanto de Lorde Stannis quanto do rei.

– No entanto, parece que não foi convidado para esses passeios – Ned não sabia bem o que pensar de Renly, com seus modos amistosos e sorrisos fáceis. Alguns dias antes, ele o tinha chamado de canto para lhe mostrar um requintado medalhão de ouro rosa. Lá dentro encontrava-se uma miniatura pintada no vigoroso estilo myriano, mostrando uma bela e jovem mulher com olhos de corça e uma cascata de macios cabelos castanhos.

Renly parecera ansioso por saber se a jovem lhe lembrava alguém, e ficara desapontado quando Ned não encontrou resposta melhor que um encolher de ombros. Confessara que a senhora era irmã de Loras Tyrell, Margaery, mas havia quem dissesse que se parecia com Lyanna. "Não", dissera-lhe Ned, assombrado. Seria possível que Lorde Renly, que tanto se assemelhava a um Robert jovem, tivesse imaginado uma paixão por uma garota que achava ser uma Lyanna jovem? Aquilo lhe pareceu mais que um pouco bizarro.

Jory ergueu o gibão e Ned enfiou as mãos nas mangas.

– Lorde Stannis talvez regresse para o torneio de Robert – disse, enquanto Jory lhe atava a peça de roupa nas costas.

– Isso seria um golpe de sorte, senhor – Jory respondeu.

Ned afivelou uma espada à cintura.

– Em outras palavras, não é provável – seu sorriso era sombrio.

Jory colocou o manto de Ned em torno de seus ombros e o prendeu ao pescoço com o distintivo da Mão do Rei.

– O armeiro vive sobre sua loja, numa casa grande que se ergue no topo da Rua do Aço. Alyn conhece o caminho, senhor.

Ned acenou com a cabeça.

– Que os deuses ajudem aquele ajudante de taberna se estiver me fazendo correr atrás de sombras – não seria grande ajuda, mas o Jon Arryn que Ned Stark conhecera não era alguém que usasse armaduras incrustadas de joias e prata. Aço era aço; destinava-se à proteção, não à ostentação. Era verdade que podia ter mudado de ponto de vista. Certamente não seria o primeiro homem a olhar de forma diferente para as coisas depois de alguns anos passados na corte... mas a mudança era suficientemente significativa para levantar dúvidas em Ned.

– Há mais algum serviço que eu lhe possa prestar?

– Suponho que é melhor que comece a visitar prostíbulos.

– Penoso dever, senhor – Jory sorriu. – Os homens ficarão felizes por ajudar. Porther já fez um bom começo.

O cavalo preferido de Ned estava selado e à espera no pátio. Varly e Jacks puseram-se a seu lado quando avançou pelo pátio. Seus capacetes de aço e cotas de malha deviam estar abrasadores, mas não soltaram uma palavra de queixa. Quando Lorde Eddard passou sob o Portão do Rei e entrou no fedor da cidade, com o manto cinza e branco pendendo de seus ombros, viu olhos em toda a parte e esporeou a montaria até que trotasse. Os guardas o seguiram.

Foi olhando para trás com frequência enquanto abriam caminho pelas ruas cheias de gente da cidade. Tomard e Desmond tinham deixado o castelo mais cedo, de manhã, a fim de tomar posições no caminho que devia percorrer e verificar se alguém os seguia, mesmo assim Ned não se sentia confiante. A sombra da Aranha do Rei e de seus passarinhos o deixava inquieto como uma donzela na noite de núpcias.

A Rua do Aço começava na praça do mercado, ao lado do Portão do Rio, como era chamado nos mapas, ou Portão da

Lama, o nome que recebia habitualmente. Um saltimbanco sobre pernas-de-pau caminhava por entre a multidão como um grande inseto, arrastando uma horda de crianças descalças aos gritos. Em outro lugar, dois garotos esfarrapados que não eram mais velhos que Bran duelavam com pedaços de madeira, perante o sonoro encorajamento de alguns e as furiosas pragas de outros. Uma velha acabou com a competição ao se debruçar em uma janela e despejar um balde de restos de cozinha sobre a cabeça dos combatentes. À sombra da muralha, agricultores berravam ao lado de suas carroças: "Maçãs, as melhores maçãs, baratas, metade do preço"; "Melões-de-sangue, doces como mel"; "Nabos, cebolas, raízes, aqui tem, aqui, aqui temos nabos, cebolas, raízes, aqui tem".

O Portão da Lama estava aberto e um esquadrão de Patrulheiros da Cidade vestidos com seus mantos dourados apoiava-se nas lanças sob a porta levadiça. Quando uma coluna de homens a cavalo apareceu vinda do leste, os guardas desataram numa atividade frenética, gritando ordens e afastando as carroças e o tráfego pedestre a fim de deixar entrar o cavaleiro e sua escolta. O primeiro cavaleiro a entrar pelo portão transportava um longo estandarte negro. A seda ondeava ao vento como uma coisa viva; o tecido estava ornado com um céu noturno cortado por um relâmpago de cor púrpura.

– Abram alas para Lorde Beric! – gritou o cavaleiro. – Abram alas para Lorde Beric! – e logo atrás vinha o jovem senhor em pessoa, uma fogosa figura montada num corcel negro, de cabelos ruivos alourados, vestindo um manto de cetim negro pontilhado de estrelas.

– Veio para lutar no torneio da Mão, senhor? – gritou-lhe um guarda.

– Vim para ganhar o torneio da Mão – gritou Lorde Beric de volta por entre as aclamações da multidão.

Ned virou as costas à praça onde a Rua do Aço começava e seguiu seu trajeto sinuoso por uma longa colina acima, passando por ferreiros que trabalhavam em forjas abertas, cavaleiros livres que regateavam os preços de cotas de malha e grisalhos ferrageiros que vendiam lâminas e navalhas velhas em suas carroças. Quanto mais subiam, maiores iam ficando os edifícios. O homem que procuravam encontrava-se no ponto mais alto da colina, numa enorme casa de madeira e estuque, cujos andares superiores pairavam por cima da rua estreita. As portas duplas mostravam uma cena de caça esculpida em ébano. Um par de cavaleiros de pedra montava guarda à entrada, envergando armaduras extravagantes de aço vermelho polido que os transformavam num grifo* e num unicórnio. Ned deixou o cavalo com Jacks e abriu caminho à força de seu ombro até o interior.

A jovem e esbelta criada deu uma rápida olhadela no distintivo de Ned e no símbolo em seu gibão, e o mestre apressou-se a vir ao seu encontro, todo sorrisos e reverências.

– Vinho para a Mão do Rei – disse à jovem, indicando com gestos um sofá a Ned. – Chamo-me Tobho Mott, senhor, por favor, por favor, fique à vontade – ele vestia um casaco de veludo negro com martelos bordados nas mangas em fio de prata. Em torno do pescoço trazia uma pesada corrente de prata com uma safira tão grande como um ovo de pombo. – Se necessitar de novas armas para o torneio da Mão, veio à loja certa – Ned não se incomodou em corrigi-lo. – Meu trabalho é dispendioso, e não me desculpo por isso, senhor – o homem disse, enquanto enchia dois cálices de prata iguais. – Não encontrará trabalho igual ao meu em nenhum local dos Sete Reinos, garanto-lhe. Visite cada uma das forjas de Porto Real, se desejar, e compare com seus

---

* Animal com cabeça, bico e asas de águia e corpo de leão. Ser fabuloso, como o unicórnio. (N. T.)

próprios olhos. Qualquer ferreiro de aldeia é capaz de fazer uma cota de malha; o meu trabalho é arte.

Ned bebericou seu vinho e deixou o homem continuar a falar. O Cavaleiro das Flores comprava ali todas as suas armaduras, gabou-se Tobho, assim como muitos grandes senhores, aqueles que conheciam o bom aço, até Lorde Renly, o irmão do próprio rei. A Mão teria talvez visto a nova armadura de Lorde Renly, a de chapa verde com os cornos dourados? Nenhum outro armeiro da cidade era capaz de alcançar um verde tão profundo; ele conhecia o segredo de dar cor ao próprio aço, a tinta e o esmalte eram as muletas de um artífice contratado. Ou porventura a Mão desejaria uma lâmina? Tobho aprendera a trabalhar o aço valiriano nas forjas de Qohor, quando ainda rapaz. Só um homem que conhecia os feitiços era capaz de pegar em armas antigas e forjá-las de novo.

– O lobo gigante é o símbolo da Casa Stark, não é assim? Poderia fabricar um elmo com a forma de um lobo gigante tão perfeita que as crianças fugiriam do senhor na rua – jurou.

Ned sorriu.

– Você fez um elmo em forma de falcão para Lorde Arryn?

Tobho Mott fez uma longa pausa e pôs de lado seu vinho.

– A Mão realmente veio me procurar, com Lorde Stannis, o irmão do rei. Mas, lamento dizer, não me honraram com o seu patrocínio.

Ned o olhou sem expressão, calado, à espera. Ao longo dos anos, descobrira que o silêncio por vezes recompensava mais que as perguntas. E foi o que aconteceu dessa vez.

– Pediram para ver o rapaz – disse o armeiro –, e então os levei até a forja.

– O rapaz – ecoou Ned. Não fazia ideia alguma de quem poderia ser o rapaz. – Também gostaria de vê-lo.

Tobho Mott dirigiu-lhe um olhar frio e cauteloso.

– Será feita sua vontade, senhor – disse, sem sinal de sua anterior simpatia. Levou Ned por uma porta dos fundos e um pátio estreito até o cavernoso edifício de pedra onde era realizado o trabalho. Quando o armeiro abriu a porta, o sopro de ar quente que veio de dentro do edifício fez com que Ned sentisse que estava entrando na boca de um dragão. Lá dentro, uma forja ardia em cada canto, e o ar fedia a fumaça e enxofre. Armeiros contratados ergueram o olhar de seus martelos e tenazes apenas tempo suficiente para limpar o suor das testas, enquanto aprendizes com o tronco nu manuseavam os foles.

O mestre chamou um rapaz alto, mais ou menos da idade de Robb, com os braços e o peito repletos de músculos.

– Este homem é Lorde Stark, a nova Mão do Rei – ele disse, quando o rapaz observou Ned através de olhos carrancudos e atirou para trás, com os dedos, os cabelos ensopados de suor. Cabelos espessos, espetados e despenteados, negros como tinta. A sombra de uma barba recente escurecia-lhe o maxilar.

– Este é Gendry. Forte para a idade, e trabalha duramente. Mostra à Mão aquele capacete que você fez, rapaz – quase com timidez, o rapaz os levou até sua bancada e um elmo de aço em forma de cabeça de touro, com dois grandes cornos curvos.

Ned virou o elmo nas mãos. Era de aço cru, não polido, mas habilidosamente esculpido.

– Este é um belo trabalho. Ficarei feliz se me deixar comprá-lo.

O rapaz arrancou o elmo de suas mãos.

– Não está à venda.

Tobho Mott pareceu horrorizado.

– Rapaz, este homem é a Mão do Rei. E se ele deseja esse elmo, ofereça-o de presente. Ele o está honrando só por pedi-lo.

– Eu o fiz para mim – disse o rapaz teimosamente.

– Cem perdões, senhor – disse o mestre apressadamente a Ned.

– O rapaz é rude como aço novo e, como o aço novo, seria benéfico que levasse um pouco de pancada. Aquele elmo é, quando muito, trabalho de contratado. Perdoe-o, e eu prometo que fabricarei para o senhor um elmo diferente de qualquer um que tenha visto.

– Ele não fez nada que requeira meu perdão. Gendry, quando Lorde Arryn veio vê-lo, de que falaram?

– Ele só me fez perguntas, senhor.

– Que tipo de perguntas?

O rapaz encolheu os ombros.

– Como eu estava, se era bem tratado, se gostava do trabalho, e coisas sobre minha mãe. Quem ela era, qual era o seu aspecto, e tudo isso.

– E que lhe disse? – perguntou Ned.

O rapaz afastou da testa uma nova cascata de cabelos negros.

– Ela morreu quando eu era pequeno. Tinha cabelos amarelos e lembro-me de que às vezes cantava para mim. Trabalhava numa cervejaria.

– Lorde Stannis também o interrogou?

– O careca? Não, ele não. Não disse uma palavra, só olhou para mim como se eu fosse algum estuprador que lhe tivesse deflorado a filha.

– Cuidado com essa língua suja – disse o mestre. – Este homem é a Mão do Rei – o rapaz baixou os olhos. – É um rapaz inteligente, mas teimoso. Esse elmo... quando lhe dizem que é teimoso como um touro, ele o atira em suas cabeças.

Ned tocou a cabeça do rapaz, passando os dedos pelos espessos cabelos negros.

– Olhe para mim, Gendry – o aprendiz ergueu o rosto. Ned estudou a forma de seu maxilar, seus olhos, que eram como gelo azul. *Sim*, pensou, *agora vejo.* – Volte ao seu trabalho, rapaz. Peço desculpas por tê-lo incomodado – e assim Ned regressou à casa com o mestre. – Quem lhe pagou para contratá-lo como aprendiz? – perguntou em tom ameno.

Mott pareceu inquieto.

– O senhor viu o rapaz. É muito forte. Aquelas mãos, aquelas mãos foram feitas para os martelos. Era tão promissor que o recebi sem pagamento algum.

– Agora quero a verdade – insistiu Ned. – As ruas estão cheias de rapazes fortes. O dia em que você receber um aprendiz sem pagamento será o dia em que a Muralha cairá. Quem pagou por ele?

– Um senhor – disse o mestre, com relutância. – Não deixou nome, e não usava nenhum símbolo no casaco. Pagou em ouro, duas vezes o montante habitual, e disse que estava pagando uma vez pelo rapaz e uma vez por meu silêncio.

– Descreva-o.

– Era corpulento, redondo de ombros, não tão alto como o senhor. Com uma barba castanha, mas eu podia jurar que havia nela um pouco de ruivo. Trajava um rico manto, recordo bem, um pesado veludo púrpuro trabalhado com fios de prata, mas o capuz escondia-lhe o rosto e não cheguei a vê-lo claramente – hesitou um momento. – Senhor, não desejo problemas.

– Nenhum de nós deseja problemas, mas temo que estejamos vivendo tempos problemáticos, Mestre Mott – Ned respondeu. – Você sabe quem o rapaz é.

– Eu sou apenas um armeiro, senhor. Sei aquilo que me é dito.

– Você sabe quem o rapaz é – repetiu pacientemente Ned. – Isto não é uma pergunta.

– O rapaz é meu aprendiz – disse o mestre. Olhou Ned nos olhos, obstinado como ferro velho. – Quem ele era antes de vir trabalhar comigo não é da minha conta.

Ned fez um aceno. Decidiu que gostava de Tobho Mott, o mestre armeiro.

– Se chegar o dia em que Gendry prefira empunhar uma espada em vez de forjá-la, envie-o até mim. Ele tem o olhar de um guerreiro. Até lá, tem os meus agradecimentos, Mestre Mott, e a minha promessa. Se alguma vez desejar um elmo para assustar crianças, este será o primeiro lugar que visitarei.

Seus guardas esperavam lá fora com os cavalos.

– Encontrou alguma coisa, senhor? – perguntou Jacks enquanto Ned montava.

– Encontrei – disse-lhe Ned, sentindo-se curioso. O que teria Jon Arryn querido de um bastardo real e por que isso teria valido sua vida?

Catelyn

— inha senhora, deveria cobrir a cabeça – disse-lhe Sor Rodrik enquanto os cavalos os levavam para o norte. – Acabará apanhando um resfriado.

– É só água, Sor Rodrik – respondeu Catelyn. Seus cabelos pendiam molhados e pesados, uma madeixa solta prendia-se à testa, e era capaz de imaginar como devia parecer andrajosa e selvagem, mas, naquele momento, não se importava. A chuva do Sul era suave e morna. Catelyn gostava da sensação da chuva no rosto, gentil como os beijos de uma mãe. Levava-a de volta à infância, aos longos dias cinzentos em Correrrio. Recordava o bosque sagrado, com os galhos pendentes, pesados de umidade, e o som do riso do irmão enquanto a perseguia sobre pilhas de folhas encharcadas. Lembrava-se de fazer bolos de lama com Lysa, do peso deles, da lama escorregadia e marrom em seus dedos. Certa vez elas os serviram a Mindinho, aos risinhos, e ele comera tanta lama que ficou doente durante uma semana. Eram todos tão jovens.

Catelyn quase esquecera. No Norte, a chuva caía fria e dura, e por vezes, à noite, transformava-se em gelo. Era tão capaz de matar uma colheita como de alimentá-la, e punha homens-feitos correndo em busca do abrigo mais próximo. Não era chuva em que meninas pequenas brincassem.

– Estou completamente encharcado – queixou-se Sor Rodrik. – Até os ossos estão molhados – as árvores os rodeavam, cerradas, e o contínuo bater da chuva nas folhas era acompanhado pelos pequenos sons de sucção que os cavalos faziam ao libertar os cascos da lama. – Esta noite precisaremos de fogo, senhora, e uma refeição quente será boa para ambos.

– Há uma estalagem no cruzamento mais à frente – disse Catelyn. Dormira ali muitas noites na juventude, quando viajava com o pai. Na flor da idade, Lorde Hoster Tully fora um homem inquieto, sempre a caminho de algum lugar. Ainda se recordava da estalajadeira, uma mulher gorda chamada Masha Heddle, que mascava folhamarga noite e dia e parecia possuir um fornecimento infinito de sorrisos e bolos doces para as crianças. Os bolos eram embebidos em mel e pousavam ricos e pesados na língua. Mas como Catelyn temera aqueles sorrisos! A folhamarga manchara os dentes de Masha de um tom escuro de vermelho e transformara-lhe o sorriso num horror sangrento.

– Uma estalagem – repetiu Sor Rodrik em tom melancólico. – Se pudéssemos... mas não me atrevo a arriscar. Se desejarmos permanecer incógnitos, penso que é melhor procurarmos algum lugar pequeno... – calou-se quando ouviram sons na estrada à frente; água chapinhando, o tinir de uma cota de malha, um relincho. – Cavaleiros – ele a preveniu, deixando cair a mão sobre o punho da espada. Mesmo na estrada real não fazia mal nenhum ser cuidadoso.

Seguiram os sons por uma lenta curva na estrada e os viram; uma coluna de homens armados que atravessava ruidosamente um caudaloso curso de água. Catelyn puxou as rédeas do cavalo para deixá-los passar. O estandarte transportado pelo cavaleiro que seguia à frente pendia ensopado e inerte, mas os guardas usavam mantos de cor índigo e nos ombros tremulava a águia prateada de Guardamar.

– Mallister – segredou-lhe Sor Rodrik, como se ela não soubesse. – Minha senhora, é melhor pôr o capuz.

Catelyn não se mexeu. O próprio Lorde Jason Mallister seguia na coluna, rodeado por seus cavaleiros, com o filho Patrick a seu lado e os escudeiros logo atrás. Ela sabia que se dirigiam a Porto Real para o torneio da Mão. Ao longo da última semana, os viajantes na estrada real tinham transitado tão densamente como nuvens de moscas; cavaleiros da guarda e cavaleiros livres,

cantores com suas harpas e tambores, pesadas carroças carregadas de pilhas de milho ou pipas de mel, negociantes, artesãos e
prostitutas; todos a caminho do sul.

Estudou Lorde Jason com ousadia. Da última vez que o vira,
ele brincava com o tio em seu banquete de casamento; os Mallister eram vassalos dos Tully, e seus presentes tinham sido pródigos.
Agora, tinha os cabelos castanhos salpicados de branco e o tempo
descarnara-lhe o rosto, mas os anos não lhe tinham tocado no orgulho. Montava como um homem que nada temia. Catelyn invejava-o
por isso; tinha passado a temer tantas coisas. Ao passar por eles,
Lorde Jason fez uma brusca saudação com a cabeça, mas não foi
mais que a cortesia de um grande senhor por estranhos encontrados por acaso na estrada. Não houve nenhum reconhecimento naqueles olhos intensos, e o filho nem sequer desperdiçou um olhar.

– Ele não a reconheceu – disse depois Sor Rodrik, surpreso.

– Viu um par de viajantes sujos de lama, molhados e cansados à beira da estrada. Nunca lhe ocorreria suspeitar que um de
nós seria a filha de seu suserano. Julgo que estaremos suficientemente seguros na estalagem, Sor Rodrik.

Era já quase noite quando lá chegaram, no cruzamento de
estradas que ficava a norte da grande confluência do Tridente.
Masha Heddle estava mais gorda e mais grisalha do que Catelyn
recordava, ainda mascando sua folhamarga, mas lançou-lhes
apenas o mais precipitado dos olhares, sem sequer uma sugestão
de seu sinistro sorriso vermelho.

– Dois quartos no topo das escadas, é tudo que há – disse,
enquanto mastigava. – Ficam abaixo da torre sineira, portanto,
não perderão refeições, mas há quem os ache demasiado baru-
lhentos. Não posso fazer nada. Estamos cheios, ou tão perto disso que não faz diferença. São esses quartos ou a estrada.

Foram aqueles quartos, poeirentas águas-furtadas de teto
baixo no topo de uma escada estreita e escura.

– Deixem as botas aqui embaixo – disse-lhes Masha depois de recolher o dinheiro. – O rapaz as limpará. Não quero as escadas cheias de lama. Atenção ao sino. Os que chegam tarde às refeições não comem – não havia sorrisos, e nenhuma menção a bolos doces.

Quando o sino tocou para o jantar, o som foi ensurdecedor. Catelyn vestira roupas secas. Estava sentada junto à janela, vendo a chuva cair. O vidro era leitoso e cheio de bolhas, e lá fora caía um crepúsculo úmido. Catelyn apenas conseguia entrever o lamacento cruzamento onde as duas grandes estradas se encontravam.

O cruzamento a fez hesitar. Se virassem ali para oeste, era um caminho fácil até Correrrio. O pai sempre lhe dera conselhos sábios quando mais precisava, e ansiava por falar com ele, por preveni-lo da tempestade que se formava. Se Winterfell precisava se preparar para a guerra, o que dizer de Correrrio, tão mais próximo de Porto Real, com o poder de Rochedo Casterly erguendo-se a oeste como uma sombra. Se seu pai fosse mais forte, talvez tivesse arriscado, mas Hoster Tully passara os últimos dois anos na cama, e Catelyn não estava disposta a sobrecarregá-lo agora.

A estrada que seguia para leste era mais selvagem e perigosa, subindo ao longo de sopés rochosos e espessas florestas até as Montanhas da Lua, atravessando passagens elevadas e profundos desfiladeiros até o Vale de Arryn e os pedregosos Dedos, que se projetavam para além do Vale. Por cima deste erguia-se o Ninho da Águia, altaneiro e inexpugnável, com torres que se erguiam ao céu. Ali, encontraria a irmã... e, talvez, algumas das respostas que Ned procurava. Certamente Lysa sabia mais do que se atrevera a colocar na carta. Podia até possuir as provas de que Ned necessitava para levar a ruína aos Lannister; e, se chegassem à guerra, necessitariam dos Arryn e dos senhores orientais que lhes prestavam vassalagem.

Mas a estrada da montanha era perigosa. Gatos-das--sombras patrulhavam essas passagens, avalanches de rochas eram comuns, e os clãs das montanhas eram salteadores sem lei, descendo das alturas para roubar e matar, e derretendo como neve sempre que os cavaleiros partiam do Vale à sua procura. Mesmo Jon Arryn, um senhor tão grande como os melhores que o Ninho da Águia conhecera, viajara sempre escoltado quando atravessava as montanhas. A única escolta de Catelyn era um cavaleiro idoso, armado de lealdade.

Não, pensou, Correrrio e Ninho da Águia teriam de esperar. Seu caminho corria para o norte até Winterfell, onde os filhos e o dever a esperavam. Assim que tivessem passado o Gargalo em segurança, poderia anunciar-se a um dos vassalos de Ned e enviar homens a cavalo na frente com ordens para montar uma vigia na estrada do rei.

A chuva obscurecia os campos para lá do cruzamento, mas Catelyn via o terreno com suficiente clareza na memória. O mercado era justamente do outro lado da estrada, e a aldeia, a uma milha mais para a frente, meia centena de casas brancas rodeando um pequeno septo de pedra. Agora deveria haver mais; o verão fora longo e pacífico. Para norte dali, a estrada real acompanhava o Ramo Verde do Tridente através de vales férteis e bosques verdes, passando por aldeias cheias de vida, sólidas fortificações e os castelos dos senhores do rio.

Catelyn conhecia-os todos: os Blackwood e os Bracken, eternos inimigos, cujas disputas o pai era obrigado a mediar; a Senhora Whent, a última de sua linhagem, que vivia com seus fantasmas nas abóbadas cavernosas de Harrenhal; o irascível Lorde Frey, que sobrevivera a sete esposas e enchera seus castelos gêmeos de filhos, netos e bisnetos, e também de bastardos, filhos e netos. Todos eles eram vassalos dos Tully, com as espadas juramentadas a serviço de Correrrio. Catelyn perguntou a si mesma se seria suficiente, caso se chegasse à guerra. O pai era o homem mais firme que já vivera, e não tinha dúvida de que chamaria os vassalos... mas será que estes viriam? Também os Darry, os Ryger e os Mooton tinham prestado juramento a Correrrio, e no entanto tinham lutado com Rhaegar Targaryen no Tridente, enquanto Lorde Frey chegara com seus recrutas muito depois de a batalha ter chegado ao fim, deixando algumas dúvidas quanto ao exército a que planejara juntar-se (o deles, assegurara solenemente aos vencedores depois de tudo terminar, mas daí em diante o pai chamara-o sempre o Atrasado Lorde Frey). *Não se devia chegar à guerra*, pensou fervorosamente Catelyn. Não deveriam deixar que isso acontecesse.

Sor Rodrik veio falar com ela no momento em que o sino terminava o seu chamado.

– É melhor que nos apressemos se quisermos comer esta noite, minha senhora.

– Talvez seja mais seguro se não nos apresentarmos como cavaleiro e senhora até passarmos o Gargalo – ela disse. – Viajantes comuns atraem menos atenção. Um pai e uma filha que tomaram a estrada por causa de algum assunto de família, por exemplo.

– Como desejar, minha senhora – concordou Sor Rodrik. Só quando ela riu é que compreendeu o que acabara de dizer. – A velha cortesia custa a morrer, minha... minha filha – tentou puxar pela barba desaparecida e suspirou, exasperado.

Catelyn tomou-lhe o braço.

– Venha, pai – ela disse. – Descobrirá que Masha Heddle serve bem sua mesa, penso eu, mas procure não elogiá-la. Garanto que não vai querer vê-la sorrir.

A sala de estar era longa e cheia de correntes de ar, com uma fila de enormes barris de madeira numa ponta e uma lareira na outra. Um criado corria de um lado para o outro com espetos de carne, enquanto Masha tirava cerveja dos barris, sem jamais parar de mascar sua folhamarga.

Os bancos estavam cheios de gente, com pessoas da aldeia e agricultores misturando-se livremente com todos os tipos de viajantes. Os cruzamentos geravam estranhos companheiros; tintureiros de mãos negras e purpúreas partilhavam o banco com homens do rio que fediam a peixe; um ferreiro musculoso apertava-se ao lado de um mirrado velho septão; experimentados mercenários e moles e rechonchudos mercadores trocavam notícias como alegres companheiros.

A companhia incluía mais homens de armas do que Catelyn teria preferido. Três junto ao fogo usavam o símbolo do garanhão vermelho dos Bracken, e havia um grande grupo em cota de malha de aço azul e capas de um cinza-prateado. Em seus ombros ostentavam outro selo familiar, as torres gêmeas da Casa Frey. Estudou-lhes os rostos, mas eram todos novos demais para a terem conhecido. O mais velho entre eles não teria mais idade que Bran na época em que ela partiu para o Norte.

Sor Rodrik encontrou um lugar vago para eles no banco que ficava perto da cozinha. Do outro lado da mesa, um jovem bem-apessoado dedilhava uma harpa.

– Sete bênçãos aos bons senhores – disse, quando se sentaram. Uma taça de vinho vazia estava na mesa à sua frente.

– E para você também, cantor – retorquiu Catelyn. Sor Rodrik gritou por pão, carne e cerveja num tom que queria dizer *já*. O cantor, um jovem de cerca de dezoito anos, olhou para eles com ousadia e perguntou-lhes de onde vinham, para onde iam e que novas traziam, atirando as perguntas, rápidas como flechas, sem deixar uma pausa para as respostas. – Deixamos Porto Real há uma quinzena – respondeu Catelyn à pergunta que mais lhe dava segurança.

– É para onde eu vou – disse o jovem. Tal como Catelyn suspeitara, ele estava mais interessado em contar sua própria história do que ouvir a deles. Nada havia que os cantores mais amassem que o som de suas vozes. – O torneio da Mão significa senhores ricos com bolsas gordas. Da última vez, regressei com mais prata do que conseguia transportar... ou teria regressado, se não tivesse perdido tudo ao apostar na vitória do Regicida.

– Os deuses franzem as sobrancelhas aos jogadores – Sor Rodrik disse severamente. Era um homem do Norte e comungava das ideias dos Stark acerca dos torneios.

– E com certeza a franziram para mim – disse o cantor. – Seus deuses cruéis e o Cavaleiro das Flores deram cabo de mim completamente.

– Decerto isso lhe serviu de lição – disse Sor Rodrik.

– Serviu. Dessa vez, minhas moedas apoiarão Sor Loras.

Sor Rodrik tentou puxar as barbas que não estavam lá, mas, antes de poder compor uma reprimenda, o criado chegou numa correria. Pôs na frente deles fatias de pão e as encheu com bocados de carne tirada de um espeto pingando molho quente. Outro espeto continha minúsculas cebolas, pimentões de fogo e gordos cogumelos. Sor Rodrik preparou-se para se refestelar, enquanto o rapaz corria de volta para lhes trazer cerveja.

– Meu nome é Marillion – disse o cantor, fazendo soar uma corda de sua harpa. – Com certeza já me ouviram tocar em algum lugar...

Seus modos fizeram Catelyn sorrir. Poucos cantores errantes se aventuravam tão para norte até Winterfell, mas conhecera esse tipo de homem durante a infância passada em Correrrio.

– Receio que não – ela respondeu.

Ele arrancou um lamentoso acorde da harpa.

– A perda é sua – ele retrucou. – Quem foi o melhor cantor que já ouviu?

– Alia de Bravos – respondeu Sor Rodrik de imediato.

– Ah, eu sou *muito* melhor que esse pau velho – disse Marillion. – Se tiver prata para uma canção, de bom grado a mostrarei.

– Talvez eu tenha um cobre ou dois, mas prefiro atirá-los a um poço a pagar por seus uivos – resmungou Sor Rodrik.

Sua opinião sobre cantores era bem conhecida; a música era uma coisa adorável para mulheres, mas não era capaz de compreender por que um rapaz saudável ocuparia as mãos com uma harpa quando poderia empunhar uma espada.

– Seu avô tem uma natureza amarga – disse Marillion para Catelyn. – Pretendia honrá-los. Uma homenagem à sua beleza. A bem da verdade, fui feito para cantar para reis e grandes senhores.

– Ah, consigo ver isso – disse Catelyn. – Ouvi dizer que Lorde Tully é amigo das canções. Sem dúvida que já esteve em Correrrio.

– Cem vezes – disse o jovem com desenvoltura. – Mantêm um aposento à minha espera, e o jovem senhor é como um irmão.

Catelyn sorriu, perguntando a si mesma o que Edmure pensaria daquilo. Outro cantor certa vez dormira com uma moça de que seu irmão gostava; desde então passara a odiar a raça.

– E Winterfell? – perguntou-lhe. – Já viajou para o Norte?

– E por que haveria de ir para o Norte? – perguntou Marillion. – Lá em cima são só neves e peles de urso, e a única música que os Stark conhecem é o uivar dos lobos – de um modo longínquo, ela percebeu a porta que se abria na ponta mais distante da sala.

– Estalajadeiro – disse uma voz de criado atrás dela –, temos cavalos que precisam de estábulo, e meu senhor Lannister deseja um quarto e um banho quente.

– Ah, deuses – disse Sor Rodrik antes que Catelyn o conseguisse silenciar, seus dedos apertando-se com força em torno de seu braço.

Masha Heddle desfazia-se em reverências e sorria seu hediondo sorriso vermelho.

– Lamento, senhor, de verdade, estamos cheios, todos os quartos.

Eram quatro, Catelyn viu. Um velho trajando o negro da Patrulha da Noite, dois criados… e ele, ali em pé, pequeno e descarado como a vida.

– Meus homens dormirão em seu estábulo, e quanto a mim, bem, não preciso propriamente de um quarto *grande*, como pode ver bem – mostrou um sorriso zombeteiro. – Desde que o fogo aqueça e a palha esteja razoavelmente livre de pulgas, sou um homem feliz.

Masha Heddle estava fora de si.

– Senhor, não há nada, é o torneio, não há nada a fazer, ah…

Tyrion Lannister tirou uma moeda da bolsa, atirou-a por cima da cabeça, apanhou-a, e a atirou de novo. Mesmo na outra ponta da sala, onde Catelyn se encontrava, o cintilar do ouro era inconfundível.

Um cavaleiro livre com um desbotado manto azul pôs-se em pé:

– É bem-vindo ao meu quarto, senhor.

– Ora, aqui está um homem inteligente – disse Lannister, e atirou a moeda a rodopiar pela sala fora. O cavaleiro livre a apanhou no ar. – E, além disso, ligeiro de movimentos – o anão virou-se para Masha Heddle: – Confio que seja capaz de arranjar comida?

– Tudo que desejar, senhor, tudo e mais alguma coisa – prometeu a estalajadeira. E que ele sufoque com a comida, pensou Catelyn, mas foi Bran quem ela viu sufocar, afogando-se no próprio sangue.

Lannister lançou um rápido olhar pelas mesas mais próximas.

– Meus homens comerão seja o que for que esteja servindo a

essa gente. Porções duplas, porque tivemos um longo dia de viagem. Quero uma ave assada... galinha, pato, pombo, não importa. E mande-me um jarro do seu melhor vinho. Yoren, janta comigo?

– Sim, senhor, janto – respondeu o irmão negro.

O anão nem sequer olhara de relance para a extremidade mais distante da sala, e Catelyn pensava em como se sentia grata pelos bancos apinhados que havia entre eles, quando subitamente Marillion deu um salto e pôs-se em pé.

– Meu senhor Lannister! – ele gritou. – Ficarei feliz em entretê-lo enquanto se alimenta. Deixe-me cantar o lai* sobre a grande vitória de seu pai em Porto Real.

– Nada me arruinaria mais o jantar – o anão disse secamente. Seus olhos desiguais avaliaram brevemente o cantor, começaram a se afastar... e deram com Catelyn. Olhou-a por um momento, confuso. Ela virou o rosto, mas era tarde demais. O anão sorria. – Senhora Stark, mas que prazer inesperado – ele disse. – Lamentei não tê-la encontrado em Winterfell.

Marillion a olhou de boca aberta, com a confusão dando lugar ao desgosto enquanto Catelyn se levantava. Ouviu Sor Rodrik praguejar. Se ao menos o homem tivesse se demorado na Muralha, pensou ela, se ao menos...

– Senhora... Stark? – disse Masha Heddle, sem compreender.

– Ainda era Catelyn Tully da última vez que pernoitei aqui – ela disse à estalajadeira. Ouvia os murmúrios, sentia os olhos postos em si. Lançou um olhar pela sala, olhando para o rosto dos cavaleiros e as espadas juramentadas, e inspirou profundamente para abrandar as frenéticas batidas do coração. Atrever-se-ia a correr o risco? Não havia tempo para pensar bem, apenas o momento e o som de sua voz a ressoar em seus ouvidos.

---

* Poema narrativo lírico tocado em harpa ou viola. (N. T.)

– O senhor aí, no canto – disse para um homem mais velho em que não reparara até agora. – É o morcego negro de Harrenhal que vejo bordado em seu manto, senhor?

O homem ergueu-se.

– É sim, senhora.

– E é a Senhora Whent uma verdadeira e honesta amiga de meu pai, Lorde Hoster Tully de Correrrio?

– É, sim – o homem respondeu resolutamente.

Sor Rodrik ergueu-se em silêncio e desapertou a espada em sua bainha. O anão piscava, sem expressão, com os olhos desiguais repletos de perplexidade.

– O garanhão vermelho foi sempre uma visão bem-vinda em Correrrio – disse Catelyn ao trio perto do fogo. – Meu pai conta Jonos Bracken entre os seus mais antigos e leais vassalos.

Os três homens de armas trocaram olhares incertos.

– Nosso senhor sente-se honrado por sua confiança – disse um deles, hesitantemente.

– Invejo ao seu pai todos esses bons amigos – observou Lannister –, mas não compreendo bem o objetivo disto, Senhora Stark.

Ela o ignorou, virando-se para o grande grupo vestido de azul e cinza. Residia neles o fulcro da questão; eram mais de vinte.

– Também conheço seu símbolo: as torres gêmeas de Frey. Como passa seu bom senhor, senhores?

O capitão pôs-se em pé.

– Lorde Walder está bem, senhora. Planeja tomar uma nova esposa no nonagésimo dia do seu nome, e pediu ao senhor seu pai para honrar o casamento com sua presença.

Tyrion Lannister soltou um risinho abafado. Foi nesse momento que Catelyn soube que o tinha na mão.

– Este homem chegou como convidado a minha casa e ali conspirou para matar meu filho, um garoto de sete anos – proclamou para toda a sala, apontando. Sor Rodrik deslocou-se para o seu lado, de espada na mão. – Em nome do Rei Robert e dos bons senhores que servem, solicito-lhes que o capturem e me ajudem a devolvê-lo a Winterfell, onde esperará a justiça do rei.

Não saberia dizer o que lhe deu maior satisfação: se o som de uma dúzia de espadas a serem empunhadas como uma só, ou se a expressão no rosto de Tyrion Lannister.

Sansa

Sansa chegou ao torneio da Mão, com a Septã Mordane e Jeyne Poole, numa liteira com cortinas de uma seda amarela tão fina que se conseguia ver através delas. Transformavam o mundo inteiro em ouro. Para lá das muralhas da cidade, tinha sido erguida uma centena de pavilhões junto ao rio, e a plebe chegou aos milhares para assistir aos jogos. O esplendor de tudo aquilo tirou o fôlego de Sansa; as armaduras brilhantes, os grandes cavalos ornados com prata e ouro, os gritos da multidão, os estandartes esvoaçando ao vento… e os próprios cavaleiros, acima de tudo os cavaleiros.

– É melhor do que nas canções – ela sussurrou quando encontraram os lugares que o pai lhe prometera, entre os grandes senhores e senhoras.

Sansa estava belamente vestida naquele dia, num vestido verde que lhe realçava o arruivado dos cabelos, e estava consciente de que a admiravam e sorriam.

Viram os heróis de cem canções avançar, cada um mais fabuloso que o anterior. Os sete cavaleiros da Guarda Real desceram ao campo, todos, menos Sor Jaime Lannister, com armaduras de escamas da cor do leite e mantos tão alvos como neve recém-caída. Sor Jaime vestia também o manto branco, mas por baixo brilhava em ouro da cabeça aos pés, com um elmo em forma de cabeça de leão e uma espada dourada. Sor Gregor Clegane, a Montanha Que Cavalga, trovejou como uma avalanche ao passar por eles. Sansa reconheceu Lorde Yohn Royce, que visitara Winterfell dois anos antes.

– Sua armadura é de bronze, com milhares e milhares de anos, com runas mágicas gravadas que o protegem do perigo –

sussurrou para Jeyne. Septã Mordane indicou-lhes Lorde Jason Mallister, vestido de índigo com relevos de prata e com as asas de uma águia no elmo. Abatera três dos vassalos de Rhaegar no Tridente. As moças rebentaram em risinhos ao ver o sacerdote guerreiro Thoros de Myr, com sua larga toga vermelha e a cabeça raspada, até que a septã lhes contou que certa vez tinha escalado as muralhas de Pyke com uma espada em chamas na mão.

Havia outros competidores que Sansa não conhecia; pequenos cavaleiros dos Dedos, de Jardim de Cima ou das montanhas de Dorne, cavaleiros livres jamais celebrados e homens recém-nomeados escudeiros, os filhos mais novos de grandes senhores e os herdeiros de Casas menores. Homens mais jovens, muitos ainda não tinham realizado grandes feitos, mas Sansa e Jeyne concordaram que um dia os Sete Reinos ressoariam ao som de seus nomes. Sor Balon Swann, Lorde Bryce Caron, das Marcas. O herdeiro do bronze de Yohn, Sor Andar Royce, e o irmão mais novo, Sor Robar, cujas placas de aço prateado traziam a mesma filigrana em bronze de antigas runas que protegia o pai. Os gêmeos, Sor Horas e Sor Hobber, cujos escudos exibiam o símbolo do cacho de uvas dos Redwyne, bordô sobre azul. Patrek Mallister, filho de Lorde Jason. Os seis Frey da Travessia: Sor Jared, Sor Hosteen, Sor Danwell, Sor Emmon, Sor Theo, Sor Perwyn, filhos e netos do velho Lorde Walder Frey, e também o filho bastardo, Martyn Rivers.

Jeyne Poole confessou-se assustada pelo aspecto de Jalabhar Xho, um príncipe exilado das Ilhas do Verão que usava uma capa de penas em verde e escarlate por cima de uma pele escura como a noite, mas quando viu o jovem Lorde Beric Dondarrion, com os cabelos como ouro vermelho e o escudo negro atravessado por um relâmpago, anunciou-se pronta para se casar com ele naquele momento.

Cão de Caça também integrava a lista de participantes, e igualmente dela constava o irmão do rei, o atraente Lorde Renly de Ponta Tempestade. Jory, Alyn e Harwin competiam por Winterfell e pelo Norte.

– Jory parece um pedinte ao lado dos outros – fungou Septã Mordane quando ele surgiu. Sansa só podia concordar. A armadura de Jory era feita de metal azul-acinzentado sem distintivos ou ornamentos, e um fino manto cinza pendia-lhe dos ombros como um trapo sujo. Mas saiu-se bem, derrubando Horas Redwyne na primeira justa e um dos Frey na segunda. No terceiro encontro, fez três passagens por um cavaleiro livre chamado Lothor Brune, cuja armadura era tão sem graça como a sua. Nenhum dos homens caiu do cavalo, mas a lança de Brune era mais firme e seus golpes, mais bem colocados, e o rei concedeu-lhe a vitória. Alyn e Harwin não estiveram tão bem; Harwin foi desmontado ao primeiro golpe por Sor Meryn, da Guarda Real, ao passo que Alyn caiu perante Sor Balon Swann.

A justa prolongou-se por todo o dia e entrou pelo crepúsculo, com os cascos dos grandes cavalos de batalha batendo o terreno até transformá-lo num descampado irregular de terra revolta. Uma dúzia de vezes Jeyne e Sansa gritaram em uníssono quando cavaleiros chocaram as lanças com estrondo, explodindo-as em lascas, enquanto os plebeus gritavam por seus favoritos. Jeyne cobria os olhos sempre que um homem caía, como uma menininha assustada, mas Sansa era feita de material mais firme. Uma grande senhora sabia como se comportar em torneios. Até Septã Mordane reparou em sua compostura e fez um aceno de aprovação.

O Regicida competiu brilhantemente. Derrotou Sor Andar Royce e Lorde Bryce Caron, das Marcas, tão facilmente como se estivesse investindo sobre aros, e depois teve um duro encontro com o experiente Barristan Selmy, que vencera os dois primeiros embates contra homens trinta e quarenta anos mais novos.

Sandor Clegane e o imenso irmão, Sor Gregor, a Montanha, também pareciam imbatíveis, derrotando adversário atrás de adversário num estilo feroz. O mais aterrador momento do dia chegou durante a segunda justa de Sor Gregor, quando sua lança se ergueu e atingiu, sob o gorjal, um jovem cavaleiro vindo do Vale, com tanta força que lhe trespassou a garganta, matando-o instantaneamente. O jovem caiu a menos de três metros de onde Sansa se encontrava. A ponta da lança de Sor Gregor quebrara--se no pescoço do jovem e o sangue de sua vida fluiu em lentas golfadas, cada uma mais fraca que a anterior. Sua armadura brilhava de tão nova; uma brilhante faixa de fogo corria pelo braço estendido onde o aço capturava a luz. Então, o sol se escondeu atrás de uma nuvem, que desapareceu. O manto era azul, da cor do céu num dia límpido de verão, ornamentado com uma borda de luas crescentes, mas quando o sangue o encharcou, o tecido escureceu e as luas foram se tornando vermelhas, uma a uma.

Jeyne Poole chorou tão histericamente que Septã Mordane acabou por levá-la dali até que recuperasse a compostura, mas Sansa ficou sentada, com as mãos fechadas sobre o colo, observando com um estranho fascínio. Nunca antes tinha visto um homem morrer. Também devia chorar, pensou, mas as lágrimas não vinham. Talvez tivesse gasto todas elas com Lady e Bran. Disse a si mesma que seria diferente se tivesse sido Jory, Sor Rodrik ou seu pai. O jovem cavaleiro do manto azul não era nada para ela, um estranho qualquer vindo do Vale de Arryn, cujo nome esquecera assim que o ouvira. E agora o mundo também esqueceria seu nome, concluiu; não haveria canções em sua honra. Era triste.

Depois de levarem o corpo, um rapaz com uma pá correu para o campo e atirou terra sobre o local onde o jovem caíra, para cobrir o sangue. E então recomeçaram as justas.

Sor Balon Swann também caiu perante Gregor, e Lorde Renly, perante Cão de Caça. Renly foi desmontado tão violentamente que pareceu voar para trás, para longe do adversário, com as pernas para o ar. A cabeça bateu no chão com um *crac* audível que fez a multidão prender a respiração, mas era apenas o chifre de ouro do elmo. Um dos galhos tinha se partido sob seu peso. Quando Lorde Renly se pôs em pé, o público aplaudiu ruidosamente, pois o bonito irmão mais novo do Rei Robert era muito popular. Entregou o chifre partido ao seu vencedor com uma reverência cortês. Cão de Caça resfolegou e atirou a haste partida à multidão, onde a arraia-miúda desatou aos socos e aos empurrões na disputa pelo pequeno bocado de ouro, até que Lorde Renly surgiu entre eles para restaurar a paz. A essa altura Septã Mordane já regressara, sozinha. Jeyne sentira-se doente, explicou; ajudara-a a voltar ao castelo. Sansa quase se esquecera de Jeyne.

Mais tarde, um pequeno cavaleiro com um manto xadrez caiu em desgraça ao matar o cavalo de Beric Dondarrion e foi desclassificado. Lorde Beric mudou a sela para uma nova montaria, apenas para ser derrubado logo a seguir por Thoros de Myr. Sor Aron Santagar e Lothor Brune investiram três vezes sem resultado; Sor Aron caiu depois perante Lorde Jason Mallister, e Brune, perante o filho mais novo de Yohn Royce, Robar.

No fim, restaram quatro: Cão de Caça; seu monstruoso irmão Gregor; Jaime Lannister, o Regicida; e Sor Loras Tyrell, o jovem a quem chamavam Cavaleiro das Flores.

Sor Loras era o filho mais novo de Mace Tyrell, senhor de Jardim de Cima e Protetor do Sul. Com dezesseis anos, era o mais novo cavaleiro em campo, mas naquela manhã, em suas primeiras três justas, tinha derrubado três cavaleiros da Guarda Real. Sansa nunca vira ninguém tão belo. Sua placa de peito estava primorosamente moldada e adornada como um buquê de mil flores diferentes, e seu garanhão branco como a neve estava envolvido em uma manta de rosas vermelhas e brancas. Depois de cada vitória, Sor Loras tirava o elmo, cavalgava devagar em torno do alambrado, e por fim tirava uma única rosa branca da manta e a atirava a alguma bela donzela que visse na multidão. Seu último encontro do dia foi com o Royce mais novo. As runas ancestrais de Sor Robar pouca proteção providenciaram, pois Sor Loras quebrou-lhe o escudo e o arrancou da sela, fazendo-o cair com um horrível estrondo. Robar ficou gemendo enquanto o vencedor fazia seu circuito do campo. Por fim, chamaram uma liteira e levaram o vencido para sua tenda, aturdido e imóvel. Sansa nem o viu. Só tinha olhos para Sor Loras. Quando o cavalo branco parou na sua frente, pensou que seu coração arrebentaria.

Às outras donzelas dera rosas brancas, mas a que escolheu para ela era vermelha.

– Querida senhora – disse –, nenhuma vitória possui sequer metade de sua beleza – Sansa recebeu a rosa timidamente, estupidificada pelo galanteio. Os cabelos do jovem eram uma massa de grandes cachos castanhos, seus olhos eram como ouro líquido. Inalou a doce fragrância da rosa e ficou agarrada a ela até muito depois de Sor Loras ter se afastado.

Quando Sansa acabou por finalmente olhar para cima, um homem estava em pé à sua frente, sem desviar o olhar. Era baixo, com uma barba pontiaguda e um fio de prata nos cabelos, quase tão velho como seu pai.

– A senhora deve ser uma de suas filhas – o homem lhe disse. Tinha olhos cinza-esverdeados que não sorriam quando a boca o fazia. – Tem o jeito dos Tully.

– Sou Sansa Stark – ela disse, pouco à vontade. O homem usava um manto pesado, com colarinho de peles, atado com um tejo de prata, e possuía as maneiras fáceis de um grande senhor, mas ela não o conhecia. – Não tive a honra, senhor.

Septã Mordane foi rápida em vir em seu auxílio.

– Querida menina, este é o Senhor Petyr Baelish, do pequeno conselho do rei.

– Sua mãe foi em tempos passados a *minha* rainha da beleza – disse o homem calmamente. Seu hálito cheirava a menta. – Tem os cabelos dela – Sansa sentiu os dedos dele no rosto quando lhe afagou uma madeixa arruivada. De forma bastante abrupta, virou-se e afastou-se.

A essa altura, a lua já ia bastante alta e a multidão estava cansada, e o rei acabava de decretar que os últimos três encontros seriam disputados na manhã seguinte, antes do corpo a corpo. Enquanto os plebeus se dirigiam para suas casas, conversando sobre as justas do dia e os embates da manhã seguinte, a corte deslocou-se até as margens do rio a fim de dar início ao festim. Seis monumentais auroques estavam assando havia horas, girando lentamente em espetos de madeira, enquanto os ajudantes de cozinha os untavam com manteiga e ervas até a carne começar a crepitar. Mesas e bancos tinham sido montados fora dos pavilhões, e neles tinham sido colocadas grandes pilhas de ervamel, morangos e pão fresco.

Sansa e Septã Mordane receberam lugares de grande honra, à esquerda do estrado elevado onde o próprio rei se sentava com sua rainha. Quando Príncipe Joffrey se sentou à sua direita, Sansa sentiu sua garganta apertar. Ele não lhe dirigira uma palavra desde aqueles terríveis eventos, e ela não se atrevia a falar com ele. A princípio pensou que o odiava pelo que fizera a Lady, mas depois de chorar até ficar sem lágrimas dissera a si mesma que não tinha sido obra de Joffrey, não verdadeiramente. Fora a rainha quem fizera aquilo; era ela que devia odiar, ela e Arya. Nada de mal teria acontecido se não fosse Arya.

Naquela noite não podia odiar Joffrey. Era bonito demais para ser odiado. Vestia um gibão de um profundo tom de azul ornamentado com uma fileira dupla de cabeças de leão, e trazia em volta da testa uma estreita coroa feita de ouro e safiras. Os cabelos eram tão brilhantes como metal. Sansa olhou para ele e

estremeceu, com medo de que a ignorasse ou, pior ainda, voltasse a ficar detestável e a fizesse fugir da mesa chorando.

Mas, em vez disso, Joffrey sorriu e beijou-lhe a mão, belo e
galante como qualquer príncipe das canções, e disse:

– Sor Loras tem bom olho para a beleza, querida senhora.

– Ele foi muito gentil – ela objetou, tentando permanecer
modesta e calma, embora seu coração cantasse. – Sor Loras é
um verdadeiro cavaleiro. Julga que ele ganha amanhã, senhor?

– Não – disse Joffrey. – Meu cão dará conta dele, ou talvez
meu tio Jaime. E dentro de alguns anos, quando tiver idade para
entrar no torneio, darei conta de todos eles – ergueu a mão para
chamar um criado que trazia um jarro de vinho de verão gelado
e serviu-se de uma taça. Ela olhou ansiosa para Septã Mordane,
até que Joffrey se inclinou e encheu também a taça da septã, que
lhe fez um aceno de cabeça, agradeceu-lhe amavelmente, mas
não disse uma palavra.

Os criados mantiveram as taças cheias toda a noite, mas, mais
tarde, Sansa não conseguiu se lembrar sequer de ter provado o vinho. Não precisava de vinho. Estava ébria da magia da noite, entontecida por seus encantos, arrebatada por belezas com que sonhara toda a vida e nunca se atrevera a ter esperança de conhecer.
Cantores sentavam-se perante o pavilhão do rei, enchendo o crepúsculo de música. Um malabarista manteve uma cascata de clavas
em chamas rodopiando no ar. O bobo privado do rei, o simplório
de rosto em forma de torta, chamado Rapaz Lua, dançou por ali
equilibrado em pernas-de-pau, vestido de cores variadas, fazendo
troça de toda a gente com tão hábil crueldade que Sansa perguntou
a si mesma se o homem seria mesmo lento. Até Septã Mordane
foi impotente contra ele; quando cantou sua cançoneta acerca do
Grande Septão, ela riu tanto que derramou vinho no vestido.

E Joffrey era a alma da cortesia. Falou toda a noite com Sansa, derramando elogios, fazendo-a rir, partilhando com ela bo-

cadinhos dos mexericos da corte, explicando as brincadeiras do Rapaz Lua. Sansa ficou tão cativada que esqueceu toda a educação e ignorou Septã Mordane, sentada à sua esquerda.

E durante todo o tempo os pratos iam e vinham. Uma espessa sopa de cevada e veado. Saladas de ervamel, espinafre e ameixas, salpicadas de nozes esmagadas. Caracóis em alho e mel. Sansa nunca antes tinha comido caracóis; Joffrey mostrou-lhe como tirar o animal da casca e levou à boca a primeira daquelas delicadas porções. Depois vieram trutas recém-pescadas do rio, cozidas em barro; seu príncipe a ajudou a partir a dura crosta escamosa para expor a carne branca que se encontrava no interior. E, quando foi trazido o prato de carne, foi ele que a serviu, cortando uma porção digna de uma rainha e sorrindo ao depositá-la em seu prato. Ela podia ver, pelo modo como se movia, que o braço direito ainda o incomodava, mas ele não se queixou uma única vez.

Mais tarde chegaram timo de vitela, tortas de pombo, maçãs cozidas aromatizadas com canela e bolos de limão cobertos de açúcar, mas Sansa já estava tão cheia que não conseguiu comer mais que dois pequenos bolos de limão, por mais que os adorasse. Perguntava a si mesma se poderia arriscar um terceiro quando do o rei começou a gritar.

O Rei Robert tornava-se mais ruidoso a cada prato. De vez em quando, Sansa o ouvia rir ou rugir uma ordem por cima da música e do tinir dos pratos e talheres, mas estava longe demais para entender as palavras. Agora todos o ouviam.

– *Não* – trovejou, numa voz que abafava todas as outras conversas.

Sansa ficou chocada ao ver o rei em pé, de rosto vermelho, cambaleando. Tinha uma taça de vinho na mão e estava bêbado como um gambá.

– A senhora não me diz o que fazer, mulher – gritou à Rainha Cersei. – Sou eu aqui o rei, entende? Eu é que governo aqui, e se digo que amanhã luto, *luto mesmo*!

Toda a gente o olhava. Sansa viu Sor Barristan, o irmão do rei, Renly, e o homem baixo que falara tão estranhamente com ela e lhe tocara os cabelos, mas ninguém fez um movimento para interferir. O rosto da rainha era uma máscara, tão vazia de sangue que poderia ter sido esculpida em neve. Ergueu-se da mesa, recolheu as saias e saiu em silêncio, seguida por um bando de criados.

Jaime Lannister pousou a mão no ombro do rei, mas este o empurrou com violência. O Regicida tropeçou e caiu. O rei soltou uma gargalhada grosseira.

– O grande cavaleiro. Ainda posso atirá-lo ao chão. Lembre-se disso, Regicida – bateu no peito com o cálice cravejado de joias, enchendo de vinho a túnica de cetim. – Deem-me meu martelo, e não há um homem no reino que me vença.

Jaime Lannister ergueu-se e sacudiu sua roupa.

– É como diz, Vossa Graça – sua voz estava rígida.

Lorde Renly adiantou-se, sorrindo.

– Derramou seu vinho, Robert. Permita-me que lhe traga um novo cálice.

Sansa sobressaltou-se quando Joffrey pousou a mão em seu braço.

– Está ficando tarde – disse o príncipe. Tinha uma expressão estranha no rosto, como se não a visse de todo. – Precisa de escolta na volta ao castelo?

– Não – começou Sansa. Procurou pela Septã Mordane e ficou surpresa ao vê-la com a cabeça pousada na mesa, soltando roncos suaves e dignos. – Quero dizer... sim, muito obrigada, seria muito gentil de sua parte. Eu *estou* cansada e o caminho é tão escuro. Ficaria grata por alguma proteção.

Joffrey gritou:

– *Cão!*

Sandor Clegane pareceu materializar-se dentro da noite, tão rápido foi seu surgimento. Tinha trocado a armadura por uma túnica de lã vermelha com uma cabeça de cão em couro cosida na frente. A luz dos archotes fazia com que seu rosto queimado brilhasse num tom vermelho sem vida.

– Sim, Vossa Graça?

– Leve minha prometida de volta para o castelo e assegure-se de que nenhum mal caia sobre ela – o príncipe disse-lhe bruscamente. E sem mesmo uma palavra de despedida Joffrey afastou-se, deixando-a ali.

Sansa podia *sentir* que o Cão de Caça a observava.

– A senhora esperava que Joff a levaria em pessoa? – ele riu. Tinha um riso que era como o rosnar de cães de luta. – Há pouca chance de isso acontecer – colocou-a em pé, sem admitir resistência. – Anda, não é a única que precisa dormir. Bebi demais e posso ter de matar meu irmão amanhã – e riu novamente.

De súbito aterrorizada, Sansa puxou o ombro de Septã Mordane, esperando acordá-la, mas a mulher limitou-se a ressonar mais alto. Rei Robert tinha se afastado aos tropeções e metade dos bancos estava subitamente vazia. O festim tinha terminado, e o belo sonho terminara com ele.

Cão de Caça apanhou um archote para iluminar o caminho. Sansa o seguiu de perto. O chão era rochoso e irregular, e a luz tremeluzente fazia com que parecesse mudar e mover-se sob seus pés. Manteve os olhos baixos, verificando onde punha os pés. Caminharam por entre os pavilhões, cada um com seu estandarte e sua armadura pendurada à porta, com o silêncio ficando mais pesado a cada passo. Sansa não suportava olhá-lo, assustava-a demais, mas tinha sido educada com todas as regras da cortesia. Disse a si mesma que uma verdadeira senhora não repararia em seu rosto.

– Hoje o senhor montou galantemente, Sor Sandor – obrigou-se a dizer.

Sandor Clegane rosnou-lhe.

– Poupe-me de seus elogiozinhos vazios, menina... ofereça--os aos seus senhores. Não sou nenhum cavaleiro. Escarro neles e em seus juramentos. Meu irmão é um cavaleiro. Você o viu montar hoje?

– Sim – sussurrou Sansa, tremendo. – Ele foi...

– Galante? – terminou Cão de Caça.

Sansa compreendeu que o homem zombava dela.

– Ninguém conseguiu resistir a ele – conseguiu dizer, por fim, orgulhosa de si mesma. Não era mentira.

Sandor Clegane parou de repente no meio de um descampado escuro e vazio. Ela não teve escolha a não ser parar ao seu lado.

– Uma septã qualquer a treinou bem. É como um daqueles pássaros das Ilhas do Verão, não é? Um passarinho bonito e falante que repete todas as palavrinhas bonitas que lhe ensinaram a recitar.

– Isso não foi amável – Sansa sentia o coração palpitando no peito. – Está me assustando. Quero ir, agora.

– Ninguém conseguiu resistir a ele – repetiu o Cão de Caça em voz áspera. – É uma verdade razoável. Ninguém nunca conseguiu resistir a Gregor. Aquele rapaz hoje, a segunda justa, ah, aquilo foi uma bela coisinha. Você viu, não viu? O pateta do rapaz não tinha nada que montar nesta companhia. Sem dinheiro, sem escudeiro, sem ninguém que o ajudasse com aquela armadura. Aquele gorjal não estava preso como deve ser. Você acha que Gregor não reparou? Acredita que a lança de Sor Gregor subiu por acaso, não é verdade? Linda garotinha falante, se acredita nisso, tem realmente a cabeça tão oca como um pássaro. A lança de Gregor vai aonde Gregor quer que ela vá. Olhe para mim. *Olhe para mim!* – Sandor Clegane pôs a mão enorme sob seu queixo e a forçou a erguer o rosto. Acocorou-se à sua frente e aproximou o archote. – Aqui tem a beleza. Olhe bem, e olhe por muito tempo. Bem sabe que é o que deseja. Vi você virando a cara durante todo o caminho ao longo da estrada do rei. Morrendo de medo. Veja o que quiser.

Os dedos dele seguravam-lhe o queixo com tanta força como se fossem uma armadilha de ferro. Os olhos observavam os dela. Olhos ébrios, carregados de ira. Ela tinha de olhar.

O lado direito de seu rosto era magro, com ossos aguçados e um olho cinzento sob uma pesada sobrancelha. O nariz era grande e adunco, os cabelos, finos e escuros. Usava-os longos e escovava-os para o lado, porque nenhum cabelo crescia do *outro* lado daquele rosto.

O lado esquerdo de sua face era uma ruína. A orelha tinha desaparecido, queimada; nada restava a não ser um buraco. O olho ainda estava em bom estado, mas em volta dele havia uma retorcida massa de cicatrizes, pele lisa e negra, dura como couro, semeada de crateras e rasgada por profundas fendas que cintilavam em tons de vermelho quando ele se movia. Na região do maxilar podia-se ver um pouco de osso onde a carne fora arrancada.

Sansa começou a chorar. Ele então a largou e apagou o archote no chão.

– Não há palavras bonitas para isto, menina? Nenhum elogiozinho que a septã lhe tenha ensinado? – sem obter resposta, prosseguiu. – A maior parte deles julga que foi uma batalha. Um cerco, uma torre ardendo, um inimigo com um archote. Um palerma me perguntou se tinha sido fogo de um dragão – daquela vez a gargalhada foi mais fraca, mas não menos amargurada. – Eu lhe conto o que foi, menina – disse, uma voz vinda da noite, uma sombra que agora se inclinava para tão perto que conseguia sentir o fedor amargo do vinho em seu hálito. – Era

mais novo do que você, com seis anos, talvez sete. Um marcenei-
ro montou uma loja na aldeia que ficava abaixo da fortaleza de
meu pai e, para comprar favores, enviou-nos presentes. O velho
fazia brinquedos maravilhosos. Não me lembro do que recebi,
mas era o presente de Gregor que eu desejava. Um cavaleiro de
madeira, todo pintado, com cada articulação presa em separa-
do e fixada com cordas para que se pudesse pô-lo a lutar. Gregor é mais velho que eu cinco anos, o brinquedo não significava
nada para ele, já era um escudeiro com quase um metro e oitenta e musculoso como um touro. Portanto, tirei dele o cavaleiro,
mas posso lhe dizer que não houve nenhuma alegria nisso. Tive
medo o tempo todo, e realmente ele me encontrou. Havia um
braseiro na sala. Gregor não disse uma única palavra, limitou-se
a me colocar debaixo do braço e a enfiar o lado da minha cara
nos carvões em brasa, deixando-me lá enquanto eu gritava sem
parar. Viu como ele é forte. Mesmo naquele tempo, foram precisos três homens fortes para afastá-lo de mim. Os septões pre-
gam sobre os sete infernos. Que sabem eles? Só um homem que
já tenha sido queimado sabe realmente como é o inferno. "Meu
pai disse a todos que meus cobertores tinham pegado fogo, e o
nosso meistre me deu unguentos. *Unguentos!* Gregor também
recebeu seus unguentos. Quatro anos mais tarde, ungiram-no
com os sete óleos, recitou seus votos de cavaleiro e Rhaegar Targaryen bateu em seu ombro e disse: 'Erguei-vos, Sor Gregor'."

A voz áspera extinguiu-se. Ficou acocorado em silêncio na
frente dela, uma pesada silhueta negra envolta na noite, escondido de seus olhos. Sansa ouvia a respiração irregular do homem.
Compreendeu que se sentia triste por ele. De algum modo, o
medo tinha desaparecido.

O silêncio prolongou-se durante muito tempo, tanto que começou de novo a sentir medo, mas agora seu medo era por ele,
não por si própria. Encontrou o massivo ombro dele com a mão.

– Ele não era um verdadeiro cavaleiro – sussurrou-lhe.

Cão de Caça atirou a cabeça para trás e rugiu. Sansa tropeçou para trás, afastando-se dele, mas ele pegou seu braço.

– Não – rosnou –, não, passarinho, ele não era um verdadeiro cavaleiro.

Ao longo do resto do caminho até a cidade Sandor Clegane não disse uma palavra. Levou-a até onde as carroças esperavam, disse a um condutor para levá-los à Fortaleza Vermelha e subiu na carroça atrás dela. Atravessaram em silêncio o Portão do Rei e as ruas iluminadas por archotes da cidade. Abriu a porta de acesso e a levou para dentro do castelo, com o rosto queimado a contrair-se em espasmos e os olhos alertas, sempre um passo atrás enquanto subiram as escadas da torre. Levou-a em segurança ao longo de todo o caminho até o corredor que dava aos seus aposentos.

– Obrigada, senhor – Sansa disse humildemente.

Cão de Caça agarrou-lhe o braço e inclinou-se para a frente.

– As coisas que te disse esta noite – falou, com a voz ainda mais áspera que de costume. – Se algum dia contá-las a Joffrey... a sua irmã, ao seu pai... a algum deles...

– Não conto – sussurrou Sansa. – Prometo.

Não era o suficiente.

– Se algum dia contar a *alguém* – terminou ele –, eu a mato.

Eddard

Eu mesmo o velei – disse Sor Barristan Selmy, olhando o corpo que jazia na parte de trás da carroça. – Ele não tinha mais ninguém. Falaram-me que talvez uma mãe, no Vale.

À fraca luz da madrugada, o jovem cavaleiro parecia estar dormindo. Não fora bonito em vida, mas a morte suavizara-lhe as feições rudemente talhadas, e as irmãs silenciosas o tinham vestido com sua melhor túnica de veludo, com um colarinho elevado para cobrir a ruína em que a lança tinha transformado sua garganta. Eddard Stark olhou seu rosto e perguntou a si mesmo se teria sido ele o causador da morte do rapaz. Morto por um vassalo dos Lannister antes que Ned pudesse falar com ele; seria possível que não passasse de mero acaso? Supôs que nunca chegaria a saber.

– Hugh foi escudeiro de Jon Arryn durante quatro anos – prosseguiu Selmy. – O rei o armou cavaleiro antes de partir para o Norte, em memória de Jon. O rapaz desejava aquilo desesperadamente, mas temo que não estivesse pronto.

Ned dormira mal na noite anterior e sentia um cansaço maior do que seria de esperar da idade.

– Nenhum de nós jamais está pronto.

– Para ser armado cavaleiro?

– Para a morte – com gentileza, Ned cobriu o rapaz com seu manto azul manchado de sangue e debruado por luas crescentes. Refletiu amargamente que, quando a mãe perguntasse por que razão o filho estava morto, lhe diriam que tinha lutado em honra da Mão do Rei, Eddard Stark. – Isso foi desnecessário. A guerra não devia ser um jogo – Ned virou-se para a mulher que estava ao lado da carroça, envolta em cinza, com o rosto escondido, apenas os olhos à mostra. As irmãs silenciosas preparavam os homens para a sepultura, e era má sorte olhar a morte no rosto.

– Envie sua armadura para casa, para o Vale. A mãe deve querê-la.

– Vale uma boa quantia em prata – disse Sor Barristan. – O rapaz mandou-a forjar especialmente para o torneio. Um trabalho simples, mas bom. Não sei se acabou de pagar ao ferreiro.

– Pagou ontem, senhor, e pagou caro – respondeu Ned. E à irmã silenciosa disse: – Envie a armadura à sua mãe. Lidarei com o ferreiro – a mulher fez-lhe uma reverência.

Mais tarde, Sor Barristan acompanhou Ned até o pavilhão do rei. O acampamento começava a se agitar. Salsichas gordas chiavam e pingavam sobre fogueiras, temperando o ar com os odores do alho e da pimenta. Jovens escudeiros caminhavam apressados por ali, conversando, enquanto seus senhores acordavam, bocejando e espreguiçando-se, saudando o dia. Um criado com um ganso debaixo do braço dobrou o joelho ao vê-los. "Senhores", murmurou, enquanto o ganso grasnava e lhe bicava os dedos. Os escudos exibidos à porta de todas as tendas anunciavam seus ocupantes: a águia de prata de Guardamar, o campo de rouxinóis de Bryce Caron, um cacho de uvas para os Redwyne, o javali malhado, o touro vermelho, a árvore flamejante, o carneiro branco, a espiral tripla, o unicórnio roxo, as donzelas dançantes, a víbora negra, as torres gêmeas, a coruja chifruda e, por fim, os brasões de um branco puro da Guarda Real, brilhando como a madrugada.

– O rei pretende participar do corpo a corpo hoje – disse Sor Barristan enquanto passavam pelo escudo de Sor Meryn, com a tinta maculada por um profundo golpe onde a lança de Loras Tyrell marcara a madeira ao derrubá-lo da sela.

– Sim – disse Ned em tom sombrio. Jory acordara-o na noite anterior para lhe dar a notícia. Não admirava que tivesse dormido tão mal.

O olhar de Sor Barristan estava perturbado.

– Diz-se que as belezas da noite esmorecem de madrugada, e que os filhos do vinho são frequentemente renegados à luz da manhã.

– É o que dizem – concordou Ned –, mas não de Robert – outros homens poderiam reconsiderar as palavras ditas em bravatas ébrias, mas Robert Baratheon as recordaria e, recordando-as, nunca recuaria.

O pavilhão do rei erguia-se perto da água, e as neblinas matinais que o rio gerava tinham-no rodeado de colunas cinza. Era todo de seda dourada, a maior e mais imponente estrutura no acampamento. À porta, o martelo de batalha de Robert encontrava-se em exibição, junto a um imenso escudo de ferro decorado com o veado coroado da Casa Baratheon.

Ned tivera esperança de encontrar o rei ainda na cama, num sono ensopado em vinho, mas a sorte não estava com ele. Encontraram Robert bebendo cerveja de um corno polido e rugindo seu descontentamento com dois jovens escudeiros que tentavam atar-lhe a armadura.

– Vossa Graça – dizia um, quase em lágrimas –, é muito pequena, não vamos conseguir – atrapalhou-se, e o gorjal que tentava prender em torno do grosso pescoço de Robert caiu no chão.

– Pelos sete infernos! – Robert praguejou. – Terei de fazer tudo eu mesmo? Vão os dois para o raio que os parta. Pegue isso. Não fique aí de boca aberta, Lancel, pegue isso! – o rapaz deu um salto e o rei reparou na companhia. – Olhe para estes imbecis, Ned. Minha mulher insistiu que tomasse estes dois como escudeiros, e são menos que inúteis. Sequer são capazes de pôr a armadura de um homem sobre seu corpo. Escudeiros, dizem eles. Eu digo que são mais é criadores de porcos vestidos de seda.

Ned não precisou mais que uma olhadela para compreender a dificuldade.

– Não é culpa dos rapazes – disse ao rei. – Você está gordo demais para a sua armadura, Robert.

Robert Baratheon bebeu um longo trago de cerveja, atirou o corno vazio para cima de suas peles de dormir, limpou a boca nas costas da mão e disse em tom sombrio:

– Gordo? *Gordo*, é isso? É assim que você fala com seu rei? – e soltou sua gargalhada, súbita como uma tempestade. – Ah, maldito seja, Ned, por que é que você sempre tem razão?

Os escudeiros sorriram nervosamente, até que o rei se virou para eles.

– Vocês. Sim, vocês dois. Ouviram a Mão. O rei está muito gordo para a sua armadura. Vão à procura de Sor Aron Santagar. Digam-lhe que preciso do esticador de peitorais. *Já! O que estão esperando?*

Os rapazes tropeçaram um no outro com a pressa de sair da tenda. Robert conseguiu manter uma expressão severa até eles saírem. Então caiu numa cadeira, tremendo de tanto rir.

Sor Barristan Selmy riu com ele. Até Eddard Stark deu um sorriso. Mas os pensamentos mais graves imiscuíam-se sempre. Não conseguiu deixar de reparar nos dois escudeiros: rapazes bonitos, loiros e bem constituídos. Um tinha a idade de Sansa, com longos cachos dourados; o outro teria talvez uns quinze anos, cabelos cor de areia, um fio de bigode e os olhos verde--esmeralda da rainha.

– Ah, gostaria de estar lá para ver a cara de Santagar – disse Robert. – Espero que tenha a esperteza de enviá-los a outra pessoa qualquer. Deveríamos mantê-los correndo o dia inteiro!

– Aqueles rapazes – Ned lhe perguntou – são Lannister?

Robert assentiu, limpando as lágrimas dos olhos.

– Primos. Filhos do irmão de Lorde Tywin. Um dos mortos. Ou talvez o vivo, agora que penso nisso. Não me lembro. Minha esposa vem de uma família muito grande, Ned.

Uma família muito ambiciosa, Ned pensou. Nada tinha contra os escudeiros, mas perturbava-o ver Robert cercado por parentes da rainha, tanto acordado quanto dormindo. O apetite dos Lannister por cargos e honrarias parecia não conhecer limites.

– Diz-se que Vossa Graça e a rainha trocaram duras palavras ontem à noite.

A vontade de rir coalhou no rosto de Robert.

– A mulher tentou me proibir de participar do corpo a corpo. Agora está amuada no castelo, maldita seja. Sua irmã nunca teria me envergonhado assim.

– Não chegou a conhecer Lyanna como eu conheci, Robert. Você viu sua beleza, mas não o ferro que tinha por baixo. Ela lhe teria dito que não tem nada a fazer no corpo a corpo.

– Você também? – o rei franziu as sobrancelhas. – É um homem amargo, Stark. Tempo demais no Norte, todos os fluidos congelaram dentro de você. Pois bem, os *meus* continuam a correr – deu uma batida no peito para prová-lo.

– É o rei – recordou-lhe Ned.

– Sento-me no maldito Trono de Ferro quando é preciso. Isso significa que não tenho os mesmos apetites dos outros homens? Um pouco de vinho de vez em quando, uma mulher a gemer na cama, a sensação de ter um cavalo entre as pernas? Pelos sete infernos, Ned, quero *bater* em alguém.

Sor Barristan Selmy interveio.

– Vossa Graça – disse –, não é conveniente que o rei participe do corpo a corpo. Não seria uma competição justa. Quem se atreveria a atingi-lo?

Robert pareceu sinceramente surpreso.

– Ora, todos eles, que raio. Se puderem. E o último homem em pé...

– ... será você – concluiu Ned. Compreendera de imediato que Selmy atingira o ponto certo. Os perigos do corpo a corpo eram apenas um atrativo para Robert, mas aquilo lhe tocou o orgulho. – Sor Barristan tem razão. Não há um homem nos Sete Reinos que se atreva a arriscar desagradá-lo por tê-lo ferido.

O rei pôs-se em pé, de rosto rubro.

– Está me dizendo que aqueles arrogantes covardes vão me *deixar ganhar?*

– Com toda a certeza – disse Ned, e Sor Barristan Selmy abaixou a cabeça num acordo silencioso.

Por um momento, Robert ficou tão zangado que não conseguiu falar. Atravessou a tenda, rodopiou, voltou a atravessá-la, com o rosto sombrio e irado. Apanhou do chão o peitoral da armadura e o arremessou a Barristan Selmy numa fúria sem palavras. Selmy esquivou-se.

– Saia – disse então o rei, friamente. – Saia antes que o mate.

Sor Barristan saiu com rapidez. Ned preparava-se para segui-lo quando o rei voltou a falar.

– Você não, Ned.

Ned virou-se. Robert recuperou o corno, encheu-o com cerveja, que tirou de um barril que se encontrava a um canto da tenda, e o arremessou a Ned.

– Beba – disse ele em tom brusco.

– Não tenho sede...

– *Beba.* É o seu rei quem ordena.

Ned virou o corno e bebeu. A cerveja era negra e espessa, tão forte que fazia arder os olhos.

Robert voltou a se sentar.

– Maldito seja, Ned Stark. Você e Jon Arryn, amei a ambos. E que fizeram de mim? Você é que devia ter sido rei, você ou Jon.

– A mais forte pretensão era sua, Vossa Graça.

– Disse-lhe para beber, não para discutir. Já que me fez rei, podia ao menos ter a cortesia de me escutar enquanto falo, maldito seja. Olhe para mim, Ned. Olhe para o que ser rei fez de mim. Deuses, gordo demais para a minha armadura, como foi que cheguei a isto?

– Robert...

– Beba e fique quieto, o rei está falando. Juro-lhe, nunca me senti tão vivo como quando estava ganhando este trono, nem tão morto como agora que o possuo. E Cersei... devo-a a Jon Arryn. Não tinha nenhum desejo de casar depois de Lyanna me ter sido roubada, mas Jon disse que o reino precisava de um herdeiro. Cersei Lannister seria um bom partido, ele me disse, me ligaria a Lorde Tywin para o caso de Viserys Targaryen tentar recuperar o trono do pai – o rei balançou a cabeça. – Adorava aquele velho, juro, mas agora penso que era um idiota maior que o Rapaz Lua. Ah, Cersei é adorável de se contemplar, de verdade, mas *fria*... pelo modo como se defende na cama, diria que tem todo o ouro de Rochedo Casterly entre as pernas. Dê-me essa cerveja se não for beber – tomou o corno, virou-o, arrotou e limpou a boca. – Lamento por sua filha, Ned. De verdade. Refiro-me ao lobo. Meu filho estava mentindo, sou capaz de apostar a alma nisso. Meu filho... você ama seus filhos, não é verdade?

– De todo o coração – Ned respondeu.

– Deixe-me lhe contar um segredo, Ned. Mais de uma vez sonhei em renunciar à coroa. Embarcar para as Cidades Livres com meu cavalo e meu martelo, passar o tempo fazendo guerra e entre vadias. Foi para isso que nasci. O rei mercenário. Como me adorariam os cantores! Sabe o que me impediu? A ideia de ver Joffrey no trono, com Cersei atrás dele a segredar-lhe ao ouvido. Meu filho. Como pude fazer um filho assim, Ned?

– Ele não passa de um rapaz – disse Ned desajeitadamente. Pouco gostava de Príncipe Joffrey, mas percebia a dor na voz de Robert. – Esqueceu de como você era bravo na idade dele?

– Não me perturbaria se ele fosse bravo, Ned. Não o conhece tão bem como eu – suspirou e balançou a cabeça. – Ah, talvez tenha razão. Jon perdeu a paciência comigo com bastante frequência e, no entanto, acabei por me tornar um bom rei – Robert olhou para Ned e franziu as sobrancelhas perante seu silêncio. – Agora pode falar e concordar.

– Vossa Graça… – Ned começou cuidadosamente.

Robert deu-lhe uma palmada nas costas.

– Ah, diz que sou melhor rei que Aerys e terminamos o assunto. Você nunca conseguiu mentir por amor ou por honra, Ned Stark. Ainda sou novo, e agora que está aqui comigo as coisas serão diferentes. Tornaremos este reinado num que seja digno de canções, e que os Lannister vão para os sete infernos. Sinto cheiro de bacon. Quem lhe parece que será nosso campeão hoje? Viu o filho de Mace Tyrell? Chamam-lhe o Cavaleiro das Flores. Ora, aí está um filho que qualquer homem ficaria orgulhoso de reclamar. No último torneio, fez o Regicida cair sobre sua dourada garupa, devia ter visto a cara de Cersei. Ri até me doer o peito. Renly diz que ele tem uma irmã, uma donzela de catorze anos, adorável como uma madrugada…

Quebraram o jejum com pão escuro, ovos de gansa cozidos, peixe frito com cebolas e bacon, numa mesa montada junto à margem do rio. A melancolia do rei dissipou-se com a névoa da manhã e não demorou muito até Robert se tornar amistoso, recordando uma manhã no Ninho da Águia, quando eram rapazes, enquanto comia uma laranja.

– … tinha dado a Jon um barril de laranjas, lembra-se? Só que tinham apodrecido, e por isso atirei a minha por cima da mesa e atingi Dacks bem no nariz. Lembra-se do escudeiro perebento de Redfort? Atirou-me uma de volta e, antes que Jon pudesse sequer soltar um peido, havia laranjas voando pelo Grande Salão em todas as direções – o rei riu tumultuosamente, e até Ned sorriu ao recordar.

Era este o rapaz com quem tinha crescido, pensou; era este o

Robert Baratheon que conhecera e amara. Se conseguisse provar que os Lannister estavam por trás do ataque a Bran, provar que tinham assassinado Jon Arryn, este homem escutaria. Então Cersei cairia, e com ela o Regicida, e se Lorde Tywin se atrevesse a sublevar o Oeste, Robert o esmagaria tal como esmagara Rhaegar Targaryen no Tridente. Via isso com toda clareza.

Há muito tempo que Eddard Stark não comia tão bem, e depois seus sorrisos chegaram com maior facilidade e frequência, até a hora de retomar o torneio. Ned acompanhou o rei até o terreno das justas. Prometera assistir com Sansa aos confrontos finais; Septã Mordane sentia-se doente, e a filha estava determinada a não perder o fim das justas. Ao acompanhar Robert ao seu lugar, notou que Cersei Lannister decidira não comparecer; o lugar ao lado do rei estava vago. Isto também deu a Ned motivos de esperança.

Abriu caminho até onde a filha estava sentada e a encontrou no momento em que as trombetas soavam para a primeira justa do dia. Sansa estava tão absorta que quase pareceu não notar sua chegada.

Sandor Clegane foi o primeiro cavaleiro a aparecer. Trazia um manto verde-oliva sobre a armadura de um cinza-fuliginoso. O manto e o elmo em forma de cabeça de cão eram as suas únicas concessões à ornamentação.

– Cem dragões de ouro pelo Regicida – Mindinho anunciou sonoramente quando Jaime Lannister entrou na arena, montando um elegante cavalo de batalha baio puro-sangue, que trazia uma cobertura de cota de malha dourada, e Jaime cintilava da cabeça aos pés. Até a lança tinha sido feita com a madeira dourada das Ilhas do Verão.

– Está apostado – gritou de volta Lorde Renly. – Cão de Caça traz hoje um ar faminto.

– Mesmo os cães famintos sabem que não é boa ideia morder a mão que os alimenta – Mindinho gritou secamente.

Sandor Clegane fez cair o visor com um *clac* audível e tomou posição. Sor Jaime atirou um beijo a uma mulher qualquer que estava entre os plebeus, abaixou com cuidado o visor e encaminhou-se para a ponta da arena. Os dois homens abaixaram as lanças.

Nada seria melhor para Ned Stark do que ver ambos perder, mas Sansa observava de olhos úmidos e ansiosa. A galeria erguida à pressa estremeceu quando os cavalos romperam a galope. Cão de Caça inclinou-se para a frente enquanto avançava, com a lança firme como uma rocha, mas Jaime mudou habilmente de posição no instante anterior ao impacto. A ponta da lança de Clegane foi inofensivamente atirada contra o escudo dourado com o desenho do leão, enquanto a do Regicida atingia o adversário em cheio. A madeira estilhaçou-se e Cão de Caça cambaleou, lutando para se manter sentado. Sansa prendeu a respiração. Uma rude aclamação ergueu-se entre os plebeus.

– Estou aqui pensando em que poderei gastar seu dinheiro – gritou Mindinho a Lorde Renly.

Cão de Caça conseguiu manter-se sobre a sela. Fez seu cavalo dar meia-volta com dureza e regressou à arena para a segunda passagem. Jaime Lannister atirou ao chão a lança quebrada e apanhou uma nova, brincando com o escudeiro. Cão de Caça esporeou o cavalo para um galope duro. Lannister avançou para enfrentá-lo. Dessa vez, quando Jaime Lannister mudou de posição, Sandor Clegane mudou com ele. Ambas as lanças explodiram, e quando os estilhaços assentaram, um baio puro-sangue sem cavaleiro trotava para longe em busca de grama, enquanto Sor Jaime Lannister rolava na terra, dourado e amassado.

Sansa disse:

– Eu sabia que Cão de Caça ia ganhar.

Mindinho a ouviu.

– Se sabe quem vai ganhar o segundo encontro, fale agora, antes que Lorde Renly me depene – ele gritou para ela. Ned sorriu.

– É uma pena que o Duende não esteja aqui conosco – disse Lorde Renly. – Teria ganhado o dobro.

Jaime Lannister estava de novo em pé, mas seu ornamentado elmo de leão tinha sido torcido e amassado na queda, e agora não conseguia tirá-lo. A plebe gritava e apontava, os senhores e as senhoras tentavam abafar o riso, sem conseguir, e, sobre toda aquela algazarra, Ned ouvia o Rei Robert às gargalhadas, mais alto que todos os demais. Por fim, tiveram de levar o Leão de Lannister a um ferreiro, cego e aos tropeções.

A essa altura, Sor Gregor Clegane já estava em posição no topo da arena. Era enorme, o maior homem que Eddard Stark já vira. Robert Baratheon e os irmãos eram todos homens grandes, tal como Cão de Caça, e em Winterfell havia um ajudante de cavalariça simplório chamado Hodor que era maior que todos eles, mas o cavaleiro a quem chamavam Montanha Que Cavalga teria olhado de cima para Hodor. Devia ter por volta de dois metros e trinta, com ombros maciços e braços tão grossos como troncos de pequenas árvores. Seu cavalo de batalha parecia um pônei entre suas pernas cobertas de armadura, e a lança que trazia parecia tão pequena quanto um cabo de vassoura.

Ao contrário do irmão, Sor Gregor não vivia na corte. Era um homem solitário que raramente saía de suas terras, exceto para travar guerras e participar de torneios. Estivera com Lorde Tywin quando Porto Real caíra, era então um cavaleiro recém-armado de dezessete anos, mas já notável pelo tamanho e por sua implacável ferocidade. Havia quem dissesse que fora Gregor que atirara a cabeça do príncipe Aegon Targaryen contra uma parede e quem murmurasse que depois disso violara a mãe, a princesa Elia, de Dorne, antes de lhe cravar a espada. Não se diziam essas coisas ao alcance dos ouvidos de Gregor.

Ned Stark não se lembrava de alguma vez ter falado com o homem, embora Gregor o tivesse acompanhado durante a rebelião de Balon Greyjoy, um cavaleiro no meio de milhares. Observou-o inquieto. Não era seu costume dar grande atenção a mexericos, mas as coisas que se diziam de Sor Gregor eram mais que sinistras. Preparava-se para casar pela terceira vez, e ouviam-se sombrios sussurros sobre as mortes das duas primeiras esposas. Dizia-se que sua fortaleza era um lugar sombrio onde criados desapareciam para nunca mais serem vistos, e até os cães tinham medo de entrar no salão. E tinha havido uma irmã que morrera jovem em estranhas circunstâncias, e o fogo que desfigurara o irmão, e o acidente de caça que matara o pai. Gregor herdara a fortaleza, o ouro e as propriedades da família. O irmão mais novo, Sandor, partira no mesmo dia para servir os Lannister como cavaleiro juramentado, e dizia-se que nunca mais regressara, nem mesmo para visita.

Quando o Cavaleiro das Flores fez sua entrada, um murmúrio percorreu a multidão, e Ned ouviu o sussurro fervente de Sansa:

– Ah, ele é tão *lindo*.

Sor Loras Tyrell era esbelto como um junco, vestido numa fabulosa armadura de prata polida até cegar, gravada com uma filigrana de sinuosas trepadeiras negras e minúsculos miosótis azuis. A plebe percebeu, no mesmo instante que Ned, que o azul das flores provinha de safiras; um suspiro escapou de um milhar de gargantas. Dos ombros do rapaz pendia o manto pesado. Era tecido de miosótis, miosótis verdadeiros, centenas de flores frescas entrelaçadas numa pesada capa de lã.

Seu corcel era tão esguio como o cavaleiro, uma bela égua cinzenta, feita para a velocidade. O enorme garanhão de Sor Gregor relinchou ao captar seu cheiro. O rapaz de Jardim de

Cima fez qualquer coisa com as pernas e o cavalo curveteou de lado, ágil como um dançarino. Sansa agarrou o braço de Ned.

– Pai, não deixe que Sor Gregor lhe faça mal – ela pediu. Ned viu que ela trazia a rosa que Sor Loras lhe dera no dia anterior. Jory também lhe contara aquilo.

– Aquelas são lanças de torneio – disse à filha. – São feitas para que se estilhacem com o impacto, para que ninguém se fira – mas lembrou-se do rapaz morto na carroça, com seu manto de luas crescentes, e as palavras arranharam-lhe a garganta.

Sor Gregor estava com problemas para controlar o cavalo. O garanhão berrava e batia com as patas no chão, balançando a cabeça. A Montanha espetou-lhe ferozmente os calcanhares envolvidos em armadura. O cavalo empinou-se e quase o derrubou.

O Cavaleiro das Flores saudou o rei, dirigiu-se à extremidade mais distante da arena e abaixou a lança, pronto. Sor Gregor trouxe seu animal até a linha, lutando com as rédeas. E de súbito começou. O garanhão da Montanha rompeu num galope duro, atirando-se furiosamente à frente, enquanto o passo da égua era suave como o deslizar da seda. Sor Gregor pôs o escudo em posição e equilibrou a lança com dificuldade, ao mesmo tempo que continuava a lutar para manter a fogosa montaria numa linha reta, então, de repente, Loras Tyrell estava sobre ele, colocando a ponta da lança precisamente *lá*, e num piscar de olhos a Montanha estava caindo. Era tão imenso que levou o cavalo consigo, num emaranhado de aço e carne.

Ned ouviu aplausos, aclamações, assobios, suspiros chocados, murmúrios excitados, e sobretudo as ásperas e roufenhas gargalhadas de Cão de Caça. O Cavaleiro das Flores puxou as rédeas no fim da arena. Sua lança nem sequer estava partida. As safiras cintilaram ao sol quando ergueu o visor, sorrindo. Os plebeus pareciam ter enlouquecido por ele.

No meio do campo, Sor Gregor Clegane desembaraçou-se e pôs-se de pé, fervendo de raiva. Arrancou o elmo e esmagou-o contra o chão. Tinha o rosto escuro de fúria, e os cabelos caíam--lhe nos olhos.

– Minha espada – gritou para o escudeiro, e o rapaz correu para ele. A essa altura o garanhão já estava em pé também.

Gregor Clegane matou o cavalo com um único golpe, de tamanha violência que quase decepou o pescoço do animal. As aclamações transformaram-se em guinchos num piscar de olhos. O garanhão caiu de joelhos, berrando enquanto morria. Mas então Gregor já atravessava a arena a passos largos, dirigindo-se para Sor Loras Tyrell, de espada ensanguentada em punho.

– Pare-o! – gritou Ned, mas suas palavras perderam-se no burburinho. Todos também gritavam, e Sansa chorava.

Tudo aconteceu num átimo. O Cavaleiro das Flores gritava pela espada no momento em que Sor Gregor empurrou para o lado seu escudeiro e tentou agarrar as rédeas do cavalo. A égua cheirou sangue e empinou-se. Loras Tyrell mal se manteve montado. Sor Gregor brandiu a espada, um violento golpe a duas mãos que atingiu o rapaz no peito e o derrubou da sela. O corcel fugiu em pânico, enquanto Sor Loras jazia atordoado no chão. Mas, quando Gregor ergueu a espada para o golpe fatal, uma voz áspera advertiu: *"Deixe-o em paz"*, e uma mão revestida de aço atirou-o para longe do rapaz.

A Montanha rodopiou numa fúria sem palavras, brandindo a espada num arco mortífero com toda a sua maciça força posta no golpe, mas Cão de Caça aparou o golpe e contra-atacou, e durante o que pareceu uma eternidade, os dois irmãos trocaram golpes, enquanto um entontecido Loras Tyrell era ajudado a pôr-se em segurança. Três vezes Ned viu Sor Gregor lançar violentos golpes no elmo da cabeça de Cão, mas nem uma vez Sandor deu uma estocada ao rosto desprotegido do irmão.

Foi a voz do rei que pôs fim àquilo... a voz do rei e vinte espadas. Jon Arryn dissera-lhes que um comandante precisa de uma boa voz de batalha, e Robert provara no Tridente que era verdade. Era essa a voz que usava agora.

– *PAREM COM ESTA LOUCURA* – trovejou – *EM NOME DO SEU REI!*

Cão de Caça caiu sobre um joelho. O golpe de Sor Gregor cortou o ar, e por fim caiu em si. Deixou cair a espada, olhou intensamente para Robert, cercado por sua Guarda Real e uma dúzia de outros cavaleiros e guardas. Sem uma palavra, virou-se e afastou-se em passo rápido, abrindo caminho junto a Barristan Selmy com um encontrão.

– Deixe-o ir – disse Robert, e nesse mesmo momento tudo terminou.

– O campeão agora é Cão de Caça? – Sansa perguntou a Ned.

– Não – ele respondeu. – Haverá uma justa final, entre Cão de Caça e o Cavaleiro das Flores.

Mas Sansa afinal tinha razão. Alguns momentos mais tarde, Sor Loras Tyrell regressou ao campo num simples gibão de linho e disse a Sandor Clegane:

– Devo-lhe a vida. O dia é seu, sor.

– Não sou *sor* nenhum – respondeu Cão de Caça, mas aceitou a vitória e a bolsa de campeão e, talvez pela primeira vez na vida, a adoração dos plebeus. Aclamaram-no quando deixou a arena para se dirigir ao seu pavilhão.

Enquanto Ned caminhava com Sansa para o campo de tiro ao alvo, Mindinho, Lorde Renly e alguns dos outros juntaram-se a eles.

– Tyrell sabia que a égua estava no cio – Mindinho dizia. – Juro que o rapaz planejou tudo. Gregor sempre preferiu enormes garanhões de mau temperamento, com mais vigor que bom senso – a ideia parecia diverti-lo.

Mas não divertia Sor Barristan Selmy.

– Pouca honra existe em truques – o velho disse rigidamente.

– Pouca honra e vinte mil peças de ouro – Lorde Renly sorriu.

Naquela tarde, um rapaz chamado Anguy, um plebeu, não anunciado, proveniente da Marca de Dorne, venceu a competição de tiro ao alvo, suplantando Sor Balon Swann e Jalabhar Xho a cem passos, depois de todos os outros arqueiros terem sido eliminados a distâncias mais curtas. Ned mandou que Alyn o procurasse e lhe oferecesse um lugar na guarda da Mão, mas o rapaz estava inebriado de vinho, vitória e riquezas com que nem sonhara, e recusou.

O corpo a corpo durou três horas. Participaram quase quarenta homens, cavaleiros livres, pequenos cavaleiros e novos escudeiros em busca de uma reputação. Lutaram com armas embotadas num caos de lama e sangue, em pequenos grupos que lutavam juntos e depois se viravam uns contra os outros à medida que as alianças se formavam e eram quebradas, até que apenas um homem ficou de pé. O vencedor foi o sacerdote vermelho, Thoros de Mys, um louco que raspava a cabeça e lutava com uma espada em chamas. Já antes tinha vencido lutas corpo a corpo; a espada em fogo assustava as montarias dos outros cavaleiros, mas nada assustava Thoros. O balanço final foi de três membros partidos, uma clavícula estilhaçada, uma dúzia de dedos esmagados, dois cavalos que tiveram de ser abatidos e mais cortes, entorses e hematomas do que alguém se preocupou em contar. Ned ficou imensamente feliz por Robert não ter participado.

Naquela noite, no festim, Eddard Stark sentia-se mais esperançoso do que se sentira havia muito tempo. Robert estava de ótimo humor, não se viam Lannister em lado nenhum, e até as filhas estavam se portando bem. Jory trouxera Arya para se juntar a eles e Sansa dirigiu-se à irmã de maneira agradável.

– O torneio foi *magnífico* – suspirou. – Devia ter vindo. Como foi seu treinamento?

– Estou toda dolorida – relatou Arya em tom feliz, exibindo, orgulhosa, um enorme hematoma púrpura que tinha na perna.

– Deve ser uma principiante horrível – disse Sansa, com ar de dúvida.

Mais tarde, enquanto Sansa ouvia uma trupe de cantores interpretar a complexa série de baladas interligadas chamada "Dança dos Dragões", Ned inspecionou o hematoma da filha.

– Espero que Forel não esteja sendo muito duro com você.

Arya equilibrou-se numa perna. Nos últimos tempos, estava ficando muito melhor naquilo.

– Syrio diz que cada ferida é uma lição, e cada lição nos torna melhores.

Ned franziu as sobrancelhas. Aquele Syrio Forel tinha chegado com uma reputação excelente, e seu brilhante estilo bravosiano adequava-se bem à lâmina esguia de Arya, mas, mesmo assim... Alguns dias antes, ela andara vagueando com uma tira de seda negra atada sobre os olhos. Arya dissera-lhe que Syrio a estava ensinando a ver com os ouvidos, o nariz e a pele. Antes disso, tinha-a posto para fazer piruetas e saltos mortais.

– Arya, tem certeza de que quer persistir nisto?

Ela confirmou com a cabeça.

– Amanhã vamos apanhar gatos.

– Gatos – Ned suspirou. – Talvez tenha sido um erro contratar esse bravosi. Se quiser, pedirei a Jory para substituí-lo nas suas aulas. Ou posso ter uma discreta conversa com Sor Barristan Selmy. Quando jovem, foi o melhor espadachim dos Sete Reinos.

– Não quero ninguém – disse Arya. – Quero Syrio.

Ned passou os dedos pelos cabelos. Qualquer mestre de armas decente podia ensinar a Arya os rudimentos sobre estocadas e paradas sem esse disparate de vendas, rodas e saltos de um pé só, mas conhecia suficientemente bem a filha mais nova para saber que não havia discussão com aquela obstinada projeção de queixo.

– Como quiser – ele respondeu. Certamente iria se cansar daquilo em breve. – Tente ter cuidado.

– Terei – ela prometeu solenemente enquanto saltava do pé direito para o esquerdo num movimento fluido.

Muito mais tarde, depois de atravessar a cidade com as filhas e colocá-las em segurança na cama, Sansa com seus sonhos e Arya com seus hematomas, Ned subiu até os próprios aposentos, no topo da Torre da Mão. O dia estivera quente, e o quarto fechado estava abafado. Ned dirigiu-se à janela e abriu as pesadas venezianas a fim de deixar entrar o ar fresco da noite. Do outro lado do Grande Pátio reparou no tremeluzente brilho da luz de velas nas janelas de Mindinho. Já passava bastante da meia-noite. Junto ao rio, as festas estavam apenas começando a murchar e morrer.

Pegou o punhal e o estudou. A arma de Mindinho, que Tyrion Lannister ganhara dele numa aposta de torneio, enviada para matar Bran em seu sono. *Por quê?* Por que queria o anão ver Bran morto? Por que *alguém* ia querer ver Bran morto?

O punhal, a queda de Bran, tudo aquilo estava de algum modo ligado ao assassinato de Jon Arryn, podia senti-lo nas entranhas, mas a verdade sobre a morte de Jon permanecia para ele tão envolta em brumas como quando começara a investigar. Lorde Stannis não voltara a Porto Real para o torneio. Lysa Arryn mantinha-se em silêncio, por trás das muralhas do Ninho da Águia. O escudeiro estava morto e Jory continuava a investigar os prostíbulos. Que tinha ele além do bastardo de Robert?

Ned não tinha dúvida de que o carrancudo aprendiz do armeiro era filho do rei. Os traços dos Baratheon estavam estampados em seu rosto, no queixo, nos olhos, nos cabelos negros. Renly era novo demais para ser pai de um rapaz daquela idade. Stannis, demasiado frio e orgulhoso em sua honra. Gendry tinha de ser de Robert.

Mas, ao saber tudo isso, o que aprendera? O rei tinha outros filhos ilegítimos espalhados pelos Sete Reinos. Tinha reconhecido abertamente um de seus bastardos, um rapaz da idade de Bran, cuja mãe era bem-nascida. O garoto estava sendo criado pelo castelão de Lorde Renly em Ponta Tempestade.

Ned também recordava a primeira criança gerada por Robert, uma filha nascida no Vale quando ainda era pouco mais que um rapaz. Uma doce garotinha; o jovem senhor de Ponta Tempestade a amara perdidamente. Costumava fazer visitas diárias para brincar com o bebê, muito depois de ter perdido interesse pela mãe. Era frequente arrastar Ned para lhe fazer companhia, independentemente de sua vontade. Compreendeu de súbito que a menina devia ter agora dezessete ou dezoito anos; mais velha que Robert era quando ela nascera. Estranho pensamento.

Cersei podia não estar contente com as escapadelas do senhor seu esposo, mas no fim das contas pouco importava se o rei tinha um bastardo ou uma centena. A lei e o costume poucos direitos davam aos filhos ilegítimos. Gendry, a moça no Vale, o garoto em Ponta Tempestade, nenhum deles podia ameaçar os filhos legítimos de Robert...

Suas reflexões foram interrompidas por um suave toque na porta.

– Um homem para vê-lo, senhor – chamou Harwin. – Não quer dizer o nome.

– Mande-o entrar – Ned respondeu, curioso.

O visitante era um homem corpulento com botas molhadas e completamente enlameadas, um pesado manto marrom da ráfia mais grosseira, as feições escondidas por um capuz, as mãos enfiadas em volumosas mangas.

– Quem é você? – Ned perguntou.

– Um amigo – disse o homem encapuzado numa estranha voz. – Temos de conversar a sós, Lorde Stark.

A curiosidade era mais forte que a cautela.

– Harwin, deixe-nos – ordenou. Só depois de estarem a sós, por trás de portas fechadas, é que o visitante tirou o capuz.

– Lorde Varys? – Ned exclamou, estupefato.

– Lorde Stark – disse Varys polidamente enquanto se sentava. – Posso lhe pedir uma bebida?

Ned encheu duas taças de vinho do verão e entregou uma delas a Varys.

– Poderia ter passado por você que nunca o reconheceria – ele disse, incrédulo. Nunca vira o eunuco vestido de outra coisa que não fosse seda, veludo e os mais ricos damascos; e este homem cheirava a suor, não a lilases.

– Era esta a minha maior esperança – Varys respondeu. – Não seria bom se certas pessoas soubessem que conversamos em particular. A rainha o vigia de perto. Este vinho é de primeira escolha. Obrigado.

– Como passou pelos meus guardas? – Ned perguntou. Porther e Cayn tinham sido colocados fora da torre, e Alyn, nas escadas.

– A Fortaleza Vermelha tem caminhos que só são conhecidos por fantasmas e aranhas – Varys sorriu como quem pede perdão. – Não lhe tomarei muito tempo, senhor. Há coisas que precisa saber. É a Mão do Rei, e o rei é um tolo – a voz do eunuco tinha perdido o timbre rico; agora era fina e aguçada como um chicote. – É seu amigo, eu sei, mas, apesar disso, um tolo... e está perdido, a menos que o salve. Hoje foi por pouco. Alimentavam a esperança de matá-lo durante a luta corpo a corpo.

Por um momento Ned ficou sem fala, de tão chocado.

– *Quem?*

Varys bebericou o vinho.

– Se realmente preciso lhe dizer isso, então é um tolo ainda maior que Robert, e eu estou do lado errado.

– Os Lannister – Ned falou. – A rainha... não, não acredito nisso, nem mesmo de Cersei. Ela lhe pediu que não lutasse!

– Ela o *proibiu* de lutar, na presença do irmão, dos cavaleiros e de metade da corte. Diga-me francamente: conhece alguma maneira mais segura de forçar o Rei Robert a participar do corpo a corpo? É o que lhe pergunto.

Ned tinha uma sensação doentia nas entranhas. O eunuco descobrira uma verdade; dizer a Robert Baratheon que não conseguia, não devia ou não podia fazer uma coisa era o mesmo que lhe ordenar que fizesse.

– Mesmo que ele tivesse lutado, quem se atreveria a atingir o rei?

Varys encolheu os ombros.

– Havia quarenta participantes no corpo a corpo. Os Lannister têm muitos amigos. No meio de todo aquele caos, com cavalos a relinchar, ossos a se partirem e Thoros de Myr a brandir aquela sua absurda espada flamejante, quem poderia falar em assassinato se algum golpe casual caísse sobre Sua Graça? – o eunuco dirigiu-se ao jarro e voltou a encher a taça. – Depois de a coisa feita, o assassino estaria fora de si de desgosto. Quase consigo ouvi-lo chorar. Tão triste. Mas não haveria dúvida de que a amável e compassiva viúva se apiedaria, poria o pobre infeliz em pé e o abençoaria com um gentil beijo de perdão. O bom Rei Joffrey não teria escolha exceto perdoá-lo – Varys passou a mão no rosto. – Ou talvez Cersei deixasse Sor Ilyn cortar-lhe a cabeça, haveria assim menos riscos para os Lannister, embora fosse uma surpresa bem desagradável para seu pequeno amigo.

Ned sentiu sua ira aumentar.

– Conhecia essa conspiração e, no entanto, não fez nada.

– Eu governo murmuradores, não guerreiros.

– Podia ter vindo falar comigo mais cedo.

– Ah, sim, confesso. E o senhor teria ido correndo falar com o rei, não é verdade? E quando Robert ouvisse dizer que estava em perigo, o que teria feito? Gostaria de saber.

Ned pensou naquilo.

– Teria mandado todos para os sete infernos e lutado de qualquer maneira, para mostrar que não os temia.

Varys abriu as mãos.

– Vou fazer outra confissão, Lorde Eddard. Tinha curiosidade em ver o que o senhor faria. *Por que não veio falar comigo?*, me perguntou, e devo responder: *Ora, porque não confiava no senhor.*

– *Não confiava em mim?* – Ned estava francamente estupefato.

– A Fortaleza Vermelha abriga dois tipos de pessoas, Lorde Eddard – Varys continuou. – Aqueles que são leais ao reino e os que são leais apenas a si mesmos. Até hoje de manhã não sabia dizer a que grupo o senhor pertencia... e por isso esperei para ver... e agora sei com toda certeza – deu um rechonchudo sorrisinho apertado e, por um momento, seu rosto privado e sua máscara pública foram iguais. – Começo a compreender por que a rainha o teme tanto. Ah, sim, como começo.

– Quem ela deve temer é você – disse Ned.

– Não. Eu sou aquilo que sou. O rei utiliza-me, mas isso o envergonha. Nosso Robert é guerreiro muito poderoso, e um homem tão viril pouca amizade sente por denunciantes, espiões e eunucos. Se chegar o dia em que Cersei sussurre "Mate aquele homem", Ilyn Payne me cortará a cabeça num piscar de olhos. E quem faria então luto pelo pobre Varys? Seja no Norte, seja no Sul, não se cantam canções sobre aranhas – estendeu uma mão suave e tocou em Ned. – Mas o senhor, Lorde Stark... penso... não, *sei*... ele não o mataria, nem mesmo por sua rainha, e pode residir aí a nossa salvação.

Aquilo tudo era demais. Por um momento, Eddard Stark nada mais desejou que voltar a Winterfell, à simplicidade limpa do Norte, onde os inimigos eram o inverno e os selvagens do lado de lá da Muralha.

– Certamente Robert tem outros amigos leais – protestou. – Os irmãos, a...

– ... mulher? – terminou Varys, com um sorriso cortante. – Os irmãos odeiam os Lannister, é certo, mas odiar a rainha e amar o rei não são bem a mesma coisa, não é? Sor Barristan ama a sua honra, o Grande Meistre Pycelle ama o seu cargo, e Mindinho ama Mindinho.

– A Guarda Real...

– Um escudo de papel – disse o eunuco. – *Procure* não parecer tão chocado, Lorde Stark. O próprio Jaime Lannister é um Irmão Juramentado das Espadas Brancas, e todos sabemos o que os votos *dele* valem. Os dias em que homens como Ryam Redwyne e Príncipe Aemon, o Cavaleiro do Dragão, usavam o manto branco estão perdidos na poeira e nas canções. Daqueles sete, só Sor Barristan Selmy é feito do aço verdadeiro, e Selmy é *velho*. Sor Boros e Sor Meryn são criaturas da rainha até os ossos, e tenho profundas suspeitas sobre os outros. Não, senhor, quando as espadas forem realmente desembainhadas, será o único amigo verdadeiro que Robert Baratheon terá.

– Robert tem de ser informado – disse Ned. – Se o que diz for verdade, e ainda que apenas parte do que diz for verdade, então o próprio rei terá de ouvir.

– E que provas lhe apresentaremos? As minhas palavras contra as deles? Os meus passarinhos contra a rainha e o Regicida, contra os irmãos e o conselho do rei, contra os Guardiães do

Leste e do Oeste, contra todo o poderio de Rochedo Casterly? Rogo-lhe, mande buscar diretamente Sor Ilyn, pois nos poupará tempo. Sei onde termina essa estrada.

– Mas se o que diz for verdade, eles se limitarão a esperar seu tempo e farão outra tentativa.

– Certamente farão – Varys confirmou. – E temo que o façam mais cedo que tarde. O senhor os está deixando muito ansiosos, Lorde Eddard. Mas meus passarinhos estarão à escuta, e em conjunto, o senhor e eu, talvez sejamos capazes de nos adiantarmos a eles – pôs-se em pé e puxou o capuz até voltar a esconder o rosto. – Agradeço-lhe o vinho. Voltaremos a conversar. Quando voltar a me ver no conselho, assegure-se de me tratar com o desprezo habitual. Não deverá achar difícil.

O eunuco já se encontrava junto à porta quando Ned o chamou:

– *Varys* – o homem encapuzado virou-se. – Como morreu Jon Arryn?

– Perguntava a mim mesmo quando chegaria a esse assunto.

– Diga-me.

– Chamam-lhe lágrimas de Lys. Coisa rara e dispendiosa, límpida e doce como a água, e não deixa rastro nenhum. Supliquei a Lorde Arryn que usasse um provador, foi nesta mesma sala que lhe supliquei, mas ele não queria ouvir falar do assunto. Só alguém que fosse menos que um homem podia sequer pensar em tal coisa, ele me disse.

Ned tinha de saber o resto.

– Quem lhe deu o veneno?

– Algum amigo querido, sem dúvida, alguém que partilhasse com frequência comida e bebida com ele. Ah, mas qual? Havia muitos assim. Lorde Arryn era um homem bondoso e confiante – o eunuco suspirou. – Mas havia um rapaz. Tudo que era devia a Jon Arryn, mas quando a viúva fugiu para o Ninho da Águia com os seus, ficou em Porto Real e prosperou. Alegra-me sempre o coração ver os jovens subir neste mundo – o chicote estava de novo em sua voz; cada palavra era uma chicotada. – Deve ter feito uma figura galante no torneio, em sua brilhante armadura nova, com aqueles crescentes no manto. Uma pena que tenha morrido tão intempestivamente, antes que o senhor tivesse a oportunidade de falar com ele...

Ned sentiu-se quase como se ele mesmo tivesse sido envenenado.

– O escudeiro – ele exclamou. – Sor Hugh – os mecanismos começaram a girar. A cabeça de Ned latejava. – Por quê? Por que agora? Jon Arryn foi Mão durante catorze anos. Que andava fazendo ele para que tivessem de matá-lo?

– Andava fazendo perguntas – respondeu Varys, esgueirando-se porta afora.

Tyrion

Em pé, no frio de antes da alvorada, observando Chiggen, que matava seu cavalo, Tyrion Lannister tomou nota de mais uma dívida para os Stark. Viu-se um vapor subir de dentro da carcaça quando o mercenário acocorado abriu a barriga com sua faca de esfolar. Movia as mãos com habilidade, sem desperdiçar um único golpe; o trabalho tinha de ser feito rapidamente, antes que o fedor do sangue trouxesse gatos-das-sombras das colinas.

– Nenhum de nós passará fome esta noite – disse Bronn. Ele mesmo era quase uma sombra; magro e duro como um osso, com olhos e cabelos negros e barba por fazer.

– Alguns de nós talvez passem – disse-lhe Tyrion. – Não me agrada comer cavalo. Especialmente o *meu* cavalo.

– Carne é carne – disse Bronn, encolhendo os ombros. – Os dothrakis gostam mais de cavalo que de vaca ou porco.

– Toma-me por um dothraki? – perguntou Tyrion em tom irritado. Os dothrakis comiam cavalo, era verdade; também deixavam crianças deformadas para os cães selvagens que corriam atrás de seus *khalasares*. Pouco apreço sentia pelos costumes dothrakis.

Chiggen cortou uma fina fatia de carne sangrenta da carcaça e ergueu-a para inspeção.

– Quer provar, anão?

– Meu irmão Jaime me deu essa égua pelo vigésimo terceiro dia do meu nome – Tyrion respondeu numa voz despida de emoção.

– Então, agradeça-lhe em nosso nome. Se voltar a vê-lo – Chiggen deu um sorriso, mostrando dentes amarelos, e engoliu a carne crua em duas dentadas. – Tem sabor de égua de boa criação.

– É melhor fritá-la com cebolas – interveio Bronn.

Sem uma palavra, Tyrion afastou-se coxeando. O frio instalara-se profundamente em seus ossos, e tinha as pernas tão doloridas que quase não conseguia andar. Talvez a égua morta fosse quem tinha mais sorte. *Ele* tinha perante si mais horas a cavalo, seguidas por um pouco de comida e um curto sono frio sobre solo duro, e depois outra noite igual, e outra, e outra, e só os deuses sabiam quando aquilo terminaria.

– Maldita seja – resmungou enquanto lutava para avançar pela estrada a fim de se juntar aos seus captores, remoendo recordações –, maldita seja ela e todos os Stark.

A memória ainda lhe era amarga. Num momento encomendava o jantar, e um piscar de olhos mais tarde defrontava uma sala cheia de homens armados, com Jyck levando a mão à espada e a estalajadeira gorda guinchando:

– Espadas, não, *aqui*, não, por favor, senhores.

Tyrion torcera o braço de Jyck, apressado, antes que o outro fizesse com que fossem ambos transformados em carne picada.

– Onde estão as suas maneiras, Jyck? Nossa boa anfitriã disse que espadas, não. Faça o que ela pede – forçara um sorriso que devia ter parecido tão nauseado como o sentia. – Está cometendo um triste erro, Senhora Stark. Não desempenhei nenhum papel em nenhum ataque ao seu filho. Pela minha honra...

– Honra Lannister – foi tudo que ela disse. Ergueu as mãos para que toda a sala as visse. – Seu punhal deixou estas cicatrizes. A lâmina que ele enviou para abrir a garganta do meu filho.

Tyrion sentira a fúria em volta de si, espessa e fumacenta, alimentada pelos profundos golpes nas mãos da mulher Stark. "Matem-no", sibilara do fundo da sala uma desmazelada bêbada qualquer, e outras vozes começaram a repetir a palavra mais depressa que ele julgaria possível. Todos eles estranhos, amigáveis até um momento antes, e agora gritavam por seu sangue como cães de caça perseguindo uma presa.

Tyrion falara em voz alta, tentando mantê-la firme.

– Se a Senhora Stark acredita que tenho de responder por algum crime, então a acompanharei e responderei por ele.

Era a única atitude possível. Tentar sair daquilo na base da espada era um convite seguro para uma sepultura antecipada. Uma boa dúzia de espadas tinha respondido ao apelo da Stark por ajuda: os homens de Harrenhal, os três Bracken, um par de fétidos mercenários que pareciam poder matá-lo com a mesma facilidade com que cuspiriam no chão, e alguns estúpidos camponeses que sem dúvida não tinham a mínima ideia do que estavam fazendo. Contra aquilo, que tinha Tyrion? Um punhal no cinto e dois homens. Jyck brandia uma espada suficientemente bem, mas Morrec pouco contava, era em parte cavalariço, em parte cozinheiro, em parte criado de quarto e em nenhuma parte soldado. Quanto a Yoren, fossem quais fossem seus sentimentos, os irmãos negros tinham jurado não participar nas querelas do reino. Yoren nada faria.

E, de fato, o irmão negro afastara-se em silêncio quando o idoso cavaleiro ao lado de Catelyn Stark dissera:

– Tomem-lhes as armas – e o mercenário Bronn avançara para arrancar a espada dos dedos de Jyck e aliviar todos de seus punhais. – Muito bem – dissera o velho, enquanto a tensão na sala comum refluía de modo palpável –, excelente. – Tyrion reconhecera então aquela voz rude; o mestre de armas de Winterfell, de barbas raspadas.

Gotas de saliva tingidas de escarlate voaram da boca da estalajadeira gorda quando ela suplicou a Catelyn Stark:

– Não o mate aqui!

– Não o mate em lugar nenhum – exortara Tyrion.

– Leve-o para qualquer outro lugar, sangue aqui, não, senhora, não quero confusões de fidalgos aqui.

– Vamos levá-lo de volta a Winterfell – Cat dissera, e Tyrion pensou: *Bem, talvez...* Àquela altura, já tivera um momento para passar os olhos pela sala e obter uma ideia melhor da situação. E não tinha ficado totalmente descontente com o que vira. Ah, a Stark tinha sido inteligente, sem sombra de dúvida. Forçá-los a fazer uma afirmação pública dos votos jurados ao pai pelos senhores que serviam e então lhes pedir socorro e, sendo ela uma mulher, sim, essa parte era um docinho. Mas o sucesso não tinha sido tão completo como poderia desejar. Havia perto de cinquenta homens na sala comum, segundo sua contagem aproximada. O apelo de Catelyn Stark tinha reunido uma simples dúzia; os outros pareciam confusos, ou assustados, ou carrancudos. Só dois dos Frey tinham se agitado, notara Tyrion, e sentado assim que viram que o capitão não se movia. Poderia ter sorrido, se se atrevesse a tanto.

– Seja então Winterfell – ele disse, e não sorriu. Era uma longa viagem, como podia atestar perfeitamente, tendo acabado de percorrer o caminho inverso. Muitas coisas podiam acontecer ao longo do caminho. – Meu pai vai querer saber o que me aconteceu – acrescentou, olhando nos olhos o homem de armas que se oferecera para lhe ceder o quarto. – Pagará uma boa recompensa a qualquer homem que lhe leve notícias do que aconteceu hoje aqui – Lorde Tywin não faria nada disso, claro, mas Tyrion o compensaria se ganhasse a liberdade.

Sor Rodrik olhara de relance para sua senhora, um olhar preocupado, como devia ser.

– Seus homens vêm com ele – anunciou o velho cavaleiro. – E agradeceremos a todos aqui se ficarem em silêncio quanto ao que viram aqui.

Tyrion fez tudo que pôde para não rir. *Silêncio?* Velho tonto. A menos que capturasse a estalagem inteira, a notícia começaria a se espalhar no instante em que dali saíssem. O cavaleiro livre com a moeda de ouro no bolso voaria como uma flecha para Rochedo Casterly. Se não fosse ele, então qualquer outro o faria.

Yoren levaria a história para o Sul. Aquele estúpido cantor poderia fazer daquilo um lai. Os Frey fariam um relatório ao seu senhor, e só os deuses sabiam o que este faria. Lorde Walder Frey podia ser vassalo de Correrio, mas era um homem cauteloso que vivera muito tempo por assegurar-se de estar sempre ao lado dos vencedores. No mínimo, enviaria suas aves para o sul até Porto Real, e poderia bem atrever-se a mais.

Catelyn Stark não perdera tempo.

– Devemos partir imediatamente. Vamos querer montarias descansadas e provisões para a estrada. Quanto aos senhores, saibam que têm a eterna gratidão da Casa Stark. Se algum dos senhores quiser nos ajudar a guardar os cativos e levá-los em segurança até Winterfell, prometo que serão bem recompensados – e foi o suficiente, os tontos atiraram-se à frente. Tyrion estudou-lhes os rostos; seriam de fato bem recompensados, jurara a si mesmo, mas talvez não propriamente do modo que imaginavam.

Mas, mesmo enquanto o empurravam para fora, selando os cavalos na chuva e atando-lhe as mãos com uma corda grossa, Tyrion Lannister não estava realmente com medo. Poderia ter apostado que não conseguiriam levá-lo até Winterfell. Haveria cavaleiros no seu encalço em menos de um dia, aves levantariam voo, e certamente um dos senhores do rio teria suficiente vontade de ganhar os favores de seu pai para dar uma ajuda. Tyrion congratulava-se por sua sutileza quando alguém lhe puxara um capuz sobre os olhos e o subira para uma sela.

Tinham partido em meio à chuva num duro galope, e não demorou muito até que as coxas de Tyrion ficassem rígidas e doídas e seu traseiro latejasse de dor. Mesmo depois de estarem suficientemente afastados da estalagem para se sentirem em segurança, e de Catelyn ter abrandado a marcha até um trote, foi uma miserável viagem por terreno irregular, piorada por sua cegueira.

Cada curva o deixava a ponto de cair do cavalo. O capuz abafava os sons, e não conseguia distinguir o que era dito à sua volta, e a chuva encharcava o tecido, que lhe grudava no rosto, até que mesmo respirar se tornara uma luta. A corda deixara seus pulsos em carne viva, e parecia ficar mais apertada à medida que a noite avançava. *Preparava-me para me instalar diante de um fogo quente e uma ave assada, mas aquele maldito cantor tinha de abrir a boca*, pensava tristemente. O maldito cantor viera com eles.

– Há uma grande canção por fazer a partir disto, e eu sou aquele que a fará – dissera a Catelyn Stark quando anunciara sua intenção de viajar para o Norte com eles para ver como se desenrolaria a "esplêndida aventura".

Tyrion gostaria de saber se o rapaz acharia a aventura assim tão esplêndida quando os cavaleiros dos Lannister os apanhassem.

A chuva tinha finalmente parado e a luz da alvorada já se infiltrava através do pano molhado que tinha sobre os olhos quando Catelyn Stark deu ordem para desmontar. Mãos rudes o tiraram do cavalo, desataram-lhe os pulsos e arrancaram-lhe o capuz da cabeça. Quando Tyrion viu a estreita estrada pedregosa, os sopés das colinas que se erguiam altas e selvagens por toda volta, e os picos escarpados e cobertos de neve no horizonte longínquo, toda a sua esperança se evaporou num instante.

– Esta é a estrada de altitude – arquejara, olhando para a Senhora Stark com olhos acusadores. – A estrada do *leste*. A senhora disse que nos dirigíamos para Winterfell!

Catelyn Stark concedeu-lhe o mais tênue dos sorrisos.

– Em alto e bom som – ela concordou. – Não há dúvida de que seus amigos seguirão esse caminho quando vierem em nosso encalço. Desejo-lhes boa viagem.

Mesmo agora, muitos dias mais tarde, a recordação o enchia de amarga raiva. Por toda a vida Tyrion se orgulhara de sua astúcia, o único presente que os deuses tinham se dignado a conceder-lhe e, no entanto, aquela sete vezes maldita loba Catelyn Stark o sobrepujara durante todo o tempo. Saber aquilo era mais humilhante do que o simples fato de ter sido raptado.

Pararam apenas tempo suficiente para alimentar e dar de beber aos cavalos, e puseram-se imediatamente a caminho. Daquela vez, Tyrion foi poupado do capuz. Após a segunda noite, deixaram de atar-lhe as mãos, e uma vez chegados às alturas, já pouco se preocupavam em guardá-lo. Pareciam não temer que fugisse. E por que haveriam de temer? Ali a terra era dura e selvagem, e a estrada de altitude pouco passava de uma trilha pedregosa. Se fugisse, até onde chegaria, sozinho e sem provisões? Os gatos-das-sombras o veriam como uma guloseima, e os clãs que habitavam os baluartes da montanha eram salteadores e assassinos que não se dobravam a nenhuma lei além da da espada.

Mas, apesar disso, a Stark os fez avançar de forma implacável. Sabia para onde se dirigiam. Soubera desde o momento em que lhe tinham arrancado o capuz. Aquelas montanhas eram o domínio da Casa Arryn, e a viúva da falecida Mão era uma Tully, irmã de Catelyn Stark... e nada amiga dos Lannister. Tyrion conhecera vagamente a Senhora Lysa durante os anos que ela passara em Porto Real, e não se sentia ansioso por reatar o convívio.

Seus captores aglomeravam-se em torno de um riacho um pouco mais à frente. Os cavalos tinham se enchido da água fria como gelo e pastavam feixes de mato marrom que crescia em fendas na rocha. Jyck e Morrec estavam muito juntos, carrancudos e infelizes. Mohor erguia-se sobre eles, apoiado na lança e usando um capacete de ferro arredondado que fazia com que parecesse ter uma tigela na cabeça. Perto deles, Marillion, o cantor, estava sentado oleando sua harpa, queixando-se do que a umidade estava fazendo às cordas do instrumento.

– Temos de descansar um pouco, senhora – o pequeno cavaleiro Sor Willis Wode dizia a Catelyn Stark quando Tyrion se aproximou.

Era o homem da Senhora Whent, obstinado e imperturbável, e o primeiro a saltar em socorro de Catelyn Stark na pousada.

– Sor Willis diz a verdade, minha senhora – disse Sor Rodrik. – Este foi o terceiro cavalo que perdemos...

– Perderemos mais que cavalos se formos alcançados pelos Lannister – ela os lembrou. Tinha o rosto queimado pelo vento e descarnado, mas não perdera nada de sua determinação.

– Há poucas chances de isso acontecer aqui – Tyrion interveio.

– A senhora não pediu sua opinião, anão – exclamou Kurleket, um grande idiota gordo, de cabelos curtos e cara de porco. Era um dos Bracken, um homem de armas a serviço de Lorde Jonos. Tyrion tinha feito um esforço especial para aprender o nome de todos, a fim de lhes agradecer mais tarde pelo terno modo como o tratavam. Um Lannister sempre pagava suas dívidas. Kurleket saberia disso um dia, assim como os amigos Lharys e Mohor, o bom Sor Willis e os mercenários Bronn e Chiggen. Planejava uma lição especialmente severa para Marillion, o da harpa e da bela voz de tenor, que lutava tão virilmente por arranjar rimas para *duende, coxo* e *manco*, a fim de poder criar uma canção sobre o seu ultraje.

– Deixe-o falar – a Senhora Stark ordenou.

Tyrion Lannister sentou-se numa rocha.

– A essa altura nossos perseguidores estão provavelmente avançando pelo Gargalo, perseguindo sua mentira ao longo da estrada do rei... assumindo que *existe* uma perseguição, o que não é de todo certo. Ah, não há dúvida de que a notícia chegou ao meu pai... mas ele não me estima tanto assim, e não estou nada convencido de que tenha se incomodado em agir – era apenas meia mentira; Lorde Tywin Lannister não se importava nem um pouco com o filho deformado, mas não tolerava desrespeitos à honra de sua Casa. – Estamos numa terra cruel, Senhora Stark. Não encontrará socorro até chegar ao Vale, e cada montaria perdida sobrecarrega ainda mais as restantes. Pior, arrisca-se perder a *mim*. Sou pequeno, não sou forte e, se morrer, qual é o objetivo de tudo isto? – aquilo não era mentira nenhuma; Tyrion não sabia quanto tempo mais conseguiria suportar aquele ritmo.

– Pode-se argumentar que a sua morte *é* o objetivo, Lannister – respondeu Catelyn Stark.

– Penso que não. Se me quisesse morto, bastaria dizer uma palavra, e um desses seus leais amigos de bom grado me daria um sorriso vermelho – olhou para Kurleket, mas o homem era obtuso demais para saborear a ironia.

– Os Stark não assassinam ninguém em suas camas.

– Nem eu – Tyrion retrucou. – Repito-lhe: não participei da tentativa de matar o seu filho.

– O assassino estava armado com o seu punhal.

Tyrion sentiu o calor subir em seu interior.

– O punhal não era meu – insistiu. – Quantas vezes tenho de jurar? Senhora Stark, seja o que for que pense a meu respeito, saiba que não sou um homem estúpido. Só um idiota armaria um simples peão com a própria arma.

Apenas por um momento pensou ver uma cintilação de dúvida nos olhos dela, mas Catelyn disse:

– Por que haveria Petyr de mentir para mim?

– Por que é que um urso caga na floresta? – ele quis saber. – Porque é esta a sua natureza. Para um homem como Mindinho, mentir é tão natural como respirar. Se há alguém neste mundo que devia saber isso, *é a senhora*.

Ela deu um passo em sua direção, com o rosto fechado.

– E o que isso quer dizer, Lannister?

Tyrion inclinou a cabeça para o lado.

– Ora, todos os homens na corte ouviram-no contar como tirou sua virgindade, minha senhora.

– *Isso é uma mentira!* – Catelyn Stark retrucou.

– Ah, que duendezinho malvado – disse Marillion, chocado.

Kurleket desembainhou seu punhal, uma perigosa peça de ferro negro.

– A uma palavra, senhora, atirarei a seus pés aquela língua mentirosa – seus olhos de porco estavam úmidos de excitação perante a ideia.

Catelyn Stark observou fixamente Tyrion, com um olhar frio como ele nunca vira.

– Petyr Baelish amou-me em tempos passados. Era apenas um garoto. Sua paixão foi uma tragédia para todos nós, mas foi real, e pura, e nada de que se deva zombar. Desejava minha mão. É esta a verdade. É realmente um homem vil, Lannister.

– A senhora é realmente uma tola, Senhora Stark. Mindinho nunca amou ninguém a não ser Mindinho, e garanto que não é da sua *mão* que ele se gaba, é sim desses seus maduros seios, da sua doce boca e do calor que tem entre as pernas.

Kurleket agarrou-lhe numa madeixa de cabelo e puxou com força sua cabeça para trás, expondo-lhe a garganta. Tyrion sentiu o frio beijo do aço sob o queixo.

– Devo sangrá-lo, senhora?

– Mate-me, e a verdade morre comigo – Tyrion arquejou.

– Deixe-o falar – Catelyn Stark ordenou.

Kurleket largou com relutância os cabelos de Tyrion.

Tyrion inspirou profundamente.

– Como foi que Mindinho lhe disse que obtive esse seu punhal? Responda-me isso.

– Disse que você o ganhou numa aposta, durante o torneio no dia do nome de Príncipe Joffrey.

– Quando meu irmão Jaime foi derrubado pelo Cavaleiro das Flores. Foi essa a sua história, não?

– Foi – ela admitiu. E uma ruga surgiu em sua testa.

– *Cavaleiros!*

O grito veio da cumeada esculpida pelo vento que se erguia acima deles. Sor Rodrik mandara Lharys escalar a face da rocha para vigiar a estrada enquanto descansavam.

Durante um longo segundo, ninguém se moveu. Catelyn Stark foi a primeira a reagir.

– Sor Rodrik, Sor Willis, a cavalo – gritou. – Ponham as outras montarias atrás de nós. Mohor, guarde os prisioneiros...

– Armem-nos! – Tyrion pôs-se em pé de um salto e a agarrou pelo braço. – Irá precisar de todas as espadas.

Ela sabia que ele tinha razão, Tyrion conseguia ver isso em sua expressão. Os clãs da montanha não tinham o menor interesse pelas inimizades das grandes Casas; matariam Stark e Lannister com igual fervor, idêntico ao que tinham para matar uns aos outros. Poderiam poupar a própria Catelyn, era ainda suficientemente jovem para gerar filhos. Mas, mesmo assim, ela hesitou.

– *Estou ouvindo-os!* – gritou Sor Rodrik. Tyrion virou a cabeça para escutar e lá estavam, sons de cascos, uma dúzia de cavalos ou mais, aproximando-se. De repente, todos se mexiam, pegando as armas, correndo para os cavalos.

Pedrinhas caíram neles quando Lharys desceu o declive, aos saltos e às escorregadelas. Parou sem fôlego diante de Catelyn Stark, um homem de ar desajeitado com desordenados tufos de cabelo cor de ferrugem por baixo de um capacete cônico de aço.

– Vinte homens, talvez vinte e cinco – ele disse, sem fôlego. – Serpentes de Leite ou Irmãos da Lua, parece-me. Devem ter olhos nas montanhas, senhora... vigias ocultos... sabem que estamos aqui.

Sor Rodrik Cassel já estava montado, de espada na mão. Mohor agachou-se por trás de um pedregulho, agarrado com ambas as mãos à sua lança de ponta de ferro, um punhal entre os dentes.

– Você, cantor – chamou Sor Willis Wode. – Ajude-me com este peitoral – Marillion estava sentado, imóvel, agarrado com força à sua harpa, com o rosto pálido como leite, mas o homem de Tyrion, Morrec, pôs-se em pé de um pulo e foi ajudar o cavaleiro a vestir a armadura.

Tyrion manteve a mão agarrada a Catelyn Stark.

– Não tem escolha – disse-lhe. – Somos três, e mais um homem desperdiçado para nos vigiar... quatro homens podem fazer a diferença entre a vida e a morte aqui em cima.

– Dê-me sua palavra de que voltará a baixar as armas quando a luta acabar.

– A minha palavra? – podiam-se agora ouvir as batidas dos cascos mais alto. Tyrion deu um sorriso torto. – Ah, tem minha palavra, minha senhora... sobre a minha honra como Lannister.

Por um momento ele pensou que ela cuspiria na sua cara, mas em vez disso ela exclamou:

– Deem-lhes armas – e no mesmo momento afastou-se. Sor Rodrik atirou a Jyck sua espada embainhada e rodopiou para enfrentar o inimigo. Morrec tratou de se armar com um arco e uma aljava, e caiu sobre um joelho junto à estrada. Era melhor arqueiro que espadachim. E Bronn veio a cavalo oferecer a Tyrion um machado de lâmina dupla.

– Nunca lutei com um machado – a arma em suas mãos parecia desajeitada e pouco familiar. Tinha um cabo curto, uma cabeça pesada e no topo uma haste pontiaguda de aspecto perigoso.

– Faça de conta que está partindo lenha – disse Bronn, puxando a espada da bainha que trazia amarrada às costas. Cuspiu e trotou para juntar-se à formação esboçada por Chiggen e Sor Rodrik. Sor Willis montou e também foi juntar-se a eles, enquanto se atrapalhava com o capacete, um vaso de metal com uma estreita fenda para os olhos e uma longa pluma negra de seda.

– A lenha não sangra – disse Tyrion para ninguém em especial. Sentia-se nu sem uma armadura. Olhou em volta à procura de uma rocha e correu para onde Marillion se escondia. – Dê-me lugar.

– Sai daqui! – respondeu-lhe o rapaz aos gritos. – Sou um cantor, não quero participar desta luta!

– O quê? Perdeu o gosto pela aventura? – Tyrion começou a dar pontapés no jovem até que ele cedeu um lugar, e não sem tempo. Um instante depois os cavaleiros caíam sobre eles.

Não houve arautos, nem estandartes, nem cornos ou tambores, apenas o ressoar das cordas dos arcos quando Morrec e Lharys dispararam, e repentinamente os homens dos clãs vieram trovejando pela madrugada, esguios e escuros, vestidos de couro fervido e armaduras feitas com partes de outras armaduras, os rostos escondidos por trás de meios-elmos fechados. Mãos enluvadas empunhavam uma grande variedade de armas: espadas longas, lanças e foices afiadas, clavas, punhais e pesados malhos de ferro. À frente vinha um homem grande com um manto listrado de pele de gato-das-sombras, armado com uma grande espada de duas mãos.

Sor Rodrik gritou "*Winterfell!*", e avançou ao seu encontro com Bronn e Chiggen a seu lado, soltando um grito qualquer de batalha. Sor Willis Wode os seguiu, brandindo uma clava por cima da cabeça. "Harrenhal! Harrenhal!", cantava. Tyrion sentiu um súbito impulso de saltar, brandir o machado e trovejar "Rochedo Casterly!", mas aquela insanidade passou rapidamente, e ele se agachou mais.

Ouviu os relinchos de cavalos assustados e o estrondo de metal batendo em metal. A espada de Chiggen varreu o rosto descoberto de um cavaleiro em cota de malha, e Bronn mergulhou através dos homens dos clãs como um pé de vento, ferindo inimigos à esquerda e à direita. Sor Rodrik atacava o homem grande de manto de pele de gato-das-sombras, e seus cavalos dançavam em círculos enquanto os homens respondiam um ao outro, golpe a golpe. Jyck saltou para um cavalo e galopou em pelo para o meio da batalha. Tyrion viu uma flecha projetar-se do pescoço do homem do manto de pele de gato-das-sombras. Quando abriu a boca para gritar, só viu sangue saindo dela. No instante em que caiu ao chão, Sor Rodrik já lutava com outro homem.

Subitamente, Marillion guinchou, cobrindo a cabeça com a harpa, enquanto um cavalo saltava por cima da rocha que os protegia. Tyrion pôs-se em pé com dificuldade no momento em que o cavaleiro dava meia-volta para atacá-los, erguendo um malho com várias hastes pontiagudas. Tyrion volteou o machado com ambas as mãos. A lâmina, dirigida para cima, apanhou o cavalo na garganta com um *tunc* úmido, e Tyrion quase largou a arma quando o cavalo guinchou e caiu, mas conseguiu libertar o machado e cambaleou desajeitadamente para fora de seu caminho. Marillion teve menos sorte. Cavalo e cavaleiro despencaram no chão, num emaranhado de membros por cima do cantor. Tyrion avançou enquanto a perna do salteador ainda se encontrava presa sob o cavalo caído e enterrou o machado no pescoço do homem, logo acima das omoplatas.

Enquanto lutava para libertar o machado, ouviu Marillion gemer sob os corpos.

– Alguém me ajude – o cantor arquejou. – Que os deuses tenham piedade de mim, estou *sangrando*.

– Creio que é sangue de cavalo – disse Tyrion. A mão do cantor arrastou-se por sob o animal morto, arranhando a terra como uma aranha de cinco pernas. Tyrion calcou os dedos com o salto da bota e sentiu um estalido satisfatório. – Feche os olhos e finja que está morto – aconselhou ao cantor antes de erguer o machado e se afastar.

Depois daquilo, aconteceu tudo ao mesmo tempo. A madrugada encheu-se de gritos e berros, o ar ficou pesado com o cheiro de sangue e o mundo transformou-se em caos. Flechas voaram silvando junto à sua orelha e ricochetearam nas rochas. Viu Bronn derrubado do cavalo, lutando com uma espada em cada mão. Tyrion manteve-se ao largo da luta, deslizando de rochedo em rochedo e saltando das sombras para atingir as pernas dos cavalos que passavam. Encontrou um homem dos clãs ferido e o deixou morto, apropriando-se do seu meio-elmo. Estava muito apertado, mas Tyrion sentia-se grato por qualquer proteção que encontrasse. Jyck foi atingido por trás no momento em que abatia um homem à sua frente, e mais tarde Tyrion tropeçou no corpo de Kurleket. A cara de porco tinha sido esmagada por uma maça, mas Tyrion reconheceu o punhal ao arrancá-lo dos dedos mortos do homem. Estava enfiando-o no cinto quando ouviu um grito de mulher.

Catelyn Stark estava encurralada contra a superfície de pedra da montanha, cercada por três homens, um ainda montado. Segurava desajeitadamente um punhal com as mãos mutiladas, mas tinha agora as costas apoiadas contra a rocha e estava cercada pelos três lados restantes. *Que fiquem com a cadela*, pensou Tyrion, e *que façam bom proveito*, mas, apesar disso, avançou. Apanhou o primeiro homem pela parte de trás do joelho antes que eles percebessem que se encontrava ali, e a pesada cabeça do machado rompeu carne e osso como madeira podre. *Lenha que sangra*, pensou Tyrion estupidamente enquanto o segundo homem se aproximava. Tyrion esquivou-se sob sua espada, brandiu o machado, o homem cambaleou para trás... e Catelyn Stark surgiu pelas suas costas e abriu-lhe a garganta. O cavaleiro lembrou-se de um compromisso urgente em outro lugar, e afastou-se rapidamente a galope.

Tyrion olhou em volta. Os inimigos estavam vencidos, ou desaparecidos. De algum modo, a luta terminara sem que ele percebesse. Cavalos moribundos e homens feridos jaziam por toda parte, gritando ou gemendo. Para seu grande espanto, não era um deles. Abriu os dedos e deixou cair o machado ao chão com um *tunc*. Tinha as mãos pegajosas de sangue. Podia jurar que a luta tinha durado metade de um dia, mas o Sol parecia quase não ter se movido.

– Sua primeira batalha? – mais tarde Bronn perguntou, enquanto se inclinava sobre o corpo de Jyck, descalçando-lhe as botas. Eram boas botas, como era próprio de um dos homens de Lorde Tywin; couro pesado, untado e flexível, muito melhores que as de Bronn.

Tyrion confirmou com a cabeça.

– Meu pai ficará orgulhosíssimo – ele disse. Tinha tantas cãibras nas pernas que mal conseguia se manter em pé. Estranho, durante a batalha não reparara na dor uma única vez.

– Agora você precisa de uma mulher – disse Bronn com uma cintilação nos olhos negros, enfiando as botas no alforje. – Não há nada como uma mulher depois de matar um homem, acredite no que lhe digo.

Chiggen parou de saquear os cadáveres dos salteadores apenas tempo suficiente para resfolegar e lamber os lábios.

Tyrion olhou de relance para onde a Senhora Stark se encontrava cobrindo as feridas de Sor Rodrik.

– Estou disposto, se ela estiver – Tyrion disse. Os cavaleiros livres arrebentaram em gargalhadas; ele sorriu e pensou: *É um começo*.

Mais tarde, ajoelhou-se junto ao córrego e lavou o sangue do rosto em água fria como gelo. Enquanto coxeava de volta para junto dos outros, olhou novamente para os mortos. Os homens dos clãs eram magros e esfarrapados, seus cavalos, descarnados e pequenos demais, com todas as costelas à mostra. As armas que Bronn e Chiggen lhes tinham deixado não eram nada impressionantes. Malhos, clavas, uma *foice*... Lembrou-se do homem grande com o manto de pele de gato-das-sombras que combatera Sor Rodrik com uma grande espada de duas mãos, mas, quando encontrou seu cadáver esparramado no chão pedregoso, o homem afinal não era assim tão grande, seu manto tinha desaparecido, e Tyrion reparou que a lâmina estava cheia de entalhes e o aço barato, pintalgado de ferrugem. Pouco admirava que os homens dos clãs tivessem deixado nove corpos sem vida no chão.

Eles tinham apenas três mortos: dois dos homens de armas de Lorde Bracken, Kurleket e Mohor, e seu homem, Jyck, que tão ousado se mostrara com sua cavalgada em pelo. *Um tolo até o fim*, pensou Tyrion.

– Senhora Stark, insisto para que prossigamos a toda velocidade – disse Sor Willis Wode, com os olhos perscrutando cautelosamente o cume das colinas através da fenda do elmo. – Nós os afastamos por ora, mas não devem estar muito longe.

– Temos de enterrar nossos mortos, Sor Willis – ela disse. – Estes eram homens corajosos. Não os deixarei para os corvos e os gatos-das-sombras.

– Este solo é pedregoso demais para cavar – Sor Willis respondeu.

– Então juntaremos pedras para cobri-los.

– Juntem todas as pedras que quiserem – disse-lhe Bronn –, mas o farão sem mim e Chiggen. Tenho coisa melhor para fazer que empilhar pedras em cima de mortos... Respirar, por exemplo – olhou para os demais sobreviventes. – Aqueles que quiserem estar vivos ao cair da noite, venham conosco.

– Minha senhora, temo que ele esteja certo – Sor Rodrik disse com cautela. O velho cavaleiro fora ferido na luta, um golpe profundo no braço esquerdo e outro de lança que lhe resvalara o pescoço, e sua voz mostrava o peso da idade. – Se ficarmos aqui, cairão de novo sobre nós com toda certeza, e podemos não sobreviver a um segundo ataque.

Tyrion via a ira no rosto de Catelyn, mas a mulher não tinha escolha.

– Então, que os deuses nos perdoem. Partiremos de imediato.

Agora não faltavam cavalos. Tyrion mudou a sela para o castrado malhado de Jyck, que parecia suficientemente forte para durar mais três ou quatro dias pelo menos. Preparava-se para montar quando Lharys avançou e lhe disse:

– Agora eu fico com este punhal, anão.

– Deixe-o ficar com ele – Catelyn Stark os olhava de cima do cavalo. – E devolva-lhe também o machado. Podemos vir a precisar dele se voltarmos a ser atacados.

– Tem os meus agradecimentos, senhora – disse Tyrion, montando.

– Guarde-os – ela disse em tom rude. – Não confio mais em você do que antes – e afastou-se antes de ele ter tempo para formular uma resposta.

Tyrion ajustou o elmo roubado e recebeu o machado das mãos de Bronn. Recordou o modo como iniciara a viagem, com os pulsos atados e um capuz sobre a cabeça, e concluiu que aquilo era decididamente uma melhoria. A Senhora Stark podia conservar sua confiança; desde que ele pudesse conservar o machado, consideraria que mantinha algum avanço naquele jogo.

Sor Willis Wode tomou a dianteira. Bronn instalou-se à retaguarda, com a Senhora Stark em segurança no meio e Sor Rodrik ao lado dela como uma sombra. Marillion, de vez em quando, lançava olhares mal-humorados a Tyrion enquanto avançavam. O cantor partira várias costelas, sua harpa e os quatro dedos da mão com que tocava, mas, apesar disso, o dia não lhe fora uma perda completa; de algum lugar tinha adquirido um magnífico manto de pele de gato-das-sombras, espessos pelos negros rasgados por listras brancas. Aconchegava-se em silêncio sob suas dobras, pela primeira vez sem ter nada a dizer.

Ouviram os profundos rugidos dos gatos-das-sombras atrás deles antes de terem andado meia milha, e mais tarde os rosnados ferozes dos animais que lutavam pelos cadáveres que lá haviam deixado.

Marillion ficou visivelmente pálido.

– *Poltrão* – disse Tyrion – rima bem com *canção* – esporeou o cavalo e ultrapassou o cantor, juntando-se a Sor Rodrik e a Catelyn Stark.

Ela o olhou com os lábios bem comprimidos.

– Como ia dizendo antes de sermos tão rudemente interrompidos – começou Tyrion –, há uma séria falha na fábula de Mindinho. Independentemente do que pensa sobre mim, Senhora Stark, uma coisa lhe garanto: eu *nunca* aposto contra a minha família.

Arya

O gato preto de uma só orelha arqueou o dorso e silvou para ela.

Arya avançou pela ruela, equilibrada com leveza nas pontas dos pés nus, escutando as batidas irregulares do coração, respirando lenta e profundamente. *Silenciosa como uma sombra*, disse a si mesma, *leve como uma pena*. O gato observou seu avanço, com olhos cautelosos.

Apanhar gatos era difícil. Tinha as mãos cobertas de arranhões meio cicatrizados e ambos os joelhos estavam cheios de crostas onde os esfolara nos tombos que levara. A princípio, até o enorme e gordo gato do cozinheiro fora capaz de lhe escapar, mas Syrio a manteve caçando noite e dia. Quando correra até ele com as mãos sangrando, dissera-lhe:

— Tão lenta! Mais depressa, garota. Seus inimigos lhe farão mais que arranhões.

Então, Syrio passou fogo de Myr em suas feridas, e ardeu tanto que Arya teve de morder o lábio para não gritar. Depois, ele mandou que apanhasse mais gatos.

A Fortaleza Vermelha estava *cheia* deles: velhos gatos preguiçosos dormitando ao sol, caçadores de ratos de olhos frios retorcendo as caudas, gatinhos rápidos cujas garras eram como agulhas, gatos de senhora, todos escovados e confiantes, sombras esfarrapadas que caçavam nas pilhas de dejetos. Um a um, Arya os perseguiu, agarrou e trouxe todos, orgulhosamente, para Syrio Forel... todos, menos aquele, aquele endemoniado gato negro de uma orelha só.

— Este é o verdadeiro rei do castelo que aí está — dissera-lhe um dos homens de manto dourado. — Mais velho que o pecado e duas vezes mais maldoso. Certa vez, o rei organizou um banquete em honra do pai da rainha, e este bastardo preto saltou para a mesa e roubou uma codorna assada justamente dos dedos de Lorde Tywin. Robert riu tanto que quase explodiu. Afaste-se desse bicho, miúda.

Ela correu atrás dele por metade do castelo; duas vezes em volta da Torre da Mão, através da muralha interior, pelos estábulos, pelos degraus sinuosos abaixo, até para lá da cozinha pequena, da pocilga e dos aquartelamentos dos homens de manto dourado, ao longo da base da muralha do rio e por mais degraus acima, e de um lado para o outro pelo Caminho dos Traidores, e depois desceu novamente, atravessando um portão e rodeando um poço, entrando e saindo de estranhos edifícios, até que não soube mais onde se encontrava.

Agora, por fim, tinha-o encurralado. Muros altos apertavam os dois de ambos os lados, e na frente não havia mais que uma massa de pedra lisa e sem janelas. *Silenciosa como uma sombra*, repetiu enquanto deslizava em frente, *leve como uma pena*.

Quando estava a não mais de três passos, o gato se pôs em movimento. Saltou para a esquerda e depois para a direita; e Arya saltou para a direita e depois para a esquerda, interrompendo sua fuga. O animal voltou a silvar e tentou passar como um raio entre suas pernas. *Rápida como uma cobra*, pensou. Suas mãos fecharam-se em volta dele. Apertou-o contra o peito, rodopiando e rindo em voz alta enquanto as garras do gato raspavam na parte da frente de seu colete de couro. Rapidamente beijou o gato bem entre os olhos, atirando a cabeça para trás um instante antes de as garras do animal encontrarem seu rosto. O gato miou e bufou.

– O que ele está fazendo com aquele gato?

Sobressaltada, Arya deixou cair o gato e rodopiou na direção da voz. O gato desapareceu num piscar de olhos. No fim da ruela encontrava-se uma jovem com uma massa de cachos dourados, trajando um vestido de boneca de cetim azul. Tinha ao lado um garotinho loiro e roliço, com um veado empinado bordado com pérolas no peito do gibão e uma miniatura de espada ao cinto. *Princesa Myrcella e Príncipe Tommen*, pensou Arya. Uma septã grande como um cavalo de tração pairava sobre ambos, e atrás dela viam-se dois homens grandes com manto carmesim, guardas da Casa Lannister.

— O que você estava fazendo com aquele gato, garoto? — perguntou de novo Myrcella com severidade. Dirigindo-se ao irmão, disse: — É um garoto esfarrapado, não é? Olhe para ele — e soltou um risinho.

— Um garoto esfarrapado, sujo e malcheiroso — concordou Tommen.

Eles não me reconhecem, Arya se deu conta. *Nem sequer percebem que sou uma menina.* Mas não era de estranhar, ela estava descalça e suja, com os cabelos emaranhados da longa correria pelo castelo, vestida com um colete rasgado por garras de gato e com calças marrons de ráfia cortadas grosseiramente acima dos joelhos cobertos de crostas. Não se usam saias e sedas quando se está apanhando gatos. Num movimento rápido, abaixou a cabeça e caiu sobre um joelho. Talvez acabassem por não reconhecê-la *mesmo*. Caso contrário, estaria metida numa grande enrascada. Septã Mordane se sentiria humilhada, e Sansa nunca mais voltaria a falar com ela, de tanta vergonha.

A velha septã gorda avançou.

— Garoto, como chegou aqui? Não deve vir a esta parte do castelo.

— Não é possível manter esse tipo de moleque lá fora — disse um dos homens de manto vermelho. — É como tentar evitar a entrada de ratazanas.

— A quem você pertence, garoto? — exigiu saber a septã. — Responda-me. O que se passa com você, é mudo?

A voz de Arya ficou presa na garganta. Se respondesse, Tommen e Myrcella certamente a reconheceriam.

– Godwyn, traga-o aqui – ordenou a septã. O mais alto dos guardas avançou pela ruela.

O pânico apertou sua garganta como uma mão gigante. Não conseguia falar nem que sua vida dependesse disso. *Calma como águas paradas*, pensou, movendo a boca em silêncio.

No momento em que Godwyn estendeu a mão para agarrá-la, Arya pôs-se em movimento. *Rápida como uma cobra.* Inclinou-se para a esquerda, e os dedos do homem roçaram seu braço, e então girou em volta dele. *Suave como seda de verão.* Quando o homem conseguiu se virar, ela já seguia numa correria ruela afora. *Ligeira como uma corça.* A septã gritou. Arya deslizou por entre pernas tão grossas e brancas como colunas de mármore, pôs-se em pé de um salto, atirou-se em direção ao Príncipe Tommen e saltou por cima dele, fazendo-o cair de traseiro no chão, com força, soltando um *"Uf"*. Arya rodopiou, ficando fora do alcance do segundo guarda, e então já tinha passado por todos eles e corria a toda velocidade.

Ouviu gritos, depois passos que corriam e se aproximavam. Deixou-se cair e rolou. O homem do manto vermelho passou por ela de lado, tropeçando. Arya pôs-se em pé como uma mola. Viu uma janela acima de sua cabeça, alta e estreita, pouco mais que uma fresta. Saltou, pendurou-se no peitoril e subiu. Segurou a respiração enquanto se retorcia para passar. *Escorregadia como uma enguia.* Caindo no chão em frente de uma surpresa criada, endireitou-se de um salto, sacudiu as sujeiras das roupas e desatou de novo a correr, atravessando a porta e um longo salão, descendo escadas, atravessando um pátio escondido, rodeando uma esquina, percorrendo um muro, e atravessando uma janela baixa e estreita para dentro de um porão escuro como breu. Os sons foram ficando cada vez mais distantes atrás de Arya.

Ela estava sem fôlego e completamente perdida. Estaria metida em uma grande enrascada se a tivessem reconhecido, mas não lhe parecia haver motivo para preocupações. Movera-se muito rápido. *Ligeira como uma corça.*

Agachou-se no escuro de encontro a uma úmida parede de pedra e pôs-se a escutar, mas os únicos sons que ouviu foram o bater do seu coração e um pingo distante de água. *Silenciosa como uma sombra*, disse a si mesma. Gostaria de saber onde estava. Na época de sua chegada a Porto Real, costumava ter pesadelos em que se perdia no castelo. Seu pai dizia que a Fortaleza Vermelha era menor que Winterfell, mas em seus sonhos ela era imensa, um infinito labirinto de pedra com paredes que pareciam se mover e mudar atrás dela. Dava por si vagando ao longo de salões sombrios, passando por tapeçarias desbotadas, descendo escadas circulares sem fim, correndo por pátios ou sobre pontes, e seus gritos ecoavam sem resposta. Em algumas das salas, as paredes de pedra vermelha pareciam pingar sangue, e ela não encontrava janelas em parte alguma. Por vezes, ouvia a voz de seu pai, mas era sempre de muito longe e, por mais depressa que corresse, a voz ficava cada vez mais fraca, até desaparecer no nada e Arya ficar sozinha no escuro.

Percebeu que agora estava muito escuro. Abraçou com força os joelhos nus contra o peito e estremeceu. Resolveu que esperaria em silêncio e contaria até dez mil. Então seria seguro rastejar para fora dali e encontrar o caminho para casa.

Quando chegou a oitenta e sete, a sala começou a clarear, porque seus olhos tinham se adaptado à escuridão. Lentamente, os vultos que a rodeavam tomaram forma. Enormes olhos vazios fixavam-se nela, famintos, através das sombras, e viu vagamente as sombras pontiagudas de longos dentes. Tinha perdido a conta. Fechou os olhos, mordeu o lábio e mandou o medo embora. Quando voltasse a olhar, os monstros teriam partido. Nunca teriam existido. Fez de conta que Syrio estava ao seu lado no escuro, sussurrando-lhe ao ouvido. *Calma como as águas paradas*, disse a si mesma. *Forte como um urso. Feroz como um glutão.* Voltou a abrir os olhos.

Os monstros ainda lá estavam, mas o medo tinha desaparecido.

Arya pôs-se em pé, movendo-se com cuidado. As cabeças estavam todas em volta dela. Tocou em uma, curiosa, perguntando-se se seria verdadeira. As pontas de seus dedos roçaram um maxilar maciço, *sentindo-o* bastante real. O osso era suave sob sua mão, frio e duro ao toque. Percorreu um dente com os dedos, negro e aguçado, um punhal feito de escuridão. Aquilo a fez estremecer.

– Está morto – disse em voz alta. – É só um crânio, não pode me fazer mal – mas, de algum modo, o monstro parecia saber que ela estava ali. Podia sentir seus olhos vazios observando-a por entre as sombras, e havia qualquer coisa naquela sala escura e cavernosa que não gostava dela. Afastou-se do crânio com cuidado e bateu as costas num segundo, maior que o primeiro. Por um instante sentiu os dentes se enterrarem em seu ombro, como se aquilo desejasse mordê-la. Arya rodopiou, sentiu o couro prender-se e se rasgar quando uma enorme presa mordeu seu colete, e então desatou a correr. Outro crânio ergueu-se na sua frente, o maior de todos os monstros, mas Arya nem sequer titubeou. Saltou sobre uma fileira de dentes negros altos como espadas, precipitou-se por entre maxilas famintas e atirou-se contra a porta.

Suas mãos alcançaram um pesado anel de ferro incrustado na madeira, e ela o puxou. A porta resistiu por um momento, antes de começar lentamente a se abrir para dentro, com um rangido tão alto que Arya teve certeza de que poderia ser ouvido em toda a cidade. Abriu a porta apenas o suficiente para se esgueirar e sair para o átrio à sua frente.

Se a sala com os monstros era escura, o átrio era a mais negra fossa dos sete infernos. *Calma como as águas paradas*, disse Arya a si mesma, e segundos depois de seus olhos se adaptarem, percebeu que nada havia para ver além do vago contorno cinzento da porta que acabara de atravessar. Agitou os dedos na frente do rosto, sentiu o ar, mas nada viu. Estava cega. *Uma dançarina de água vê com todos os sentidos*, lembrou-se. Fechou os olhos e sossegou a respiração... um, dois, três; sentiu o silêncio e estendeu as mãos.

Seus dedos roçaram pedras ásperas, sem acabamento, à sua esquerda. Seguiu a parede tocando levemente a superfície, avançando com pequenos passos deslizantes pela escuridão. *Todos os átrios levam a algum lado. Onde há uma entrada, há uma saída. O medo golpeia mais profundamente que as espadas.* Arya decidiu que não teria medo. Parecia já ter percorrido um longo caminho quando a parede terminou abruptamente e uma aragem de ar frio soprou seu rosto. Cabelos soltos agitaram-se levemente contra sua pele.

Vindos de algum lugar, muito abaixo, ouviu ruídos. O raspar de botas, o som distante de vozes. Uma luz vacilante passou pela parede, ligeira, e ela viu que se encontrava no topo de um grande poço negro, um precipício com seis metros de lado a lado, que mergulhava profundamente na terra. Enormes pedras tinham sido enfiadas nas paredes curvas para formar degraus, espiralando para baixo, e mais para baixo, escuras como os degraus do inferno sobre os quais a Velha Ama costumava lhe falar. E *algo* subia, vindo da escuridão, das entranhas da terra...

Arya espreitou por sobre a borda e sentiu a fria aragem negra no rosto. Muito abaixo viu a luz de um único archote, pequeno como a chama de uma vela. Distinguiu dois homens. Suas sombras se contorciam contra os lados do poço, altas como gigantes. Conseguia ouvir suas vozes ecoando pela chaminé acima.

– ... encontrou um bastardo – disse um deles. – O resto virá em breve. Um dia, dois, uma quinzena...

– E quando souber a verdade, o que vai fazer? – perguntou uma segunda voz no sotaque fluido das Cidades Livres.

– Só os deuses sabem – disse a primeira voz. Arya conseguiu ver um filamento de fumaça cinzenta que saía do archote, contorcendo-se como uma serpente enquanto subia. – Os idiotas tentaram matar seu filho e, o que é pior, fizeram da tentativa uma farsa. Ele não é homem que ponha de lado algo assim. Pode ter certeza de que o lobo e o leão logo se atirarão à garganta um do outro, quer queiramos ou não.

– É cedo demais, cedo demais – queixou-se a voz com o sotaque. – De que serviria uma guerra *agora*? Não estamos preparados. Faça com que se demore a vir.

– Isto é o mesmo que me pedir para parar o tempo. Acha que sou um feiticeiro?

O outro soltou um risinho.

– Sim, não mais que isso. – Labaredas lamberam o ar frio. As sombras altas estavam quase em cima de Arya. Logo depois, o homem que segurava o archote surgiu em seu campo de visão, com o companheiro ao seu lado. Arya arrastou-se para trás, afastando-se do poço, e encostou-se à parede. Prendeu a respiração no momento em que os homens chegavam ao topo das escadas.

– Que quer que eu faça? – perguntou o homem, robusto, com uma capa curta de couro, que levava o archote. Mesmo calçando botas pesadas, seus pés pareciam deslizar pelo chão sem um som sequer. Seu rosto era redondo, desfigurado por cicatrizes, e um tufo de barba negra espreitava por baixo do capacete de aço. Ele usava cota de malha sobre couro fervido, com um punhal e uma espada curta enfiados no cinto. Arya sentiu qualquer coisa estranhamente familiar nele.

– Se uma Mão pode morrer, por que não uma segunda? – respondeu o homem com sotaque e a barba amarela bifurcada. – Você já dançou essa dança, meu amigo – não era alguém que Arya tivesse visto antes, disso tinha certeza. Era extremamente gordo, mas parecia caminhar com rapidez, transportando o peso nas bolas que eram seus pés, como o faria um dançarino de água. Seus anéis cintilavam à luz do archote, ouro vermelho e prata branca, incrustados de rubis, safiras, olhos de tigre amarelos e listrados. Todos os dedos traziam um anel; alguns tinham dois.

– Antes não é agora, e esta Mão não é a outra – respondeu o homem desfigurado quando entraram no átrio. *Imóvel como uma pedra*, disse Arya a si mesma, *silenciosa como uma sombra*. Cegos pela luz do archote, os homens não a viram encostada à pedra, a poucos centímetros de distância.

– Talvez seja assim – respondeu o homem da barba bifurcada, fazendo uma pausa para recuperar o fôlego depois da longa subida. – Seja como for, precisamos de tempo. A princesa espera uma criança. O *khal* não se mexerá até que seu filho nasça. Você sabe como são aqueles selvagens.

O homem do archote empurrou qualquer coisa. Arya ouviu um profundo estrondo. Uma enorme laje de pedra, vermelha à luz do archote, deslizou do teto com um barulho tão estridente que quase a fez gritar. Onde ficava a entrada do poço agora só havia pedra, sólida e sem nenhuma fenda.

– Se ele não se mexer logo, poderá ser tarde demais – disse o homem robusto com o capacete de aço. – Isto já não é um jogo com dois jogadores, se é que alguma vez tenha sido. Stannis Baratheon e Lysa Arryn fugiram para fora do meu alcance, e os murmúrios dizem que reúnem espadas à sua volta. O Cavaleiro das Flores escreve para Jardim de Cima, insistindo com o senhor seu pai para que envie a irmã para a corte. A moça é uma donzela de catorze anos, doce, bela e maleável, e Lorde Renly e Sor Loras pretendem que Robert a leve para a cama, case-se com ela e faça dela uma nova rainha. Mindinho... só os deuses sabem que jogo Mindinho está jogando. Mas é Lorde Stark que me atrapalha o sono. Ele tem o bastardo, tem o livro e, em breve, terá a verdade. E agora a mulher dele raptou Tyrion Lannister, graças à interferência de Mindinho. Lorde Tywin tomará isso como um ultraje, e Jaime tem uma estranha afeição pelo Duende. Se os Lannister agirem contra o Norte, os Tully se envolverão também. Você me pede que eu faça demorar para acontecer. *Apresse-se então*, respondo eu. Nem mesmo o melhor dos malabaristas consegue manter para sempre cem bolas no ar.

– Você é mais que um malabarista, velho amigo. É um verdadeiro feiticeiro. Tudo que peço é que aplique sua magia durante um pouco mais de tempo – começaram a atravessar o átrio na direção de onde Arya viera, passando pela sala com os monstros.

– Farei o que puder – o homem do archote disse suavemente.

– Preciso de ouro e de mais cinquenta aves.

Arya esperou que eles se afastassem bastante e depois rastejou atrás deles.

Silenciosa como uma sombra.

– Tantas? – as vozes tornavam-se mais fracas à medida que a luz diminuía à sua frente. – Aquelas de que necessita são difíceis de encontrar... tão novas. Para entender as suas cartas... talvez mais velhas... não morrem tão facilmente...

– Não. As mais novas são mais seguras... trate-as com cuidado.

– ... se se mantivessem de boca fechada...

– ... o risco...

Muito depois de as vozes desaparecerem, Arya ainda via a luz do archote, uma estrela fumegante pedindo-lhe que a seguisse. Duas vezes parecia ter desaparecido, mas ela prosseguiu em frente, e nas duas vezes encontrou-se no topo de escadas íngremes e estreitas, com o archote cintilando muito abaixo. Apressou-se em segui-lo para baixo, e mais para baixo. Uma vez tropeçou numa pedra e caiu contra a parede, e sua mão encontrou terra nua escorada por troncos, já não mais o túnel revestido de pedra.

Rastejou atrás deles por milhas. Por fim, eles desapareceram, mas não havia lugar para onde ir a não ser em frente. Encontrou de novo a parede e a seguiu, cega e perdida, fazendo de conta que Nymeria caminhava ao seu lado na escuridão. Por fim, mergulhou até o joelho em uma água malcheirosa, desejando poder dançar sobre ela como Syrio talvez pudesse, e perguntando-se se alguma vez voltaria a ver a luz. Já estava completamente escuro quando Arya finalmente emergiu para o ar noturno.

Descobriu que se encontrava na desembocadura de um esgoto, no local onde os resíduos eram despejados no rio. Cheirava tão mal que ela se despiu ali mesmo, atirando a roupa suja para a margem do rio antes de mergulhar nas profundas águas negras. Nadou até sentir-se limpa, e saiu da água tremendo. Alguns cavaleiros passaram pela estrada do rio enquanto Arya lavava a roupa, mas, se a viram, magricela e nua, esfregando os farrapos ao luar, não lhe deram importância.

Estava a milhas do castelo, mas, onde quer que estivesse em Porto Real, bastava olhar para cima para ver a Fortaleza Vermelha no topo do Monte Aegon, e assim não havia perigo de não encontrar o caminho de volta. A roupa já estava quase seca quando chegou aos portões do castelo. A porta levadiça encontrava-se descida e os portões, trancados, mas dirigiu-se para a porta lateral de entrada. Os homens de manto dourado que estavam de vigia zombaram dela quando lhes pediu que a deixassem entrar.

– Desapareça – disse um deles. – Já não há restos da cozinha, e não queremos pedintes depois do cair da noite.

– Não sou pedinte – ela disse. – Eu vivo aqui.

– Eu mandei *desaparecer*. Precisa de um cascudo na orelha para que me escute?

– Quero ver meu pai.

Os guardas trocaram um olhar.

– E eu queria dormir com a rainha, mas isso não me atrasa nem adianta – disse o mais novo.

O outro a encarou.

– E quem é esse seu pai, garoto? O caçador de ratos da cidade?

– A Mão do Rei – Arya respondeu.

Os dois homens riram, mas então o mais velho deu um soco no outro, casualmente, como quem dá uma pancada num cão. Arya viu o golpe antes que se formasse, e pulou para trás, para fora do seu alcance, intocada.

– Não sou um garoto – ela cuspiu as palavras. – Sou Arya Stark de Winterfell, e se me puserem as mãos o senhor meu pai ordenará ver suas cabeças na ponta de lanças. Se não acreditam em mim, vão buscar Jory Cassel ou Vayon Poole na Torre da Mão – pôs as mãos na cintura. – E agora, abram o portão, ou vão precisar de um cascudo na orelha para ajudá-los a ouvir?

Seu pai estava sozinho na sala privada quando Harwin e Gordo Tom marcharam com Arya até lá, com uma candeia de azeite brilhando suavemente junto ao seu cotovelo. Estava inclinado sobre o maior livro que Arya vira na vida, um volume grosso com páginas amarelas e duras escritas numa letra complicada, encadernado em couro desbotado. Eddard Stark fechou o livro para ouvir o relatório de Harwin. Tinha o rosto severo quando mandou os homens embora com agradecimentos.

– Você sabe que coloquei metade da minha guarda à sua procura? – disse Eddard Stark quando ficaram sozinhos. – Septã Mordane está fora de si de tanto medo. Está no septo orando para que regresse sã e salva. Arya, você *sabe* que nunca deve sair dos portões do castelo sem minha permissão.

– Eu não saí dos portões – ela disse. – Bem, não tive intenção de sair. Estava lá embaixo nas masmorras, só que elas se transformaram, assim, num túnel. Estava tudo escuro e eu não tinha um archote ou uma vela para iluminar, e por isso tive de continuar. Não podia voltar por onde tinha vindo, por causa dos monstros. Pai, eles estavam falando de *matá-lo*! Os monstros, não, os dois homens. Eles não me viram, porque estava imóvel como uma pedra e silenciosa como uma sombra, mas eu os ouvi. Disseram que o senhor tem um livro e um bastardo, e que se uma Mão podia morrer, por que não uma segunda? O livro é esse? Aposto que o bastardo é Jon.

– Jon? Arya, do que está falando? Quem foi que disse isso?

– Eles disseram. Era um gordo com anéis e uma barba amarela bifurcada, e outro com cota de malha e um capacete de aço. E o gordo disse que tinham de fazer com que demorasse mais, mas o outro respondeu que não podiam continuar fazendo malabarismos, e o lobo e o leão iam atacar-se um ao outro, e que era uma farsa – tentou se lembrar do resto. Não tinha compreendido bem tudo que ouvira, e agora tudo se misturava em sua cabeça. – O gordo disse que a princesa está esperando bebê. O do capacete de aço, que tinha o archote, disse que tinham de se apressar. Acho que ele era um feiticeiro.

– Um feiticeiro – disse Ned, sem sorrir. – Tinha uma longa barba branca e um chapéu alto e pontiagudo salpicado de estrelas?

– Não! Não foi como nas histórias da Velha Ama. Ele não *parecia* um feiticeiro, mas o gordo disse que ele era.

– Vou preveni-la, Arya, se estiver inventando histórias...

– Não, eu já lhe *disse*, foi nas masmorras, perto do lugar com a parede secreta. Eu estava caçando gatos e, bem... – torceu o nariz. Se admitisse ter derrubado Príncipe Tommen, seu pai ficaria *realmente* zangado com ela. – ... bem, entrei assim por uma janela. Foi onde encontrei os monstros.

– Monstros e feiticeiros – o pai disse. – Parece que você teve uma bela aventura. Esses homens que disse ter ouvido falaram de malabarismos e pantomimas?

– Sim – Arya admitiu –, só que...

– Arya, eles eram pantomimeiros – seu pai a repreendeu. – Deve haver por esses dias uma dúzia de trupes em Porto Real, vindas para ganhar algumas moedas com o público do torneio. Não tenho certeza do que esses dois faziam no castelo, mas talvez o rei tenha pedido um espetáculo.

– Não – ela balançou a cabeça obstinadamente. – Eles não eram...

– Seja como for, não devia seguir pessoas e espioná-las. E tampouco me agrada a ideia de minha filha andar se enfiando por janelas desconhecidas atrás de gatos vadios. Olhe para você, querida. Seus braços estão cobertos de arranhões. Isso já se prolongou o suficiente. Diga a Syrio Forel que quero conversar com ele...

Seu pai foi interrompido por uma súbita e curta batida na porta.

– Senhor Eddard, meus perdões – chamou Desmond, abrindo uma fresta da porta –, mas está aqui um irmão negro suplicando uma audiência. Diz que o assunto é urgente. Pensei que talvez quisesse saber.

– Minha porta está sempre aberta para a Patrulha da Noite – ele respondeu.

Desmond introduziu o homem na sala. Era corcunda e feio, com uma barba malcuidada e roupas sujas, mas Eddard Stark o recebeu de forma agradável e perguntou seu nome.

– Yoren, a serviço de vossa senhoria. Minhas desculpas pela hora – fez uma reverência para Arya. – E este deve ser o seu filho. Ele se parece com o senhor.

– Sou uma *menina* – Arya disse, exasperada. Se aquele velho vinha da Muralha, devia ter passado por Winterfell. – Conhece meus irmãos? – perguntou em tom excitado. – Robb e Bran estão em Winterfell, e Jon está na Muralha. Jon Snow. Ele também pertence à Patrulha da Noite, deve conhecê-lo, tem um lobo gigante, branco, de olhos vermelhos. Jon já é um patrulheiro? Eu sou Arya Stark – o velho, com suas malcheirosas roupas negras, a olhava de um modo estranho, mas a garota parecia não conseguir parar de falar. – Quando o senhor voltar à Muralha, pode levar uma carta minha para Jon? – desejava que Jon estivesse ali naquele momento. *Ele* acreditaria no que ela dizia sobre as masmorras e o homem gordo com a barba bifurcada e o feiticeiro do capacete de aço.

– Minha filha esquece-se com frequência da educação – disse Eddard Stark com um ligeiro sorriso que suavizava suas palavras. – Peço-lhe perdão, Yoren. Foi meu irmão Benjen que o enviou?

– Ninguém me enviou, senhor, além do velho Mormont. Estou aqui para encontrar homens para a Muralha, e da próxima vez que Robert fizer um torneio, dobrarei o joelho e gritarei aquilo que nos faz falta, para ver se o rei e sua Mão têm alguma escória nas masmorras de que queiram se ver livres. Mas pode-se dizer que Benjen Stark é o motivo de estarmos nos falando. O sangue dele corre negro, o que fez com que fosse tanto meu irmão como seu. Foi por ele que vim. E cavalguei duramente, e como, quase matei a égua de tanto fazê-la correr, mas deixei os outros muito para trás.

– Os outros?

Yoren cuspiu:

– Mercenários, cavaleiros livres e lixo dessa espécie. Aquela estalagem estava cheia deles, e os vi farejando o cheiro. O cheiro de sangue ou de ouro, no fim das contas sempre dá no mesmo. E nem todos vieram para Porto Real. Alguns foram a galope para Rochedo Casterly, e lá é mais perto. A essa altura, Lorde Tywin já deve ter recebido a notícia, pode contar com isso.

Eddard franziu a testa.

– E que notícia é essa?

Yoren lançou um olhar a Arya.

– É melhor que eu a dê em particular, senhor, se me permite.

– Como quiser. Desmond, leve minha filha aos seus aposentos – Ned deu um beijo na testa da filha. – Acabaremos nossa conversa amanhã.

Arya ficou no mesmo lugar, como se tivesse criado raízes.

– Não aconteceu nada ao Jon, não é? – perguntou a Yoren. – Ou ao Tio Benjen?

– Bem, quanto ao Stark não sei dizer. O rapaz Snow estava razoavelmente bem quando deixei a Muralha. Não são eles a minha preocupação.

Desmond pegou-lhe na mão.

– Venha, senhora. Ouviu o senhor seu pai.

Arya não tinha escolha exceto ir com ele, desejando que tivesse sido Tom Gordo a ir buscá-la. Com Tom podia ter conseguido, com alguma desculpa, ficar junto à porta e ouvir o que Yoren tinha a dizer, mas Desmond era inflexível demais para ser enganado.

– Quantos guardas meu pai tem? – ela perguntou a Desmond enquanto desciam para o seu quarto.

– Aqui em Porto Real? Cinquenta.

– Não deixariam que alguém o matasse, não é? – ela quis saber.

Desmond riu.

– Disso não precisa ter medo, senhorinha. Lorde Eddard está guardado noite e dia. Não lhe acontecerá nenhum mal.

– Os Lannister têm mais de cinquenta homens.

– Têm, mas cada nortenho vale tanto quanto dez desses soldados do Sul, por isso pode dormir tranquila.

– E se um feiticeiro fosse enviado para matá-lo?

– Bem, quanto a isso – Desmond respondeu, puxando da espada –, os feiticeiros morrem como os outros homens depois de lhes cortarmos a cabeça.

Eddard

— Robert, eu lhe peço – suplicou Ned –, atente ao que está dizendo. Está falando de assassinar uma criança.

— *A puta está prenha!* – o punho do rei bateu contra a mesa do conselho, fazendo um estrondo de trovão. – Eu o avisei de que isso ia acontecer, Ned. Lá nas terras acidentadas, eu disse, mas você não me ouviu. Pois bem, agora terá de me escutar. Quero-os mortos, a mãe ou a criança, e aquele palerma do Viserys também. Está claro o suficiente para você? *Quero-os mortos.*

Os outros conselheiros estavam fazendo o seu melhor para fingir que estavam em outro lugar qualquer. Sem dúvida eram mais sábios que Eddard Stark, que raramente se sentira tão só então.

— Será desonrado para sempre se fizer isso.

— Então que isso paire sobre minha cabeça, desde que eles morram. Não sou tão cego que não consiga ver a sombra do machado quando o tenho sobre o pescoço.

— Não há machado nenhum – disse Ned a seu rei. – Há apenas a sombra de uma sombra, velha, de vinte anos... se é que existe de todo.

— *Se?* – perguntou Varys com suavidade, apertando as mãos empoadas. – Senhor, está me ofendendo. Traria eu mentiras ao rei e ao conselho?

Ned olhou friamente para o eunuco.

— Traria os murmúrios de um traidor que está a meio mundo de distância, senhor. Talvez Mormont esteja enganado. Talvez esteja mentindo.

— Sor Jorah não se atreveria a me enganar – disse Varys com um sorriso manhoso. – Pode confiar nisso, senhor. A princesa espera um bebê.

– Você já disse. Se estiver enganado, nada temos a temer. Se a jovem abortar, nada temos a temer. Se der à luz uma filha, e não um filho, nada temos a temer. Se o bebê morrer na infância, nada temos a temer.

– Mas e se *for* um garoto? – insistiu Robert. – E se ele sobreviver?

– O mar estreito ainda estará entre nós. Temerei os dothrakis no dia em que ensinarem os seus cavalos a correr sobre a água.

O rei bebeu um trago de vinho e olhou carrancudo para Ned.

– Então me aconselha a não fazer nada até que o filho do dragão desembarque seu exército nas minhas costas, é isso?

– Esse "filho do dragão" está na barriga da mãe – Ned retrucou. – Nem mesmo Aegon conquistou alguma coisa até ter sido desmamado.

– *Deuses!* Você é teimoso como um auroque, Stark – o rei olhou em volta da mesa do conselho. – Terá o resto dos senhores perdido a língua? Ninguém incutirá bom senso neste tolo de cara congelada?

Varys dirigiu ao rei um sorriso bajulador e pousou a suave mão na manga de Ned.

– Compreendo suas apreensões, Lorde Eddard, realmente compreendo. Não senti nenhuma alegria por trazer ao conselho esta grave notícia. O que estamos discutindo é uma coisa terrível, uma coisa *vil*. Mas aqueles que ousam governar têm de fazer coisas vis para o bem do reino, por mais que isso lhes custe.

Lorde Renly encolheu os ombros.

– Para mim o assunto parece suficientemente simples. Devíamos ter mandado matar Viserys e a irmã há anos, mas Sua Graça, meu irmão, cometeu o erro de ouvir o que dizia Jon Arryn.

– A misericórdia nunca é um erro, Lorde Renly – Ned respondeu. – No Tridente, Sor Barristan abateu uma dúzia de bons homens, amigos de Robert e meus. Quando o trouxeram até nós, gravemente ferido e próximo da morte, Roose Bolton insistiu que lhe cortássemos a garganta, mas seu irmão disse: "Não matarei um homem por ser leal nem por lutar bem", e enviou seu próprio meistre para tratar das feridas de Sor Barristan – dirigiu ao rei um longo olhar frio. – Gostaria que esse homem estivesse aqui hoje.

Robert ainda tinha vergonha suficiente para corar.

– Não é a mesma coisa – queixou-se. – Sor Barristan era um cavaleiro da Guarda Real.

– Ao passo que Daenerys é uma garota de catorze anos – Ned sabia que estava insistindo muito, para além do que era sensato, mas não conseguia ficar calado. – Robert, pergunto-lhe, para que nos erguemos contra Aerys Targaryen, se não foi para pôr um fim ao assassinato de crianças?

– Para pôr um fim aos *Targaryen*! – o rei rosnou.

– Vossa Graça, nunca o vi temer Rhaegar – Ned lutou por manter o desdém afastado da voz, mas falhou. – Será que os anos o emascularam tanto que agora treme com a sombra de uma criança por nascer?

Robert ficou roxo.

– Já chega, Ned – o rei o preveniu, apontando seu dedo em riste. – Nem mais uma palavra. Esqueceu quem é o rei aqui?

– Não, Vossa Graça – respondeu Ned. – E Vossa Graça, se esqueceu?

– *Basta!* – o rei berrou. – Estou farto de conversa. Que eu seja maldito se não acabar com isto. Que dizem todos?

– Ela tem de ser morta – Lorde Renly declarou.

– Não temos escolha – Varys murmurou. – É triste, é triste...

Sor Barristan Selmy ergueu seus olhos azul-claros e disse:

– Vossa Graça, existe honra em enfrentar um inimigo no campo de batalha, mas não há nenhuma em matá-lo no ventre da mãe. Perdoe-me, mas devo colocar-me ao lado de Lorde Eddard.

O Grande Meistre Pycelle limpou a garganta, um processo que pareceu demorar vários minutos.

– Minha ordem serve o reino, não o governante. Há tempos, aconselhei o Rei Aerys tão lealmente como aconselho agora o Rei Robert, e por isso não nutro por essa moça nenhuma má vontade. Mas pergunto-lhes o seguinte: se a guerra voltar, quantos soldados morrerão? Quantas vilas serão queimadas? Quantas crianças serão arrancadas das mães para morrer na ponta de uma lança? – afagou a luxuriante barba branca, infinitamente triste, infinitamente cansado. – Não será mais sensato, até mais *bondoso*, que Daenerys Targaryen morra agora para que dezenas de milhares possam viver?

– Mais bondoso – disse Varys. – Ah, que bendito, e que verdadeiro, Grande Meistre. Esta é uma verdade muito grande. Se os deuses tiverem o capricho de conceder um filho a Daenerys Targaryen, o reino sangrará.

Mindinho foi o último. Quando Ned olhou para ele, Lorde Petyr abafou um bocejo.

– Quando um homem vai parar na cama com uma mulher feia, a melhor coisa a fazer é fechar os olhos e despachar o assunto – declarou. – Esperar não tornará a donzela mais bonita. Beije-a e faça o que tem de ser feito.

– *Beije-a?* – repetiu Sor Barristan, horrorizado.

– Um beijo de aço – Mindinho esclareceu.

Robert encarou a sua Mão.

– Ora, eis aqui, Ned. Você e Sor Selmy estão sozinhos nisto. A única questão que permanece é quem poderemos enviar para matá-la?

– Mormont suspira por um perdão real – lembrou-lhes Lorde Renly.

– Desesperadamente – Varys confirmou –, mas ainda suspira mais pela vida. A essa altura, a princesa aproxima-se de Vaes

Dothrak, onde puxar uma lâmina significa a morte. Se eu lhes contasse o que os dothrakis fariam a um pobre homem que a usasse numa *khaleesi*, nenhum dos senhores dormiria esta noite – afagou uma bochecha empoada. – Agora, veneno... as lágrimas de Lys... Digamos que Khal Drogo nunca precisaria saber que não foi uma morte natural.

Os olhos sonolentos do Grande Meistre Pycelle abriram-se de repente. Olhou de soslaio para o eunuco.

– Veneno é a arma de um covarde – queixou-se o rei.

Ned já ouvira o suficiente.

– Quer enviar assassinos contratados para matar uma garota de catorze anos e ainda se encobre em subterfúgios acerca da honra? – empurrou a cadeira para trás e pôs-se em pé. – Faça-o você, Robert. O homem que decreta a sentença deve brandir a espada. Olhe-a nos olhos antes de matá-la. Observe suas lágrimas, escute suas últimas palavras. Pelo menos isso você lhe deve.

– *Deuses* – praguejou o rei, com a palavra explodindo em sua boca como se mal conseguisse conter a fúria. – E você ainda fala sério, raios o partam – estendeu a mão para o jarro de vinho que tinha junto do cotovelo, encontrou-o vazio e o atirou à parede, estilhaçando-o. – Já não tenho vinho nem paciência. Basta disto. Só me interessa que a coisa seja feita.

– Não participarei de um assassinato, Robert. Faça o que quiser, mas não me peça que coloque meu selo nisto.

Por um momento Robert pareceu não entender o que Ned estava dizendo. O desafio não era um prato que ele saboreasse com frequência. Lentamente, seu rosto mudou à medida que a compreensão chegava. Seus olhos se estreitaram e uma vermelhidão subiu-lhe pelo pescoço por trás da gola de veludo. Irado, apontou o dedo para Ned.

– É a Mão do Rei, Lorde Stark. Fará o que ordeno ou encontrarei uma Mão que o faça.

– Desejo-lhe sucesso – Ned retirou o pesado prendedor que unia as extremidades de seu manto, a ornamentada mão de prata que era o distintivo do seu cargo. Colocou-o na mesa em frente do rei, entristecido pela memória do homem que o colocara em sua roupa, do amigo que amara. – Julgava-o melhor homem que isto, Robert. Julgava que tínhamos encontrado um rei mais nobre.

O rosto de Robert estava roxo.

– *Rua* – coaxou, engasgando-se em sua raiva. – Rua, maldito, estou farto de você. O que está esperando? Sai, corre de volta para Winterfell. E assegure-se de que eu nunca mais olhe para a sua cara, ou juro que terei a sua cabeça na ponta de uma lança!

Ned fez uma reverência e virou-se, sem dizer uma palavra. Conseguia sentir os olhos de Robert postos em suas costas. Enquanto saía a passos largos da sala do conselho, a discussão foi reatada quase sem uma pausa.

– Em Bravos há uma sociedade conhecida como os Homens Sem Rosto – sugeriu o Grande Meistre Pycelle.

– Faz alguma ideia do preço que eles *cobram*? – protestou Mindinho. – Poderíamos contratar um exército de mercenários comuns por metade do preço, e isso para dar cabo de um mercador. Nem me atrevo a pensar no que pediriam por uma princesa.

O barulho da porta se fechando em suas costas silenciou as vozes. Sor Soros Blount montava guarda fora da sala, usando o longo manto branco e a armadura da Guarda Real. Deu uma rápida olhadela curiosa pelo canto do olho, mas não fez nenhuma pergunta a Ned.

O tempo estava pesado e opressivo quando Ned atravessou a muralha interior, de volta à Torre da Mão. Podia sentir no ar a ameaça de chuva, que agora receberia de bom grado. Poderia fazê-lo sentir-se um pouco menos sujo. Quando entrou em sua sala privada, mandou chamar Vayon Poole. O intendente veio de imediato.

– Mandou me chamar, senhor Mão?

– Já não sou a Mão – disse-lhe Ned. – O rei e eu discutimos. Vamos regressar a Winterfell.

– Começarei a fazer os preparativos de imediato, senhor. Precisaremos de uma quinzena para preparar tudo para a viagem.

– Talvez não tenhamos uma quinzena. Talvez nem tenhamos um dia. O rei mencionou algo sobre ver minha cabeça na ponta de uma lança – Ned franziu as sobrancelhas. Não acreditava verdadeiramente que o rei lhe fizesse mal. Robert não. Agora estava zangado, mas, uma vez que Ned estivesse em segurança, longe de sua vista, sua raiva arrefeceria, como acontecia sempre.

Sempre? Súbita e desconfortavelmente, deu por si lembrando-se de Rhaegar Targaryen. *Morto há quinze anos, e Robert o odeia tanto como sempre odiou.* Era uma ideia perturbadora... e havia o outro assunto, que envolvia Catelyn e o anão, do qual Yoren o prevenira na noite anterior. Isso viria à luz em breve, era tão certo como o nascer do sol, e com o rei numa fúria negra daquelas... Robert podia não se importar nem um pouco com Tyrion Lannister, mas sentiria o orgulho atingido, e não havia modo de dizer o que a rainha faria.

– Talvez seja mais seguro se eu partir mais cedo – ele disse a Poole. – Levarei minhas filhas e alguns guardas. O resto de vocês podem nos seguir quando estiverem prontos. Informe Jory, mas não diga a mais ninguém, e não faça nada antes que eu parta com as meninas. O castelo está cheio de olhos e ouvidos, e prefiro que ninguém mais saiba de meus planos.

– Será feito conforme ordena, senhor.

Depois de Poole partir, Eddard Stark foi até a janela e sentou-se, pensativo. Robert não lhe deixara alternativa que conseguisse vislumbrar. Devia agradecê-lo. Ia ser bom regressar a Winterfell. Nunca devia ter partido. Seus filhos o esperavam lá. Talvez fizesse com Catelyn um novo filho quando regressasse, ainda não eram velhos demais. E, nos últimos tempos, sempre dava por si sonhando frequentemente com neve, com o profundo sossego da mata de lobos à noite.

E, no entanto, a ideia de partir também o irritava. Ainda havia tanto a fazer. Robert e seu conselho de covardes e aduladores iam reduzir o reino à miséria se ninguém os controlasse... ou, o que era pior, iam vendê-lo aos Lannister em pagamento de seus empréstimos. E a verdade sobre a morte de Jon Arryn ainda lhe fugia. Encontrara alguns fragmentos, o bastante para convencer-se de que Jon tinha sido de fato assassinado, mas isso nada mais era que o rastro de um animal no chão da floresta. Ainda não avistara o animal propriamente dito, embora o sentisse ali, à espreita, escondido, traiçoeiro.

Lembrou-se de repente que podia regressar a Winterfell pelo mar. Ned não era nenhum marinheiro e, em circunstâncias normais, teria preferido a estrada do rei, mas, se embarcasse, poderia passar por Pedra do Dragão e falar com Stannis Baratheon. Pycelle enviara um corvo através das águas com uma carta delicada de Ned pedindo a Lorde Stannis para regressar ao seu lugar no pequeno conselho. Até aquele momento não houvera resposta, mas o silêncio só lhe aprofundava as suspeitas. Estava certo de que Lorde Stannis partilhava do segredo que levara à morte de Jon Arryn. A verdade que procurava podia bem estar à sua espera na antiga fortaleza insular da Casa Targaryen.

E quando a tiver nas mãos, o que acontecerá? É mais seguro que alguns segredos se mantenham escondidos. Estes são por demais perigosos para partilhar, mesmo com aqueles que ama e em quem confia. Ned tirou da bainha, que tinha presa ao cinto, o punhal que Catelyn lhe trouxera. A faca do Duende. Por que quereria o anão ver Bran morto? Decerto para silenciá-lo. Outro segredo, ou apenas um fio diferente da mesma teia?

Poderia Robert estar envolvido? Não lhe parecia, mas há algum tempo tampouco lhe parecera que Robert seria capaz de ordenar o assassinato de mulheres e crianças. Catelyn tentara preveni-lo. "Conhece o homem?", ela dissera. "O rei é um estranho para você." Quanto mais depressa saísse de Porto Real, melhor. Se algum navio zarpasse para o Norte de manhã, seria bom estar a bordo. Voltou a chamar Vayon Poole e o enviou às docas para investigar, discreta mas rapidamente.

– Encontre-me um navio rápido com um capitão hábil – disse ao intendente. – Não me interessa o tamanho das cabines ou a qualidade de seus equipamentos, desde que seja rápido e seguro. Desejo partir imediatamente.

Poole tinha acabado de se retirar quando Tomard anunciou um visitante.

– Lorde Baelish deseja vê-lo, senhor.

Ned sentiu-se tentado a mandá-lo embora, mas pensou melhor. Ainda não estava livre; até que estivesse, tinha de fazer os jogos deles.

– Mande-o entrar, Tom.

Lorde Petyr entrou na sala privada tão à vontade que era como se nada de incomum tivesse acontecido de manhã. Trajava um gibão fendido de veludo em tons de creme e prata, um manto cinza de seda debruado de pele negra de raposa, e seu habitual sorriso irônico.

Ned o saudou friamente.

– Posso saber o motivo desta visita, Lorde Baelish?

– Não lhe tomarei muito tempo, estou a caminho do jantar com a Senhora Tanda. Empadão de lampreia e leitão assado. Ela alimenta algumas ideias de me casar com a filha mais nova, e por isso tem sempre uma mesa espantosa. A bem da verdade, preferiria me casar com um porco, mas que ela não saiba. Gosto muito de empadão de lampreia.

– Que eu não o afaste de suas enguias, senhor – disse Ned com um desdém gelado. – Neste momento não consigo pensar em ninguém cuja companhia menos deseje do que a sua.

– Ah, estou certo de que se pensar um pouco será capaz de arranjar alguns nomes. Varys, por exemplo. Cersei. Ou Robert. Sua Graça está muito irada. Falou do senhor durante algum tempo depois de ter se retirado esta manhã. Julgo recordar que as palavras *insolência* e *ingratidão* surgiram com frequência.

Ned não lhe deu qualquer resposta, nem ofereceu ao hóspede uma cadeira. Mas Mindinho sentou-se mesmo assim.

– Depois de sair, coube a mim convencê-los a não contratar os Homens Sem Rosto – prosseguiu alegremente. – Em vez disso, Varys fará saber discretamente que transformaremos em um nobre quem quer que cuide da jovem Targaryen.

Ned sentiu-se repugnado.

– Então agora concedemos títulos a assassinos.

Mindinho encolheu os ombros.

– Os títulos são baratos. Os Homens Sem Rosto, ao contrário, são caros. Na verdade, fiz mais pela jovem Targaryen do que o senhor com toda a sua conversa sobre a honra. Pois que algum mercenário bêbado com visões de nobreza tente matá-la. O mais provável é que a tentativa seja um desastre, e depois os dothrakis ficarão em guarda. Se enviássemos um Homem Sem Rosto contra ela, seria o mesmo que enterrá-la.

Ned franziu as sobrancelhas.

– Senta-se no conselho e fala de mulheres feias e beijos de aço, e agora espera que eu acredite que tentou proteger a moça? Por que espécie de tolo me toma?

– Bem, na verdade, por um enorme – disse Mindinho, rindo.

– Acha sempre o assassinato assim tão divertido, Lorde Baelish?

– Não é o assassinato que acho divertido, Lorde Stark, é o senhor. Governa como um homem que dança em uma fina camada de gelo. Arrisco-me a dizer que causará um nobre barulho. Julgo que ouvi abrir-se a primeira fenda esta manhã.

– A primeira e a última – disse Ned. – Para mim, basta.

– Quando pretende regressar a Winterfell, senhor?

– Assim que puder. Que lhe interessa isso?

– Não interessa… mas se, por acaso, ainda aqui estiver quando cair a noite, ficarei feliz em levá-lo ao bordel que o seu homem Jory tem procurado com tanta ineficácia – Mindinho sorriu. – E nem sequer contarei à Senhora Catelyn.

Catelyn

— **S**enhora, devia ter avisado sobre sua vinda – disse-lhe Sor Donnel Waynwood enquanto os cavalos subiam a passagem. – Teríamos enviado uma escolta. A estrada de altitude já não é tão segura para um grupo tão pequeno como o seu.

— Para nossa tristeza, descobrimos isso, Sor Donnel – Catelyn respondeu. Por vezes sentia-se como se o coração tivesse se transformado em pedra; seis bravos homens tinham morrido para trazê-la até ali, e nem sequer conseguia arranjar dentro de si forças para chorar as suas mortes. Até seus nomes se desvaneciam. – Os homens dos clãs atormentaram-nos noite e dia. Perdemos três homens no primeiro ataque, e mais dois no segundo, e o criado do Lannister morreu de uma febre quando suas feridas ulceraram. Quando ouvimos a aproximação de seus homens, julguei que estivéssemos perdidos – tinham se preparado para uma última luta desesperada, com as armas na mão e as costas coladas a uma rocha. O anão amolava o gume de seu machado e dizia uma brincadeira mordaz qualquer quando Bronn distinguiu o estandarte que precedia os cavaleiros, a lua e o falcão da Casa Arryn, azul-celeste e branco. Catelyn nunca vira algo mais bem-vindo.

— Os clãs tornaram-se mais ousados desde que Lorde Jon morreu – disse Sor Donnel. Era um jovem atarracado de vinte anos, diligente e modesto, de nariz largo e cabelos castanhos espessos e abundantes. – Se dependesse de mim, levaria cem homens até as montanhas, os arrancaria de seus esconderijos e lhes daria algumas valentes lições, mas sua irmã proibiu. Ela nem sequer permitiu que seus cavaleiros participassem do torneio da Mão. Quer manter todas as nossas espadas perto de casa, para defender o Vale… contra o que, ninguém sabe bem. Sombras, dizem alguns – olhou-a com ansiedade, como se subitamente tivesse se lembrado de quem ela era. – Espero não ter sido inconveniente, senhora. Não pretendi ofender.

– Palavras francas não me ofendem, Sor Donnel – Catelyn sabia o que a irmã temia. *Sombras, não, os Lannister*, pensou, olhando de relance para onde o anão seguia junto a Bronn. Os dois tinham se tornado íntimos como ladrões desde que Chiggen morrera. O homenzinho era astuto demais para o seu gosto. Ao chegarem às montanhas, era seu cativo, atado e indefeso. E agora? Ainda seu cativo, mas cavalgava com um punhal enfiado no cinto e um machado atado à sela, usando o manto de pele de gato-das-sombras que ganhara do cantor nos dados e a cota de malha que recuperara do cadáver de Chiggen. Quarenta homens flanqueavam o anão e o resto de seu esfarrapado bando, cavaleiros e homens de armas a serviço de sua irmã Lysa e do jovem filho de Jon Arryn, e no entanto Tyrion não mostrava sinal de medo. *Poderei ter me enganado?*, interrogou-se Catelyn, e não seria a primeira vez. Poderia ele afinal ser inocente em relação a Bran, a Jon Arryn e a todo o resto? E se fosse, o que isso faria dela? Seis homens tinham morrido para trazê-lo até ali.

Resoluta, afastou as dúvidas.

– Quando chegarmos à sua fortaleza, ficaria grata se pudesse mandar chamar imediatamente Meistre Colemon. Sor Rodrik está febril devido às feridas – mais de uma vez temera que o galante velho cavaleiro não sobrevivesse à viagem. No fim, já quase não se aguentava sobre o cavalo, e Bronn insistira para que ela o abandonasse à sua sorte, mas Catelyn não quisera ouvi-lo. Em vez de abandoná-lo, tinham-no atado à sela, e ordenara ao cantor Marillion que o vigiasse.

Sor Donnel hesitou antes de responder.

– A Senhora Lysa ordenou que o meistre permanecesse permanentemente no Ninho da Águia para tratar de Lorde Robert

– ele respondeu. – Temos um septão no portão que trata dos nossos feridos. Ele poderá cuidar dos ferimentos de Sor Rodrik.

Catelyn depositava mais fé nos conhecimentos de um meistre que nas orações de um septão. Ia dizer isso quando viu as ameias na frente deles, longos parapeitos construídos diretamente na rocha das montanhas, de ambos os lados da estrada. Onde a passagem se estreitava, até se transformar num desfiladeiro que quase não era largo o bastante para que quatro homens cavalgassem lado a lado, torres de vigia idênticas agarravam-se às vertentes rochosas, unidas por uma ponte coberta de pedra cinzenta desgastada pelo tempo que se arqueava sobre a estrada. Rostos silenciosos vigiavam através de seteiras nas torres, nas ameias e na ponte. Quando já tinham quase subido até o topo, um cavaleiro saiu ao seu encontro. O cavalo e a armadura eram cinza, mas no manto trazia o ondulado azul e vermelho de Correrrio, e um brilhante peixe negro trabalhado em ouro e obsidiana prendia as dobras do manto ao ombro do homem.

– Quem quer passar pelo Portão Sangrento? – ele gritou.

– Sor Donnel Waynwood, com a Senhora Catelyn Stark e seus companheiros – respondeu o jovem cavaleiro.

O Cavaleiro do Portão ergueu o visor.

– Bem que a senhora me parecia familiar. Está longe de casa, pequena Cat.

– Assim como o senhor, tio – disse ela sorrindo, apesar de tudo por que passara. Voltar a ouvir aquela rouca voz de fumo a levava de volta vinte anos, até os dias de sua infância.

– Minha casa está às minhas costas – disse ele rudemente.

– Sua casa está no meu coração – disse-lhe Catelyn. – Tire o elmo. Quero voltar a ver seu rosto.

– Temo que os anos não o tenham melhorado – disse Brynden Tully, mas quando ergueu o elmo Catelyn viu que mentia. Tinha as feições enrugadas e gastas, e o tempo roubara-lhe o tom ruivo dos cabelos e deixara-os apenas grisalhos, mas o sorriso era o mesmo, tal como as espessas sobrancelhas, grossas como lagartas, e o riso em seus olhos, de um azul profundo.

– Avisou Lysa de sua chegada?

– Não houve tempo para enviar a notícia – disse-lhe Catelyn. Os outros aproximavam-se atrás dela. – Temo que cavalguemos à frente da tempestade, tio.

– Peço autorização para entrar no Vale – disse Sor Donnel. Os Waynwood estavam sempre prontos para a cerimônia.

– Em nome de Robert Arryn, Senhor do Ninho da Águia, Defensor do Vale, Verdadeiro Protetor do Leste, convido-os a entrar livremente e encarrego-os de manter a paz – respondeu Sor Brynden. – Venham.

E assim Catelyn o seguiu por sob a sombra do Portão Sangrento, onde uma dúzia de exércitos se desfez em pedaços durante a Era dos Heróis. Do outro lado das fortificações, as montanhas abriam-se repentinamente numa paisagem de campos verdejantes, céu azul e montanhas de cumes nevados que a fez ficar sem respiração. O Vale de Arryn, banhado na luz da manhã.

Estendia-se à sua frente, até as névoas do leste, uma terra tranquila de rico solo negro, rios lentos e largos e centenas de pequenos lagos que brilhavam como espelhos ao sol, protegida por todos os lados pelos picos que a aconchegavam. Em seus campos crescia alto o trigo, o milho e a cevada, e nem mesmo em Jardim de Cima as abóboras eram maiores ou os frutos, mais doces do que ali. Estavam na extremidade ocidental do vale, onde a estrada de altitude ultrapassava a última passagem de montanha e começava a sinuosa descida até as terras planas, duas milhas mais abaixo. O Vale ali era estreito, não tinha mais de meio dia de viagem de largura, e as montanhas setentrionais pareciam tão próximas que Catelyn quase podia estender a mão e tocá-las. Erguendo-se acima de todos encontrava-se o pico escarpado chamado Lança do Gigante, uma montanha que obrigava até as outras montanhas a olhar para cima, com o cume perdido em névoas geladas três milhas e meia acima do fundo do vale. Por sua maciça vertente ocidental corria a torrente fantasmagórica conhecida como Lágrimas de Alyssa. Mesmo daquela distância Catelyn distinguia o brilhante fio prateado, uma linha clara na rocha escura.

Quando o tio percebeu que ela parara, aproximou o cavalo e apontou.

– Fica ali, junto às Lágrimas de Alyssa. Tudo que se vê daqui é um lampejo branco de vez em quando, se se olhar com atenção e o sol bater nas paredes da maneira certa.

Sete torres, dissera-lhe Ned, *como punhais brancos atirados na barriga do céu, tão altas que, ao subir aos parapeitos e olhar para baixo, veem-se as nuvens.*

– A viagem demora quanto tempo? – ela perguntou.

– Podemos chegar ao sopé da montanha ao cair da noite – disse Tio Brynden –, mas a subida demorará mais um dia.

A voz de Sor Rodrik Cassel soou vinda de trás.

– Senhora – disse –, temo que não possa avançar mais hoje – tinha o rosto abatido sob as novas barbas irregulares, e parecia tão cansado que Catelyn temeu que caísse do cavalo.

– Nem deve fazê-lo – ela disse. – Já fez cem vezes mais do que eu poderia pedir. Meu tio me acompanhará o resto do caminho até o Ninho da Águia. O Lannister tem de vir comigo, mas você e os outros devem descansar aqui e recuperar as forças.

– Será uma honra tê-los como hóspedes – disse Sor Donnel com a grave cortesia dos jovens. Do grupo que partira com ela da estalagem junto ao entroncamento, além de Sor Rodrik, só Bronn, Sor Willis Wode e o cantor Marillion restavam.

– Senhora – disse Marillion, fazendo o cavalo avançar. – Peço-lhe permissão para acompanhá-los até o Ninho da Águia,

para que possa assistir ao fim da história como assisti ao seu início – o rapaz parecia fatigado, mas estranhamente determinado;
tinha um brilho febril nos olhos.

Catelyn nunca pedira ao cantor que os acompanhasse; era
uma escolha que ele próprio tinha feito, e não saberia dizer como
tinha conseguido sobreviver à viagem quando tantos homens
mais corajosos jaziam mortos e esperando por seus enterros
na estrada. E, no entanto, ali estava, com uma barbinha mal-
-arranjada que quase o fazia parecer um homem. Talvez lhe devesse alguma coisa por ele ter chegado até ali.

– Muito bem – ela respondeu.

– Eu também vou – anunciou Bronn.

Daquilo ela já gostava menos. Bem sabia que sem Bronn
nunca teria chegado ao Vale; o mercenário era o mais feroz guerreiro que já vira, e sua espada os ajudara a abrir caminho até a
segurança. Mas, apesar de tudo, Catelyn não gostava do homem.
Era certo que possuía coragem, e força, mas não havia bondade nele, e pouca lealdade. E vira-o cavalgar junto do Lannister
com demasiada frequência, conversando em voz baixa e rindo
de algum gracejo privado. Teria preferido separá-lo do anão ali
e agora, mas depois de aceitar que Marillion prosseguisse até o
Ninho da Águia não encontrava nenhum modo amável de negar
a Bronn o mesmo direito.

– Como quiser – ela respondeu, embora tenha notado que
ele não lhe pedira propriamente autorização.

Sor Willis Wode permaneceu na companhia de Sor Rodrik,
e, com eles, um septão de fala mansa, já tratando das feridas de
ambos. Os cavalos, pobres animais em farrapos, também foram
deixados para trás. Sor Donnel prometeu enviar aves até o Ninho da Águia e os Portões da Lua com a notícia de sua chegada.
Montarias descansadas foram trazidas dos estábulos, cavalos de
montanha de pernas seguras e pelos grossos, e uma hora depois

se puseram de novo a caminho. Catelyn pôs-se ao lado do tio ao começarem a descida até o fundo do vale. Atrás vinham Bronn, Tyrion Lannister, Marillion e seis dos homens de Brynden.

Só quando já tinham percorrido um terço do caminho pela trilha da montanha, bem fora do alcance dos ouvidos dos outros, é que Brynden Tully se virou para ela e disse:

— Então, criança. Fale-me dessa sua tempestade.

— Já não sou uma criança há muitos anos, tio — Catelyn lhe disse, mas contou-lhe tudo. Levou mais tempo do que poderia acreditar falando da carta de Lysa, da queda de Bran, do punhal do assassino, e de Mindinho, e de seu encontro acidental com Tyrion Lannister na estalagem do entroncamento.

O tio ouviu em silêncio, com as pesadas sobrancelhas projetando uma sombra sobre os olhos à medida que iam se franzindo mais. Brynden Tully sempre soubera escutar todos... menos o pai de Catelyn. Era irmão de Lorde Hoster, cinco anos mais novo, mas os dois travavam uma guerra desde sempre, desde que Catelyn se recordava. Durante uma de suas discussões mais acaloradas, Catelyn tinha então oito anos, Lorde Hoster chamara Brynden "a ovelha negra do rebanho Tully". Rindo, Brynden fez notar que o símbolo de sua casa era uma truta saltante e, portanto, deveria ser um peixe negro, e não uma ovelha, e desse dia em diante tornara-o seu emblema pessoal.

A guerra não terminara até o dia dos casamentos de Catelyn e de Lysa. Foi no banquete de casamento que Brynden disse ao irmão que abandonaria Correrrio para servir Lysa e o novo marido, o Senhor do Ninho da Águia. Lorde Hoster não pronunciara o nome do irmão desde esse dia, segundo o que lhe dizia Edmure em suas raras cartas.

E no entanto, durante todos os anos de infância e juventude, foi Brynden, o Peixe Negro, que os filhos de Hoster procuraram com suas lágrimas e suas histórias, quando o pai estava muito ocupado ou a mãe doente demais. Catelyn, Lysa, Edmure... e, sim, até mesmo Petyr Baelish, o protegido do pai deles... Escutara-os a todos pacientemente, tal como a escutava agora, rindo de seus triunfos e solidarizando-se com seus infantis infortúnios.

Quando ela acabou, o tio permaneceu em silêncio por muito tempo, enquanto o cavalo escolhia o caminho pela íngreme trilha rochosa.

– Seu pai precisa ser informado – ele disse por fim. – Se os Lannister se puserem em marcha, Winterfell é remoto, e o Vale está protegido atrás de suas montanhas, mas Correrio fica exatamente no caminho deles.

– Tive o mesmo receio – admitiu Catelyn. – Pedirei a Meistre Colemon que envie uma ave quando chegarmos ao Ninho da Águia – tinha também outras mensagens para enviar: as ordens que Ned lhe dera para seus vassalos, para que preparassem as defesas do Norte. – Como está o ambiente no Vale? – ela perguntou.

– Hostil – admitiu Brynden Tully. – Lorde Jon era muito amado, e sentiu-se o insulto intensamente quando o rei nomeou Jaime Lannister para um cargo que os Arryn tiveram durante quase trezentos anos. Lysa nos ordenou que chamássemos seu filho de o *Verdadeiro* Protetor do Leste, mas ninguém se deixa enganar. E sua irmã não está sozinha nas dúvidas sobre o modo como a Mão morreu. Ninguém se atreve a dizer que Jon foi assassinado, pelo menos abertamente, mas a suspeita lança uma longa sombra – olhou para Catelyn, de boca apertada. – E há o garoto.

– O garoto? Que há com ele? – ela abaixou a cabeça ao passar sob uma projeção de rocha e por uma curva apertada.

A voz do tio estava perturbada.

– Lorde Robert – ele suspirou. – Seis anos, enfermiço e propenso a chorar quando lhe tiram as bonecas. O herdeiro legítimo de Jon Arryn, por todos os deuses, mas há quem diga que ele é fraco demais para se sentar na cadeira do pai. Nestor Royce foi intendente supremo durante os últimos catorze anos, enquanto Lorde Arryn servia em Porto Real, e muitos sussurram que ele deveria governar até que o garoto fosse maior de idade. Outros creem que Lysa deveria voltar a se casar, e depressa. Os pretendentes já se aglomeram como corvos num campo de batalha. O Ninho da Águia está cheio deles.

– Eu podia ter previsto isso – disse Catelyn. Não era de admirar, Lysa ainda era nova, e o reino da Montanha e do Vale era um belo presente de casamento. – Lysa vai tomar outro marido?

– Ela diz que sim, desde que encontre um homem que lhe convenha – disse Brynden Tully –, mas já rejeitou Lorde Nestor e uma dúzia de outros homens adequados. Jura que dessa vez será *ela* a escolher o senhor seu marido.

– O senhor, mais que todos, dificilmente pode censurá-la por isso.

Sor Brynden resfolegou.

– E não censuro, mas... parece-me que Lysa só está jogando o jogo da corte. Aprecia o divertimento, mas creio que sua irmã pretende ser ela a governante até que o filho tenha idade suficiente para ser Senhor do Ninho da Águia na realidade, e não apenas no título.

– Uma mulher pode governar tão sabiamente como um homem – Catelyn retrucou.

– A mulher *certa* pode fazê-lo – disse o tio, olhando-a de soslaio. – Não tenha ilusões, Cat. Lysa não é como você – hesitou por um momento. – A bem da verdade, temo que não vá achar sua irmã tão... prestativa como gostaria.

Catelyn não compreendeu.

– O que o senhor quer dizer?

– A Lysa que regressou de Porto Real não é a mesma mulher que foi para o Sul quando o marido foi nomeado Mão. Aqueles anos lhe foram duros. Você deve saber. Lorde Arryn foi um esposo cumpridor, mas o casamento deles era feito de política, não de paixão.

– Tal como o meu.

– Começaram do mesmo modo, mas o resultado do seu foi mais feliz que o de sua irmã. Dois natimortos, quatro abortos, a morte de Lorde Arryn... Catelyn, os deuses concederam a Lysa só aquele filho, e agora ela vive apenas por ele, pobre garoto. Não admira que tenha preferido fugir a vê-lo entregue aos Lannister. Sua irmã tem *medo*, filha, e são os Lannister que ela mais teme. Correu para o Vale, esgueirando-se da Fortaleza Vermelha como um ladrão na noite, e tudo para tirar o filho da boca do leão... e agora você trouxe o leão até sua porta.

– Acorrentado – Catelyn o corrigiu. Uma fenda abriu-se à sua direita, caindo até a escuridão. Puxou as rédeas do cavalo e escolheu o caminho com passos cautelosos.

– Ah! – o tio deu uma olhadela por sobre o ombro, para onde Tyrion Lannister fazia sua lenta descida atrás deles. – Vejo um machado em sua sela, um punhal no cinto e um mercenário que o segue como uma sombra faminta. Onde estão as correntes, querida?

Catelyn moveu-se desconfortável na sela.

– O anão está aqui, não por vontade dele. Com ou sem correntes, é meu prisioneiro. Lysa não desejará menos que ele responda por seus crimes que eu. Foi seu marido que os Lannister assassinaram, e foi a sua carta que primeiro nos preveniu a respeito deles.

Brynden Peixe Negro dirigiu-lhe um sorriso cansado.

– Espero que tenha razão, filha – suspirou, num tom que dizia que ela se enganava.

O sol já estava bem a oeste quando a ladeira começou a perder a inclinação sob os cascos dos cavalos. A estrada alargou-se e endireitou-se e, pela primeira vez, Catelyn reparou em flores silvestres e ervas que cresciam ao redor. Depois de atingirem o fundo do vale, o avanço tornou-se mais rápido e andaram um bom tempo a meio galope por bosques verdejantes e pequenos lugarejos sonolentos, passando por pomares e trigais dourados, patinhando através de uma dúzia de córregos banhados pelo sol. O tio enviou um porta-estandarte à frente deles, com um estandarte duplo esvoaçando no mastro: o falcão e a lua da Casa Arryn no topo, e por baixo seu peixe negro. Carroças de agricultores, mercadores e cavaleiros de Casas menores afastavam-se para lhes dar passagem.

Mesmo assim, já tinha anoitecido por completo quando atingiram o robusto castelo que se erguia no sopé da Lança do Gigante. Archotes tremeluziam no topo de suas muralhas e o crescente da lua dançava nas águas escuras de seu fosso. A ponte levadiça estava içada e a porta, descida, mas Catelyn viu luzes ardendo na guarita, derramando-se das janelas das torres quadradas que ficavam por trás.

– Os Portões da Lua – disse o tio quando o grupo puxou as rédeas dos cavalos. Seu porta-estandarte dirigiu-se para a borda do fosso, a fim de saudar os homens na guarita. – O domínio de Lorde Nestor. Ele deve estar à nossa espera. Olhe para cima.

Catelyn dirigiu os olhos para cima, e mais para cima, e mais ainda. A princípio tudo que viu foram rocha e árvores, a massa da grande montanha envolvida na noite, tão negra como um céu sem estrelas. Mas depois reparou no brilho de fogos distantes muito acima deles; uma torre fortificada, construída na íngreme vertente da montanha, cujas luzes eram como olhos cor de laranja que observavam das alturas. Acima dessa torre havia outra, mais elevada e mais distante, e uma terceira ainda mais alta, não mais que uma tremeluzente centelha contra o céu. E por fim, lá onde os falcões pairavam, um lampejo branco ao luar. Foi assaltada pela vertigem ao olhar para as torres claras tão longe acima dela.

– O Ninho da Águia – ouviu Marillion murmurar, espantado.

A voz penetrante de Tyrion Lannister intrometeu-se.

– Os Arryn não devem ser lá muito amigos de companhia. Se planeja nos fazer escalar aquela montanha no escuro, preferia que me matasse aqui.

– Passaremos a noite aqui e subiremos de manhã – disse-lhe Brynden.

– Mal consigo esperar – respondeu o anão. – Como é que subimos até lá em cima? Não tenho experiência em montar cabras.

– Mulas – disse Brynden, sorrindo.

– Há degraus escavados na montanha – Catelyn completou. Ned falara-lhe deles quando lhe contara sobre a juventude passada ali com Robert Baratheon e Jon Arryn.

O tio confirmou com a cabeça.

– Está muito escuro para vê-los, mas os degraus estão lá. São bastante íngremes e estreitos para cavalos, mas as mulas conseguem subi-los ao longo da maior parte do caminho. A trilha é guardada por três castelos intermédios, Pedra, Neve e Céu. As mulas nos levarão até Céu.

Tyrion Lannister olhou de relance para cima, com ar de dúvida.

– E depois disso?

Brynden sorriu.

– Depois disso, o caminho é íngreme demais até para mulas. Fazemos a pé o resto do trajeto. Ou talvez você prefira subir num cesto. O Ninho da Águia agarra-se à montanha diretamente por cima de Céu, e em seus subterrâneos há seis grandes guinchos com longas correntes de ferro para transportar mantimentos a partir do castelo inferior. Se preferir, senhor de Lannister, posso organizar as coisas para que suba com o pão, a cerveja e as maçãs.

O anão soltou uma gargalhada.

– Bem gostaria de ser uma abóbora – ele respondeu. – Infelizmente, o senhor meu pai ficaria sem dúvida muito desgostoso se seu filho Lannister fosse ao encontro de seu destino como um carregamento de nabos. Se vão subir a pé, receio que deva fazer o mesmo. Nós, os Lannister, somos dotados de algum orgulho.

– Orgulho? – retrucou Catelyn em tom duro. A ironia e as maneiras fáceis do anão a tinham irritado. – Alguns chamariam isso de arrogância. Arrogância e avareza, e desejo de poder.

– Meu irmão é sem dúvida arrogante – respondeu Tyrion Lannister. – Meu pai é a alma da avareza, e minha querida irmã Cersei deseja o poder em cada momento que passa acordada. Eu, no entanto, sou inocente como um cordeirinho. Devo balir agora? – e sorriu.

A ponte levadiça começou a descer, rangendo, antes que Catelyn pudesse responder, e ouviram o som de correntes oleadas quando a porta levadiça foi puxada para cima. Homens de armas trouxeram tochas para iluminar o caminho, e o tio os levou através do fosso. Lorde Nestor Royce, Intendente Supremo do Vale e Guardião dos Portões da Lua, esperava por eles no pátio, rodeado por seus cavaleiros.

– Senhora Stark – ele a cumprimentou, fazendo uma reverência. Era um homem maciço, com o peito em forma de barril, e sua reverência era desajeitada.

Catelyn desmontou à sua frente.

– Lorde Nestor – ela retribuiu. Só conhecia o homem por reputação. Primo de Bronze Yohn, pertencente a um ramo menor da Casa Royce, mas mesmo assim um senhor formidável por direito próprio. – Tivemos uma viagem longa e cansativa. Peço a hospitalidade de seu teto por esta noite, se possível.

– Meu teto é seu, senhora – retorquiu bruscamente Lorde Nestor –, mas sua irmã, a Senhora Lysa, enviou uma mensagem do Ninho da Águia. Deseja vê-la de imediato. O resto de seu grupo ficará alojado aqui e será enviado para cima à primeira luz da madrugada.

O tio saltou do cavalo.

– Que loucura é essa? – disse ele sem cerimônia. Brynden Tully nunca fora homem que suavizasse as palavras. – Uma subida noturna, sem sequer uma lua cheia? Até Lysa deve saber que isso é um convite para um pescoço quebrado.

– As mulas conhecem o caminho, Sor Brynden – uma moça seca e dura, de dezessete ou dezoito anos, adiantou-se ao lado de Lorde Nestor. Tinha os cabelos escuros cortados curtos, lisos, e usava couros de montar e uma leve cota de malha prateada. Fez uma reverência a Catelyn, mais graciosa que a do seu senhor. – Prometo, senhora, que nenhum mal lhe acontecerá. Será minha honra levá-la para cima. Fiz a subida às escuras centenas de vezes. Mychel diz que meu pai deve ter sido um bode.

A moça soava tão pretensiosa que Catelyn teve de sorrir.

– E tem um nome, jovem?

– Mya Stone, ao seu dispor, senhora.

Mas a disposição era amarga; foi um esforço para Catelyn manter o sorriso. *Stone* era um nome de bastardo no Vale, tal como *Snow* no Norte e *Flowers* em Jardim de Cima; em cada um dos Sete Reinos o costume tinha criado uma denominação para as crianças nascidas sem nome de família. Catelyn não tinha nada contra aquela jovem, mas de repente não pôde deixar de pensar no bastardo de Ned na Muralha, e o pensamento a fez sentir-se ao mesmo tempo zangada e culpada. Lutou para encontrar palavras para uma resposta.

Lorde Nestor preencheu o silêncio.

– Mya é uma moça inteligente e, se promete levá-la em segurança até a Senhora Lysa, eu acredito. Até hoje nunca me deixou na mão.

– Então, coloco-me nas suas mãos, Mya Stone – disse Catelyn. – Lorde Nestor, encarrego-o de manter meu prisioneiro sob guarda estrita.

– E eu o encarrego de trazer ao prisioneiro uma taça de vinho e um capão bem torrado antes que morra de fome – disse o Lannister. – Uma mulher também seria agradável, mas suponho que isso seja pedir demais – o mercenário Bronn riu em voz alta.

Lorde Nestor ignorou o gracejo.

– Conforme desejar, minha senhora, assim será feito – só então olhou para o anão. – Levem o senhor de Lannister para uma cela na torre e deem-lhe comida e bebida.

Catelyn despediu-se do tio e dos outros no momento em que Tyrion Lannister era levado, e seguiu a bastarda através do castelo. Duas mulas esperavam junto à muralha superior, seladas e prontas. Mya a ajudou a montar uma delas enquanto um guarda num manto azul-celeste abria o estreito portão dos fundos. Do outro lado do portão estendia-se uma densa floresta de pinheiros e abetos, e a montanha era como uma muralha negra, mas os degraus estavam lá, profundamente entalhados na rocha, subindo até o céu.

– Algumas pessoas acham mais fácil com os olhos fechados – disse Mya ao levar as mulas através do portão e para a floresta escura. – Quando ficam assustadas ou tontas, por vezes agarram-se à mula com muita força. E as mulas não gostam disso.

– Eu nasci uma Tully e me casei com um Stark – disse Catelyn. – Não me assusto facilmente. Você vai acender um archote? – os degraus eram negros como breu.

A moça fez uma careta.

– Os archotes só nos cegam. Numa noite clara como esta, a lua e as estrelas são o suficiente. Mychel diz que tenho os olhos de uma coruja – montou e instigou a mula a subir o primeiro degrau. O animal de Catelyn seguiu-a por vontade própria.

– Você já tinha falado de Mychel antes – disse Catelyn. As mulas marcaram o ritmo, lento mas constante. Estava perfeitamente satisfeita com isso.

– Mychel é o meu amor – Mya explicou. – Mychel Redfort. É escudeiro de Sor Lyn Corbray. Devemos nos casar assim que seja armado cavaleiro, no ano que vem ou no seguinte.

Parecia Sansa, tão feliz e inocente com seus sonhos. Catelyn sorriu, mas seu sorriso estava tingido de tristeza. Sabia que Redfort era um nome antigo no Vale, com o sangue dos Primeiros Homens nas veias. Ele até podia ser o seu amor, mas nenhum Redfort jamais desposaria uma bastarda. Sua família encontraria uma esposa adequada para ele, uma Corbray, Waynwood ou Royce, ou talvez a filha de alguma Casa maior de fora do Vale. Se Mychel Redfort chegasse a deitar com aquela moça, seria do lado errado dos lençóis.

A subida era mais fácil do que Catelyn esperava. As árvores estavam muito próximas, inclinando-se sobre o caminho e criando assim um sussurrante teto verde que afastava até a lua, e por isso parecia que estavam se deslocando através de um longo túnel negro. Mas as mulas tinham pernas seguras e eram incansáveis, e Mya Stone parecia de fato ter sido abençoada com olhos da noite. Arrastaram-se para cima, percorrendo um caminho sinuoso ao longo da face da montanha à medida que os degraus iam se torcendo e curvando. Uma espessa camada de musgo-de--pinheiro atapetava o solo, e as ferraduras das mulas faziam apenas o mais suave dos sons contra a rocha. O silêncio a acalmou, e o balanço gentil do animal embalou Catelyn na sela. Não muito tempo depois, estava tentando combater o sono.

Talvez tenha cochilado por um momento, porque, repentinamente, um maciço portão de ferro ergueu-se à sua frente.

– Pedra – anunciou alegremente Mya, desmontando. As poderosas muralhas de pedra estavam coroadas por lanças de ferro, e duas grossas torres redondas elevavam-se acima da fortaleza. O portão abriu-se com o grito de Mya. Lá dentro, o corpulento cavaleiro que comandava o castelo intermédio saudou Mya pelo nome e ofereceu-lhes espetos de carne assada e cebolas recém-saídas do fogo. Catelyn até então não percebera a fome que sentia. Comeu no pátio, em pé, enquanto os cavalariços colocavam suas selas em mulas descansadas. O molho quente correu-lhe pelo queixo abaixo e pingou sobre seu manto, mas estava faminta demais para se importar.

Depois, foi montar numa nova mula e voltou a sair para a luz das estrelas. A segunda parte da subida pareceu a Catelyn mais traiçoeira. A trilha era mais íngreme, os degraus, mais desgastados, e aqui e ali estavam cobertos por cascalho e pedra partida. Mya teve de desmontar meia dúzia de vezes para tirar pedras caídas do caminho.

– Não vai querer que sua mula quebre uma pata aqui em cima – ela disse.

Catelyn foi obrigada a concordar. Agora sentia mais a altitude. As árvores cresciam mais dispersas ali, e o vento soprava com maior vigor, em rajadas intensas que a puxavam pela roupa e lhe atiravam os cabelos nos olhos. De tempos em tempos, os degraus dobravam-se sobre si mesmos e conseguia ver Pedra abaixo delas e, mais abaixo, os Portões da Lua, cujos archotes não eram mais brilhantes que velas.

Neve era menor que Pedra, uma única torre fortificada, com uma fortaleza e um estábulo de madeira escondidos atrás de um muro baixo de pedra solta. Mas apertava-se de encontro à Lança do Gigante de modo que dominava toda a escada de pedra acima do castelo intermédio inferior. Um ataque inimigo sobre o Ninho da Águia teria de lutar a partir de Pedra, degrau a degrau, enquanto pedras choviam de Neve. Seu comandante, um jovem cavaleiro ansioso de face esburacada, ofereceu-lhes pão e queijo e a possibilidade de se aquecerem em sua fogueira, mas Mya declinou.

– Devemos continuar, senhora – disse. – Se lhe for conveniente – e Catelyn assentiu.

De novo foram-lhes dadas outras mulas. A dela, um macho, era branca. Mya sorriu ao vê-lo.

– O Branquinho é um bom macho, minha senhora. Pernas firmes, até mesmo no gelo, mas precisa ter cuidado. Ele escoiceará se não gostar da senhora.

O macho branco pareceu gostar de Catelyn, não houve coices, graças aos deuses. Também não havia gelo, e por isso também se sentia grata.

– Minha mãe diz que, há centenas de anos, era aqui que a neve começava – disse-lhe Mya. – Aqui em cima estava sempre branco, e o gelo nunca derretia – encolheu os ombros. – Nem sequer me lembro de alguma vez ter visto neve abaixo da montanha, mas talvez tenha sido assim em épocas passadas.

Tão jovem, pensou Catelyn, tentando imaginar se já fora assim. A moça vivera metade da vida no verão, e isso era tudo que conhecia. Quis aconselhá-la: *O inverno está chegando, filha.* As palavras subiram-lhe aos lábios, e quase as disse. Talvez estivesse por fim transformando-se numa Stark.

Acima de Neve, o vento era uma coisa viva, uivando em torno delas como um lobo na campina, e depois se transformando em nada, como se as atraísse para a complacência. Ali as estrelas pareciam mais brilhantes, tão próximas que quase podia tocá-las, e o crescente da lua era enorme no céu negro e limpo. Enquanto subiam, Catelyn descobriu que era melhor olhar para cima que para baixo. Os degraus estavam fendidos e quebrados, de séculos de gelo e degelo e dos passos de incontáveis mulas, e a altitude lhe trazia o coração à garganta, até mesmo na escuridão. Quando chegaram a uma depressão entre duas agulhas de rocha, Mya desmontou.

– É melhor levar as mulas pelas rédeas – ela avisou. – O vento pode ser um pouco assustador aqui, minha senhora.

Catelyn desmontou rigidamente nas sombras e olhou para o caminho que as esperava: seis metros de comprimento e quase um de largura, mas com um precipício de cada lado. Ouvia o vento gritar. Mya avançou com ligeireza, seguida por uma mula, tão calmamente como se estivessem percorrendo uma muralha. Agora era a vez de Catelyn. Mas, assim que deu o primeiro passo, o medo endureceu suas mandíbulas. Conseguia *sentir* o vazio, os vastos abismos negros de ar que se abriam ao redor. Parou, tremendo, com medo de se mover. O vento gritava-lhe e a puxava pelo manto, tentando empurrá-la para fora daquela crista. Catelyn arrastou o pé para trás, no mais tímido dos passos, mas o macho estava atrás dela, e não podia recuar. *Vou morrer aqui*, pensou. Sentia os suores frios que lhe escorriam costas abaixo.

– Senhora Stark – chamou Mya por sobre o abismo. A voz da moça parecia vir de uma distância de mil léguas. – Está bem?

Catelyn Tully Stark engoliu o que restava de seu orgulho.

– Eu... eu não sou capaz de fazer isto, criança – ela gritou.

– É sim – disse a bastarda. – Eu sei que é capaz. Veja como o caminho é largo.

– Não quero olhar – o mundo parecia girar à sua volta, montanha, céu e mulas rodopiando como o pião de uma criança. Catelyn fechou os olhos para recuperar a firmeza da respiração entrecortada.

– Vou buscá-la – disse Mya. – Fique imóvel, senhora.

Mover-se era talvez a última coisa que Catelyn faria naquele momento. Ouviu o grito agudo do vento e o som arrastado do couro roçando na rocha. E então Mya estava ali, tomando-a gentilmente pelo braço.

– Mantenha os olhos fechados, se preferir. Largue a corda agora. O Branquinho tomará conta de si próprio. Muito bem, minha senhora. Eu a levo, é fácil, a senhora verá. Dê agora um passo. Isso mesmo, mexa o pé, faça-o deslizar para frente. Vê? Agora o outro. É fácil. Poderia atravessar correndo. Outro, vamos. Sim – e dessa maneira, pé ante pé, passo a passo, a bastarda levou Catelyn a atravessar, cega e tremendo, enquanto o macho branco seguia placidamente atrás delas.

O castelo intermédio chamado Céu não era mais que um muro alto de pedra solta em forma de crescente, erguido contra a vertente da montanha, mas nem mesmo as torres sem topo de Valíria teriam parecido mais belas a Catelyn Stark. Ali começava finalmente a neve; as pedras desgastadas de Céu estavam cobertas de geada, e longos pingentes de gelo pendiam das encostas mais acima.

A alvorada rompia no leste quando Mya Stone gritou um *olá* aos guardas, e os portões se abriram para deixá-las entrar. Dentro das muralhas havia apenas uma série de rampas e uma grande confusão de rochedos e pedregulhos de todos os tamanhos. Não havia dúvida de que seria a coisa mais fácil do mundo começar uma avalanche ali. Uma gruta abria-se na face da rocha à frente delas.

– Os estábulos e as casernas ficam ali – disse Mya. – A última parte do caminho é por dentro da montanha. Pode ficar um pouco escuro, mas pelo menos estará livre do vento. As mulas não vão mais além. Depois daqui, bem, é uma espécie de chaminé, mais parecida com uma escada de mão feita em pedra do que com degraus propriamente ditos, mas não é tão ruim. Mais uma hora e estaremos lá.

Catelyn olhou para cima. Conseguia ver as fundações do Ninho da Águia diretamente por cima da cabeça, claras à luz da alvorada. Não podiam ser mais de uns cento e oitenta metros até lá. A parte de baixo parecia uma pequena colmeia branca. Lembrou-se do que seu tio dissera sobre cestos e guinchos.

– Os Lannister podem ter seu orgulho, mas os Tully nascem com mais bom senso. Cavalguei o dia inteiro e a maior parte da noite. Diga-lhes para baixar um cesto. Subirei com os nabos.

Quando Catelyn Stark finalmente chegou ao Ninho da Águia, o sol estava bem acima das montanhas. Um homem atarracado, de cabelos grisalhos, com um manto azul-celeste e a lua e o falcão no peitoral de ferro martelado, a ajudou a sair do cesto. Era Sor Vardis Egen, capitão da guarda de Jon Arryn. A seu lado estava Meistre Colemon, magro e nervoso, com cabelos de menos e pescoço de mais.

– Senhora Stark – disse Sor Vardis –, o prazer é tão grande quanto inesperado.

Meistre Colemon inclinou a cabeça em sinal de acordo.

– De fato é, minha senhora, de fato é. Enviei uma mensagem à sua irmã. Ela deixou ordens para ser acordada no instante de sua chegada.

– Espero que tenha tido uma boa noite de repouso – disse Catelyn com certa acidez no tom que pareceu passar despercebida.

Saiu da sala dos guinchos acompanhada pelos homens e subiu uma escada em espiral. O Ninho da Águia era um castelo pequeno para os padrões das grandes casas; sete esguias torres brancas, tão juntas como flechas numa aljava, sobre uma saliência da grande montanha. Não tinha necessidade de estábulos, oficinas de ferreiros ou canis, mas Ned dizia que seu celeiro era tão grande quanto o de Winterfell e suas torres podiam albergar quinhentos homens. A Catelyn, no entanto, pareceu estranhamente deserto quando o atravessou, com os salões de pedra clara cheios de ecos e vazios.

Lysa a esperava sozinha no aposento privado, ainda vestida com a camisa de dormir. Seus longos cabelos ruivos caíam-lhe soltos sobre os ombros brancos e pelas costas. Uma criada estava em pé atrás dela, escovando os nós da noite, mas, quando Catelyn entrou, a irmã pôs-se em pé, sorrindo.

– Cat – disse. – Ah, Cat, como é bom vê-la. Minha querida irmã – correu quarto afora e envolveu a irmã nos braços. – Tanto tempo – murmurou Lysa contra seu corpo. – Ah, tanto, tanto tempo.

Na verdade, tinham sido cinco anos; cinco anos cruéis para Lysa, que lhe tinham cobrado seu preço. A irmã era dois anos mais nova, mas agora parecia a mais velha. Mais baixa que Catelyn, o corpo de Lysa tornara-se mais largo, e o rosto, pálido e inchado. Tinha os olhos azuis dos Tully, mas os dela eram claros e aguados, sem nunca parar quietos. A pequena boca tornara-se petulante. Enquanto a abraçava, Catelyn recordou a garota magra de peito erguido que esperara a seu lado naquele dia, no septo de Correrrio. Tão encantadora e cheia de esperança. Tudo que restava da beleza da irmã era a grande cascata de espessos cabelos ruivos que lhe caíam até a cintura.

– Está muito bem – mentiu Catelyn –, mas... parece cansada.

A irmã se afastou do abraço.

– Cansada. Sim. Ah, sim – pareceu então reparar nos outros; a criada, Meistre Colemon, Sor Vardis. – Deixem-nos – disse-lhes. – Desejo conversar com minha irmã a sós – permaneceu de mãos dadas com Catelyn enquanto eles se retiravam...

... e deixou-a cair no instante em que a porta se fechou. Catelyn viu seu rosto mudar. Era como se o sol tivesse se escondido atrás de uma nuvem.

– Será que perdeu o *juízo*? – exclamou Lysa. – Trazê-lo para *cá*, sem permissão, sem sequer um aviso, arrastando-nos para as suas disputas com os Lannister...

– *Minhas* disputas? – Catelyn mal podia acreditar no que acabara de ouvir. Um grande fogo ardia na lareira, mas não havia sinal de calor na voz de Lysa. – As disputas começaram por serem suas, irmã. Foi você quem me enviou aquela maldita carta, foi você quem escreveu que os Lannister assassinaram seu marido.

– Para preveni-la, para que pudesse ficar longe deles! Nunca pretendi *lutar* com eles! Deuses, Cat, sabe o que *você fez*?

– Mãe? – disse uma vozinha. Lysa virou-se, com o pesado roupão rodopiando à sua volta. Robert Arryn, Senhor do Ninho da Águia, estava na porta, agarrado a uma esfarrapada boneca de pano e olhando-as com grandes olhos. Era uma criança dolorosamente magra, pequena para a idade e toda a vida enfermiça, e de tempos em tempos estremecia. Os meistres chamavam àquilo a doença dos tremores. – Ouvi vozes.

Não era de espantar, pensou Catelyn, Lysa estivera quase gritando. Mesmo assim sua irmã a olhou com punhais nos olhos.

– Esta é sua tia Catelyn, querido. Minha irmã, a Senhora Stark. Lembra-se?

O menino a olhou de relance, sem expressão.

– Acho que sim – respondeu, pestanejando. Da última vez que Catelyn o vira ele tinha menos de um ano de idade.

Lysa sentou-se junto ao fogo e disse:

– Venha com sua mãe, meu doce – endireitou-lhe a roupa de dormir e mexeu em seus finos cabelos castanhos. – Ele não é lindo? E também é forte. Não acredite no que dizem por aí. Jon sabia. *A semente é forte*, ele me disse. Foram suas últimas palavras. Só dizia o nome de Robert, e me agarrou o braço com tanta força que deixou marcas. *Diga-lhes, a semente é forte*. Sua semente. Ele queria que todos soubessem como o meu bebê se tornaria um rapaz bom e forte.

– Lysa – disse Catelyn –, se você tiver razão quanto aos Lannister, isto é mais um motivo para agirmos rapidamente. Nós...

– Na frente da criança, *não* – Lysa a repreendeu. – Ele tem um humor delicado, não tem, querido?

– Este menino é Senhor do Ninho da Águia e Defensor do Vale – lembrou-a Catelyn –, e estes não são tempos para delicadezas. Ned pensa que se poderá chegar à guerra.

– *Silêncio!* – Lysa exclamou. – Está assustando o menino – o pequeno Robert espreitou Catelyn por sobre o ombro e começou a tremer. Sua boneca caiu sobre a esteira e ele se apertou contra a mãe. – Não tenha medo, meu bebê adorado – Lysa sussurrou. – Sua mãe está aqui, nada te fará mal – abriu o roupão e expôs um seio pálido e pesado, completamente vermelho. O menino agarrou-se a ela ansiosamente, enterrou o rosto em seu peito e começou a sugar. Lysa afagou-lhe os cabelos.

Catelyn estava sem palavras. O filho de Jon Arryn, pensou, incrédula. Recordou seu filho Rickon, de três anos, com metade da idade daquele menino e cinco vezes mais feroz. Não admirava que os senhores do Vale estivessem nervosos. Pela primeira vez compreendeu a razão por que o rei tentara tirar a criança da mãe e criá-la com os Lannister...

– Aqui estamos a salvo – disse Lysa. Catelyn não tinha certeza se para si mesma ou se para o filho.

– Não seja estúpida – disse Catelyn, com a ira crescendo dentro dela. – Ninguém está a salvo. Se pensa que se esconder aqui fará com que os Lannister a esqueçam, está muito enganada.

Lysa cobriu a orelha do filho com a mão.

– Mesmo se conseguissem trazer um exército pelas montanhas e atravessassem o Portão Sangrento, o Ninho da Águia é inexpugnável. Você viu com seus próprios olhos. Nenhum inimigo poderá nos atingir aqui em cima.

Catelyn quis bater na irmã. Então percebeu que seu tio Brynden tentara preveni-la daquilo.

– Nenhum castelo é inexpugnável.

– Este é – insistiu Lysa. – Todos assim dizem. A única questão é: o que farei com este Duende que você me trouxe?

– Ele é um homem mau? – perguntou o Senhor do Ninho da Águia, com o seio da mãe saltando-lhe da boca, com o mamilo molhado e vermelho.

– Um homem muito mau – disse-lhe Lysa enquanto se cobria –, mas eu não vou deixar que ele faça mal ao bebê.

– Faça-o voar – disse Robert em tom ansioso.

Lysa afagou os cabelos do filho.

– Talvez façamos – murmurou. – Talvez seja isso mesmo o que faremos.

Eddard

Foi encontrar Mindinho na sala comum do bordel, conversando amigavelmente com uma mulher alta e elegante que usava um vestido de penas sobre uma pele tão negra como tinta. Perto da lareira, Heward e uma jovem roliça jogavam prendas. Segundo parecia, ele por enquanto tinha perdido o cinto, o manto, a cota de malha e a bota direita, ao passo que a jovem tinha sido forçada a desabotoar a camisa até o peito. Jory Cassel estava em pé, junto a uma janela riscada pela chuva, com um sorriso perverso no rosto, observando Heward virar as peças e gostando do que via.

Ned parou na base da escada e calçou as luvas.

– É hora de nos retirarmos. Meu assunto aqui está tratado.

Heward pôs-se em pé de um salto, recolhendo apressadamente suas coisas.

– Como quiser, senhor – disse. – Vou ajudar Wyl a trazer os cavalos – e encaminhou-se para a porta a passos largos.

Mindinho gastou seu tempo nas despedidas. Beijou a mão da mulher negra, sussurrou um gracejo qualquer que a fez rir alto, e dirigiu-se vagarosamente para Ned.

– Seu assunto – disse com ligeireza –, ou de Robert? Diz-se que a Mão sonha os sonhos do rei, fala com a voz do rei e governa com a espada do rei. Será que isso também significa que fode com a...

– Lorde Baelish – interrompeu Ned –, o senhor tem muito atrevimento. Não sou ingrato por sua ajuda. Poderíamos ter levado anos para encontrar este bordel sem o senhor. Mas isso não quer dizer que pretendo suportar sua zombaria. E já não sou a Mão do Rei.

– O lobo gigante deve ser um animal irritadiço – disse Mindinho, torcendo a boca.

Caía uma chuva morna de um céu negro sem estrelas quando se encaminharam para os estábulos. Ned puxou o capuz do manto sobre a cabeça. Jory trouxe-lhe seu cavalo. O jovem Wyl veio logo atrás, trazendo a égua de Mindinho com uma mão, enquanto a outra lutava com o cinto e as ataduras das calças. Uma prostituta barata espreitava da porta do estábulo, rindo para ele.

– Vamos regressar agora ao castelo, senhor? – Jory perguntou. Ned confirmou com a cabeça e saltou para a sela. Mindinho, ao seu lado, também montou. Jory e os outros os acompanharam.

– Chataya dirige um estabelecimento de primeira linha – disse Mindinho enquanto avançavam. – Estou meio decidido a comprá-lo. Descobri que os bordéis são um investimento muito mais lucrativo que os navios. As prostitutas raramente se afundam, e quando são abordadas por piratas, ora, os piratas pagam em boa moeda como qualquer outra pessoa – Lorde Petyr riu da própria piada.

Ned deixou que continuasse a tagarelar. Passado algum tempo, o homem sossegou, e prosseguiram em silêncio. As ruas de Porto Real estavam escuras e desertas. A chuva empurrara as pessoas para dentro das casas e batia na cabeça de Ned, morna como sangue e inexorável como as velhas culpas. Gordas gotas de água escorriam por seu rosto.

"Robert nunca se limitará a uma cama", dissera-lhe Lyanna, havia muito tempo, em Winterfell, na noite em que seu pai prometera a mão da filha ao jovem Senhor de Ponta Tempestade. "Ouvi dizer que fez um filho em uma moça qualquer no Vale." Ned segurara o bebê nos braços; dificilmente poderia negá-lo, e tampouco mentiria à irmã, mas assegurara-lhe que o que Robert fizera antes da promessa não tinha importância, que era um homem bom e fiel, e que a amaria de todo o coração. Lyanna apenas sorrira. "O amor é doce, querido Ned, mas não pode mudar a natureza de um homem."

A moça era tão jovem que Ned não se atrevera a lhe perguntar a idade. Não havia dúvida de que tinha começado virgem; os melhores bordéis eram sempre capazes de encontrar uma virgem, se a bolsa fosse suficientemente gorda. Tinha cabelos ruivo-claros e o nariz salpicado de sardas, e quando soltou um seio para dar o mamilo ao bebê, Ned vira que também o peito era sardento.

– Dei-lhe o nome Barra – dissera, enquanto a criança mamava. – Parece-se tanto com ele, não parece, senhor? Tem o seu nariz, seus cabelos...

– Parece – Eddard Stark tocara os cabelos finos e escuros do bebê. Fluía entre seus dedos como seda negra. Julgava recordar-se de que a primeira filha de Robert tivera o mesmo cabelo fino.

– Conte-lhe quando o vir, senhor, se lhe... se lhe for conveniente. Conte-lhe como ela é linda.

– Contarei – Ned prometeu à moça. Era esta a sua maldição. Robert era capaz de jurar um amor eterno e esquecê-lo antes do cair da noite, mas Ned Stark mantinha seus votos. Pensou nas promessas que fizera a Lyanna quando ela jazia, à morte, e no preço que pagara para cumpri-las.

– E diga-lhe que não tive mais ninguém. Juro, senhor, pelos deuses antigos e pelos novos. Chataya disse que eu podia tirar meio ano, por causa do bebê e por ter esperança de que ele volte. Por isso, o senhor vai lhe dizer que estou à espera, não é verdade? Não quero joias nem nada disso, só quero ele. Sempre foi bom para mim, de verdade.

Bom para você, pensou Ned de um modo vazio.

– Direi, filha, e prometo-lhe que Barra não passará necessidades.

Então ela sorrira, um sorriso tão trêmulo e doce que lhe destroçara o coração. Cavalgando pela noite chuvosa, Ned viu o rosto de Jon Snow à sua frente, tão semelhante a uma versão mais nova do seu. Se os deuses eram tão duros com os bastardos, pensou sombriamente, por que enchiam os homens de tais apetites?

– Lorde Baelish, o que sabe dos bastardos de Robert?

– Bem, para começar, ele tem mais do que o senhor.

– Quantos?

Mindinho encolheu os ombros. Fios de chuva puxavam para baixo a parte de trás de seu manto.

– Será que importa? Quando se dorme com mulheres suficientes, algumas lhe darão presentes, e Sua Graça nunca foi tímido nesse aspecto. Sei que ele reconheceu aquele garoto em Ponta Tempestade, aquele que gerou na noite do casamento de Lorde Stannis. Dificilmente poderia fazer outra coisa. A mãe é uma Florent, sobrinha da Senhora Selyse, uma de suas camareiras. Renly diz que Robert levou a moça para cima durante o banquete e estreou o leito de núpcias enquanto Stannis e a noiva ainda dançavam. Lorde Stannis pareceu pensar que isso manchou a honra da Casa da esposa, e quando o garoto nasceu, o enviou para Renly – dirigiu a Ned uma olhadela pelo canto do olho. – Também ouvi segredar que Robert arranjou um par de gêmeos com uma criada em Rochedo Casterly, há três anos, quando viajou para oeste, para o torneio de Lorde Tywin. Cersei mandou matar os bebês e vendeu a mãe a um negociante de escravos que estava de passagem. Era afronta demais ao orgulho dos Lannister, tão perto de casa.

Ned Stark fez uma careta. Contavam-se histórias feias como aquela de todos os grandes senhores no reino. Ele conseguia acreditar com suficiente facilidade que Cersei Lannister seria capaz de tal coisa... Mas o rei permitiria que algo assim acontecesse? O Robert que conhecera não teria permitido, mas este mesmo Robert também nunca tivera, como agora, tanta prática de fechar os olhos às coisas que não desejava ver.

– Por que teria Jon Arryn tomado um súbito interesse pelos filhos ilegítimos do rei?

O homem mais baixo encolheu um par de ombros encharcados.

– Ele era a Mão do Rei. Sem dúvida, Robert pedira-lhe que lhes assegurasse a subsistência.

Ned estava molhado até os ossos e sua alma tinha se arrefecido.

– Tinha de ser mais que isso, caso contrário, por que matá-lo?

Mindinho sacudiu a chuva dos cabelos e soltou uma gargalhada.

– Agora compreendo. Lorde Arryn soube que Sua Graça enchera a barriga de umas quantas prostitutas e mulheres de pescadores e por isso teve de ser silenciado. Não surpreende. Permita a um homem assim que viva e, em seguida, é provável que ele diga que o sol nasce no oriente.

Ned não podia dar àquilo nenhuma resposta além de um olhar carregado. Pela primeira vez em anos, deu por si pensando em Rhaegar Targaryen. Gostaria de saber se Rhaegar frequentara bordéis; não sabia bem por quê, mas achava que não.

A chuva caía agora com mais força, fazendo arder os olhos e tamborilando no chão. Rios de água negra corriam colina abaixo quando Jory gritou "*Senhor*", com a voz rouca de alarme. E, no instante seguinte, a rua estava cheia de soldados.

Ned vislumbrou cotas de malha sobre couro, luvas e caneleiras, capacetes de aço coroados por leões dourados. Seus mantos aderiam-lhes às costas, ensopados de chuva. Não teve tempo de contar, mas havia pelo menos dez, uma fila deles, a pé, bloqueando a rua, com espadas e lanças de ponta de ferro. Ouviu Wyl gritar "*Atrás!*", e quando virou o cavalo havia mais atrás deles, barrando-lhes a retirada. A espada de Jory saiu da bainha, tilintando.

– Deixem-nos passar, ou morrerão!

– Os lobos estão uivando – disse o líder. Ned podia ver a chuva que lhe escorria pelo rosto. – Mas é uma alcateia muito pequena.

Mindinho fez avançar seu cavalo, um passo cuidadoso de cada vez.

– Que significa isto? Este homem é a Mão do Rei.

– Este homem *era* a Mão do Rei – a lama abafava o ruído dos cascos do garanhão baio puro-sangue. A linha abriu-se para deixá-lo passar. Num peitoral dourado, o leão de Lannister rugia em desafio. – Agora, a bem da verdade, não tenho certeza do que ele é.

– Lannister, isso é uma loucura – disse Mindinho. – Deixe-nos passar. Somos esperados no castelo. Que pensa que está fazendo?

– Ele sabe o que está fazendo – disse Ned calmamente.

Jaime Lannister sorriu.

– É bem verdade. Estou à procura de meu irmão. Lembra-se do meu irmão, não é mesmo, Lorde Stark? Esteve comigo em Winterfell. De cabelos claros, olhos desiguais, uma língua afiada. Um homem baixo.

– Lembro-me bem dele – respondeu Ned.

– Parece que encontrou alguns problemas na estrada. O senhor meu pai está bastante aborrecido. Não tem por acaso alguma ideia de quem possa desejar mal a meu irmão, não é?

– Seu irmão foi capturado às minhas ordens, a fim de responder por seus crimes – disse Ned Stark.

Mindinho grunhiu de consternação.

– Meus senhores...

Sor Jaime arrancou a espada da bainha e incitou o garanhão a avançar.

– Mostre-me o seu aço, Lorde Eddard. Eu o matarei como a Aerys se tiver de ser, mas preferiria que morresse com uma lâmina na mão – dirigiu a Mindinho um olhar frio e desdenhoso. – Lorde Baelish, eu sairia daqui com alguma pressa se não quisesse ficar com manchas de sangue nas dispendiosas roupas.

Mindinho não precisava ser instado.

– Chamarei a Patrulha da Cidade – prometeu a Ned. A linha dos Lannister abriu-se para deixá-lo passar e se fechou atrás dele. Mindinho enterrou os calcanhares na égua e desapareceu atrás de uma esquina.

Os homens de Ned tinham puxado as espadas, mas eram três contra vinte. Olhos observavam de janelas e portas próximas, mas ninguém pensava em intervir. Seu grupo estava montado, os Lannister, a pé, exceto o próprio Jaime. Uma investida poderia libertá-los, mas pareceu a Eddard Stark que tinham uma tática mais segura.

– Mate-me – disse ele ao Regicida –, e Catelyn com certeza matará Tyrion.

Jaime Lannister empurrou o peito de Ned com a espada dourada que derramara o sangue do último dos reis-dragão.

– Mataria? A nobre Catelyn Tully de Correrrio, matar um refém? Penso... que não – suspirou. – Mas não estou disposto a arriscar a vida de meu irmão com a honra de uma mulher – Jaime recolheu a espada dourada à bainha. – Portanto, suponho que o deixarei correr para Robert, para lhe contar como o assustei. Pergunto-me se ele se importará – Jaime atirou os cabelos molhados para trás e virou o cavalo. Depois de ultrapassar a linha dos homens de armas, dirigiu-se ao capitão. – Tregar, certifique-se de que nenhum mal aconteça a Lorde Stark.

– Como quiser, senhor.

– Apesar disso... não vamos querer que ele saia daqui *inteiramente* impune, portanto – através da noite e da chuva, Ned vislumbrou o branco do sorriso de Jaime –, mate seus homens.

– *Não!* – Ned Stark gritou, levando a mão à espada. Jaime já seguia a galope lento pela rua quando ouviu Wyl gritar. Homens aproximavam-se de ambos os lados. Ned abateu um, lançando estocadas nos fantasmas em manto vermelho que caíam diante de si. Jory Cassel enterrou os calcanhares no cavalo e saiu em disparada. Um casco ferrado com aço atingiu um guarda Lannister na cara, com um *crunch* repugnante. Um segundo homem afastou-se cambaleando, e por um instante Jory esteve livre. Wyl praguejou quando o puxaram de cima do cavalo moribundo, com espadas golpeando entre a chuva. Ned galopou para ele, fazendo cair sua espada sobre o elmo de Tregar. A sacudidela do impacto o fez ranger os dentes. Tregar caiu de joelhos, com o leão do capacete fendido ao meio e o sangue escorrendo-lhe pelo rosto. Heward golpeava as mãos que tinham agarrado o freio de seu cavalo quando uma lança o acertou na barriga. De repente, Jory estava de novo entre eles, com uma chuva vermelha caindo de sua espada.

– Não! – gritou Ned. – Jory, *afaste-se!* – o cavalo de Ned escorregou debaixo dele e estatelou-se na lama. Por um momento, sentiu uma dor lancinante e o sabor de sangue na boca.

Ned os viu cortar as pernas do cavalo de Jory e arrastá-lo para o chão, as espadas subindo e descendo no momento em que o cercaram. Quando o cavalo de Ned voltou a se levantar, o Senhor Stark tentou se pôr em pé, mas voltou a cair, sufocado em seu grito. Viu o osso quebrado que espreitava da barriga de sua perna. Foi a última coisa que viu por algum tempo. A chuva caía, e caía, e caía.

Quando voltou a abrir os olhos, Lorde Eddard Stark estava só com seus mortos. Seu cavalo aproximou-se, detectou o desagradável cheiro de sangue e afastou-se a galope. Ned começou a arrastar-se pela lama, rangendo os dentes com a agonia que sentia na perna. Pareceu demorar anos. Rostos observavam de janelas iluminadas por velas, e então começou a aparecer gente de vielas e de portas, mas ninguém fez um gesto para ajudar.

Mindinho e a Patrulha da Cidade encontraram-no ali, na rua, embalando nos braços o corpo de Jory Cassel.

Os homens de manto dourado tiraram de algum lugar uma maca, mas a viagem de volta ao castelo foi uma névoa de agonia, e Ned perdeu os sentidos mais de uma vez. Lembrava-se de ver a Fortaleza Vermelha erguer-se à sua frente à primeira luz cinzenta da alvorada. A chuva escurecera a pedra cor-de-rosa claro das maciças muralhas, deixando-as da cor do sangue.

Logo a seguir era o Grande Meistre Pycelle quem se erguia à sua frente, segurando uma taça e sussurrando:

– Beba, senhor. Aqui. O leite de papoula, para suas dores – lembrava-se de engolir e de Pycelle dizer a alguém para aquecer o vinho até ferver e lhe arranjar seda limpa, e foi a última coisa que ouviu.

Daenerys

O Portão dos Cavalos de Vaes Dothrak era composto por dois gigantescos garanhões de bronze, empinados, cujos cascos encontravam-se trinta metros acima da estrada, formando um arco pontiagudo.

Dany não saberia explicar por que a cidade necessitava de portão se não tinha muralhas... tampouco edifícios que ela conseguisse ver. Mas ali estava, imenso e belo, com os grandes cavalos enquadrando a distante montanha púrpura atrás deles. Os garanhões de bronze atiravam longas sombras sobre a grama ondulante quando Khal Drogo fez o *khalasar* passar sob seus cascos e avançar ao longo do caminho dos deuses, ladeado por seus companheiros de sangue.

Dany seguia-os montada em sua prata, escoltada por Sor Jorah Mormont e o irmão Viserys, de novo a cavalo. Depois do dia em que o abandonara, naquele mar de plantas, para que regressasse a pé ao *khalasar*, os dothrakis tinham passado a chamá-lo, entre risos, *Khal Rhae Mhar*, o Rei dos Pés Feridos. Khal Drogo oferecera-lhe um lugar numa carroça no dia seguinte, e Viserys aceitara. Em sua teimosa ignorância, não compreendera que zombavam dele: as carroças destinavam-se a eunucos, aleijados, mulheres prestes a dar à luz, os muito jovens e os muito velhos. Assim, ganhou mais um nome: *Khal Rhaggat*, o Rei Carroça. O irmão de Dany pensara que o gesto era a maneira de o *khal* se desculpar pelo mal que a irmã lhe fizera. Ela pedira a Sor Jorah que não lhe contasse a verdade, para que não se sentisse envergonhado. O cavaleiro respondeu que um pouco de vergonha não faria mal nenhum ao rei... mas acabou fazendo o que ela pediu. Foram necessárias muitas súplicas, e todos os truques de cama que Doreah lhe ensinara, para que Dany conseguisse fazer com que Drogo aceitasse que Viserys voltasse a se juntar à cabeça da coluna.

– Onde está a cidade? – perguntou ao passarem sob o arco de bronze.

Não havia edifícios à vista, nem pessoas, viam-se apenas o campo e a estrada, delimitada por fileiras de antigos monumentos provenientes de todas as terras que os dothrakis tinham saqueado ao longo dos séculos.

– Lá à frente – respondeu Sor Jorah. – No sopé da montanha.

Para lá do portão dos cavalos, deuses pilhados e heróis roubados erguiam-se de ambos os lados da coluna. Divindades esquecidas de cidades mortas ameaçavam o céu com seus relâmpagos quebrados quando Dany passou com sua prata a seus pés. Reis de pedra olhavam-na do alto de seus tronos, com os rostos lascados e manchados, e até os nomes perdidos na névoa do tempo. Donzelas ágeis e jovens dançavam em pedestais de mármore, vestidas apenas de flores, ou despejavam ar de jarras estilhaçadas. Monstros erguiam-se no campo junto à estrada; dragões negros de ferro com joias no lugar dos olhos, grifos rugidores, manticoras com suas caudas de espinhos prontas para atacar e outras bestas de que não conhecia o nome. Algumas das estátuas eram tão belas que lhe roubavam a respiração; outras, tão disformes e horríveis que Dany quase não suportava olhá-las. Estas últimas, disse Sor Jorah, tinham provavelmente vindo das Terras das Sombras para lá de Asshai.

– São tantas – ela disse, enquanto sua prata avançava lentamente –, e de tantas terras.

Viserys estava menos impressionado.

– O lixo de cidades mortas – disse com desprezo, e tomando cuidado de falar no Idioma Comum, que poucos dothrakis compreendiam, mas, mesmo assim, Dany deu por si olhando de relance os homens do seu *khal* para se assegurar de que não o tinham ouvido. Ele prosseguiu em tom jovial: – Tudo que esses selvagens sabem fazer é roubar as coisas que homens melhores construíram... e matar – soltou uma gargalhada. – Eles sabem *mesmo* como matar. De outro modo não teriam utilidade alguma para mim.

– Eles agora são o meu povo – disse Dany. – Não devia chamá-los de selvagens, irmão.

– O dragão fala como lhe apetece – disse Viserys... no Idioma Comum. Deu uma olhadela por cima do ombro a Aggo e Rakharo, que seguiam atrás deles, e concedeu-lhes um sorriso gozador. – Como veem, aos selvagens falta a esperteza para compreender o discurso dos homens civilizados – um monólito de pedra desgastada pelo musgo, com quinze metros de altura, erguia-se sobre a estrada. Viserys olhou-o com tédio. – Quanto tempo teremos de nos arrastar por entre essas ruínas antes que Drogo me dê o meu exército? Estou ficando farto de esperar.

– A princesa tem de ser apresentada ao *dosh khaleen*...

– Às feiticeiras, pois – interrompeu o irmão –, e vai haver uma pantomima qualquer de profecias por causa do cachorrinho que ela tem na barriga, já sei. Que tenho eu com isso? Estou farto de comer carne de cavalo, e o fedor desses selvagens me deixa doente – cheirou a larga manga pendente de sua túnica, onde tinha por hábito colocar um sachê. Não ajudou grande coisa. A túnica estava nojenta. Todas as sedas e pesadas lãs que Viserys tinha trazido de Pentos estavam manchadas pela dura viagem e apodrecidas pelo suor.

Sor Jorah Mormont disse:

– O Mercado Ocidental terá alimentos mais do seu agrado, Vossa Graça. Os mercadores das Cidades Livres vão até lá vender seus produtos. A seu tempo, o *khal* honrará sua promessa.

– É melhor que o faça – disse Viserys em tom sombrio. – Foi-me prometida uma coroa, e pretendo possuí-la. Ninguém escarnece do dragão – ao ver a obscena imagem de uma mulher com seis seios e cabeça de furão, afastou-se para inspecioná-la mais de perto.

Dany sentiu-se aliviada, mas não menos ansiosa.

– Rezo para que o meu sol-e-estrelas não o deixe à espera por muito tempo – disse a Sor Jorah quando o irmão se afastou o suficiente para não ouvi-la.

O cavaleiro olhou com dúvida para Viserys.

– Seu irmão deveria ter esperado em Pentos. Não há lugar para ele num *khalasar*. Illyrio tentou preveni-lo.

– Ele partirá assim que tiver seus dez mil homens. O senhor meu esposo prometeu uma coroa dourada.

Sor Jorah soltou um grunhido.

– Sim, *Khaleesi*, mas... os dothrakis olham para essas coisas de forma diferente de nós, ocidentais. Já lhe disse isso, tal como Illyrio, mas seu irmão não escuta. Os senhores dos cavalos não são mercadores. Viserys pensa que a vendeu, e agora quer receber seu pagamento. Mas Khal Drogo diria que a obteve de presente. Sim, dará em troca um presente a Viserys... no momento que escolher. Não se *exige* um presente, em especial a um *khal*. Não se exige nada de um *khal*.

– Não está certo fazê-lo esperar – Dany não sabia por que estava defendendo o irmão, mas estava. – Viserys diz que poderia varrer os Sete Reinos com dez mil guerreiros dothrakis.

Sor Jorah resfolegou.

– Viserys nem conseguiria varrer um estábulo com dez mil vassouras.

Dany não podia fingir surpresa com o desdém na voz do cavaleiro.

– E se... e se não fosse Viserys? – perguntou. – Se fosse outra pessoa a liderá-los? Alguém mais forte? Poderiam realmente os dothrakis conquistar os Sete Reinos?

O rosto de Sor Jorah tomou uma expressão pensativa enquanto seus cavalos avançavam juntos pelo caminho dos deuses.

– Nos meus primeiros anos de exílio, olhava para os dothrakis e via bárbaros seminus, tão selvagens como seus cavalos. Se me tivesse feito essa pergunta naquela época, princesa, eu teria dito que mil bons cavaleiros não teriam dificuldade em pôr em debandada cem vezes mais dothrakis.

– Mas e agora?

– Agora – disse o cavaleiro – estou menos seguro. Eles montam a cavalo melhor que qualquer cavaleiro, são completamente destemidos, e seus arcos têm maior alcance que os nossos. Nos Sete Reinos, a maior parte dos arqueiros guerreia a pé, protegida por uma muralha ou por uma barricada de pedaços de madeira aguçados. Os dothrakis disparam do dorso dos cavalos, avançando ou em retirada, não importa, são tão mortíferos de uma forma como de outra... e há *tantos*, senhora. Só o senhor seu esposo conta com quarenta mil guerreiros montados em seu *khalasar*.

– É realmente tanto assim?

– Seu irmão Rhaegar levou esse número de homens para o Tridente – admitiu Sor Jorah –, mas os cavaleiros não eram mais que um décimo. O resto eram arqueiros, cavaleiros livres e soldados desmontados, armados de lanças e piques. Quando Rhaegar caiu, muitos deixaram as armas e fugiram do campo de batalha. Quanto tempo pensa que uma tal gentalha aguentaria contra o ataque de quarenta mil guerreiros, uivando com sede de sangue? Quão bem os protegeriam seus coletes de couro fervido e as cotas de malha quando as flechas caíssem como chuva?

– Não muito tempo – ela respondeu –, e mal.

Ele confirmou com a cabeça.

– Mas note, princesa, que, se os senhores dos Sete Reinos tiverem a esperteza que os deuses concederam a um ganso, nunca se chegará a esse ponto. Os cavaleiros do mar de plantas não apreciam as artes do cerco. Duvido que conseguissem tomar até mesmo o mais fraco dos castelos dos Sete Reinos. Mas se Robert Baratheon fosse suficientemente tolo para lhes dar batalha...

– E é? – perguntou Dany. – Um tolo?

Sor Jorah ponderou por um momento.

– Robert deveria ter nascido dothraki – disse por fim. – Seu *khal* diria que só um covarde se esconde atrás de muralhas de pedra em vez de enfrentar o inimigo de espada na mão. O Usurpador concordaria. É um homem forte, bravo... e suficientemente imprudente para defrontar uma horda dothraki em campo aberto. Mas os homens em volta dele, bem, os seus flautistas tocam outra melodia. O irmão Stannis, Lorde Tywin Lannister, Eddard Stark... – cuspiu.

– O senhor odeia esse Lorde Stark – disse Dany.

– Roubou-me tudo que amava por causa de uns quantos caçadores furtivos piolhentos e de sua preciosa honra – disse Sor Jorah em tom amargo. Ela compreendeu que a perda ainda lhe doía. O cavaleiro mudou rapidamente de tema. – Ali está – anunciou, apontando. – Vaes Dothrak. A cidade dos senhores dos cavalos.

Khal Drogo e seus companheiros de sangue levaram-nos através do grande bazar e do Mercado Ocidental, e pelas largas ruas em frente. Dany os seguia de perto em sua prata, observando a estranheza que a rodeava. Vaes Dothrak era ao mesmo tempo a maior e a menor cidade que já vira. Calculou que devia ser dez vezes maior que Pentos, uma vastidão sem muralhas nem limites, com largas ruas varridas pelo vento, pavimentadas de capim e lama e atapetadas de flores silvestres. Nas Cidades Livres do Oeste, as torres, as mansões, os casebres, as pontes e as lojas amontoavam-se umas em cima das outras, mas Vaes Dothrak espalhava-se langorosamente, tostando ao calor do sol, antiga, arrogante e vazia.

Até os edifícios eram muito estranhos aos seus olhos. Viu pavilhões de pedra talhada, mansões de capim entrelaçado tão grandes como castelos, vacilantes torres de madeira, pirâmides de degraus revestidas de mármore, longos salões abertos ao céu. Em lugar de muros, alguns locais estavam rodeados por sebes espinhosas.

– Nenhum deles é parecido com outro – disse.

– Em parte, seu irmão disse a verdade – admitiu Sor Jorah. – Os dothrakis não constroem. Há mil anos, quando queriam fazer uma casa, escavavam um buraco na terra e cobriam-no com um teto de capim entrelaçado. Esses edifícios foram construídos por escravos trazidos das terras que saquearam, e cada um foi erguido segundo o estilo do respectivo povo.

A maioria das casas, até as maiores, parecia deserta.

– Onde estão as pessoas que vivem aqui? – Dany perguntou. O bazar estava cheio de crianças correndo e homens gritando, mas fora dele vira apenas alguns eunucos tratando de seus assuntos.

– Só as feiticeiras do *dosh khaleen* vivem permanentemente na cidade sagrada, elas e seus escravos e criados – respondeu Sor Jorah –, mas Vaes Dothrak é suficientemente grande para alojar todos os homens de todos os *khalasares*, caso todos os *khals* decidam regressar ao mesmo tempo à Mãe. As feiticeiras profetizaram que um dia isso aconteceria e, portanto, Vaes Dothrak deve estar pronta para acolher todos os seus filhos.

Khal Drogo finalmente parou perto do Mercado Oriental, onde as caravanas vindas de Yi Ti, Asshai e das Terras das Sombras vinham fazer negócio com a Mãe das Montanhas erguida sobre suas cabeças. Dany sorriu ao recordar a jovem escrava de Magíster Illyrio e sua conversa sobre um palácio com duzentos quartos e portas de prata maciça. O "palácio" era um cavernoso salão de festas feito de madeira, cujas paredes rudemente talhadas se elevavam a mais de dez metros de altura, com um teto de seda cosida, uma vasta tenda ondulada que podia ser montada para afastar as raras chuvas, ou desmontada para acolher o céu sem fim. Em volta do salão havia grandes pátios para cavalos, cheios de capim, delimitados por sebes altas, buracos para fogueira e centenas de redondas casas de terra que se projetavam do chão como colinas em miniatura, cobertas de hera.

Um pequeno exército de escravos adiantara-se à coluna para realizar os preparativos para a chegada de Khal Drogo. Cada guerreiro que saltasse da sela tirava do cinto o *arakh* e o entregava a um escravo que se encontrava à espera, fazendo o mesmo com as demais armas que transportava. Nem o próprio Khal Drogo estava isento daquela obrigação. Sor Jorah explicara que em Vaes Dothrak era proibido transportar uma lâmina ou derramar o sangue de um homem livre. Até *khalasares* em guerra punham de lado suas divergências e partilhavam a comida e a bebida à vista da Mãe das Montanhas. Naquele lugar, segundo o que as feiticeiras do *dosh khaleen* tinham decretado, todos os dothrakis eram um só sangue, um só *khalasar*, uma só manada.

Cohollo aproximou-se de Dany quando Irri e Jhiqui a ajudavam a descer de sua prata. Era o mais velho dos três companheiros de sangue de Drogo, um homem atarracado e calvo, com um nariz torcido e a boca cheia de dentes partidos, estilhaçados por uma clava vinte anos antes, quando salvara o jovem *khalakka* de mercenários que esperavam vendê-lo aos inimigos do pai. Sua vida ficara ligada à de Drogo no dia em que o senhor esposo de Dany nascera.

Todos os *khals* tinham os seus companheiros de sangue. A princípio Dany os via como uma espécie de Guarda Real Dothraki, sob o juramento de proteger seu senhor, mas eram mais que isso. Jhiqui ensinara-lhe que o companheiro de sangue era mais que um guarda; eram os irmãos do *khal*, suas sombras, os mais ferozes de seus amigos. "Sangue do meu sangue", era como Drogo lhes chamava, e assim era; partilhavam uma só vida. As antigas tradições dos senhores dos cavalos exigiam que quando o *khal* morresse seus companheiros de sangue morressem com ele, para cavalgar a seu lado nas terras da noite. Se o *khal* morresse pelas mãos de algum inimigo, viveriam apenas o suficiente para vingá-lo, e então o seguiriam alegremente para a sepultura. Jhiqui dizia que, em alguns *khalasares*, os companheiros de sangue partilhavam o vinho do *khal*, sua tenda e até suas esposas, embora nunca os seus cavalos. A montaria de um homem era apenas sua.

Daenerys sentia-se feliz por Khal Drogo não aderir a esses costumes antigos. Não teria gostado de ser partilhada. E embora o velho Cohollo a tratasse com bastante gentileza, os outros a assustavam; Haggo, enorme e silencioso, fitava-a com frequência com um ar ameaçador, como se tivesse se esquecido de quem ela era, e Qotho tinha olhos cruéis e mãos rápidas que gostavam de machucar. Deixava manchas negras na macia pele branca de Doreah sempre que a tocava, e por vezes deixava Irri soluçando à noite. Até seus cavalos pareciam temê-lo.

No entanto, estavam ligados a Drogo para a vida e para a morte, e Daenerys não tinha alternativa senão aceitá-los. E por vezes dava por si desejando que o pai tivesse sido protegido por homens assim. Nas canções, os cavaleiros brancos da Guarda Real eram sempre nobres, valentes e leais, mas o Rei Aerys tinha sido assassinado por um deles, o rapaz bonito a quem chamavam agora Regicida, e um segundo, Sor Barristan, o Ousado, passara para o lado do Usurpador. Gostaria de saber se nos Sete Reinos todos os homens eram assim tão falsos. Quando seu filho ocupasse o Trono de Ferro, iria assegurar-se de que teria seus próprios companheiros de sangue, a fim de protegê-lo contra a traição na Guarda Real.

– *Khaleesi* – disse-lhe Cohollo, em dothraki. – Drogo, sangue do meu sangue, ordena-me que lhe diga que ele tem de subir esta noite a Mãe das Montanhas, a fim de sacrificar aos deuses por seu regresso em segurança.

Dany sabia que só se permitia aos homens pôr o pé na Mãe. Os companheiros de sangue do *khal* iriam com ele, e regressariam na alvorada.

– Diz ao meu sol-e-estrelas que sonho com ele e espero ansiosa seu regresso – ela respondeu, agradecida. Dany ia se cansando mais facilmente à medida que a criança crescia dentro de si; a verdade era que uma noite de descanso seria muito bem-vinda. A gravidez só parecia ter inflamado o desejo de Drogo por ela, e nos últimos tempos seus abraços a deixavam exausta.

Doreah a levou para a colina oca que tinha sido preparada para ela e para o *khal*. Lá dentro fazia frio e estava escuro, como numa tenda feita de terra.

– Jhiqui, um banho, por favor – ordenou, para lavar da pele a poeira da viagem e encharcar os ossos cansados. Era agradável saber que ficariam ali por algum tempo, que não precisaria montar sua prata quando a manhã chegasse.

A água escaldava, tal como ela gostava.

– Darei esta noite os presentes ao meu irmão – decidiu, enquanto Jhiqui lhe lavava os cabelos. – Ele deve parecer um rei na cidade sagrada. Doreah, corra à sua procura e o convide para jantar comigo – Viserys era mais simpático com a lysena do que com suas aias dothrakis, talvez porque Magíster Illyrio o deixara dormir com ela em Pentos. – Irri, vá ao bazar e compre frutas e carne. Qualquer coisa, menos carne de cavalo.

– Cavalo é melhor – Irri retrucou. – Cavalo torna um homem mais forte.

– Viserys detesta carne de cavalo.

– Como quiser, *khaleesi*.

Regressou com um pernil de carneiro e um cesto de frutas e legumes. Jhiqui assou a carne com ervamel e vagem-de-fogo, untando-a com mel enquanto assava; e havia melões, romãs e ameixas, e uma estranha fruta oriental que Dany não conhecia. Enquanto as aias preparavam a refeição, Dany desempacotou a roupa que tinha mandado fazer sob medida para o irmão: uma túnica e calções de fresco linho branco, sandálias de couro atadas no joelho, um cinto com medalhão de bronze, um colete de couro pintado com dragões que exalavam fogo. Esperava que os dothrakis o respeitassem mais caso se parecesse menos com um pedinte, e talvez a perdoasse por tê-lo envergonhado naquele dia no campo. Afinal de contas, ainda era o seu rei e seu irmão. Eram ambos sangue do dragão.

Estava preparando o último dos presentes, um manto de sedareia, verde como a mata, com um debrum cinza-claro que realçaria o prateado de seus cabelos, quando Viserys chegou, arrastando Doreah pelo braço. O olho da mulher estava vermelho onde ele lhe batera.

– Como se *atreve* a enviar esta prostituta para me dar ordens? – disse e atirou rudemente a aia ao tapete.

A ira apanhou Dany completamente de surpresa.

– Só quis… Doreah, o que você lhe disse?

– *Khaleesi*, mil desculpas, perdoe-me. Fui falar com ele, como me pediu, e lhe disse que a senhora mandou que se juntasse a ela para o jantar.

– Ninguém manda no dragão – rosnou Viserys. – *Eu sou o seu rei!* Devia ter lhe devolvido a cabeça dela!

A jovem lysena vacilou, mas Dany a acalmou com um toque.

– Não tenha medo, ele não te fará mal. Querido irmão, por favor, perdoe, a moça se confundiu nas palavras, eu lhe disse que *pedisse* a você que se juntasse a mim para o jantar, se isso fosse do agrado de Vossa Graça – pegou-o pela mão e o fez atravessar o

quarto. – Olhe. Isto é para você – Viserys franziu as sobrancelhas, cheio de suspeita.

– Que é tudo isso?

– Roupas novas. Mandei fazer para você – Dany sorriu timidamente. Ele a olhou e escarneceu.

– Trapos dothrakis. Agora se atreve a me vestir?

– Por favor... Ficará mais fresco e confortável, e pensei...
talvez, que, se se vestisse como eles, os dothrakis... – Dany não
sabia como dizer o que pretendia sem acordar o dragão.

– Daqui a pouco, vai querer entrançar meus cabelos.

– Eu nunca... – por que ele era sempre tão cruel? Ela só queria ajudar. – Não tem direito a uma trança, ainda não obteve nenhuma vitória.

Foi a coisa errada a dizer. A fúria brilhou nos olhos lilases
do irmão, mas ele não se atreveu a bater nela com as criadas observando e os guerreiros do seu *khas* à porta. Viserys apanhou o
manto e o cheirou.

– Isto fede a estrume. Talvez o use como coberta para o cavalo.

– Mandei que Doreah o cosesse especialmente para você –
ela disse, ferida. – São roupas dignas de um *khal*.

– Eu sou o Senhor dos Sete Reinos, não um selvagem manchado pelo mato e com campainhas no cabelo – Viserys gritou e
agarrou o braço da irmã. – Esquece-se de quem você é, sua puta.
Acha que aquele barrigudo te protegerá se acordar o dragão?

Os dedos dele enterraram-se dolorosamente em seu braço, e
por um instante Dany sentiu-se de novo criança, vacilando perante sua raiva. Estendeu a outra mão e agarrou a primeira coisa
que tocou, o cinto que esperara lhe oferecer, uma pesada corrente de medalhões ornamentados de bronze. Brandiu-o com toda
a sua força.

Atingiu-o em cheio no rosto. Viserys a largou. Sangue escorreu
de sua bochecha, onde a saliência de um dos medalhões a cortou.

– É você quem se esquece de quem é – ela disse. – Não aprendeu *nada* naquele dia no campo? Saia daqui imediatamente, antes que eu chame meu *khas* para te arrastar para a rua. E reze para que Khal Drogo não ouça falar disto, porque, se ouvir, lhe abrirá a barriga e lhe dará para comer suas próprias entranhas.

Viserys pôs-se em pé atabalhoadamente.

– Quando ganhar o meu reino, lamentará este dia, puta – e saiu, apoiando o rosto ferido, deixando os presentes para trás.

Gotas de seu sangue tinham borrifado o belo manto de sedareia. Dany encostou o suave tecido na face e sentou-se de pernas cruzadas sobre as esteiras de dormir.

– Seu jantar está pronto, *khaleesi* – Jhiqui anunciou.

– Não tenho fome – disse Dany com voz triste. Ficara subitamente muito cansada. – Divida a comida entre vocês, e envie alguma a Sor Jorah, por favor – após um momento, acrescentou: – Por favor, alguém me traga um dos ovos de dragão.

Irri foi buscar o ovo com a casca de um profundo tom verde, que mostrava salpicos de bronze entre as escamas quando o virava nas pequenas mãos. Dany enrolou-se de lado, puxando o manto de sedareia sobre o corpo e aninhando o ovo no espaço entre a barriga inchada e os pequenos e tenros seios. Gostava de pegá-los. Eram tão belos, e, por vezes, o simples fato de estar junto deles a fazia sentir-se mais forte, mais corajosa, como se de alguma forma retirasse força dos dragões de pedra encerrados lá dentro.

Estava ali deitada, agarrada ao ovo, quando sentiu o bebê mover-se na barriga... como se estivesse estendendo uma mão, irmão para irmão, sangue para sangue.

– Você é o dragão – segredou Dany para o filho –, o dragão *verdadeiro*. Eu sei. Eu sei – sorriu, e adormeceu sonhando com a terra natal.

Bran

Caía uma neve ligeira. Bran conseguia sentir os flocos derretendo em seu rosto quando tocavam sua pele como a mais leve das chuvas. Endireitou-se em cima do cavalo, observando a porta levadiça ser içada. Esforçou-se o máximo que pôde para permanecer calmo, o coração palpitava-lhe no peito.

– Estamos prontos? – Robb perguntou.

Bran acenou, tentando não mostrar o medo que sentia. Não estivera fora de Winterfell desde a queda, mas estava determinado a sair com tanto orgulho como qualquer cavaleiro.

– Então vamos – Robb encostou os calcanhares em seu grande castrado cinzento e branco, e o cavalo avançou trotando sob a porta levadiça.

– Vai – sussurrou Bran ao seu cavalo. Tocou-lhe levemente o pescoço e a pequena potra castanha avançou. Bran a chamara Dançarina. Tinha dois anos, e Joseth dizia que era mais inteligente do que um cavalo tinha direito de ser. Tinham lhe dado um treinamento especial para responder às rédeas, à voz e ao toque. Até aquele momento, Bran só a montara no pátio. A princípio, Joseth ou Hodor a puxavam com a mão, enquanto Bran se sentava em seu dorso amarrado à grande sela que o Duende tinha desenhado para ele, mas na última quinzena montara-a sozinho, fazendo-a trotar, às voltas, tornando-se mais ousado a cada circuito.

Passaram sob a porta levadiça, sobre a ponte levadiça e através das muralhas exteriores. Verão e Vento Cinzento vinham aos saltos ao lado deles, farejando o vento. Logo atrás vinha Theon Greyjoy, com seu arco e uma aljava cheia de flechas de ponta larga; segundo lhes dissera, tinha em mente abater um veado. Era seguido por quatro guardas revestidos de cota de malha na cabeça e no tronco, e por Joseth, um cavalariço magro como um espeto que Robb nomeara mestre dos cavalos enquanto Hullen estava longe. Meistre Luwin ocupava a retaguarda, montado num burro. Bran teria preferido que ele e Robb tivessem saído sozinhos, só os dois, mas Hal Mollen nem quisera ouvir falar da ideia, e Meistre Luwin o apoiara. Se Bran caísse do cavalo ou se ferisse, o meistre estava determinado a estar junto dele.

À porta do castelo ficava a praça do mercado, cujas barracas de madeira se encontravam agora desertas. Avançaram pelas ruas lamacentas da aldeia, passando por fileiras de pequenas casas bem-arranjadas feitas de troncos e pedra nua. Menos de uma em cinco estava ocupada, com finas linhas de fumaça enrolando-se sobre sua chaminé. As outras se encheriam, uma a uma, à medida que fosse ficando mais frio. Quando a neve caísse e os ventos gelados uivassem do norte, dizia a Velha Ama, os agricultores deixariam seus campos congelados e fortificações distantes, carregariam suas carroças e então a Vila de Inverno ganharia vida. Bran nunca o vira, mas Meistre Luwin dizia que esse dia se aproximava. O fim do longo verão estava próximo. *O inverno está chegando.*

Alguns aldeões seguiram ansiosamente com os olhos os lobos gigantes enquanto os cavaleiros passavam por eles, e um homem deixou cair a lenha que transportava, fugindo com medo, mas a maior parte das gentes da terra já se habituara àquela visão. Dobravam o joelho ao ver os rapazes, e Robb saudava cada um com um aceno senhorial.

Com as pernas incapazes de apertar, o movimento oscilante do cavalo a princípio fez com que Bran se sentisse instável, mas a enorme sela com seu grosso arção dianteiro e o elevado apoio nas costas o embalava confortavelmente, e as presilhas em torno do peito e das coxas não lhe permitiriam cair. Após algum tempo, o ritmo começou a parecer quase natural. A ansiedade desvaneceu-se e um sorriso trêmulo nasceu em seu rosto.

Duas criadas estavam paradas sob o letreiro do Tronco Fumegante, a cervejaria da aldeia. Quando Theon Greyjoy as chamou, a mais nova ficou toda vermelha e cobriu o rosto. Theon esporeou a montaria para se pôr ao lado de Robb.

– Doce Kyra – disse, com uma gargalhada. – Contorce-se como uma doninha na cama, mas basta dizer-lhe uma palavra na rua para ficar cor-de-rosa como uma donzela. Já te falei daquela noite em que ela e Bessa...

– Aqui, onde meu irmão pode ouvir, não, Theon – preveniu Robb, olhando para Bran de relance.

Bran afastou o olhar e fingiu não ter escutado, mas podia sentir os olhos de Greyjoy postos nele. Estaria sem dúvida sorrindo. Sorria muito, como se o mundo fosse uma piada secreta que só ele era suficientemente inteligente para compreender. Robb parecia admirar Theon e gostar de sua companhia, mas Bran nunca simpatizara com o protegido do pai.

Robb aproximou-se.

– Está indo bem, Bran.

– Quero ir mais depressa – ele respondeu.

Robb sorriu.

– Como quiser – pôs o castrado a trote. Os lobos correram atrás dele. Bran agitou bruscamente as rédeas e Dançarina acelerou o passo. Ouviu um grito de Theon Greyjoy e os cascos dos outros cavalos atrás dele.

O manto de Bran enfunou-se, ondulando ao vento, e a neve pareceu correr de encontro ao seu rosto. Robb estava bem adiantado, lançando relances ocasionais por sobre o ombro a fim de se assegurar de que Bran e os outros o seguiam. Bran voltou a sacudir as rédeas. Suave como seda, Dançarina pôs-se a galope. A distância diminuiu. Quando alcançou Robb no limiar da Mata de Lobos, a duas milhas da Vila de Inverno, tinham deixado os outros muito para trás.

– *Posso montar!* – gritou Bran, sorrindo. Era quase tão bom quanto voar.

– Eu faria uma corrida com você, mas temo que possa ganhar – o tom de Robb era ligeiro e brincalhão, mas Bran viu sob o sorriso do irmão que alguma coisa o perturbava.

– Não quero corridas – Bran olhou em volta à procura dos lobos gigantes. Tinham ambos desaparecido na floresta. – Ouviu Verão uivar ontem à noite?

– Vento Cinzento também estava inquieto – disse Robb. Tinha os cabelos ruivos espetados e despenteados, e uma barba avermelhada cobria-lhe o queixo, fazendo-o parecer ter mais que os seus quinze anos. – Às vezes penso que eles sabem coisas... que sentem coisas... – Robb suspirou. – Nunca sei bem quanto posso lhe dizer, Bran. Gostaria que fosse mais velho.

– Já tenho oito anos! – Bran retrucou. – Oito não é muito mais novo que quinze, e sou o herdeiro de Winterfell depois de você.

– É mesmo – Robb parecia triste, e até um pouco assustado. – Bran, preciso te contar uma coisa. Chegou uma ave ontem à noite. De Porto Real. Meistre Luwin me acordou.

Bran sentiu um temor súbito. *Asas escuras, palavras escuras*, dizia sempre a Velha Ama, e nos últimos tempos os corvos mensageiros provavam que o provérbio era verdadeiro. Quando Robb escrevera ao Senhor Comandante da Patrulha da Noite, a ave que regressou trouxe a notícia de que Tio Benjen continuava desaparecido. Depois chegara uma mensagem do Ninho da Águia, da mãe, mas também não trazia boas notícias. Ela não dizia quando pretendia regressar, apenas que tomara o Duende prisioneiro. Bran de certo modo simpatizara com o homenzinho, mas o nome Lannister punha-lhe dedos frios passeando pela espinha. Havia algo a respeito dos Lannister, algo de que se devia lembrar, mas quando tentava pensar no que, sentia-se tonto e o estômago ficava duro como pedra. Robb passara a maior parte daquele dia trancado com Meistre Luwin, Theon Greyjoy e Hallis Mollen. Depois, cavaleiros partiram em montarias rápidas, levando as ordens de Robb a todo o Norte. Bran ouviu falar de Fosso Cailin, a antiga fortaleza que os Primeiros Homens tinham construído no topo do Gargalo. Ninguém chegara a lhe dizer o que se passava, mas sabia que boa coisa não era.

E agora outro corvo, outra mensagem. Bran agarrou-se à esperança.

– Era a ave da mãe? Ela vai voltar para casa?

– A mensagem é de Alyn, em Porto Real. Jory Cassel está morto. E Wyl e Heward também. Assassinados pelo Regicida – Robb levantou o rosto para a neve, e os flocos derreteram em suas bochechas. – Que os deuses lhes deem descanso.

Bran não soube o que dizer. Sentia-se como se tivesse levado um murro. Jory era capitão da guarda doméstica de Winterfell desde antes de Bran nascer.

– Mataram Jory? – lembrou-se de todas as vezes em que Jory o perseguira pelos telhados. Via-o caminhando pelo pátio, em passos largos, vestido de cota de malha e armadura, ou sentado no seu lugar de costume no banco do Grande Salão, gracejando enquanto comia. – Por que haveria alguém de matar Jory?

Robb balançou a cabeça com um ar entorpecido e uma evidente dor nos olhos.

– Não sei, e... Bran, isso não é o pior. Nosso pai ficou preso debaixo de um cavalo que caiu na luta. Alyn diz que ele ficou com a perna destroçada e... Meistre Pycelle deu-lhe o leite de papoula, mas não têm certeza de quando é que... quando é que ele... – o som de cascos o fez deitar um relance pela estrada, por onde Theon e os outros se aproximavam. – Quando é que ele vai acordar – concluiu. Pousou então a mão no punho da espada e prosseguiu na voz solene de Robb, o Senhor. – Bran, prometo-lhe, aconteça o que acontecer, não deixarei que isso seja esquecido.

Algo no seu tom fez com que Bran ficasse com mais medo ainda.

– Que vai fazer? – o garoto perguntou, enquanto Theon Greyjoy refreava seu cavalo ao lado deles.

– Theon pensa que devo chamar os vassalos – disse Robb.

– Sangue por sangue – pela primeira vez Greyjoy não sorria. O rosto magro e sombrio tomara um aspecto faminto, e cabelos negros caíram-lhe sobre os olhos.

– Só o senhor pode chamar os vassalos – Bran disse enquanto a neve caía lentamente ao redor do grupo.

– Se o senhor seu pai morrer – disse Theon –, Robb será o Senhor de Winterfell.

– Ele *não* morrerá! – Bran gritou.

Robb tomou-lhe a mão.

– Ele não morrerá, nosso pai não morrerá – ele disse calmamente. – Mesmo assim... a honra do Norte agora está em minhas mãos. Quando o senhor nosso pai se afastou de nós, disse-me para ser forte por você e por Rickon. Sou quase um homem-feito, Bran.

Bran estremeceu.

– Gostaria que nossa mãe retornasse – disse, com ar infeliz. Olhou em volta à procura de Meistre Luwin; via-se o seu burro muito ao longe, trotando sobre uma colina. – Meistre Luwin também diz para chamar os vassalos?

– O meistre é medroso como uma velha – Theon interveio.

– Nosso pai sempre escutou seus conselhos – recordou Bran ao irmão. – E a mãe também.

– Eu o escuto – insistiu Robb. – Eu escuto todo mundo.

A alegria que Bran sentira com a cavalgada tinha desaparecido, derretida como os flocos de neve em seu rosto. Não muito tempo antes, a ideia de Robb chamar os vassalos e partir para a guerra o teria enchido de excitação, mas agora sentia apenas terror.

– Podemos retornar? – perguntou. – Sinto frio.

Robb olhou em volta.

– Temos de encontrar os lobos. Pode continuar um pouco mais?

– Posso continuar tanto quanto você. – Meistre Luwin avisara-o de que devia montar durante pouco tempo, temendo as assaduras provocadas pela sela, mas Bran não admitiria sua fraqueza perante o irmão. Estava farto do modo como todos andavam sempre à sua volta, perguntando como se sentia.

– Vamos então à caça dos caçadores – disse Robb. Lado a lado, incitaram as montarias a sair da Estrada do Rei e entrar na Mata de Lobos. Theon deixou-se ficar para trás e os seguiu muito depois, conversando e gracejando com os guardas.

Estava agradável sob as árvores. Bran manteve Dançarina trotando devagar, segurando as rédeas e olhando em volta enquanto avançavam. Conhecia aquela floresta, mas tinha estado tanto tempo confinado em Winterfell que era como se a visse pela primeira vez. Os cheiros enchiam-lhe as narinas; o aroma forte, penetrante e fresco das agulhas de pinheiro, o odor de folhas úmidas apodrecendo na terra, os vestígios do cheiro de almíscar e dos fogos das cozinhas distantes. Viu de relance um esquilo negro que se movia entre os galhos cobertos de neve de um carvalho e parou para estudar a teia prateada de uma aranha imperatriz.

Theon e os outros ficaram cada vez mais para trás, até que Bran deixou de conseguir ouvir suas vozes. De longe, chegou-lhe o tênue som de águas correntes. Foi ficando mais alto até chegarem ao córrego. Lágrimas brotaram em seus olhos.

– Bran? – perguntou Robb. – O que aconteceu?

Bran balançou a cabeça.

– Estava só me lembrando – disse ele. – Jory nos trouxe uma vez aqui para pescar trutas. Você, eu e Jon. Lembra?

– Lembro – disse Robb, com a voz baixa e triste.

– Eu não apanhei nada – disse Bran –, mas Jon me deu o peixe dele no caminho de volta a Winterfell. Vamos voltar a ver Jon?

– Vimos Tio Benjen quando o rei esteve aqui – salientou Robb. – Jon também nos visitará, você vai ver.

O córrego corria cheio e rápido. Robb desmontou e levou seu castrado para atravessar o lado mais raso. Na parte mais profunda da travessia, a água chegava-lhe até o meio das coxas. Amarrou o cavalo a uma árvore do outro lado e voltou para buscar Bran e Dançarina. A corrente espumava em torno das rochas e das pernas, e Bran conseguia sentir os salpicos no rosto enquanto Robb o levava pelo riacho. Isso o fez sorrir. Por um momento voltou a sentir-se forte e inteiro. Olhou para as árvores e sonhou subir até suas copas, com toda a floresta estendida abaixo.

Tinham já chegado ao outro lado do córrego quando ouviram o uivo, um longo lamento que se erguia por entre as árvores como um vento frio. Bran ergueu a cabeça para escutar.

– Verão – disse. E assim que falou, uma segunda voz juntou-se à primeira.

– Mataram qualquer coisa – disse Robb enquanto voltava a montar. – É melhor que eu vá buscá-los. Espere aqui, Theon e os outros devem estar chegando.

– Quero ir com você – disse Bran.

– Eu os encontro mais depressa sozinho – Robb esporeou seu castrado e desapareceu por entre as árvores.

Depois de o irmão partir, as árvores pareceram apertar-se ao redor de Bran. Agora a neve caía com mais força. Onde tocava o solo, derretia, mas, por todo lado, pedras, raízes e galhos estavam cobertos por um fino manto branco. Enquanto esperava, estava consciente de como se sentia desconfortável. Não sentia as pernas, que pendiam, inúteis, nos estribos, mas a presilha que lhe rodeava o peito estava apertada e provocava-lhe escoriações, e a neve que derretia tinha-se infiltrado nas luvas e gelava-lhe as mãos. Perguntou-se por que Theon, Meistre Luwin, Joseth e os outros demoravam.

Quando ouviu o restolhar de folhas, Bran usou as rédeas para fazer Dançarina virar-se, esperando ver os amigos, mas os homens esfarrapados que saíram para a margem do córrego eram-lhe estranhos.

– Bons dias para os senhores – disse ele nervosamente. Bastou uma olhadela para Bran compreender que os homens não eram lenhadores nem agricultores. De repente, se deu conta da riqueza das roupas que envergava. Tinha uma capa nova, de lã cinza-escura com botões de prata, e um pesado alfinete de prata prendia aos ombros o manto forrado de peles. As botas e as luvas também eram forradas de peles.

– Então tá sozinho, hã? – disse o maior dos homens, um careca de semblante rude, com a pele queimada pelo vento. – Perdido na Mata de Lobos, pobre garoto.

– Não estou perdido – Bran não gostava da maneira como os estranhos o olhavam. Contou quatro, mas, quando virou a cabeça, viu outros dois atrás dele. – Meu irmão se afastou por um momento e minha guarda estará aqui em breve.

– Sua guarda, hã? – disse um segundo homem. Uma barba cinzenta cobria seu rosto magro. – E que é que ela guarda, senhorzinho? Isso que vejo em seu manto é um alfinete de prata?

– Bonito – disse uma voz de mulher. Pouco se parecia com uma mulher; era alta e esguia, com a mesma expressão dura dos outros, e tinha os cabelos escondidos por baixo de um meio elmo em forma de tigela. A lança que segurava era feita de dois metros e meio de carvalho negro, com uma ponta de aço enferrujado.

– Vamos lá ver – disse o grande homem careca.

Bran observou-o ansiosamente. A roupa do homem estava imunda, quase desfeita em pedaços, remendada aqui de marrom, ali de azul e acolá de verde-escuro, e desbotada por todo lado até ficar cinzenta, mas antes talvez aquele manto tivesse sido negro. Percebeu, com um súbito sobressalto, que o homem atarracado e grisalho também usava farrapos negros. De repente, Bran lembrou-se do desertor que seu pai decapitara no dia em que tinham encontrado os filhotes de lobo; esse homem também usava negro, e seu pai dissera que era um desertor da Patrulha da Noite. *Ninguém pode ser mais perigoso*, lembrou-se de ter ouvido Lorde Eddard dizer. *O desertor sabe que sua vida está perdida se for capturado, e por isso não vacilará perante nenhum crime, por mais vil ou cruel que seja.*

– O alfinete, garoto – disse o homem grande. E estendeu a mão.

– Vamos ficar com o cavalo também – disse uma mulher menor que Robb, com um rosto largo e achatado e cabelos lisos e amarelos. – Desce, e depressa – uma faca, de gume irregular como uma serra, deslizou-lhe para a mão de dentro da manga.

– Não – proferiu Bran. – Eu não posso...

O homem grande agarrou-lhe as rédeas antes que Bran pudesse pensar em fazer Dançarina rodopiar e galopar para longe.

– Pode sim, senhorzinho... e é o que vai fazer, se souber o que é bom para você.

– Stiv, olha como ele está atado – a mulher alta apontou com a lança. – Isso que ele diz pode ser verdade.

– Com que, hã? Presilhas? – disse Stiv. Tirou um punhal de uma bainha que trazia ao cinto. – Há maneiras de lidar com presilhas.

– Você é alguma espécie de aleijado? – perguntou a mulher baixa.

Bran inflamou-se.

– Sou Brandon Stark de Winterfell, e é melhor que largue meu cavalo, ou farei com que sejam todos mortos.

O homem magro de barba cinzenta riu.

– O garoto é um Stark, não há dúvida. Só um Stark seria suficientemente tolo para fazer ameaças onde homens mais inteligentes suplicariam.

– Corte-lhe o pintinho e o enfie na boca – sugeriu a mulher baixa. – Isso deve calá-lo.

– É tão estúpida quanto feia, Hali – disse a mulher alta. – O garoto não serve para nada morto; agora, vivo... malditos sejam os deuses, pensem no que o Mance daria para ter como refém o próprio sangue de Benjen Stark!

– Que o Mance se dane – praguejou o homem grande. – Quer voltar para lá, Osha? Mais tola é você. Acha que os caminhantes brancos se importam se há um refém? – virou-se para Bran e golpeou a presilha que lhe envolvia a coxa. O couro rompeu-se com um suspiro.

O golpe foi rápido e descuidado, cortando profundamente. Olhando para baixo, Bran viu de relance a pele clara onde a lã dos calções se rompera. Então, o sangue começou a fluir. Observou a mancha vermelha se espalhando, sentindo-se tonto, curiosamente distante; não tinha havido dor, nem mesmo uma ligeira sensação. O homem grande grunhiu surpreso.

– Deponham as armas agora e lhes prometo uma morte rápida e indolor – gritou Robb.

Bran ergueu os olhos com uma esperança desesperada, e ali estava ele. A força das palavras era diminuída pela maneira como a voz soava quebrada de tensão. Estava montado, com a carcaça sangrenta de um alce depositada sobre a garupa do cavalo, e com a espada na mão enluvada.

– O irmão – disse o homem da barba cinzenta.

– É um tipo feroz, ah, se é – troçou a mulher baixa, aquela a quem chamavam Hali. – Pretende lutar com a gente, rapaz?

– Não seja tonto, jovem. É um contra seis – a mulher alta, Osha, baixou a lança. – Salte do cavalo e jogue a espada ao chão. Agradeceremos educadamente pela montaria e pelo veado, e você e seu irmão podem seguir caminho.

Robb assobiou. Ouviram o tênue som de patas suaves sobre folhas úmidas. A vegetação rasteira abriu-se, galhos baixos deixaram cair sua neve acumulada, e Vento Cinzento e Verão emergiram do verde. Verão farejou o ar e rosnou.

– Lobos – arfou Hali.

– Lobos gigantes – disse Bran. Ainda com metade do tamanho de adultos, eram tão grandes como qualquer lobo que já tivesse visto, mas era fácil detectar as diferenças, caso se soubesse em que reparar. Meistre Luwin e Farlen, o mestre dos canis, lhe tinham ensinado. Um lobo gigante tinha a cabeça maior e as patas mais compridas em proporção com o corpo, e o focinho era marcadamente mais estreito e pronunciado. Havia algo neles de lúgubre e terrível, ali parados por entre a neve que caía lentamente. Sangue fresco pintalgava o focinho de Vento Cinzento.

– Cães – disse o homem grande e careca com desprezo. – E houve quem me dissesse que não há nada como um manto de pele de lobo para aquecer um homem à noite – fez um gesto brusco. – Apanhem-nos.

Robb gritou "*Winterfell!*" e esporeou o cavalo. O castrado mergulhou pela margem do córrego ao mesmo tempo que os homens esfarrapados se aproximavam. Um homem com um machado correu contra ele, gritando e sem prudência. A espada de Robb o apanhou em cheio no rosto com um nauseante *crunch* e um borrifo de sangue brilhante. O homem de rosto magro e barba cinzenta estendeu a mão para agarrar as rédeas, e conseguiu, durante meio segundo... mas então Vento Cinzento saltou sobre ele, desequilibrando-o. Caiu de costas no córrego com um *chap* e um grito, brandindo loucamente a faca quando a cabeça submergiu. O lobo gigante mergulhou atrás dele, e a água branca tornou-se vermelha onde os dois desapareceram.

Robb e Osha trocavam golpes no meio do córrego. A longa lança da mulher era uma serpente de cabeça de aço que atacava o peito de Robb, uma, duas, três vezes, mas ele parava cada estocada com a espada, desviando a ponta para o lado. À quarta ou quinta estocada, a mulher alta fez um movimento largo demais e perdeu o equilíbrio, só por um segundo. Robb investiu, derrubando-a.

A pouca distância, Verão surgiu como um relâmpago e mordeu Hali. A faca caiu-lhe sobre as costas. Verão esquivou-se, rosnando, e voltou a atacar. Dessa vez suas mandíbulas fecharam-se em volta da barriga da perna da pequena mulher. Segurando a faca com ambas as mãos, ela tentou apunhalá-lo, mas o lobo selvagem pareceu pressentir a lâmina. Libertou-a por um instante, com a boca cheia de couro, tecido e carne ensanguentada. Quando Hali tropeçou e caiu, atacou-a de novo, atirando-a para trás, rasgando sua barriga com os dentes.

O sexto homem fugiu da carnificina... mas não foi longe. Enquanto subia pela margem mais distante do córrego, Vento Cinzento emergiu da água, pingando. Sacudiu-se e saltou sobre o homem que fugia, abocanhando-o com uma única dentada e atirando-se à sua garganta quando o homem deslizou, aos gritos, de volta para a água.

E então restou apenas o homem grande, Stiv. Golpeou a presilha de peito de Bran, agarrou-lhe o braço e puxou. De repente, Bran caiu. Estatelou-se no chão, com as pernas enlaçadas debaixo do corpo e um pé dentro do córrego. Não conseguia sentir o frio da água, mas sentiu o aço quando Stiv lhe encostou o punhal na garganta.

– Afaste-se – preveniu o homem –, ou juro que abro a traqueia do garoto.

Robb puxou as rédeas do cavalo, respirando com força. A fúria desapareceu de seus olhos e o braço que segurava a espada caiu.

Nesse momento, Bran viu tudo. Verão estava atacando ferozmente Hali, puxando reluzentes serpentes azuis de sua barriga. Os olhos dela estavam muito abertos, mas não se moviam. Bran não sabia dizer se a mulher estava viva ou morta. O atarracado homem grisalho e o do machado jaziam, imóveis, mas Osha estava de joelhos, rastejando em direção à sua lança caída. Vento Cinzento caminhou até ela, com os pelos encharcados, pingando.

– Chame-o! – gritou o homem grande. – Chame os dois ou o aleijado morre agora mesmo!

– Vento Cinzento, Verão, aqui – disse Robb.

Os lobos gigantes pararam, viraram a cabeça. Vento Cinzento saltou para junto de Robb. Verão ficou onde estava, com os olhos fitos em Bran e no homem a seu lado. Rosnou. Tinha o focinho molhado e vermelho, mas seus olhos ardiam.

Osha usou a base da lança como apoio para se levantar. Jorrava sangue de uma ferida no braço, onde Robb a golpeara. Bran conseguia ver o suor que escorria pelo rosto do homem grande. Compreendeu que Stiv estava tão assustado quanto ele.

– Stark – murmurou o homem –, malditos Stark – levantou a voz. – Osha, mate os lobos e apanhe a espada dele.

– Mate-os você – ela respondeu. – Eu não chego perto desses monstros.

Por um momento Stiv sentiu-se perdido. Sua mão tremia; Bran sentiu um fio de sangue onde a faca fazia pressão contra seu pescoço. O fedor do homem enchia-lhe as narinas; cheirava a medo.

– Você – gritou a Robb. – Tem um nome?

– Sou Robb Stark, herdeiro de Winterfell.

– Este é seu irmão?

– Sim.

– Se o quiser vivo, faça o que digo. Salte do cavalo.

Robb hesitou por um momento. Então, lenta e deliberadamente desmontou e virou-se para o homem, de espada na mão.

– Agora mate os lobos.

Robb não se moveu.

– Faça o que eu digo. Os lobos ou o garoto.

– *Não!* – gritou Bran. Se Robb fizesse o que ele pedia, Stiv os mataria a ambos de qualquer modo depois de os lobos serem mortos.

O careca o agarrou pelos cabelos com a mão livre e o puxou cruelmente, até Bran soluçar de dor.

– Cale essa boca, aleijado, está me ouvindo? – puxou com mais força. – *Está me ouvindo?*

Um *vrum* baixo veio das árvores atrás deles. Stiv soltou um arquejo engasgado quando quinze centímetros de uma flecha de ponta larga explodiram de repente em seu peito. A flecha era vermelha viva, como se tivesse sido pintada com sangue.

O punhal caiu da garganta de Bran. O homem grande cambaleou e caiu no córrego de barriga para baixo. A flecha partiu-se sob seu corpo. Bran viu sua vida esvair, aos redemoinhos, água abaixo.

Osha olhou em volta quando os guardas de seu pai surgiram por entre as árvores, de armas na mão, e deixou cair a lança.

– Misericórdia, senhor – ela gritou para Robb.

Os guardas tinham uma expressão estranha, pálida, no rosto ao depararem com aquela cena de morticínio. Olhavam para os lobos, inseguros, e quando Verão regressou para junto do cadáver de Hali para comer, Joseth deixou cair a faca e precipitou-se para as árvores, vomitando. Até Meistre Luwin pareceu chocado ao surgir por trás de uma árvore, mas só por um instante. Então balançou a cabeça e atravessou o córrego até junto de Bran.

– Está ferido?

– Ele cortou minha perna – Bran respondeu–, mas não senti nada.

Enquanto Meistre se ajoelhava para examinar a ferida, Bran virou a cabeça. Theon Greyjoy estava ao lado de uma árvore-sentinela, de arco na mão, e sorrindo. Sempre sorrindo. Meia dúzia de flechas encontravam-se espetadas no chão macio a seus pés, mas ele só precisara de uma.

– Um inimigo morto é uma beleza – anunciou.

– Jon sempre disse que você era um cretino, Greyjoy – disse Robb em voz alta. – Devia acorrentá-lo no pátio e deixar Bran praticar um pouco de tiro ao alvo em *você*.

– Devia me agradecer por ter salvado a vida de seu irmão.

– E se seu tiro tivesse falhado? – disse Robb. – E se só o tivesse ferido? E se tivesse feito sua mão saltar ou ferido Bran em vez dele? Sabia que o homem podia estar usando uma placa no peito, porque tudo que você conseguia ver era a parte de trás de seu manto. Que teria acontecido então ao meu irmão? Chegou a pensar *nisso*, Greyjoy?

O sorriso de Theon desaparecera. Encolheu os ombros, carrancudo, e começou a arrancar as flechas do chão, uma a uma.

Robb olhou então para os guardas.

– Onde vocês estavam? – exigiu saber. – Eu tinha certeza de que vinham logo atrás de nós.

Os homens trocaram olhares infelizes.

– Nós os seguíamos, senhor – disse Quent, o mais novo, cuja barba não passava de uma suave penugem castanha. – Só que primeiro esperamos por Meistre Luwin e por seu asno, com a sua licença, e depois, bem, aconteceu que... – deu uma olhadela para Theon e desviou rapidamente o olhar, envergonhado.

– Eu vi um peru – disse Theon, aborrecido pela pergunta. – Como haveria de saber que ia deixá-lo sozinho?

Robb tornou o olhar para Theon. Bran nunca o vira tão zangado, mas não disse nada. Finalmente, ajoelhou-se ao lado de Meistre Luwin.

– Qual é a gravidade da ferida do meu irmão?

– Não passa de um arranhão – disse o meistre. Molhou um pano no córrego para limpar o corte. – Dois deles vestem-se de negro – disse a Robb enquanto trabalhava.

Robb lançou um olhar para onde Stiv jazia, estatelado no córrego, com o esfarrapado manto negro a mover-se irregularmente, puxado pela corrente.

– Desertores da Patrulha da Noite – disse em tom sombrio. – Deviam ser loucos para vir tão perto de Winterfell.

– A loucura e o desespero são muitas vezes difíceis de distinguir – disse Meistre Luwin.

– Enterramos os corpos, senhor? – perguntou Quent.

– Eles não nos teriam enterrado – disse Robb. – Corte-lhes as cabeças, vamos mandá-las de volta para a Muralha. Deixe o resto para os corvos.

– E esta? – Quent sacudiu o polegar na direção de Osha.

Robb aproximou-se dela. Era uma cabeça mais alta que ele, mas caiu sobre os joelhos quando o viu caminhar em sua direção.

– Conceda-me a vida, Senhor de Stark, e serei sua.

– Minha? Que faria eu com uma traidora?

– Eu não quebrei juramento nenhum. Stiv e Wallen fugiram da Muralha, eu não. Os corvos negros não têm lugar para mulheres.

Theon Greyjoy aproximou-se devagar.

– Dê-a aos lobos – ele disse a Robb. Os olhos da mulher saltaram para o que restava de Hali e afastaram-se com a mesma velocidade. Estremeceu. Até os guardas pareceram nauseados.

– Ela é uma mulher – disse Robb.

– Uma selvagem – disse-lhe Bran. – Ela disse que deviam me manter vivo para me levarem a Mance Rayder.

– Você tem um nome? – perguntou-lhe Robb.

– Osha, ao seu dispor – ela murmurou em tom amargo.

Meistre Luwin se levantou.

– Faríamos bem em interrogá-la.

Bran conseguiu ver o alívio no rosto do irmão.

– Será como diz, meistre. Wayn, ate-lhe as mãos. Ela volta conosco para Winterfell… e viverá ou morrerá conforme as verdades que nos ofereça.

Tyrion

— **Q**uer comer? – perguntou Mord, carrancudo. Segurava um prato de feijão cozido com a mão grossa de dedos curtos.

Tyrion Lannister estava faminto, mas recusou-se a deixar que aquele bruto o visse rebaixado.

– Uma perna de carneiro seria agradável – disse ele da pilha de palha suja que se acumulava a um canto de sua cela. – Talvez um prato de ervilhas com cebola, um pouco de pão fresco cozido com manteiga e um jarro de vinho com açúcar para empurrar tudo para baixo. Ou cerveja, se for mais fácil. Tento não ser exigente demais.

– Há feijões – disse Mord. – Tome – e estendeu o braço.

Tyrion suspirou. O carcereiro não passava de cento e trinta quilos de grosseira estupidez, com dentes podres escurecidos e pequenos olhos escuros. O lado esquerdo do rosto era liso, com uma cicatriz no local em que um machado lhe cortara a orelha e parte da bochecha. Era tão previsível quanto feio, mas Tyrion *tinha* fome. Estendeu a mão para o prato.

Mord o puxou para longe, sorrindo.

– Tá aqui – disse, segurando-o fora do alcance de Tyrion.

O anão pôs-se rigidamente em pé, sentindo dores em todas as articulações.

– Temos de jogar o mesmo jogo idiota a cada refeição? – tentou de novo apanhar os feijões.

Mord afastou-se, arrastando os pés, mostrando os dentes podres.

– Tá aqui, homem anão – esticou o braço sobre a borda onde terminava a cela e começava o céu. – Não quer comer? Toma. Ande para pegar.

Os braços de Tyrion eram curtos demais para alcançar o prato, e não ia se aproximar tanto assim da borda. Bastaria um empurrão rápido da pesada barriga branca de Mord, e ele acabaria seus dias como uma repugnante mancha vermelha nas pedras de Céu, como acontecera com tantos outros prisioneiros do Ninho da Águia ao longo dos tempos.

– Pensando bem, não tenho fome – declarou, retirando-se para o canto da cela.

Mord grunhiu e abriu os dedos grossos. O vento capturou o prato, virando-o ao contrário enquanto caía. Um punhado de feijões borrifou os dois enquanto a comida tombava para longe dos seus olhos. O carcereiro desatou a rir, fazendo a barriga tremer como uma taça de pudim.

Tyrion sentiu um súbito ataque de raiva.

– Filho duma mula lazarenta – cuspiu. – Espero que morra de caganeira.

Por aquilo Mord lhe deu um pontapé ao encaminhar-se para a saída, enterrando com força a ponta de aço da bota nas costelas de Tyrion.

– Retiro o que disse! – arquejou, enquanto se retorcia na palha. – Hei de matá-lo eu mesmo, juro! – a pesada porta reforçada de ferro fechou-se com estrondo. Tyrion ouviu o ruído de chaves.

Para um homem pequeno, tinha sido amaldiçoado com uma boca perigosamente grande, refletiu enquanto rastejava de volta ao canto daquilo que os Arryn chamavam ridiculamente de masmorras. Aconchegou-se sob um cobertor fino que era sua única roupa de cama, olhando um deslumbrante céu azul sem uma nuvem e montanhas distantes que pareciam se prolongar até o infinito, desejando ainda possuir o manto de pele de gato-das-sombras que ganhara de Marillion nos dados depois de o cantor tê-lo roubado do corpo daquele chefe salteador. A pele cheirava a sangue e mofo, mas era quente e grossa. Mord ficara com ela no momento em que lhe pusera os olhos em cima.

O vento puxava-lhe o cobertor com rajadas aguçadas como garras. A cela era miseravelmente pequena, até para um anão. A menos de um metro e meio de distância, onde deveria existir uma parede, onde uma parede *estaria* em uma masmorra de verdade, o chão terminava e o céu começava. Não tinha falta de ar fresco e luz do sol, e da lua e das estrelas à noite, mas Tyrion teria trocado tudo isso num instante pelo mais úmido e sombrio fosso nas entranhas de Rochedo Casterly.

– Você vai voar – garantira-lhe Mord, quando o enfiara na cela. – Vinte dias, trinta, se calhar, cinquenta. Depois vai voar.

Os Arryn mantinham a única masmorra no reino de onde os prisioneiros eram livres para fugir se bem entendessem. Naquele primeiro dia, depois de levar horas cobrindo-se de coragem, Tyrion deitara-se de barriga para baixo e rastejara até a borda para pôr a cabeça para fora e espreitar para baixo. O Céu estava cento e oitenta metros mais abaixo, sem nada, a não ser o ar para separá-lo do castelo. Se esticasse o pescoço o máximo possível, conseguia ver outras celas à direita, à esquerda e acima. Era uma abelha numa colmeia de pedra, e alguém lhe arrancara as asas.

Fazia frio na cela, o vento uivava noite e dia e, pior que tudo, o chão era *inclinado*. Só um pouco, mas o suficiente. Tinha medo de fechar os olhos, medo da possibilidade de rolar durante o sono e acordar em total terror no momento em que deslizasse pela borda. Pouco admirava que as celas abertas enlouquecessem os homens.

Que os deuses me salvem, escrevera na parede um inquilino anterior qualquer, usando algo que se parecia, de forma suspeita, com sangue, *o azul está chamando*. A princípio Tyrion interrogou-se sobre quem teria sido ele e o que lhe teria acontecido; mais tarde, decidiu que preferia não saber.

Se ao menos tivesse calado a boca...

O maldito garoto começara tudo, olhando-o de cima de um trono esculpido em represeiro sob os estandartes da lua e do falcão da Casa Arryn. Tinham olhado de cima para Tyrion Lannister ao longo de toda a sua vida, mas era raro que quem o fizesse fosse um menino remelento de seis anos que precisava enfiar grossas almofadas debaixo das nádegas para se elevar à altura de um homem.

– Este é o homem mau? – perguntou o garoto, agarrando-se à sua boneca.

– É – respondeu a Senhora Lysa de seu trono menor, ao seu lado. Vestia-se toda de azul e estava empoada e perfumada para os pretendentes que lhe enchiam a corte.

– Ele é tão *pequeno* – observou o Senhor do Ninho da Águia, aos risinhos.

– Este é Tyrion, o Duende, da Casa Lannister, que assassinou o senhor seu pai – ela levantou a voz para que chegasse a todo o comprimento do Alto Salão do Ninho da Águia, ressoando nas paredes de um branco leitoso e nos estreitos pilares, para que todos os homens pudessem ouvi-la. – *Ele assassinou a Mão do Rei!*

– Ah, e também o matei? – disse Tyrion, como um bobo.

Esta teria sido uma ótima ocasião para manter a boca fechada e a cabeça abaixada. Agora compreendia isso; pelos sete infernos, agora o compreendia. O Alto Salão dos Arryn era longo e austero, com uma frieza sinistra nas paredes de mármore branco com veios azuis, mas os rostos que o rodeavam eram de longe mais frios. O poder de Rochedo Casterly estava distante, e não havia amigos dos Lannister no Vale de Arryn. A submissão e o silêncio teriam sido suas melhores defesas.

Mas o humor de Tyrion estava negro como a noite mais escura. Para sua vergonha, fraquejara durante a última etapa de seu dia de subida ao Ninho da Águia, e as pernas atrofiadas se tinham mostrado incapazes de levá-lo mais alto. Bronn o transportara o resto do caminho, e a humilhação despejara óleo nas chamas de sua ira.

– Parece que fui um tipinho bastante atarefado – disse com um sarcasmo amargo. – Pergunto a mim mesmo onde teria arranjado tempo para tratar de todos esses assassinatos e mortes.

Deveria ter se lembrado de com quem estava lidando. Lysa Arryn e seu débil filho enfermiço não tinham ficado conhecidos na corte pelo seu amor por frases espirituosas, especialmente quando lhes eram dirigidas.

– Duende – Lysa disse friamente –, cuidado com essa língua trocista e fale respeitosamente com meu filho, ou prometo que se arrependerá. Lembre-se de onde está. Aqui é o Ninho da Águia e estes ao seu redor são os cavaleiros do Vale, homens leais que queriam bem a Jon Arryn. Todos eles morreriam por mim.

– Senhora Arryn, se algum mal me acontecer, meu irmão Jaime ficará feliz por se assegurar de que morram – no exato momento em que cuspia as palavras, Tyrion soube que eram uma loucura.

– É capaz de voar, senhor de Lannister? – perguntou a Senhora Lysa. – Um anão tem asas? Se não, mais sensato seria engolir a próxima ameaça que lhe vier à cabeça.

– Não fiz ameaça nenhuma – ele respondeu. – Isso foi uma promessa.

Ao ouvir aquilo, o pequeno Lorde Robert pusera-se em pé de um salto, tão perturbado que a boneca caíra ao chão.

– Não pode nos machucar – o menino gritou. – Ninguém pode nos machucar aqui. Diga-lhe, mãe, diga-lhe que não pode nos machucar aqui – o garoto começara a estremecer.

– O Ninho da Águia é inexpugnável – declarou calmamente Lysa Arryn. Puxou o filho para junto dela, envolvendo-o com a

segurança de seus rechonchudos braços brancos. – O Duende
está tentando nos assustar, meu querido. Todos os Lannister são
mentirosos. Ninguém vai machucar meu lindo filho.

O inferno era que não havia dúvida de que a mulher tinha
razão. Depois de ver o que era preciso fazer para chegar até ali,
Tyrion podia imaginar como seria um cavaleiro tentando abrir
caminho até lá, lutando, revestido de armadura, enquanto pedras e flechas choviam sobre ele dos pontos altos e inimigos o
enfrentavam a cada passo. A palavra *pesadelo* nem começava a
descrever a situação. Não surpreendia que o Ninho da Águia
nunca tivesse sido tomado.

Mas, mesmo assim, Tyrion foi incapaz de se calar.

– Inexpugnável, não – bradou –, meramente inconveniente.

O jovem Robert apontou para baixo, com a mão tremendo.

– Você é um mentiroso. Mãe, quero vê-lo voar – dois guardas vestidos com manto azul-celeste agarraram Tyrion pelos
braços, levantando-o do chão.

Só os deuses sabiam o que poderia ter acontecido se não fosse Catelyn Stark.

– Irmã – ela chamou de seu lugar abaixo dos tronos. – Peço
que se lembre de que este homem é *meu* prisioneiro. Não o quero ferido.

Lysa Arryn olhou de relance e friamente para a irmã por um
momento, depois se ergueu e caminhou imponentemente na direção de Tyrion, arrastando as longas saias atrás de si. Por um
instante, o anão temeu que ela lhe batesse, mas, em vez disso,
ordenou que o largassem. Os homens atiraram-no ao chão, as
pernas fugiram-lhe e Tyrion caiu.

Deve ter apresentado um belo espetáculo quando lutou para
se pôr de pé e a perna direita entrou em espasmos, atirando-o
de novo ao chão. Gargalhadas rebentaram em todo o Alto Salão
dos Arryn.

– O hospedezinho de minha irmã está cansado demais para se manter em pé – anunciou a Senhora Lysa. – Sor Vardis, leve--o para a masmorra. Um descanso em uma de nossas celas abertas lhe fará muito bem.

Os guardas o puxaram com brusquidão. Tyrion Lannister ficou pendurado entre eles, lançando fracos pontapés, com o rosto vermelho de vergonha.

– Eu me lembrarei disso – disse a todos quando o levaram.

E lembrava-se, por mais inútil que isso fosse.

A princípio consolou-se com a ideia de que seu encarceramento não podia durar muito tempo. Lysa Arryn queria humilhá-lo, era tudo. Voltaria para buscá-lo, e logo. Se não o fizesse, então Catelyn Stark desejaria interrogá-lo. Daquela vez dominaria melhor a língua. Elas não se atreveriam a matá-lo sem mais nem menos; ainda era um Lannister de Rochedo Casterly, e se derramassem seu sangue, isso significaria guerra. Pelo menos era o que dizia a si mesmo.

Agora já não tinha tanta certeza.

Talvez seus captores só pretendessem deixá-lo ali, apodrecendo, mas temia não ter forças para apodrecer por muito tempo. A cada dia que passava ficava um pouco mais fraco, e era só uma questão de tempo até que os pontapés e golpes de Mord o ferissem seriamente, partindo-se do princípio de que o carcereiro não o mataria antes de fome. Mais algumas noites de frio e fome, e o azul também começaria a chamar por ele.

Gostaria de saber o que estava acontecendo para lá das paredes (as que havia) de sua cela. Lorde Tywin teria certamente enviado patrulhas quando a notícia lhe chegara. Jaime poderia estar naquele momento liderando uma tropa na travessia das Montanhas da Lua... a menos que em vez disso se dirigisse para o norte, contra Winterfell. Será que alguém fora do Vale chegaria a suspeitar do local para onde Catelyn Stark o levara?

Gostaria de saber o que faria Cersei quando soubesse. O rei podia ordenar sua libertação, mas Robert daria ouvidos à mulher ou à Mão? Tyrion não tinha ilusões quanto ao amor de Robert pela irmã.

Se Cersei usasse a cabeça, insistiria que o próprio rei julgasse Tyrion. Até Ned Stark pouco podia objetar a isso sem pôr em causa a honra do rei. E Tyrion, de bom grado, tentaria sua sorte num julgamento. Fossem quais fossem os assassinatos que lhe atribuíam, os Stark não tinham nenhuma prova, até onde ele soubesse. Que apresentassem seu caso perante o Trono de Ferro e os senhores da terra. Seria o fim deles. Se ao menos Cersei fosse suficientemente inteligente para ver isso...

Tyrion Lannister suspirou. Sua irmã não era desprovida de certa astúcia, mas o orgulho a cegava. Veria naquilo o insulto, mas não a oportunidade. E Jaime era ainda pior, impetuoso, teimoso e de ira fácil. Seu irmão nunca desataria um nó se pudesse abri-lo em dois a golpes de espada.

Perguntava a si mesmo qual deles teria enviado o salteador para silenciar o garoto Stark, e se teriam de fato conspirado para matar Jon Arryn. Se a antiga Mão foi assassinada, a coisa tinha sido feita com habilidade e sutileza. Homens da idade dele andavam sempre morrendo de doença súbita. Por outro lado, enviar um imbecil qualquer com uma faca roubada para matar Brandon Stark parecia-lhe inacreditavelmente tosco. E, pensando melhor, não seria *isso* peculiar...?

Tyrion estremeceu. Ora, *aí estava* uma suspeita sórdida. Talvez o lobo gigante e o leão não fossem os únicos animais na floresta, e, se isso fosse verdade, alguém o estava usando como bode expiatório. Tyrion Lannister detestava ser usado.

Tinha de sair dali, e depressa. Suas chances de dominar Mord eram baixas ou nulas, e ninguém se preparava para lhe fazer chegar cento e oitenta metros de corda, portanto, teria de convencê-los a libertá-lo. Sua boca o tinha metido naquela cela, bem podia tirá-lo de lá também.

Tyrion pôs-se em pé, fazendo o possível para ignorar a inclinação do chão, com seu tão sutil empurrãozinho para o abismo. Bateu na porta com o punho.

– Mord! – gritou. – Carcereiro! Mord, preciso de você! – teve de continuar durante uns bons dez minutos até ouvir passos. Tyrion deu um passo para trás um instante antes de a porta se abrir com estrondo.

– Você está fazendo barulho – grunhiu Mord, com sangue nos olhos. Pendurada à sua mão carnuda estava uma correia de couro, larga e grossa, enrolada no punho.

Nunca lhes mostre que tem medo, lembrou-se Tyrion.

– Gostaria de ser rico? – ele perguntou.

Mord bateu nele. Balançou a correia para trás com a mão, preguiçosamente, mas o couro apanhou Tyrion na parte de cima do braço. A força que trazia o fez cambalear, e a dor o fez ranger os dentes.

– Boca não, homem anão – preveniu Mord.

– Ouro – disse Tyrion, imitando um sorriso. – O Rochedo Casterly está cheio de ouro... ahhh... – daquela vez o golpe foi dado para a frente, e Mord colocou mais força no balanço, fazendo o couro estalar e saltar. Atingiu Tyrion nas costelas e o pôs de joelhos, choramingando. Forçou-se a olhar para o carcereiro. – Tão rico como os Lannister – arquejou. – É o que se diz, Mord...

Mord grunhiu. A correia assobiou pelo ar e acertou em cheio o rosto de Tyrion. A dor foi tamanha que ele nem se deu conta de ter caído, mas, quando voltou a abrir os olhos, estava no chão da cela. O ouvido ressoava e a boca estava cheia de sangue. Apalpou em busca de um apoio para se erguer, e os dedos roçaram... coisa nenhuma. Tyrion puxou a mão para trás tão depressa como se a tivesse escaldado, e fez o possível para prender a respiração. Tinha caído bem na borda, a centímetros do azul.

– Mais a dizer? – Mord segurou a correia entre os punhos e deu-lhe um forte puxão, que fez Tyrion saltar. O carcereiro riu.

Ele não vai me empurrar, disse Tyrion desesperadamente a si mesmo enquanto se afastava da borda engatinhando. *Catelyn Stark me quer vivo, ele não se atreverá a me matar.* Limpou o sangue dos lábios com as costas da mão, sorriu e disse:

– Essa foi forte, Mord – o carcereiro o olhou de soslaio, desconfiando de estar sendo escarnecido. – Podia dar bom uso a um homem forte como você – a correia voou, mas dessa vez Tyrion conseguiu esquivar-se. Levou um golpe de raspão no ombro, nada mais. – Ouro – repetiu, afastando-se da borda sobre os pés e as mãos como um caranguejo –, mais ouro do que verá aqui em toda a vida. O suficiente para comprar terras, mulheres, cavalos... Podia ser um senhor. Lorde Mord – Tyrion reuniu ruidosamente um globo de sangue e muco e cuspiu-o para o céu.

– Não há ouro – Mord respondeu.

Ele está ouvindo!, pensou Tyrion.

– Tiraram-me a bolsa quando me capturaram, mas o ouro ainda é meu. Catelyn Stark pode tomar um homem prisioneiro, mas nunca se rebaixaria a roubá-lo. Isso não seria honroso. Ajude-me, e todo o ouro será seu – a correia de Mord saltou, mas foi um golpe hesitante, isolado, lento e desdenhoso. Tyrion apanhou o couro e o manteve preso à mão. – Não haverá risco para você. Tudo que tem a fazer é entregar uma mensagem.

O carcereiro libertou a tira de couro da mão de Tyrion.

– Mensagem – repetiu, como se nunca tivesse ouvido a palavra. A carranca abria-lhe profundas fendas na testa.

– O senhor me ouviu. Basta que leve minhas palavras à sua senhora. Diga-lhe... – *o quê? O que poderia levar Lysa Arryn a se mostrar flexível?* A inspiração chegou de súbito a Tyrion Lannister. – ... Diga-lhe que desejo confessar meus crimes.

Mord ergueu o braço e Tyrion preparou-se para mais um golpe, mas o carcereiro hesitou. A suspeita e a cobiça guerreavam em seus olhos. Desejava aquele ouro, mas temia um truque; seu aspecto era de um homem que tinha sido frequentemente enganado.

– É mentira – resmungou em tom sombrio. – Homem anão me engana.

– Posso pôr minha promessa por escrito – garantiu Tyrion.

Alguns iletrados sentiam desdém pela escrita; outros pareciam ter por ela uma reverência supersticiosa, como se fosse algum tipo de magia. Felizmente, Mord pertencia ao segundo tipo. O carcereiro abaixou a correia.

– Escrever ouro. Muito ouro.

– Ah, *muito* ouro – assegurou-lhe Tyrion. – A bolsa é só um aperitivo, meu amigo. Meu irmão usa uma armadura de folha de ouro – na verdade, a armadura de Jaime era aço dourado, mas aquele imbecil nunca saberia a diferença.

Mord passou os dedos pela correia, pensativo, mas por fim cedeu e foi buscar papel e tinta. Depois da carta escrita, o carcereiro franziu as sobrancelhas ao vê-la, desconfiado.

– Agora, vá entregar minha mensagem – Tyrion ordenou.

Estava tremendo no sono quando vieram buscá-lo naquela noite. Mord abriu a porta, mas manteve-se em silêncio. Sor Vardis Egen acordou Tyrion com a ponta da bota.

– Em pé, Duende. Minha senhora deseja vê-lo.

Tyrion esfregou o sono dos olhos e afivelou um sorriso que não sentia.

– Sem dúvida que sim, mas o que o faz pensar que eu desejo vê-la?

Sor Vardis franziu as sobrancelhas. Tyrion lembrava-se bem dele, dos anos que passara em Porto Real como capitão da guarda doméstica da Mão. Uma face quadrada e simples, cabelos grisalhos, constituição pesada e sem sombra de humor.

– Seus desejos não são da minha conta. Em pé, ou mandarei que o carreguem.

Tyrion pôs-se desajeitadamente em pé.

– Uma noite fria – disse em tom casual –, e o Alto Salão tem tantas correntes de ar. Não quero apanhar um resfriado. Mord, se me fizer um favor, vá buscar o meu manto.

O carcereiro o olhou de soslaio, com uma expressão estúpida e desconfiada.

– O meu *manto* – repetiu Tyrion. – A pele de gato-das-sombras que tirou de mim para guardar em segurança. Você se lembra.

– Vá buscar o maldito manto – disse Sor Vardis.

Mord não se atreveu a resmungar. Lançou a Tyrion um olhar que prometia uma retribuição futura, mas foi buscar o manto. Quando o enrolou em torno do pescoço do prisioneiro, Tyrion sorriu.

– Muito obrigado. Pensarei em você sempre que o usar – atirou a parte da frente da longa pele por sobre o ombro direito e sentiu-se quente pela primeira vez em vários dias. – Mostre o caminho, Sor Vardis.

O Alto Salão dos Arryn brilhava à luz de cinquenta archotes, que ardiam em suportes presos às paredes. A Senhora Lysa trajava-se de seda negra, com a lua e o falcão bordados com pérolas no peito. Como não parecia ser do tipo que se juntaria à Patrulha da Noite, Tyrion só conseguia imaginar que ela decidira que roupas fúnebres eram um traje apropriado para uma confissão. Os longos cabelos ruivos, presos numa trança elaborada, caíam-lhe sobre o ombro esquerdo. O trono mais alto ao seu lado estava vazio; sem dúvida que o pequeno Senhor do Ninho da Águia estava embalado em seu sono. Pelo menos por isso Tyrion sentia-se grato.

Fez uma profunda reverência e demorou-se um momento passando os olhos pelo salão. A Senhora Arryn convocara seus cavaleiros e servidores para ouvir a confissão, tal como ele esperara. Viu o rosto escarpado de Sor Brynden Tully e o abrupto de Lorde Nestor Royce. Ao lado de Nestor estava um homem mais novo com ferozes suíças negras que só podia ser seu herdeiro, Sor Albar. Encontrava-se ali representada a maior parte das principais Casas do Vale. Tyrion reconheceu Sor Lyn Corbray, esguio como uma espada, Lorde Hunter, com suas pernas artríticas, a viúva Senhora Waynwood, cercada pelos filhos. Outros exibiam símbolos que não conhecia: uma lança quebrada, uma víbora verde, uma torre ardente, um cálice alado.

Entre os senhores do Vale encontravam-se vários dos que tinham sido seus companheiros na estrada de altitude: Sor Rodrik Cassel, pálido dos ferimentos malcurados, tinha Sor Willis Wode a seu lado. Marillion, o cantor, encontrara uma nova harpa. Tyrion sorriu. Acontecesse o que acontecesse ali naquela noite, não queria que fosse em segredo, e não havia ninguém melhor que um cantor para espalhar uma história aos sete ventos.

Ao fundo da sala, Bronn preguiçava sob um pilar. Os olhos negros do cavaleiro livre estavam fixos em Tyrion, e a mão pousava levemente no botão do punho da espada. Tyrion olhou-o longamente, interrogando-se...

Catelyn Stark foi a primeira a falar.

– Foi nos dito que deseja confessar seus crimes.

– Desejo, senhora – Tyrion respondeu.

Lysa Arryn sorriu para a irmã.

– As celas abertas os quebram sempre. Os deuses podem vê-los lá, e não há escuridão onde se refugiem.

– Ele não me parece quebrado – disse Catelyn.

Lysa não lhe prestou atenção.

– Diga o que tem a dizer – ela ordenou.

E agora façamos rolar os dados, pensou com outro rápido relance para Bronn.

– Por onde começar? Sou um homenzinho vil, confesso. Meus crimes são incontáveis, senhores e senhoras. Deitei-me com prostitutas, não uma, mas centenas de vezes. Desejei a morte do senhor meu pai e também de minha irmã, nossa piedosa rainha – atrás dele, alguém soltou um risinho. – Nem sempre tratei meus criados com delicadeza. Joguei jogos de azar. Até cheguei a roubar neles, admito, envergonhado. Disse muitas coisas cruéis e maliciosas a respeito dos nobres senhores e senhoras da corte – aquilo provocou abertas gargalhadas. – Uma vez...

– *Silêncio!* – o pálido rosto redondo de Lysa Arryn tomara um tom ardente, cor-de-rosa. – O que imagina que está fazendo, anão?

Tyrion inclinou a cabeça para o lado.

– Ora, confessando os meus crimes, senhora.

Catelyn Stark deu um passo à frente.

– Você é acusado de enviar um assassino contratado para matar meu filho Bran em sua própria cama e de conspirar para o assassinato de Lorde Jon Arryn, a Mão do Rei.

Tyrion encolheu os ombros com ar impotente.

– Temo que *esses* crimes não possa confessar. Nada sei de assassinatos.

A Senhora Lysa ergueu-se de seu trono de represeiro.

– Não serei alvo de troça. Já teve a sua brincadeirinha, Duende. Creio que tenha gostado dela. Sor Vardis, leve-o de volta para as masmorras... mas dessa vez arranje-lhe uma cela menor, com o chão mais inclinado.

– É *assim* que se faz justiça no Vale? – rugiu Tyrion, tão alto que Sor Vardis se imobilizou por um instante. – Será que a honra fica à porta do Portão Sangrento? Acusam-me de crimes, eu os nego e, portanto, atiram-me em uma cela a céu aberto para que congele e morra de fome – ergueu a cabeça, para mostrar bem a todos as manchas negras que Mord deixara em seu rosto. – Onde está a justiça do rei? Será que o Ninho da Águia não faz parte dos Sete Reinos? Afirma que sou acusado. Muito bem. *Exijo um julgamento!* Deixe-me falar, e deixe que a minha verdade ou falsidade seja julgada abertamente, à vista dos deuses e dos homens.

Um murmúrio baixo encheu o Alto Salão. Tyrion soube que tinha ganhado. Era bem-nascido, filho do mais poderoso senhor do reino, irmão da rainha. Não lhe podia ser negado um julgamento. Guardas de manto azul-celeste tinham começado a se dirigir a Tyrion, mas Sor Vardis ordenou que parassem e olhou para a Senhora Lysa.

A pequena boca da senhora torceu-se num sorriso petulante.

– Se for julgado e considerado culpado dos crimes pelos quais é acusado, então, pelas leis do próprio rei, deverá pagar com o sangue de sua vida. Não temos carrasco no Ninho da Águia, senhor de Lannister. Que seja aberta a Porta da Lua.

A aglomeração de espectadores separou-se. Uma estreita porta surgiu à vista, entre dois esguios pilares de mármore, com um crescente esculpido na madeira branca. Aqueles que estavam mais perto da porta recuaram quando um par de guardas marchou até ela. Um dos homens removeu as pesadas barras de bronze; o segundo puxou a porta para dentro. Seus mantos azuis ergueram-se dos ombros, ondulando, apanhados pela súbita rajada de vento que entrou uivando pela porta aberta. Do outro lado havia o vazio do céu noturno, salpicado de estrelas frias e indiferentes.

– Admire a justiça do rei – disse Lysa Arryn. Chamas de archotes flutuaram como flâmulas ao longo das paredes, e aqui e ali um ou outro archote foi apagado.

– Lysa, penso que isto é insensato – disse Catelyn Stark enquanto o vento negro rodopiava pelo salão.

Sua irmã a ignorou.

– Deseja um julgamento, senhor de Lannister. Muito bem, terá um. Meu filho ouvirá o que tem a dizer e dará seu julgamento. Então, pode sair... por uma porta ou pela outra.

Ela parecia tão contente consigo mesma, pensou Tyrion, e não admirava. Como poderia um julgamento ameaçá-la, quando o senhor juiz era o fracote do filho? Tyrion olhou de relance para a Porta da Lua. *Mãe, quero vê-lo voar!*, dissera o garoto. Quantos homens o ranhento canalhinha já teria mandado atravessar aquela porta?

– Agradeço, minha boa senhora, mas não vejo necessidade de incomodar Lorde Robert – disse Tyrion delicadamente. – Os deuses conhecem a verdade da minha inocência. Desejo o seu veredicto, não o julgamento dos homens. Exijo um julgamento por combate.

Uma tempestade de súbitas gargalhadas encheu o Alto Salão dos Arryn. Lorde Nestor Royce resfolegou, Sor Willis gargalhou, Sor Lyn Corbray relinchou e outros atiraram a cabeça para trás e uivaram até que lágrimas lhes correram pelo rosto. Com os dedos da mão quebrada, Marillion arrancou desajeitadamente uma nota alegre de sua nova harpa. Até o vento pareceu assobiar com zombaria ao entrar, aos gritos, pela Porta da Lua.

Os olhos de um azul aguado de Lysa Arryn pareceram incertos. Tinha sido apanhada de surpresa.

– Certamente tem esse direito.

O jovem cavaleiro com a víbora verde bordada na capa deu um passo adiante e caiu sobre o joelho.

– Minha senhora, peço a honra de ser o campeão de sua causa.

– A honra deve ser minha – disse o velho Lorde Hunter. – Pelo amor que sentia pelo senhor seu marido, deixe-me vingar a sua morte.

– Meu pai serviu fielmente a Lorde Jon como Supremo Intendente do Vale – trovejou Sor Albar Royce. – Deixe-me servir agora o seu filho.

– Os deuses favoreçem o homem com a causa justa – disse Sor Lyn Corbray –, mas é comum que este acabe por ser o homem com a espada mais hábil. Todos sabemos quem esse homem é – e sorriu modestamente.

Uma dúzia de outros homens falou ao mesmo tempo, clamando para serem ouvidos. Tyrion achou desanimador que tantos estranhos estivessem ansiosos por matá-lo. Este afinal talvez não tivesse sido um plano tão inteligente como parecera.

A Senhora Lysa ergueu a mão exigindo silêncio.

– Agradeço, senhores, como sei que meu filho agradeceria se estivesse entre nós. Não há homens nos Sete Reinos tão ousados e leais como os cavaleiros do Vale. Gostaria de poder conceder a todos essa honra. Mas só posso escolher um – fez um gesto. – Sor Vardis Egen, foi sempre um bom braço direito do senhor meu marido. Será o nosso campeão.

Sor Vardis tinha estado singularmente silencioso.

– Minha senhora – ele disse gravemente, deixando-se cair sobre o joelho –, peço-lhe que me livre desse fardo, pois não o aprecio. O homem não é guerreiro nenhum. Olhe-o. Um anão, com metade do meu tamanho e coxo das pernas. Seria vergonhoso matar um homem assim e dar-lhe o nome de justiça.

Ah, *excelente*, pensou Tyrion.

– Concordo.

Lysa olhou-o furiosa.

– Você exigiu um julgamento por combate.

– E agora exijo um campeão, tal como a senhora arranjou um. Sei que meu irmão Jaime tomará de bom grado o meu partido.

– Seu precioso Regicida está a centenas de léguas daqui – exclamou Lysa Arryn.

– Envie uma ave até ele. De bom grado esperarei sua chegada.

– Defrontará Sor Vardis pela manhã.

– Cantor – disse Tyrion, virando-se para Marillion –, quando escrever uma balada sobre isto, não se esqueça de dizer como a Senhora Arryn negou ao anão o direito a um campeão, e o enviou, aleijado, ferido e coxo, para defrontar seu melhor cavaleiro.

– Não estou lhe negando nada! – disse Lysa Arryn, com a voz esganiçada de irritação. – Indique seu campeão, Duende... Se achar que há um homem que morra por você...

– Se não fizer diferença, preferiria encontrar um que mate por mim – Tyrion olhou em volta do comprido salão. Ninguém se mexeu. Por um longo momento, perguntou a si mesmo se tudo aquilo não teria sido um colossal disparate.

Então, houve uma agitação na parte de trás da sala.

– Eu luto pelo anão – gritou Bronn.

Eddard

Sonhou um sonho antigo, sobre três cavaleiros de manto branco, uma torre há muito caída e Lyanna em sua cama de sangue.

No sonho, os amigos cavalgavam com ele, como o tinham feito em vida. O orgulhoso Martyn Cassel, pai de Jory; o fiel Theo Will; Ethan Glover, que fora escudeiro de Brandon; Sor Mark Ryswell, de fala mansa e coração gentil; o cranogmano, Howland Reed; Lorde Dustin, no seu grande garanhão vermelho. Ned conhecera tão bem o rosto de cada um deles como conhecia o seu, mas os anos sugam as memórias de um homem, mesmo aquelas que ele jurou nunca esquecer. No sonho, eram apenas sombras, espectros cinzentos montados em cavalos feitos de névoa.

Eram sete, enfrentando três. No sonho, tal como acontecera na vida. Mas aqueles três não eram homens comuns. Esperavam diante da torre redonda, com as montanhas vermelhas de Dorne às suas costas e os mantos brancos ondulando ao vento. E esses três vultos não eram sombras; seus rostos eram claros como brasas, mesmo agora. Sor Arthur Dayne, a Espada da Manhã, tinha um sorriso triste nos lábios. O cabo da grande espada chamada Alvorada espreitava-o por sobre o ombro direito. Sor Oswell Whent apoiava-se no joelho, afiando sua lâmina com uma pedra de polir. O morcego negro de sua Casa estendia as asas sobre o elmo esmaltado de branco. Entre os dois, erguia-se o velho e feroz Sor Gerold Hightower, o Touro Branco, Senhor Comandante da Guarda Real.

– Procurei-os no Tridente – disse-lhes Ned.

– Não estávamos lá – respondeu Sor Gerold.

– Seria uma aflição para o Usurpador se tivéssemos estado – continuou Sor Oswell.

– Quando Porto Real caiu, Sor Jaime matou o seu rei com uma espada dourada, e eu me pergunto onde estariam.

– Longe – disse Sor Gerold –, caso contrário, Aerys ainda possuiria o Trono de Ferro e o nosso falso irmão estaria ardendo nos sete infernos.

– Eu vim a Ponta Tempestade para levantar o cerco – disse-lhes Ned –, e os senhores Tyrell e Redwyne baixaram os estandartes, e todos os seus cavaleiros dobraram os joelhos para nos jurar fidelidade. Tinha certeza de que os encontraria entre eles.

– Nossos joelhos não se dobram facilmente – disse Sor Arthur Dayne.

– Sor Willem Darry fugiu para Pedra do Dragão, com a sua rainha e o Príncipe Viserys. Pensei que pudessem ter velejado com ele.

– Sor Willem é um homem bom e leal – disse Sor Oswell.

– Mas não pertence à Guarda Real – fez notar Sor Gerold. – A Guarda Real não foge.

– Nem ontem, nem hoje – confirmou Sor Arthur, e preparou o elmo.

– Fizemos um juramento – explicou o velho Sor Gerold.

Os espectros de Ned puseram-se ao seu lado, com espadas fantasmagóricas nas mãos. Eram sete contra três.

– E hoje começa – disse Sor Arthur Dayne, a Espada da Manhã. Desembainhou Alvorada e a segurou com ambas as mãos. A lâmina era pálida como vidro leitoso, viva de luz.

– Não – disse Ned com tristeza na voz. – Hoje termina – no momento em que eles atacaram juntos numa confusão de aço e sombras, pôde ouvir Lyanna gritar.

– *Eddard!* – ela chamou. Uma tempestade de pétalas de rosa soprou através de um céu riscado de sangue, azul como os olhos da morte.

– Lorde Eddard – Lyanna chamou de novo.

– Prometo – sussurrou ele. – Lya, prometo...

– Lorde Eddard – ecoou a voz de um homem, vinda da escuridão.

Gemendo, Eddard Stark abriu os olhos. O luar escorria através das altas janelas da Torre da Mão.

– Lorde Eddard? – uma sombra erguia-se sobre a cama.

– Quanto... quanto tempo? – os lençóis estavam presos, a perna revestida de talas e gesso. Um surdo latejar de dor subia-lhe pelo flanco.

– Seis dias e sete noites – a voz pertencia a Vayon Poole. O intendente encostou uma taça nos lábios de Ned. – Beba, senhor.

– Quê...?

– Apenas água. Meistre Pycelle disse que teria sede.

Ned bebeu. Tinha os lábios secos e rachados. A água era doce como mel.

– O rei deixou ordens – disse-lhe Vayon Poole quando a taça ficou vazia. – Deseja falar com o senhor.

– Amanhã – disse Ned. – Quando estiver mais forte – naquele momento não podia enfrentar Robert. O sonho deixara-o fraco como um gatinho.

– Senhor – disse Poole –, ele nos ordenou que o enviássemos até ele no momento em que abrisse os olhos – o intendente tratava de acender uma vela de cabeceira.

Ned praguejou lentamente. Robert nunca fora conhecido por sua paciência.

– Diga-lhe que estou fraco demais para ir vê-lo. Se deseja falar comigo, ficarei feliz por recebê-lo aqui. Espero que o acorde de um sono profundo. E chame... – preparava-se para dizer *Jory* quando se lembrou. – Chame o capitão da minha guarda.

Alyn entrou no quarto pouco depois de o intendente se retirar.

– Senhor.

– Poole disse-me que se passaram seis dias – disse Ned. – Tenho de saber em que pé estão as coisas.

– O Regicida fugiu da cidade – disse-lhe Alyn. – Diz-se que voltou a Rochedo Casterly para se juntar ao pai. A história sobre o modo como a Senhora Catelyn capturou o Duende está em todas as bocas. Reforcei a guarda, com a sua licença.

– Está dada – assegurou-lhe Ned. – As minhas filhas?

– Têm estado com o senhor todos os dias. Sansa reza em silêncio, mas Arya... – hesitou. – Ela não disse uma palavra desde que o trouxeram. É uma coisinha feroz, senhor. Nunca vi tamanha ira numa menina.

– Aconteça o que acontecer – disse Ned –, quero que minhas filhas sejam mantidas a salvo. Temo que isto seja apenas o princípio.

– Nenhum mal lhes acontecerá, Lorde Eddard – disse Alyn. – Coloco nisso a minha vida.

– Jory e os outros...

– Entreguei-os às irmãs silenciosas, a fim de serem enviados para o Norte, para Winterfell. Jory gostaria de jazer junto ao avô.

Teria de ser o avô, pois o pai de Jory estava enterrado muito ao sul. Martyn Cassel perecera com os outros. Ned colocara depois a torre abaixo, e usara suas pedras sangrentas para construir oito montes sepulcrais no topo daquela colina. Dizia-se que Rhaegar chamara àquele lugar de torre da alegria, mas para Ned era uma memória amarga. Tinham sido sete contra três, mas só dois sobreviveram: o próprio Eddard Stark e o pequeno cranogmano, Howland Reed. Não lhe parecia um bom presságio voltar a sonhar aquele sonho depois de tantos anos.

– Agiu bem, Alyn – dizia Ned quando Vayon Poole regressou. O intendente fez uma reverência profunda.

– Sua Graça está lá fora, senhor, e a rainha está com ele.

Ned ergueu-se mais, retraindo-se quando a perna tremeu

de dor. Não esperava a vinda de Cersei. Não vaticinava nada de bom que tivesse vindo.

– Mande-os entrar, e depois nos deixe. O que temos a dizer não deve sair destas paredes – Poole assentiu e se retirou em silêncio.

Robert levara tempo para se vestir. Usava um gibão negro de veludo com o veado coroado de Baratheon trabalhado em fio de ouro no peito e uma capa dourada com um manto de quadrados negros e dourados. Trazia um jarro de vinho na mão e a face já corada da bebida. Cersei Lannister entrou atrás dele, com uma tiara incrustada de joias nos cabelos.

– Vossa Graça – Ned o saudou. – As minhas desculpas. Não posso me levantar.

– Não importa – disse o rei bruscamente. – Um pouco de vinho? Da Árvore. Uma boa colheita.

– Um pequeno copo – Ned respondeu. – Ainda tenho a cabeça pesada do leite de papoula.

– Um homem em sua posição devia se achar afortunado por ainda ter a cabeça sobre os ombros – declarou a rainha.

– Calada, mulher – exclamou Robert, entregando a Ned um copo de vinho. – A perna ainda dói?

– Um pouco – disse Ned. Sentia a cabeça girando, mas não seria bom admitir fraqueza perante a rainha.

– Pycelle jura que vai se curar bem – Robert franziu as sobrancelhas. – Presumo que saiba o que Catelyn fez?

– Sei – Ned bebeu um pouco de vinho. – A senhora minha esposa não tem culpa, Vossa Graça. Tudo que fez foi sob minhas ordens.

– Eu *não* estou satisfeito, Ned – Robert resmungou.

– Com que direito se atreve a pôr as mãos no meu sangue? – Cersei exigiu saber. – Quem pensa que é?

– A Mão do Rei – disse-lhe Ned com uma cortesia gelada. –

Encarregado pelo próprio senhor seu marido de manter a paz do rei e executar sua justiça.

– Era a Mão – começou Cersei –, mas agora...

– *Silêncio!* – o rei rugiu. – Você fez uma pergunta e ele respondeu – Cersei calou-se, com uma ira fria, e Robert voltou-se para Ned. – Manter a paz do rei, você diz. É assim que mantém a minha paz, Ned? Sete homens estão mortos...

– Oito – corrigiu a rainha. – Tregar morreu esta manhã, do golpe que Lorde Stark lhe deu.

– Raptos na Estrada do Rei e bêbados promovendo chacinas em minhas ruas – disse o rei. – Não admitirei isso, Ned.

– Catelyn tinha bons motivos para capturar o Duende...

– Eu disse que *não* admitirei! Que os motivos dela vão para o inferno. Você vai lhe ordenar que liberte imediatamente o anão, *e* vai fazer as pazes com Jaime.

– Três dos meus homens foram massacrados diante de meus olhos porque Jaime Lannister desejou *punir-me.* Deverei esquecer isso?

– Meu irmão não provocou essa disputa – disse Cersei ao rei. – Lorde Stark regressava bêbado de um bordel. Seus homens atacaram Jaime e seus guardas, tal como a mulher dele atacou Tyrion na Estrada do Rei.

– Você me conhece melhor do que isso, Robert – disse Ned. – Pergunte a Lorde Baelish, se duvida de mim. Ele estava lá.

– Já falei com Mindinho – disse Robert. – Ele diz que se afastou para ir buscar os homens de manto dourado antes do início da luta, mas admite que regressavam de uma casa de prostitutas qualquer.

– De uma casa de prostitutas *qualquer?* Malditos sejam os seus olhos, Robert, eu fui lá para ver a sua filha! A mãe a chamou Barra. Parece-se com aquela primeira moça que você teve, quando éramos rapazes no Vale – Ned observou a rainha enquanto falava; seu rosto era uma máscara, imóvel e pálida, sem nada trair.

Robert corou.

– Barra – resmungou. – Supõe que isso me agrada? Maldita moça. Pensei que tivesse mais bom senso.

– Ela não deve ter mais que quinze anos, e é uma prostituta, como poderia ter *bom senso*? – disse Ned, incrédulo. A perna começava a doer fortemente. Era difícil manter-se calmo. – A tola da moça está apaixonada por você, Robert.

O rei olhou de relance para Cersei.

– Isso não é um assunto adequado para os ouvidos da rainha.

– Sua Graça não gostará de nada do que tenho a dizer – respondeu Ned. – Disseram-me que o Regicida fugiu da cidade. Dê-me licença para trazê-lo à justiça.

O rei fez girar o vinho no copo, refletindo. Bebeu um trago.

– Não – respondeu. – Não quero que isso continue. Jaime matou três de seus homens, você matou cinco dos dele. E acaba aqui.

– É essa a sua ideia de justiça? – inflamou-se Ned. – Se é, sinto-me contente por já não ser a sua Mão.

A rainha olhou para o marido.

– Se algum homem tivesse se atrevido a falar a um Targaryen do modo como ele fala com você...

– Toma-me por Aerys? – interrompeu Robert.

– Tomo-lhe por um rei. Jaime e Tyrion são seus *irmãos*, segundo todas as leis do casamento e dos laços que partilhamos. Os Stark afastaram um e capturaram o outro. Este homem o desonra a cada vez que respira, e aqui está você humildemente perguntando se sua perna dói e se quer vinho.

O rosto de Robert estava escuro de cólera.

– Quantas vezes tenho de lhe dizer para ter tento na língua, mulher?

A face de Cersei era a imagem do desprezo.

– Que brincadeira fizeram os deuses de nós dois – disse. – Por direito, você devia estar de saias e eu, de cota de malha.

Roxo de raiva, o rei estendeu a mão e deu um violento golpe no rosto da rainha. Cersei Lannister tropeçou na mesa e estatelou-se, mas não gritou. Seus dedos magros afagaram a bochecha, onde a pele pálida e macia já começava a ficar vermelha. No dia seguinte o hematoma cobriria metade do rosto.

– Vou usar isto como um distintivo de honra – ela anunciou.

– Use-o em silêncio, ou volto a honrá-la – prometeu Robert. Gritou por um guarda. Sor Moryn Trant entrou no quarto, alto e melancólico em sua armadura branca. – A rainha está cansada. Leve-a para o seu quarto – o cavaleiro ajudou Cersei a se levantar e a levou sem uma palavra.

Robert estendeu a mão para o jarro e voltou a encher seu copo.

– Está vendo o que ela me faz, Ned – o rei sentou-se, embalando o copo de vinho. – Minha querida esposa. E mãe dos meus filhos – a raiva tinha agora desaparecido; em seus olhos Ned viu algo triste e assustado. – Não devia ter batido. Não foi... não foi *régio* – fixou os olhos nas mãos, como se não soubesse bem o que elas eram. – Sempre fui forte... ninguém conseguia me enfrentar, ninguém. Como se luta contra alguém em quem não se pode bater? – confuso, o rei balançou a cabeça. – O Rhaegar... o Rhaegar *ganhou*, maldito seja. Matei-o, Ned, enterrei o espigão naquela armadura negra, espetei-o em seu coração negro, e ele morreu aos meus pés. Fizeram canções sobre isso. Mas de algum modo ele conseguiu ganhar. E agora tem Lyanna, e eu tenho *ela* – o rei esvaziou o copo.

– Vossa Graça – disse Ned Stark –, temos de conversar...

Robert apertou as têmporas com as pontas dos dedos.

– Estou mortalmente farto de conversas. Amanhã vou a Matar caçar. Seja o que for que tenha a dizer, pode esperar até o meu regresso.

– Se os deuses forem bondosos, não estarei aqui quando regressar. Ordenou-me que voltasse para Winterfell, esqueceu?

Robert pôs-se em pé, agarrando-se a um dos pilares da cama para se firmar nas pernas.

– Os deuses raramente são bondosos, Ned. Tome, isto é seu – tirou do bolso no forro do manto o pesado broche da mão de prata e o jogou sobre a cama. – Goste ou não, você é a minha Mão, maldito seja. Proíbo-o de partir.

Ned pegou o broche de prata. Parecia que não lhe era dada escolha. A perna latejou e sentiu-se tão impotente quanto uma criança.

– A moça Targaryen...

O rei gemeu.

– Pelos sete infernos, não comece com ela outra vez. Está feito, não quero mais ouvir falar do assunto.

– Por que me quer como sua Mão se se recusa a ouvir meus conselhos?

– Por quê? – Robert riu. – E por que não? Alguém tem de governar este maldito reino. Coloque o distintivo, Ned. Fica-lhe bem. E se alguma vez voltar a jogá-lo na minha cara, espeto essa maldita coisa em Jaime Lannister.

Catelyn

O céu oriental era rosa e ouro quando o sol surgiu sobre o Vale de Arryn. Catelyn Stark viu a luz espalhar-se, com as mãos pousadas na delicada balaustrada de pedra esculpida, fora da janela. Embaixo, o mundo passou de negro a índigo e a verde à medida que a alvorada rastejava por campos e florestas. Pálidas névoas brancas ergueram-se das Lágrimas de Alyssa, onde as fantasmagóricas águas mergulhavam em uma saliência na montanha para começar sua longa queda pela vertente da Lança do Gigante. Catelyn conseguia sentir o tênue toque do vapor no rosto.

Alyssa Arryn vira o marido, os irmãos e todos os filhos assassinados, mas em vida nunca derramara uma lágrima. Por isso, na morte, os deuses tinham decretado que não conheceria descanso até que seu choro regasse a terra negra do Vale, onde estavam enterrados os homens que amara. Alyssa estava morta havia seis mil anos, e nem uma gota da torrente atingira o fundo do vale, muito abaixo. Catelyn perguntou a si mesma qual seria o tamanho da cascata que suas lágrimas fariam quando morresse.

– Conte-me o resto – disse.

– O Regicida está reunindo uma hoste em Rochedo Casterly – respondeu Sor Rodrik Cassel do quarto atrás dela. – Seu irmão escreve que enviou cavaleiros ao Rochedo exigindo que Lorde Tywin proclamasse suas intenções, mas não obteve resposta. Edmure ordenou a Lorde Vance e a Lorde Piper que aguardassem sob o Dente Dourado. Jura que não cederá nem um pé da terra Tully sem primeiro regá-la com sangue Lannister.

Catelyn virou as costas ao nascer do sol. Sua beleza pouco fazia para melhorar seu humor; parecia cruel que um dia amanhecesse tão belo e terminasse tão feio como aquele prometia.

– Edmure enviou cavaleiros e fez juramentos – disse –, mas não é Edmure o senhor de Correrrio. E o senhor meu pai?

– A mensagem não menciona Lorde Hoster, senhora – Sor Rodrik puxou as suíças. Tinham crescido brancas como a neve e espetadas como um espinheiro enquanto ele se recuperava dos ferimentos; já quase parecia ele mesmo de novo.

– Meu pai não teria dado a Edmure a defesa de Correrrio a menos que estivesse muito doente – disse ela, preocupada. – Devia ter sido acordada assim que essa ave chegou.

– Meistre Colemon disse-me que a senhora sua irmã achou melhor deixá-la dormir.

– Devia ter sido acordada – insistiu Catelyn.

– O meistre disse-me que sua irmã planeja ter uma conversa com a senhora depois do combate – Sor Rodrik respondeu.

– Então ainda pretende ir em frente com essa farsa? – Catelyn fez uma careta. – O anão a tocou como se fosse uma gaita, mas ela é surda demais para ouvir a melodia. Aconteça o que acontecer esta manhã, Sor Rodrik, já é mais que tempo de nos retirarmos. Meu lugar é em Winterfell com meus filhos. Se estiver suficientemente forte para viajar, pedirei a Lysa uma escolta para nos levar a Vila Gaivotas. Podemos embarcar em um navio lá.

– Outro navio? – Sor Rodrik ficou ligeiramente verde, mas conseguiu não estremecer. – Como quiser, senhora.

O velho cavaleiro esperou à porta dos aposentos enquanto Catelyn chamava os criados que Lysa lhe designara. Enquanto a vestiam, pensou que, se falasse com a irmã antes do duelo, talvez fosse capaz de fazê-la mudar de ideia. Os planos de Lysa mudavam com os seus humores, e estes mudavam de hora em hora. A acanhada jovem que conhecera em Correrrio tinha se transformado numa mulher que era alternadamente orgulhosa, atemorizada, cruel, sonhadora, imprudente, medrosa, teimosa, vaidosa e, acima de tudo, *inconstante*.

Quando aquele seu nojento carcereiro viera rastejando lhes dizer que Tyrion Lannister desejava confessar, Catelyn insistira com Lysa para que o anão fosse trazido somente a elas, mas não, nada estaria bom a menos que a irmã conseguisse um espetáculo para metade do Vale. E agora isso...

– O Lannister é *meu* prisioneiro – disse a Sor Rodrik enquanto desciam as escadas da torre e avançavam através dos frios salões brancos do Ninho da Águia. Catelyn vestia lã cinzenta sem ornamentos e um cinto prateado. – Minha irmã tem de ser lembrada disso.

À porta dos aposentos de Lysa, encontraram o tio saindo, furioso.

– Vai se juntar ao festival de tolos? – proferiu bruscamente Sor Brynden. – Eu lhe diria para enfiar algum bom senso em sua irmã à força, se pensasse que isso teria algum resultado, mas só machucaria sua mão.

– Chegou uma ave de Correrrio – começou Catelyn –, uma carta de Edmure...

– Eu sei, filha – o peixe negro que prendia seu manto era a única concessão que Brynden fazia aos ornamentos. – Tive de ouvir a notícia da boca de Meistre Colemon. Pedi à sua irmã permissão para levar mil homens experimentados para Correrrio a toda pressa. Sabe o que ela me disse? *O Vale não pode prescindir de mil espadas, nem mesmo de uma, Tio. É o Cavaleiro do Portão. Seu lugar é aqui* – uma rajada de risos infantis soprou pelas portas abertas atrás dele, e Brynden lançou um relance sombrio por sobre o ombro. – Bem, disse-lhe que bem poderia arranjar um novo Cavaleiro do Portão. Peixe Negro ou não, ainda sou um Tully. Partirei para Correrrio ao cair da noite.

Catelyn não podia fingir surpresa.

– Sozinho? Sabe tão bem como eu que nunca sobreviveria à estrada de altitude. Sor Rodrik e eu vamos regressar a Winterfell. Venha conosco, tio. Eu lhe darei os seus mil homens. Correrrio não lutará sozinho.

Brynden refletiu por um momento e depois concordou com um aceno brusco.

– Será como diz. É o caminho mais longo para casa, mas assim é mais provável que lá chegue. Espero por você lá embaixo – foi-se embora a passos largos, com o manto rodopiando atrás dele.

Catelyn trocou um olhar com Sor Rodrik. Atravessaram as portas na direção do agudo e nervoso som do riso de uma criança.

Os aposentos de Lysa abriam-se para um pequeno jardim, um círculo de terra e plantas plantado com flores azuis e cercado por todos os lados de grandes torres brancas. Os construtores tinham-no planejado como um bosque sagrado, mas o Ninho da Águia era rodeado da pedra dura da montanha, e não importava quanta terra era trazida do Vale, não conseguiam que um represeiro ganhasse raízes ali. Assim, os senhores do Ninho da Águia plantaram grama e espalharam estátuas por entre pequenos arbustos floridos. Seria ali que os dois campeões se defrontariam para colocar suas vidas, e a de Tyrion Lannister, nas mãos dos deuses.

Lysa, recém-escovada e vestida de veludo creme com um cordão de safiras e selenita ao redor do pescoço leitoso, encontrava-se no terraço que dava para o local do combate, rodeada por seus cavaleiros, servidores e senhores, grandes e pequenos. A maior parte ainda acalentava a esperança de desposá-la, dormir com ela e governar o Vale de Arryn a seu lado. Pelo que Catelyn vira durante sua estadia no Ninho da Águia, era uma vã esperança.

Uma plataforma de madeira fora construída para elevar a cadeira de Robert; era aí que se sentava o Senhor do Ninho da Águia, rindo e batendo as mãos enquanto um corcunda, vestido de retalhos azuis e brancos, fazia suas marionetes, dois cavaleiros de madeira, se golpearem mutuamente. Tinham sido trazidos grandes jarros de um creme espesso e cestos de amoras silvestres, e os convidados bebiam um vinho doce, com aroma de laranja, de taças de prata com gravuras. Brynden chamara àquilo *um festival de tolos*, e não era de admirar.

Do outro lado do terraço, Lysa riu alegremente de alguma brincadeira de Lorde Hunter, e mordiscou uma amora espetada na ponta do punhal de Sor Lyn Corbray. Eram os pretendentes que se encontravam em melhor posição nas graças de Lysa... hoje, pelo menos. Catelyn teria dificuldades para decidir qual dos homens era mais inadequado. Eon Hunter era ainda mais velho que Jon Arryn, meio estropiado pela gota e amaldiçoado por três filhos conflituosos, cada um mais ganancioso que o outro. Sor Lyn era um tipo de loucura diferente; esbelto e atraente, herdeiro de uma Casa antiga mas empobrecida, porém vaidoso, imprudente, de temperamento quente... e, segundo se sussurrava, notoriamente desinteressado nos encantos íntimos das mulheres.

Quando Lysa viu Catelyn, recebeu-a com um abraço fraternal e um beijo úmido na face.

– Não está uma manhã adorável? Os deuses nos sorriem. Experimente uma taça de vinho, querida irmã. Lorde Hunter teve a amabilidade de mandá-lo buscar de sua própria adega.

– Obrigada, mas não. Lysa, temos de conversar.

– Depois – prometeu a irmã, já começando a virar-lhe as costas.

– Agora – Catelyn falou mais alto do que desejara. Os homens viraram-se para olhar. – Lysa, não pode querer seguir em frente com essa loucura. Vivo, o Duende tem valor. Morto, não passa de comida para corvos. E se o campeão dele prevalecer aqui...

– Há poucas chances de isso acontecer, senhora – assegurou-lhe Lorde Hunter, dando-lhe pancadinhas no ombro com uma mão cheia de sardas. – Sor Vardis é um valente lutador. Ele dará cabo do mercenário.

– Dará? – disse friamente Catelyn. – Tenho dúvidas – ela vira Bronn lutar na estrada de altitude; não fora por acaso que sobrevivera à viagem, enquanto outros homens tinham morrido. Movia-se como uma pantera, e aquela sua feia espada parecia fazer parte de seu braço.

Os pretendentes de Lysa reuniam-se à volta delas como abelhas em torno de uma flor.

– As mulheres pouco sabem dessas coisas – disse Sor Morton Waynwood. – Sor Vardis é um cavaleiro, querida senhora. Esse outro homem, bem, no fundo os homens desse tipo são todos covardes. São suficientemente úteis em batalha, com milhares de companheiros em volta, mas basta pô-los em combate individual e a virilidade lhes escoa do corpo.

– Suponhamos então que seja verdade o que diz – disse Catelyn com uma cortesia que lhe fez doer a boca. – O que ganharíamos com a morte do anão? Imagina que Jaime se interessará um pouco que seja por termos dado ao irmão um *julgamento* antes de o atirarmos da montanha?

– Decapitem o homem – sugeriu Sor Lyn Corbray. – Quando o Regicida receber a cabeça do Duende, isso lhe servirá de aviso.

Lysa sacudiu impacientemente os longos cabelos ruivos.

– Lorde Robert quer vê-lo voar – disse, como se isso decidisse tudo. – E o Duende só pode culpar a si mesmo. Foi ele que exigiu julgamento por combate.

– A Senhora Lysa não tinha maneira honrosa de lhe negar, mesmo se o desejasse fazer – entoou solenemente Lorde Hunter.

Ignorando-os todos, Catelyn concentrou todas as suas forças na irmã.

– Lembro-lhe de que Tyrion Lannister é *meu* prisioneiro.

– E eu lembro a *você* que o anão assassinou o senhor meu marido! – a voz dela se ergueu. – Envenenou a Mão do Rei e deixou meu querido bebê sem pai, e agora pretende vê-lo pagar por isso! – rodopiando, com as saias balançando em volta das pernas, Lysa atravessou o terraço a passos rápidos. Sor Lyn, Sor Morton e os outros pretendentes despediram-se com acenos frios e a seguiram.

– Você acha que ele fez isso? – perguntou-lhe Sor Rodrik em voz baixa quando ficaram de novo a sós. – Refiro-me a assassinar Jon Arryn. O Duende ainda nega, e com grande veemência…

– Acredito que os Lannister assassinaram Lorde Arryn – respondeu Catelyn –, mas se foi Tyrion, Sor Jaime, a rainha, ou todos juntos, nem posso começar a decidir – Lysa tinha mencionado o nome de Cersei na carta que enviara para Winterfell, mas agora parece certa de que Tyrion é o autor do crime… talvez porque o anão estava ali, ao passo que a rainha se encontrava a salvo atrás das muralhas da Fortaleza Vermelha, a milhares de léguas ao sul. Catelyn quase desejava ter queimado a carta da irmã *antes* de tê-la lido.

Sor Rodrik puxou as suíças.

– O veneno, bem… é verdade que isso podia ser trabalho do anão. Ou de Cersei. Diz-se que veneno é a arma das mulheres, com o seu perdão, minha senhora… Agora, o Regicida… não tenho grande apreço pelo homem, mas ele não é desse tipo. Gosta muito de ver sangue naquela sua espada dourada. *Terá sido* veneno, senhora?

Catelyn franziu a testa, vagamente incomodada.

– De que outra forma teriam eles feito com que a morte parecesse natural? – atrás dela Lorde Robert guinchou, deliciado, quando um dos cavaleiros fantoches cortou o outro ao meio, derramando uma enchente de serragem vermelha no terraço. Catelyn olhou de relance para o sobrinho e suspirou. – O garoto não tem absolutamente disciplina nenhuma. Nunca será suficientemente forte para governar, a menos que seja afastado da mãe por algum tempo.

– O senhor seu pai concordaria com a senhora – disse uma voz vinda por trás de Catelyn. Virou-se e deparou com Meistre Colemon com uma taça de vinho na mão. – Planejava mandar o garoto para a Pedra do Dragão, para ser criado, sabia... Ah, mas não devia ter dito isso – o pomo-de-adão oscilou ansiosamente sob a larga corrente de meistre. – Temo que tenha bebido demais do excelente vinho de Lorde Hunter. A perspectiva do derramamento de sangue deixou-me os nervos todos em desordem...

– Está enganado, meistre – disse Catelyn. – Era Rochedo Casterly, não Pedra do Dragão, e essas combinações foram feitas depois da morte da Mão, sem o consentimento da minha irmã.

A cabeça do meistre deu uma sacudidela tão vigorosa sobre o pescoço absurdamente longo que ele mesmo se pareceu por um momento com uma marionete.

– Não, com a sua licença, minha senhora, mas foi Lorde Jon que...

Um sino soou com estrondo abaixo deles. Tanto os grandes senhores como as criadas interromperam o que estavam fazendo e se dirigiram para a balaustrada. Embaixo, dois guardas de manto azul-celeste trouxeram Tyrion Lannister. O rechonchudo septão do Ninho da Águia o escoltou até a estátua no centro do jardim, uma mulher chorosa esculpida num mármore cheio de veios, sem dúvida uma representação de Alyssa.

– O homenzinho mau – disse Lorde Robert, entre risinhos. – Mãe, posso fazê-lo voar? Quero vê-lo voar.

– Mais tarde, meu doce bebê – prometeu-lhe Lysa.

– Primeiro o julgamento – pronunciou vagarosamente Sor Lyn Corbray –, *depois* a execução.

Um momento mais tarde, os dois campeões surgiram de lados opostos do jardim. O cavaleiro era servido por dois jovens escudeiros; o mercenário, pelo mestre de armas do Ninho da Águia.

Sor Vardis Egen vestia aço dos pés à cabeça, enfiado numa pesada armadura couraçada sobre cota de malha e uma capa almofadada. Grandes ornamentos esmaltados de creme e azul com o símbolo da lua e do falcão da Casa Arryn protegiam a vulnerável articulação do braço com o peito. Uma saia de tiras de metal cobria-lhe o corpo desde a cintura até o meio da coxa, ao passo que um sólido gorjal lhe envolvia a garganta. Asas de falcão projetavam-se das têmporas de seu elmo, e a viseira era um pontiagudo bico de metal com uma estreita fenda para dar visibilidade.

Bronn tinha uma proteção tão simples que parecia quase nu ao lado do cavaleiro. Usava apenas uma cota de malha, negra e oleada, cobrindo-lhe o torso sobre couro cozido, um meio elmo redondo de aço com proteção para o nariz e uma rede de cota de malha na cabeça. Botas de couro de cano alto com anteparos de aço davam-lhe alguma proteção às pernas, e tinha discos de ferro negro cosidos aos dedos das luvas. Mas Catelyn reparou que o mercenário era meia mão mais alto que o adversário, com maior alcance... e, ou ela não sabia avaliar idades, ou Bronn era uns quinze anos mais novo.

Ajoelharam-se na grama sob a mulher chorosa, de frente um para o outro, com o Lannister entre ambos. O septão tirou uma esfera de cristal facetada do leve saco de tecido que trazia à cintura. Ergueu-a bem alto acima da cabeça, e a luz estilhaçou-se. Arcos-íris dançaram pelo rosto do Duende. Com voz sonora, solene e melodiosa, o septão pediu aos deuses que olhassem para baixo e testemunhassem, a fim de encontrar a verdade na alma daquele homem, para conceder-lhe a vida e a liberdade, se fosse inocente, ou a morte, se culpado. Sua voz ecoava nas torres ao redor.

Depois de o último eco se desvanecer, o septão baixou o cristal e partiu às pressas. Tyrion inclinou-se e segredou qualquer coisa ao ouvido de Bronn antes que os guardas o levassem. O mercenário pôs-se em pé, rindo, e sacudiu uma folha de grama do joelho.

Robert Arryn, Senhor do Ninho da Águia e Defensor do Vale, mexia-se impacientemente em sua cadeira elevada.

– Quando é que eles vão lutar? – ele perguntou em tom lamentoso.

Sor Vardis foi ajudado a se erguer por um dos escudeiros. O outro lhe trouxe um escudo triangular com quase um metro e vinte de altura, feito de pesado carvalho pontilhado com rebites de ferro. Os escudeiros ataram o escudo ao braço esquerdo do cavaleiro. Quando o mestre de armas de Lysa ofereceu a Bronn um escudo semelhante, o mercenário cuspiu e afastou-o com um gesto. Uma grosseira barba negra de três dias cobria-lhe o maxilar e as bochechas, mas, se não a cortava, não era por falta de navalha; o gume de sua espada possuía o perigoso brilho de aço amolado todos os dias durante horas até ficar afiado demais para ser tocado.

Sor Vardis estendeu a mão enluvada, e o escudeiro colocou-lhe entre os dedos uma comprida e bela espada de dois gumes. A lâmina estava gravada com o delicado rendilhado em prata de um céu de montanha; o botão do punho era uma cabeça de falcão, a guarda tinha sido esculpida com a forma de asas.

– Mandei fabricar aquela espada para Jon em Porto Real – disse Lysa orgulhosamente aos convidados enquanto observavam Sor Vardis experimentar um golpe. – Ele a usava sempre que se sentava no Trono de Ferro no lugar do Rei Robert. Não é adorável? Achei adequado que nosso campeão vingue Jon com sua própria lâmina.

A lâmina com prata gravada era sem dúvida bela, mas a Catelyn parecia que Sor Vardis talvez tivesse se sentido mais confortável com sua própria espada. No entanto, nada disse; estava cansada de discussões inúteis com a irmã.

– Faça-os lutar! – gritou Lorde Robert.

Sor Vardis virou-se para o Senhor do Ninho da Águia e ergueu a espada numa saudação.

– Pelo Ninho da Águia e pelo Vale!

Tyrion Lannister sentou-se na varanda do outro lado do jardim, flanqueado pelos guardas. Foi para ele que Bronn se virou com uma saudação apressada.

– Eles esperam a sua ordem – disse a Senhora Lysa ao senhor seu filho.

– *Lutem!* – gritou o garoto, com as mãos tremendo, agarradas à cadeira.

Sor Vardis girou, erguendo o pesado escudo. Bronn virou-se para enfrentá-lo. As espadas ressoaram, uma, duas vezes, testando-se. O mercenário recuou um passo. O cavaleiro avançou, segurando o escudo à sua frente. Tentou um golpe, mas Bronn saltou para trás, bem para longe de seu alcance, e a lâmina prateada apenas cortou o ar. Bronn rodeou-o pela direita. Sor Vardis virou-se, seguindo-o, mantendo o escudo entre ambos. O cavaleiro avançou, pousando com cuidado os pés no chão irregular. O mercenário cedeu, com um tênue sorriso brincando em seus lábios. Sor Vardis atacou, lançando cutiladas, mas Bronn saltou para fora de seu alcance, pulando com ligeireza por cima de uma pedra baixa, coberta de musgo. Agora, o mercenário flanqueava pela esquerda, para longe do escudo, na direção do lado desprotegido do cavaleiro. Sor Vardis tentou uma estocada em suas pernas, mas não tinha alcance suficiente. Bronn dançou mais para a esquerda. Sor Vardis girou no mesmo lugar.

– O homem é um medroso – declarou Lorde Hunter. – Pare e lute, covarde! – outras vozes fizeram eco àquele sentimento.

Catelyn olhou para Sor Rodrik. O mestre de armas deu uma concisa sacudidela na cabeça.

– Ele quer fazer com que Sor Vardis o persiga. O peso da armadura e do escudo cansará até o mais forte dos homens.

Ele vira homens treinar esgrima quase todos os dias de sua vida, assistira, em sua época, a meia centena de torneios, mas isso era algo diferente e mais mortífero, uma dança na qual o menor passo em falso significaria a morte. E, enquanto observava, a memória de outro duelo, em outro tempo, regressou ao espírito de Catelyn Stark, tão nítida como se tivesse acontecido no dia anterior.

Tinham se encontrado na muralha inferior de Correrio. Quando Brandon viu que Petyr usava apenas elmo, peitoral e cota de malha, despiu a maior parte de sua armadura. Petyr o lembrou que podia usá-la, mas ele rejeitara. O senhor seu pai a prometera a Brandon Stark, e por isso foi a ele que deu o seu sinal, um lenço azul-claro que bordara com a truta saltante de Correrio. No momento em que apertava o lenço entre os dedos, ela confessou: "Ele não passa de um rapaz insensato, mas amei-o como a um irmão. Sofreria demais se o visse morrer". E seu prometido a olhou com os frios olhos cinzentos de um Stark e lhe prometeu poupar a vida do rapaz que a amava.

Aquela luta terminara quase tão depressa como começara. Brandon era um homem-feito, e empurrou Mindinho ao longo de toda a muralha e pela escada da água abaixo, fazendo chover aço sobre ele a cada passo, até deixá-lo cambaleando e sangrando de uma dúzia de ferimentos. "Renda-se!", ele gritou, mais de uma

vez, mas Petyr limitara-se a balançar a cabeça e continuou lutando, carrancudo. Quando o rio já lhes batia nos tornozelos, Brandon finalmente acabou com a luta, com um golpe brutal dado
por trás que cortou a malha e o couro de Petyr e se enterrou
na carne mole sob suas costelas, tão profundamente que Catelyn
teve certeza de que a ferida era mortal. Ele a olhara ao cair e
murmurara "Cat", enquanto o sangue vermelho vivo brotava por
entre os dedos recobertos de cota de malha. Catelyn julgara que
tivesse esquecido aquilo.

Fora a última vez em que vira seu rosto... até o dia em que
foi trazida à sua presença em Porto Real.

Decorrera uma quinzena até Mindinho estar suficientemente forte para abandonar Correrrio, mas o senhor seu pai a proibi-
ra de visitá-lo na torre onde convalescia. Lysa ajudara o meistre a
tratar dele; naquela época, era mais suave e tímida. Edmure também tentara visitá-lo, mas Petyr o mandara embora. O irmão de
Catelyn atuara como escudeiro de Brandon no duelo, e Mindinho não o perdoaria. Assim que ficou suficientemente forte para
ser movido, Lorde Hoster Tully mandou Petyr Baelish embora
em uma liteira fechada, para terminar de se curar nos Dedos, no
promontório rochoso varrido pelo vento onde nascera.

O ressoante estrondo de aço trouxe Catelyn de volta ao presente. Sor Vardis atacava Bronn com força, caindo-lhe em cima
com o escudo e a espada. O mercenário recuava, parando todos
os golpes, saltando agilmente sobre pedras e raízes, sem nunca
afastar os olhos do inimigo. Catelyn viu que ele era o mais rápido; a espada prateada do cavaleiro nunca chegava perto de tocá-
-lo, mas sua feia lâmina cinzenta fizera um entalhe na placa de
ombro de Sor Vardis.

A breve agitação do combate terminou tão depressa como
começara, quando Bronn deu um passo para o lado e deslizou
para trás da estátua da mulher chorosa. Sor Vardis golpeou o lo-

cal onde ele estivera, fazendo saltar uma faísca do mármore claro da coxa de Alyssa.

– Eles não estão lutando bem, mãe – queixou-se o Senhor do Ninho da Águia. – Quero que eles *lutem*.

– Vão lutar, querido filho – ela tentou sossegá-lo. – O mercenário não pode fugir o dia todo.

Bronn saiu de trás da estátua, duro e rápido, ainda deslocando-se para a esquerda, desferindo um golpe a duas mãos no desprotegido lado direito do cavaleiro. Sor Vardis o parou, mas de forma desajeitada, e a espada do mercenário relampejou para cima, na direção de sua cabeça. Metal ressoou, e uma asa de falcão quebrou-se com estrondo. Sor Vardis deu meio passo para trás a fim de se recuperar do golpe e ergueu o escudo. Lascas de carvalho voaram quando a espada de Bronn fez um entalhe na muralha de madeira. O mercenário voltou a dar um passo para a esquerda, para longe do escudo, e apanhou Sor Vardis no estômago, abrindo um corte brilhante quando o aguçado gume da espada penetrou no peitoral do cavaleiro.

Sor Vardis apoiou-se no pé para avançar, fazendo descer sua lâmina prateada num arco violento. Bronn afastou-o para o lado e dançou para longe. O cavaleiro esbarrou na mulher chorosa, fazendo-a oscilar sobre a base. Entontecido, deu um passo para trás, virando a cabeça para os lados em busca do adversário. A ranhura na viseira do elmo estreitava-lhe o campo de visão.

– Atrás de si, senhor! – gritou Lorde Hunter, tarde demais. Bronn fez cair a espada, com ambas as mãos, apanhando Sor Vardis no cotovelo do braço que empunhava a arma. As finas tiras de metal que protegiam a articulação se quebraram com um *crunch*. O cavaleiro soltou um grunhido, virando-se, torcendo a espada para cima. Dessa vez, Bronn manteve-se firme. As espadas voaram uma contra a outra, e a canção de aço encheu o jardim e ressoou nas torres brancas do Ninho da Águia.

– Sor Vardis está ferido – disse Sor Rodrik, com voz grave.

Catelyn não precisava que isso lhe fosse dito; tinha olhos, via o brilhante sangue que corria ao longo do braço do cavaleiro, a umidade dentro da articulação do cotovelo. Cada parada era um pouco mais lenta e um pouco mais baixa que a anterior. Sor Vardis virou o flanco ao adversário, tentando usar o escudo para bloquear a espada do mercenário, mas Bronn deslizou à sua volta, rápido como um gato. Parecia ficar cada vez mais forte. Seus golpes agora deixavam marcas. Profundos golpes brilhantes cintilavam por todo lado, na armadura do cavaleiro, em sua coxa direita, na viseira em forma de bico, cruzando-lhe o peitoral, um longo percorrendo-lhe o gorjal. O ornamento da lua e do falcão sobre o braço direito de Sor Vardis tinha sido quebrado ao meio, pendendo da presilha. Conseguia-se ouvir sua respiração laboriosa rouquejando através das fendas de ar da viseira.

Mesmo cegos pela arrogância, os cavaleiros e senhores do Vale eram capazes de ver o que estava acontecendo diante de seus olhos, mas Lysa, não.

– Basta, Sor Vardis! – ela gritou para baixo. – Acabe com ele já, meu filhinho está ficando cansado.

E há que ser dito em honra de Sor Vardis que ele foi fiel às ordens de sua senhora até o fim. Num momento cambaleava para trás, meio acocorado atrás do escudo cheio de marcas de golpe, e no seguinte avançou. O súbito ímpeto de touro apanhou Bronn desequilibrado. Sor Vardis chocou-se contra ele e atirou a aresta do escudo contra o rosto do mercenário. Bronn quase, *quase*, perdeu o apoio... cambaleou para trás, tropeçou numa pedra e agarrou-se à mulher chorosa para manter o equilíbrio. Atirando fora o escudo, Sor Vardis guinou sobre ele, usando ambas as mãos para erguer a espada. O braço direito estava agora com sangue do cotovelo aos dedos, mas seu último golpe desesperado teria talhado Bronn do pescoço ao umbigo… se o mercenário tivesse se levantado para recebê-lo.

Mas Bronn saltou para trás. A bela espada gravada em prata de Jon Arryn resvalou no cotovelo de mármore da mulher chorosa e um terço da ponta se quebrou. Bronn empurrou as costas da estátua com o ombro. O desgastado retrato de Alyssa vacilou e caiu com grande estrondo, e Sor Vardis Egen tombou por baixo dele.

Num instante, Bronn estava sobre o cavaleiro, chutando para o lado o que restava do ornamento partido a fim de expor o ponto fraco entre o braço e o peitoral. Sor Vardis jazia de lado, preso sob o tronco quebrado da mulher chorosa. Catelyn ouviu o cavaleiro gemer quando o mercenário ergueu sua arma com ambas as mãos e a baixou, pondo no golpe todo o seu peso, por baixo do braço e por entre as costelas. Sor Vardis Egen estremeceu e ficou imóvel.

Sobre o Ninho da Águia pairou o silêncio. Bronn arrancou o meio elmo e o deixou cair na grama. Tinha o lábio amassado e sangrento onde fora atingido pelo escudo, e os cabelos negros como o carvão estavam empapados de suor. Cuspiu um dente partido.

– Acabou, mãe? – perguntou o Senhor do Ninho da Águia.

Não, Catelyn quis lhe dizer, *está apenas começando.*

– Sim – disse Lysa sombriamente, com a voz tão fria e morta como o capitão de sua guarda.

– Posso fazer o homenzinho voar agora?

Do outro lado do jardim, Tyrion Lannister pôs-se em pé.

– *Este* homenzinho, não – disse. – Este homenzinho irá para baixo no cesto dos nabos, muito obrigado.

– Presume… – começou Lysa.

– Presumo que a Casa Arryn recorde suas próprias palavras – disse o Duende. – *Tão Alto Como a Honra.*

– A senhora me prometeu que eu o faria voar – gritou o Senhor do Ninho da Águia à mãe, e começou a tremer.

O rosto da Senhora Lysa estava corado de fúria.

– Os deuses acharam por bem proclamá-lo inocente, filho. Não temos outra escolha que não seja libertá-lo – ergueu a voz. – Guardas. Levem o senhor Lannister e o seu... a sua *criatura* para longe da minha vista. Escoltem-nos até o Portão Sangrento e os libertem. Cuidem para que tenham cavalos e abastecimentos suficientes para alcançar o Tridente, e assegurem-se de que todos os seus bens e armas lhes sejam devolvidos. Precisarão deles na estrada de altitude.

– A estrada de altitude – disse Tyrion Lannister. Lysa permitiu-se um tênue sorriso satisfeito. Catelyn compreendeu que era outro tipo de sentença de morte. Tyrion Lannister devia sabê-lo também. Mas o anão concedeu à Senhora Arryn uma reverência trocista. – Que seja conforme ordena, minha senhora. Julgo que conhecemos o caminho.

Jon

— **S**ão os rapazes mais incapazes que já treinei — anunciou Sor Alliser Thorne depois de se reunirem todos no pátio. — Suas mãos foram feitas para pegar em pás de recolher estrume, não em espadas, e se dependesse de mim, iriam todos criar porcos. Mas ontem à noite me foi dito que Gueren traz cinco rapazes novos pela Estrada do Rei. Um ou dois podem até valer o preço de um mijo. Para abrir lugar para eles, decidi passar oito de vocês ao Senhor Comandante, para que faça de vocês o que bem entenda — chamou pelos nomes um a um. — Sapo. Cabeça Dura. Auroque. Amante. Espinha. Macaco. Sor Vadio — por fim, olhou para Jon. — E o bastardo.

Pyp soltou um *uuup*, e espetou a espada no ar. Sor Alliser fitou-o com um olhar de réptil.

— Vão se chamar agora homens da Patrulha da Noite, mas se acreditarem nisso, são tolos maiores ainda do que o Macaco de Saltimbanco. Ainda são rapazes, verdes e fedendo a verão, mas quando o inverno vier, morrerão como moscas — e com aquilo Sor Alliser Thorne retirou-se.

Os outros rapazes reuniram-se em torno dos oito que tinham sido nomeados, rindo, praguejando e dando-lhes os parabéns. Halder deu uma pancada no traseiro de Sapo com o lado da espada e gritou:

— O Sapo, da Patrulha da Noite!

Gritando que um irmão negro precisava de um cavalo, Pyp saltou para os ombros de Grenn e caíram ambos ao chão, rolando, aos socos e aos gritos. Dareon precipitou-se para o armeiro e regressou com um odre de tinto amargo. Enquanto passavam o vinho de mão em mão, sorrindo como idiotas, Jon reparou em

Samwell Tarly, que estava sozinho debaixo de uma árvore morta sem folhas, a um canto do pátio. Ofereceu-lhe o odre.

– Um trago de vinho?

Sam balançou a cabeça.

– Não, obrigado, Jon.

– Você está bem?

– Muito bem, garanto – mentiu o rapaz gordo. – Estou feliz por todos vocês – a face redonda tremeu quando forçou um sorriso. – Um dia você será Primeiro Patrulheiro, tal como era o seu tio.

– Tal como *é* – corrigiu Jon. Não aceitava que Benjen Stark estivesse morto. Antes de poder continuar, Halder gritou:

– Dê aqui, pensa que vai beber tudo sozinho? – Pyp arrancou-lhe o odre da mão e afastou-se dançando, rindo. Enquanto Grenn lhe agarrava o braço, Pyp deu um apertão no odre e um fino jato vermelho esguichou no rosto de Jon. Halder urrou em protesto contra o desperdício do bom vinho. Jon cuspiu e debateu-se. Matthar e Jeren subiram no muro e começaram a jogar bolas de neve em todos eles.

Quando conseguiu se libertar, com neve nos cabelos e manchas de vinho na capa, Samwell Tarly tinha desaparecido.

Nessa noite, o Hobb Três Dedos cozinhou para os rapazes uma refeição especial, a fim de marcar a ocasião. Quando Jon chegou à sala comum, foi o próprio Senhor Intendente que o levou para o banco junto ao fogo. Os homens mais velhos deram-lhe palmadas no braço quando passou por eles. Os oito que em breve seriam irmãos banquetearam-se com uma peça de cordeiro assada em crosta de alho e ervas, guarnecida com raminhos de menta e rodeada com purê de nabo nadando em manteiga.

– Da mesa do próprio Senhor Comandante – disse-lhes Bowen Marsh. Havia saladas de espinafre, grão-de-bico e nabos-redondos, e de sobremesa, tigelas de amoras silvestres geladas e creme doce.

– Acham que vão nos manter juntos? – Pyp quis saber enquanto se empanturravam com todo o gosto.

Sapo fez uma careta.

– Espero que não. Estou cansado de olhar para essas suas orelhas.

– Ah – disse Pyp. – Vejam o corvo chamando o melro de preto. Você será com certeza um patrulheiro, Sapo. Vão querê-lo tão longe do castelo quanto for possível. Se Mance Rayder atacar, levante a viseira e mostre-lhe sua cara, ele há de fugir aos gritos.

Todos riram, menos Grenn.

– Espero que *eu* me torne patrulheiro.

– Você e todo mundo – disse Matthar. Todos os homens que vestiam negro percorriam a Muralha, e esperava-se de todos que estivessem prontos para lidar com aço em sua defesa, mas os patrulheiros eram o verdadeiro coração lutador da Patrulha da Noite. Eram eles que se atreviam a patrulhar para lá da Muralha, percorrendo a Floresta Assombrada e as geladas altitudes da montanha a oeste da Torre Sombria, lutando contra selvagens, gigantes e monstruosos ursos das neves.

– Nem todos – disse Halder. – Para mim são os construtores. De que serviriam os patrulheiros se a Muralha caísse?

A Ordem dos Construtores fornecia pedreiros e carpinteiros para reparar fortalezas e torres, mineiros para escavar túneis e esmagar pedra para estradas e caminhos, lenhadores para limpar as novas árvores sempre que a floresta se aproximava demais da Muralha. Uma vez, dizia-se, tinham cortado imensos blocos de gelo de lagos congelados, bem no interior da Floresta Assombrada, arrastando-os para o sul em trenós, para que a Muralha pudesse ser erguida ainda mais alta. Mas esses dias tinham terminado havia séculos; agora, tudo que podiam fazer era percorrer a Muralha de Atalaialeste até a Torre Sombria, em busca de fendas ou sinais de degelo, e realizar os reparos que conseguissem.

– O Velho Urso não é nenhum tolo – observou Daeron. – Você com certeza será construtor, e Jon será certamente patrulheiro. É, de todos nós, o melhor espadachim e o melhor cavaleiro, e o tio foi o primeiro antes de... – sua voz sumiu, de forma desajeitada, quando ele percebeu o que quase ia dizendo.

– Benjen Stark ainda é Primeiro Patrulheiro – disse-lhe Jon Snow, brincando com sua tigela de amoras silvestres. Os outros podiam ter perdido toda a esperança de que o tio regressasse são e salvo, mas ele não. Afastou as amoras, quase sem tocá-las, e levantou-se do banco.

– Não vai comer isso? – Sapo perguntou.

– São suas – Jon quase não saboreara o grande festim de Hobb. – Não consigo dar nem mais uma colherada – tirou o manto do gancho perto da porta e abriu caminho para fora.

Pyp o seguiu.

– Jon, o que se passa?

– O Sam – admitiu. – Esta noite não esteve à mesa.

– Não é do feitio dele faltar a uma refeição – Pyp disse pensativamente. – Acha que está doente?

– Está assustado. Estamos abandonando-o – recordou o dia em que deixou Winterfell, todas as despedidas agridoces; Bran que jazia todo quebrado, Robb com neve nos cabelos, Arya fazendo chover beijos sobre ele depois de lhe dar Agulha. – Depois de fazermos nosso juramento, todos teremos deveres a cumprir. Alguns de nós poderão ser enviados para longe, para Atalaialeste ou para a Torre Sombria. Sam continuará em treinamento, com gente como Rast, Cuger e esses rapazes novos que vêm pela Estrada do Rei. Só os deuses sabem como serão, mas pode apostar que Sor Alliser vai colocá-los contra ele na primeira oportunidade que tiver.

Pyp fez uma careta.

– Você fez o que podia.

– O que podíamos fazer não bastou – Jon respondeu.

Tinha em si um profundo desassossego quando regressou à Torre de Hardin para buscar Fantasma. O lobo gigante caminhou ao seu lado até os estábulos. Alguns dos cavalos mais nervosos escoicearam as baias e baixaram as orelhas quando eles entraram. Jon colocou a sela na sua égua, montou e cavalgou para fora de Castelo Negro, dirigindo-se para o sul na noite iluminada pela lua. Fantasma correu à sua frente, voando sobre o solo, desaparecendo num piscar de olhos. Jon o deixou ir. Um lobo precisa caçar.

Não tinha nenhum destino em mente. Só queria cavalgar. Seguiu o riacho durante algum tempo, escutando o gotejar gelado da água sobre as pedras, e depois cortou pelos campos até a Estrada do Rei. Estendia-se à sua frente, estreita, pedregosa e marcada por ervas daninhas, uma estrada que não prometia nada de especial, mas o fato de vê-la encheu Jon Snow de uma imensa saudade. Aquela estrada ia dar em Winterfell, e depois em Correrrio, Porto Real e Ninho da Águia, e em tantos outros lugares; o Rochedo Casterly, as Ilhas das Caras, as montanhas vermelhas de Dorne, as cem ilhas de Bravos, no mar, as ruínas fumegantes da velha Valíria. Todos os lugares que Jon nunca veria. Chegava-se ao mundo por aquela estrada... e ele estava ali.

Uma vez feito o juramento, a Muralha seria seu lar até ficar velho como Meistre Aemon.

– Ainda não o fiz – murmurou. Não era nenhum fora da lei, obrigado a vestir o negro ou pagar o preço por seus crimes. Fora para lá livremente, e assim poderia partir... até dizer as palavras. Só precisava avançar, e deixaria tudo para trás. Quando a lua cheia voltasse, estaria de novo em Winterfell com os irmãos.

Com os *meios*-irmãos, lembrou-lhe uma voz interior. *E com a Senhora Stark, que não lhe dará as boas-vindas.* Não havia lugar para ele em Winterfell, e também não o havia em Porto Real.

Nem sequer a própria mãe tivera lugar para ele. Pensar nela o deixou triste. Quis saber quem ela era, qual era seu aspecto, por que o pai a abandonara. *Porque era uma prostituta ou uma adúltera, idiota. Qualquer coisa obscura e desonrosa, caso contrário, por que teria Lorde Stark tanta vergonha de falar dela?*

Jon Snow virou as costas à Estrada do Rei para olhar para trás. Os fogos de Castelo Negro estavam escondidos por detrás de uma colina, mas via-se a Muralha, clara sob a lua, vasta e fria, correndo de horizonte a horizonte.

Fez o cavalo dar meia-volta e dirigiu-se para casa.

Fantasma regressou no momento em que ultrapassava uma elevação e via o distante brilho de uma lamparina na Torre do Senhor Comandante. Enquanto o lobo gigante trotava ao lado do cavalo, viu que tinha o focinho vermelho de sangue. Depois, deu por si pensando de novo em Samwell Tarly. Ao chegar aos estábulos, já sabia o que devia fazer.

Os aposentos de Meistre Aemon ficavam numa sólida torre de madeira sob o viveiro dos corvos. Idoso e frágil, ele partilhava a habitação com dois dos intendentes mais novos, que atendiam às suas necessidades e o ajudavam a desempenhar seus deveres. Os irmãos gracejavam, dizendo que lhe tinham sido atribuídos os dois homens mais feios da Patrulha da Noite; como era cego, era poupado de ter de olhar para eles. Clydas era baixo, calvo e sem queixo, com pequenos olhos cor-de-rosa como uma toupeira. Chett tinha um quisto no pescoço do tamanho de um ovo de pombo, e uma cara vermelha com furúnculos e espinhas. Talvez fosse por isso que parecia sempre tão zangado.

Foi Chett quem respondeu ao toque de Jon.

— Preciso falar com Meistre Aemon — disse-lhe Jon.

— O meistre está na cama, onde você devia estar. Volte de manhã e ele talvez o receba — e começou a fechar a porta.

Jon pôs a bota na soleira, mantendo-a aberta.

– Preciso falar com ele agora. De manhã será tarde demais.

Chett franziu as sobrancelhas.

– O meistre não está habituado a ser acordado durante a noite. Sabe que idade ele tem?

– Idade suficiente para tratar os visitantes com mais educação do que você – disse Jon. – Transmita-lhe as minhas desculpas. Não perturbaria seu descanso se não fosse importante.

– E se eu recusar?

Jon tinha a bota solidamente apoiada contra a porta.

– Posso ficar aqui a noite inteira se for preciso.

O irmão negro fez um som de repugnância e abriu a porta para deixá-lo entrar.

– Espere na biblioteca. Há lenha. Acenda o fogo. Não quero que o meistre apanhe um resfriado por sua causa.

Jon já tinha a lenha estalando animadamente quando Chett fez entrar Meistre Aemon. O velho vinha vestido com seu roupão de cama, mas em volta da garganta trazia o colar de correntes da sua Ordem. Um meistre não o tirava nem mesmo para dormir.

– A cadeira junto ao fogo seria agradável – disse ao sentir o calor na face. Depois de estar confortavelmente instalado, Chett cobriu-lhe as pernas com uma pele e foi para junto da porta.

– Lamento tê-lo acordado, meistre – disse Jon Snow.

– Não me acordou – respondeu Meistre Aemon. – Descobri que necessito de menos sono à medida que envelheço, e já envelheci muito. É frequente passar metade da noite na companhia de fantasmas, recordando tempos idos há cinquenta anos como se tivessem sido ontem. O mistério de um visitante da meia-noite é uma diversão bem-vinda. Por isso, diga-me, Jon Snow, por que veio falar comigo a esta estranha hora?

– Para pedir que Samwell Tarly seja tirado dos treinos e admitido como irmão da Patrulha da Noite.

– Isso não diz respeito ao Meistre Aemon – Chett protestou.

– Nosso Senhor Comandante pôs o treino dos recrutas nas mãos de Sor Alliser Thorne – disse o meistre com gentileza. – Só ele pode dizer quando um rapaz está pronto para fazer seu juramento, como seguramente você já sabe. Por que então veio me procurar?

– O Senhor Comandante escuta o que o senhor tem a dizer – disse-lhe Jon. – E os feridos e doentes da Patrulha da Noite estão a seu cargo.

– E está o seu amigo Samwell ferido ou doente?

– Ficará – garantiu Jon –, a menos que o ajude.

E contou-lhe tudo, até a parte quando incitara Fantasma à garganta de Rast. Meistre Aemon escutou em silêncio, de olhos cegos fitos no fogo, mas o rosto de Chett foi se fechando a cada palavra.

– Sem nós para mantê-lo em segurança, Sam não terá nenhuma chance – Jon terminou. – Ele é absolutamente *incapaz* com uma espada na mão. Minha irmã Arya poderia desarmá-lo, e ela sequer tem dez anos. Se Sor Alliser o fizer lutar, é só questão de tempo até Sam ser ferido ou morto.

Chett não aguentou mais.

– Já vi esse rapaz gordo na sala comum – disse. – Ele é um porco, e se o que diz for verdade, é também um irremediável covarde.

– Talvez o seja – disse Meistre Aemon. – Diga-me, Chett, o que sugere que façamos com um rapaz desses?

– Deixe-o onde está – Chett respondeu. – A Muralha não é lugar para os fracos. Que ele treine até estar preparado, e não importa quantos anos sejam necessários. Sor Alliser fará dele um homem ou o matará, conforme a vontade dos deuses.

– Isso é *estúpido* – disse Jon. Inspirou profundamente para ordenar os pensamentos. – Lembro-me de que há algum tempo perguntei a Meistre Luwin por que usava uma corrente em volta da garganta.

Meistre Aemon tocou ligeiramente seu colar, fazendo passar os dedos ossudos e enrugados pelos pesados elos de metal.

– Continue.

– Ele me disse que um colar de meistre é feito de elos para lembrá-lo de seu juramento de servir – disse Jon, recordando. – Perguntei por que cada elo era feito de um metal diferente. Disse-lhe que uma corrente de prata combinaria muito melhor com a sua toga cinza. Meistre Luwin deu risada. Disse-me que um meistre forja sua corrente com o estudo. Cada um dos diferentes metais representa um tipo diferente de aprendizagem: o ouro é o estudo do dinheiro e das contas, a prata são as artes curativas, o ferro, as da guerra. E disse que havia também outros significados. O colar seria para recordar a um meistre o reino que serve, não é assim? Os Senhores são o ouro e os cavaleiros, o aço, mas dois aros não podem fazer uma corrente. Também é necessária a prata, o ferro e o chumbo, o estanho, o cobre, o bronze e todo o resto, e esses são os agricultores, ferreiros, mercadores e demais tipos de pessoas. Uma corrente precisa de todos os tipos de metal, e uma terra precisa de todos os tipos de pessoas.

Meistre Aemon sorriu.

– E então?

– A Patrulha da Noite também precisa de todos os tipos de pessoas. De outro modo, por que haveria patrulheiros, intendentes e construtores? Lorde Randyll não seria capaz de transformar Sam num guerreiro, e Sor Alliser também não será. Não é possível martelar o estanho e transformá-lo em ferro, por mais força que se ponha no martelo, mas isso não significa que o estanho seja inútil. Por que não haverá Sam de ser um intendente?

Chett franziu uma sobrancelha, irritado.

– *Eu* sou um intendente. Pensa que é trabalho fácil, adequado para covardes? A Ordem dos Intendentes mantém a patrulha viva. Caçamos e cultivamos, tratamos dos cavalos, ordenhamos as vacas, recolhemos lenha, cozinhamos as refeições. Quem você pensa que faz as suas roupas? Quem traz abastecimentos do sul? Os intendentes.

Meistre Aemon foi mais gentil.

– Seu amigo é um caçador?

– Ele detesta caçar – Jon teve que admitir.

– É capaz de arar um terreno? – perguntou o meistre. – Sabe conduzir uma carroça ou navegar num navio? Seria capaz de matar uma vaca?

– Não.

Chett soltou uma gargalhada desagradável.

– Já vi o que acontece aos fidalgos moles quando são postos para trabalhar. Mandem-nos fazer manteiga, as mãos se enchem de bolhas e começam a sangrar. Deem-lhes um machado para partir lenha, eles cortam o próprio pé.

– Eu sei de uma coisa que Sam poderia fazer melhor que ninguém.

– Sim? – disse Meistre Aemon.

Jon lançou um olhar cauteloso a Chett, que estava junto à porta, com os furúnculos vermelhos e zangado.

– Ele podia ajudá-lo – disse rapidamente. – Sabe fazer conta, e sabe ler e escrever. Sei que Chett não sabe ler, e Clydas tem olhos fracos. Sam leu todos os livros da biblioteca do pai. Também seria bom com os corvos. Os animais parecem gostar dele. Fantasma o adotou logo. Há muito que ele pode fazer além de lutar. A Patrulha da Noite precisa de todos os homens. Para que matar um sem justificativa? Em vez disso, por que não usá-lo?

Meistre Aemon fechou os olhos, e por um breve momento Jon temeu que tivesse adormecido. Por fim, ele disse:

– Meistre Luwin o ensinou bem, Jon Snow. Parece que sua mente é tão hábil quanto sua espada.

– Isso quer dizer que…?

– Quer dizer que vou pensar no que disse – o meistre respondeu firmemente. – E agora creio que estou pronto para dormir. Chett, acompanhe nosso jovem irmão até a porta.

Tyrion

Tinham se abrigado sob uma pequena mata de faias pretas ao
lado da estrada de altitude. Tyrion recolhia lenha enquanto
os cavalos bebiam de um córrego cujas águas desciam da montanha. Inclinou-se para apanhar um galho quebrado e o examinou
criticamente.

— Este serve? Não tenho prática em fazer fogueiras. Morrec
cuidava disso para mim.

— Uma fogueira? — disse Bronn, cuspindo. — Tem assim tanta sede de morte, anão? Ou terá perdido o juízo? Uma fogueira atrairá sobre nós homens dos clãs vindos de milhas ao redor.
Pretendo sobreviver a esta viagem, Lannister.

— E como espera fazer isso? — Tyrion perguntou. Enfiou o
galho debaixo do braço e espreitou através da pouco densa vegetação rasteira em busca de mais. Doíam-lhe as costas do esforço de se dobrar; cavalgavam desde o nascer do dia, quando
um Sor Lyn Corbray com o rosto duro como pedra os fizera atravessar o Portão Sangrento e lhes ordenara que jamais
voltassem.

— Não temos nenhuma chance de abrir caminho lutando —
disse Bronn —, mas dois homens podem cobrir maior distância
do que dez, e atrair menos atenções. Quanto menos dias passarmos nestas montanhas, mais provável é que alcancemos as terras fluviais. Digo para cavalgarmos duramente e depressa. Para
viajarmos de noite e nos escondermos de dia, para evitarmos a
estrada sempre que pudermos, para não fazermos barulho e não
acendermos fogueiras.

Tyrion Lannister suspirou.

— Um magnífico plano, Bronn. Experimente-o, se quiser... e
perdoe-me que não me detenha para enterrá-lo.

– Pensa sobreviver mais tempo do que eu, anão? – o merce-nário sorriu. Tinha um buraco escuro no sorriso onde a borda do escudo de Sor Vardis Egen partira um dente ao meio.

Tyrion encolheu os ombros.

– Cavalgar duramente e depressa à noite é uma maneira se-gura de despencar de uma montanha e partir o crânio. Prefiro fazer minha travessia lenta e facilmente. Sei que gosta do sabor do cavalo, Bronn, mas dessa vez, se nossas montarias morrerem, teremos de tentar colocar selas em gatos-das-sombras... e, a bem da verdade, penso que os clãs nos encontrarão, não importa o que façamos. Seus vigias estão por todo lado – com um gesto largo da mão enluvada, indicou os altos penhascos esculpidos pelo vento que os rodeavam.

Bronn fez uma careta.

– Então somos homens mortos, Lannister.

– Se assim for, prefiro morrer confortavelmente – respondeu Tyrion. – Precisamos de uma fogueira. As noites são frias aqui em cima, e comida quente nos aquecerá a barriga e animará o espírito. Supõe que haverá caça? A Senhora Lysa nos forneceu bondosamente um verdadeiro banquete de carne de vaca salga-da, queijo duro e pão seco, mas eu detestaria quebrar um dente tão longe do meistre mais próximo.

– Eu consigo encontrar carne – sob uma cascata de cabelos negros, os olhos de Bronn olharam Tyrion com suspeita. – De-via deixá-lo aqui com a sua estúpida fogueira. Se levasse seu ca-valo, teria duas vezes mais chances de fazer a travessia. Que faria então, anão?

– Morreria, provavelmente – Tyrion inclinou-se para apa-nhar outro graveto.

– Acha que eu não o faria?

– Faria num instante, se isso lhe salvasse a vida. Foi bastante rápido ao silenciar seu amigo Chiggen quando ele foi atingido por aquela flecha na barriga – Bronn agarrara os cabelos do homem, puxara-lhe a cabeça para trás e enterrara a ponta do punhal sob a orelha, e depois dissera a Catelyn Stark que o mercenário morrera do ferimento.

– Ele não sobreviveria – disse Bronn –, e seus gemidos os estavam atraindo para onde estávamos. Chiggen teria feito o mesmo por mim... e não era amigo nenhum, só um homem com quem viajava. Não se iluda, anão. Lutei por você, mas não sou seu amigo.

– Era da sua espada que eu precisava – disse Tyrion –, não da sua amizade – deixou cair a braçada de lenha.

Bronn sorriu.

– Você é tão corajoso quanto qualquer mercenário, tenho de reconhecer. Como sabia que eu ficaria do seu lado?

– Saber? – Tyrion acocorou-se desajeitadamente nas pernas atrofiadas para fazer a fogueira. – Lancei os dados. Na estalagem, você e Chiggen ajudaram a me tomar como cativo. Por quê? Os outros viram nisso seu dever, pela honra dos senhores que serviam, mas vocês dois não. Não tinham senhor nem dever, e, quanto à honra, era preciosamente pequena, portanto, por que se incomodaram envolvendo-se no assunto? – puxou a faca e raspou algumas lascas de um dos gravetos que reunira, para acender o fogo. – Bem, por que é que os mercenários fazem seja o que for? Pelo ouro. Pensavam que a Senhora Catelyn os recompensaria pela ajuda, ou talvez até os tomasse a seu serviço. Pronto, isso deve servir, espero eu. Tem pedra de fogo?

Bronn enfiou dois dedos na bolsa do cinto e atirou-lhe uma pedra. Tyrion apanhou-a no ar.

– Muito obrigado – disse. – Mas acontece que vocês não conheciam os Stark. Lorde Eddard é um homem orgulhoso, honrado e honesto, e a senhora sua esposa é pior. Ah, não há dúvida de que teria encontrado uma ou duas moedas para vocês quando tudo terminasse e as enfiaria em suas mãos com umas palavras bem-educadas e um olhar de desagrado, mas isso é o máximo que poderiam esperar. Os Stark procuram coragem, lealdade e honra nos homens que escolhem para servi-los, e, a bem da verdade, você e Chiggen são escória malnascida – Tyrion bateu com a pedra de fogo no punhal, tentando obter uma faísca. Nada.

Bronn resfolegou.

– Você tem uma língua audaciosa, homenzinho. É provável que algum dia alguém a corte e o obrigue a engoli-la.

– Todo mundo me diz isso – Tyrion olhou para o mercenário de relance. – Ofendi-o? Minhas desculpas... mas você é escória, Bronn, não se iluda. O dever, a honra, a amizade, que é isso para você? Não, não se incomode, ambos sabemos a resposta. Apesar disso, não é estúpido. Ao chegarmos ao Vale, a Senhora Stark deixou de ter necessidade de você... mas eu tinha, e se há coisa que nunca faltou aos Lannister é ouro. Quando chegou o momento de lançar os dados, contei que fosse suficientemente esperto para saber onde residiam os seus interesses. Felizmente para mim, você era – voltou a bater com a pedra no aço, mas sem obter frutos.

– Dê aqui – disse Bronn, agachando-se –, eu cuido disso – tirou a faca e a pedra de fogo das mãos de Tyrion e conseguiu faíscas na primeira tentativa. Uma espiral de casca começou a inflamar-se.

– Muito bem – disse Tyrion. – Até pode ser escória, mas é inegável que é útil, e com uma espada na mão é quase tão bom quanto meu irmão Jaime. Que deseja, Bronn? Ouro? Terras? Mulheres? Mantenha-me vivo, e o terá.

Bronn soprou suavemente sobre o fogo, e as chamas saltaram mais alto.

– E se você morrer?

– Ora, nesse caso terei um carpidor cuja dor é sincera – disse Tyrion, sorrindo. – O ouro acaba quando eu acabar.

O fogo queimava bem. Bronn ergueu-se, voltou a enfiar a pedra na bolsa e atirou o punhal a Tyrion.

– É justo – disse. – Minha espada é sua, então... mas não espere que eu ande por aí dobrando o joelho e tratando-o por meu *senhor* cada vez que for cagar. Não lambo as botas de ninguém.

– Nem é amigo de ninguém – disse Tyrion. – Não tenho dúvidas de que me trairia tão depressa como traiu a Senhora Stark se visse nisso lucro. Se chegar o dia em que se sinta tentado a me vender, lembre-se do seguinte, Bronn: eu cubro o preço deles, seja qual for. *Gosto* de viver. E agora, acha que poderia arranjar nosso jantar?

– Cuide dos cavalos – disse Bronn, desembainhando o longo punhal que usava na cintura e dirigindo-se para as árvores.

Uma hora mais tarde, os cavalos tinham sido escovados e alimentados, a fogueira estalava alegremente e o quadril de uma cabra jovem era virado sobre as chamas, deixando cair gordura e silvando.

– Só o que nos falta agora é um bom vinho para empurrar nossa cabrita para baixo – disse Tyrion.

– Isso, uma mulher e mais uma dúzia de espadas – Bronn completou. Estava sentado de pernas cruzadas junto à fogueira, afiando o gume da espada com uma pedra de amolar. Havia algo de estranhamente tranquilizador no som de raspar que fazia ao percorrer o aço com a pedra. – Logo será noite cerrada – fez notar o mercenário. – Eu fico com o primeiro turno... sirva isto para o que servir. Provavelmente seria melhor deixá-los nos matar durante o sono.

– Ah, suponho que estejam aqui muito antes de chegarmos a dormir – o cheiro da carne que assava fazia com que a boca de Tyrion se enchesse de água.

Bronn observou-o por cima da fogueira.

– Você tem um plano – disse em tom monocórdio, acompanhando as palavras com um raspar de aço em pedra.

– Chama-se esperança – disse Tyrion. – Outro lançamento de dados.

– Com nossas vidas como aposta?

Tyrion encolheu os ombros.

– E que escolha temos? – inclinou-se sobre a fogueira e cortou uma fina fatia de carne do cabrito. – Ahhhh – suspirou, feliz, enquanto mastigava. Gordura escorreu-lhe queixo abaixo. – Um pouco mais dura do que eu gostaria, e falta tempero, mas não me queixarei alto demais. Se estivesse no Ninho da Águia, estaria dançando num precipício com a esperança de receber um feijão cozido.

– E, apesar disso, deu ao carcereiro uma bolsa de ouro – disse Bronn.

– Um Lannister sempre paga as suas dívidas.

Até Mord quase não acreditou quando Tyrion lhe atirou a bolsa de couro. Os olhos do carcereiro tinham se esbugalhado quando puxou o cordel e admirou o brilho do ouro.

– Fiquei com a prata – dissera-lhe Tyrion com um sorriso torto –, mas lhe foi prometido o ouro, e aí está ele – era mais que um homem como Mord poderia esperar ganhar ao longo de uma vida de abuso sobre os prisioneiros. – E lembre-se do que eu disse: isso é só um aperitivo. Se alguma vez se cansar do serviço da Senhora Arryn, apresente-se no Rochedo Casterly e pagarei o resto do que lhe devo – com dragões de ouro derramando-se das mãos, Mord caíra de joelhos e prometera que seria isso mesmo o que faria.

Bronn sacou o punhal e puxou a carne da fogueira. Começou a cortar grossos pedaços de carne chamuscada enquanto Tyrion arrumava duas fatias de pão duro para servir de tabuleiros.

– Se chegarmos ao rio, o que fará? – perguntou o mercenário enquanto cortava.

– Ah, para começar, uma prostituta, uma cama de penas e um jarro de vinho – Tyrion estendeu seu tabuleiro e Bronn o encheu de carne. – E depois penso que irei para Rochedo Casterly ou Porto Real. Tenho algumas perguntas que precisam de respostas a respeito de um certo punhal.

O mercenário mastigou e engoliu.

– Então estava falando a verdade? Não era sua a faca?

Tyrion abriu um pequeno sorriso.

– Pareço-lhe um mentiroso?

Quando suas barrigas ficaram cheias, as estrelas já tinham surgido e uma meia-lua erguia-se sobre as montanhas. Tyrion estendeu no chão o manto de pele de gato-das-sombras e deitou-se, usando a sela como almofada.

– Nossos amigos estão ganhando tempo.

– Se eu estivesse no lugar deles, temeria uma armadilha – disse Bronn. – Que motivo haveria para estarmos tão abertos, além de funcionarmos como isca?

Tyrion soltou um risinho.

– Então deveríamos cantar, para que fugissem aterrorizados – e começou a assobiar uma melodia.

– Você é louco, anão – disse Bronn, enquanto limpava a gordura sob as unhas com o punhal.

– Onde está o seu amor pela música, Bronn?

– Se era música o que queria, devia ter ficado com o cantor como campeão.

Tyrion sorriu.

– Isso teria sido divertido. Estou mesmo vendo-o parar as estocadas de Sor Vardis com a harpa – reatou os assobios. – Conhece esta canção? – perguntou.

– Ouve-se aqui e ali, em estalagens e bordéis.

– É de Myr. "As Estações do Meu Amor." Doce e triste, se compreender as palavras. A primeira mulher com que me deitei costumava cantá-la, e nunca fui capaz de tirá-la da cabeça – Tyrion olhou para o céu. Estava uma noite fria e límpida, e as estrelas brilhavam sobre as montanhas, tão brilhantes e sem misericórdia como a verdade. – Encontrei-a numa noite como esta – ouviu-se dizer. – Jaime e eu voltávamos de Lannisporto quando ouvimos um grito, e ela apareceu correndo pela estrada com dois homens no seu encalço, e gritando ameaças. Meu irmão desembainhou a espada e foi atrás deles, enquanto eu desmontava para proteger a jovem. Era quase um ano mais velha que eu, de cabelos escuros, esguia, com um rosto que te partiria o coração. Certamente partiu o meu. Malnascida, meio morta de fome, suja... mas mesmo assim adorável. Tinham lhe arrancado metade das costas dos farrapos que vestia, e por isso enrolei-a no meu manto enquanto Jaime perseguia os homens na floresta. Quando regressou, a trote, já tinha arrancado dela um nome e uma história. Era filha de um pequeno caseiro, tornada órfã quando o pai morrera de febre, a caminho de... bem, na verdade de lugar nenhum. Jaime estava todo eriçado para ir à caça dos homens. Não era frequente que bandos de fora da lei se atrevessem a atacar os viajantes tão perto de Rochedo Casterly, e ele tomou aquilo como um insulto. Mas a moça estava assustada demais para partir sozinha, e por isso me ofereci para levá-la até a estalagem mais próxima e alimentá-la enquanto meu irmão cavalgava de volta ao Rochedo para buscar ajuda. Ela estava com mais fome do que eu julgaria possível. Acabamos com dois frangos inteiros e parte de um terceiro, e bebemos um jarro de vinho, conversando. Eu só tinha treze anos, e temo que o vinho me tenha subido à cabeça. Quando dei por mim, partilhava a sua cama. Se ela era tímida, mais tímido era eu. Nunca saberei onde encontrei coragem. Quando lhe rompi a virgindade, ela chorou, mas depois me beijou e cantou a sua cançãozinha, e quando a manhã chegou, eu estava apaixonado.

– Você? – a voz de Bronn soava divertida.

– Absurdo, não é? – Tyrion recomeçou a assobiar a canção. – Casei com ela – admitiu por fim.

– Um Lannister de Rochedo Casterly casado com a filha de um caseiro – disse Bronn. – Como conseguiu isso?

– Ah, ficaria espantado com o que um rapaz pode fazer com algumas mentiras, cinquenta peças de prata e um septão bêbado. Não me atrevi a levar minha noiva para casa, em Rochedo Casterly, por isso lhe arranjei uma casa de campo e durante uma quinzena brincamos de marido e mulher. E então passou a bebedeira do septão, que confessou tudo ao senhor meu pai – Tyrion surpreendeu-se com o modo como dizer aquilo o fazia sentir-se desolado, mesmo depois de tantos anos. Talvez estivesse apenas cansado. – Esse foi o fim do meu casamento – sentou-se e fixou os olhos na fogueira que se extinguia, piscando.

– Mandou a moça embora?

– Fez melhor que isso – disse Tyrion. – Primeiro, obrigou meu irmão a me contar a verdade. A moça era uma prostituta, percebe? Jaime organizou tudo, a estrada, os fora da lei, tudo. Achou que já era tempo de eu provar uma mulher. Pagou o dobro por uma donzela, sabendo que seria minha primeira vez. Depois de Jaime ter feito sua confissão, para que a lição ficasse bem aprendida, Lorde Tywin trouxe minha esposa e a deu aos guardas. Pagaram-lhe bem. Uma peça de prata por cada homem; quantas prostitutas exigem um preço tão elevado? Sentou-me a um canto da caserna e obrigou-me a assistir e, no fim, ela tinha tantas peças de prata que as moedas escorregavam entre seus dedos e rolavam para o chão, ela... – a fumaça estava ardendo em seus olhos. Tyrion limpou a garganta e desviou o olhar do fogo, perdendo-o na escuridão. – Lorde Tywin me obrigou a ser o último – disse em voz baixa. – E me deu uma moeda de ouro para pagá-la, porque era um Lannister, e por isso valia mais.

Depois de algum tempo, ele voltou a ouvir o barulho, o raspar de aço na pedra em que Bronn afiava a espada.

– Com treze, trinta ou três anos, eu teria matado o homem que me fizesse isso.

Tyrion virou-se para encará-lo.

– Pode ter essa chance um dia. Lembre-se do que lhe disse. Um Lannister sempre paga suas dívidas – bocejou. – Acho que vou tentar dormir. Acorde-me se estivermos prestes a morrer.

Enrolou-se na pele de gato-das-sombras e fechou os olhos. O chão era pedregoso e frio, mas passado algum tempo Tyrion Lannister adormeceu. Sonhou com a cela aberta. Dessa vez ele era o carcereiro, não o prisioneiro, *grande*, com uma correia na mão, e batia no pai, empurrando-o para trás, na direção do abismo...

– *Tyrion* – o aviso de Bronn era baixo e urgente.

Tyrion acordou num piscar de olhos. A fogueira tinha se reduzido a brasas, e as sombras aproximavam-se de todos os lados. Bronn apoiara-se no joelho, com a espada em uma mão e o punhal na outra. Tyrion ergueu a mão: *fica quieto*, ela dizia.

– Venham partilhar de nossa fogueira, a noite está fria – gritou para as sombras que se aproximavam. – Temo que não tenhamos vinho para lhes oferecer, mas podem servir-se de um pouco da nossa cabra.

Todo o movimento parou. Tyrion viu a cintilação do luar vinda de um metal.

– A montanha é nossa – gritou uma voz das árvores, profunda, dura e nada amistosa. – A cabra é nossa.

– A cabra é sua – concordou Tyrion. – Quem são?

– Quando se encontrarem com os seus deuses – respondeu uma voz diferente –, digam que foi Gunthor, filho de Gurn, dos Corvos de Pedra, quem os enviou até eles – um galho se quebrou quando ele avançou para a luz; um homem magro com um capacete provido de chifres, armado com uma longa faca.

– E Shagga, filho de Dolf – aquela era a primeira voz, profunda e mortífera. Um pedregulho deslocou-se para a esquerda, pôs-se de pé e transformou-se num homem. Parecia maciço, lento e forte, todo vestido de peles, com uma clava na mão direita e um machado na esquerda. Bateu as armas uma contra a outra ao se aproximar.

Outras vozes gritaram nomes diferentes, Cronn, Torrek, Jaggot e mais, que Tyrion esqueceu no instante em que os ouviu; pelo menos dez. Alguns traziam espadas e facas; outros brandiam forquilhas, foices e lanças de madeira. Esperou até que tivessem terminado de gritar seus nomes antes de lhes dar resposta.

– Sou Tyrion, filho de Tywin, do Clã Lannister, os Leões do Rochedo. De bom grado lhes pagaremos pela cabra que comemos.

– Que tem você para nos dar, Tyrion, filho de Tywin? – perguntou aquele que chamara a si mesmo de Gunthor, que parecia ser o chefe do bando.

– Há prata na minha bolsa – disse-lhes Tyrion. – Esta cota de malha que uso está grande para mim, mas deve servir bem a Conn, e o machado de batalha que carrego se adequará à poderosa mão de Shagga muito melhor que o machado de cortar lenha que ele tem.

– O meio homem quer nos pagar com nossas próprias moedas – disse Cronn.

– Cronn fala a verdade – disse Gunthor. – Sua prata é nossa. Seus cavalos são nossos. Sua cota de malha, seu machado de batalha e a faca que tem no cinto também são nossos. Não têm nada para nos dar exceto suas vidas. Como quer morrer, Tyrion, filho de Tywin?

– Na minha cama, com a barriga cheia de vinho e meu membro na boca de uma donzela, aos oitenta anos de idade – respondeu.

O grandalhão, Shagga, foi o primeiro a rir e o que riu mais alto. Os outros pareceram menos animados.

– Cronn, cuide dos cavalos – ordenou Gunthor. – Matem o outro e capturem o meio homem. Ele poderá ordenhar as cabras e divertir as mães.

Bronn pôs-se em pé de um salto.

– Quem morre primeiro?

– Não! – disse Tyrion em tom penetrante. – Gunthor, filho de Gurn, escute-me. Minha Casa é rica e poderosa. Se os Corvos de Pedra nos levarem em segurança através destas montanhas, o senhor meu pai os encherá de ouro.

– O ouro de um senhor das Terras Baixas é tão inútil como as promessas de um meio homem – Gunthor respondeu.

– Posso até ser meio homem – disse Tyrion –, mas tenho a coragem de enfrentar os meus inimigos. O que fazem os Corvos de Pedra enquanto os cavaleiros do Vale passam por eles, além de se esconderem atrás das rochas e tremerem de medo?

Shagga soltou um rugido de raiva e atirou a clava contra o machado. Jaggot cutucou o rosto de Tyrion com a ponta endurecida pelo fogo de uma longa lança de madeira. O anão fez o possível para não vacilar.

– Essas são as melhores armas que conseguem roubar? – disse. – Talvez sirvam para matar ovelhas... se as ovelhas não lutarem. Os ferreiros do meu pai cagam melhor aço que esse.

– Homenzinho – rugiu Shagga –, continuará caçoando do meu machado depois de lhe cortar o membro viril e dá-lo de comer às cabras?

Mas Gunthor ergueu a mão.

– Não. Quero ouvir suas palavras. As mães passam fome, e o aço enche mais bocas que o ouro. O que nos daria em troca de suas vidas, Tyrion, filho de Tywin? Espadas? Lanças? Cotas de malha?

– Tudo isso, e mais, Gunthor, filho de Gurn – respondeu Tyrion Lannister, sorrindo. – Eu lhe darei o Vale de Arryn.

Eddard

Entrando pelas altas e estreitas janelas da cavernosa sala do trono da Fortaleza Vermelha, a luz do pôr do sol derramava-se pelo chão, depositando listras vermelhas escuras nas paredes onde as cabeças dos dragões ficavam penduradas antes. Agora, a pedra encontrava-se coberta por tapeçarias que mostravam vívidas cenas de caça, cheias de azuis, verdes e marrons, mas, mesmo assim, parecia a Ned Stark que a única cor existente no salão era o vermelho do sangue.

Estava sentado bem alto, no imenso e antigo cadeirão de Aegon, o Conquistador, uma monstruosidade trabalhada em ferro, toda ela hastes, arestas irregulares e metal grotescamente retorcido. Era, tal como Robert prevenira, uma cadeira infernalmente desconfortável, e nunca o tinha sido mais do que naquele momento em que sua perna estilhaçada latejava mais penetrantemente a cada minuto. O metal em que se apoiava tornava-se mais duro com o passar do tempo, e o aço coberto de dentes que tinha atrás das costas tornava impossível recostar-se. Um rei nunca deve se sentar à vontade, dissera Aegon, o Conquistador, quando ordenara aos armeiros que forjassem um grande trono a partir das espadas depostas por seus inimigos. *Maldito seja Aegon por sua arrogância*, pensou Ned, carrancudo, e *maldito seja também Robert e suas caçadas*.

– Tem certeza absoluta de que eram mais que salteadores? – perguntou suavemente Varys da mesa do conselho abaixo do trono. O Grande Meistre Pycelle agitou-se ao seu lado, pouco à vontade, e Mindinho pôs-se a brincar com uma pena. Eram os únicos conselheiros presentes. Fora avistado um veado branco na Mataderrei, e Lorde Renly e Sor Barristan tinham se juntado ao rei na caçada, bem como Príncipe Joffrey, Sandor Clegane,

Balon Swann e metade da corte. E, assim, Ned tinha de ocupar o Trono de Ferro na sua ausência.

Pelo menos *podia* se sentar. À exceção do conselho, os outros tinham de ficar respeitosamente em pé ou de joelhos. Os peticionários que se aglomeravam perto das grandes portas, os cavaleiros e grandes senhores e senhoras sob as tapeçarias, a arraia-miúda na galeria, os guardas cobertos de cota de malha e manto dourado ou cinzento, todos estavam em pé.

Os aldeãos estavam ajoelhados: homens, mulheres e crianças, igualmente esfarrapados e ensanguentados, com o rosto distorcido pelo medo. Os três cavaleiros que os tinham trazido até ali para prestar testemunho estavam em pé atrás deles.

– *Salteadores*, Lorde Varys? – a voz de Sor Raymun Darry pingava desprezo. – Ah, eram salteadores, para além de qualquer dúvida. Salteadores Lannister.

Ned conseguia sentir o desconforto no salão enquanto, dos grandes senhores aos criados, todos se esforçavam para escutar. Não podia fingir surpresa. O Ocidente transformara-se num barril de pólvora desde que Catelyn capturara Tyrion Lannister. Tanto Correrio como Rochedo Casterly tinham convocado os vassalos, e reuniam-se exércitos no desfiladeiro sob o Dente Dourado. Fora apenas uma questão de tempo até que o sangue começasse a jorrar. A única questão que restava sem resposta era qual a melhor forma de estancá-lo.

Sor Karyl Vance, de olhos tristes, que teria sido bonito não fosse a marca de nascença que lhe roubava a cor do rosto, indicou com um gesto os aldeãos ajoelhados.

– Isto é tudo que resta do castro de Sherrer, Lorde Eddard. Os outros estão mortos, tal como o povo de Vila Vêneda e do Vau do Saltimbanco.

– Ergam-se – ordenou Ned aos aldeãos. Nunca confiara no que os homens lhe diziam de joelhos. – Todos em pé.

Um a um ou aos pares, o castro de Sherrer pôs-se em pé com dificuldade. Um ancião precisou ser ajudado, e uma menininha com o vestido ensanguentado ficou de joelhos, olhando sem expressão para Sor Arys Oakheart, que se aprumava junto à base do trono na armadura branca da Guarda Real, pronto a proteger e defender o rei... ou, ao que Ned supunha, a Mão do Rei.

– Joss – disse Sor Raymun Darry, dirigindo-se a um homem roliço que começava a perder os cabelos, vestido com um avental de cervejeiro. – Conte à Mão o que aconteceu em Sherrer.

Joss inclinou a cabeça.

– Se Vossa Graça permitir...

– Sua Graça está caçando para lá do Água Negra – disse Ned, perguntando a si mesmo como era possível que um homem passasse a vida inteira a poucos dias de viagem da Fortaleza Vermelha e não fizesse ideia alguma da aparência de seu rei. Ned trajava um gibão de linho branco com o lobo gigante dos Stark no peito; seu manto de lã negra estava preso ao colarinho pela mão de prata do cargo. Negro, branco e cinza, todos os tons da verdade. – Sou Lorde Eddard Stark, a Mão do Rei. Diga-me quem é e o que sabe sobre esses salteadores.

– Eu tenho... *tinha*... eu tinha uma cervejaria, senhor, em Sherrer, junto à ponte de pedra. A melhor cerveja ao sul do Gargalo, todos diziam, com a sua licença, senhor. Agora já não existe, como todo o resto, senhor. Eles chegaram, beberam o que quiseram e derramaram o resto antes de atear fogo ao meu telhado, e teriam também derramado meu sangue se me tivessem apanhado, senhor.

– Eles queimaram tudo – disse um agricultor ao seu lado. – Saíram a cavalo na escuridão, do sul, e atearam fogo tanto nos campos como nas casas, matando quem tentava impedi-los. Mas não eram salteadores, não, senhor. Não pretendiam roubar nosso gado, estes, não, mataram minha vaca leiteira no lugar em que a encontraram e a deixaram para os corvos e as moscas.

– Mataram meu aprendiz – disse um homem atarracado com músculos de ferreiro e uma atadura em torno da cabeça. Vestira suas melhores roupas para vir até a corte, mas tinha as calças remendadas e o manto manchado e empoeirado pela viagem. – Perseguiram-no a cavalo, de um lado para o outro, pelos campos, espetando-lhe as lanças como se fosse um jogo, eles rindo e o rapaz tropeçando e gritando, até que o grande o trespassou.

A jovem ajoelhada ergueu a cabeça para Ned, muito acima dela, no trono.

– Também mataram minha mãe, Vossa Graça. E eles… eles… – a voz extinguiu-se, como se se tivesse esquecido do que ia dizer, e começou a soluçar.

Sor Raymun Darry retomou a história.

– Em Vila Vêneda o povo procurou refúgio no castro, mas os muros eram de madeira. Os atacantes empilharam palha contra a madeira e queimaram todos vivos. Quando as pessoas de Vêneda abriram os portões para fugir do fogo, foram abatidas com flechas à medida que corriam, até mesmo mulheres com bebês de colo.

– Ah, que horror – murmurou Varys. – Quão cruéis podem ser os homens?

– Gostariam de ter feito o mesmo com a gente, mas o castro de Sherrer é feito de pedra – disse Joss. – Alguns queriam nos fazer sair com nuvens de fumaça, mas o grande disse que havia fruta madura mais acima no rio, e seguiram para o Vau do Saltimbanco.

Ned sentiu o aço frio entre os dedos quando se inclinou para a frente. Entre cada dedo havia uma lâmina, pontas de espadas retorcidas que se projetavam em leque, como garras, dos braços do trono. Mesmo após três séculos, algumas ainda eram suficientemente afiadas para cortar. O Trono de Ferro estava cheio de armadilhas para os incautos. Segundo as canções, tinham sido necessárias mil lâminas para fazê-lo, aquecidas até brilharem, brancas, pelo sopro de fornalha de Balerion, o Terror Negro. A batedura levara cinquenta e nove dias. E o resultado fora aquela besta negra e corcovada feita de gumes de lâminas, farpas e tiras de metal aguçado; uma cadeira capaz de matar um homem, e que já o fizera, se fosse possível acreditar nas histórias.

Eddard Stark nunca conseguiria compreender o que fazia sentado nela, mas ali estava, e aquelas pessoas buscavam nele justiça.

– Que prova há de serem Lannister? – perguntou, tentando manter a fúria controlada. – Usavam manto carmesim ou ostentavam um estandarte do leão?

– Nem mesmo os Lannister são assim tão imbecis – exclamou Sor Marq Piper. Era um jovem garnisé arrogante, novo demais e com o sangue quente demais para o gosto de Ned, apesar de ser grande amigo do irmão de Catelyn, Edmure Tully.

– Todos eles estavam a cavalo e usavam cotas de malha, senhor – respondeu calmamente Sor Karyl. – Estavam armados com lanças de pontas de aço e espadas longas, e machados de batalha para o massacre – fez um gesto para um dos esfarrapados sobreviventes. – Você. Sim, você, ninguém vai lhe fazer mal. Diga à Mão o que me contou.

O velho homem inclinou a cabeça.

– A respeito dos cavalos – disse –, o que montavam eram cavalos de batalha. Trabalhei muitos anos nos estábulos do velho Sor Willum e sei qual é a diferença. Nenhum daqueles animais algum dia puxou um arado, que os deuses sejam testemunhas do que digo.

– Salteadores bem montados – observou Mindinho. – Talvez tenham roubado os cavalos do último lugar que saquearam.

– Quantos homens tinha esse grupo? – perguntou Ned.

– Uma centena, pelo menos – respondeu Joss, no mesmo instante em que o ferreiro com a atadura dizia "Cinquenta" e a velha atrás dele, "Centos e centos, senhor, eram um exército, ah, se eram".

– A senhora tem mais razão do que pensa, boa mulher – disse-lhe Lorde Eddard. – Dizem que não ostentavam estandartes. Então, e as armaduras? Alguém reparou em ornamentos ou distintivos, divisas em escudos ou elmos?

O cervejeiro Joss balançou a cabeça.

– Entristece-me dizê-lo, senhor, mas não, as armaduras que usavam eram simples, só... aquele que os liderava, sua armadura era igual à dos outros, mesmo assim não era possível confundi--lo. Era o tamanho, senhor. Os que dizem que todos os gigantes estão mortos nunca viram aquele, juro. Era grande como um touro, era sim, e tinha uma voz como pedra se partindo.

– A Montanha! – disse Sor Marq ruidosamente. – Poderá alguém duvidar? Isso foi trabalho de Gregor Clegane.

Ned ouviu os murmúrios que emanaram sob as janelas e da extremidade mais distante do salão. Até na galeria se trocaram sussurros nervosos. Tanto os grandes senhores como a gente simples sabiam o que poderia significar provar que Sor Marq tinha razão. Sor Gregor Clegane era vassalo de Lorde Tywin Lannister.

Estudou os rostos assustados dos aldeãos. Pouco admirava que estivessem tão aterrorizados; pensavam que tinham sido arrastados até ali para chamar Lorde Tywin de carniceiro perante um rei que era seu filho por casamento. Perguntou a si mesmo se os cavaleiros lhes tinham dado alguma escolha.

O Grande Meistre Pycelle ergueu-se solenemente da mesa do conselho, com a corrente do seu cargo a tilintar.

– Sor Marq, com o devido respeito, não há como saber se esse fora da lei era Sor Gregor. Há muitos homens grandes no reino.

– Tão grandes como a Montanha Que Cavalga? – perguntou Sor Karyl. – Nunca encontrei nenhum.

– Nem nenhum dos presentes – acrescentou Sor Raymun em tom acalorado. – Até o irmão é um cachorrinho ao seu lado. Senhores, abram os olhos. Será preciso ver o seu selo nos cadáveres? Foi Gregor.

– Por que haveria Sor Gregor de se transformar em salteador? – perguntou Pycelle. – Pela graça de seu suserano, possui uma fortaleza robusta e terras próprias. O homem é um cavaleiro ungido.

– Um falso cavaleiro! – disse Sor Marq. – O cão raivoso de Lorde Tywin.

– Senhor Mão – declarou Pycelle numa voz rígida –, peço-lhe recordar a este *bom* cavaleiro que Lorde Tywin Lannister é o pai de nossa graciosa rainha.

– Obrigado, Grande Meistre Pycelle – disse Ned. – Temo que pudéssemos nos esquecer desse fato se não nos tivesse feito notar.

De cima do trono podia ver homens que se esgueiravam pela porta, no fundo do salão. Lebres que regressavam às tocas, supôs... ou ratazanas que partiam para mordiscar o queijo da rainha. Viu de relance Septã Mordane na galeria, com a filha Sansa ao seu lado. Ned sentiu uma ira repentina; aquele não era lugar para uma menina. Mas a septã não poderia saber que a audiência de hoje seria diferente do habitual tédio de escutar petições, resolver disputas entre proprietários de terras rivais e arbitrar a colocação de pedras de demarcação de terras.

Na mesa do conselho, abaixo, Petyr Baelish perdeu o interesse em sua pena e inclinou-se para a frente.

– Sor Marq, Sor Karyl, Sor Raymun... será que posso colocar uma questão? Esses lugares estavam sob a sua proteção. Onde estavam enquanto decorriam esses massacres e incêndios?

Sor Karyl Vance respondeu:

– Eu estava prestando serviço ao senhor meu pai no desfiladeiro sob o Dente Dourado, tal como Sor Marq. Quando a notícia desses ultrajes chegou a Sor Edmure Tully, ordenou que levássemos uma pequena força a fim de encontrar os sobreviventes que conseguíssemos e trazê-los até o rei.

Sor Raymun Darry interveio.

– Sor Edmure tinha me chamado a Correrio com todos os meus homens. Estava acampado perto de suas muralhas, do outro lado do rio, à espera de suas ordens, quando a notícia chegou a mim. Quando consegui regressar às minhas terras, Clegane e a sua ralé já tinham atravessado o Ramo Vermelho, de volta aos montes dos Lannister.

Mindinho afagou pensativamente a ponta da barba.

– E se voltarem, sor?

– Então, usaremos o seu sangue para regar os campos que queimaram – declarou acaloradamente Sor Marq Piper.

– Sor Edmure enviou homens para todas as aldeias e castelos a um dia de viagem da fronteira – explicou Sor Karyl. – Para o próximo atacante as coisas já não serão assim tão fáceis.

E isso pode ser precisamente o que Lorde Tywin quer, pensou Ned, *para reduzir a força de Correrio, levando o rapaz a espalhar as suas armas*. O irmão de sua esposa era jovem, e mais valente que sábio. Tentaria guardar cada polegada de seu solo, defender todos os homens, mulheres e crianças que o chamavam de senhor, e Tywin Lannister era suficientemente astuto para saber disso.

– Se os seus campos e propriedades estão a salvo – dizia Lorde Petyr –, o que querem então da coroa?

– Os senhores do Tridente mantêm a paz do rei – disse Sor Raymun Darry. – Os Lannister a quebraram. Pedimos licença para lhes responder, aço contra aço. Pedimos justiça para o povo de Sherrer, Vila Vêneda e Vau do Saltimbanco.

– Edmure concorda que devemos pagar a Gregor Clegane

em sua sangrenta moeda – declarou Sor Marq –, mas o velho Lorde Hoster ordenou que viajássemos até aqui para pedir licença ao rei antes de atacar.

Então, graças aos deuses pelo velho Lorde Hoster. Tywin Lannister era tanto raposa como leão. Se tinha de fato enviado Sor Gregor para incendiar e pilhar, e Ned não duvidava que o tivesse feito, tivera o cuidado de garantir que Clegane avançasse na cobertura da noite, sem estandartes, sob o disfarce de um salteador comum. Se Correrrio respondesse ao ataque, Cersei e o pai insistiriam em que tinham sido os Tully e não os Lannister a quebrar a paz do rei. Só os deuses sabiam no que acreditaria Robert.

O Grande Meistre Pycelle estava de novo em pé.

– Senhor Mão, se esta boa gente acredita que Sor Gregor esqueceu seus votos sagrados para se dedicar ao saque e à violação, que vão se queixar ao seu suserano. Esses crimes não dizem respeito à coroa. Que procurem a justiça de Lorde Tywin.

– Tudo é a justiça do rei – disse-lhe Ned. – No norte, no sul, no oeste e no leste, tudo que fazemos, fazemos em nome de Robert.

– A justiça do *rei* – disse o Grande Meistre Pycelle. – É bem verdade, e por isso deveríamos adiar esse assunto até que o rei...

– O rei está caçando para lá do rio e talvez regresse só daqui a dias – observou Lorde Eddard. – Robert pediu-me que sentasse aqui em seu lugar, para ouvir com os seus ouvidos e falar com a sua voz. Pretendo fazer isso mesmo... embora concorde que ele deva ser informado – então viu um rosto familiar sob as tapeçarias. – Sor Robar.

Sor Robar Royce avançou e fez uma reverência.

– Senhor.

– Seu pai está caçando com o rei – disse Ned. – Pode fazer chegar até ele a notícia do que foi aqui dito e feito hoje?

– Imediatamente, senhor.

– Temos então a sua licença para exercer vingança contra Sor Gregor? – perguntou Marq Piper à Mão.

– Vingança? – disse Ned. – Pensei que estávamos falando de justiça. Queimar os campos de Clegane e matar a sua gente não restaurará a paz do rei, mas apenas o seu orgulho ferido – afastou o olhar antes que o jovem cavaleiro desse voz ao seu ultrajado protesto e dirigiu-se aos aldeãos. – Povo de Sherrer, não posso devolver as casas e colheitas nem sou capaz de trazer os mortos de volta à vida. Mas talvez possa conceder um pouco de justiça, em nome do nosso rei, Robert.

Todos os olhos no salão estavam postos nele, à espera. Lentamente, Ned lutou para se pôr em pé, erguendo-se do trono com a força dos braços, com a perna quebrada gritando dentro do gesso. Fez o que pôde para ignorar a dor; não era o momento de deixar que vissem a sua fraqueza.

– Os Primeiros Homens acreditavam que o juiz que clamasse pela morte devia manejar a espada, e no Norte ainda mantemos esse costume. Não me agrada enviar outro para matar em meu nome... mas parece que não tenho escolha – indicou com um gesto a perna quebrada.

– *Lorde Eddard!* – o grito veio da ala leste do salão quando um bonito adolescente avançou ousadamente a passos largos. Sem a armadura, Sor Loras Tyrell parecia ter menos ainda do que os seus dezesseis anos. Trajava seda azul-clara, e o cinto era uma corrente de rosas douradas, o símbolo de sua Casa. – Suplico a honra de agir em seu lugar. Atribua-me essa tarefa, senhor, e juro que não o deixarei ficar mal.

Mindinho soltou um risinho.

– Sor Loras, se o enviarmos sozinho, Sor Gregor nos mandará de volta a sua cabeça com uma ameixa enfiada nessa linda boca. A Montanha não é do tipo que dobra o pescoço perante a justiça de qualquer homem.

– Não temo Gregor Clegane – disse Sor Loras altivamente.

Ned deixou-se cair lentamente sobre o duro assento de ferro do deformado trono de Aegon. Seus olhos procuraram entre os rostos junto à parede.

– Lorde Beric – chamou –, Thoros de Myr. Sor Gladden. Lorde Lothar – os homens nomeados avançaram um por um. – Cada um de vocês deverá reunir vinte homens para levar as minhas ordens à fortaleza de Gregor. Vinte dos meus guardas irão junto. Lorde Beric Dondarrion, o comando é seu, como é próprio de sua posição.

O jovem senhor de cabelos ruivos aloirados fez uma reverência.

– Às suas ordens, Lorde Eddard.

Ned ergueu a voz para que fosse levada até a extremidade mais distante da sala do trono.

– Em nome de Robert, o Primeiro do seu Nome, Rei dos Ândalos e dos Roinares e dos Primeiros Homens, Senhor dos Sete Reinos e Protetor do Território, pela voz de Eddard da Casa Stark, sua Mão, encarrego os senhores de seguirem a toda pressa às terras do Ocidente, atravessarem o Ramo Vermelho do Tridente sob a bandeira do rei e de lá levarem a justiça do rei ao falso cavaleiro Gregor Clegane e a todos os que partilharam de seus crimes. Denuncio-o, acuso-o e despojo-o de sua posição e seus títulos, de todas as terras, rendimentos e domínios, e sentencio-o à morte. Que os deuses se apiedem de sua alma.

Quando o eco de suas palavras se extinguiu, o Cavaleiro das Flores pareceu perplexo.

– Lorde Eddard, e eu?

Ned o olhou. De sua posição elevada, Loras Tyrell parecia quase tão novo quanto Robb.

– Ninguém duvida de seu valor, Sor Loras, mas nosso assunto aqui é a justiça, e o que você busca é a vingança – voltou a olhar para Lorde Beric. – Partirão à primeira luz. Essas coisas são mais bem tratadas depressa – ergueu a mão. – A coroa não ouvirá mais petições hoje.

Alyn e Porther subiram os íngremes degraus de ferro para ajudá-lo a descer. Enquanto desciam, conseguia sentir o carrancudo olhar de Loras Tyrell, mas quando chegou ao chão da sala do trono o rapaz já se afastara a passos largos.

Na base do Trono de Ferro, Varys recolhia papéis da mesa do conselho. Mindinho e o Grande Meistre Pycelle já tinham se retirado.

– É um homem mais corajoso que eu, senhor – disse suavemente o eunuco.

– Por que, Lorde Varys? – Ned perguntou bruscamente. Sentia a perna latejar e não estava com disposição para jogos de palavras.

– Se fosse eu a estar ali em cima, teria enviado Sor Loras. Ele queria *tanto* ir… e um homem que tem os Lannister como inimigos faria bem em fazer dos Tyrell seus amigos.

– Sor Loras é jovem – disse Ned. – Atrevo-me a dizer que ele superará o desapontamento.

– E Sor Ilyn? – o eunuco afagou a bochecha rechonchuda e empoada. – Afinal de contas, ele é o Magistrado do Rei. Enviar outros homens para desempenhar o seu trabalho… alguns poderiam interpretá-lo como um grave insulto.

– Não houve intenção alguma de lhe faltar com o respeito – na verdade, Ned não confiava no cavaleiro mudo, embora esse fato talvez se devesse apenas ao seu desagrado por carrascos. – Recordo-lhe que os Payne são vassalos da Casa Lannister. Julguei que seria melhor escolher homens que não devessem lealdade a Lorde Tywin.

– Muito prudente, sem dúvida – disse Varys. – Mesmo assim, vi, por um acaso, Sor Ilyn ao fundo do salão, olhando-nos com aqueles seus olhos claros, e devo dizer que não parecia contente, embora seja bem verdade que é difícil ter certeza com o nosso silencioso cavaleiro. Espero que também ele supere o desapontamento. Ele *ama* tanto o trabalho que faz...

Sansa

— Ele não quis enviar Sor Loras — disse Sansa a Jeyne Poole naquela noite, enquanto partilhavam um jantar frio à luz das candeias. — Acho que foi por causa da perna.

Lorde Eddard jantara no quarto, com Alyn, Harwin e Vayon Poole, a fim de repousar a perna quebrada, e Septã Mordane queixara-se de ter os pés doloridos depois de ficar o dia inteiro em pé na galeria. Esperava-se que Arya se juntasse a elas, mas seu regresso da aula de dança estava atrasado.

— A perna? — disse Jeyne em tom incerto. Era uma menina bonita, de cabelos escuros, e tinha a mesma idade de Sansa. — Sor Loras machucou a perna?

— Não é a perna *dele* — disse Sansa, mordiscando delicadamente uma coxa de galinha. — É a perna do meu *pai*, tontinha. Dói-lhe tanto que o faz praguejar. Se não fosse isso, tenho certeza de que teria enviado Sor Loras.

A decisão do pai ainda a confundia. Quando o Cavaleiro das Flores falou, teve certeza de que estava prestes a ver as histórias da Velha Ama tomar vida. Sor Gregor era o monstro e Sor Loras, o herói leal que o mataria. Ele até *parecia* um herói leal, tão magro e belo, com rosas douradas em volta do peito esguio e os ricos cabelos castanhos caindo sobre os olhos. E então o pai o *rejeitara*! Aquilo a perturbara imensamente. Dissera isso à Septã Mordane enquanto desciam as escadas da galeria, mas ela lhe respondera apenas que não lhe competia questionar as decisões do senhor seu pai.

Foi então que Lorde Baelish disse:

— Ah, não sei, septã. Algumas das decisões do senhor seu pai podiam bem ser um pouco questionadas. A jovem senhora é tão sábia quanto adorável — fez uma elaborada reverência a Sansa, tão profunda que ela ficou na dúvida sobre se estaria sendo cumprimentada ou escarnecida.

Septã Mordane ficara *muito* perturbada ao se dar conta de que Lorde Baelish a ouvira.

– A menina estava apenas falando, senhor – ela retrucou. – Tagarelice sem importância. Ela não quis dizer nada com o comentário.

Lorde Baelish afagara a pequena barba pontiaguda e disse:

– Nada? Diga-me, filha, por que queria enviar Sor Loras?

Sansa não vira alternativa senão lhe falar de heróis e monstros. O conselheiro do rei sorrira.

– Bem, não seriam essas as razões que eu daria, mas... – tocara seu rosto, fazendo o polegar percorrer com suavidade a linha da maçã. – A vida não é uma canção, querida. Aprenderá isso um dia, para sua tristeza.

Mas não apetecia a Sansa contar tudo aquilo a Jeyne; só de pensar na conversa sentia-se desconfortável.

– O Magistrado do Rei é Sor Ilyn, não Sor Loras – disse Jeyne. – Lorde Eddard devia tê-lo enviado.

Sansa estremeceu. Todas as vezes que olhava para Sor Ilyn Payne estremecia. O homem a fazia sentir como se alguma coisa morta lhe rastejasse sobre a pele nua.

– Sor Ilyn é quase um *segundo* monstro. Estou feliz por meu pai não o ter escolhido.

– Lorde Beric é tão herói quanto Sor Loras. É tão bravo e galante.

– Suponho que sim – disse Sansa em tom de dúvida. Beric Dondarrion era bem bonito, mas terrivelmente *velho*, com quase vinte e dois anos; o Cavaleiro das Flores teria sido muito melhor. Claro, Jeyne estava enamorada de Lorde Beric desde o momento em que o vislumbrara na arena. Pensava que a amiga estava sendo tola; afinal de contas, Jeyne era apenas filha de um intendente, e por mais que suspirasse por ele, Lorde Beric nunca repararia em alguém tão abaixo dele, mesmo se não tivesse metade de sua idade.

Mas teria sido indelicado dizê-lo, por isso Sansa sorveu um pouco de leite e mudou de assunto.

– Tive um sonho em que era Joffrey quem ganhava o veado branco – disse. Na verdade, fora mais um desejo, mas soava melhor chamar de sonho. Todos sabiam que os sonhos eram proféticos. Acreditava-se que os veados brancos fossem muito raros e mágicos, e ela sabia, de coração, que seu galante príncipe era mais digno do que o bêbado do pai.

– Um sonho? De verdade? E o Príncipe Joffrey foi até o animal, tocou-o com a mão nua e não lhe fez nenhum mal?

– Não – disse Sansa. – Abateu-o com uma flecha dourada e o trouxe de volta para mim – nas canções, os cavaleiros nunca matavam os animais mágicos, limitavam-se a encontrá-los e tocá-los, sem lhes fazer nenhum mal, mas ela sabia que Joffrey gostava de caçar, e especialmente da parte da matança. Mas só animais. Sansa tinha certeza de que seu príncipe não tivera nenhum papel no assassinato de Jory e dos outros pobres homens; quem fizera aquilo fora seu tio malvado, o Regicida. Sansa sabia que o pai ainda estava zangado com o que acontecera, mas não era justo culpar Joff. Seria como culpá-la de algo que Arya tivesse feito.

– Esta tarde vi sua irmã – Jeyne falou, como se estivesse lendo os pensamentos de Sansa. – Estava caminhando pelos estábulos de pernas para o ar. Por que haveria de fazer uma coisa dessas?

– Estou certa de que não sei por que motivo Arya faz seja o que for – Sansa detestava estábulos, lugares malcheirosos cheios de estrume e de moscas. Mesmo quando ia montar, gostava que o rapaz da estrebaria selasse o cavalo e o trouxesse até o pátio. – Quer que lhe conte sobre a audiência ou não?

– Quero – Jeyne assentiu.

– Estava lá um irmão negro – disse Sansa –, em busca de homens para a Muralha, só que era mais ou menos velho e malcheiroso – não gostara nada daquilo. Sempre imaginara que a Patrulha da Noite era composta por homens como Tio Benjen. Nas canções, eram chamados os cavaleiros negros da Muralha. Mas aquele homem era corcunda e hediondo, e pelo aspecto podia bem ter piolhos. Se a verdadeira Patrulha da Noite era assim, sentia pena do meio-irmão bastardo, Jon. – Meu pai perguntou se havia cavaleiros no salão que quisessem honrar suas casas vestindo o negro, mas ninguém se apresentou, e ele disse ao homem, Yoren, que fizesse sua escolha nas masmorras do rei e o mandou embora. E mais tarde houve dois irmãos que vieram perante ele, cavaleiros livres vindos da Marca de Dorne, que colocaram suas espadas a serviço do rei. Meu pai aceitou seus juramentos...

Jeyne bocejou.

– Haverá bolos de limão?

Sansa não gostava de ser interrompida, mas tinha de admitir que bolos de limão soavam mais interessantes que a maior parte do que se tinha passado na sala do trono.

– Vamos ver – ela respondeu.

A cozinha não tinha bolos de limão, mas encontraram metade de uma torta fria de morangos, e isso era quase igualmente bom. Comeram-na nos degraus da torre, entre risinhos, mexericos e segredos partilhados, e naquela noite Sansa foi para a cama sentindo-se quase tão malvada como Arya.

Na manhã seguinte, acordou antes da primeira luz e deslizou, sonolenta, até a janela, a fim de observar Lorde Beric, que punha os homens em formação. Partiram quando a aurora raiava sobre a cidade, com três estandartes à cabeça da coluna: o veado coroado do rei esvoaçava no poste maior; o lobo gigante dos Stark e o estandarte do relâmpago bifurcado de Lorde Beric, nos postes mais curtos. Tudo aquilo era excitante, uma canção trazida à vida; o tinir das espadas, o tremeluzir dos archotes, estandartes dançando ao vento, cavalos resfolegando e relinchando, o brilho dourado da alvorada trespassando através das barras da porta levadiça quando foi puxada para cima. Os homens de Winterfell tinham especialmente bom aspecto, com cotas de malha prateadas e longos mantos cinzentos.

Alyn transportava o estandarte dos Stark. Quando o viu puxar as rédeas ao lado de Lorde Beric para trocar algumas palavras com ele, Sansa sentiu um grande orgulho. Alyn era mais bonito do que Jory fora; e um dia seria um cavaleiro.

A Torre da Mão parecia tão vazia depois de os homens terem partido que Sansa até ficou contente por ver Arya quando desceu para o desjejum.

– Onde estão todos? – quis saber sua irmã enquanto arrancava a casca de uma laranja sanguínea. – Nosso pai os mandou em perseguição de Jaime Lannister?

Sansa suspirou.

– Partiram com Lorde Beric para decapitar Sor Gregor Clegane – virou-se para Septã Mordane, que estava comendo mingau de aveia com uma colher de pau. – Septã, Lorde Beric vai espetar a cabeça de Sor Gregor no portão dele ou vai trazê-la para cá e dá-la ao rei? – ela e Jeyne Poole tinham discutido sobre aquilo na noite anterior.

A septã ficou horrorizada.

– Uma senhora não discute essas coisas à mesa. Onde está sua educação, Sansa? Juro, nos últimos tempos tem sido quase tão má quanto a sua irmã.

– Que fez Gregor? – Arya perguntou.

– Queimou um castelo e assassinou uma porção de pessoas, mulheres e crianças também.

Arya fechou o rosto numa carranca.

– Jaime Lannister assassinou Jory, Heward e Wyl, e Cão de Caça assassinou o Mycah. Alguém devia tê-los decapitado.

– Não é a mesma coisa – disse Sansa. – Cão de Caça é por juramento o escudo de Joffrey. Seu amigo, filho de carniceiro, atacou o príncipe.

– Mentirosa – disse Arya. Agarrou a laranja sanguínea com tanta força que o sumo vermelho escorreu entre seus dedos.

– Vá em frente, me insulte com os nomes que quiser – disse Sansa em tom alegre. – Quando eu estiver casada com Joffrey, não se atreverá. Terá de me fazer reverências e me chamar de Vossa Graça – soltou um gemido estridente quando Arya lhe arremessou a laranja. O fruto a atingiu no meio da testa com um salpico molhado e tombou no seu colo.

– Tem sumo na cara, Vossa Graça – Arya disse.

O sumo escorria pelo rosto e fazia arder os olhos. Sansa se limpou com um guardanapo. Quando viu o que o fruto tinha feito em seu belo vestido de seda cor de marfim, soltou outro gemido.

– Você é horrível – gritou para a irmã. – Deviam ter matado você em vez da Lady!

Septã Mordane pôs-se subitamente em pé.

– O senhor seu pai ouvirá falar disto! Vão imediatamente para os seus aposentos. Imediatamente!

– Eu também? – lágrimas jorraram dos olhos de Sansa. – Não é justo.

– Não haverá discussão. Vá!

Sansa foi embora a passos largos, de cabeça levantada. Seria uma rainha, e as rainhas não choram. Pelo menos onde as pessoas vissem. Quando chegou ao quarto, trancou a porta e despiu o vestido. A laranja sanguínea deixara uma grande mancha vermelha na seda.

– Eu a odeio! – gritou. Amarfanhou o vestido numa bola e atirou-o para a lareira fria, para cima das cinzas do fogo da noite anterior. Quando viu que a mancha tinha escorrido para a saia de baixo, não conseguiu resistir e começou a soluçar. Arrancou furiosamente o resto da roupa, atirou-se na cama e chorou até dormir.

Era meio-dia quando Septã Mordane bateu à sua porta.

– Sansa. O senhor seu pai a receberá agora.

Sansa sentou-se.

– Lady – sussurrou. Por um momento, foi como se o lobo selvagem estivesse ali no quarto, olhando-a com seus olhos dourados, tristes e sábios. Compreendeu que tinha sonhado. Lady estava com ela e corriam juntas e... e... tentar recordar era como tentar apanhar chuva com os dedos. O sonho desvaneceu-se e Lady estava morta de novo.

– Sansa – a pancada voltou, sonora. – Está me ouvindo?

– Sim, Septã – gritou. – Posso, por favor, ter um momento para me vestir? – tinha os olhos vermelhos de tanto chorar, mas fez tudo que pôde para se pôr bonita.

Lorde Eddard estava inclinado sobre um enorme livro de capa de couro, com a perna engessada, rígida, sobre a mesa, quando Septã Mordane a introduziu no aposento privado.

– Venha cá, Sansa – ele disse, num tom que não era desprovido de delicadeza, depois de a septã partir para ir buscar a irmã. – Sente-se ao meu lado – fechou o livro.

Septã Mordane regressou com Arya, que se debatia em suas mãos. Sansa vestia um belo vestido verde-claro de damasco e um ar de remorso, mas a irmã ainda trajava as maltrapilhas roupas de couro e ráfia que usara na refeição matinal.

– Aqui está a outra – anunciou a septã.

– Agradeço-lhe, Septã Mordane. Gostaria de falar com minhas filhas a sós, com a sua licença – a septã fez uma reverência e saiu.

– Foi Arya que começou – Sansa disse rapidamente, ansiosa por ter a primeira palavra. – Chamou-me de mentirosa, atirou-me uma laranja e estragou meu vestido, o de seda cor de marfim, aquele que a Rainha Cersei me deu quando fui prometida ao Príncipe Joffrey. Ela detesta o fato de que eu vá me casar com o príncipe. Ela quer estragar *tudo*, pai, não suporta que nada seja belo, ou amável, ou esplêndido.

– *Basta*, Sansa – a voz de Lorde Eddard estava carregada de impaciência.

Arya ergueu os olhos.

– Lamento, pai. Eu estava errada e peço o perdão de minha querida irmã.

Sansa ficou tão surpresa que por um momento perdeu a fala. Por fim, recuperou a voz.

– Então, e o meu vestido?

– Talvez... eu possa lavá-lo – disse Arya em tom de dúvida.

– Lavá-lo não resolve nada – disse Sansa. – Nem que o esfregasse dia e noite. A seda está *arruinada*.

– Então eu... faço-lhe um novo – Arya tentou.

Sansa atirou a cabeça para trás com desdém.

– Você? Nem seria capaz de coser um vestido bom para limpar os chiqueiros.

O pai suspirou.

– Não as chamei aqui para falar de vestidos. Enviarei ambas de volta para Winterfell.

Pela segunda vez Sansa ficou surpresa demais para falar. Sentiu que seus olhos se umedeciam de novo.

– Não *pode* – Arya reagiu.

– Por favor, pai – Sansa conseguiu dizer por fim. – Não, por favor.

Eddard Stark concedeu às filhas um sorriso cansado.

– Finalmente encontramos alguma coisa em que estão de acordo.

– Eu não fiz nada de mal – Sansa argumentou. – Não quero voltar – adorava Porto Real; o aparato da corte, os grandes senhores e senhoras com seus veludos, sedas e pedras preciosas, a grande cidade com toda a sua gente. O torneio constituíra o período mais mágico de toda a sua vida, e havia tantas coisas que ainda não vira, festas das colheitas, bailes de máscaras e espetáculos de pantomima. Não suportava a ideia de perder tudo aquilo. – Mande Arya embora, foi ela quem começou, pai, juro. Eu serei boa, verá, deixe-me ficar e prometo ser tão agradável, nobre e cortês como a rainha.

A boca do pai retorceu-se de um modo estranho.

– Sansa, não estou mandando vocês embora por causa das brigas, embora os deuses bem saibam como estou farto de suas disputas. Quero que voltem a Winterfell para a sua segurança. Três dos meus homens foram abatidos como cães a menos de uma légua de onde estamos, e que fez Robert? Foi à *caça*.

Arya mordiscava o lábio daquela sua maneira nojenta.

– Podemos levar Syrio de volta conosco?

– Quem se importa com seu estúpido *mestre de dança*? – Sansa disparou. – Pai, acabei de me lembrar, *não posso* ir embora, vou me casar com o Príncipe Joffrey – tentou sorrir com bravura para ele. – Eu o amo, pai, amo mesmo, mesmo, tanto quanto a Rainha Naerys amou o Príncipe Aemon, o Cavaleiro do Dragão, tanto quanto Jonquil amou Sor Florian. Quero ser a sua rainha e ter os seus bebês.

– Querida – disse o pai gentilmente –, escute-me. Quando tiver idade, lhe arranjarei casamento com algum grande senhor que seja digno de você, alguém que seja corajoso, gentil e forte. Essa promessa a Joffrey foi um erro terrível. Aquele rapaz não é nenhum Príncipe Aemon, acredite no que digo.

– É, *sim*! – Sansa insistiu. – Não quero alguém corajoso e gentil, quero *ele*. Seremos tão felizes, assim como nas canções, o senhor verá. Darei a ele um filho de cabelos dourados, que um dia será o rei de todo o reino, o maior rei que já existiu, bravo como o lobo e orgulhoso como o leão.

Arya fez uma careta.

– Só se Joffrey não for o pai – ela rebateu. – Joffrey é um mentiroso e um covarde, e de qualquer forma é um veado, não um leão.

Sansa sentiu lágrimas nos olhos.

– Não é *nada*! Não é nem um pouquinho como aquele velho rei bêbado – gritou para a irmã, perdida em seu desgosto.

O pai a olhou com uma expressão estranha.

– Deuses – praguejou em voz baixa –, e da boca das crianças… – gritou pela Septã Mordane. Às meninas, disse: – Estou à procura de uma galé mercante que seja rápida para levá-las para casa. Nos dias que correm, o mar é mais seguro do que a Estrada do Rei. Partirão assim que eu encontrar um navio adequado, com Septã Mordane e uma guarnição de guardas… e, sim, com Syrio Forel, se ele concordar em entrar a meu serviço. Mas não digam nada sobre isto. É melhor que ninguém saiba dos nossos planos. Amanhã voltaremos a conversar.

Sansa chorou enquanto Septã Mordane as levava pelas escadas. Iam tirar-lhe tudo: os torneios, a corte e o seu príncipe, tudo, iam enviá-la de volta para os gelados muros cinzentos de Winterfell e trancá-la para sempre. Sua vida tinha terminado antes mesmo de começar.

– Pare com esse choro, menina – Septã Mordane disse severamente. – Tenho certeza de que o senhor seu pai sabe o que é melhor para vocês.

– Não vai ser assim tão ruim, Sansa – Arya disse. – Vamos viajar numa galé. Será uma aventura, e depois estaremos outra vez com Bran e Robb, e a Velha Ama, Hodor e os outros – tocou-lhe o braço.

– *Hodor*! – Sansa berrou. – Devia casar com o Hodor, é mesmo como ele, estúpida, peluda e feia! – escapuliu da mão da irmã, entrou correndo no quarto e trancou a porta atrás de si.

Eddard

— **A**dor é um presente dos deuses, Lorde Eddard – disse o Grande Meistre Pycelle. – Significa que o osso está cicatrizando, a carne sarando. Deveria ser grato por isso.

— Ficarei grato quando a perna deixar de latejar.

Pycelle depositou um frasco tampado com uma rolha na mesa junto à cama.

— O leite de papoula, para quando a dor ficar muito pesada.

— Já durmo demais.

— O sono é o grande curandeiro.

— Tinha esperança de que fosse o senhor.

Pycelle deu um sorriso triste.

— É bom vê-lo com um humor tão vigoroso, senhor – inclinou-se para mais perto e baixou a voz. – Chegou um corvo hoje de manhã, uma carta do senhor seu pai para a rainha. Pensei que deveria saber.

— Asas escuras, palavras escuras – disse Ned em tom sombrio. – Que tem a mensagem?

— Lorde Tywin está muito irado com os homens que o senhor enviou contra Sor Gregor Clegane – confidenciou o meistre. – Temi que ficasse. Disse isso mesmo no conselho.

— Deixe-o irar-se – Ned respondeu. Cada vez que a perna latejava, lembrava-se do sorriso de Jaime Lannister e de Jory morto em seus braços. – Que escreva todas as cartas que quiser à rainha. Lorde Beric avança sob o estandarte do rei. Se Lorde Tywin tentar interferir na justiça do rei, terá de responder perante Robert. A única coisa de que Sua Graça gosta mais do que caçar é de promover guerra aos senhores que o desafiam.

Pycelle afastou-se, com a corrente de meistre chocalhando.

– Como quiser. Virei visitá-lo de novo amanhã – o velho homem recolheu apressadamente suas coisas e se retirou. Ned tinha poucas dúvidas de que se dirigia diretamente aos aposentos reais para segredar à rainha. *Pensei que deveria saber*, realmente... como se Cersei não o tivesse instruído para entregar as ameaças do pai. Esperava que a resposta fizesse ranger aqueles seus dentes perfeitos. Ned não estava, nem de perto, tão confiante como fingira estar, mas não havia motivo para que Cersei soubesse disso.

Depois de Pycelle sair, Ned mandou vir uma taça de vinho com mel. Aquilo também enevoava a mente, mas não tanto. Precisava estar capaz para pensar. Mil vezes perguntara a si mesmo o que teria feito Jon Arryn se tivesse vivido o suficiente para agir com base no que descobrira. Ou talvez *tivesse* agido e morrido por isso.

Era estranho como por vezes os olhos inocentes de uma criança eram capazes de ver coisas a que os adultos eram cegos. Um dia, quando Sansa crescesse, teria de lhe contar como ela fizera com que tudo se tornasse claro. *Não é nem um pouquinho como aquele velho rei bêbado*, declarara zangada e sem consciência do que dizia, e a simples verdade daquelas palavras retorcera-se dentro dele, fria como a morte. *Foi esta a espada que matou Jon Arryn*, pensara Ned então, *e matará também Robert, uma morte mais lenta, mas não menos certa*. Pernas quebradas podem sarar com o tempo, mas certas traições ulceram e envenenam a alma.

Mindinho veio vê-lo uma hora depois de o Grande Meistre partir, vestindo um gibão cor de ameixa, com um tejo bordado de negro no peito e uma capa listrada de preto e branco.

– Não posso me demorar, senhor – anunciou. – A Senhora Tanda espera-me para o almoço. Sem dúvida assará uma vitela de engorda. Se a engorda se aproximar da filha dela, é provável que eu arrebente e morra. E como vai a perna?

– Inflamada e dolorida, com uma comichão que me deixa louco.

Mindinho ergueu uma sobrancelha.

– No futuro, tente evitar que os cavalos caiam em cima dela. Gostaria que sarasse rapidamente. O reino inquieta-se. Varys escutou murmúrios de mau agouro vindos do Ocidente. Cavaleiros livres e mercenários estão afluindo ao Rochedo Casterly, e não é pelo simples prazer de conversar com Lorde Tywin.

– Há notícias do rei? – Ned perguntou. – Por quanto tempo Robert ainda pretende continuar caçando?

– Dadas as suas preferências, creio que gostaria de permanecer na floresta até que tanto o senhor quanto a rainha morram de velhice – Lorde Petyr respondeu com um leve sorriso. – Não sendo isso possível, creio que regressará assim que tiver matado alguma coisa. Ao que parece, encontraram o veado branco... ou, antes, o que restou dele. Uns lobos o encontraram primeiro e deixaram a Sua Graça pouco mais que um casco e um chifre. Robert ficou furioso, até ouvir falar de um javali monstruoso que vive mais no interior da floresta. Daí em diante, nada estaria bem a não ser que ele o capturasse. Príncipe Joffrey regressou hoje de manhã, com os Royce, Sor Balon Swann e uns vinte outros membros do grupo. O restante continua com o rei.

– E Cão de Caça? – Ned franziu a testa. De todo o grupo dos Lannister, era Sandor Clegane quem mais o preocupava, agora que Sor Jaime fugira da cidade para ir se juntar ao pai.

– Ah, regressou com Joffrey e foi logo ter com a rainha – Mindinho sorriu. – Teria dado cem veados de prata para ser uma barata nas esteiras quando ele soube que Lorde Beric partiu para decapitar o irmão.

– Até um cego vê que Cão de Caça detesta o irmão.

– Ah, mas Gregor é para *ele* detestar, não para o senhor matar. Depois de Dondarrion desbastar o cume de nossa Monta-

nha, as terras e os rendimentos dos Clegane passarão para Sandor, mas não prenderia a respiração à espera de agradecimentos
daquele, não. E agora, perdoe-me. A Senhora Tanda me aguarda
com as suas gordas vitelas.

A caminho da porta, Lorde Petyr pousou os olhos no maciço
volume do Grande Meistre Malleon que estava sobre a mesa e
fez uma pausa para abrir vagarosamente a capa.

– *As linhagens e histórias das Grandes Casas dos Sete Reinos, com
descrições de muitos grandes senhores e nobres senhoras e de seus filhos*
– leu. – Se alguma vez vi uma leitura entediante, aqui está ela.
Uma poção para dormir, senhor?

Por um breve momento Ned considerou a hipótese de lhe
contar tudo, mas havia algo nas brincadeiras de Mindinho que o
aborrecia. O homem era muito mais esperto do que devia, sempre com um sorriso de troça nos lábios.

– Jon Arryn estudava esse volume quando adoeceu – disse
Ned em tom cauteloso, para ver como o outro responderia.

E o outro respondeu como respondia sempre: com um gracejo.

– Neste caso – disse –, a morte deve ter chegado como um
abençoado alívio – Lorde Petyr Baelish fez uma reverência e se
retirou.

Eddard Stark permitiu-se uma praga. Além de seus próprios
vassalos, não havia ninguém naquela cidade em quem confiasse.
Mindinho escondera Catelyn e ajudara Ned em suas investiga-
ções, mas a pressa em salvar a própria pele quando Jaime saíra da
chuva com os soldados ainda lhe irritava as feridas. Varys era pior.
Com todas as suas declarações solenes de lealdade, o eunuco sabia
demais e fazia muito pouco. O Grande Meistre Pycelle parecia-se
mais com uma criatura de Cersei a cada dia que passava, e Sor
Barristan era velho e rígido. Diria a Ned para cumprir seu dever.

O tempo era perigosamente curto. O rei devia regressar em
breve da caçada, e a honra obrigava Ned a contar-lhe tudo que

descobrira. Vayon Poole organizara as coisas de modo que Sansa e Arya embarcassem na *Bruxa dos Ventos*, de Bravos, dali a três dias. Estariam de volta a Winterfell antes das colheitas. Ned já não podia usar a preocupação com a segurança delas como desculpa para o atraso.

Mas na noite anterior sonhara com os filhos de Rhaegar. Lorde Tywin depositara os corpos sob o Trono de Ferro, envolvidos nos mantos carmesins de sua guarda. Fora uma atitude inteligente; o sangue não se notava tanto no pano vermelho. A pequena princesa estava descalça, ainda vestida com a camisola, e o garoto... o garoto...

Ned não podia deixar que aquilo voltasse a acontecer. O reino não suportaria um segundo rei louco, outra dança de sangue e vingança. Tinha de encontrar algum modo de salvar as crianças.

Robert podia ser misericordioso. Sor Barristan estava longe de ser o único homem que perdoara. O Grande Meistre Pycelle, Varys, a Aranha, Lorde Balon Greyjoy; cada um deles esteve um dia entre os inimigos de Robert, e todos foram bem-vindos à amizade e autorizados a manter as honrarias e os cargos em troca de um juramento de fidelidade. Desde que um homem fosse bravo e honesto, Robert o trataria com toda a honra e o respeito devidos a um inimigo valente.

Isso era outra coisa: veneno no escuro, uma faca arremessada à alma. Isso ele nunca poderia perdoar, assim como não era capaz de perdoar Rhaegar. *Matará a todos*, compreendeu Ned.

E, no entanto, sabia que não podia se manter em silêncio. Tinha um dever para com Robert, para com o reino, para com a sombra de Jon Arryn... e para com Bran, que sem dúvida devia ter tropeçado em alguma parte dessa verdade. Que outro motivo teriam para tentar assassiná-lo?

Durante a tarde mandou chamar Tomard, o guarda corpulento de suíças ruivas a quem os filhos chamavam Gordo Tom.

Com Jory morto e Alyn distante, Gordo Tom tinha o comando de sua guarda pessoal. A ideia encheu Ned com uma vaga inquietação. Tomard era um homem sólido, afável, leal, incansável, capaz a seu modo limitado, mas tinha quase cinquenta anos e nem mesmo na juventude fora enérgico. Talvez Ned não devesse ter se precipitado a enviar para longe metade de seus guardas, e com todos os melhores espadachins entre eles.

– Vou precisar da sua ajuda – disse Ned quando Tomard apareceu, com o ar levemente apreensivo que tinha sempre que era chamado à presença do seu senhor. – Leve-me ao bosque sagrado.

– Será sensato, Lorde Eddard? Com a sua perna e tudo?

– Talvez não. Mas é necessário.

Tomard chamou Varly. Com os braços em volta dos ombros dos dois homens, Ned conseguiu descer os íngremes degraus da torre e atravessar a muralha coxeando.

– Quero a guarda duplicada – disse a Gordo Tom. – Ninguém entra ou sai da Torre da Mão sem a minha autorização.

Tom pestanejou.

– Senhor, com Alyn e os outros longe, já estamos sobrecarregados...

– Será só por pouco tempo. Aumente os turnos.

– Como quiser, senhor – respondeu Tom. – Posso perguntar por quê...?

– É melhor não – Ned respondeu bruscamente.

O bosque sagrado estava vazio, como sempre estava naquela cidadela dos deuses do sul. A perna de Ned gritava quando o depositaram na grama ao lado da árvore-coração.

– Obrigado – tirou um papel da manga, lacrado com o selo de sua Casa. – Tenha a bondade de entregar isto imediatamente.

Tomard olhou para o nome que Ned escrevera no papel e lambeu ansiosamente os lábios.

– Senhor...

– Faça o que lhe peço, Tom – disse Ned.

Não saberia dizer quanto tempo esperou no sossego do bosque sagrado. Era um lugar tranquilo. As espessas muralhas mantinham do lado de fora o clamor do castelo, e conseguia ouvir aves cantando, o murmúrio dos grilos, o farfalhar das folhas sob um vento fraco. A árvore-coração era um carvalho, castanho e sem rosto, mas Ned Stark sentia nela a presença de seus deuses. A perna não parecia doer-lhe tanto.

Ela veio ao pôr do sol, quando as nuvens se avermelhavam sobre as muralhas e torres. Veio só, como ele lhe pedira. Pela primeira vez estava vestida de forma simples, com botas de couro e roupas verdes de caça. Quando puxou para trás o capuz da capa marrom, Ned viu a mancha negra onde o rei lhe batera. A zangada cor de ameixa esmaecera até tomar um tom de amarelo, e o inchaço reduzira-se, mas não era possível confundir a marca com outra coisa qualquer.

– Por que aqui? – perguntou Cersei Lannister, em pé, a seu lado.

– Para que os deuses possam ver.

Ela sentou-se a seu lado na grama. Cada um dos seus movimentos era gracioso. Os cabelos loiros encaracolados moviam-se ao vento, e os olhos eram verdes como as folhas do verão. Passara-se muito tempo desde que Ned Stark lhe vira a beleza, mas a via agora.

– Conheço a verdade pela qual Jon Arryn morreu – disse-lhe.

– Ah, sim? – a rainha observou-lhe o rosto, cuidadosa como um gato. – Foi por isso que me chamou aqui, Lorde Stark? Para me propor enigmas? Ou será sua intenção raptar-me, como sua esposa raptou meu irmão?

– Se acreditasse mesmo nisso, nunca teria vindo – Ned tocou-lhe a face com gentileza. – Ele já tinha feito isso antes?

– Uma ou duas vezes – ela se afastou de sua mão. – Nunca no rosto. Jaime o mataria, mesmo se isso lhe custasse a vida – Cersei olhou-o em desafio. – Meu irmão vale cem vezes mais que o seu amigo.

– Seu irmão? – disse Ned. – Ou seu amante?

– As duas coisas – ela não vacilou perante a verdade. – Desde crianças. E por que não? Os Targaryen casaram irmão com irmã ao longo de trezentos anos para manter o sangue puro. Jaime e eu somos mais que irmão e irmã. Somos uma pessoa em dois corpos. Partilhamos um ventre. Nosso velho meistre dizia que ele chegou ao mundo agarrado ao meu pé. Quando está em mim, sinto-me... completa – o fantasma de um sorriso passou rapidamente sobre seus lábios.

– Meu filho Bran...

Para seu crédito, Cersei não desviou o olhar.

– Ele nos viu. Ama seus filhos, não é verdade?

Robert fizera-lhe a mesmíssima pergunta na manhã do corpo a corpo. Deu a Cersei a mesma resposta.

– De todo o coração.

– Não mais do que eu amo os meus.

Ned pensou: *Se chegasse a esse ponto, colocando a vida de uma criança que não conheço contra Robb, Sansa, Arya, Bran e Rickon, o que faria? Mais, que faria Catelyn, se fosse a vida de Jon contra a dos filhos de seu corpo?* Não sabia. E rezava para nunca saber.

– Todos os três são de Jaime – ele disse. E não era uma pergunta.

– Graças aos deuses.

A semente é forte, gritara Jon Arryn em seu leito de morte, e de fato era. Todos aqueles bastardos, todos de cabelos negros como a noite. O Grande Meistre Malleon registrou a última união entre veado e leão havia cerca de noventa anos, quando Tya Lannister se casou com Gowen Baratheon, terceiro filho do detentor do título. Sua única descendência, um garoto sem nome descrito no volume de Malleon como *um garoto grande e vigoroso, nascido com a cabeça cheia de cabelos negros*, morrera na infância. Trinta anos antes, um Lannister tomara uma donzela Baratheon como esposa. Ela lhe dera três filhas e um filho, todos de cabelos negros. Não importava quanto Ned recuasse nas quebradiças páginas amareladas, encontrava sempre o ouro cedendo perante o carvão.

– Uma dúzia de anos – disse Ned. – Como foi que não teve filhos do rei?

Ela ergueu a cabeça, em desafio.

– Seu Robert deixou-me uma vez à espera de bebê – disse, com a voz cheia de desprezo. – Meu irmão encontrou uma mulher para me purificar. Ele nunca soube. A bem da verdade, quase não suporto que me toque, e há anos que não o deixo entrar em mim. Conheço outras maneiras de lhe dar prazer, quando abandona suas putas durante tempo suficiente para cambalear até meu quarto de dormir. Não importa o que façamos, o rei está geralmente tão bêbado que na manhã seguinte já esqueceu tudo.

Como podiam ter sido todos tão cegos? A verdade estivera sempre ali na sua frente, escrita no rosto das crianças. Ned sentiu-se enjoado.

– Lembro-me de Robert como era no dia em que ocupou o trono, cada centímetro dele um rei – disse em voz baixa. – Mil outras mulheres o teriam amado de todo o coração. O que ele fez para que o odiasse tanto?

Os olhos dela ardiam, fogo verde na penumbra, como a leoa que era o seu símbolo.

– Na noite de nosso banquete de casamento, na primeira vez que partilhamos a cama, chamou-me pelo nome de sua irmã. Estava em cima de mim, *dentro* de mim, fedendo a vinho, e sussurrou *Lyanna*.

Ned Stark pensou em rosas azul-claras, e por um momento quis chorar.

– Não sei de qual dos dois sinto mais pena.

A rainha divertiu-se ao ouvir aquilo.

– Guarde sua piedade para você, Lorde Stark. Não quero nem um pouco dela.

– Sabe o que devo fazer.

– O que *deve*? – Cersei pousou a mão em sua perna boa, logo acima do joelho. – Um homem de verdade faz o que quer, não o que deve – seus dedos deslizaram levemente por sua coxa, na mais suave das promessas. – O reino precisa de uma Mão forte. Joff não terá idade durante anos. Ninguém quer uma nova guerra, especialmente eu – a mão dela tocou-lhe o rosto, os cabelos. – Se amigos podem se transformar em inimigos, inimigos podem se tornar amigos. Sua esposa está a mil léguas de distância, e o meu irmão fugiu. Seja bom para mim, Ned. Juro que nunca se arrependerá.

– Você fez a mesma oferta a Jon Arryn?

Ela o esbofeteou.

– Vou usar isto como um distintivo de honra – Ned disse secamente.

– *Honra* – ela cuspiu. – Como se atreve a fazer comigo o jogo do senhor honrado? Por quem me toma? Também você tem um bastardo, eu o vi. Sempre quis saber quem era a mãe. Alguma camponesa de Dorne que você violou enquanto seu castelo ardia? Uma prostituta? Ou teria sido a irmã desgostosa, a Senhora Ashara? Dizem que se atirou ao mar. Por quê? Pelo irmão que você assassinou ou pelo filho que lhe roubou? Diga-me, meu *honrado* Lorde Eddard, em que medida é diferente de Robert, de mim ou de Jaime?

– Para começar – disse Ned –, não mato crianças. Seria bom me escutar, senhora. Direi isto apenas uma vez. Quando o rei regressar de sua caçada, pretendo colocar a verdade perante ele. Nesse momento já deverá estar longe. A senhora e seus filhos, os três, e não em Rochedo Casterly. Se fosse você, embarcaria para as Cidades Livres, ou até para mais longe, para as Ilhas do Verão ou o Porto de Ibben. Até tão longe quanto os ventos soprarem.

– Exílio – disse ela. – Uma taça amarga de onde beber.

– Uma taça mais doce do que a que o seu pai serviu aos filhos de Rhaegar – Ned disse –, e mais bondosa do que merece. Seu pai e seus irmãos fariam bem em ir com você. O ouro de Lorde Tywin lhe comprará conforto e contratará soldados para mantê-la em segurança. Irá precisar deles. Garanto-lhe, não importa para onde fuja, a ira de Robert a seguirá até o fim do mundo se necessário.

A rainha se levantou.

– E a minha ira, Lorde Stark? – perguntou num tom suave. Seus olhos esquadrinharam o rosto dele. – Devia ter ficado com o reino. Estava livre para quem o tomasse. Jaime contou-me como você o encontrou no Trono de Ferro no dia em que Porto Real caiu e o obrigou a cedê-lo. Esse foi o seu momento. Tudo que tinha de fazer era subir aqueles degraus e se sentar. Um erro tão triste.

– Cometi mais erros do que pode imaginar, mas este não foi um deles.

– Ah, mas foi, senhor – Cersei insistiu. – Quando se joga o jogo dos tronos, ganha-se ou morre. Não existe meio-termo.

Ergueu o capuz para esconder o rosto inchado e o deixou ali, na escuridão, sob o carvalho, no sossego do bosque sagrado, sob um céu quase negro. As estrelas começavam a surgir.

Daenerys

O coração fumegava no ar frio da noite quando Khal Drogo o depositou à sua frente, cru e sangrento. Os braços dele estavam vermelhos até o cotovelo. Atrás, os companheiros de sangue ajoelhavam ao lado do cadáver do garanhão selvagem com facas de pedra nas mãos. O sangue do garanhão parecia negro sob o oscilante clarão laranja dos archotes que rodeavam as altas paredes de calcário do recinto.

Dany tocou o suave inchaço da barriga. Tinha a pele coberta de gotículas de suor que lhe escorriam pela testa. Podia sentir as velhas observando-a, as antigas feiticeiras de Vaes Dothrak, com olhos que brilhavam, escuros como sílex polido, nos rostos enrugados. Não devia vacilar nem parecer assustada. *Sou do sangue do dragão*, disse a si mesma quando tomou o coração do garanhão em ambas as mãos, o levou à boca e mergulhou os dentes na carne dura e fibrosa.

Sangue quente encheu-lhe a boca e escorreu-lhe pelo queixo. O sabor ameaçou nauseá-la, mas obrigou-se a mastigar e a engolir. O coração de um garanhão tornaria seu filho forte, ágil e destemido, ou pelo menos era isso que os dothrakis pensavam, mas só se a mãe conseguisse comê-lo todo. Caso se engasgasse com o sangue ou vomitasse a carne, os presságios eram menos favoráveis; a criança podia nascer morta ou, se sobrevivesse, podia vir fraca, deformada, ou mulher.

As aias tinham-na ajudado a se preparar para a cerimônia. Apesar do seu estômago fraco de mãe que a afligira ao longo das últimas duas luas, Dany jantara tigelas de sangue meio coagulado para se habituar ao sabor, e Irri a fizera mastigar bocados de carne-seca de cavalo até deixá-la com os maxilares doloridos. Antes da cerimônia, jejuara durante um dia e uma noite, na esperança de que a fome a ajudasse a manter a carne crua no estômago.

O coração do garanhão selvagem era puro músculo, e Dany tinha de dilacerá-lo com os dentes e mastigar cada bocado durante muito tempo. Nenhum aço era permitido dentro das sagradas fronteiras de Vaes Dothrak, sob a sombra da Mãe das Montanhas; tinha de rasgar o coração com os dentes e as unhas. O estômago irritava-se e se nauseava, mas ela insistiu, com o rosto manchado de sangue, que por vezes parecia explodir contra os lábios.

Khal Drogo estava em pé ao seu lado enquanto ela comia, com o rosto duro como um escudo de bronze. A longa trança negra brilhava de óleo. Usava anéis de ouro no bigode, campainhas de ouro na trança e um pesado cinto de medalhões de puro ouro em torno da cintura, mas o tronco estava nu. Dany olhava-o sempre que sentia que as forças lhe faltavam; olhava-o, e mastigava e engolia, mastigava e engolia, mastigava e engolia. Por fim, julgou vislumbrar um orgulho feroz em seus olhos escuros e amendoados, mas não tinha certeza. Não era frequente que o rosto do *khal* traísse os pensamentos interiores.

E, por fim, foi feito. Sentia o rosto e os dedos pegajosos enquanto forçava os últimos bocados para baixo. Só então voltou a olhar para as velhas mulheres, as feiticeiras do *dosh khaleen*.

– *Khalakka dothrae mr'anha!* – Dany proclamou no seu melhor dothraki. *Um príncipe cavalga dentro de mim!* Treinara a frase durante dias com a aia Jhiqui.

A mais velha das feiticeiras, uma mulher que mais parecia um pedaço de madeira dobrado e seco, com um único olho negro, ergueu bem alto os braços.

– *Khalakka dothrae!* – guinchou. *O príncipe cavalga!*

– *Ele cavalga!* – responderam as outras mulheres. – *Rakh! Rakh! Rakh haj!* – proclamaram. *Um garoto, um garoto, um forte garoto.*

Soaram sinos, um súbito clangor de aves de bronze. Uma trombeta de guerra de som profundo ressoou com sua longa nota grave. As velhas iniciaram um cântico. Sob as vestes de couro pintado, os seios murchos balançaram de um lado para o outro, brilhantes de óleo e suor. Os eunucos que as serviam atiraram feixes de ervas secas sobre um grande braseiro de bronze, e nuvens de fumaça odorífera ergueram-se na direção da lua e das estrelas. Os dothrakis acreditavam que as estrelas eram cavalos feitos de fogo, uma grande manada que galopava pelo céu durante a noite.

Enquanto a fumaça subia, o cântico morreu e a feiticeira mais velha fechou o único olho, a fim de melhor espreitar o futuro. O silêncio que caiu foi total. Dany ouvia os chamamentos distantes de aves noturnas, os silvos e estalidos dos archotes, o suave bater da água do lago. Os dothrakis olharam-na com olhos de noite, à espera.

Khal Drogo pousou a mão sobre o braço de Dany. Ela sentia a tensão de seus dedos. Mesmo um *khal* tão poderoso como Drogo conhecia o medo quando a *dosh khaleen* espreitava a fumaça do futuro. Atrás dela, as aias agitavam-se ansiosamente.

Por fim, a feiticeira abriu o olho e ergueu os braços.

– Vi seu rosto e ouvi o troar de seus cascos – proclamou numa voz fina e vacilante.

– O troar de seus cascos! – responderam os outros em coro.

– Cavalga veloz como o vento, e atrás dele seu *khalasar* cobre a terra, homens sem-número, com *arakhs* brilhando nas mãos como folhas de um gramado afiado. Será feroz como a tempestade, esse príncipe. Os inimigos tremerão perante ele, e suas esposas chorarão lágrimas de sangue e rasgarão a carne de desgosto. Os sinos de seus cabelos cantarão a sua chegada, e os homens de leite nas tendas de pedra temerão o seu nome – a velha tremeu e olhou para Dany quase como se tivesse medo. – O príncipe cavalga, e será ele o garanhão que monta o mundo.

– *O garanhão que monta o mundo!* – gritaram em eco os espectadores, até que a noite ressoou ao som de suas vozes.

A feiticeira de um olho só espreitou na direção de Dany.

– Como será chamado o garanhão que monta o mundo?

Dany ergueu-se para responder.

– Será chamado Rhaego – disse, usando as palavras que Jhiqui lhe ensinara. Tocou protetoramente o inchaço sob os seios quando um rugido chegou de entre os dothrakis.

– *Rhaego* – gritaram. – *Rhaego. Rhaego. Rhaego!*

O nome ainda ressoava em seus ouvidos quando Khal Drogo a levou para fora do recinto. Seus companheiros de sangue puseram-se atrás deles. Uma procissão os seguiu pelo caminho dos deuses, a larga estrada coberta de grama que corria pelo coração de Vaes Dothrak, do portão dos cavalos até a Mãe das Montanhas. As feiticeiras do *dosh khaleen* vinham à frente, com seus eunucos e escravos. Algumas se apoiavam em altos cajados esculpidos enquanto avançavam com dificuldade sobre pernas antigas e trêmulas, ao passo que outras caminhavam com um porte tão orgulhoso como o de um senhor dos cavalos. Cada uma das velhas mulheres tinha sido uma *khaleesi*. Quando os senhores seus maridos morreram e novos *khals* lhes tomaram os lugares à frente de seus cavaleiros, com novas *khaleesi* montadas a seu lado, foram enviadas para lá, a fim de reinar sobre a vasta nação dothraki. Mesmo o mais poderoso dos *khals* se dobrava perante a sabedoria e a autoridade do *dosh khaleen*. Apesar disso, pensar que um dia poderia ser enviada para lá, quer quisesse quer não, causava arrepios em Dany.

Atrás das sábias vinham os outros: Khal Ogo e o filho, o *khalakka* Fogo, Khal Jommo e as esposas, os homens mais importantes do *khalasar* de Drogo, as aias de Dany, os servos e escravos do *khal*, e mais pessoas. Sinos tocavam e tambores ressoavam numa cadência imponente enquanto marchavam ao longo do caminho dos deuses. Heróis roubados e os deuses de povos mortos meditavam na escuridão atrás da estrada. Ao lado da procissão, escravos corriam pela grama com pés ligeiros e archotes nas mãos, e as chamas oscilantes faziam com que os grandes monumentos quase parecessem estar vivos.

– Que significado tem esse nome Rhaego? – perguntou Khal Drogo enquanto caminhavam, usando o Idioma Comum dos Sete Reinos. Dany tinha procurado lhe ensinar algumas palavras sempre que podia. Drogo aprendia depressa quando se decidia a isso, embora seu sotaque fosse tão forte e bárbaro que nem Sor Jorah nem Viserys entendiam uma palavra do que dizia.

– Meu irmão Rhaegar era um feroz guerreiro, meu sol-e-estrelas – ela disse. – Morreu antes de eu nascer. Sor Jorah diz que ele foi o último dos dragões.

Khal Drogo a olhou. O rosto era uma máscara de cobre, mas sob o longo bigode negro, pesado por causa de seus anéis de ouro, ela julgou vislumbrar a sombra de um sorriso.

– É bom nome, esposa Dan Ares, lua da minha vida – ele disse.

Caminharam até o lago a que os dothrakis chamavam o Ventre do Mundo, rodeado por uma orla de juncos, de água silenciosa e calma. Um milhar de milhares de anos antes, dissera-lhe Jhiqui, o primeiro homem emergira das suas profundezas, montado sobre o dorso do primeiro cavalo.

A procissão aguardou na costa coberta de mato enquanto Dany se despia e deixava cair ao chão a roupa manchada. Nua, entrou cuidadosamente na água. Irri dizia que o lago não tinha fundo, mas Dany sentiu lama mole espirrando entre os dedos dos pés enquanto abria caminho por entre os grandes juncos. A lua flutuava nas negras águas paradas, estilhaçando-se e recompondo-se enquanto as ondulações que Dany provocava a varriam. A pele branca arrepiou-se quando o frio deslizou pelas coxas e lhe beijou os lábios de baixo. O sangue do garanhão havia secado em suas mãos e em torno da boca. Dany fez uma taça com os dedos e ergueu as águas sagradas acima da cabeça, purificando a si e ao filho que trazia no ventre enquanto o *khal* e os outros olhavam. Ouviu as velhas do *dosh khaleen* murmurarem umas com as outras enquanto a observavam, e sentiu curiosidade de saber o que estariam dizendo.

Quando emergiu do lago, tremendo e pingando, a aia Doreah correu para ela com um roupão de sedareia pintada, mas Khal Drogo mandou-a embora com um gesto. Olhava com admiração para seus seios inchados e a curva de sua barriga, e Dany conseguia ver a forma de seu membro viril fazendo pressão contra as calças de couro de cavalo, sob os pesados medalhões de ouro do cinto. Foi até ele e o ajudou a despir-se. Então, seu enorme *khal* a pegou pelas ancas e ergueu-a no ar, como se ela fosse uma criança. As campainhas que trazia nos cabelos tiniram suavemente.

Dany envolveu-lhe os ombros com os braços e encostou o rosto ao seu pescoço enquanto ele a penetrava. Três rápidos impulsos e estava feito.

– O garanhão que monta o mundo – sussurrou Drogo em voz rouca. As mãos ainda cheiravam a sangue de cavalo. Mordeu-lhe a garganta, com força, no momento do prazer e, quando a ergueu de novo, seu sêmen a encheu e escorreu por suas coxas. Só então Doreah foi autorizada a envolvê-la em sedareia perfumada e Irri, a calçar-lhe chinelos macios.

Khal Drogo atou as calças e deu uma ordem, e foram trazidos cavalos até a margem do lago. Cohollo teve a honra de ajudar a *khaleesi* a montar sua prata. Drogo esporeou o garanhão e partiu ao longo do caminho dos deuses, sob a lua e as estrelas. Sobre a prata, Dany acompanhou seu ritmo com facilidade.

A cobertura de seda que fornecia um teto ao salão de Khal Drogo fora enrolada naquela noite, e a lua os seguiu ao entrar.

Chamas saltavam até uma altura de três metros, vindas de três enormes buracos rodeados por pedras. O ar estava pesado com os cheiros de carne assando e de leite de égua coalhado e fermentado. O salão estava cheio de gente e ruidoso quando entraram; as almofadas apinhadas daqueles cujo estatuto e nome não eram suficientes para lhes permitir a presença na cerimônia. Quando Dany passou por baixo do arco da entrada e caminhou pela nave central, todos os olhos a seguiram. Os dothrakis gritavam comentários sobre sua barriga e seus seios, saudando a vida em seu interior. Não compreendia tudo que gritavam, mas uma frase era clara. "*O garanhão que monta o mundo*", ouviu, palavras berradas por um milhar de vozes.

Os sons de tambores e trompas giraram noite adentro. Mulheres seminuas rodopiaram e dançaram sobre as mesas baixas, por entre peças de carne e bandejas apinhadas de ameixas, tâmaras e romãs. Muitos dos homens estavam bêbados de leite coalhado de égua, mas Dany sabia que naquela noite os *arakhs* não se chocariam, não ali na cidade sagrada, onde as lâminas e o derramamento de sangue eram proibidos.

Khal Drogo desmontou e ocupou seu lugar no banco elevado. Khal Jommo e Khal Ogo, que já estavam em Vaes Dothrak com seus *khalasares* quando o deles chegara, ficaram nos lugares de grande honra, à esquerda e à direita de Drogo. Os companheiros de sangue dos três *khals* sentaram-se abaixo deles e, mais abaixo, as quatro esposas de Khal Jommo.

Dany desceu de sua prata e entregou as rédeas a um dos escravos. Enquanto Doreah e Irri lhe preparavam as almofadas, procurou pelo irmão. Mesmo do outro lado do salão apinhado, Viserys seria fácil de se notar com a sua pele clara, cabelos prateados e farrapos de pedinte, mas não o via em lugar nenhum.

Seu olhar vagueou pelas mesas apinhadas junto às paredes, onde homens cujas tranças eram ainda mais curtas que seus membros se sentavam sobre tapetes puídos e almofadas achatadas em torno das mesas baixas, mas todos os rostos que viu tinham olhos negros e pele acobreada. Vislumbrou Sor Jorah Mormont perto do centro do salão, nas imediações da fogueira do meio. Era um lugar de respeito, se não de grande honra; os dothrakis estimavam a perícia do cavaleiro com uma espada. Dany mandou Jhiqui trazê-lo para sua mesa. Mormont veio de imediato e caiu sobre o joelho à sua frente.

– *Khaleesi* – disse –, estou às suas ordens.

Dany deu palmadinhas na grossa almofada de couro de cavalo que tinha ao lado.

– Sente-se e converse comigo.

– Será uma honra – o cavaleiro sentou-se na almofada com as pernas cruzadas. Um escravo ajoelhou-se à sua frente, oferecendo uma bandeja de madeira cheia de figos maduros. Sor Jorah pegou um e arrancou metade com uma dentada.

– Onde está meu irmão? – Dany perguntou. – Já deveria ter chegado para o banquete.

– Vi Sua Graça hoje de manhã – ele respondeu. – Disse-me que ia ao Mercado Ocidental, em busca de vinho.

– Vinho? – a voz de Dany tinha tom de dúvida. Sabia que Viserys não conseguia se habituar ao gosto do leite fermentado de égua que os dothrakis bebiam, e por aqueles dias era frequente encontrá-lo nos bazares bebendo com os mercadores que chegavam nas grandes caravanas do leste e do oeste. Parecia achar a companhia deles mais agradável que a sua.

– Vinho – confirmou Sor Jorah –, e alimenta algumas ideias de recrutar homens para o seu exército entre os mercenários que guardam as caravanas – uma criada depositou uma torta de sangue na sua frente, e o cavaleiro a atacou com ambas as mãos.

– Será isso sensato? – Dany perguntou. – Ele não tem ouro para pagar a soldados. E se for traído? – os guardas das caravanas raramente eram muito perturbados por pensamentos sobre honra, e o Usurpador em Porto Real pagaria bem pela cabeça do irmão. – Devia ter ido com ele, para mantê-lo a salvo. O senhor é seu juramentado.

– Estamos em Vaes Dothrak – lembrou-lhe. – Aqui ninguém pode transportar uma lâmina ou derramar o sangue de um homem.

– Apesar disso, os homens morrem. Jhogo contou-me. Alguns dos mercadores têm consigo eunucos, homens enormes que estrangulam ladrões com faixas de seda. Desse modo, nenhum sangue é derramado e os deuses não se zangam.

– Então, esperemos que seu irmão seja suficientemente sensato para não roubar nada – Sor Jorah limpou a gordura da boca com as costas da mão e aproximou-se por sobre a mesa. – Ele tinha planejado roubar seus ovos de dragão, mas o preveni de que lhe cortaria a mão se os tocasse.

Por um momento Dany sentiu-se tão chocada que não encontrou palavras.

– Os meus ovos… mas são *meus*, Magíster Illyrio os deu para mim, um presente de noivado, por que quereria Viserys… são apenas pedras…

– O mesmo poderia ser dito de rubis, diamantes e opalas de fogo, princesa… e ovos de dragão são de longe mais raros. Aqueles mercadores com quem ele tem bebido venderiam os próprios membros viris por apenas uma dessas *pedras*, e, com as três, Viserys poderia comprar tantos mercenários quanto quisesse.

Dany não sabia, nem sequer suspeitara.

– Então… ele devia ficar com eles. Não precisa roubá-los. Só tinha de pedir. Ele é meu irmão… e o meu verdadeiro rei.

– Ele é seu irmão – reconheceu Sor Jorah.

– Não compreende, sor – ela disse. – Minha mãe morreu ao dar-me à luz, e meu pai e meu irmão Rhaegar morreram ainda antes. Nunca teria aprendido sequer seus nomes se Viserys não estivesse lá para me ensinar. Foi o único que restou. O único. É tudo que tenho.

– Outrora, sim – disse Sor Jorah. – Mas agora não, *khaleesi*. Agora pertence aos dothrakis. Em seu ventre cavalga o garanhão que monta o mundo – ergueu a taça e uma escrava a encheu de leite de égua fermentado, de cheiro azedo e espesso de grumos.

Dany mandou a escrava embora com um gesto. Até o cheiro da bebida a fazia sentir-se agoniada, e não queria correr nenhum risco de pôr para fora o coração de cavalo que se forçara a comer.

– Que significa isso? – ela perguntou. – O que é esse garanhão? Todo mundo estava gritando isso, mas eu não compreendo.

– O garanhão é o *khal* dos *khals* prometido numa antiga profecia, menina. Ele vai unir os dothrakis num único *khalasar* e cavalgar até o fim do mundo, ou pelo menos é essa a promessa. Todas as pessoas do mundo serão a sua manada.

– Ah – disse Dany com voz fraca. A mão alisou o roupão sobre a barriga inchada. – Chamei-o Rhaego.

– Um nome que congelará o sangue do Usurpador.

De repente, Doreah começou a puxá-la pelo cotovelo.

– *Senhora* – sussurrou a aia em tom urgente –, seu irmão...

Dany olhou para a extremidade do longo salão sem teto e ali estava ele, encaminhando-se a passos largos na sua direção. Pelo desequilíbrio no andar, compreendeu de imediato que Viserys encontrara o seu vinho... e algo que se passava por coragem.

Vestia suas sedas escarlates, sujas e manchadas pela viagem. A capa e as luvas eram de veludo negro, desbotado pelo sol. As botas estavam secas e fendidas, os cabelos prateados, baços e emaranhados. Uma espada balançava, presa ao cinto, enfiada numa bainha de couro. Os dothrakis fitavam a espada enquanto ele passava. Dany ouviu pragas, ameaças e murmúrios zangados que se erguiam de todos os lados, como uma maré. A música extinguiu-se num gaguejo nervoso de tambores.

Uma sensação de terror apertou-se em torno de seu coração.

– Vá até ele – ordenou a Sor Jorah. – Pare-o. Traga-o aqui. Diga-lhe que pode ficar com os ovos de dragão se for isso que deseja – o cavaleiro pôs-se rapidamente em pé.

– Onde está minha irmã? – gritou Viserys, com a voz arrastada de vinho. – Cheguei para o seu banquete. Como se atrevem a começar sem mim? Ninguém come antes do rei. Onde está ela? A puta não pode se esconder do dragão.

Parou ao lado da maior das três fogueiras, olhando os rostos dos dothrakis em volta. Havia cinco mil homens no salão, mas só um punhado conhecia o Idioma Comum. No entanto, mesmo que suas palavras fossem incompreensíveis, bastava olhá-lo para ver que estava bêbado.

Sor Jorah foi até ele rapidamente, segredou qualquer coisa ao seu ouvido e o tomou pelo braço, mas Viserys o empurrou.

– Mantenha as mãos longe de mim! Ninguém toca no dragão sem permissão.

Dany lançou um relance ansioso para o banco elevado. Khal Drogo dizia qualquer coisa aos outros *khals* a seu lado. Khal Jommo sorriu e Khal Ogo rebentou em sonoras gargalhadas.

O som do riso fez Viserys erguer os olhos.

– Khal Drogo – disse em voz pesada, num tom quase educado. – Estou aqui para o banquete – afastou-se cambaleando de Sor Jorah para juntar-se aos três *khals* no banco elevado.

Khal Drogo ergueu-se, cuspiu uma dúzia de palavras em dothraki, mais depressa do que Dany conseguiria compreender, e apontou.

– Khal Drogo diz que seu lugar não é no banco elevado – traduziu Sor Jorah para Viserys. – Khal Drogo diz que o seu lugar é ali.

Viserys dirigiu os olhos para onde o *khal* apontava. Ao fundo do longo salão, num canto junto à parede, mergulhados em profundas sombras para que homens melhores não os vissem, sentavam-se os mais baixos dos baixos; rapazes inexperientes que ainda não tinham feito correr sangue, velhos de olhos enevoados e articulações entrevadas, os idiotas e os estropiados. Longe da carne, e mais longe da honra.

– Aquele não é lugar para um rei – Viserys declarou.

– É lugar – respondeu Khal Drogo, no Idioma Comum que Dany lhe ensinara – para o Rei Pés-Feridos – bateu palmas. – Uma carroça! Tragam uma carroça para *Khal Rhaggat!*

Cinco mil dothrakis desataram a rir e a gritar. Sor Jorah estava em pé ao lado de Viserys, gritando-lhe ao ouvido, mas o ruído na sala era tão estrondoso que Dany não conseguia ouvir o que ele estava dizendo. Seu irmão gritou de volta e os dois homens engalfinharam-se, até que Mormont atirou Viserys ao chão.

O irmão de Dany puxou a espada.

O aço nu brilhou num temível clarão vermelho à luz das fogueiras.

– *Mantenha-se longe de mim!* – Viserys sibilou. Sor Jorah recuou um passo, e Viserys ergueu-se em pés instáveis. Brandiu a espada por sobre a cabeça, a lâmina emprestada que Magíster Illyrio lhe dera para que parecesse mais régio. Os dothrakis gritavam com ele de todos os lados, berrando pesadas pragas.

Dany soltou um grito inarticulado de terror. Sabia o que uma espada desembainhada significava ali, mesmo que o irmão não soubesse.

Sua voz fez com que o irmão virasse a cabeça e a visse pela primeira vez.

– Ali está ela – disse, sorrindo. Caminhou na sua direção, golpeando o ar como que para abrir caminho através de uma muralha de inimigos, apesar de ninguém tentar barrar-lhe o caminho.

– A lâmina... não deve – suplicou-lhe. – Por favor, Viserys. É proibido. Largue a espada e venha partilhar minhas almofadas. Há bebida, comida... são os ovos de dragão que quer? Pode ficar com eles, mas jogue a espada fora.

– Faça o que ela lhe diz, louco – gritou Sor Jorah –, antes que nos mate a todos.

Viserys riu.

– Eles não podem nos matar. Não podem derramar sangue aqui na cidade sagrada... mas *eu* posso – encostou a ponta da espada entre os seios de Daenerys e a deslizou para baixo, sobre a curva da barriga. – Quero aquilo que vim buscar – disse-lhe. – Quero a coroa que ele me prometeu. Ele a comprou, mas nunca me pagou. Diga a ele que quero aquilo que negociei, caso contrário, levo-a de volta. Você e os ovos. Ele pode ficar com o seu maldito potro. Corto a barriga, tiro daí o bastardo e o deixo para ele – a ponta da espada fez pressão através das sedas de Dany e picou-lhe o umbigo. Dany viu que Viserys chorava; chorava e ria, tudo ao mesmo tempo, este homem que outrora fora seu irmão.

De forma distante, como que de muito longe, Dany ouviu a aia Jhiqui soluçar de medo, alegando que não se atrevia a traduzir, porque o *khal* a amarraria e a arrastaria atrás de seu cavalo ao longo de todo o caminho até o cume da Mãe das Montanhas. Dany pôs o braço em torno da jovem:

– Não tenha medo. Eu direi a ele.

Não sabia se tinha palavras suficientes, mas, quando terminou, Khal Drogo proferiu algumas frases bruscas em dothraki, e soube que ele compreendera. O sol de sua vida desceu do banco elevado.

– Que disse ele? – perguntou-lhe o homem que fora seu irmão, vacilando.

O salão ficara tão silencioso que se conseguia ouvir os sinos dos cabelos de Khal Drogo tilintando suavemente a cada passo que dava. Seus companheiros de sangue o seguiram, como três sombras de cobre. Daenerys gelara por completo.

– Disse que você terá uma magnífica coroa de ouro, que os homens tremerão ao contemplá-la.

Viserys sorriu e abaixou a espada. Isso foi o mais triste, o que a despedaçou mais tarde... o modo como ele sorriu.

– Era tudo que eu queria – ele disse. – O que me foi prometido.

Quando o sol de sua vida a alcançou, Dany pôs o braço em torno de sua cintura. O *khal* disse uma palavra e seus companheiros de sangue seguiram na frente. Qotho agarrou pelos braços o homem que fora seu irmão. Haggo estilhaçou-lhe o pulso com uma única torção brusca de suas enormes mãos. Cohollo tirou a espada dos dedos sem força. Mesmo agora, Viserys não compreendia.

– Não – ele gritou –, não podem me tocar, eu sou o dragão, o *dragão*, e vou ser *coroado*!

Khal Drogo desatou o cinto. Os medalhões eram de ouro puro, maciços e ornamentados, todos tão grandes como a mão de um homem. Gritou uma ordem. Escravos cozinheiros tiraram um pesado caldeirão de ferro da fogueira, despejaram o guisado no chão e o devolveram às chamas. Drogo atirou o cinto lá dentro e ficou observando sem expressão os medalhões que se tornavam vermelhos e começavam a perder a forma. Dany conseguia ver chamas dançando no ônix de seus olhos. Uma escrava lhe entregou um par de espessas luvas de pelo de cavalo, e ele as calçou, sem chegar a deitar um relance que fosse ao homem.

Viserys começou a gritar o agudo e inarticulado grito do covarde que enfrenta a morte. Esperneou e retorceu-se, ganiu como um cão e berrou como uma criança, mas os dothrakis o mantiveram bem seguro entre eles. Sor Jorah abrira caminho até junto de Dany. Pousou-lhe a mão no ombro.

– Afaste os olhos, minha princesa. Eu lhe peço.

– Não – Dany dobrou os braços sobre o inchaço na barriga, protetora.

No último momento, Viserys olhou para ela.

– Irmã, por favor... Dany, diga a eles... faça-os... querida irmã...

Quando o ouro fundiu parcialmente e começou a correr, Drogo estendeu o braço para as chamas, agarrou o caldeirão.

– Coroa! – rugiu. – Toma. Uma coroa para o Rei Carroça! – e virou o caldeirão sobre a cabeça do homem que fora irmão da *khaleesi*.

O som que Viserys Targaryen fez quando aquele hediondo capacete de metal lhe cobriu a cabeça não se assemelhava a nada de humano. Seus pés martelaram uma batida frenética contra o chão de terra, abrandaram, pararam. Grossos glóbulos de ouro fundido pingaram sobre seu peito, pondo a seda escarlate em brasa... mas nenhuma gota de sangue foi derramada.

Ele não era dragão nenhum, pensou Dany, estranhamente calma. *O fogo não pode matar um dragão.*

Eddard

Caminhava pelas criptas por baixo de Winterfell, como caminhara mil vezes antes. Os Reis do Inverno olhavam-no ao passar com olhos de gelo, e os lobos gigantes a seus pés viravam as grandes cabeças de pedra e rosnavam. Por fim, chegou à tumba onde o pai dormia, com Brandon e Lyanna a seu lado. *"Prometa-me, Ned"*, sussurrou a estátua de Lyanna. Trazia uma grinalda de rosas azul-claras e seus olhos choravam sangue.

Eddard Stark saltou na cama, com o coração acelerado, os cobertores emaranhados à sua volta. O quarto estava negro como breu, e alguém batia à porta com força.

– Lorde Eddard – chamou sonoramente uma voz.

– Um momento – sonolento e nu, atravessou aos tropeções o quarto escurecido. Quando abriu a porta, deparou com Tomard de punho erguido e com Cayn com uma grande vela na mão. Entre os dois encontrava-se o intendente do rei.

O rosto do homem podia ter sido esculpido em pedra, de tão pouco que mostrava.

– Senhor Mão – entoou. – Sua Graça, o Rei, exige a sua presença. De imediato.

Então Robert tinha regressado da caçada. Era mais que hora.

– Necessitarei de um momento para me vestir – Ned deixou o homem à espera lá fora. Cayn o ajudou com a roupa, uma túnica de linho branco e uma capa cinza, calças cortadas na perna envolvida em gesso, o distintivo de seu cargo e por fim um cinto de pesados aros de prata. Embainhou o punhal valiriano à cintura.

A Fortaleza Vermelha estava escura e quieta quando Cayn e Tomard o escoltaram através da muralha interior. A lua pendia baixa sobre as muralhas, quase cheia. Nos baluartes, um guarda de manto dourado fazia a sua ronda.

Os aposentos reais ficavam na Fortaleza de Maegor, um maciço e quadrado forte que se aninhava no coração da Fortaleza Vermelha por trás de muralhas com três metros e meio de espessura e um fosso seco coberto de espigões de ferro, um castelo dentro do castelo. Sor Boros Blount guardava a extremidade mais afastada da ponte, com a armadura de aço branco que o fazia parecer um fantasma à luz da lua. Lá dentro, Ned passou por dois outros cavaleiros da Guarda Real: Sor Preston Greenfield estava ao fundo das escadas, e Sor Barristan Selmy esperava à porta do quarto do rei. Três homens de manto branco, pensou, recordando, e sentiu-se atravessado por um estranho frio. O rosto de Sor Barristan estava tão pálido como a sua armadura. Ned não precisou mais do que olhá-lo para saber que alguma coisa estava horrivelmente errada. O intendente real abriu a porta.

– Lorde Eddard Stark, a Mão do Rei – anunciou.

– Traga-o aqui – disse a voz de Robert, estranhamente pesada.

O fogo ardia nas lareiras gêmeas situadas nas duas pontas do quarto, enchendo-o com um lúgubre clarão vermelho. O calor que ali fazia era sufocante. Robert jazia na cama coberta. Junto a ela pairava o Grande Meistre Pycelle, enquanto Lorde Renly andava agitadamente em frente às janelas fechadas. Criados iam de um lado para o outro, alimentando o fogo com lenha e fervendo vinho. Cersei Lannister estava sentada à beira da cama, ao lado do marido. Tinha os cabelos em desordem, como se tivesse acabado de se levantar, mas nada havia de sonolento nos olhos. Seguiram Ned quando Tomard e Cayn o ajudaram a atravessar a sala. Parecia-lhe que se movia muito lentamente, como se ainda estivesse sonhando.

O rei ainda trazia as botas. Ned viu lama seca e folhas de grama agarradas ao couro onde os pés de Robert se projetavam da manta que o cobria. Um gibão verde jazia no chão, rasgado e jogado fora, com o tecido coberto de manchas vermelho-amarronzadas. O quarto cheirava a fumaça, a sangue e a morte.

– Ned – sussurrou o rei quando o viu. O rosto estava pálido como leite. – Venha... mais perto.

Seus homens levaram-no para mais perto. Ned equilibrou-se com a mão na coluna da cama. Bastava olhar para Robert para perceber como estava mal.

– Quê...? – começou, com um nó na garganta.

– Um javali – Lorde Renly ainda trazia as roupas verdes de caça, com o manto pintalgado de sangue.

– Um demônio – revelou o rei. – Culpa minha. Vinho demais, maldito seja eu. Errei a estocada.

– E onde estava o resto de vocês? – Ned exigiu saber de Lorde Renly. – Onde estava Sor Barristan e a Guarda Real?

A boca de Renly retorceu-se.

– Meu irmão ordenou que nos afastássemos e o deixássemos abater o javali sozinho.

Eddard Stark ergueu a manta.

Tinham feito o possível para fechar suas feridas, mas nem chegava perto de ser suficiente. O javali devia ter sido um animal temível. Rasgara o rei, com as presas, da virilha ao mamilo. As ataduras embebidas em vinho que o Grande Meistre Pycelle aplicara já estavam negras de sangue, e o cheiro que a ferida exalava era hediondo. O estômago de Ned deu uma volta. Deixou cair a manta.

– Fede – Robert disse. – O fedor da morte. Não pense que não o sinto. O maldito me pegou, há? Mas eu... eu paguei-lhe na mesma moeda, Ned – o sorriso do rei era tão terrível quanto sua ferida, com dentes vermelhos. – Enfiei-lhe a faca bem no olho. Pergunte-lhes se não é verdade. Pergunte-lhes.

– É verdade – murmurou Lorde Renly. – Trouxemos a carcaça conosco, por ordem do meu irmão.

– Para o banquete – sussurrou Robert. – Agora saiam. To-dos. Preciso falar com Ned.

– Robert, meu querido senhor… – começou Cersei.

– Eu disse *saiam* – insistiu Robert com uma sugestão de sua antiga ferocidade. – Que parte não entendeu, mulher?

Cersei recolheu as saias e a dignidade e foi a primeira a se di-rigir para a porta. Lorde Renly e os outros a seguiram. O Grande Meistre Pycelle deixou-se ficar, com as mãos tremendo quando ofereceu ao rei uma taça de um espesso líquido branco.

– O leite de papoula, Vossa Graça – disse. – Beba. Para as dores – Robert afastou a taça com uma pancada dada com as costas da mão.

– Vá embora. Dormirei em breve, velho tonto. Saia.

O Grande Meistre Pycelle lançou a Robert um olhar ferido e saiu do quarto, arrastando os pés.

– Maldito seja, Robert – disse Ned quando ficaram a sós. A perna latejava tanto que estava quase cego de dor. Ou talvez fos-se o pesar que lhe enevoava os olhos. Deixou-se cair na cama, ao lado do amigo. – Por que tem de ser sempre tão teimoso?

– Ah, vai se foder, Ned – disse o rei em voz rouca. – Matei o maldito, não matei? – uma madeixa de cabelos emaranhados caiu-lhe sobre os olhos quando os dirigiu para Ned. – Devia fa-zer o mesmo com você. Não pode deixar um homem caçar em paz? Sor Robar me encontrou. A cabeça de Gregor. Feio pensa-mento. Não contei a Cão de Caça. Que Cersei o surpreenda – sua gargalhada transformou-se num grunhido quando um espasmo de dor o atingiu. – Que os deuses tenham misericórdia – mur-murou, engolindo a dor. – A menina. Daenerys. Só uma criança, tinha razão… foi por isso, a menina… os deuses mandaram o javali… mandaram-no para me punir… – o rei tossiu, trazen-do sangue à boca. – Errado, foi errado, eu… só uma menina… Varys, Mindinho, até meu irmão… incapazes… ninguém para me dizer *não*, a não ser você, Ned... só você... – ergueu a mão, um gesto doloroso e fraco. – Papel e tinta. Ali, na mesa. Escreva o que vou lhe ditar.

Ned alisou o papel no joelho e pegou a pena.

– Às suas ordens, Vossa Graça.

– Esta é a vontade e a palavra de Robert, da Casa Baratheon, o Primeiro do Seu Nome, Rei dos Ândalos e todo o resto... põe aí os malditos títulos, você sabe como é. Ordeno por meio desta que Eddard, da Casa Stark, Senhor de Winterfell e Mão do Rei, sirva como Senhor Regente e Protetor do Território após a minha... após a minha morte... a fim de governar no meu... no meu lugar até que meu filho Joffrey tenha idade...

– Robert... – ele quis dizer *Joffrey não é seu filho*, mas as palavras não vieram. A agonia estava escrita de forma muito clara no rosto de Robert; não podia feri-lo mais. E assim Ned baixou a cabeça e escreveu, mas no lugar em que o rei dissera "o meu filho Joffrey", escreveu "o meu herdeiro". O engano fê-lo sentir-se sujo. *As mentiras que contamos por amor*, pensou. *Que os deuses me perdoem.* – Que mais quer que eu escreva?

– Escreva... o que tiver de ser. Proteger e defender, antigos e novos deuses, você conhece as palavras. Escreva. Eu assino. Entregue-a ao conselho quando eu morrer.

– Robert – Ned disse, numa voz pesada de desgosto –, não pode fazer isso. Não morra. O reino precisa de você.

Robert pegou sua mão, apertando com força.

– Você é... um péssimo mentiroso, Ned Stark – ele disse através da dor. – O reino... o reino sabe... que rei miserável eu fui. Tão ruim quanto Aerys, que os deuses me poupem.

– Não – Ned disse ao amigo moribundo –, não tão ruim quanto Aerys, Vossa Graça. Nem de perto tão ruim quanto Aerys.

Robert conseguiu esboçar um frágil sorriso vermelho.

– Pelo menos, dirão eles... esta última coisa... isso fiz bem. Você não me falhará. Irá governar agora. Irá detestar, mais ainda do que eu... mas o fará bem. Já escreveu tudo?

– Sim, Vossa Graça – Ned ofereceu o papel a Robert. O rei escrevinhou a assinatura cegamente, deixando uma mancha de sangue na carta. – O selo deve ter testemunhas.

– Sirva o javali no meu banquete fúnebre – disse o rei com voz áspera. – Uma maçã na boca, pele seca e estalando. Comam o maldito. Não importa se se engasgarem com ele. Prometa-me, Ned.

– Prometo – *Prometa-me, Ned*, disse a voz de Lyanna num eco.

– A menina – disse o rei. – Daenerys. Deixe-a viver. Se puder, se... não for tarde demais... fale com eles... Varys, Mindinho... não deixe que a matem. E ajude meu filho, Ned. Faça com que seja... melhor que eu – estremeceu. – Que os deuses tenham misericórdia.

– Terão, meu amigo – disse Ned. – Terão.

O rei fechou os olhos e pareceu descontrair-se.

– Morto por um porco – murmurou. – Deveria rir, mas dói demais.

Ned não estava rindo.

– Devo chamá-los?

Robert fez um fraco aceno com a cabeça.

– Como quiser. Deuses, por que está tão *frio* aqui?

Os criados entraram correndo e apressaram-se a alimentar os fogos. A rainha tinha partido; isso, pelo menos, era um pequeno alívio. Se tivesse algum bom senso, Cersei pegaria os filhos e fugiria antes do raiar do dia, pensou Ned. Já se deixara ficar tempo demais.

O rei Robert não pareceu sentir sua falta. Pediu ao irmão Renly e ao Grande Meistre Pycelle para servirem de testemunhas enquanto pressionava seu selo na quente cera amarela que Ned derramara sobre a carta.

– Dê-me agora qualquer coisa para as dores e deixe-me morrer.

Apressado, o Grande Meistre Pycelle preparou-lhe outra porção de leite de papoula. Dessa vez o rei bebeu tudo. A barba negra estava semeada de espessas gotas brancas quando atirou a taça vazia para o lado.

– Sonharei?

Ned deu-lhe a resposta.

– Sonhará, senhor.

– Ótimo – o rei disse, sorrindo. – Saudarei Lyanna por você, Ned. Tome conta dos meus filhos por mim.

As palavras retorceram-se na barriga de Ned como uma faca. Por um momento sentiu-se perdido. Não conseguia mentir. Então se lembrou dos bastardos: a pequena Barra ao colo da mãe, Mya no Vale, Gendry em sua forja, e todos os outros.

– Eu... defenderei seus filhos como se fossem meus – respondeu lentamente.

Robert fez um aceno e fechou os olhos. Ned observou o velho amigo afundar-se suavemente nas almofadas à medida que o leite de papoula lhe lavava a dor do rosto. Fora tomado pelo sono.

Pesadas correntes tilintaram suavemente quando o Grande Meistre Pycelle se aproximou de Ned.

– Farei tudo o que estiver ao meu alcance, senhor, mas a ferida gangrenou. Levaram dois dias para trazê-lo de volta. Quando o vi, era tarde demais. Posso aliviar o sofrimento de Sua Graça, mas agora só os deuses podem curá-lo.

– Quanto tempo? – perguntou Ned.

– Numa situação normal, ele já deveria estar morto. Nunca vi um homem agarrar-se à vida tão ferozmente.

– Meu irmão sempre foi forte – disse Lorde Renly. – Sensato talvez não, mas forte, sim – no calor abrasador do quarto, tinha a testa molhada de suor. Podia ser o fantasma de Robert, ali em pé, jovem, escuro e bonito. – Ele matou o javali. Tinha as entranhas saindo pela barriga, mas de algum modo matou o javali – a voz estava plena de espanto.

– Robert nunca foi homem de abandonar o campo de batalha enquanto um inimigo permanecesse em pé – disse-lhe Ned.

À porta, Sor Barristan Selmy ainda guardava as escadas da torre.

– Meistre Pycelle deu a Robert o leite de papoula – disse-lhe Ned. – Assegure-se de que ninguém perturbe o seu descanso sem a minha autorização.

– Será como ordena, senhor – Sor Barristan parecia mais velho do que a sua idade. – Falhei na minha obrigação sagrada.

– Nem mesmo o cavaleiro mais leal pode proteger um rei contra si próprio – Ned disse. – Robert adorava caçar javalis. Vi-o matar um milhar deles – Robert mantinha sua posição sem vacilar, de pernas firmes, a grande lança nas mãos, e normalmente amaldiçoava o javali enquanto este o ameaçava, esperando até o último segundo possível, até o animal estar quase sobre ele, para matá-lo com uma única estocada, segura e feroz. – Ninguém poderia saber que este o levaria à morte.

– É bondoso de sua parte dizer isso, Lorde Eddard.

– Foi o próprio rei quem disse. Ele culpou o vinho.

O cavaleiro grisalho fez um aceno cansado.

– Sua Graça cambaleava na sela quando espantamos o javali para fora do covil, mas ordenou a todos que nos mantivéssemos afastados.

– Estou curioso, Sor Barristan – perguntou Varys, com voz muito baixa –, quem deu esse vinho ao rei?

Ned não ouvira o eunuco se aproximar, mas quando olhou em volta, ali estava ele. Trazia uma toga de veludo negro que roçava pelo chão, e o rosto tinha acabado de ser empoado.

– O vinho veio do odre do próprio rei – Sor Barristan respondeu.

– Só um odre? Caçar é tarefa que desperta tanta sede...

– Não os contei. Mais que um, certamente. Seu escudeiro levava-lhe um novo odre sempre que ele pedia.

– Que rapaz atencioso – disse Varys –, por se certificar de que não faltava ao rei o seu refresco.

Ned tinha um sabor amargo na boca. Lembrava-se dos dois rapazes de cabelos claros que Robert enviara à procura de um extensor de placa de peito. O rei contara a história a todo mundo, no banquete daquela noite, rindo até perder o equilíbrio.

– Que escudeiro?

– O mais velho – disse Sor Barristan. – Lancel.

– Conheço bem o rapaz – disse Varys. – Um jovem vigoroso, filho de Sor Kevan Lannister, sobrinho de Lorde Tywin e primo da rainha. Espero que o querido rapaz não se culpe. As crianças são tão vulneráveis na inocência da juventude, se bem me lembro.

Certamente que Varys fora jovem em tempos passados. Mas Ned duvidava de que algum dia tivesse sido inocente.

– Por falar em crianças, Robert teve uma mudança de opinião a respeito de Daenerys Targaryen. Quaisquer que sejam as combinações que tenha feito, quero-as desfeitas. De imediato.

– Ai de mim – disse Varys. – De imediato pode ser tarde demais. Temo que essas aves tenham levantado voo. Mas farei o que puder, senhor. Com sua licença – fez uma reverência e desapareceu pelos degraus, com os chinelos de sola mole sussurrando contra a pedra enquanto descia.

Cayn e Tomard ajudavam Ned a atravessar a ponte quando Lorde Renly emergiu da Fortaleza de Maegor.

– Lorde Eddard – chamou atrás de Ned –, um momento, por obséquio.

Ned parou.

– Como quiser.

Renly caminhou até ele.

– Mande embora os seus homens – estavam no centro da ponte, com o fosso seco por baixo. O luar envolvia de prata os cruéis gumes das hastes que lhe cobriam o fundo.

Ned fez um gesto. Tomard e Cayn inclinaram a cabeça e afastaram-se respeitosamente. Lorde Renly olhou de relance para Sor Boros, que se encontrava na extremidade mais distante da ponte, e para a arcada atrás deles, onde Sor Preston montava guarda.

– Essa carta – aproximou-se. – É a regência? Meu irmão o nomeou Protetor? – não esperou por uma resposta. – Senhor, tenho trinta homens na minha guarda pessoal e mais alguns amigos, cavaleiros e senhores. Dê-me uma hora e posso pôr cem espadas em suas mãos.

– E que farei eu com cem espadas, senhor?

– *Atacará!* Agora, enquanto o castelo dorme – Renly voltou a olhar para trás, para Sor Boros, e abaixou a voz, transformando-a num murmúrio urgente. – Temos de afastar Joffrey da mãe e ficar com ele na mão. Protetor ou não, o homem que possuir o rei possui o reino. Devíamos capturar também Myrcella e Tommen. Com os filhos em nossa posse, Cersei não se atreverá a se opor a nós. O conselho o confirmará como Lorde Protetor e colocará Joffrey sob sua guarda.

Ned o olhou friamente.

– Robert ainda não está morto. Os deuses podem poupá-lo. Se não o fizerem, convocarei o conselho para escutar suas últimas palavras e refletir sobre o assunto da sucessão, mas não desonrarei suas últimas horas na terra derramando sangue em seus salões e arrancando crianças assustadas de suas camas.

Lorde Renly deu um passo para trás, tenso como a corda de um arco.

– Quanto mais demorarmos, mais tempo Cersei tem para se preparar. Quando Robert morrer, poderá ser tarde demais... para ambos.

– Então devíamos rezar para que Robert não morra.

– Há poucas chances de isso acontecer – Renly justificou.

– Por vezes os deuses são misericordiosos.

– Mas os Lannister não são – Lorde Renly virou-se e voltou a atravessar o fosso, dirigindo-se à torre onde o irmão agonizava.

Quando Ned regressou aos seus aposentos, sentia-se cansado e desolado, mas não se permitia voltar ao sono, não agora. *Quando se joga o jogo dos tronos, ganha-se ou morre*, dissera-lhe Cersei Lannister no bosque sagrado. Deu por si sem saber se agira corretamente ao recusar a oferta de Lorde Renly. Não tinha gosto algum por aquelas intrigas, e não havia honra em ameaçar crianças, no entanto... se Cersei escolhesse lutar em vez de fugir, podia bem necessitar das cem espadas de Renly, e de mais ainda.

– Quero Mindinho – disse a Cayn. – Se não estiver em seus aposentos, leve os homens que forem necessários e o procure em todas as tabernas e bordéis de Porto Real até encontrá-lo. Quero vê-lo antes do raiar do dia – Cayn fez uma reverência e retirou-se, e Ned virou-se para Tomard. – A *Bruxa dos Ventos* zarpa na maré da noite. Já escolheu a escolta?

– Dez homens, com Porther no comando.

– Vinte, e você estará no comando – Ned ordenou. Porther era um homem corajoso, mas teimoso. Queria um homem mais sólido e sensível para vigiar as filhas.

– Como queira, senhor – Tom respondeu. – Não posso dizer que fiquei triste por dar as costas a este lugar. Tenho saudades da mulher.

– Passará perto da Pedra de Dragão quando virar para o norte. Quero que entregue uma carta em meu nome.

Tom fez um ar apreensivo.

– Em Pedra do Dragão, senhor? – a fortaleza insular da Casa Targaryen tinha uma reputação sinistra.

– Diga ao Capitão Qos para hastear a minha bandeira assim que estiver à vista da ilha. Eles poderão estar desconfiados de visitantes inesperados. Se ele se mostrar relutante, ofereça-lhe o que quiser. Vou lhe dar uma carta para colocar na mão de Lorde Stannis Baratheon. De mais ninguém. Nem do intendente, nem do capitão da guarda, nem da senhora sua esposa, só do próprio Lorde Stannis.

– Às suas ordens, senhor.

Depois de Tomard deixá-lo, Lorde Eddard Stark sentou-se, de olhos fixos na chama de uma vela que ardia ao seu lado sobre a mesa. Por um momento foi subjugado pelo desgosto. Não desejou nada com mais força do que ir até o bosque sagrado, ajoelhar-se perante a árvore-coração e orar pela vida de Robert Baratheon, que fora mais que um irmão para ele. Mais tarde, os homens sussurrariam que Eddard Stark traíra a amizade do seu rei e lhe deserdara os filhos; ele só podia ter esperança de que os deuses fossem mais sábios, e de que Robert soubesse da verdade nas terras de além-túmulo.

Ned pegou a última carta do rei. Um rolo de quebradiço pergaminho branco, selado com cera dourada, algumas curtas palavras e uma mancha de sangue. Como era pequena a diferença entre vitória e derrota, entre a vida e a morte.

Puxou uma folha limpa de papel e mergulhou a pena no tinteiro. *Para Sua Graça, Stannis da Casa Baratheon*, escreveu. *Quando receber esta carta, seu irmão Robert, nosso rei durante os últimos quinze anos, estará morto. Foi ferido por um javali enquanto caçava no bosque do rei...*

As letras pareceram estremecer e contorcer-se no papel quando a mão abrandou e parou. Lorde Tywin e Sor Jaime não eram homens para cair docilmente em desgraça; preferiam lutar a fugir. Não havia dúvida de que Lorde Stannis se tornara cuidadoso depois do assassinato de Jon Arryn, mas era imperativo que embarcasse imediatamente para Porto Real com todo o seu poderio, antes que os Lannister se pusessem em marcha.

Ned escolheu cada palavra com cuidado. Quando terminou, assinou a carta como *Eddard Stark, Senhor de Winterfell, Mão do Rei e Protetor do Território*, esperou a tinta secar no papel, dobrou-o duas vezes e fundiu a cera na chama da vela para selar a carta.

Sua regência seria curta, refletiu enquanto a cera amolecia. O novo rei escolheria sua própria Mão. Ned estaria livre para ir para casa. Pensar em Winterfell trouxe-lhe um sorriso abatido no rosto. Desejava ouvir uma vez mais o riso de Bran, ir caçar com Robb e os falcões, observar Rickon brincando. Desejava cair num sono sem sonhos em sua própria cama, com os braços bem apertados em torno de sua senhora, Catelyn.

Cayn regressou no momento em que ele se encontrava pressionando o selo do lobo gigante contra a cera mole e branca. Desmond estava com ele, e entre ambos se encontrava Mindinho. Ned agradeceu aos guardas e os mandou embora.

Lorde Petyr trazia uma túnica de veludo azul com mangas estufadas e uma capa prateada com desenho de tejos.

– Suponho que devo congratulá-lo – disse enquanto se sentava. Ned franziu a testa.

– O rei está ferido e próximo da morte.

– Eu sei – disse Mindinho. – E também sei que Robert o nomeou Protetor do Território.

Os olhos de Ned desviaram-se para a carta do rei pousada sobre a mesa ao seu lado, com o selo inteiro.

– E como é que sabe disso, senhor?

– Varys sugeriu – disse Mindinho –, e o senhor acabou de confirmar.

A boca de Ned retorceu-se de ira.

– Maldito seja Varys e seus passarinhos. Catelyn falou a verdade, o homem possui alguma arte negra. Não confio nele.

– Excelente. Está aprendendo – Mindinho inclinou-se para a frente. – No entanto, aposto que não me arrastou até aqui, na noite cerrada, para discutir sobre o eunuco.

– Não – admitiu Ned. – Conheço o segredo pelo qual Jon Arryn foi assassinado. Robert não deixará nenhum filho legítimo. Joffrey e Tommen são bastardos de Jaime Lannister, nascidos de sua união incestuosa com a rainha.

Mindinho ergueu uma sobrancelha.

– Chocante – disse, num tom que sugeria que não estava absolutamente nada chocado. – E a menina também? Sem dúvida. Então, quando o rei morrer...

– O trono passa por direito para Lorde Stannis, o mais velho dos dois irmãos de Robert.

Lorde Petyr afagou a barba pontiaguda enquanto refletia sobre o assunto.

– É o que parece. A não ser que...

– A não ser o quê, senhor? Não há parece aqui. Stannis é o herdeiro. Nada pode mudar isso.

– Stannis não pode tomar o trono sem a sua ajuda. Se for sensato, assegure-se de que a sucessão seja de Joffrey.

Ned lançou-lhe um olhar de pedra.

– Será que não possui nem um farrapo de honra?

– Ah, um farrapo, certamente – respondeu Mindinho com negligência. – Escute-me. Stannis não é seu amigo, nem meu. Até os irmãos dificilmente o suportam. O homem é de ferro, duro e inflexível. Elegerá uma nova Mão e um novo conselho, com certeza. Sem dúvida que lhe agradecerá por lhe entregar a coroa, mas não lhe terá amizade por isso. E sua ascensão significará a guerra. Stannis não ficará sossegado no trono enquanto Cersei e seus bastardos não estiverem mortos. Julga que Lorde Tywin ficará indolentemente sentado enquanto tiram as medidas da cabeça da filha para espetá-la numa lança? Rochedo Casterly se erguerá em armas, e não estará sozinho. Robert achou por bem perdoar homens que serviram o Rei Aerys, desde que lhe jurassem fidelidade. Stannis é menos clemente. Não deve ter esquecido o cerco a Ponta Tempestade; e os Senhores Tyrell e Redwyne não se atrevem a esquecê-lo. Cada homem que lutou sob o estandarte do dragão ou se revoltou com Balon Greyjoy terá bons motivos para temer. Coloque Stannis no Trono de Ferro e garanto-lhe que o reino sangrará. Olhe agora para o outro lado da moeda. Joffrey tem apenas doze anos, e Robert deu a regência ao *senhor*. É a Mão do Rei e Protetor do Território. O poder é seu, Lorde Stark. Tudo que precisa fazer é estender a mão e apanhá-lo. Faça a paz com os Lannister. Liberte o Duende. Case Joffrey com a sua Sansa. Case sua filha mais nova com o Príncipe Tommen e seu herdeiro com Myrcella. Passarão quatro anos até que o Príncipe Joffrey seja maior de idade. A essa altura, ele o verá como um segundo pai, e se não o fizer, bem... quatro anos é um tempo bastante longo, senhor. Suficientemente longo para nos vermos livres de Lorde Stannis. Então, se Joffrey se revelar problemático, nós poderemos revelar seu pequeno segredo e colocar Lorde Renly no trono.

— *Nós?* — Ned repetiu.

Mindinho encolheu os ombros.

— Precisará de alguém para partilhar seus fardos. Asseguro-lhe que meu preço será modesto.

— Seu preço — a voz de Ned era gelo. — Lorde Baelish, o que está sugerindo é traição.

— Só se perdermos.

— Esquece-se — disse-lhe Ned —, esquece-se de Jon Arryn. Esquece-se de Jory Cassel. E se esquece disto — desembainhou o punhal e o pousou na mesa entre eles; um bocado de osso de dragão e de aço valiriano, tão afiado quanto a diferença entre o certo e o errado, entre a verdade e a mentira, entre a vida e a morte. – Eles enviaram um homem *para cortar a garganta do meu filho*, Lorde Baelish.

Mindinho suspirou.

– Temo que realmente tenha me esquecido, senhor. Peço-lhe perdão. Por um momento não me lembrei de que estava falando com um Stark – a boca torceu-se. – Será então Stannis e a guerra?

– Não é uma escolha. Stannis é o herdeiro.

– Longe de mim entrar em disputa com o Lorde Protetor. Que quer de mim então? Não é certamente a minha sabedoria.

– Farei o possível para esquecer a sua... sabedoria – disse Ned com desagrado. – Chamei-o aqui para pedir a ajuda que prometeu a Catelyn. É uma hora perigosa para todos nós. Robert nomeou-me Protetor, é verdade, mas aos olhos do mundo Joffrey ainda é seu filho e herdeiro. A rainha tem uma dúzia de cavaleiros e uma centena de homens de armas que farão tudo que ordenar... o bastante para esmagar o que resta da guarda de minha casa. E pelo que sei, seu irmão Jaime pode bem estar a caminho de Porto Real neste exato momento, à frente de uma tropa Lannister.

– E o senhor sem um exército – Mindinho brincou com o punhal sobre a mesa, fazendo-o girar lentamente com o dedo. – Pouco amor se perde entre Lorde Renly e os Lannister. Bronze Yohn Royce, Sor Balon Swann, Sor Loras, a Senhora Tanda, os gêmeos Redwyne... todos eles têm um séquito de cavaleiros e soldados aqui na corte.

– Renly tem trinta homens em sua guarda pessoal, e os outros, ainda menos. Não chega, mesmo se tivesse certeza de que todos eles escolheriam aliar-se a mim. Tenho de controlar os homens de manto dourado. A Patrulha da Cidade tem dois mil homens que juraram defender o castelo, a cidade e a paz do rei.

– Ah, mas quando a rainha proclamar um rei e outra Mão, de quem será a paz que eles protegerão? – Lorde Petyr deu um piparote no punhal, pondo-o a girar no mesmo lugar. Girou e girou, oscilando enquanto rodopiava. Quando por fim abrandou e parou, a ponta apontou para Mindinho. – Ora, aí está a resposta – ele disse, sorrindo. – Seguirão o homem que lhes paga – recostou-se e olhou diretamente para o rosto de Ned, com os olhos cinza-esverdeados brilhantes de troça. – Use sua honra como uma armadura, Stark. Julga que o mantém a salvo, mas tudo que ela faz é torná-lo pesado e dificultar-lhe os movimentos. Olhe para você agora. Sabe por que me convocou a vir até aqui. Sabe o que quer me pedir para fazer. Sabe que isso tem de ser feito... mas não é *honroso*, por isso as palavras se prendem em sua garganta.

O pescoço de Ned estava rígido de tensão. Por um momento ficou tão zangado que não teve suficiente confiança em si mesmo para falar.

Mindinho soltou uma gargalhada.

– Devia obrigá-lo a dizê-lo, mas seria uma crueldade... Por isso, nada tema, meu bom senhor. Em nome do amor que sinto por Catelyn, falarei com Janos Slynt agora mesmo e me assegurarei de que a Patrulha da Cidade seja sua. Seis mil peças de ouro deverão bastar. Um terço para o Comandante, um terço para os oficiais, um terço para os homens. Talvez conseguíssemos comprá-los por metade desse preço, mas prefiro não arriscar – sorrindo, pegou o punhal e o ofereceu a Ned, com o cabo para a frente.

Jon

Jon comia bolo de maçã e morcela de café da manhã quando Samwell Tarly se deixou cair no banco.

– Fui chamado ao septo – Sam disse num sussurro excitado. – Vão me tirar do treino. Vou ser feito irmão com você. Acredita?

– Não! É verdade?

– É verdade. Vou ajudar Meistre Aemon com a biblioteca e as aves. Ele precisa de alguém que saiba ler e escrever cartas.

– Será bom nisso – disse Jon, sorrindo.

Sam lançou em volta uma olhadela ansiosa.

– Já está na hora? Não devo me atrasar, eles podem mudar de ideia – mostrou-se bastante vigoroso quando atravessaram o pátio salpicado de capim. O dia estava morno e ensolarado. Regatos escorriam pelos lados da Muralha, e o gelo parecia cintilar.

Dentro do septo, o grande cristal capturava a luz da manhã que jorrava através da janela virada para o sul e a espalhava num arco-íris pelo altar. A boca de Pyp escancarou-se ao ver Sam, e Sapo cutucou Grenn nas costelas, mas ninguém se atreveu a dizer uma palavra. Septão Celladar fazia oscilar um turíbulo, enchendo o ar de incenso odorífero que fazia lembrar a Jon o pequeno septo da Senhora Stark em Winterfell. Pela primeira vez o septão parecia estar sóbrio.

Os grandes oficiais chegaram em conjunto: Meistre Aemon, apoiado em Clydas, Sor Alliser, com olhos frios e sombrio, o Senhor Comandante Mormont, resplandecente num gibão de lã negra com presilhas de prata em forma de garra de urso. Atrás deles vinham os membros superiores das três ordens: Bowen Marsh, o Senhor Intendente com seu rosto vermelho, o Primeiro Construtor, Othell Yarwyck, e Sor Jaremy Rykker, que comandava os patrulheiros na ausência de Benjen Stark.

Mormont parou em frente do altar, com o arco-íris brilhando sobre a grande calva.

– Chegaram até nós como um bando de fora da lei – começou –, caçadores furtivos, violadores, devedores, assassinos e ladrões. Chegaram até nós como crianças. Chegaram até nós sozinhos, acorrentados, sem amigos nem honra. Chegaram até nós ricos e chegaram até nós pobres. Alguns ostentam o nome de Casas orgulhosas. Outros têm apenas nome de bastardos ou não têm nome algum. Não importa. Tudo isso agora é passado. Na Muralha, somos todos uma Casa. Ao cair da noite, quando o sol se puser e enfrentarmos a noite que se aproxima, farão seus juramentos. Desse momento em diante, serão Irmãos Juramentados da Patrulha da Noite. Seus crimes serão limpos e suas dívidas, perdoadas. De igual modo, devem também limpar-se de suas antigas lealdades, pôr de lado seus ressentimentos, esquecer igualmente as antigas ofensas e os antigos amores. Aqui começam de novo. Um homem da Patrulha da Noite vive sua vida pelo reino. Não por um rei, nem por um senhor, nem pela honra desta ou daquela Casa, nem por ouro ou por glória ou pelo amor de uma mulher, mas pelo *reino* e por todas as pessoas que há nele. Um homem da Patrulha da Noite não toma uma esposa nem gera filhos. Nossa esposa é o dever. Nossa amante é a honra. E vocês são os únicos filhos que algum dia conheceremos. Aprenderam as palavras do juramento. É preciso refletir com cuidado antes de dizê-las, pois uma vez envergado o negro, não haverá caminho de volta. O castigo pela deserção é a morte – o Velho Urso fez uma pausa momentânea antes de dizer: – Existe alguém entre vocês que deseja deixar a nossa companhia? Se sim, vá agora, e ninguém pensará menos de você.

Ninguém se moveu.

– Muito bem – disse Mormont. – Podem fazer seu juramento aqui, ao cair da noite, perante Septão Celladar e o chefe da sua Ordem. Algum de vocês é fiel aos velhos deuses?

Jon levantou-se.

– Eu sou, senhor.

– Suponho que desejará proferir suas palavras perante uma árvore-coração, como fez seu tio – disse Mormont.

– Sim, senhor – disse Jon. Os deuses do septo não tinham nada a ver com ele; o sangue dos Primeiros Homens corria nas veias dos Stark.

Ouviu Grenn sussurrar atrás dele.

– Não há um bosque sagrado aqui. Ou há? Nunca vi um bosque sagrado.

– Não veria uma manada de auroques até que o pisoteassem contra a neve – Pyp sussurrou em resposta.

– Veria, sim – insistiu Grenn. – Eu os veria a longa distância.

O próprio Mormont confirmou as dúvidas de Grenn.

– Castelo Negro não tem necessidade de um bosque sagrado. Para lá da Muralha, a Floresta Assombrada encontra-se como se encontrava na Idade da Alvorada, muito antes de os ândalos trazerem os Sete através do mar estreito. Encontrará um bosque de represeiros a meia légua desse local, e talvez encontre lá também os seus deuses.

– Senhor – a voz fez Jon olhar para trás, surpreso. Samwell Tarly estava de pé. O gordo rapaz esfregou as palmas suadas na túnica. – Poderei... poderei ir também? Dizer as minhas palavras junto a essa árvore-coração?

– A Casa Tarly também é fiel aos velhos deuses? – perguntou Mormont.

– Não, senhor – Sam respondeu numa voz fina e nervosa. Jon sabia que os grandes oficiais o assustavam, e o Velho Urso acima de todos. – Recebi o nome à luz dos Sete no septo de

Monte Chifre, tal como meu pai, e o pai dele, e todos os Tarly ao longo de mil anos.

– Por que quer abandonar os deuses de seu pai e de sua Casa? – quis saber Sor Jeremy Rykker.

– A Patrulha da Noite é agora a minha Casa – Sam respondeu. – Os Sete nunca responderam às minhas preces. Talvez os deuses antigos o façam.

– Como quiser, rapaz – disse Mormont. Sam voltou a se sentar e o mesmo fez Jon. – Colocamos cada um de vocês numa Ordem que mais se adapta às nossas necessidades e aos seus pontos fortes e perícias – Bowen Marsh avançou e entregou-lhe um papel. O Senhor Comandante desenrolou-o e começou a ler. – Halder, para os construtores – começou. Halder fez um aceno rígido de aprovação. – Grenn, para os patrulheiros. Albett, para os construtores. Pypar, para os patrulheiros – Pyp olhou para Jon e mexeu as orelhas. – Samwell, para os intendentes – Sam despencou de alívio, limpando a testa com um lenço de seda. – Matthar, para os patrulheiros. Daeron, para os intendentes. Todder, para os patrulheiros. Jon, para os intendentes.

Os *intendentes*? Por um momento Jon não conseguiu acreditar no que ouvira. Mormont devia ter lido errado. Começou a erguer-se, a abrir a boca, a dizer-lhes que tinha havido um engano... e então viu que Sor Alliser o estudava, com os olhos brilhantes como duas lascas de obsidiana, e compreendeu.

O Velho Urso enrolou o papel.

– Seus chefes irão instruí-los quanto aos seus deveres. Que todos os deuses os protejam, irmãos – o Senhor Comandante concedeu-lhes uma meia reverência e se retirou. Sor Alliser foi com ele, com um tênue sorriso no rosto. Jon nunca vira o mestre de armas com um ar tão feliz.

– Patrulheiros, comigo – gritou Sor Jeremy Rykker depois de eles partirem. Pyp não tirou os olhos de Jon enquanto se pôs lentamente em pé. Tinha as orelhas vermelhas. Grenn, com um largo sorriso, não parecia compreender que havia algo errado. Matt e Sapo juntaram-se a eles e saíram do septo atrás de Sor Jaremy.

– Construtores – anunciou Othell Yarwyck, com seu queixo em forma de lanterna. Halder e Albett saíram em seu rastro.

Jon olhou em volta com incredulidade nauseada. Os olhos cegos de Meistre Aemon estavam erguidos para a luz que não podia ver. O septão arrumava cristais no altar. Só Sam e Daeron permaneciam nos bancos; um gordo, um cantor... e ele.

O Senhor Intendente Bowen Marsh esfregou as mãos roliças.

– Samwell, vai prestar assistência a Meistre Aemon no viveiro dos corvos e na biblioteca. Chett vai para os canis, ajudar com os cães de caça. Deverá ter sua cela, para estar perto do meistre noite e dia. Espero que tome conta dele bem. É muito velho e muito precioso para nós. Daeron, dizem-me que cantou à mesa de muitos grandes senhores e partilhou de sua comida e bebida. Vamos enviá-lo para Atalaialeste. Pode ser que o seu paladar seja útil a Cotter Pyke quando as galés mercantes chegarem para fazer negócio. Estamos pagando demais por carne salgada e peixe de salmoura, e a qualidade do azeite que temos recebido tem sido tenebrosa. Apresente-se a Borcas quando chegar, ele o manterá ocupado entre navios.

Marsh virou seu sorriso para Jon.

– O Senhor Comandante Mormont requisitou-o como seu intendente pessoal, Jon. Dormirá numa cela sob seus aposentos, na torre do Senhor Comandante.

– E quais serão meus deveres? – perguntou Jon em tom cortante. – Servirei as refeições do Senhor Comandante, o ajudarei a prender suas roupas, irei buscar água quente para seu banho?

– Com certeza – Marsh franziu as sobrancelhas perante o tom de Jon. – E transmitirá suas mensagens, manterá um fogo ardendo em seus aposentos, trocará seus lençóis e cobertores todos os dias e fará tudo que o Senhor Comandante lhe ordenar.

– Toma-me por um criado?

– Não – disse Meistre Aemon do fundo do septo. Clydas o ajudou a pôr-se em pé. – Tomamo-lo por um homem da Patrulha da Noite... mas talvez nos tenhamos enganado.

Tudo que Jon conseguiu fazer foi impedir-se de sair. Esperariam que batesse leite para fazer manteiga e cosesse gibões como uma moça para o resto de seus dias?

– Posso ir? – perguntou rigidamente.

– Como quiser – respondeu Bowen Marsh.

Daeron e Sam saíram com ele. Desceram em silêncio até o pátio. Lá fora, Jon olhou a Muralha que brilhava ao sol, com o gelo que derretia escorrendo pelo flanco numa centena de estreitos dedos. A raiva de Jon era tanta que teria esmagado tudo aquilo num instante, e o mundo que se danasse.

– Jon – disse Samwell Tarly num tom excitado. – Espere. Não percebe o que eles estão fazendo?

Jon virou-se para ele, em fúria.

– Vejo a maldita mão de Sor Alliser, é o que vejo. Quis me envergonhar, e conseguiu.

Daeron deu-lhe um olhar carrancudo.

– Ser intendente é bom para gente como você e eu, Sam, mas não para Lorde Snow.

– Sou melhor espadachim e melhor cavaleiro que qualquer um de vocês – exclamou Jon em resposta. – Não é justo!

– Justo? – disse Daeron em tom de escárnio. – A moça estava à minha espera, nua como no dia em que nascera. Puxou-me pela janela, e fala do que é justo? – e afastou-se.

– Não há vergonha em ser um intendente – disse Sam.

– Pensa que quero passar o resto da vida lavando as roupas de baixo de um velho?

– O velho é o Senhor Comandante da Patrulha da Noite – relembrou-lhe Sam. – Estará com ele dia e noite. Sim, servirá seu vinho e verificará se sua roupa de cama está lavada, mas também transportará suas cartas, o ajudará em reuniões, servirá como seu escudeiro em batalha. Estará tão perto dele como uma sombra. Saberá de tudo, fará parte de tudo... e o Senhor Intendente disse que Mormont o pediu *pessoalmente*! Quando eu era pequeno, meu pai costumava insistir que o ajudasse na sala de audiências sempre que as concedesse. Quando ia a Jardim de Cima dobrar o joelho ao Lorde Tyrell, obrigava-me a ir também. Mas mais tarde começou a levar Dickon e me deixar em casa, e já não se importava se eu estava presente em suas audiências, desde que Dickon lá estivesse. Queria seu *herdeiro* a seu lado, não vê? Para observar e ouvir, e aprender com aquilo que fazia. Aposto que é por isso que Lorde Mormont requisitou você, Jon. Que outra coisa poderia ser? Quer prepará-lo para o *comando*!

Jon foi apanhado de surpresa. Era verdade, Lorde Eddard fizera com frequência com que Robb participasse de seus conselhos em Winterfell. Poderia Sam ter razão? Mesmo um bastardo podia ascender a grande altura na Patrulha da Noite, dizia-se.

– Nunca pedi isso – disse teimosamente.

– Nenhum de nós está aqui por ter *pedido* – relembrou-lhe Sam.

E de repente Jon Snow sentiu-se envergonhado.

Covarde ou não, Samwell Tarly encontrara a coragem para enfrentar seu destino como um homem. *Na Muralha, um homem só obtém aquilo que ganha*, dissera Benjen Stark na última noite em que Jon o vira vivo. *Não é nenhum patrulheiro, Jon, não passa de um rapaz verde ainda cheirando a verão.* Ouvira dizer que os bastardos cresciam mais depressa que as outras crianças; na Muralha, ou se crescia ou se morria.

Jon soltou um profundo suspiro.

– Tem razão. Agi como uma criança.

– Então ficará e dirá as suas palavras comigo?

– Os velhos deuses estão à nossa espera – obrigou-se a sorrir.

Partiram ao fim da tarde. A Muralha não tinha portões propriamente ditos, nem ali em Castelo Negro nem em ponto algum de suas trezentas milhas. Levaram os cavalos por um túnel estreito cortado no gelo, com paredes frias e escuras apertando-se à volta deles enquanto a passagem se retorcia e curvava. Três vezes viram o caminho bloqueado por grades de ferro, e tiveram que parar enquanto Bowen Marsh pegava as chaves e destrancava as maciças correntes que as seguravam. Jon conseguia sentir o vasto peso que se encontrava sobre sua cabeça enquanto esperava atrás do Senhor Intendente. O ar estava mais frio do que uma tumba, e mais parado também. Sentiu um estranho alívio quando voltaram a emergir para a luz da tarde do lado norte da Muralha.

Sam piscou com o súbito clarão e olhou em volta com apreensão.

– Os selvagens... eles não... eles nunca se atreveriam a aproximar-se tanto da Muralha, não é?

– Nunca o fizeram – Jon subiu na sela. Depois de Bowen Marsh e sua escolta de patrulheiros terem montado, Jon pôs dois dedos na boca e assobiou. Fantasma saiu aos saltos do túnel.

O cavalo do Senhor Intendente relinchou e afastou-se do lobo selvagem.

– Pretende trazer esse animal?

– Sim, senhor – disse Jon. A cabeça de Fantasma ergueu-se. Parecia saborear o ar. Num piscar de olhos tinha partido, correndo através do largo campo coberto de ervas daninhas até desaparecer entre as árvores.

Uma vez na floresta, encontraram-se num mundo diferente. Jon caçara frequentemente com o pai, Jory e o irmão Robb. Conhecia a Mata de Lobos que rodeava Winterfell tão bem como qualquer outro homem. A Floresta Assombrada era muito parecida, mas a sensação que projetava era muito diferente.

Talvez tudo estivesse no conhecimento. Tinham cavalgado até depois do fim do mundo; de certa forma, isso mudava tudo. Cada sombra parecia mais escura, cada som, mais agourento. As árvores apertavam-se e afastavam a luz do sol poente. Uma fina crosta de neve fendia-se sob os cascos dos cavalos, com um som que fazia lembrar o quebrar de ossos. Quando o vento fazia as folhas farfalharem, era como se um dedo gelado desenhasse um percurso ao longo da espinha de Jon. A Muralha estava nas suas costas, e só os deuses sabiam o que encontrariam adiante.

O sol afundava-se atrás das árvores quando alcançaram seu destino, uma pequena clareira nas profundezas da floresta, onde nove represeiros cresciam num círculo grosseiro. Jon prendeu a respiração e viu Sam Tarly olhar fixamente. Mesmo na Mata de Lobos, nunca se viam mais de duas ou três das árvores brancas crescerem juntas; um grupo de nove era inaudito. O chão da floresta encontrava-se atapetado de folhas caídas, vermelhas como sangue no topo, negras de podridão por baixo. Os grandes troncos lisos eram pálidos como ossos, e nove rostos olhavam para dentro. A seiva seca que se encrostou nos olhos era vermelha e dura como rubi. Bowen Marsh ordenou-lhes que deixassem os cavalos fora do círculo.

– Este é um lugar sagrado, não o profanaremos.

Quando entraram no bosque, Samwell Tarly virou-se lentamente, olhando para os rostos, um de cada vez. Não havia dois iguais.

– Eles nos observam – sussurrou. – Os deuses antigos.

– Sim – Jon ajoelhou, e Sam ajoelhou a seu lado.

Proferiram as palavras juntos, enquanto a última luz desaparecia a oeste e o dia cinzento se transformava em noite negra.

– Escutem as minhas palavras e testemunhem meu juramento – recitaram, com as vozes enchendo o bosque penumbroso. – A noite chega, e agora começa a minha vigia. Não terminará até minha morte. Não tomarei esposa, não possuirei terras, não gerarei filhos. Não usarei coroas e não conquistarei glórias. Viverei e morrerei no meu posto. Sou a espada na escuridão. Sou o vigilante nas muralhas. Sou o fogo que arde contra o frio, a luz que traz consigo a alvorada, a trombeta que acorda os que dormem, o escudo que defende os reinos dos homens. Dou a minha vida e a minha honra à Patrulha da Noite, por esta noite e por todas as noites que estão para vir.

A floresta caiu no silêncio.

– Ajoelharam como rapazes – entoou solenemente Bowen Marsh. – Ergueram-se agora como homens da Patrulha da Noite.

Jon estendeu a mão para ajudar Sam a se levantar. Os patrulheiros aproximaram-se para oferecer sorrisos e parabéns; todos, menos o velho e áspero lenhador Dywen.

– É melhor nos colocarmos a caminho, senhor – disse ele a Bowen Marsh. – A escuridão está caindo e há qualquer coisa no cheiro da noite que não me agrada.

E, de repente, Fantasma estava de volta, caminhando silenciosamente entre dois represeiros. *Pelo branco e olhos vermelhos*, Jon percebeu, intranquilo. *Como as árvores...*

O lobo tinha qualquer coisa entre as mandíbulas. Qualquer coisa negra.

– Que tem ele ali? – perguntou Bowen Marsh, franzindo a testa.

– Aqui, Fantasma. – Jon ajoelhou. – Traga aqui.

O lobo selvagem trotou até ele. Jon ouviu a brusca inspiração de Samwell Tarly.

– Que os deuses sejam bons – murmurou Dywen. – Isto é uma mão.

Eddard

A luz cinzenta da alvorada jorrava através de sua janela quando o trovão dos cascos acordou Eddard Stark de seu breve sono exausto. Ergueu a cabeça da mesa para olhar para o pátio. Lá embaixo, homens revestidos de cota de malha e manto carmesim faziam a manhã ressoar ao som de espadas e derrubavam falsos guerreiros recheados de palha. Ned observou Sandor Clegane, que galopava pela dura terra batida e espetava uma lança de ponta de aço na cabeça de um espantalho. A tela foi rompida e a palha se espalhou ao som das piadas e pragas dos guardas Lannister.

Será esse bravo espetáculo para meu benefício?, perguntou a si mesmo. Se fosse, Cersei era mais tola do que ele imaginara. *Maldita seja*, pensou, *por que essa mulher não fugiu? Dei-lhe oportunidade atrás de oportunidade…*

A manhã estava encoberta e sombria. Ned tomou o café da manhã com as filhas e Septã Mordane. Sansa, ainda desconsolada, ficou olhando, carrancuda, para a comida e recusou-se a comer, mas Arya devorou tudo que lhe foi posto à frente.

— Syrio diz que temos tempo para uma última lição antes de embarcarmos esta noite — ela disse. — Posso, pai? Tenho todas as coisas embaladas.

— Uma lição curta, e assegure-se de que terá tempo para tomar banho e trocar de roupa. Quero-a pronta para partir ao meio-dia, entendido?

— Ao meio-dia — Arya confirmou.

Sansa ergueu os olhos da comida.

— Se ela pode ter uma lição de dança, por que não me deixa dizer adeus ao Príncipe Joffrey?

— De bom grado a acompanharia, Lorde Eddard — ofereceu-se Septã Mordane. — Não haveria como ela perder o navio.

– Não seria sensato encontrar Joffrey agora, Sansa. Lamento.

Os olhos de Sansa encheram-se de lágrimas.

– Mas *por quê*?

– Sansa, o senhor seu pai sabe o que é melhor – disse Septã Mordane. – Não deve questionar suas decisões.

– Não é *justo*! – Sansa empurrou a mesa, derrubou a cadeira e fugiu chorando do aposento privado.

Septã Mordane levantou-se, mas Ned fez-lhe sinal para que voltasse a se sentar.

– Deixe-a ir, septã. Tentarei fazê-la compreender quando estivermos todos a salvo de volta a Winterfell – a septã inclinou a cabeça e sentou-se para terminar a refeição.

Uma hora mais tarde, o Grande Meistre Pycelle foi encontrar Eddard Stark em seu aposento privado. Trazia os ombros caídos, como se o peso da grande corrente de meistre em volta do pescoço se tivesse tornado grande demais para ele.

– Senhor – disse –, o Rei Robert partiu. Que os deuses lhe deem descanso.

– Não – respondeu Ned. – Ele detestava o descanso. Que os deuses lhe deem amor e risos, e a alegria de batalhas justas – era estranho como se sentia vazio. Já esperava aquela visita, mas com aquelas palavras algo morrera dentro dele. Teria trocado todos os seus títulos pela liberdade de chorar... mas era a Mão de Robert, e a hora que temia chegara. – Tenha a bondade de convocar os membros do conselho aqui para os meus aposentos – disse a Pycelle. A Torre da Mão estava tão segura quanto ele e Tomard a tinham conseguido deixar. Não podia dizer o mesmo das salas do conselho.

– Senhor? – Pycelle pestanejou. – Certamente que os assuntos do reino podem esperar até amanhã, quando o nosso luto não for tão recente.

Ned mostrou-se calmo, mas firme.

– Temo que tenhamos de nos reunir de imediato.

Pycelle fez uma reverência.

– Às ordens da Mão – chamou os criados e os despachou rapidamente, e em seguida aceitou com gratidão a oferta que Ned lhe fez de uma cadeira e de uma taça de cerveja doce.

Sor Barristan Selmy foi o primeiro a responder à convocatória, imaculado em seu manto branco e escamas esmaltadas:

– Senhores – disse –, o meu lugar agora é ao lado do jovem rei. Peço licença para cuidar dele.

– O seu lugar é aqui, Sor Barristan – disse-lhe Ned.

Mindinho chegou em seguida, ainda vestido com o veludo azul e a capa prateada com os tejos que usara na noite anterior, com as botas empoeiradas de andar a cavalo.

– Senhores – disse, sorrindo para nada em particular antes de se virar para Ned. – Aquela pequena tarefa que me atribuiu está realizada, Lorde Eddard.

Varys entrou numa nuvem de alfazema, rosado do banho, com o rosto rechonchudo esfregado e empoado, os chinelos; tudo nada discreto.

– Os passarinhos cantam hoje uma canção penosa – disse enquanto se sentava. – O reino chora. Começamos?

– Quando Lorde Renly chegar – Ned disse.

Varys dirigiu-lhe um olhar pesaroso.

– Temo que Lorde Renly tenha abandonado a cidade.

– Abandonado a *cidade*? – Ned contava com o apoio de Renly.

– Retirou-se por uma poterna uma hora antes da alvorada, acompanhado por Sor Loras Tyrell e cerca de cinquenta criados – contou-lhes Varys. – Quando foram vistos pela última vez, galopavam para o sul com alguma pressa, dirigindo-se sem dúvida para Ponta Tempestade ou Jardim de Cima.

Lá se iam Renly e seus cem soldados. Ned não gostou do cheiro daquilo, mas nada havia que pudesse fazer. Pegou a última carta de Robert.

– O rei chamou-me ontem à noite e ordenou-me que registrasse suas últimas palavras. Lorde Renly e o Grande Meistre Pycelle testemunharam enquanto Robert selou a carta, a ser aberta pelo conselho após a sua morte. Sor Barristan, por bondade?

O Senhor Comandante da Guarda Real examinou o papel.

– É o selo do Rei Robert, e está intacto – abriu a carta e leu. – Lorde Eddard Stark é aqui nomeado Protetor do Território, para governar como regente até que o herdeiro se torne maior de idade.

E por acaso ele já é maior de idade, Ned refletiu, mas não deu voz ao pensamento. Não confiava nem em Pycelle nem em Varys, e Sor Barristan estava obrigado pela honra a proteger e defender o rapaz que julgava ser seu novo rei. O velho cavaleiro não abandonaria Joffrey facilmente. A necessidade de mentir deixava-lhe um sabor amargo na boca, mas Ned sabia que ali tinha de pisar com cuidado, tinha de guardar para si os seus projetos e jogar o jogo até estar firmemente estabelecido como regente. Haveria tempo de tratar da sucessão depois de Arya e Sansa estarem a salvo, de volta a Winterfell, e de Lorde Stannis regressar a Porto Real com todo o seu poder.

– Desejo pedir a este conselho que me confirme como Lorde Protetor, segundo a vontade de Robert – Ned disse, observando o rosto dos outros, perguntando a si mesmo que pensamentos se esconderiam por trás dos olhos meio fechados de Pycelle, do meio sorriso indolente de Mindinho e da nervosa agitação dos dedos de Varys.

A porta abriu-se. Gordo Tom entrou no aposento.

– Perdão, senhores, o intendente do rei insiste…

O intendente real entrou e fez uma reverência.

– Estimados senhores, o rei exige a presença imediata do seu pequeno conselho na sala do trono.

Ned esperava que Cersei atacasse rapidamente; a convocatória não era surpresa.

– O rei está morto – disse –, mas iremos mesmo assim. Tom, reúna uma escolta, por favor.

Mindinho emprestou a Ned o braço para ajudá-lo a descer os degraus. Varys, Pycelle e Sor Barristan seguiam logo atrás. Uma coluna dupla de homens de armas envergando cota de malha e capacetes de aço esperava à porta da torre, oito ao todo. Os mantos cinza bateram ao vento enquanto os guardas os acompanharam através do pátio. Não havia nenhum carmesim Lannister à vista, mas Ned sentiu-se tranquilizado pelo número de mantos dourados que estavam visíveis nos baluartes e nos portões.

Janos Slynt os recebeu à porta da sala do trono, coberto com uma ornamentada armadura em tons de ouro e negro, com um elmo de crista alta debaixo do braço. O comandante fez uma reverência rígida. Seus homens empurraram as grandes portas de carvalho, com seis metros de altura e reforçadas com bronze.

O intendente real os fez entrar.

– Saúdem Sua Graça, Joffrey das Casas Baratheon e Lannister, o Primeiro do Seu Nome, Rei dos Ândalos, dos Roinares e dos Primeiros Homens, Senhor dos Sete Reinos e Protetor do Território – cantou.

Era uma longa caminhada até o fundo do salão, onde Joffrey esperava sentado no Trono de Ferro. Apoiado por Mindinho, Ned Stark coxeou e saltitou lentamente na direção do rapaz que chamava a si mesmo de rei. Os outros os seguiram. A primeira vez que percorrera aquele caminho tinha sido a cavalo, de espada na mão, e os dragões Targaryen observavam das paredes quando ele forçara Jaime Lannister a descer do trono. Perguntou a si próprio se Joffrey desceria com a mesma facilidade.

Cinco cavaleiros da Guarda Real – todos, menos Sor Jaime e Sor Barristan – dispunham-se em meia-lua em torno da base do trono. Trajavam armadura completa, aço esmaltado do elmo às botas de ferro, longas capas claras sobre os ombros, brilhantes escudos brancos atados ao braço esquerdo. Cersei Lannister e os dois filhos mais novos estavam em pé atrás de Sor Boros e de Sor Meryn. A rainha trazia um vestido de seda verde-mar, debruada com renda de Myr clara como espuma. No dedo, tinha um anel dourado com uma esmeralda do tamanho de um ovo de pombo, e na cabeça usava uma tiara condizente.

Acima deles, o Príncipe Joffrey sentava-se no meio das farpas e das hastes pontiagudas trajando um gibão de tecido de ouro e uma capa vermelha de cetim. Sandor Clegane estava posicionado na base da íngreme escada estreita do trono. Trazia cota de malha e armadura cinza fuliginosa e o seu elmo em forma de cabeça de cão rosnando.

Atrás do trono esperavam vinte guardas Lannister com espadas longas presas aos cintos. Mantos carmesins envolviam-lhes os ombros e leões de aço encimavam seus elmos. Mas Mindinho cumprira a promessa; ao longo das paredes, à frente das tapeçarias de Robert com suas cenas de caça e batalha, as fileiras de mantos dourados da Patrulha da Cidade estavam rigidamente em sentido, cada homem com a mão agarrada à haste de uma lança de dois metros e meio de comprimento terminada em ferro negro. Eram cinco para cada homem dos Lannister.

A perna de Ned era um braseiro de dor quando parou. Manteve a mão sobre o ombro de Mindinho para ajudar a suportar o peso.

Joffrey se levantou. Sua capa de cetim vermelho tinha um desenho em fio de ouro; cinquenta leões rugindo de um lado, cinquenta veados empinados do outro.

– Ordeno ao conselho que faça todos os preparativos necessários para a minha coroação – proclamou o rapaz. – Desejo ser coroado esta quinzena. Hoje, receberei juramentos de fidelidade dos meus leais conselheiros.

Ned apresentou a carta de Robert.

– Lorde Varys, tenha a bondade de mostrar isto à senhora de Lannister – o eunuco levou a carta a Cersei. A rainha deitou um relance às palavras.

– Protetor do Território – leu. – Isto pretende ser o seu escudo, senhor? Um pedaço de papel? – rasgou a carta ao meio, depois as metades em quartos e deixou os pedaços flutuarem até o chão.

– Essas eram as palavras do rei – disse Sor Barristan, chocado.

– Temos agora um novo rei – respondeu Cersei Lannister. – Lorde Eddard, da última vez que conversamos, deu-me um conselho. Permita-me que lhe devolva a cortesia. Dobre o joelho, senhor. Dobre o joelho e jure fidelidade ao meu filho, e aceitaremos sua demissão do cargo de Mão e seu retorno ao deserto cinzento a que chama casa.

– Bem que gostaria de poder fazê-lo – disse Ned sombriamente. Se ela estava tão determinada a forçar o assunto aqui e agora, não lhe deixava escolha. – Seu filho não tem direito ao trono em que se senta. Lorde Stannis é o verdadeiro herdeiro de Robert.

– *Mentiroso!* – Joffrey gritou, com o rosto ficando vermelho.

– Mãe, o que ele quer dizer? – perguntou a Princesa Myrcella à rainha num tom lamuriento. – Joff não é o rei agora?

– Condenou-se com sua própria boca, Lorde Stark – disse Cersei Lannister. – Sor Barristan, prenda esse traidor.

O Senhor Comandante da Guarda Real hesitou. Num piscar de olhos, ficou rodeado de guardas Stark, com aço nu nos punhos revestidos de malha.

– E agora a traição passa das palavras às ações – disse Cersei. – Julga que Sor Barristan está só, senhor? – com um agourento raspar de metal em metal, Cão de Caça desembainhou a espada. Os cavaleiros da Guarda Real e vinte guardas Lannister vestidos de carmesim moveram-se em sua ajuda.

– *Matem-no!* – gritou o jovem rei de cima do Trono de Ferro. – *Matem-nos a todos, sou eu quem ordena!*

– Não me deixa escolha – disse Ned a Cersei Lannister, e gritou para Janos Slynt: – Comandante, prenda a rainha e seus filhos. Não lhes faça mal, mas escolte-os de volta aos aposentos reais e mantenha-os lá, guardados.

– Homens da Patrulha! – gritou Janos Slynt, colocando o elmo. Uma centena de homens de manto dourado apontaram as lanças e se aproximaram.

– Não desejo derramamento de sangue – disse Ned à rainha. – Diga a seus homens para baixar as espadas, e ninguém precisa...

Com uma única estocada violenta, o mais próximo dos homens de manto dourado espetou a lança nas costas de Tomard. A arma de Gordo Tom caiu de seus dedos sem força no momento em que a úmida ponta vermelha surgiu dentre suas costelas, perfurando couro e cota de malha. Estava morto antes de sua espada atingir o chão.

O grito de Ned chegou tarde demais. O próprio Janos Slynt abriu a garganta de Varly. Cayn rodopiou, fazendo relampejar o aço, e obrigou o lanceiro mais próximo a recuar com uma saraivada de golpes; por um instante, pareceu que talvez conseguisse abrir caminho até a liberdade. Mas então Cão de Caça caiu sobre ele. O primeiro golpe de Sandor Clegane cortou a mão da espada de Cayn pelo pulso; o segundo fê-lo cair de joelhos e o rasgou do ombro ao esterno.

Enquanto seus homens morriam à sua volta, Mindinho tirou o punhal de Ned da bainha e o apontou para sua garganta. Seu sorriso como que pedia perdão.

– *Avisei* para não confiar em mim.

Arya

— **A**lto – gritou Syrio Forel, atirando um golpe à sua cabeça. As espadas de madeira fizeram *clac* quando Arya o parou.

– Esquerda – ele gritou, e sua lâmina aproximou-se assobiando. A dela precipitou-se para pará-la. O *clac* fez Syrio estalar os dentes.

– Direita – ele disse, e "Baixo" e "Esquerda" e de novo "Esquerda", mais e mais depressa, avançando. Arya recuou, parando todos os golpes.

– Estocada – preveniu Syrio, e quando o golpe veio, ela se esquivou para o lado, afastou a lâmina dele e atirou um contragolpe ao seu ombro. Quase o tocou, *quase*, ficou tão perto que sorriu. Uma madeixa pendeu-lhe sobre os olhos, pesada de suor, afastou-a com as costas da mão.

– Esquerda – Syrio cantou. – Baixo – sua espada era uma mancha indistinta, e o Pequeno Salão ecoava com os *clac, clac, clac*. – Esquerda. Esquerda. Alto. Esquerda. Direita. Esquerda. Baixo. *Esquerda!*

A lâmina de madeira a atingiu na parte superior do peito, num súbito golpe que era mais doloroso por ter vindo do lado errado.

– *Ai* – ela gritou. Teria ali um novo hematoma quando fosse dormir, em algum lugar no mar. *Um hematoma é uma lição*, disse a si mesma, *e todas as lições nos melhoram.*

Syrio deu um passo para trás.

– Agora está morta.

Arya fez uma careta.

– Você me enganou – disse com veemência. – Disse esquerda e foi pela direita.

– Precisamente. E agora é uma garota morta.

– Mas *você mentiu!*

– Minhas palavras mentiram. Os olhos e o braço gritaram a verdade, mas você não estava vendo.

– Estava sim – Arya rebateu. – Observei-o segundo a segundo!

– Observar não é ver, garota morta. O dançarino da água vê. Anda, deixe a espada, agora é hora de escutar.

Arya o seguiu até junto da parede, onde ele se instalou num banco.

– Syrio Forel foi a primeira espada do Senhor do Mar de Bravos, mas saberá você como isso aconteceu?

– Você era o melhor espadachim da cidade.

– Precisamente. Mas por quê? Outros homens eram mais fortes, mais rápidos, mais jovens. Por que Syrio Forel era o melhor? Vou lhe dizer – tocou ligeiramente a pálpebra com a ponta do mindinho. – Ver, ver realmente, é o coração de tudo. Escute-me. Os navios de Bravos navegam até tão longe quanto os ventos sopram, até terras estranhas e maravilhosas, e, quando regressam, seus capitães trazem animais bizarros para a coleção do Senhor do Mar. Animais como você nunca viu, cavalos listrados, grandes coisas malhadas com pescoços longos como pernas-de-pau, ratos-porcos peludos do tamanho de vacas, manticoras com espinhos, tigres que transportam as crias numa bolsa, terríveis lagartos que caminham com foices no lugar das garras. Syrio Forel viu essas coisas. No dia do qual falo, a primeira espada tinha morrido havia pouco tempo e o Senhor do Mar mandou me chamar. Muitos espadachins tinham sido levados à sua presença e a todos mandara embora, sem que nenhum soubesse por quê. Quando foi a minha vez, encontrei-o sentado com um gordo gato amarelo ao colo. Disse-me que um dos capitães lhe tinha trazido o animal de uma ilha para lá do sol nascente. "Já viu algum animal como ela?", ele perguntou. E eu lhe respondi: "Todas as noites, nas vielas de Bravos, vejo mil como ele", e o Senhor do Mar riu e nesse mesmo dia fui nomeado primeira espada.

Arya contraiu o rosto.

– Não entendi.

Syrio rangeu os dentes.

– O gato era um gato comum, nada mais. Os outros esperavam um animal fabuloso, e era isso que viam. Era tão grande, diziam. Não era maior que qualquer outro gato, tinha apenas engordado devido à indolência, pois o Senhor do Mar o alimentava de sua própria mesa. Que curiosas pequenas orelhas possuía, diziam. Suas orelhas tinham sido roídas em lutas entre crias. E era claramente um macho, mas o Senhor do Mar dizia "ela", e era isso que os outros viam. Está ouvindo?

Arya refletiu sobre aquilo.

– Viu o que havia para ver.

– Precisamente. Abrir os olhos era o que bastava. O coração mente e a cabeça usa truques conosco, mas os olhos veem a verdade. Olhe com os olhos. Ouça com os ouvidos. Saboreie com a boca. Cheire com o nariz. Sinta com a pele. É *então*, depois, que chega o momento de pensar e de, assim, conhecer a verdade.

– Precisamente – Arya respondeu sorrindo.

Syrio Forel permitiu-se um sorriso.

– Estou pensando que quando chegarmos a esse seu Winterfell será tempo de pôr esta agulha em sua mão.

– Sim! – Arya disse, entusiasmada. – Espere só para eu mostrar a Jon...

Atrás dela, as grandes portas de madeira do Pequeno Salão abriram-se bruscamente com um estrondo ressonante. Arya virou-se sobre si mesma.

Um cavaleiro da Guarda Real encontrava-se sob o arco da porta, com cinco guardas dos Lannister enfileirados atrás dele.

Trazia armadura completa, mas o visor estava erguido. Arya lembrava-se de seus olhos caídos e das suíças cor de ferrugem de quando estivera em Winterfell com o rei: Sor Meryn Trant. Os homens de manto vermelho usavam cota de malha sobre couro fervido e capacetes de aço decorados com leões.

– Arya Stark – disse o cavaleiro –, venha conosco, filha.

Arya mordeu o lábio, insegura.

– O que vocês querem?

– Seu pai quer vê-la.

Arya deu um passo adiante, mas Syrio Forel a segurou pelo braço.

– E por que é que Lorde Eddard enviaria homens dos Lannister em lugar dos seus? Estou curioso.

– Ponha-se no seu lugar, mestre de dança – disse Sor Meryn. – Isso não lhe diz respeito.

– Meu pai não os enviaria – Arya disse. E agarrou a espada de madeira. Os Lannister riram.

– Pouse a espada, menina – disse-lhe Sor Meryn. – Sou um Irmão Juramentado da Guarda Real, as Espadas Brancas.

– Também o Regicida o era quando matou o antigo rei – Arya lembrou. – Não tenho de ir com vocês se não quiser.

Sor Meryn Trant ficou sem paciência.

– Capturem-na – ordenou a seus homens e baixou o visor do elmo.

Três dos homens avançaram, fazendo tilintar suavemente a cota de malha a cada passo. Arya sentiu um medo súbito. *O medo golpeia mais profundamente que as espadas*, disse a si mesma a fim de acalmar as batidas do coração.

Syrio Forel interpôs-se entre os homens e Arya, que batia levemente com a espada de madeira na bota.

– Parem aí mesmo. São homens ou cães para ameaçar uma criança?

– Saia da frente, velho – disse um dos homens de manto vermelho.

A espada de madeira de Syrio subiu assobiando e ressoou contra o elmo do homem.

– Chamo-me Syrio Forel, e vai se dirigir a mim com mais respeito.

– Maldito careca – o homem puxou a espada. A madeira voltou a movimentar-se com uma rapidez que cegava. Arya ouviu um sonoro *crac* quando a espada bateu ruidosamente no chão de pedra. – Minha *mão* – gemeu o guarda, agarrando os dedos quebrados.

– É rápido para um mestre de dança – Sor Meryn disse.

– É lento para um cavaleiro – Syrio respondeu.

– Matem o bravosiano e tragam-me a menina – ordenou o cavaleiro da armadura branca.

Quatro guardas Lannister desembainharam as espadas. O quinto, o dos dedos quebrados, cuspiu e puxou um punhal com a mão esquerda.

Syrio Forel rangeu os dentes, pondo-se em sua posição de dançarino da água, apresentando apenas o flanco ao inimigo.

– Arya, minha filha – chamou, sem olhar para ela, sem nunca tirar os olhos dos Lannister –, basta de dança por hoje. É melhor que vá embora. Corra para junto de seu pai.

Arya não queria deixá-lo, mas Syrio a ensinara a fazer o que lhe dizia.

– *Ligeira como uma corça* – sussurrou.

– Precisamente – disse Syrio Forel, enquanto os Lannister se aproximavam.

Arya recuou, com a espada de madeira bem apertada na mão. Ao vê-lo agora, compreendeu que Syrio se limitara a brincar com ela em seus duelos. Os homens de manto vermelho aproximavam-se dele por três lados, de aço nas mãos. Tinham o peito e os braços revestidos de cota de malha, e uma malha de aço cosida às calças, mas apenas couro nas pernas. As mãos estavam nuas, e os capacetes que usavam tinham protetores para o nariz, mas não uma viseira sobre os olhos.

Syrio não esperou que o alcançassem e girou para a esquerda. Arya nunca vira alguém mover-se tão depressa. O bravosiano parou um golpe de espada com seu pedaço de madeira e rodopiou para longe de uma segunda lâmina. Desequilibrado, o segundo homem cambaleou sobre o primeiro. Syrio deu-lhe com uma bota nas costas, e os homens de vermelho caíram juntos. O terceiro guarda saltou por cima dos companheiros, dando um golpe na cabeça do dançarino de água. Syrio esquivou-se sob a lâmina e deu uma estocada de baixo para cima. O guarda caiu aos gritos, jorrando sangue do úmido buraco vermelho que se abrira onde estivera seu olho esquerdo.

Os homens que tinham caído estavam se levantando. Syrio chutou um deles na cara e arrancou o capacete de aço da cabeça do outro. O homem da adaga tentou apunhalá-lo. Syrio defendeu-se com o capacete e partiu-lhe a rótula com a espada de madeira. O último homem de vermelho gritou uma praga e avançou, brandindo a espada de cima para baixo com as duas mãos. Syrio rolou para a direita, e aquele golpe de carniceiro atingiu entre o pescoço e o ombro do homem sem capacete, que tentava se ajoelhar. A longa espada triturou cota de malha, couro e carne. O homem de joelhos guinchou. Antes que seu assassino conseguisse libertar a espada, Syrio deu-lhe uma estocada no pomo-de-adão. O guarda soltou um grito sufocado e cambaleou para trás, agarrado ao pescoço, com o rosto já enegrecendo.

Quando Arya alcançou a porta dos fundos, que dava para a cozinha, cinco homens estavam caídos, mortos ou agonizando. Ouviu Sor Meryn Trant praguejar.

– Malditos idiotas – resmungou, sacando a espada da bainha.

Syrio Forel regressou à sua posição e rangeu os dentes.

– Arya, minha filha – chamou, sem nunca olhar para ela –, vá embora agora.

Olhe com os olhos, dissera ele. E ela via: o cavaleiro coberto dos pés à cabeça pela armadura branca, com as pernas, garganta e mãos revestidas de metal, os olhos escondidos atrás do grande elmo branco, e aço afiado nas mãos. Contra aquilo: Syrio, vestido de couro, com uma espada de madeira na mão.

– Syrio, *fuja* – ela gritou.

– A primeira espada de Bravos não foge – ele cantou, enquanto Sor Meryn lhe desferia um golpe. Syrio pulou para longe, fazendo da espada de madeira uma mancha indistinta. Num instante, tinha lançado golpes contra a têmpora, o cotovelo e a garganta do cavaleiro, fazendo a madeira ressoar contra elmo, manopla e gorjal. Arya não conseguia se mexer. Sor Meryn avançou; Syrio recuou. Parou o golpe seguinte, rodopiou para longe do alcance do segundo e se desviou do terceiro.

O quarto cortou a espada em dois pedaços, estilhaçando a madeira e estraçalhando-a através do núcleo de chumbo.

Aos soluços, Arya virou-se e fugiu.

Mergulhou através das cozinhas e da despensa, cega de pânico, serpenteando entre cozinheiros e aprendizes. Um ajudante de padeiro surgiu na sua frente, segurando um tabuleiro de madeira. Arya atirou-o ao chão, espalhando por todo lado cheirosos pães frescos. Ouviu gritos atrás de si enquanto rodopiava em torno de um corpulento carniceiro que ficou a olhá-la de boca aberta com um cutelo na mão. Tinha os braços vermelhos até o cotovelo.

Tudo que Syrio Forel lhe ensinara passou-lhe num instante pela cabeça. *Ligeira como uma corça. Silenciosa como uma sombra. O medo golpeia mais profundamente que as espadas. Forte como um urso. Feroz como um glutão. O medo golpeia mais profundamente que as espadas. O homem que teme perder já perdeu. O medo golpeia mais profundamente que as espadas. O medo golpeia mais profundamente que as espadas. O medo golpeia mais profundamente que as espadas.* O punho da espada de madeira estava escorregadio de suor, e Arya respirava com força quando chegou à escada da torre. Por um instante, congelou. Para cima ou para baixo? O caminho para cima levaria à ponte coberta que atravessava o pátio pequeno até a Torre da Mão, mas este seria certamente o trajeto que esperavam que seguisse. *Nunca faça o que eles esperam,* dissera Syrio uma vez. Arya desceu, numa longa espiral, saltando sobre os estreitos degraus de pedra, dois e três de cada vez. Emergiu numa cavernosa adega abobadada e viu-se rodeada por barris de cerveja empilhados até chegar a seis metros de altura. A única luz que havia ali atravessava estreitas janelas oblíquas, abertas bem alto nas paredes.

A adega era um beco sem saída. Não havia caminho exceto aquele por onde viera. Não se atrevia a voltar e subir aqueles degraus, mas também não poderia ficar ali. Tinha de encontrar seu pai e lhe contar o que acontecera. Ele a protegeria.

Arya enfiou a espada de madeira no cinto e começou a escalar, saltando de barril em barril até conseguir alcançar uma janela. Agarrando-se à pedra com as duas mãos, subiu. A parede tinha quase um metro de espessura, e a janela era um túnel inclinado para cima e para fora. Arya torceu-se em direção à luz do dia. Quando a cabeça atingiu o nível do chão, espreitou a Torre da Mão, do outro lado da muralha.

A robusta porta de madeira pendia, lascada e partida, como se tivesse sido derrubada por machados. Um homem jazia morto nos degraus, de barriga para baixo, com a capa enrolada debaixo do corpo e as costas da cota de malha ensopadas de vermelho.

Arya viu com terror que a capa do cadáver era de lã cinza, debruada de cetim branco. Não conseguia ver quem ele era.

– *Não* – sussurrou. O que estava acontecendo? Onde estava seu pai? Por que os homens de manto vermelho tinham ido buscá-la? Lembrou-se do que dissera o homem da barba amarela no dia em que encontrara os monstros. *Se uma Mão pode morrer, por que não uma segunda?* Sentiu lágrimas nos olhos. Prendeu a respiração para escutar. Ouviu sons de luta, berros, gritos, o clangor do aço batendo em aço, atravessando as janelas da Torre da Mão.

Não podia regressar. Seu pai...

Arya fechou os olhos. Durante um instante, ficou assustada demais para se mover. Tinham matado Jory, Wyl e Heward, e aquele guarda no degrau, quem quer que ele fosse. Podiam também matar seu pai, e ela, se a apanhassem.

– *O medo golpeia mais profundamente que as espadas* – disse em voz alta, mas de nada servia fingir que era uma dançarina da água; Syrio fora um dançarino da água e àquela altura era provável que o cavaleiro branco o tivesse matado, e de qualquer forma ela era apenas uma garotinha com um pedaço de madeira, sozinha e assustada.

Escalou até o pátio, olhando em volta com cuidado enquanto se punha em pé. O castelo parecia deserto. A Fortaleza Vermelha *nunca* ficava deserta. Todo mundo devia estar escondido atrás de portas trancadas. Arya deu uma espiada ansiosa à janela do seu quarto e depois afastou-se da Torre da Mão, mantendo-se junto ao muro enquanto deslizava de sombra em sombra. Fez de conta que estava à caça de gatos... exceto que agora ela era o gato, e, se fosse apanhada, a matariam.

Movimentando-se entre os edifícios e por cima de muros, mantendo-se encostada às paredes sempre que possível para que ninguém fosse capaz de surpreendê-la, Arya chegou aos estábulos quase sem incidentes. Uma dúzia de homens de manto dourado protegidos por armaduras e cota de malha passou por ela correndo, enquanto avançava com cuidado pela muralha interior, mas, como não sabia de que lado eles estavam, agachou-se nas sombras e os deixou passar.

Hullen, que fora mestre dos cavalos em Winterfell desde que Arya conseguia recordar, estava esparramado no chão junto à porta dos estábulos. Fora apunhalado tantas vezes que sua túnica parecia ter um padrão de flores escarlates. Arya tinha certeza de que ele estava morto, mas quando se aproximou seus olhos se abriram.

– Arya Debaixo dos Pés – ele sussurrou. – Tem... prevenir o... senhor seu pai... – uma espumosa saliva vermelha saiu borbulhando de sua boca. O mestre dos cavalos voltou a fechar os olhos e nada mais disse.

Lá dentro havia mais corpos: um cavalariço com quem brincara e três dos guardas da Casa de seu pai. Uma carroça, carregada de caixotes e arcas, estava abandonada perto da porta do estábulo. Os mortos a deviam estar carregando para a viagem até as docas quando foram atacados. Arya esgueirou-se para mais perto. Um dos cadáveres era Desmond, o homem que lhe mostrara a espada e prometera proteger seu pai. Jazia de costas, com os olhos cegos fixos no teto enquanto moscas caminhavam por cima deles. Um morto vestido com o manto vermelho e o elmo do leão dos Lannister estava perto dele. Mas era só um. *Cada nortenho vale tanto como dez desses soldados do sul*, dissera-lhe Desmond.

– *Mentiroso!* – Arya disse e, numa fúria súbita, deu um pontapé no corpo.

Os animais estavam inquietos nas cocheiras, relinchando e resfolegando devido ao cheiro de sangue. O único plano de Arya era selar um cavalo e fugir, para longe do castelo e da cidade.

Tudo que tinha a fazer era permanecer na Estrada do Rei, que a levaria até Winterfell. Tirou da parede um freio e arreios.

Ao passar pela parte de trás da carroça, uma arca caída chamou sua atenção. Devia ter sido atirada ao chão durante a luta, ou então caíra enquanto estava sendo carregada. A madeira quebrara-se e a tampa abrira-se, derramando o conteúdo pelo chão. Arya reconheceu sedas, cetins e veludos que nunca usava. Mas poderia precisar de roupas quentes na Estrada do Rei... e além disso...

Ajoelhou-se na terra por entre a roupa espalhada. Encontrou uma capa pesada de lã, uma saia de veludo, uma túnica de seda e alguma roupa de baixo, um vestido que sua mãe tinha bordado para ela, uma pulseira de criança em prata que poderia vender. Atirando a tampa partida para longe, apalpou dentro da arca, em busca da Agulha. Tinha-a escondido bem no fundo, debaixo de tudo, mas as coisas tinham se misturado todas quando a arca caíra. Por um momento Arya temeu que alguém tivesse encontrado e roubado a espada. Mas então seus dedos detectaram a dureza do metal sob um vestido de cetim.

– Aí está ela – sibilou uma voz, bem perto, às suas costas.

Sobressaltada, Arya rodopiou. Um cavalariço estava em pé atrás dela, com um sorriso estúpido no rosto e uma imunda túnica de baixo branca espreitando de sob um colete manchado. Tinha as botas cobertas de estrume e uma forquilha na mão.

– Quem é você? – ela perguntou.

– Ela não me conhece – ele disse –, mas eu a conheço, ah, sim. A menina-lobo.

– Ajude-me a selar um cavalo – Arya pediu, enfiando a mão na arca, procurando a Agulha às apalpadelas. – Meu pai é a Mão do Rei, ele te dará uma recompensa.

– Seu pai tá *morto* – disse o rapaz. Aproximou-se, arrastando os pés. – É a rainha que vai me dar recompensa. Vem cá, menina.

– Fica aí! – os dedos dela fecharam-se em torno do cabo da Agulha.

– Eu disse *vem* – ele agarrou seu braço com força.

Tudo que Syrio Forel lhe ensinara desapareceu num instante. Naquele momento de súbito terror, a única lição que Arya conseguiu recordar foi aquela que Jon Snow lhe dera, a primeira de todas.

Espetou nele a ponta aguçada, empurrando a lâmina para cima com uma força selvagem e histérica.

A Agulha trespassou o colete de couro e a carne branca da barriga do rapaz e saiu entre as omoplatas. Ele deixou cair a forquilha e fez um som suave, algo entre um arquejo e um suspiro. As mãos fecharam-se em torno da lâmina.

– Ah, deuses – gemeu, quando a túnica de baixo começou a ficar vermelha. – Tire-a de mim.

Quando ela puxou a espada, ele morreu.

Os cavalos relinchavam. Arya ficou em pé junto ao corpo, imóvel e assustada perante a morte. Jorrara sangue da boca do rapaz quando caíra, e mais sangue saía da incisão em sua barriga, acumulando-se num charco por baixo do corpo. Tinha as palmas das mãos cortadas onde se agarrara à lâmina. Arya recuou lentamente, com Agulha, vermelha, na mão. Tinha de sair dali, ir para algum lugar distante, para algum lugar seguro, longe dos olhos acusadores do cavalariço.

Voltou a pegar o freio e os arreios e correu para a sua égua, mas, ao erguer a sela por cima do dorso do cavalo, Arya compreendeu com um súbito terror que os portões do castelo estariam fechados. Mesmo as portas da entrada falsa provavelmente estariam guardadas. Os guardas talvez não a reconhecessem. Se pensassem que era um rapaz, talvez a deixassem... não, teriam ordens para não deixar *ninguém* sair, não importaria se a conheciam ou não.

Mas havia outra saída do castelo...

A sela escorregou dos dedos de Arya e caiu ao chão com um baque e uma nuvem de pó. Seria capaz de voltar a encontrar a sala com os monstros? Não tinha certeza, mas sabia que precisava tentar.

Encontrou as roupas que tinha reunido e enrolou-se na capa, escondendo Agulha sob as suas dobras. Atou o resto numa trouxa. Com o embrulho debaixo do braço, esgueirou-se para o fundo do estábulo. Destrancando a porta dos fundos, espreitou para fora, ansiosa. Conseguia ouvir os sons distantes de espadas e o trêmulo pranto de um homem que gritava de dor do outro lado da muralha. Teria que descer a escada em espiral, atravessar a cozinha pequena e o pátio dos porcos; fora esse o caminho que tomara da outra vez, quando perseguia o gato preto... só que isso a levaria a passar justamente em frente à caserna dos homens de manto dourado. Não podia ir por ali. Arya tentou pensar em outro caminho. Se atravessasse o castelo até o outro lado, poderia avançar ao longo da muralha do rio e através do pequeno bosque sagrado... mas primeiro tinha de atravessar o pátio, bem à vista dos guardas nas muralhas.

Nunca vira tantos homens nas muralhas. A maioria usava manto dourado e estava armada com lanças. Alguns a conheciam de vista. Que fariam se a vissem correndo através do pátio? Vista lá de cima, ela devia parecer muito pequena; seriam eles capazes de reconhecê-la? E se importariam?

Disse a si mesma que tinha de se pôr andando *agora*, mas quando o momento chegou descobriu-se assustada demais para se mover.

Calma como águas paradas, sussurrou-lhe uma vozinha ao ouvido. Arya ficou tão sobressaltada que quase deixou cair a trouxa. Olhou vivamente em volta, mas não havia ninguém no estábulo além dela, dos cavalos e dos homens mortos.

Silenciosa como uma sombra, ouviu. Seria a sua voz ou a de Syrio? Não saberia dizer, mas de algum modo a voz acalmou-lhe os receios.

Deu um passo para fora do estábulo.

Foi a coisa mais assustadora que já fizera. Quis fugir e esconder-se, mas obrigou-se a *caminhar* através do pátio, lentamente, colocando um pé à frente do outro como se tivesse todo o tempo do mundo e nenhuma razão para temer fosse quem fosse. Pareceu-lhe que conseguia sentir os olhos deles, como bichos rastejando por sua pele sob a roupa. Nunca olhou para cima. Sabia que, se os visse, toda a coragem a abandonaria, e deixaria cair a trouxa de roupa e fugiria chorando como um bebê, e então eles a teriam nas mãos. Manteve os olhos no chão. Quando atingiu a sombra do septo real, do outro lado do pátio, estava gelada de suor, mas ninguém dera o alarme.

O septo estava aberto e vazio. Lá dentro, meia centena de velas de oração ardia num silêncio odorífero. Arya achou que os deuses nunca dariam pela falta de duas. Apagou-as, enfiou-as nas mangas e saiu por uma janela dos fundos. Esgueirar-se até a viela onde encurralara o gato zarolho foi fácil, mas depois disso se perdeu. Rastejou para dentro e para fora de janelas, saltou por cima de muros e atravessou câmaras escuras às apalpadelas, silenciosa como uma sombra. Ouviu uma mulher chorar. Levou mais de uma hora para encontrar a janela baixa e estreita que se inclinava para a masmorra onde os monstros a esperavam.

Atirou a trouxa pela janela e voltou atrás para acender a vela. Foi um risco; a fogueira que se lembrava de ter visto tinha se reduzido a brasas, e ouviu vozes quando soprava os carvões. Pondo os dedos em taça em volta da tremeluzente vela, saiu pela janela no momento em que os donos das vozes entravam pela porta, mas não chegou a vê-los, nem mesmo de relance.

Daquela vez os monstros não a assustaram. Pareciam quase velhos amigos. Arya segurou a vela acima da cabeça. A cada passo que dava, as sombras moviam-se contra as paredes, como se se virassem para vê-la passar.

– Dragões – sussurrou. Tirou Agulha de dentro da capa. A esguia lâmina parecia muito pequena e os dragões, muito grandes, mas de alguma forma ela se sentia melhor com o aço na mão.

O longo salão sem janelas que se estendia para lá da porta era tão negro como Arya recordava. Empunhou Agulha com a mão esquerda, sua mão da espada, e a vela com a direita. Cera quente escorria-lhe pelos nós dos dedos. A boca do poço ficava do lado esquerdo; portanto, virou para a direita. Parte dela queria correr, mas tinha medo de apagar a vela. Ouviu os tênues guinchos das ratazanas e vislumbrou um par de minúsculos olhos brilhantes no limite da luz, mas ratazanas não a assustavam. Outras coisas sim. Seria tão fácil esconder-se ali, como ela se escondera do feiticeiro e do homem com a barba bifurcada. Quase conseguia ver o cavalariço em pé contra a parede, de mãos enroladas em garras, com o sangue ainda pingando dos profundos golpes nas palmas, onde Agulha as cortara. Podia estar à espera de agarrá-la quando passasse. Veria sua vela se aproximando de uma grande distância. Arya talvez ficasse melhor sem a luz...

O medo golpeia mais profundamente que as espadas, segredou a voz baixa dentro dela. De repente, Arya lembrou-se das criptas de Winterfell. Disse a si mesma que eram muito mais assustadoras que aquele lugar. Era apenas uma menininha quando as vira pela primeira vez. Seu irmão Robb os levara até lá embaixo, ela, Sansa e o bebê Bran, que na época não era maior que Rickon era agora. Carregavam apenas uma vela para todos, e os olhos de Bran tinham se tornado grandes como pires quando ele olhara os rostos de pedra dos Reis do Inverno, com os lobos a seus pés e as espadas de ferro sobre as pernas.

Robb levara-os até o fundo, para lá do avô, de Brandon e de Lyanna, para lhes mostrar suas próprias sepulturas. Sansa não tirara os olhos da velinha atarracada, temendo que se apagasse. A Velha Ama dissera-lhe que ali embaixo havia aranhas e ratazanas do tamanho de cães. Robb sorrira quando ela disse aquilo. "Há coisas piores que aranhas e ratazanas", sussurrara. "É aqui que os mortos caminham." Foi então que ouviram o som, baixo, profundo e trêmulo. O pequeno Bran agarrara-se à mão de Arya.

Quando o espírito saíra da tumba aberta, branco e gemendo por sangue, Sansa fugira aos gritos para a escada, e Bran enrolara-se na perna de Robb, soluçando. Arya mantivera-se firme e dera um murro no espírito. "Seu *estúpido*", dissera-lhe, "assustou o bebê", mas Jon e Robb limitaram-se a rir, e logo Bran e Arya também começaram a rir.

A recordação a fez sorrir, e dali em diante a escuridão deixou de ocultar terrores. O cavalariço estava morto, ela o matara e, se ele saltasse sobre ela, o mataria de novo. Arya ia para casa. Tudo seria melhor quando estivesse de novo em casa, segura entre as muralhas cinzentas de granito de Winterfell.

Seus passos fizeram correr suaves ecos à frente enquanto mergulhava mais profundamente na escuridão.

Sansa

Vieram buscar Sansa no terceiro dia.

Escolheu um vestido simples de lã cinza-escura, com um corte despretensioso, mas ricamente bordado em volta do colarinho e das mangas. Sentiu os dedos grossos e desajeitados enquanto lutava com as presilhas de prata sem a ajuda de criados. Jeyne Poole fora confinada com ela, mas Jeyne não servia para nada. Tinha o rosto inchado de tanto chorar, e não parecia ser capaz de parar de soluçar por causa do pai.

– Estou certa de que seu pai está bem – Sansa lhe disse, quando finalmente conseguiu abotoar bem o vestido. – Pedirei à rainha que a deixe vê-lo – pensou que a gentileza talvez melhorasse o estado de espírito de Jeyne, mas a moça limitou-se a olhá-la com olhos vermelhos e inchados, e pôs-se a chorar ainda mais. Era uma *criança*.

Sansa também tinha chorado, no primeiro dia. Mesmo dentro dos robustos muros da Fortaleza de Maegor, com a porta fechada e trancada, era difícil não ficar aterrorizada quando a matança começou. Crescera ao som do aço, no pátio, e dificilmente se passara um dia de sua vida em que não tivesse escutado o estrondo de espadas que se cruzavam, mas saber que a luta era real fazia toda a diferença do mundo. Ouvira esse som como nunca o tinha ouvido antes, e também outros, grunhidos de dor, pragas iradas, gritos por ajuda e os gemidos dos feridos e moribundos. Nas canções os cavaleiros nunca gritavam nem suplicavam por misericórdia.

Por isso, chorou, suplicando, através da porta, que lhe dissessem o que estava acontecendo, chamando pelo pai, pela Septã Mordane, pelo rei, por seu galante príncipe. Se os homens que a guardavam ouviram suas súplicas, não lhes deram resposta. A única vez que a porta se abriu já era tarde, naquela noite, quando atiraram Jeyne Poole para dentro do quarto, machucada e tremendo. "*Estão matando todo mundo*", choramingou a filha do intendente. E falou, e continuou a falar. Dissera que Cão de Caça lhe derrubara a porta com um machado de guerra. Que havia corpos na escada da Torre da Mão e que os degraus estavam escorregadios de sangue. Sansa secou as lágrimas enquanto tentava confortar a amiga. Adormeceram na mesma cama, aninhadas nos braços uma da outra, como irmãs.

O segundo dia foi ainda pior. O quarto em que Sansa foi confinada ficava no topo da torre mais alta do castelo de Maegor. Da janela podia ver que a pesada porta levadiça do portão estava descida e que a ponte levadiça estava içada sobre o profundo fosso seco que separava a fortaleza-dentro-de-uma-fortaleza do castelo maior que a rodeava. Guardas dos Lannister percorriam as muralhas armados de lanças e atiradeiras. A luta tinha terminado, e um silêncio de túmulo caíra sobre a Fortaleza Vermelha. Os únicos sons que se ouviam eram os intermináveis choros e soluços de Jeyne Poole.

Eram alimentadas – queijo duro, pão fresco e leite no café da manhã, galinha assada e verduras ao meio-dia e uma ceia com carne de vaca e cevada –, mas os criados que traziam as refeições não respondiam às perguntas de Sansa. Naquela noite, algumas mulheres trouxeram-lhe roupas da Torre da Mão, e também algumas das coisas de Jeyne, mas pareciam quase tão assustadas quanto Jeyne, e quando Sansa tentou falar com elas, fugiram como se ela tivesse a praga cinzenta. Os guardas, lá fora, continuavam se recusando a deixá-la sair do quarto.

– Por favor, preciso falar de novo com a rainha – Sansa lhes disse, tal como o dissera a todas as pessoas que vira naquele dia. – Ela vai querer falar comigo, eu sei que vai. Diga-lhe que desejo vê-la, por favor. Se não a rainha, então o Príncipe Joffrey, por obséquio. Deveremos nos casar quando formos mais velhos.

Ao pôr do sol do segundo dia um grande sino começou a repicar. Tinha um tom profundo e sonoro, e o longo e lento repique encheu Sansa com uma sensação de pavor. O toque soou e ressoou, e ao fim de algum tempo ouviram outros sinos que respondiam do Grande Septo de Baelor, na Colina de Visenya. O som retumbou pela cidade como um trovão, avisando que a tempestade se aproximava.

– O que está acontecendo? – perguntou Jeyne, cobrindo os ouvidos. – Por que os sinos estão tocando?

– O rei está morto – Sansa não poderia dizer como sabia aquilo, mas sabia. O lento repique, que parecia não ter fim, enchia o quarto, tão pesaroso como uma poesia fúnebre. Teria algum inimigo assaltado o castelo e matado o Rei Robert? Seria esse o significado da luta que tinham ouvido?

Foi dormir curiosa, inquieta e com medo. Seu belo Joffrey agora seria rei? Ou talvez estivesse morto também? Sentia medo por ele e pelo pai. Se ao menos lhe dissessem o que estava acontecendo...

Naquela noite, Sansa sonhou com Joffrey no trono, com ela sentada ao seu lado num vestido de ouro trançado. Tinha uma coroa na cabeça, e todas as pessoas que conhecera tinham vindo à sua presença, para se ajoelhar e proferir suas cortesias.

Na manhã seguinte, do terceiro dia, Sor Boros Blount, da Guarda Real, veio escoltá-la até a presença da rainha.

Sor Boros era um homem feio, com peito largo e pernas curtas e arqueadas. Tinha nariz achatado, bochechas caídas, cabelos grisalhos e quebradiços. Naquele dia trajava veludo branco, e sua capa nevada estava presa com um broche em forma de leão. O animal possuía o brilho suave do ouro, e seus olhos eram minúsculos rubis.

– O senhor está muito garboso e magnífico hoje, Sor Boros – Sansa lhe disse.

Uma senhora lembrava-se da boa educação, e ela estava decidida a ser uma senhora, acontecesse o que acontecesse.

– A senhora também – disse Sor Boros numa voz sem expressão. – Sua Graça a espera. Venha comigo.

Havia guardas à sua porta, homens de armas Lannister com capas carmesins e elmos decorados com leões. Sansa forçou-se a sorrir-lhes agradavelmente e desejou-lhes um bom-dia ao passar. Era a primeira vez que era autorizada a sair do aposento desde que Sor Arys Oakheart lá a deixara, duas manhãs antes. "Para mantê-la em segurança, minha querida", dissera-lhe a Rainha Cersei. "Joffrey nunca me perdoaria se alguma coisa acontecesse à sua preciosa dama."

Sansa esperava que Sor Boros a escoltasse aos aposentos reais, mas, em vez disso, a levou para fora do castelo de Maegor. A ponte estava de novo abaixada. Um grupo de trabalhadores içava um homem preso com cordas para dentro do fosso seco. Quando Sansa espreitou, viu um corpo empalado nas enormes hastes de ferro, lá embaixo. Desviou o olhar rapidamente, com medo de perguntar, com medo de olhar por muito tempo, com medo de que pudesse ser alguém que conhecia.

Foram encontrar a Rainha Cersei na câmara do conselho, sentada à cabeceira de uma longa mesa apinhada de papéis, velas e blocos de cera para selos. A sala era mais magnífica que qualquer outra que Sansa tivesse visto. Fitou, maravilhada, o painel de madeira entalhada e as esfinges gêmeas sentadas ao lado da porta.

– Vossa Graça – disse Sor Boros quando foram introduzidos na sala por outro membro da Guarda Real, Sor Mandon, com a sua curiosa cara morta. – Trouxe a jovem.

Sansa tivera esperança de que Joffrey estivesse com a mãe. Seu príncipe não se encontrava ali, mas três dos conselheiros do rei, sim. Lorde Petyr Baelish sentava-se à esquerda da rainha, o Grande Meistre Pycelle ao fundo da mesa, enquanto Lorde Varys pairava sobre eles, cheirando a flores. Todos trajavam preto, Sansa viu com uma sensação de pavor. Roupas de luto...

A rainha trazia um vestido de seda negra de colarinho alto, com uma centena de rubis vermelhos escuros bordados no corpete, cobrindo-a do pescoço até os seios. Tinham sido cortados em forma de lágrimas, como se a rainha estivesse chorando sangue. Cersei sorriu ao vê-la, e Sansa pensou que aquele era o sorriso mais doce e triste que jamais vira.

– Sansa, minha querida filha – disse –, sei que tem perguntado por mim. Lamento não ter podido mandar chamá-la mais cedo. As coisas têm estado muito agitadas, e não tive um momento livre. Espero que meu pessoal tenha tratado bem de você.

– Foram todos muito bons e agradáveis, Vossa Graça, muito agradecida pelo cuidado – Sansa disse polidamente. – Só que, bem, ninguém quer falar conosco ou nos contar o que aconteceu...

– Conosco? – Cersei parecia confusa.

– Ela está com a filha do intendente – disse Sor Boros. – Não sabíamos o que fazer com ela.

A rainha franziu as sobrancelhas.

– Da próxima vez, pergunte – sua voz soou dura. – Só os deuses sabem com que tipo de histórias ela tem enchido a cabeça de Sansa.

– Jeyne está assustada – Sansa disse logo. – Não para de chorar. Prometi-lhe que perguntaria se pode ver o pai.

O velho Grande Meistre Pycelle baixou os olhos.

– O pai dela está bem, não está? – Sansa perguntou ansiosamente. Sabia que tinha havido luta, mas certamente ninguém faria mal a um intendente. Vayon Poole nem sequer usava uma espada.

A rainha Cersei olhou para os conselheiros, um de cada vez.

– Não quero que Sansa se aflija sem necessidade. Que faremos com esta sua amiguinha, senhores?

Lorde Petyr inclinou-se para a frente.

– Encontrarei um lugar para ela.

– Na cidade, não – a rainha se exaltou.

– Toma-me por um tolo?

A rainha ignorou aquilo.

– Sor Boros, escolte essa moça até os aposentos de Lorde Petyr e instrua seu pessoal para mantê-la lá até que ele vá buscá-la. Diga-lhe que Mindinho a levará para ver o pai, isso deve acalmá-la. Quero-a longe quando Sansa regressar ao seu quarto.

– Às vossas ordens, Vossa Graça – disse Sor Boros. Fez uma reverência profunda, rodou nos calcanhares e retirou-se, com a longa capa agitando o ar atrás dele.

Sansa estava confusa.

– Não compreendo – disse. – Onde está o pai de Jeyne? Por que Sor Boros não pode levá-la até ele, em vez de ter de ser Lorde Petyr a fazê-lo? – tinha prometido a si mesma que seria uma senhora, tão gentil como a rainha e tão forte como a mãe, a Senhora Catelyn, mas de repente sentiu-se novamente assustada. Por um segundo pensou que ia chorar. – Para onde a enviará? Ela não fez nada de mal, é uma boa moça.

– Ela perturbou você – a rainha disse gentilmente. – Não pode ser. Agora nem mais uma palavra. Lorde Baelish se assegurará de que cuidarão de Jeyne, prometo – bateu com a mão na cadeira ao seu lado. – Sente-se, Sansa. Quero falar com você.

Sansa sentou-se ao lado da rainha. Cersei voltou a sorrir, mas isso não a fez sentir-se menos ansiosa. Varys apertava as mãos suaves, o Grande Meistre Pycelle mantinha os olhos ensonados nos papéis que tinha à sua frente, mas conseguia sentir que Mindinho a olhava fixamente. Algo na maneira como o pequeno homem a olhava fazia Sansa sentir-se como se estivesse despida. Sua pele arrepiou-se.

– Querida Sansa – disse a Rainha Cersei, pousando a mão suave no seu pulso. – Uma criança tão bela. Espero que saiba como Joffrey e eu gostamos de você.

– *Gostam?* – disse Sansa, sem fôlego. Mindinho fora esquecido. Seu príncipe a amava. Nada mais importava.

A rainha sorriu.

– Penso em você quase como minha filha. E sei do amor que tem por Joffrey – balançou a cabeça com ar fatigado. – Temo que tenhamos notícias graves a respeito do senhor seu pai. É preciso ter coragem, filha.

As palavras calmas da rainha provocaram um arrepio em Sansa.

– O que é?

– Seu pai é um traidor, querida – disse Lorde Varys.

O Grande Meistre Pycelle ergueu sua cabeça antiga.

– Com meus próprios ouvidos escutei Lorde Eddard jurar ao nosso amado Rei Robert que protegeria os jovens príncipes como se fossem seus filhos. E, no entanto, no momento em que o rei morreu, convocou o pequeno conselho a fim de roubar do Príncipe Joffrey o trono que lhe pertence por direito.

– Não – Sansa exclamou. – Ele não faria isso. Não *faria!*

A rainha pegou uma carta. O papel estava rasgado e tinha sido endurecido por sangue seco, mas o selo quebrado era do seu pai, o lobo gigante timbrado em cera clara.

– Encontramos isto com o capitão da guarda de sua Casa, Sansa. É uma carta para o irmão de meu falecido marido, Stannis, convidando-o a ocupar o trono.

– Por favor, Vossa Graça, houve algum erro – um pânico súbito a deixou tonta e fraca. – Por favor, mande buscar meu pai, ele contará, ele nunca escreveria uma carta assim, o rei era seu amigo.

– Robert pensava que sim – a rainha disse. – Essa traição teria partido seu coração. Os deuses foram bondosos por o terem levado antes que assistisse a ela – suspirou. – Sansa, querida, você deve compreender a posição terrível em que isso nos deixa. Você é inocente de todo o mal, todos sabemos, mas é filha de um traidor. Como poderei permitir que se case com meu filho?

– Mas eu o *amo* – Sansa lamentou-se, confusa e assustada. Que planejavam fazer a ela? Que tinham feito a seu pai? Não devia ser assim. Tinha de se casar com Joffrey, estavam noivos, ele lhe tinha sido prometido, ela até tinha sonhado com o casamento. Não era justo que o roubassem dela por causa do que quer que seu pai tivesse feito.

– E eu sei disso muito bem, filha – disse Cersei, com a voz muito bondosa e doce. – Por que motivo teria vindo me contar os planos de seu pai para enviá-la para longe de nós, se não fosse por amor?

– *Foi* por amor – Sansa respondeu apressadamente. – Meu pai nem me queria dar licença para dizer adeus – ela era a boa moça, a moça obediente, mas naquela manhã sentira-se tão má como Arya, esgueirando-se para longe de Septã Mordane, desafiando o senhor seu pai. Nunca antes fizera algo tão voluntarioso, e nunca teria feito aquilo se não amasse tanto Joffrey. – Ele ia me levar de volta para Winterfell e casar-me com um cavaleiro de baixa categoria qualquer, mesmo sabendo que é Joffrey quem eu quero. Eu lhe disse, mas ele não quis ouvir – o rei era a sua última esperança. O rei podia *ordenar* ao pai que a deixasse ficar em Porto Real e casar com o Príncipe Joffrey, Sansa sabia que ele podia fazê-lo, mas o rei sempre a assustara. Era barulhento, tinha uma voz rude, estava mais vezes bêbado que sóbrio e provavelmente a teria enviado de volta a Lorde Eddard, mesmo que a deixassem falar com ele. Portanto, fora até a rainha e abrira-lhe o coração, e Cersei escutara e agradecera-

-lhe amavelmente... só que depois Sor Arys escoltara-a para o quarto no topo do castelo de Maegor e colocara os guardas, e algumas horas mais tarde tinha começado a luta lá fora. – Por favor – terminou –, a senhora *tem* de me deixar casar com Joffrey, serei a melhor esposa que ele poderá ter, verá. Serei uma rainha tal como a senhora, prometo.

A Rainha Cersei olhou para os outros.

– Senhores do conselho, que dizem à súplica dela?

– Pobre criança – murmurou Varys. – Um amor tão verdadeiro e inocente, Vossa Graça, seria cruel negar-lhe... e, no entanto, que podemos fazer? O pai está condenado – suas mãos suaves esfregaram-se uma à outra num gesto de impotente aflição.

– Uma criança nascida da semente de um traidor achará que a traição lhe é natural – disse o Grande Meistre Pycelle. – Agora ela é uma doçura, mas, dentro de dez anos, quem sabe que traições poderá maquinar?

– *Não* – Sansa disse, horrorizada. – Não sou, nunca... não trairia Joffrey, eu o amo, juro, eu o amo.

– Ah, tão pungente – disse Varys. – E, no entanto, diz-se deveras que o sangue é mais fiel que os juramentos.

– Ela lembra-me a mãe, não o pai – disse em voz baixa Lorde Petyr Baelish. – Olhe-a. Os cabelos, os olhos. É a perfeita imagem de Cat na mesma idade.

A rainha a olhou, perturbada, e no entanto Sansa conseguia ver bondade nos olhos verde-claros.

– Filha – disse –, se eu pudesse realmente acreditar que não é como seu pai, ora, nada me daria maior prazer do que vê-la casada com meu Joffrey. Sei que ele a ama de todo o coração – suspirou. – No entanto, temo que Lorde Varys e o Grande Meistre tenham razão. O sangue dirá. Basta-me recordar como sua irmã atiçou o lobo dela ao meu filho.

– Não sou como Arya – exclamou Sansa. – Ela tem o sangue do traidor, eu não. Eu sou *boa*, pergunte à Septã Mordane, ela lhes dirá, eu só desejo ser a esposa leal e dedicada de Joffrey.

Sentiu o peso dos olhos de Cersei quando a rainha estudou seu rosto.

– Acredito que fale a sério, filha – virou-se para os outros. – Meus senhores, parece-me que, se o resto de sua família permanecer leal nestes tempos terríveis, isso muito contribuiria para aquietar nossos receios.

Grande Meistre Pycelle afagou a comprida barba, com os pensamentos abrindo sulcos na larga testa.

– Lorde Eddard tem três filhos.

– Meros rapazes – disse Lorde Petyr com um encolher de ombros. – Eu me preocuparia mais com Catelyn e com os Tully.

A rainha tomou a mão de Sansa nas suas.

– Filha, conhece as letras?

Sansa confirmou nervosamente com a cabeça. Sabia ler e escrever melhor que qualquer um dos irmãos, apesar de ser um desastre nas somas.

– Agrada-me ouvir isso. Talvez ainda haja esperança para você e para Joffrey...

– Que quer que eu faça?

– Deve escrever à senhora sua mãe e ao seu irmão, o mais velho... como ele se chama?

– Robb – Sansa repondeu.

– A notícia da traição do senhor seu pai logo chegará a eles. É melhor que seja você a dá-la. Deve contar-lhes como Lorde Eddard traiu seu rei.

Sansa desejava desesperadamente Joffrey, mas não lhe parecia que tivesse coragem para fazer o que a rainha pedia.

– Mas ele nunca... eu não... Vossa Graça, eu não saberia o que dizer...

A rainha deu-lhe palmadinhas na mão.

– Nós lhe diremos o que deve escrever, filha. O mais importante é que peça à Senhora Catelyn e ao seu irmão para manterem a paz do rei.

– Será duro para eles se assim não fizerem – disse o Grande Meistre Pycelle. – Pelo amor que tem a eles, deve insistir para que percorram o caminho da sabedoria.

– A senhora sua mãe temerá terrivelmente por você, sem dúvida – disse a rainha. – Deve dizer-lhe que está bem e aos nossos cuidados, que a estamos tratando bem e satisfazendo todos os seus desejos. Peça-lhes que venham a Porto Real jurar lealdade a Joffrey quando ele ocupar o trono. Se o fizerem... ora, então saberemos que seu sangue não tem mácula, e quando sua feminilidade desabrochar, casará com o rei no Grande Septo de Baelor, perante os olhos dos deuses e dos homens.

... *casar com o rei*... Aquelas palavras aceleraram sua respiração, mas Sansa ainda hesitava.

– Talvez... se eu pudesse ver meu pai, falar com ele sobre...

– Traição? – sugeriu Lorde Varys.

– Você me decepciona, Sansa – disse a rainha, com olhos que tinham se tornado duros como pedra. – Falamos a você dos crimes de seu pai. Se fosse realmente tão leal como diz, por que iria querer vê-lo?

– Eu... eu só quis dizer... – Sansa sentiu que os olhos se umedeciam. – Ele não... por favor, ele não foi... ferido, ou... ou...

– Lorde Eddard não foi ferido – a rainha respondeu.

– Mas... o que vai lhe acontecer?

– Isso cabe ao rei decidir – anunciou solenemente o Grande Meistre Pycelle.

O *rei*! Sansa estancou as lágrimas, piscando. Joffrey agora era o rei, pensou. Seu galante príncipe nunca faria mal a seu pai, independentemente do que ele tivesse feito. Se lhe suplicasse por misericórdia, estava certa de que a escutaria. *Tinha* de escutá-la, amava-a, até a rainha confirmara. Joff teria de punir o pai, era algo que os senhores esperariam, mas talvez pudesse mandá-lo de volta para Winterfell, ou exilá-lo para uma das Cidades Livres para lá do mar estreito. Só teria de ser durante alguns anos. Depois, ela e Joffrey estariam casados. Uma vez rainha, ela poderia convencer Joff a trazer o pai de volta e a conceder-lhe o perdão.

Só que... se sua mãe ou Robb fizessem algo de traiçoeiro, se convocassem os vassalos ou se recusassem a jurar fidelidade ou *qualquer coisa*, tudo estaria acabado. Seu Joffrey era bom e amável, disso estava certa, mas um rei tinha de ser severo com rebeldes. Tinha de fazer com que compreendessem, *tinha* de fazê-lo!

– Eu... eu escrevo as cartas – Sansa disse a todos.

Com um sorriso quente como um nascer do sol, Cersei Lannister inclinou-se e beijou-a suavemente na bochecha.

– Eu sabia que faria. Joffrey ficará todo orgulhoso quando lhe falar da coragem e do bom senso que mostrou aqui hoje.

Acabou por escrever quatro cartas. Para a mãe, a Senhora Catelyn Stark, para os irmãos em Winterfell e também para a tia e para o avô, a Senhora Lysa Arryn do Ninho da Águia e Lorde Hoster Tully de Correrrio. Quando acabou, tinha os dedos rígidos, com cãibras e manchados de tinta. Varys tinha consigo o selo do seu pai. Aqueceu a cera branca numa vela, despejou-a com cuidado e ficou observando enquanto o eunuco selava as cartas com o lobo gigante da Casa Stark.

Jeyne Poole e todas as suas coisas tinham desaparecido quando Sor Mandon Moore levou Sansa à grande torre do castelo de Maegor. Não haveria mais choros, pensou, grata. Mas de alguma forma o quarto parecia mais frio sem Jeyne lá, mesmo depois de ter acendido um fogo. Puxou uma cadeira para perto da lareira, pegou um de seus livros preferidos e perdeu-se nas histórias de

Florian e Jonquil, da Senhora Sheila e do Cavaleiro do Arco-Íris, do valente Príncipe Aemon e de seu amor sem esperança pela rainha do irmão.

Foi só mais tarde naquela noite, enquanto deslizava para o sono, que Sansa percebeu que se esquecera de perguntar pela irmã...

Jon

– **O**thor – anunciou Sor Jaremy Rykker –, sem dúvida alguma. E este era Jafer Flowers – virou o cadáver com a bota, e o pálido rosto morto fitou o céu encoberto com olhos muito azuis. – Eram ambos homens de Ben Stark.

Homens do meu tio, pensou Jon, aturdido. Lembrava-se de como pedira para ir com eles. *Deuses, era um rapazinho tão verde. Se me tivesse levado, podia ser eu a jazer aqui...*

O pulso direito de Jafer terminava numa ruína de carne rasgada e osso estilhaçado deixada pelos maxilares de Fantasma. A mão direita flutuava num frasco de vinagre na torre de Meistre Aemon. A esquerda, ainda agarrada à extremidade do braço, era tão negra como seu manto.

– Que os deuses tenham misericórdia – murmurou o Velho Urso. Desceu de seu pequeno cavalo, entregando as rédeas a Jon. A manhã estava anormalmente quente; gotas de suor salpicavam a larga testa do Senhor Comandante como orvalho num melão. Seu cavalo estava nervoso, rolando os olhos, afastando-se dos mortos o mais que a rédea permitia. Jon o levou alguns passos para trás, lutando para evitar que fugisse. Os cavalos não gostavam daquele lugar. Na verdade, Jon também não.

Os cães eram os que gostavam menos. Fantasma levara o grupo até ali; a matilha de cães de caça mostrara-se inútil. Quando Bass, o mestre dos canis, tentou fazer com que sentissem o cheiro da mão cortada, tinham enlouquecido, uivando e ladrando, lutando para escapar. Mesmo agora, ora rosnavam ora ganiam, puxando as correias enquanto Chett os amaldiçoava, chamando-os de covardes.

É só uma floresta, disse Jon a si mesmo, *e eles são só cadáveres*. Já vira cadáveres antes...

Na noite anterior, tivera de novo o sonho de Winterfell. Vagueava pelo castelo vazio, à procura do pai, descendo até as criptas. Só que dessa vez o sonho tinha ido mais longe do que nas anteriores. Na escuridão, ele ouviu o raspar de pedra em pedra. Quando se virou, viu que os jazigos estavam se abrindo, um após o outro. Quando os reis mortos começaram a sair, aos tropeções, de suas sepulturas frias e negras, Jon acordou numa escuridão de breu, com o coração batendo fortemente no peito. Nem quando Fantasma saltou para a cama e lhe encostou o focinho no rosto conseguiu afastar aquele profundo sentimento de horror. Não se atreveu a dormir novamente. Em vez disso, subiu à Muralha e caminhou, inquieto, até ver a luz da alvorada surgir no leste. *Foi só um sonho. Sou agora um irmão da Patrulha da Noite, não um rapaz assustado.*

Samwell Tarly encolhia-se sob as árvores, meio escondido atrás dos cavalos. Seu rosto gordo e redondo estava da cor de leite coalhado. Ainda não tinha cambaleado até a floresta para vomitar, mas também não olhara para os mortos, nem de relance.

– Não posso olhar – sussurrou com ar infeliz.

– Tem de olhar – disse-lhe Jon, mantendo a voz baixa para que os outros não o ouvissem. – Meistre Aemon o enviou para lhe servir de olhos, não foi? De que servem os olhos se estiverem fechados?

– Sim, mas… sou tão covarde, Jon.

Jon pousou a mão no ombro de Sam.

– Temos conosco uma dúzia de patrulheiros, os cães, e até Fantasma. Ninguém te fará mal, Sam. Vá e olhe. A primeira olhadela é a mais difícil.

Sam fez um aceno trêmulo, tentando ganhar coragem com um esforço visível. Lentamente girou a cabeça. Os olhos abriram-se muito, mas Jon segurou seu braço para que não pudesse se virar.

– Sor Jaremy – perguntou bruscamente o Velho Urso –, Ben Stark tinha consigo seis homens quando se afastou da Muralha. Onde estão os outros?

Sor Jaremy balançou a cabeça.

– Bem que gostaria de saber.

Ficou evidente que a resposta não agradou a Mormont.

– Dois de nossos irmãos assassinados quase à vista da Muralha, e no entanto seus patrulheiros não ouviram nem viram nada. Foi a isso que a Patrulha da Noite se reduziu? Ainda varremos estes bosques?

– Sim, senhor, mas...

– Ainda montamos vigias?

– Montamos, mas...

– Este homem tem um corno de caça – Mormont apontou para Othor. – Deverei supor que ele morreu sem o fazer soar? Ou será que seus patrulheiros não só ficaram todos cegos mas também surdos?

Sor Jaremy eriçou-se e seu rosto ficou tenso de ira.

– Não foi soprado nenhum corno, senhor, caso contrário, meus patrulheiros teriam ouvido. Não tenho homens suficientes para montar tantas patrulhas como gostaria... e desde que Benjen se perdeu, temos permanecido mais perto da Muralha do que costumávamos ficar, por ordem sua.

O Velho Urso soltou um grunhido.

– Sim. Bom. Seja como quiser – fez um gesto impaciente. – Diga-me como eles morreram.

Agachando-se ao lado do homem que se chamava Jafer Flowers, Sor Jaremy o agarrou pelos cabelos, que se quebraram entre os dedos como palha. O cavaleiro praguejou e bateu-lhe no rosto com o pulso. Um grande golpe abriu-se na parte lateral do pescoço do cadáver, como uma boca coberta por uma crosta de sangue seco. Só alguns tendões brancos ainda prendiam a cabeça ao pescoço.

– Isso foi feito com um machado.

– Sim – murmurou Dywen, o velho lenhador. – Talvez o machado que Othor levava, senhor.

Jon sentia o café da manhã revirando no estômago, mas apertou os lábios e obrigou-se a olhar para o segundo corpo. Othor era um homem grande e feio, e transformara-se num cadáver grande e feio também. Não se via nenhum machado. Jon lembrava-se de Othor; era um dos que berravam a canção obscena quando os patrulheiros partiram. Seus dias de cantor tinham terminado. A pele empalidecera até se tornar branca como leite em todo o corpo, menos nas mãos, que estavam negras, como as de Jafer. Gotas de sangue gretado decoravam as feridas fatais que o cobriam como num ataque de brotoeja, no peito, nas virilhas e na garganta. Mas os olhos ainda estavam abertos. Fixos no céu, azuis como safiras.

Sor Jaremy pôs-se em pé.

– Os selvagens também têm machados.

Sor Mormont curvou-se para ele.

– Acredita então que isso foi obra de Mance Rayder? Tão perto da Muralha?

– Quem mais poderia ser, senhor?

Jon podia ter lhe dito. Sabia, todos eles sabiam; mas nenhum deles queria proferir as palavras. *Os Outros são só uma história, uma fábula para assustar as crianças. Se alguma vez viveram de fato, desapareceram há oito mil anos.* Só de pensar nessa hipótese, sentiu-se tolo; era agora um homem-feito, um irmão negro da Patrulha da Noite, não o rapaz que outrora se sentou aos pés da Velha Ama com Bran, Robb e Arya.

Mas o Senhor Comandante Mormont bufou.

– Se Ben Stark tivesse sido atacado por selvagens a meio dia de viagem de Castelo Negro, teria regressado em busca de mais homens, teria perseguido os assassinos até os sete infernos e teria me trazido suas cabeças.

– A não ser que também tenha sido morto.

As palavras machucaram, mesmo naquela altura. Passara-se tanto tempo que parecia loucura agarrar-se à esperança de que Ben Stark ainda estivesse vivo, mas se havia algo a dizer sobre Jon Snow, era como era teimoso.

– Já se passou quase meio ano desde que Benjen nos deixou, senhor – prosseguiu Sor Jaremy. – A floresta é vasta. Os selvagens podem ter caído sobre ele em qualquer lugar. Aposto que esses dois foram os últimos sobreviventes do grupo e retornavam... mas o inimigo os apanhou antes que pudessem atingir a segurança da Muralha. Os cadáveres ainda estão frescos, esses homens não podem estar mortos há mais de um dia...

– *Não* – Samwell Tarly protestou.

Jon sobressaltou-se. A voz nervosa e aguda de Sam era a última coisa que esperava ouvir. O rapaz gordo sentia-se atemorizado pelos oficiais, e Sor Jaremy não era conhecido por sua paciência.

– Não lhe pedi opinião, rapaz – Rykker disse friamente.

– Deixe-o falar, senhor – exclamou Jon.

Os olhos de Mormont saltitaram de Sam para Jon e de volta a Sam.

– Se o moço tem alguma coisa a dizer, quero ouvi-lo. Aproxime-se, rapaz. Não conseguimos vê-lo aí atrás dos cavalos.

Sam passou por Jon e pelos pequenos cavalos, suando profusamente.

– Senhor, não... não pode ser um dia, ou... olhe... o sangue...

– Sim? – Mormont resmungou impacientemente. – Que tem o sangue?

– Ele suja a roupa de baixo ao vê-lo – gritou Chett, e os patrulheiros riram.

Sam limpou o suor da testa.

– Vocês... vocês podem ver o lugar onde Fantasma... o lobo gigante de Jon... podem ver onde ele arrancou a mão daquele homem, e no entanto... o toco não sangrou... olhem... – sacudiu uma mão. – Meu pai... L-lorde Randyll, ele, ele me obrigava às vezes a assistir enquanto esquartejava animais, quando... depois... – Sam balançou a cabeça de um lado para o outro, fazendo tremer o duplo queixo. Agora que olhara para os cadáveres, não parecia ser capaz de afastar os olhos. – Em uma morte recente... o sangue ainda fluiria, senhores. Mais tarde... mais tarde estaria coagulado, como uma... uma geleia, espesso e... e... – parecia estar prestes a vomitar. – Este homem... olhe para o pulso, está todo... em *crosta*... seco... como...

Jon compreendeu de imediato o que Sam queria dizer. Via as veias rasgadas no pulso do morto, vermes de ferro na carne clara. O sangue era um pó negro. Mas Jaremy Rykker não estava convencido.

– Se eles estivessem mortos há muito mais de um dia, estariam agora decompostos, rapaz. Nem sequer cheiram.

Dywen, o velho e deformado lenhador que gostava de se vangloriar de ser capaz de cheirar a neve chegando, aproximou-se dos cadáveres e farejou.

– Bom, não são nenhuns amores-perfeitos, mas... o senhor tem razão. Não há fedor de cadáver.

– Eles... eles não estão apodrecendo – Sam apontou, com o gordo dedo tremendo só um pouco. – Olhe, não há... não há larvas, nem... nem... vermes, nem nada... têm estado aqui na floresta, mas não... não foram mordidos nem comidos por animais... só Fantasma... fora isso, estão... estão...

– Intocados – disse Jon em voz baixa. – E Fantasma é diferente. Os cães e os cavalos não se aproximam deles.

Os patrulheiros trocaram olhares; viam que era verdade, todos eles. Mormont franziu as sobrancelhas, olhando de relance para os cadáveres e os cães.

– Chett, traga os cães para mais perto.

Chett tentou, praguejando, puxando-os pelas correias, dando um pontapé em um deles. A maioria dos cães limitou-se a ganir e fincar as patas no chão. Então ele tentou arrastar um só. A cadela resistiu, rosnando e contorcendo-se como que para se libertar da coleira. Por fim, o atacou. Chett largou a correia e tropeçou para trás. O cão saltou por cima dele e desapareceu por entre as árvores.

– Isto... isto está tudo errado – disse Sam Tarly, muito sério. – O sangue... há manchas de sangue nas roupas e... e na pele, secas e duras, mas... não há nenhuma no chão, ou... em lado nenhum. Com aquelas... aquelas... aquelas... – Sam obrigou-se a engolir e inspirou profundamente. – Com aquelas *feridas*... terríveis feridas... deveria haver sangue por todo lado. Não deveria?

Dywen chupou os dentes de madeira.

– Pode ser que não tenham morrido aqui. Pode ser que alguém os tenha trazido e deixado para nós. Como um aviso – o velho lenhador espreitou para baixo com ar de suspeita. – E pode ser que eu esteja doido, mas não me lembro de Othor ter olhos azuis.

Sor Jaremy pareceu surpreso.

– Nem Flowers – exclamou, virando-se para fitar o morto.

O silêncio caiu na floresta. Por um momento, tudo que ouviram foi a respiração pesada de Sam e o som úmido de Dywen chupando os dentes. Jon acocorou-se ao lado de Fantasma.

– *Queime-os* – sussurrou alguém. Um dos patrulheiros; Jon não saberia dizer qual. – Sim, queime-os – insistiu uma segunda voz.

O Velho Urso balançou teimosamente a cabeça.

– Ainda não. Quero que Meistre Aemon os examine. Vamos levá-los de volta para a Muralha.

Há ordens que são dadas mais facilmente do que obedecidas. Enrolaram os mortos em mantos, mas quando Hake e Dywen tentaram atar um deles a um cavalo, o animal enlouqueceu, berrando e empinando-se, escoiceando, chegando a morder Ketter quando este correu para ajudar. Os patrulheiros não tiveram melhor sorte com os outros cavalos; nem o mais plácido dentre eles queria ter algo a ver com aqueles fardos. Por fim, foram forçados a quebrar galhos e improvisar trenós para levar os cadáveres a pé. O meio-dia já passara havia muito quando se puseram a caminho.

– Quero que sejam feitas buscas nesta floresta – ordenou Mormont a Sor Jaremy ao partir. – Em todas as árvores, em todas as rochas, em todos os arbustos e em todos os metros de terreno lamacento num raio de dez léguas. Use todos os homens que tiver, e se não forem suficientes, peça caçadores e lenhadores aos intendentes. Se Ben e os outros estiverem aqui, mortos ou vivos, quero que sejam encontrados. E se houver alguém *mais* nestes bosques, quero ficar sabendo. Devem persegui-los e capturá-los, vivos, se possível. Compreendido?

– Sim, senhor – Sor Jaremy respondeu. – Assim será feito.

Depois disso, Mormont cavalgou em silêncio, refletindo. Jon seguia logo atrás dele; como intendente do Senhor Comandante, era esse o seu lugar. O dia estava cinzento, úmido, encoberto, um daqueles dias que o fazia desejar a chuva. Nenhum vento agitava os bosques; o ar pairava úmido e pesado, e a roupa de Jon aderia-lhe à pele. Estava morno. Morno demais. A Muralha gotejava copiosamente, havia dias, e por vezes Jon até imaginava que estava encolhendo.

Os velhos chamavam àquele tempo o *verão dos espíritos*, e diziam que significava que a estação estava enfim despedindo-se de seus fantasmas. Depois viria o frio, preveniam, e um longo verão significava sempre um longo inverno. Aquele verão tinha durado dez anos. Jon era bebê de colo quando começara.

Fantasma correu ao lado deles durante algum tempo e depois desapareceu por entre as árvores. Sem o lobo gigante, Jon sentiu-se quase nu. Deu por si olhando para cada sombra com desconforto. Involuntariamente, pôs-se a recordar as histórias que a Velha Ama costumava contar quando era pequeno em Winterfell. Quase conseguia ouvir de novo sua voz, e o *clic-clic--clic* de suas agulhas. *Naquela escuridão, os Outros atacaram,* costumava dizer, com a voz cada vez mais baixa. *Eram frios e estavam mortos, e odiavam o ferro, e o fogo, e o toque do sol, e todas as criaturas vivas que possuíssem sangue quente nas veias. Os castelos, as cidades e os reinos dos homens caíram perante eles à medida que iam se deslocando para o sul sobre pálidos cavalos mortos, à frente de hostes de cadáveres. Alimentavam os criados mortos com carne de crianças humanas...*

Quando viu o primeiro sinal da Muralha pairar acima da copa de um antigo carvalho nodoso, Jon sentiu-se muito aliviado. Mormont puxou subitamente as rédeas do cavalo e virou-se na sela.

– Tarly – bradou –, venha cá.

Jon viu o medo no sobressaltado rosto de Sam enquanto se aproximava pesadamente em sua égua; não havia dúvida de que pensava estar metido em encrenca.

– Você é gordo, mas não é estúpido, rapaz – disse bruscamente o Velho Urso. – Apresentou-se bem lá atrás. E você também, Snow.

Sam corou, ficando com o rosto vermelho-vivo, e tropeçou na própria língua ao tentar gaguejar uma cortesia. Jon teve de sorrir.

Quando emergiram de sob as árvores, Mormont pôs o pequeno mas resistente cavalo a trote. Fantasma saiu da floresta a toda velocidade, ao encontro do grupo, lambendo os beiços, com o focinho vermelho da caça. Muito acima, os homens na Muralha viram a coluna que se aproximava. Jon ouviu o chamamento profundo e gutural do grande corno do vigia, ressoando através das milhas; um único e longo sopro que estremecia entre as árvores e arrancava ecos do gelo.

uuuuuuuuUuoooooooooooooooooooooooooooooooooo

O som atenuou-se lentamente até silenciar. Um sopro significava patrulheiros de regresso, e Jon pensou: *Pelo menos fui patrulheiro por um dia. Aconteça o que acontecer, não podem me tirar isso.*

Bowen Marsh os aguardava no primeiro portão quando levaram os cavalos pelo túnel de gelo. O Senhor Intendente estava com o rosto vermelho e agitado.

– Senhor – exclamou para Mormont ao abrir as barras de ferro –, chegou uma ave, precisa vir imediatamente.

– O que se passa, homem? – Mormont perguntou bruscamente.

De uma forma estranha, Marsh lançou um relance a Jon antes de responder.

– Meistre Aemon tem a carta. Espera no seu aposento privado.

– Muito bem. Jon, cuide do meu cavalo e diga a Sor Jaremy para pôr os mortos em um armazém até que o meistre esteja pronto para eles – Mormont afastou-se a passos largos, resmungando.

Enquanto levavam os cavalos de volta ao estábulo, Jon ficou desconfortavelmente consciente de que as pessoas o observavam. Sor Alliser Thorne exercitava seus rapazes no pátio, mas parou para fitar Jon, com um tênue meio sorriso nos lábios. Donal Noye, o maneta, estava em pé à porta do armeiro.

– Que os deuses estejam contigo, Snow – ele gritou.

Há alguma coisa errada, pensou Jon. *Há alguma coisa muito errada.*

Os mortos foram levados para um dos depósitos que se abriam ao longo da base da Muralha, uma cela escura e fria esculpida no gelo e usada para conservar a carne, os grãos e por vezes até a cerveja. Jon assegurou-se de que o cavalo de Mormont fosse alimentado e tratado antes de cuidar do seu. Depois, foi à procura dos amigos. Grenn e Sapo estavam de vigia, mas encontrou Pyp na sala comum.

– O que aconteceu? – perguntou.

Pyp baixou a voz.

– O rei está morto.

Jon ficou aturdido. Robert Baratheon parecera velho e gordo quando visitara Winterfell, mas também com boa saúde, e não se falara de doenças.

– Como é que você sabe?

– Um dos guardas ouviu Clydas ler a carta para Meistre Aemon – Pyp inclinou-se para mais perto. – Jon, lamento. Ele era amigo do seu pai, não era?

– Tinham sido próximos como irmãos em tempos passados – Jon sentiu curiosidade em saber se Joffrey manteria o pai como Mão do Rei. Não parecia provável. Isso poderia querer dizer que Lorde Eddard regressaria a Winterfell, e as irmãs também. Podiam até permitir que ele os visitasse, com autorização de Lorde Mormont. Seria bom voltar a ver o sorriso de Arya e falar com seu pai. *Vou perguntar-lhe sobre minha mãe*, decidiu. *Agora sou um homem, e já é mais que hora que me conte. Mesmo que ela fosse uma prostituta, não me importo. Quero saber.*

– Ouvi Hake dizer que os mortos eram do seu tio – Pyp disse.

– Sim. São dois dos seis que ele levou consigo. Já devem estar mortos há muito, só que… os corpos são estranhos.

– Estranhos? – Pyp era todo curiosidade. – Estranhos como?

– Sam te contará – Jon não queria falar daquilo. – Eu tenho de ir ver se o Velho Urso precisa de mim.

Dirigiu-se sozinho para a Torre do Senhor Comandante, curiosamente apreensivo. Os irmãos que estavam de guarda olharam-no solenemente quando se aproximou.

– O Velho Urso está no aposento privado – anunciou um deles. – Perguntou por você.

Jon fez um aceno, e pensou que, ao sair dos estábulos, devia ter ido logo para lá. Subiu vivamente os degraus da torre. *Ele quer vinho ou um fogo na lareira, é tudo*, disse a si mesmo.

Quando entrou no aposento, o corvo de Mormont gritou:

– *Grão! Grão! Grão! Grão!*

– Não lhe dê ouvidos, acabei de alimentá-lo – resmungou o Velho Urso. Estava sentado à janela, lendo uma carta. – Traga-me uma taça de vinho e encha uma para você.

– Para mim, senhor?

Mormont ergueu os olhos da carta e os fixou em Jon. Havia piedade naquele olhar; podia senti-la.

– Ouviu o que eu disse.

Jon despejou o vinho com cuidado exagerado, vagamente consciente de que estava prolongando aquele ato. Quando as taças se enchessem, não teria escolha a não ser enfrentar o que quer que estivesse naquela carta. Mas elas se encheram depressa demais.

– Sente-se, rapaz – ordenou-lhe Mormont. – Beba.

Jon permaneceu em pé.

– É o meu pai, não é?

O Velho Urso tamborilou na carta com o dedo.

– É o seu pai e o rei – respondeu, com voz cavernosa. – Não quero mentir para você, as notícias são dolorosas. Nunca pensei que conheceria outro rei, com os anos que tenho, tendo Robert metade da minha idade e sendo forte como um touro – bebeu um gole de vinho. – Dizem que o rei adorava caçar. Aquilo que amamos nos destrói sempre, rapaz. Lembre-se disso. Meu filho amava aquela sua jovem esposa. Vaidosa mulher. Se não fosse por ela, nunca teria pensado em vender os caçadores furtivos.

Jon quase não conseguia seguir o que o comandante estava dizendo.

– Senhor, não compreendo. Que aconteceu ao meu pai?

– Pedi que se sentasse – resmungou Mormont. *"Senta"*, gritou o corvo. – E beba, raios te partam. É uma ordem, Snow.

Jon sentou-se e bebericou o vinho.

– Lorde Eddard foi aprisionado. Está sendo acusado de traição. Diz-se que conspirou com os irmãos de Robert para negar o trono ao Príncipe Joffrey.

– Não – disse Jon de imediato. – Não pode ser. Meu pai nunca trairia o rei.

– Seja como for – disse Mormont –, não cabe a mim decidir. Nem a você.

– Mas é uma *mentira* – Jon insistiu. Como podiam pensar que seu pai era um traidor, teriam todos enlouquecido? Lorde Eddard Stark nunca se desonraria… não é?

Gerou um bastardo, sussurrou uma pequena voz em seu interior. *Onde está a honra nisso? E a sua mãe, o que lhe aconteceu? Ele nem sequer pronuncia seu nome.*

– Senhor, o que vai lhe acontecer? Vão matá-lo?

– Quanto a isso não sei responder, rapaz. Pretendo enviar uma carta. Quando jovem, conheci alguns dos conselheiros do rei. O velho Pycelle, Lorde Stannis, Sor Barristan… Seja o que for que seu pai fez ou deixou de fazer, é um grande senhor. Tem de ser autorizado a vestir o negro e a juntar-se a nós. Só os deuses sabem como precisamos de homens com a capacidade de Lorde Eddard.

Jon sabia que outros homens acusados de traição tinham sido autorizados a redimir sua honra na Muralha em outros tempos. Por que não Lorde Eddard? Seu pai, *ali*. Era um pensamento incomum, e estranhamente incômodo. Seria uma injustiça monstruosa despojá-lo de Winterfell e forçá-lo a vestir o negro, mas se isso significasse a sua vida...

E Joffrey permitiria? Lembrava-se do príncipe em Winterfell, do modo como troçara de Robb e de Sor Rodrik no pátio. Em Jon quase não reparara; os bastardos estavam abaixo até de seu desprezo.

– Senhor, o rei o ouvirá?

O Velho Urso encolheu os ombros.

– Um rei rapaz... imagino que ouvirá a mãe. É uma pena que o anão não esteja com eles. É tio do moço e viu as nossas necessidades quando nos visitou. Foi ruim que a senhora sua mãe o tivesse tomado cativo...

– A Senhora Stark não é minha mãe – recordou-lhe Jon em tom cortante. Tyrion Lannister fora um amigo para ele. Se Lorde Eddard fosse morto, ela teria tanta culpa quanto a rainha. – Senhor, e minhas irmãs? Arya e Sansa estavam com meu pai. Sabe...

– Pycelle não as menciona, mas sem dúvida que serão bem tratadas. Perguntarei por elas quando escrever – Mormont balançou a cabeça. – Isso não podia ter acontecido em pior hora. Se algum dia o reino precisou de um rei forte... há dias sombrios e noites frias à nossa frente, sinto-o nos ossos... – deu a Jon um longo olhar perspicaz. – Espero que não esteja pensando em fazer alguma coisa estúpida, rapaz.

Ele é meu pai, Jon quis dizer, mas sabia que Mormont não ia querer ouvi-lo. Tinha a garganta seca. Obrigou-se a beber outro gole de vinho.

– Seu dever agora é aqui – lembrou-lhe o Senhor Comandante. – Sua vida antiga terminou quando vestiu o negro – sua ave soltou um eco rouco. "*Negro*." Mormont não lhe prestou atenção. – O que quer que façam em Porto Real, não nos diz respeito – como Jon não respondeu, o idoso homem terminou o vinho e disse: – Está livre para sair. Não vou mais precisar de você hoje. De manhã, poderá ajudar-me a escrever a tal carta.

Mais tarde, Jon não se lembrava de ter se levantado ou saído do aposento privado. Quando caiu em si, descia os degraus da torre, pensando. *É meu pai, são minhas irmãs, como é que pode não me dizer respeito?*

Lá fora, um dos guardas olhou para ele e disse:

– Força, rapaz. Os deuses são cruéis.

Eles sabem, Jon compreendeu.

– Meu pai não é nenhum traidor – disse em voz rouca. Até as palavras ficavam presas na garganta, como que para sufocá-lo. A intensidade do vento aumentava e parecia estar mais frio no pátio do que quando entrara. O verão dos espíritos aproximava-se do fim.

O resto da tarde passou como num sonho. Jon não poderia dizer por onde caminhara, o que fizera, com quem falara. Fantasma esteve com ele, ao menos isso sabia. A presença silenciosa do lobo gigante deu-lhe conforto. *As meninas nem isso têm*, pensou. *Seus lobos poderiam tê-las mantido a salvo, mas Lady está morta e Nymeria, perdida, e elas estão completamente sozinhas.*

Um vento do norte começara a soprar quando o sol desceu no horizonte. Jon ouvia-o uivar contra a Muralha e sobre as ameias geladas enquanto se encaminhava para a sala comum para a refeição da noite. Hobb fizera um espesso guisado de veado com cevada, cebola e cenoura. Quando despejou uma porção extra no prato de Jon e lhe deu uma ponta de pão, entendeu o que isso queria dizer. *Ele sabe.* Olhou em volta da sala, viu cabeças que se viravam depressa, olhos polidamente desviados. *Todos eles sabem.*

Os amigos convergiram na sua direção.

– Pedimos ao septão para acender uma vela pelo seu pai – disse-lhe Matthar.

– É mentira, todos sabemos que é mentira, até o *Grenn* sabe que é mentira – acrescentou Pyp. Grenn confirmou com a cabeça, e Sam agarrou a mão de Jon.

– Você é agora meu irmão, portanto, ele é também meu pai – disse o rapaz gordo. – Se quiser ir até os represeiros e orar aos deuses antigos, irei com você.

Os represeiros ficavam para lá da Muralha, mas Jon sabia que Sam era sincero. *São meus irmãos*, pensou. *Tanto como Robb, Bran e Rickon...*

E então ouviu a gargalhada, afiada e cruel como um chicote, e a voz de Sor Alliser Thorne.

– Não basta ser bastardo, é bastardo de um *traidor* – dizia aos homens que o rodeavam.

Num piscar de olhos Jon tinha saltado para cima da mesa, de punhal na mão. Pyp tentou agarrá-lo, mas ele libertou a perna e correu a toda velocidade pela mesa e arrancou a tigela da mão de Sor Alliser com um pontapé. Saltou guisado para todo lado, salpicando os irmãos. Thorne recuou. Soavam gritos, mas Jon Snow não os ouvia. Atacou o rosto de Sor Alliser com o punhal, mirando naqueles frios olhos de ônix, mas Sam atirou-se entre os dois e, antes que Jon conseguisse acertá-lo, Pyp saltou sobre suas costas, agarrando-se como um macaco, e Grenn segurou seu braço enquanto Sapo lhe arrancava a faca das mãos.

Mais tarde, muito mais tarde, depois de o terem escoltado até sua cela, Mormont desceu para visitá-lo, com o corvo ao ombro.

– Disse-lhe para não fazer nada estúpido, moço – resmungou o Velho Urso. "*Moço*", papagueou o pássaro. Mormont abanou a cabeça, desgostoso. – E pensar que tinha grandes esperanças para você.

Tiraram-lhe a faca e a espada e disseram-lhe que não devia deixar a cela até que os grandes oficiais se reunissem para decidir o que fariam com ele. E depois colocaram um guarda à sua porta para se assegurarem de que obedeceria. Os amigos não estavam autorizados a visitá-lo, mas o Velho Urso cedeu e o deixou ficar com Fantasma; portanto, não estava completamente só.

– Meu pai não é traidor nenhum – disse ao lobo selvagem quando os outros se foram. Fantasma o olhou em silêncio. Jon deixou-se cair, encostado à parede, com as mãos em volta dos joelhos, e fixou os olhos na vela que estava sobre a mesa ao lado de sua cama estreita. A chama oscilou e tremeluziu, as sombras moveram-se à sua volta, a sala pareceu ficar mais escura e mais fria. *Esta noite não vou dormir*, Jon pensou.

Mas deve ter adormecido. Quando acordou, sentia as pernas rígidas e com cãibras, e a vela havia muito ardera por completo. Fantasma estava em pé sobre as patas traseiras, arranhando a porta. Jon ficou surpreso ao ver como o animal estava alto.

– Fantasma, o que se passa? – disse em voz baixa. O lobo selvagem virou a cabeça e o olhou, mostrando as presas num rosnido silencioso. *Terá enlouquecido?*, Jon perguntou a si mesmo. – Sou eu, Fantasma – murmurou, tentando não mostrar medo na voz. Mas estava tremendo, e violentamente. Quando o ar ficara tão frio?

Fantasma afastou-se da porta. Havia profundos sulcos onde ele raspara a madeira. Jon o observou com uma inquietação crescente.

– Há alguém lá fora, não há? – sussurrou. Apertando-se contra o chão, o lobo gigante rastejou para trás, com os pelos brancos eriçando-se na parte de trás do pescoço. *O guarda*, pensou, *deixaram um homem de guarda à minha porta. Fantasma cheira-o através da porta, é só isso.*

Lentamente, Jon pôs-se em pé. Tremia incontrolavelmente, desejando ainda ter uma espada. Três passos rápidos levaram-no até junto da porta. Agarrou a maçaneta e puxou para dentro. O ranger das dobradiças quase o fez saltar.

O guarda estava estatelado nos degraus estreitos, olhando para cima, para Jon. Olhando para *cima*, embora jazesse de bruços. A cabeça tinha sido completamente virada ao contrário.

Não pode ser, disse Jon a si mesmo. *Aqui é a Torre do Senhor Comandante, é guardada dia e noite, isso não pode acontecer, é um sonho, estou tendo um pesadelo.*

Fantasma deslizou para o seu lado. O lobo começou a subir os degraus, parou e olhou para Jon. Foi então que ouviu os sons; o suave arrastar de uma bota na pedra, o som de uma pequena tranca rodando. Os sons vinham de cima. Dos aposentos do Senhor Comandante.

Aquilo até podia ser um pesadelo, mas não era sonho nenhum.

A espada do guarda estava em sua bainha. Jon ajoelhou e a pegou. O peso do aço na mão deu-lhe coragem. Subiu os degraus, com Fantasma abrindo caminho silenciosamente. Sombras espreitavam em todas as voltas das escadas. Jon deslizou com precaução, testando todos os recantos suspeitosamente escuros com a ponta da espada.

De repente, ouviu o guincho do corvo de Mormont. "*Grão*", gritava a ave. "*Grão, grão, grão, grão, grão, grão.*" Fantasma deu um salto para a frente e Jon seguiu atabalhoadamente logo atrás. A porta para o aposento privado de Mormont estava escancarada. O lobo gigante mergulhou através dela. Jon parou à porta, de espada na mão, dando aos olhos um momento para se ajustarem. Pesadas cortinas tinham sido descidas sobre as janelas, e a escuridão era negra como tinta.

– *Quem está aí?* – Jon gritou.

Então viu: uma sombra nas sombras, deslizando na direção da porta interior que dava para a cela de dormir de Mormont, a forma de um homem todo de negro, coberto com um manto e encapuzado... mas sob o capuz os olhos brilhavam com um gelado brilho azul...

Fantasma saltou. Homem e lobo caíram juntos sem um grito e sem um rosnido, rolando, esmagando-se de encontro a uma cadeira, fazendo cair uma mesa coberta de papéis. O corvo de Mormont agitava as asas por cima da cabeça, gritando "*Grão, grão, grão, grão*". Jon sentiu-se tão cego como Meistre Aemon. Mantendo as costas na parede, deslizou em direção à janela e arrancou a cortina. O luar encheu o aposento. Viu de relance mãos negras enterradas em pelos brancos, dedos escuros e inchados que se apertavam em torno da garganta de seu lobo gigante. Fantasma retorcia-se e mordia, esperneando no ar, mas não conseguia se libertar.

Jon não teve tempo de sentir medo. Atirou-se para a frente, gritando, pondo todo o seu peso na espada. O aço cortou a manga, a pele e o osso, mas o som estava de certo modo *errado*. O cheiro que o envolveu era tão estranho e frio que quase vomitou. Viu o braço e a mão no chão, com dedos negros retorcendo-se num charco de luar. Fantasma libertou-se da outra mão e afastou-se rastejando, com a língua vermelha pendendo da boca.

O homem encapuzado ergueu a pálida cara de lua e Jon golpeou-a sem hesitar. A espada cortou o intruso até o osso, arrancando-lhe metade do nariz e abrindo um rasgão de um lado a outro da face, sob aqueles olhos... olhos... olhos como estrelas azuis brilhando. Jon conhecia aquele rosto. *Othor*, pensou, cambaleando para trás. *Deuses, ele está morto, ele está morto, eu o vi morto.*

Sentiu qualquer coisa vasculhando seu tornozelo. Dedos negros agarraram-se à barriga de sua perna. O braço rastejava perna acima, rasgando a lã e a carne. Gritando de repugnância, Jon empurrou os dedos com a ponta da espada e atirou aquela coisa para longe, que lá ficou retorcendo-se, com os dedos abrindo e fechando.

O cadáver inclinou-se para a frente. Não havia sangue. Com apenas um braço e o rosto quase cortado ao meio, não parecia sentir nada. Jon estendeu a espada à sua frente.

– Fique onde está! – ordenou, com a voz tornando-se estridente. "Grão", gritou o corvo, "grão, grão." O braço cortado arrastava-se para fora da manga arrancada, uma serpente branca com uma cabeça negra de cinco dedos. Fantasma precipitou-se sobre ela e a abocanhou. Ossos de dedos foram triturados. Jon golpeou o pescoço do cadáver, sentindo o aço morder profunda e duramente.

Othor morto caiu sobre ele, fazendo-o perder o equilíbrio.

Jon ficou sem ar quando as costas atingiram a mesa caída. A espada, onde ela estava? Perdera a maldita espada! Quando abriu a boca para gritar, a criatura enfiou os cadavéricos dedos negros nela. Nauseado, tentou afastá-lo, mas o morto era pesado demais. A mão forçou-se mais para dentro de sua garganta, fria como gelo, sufocando-o. Tinha o rosto encostado ao seu, enchendo o mundo. Os olhos estavam cobertos de geada, cintilando de azul. Jon arranhou sua pele fria com as unhas e deu pontapés nas pernas da coisa. Tentou morder, tentou socar, tentou respirar…

E, de repente, o peso do cadáver desapareceu e os dedos foram arrancados de sua garganta. Tudo que Jon conseguiu fazer foi rolar, com ânsia de vômito e tremendo. Fantasma estava de novo sobre a coisa. Viu o lobo gigante enterrar os dentes na barriga da criatura e começar a rasgá-la. Observou, apenas meio consciente, por um longo momento, até que finalmente se lembrou de procurar a espada…

… e viu Lorde Mormont, nu e sonolento, em pé, à porta do quarto, com uma candeia de azeite na mão. Roído e sem dedos, o braço agitava-se violentamente pelo chão, avançando em contorções na sua direção.

Jon tentou gritar, mas não tinha voz. Pondo-se em pé com dificuldade, chutou o braço para longe e arrancou a candeia das mãos do Velho Urso. A chama tremeluziu e quase se extinguiu. "Queime!", grasnou o corvo. "Queime, queime, queime!"

Rodopiando, Jon viu as cortinas que arrancara da janela. Atirou com ambas as mãos a candeia para cima do monte de pano. Metal rangeu, vidro estilhaçou-se, óleo derramou-se e as cortinas se transformaram numa enorme chama. O calor do fogo no rosto era mais doce que qualquer dos beijos que Jon recebera.

– Fantasma! – gritou.

O lobo gigante libertou-se e aproximou-se enquanto a criatura tentava se erguer, com serpentes negras jorrando do grande golpe que tinha na barriga. Jon mergulhou a mão nas chamas, agarrou a cortina em chamas e a atirou sobre o morto. *Que arda,* rezou, enquanto o pano envolvia o cadáver, *deuses, por favor, por favor, que arda.*

Bran

Os Karstark chegaram numa manhã fria e ventosa, trazendo de seu castelo em Karhold trezentos homens a cavalo e quase dois mil a pé. As pontas de aço de suas lanças tremeluziam à pálida luz do sol enquanto a coluna se aproximava. Um homem seguia à frente, marcando um ritmo de marcha lento e gutural num tambor que era maior que ele, *buum, buum, buum.*

Bran os viu chegar de uma torre de guarda no topo da muralha exterior, vigiando através da luneta de bronze de Meistre Luwin enquanto se equilibrava nos ombros de Hodor. Era o próprio Lorde Rickard que os liderava, com os filhos Harrion, Eddard e Tosshen cavalgando ao seu lado sob estandartes negros como a noite, adornados com o resplendor branco de sua Casa. A Velha Ama dizia que eles possuíam sangue Stark há centenas de anos, mas aos olhos de Bran não se pareciam com os Stark. Eram homens grandes e ferozes, com os rostos cobertos por barbas espessas, e usavam os cabelos soltos abaixo dos ombros. Seus mantos eram feitos de peles de urso, foca e lobo.

Sabia que eram os últimos. Os outros senhores já estavam lá com as suas tropas. Bran ansiava por cavalgar entre eles, para ver as casas da Vila de Inverno cheias até rebentar, as multidões aos encontrões no mercado todas as manhãs, as ruas rasgadas e corroídas pelas rodas e pelos cascos. Mas Robb proibira-o de deixar o castelo.

– Não temos homens que possamos dispensar para protegê-lo – seu irmão explicou.

– Eu levo Verão – Bran insistiu.

– Não aja como um garotinho comigo, Bran – Robb pediu. – Você sabe muito bem que não é assim tão simples. Não faz mais de dois dias que um dos homens de Lorde Bolton esfaqueou um dos de Lorde Cerwyn no Barrote Fumegante. Nossa mãe me esfolaria se deixasse que você se pusesse em perigo – dissera aquilo com a voz de Robb, o Senhor; Bran sabia que isso queria dizer que não adiantava insistir.

Sabia que era por causa do que acontecera na Mata de Lobos. A recordação ainda lhe causava pesadelos. Sentira-se impotente como um bebê, não tinha sido mais capaz de se defender do que Rickon o teria. Menos até... Rickon pelo menos os teria chutado. Isso o envergonhava. Era apenas alguns anos mais novo que Robb; se o irmão era quase um homem-feito, também ele o era. Devia ter sido capaz de proteger a si mesmo.

Um ano antes, *antes*, teria visitado a vila mesmo que isso significasse subir as muralhas pelos seus próprios meios. Naquela época, podia correr escadas abaixo, subir e descer sozinho do pônei, e brandir uma espada de madeira suficientemente bem para atirar o Príncipe Tommen ao chão. Agora, só podia observar, espreitando pelo tubo das lentes de Meistre Luwin. O meistre ensinara-lhe todos os estandartes: o punho revestido de cota de malha dos Glover, prateado sobre escarlate; o urso negro da Senhora Mormont; o hediondo homem esfolado que precedia Roose Bolton, do Forte do Pavor; um alce macho para os Hornwood; um machado de batalha para os Cerwyn; três árvores-sentinelas para os Tallhart; e o temível símbolo da Casa Umber, um gigante a rugir com correntes quebradas.

E logo também conheceu os rostos, quando os senhores e seus filhos e cavaleiros vieram a Winterfell para os banquetes. Nem o Grande Salão tinha tamanho que chegasse para que todos se sentassem ao mesmo tempo e, por isso, Robb recebeu os principais vassalos um de cada vez. A Bran era sempre dado o lugar de honra, à direita do irmão. Alguns dos senhores vassalos davam-lhe estranhos e duros olhares quando se sentava ali, como se se perguntassem com que direito um garotinho ainda verde, e ainda por cima aleijado, era colocado acima deles.

– Quantos são agora? – perguntou Bran a Meistre Luwin quando Lorde Karstark e os filhos entraram a cavalo pelos portões da muralha exterior.

– Doze mil homens, ou tão perto disso que não faz diferença.

– Quantos cavaleiros?

– Bem poucos – disse o meistre com um ar de impaciência. – Para ser armado cavaleiro, é preciso ficar de vigília num septo e ser ungido com os sete óleos para consagrar os votos. No Norte, só um punhado das grandes Casas reza aos Sete. Os outros honram os deuses antigos e não armam cavaleiros... mas esses senhores, seus filhos e seus soldados não são menos ferozes, leais ou honrados por causa disso. O valor de um homem não se determina por um *sor* antes de seu nome. Tal como já lhe disse cem vezes.

– Mesmo assim – disse Bran –, quantos cavaleiros?

Meistre Luwin suspirou.

– Trezentos, talvez quatrocentos... entre três mil homens com armadura que não são cavaleiros.

– Lorde Karstark é o último – disse Bran, pensativo. – Robb dará um banquete em sua honra esta noite.

– Sem dúvida que sim.

– Quanto tempo falta até que... até que partam?

– Têm de marchar logo, ou não marcharão – disse Meistre Luwin. – A Vila de Inverno está cheia até rebentar, e esse exército comerá tudo o que há nos campos se acampar aqui durante muito tempo. Há outros à espera, para se juntarem a eles ao longo da Estrada do Rei, cavaleiros das Terras Acidentadas, cranogmanos e os senhores Manderly e Flint. Já se luta nas terras do rio, e seu irmão tem muitas léguas a transpor.

– Eu sei – Bran sentia-se tão infeliz como soava. Devolveu a luneta de bronze ao meistre e reparou como seus cabelos haviam se tornado finos no topo da cabeça. Conseguia ver o rosado do couro cabeludo começando a aparecer. Era estranho olhar assim de cima para ele, quando passara toda a vida a olhá-lo de baixo; mas quando se andava "de cavalinho" sobre Hodor, olhava-se de cima para todo mundo. – Não quero observar mais. Hodor, leve-me de volta à fortaleza.

– Hodor – Hodor ecoou.

Meistre Luwin enfiou a luneta na manga.

– Bran, o senhor seu irmão não terá tempo para você agora. Tem de receber Lorde Karstark e os filhos e fazer com que se sintam bem-vindos.

– Não vou incomodar Robb. Quero visitar o bosque sagrado – pousou a mão no ombro de Hodor. – Hodor.

Uma série de apoios de mão cortados a cinzel no granito formava uma escada na parede interna da torre. Hodor desceu, uma mão após outra, enquanto cantarolava sem melodia e Bran balançava de encontro às suas costas no assento de madeira que Meistre Luwin fizera para ele. Luwin se baseara na ideia dos cestos que as mulheres usavam para transportar lenha nas costas; depois disso, recortar buracos para as pernas e adicionar algumas correias novas para distribuir o peso de Bran mais uniformemente fora coisa simples. Não era tão bom quanto montar a Dançarina, mas havia lugares onde a Dançarina não podia ir, e assim Bran não ficava tão envergonhado como quando Hodor o transportava nos braços como se fosse um bebê. Hodor também parecia gostar, se bem que com ele era difícil ter certeza. A única parte complicada eram as portas. Às vezes, Hodor *esquecia-se* de que levava Bran nas costas, e isso podia ser doloroso quando atravessavam uma porta.

Ao longo de quase uma quinzena tinha havido tantas entradas e saídas que Robb ordenara que ambas as portas levadiças se mantivessem içadas e a ponte levadiça entre elas, descida, mesmo na noite profunda. Uma longa coluna de lanceiros cobertos de armadura atravessava o fosso entre as muralhas quando Bran saiu da torre; homens dos Karstark, seguindo seus senhores para dentro do castelo. Usavam meios elmos de ferro negro e mantos negros de lã adornados com o sol raiado branco. Hodor trotou ao lado deles, sorrindo para si mesmo, fazendo ressoar as botas na madeira da ponte levadiça. Os soldados lançaram-lhes olhares estranhos ao vê-los passar, e uma vez Bran ouviu alguém soltar uma gargalhada. Recusou-se a deixar que aquilo o perturbasse.

– Os homens olharão para você – prevenira-o Meistre Luwin da primeira vez que tinham atado o assento ao peito de Hodor. – Olharão e falarão, e alguns zombarão – *pois que zombem*, pensara Bran. Ninguém zombava dele em seu quarto, mas não queria viver a vida na cama.

Ao passarem sob a porta levadiça da casa da guarda, Bran pôs dois dedos na boca e assobiou. Verão veio aos saltos pelo pátio afora. De repente, os lanceiros Karstark lutavam para manter o controle dos cavalos, enquanto os animais viravam os olhos e relinchavam de medo. Um garanhão empinou-se, gritando, enquanto o cavaleiro praguejava e se agarrava desesperadamente. O cheiro dos lobos selvagens punha os cavalos num frenesi de medo se não estivessem habituados, mas se aquietariam rapidamente quando Verão fosse embora.

– O bosque sagrado – Bran lembrou a Hodor.

Até mesmo Winterfell estava cheio de gente. O pátio ressoava com o som de espadas e machados, com o estrondear das carroças e o ladrar dos cães. As portas do armeiro estavam abertas, e Bran viu de relance Mikken na sua forja, fazendo tinir o martelo enquanto o suor lhe pingava do peito nu. Bran nunca vira tantos estranhos em toda a sua vida, nem mesmo quando o Rei Robert viera visitar seu pai.

Tentou não vacilar quando Hodor se abaixou para atravessar uma porta baixa. Caminharam por um longo átrio sombrio, com Verão acompanhando facilmente o passo. O lobo olhava para cima de vez em quando, com os olhos ardendo como ouro líquido. Bran teria gostado de tocá-lo, mas estava alto demais para que a mão nele chegasse.

O bosque sagrado era uma ilha de paz no mar de caos em que Winterfell tinha se transformado. Hodor abriu caminho através dos densos maciços de carvalho, pau-ferro e árvores-sentinelas até a lagoa parada junto à árvore-coração. Parou sob os galhos nodosos do represeiro cantarolando. Bran ergueu os braços acima da cabeça e alçou-se para fora do assento, fazendo passar o peso morto das pernas através dos buracos do cesto. Ficou pendurado por um momento, oscilando, com as folhas vermelho-escuras roçando-lhe no rosto, até que Hodor o pegou e o abaixou até a pedra lisa ao lado da água.

— Quero ficar um pouco sozinho — disse. — Vá se molhar. Vá até as lagoas.

— Hodor — o gigante seguiu através das árvores e desapareceu. Do outro lado do bosque sagrado, sob as janelas da Casa de Hóspedes, uma nascente quente subterrânea alimentava três pequenos charcos. Saía vapor das águas dia e noite, e o muro que se erguia ao lado estava coberto de musgo. Hodor detestava água fria e lutava como um gato selvagem refugiado numa árvore sempre que era ameaçado com sabão, mas entrava alegremente no charco mais quente e ficava lá sentado durante horas, soltando um sonoro arroto para fazer eco à nascente sempre que uma bolha se erguia das sombrias profundezas verdes e se quebrava na superfície.

Verão bebeu um pouco de água e deitou-se ao lado de Bran. Este fez um afago sob o focinho do lobo, e por um momento garoto e animal sentiram-se em paz. Bran sempre gostara do

bosque sagrado, mesmo *antes*, mas nos últimos tempos achara-
-se cada vez mais atraído para lá. Até a árvore-coração já não o
assustava como antes. Os profundos olhos vermelhos esculpidos
no tronco claro ainda o observavam, mas, de algum modo, agora
tirava conforto disso. Os deuses olhavam por ele, dizia a si mesmo, os deuses antigos, deuses dos Stark, dos Primeiros Homens
e dos Filhos da Floresta, os deuses do seu *pai*. Sentia-se seguro à
vista deles, e o profundo silêncio das árvores o ajudava a pensar.
Bran passara a refletir muito desde a queda; a refletir, a sonhar e
a falar com os deuses.

– Por favor, façam com que Robb não vá embora – rezou em
voz baixa. Moveu a mão pela água fria, criando ondinhas que atravessaram a lagoa. – Por favor, façam com que ele fique. Ou, se tiver
de ir, tragam-no a salvo para casa, com a mãe e o pai e as meninas.
E façam com que… façam com que Rickon compreenda.

O irmão mais novo tornara-se incontrolável como uma tempestade de inverno desde que soubera que Robb ia partir para a
guerra, ora choroso, ora zangado. Recusava-se a comer, chorava
e gritava noite adentro, chegara mesmo ao ponto de dar um soco
na Velha Ama quando ela tentou embalá-lo com canções, e no
dia seguinte desapareceu. Robb pusera metade do castelo à sua
procura, e, quando finalmente o encontraram lá embaixo, nas
criptas, Rickon golpeara-os com uma enferrujada espada que
tirara da mão de um rei morto, e Cão Felpudo saltara da escuridão, babando como um demônio de olhos verdes. O lobo estava quase tão fora de controle quanto Rickon; mordera Gage no
braço e arrancara um pedaço da coxa de Mikken. Só o próprio
Robb e Vento Cinzento tinham conseguido acalmá-lo. Farlen
mantinha-o agora acorrentado nos canis, e Rickon chorava ainda
mais por estar sem ele.

Meistre Luwin aconselhara Robb a permanecer em Winterfell, e Bran também lhe pedira, tanto por si como por Ric-

kon, mas o irmão limitara-se a balançar teimosamente a cabeça e a dizer:

– Não quero ir. *Tenho* de ir.

Era só meia mentira. Alguém tinha de ir, para defender o Gargalo e ajudar os Tully contra os Lannister, Bran compreendia isso, mas não *tinha* de ser Robb. O irmão podia ter dado o comando a Hal Mollen ou a Theon Greyjoy, ou a um dos senhores seus vassalos. Meistre Luwin insistiu para que fizesse isso mesmo, mas Robb não queria ouvir falar no assunto.

– O senhor meu pai nunca enviaria homens para a morte a fim de se esconder como um covarde atrás das muralhas de Winterfell – dissera, todo ele Robb, o Senhor.

Robb agora parecia a Bran quase um estranho, transformado, um senhor de verdade, embora não tivesse ainda passado pelo décimo sexto dia do seu nome. Até os vassalos do pai pareciam senti-lo. Muitos tentavam testá-lo, cada um à sua maneira. Tanto Roose Bolton quanto Robett Glover exigiram a honra do comando de batalha, o primeiro de forma brusca, o segundo com um sorriso e um gracejo. A resoluta e grisalha Maege Mormont, vestida de cota de malha como se fosse um homem, disse abruptamente a Robb que ele tinha idade para ser seu neto e que não tinha nada que lhe dar ordens… mas acontecia que tinha uma neta com a qual estava disposta a deixá-lo se casar. Lorde Cerwyn, um homem de fala mansa, tinha até mesmo trazido consigo a filha, uma donzela rechonchuda e desajeitada de trinta anos, que se sentou à esquerda do pai e nunca levantou os olhos do prato. O jovial Lorde Hornwood não tinha filhas, mas trouxe presentes, um dia um cavalo, no seguinte um quadril de veado, no outro um corno de caça com relevos de prata, e nada pediu em troca… nada exceto uma extensão de terra que fora tirada de seu avô, e direitos de caça ao norte de uma certa serra, e licença para construir uma represa no Faca Branca, se agradasse ao senhor.

Robb respondia a todos com fria cortesia, muito à semelhança do que o pai poderia fazer, e de alguma forma dobrava-os à sua vontade.

E quando Lorde Umber, cujos homens o alcunhavam de Grande-Jon, tão alto quanto Hodor e duas vezes mais largo, ameaçou levar suas forças para casa se fosse colocado atrás dos Hornwood ou dos Cerwyn na ordem de marcha, Robb disse-lhe que o fizesse, se assim desejasse.

– E quando resolvermos o assunto dos Lannister – prometera, coçando Vento Cinzento atrás da orelha –, marcharemos outra vez para o norte e os arrancaremos de sua fortaleza e os enforcaremos por quebra de juramento – praguejando, Grande-Jon atirara um jarro de cerveja ao fogo e berrara que Robb era tão verde que devia urinar erva. Quando Hallis Mollen se aproximara para refreá-lo, atirara-o ao chão, virara uma mesa e desembainhara a maior e mais feia espada longa que Bran jamais vira. Por toda a sala, seus filhos, irmãos e soldados puseram-se em pé de um salto, puxando seu aço.

Mas Robb dissera apenas uma palavra em voz baixa, e, com um rosnido e num piscar de olhos, Lorde Umber deu por si estatelado de costas, com a espada girando no chão a um metro de distância e a mão pingando sangue no lugar de onde Vento Cinzento arrancara dois dedos.

– O senhor meu pai me ensinou que empunhar o aço contra o seu suserano significa a morte – Robb dissera –, mas sem dúvida que o senhor queria apenas cortar-me a carne – as entranhas de Bran fizeram-se em água quando Grande-Jon lutara para se erguer, chupando os tocos vermelhos dos dedos… mas então, espantosamente, o enorme homem soltou uma *gargalhada*.

– A sua carne – o homem rugiu – é *dura* como um raio.

E de algum modo, depois daquilo, Grande-Jon transformara-se no braço direito de Robb, no seu campeão mais dedicado, dizendo sonoramente a todo mundo que o senhor rapaz era afinal um Stark, e que fariam melhor em dobrar o raio dos joelhos se não quisessem vê-los arrancados à dentada.

Mas, nessa mesma noite, Robb viera ao quarto de Bran, pálido e abalado, depois de os fogos se terem consumido no Grande Salão.

– Pensei que ia me matar – Robb confessara. – Viu a maneira como ele atirou o Hal ao chão, como se não fosse maior que Rickon? Deuses, fiquei tão assustado. E Grande-Jon não é o pior dentre eles, é só o mais barulhento. Lorde Roose nunca diz uma palavra, limita-se a olhar para mim, e tudo em que eu consigo pensar é naquela sala que eles têm no Forte do Pavor, onde os Bolton penduram as peles de seus inimigos.

– Isso é só uma das histórias da Velha Ama – Bran dissera. Mas uma nota de dúvida insinuara-se na sua voz. – Não é?

– Não sei – o irmão balançara a cabeça com ar cansado. – Lorde Cerwyn quer levar a filha conosco para o sul. Para cozinhar, diz ele. Theon tem certeza de que, uma noite, hei de encontrar a moça na minha cama. Gostaria... gostaria que nosso pai estivesse aqui.

Isso era uma coisa em que eles podiam concordar, Bran, Rickon e Robb, o Senhor; todos eles desejavam que o pai estivesse ali. Mas Lorde Eddard estava a mil léguas de distância, preso numa masmorra qualquer, fugitivo perseguido procurando manter-se vivo, ou até estivesse morto. Ninguém parecia saber ao certo; cada viajante contava uma história diferente, cada uma mais aterrorizante que a outra. Que as cabeças dos guardas do pai apodreciam nas muralhas da Fortaleza Vermelha, empaladas em lanças. Que o Rei Robert tinha morrido nas mãos do pai. Que os Baratheon tinham montado cerco a Porto Real. Que Lorde Eddard fugira para o sul com o irmão malvado do rei, Renly. Que Arya e Sansa tinham sido assassinadas pelo Cão de Caça. Que a mãe matara Tyrion, o Duende, e pendurara seu corpo nas muralhas de Correrio. Que Lorde Tywin Lannister marchava sobre o Ninho da Águia, queimando e matando tudo à sua passagem. Um contador de histórias encharcado de vinho até afirmara que Rhaegar Targaryen regressara dos mortos e liderava uma vasta tropa de antigos heróis contra Pedra do Dragão para reclamar o trono do pai.

Quando o corvo chegara, trazendo uma carta marcada com o selo do pai e escrita com a letra de Sansa, a verdade cruel não parecera menos incrível. Bran nunca se esqueceria da expressão de Robb quando vira as palavras da irmã.

– Ela diz que nosso pai conspirou para cometer traição com os irmãos do rei – lera. – O Rei Robert está morto, e a mãe e eu somos convocados à Fortaleza Real para jurar fidelidade a Joffrey. Diz que devemos ser leais e que, quando casar com Joffrey, suplicará a ele que poupe a vida do senhor nosso pai – seus dedos fecharam-se em punho, esmagando a carta de Sansa. – E nada diz de Arya, *nada*, nem uma única palavra. Maldita seja! Que se passa com ela?

Bran sentira-se completamente frio por dentro.

– Perdeu seu lobo – ele respondeu, a voz fraca, recordando o dia em que quatro dos guardas do pai tinham regressado do sul com os ossos de Lady. Verão, Vento Cinzento e Cão Felpudo tinham começado a uivar antes de eles atravessarem a ponte levadiça, com sons arrastados e desolados. À sombra da Primeira Torre ficava um antigo cemitério, com as lajes semeadas de líquens, onde os antigos Reis do Inverno tinham enterrado seus criados fiéis. Lady fora enterrada ali, enquanto os irmãos caminhavam por entre as tumbas como sombras inquietas. Partira para o sul, mas só os ossos tinham regressado.

O avô, o velho Lorde Rickard, também partira, com o filho Brandon, que era irmão do seu pai, e duzentos de seus melhores homens. Nenhum regressara. E o pai fora para o sul, com Arya e Sansa, e Jory, Hullen, Gordo Tom e os outros, e mais tarde a mãe e Sor Rodrik tinham partido, e *eles* também não tinham regressado. E agora era Robb quem queria partir. Não para Porto Real, e não para jurar fidelidade, mas para Correrrio, com uma espada na mão. E se o senhor pai de ambos fosse de fato prisioneiro, isso significaria com certeza a sua morte. Assustava Bran mais do que era capaz de exprimir.

– Se Robb tem de ir, olhem por ele – suplicou Bran aos deuses antigos enquanto o observavam com os olhos vermelhos da árvore-coração – e olhem por seus homens, por Hal, Quent e os outros, e por Lorde Umber, pela Senhora Mormont e pelos outros senhores. E também por Theon, acho. Observem e os mantenham a salvo, se vos agradar, deuses. Ajudem-nos a derrotar os Lannister e a salvar meu pai, e a trazê-lo para casa.

Um leve vento suspirou pelo bosque sagrado e as folhas vermelhas agitaram-se e sussurraram. Verão mostrou os dentes.

– Pode ouvi-los, garoto? – perguntou uma voz.

Bran ergueu a cabeça. Osha estava em pé do outro lado da lagoa, sob um antigo carvalho, com o rosto obscurecido por folhas. Mesmo presa a grilhões, a selvagem movia-se silenciosamente como uma gata. Verão deu a volta na lagoa e a farejou. A mulher alta vacilou.

– Verão, aqui – chamou Bran. O lobo selvagem fungou uma última vez, girou sobre si mesmo e voltou. Bran envolveu os braços nele. – Que faz aqui? – não tinha visto Osha desde a sua captura na Mata de Lobos, embora soubesse que a tinham posto para trabalhar nas cozinhas.

– Também são os meus deuses – Osha disse. – Para lá da Muralha, são os únicos deuses – os cabelos estavam crescendo, castanhos e desgrenhados. Faziam-na parecer mais feminina, isso e o vestido simples de ráfia marrom que lhe tinham dado quando lhe tiraram a cota de malha e a roupa de couro. – Às vezes, Gage deixa-me orar, quando sinto falta, e eu o deixo fazer o que quiser debaixo da minha saia quando sente falta. Para mim não significa nada. Gosto do cheiro da farinha em suas mãos, e é mais gentil que o Stiv – fez uma reverência desajeitada. – Vou deixá-lo sozinho. Há panelas que precisam ser esfregadas.

– Não, fique – ordenou-lhe Bran. – Explique-me o que queria dizer com ouvir os deuses.

Osha o estudou.

– Você fez um pedido e eles estão respondendo. Abra os ouvidos, escute, e ouvirá.

Bran escutou.

– É só o vento – disse após um momento, inseguro. – As folhas estão batendo.

– Quem você pensa que envia o vento, se não os deuses? – ela sentou do outro lado da lagoa, tilintando levemente enquanto se movia. Mikken prendera grilhetas de ferro em seus tornozelos, com uma corrente pesada entre elas; podia caminhar, desde que mantivesse os passos pequenos, mas não havia chance de correr, de subir ou de montar um cavalo. – Eles o veem, garoto. Ouvem-no falar. Esse bater? Isso são eles respondendo.

– Que estão dizendo?

– Estão tristes. O senhor seu irmão não terá sua ajuda no lugar para onde vai. Os velhos deuses não têm poder no Sul. Lá, os represeiros foram todos derrubados há milhares de anos. Como poderiam vigiar seu irmão se não têm olhos?

Bran não tinha pensado naquilo. E ficou assustado. Se nem mesmo os deuses podiam ajudar o irmão, que esperança havia? Talvez Osha não estivesse ouvindo corretamente. Inclinou a cabeça e tentou escutar de novo. Julgou conseguir ouvir agora a tristeza, mas nada além disso.

O bater das folhas tornou-se mais sonoro. Bran ouviu passos

abafados e um cantarolar em voz baixa, e Hodor saiu desajeitadamente por entre as árvores, sorrindo e nu.

– Hodor!

– Deve ter ouvido nossas vozes – disse Bran. – Hodor, esqueceu a roupa.

– Hodor – o gigante concordou. Estava encharcado do pescoço para baixo, fumegando no ar gelado. Tinha o corpo coberto
de pelos castanhos, espessos como os da pele de um animal. Entre as pernas, o membro viril pendia, longo e pesado.

Osha o olhou com um sorriso azedo.

– Ora, aí está um homem grande – disse. – Se não tem nele
o sangue dos gigantes, eu sou a rainha.

– Meistre Luwin diz que já não há gigantes. Diz que estão
todos mortos, como os filhos da floresta. Tudo que resta deles
são velhos ossos que os homens desenterram com arados de vez
em quando.

– Que Meistre Luwin viaje até para lá da Muralha – Osha
rebateu. – Encontrará então gigantes, ou será encontrado por
eles. Meu irmão matou uma. Tinha três metros de altura, e mesmo assim era enfezada. Sabe-se que crescem até três metros e
meio ou quatro metros. E também são criaturas ferozes, todas
pelos e dentes, e as mulheres têm barbas como os maridos, de
modo que não há como os distinguir. As mulheres tomam homens humanos como amantes, e é daí que vêm os mestiços. É
mais duro para as mulheres que eles apanham. Os homens são
tão grandes que é mais provável rasgarem uma donzela em duas
do que a deixarem com bebê – deu-lhe um sorriso. – Mas você
não sabe do que falo, não é, garoto?

– Sei, sim – Bran insistiu. Compreendia o acasalamento; vira
os cães no pátio, e observara um garanhão montando uma égua.
Mas falar disso o deixava desconfortável. Olhou para Hodor. –
Volte e traga sua roupa, Hodor – ele ordenou. – Vá se vestir.

– Hodor – o simplório voltou pelo caminho de onde tinha vindo, abaixando-se para passar sob o galho baixo de uma árvore.

Ele *era* muitíssimo grande, pensou Bran enquanto o observava partir.

– Há mesmo gigantes para lá da Muralha? – perguntou a Osha, incerto.

– Há gigantes e coisas piores que gigantes, senhorzinho. Tentei dizer a seu irmão quando me interrogou, a ele, ao seu meistre e àquele rapaz sorridente, Greyjoy. Os ventos frios estão se levantando, e homens afastam-se de seus fogos e nunca mais regressam… ou, quando regressam, já não são homens, são só criaturas, com olhos azuis e mãos frias e negras. Por que você acha que fugi para o sul com Stiv, Hali e o resto daqueles idiotas? Mance pensa que vai lutar, o bravo, querido, teimoso homem, como se os caminhantes brancos não fossem mais que patrulheiros. Mas, que sabe ele? Pode chamar a si próprio Rei-para-lá-da-Muralha se bem entender, mas ainda é apenas mais um dos velhos corvos negros que fugiram da Torre Sombria. Nunca experimentou o inverno. Eu *nasci* lá em cima, filho, assim como a minha mãe e a minha avó antes dela, e a minha *bisavó* antes dela, nascida entre o Povo Livre. Nós recordamos – Osha pôs-se em pé, fazendo tinir as correntes. – Tentei dizer ao senhorzinho seu irmão. Ontem mesmo, quando o encontrei no pátio. "Senhor Stark", chamei, com todo o respeito, mas ele olhou através de mim, e aquele imbecil suado do Grande-Jon Umber afastou-me de seu caminho. Assim seja. Usarei meus ferros e terei tento na língua. Um homem que não quer escutar não pode ouvir.

– Diga-*me*. Robb me escutará, eu sei que sim.

– Será? Veremos. Diga isto a ele, senhor. Diga que ele está decidido a marchar na direção errada. É para o norte que ele devia levar suas espadas. Para o *norte*, não para o sul. Está me ouvindo?

Bran assentiu.

– Direi a ele.

Mas naquela noite, durante o banquete no Grande Salão, Robb não se encontrava lá. Em vez disso, fez sua refeição no aposento privado, com Lorde Rickard, Grande-Jon e os outros senhores vassalos, a fim de preparar os últimos planos para a longa marcha que se aproximava. Bran ficou com a tarefa de ocupar seu lugar à cabeceira da mesa e agir como anfitrião perante os filhos e amigos de honra de Lorde Karstark. Já estavam em seus lugares quando Hodor o transportou às costas para o salão e ajoelhou ao lado do cadeirão. Dois dos criados ajudaram a erguê-lo do cesto. Bran conseguia sentir os olhos de todos os estranhos presentes no salão. O silêncio se fizera.

– Senhores – anunciou Hallis Mollen –, Brandon Stark, de Winterfell.

– Dou-lhes as boas-vindas às nossas fogueiras – disse Bran rigidamente – e ofereço-lhes comida e bebida em honra da nossa amizade.

Harrion Karstark, o mais velho dos filhos de Lorde Karstark, fez uma reverência, e os irmãos seguiram o seu exemplo, mas, enquanto se instalavam em seus lugares, ouviu os dois mais novos conversando em voz baixa sobre o tinir de taças de vinho.

– ... preferia morrer a viver assim – murmurou um deles, o que tinha o nome do pai, Eddard, e o irmão Torrhen disse que era provável que o garoto fosse tão quebrado por dentro como por fora, covarde demais para tirar a própria vida.

Quebrado, Bran pensou amargamente enquanto se agarrava à faca. Seria isso agora? Bran, o Quebrado?

– Não quero ser quebrado – sussurrou com veemência a Meistre Luwin, que estava sentado à sua direita. – Quero ser um cavaleiro.

– Há quem chame à nossa Ordem os cavaleiros da mente – respondeu Luwin. – É um garoto extremamente inteligente quando se esforça, Bran. Alguma vez pensou na possibilidade de usar uma corrente de meistre? Não há limite para o que pode aprender.

– Quero aprender *magia* – disse-lhe Bran. – O corvo prometeu que eu voaria.

Meistre Luwin suspirou.

– Posso ensinar história, artes de curar, as ervas. Posso ensinar a língua dos corvos, e como construir um castelo, e o modo como um marinheiro orienta o navio pelas estrelas. Posso ensinar a medir os dias e a marcar a passagem das estações, e na Cidadela, em Vilavelha, podem lhe ensinar outras mil coisas. Mas, Bran, ninguém pode lhe ensinar magia.

– Os filhos podiam – Bran respondeu. – Os filhos da floresta – aquilo lhe lembrou a promessa que fizera a Osha no bosque sagrado, e contou a Luwin o que ela dissera.

Meistre o ouviu educadamente.

– Parece-me que a selvagem podia dar lições de contar histórias à Velha Ama – ele disse quando Bran terminou. – Voltarei a falar com ela, se desejar, mas seria melhor se não incomodasse seu irmão com essa loucura. Ele tem preocupações mais que suficientes sem se aborrecer com gigantes e mortos na floresta. São os Lannister que têm o senhor seu pai cativo, Bran, não os filhos da floresta – pousou a mão gentil no braço do garoto. – Pense no que eu disse, menino.

Dois dias mais tarde, enquanto uma alvorada vermelha surgia num céu varrido pelo vento, Bran deu por si no pátio junto ao portão, atado à Dançarina, enquanto se despedia do irmão.

– Você é agora senhor de Winterfell – disse-lhe Robb. Estava montado num hirsuto garanhão cinzento, com o escudo pendurado no seu flanco; madeira reforçada a ferro, branca e cinzenta, com o desenho da cabeça de um lobo gigante a rosnar. O irmão de Bran usava cota de malha cinza sobre couros branqueados, uma espada e um punhal à cintura, um manto debruado de pele sobre os ombros. – Você tem de ocupar o meu lugar, como ocupei o de nosso pai, até regressarmos.

– Eu sei – respondeu Bran em tom infeliz. Nunca se sentira tão pequeno, tão só ou tão assustado. Não sabia como ser um senhor.

– Escute os conselhos de Meistre Luwin e tome conta de Rickon. Diga a ele que volto assim que a luta acabar.

Rickon recusara-se a descer. Estava lá em cima, em seu quarto, de olhos vermelhos e rebelde.

– Não! – gritara quando Bran lhe perguntara se não queria dizer adeus a Robb. – *Adeus, NÃO!*

– Eu lhe disse – Bran respondeu. – Ele diz que nunca ninguém volta.

– Não pode ser um bebê para sempre. É um Stark, e tem quase quatro anos – Robb suspirou. – Bem, nossa mãe estará em casa em breve. E eu trarei nosso pai, prometo.

Deu meia-volta com o cavalo e afastou-se a trote. Vento Cinzento o seguiu, saltitando ao lado do cavalo de guerra, esbelto e ligeiro. Hallis Mollen atravessou o portão à frente da coluna, transportando a ondulante bandeira branca da Casa Stark no topo de um grande poste de freixo cinzento. Theon Greyjoy e Grande-Jon puseram-se ao lado de Robb, e seus cavaleiros formaram uma coluna dupla atrás deles, com lanças de ponta de aço brilhando ao sol.

De um modo desconfortável recordou as palavras de Osha. *Ele marcha na direção errada*, pensou. Por um instante quis galopar atrás dele e gritar o aviso, mas quando Robb desapareceu sob a porta levadiça o momento passou.

Para lá das muralhas do castelo ergueu-se um rugido. Bran sabia que os soldados apeados e os habitantes da vila saudavam

Robb enquanto ele passava; saudavam Lorde Stark, o Senhor de Winterfell em seu grande garanhão, com seu manto ondulante e Vento Cinzento, que corria ao seu lado. Compreendeu com uma dor surda que nunca o saudariam daquele modo. Ele podia ser Senhor de Winterfell enquanto o irmão e o pai estivessem ausentes, mas era ainda Bran, o Quebrado. Nem sequer podia sair de cima do cavalo se não fosse para cair.

Depois de as saudações distantes se reduzirem ao silêncio, e o pátio ficar por fim vazio, Winterfell pareceu deserto e morto. Bran olhou em volta, para o rosto dos que ficaram, mulheres, crianças e velhos... e Hodor. O enorme cavalariço tinha uma expressão perdida e assustada no rosto.

– Hodor? – disse ele, com voz triste.

– Hodor – concordou Bran, perguntando a si mesmo que significado teria aquilo.

Daenerys

Depois de obter seu prazer, Khal Drogo levantou-se dos tapetes de dormir e ficou em pé, acima dela. Sua pele brilhava, escura como bronze, à luz avermelhada que vinha do braseiro, e podiam-se ver as tênues linhas de antigas cicatrizes no peito largo. Cabelos negros como tinta, soltos e sem nós, caíam em cascata sobre os ombros e ao longo das costas, até bem depois da cintura. O membro viril cintilava de umidade. A boca do *khal* torceu-se numa expressão mal-humorada sob o longo bigode.

– O garanhão que monta o mundo não precisa de cadeiras de ferro para nada.

Dany apoiou-se sobre o braço para olhá-lo, tão alto e magnífico. Adorava especialmente os seus cabelos. Nunca foram cortados; ele nunca conhecera a derrota.

– Foi profetizado que o garanhão cavalgará até os confins da terra – ela disse.

– A terra termina no mar negro de sal – Drogo respondeu imediatamente. Molhou um pano numa bacia de água morna para limpar o suor e o óleo da pele. – Nenhum cavalo pode atravessar a água venenosa.

– Nas Cidades Livres há navios aos milhares – disse-lhe Dany, tal como já tinha lhe dito antes. – Cavalos de madeira com cem pernas, que voam pelo mar em asas cheias de vento.

Khal Drogo não queria ouvir falar no assunto.

– Não falaremos mais de cavalos de madeira e cadeiras de ferro – deixou cair o pano e começou a se vestir. – Hoje irei para o campo caçar, mulher esposa – anunciou enquanto se enfiava num colete pintado e afivelava um cinto largo com pesados medalhões de prata, ouro e bronze.

– Sim, meu sol-e-estrelas – Dany respondeu. Drogo levaria os companheiros de sangue e partiriam em busca do *hrakkar*, o grande leão branco das planícies. Se regressassem em triunfo, a alegria do senhor seu marido seria feroz, e talvez estivesse disposto a escutá-la.

Ele não temia animais selvagens ou nenhum homem que já respirara, mas o mar era outra coisa. Para os dothrakis, água que um cavalo não pudesse beber era algo de impuro; as agitadas planícies verde-acinzentadas do oceano enchiam-nos com uma repugnância supersticiosa. Dany descobrira que Drogo era mais corajoso que os outros senhores dos cavalos em meia centena de maneiras diferentes... mas naquilo, não. Se ao menos conseguisse fazer com que embarcasse num navio...

Depois de o *khal* e os companheiros de sangue terem partido com seus arcos, Dany mandou chamar as aias. Sentia agora o corpo tão gordo e desajeitado que acolhia de bom grado a ajuda de seus fortes braços e mãos hábeis, ao passo que antes se sentia frequentemente desconfortável com o modo como elas se agitavam e volteavam ao seu redor. Limparam-na e vestiram-na com sedareia, leve e solta. Enquanto Doreah lhe escovava os cabelos, mandou Jhiqui à procura de Sor Jorah Mormont.

O cavaleiro veio de imediato. Trazia calções de pelo de cavalo e um colete pintado, como um dothraki. Rudes pelos negros cobriam-lhe o peito largo e os braços musculosos.

– Minha princesa. Como posso servi-la?

– Precisa falar com o senhor meu marido. Drogo diz que o garanhão que monta o mundo terá todas as terras para governar e não precisará atravessar a água venenosa. Fala em levar o *khalasar* para o leste depois de Rhaego nascer, a fim de saquear as terras em torno do Mar de Jade.

O cavaleiro ficou pensativo.

– O *khal* nunca viu os Sete Reinos – ele respondeu. – Para

ele, não são nada. Se chega a pensar neles, não há dúvida de que pensa em ilhas, algumas cidades pequenas agarradas às rochas à maneira de Lorath ou Lys, cercadas por mares tempestuosos. As riquezas do leste devem parecer-lhe uma possibilidade mais tentadora.

— Mas ele tem de ir para *oeste* — disse Dany, desesperada. — Por favor, ajude-me a fazê-lo compreender — ela também nunca vira os Sete Reinos, tal como Drogo, mas era como se os conhecesse de todas as histórias que o irmão lhe contara. Viserys prometera-lhe mil vezes que um dia a levaria de volta, mas agora estava morto e as promessas tinham morrido com ele.

— Os dothrakis fazem as coisas ao seu ritmo, por suas razões — respondeu o cavaleiro. — Tenha paciência, princesa. Não cometa o erro do seu irmão. Iremos para casa, prometo-lhe.

Casa? A palavra a fez sentir-se triste. Sor Jorah tinha sua Ilha dos Ursos, mas o que era casa para ela? Algumas histórias, nomes recitados tão solenemente como as palavras de uma prece, a lembrança que se desvanecia de uma porta vermelha... Estaria Vaes Dothrak destinada a ser a sua casa para sempre? Quando olhava para as feiticeiras do *dosh khaleen*, estaria olhando para o seu futuro?

Sor Jorah deve ter visto a tristeza em seu rosto.

— Uma grande caravana chegou durante a noite, *khaleesi*. Quatrocentos cavalos vindos de Pentos, via Norvos e Qohor, sob o comando do Capitão Mercador Byan Votyris. Illyrio pode ter enviado uma carta. Deseja visitar o Mercado Ocidental?

Dany agitou-se.

— Sim. Gostaria — os mercados ganhavam vida quando uma caravana chegava. Nunca se sabia que tesouros os comerciantes poderiam trazer, e seria bom voltar a ouvir homens a falar valiriano, como nas Cidades Livres. — Irri, diga-lhes para prepararem uma liteira.

– Vou dizer ao seu *khas* – falou Sor Jorah, retirando-se.

Se Khal Drogo estivesse com ela, Dany teria montado sua prata. Entre os dothrakis, as mães permaneciam montadas quase até o momento do parto, e ela não queria parecer fraca aos olhos do marido. Mas com o *khal* longe, na caça, era agradável encostar-se a almofadas macias e ser transportada através de Vaes Dothrak, com cortinas de seda vermelha para protegê-la do sol. Sor Jorah selou o cavalo e seguiu a seu lado, com os quatro jovens do seu *khas* e as aias.

O dia estava quente e sem nuvens, o céu de um azul profundo. Quando o vento soprava, Dany conseguia sentir os ricos odores das plantas e da terra. À medida que a liteira ia passando sob os monumentos roubados, passava da sombra para o sol, e de volta à sombra, balançando, estudando o rosto de heróis mortos e de reis esquecidos. Perguntou a si mesma se os deuses de cidades queimadas ainda podiam atender a preces.

Se eu não fosse do sangue do dragão, pensou, melancólica, *esta poderia ser a minha casa*. Era khaleesi, tinha um homem forte e um cavalo rápido, aias para servi-la, guerreiros para mantê-la a salvo, um lugar de honra no *dosh khaleen* à sua espera quando envelhecesse... e no seu ventre crescia o filho que um dia montaria o mundo. Isso seria suficiente para qualquer mulher... mas não para o dragão. Com Viserys morto, Daenerys era a última, a última mesmo. Pertencia à linhagem de reis e conquistadores, e o mesmo acontecia ao filho que trazia na barriga. Não podia esquecê-lo.

O Mercado Ocidental era uma grande praça de terra batida rodeada por coelheiras de tijolo de barro cozido, recintos para animais, salas caiadas para se refrescar. Outeiros elevavam-se do chão como se fossem dorsos de grandes animais subterrâneos que rompiam a superfície, com bocejantes bocas negras que levavam a frios e cavernosos armazéns subterrâneos. O interior da praça era um labirinto de barracas e passagens retorcidas, ensombradas por toldos de hera entretecida.

Uma centena de mercadores e comerciantes descarregavam suas mercadorias e instalavam-se em barracas depois que chegaram, mas, mesmo assim, o grande mercado parecia silencioso e deserto quando comparado com os bazares apinhados que Dany recordava dos tempos passados em Pentos e nas outras Cidades Livres. As caravanas dirigiam-se a Vaes Dothrak, vindas do leste e do oeste, tanto para vender aos dothrakis como para comerciar umas com as outras, explicou Sor Jorah. Os cavaleiros deixavam-nas ir e vir sem ser incomodadas, desde que mantivessem a paz da cidade sagrada, não profanassem a Mãe das Montanhas ou o Ventre do Mundo e honrassem as feiticeiras do *dosh khaleen* com os presentes tradicionais de sal, prata e sementes. Os dothrakis não compreendiam verdadeiramente esse negócio de compras e vendas.

Dany também gostava da estranheza do Mercado Oriental, com todas as invulgares visões, sons e cheiros que lá havia. Passava com frequência suas manhãs ali, mordiscando ovos de árvore, torta de gafanhotos e tiras de massa verde, escutando as agudas vozes ululantes dos encantores, embasbacando-se perante manticoras em jaulas de prata, imensos elefantes cinzentos e os cavalos listrados de preto e branco de Jogos Nhai. Também gostava de observar as pessoas: os escuros e solenes Asshai'i e os altos e claros Qartheens, os homens de olhos brilhantes de Yi Ti com seus chapéus de cauda de macaco, as donzelas guerreiras de Bayasabhad, Shamyriana e Kayakayanaya com anéis de ferro nos mamilos e rubis nas bochechas, e até mesmo os severos e assustadores Homens das Sombras, que cobriam os braços e as pernas com tatuagens e escondiam o rosto atrás de máscaras. Para Dany, o Mercado Oriental era um lugar de maravilha e magia.

Mas o Mercado Ocidental cheirava à casa.

Enquanto Irri e Jhiqui a ajudavam a sair da liteira, inspirou e reconheceu os cheiros vivos do alho e da pimenta, fragrâncias que lhe lembravam dias havia muito passados nas vielas de Tyrosh e Myr e lhe trouxeram um leve sorriso aos lábios. Por baixo daqueles odores sentiu os pesados perfumes doces de Lys. Viu escravos transportando braçadas da intrincada renda de Myr e boas lãs numa dúzia de cores ricas. Guardas de caravana vagueavam pelas passagens com capacetes de cobre e túnicas de algodão amarelo acolchoado até os joelhos, com bainhas de espadas vazias pendendo de cintos de couro trançado. Atrás de uma barraca, um armeiro exibia placas peitorais de aço, trabalhadas com ouro e prata em padrões intrincados, e elmos batidos até tomar a forma de animais extravagantes. Ao seu lado estava uma jovem bonita vendendo ourivesaria de Lannisporto, anéis, broches, colares e medalhões magnificamente trabalhados, bons para fazer cintos. Um enorme eunuco guardava-lhe a barraca, mudo e calvo, vestido com veludos manchados de suor e fechando a cara a todos os que se aproximassem. Em frente, um gordo comerciante de tecidos de Yi Ti regateava com um pentoshi o preço de um corante verde qualquer, fazendo oscilar de um lado para o outro a cauda de macaco do chapéu quando balançava a cabeça.

– Quando era menina adorava brincar no bazar – disse Dany a Sor Jorah enquanto vagueavam pela passagem coberta entre as barracas. – Era um lugar tão *vivo*, com todo mundo gritando e rindo, tantas coisas maravilhosas para admirar... embora raramente tivéssemos dinheiro suficiente para comprar alguma coisa... Bem, exceto uma salsicha de vez em quando, ou dedos-de-mel... Há dedos-de-mel nos Sete Reinos, como os que fazem em Tyrosh?

– São bolos? Não sei dizer, princesa – o cavaleiro fez uma reverência. – Se me liberar por algum tempo, irei em busca do capitão para ver se tem letras para nós.

– Muito bem. Ajudarei a encontrá-lo.

– Não há necessidade de se incomodar. – Sor Jorah afastou o olhar com impaciência. – Desfrute do mercado. Volto quando concluir os meus assuntos.

Curioso, pensou Dany enquanto o observava afastar-se a passos largos por entre a multidão. Não compreendia por que não devia ir com ele. Talvez Sor Jorah pretendesse encontrar uma mulher depois de se reunir com o capitão mercador. Sabia que era frequente prostitutas viajarem com as caravanas, e alguns homens eram estranhamente tímidos a respeito de suas vidas íntimas. Encolheu os ombros.

– Venham – disse aos outros.

As aias seguiram-na quando Dany reatou o passeio pelo mercado.

– Ah, olha – exclamou para Doreah –, é aquele o tipo de salsicha de que falava – apontava para uma barraca onde uma mulherzinha mirrada grelhava carne e cebolas numa pedra quente. – São preparadas com montes de alho e malaguetas – deliciada com a descoberta, Dany insistiu para que os outros a acompanhassem para comer salsicha. As aias devoraram as suas, aos risinhos e sorrisinhos, embora os homens do seu *khas* cheirassem com suspeita a carne grelhada. – Têm um sabor diferente do que eu recordava – disse Dany depois das primeiras dentadas.

– Em Pentos, eu as fazia com carne de porco – disse a velha –, mas todos os meus porcos morreram no mar dothraki. Estas são feitas com carne de cavalo, *khaleesi*, mas eu as tempero da mesma forma.

– Ah – Dany sentiu-se desapontada, mas Quaro gostou tanto de sua salsicha que decidiu comer outra, e Rakharo o superou, comendo mais três e arrotando sonoramente. Dany riu.

– É a primeira vez que ri desde que seu irmão, o *Khal Rhaggat*, foi coroado por Drogo – disse Irri. – É bom de ver, *khaleesi*.

Dany deu um sorriso tímido. Realmente era bom rir. Sentia-se quase menina de novo.

Vaguearam durante metade da manhã. Dany viu um belo manto de penas das Ilhas do Verão e o obteve de presente. Em troca, deu ao mercador um medalhão de prata que tirou do cinto. Era assim que as coisas eram feitas entre os dothrakis. Um vendedor de aves ensinou um papagaio verde e vermelho a dizer o seu nome, e Dany voltou a rir, mas recusou-se a ficar com ele. Que faria ela com um papagaio vermelho e verde num *khalasar*? Já ficara com uma dúzia de frascos de óleos aromáticos, os perfumes de sua infância; bastava fechar os olhos e senti-los para voltar a ver a casa grande de porta vermelha. Quando Doreah se pôs a olhar ansiosamente para um amuleto de fertilidade na tenda de um mago, Dany também ficou com ele e o deu à aia, pensando que agora tinha de encontrar também qualquer coisa para Irri e Jhiqui.

Ao virar uma esquina, depararam com um negociante de vinhos que oferecia taças do tamanho de dedais de seus produtos a quem passava por ali.

– Tintos doces – gritou em fluente dothraki –, tenho tintos doces, de Lys, de Volantis e da Árvore. Brancos de Lys. Aguardente de pera de Tyrosh, vinhardente, vinho apimentado e os néctares verde-claros de Myr. Castanhos de baga-fumo e amargos dos ândalos, tenho todos – era um homem pequeno, esguio e bonito, com cabelos loiros ondulados e perfumados à maneira de Lys. Quando Dany parou na frente da barraca, o homem fez uma profunda reverência. – A *khaleesi* deseja experimentar? Tenho um tinto doce de Dorne, senhora, que canta uma canção de passas, cerejas e rico carvalho escuro. Um barril, uma taça, um gole? Bastará que o prove, e darei a seu filho o meu nome.

Dany sorriu.

– Meu filho já tem nome, mas vou experimentar o vinho de

verão – disse, em valiriano, aquele valiriano que falavam nas Cidades Livres. Sentiu as palavras estranhas na língua, depois de tanto tempo. – Só uma gota, por gentileza.

O mercador devia tê-la tomado por uma dothraki, devido aos seus trajes, aos cabelos oleados e à pele bronzeada. Quando falou, o homem abriu a boca de espanto.

– Senhora, é... tyroshi? Poderá ser?

– Minha fala pode ser tyroshi, e os meus trajes, dothrakis, mas sou de Westeros, dos Reinos do Poente – disse-lhe Dany.

Doreah aproximou-se.

– Tem a honra de se dirigir a Daenerys da Casa Targaryen, Daenerys, Filha da Tormenta, *khaleesi* dos homens a cavalo e princesa dos Sete Reinos.

O mercador de vinhos caiu de joelhos.

– Princesa – disse, abaixando a cabeça.

– Erga-se – Dany ordenou. – Ainda gostaria de provar esse vinho de verão de que falou.

O homem pôs-se em pé de um salto.

– Isso? Zurrapa de Dorne. Não é digno de uma princesa. Tenho um tinto da Árvore, vivo e agradável. Por favor, deixe-me oferecer um barril.

As visitas de Khal Drogo às Cidades Livres tinham lhe deixado o gosto por bom vinho, e Dany sabia que uma colheita tão nobre lhe agradaria.

– Honra-me, sor – murmurou docemente.

– A honra é minha – o mercador esquadrinhou os fundos da barraca e voltou com uma pequena barrica de carvalho. Via-se um cacho de uvas desenhado a fogo na madeira. – O símbolo dos Redwyne – disse, apontando –, da Árvore. Não há bebida mais fina.

– Khal Drogo e eu a partilharemos. Aggo, leve isto para a liteira, por gentileza – o vendedor de vinhos mostrou-se radiante quando o dothraki ergueu o barril.

Dany só reparou que Sor Jorah tinha regressado quando ouviu o cavaleiro dizer:

– *Não* – tinha a voz estranha, brusca. – Aggo, deixe esse barril aí.

Aggo olhou para Dany. Ela assentiu, hesitante.

– Sor Jorah, o que há?

– Tenho sede. Abra-o, vendedor.

O mercador franziu as sobrancelhas.

– O vinho é para a *khaleesi*, não para homens da sua laia, sor.

Sor Jorah aproximou-se da barraca.

– Se não o abrir, parto-o na sua cabeça – ali, na cidade sagrada, não se transportavam armas a não ser as mãos... mas as mãos eram o bastante, grandes, duras e perigosas, com os nós dos dedos cobertos de rudes pelos escuros. O vendedor de vinhos hesitou um momento, mas depois pegou no martelo e arrancou o tampão do barril.

– Sirva – ordenou Sor Jorah. Os quatro jovens guerreiros do *khas* de Dany dispuseram-se atrás dele, franzindo as sobrancelhas, observando com seus olhos escuros e amendoados.

– Seria um crime beber um vinho tão rico sem deixá-lo respirar – o vendedor de vinhos não largara o martelo.

Jhogo estendeu a mão para o chicote que trazia à cintura, mas Dany o fez parar com um ligeiro toque no braço.

– Faça como diz Sor Jorah – disse. Havia pessoas que paravam para ver o que se passava.

O homem deu um olhar rápido e carrancudo.

– Às ordens da princesa – teve de pôr de lado o martelo para erguer o barril. Encheu duas taças de prova do tamanho de dedais, despejando tão habilmente o vinho que não derramou uma gota.

Sor Jorah ergueu uma taça e cheirou o vinho, de testa franzida.

– É doce, não é? – disse o vendedor de vinhos, sorrindo. – Conseguiu sentir o aroma da fruta, sor? O perfume da Árvore.

Prove-o, senhor, e diga-me se não é o mais fino, o mais rico vinho que alguma vez tocou sua língua.

Sor Jorah ofereceu-lhe a taça.

– Prove-o você primeiro.

– Eu? – o homem soltou uma gargalhada. – Eu não sou digno deste vinho, senhor. E o mercador de vinhos que bebe a própria mercadoria é um pobre mercador – seu sorriso era amigável, mas Dany conseguia ver o reflexo do suor em sua testa.

– Irá beber – disse Dany, fria como gelo. – Esvazie a taça, senão lhes digo para que o segurem enquanto Sor Jorah despeja o barril inteiro por sua goela abaixo.

O vendedor de vinhos encolheu os ombros, estendeu a mão para a taça... mas agarrou o barril, atirando-o com as duas mãos. Sor Jorah atirou-se sobre Dany, afastando-a com um empurrão. A barrica quicou no ombro do cavaleiro e esmagou-se no chão. Dany tropeçou e perdeu o equilíbrio.

– Não – gritou, atirando as mãos para a frente a fim de aparar a queda... Doreah a agarrou pelo braço e a puxou para trás, de modo que Dany caiu sobre as costas, e não sobre a barriga.

O mercador saltou sobre a bancada, passando como um dardo entre Aggo e Rakharo. Quaro estendeu a mão para um *arakh*, que não se encontrava lá, ao mesmo tempo que o homem loiro o afastava com um encontrão. Dany ouviu o estalido do chicote de Jhogo, viu o couro estender-se e enrolar-se em volta da perna do vendedor de vinhos. O homem estatelou-se de bruços na terra batida.

Uma dúzia de guardas da caravana tinha chegado correndo. Com eles viera o próprio mestre, o Capitão Mercador Byan Votyris, um minúsculo norvoshi cuja pele era como couro velho e que tinha um farto bigode azul que lhe chegava às orelhas. Pareceu compreender o que se passara sem que uma palavra fosse dita.

– Levem-no daqui para esperar a vontade do *khal* – ordenou, fazendo um gesto para o homem que estava no chão. Dois guardas puseram o vendedor de vinhos em pé. – Também a presenteio com os seus bens, princesa – continuou o capitão mercador. – É um pequeno sinal de pesar por um dos meus ter feito uma coisa dessas.

Doreah e Jhiqui ajudaram Dany a se erguer. O vinho envenenado jorrava da barrica partida no chão.

– Como soube? – ela perguntou a Sor Jorah, tremendo. – *Como?*

– Não sabia, *khaleesi*, pelo menos até que o homem se recusou a beber, mas assim que li a carta de Magíster Illyrio, tive receio – seus olhos escuros varreram os rostos estranhos no mercado. – Venha. É melhor não falar disto aqui.

Dany estava quase às lágrimas quando a levaram de volta. O sabor que trazia na boca era um que já conhecera: o medo. Vivera anos sob o terror de Viserys, com medo de acordar o dragão. Isto era ainda pior. Agora não temia apenas por si mesma, mas pelo bebê. Ele devia ter sentido seu medo, porque se movia sem descanso no seu interior. Dany afagou suavemente o inchaço da barriga, desejando poder alcançá-lo, tocá-lo, acalmá-lo.

– Você é do sangue do dragão, pequeno – segredou enquanto a liteira balançava pelo caminho, de cortinas bem cerradas. – Você é do sangue do dragão, e o dragão não sente medo.

Sob o outeiro oco de terra que era a sua casa em Vaes Dothrak, Dany ordenou-lhes que a deixassem... todos, menos Sor Jorah.

– Diga-me – ordenou, enquanto se deixava cair sobre as almofadas. – Foi o Usurpador?

– Sim – o cavaleiro pegou um pergaminho dobrado. – Uma carta para Viserys, de Magíster Illyrio. Robert Baratheon oferece terras e títulos por sua morte ou a de seu irmão.

– Do meu irmão? – o soluço soou como meia gargalhada. – Ele ainda não sabe, não é? O Usurpador deve a Drogo um título – agora, a gargalhada foi meio soluço. Apertou os braços em volta do corpo, num gesto protetor. – E pela minha, o senhor disse. Só a minha?

– A sua e a da criança – respondeu Sor Jorah, sombrio.

– Não. Ele não pode ter o meu filho – não choraria, Dany decidiu. Não tremeria de medo. *O Usurpador agora acordou o dragão*, disse a si mesma... e seus olhos desviaram-se para os ovos de dragão que descansavam em seu ninho de veludo escuro. A oscilante luz da candeia iluminava as escamas de pedra, e grãos de pó que tremeluziam em jade, escarlate e ouro dançavam no ar à sua volta, como cortesãos em torno de um rei.

Teria sido a loucura que a tomara naquele momento, nascida do medo? Ou alguma estranha sabedoria enterrada em seu sangue? Dany não saberia dizer. Ouviu a própria voz dizendo:

– Sor Jorah, acenda o braseiro.

– *Khaleesi?* – o cavaleiro olhou-a de um modo estranho. – Está tão quente. Tem certeza?

Nunca tivera tanta certeza na vida.

– Sim, eu... eu estou com frio. Acenda o braseiro.

Ele fez uma reverência.

– Às suas ordens.

Quando os carvões se incendiaram, Dany mandou Sor Jorah embora. Tinha de estar só para fazer o que tinha de fazer. *Isto é uma loucura*, disse a si mesma enquanto tirava do veludo o ovo negro e escarlate. *Só vai partir-se e arder, e é tão belo, Sor Jorah me chamará de tonta se estragá-lo*, no entanto, no entanto...

Embalando o ovo com as mãos, levou-o para o fogo e o empurrou para o interior dos carvões ardentes. As escamas negras pareceram brilhar quando beberam o calor. Chamas lamberam a pedra com pequenas línguas vermelhas. Dany depositou os outros dois ovos ao lado do negro, no fogo. Quando deu um passo para longe do braseiro, a respiração tremeu-lhe na garganta.

Observou até que os carvões se transformaram em cinzas. Fagulhas flutuavam para cima e seguiam pelo orifício de saída da fumaça. Ondas de calor estremeciam em torno dos ovos de dragão. E foi tudo.

Seu irmão Rhaegar foi o último dragão, dissera Sor Jorah. Dany fitou tristemente os ovos. Que esperava? Um milhar de milhares de anos antes tinham estado vivos, mas agora eram apenas rochas bonitas. Não podiam fazer um dragão. Um dragão era ar e fogo. Carne viva, não pedra morta.

Quando Khal Drogo regressou, o braseiro estava frio de novo. Cohollo levava um cavalo de carga à sua frente com a carcaça de um grande leão branco presa ao dorso. No céu, as estrelas começavam a surgir. O *khal* soltou uma gargalhada ao saltar do cavalo e mostrou-lhe as cicatrizes na perna, onde o *hrakkar* o arranhara através dos calções.

– Farei para você um manto de sua pele, lua da minha vida – ele jurou.

Quando Dany lhe contou o que acontecera no mercado, todos os risos pararam, e Khal Drogo ficou muito silencioso.

– Esse envenenador foi o primeiro – preveniu-o Sor Jorah Mormont –, mas não será o último. Os homens arriscarão muito por um título.

Drogo ficou em silêncio durante algum tempo. Por fim, disse:

– Esse vendedor de venenos fugiu da lua da minha vida. Melhor seria que corresse atrás dela. E é o que vai fazer. Jhogo, Jorah, o ândalo, a ambos eu digo, escolham qualquer cavalo que desejarem das minhas manadas, e ele é seu. Qualquer cavalo, exceto o meu vermelho e a prata que foi presente de casamento à lua da minha vida. Dou-lhes este presente pelo que fizeram. E a Rhaego, filho de Drogo, o garanhão que montará o mundo, também a ele prometo um presente. A ele darei essa cadeira de ferro onde se sentou o pai de sua mãe. Darei a ele Sete Reinos. Eu, Drogo, *khal*, farei isso – sua voz ergueu-se e ele levantou o punho para o céu. – Levarei meu *khalasar* para o oeste, até onde o mundo termina, e montarei os cavalos de madeira através da negra água salgada como nenhum *khal* fez antes. Matarei os homens das roupas de ferro e derrubarei suas casas de pedra. Violarei suas mulheres, tomarei seus filhos como escravos e trarei seus deuses quebrados para Vaes Dothrak, para que se verguem sob a Mãe das Montanhas. É isso que prometo, eu, Drogo, filho de Bharbo. É isso que juro perante a Mãe das Montanhas, com as estrelas por testemunhas.

O *khalasar* partiu de Vaes Dothrak dois dias depois, dirigindo-se para o sul e para o oeste pelas planícies. Khal Drogo os liderou em seu grande garanhão vermelho, com Daenerys a seu lado na sua prata. O vendedor de vinhos corria atrás deles, nu, a pé, acorrentado pela garganta e pelos pulsos. As correntes estavam presas à sela da prata de Dany. Enquanto ela cavalgava, ele corria a seu lado, de pés nus e aos tropeções. Nenhum mal lhe aconteceria… enquanto conseguisse acompanhá-la.

Catelyn

Estava longe demais para distinguir claramente as bandeiras, mas mesmo através do nevoeiro podia ver que eram brancas com uma mancha escura no centro, que só podia ser o lobo gigante dos Stark, cinzento sobre seu fundo de gelo. Quando viu aquilo com os próprios olhos, Catelyn puxou as rédeas do cavalo e inclinou a cabeça num agradecimento. Os deuses eram bons. Não chegara tarde demais.

– Esperam a nossa vinda, senhora – disse Sor Wylis Manderly –, como o senhor meu pai jurou que fariam.

– Não os deixemos à espera por mais tempo, sor – Sor Brynden Tully esporeou o cavalo e dirigiu-se a trote vivo para os estandartes. Catelyn o acompanhou.

Sor Wylis e o irmão, Sor Wendel, seguiram-nos, à frente de seus soldados, quase mil e quinhentos homens: pouco mais de vinte cavaleiros e outros tantos escudeiros, duzentos cavaleiros livres e lanceiros e espadachins a cavalo e o resto dos homens a pé, armados com lanças, piques e tridentes. Lorde Wyman tinha ficado para trás, a fim de organizar as defesas de Porto Branco. Com quase sessenta anos, tornara-se corpulento demais para montar um cavalo.

– Se julgasse que voltaria a ver a guerra na minha vida, teria comido um pouco menos de enguias – dissera a Catelyn quando recebeu seu navio, batendo na enorme barriga com as mãos. Tinha os dedos gordos como salsichas. – Mas os meus rapazes os levarão a salvo até o seu filho, nada tema.

Os "rapazes" dele eram ambos mais velhos que Catelyn, e ela teria preferido que não saíssem tanto ao pai. Sor Wylis estava apenas a algumas enguias de não ser capaz de montar seu cavalo; Catelyn sentia pena do pobre animal. Sor Wendel, o filho mais novo, teria sido o homem mais gordo que vira na vida, não tivesse deparado com o pai e o irmão. Wylis era silencioso e formal, Wendel, ruidoso e grosseiro; ambos ostentavam bigodes de morsa e cabeças tão lisas como o bumbum de um bebê; nenhum parecia possuir uma única peça de roupa que não estivesse salpicada com manchas de comida. Mas gostava bastante deles; tinham-na trazido até Robb, como o pai prometera, e nada mais importava.

Ficou satisfeita por constatar que o filho enviara espiões até mesmo para o leste. Os Lannister, quando viessem, viriam pelo sul, mas era bom que Robb estivesse sendo cauteloso. *Meu filho está levando uma tropa para a guerra*, pensou, ainda sem bem acreditar. Temia desesperadamente por ele, e por Winterfell, mas não podia negar que também sentia certo orgulho. Um ano antes, ele era apenas um garoto. Que seria agora?, perguntava a si mesma.

Batedores detectaram os estandartes dos Manderly – o tritão branco de tridente na mão, erguendo-se do mar azul-esverdeado – e saudaram-nos calorosamente. Foram levados para um ponto elevado e suficientemente seco para um acampamento. Sor Wylis anunciou uma parada e ficou para trás com os homens, a fim de supervisionar o acender das fogueiras e os cuidados com os cavalos, ao passo que o irmão Wendel prosseguiu com Catelyn e o tio para apresentar os cumprimentos do pai ao seu suserano.

O terreno sob os cascos dos cavalos era mole e úmido. Cedia devagar enquanto iam passando por fumarentos fogos de turfa, filas de cavalos e carroças carregadas de biscoitos e carne de vaca salgada. Em um afloramento rochoso mais alto que o terreno circundante, passaram por um pavilhão senhorial com paredes de lona pesada. Catelyn reconheceu o estandarte, o alce macho dos Hornwood, castanho em seu campo laranja-escuro.

Logo depois, por entre a névoa, vislumbrou as muralhas e torres de Fosso Cailin... ou o que restava delas. Imensos blocos de basalto negro, cada um deles tão grande como uma cabana de caseiro, jaziam espalhados e tombados como os blocos de madeira de uma criança, meio enfiados no solo mole pantanoso. Nada mais restava de uma muralha exterior que outrora se erguera tão alta como a de Winterfell. A fortaleza de madeira tinha desaparecido por completo, apodrecida havia mil anos, sem sequer deixar uma viga para marcar o local onde estivera. Tudo que restava do grande castro dos Primeiros Homens eram três torres... três que antes tinham sido vinte, caso seja possível crer nos contadores de histórias.

A Torre do Portão parecia em muito bom estado, e até podia se vangloriar de alguns metros de muralha de ambos os lados. A Torre do Bêbado, no pântano, onde outrora se encontravam as muralhas sul e oeste, inclinava-se como um homem empanturrado de vinho prestes a vomitar na sarjeta. E a alta e esguia Torre dos Filhos, onde segundo a lenda os filhos da floresta tinham um dia convocado seus deuses sem nome para enviar o martelo das águas, tinha perdido metade de sua coroa. Era como se algum grande animal tivesse dado uma dentada nas ameias ao longo do topo da torre e cuspido o cascalho para o pântano. As três torres estavam verdes de musgo. Uma árvore crescia entre as pedras do lado norte da Torre do Portão, com galhos retorcidos ornados com mantos viscosos e brancos de pele-de-fantasma.

– Que os deuses tenham piedade – exclamou Sor Brynden quando viu o que se estendia à sua frente. – *Isto* é Fosso Cailin? Não passa de...

– ... uma armadilha mortal – terminou Catelyn. – Eu sei o que parece, tio. Pensei o mesmo da primeira vez que o vi, mas Ned assegurou-me de que esta *ruína* é mais poderosa do que parece. As três torres sobreviventes dominam o talude de todos os lados, e qualquer inimigo tem de passar entre elas. Os pântanos, aqui, são impenetráveis, cheios de areia movediça e poços, e repletos de serpentes. Para assaltar qualquer uma das torres, um exército teria de avançar através de esterco negro que chega ao peito dos homens, atravessar um fosso repleto de lagartos--leões e escalar muralhas escorregadias com musgo, e tudo isso enquanto fica exposto ao fogo dos arqueiros nas outras torres – deu um sorriso sombrio para o tio. – E quando a noite cai, dizem que há fantasmas, espíritos frios e vingativos do Norte que têm fome de sangue sulista.

Sor Brynden soltou um risinho.

– Lembre-me de não ficar muito tempo por aqui. Da última vez que verifiquei, eu mesmo era sulista.

Tinham sido desfraldados estandartes nas três torres. O resplendor dos Karstark esvoaçava da Torre do Bêbado sob o lobo gigante; na Torre dos Filhos, era o gigante com as correntes quebradas de Grande-Jon. Mas na Torre do Portão a bandeira dos Stark esvoaçava sozinha. Fora ali que Robb estabelecera sua base. Catelyn dirigiu-se para lá, com Sor Brynden e Sor Wendel atrás, levando os cavalos a passo lento pela estrada de tábuas e troncos que tinha sido disposta sobre o verde e o negro dos campos de lama.

Encontrou o filho rodeado pelos senhores vassalos do pai, em um salão cheio de correntes de ar, com um fogo de turfa fumegando em uma lareira negra. Estava sentado a uma maciça mesa de pedra, com uma pilha de papéis e mapas à sua frente, conversando seriamente com Roose Bolton e Grande-Jon. A princípio não reparou nela… mas o lobo, sim. O grande animal cinzento estava deitado perto do fogo, mas, quando Catelyn entrou, ergueu a cabeça, e os olhos dourados encontraram os dela. Os senhores calaram-se, um por um, e Robb ergueu os olhos perante o súbito silêncio e a viu.

– *Mãe?* – disse, com a voz pesada de emoção.

Catelyn quis correr para ele, beijar sua querida testa, envolvê-lo nos braços e apertá-lo com força para que nunca lhe acontecesse nenhum mal... mas ali, na frente de seus senhores, não se atrevia. Ele agora desempenhava um papel de homem, e ela não lhe queria tirar isso. Por esse motivo, deteve-se na ponta mais distante da laje de basalto que estavam usando como mesa. O lobo selvagem pôs-se em pé e caminhou pela sala até ela. Parecia maior do que um lobo deveria ser.

– Deixou crescer a barba – disse ela para Robb, enquanto Vento Cinzento lhe farejava a mão.

Ele esfregou o queixo, de repente atrapalhado.

– Sim – os pelos no queixo eram mais vermelhos que os cabelos.

– Gostei – Catelyn afagou suavemente a cabeça do lobo. – Torna-o parecido com meu irmão Edmure – Vento Cinzento mordiscou-lhe os dedos, de um jeito brincalhão, e regressou a trote para seu lugar perto do fogo.

Sor Haleman Tallhart foi o primeiro a seguir o lobo gigante, atravessando a sala para saudá-la, ajoelhando à sua frente e encostando a testa à sua mão.

– Senhora Catelyn – disse –, está bela como sempre, uma visão bem-vinda em tempos conturbados – seguiram-se os Glover, Galbart e Robett, e Grande-Jon Umber, e os outros, um por um. Theon Greyjoy foi o último.

– Não esperava vê-la aqui, senhora – disse enquanto se ajoelhava.

– Não pensei em vir – disse Catelyn –, até que desembarquei em Porto Branco e Lorde Wyman me disse que Robb convocara os vassalos. Conheça seu filho, Sor Wendel – Wendel Manderly avançou e fez uma reverência tão profunda quanto a barriga lhe permitia. – E meu tio, Sor Brynden Tully, que trocou o serviço de minha irmã pelo meu.

– O Peixe Negro – Robb disse. – Obrigado por se juntar a nós, sor. Precisamos de homens com a sua coragem. E o senhor também, Sor Wendel, estou contente por tê-lo aqui. Sor Rodrik também está com a senhora, mãe? Senti a sua falta.

– Sor Rodrik saiu de Porto Branco para o Norte. Nomeei-o castelão e ordenei-lhe que defendesse Winterfell até o nosso regresso. Meistre Luwin é um sábio conselheiro, mas não tem experiência nas artes da guerra.

– Nada tema a esse respeito, Senhora Stark – disse-lhe Grande-Jon, em seu grave rugido. – Winterfell está seguro. Logo vamos enfiar nossas espadas em Tywin Lannister, com a sua licença, e depois seguiremos a caminho da Fortaleza Vermelha para libertar Ned.

– Senhora, uma pergunta, se me permite – Roose Bolton, senhor do Forte do Pavor, tinha voz fraca, mas, quando falava, os homens maiores silenciavam-se para ouvir. Seus olhos eram curiosamente claros, quase desprovidos de cor, e o olhar era perturbador. – Diz-se que a senhora tem o filho anão de Lorde Tywin cativo. Trouxe o Duende até nós? Juro, faríamos bom uso de tal refém.

– É verdade que capturei Tyrion Lannister, mas já não o tenho em meu poder – Catelyn foi forçada a admitir. Um coro de consternação recebeu a notícia. – Não fiquei mais satisfeita do que os senhores. Os deuses acharam por bem libertá-lo, com alguma ajuda da tola da minha irmã – não devia exprimir tão abertamente o seu desprezo, bem o sabia, mas a partida do Ninho da Águia não fora agradável. Oferecera-se para levar consigo Lorde Robert, para criá-lo em Winterfell durante alguns anos. Atrevera-se a sugerir que a companhia de outros garotos lhe faria bem. A ira de Lysa fora uma visão assustadora. "Irmã ou não", replicara, "se tentar roubar-me meu filho, sairá pela Porta da Lua." Depois daquilo nada mais tivera a dizer.

Os senhores estavam ansiosos por lhe fazer mais perguntas, mas Catelyn ergueu a mão.

– Sem dúvida que teremos tempo para tudo isso mais tarde, mas a viagem fatigou-me. Gostaria de falar a sós com meu filho. Sei que me perdoarão, senhores – não lhes deixou escolha. Liderados pelo sempre prestativo Lorde Hornwood, os vassalos fizeram suas reverências e se retiraram. – Você também, Theon – acrescentou, quando Greyjoy se deixou ficar. Ele sorriu e os deixou.

Havia cerveja e queijo sobre a mesa. Catelyn encheu um corno, sentou-se, bebeu um gole e estudou o filho. Parecia mais alto do que quando ela partira, e os fiapos de barba faziam-no parecer mais velho.

– Edmure tinha dezesseis anos quando deixou crescer as primeiras suíças.

– Farei dezesseis em breve – Robb respondeu.

– Mas agora tem quinze. Quinze, e levando uma tropa para a batalha. Compreende por que tenho motivo para temer, Robb?

O olhar dele ficou obstinado.

– Não havia mais ninguém.

– Ninguém? – ela disse. – Diga-me quem eram aqueles homens que vi aqui há um momento? Roose Bolton, Rickard Karstark, Galbart e Robett Glover, Grande-Jon, Helman Tallhart… podia ter dado o comando a *qualquer um* deles. Que os deuses sejam bondosos, podia até ter enviado Theon, embora ele não tivesse sido a minha escolha.

– Eles não são Stark.

– São *homens*, Robb, experientes em batalha. Você lutava com espadas de madeira há menos de um ano.

Viu a ira nos olhos dele ao ouvir aquilo, mas desapareceu tão depressa como surgiu, e subitamente o filho tornou-se de novo um garoto.

– Eu sei – disse ele, desconcertado. – Está… está me mandando de volta para Winterfell?

Catelyn suspirou.

– Era o que devia fazer. Você nunca devia ter partido. Mas não me atrevo, agora não. Você chegou longe demais. Um dia, aqueles senhores o verão como seu suserano. Se mandá-lo embora agora, como uma criança que é mandada para a cama sem jantar, eles se recordarão e rirão desse fato. Chegará o dia em que necessitará que o respeitem, e até que o temam um pouco. O riso é veneno para o medo. Não lhe farei tal coisa, por mais que possa desejar mantê-lo a salvo.

– Meus agradecimentos, mãe – disse ele, com o alívio transparecendo, evidente, sob a formalidade.

Ela estendeu o braço por cima da mesa e tocou seus cabelos.

– É meu primogênito, Robb. Basta olhar para você para me lembrar do dia em que chegou ao mundo, de rosto vermelho e berrando.

Ele se levantou, claramente desconfortável com o toque dela, e caminhou até a lareira. Vento Cinzento esfregou a cabeça em sua perna.

– Sabe... do pai?

– Sim – os relatos sobre a morte súbita de Robert e a queda de Ned tinham assustado Catelyn mais do que era capaz de exprimir, mas não deixaria que o filho visse seu medo. – Lorde Manderly contou-me quando desembarquei em Porto Branco. Teve alguma notícia de suas irmãs?

– Houve uma carta – Robb respondeu, coçando o lobo gigante sob o focinho. – E uma também para a senhora, mas foi entregue em Winterfell com a minha – dirigiu-se à mesa, vasculhou entre alguns mapas e papéis e voltou com um pergaminho amarrotado. – Esta é a que escreveu para mim, não pensei em trazer a sua.

Houve algo no tom de Robb que a perturbou. Alisou o papel e leu. A preocupação deu lugar à descrença, depois à ira, e por fim ao medo.

— Isto é uma carta de Cersei, não de sua irmã — disse ao terminar. — A verdadeira mensagem está naquilo que Sansa não diz. Tudo isto sobre como os Lannister a estão tratando delicada e gentilmente... conheço o som de uma ameaça, mesmo sussurrada. Têm Sansa refém e pretendem mantê-la.

— Não há menção a Arya — Robb fez notar, em tom infeliz.

— Não — Catelyn não queria pensar no que isso poderia querer dizer, não naquele momento, não ali.

— Tive esperança... se ainda tivesse o Duende, uma troca de reféns... — pegou a carta de Sansa e a amassou, e Catelyn percebeu pelo modo como o fez que não era a primeira vez. — Há notícias do Ninho da Águia? Escrevi à tia Lysa, pedindo ajuda. Sabe se ela convocou os vassalos de Lorde Arryn? Os cavaleiros do Vale virão juntar-se a nós?

— Só um — disse ela —, o melhor deles, meu tio... mas Brynden Peixe Negro é em primeiro lugar um Tully. Minha irmã não pretende mexer um dedo fora do Portão Sangrento.

Robb recebeu aquilo duramente.

— Mãe, o que vamos *fazer*? Reuni todo esse exército, dezoito mil homens, mas não vou... não estou certo... — olhou-a, com os olhos brilhando, o orgulhoso jovem senhor evaporado num instante, e igualmente depressa se transformou novamente em uma criança, um rapaz de quinze anos procurando respostas com a mãe.

Não podia ser.

— De que tem tanto medo, Robb? — perguntou Catelyn, gentilmente.

— Eu... — ele virou a cabeça para esconder a primeira lágrima. — Se marcharmos... mesmo se ganharmos... os Lannister têm Sansa e meu pai. Vão matá-los, não vão?

— Querem que pensemos que sim.

— Quer dizer que estão mentindo?

– Não sei, Robb. O que sei é que você não tem escolha. Se for até Porto Real e jurar fidelidade, nunca será autorizado a partir. Se meter o rabo entre as pernas e se retirar para Winterfell, seus senhores perderão todo o respeito por você. Alguns até poderão passar para o lado dos Lannister. Então, a rainha, com muito menos a perder, pode fazer dos prisioneiros o que quiser. Nossa melhor esperança, nossa *única* verdadeira esperança, é que consiga derrotar o inimigo no campo de batalha. Se acontecer de capturar Lorde Tywin ou o Regicida, então uma troca poderá ser perfeitamente possível, mas este não é o âmago da questão. Enquanto tiver suficiente poder para que o temam, Ned e sua irmã deverão estar seguros. Cersei é bastante sensata para saber que pode precisar deles para fazer a paz, caso a luta lhe seja desfavorável.

– E se a luta *não* lhe for desfavorável? – Robb perguntou. – E se for desfavorável a nós?

Catelyn tomou-lhe a mão nas suas.

– Robb, não vou suavizar a verdade para você. Se perder, não há esperança para nenhum de nós. Dizem que não há nada exceto pedra no coração de Rochedo Casterly. Lembre-se do destino dos filhos de Rhaegar.

Então ela viu o medo naqueles jovens olhos, mas neles havia também uma força.

– Nesse caso, não perderei – prometeu.

– Conte-me o que sabe da luta nas terras do rio – ela pediu. Tinha de saber se ele estava realmente pronto.

– Há menos de uma quinzena, travou-se uma batalha nos montes sob o Dente Dourado. Tio Edmure enviou Lorde Vance e Lorde Piper para defender o desfiladeiro, mas o Regicida caiu sobre eles e os pôs em fuga. Lorde Vance foi morto. A última notícia que recebemos dizia que Lorde Piper recuava para se juntar ao seu irmão e a seus outros vassalos em Correrrio, com

Jaime Lannister em seu encalço. Mas isso não é o pior. Enquanto lutavam no desfiladeiro, Lorde Tywin trazia um segundo exército Lannister pelo sul. Dizem que é ainda maior que a tropa de Jaime. Meu pai deve ter sabido disso, porque enviou alguns homens para se opor a eles, sob a bandeira do próprio rei. Deu o comando a um fidalgo qualquer do sul, um Lorde Erik, ou Derik, ou algo assim, mas Sor Raymun Darry ia com ele, e a carta dizia que havia também outros cavaleiros e uma força de guardas do pai. Mas era uma armadilha. Assim que Lorde Derik atravessou o Ramo Vermelho, os Lannister caíram sobre ele, com bandeira do rei e tudo, e Gregor Clegane os apanhou pela retaguarda quando tentaram se retirar pelo Vau do Saltimbanco. Esse Lorde Derik e alguns outros podem ter escapado, ninguém sabe ao certo, mas Sor Raymun foi morto, tal como a maior parte dos nossos homens de Winterfell. Dizem que Lorde Tywin bloqueou a Estrada do Rei e agora marcha para o norte, na direção de Harrenhal, queimando tudo à sua passagem.

Sinistro e ameaçador, pensou Catelyn. Era pior do que imaginara.

— Pretende esperar por ele aqui? — ela perguntou.

— Se ele vier até tão longe, sim, mas ninguém pensa que virá. Enviei uma mensagem para Howland Reed, de Atalaia da Água Cinzenta, um velho amigo do pai. Se os Lannister subirem o Gargalo, os cranogmanos os sangrarão ao longo de todo o caminho, mas Galbart Glover diz que Lorde Tywin é inteligente demais para isso, e Roose Bolton concorda. Acreditam que vai permanecer perto do Tridente, tomando os castelos dos senhores do rio um por um, até Correrrio ficar sozinho. Precisamos marchar para o sul ao seu encontro.

A simples ideia gelou Catelyn até os ossos. Que chances teria um rapaz de quinze anos contra comandantes de batalha experientes como Jaime e Tywin Lannister?

– Será isso sensato? Aqui você tem uma posição forte. Dizem que os velhos Reis do Norte poderiam instalar-se em Fosso Cailin e repelir tropas dez vezes maiores que a sua.

– Sim, mas nossa provisão está diminuindo, e esta não é terra de que possamos viver facilmente. Estivemos à espera de Lorde Manderly, mas agora que seus filhos se juntaram a nós, temos de marchar.

Catelyn compreendeu que estava ouvindo os senhores vassalos falarem pela voz do filho. Ao longo dos anos, recebera muitos deles em Winterfell, e ela e Ned tinham sido acolhidos às suas mesas e junto de seus fogos. Sabia que tipo de homens era cada um deles. Gostaria de saber se Robb também o sabia.

E, no entanto, havia sentido no que diziam. Essa tropa que o filho reunira não era um exército regular como os que as Cidades Livres estavam habituadas a manter, nem uma força de guardas pagos em dinheiro. A maioria era gente simples: pequenos caseiros, trabalhadores rurais, pescadores, pastores de ovelhas, filhos de estalajadeiros, comerciantes e curtidores, complementados por um punhado de mercenários e cavaleiros livres ansiosos pelo saque. Quando seus senhores chamavam, eles vinham... mas não para sempre.

– Marchar está muito bem – disse ao filho –, mas para *onde*, e com que propósito? Que pensa em fazer?

Robb hesitou.

– Grande-Jon acha que devíamos levar a batalha até Lorde Tywin e surpreendê-lo, mas os Glover e os Karstark pensam que seríamos mais sensatos em cercar o seu exército e juntar forças com Sor Edmure contra o Regicida – passou os dedos pela farta cabeleira ruiva com um ar infeliz. – Embora, quando finalmente atingirmos Correrrio... não tenho certeza.

– *Pois tenha* – disse Catelyn ao filho –, ou então volte para casa e pegue de novo a espada de madeira. Não pode se dar ao luxo de parecer indeciso perante homens como Roose Bolton e Rickard Karstark. Não se iluda, Robb... esses homens são seus vassalos, não seus amigos. Chamou-se a si mesmo comandante de batalha. *Comande*.

O filho olhou para ela, sobressaltado, como se não conseguisse acreditar no que ouvia.

– Será como diz, mãe.

– Pergunto de novo. O que é que *você* pensa em fazer?

Robb abriu um mapa sobre a mesa, um esfarrapado pedaço de couro antigo, coberto com linhas de tinta desbotada. Uma das pontas teimava em enrolar-se; segurou-a pondo-lhe o punhal em cima.

– Ambos os planos têm virtudes, mas... olhe, se tentarmos cercar a tropa de Lorde Tywin, corremos o risco de ficar presos entre ele e o Regicida, e se o atacarmos... segundo todos os relatos, ele tem mais homens do que eu, e muito mais cavalaria armada. Grande-Jon diz que isso não importa se o apanharmos de calças curtas, mas parece-me que um homem que travou tantas batalhas como Tywin Lannister não será apanhado de surpresa com toda essa facilidade.

– Muito bem – disse ela. Enquanto ele estava ali, debruçado sobre o mapa, conseguia ouvir em sua voz ecos de Ned. – Diga-me mais.

– Eu deixaria aqui uma pequena força defendendo Fosso Cailin, principalmente arqueiros, e marcharia com o resto pelo talude. Mas assim que estivéssemos abaixo do Gargalo, dividiria a nossa tropa em duas. A infantaria pode prosseguir pela Estrada do Rei, ao passo que nossos cavaleiros atravessam o Ramo Verde nas Gêmeas – apontou. – Quando Lorde Tywin receber a notícia de que seguimos para o sul, marchará para o norte a fim de dar batalha à nossa divisão principal, deixando nossos cavaleiros livres para avançar rapidamente pela margem ocidental até Correrrio – Robb recostou-se, sem se atrever propriamente a sorrir, mas satisfeito consigo mesmo e ansioso pelo elogio da mãe.

Catelyn franziu as sobrancelhas para o mapa.

– Colocaria um rio entre as duas partes do seu exército.

– E entre Jaime e Lorde Tywin – disse ele ardentemente. O sorriso enfim chegou. – Não há travessias do Ramo Verde a norte do Vau Rubi, onde Robert conquistou sua coroa. Só nas Gêmeas, bem aqui em cima, e Lorde Frey controla essa ponte. Ele é vassalo de seu pai, não é verdade?

O *Atrasado Lorde Frey*, pensou Catelyn.

– É – admitiu –, mas meu pai nunca confiou nele. E você também não devia fazê-lo.

– Não confiarei – prometeu Robb. – Que acha?

Contra a sua vontade, estava impressionada. *Ele parece um Tully*, pensou, *mas não deixa de ser filho de seu pai, e Ned o ensinou bem.*

– Que força comandaria?

– A cavalaria – respondeu de imediato. De novo como o pai; Ned guardaria sempre a tarefa mais perigosa para si.

– E a outra?

– Grande-Jon está constantemente dizendo que deveríamos esmagar Lorde Tywin. Pensei em atribuir-lhe a honra.

Era seu primeiro tropeção, mas como fazê-lo ver isso sem ferir a confiança do primeiro voo?

– Seu pai uma vez me disse que Grande-Jon era o homem mais destemido que já conhecera.

Robb deu um sorriso.

– Vento Cinzento comeu dois de seus dedos, e ele *riu*. Então concorda?

– Seu pai não é destemido – Catelyn fez notar. – É bravo, mas isso é bem diferente.

O filho pesou aquilo por um momento.

– A tropa oriental será tudo que estará entre Lorde Tywin e Winterfell – disse ele, pensativo. – Bem, eles e o punhado de arqueiros que deixarmos aqui no Fosso. Portanto, não quero alguém destemido, certo?

– Não. Quer astúcia fria, julgo eu, e não coragem.

– Roose Bolton – disse Robb de imediato. – Aquele homem me assusta.

– Então oremos para que também assuste Tywin Lannister.

Robb assentiu e enrolou o mapa.

– Vou dar as ordens e reunir uma escolta para levá-la para Winterfell.

Catelyn lutara por manter-se forte, para o bem de Ned e deste teimoso e corajoso filho de ambos. Pusera de lado o desespero e o medo, como se fossem roupas que escolhera não vestir... mas agora descobria que afinal de contas as usava.

– Não vou para Winterfell – ouviu-se dizer, surpresa com a súbita torrente de lágrimas que lhe cobriu a visão. – Meu pai pode estar morrendo atrás das muralhas de Correrrio. Meu irmão está cercado de inimigos. Tenho de ir encontrá-los.

Tyrion

Chella, filha de Cheyk, dos Orelhas Negras, tinha se adiantado para reconhecer o terreno, e foi ela quem trouxe a notícia sobre o exército na encruzilhada.

– Pelas fogueiras, digo que são vinte mil homens – ela disse. – Os estandartes são vermelhos, com um leão dourado.

– Seu pai? – perguntou Bronn.

– Ou meu irmão Jaime – Tyrion respondeu. – Saberemos em breve – examinou seu andrajoso bando de salteadores: quase trezentos Corvos de Pedra, Irmãos da Lua, Orelhas Negras e Homens Queimados, e estes eram apenas a semente do exército que esperava cultivar. Gunthor, filho de Gurn, ainda recrutava os outros clãs. Perguntou a si mesmo o que o senhor seu pai acharia deles, com suas peles e pedaços de aço roubado. A bem da verdade, ele mesmo não sabia o que achar. Seria seu comandante ou seu prisioneiro? Durante a maior parte do tempo, parecia ser um pouco de ambos. – Pode ser melhor que eu desça sozinho – sugeriu.

– Melhor para Tyrion, filho de Tywin – disse Ulf, que falava pelos Irmãos da Lua.

Shagga apertou as sobrancelhas, o que era uma visão assustadora.

– Shagga, filho de Dolf, não gosta disso. Shagga irá com o homem-rapaz, e se o homem-rapaz mente, Shagga lhe cortará o membro viril…

– … e o dará de comer às cabras, já sei – disse Tyrion num tom fatigado. – Shagga, eu voltarei, dou a minha palavra como Lannister.

– E por que deveríamos confiar na sua palavra? – Chella era uma mulher pequena e dura, reta como um rapaz, e não era nada tola. – Os senhores das terras baixas já mentiram antes aos clãs.

– Você me magoa, Chella – disse Tyrion. – E eu que pensava que nos tínhamos tornado tão bons amigos. Mas seja como quiser. Virá comigo, e também Shagga e Cronn pelos Corvos de Pedra, Ulf pelos Irmãos da Lua e Timett, filho de Timett, pelos Homens Queimados – os homens dos clãs trocaram olhares cautelosos à medida que os ia nomeando. – Os outros ficarão aqui até que os mande chamar. *Tentem* não se matar ou mutilar uns aos outros enquanto eu estiver fora.

Esporeou o cavalo e afastou-se a trote, não lhes deixando escolha exceto segui-lo ou ficar para trás. Uma ou outra coisa para ele estava bem, bastava que não se sentassem para *conversar* durante um dia e uma noite. Era esse o problema dos clãs; tinham a ideia absurda de que a voz de todos os homens devia ser ouvida em conselho, e por isso discutiam sem fim sobre *tudo*. Até as mulheres eram autorizadas a falar. Pouco admirava que se tivessem passado centenas de anos desde a última vez que ameaçaram o Vale com algo mais que uma incursão ocasional. Tyrion pretendia mudar isso.

Bronn o acompanhou. Atrás deles, depois de uma rápida sessão de resmungos, os cinco homens dos clãs seguiram-nos em seus pequenos cavalos, umas coisas magricelas que pareciam pôneis e subiam vertentes pedregosas como cabras.

Os Corvos de Pedra iam juntos, e Chella e Ulf também se mantinham perto um do outro, uma vez que os Irmãos da Lua e os Orelhas Negras tinham laços fortes entre si. Timett, filho de Timett, ia só. Todos os clãs das Montanhas da Lua temiam os Homens Queimados, que flagelavam a carne com fogo para provar sua coragem e (segundo os outros) assavam bebês em seus banquetes. E mesmo os outros Homens Queimados temiam Timett, que arrancara o próprio olho esquerdo com uma faca incandescente quando chegou à idade adulta. Tyrion deduzira que era mais comum que um rapaz arrancasse a fogo um mamilo, um dedo ou (se fosse realmente bravo, ou realmente louco) uma orelha. Os outros Homens Queimados ficaram tão atemorizados por sua escolha de um olho que imediatamente o nomearam Mão Vermelha, o que parecia ser algum tipo de chefe de guerra.

— Pergunto a mim mesmo o que o rei deles queimou — dissera Tyrion a Bronn quando ouviu a história. Sorrindo, o mercenário agarrara a virilha... mas até Bronn mantinha um respeitoso cuidado com a língua perto de Timett. Se um homem era suficientemente louco para destruir o próprio olho, era pouco provável que se mostrasse gentil para com os inimigos.

Vigias distantes espreitavam de torres de pedra solta quando o grupo desceu pelo sopé dos montes, e uma vez Tyrion viu um corvo levantando voo. Onde a estrada de altitude se retorcia entre dois afloramentos rochosos, chegaram ao primeiro ponto fortificado. Um muro baixo de terra com um metro e vinte de altura fechava a estrada, e uma dúzia de soldados com atiradeiras guarnecia os pontos altos. Tyrion fez seus homens parar fora do alcance e se dirigiu sozinho para a muralha.

— Quem comanda aqui? — gritou.

O capitão foi rápido para surgir, e ainda mais rápido para providenciar uma escolta a Tyrion quando reconheceu o filho do seu senhor. Passaram a trote por campos enegrecidos e fortificações queimadas, até as terras do rio e o Ramo Verde do Tridente. Tyrion não viu cadáveres, mas o ar estava cheio de corvos e gralhas-pretas; tinha havido luta ali, e recentemente.

A meia légua da encruzilhada, tinha sido erigida uma barricada de estacas aguçadas, guarnecida por lanceiros e arqueiros. Atrás dessa linha, o acampamento estendia-se até perder de vista. Esguios pilares de fumaça erguiam-se de centenas de fogueiras para cozinhar; homens vestidos de cota de malha sentavam-se à sombra de árvores e amolavam suas lâminas; estandartes familiares ondulavam em mastros enfiados no terreno lamacento.

Um grupo de cavaleiros avançou ao seu encontro quando se aproximaram das estacas. O cavaleiro que os liderava usava uma armadura prateada com ametistas encravadas e um manto listrado de púrpura e prata. Seu escudo mostrava o símbolo do unicórnio, e um corno em espiral com sessenta centímetros de comprimento projetava-se da testa de seu elmo em forma de cabeça de cavalo. Tyrion puxou as rédeas para saudá-lo.

– Sor Flement.

Sor Flement Brax ergueu o visor.

– Tyrion – disse, espantado. – Senhor, todos temíamos que estivesse morto, ou... – olhou incerto para os homens dos clãs. – Estes... seus companheiros...

– Amigos do peito e vassalos leais – disse Tyrion. – Onde poderei encontrar o senhor meu pai?

– Usa a estalagem no entroncamento como abrigo.

Tyrion soltou uma gargalhada. A estalagem no entroncamento! Talvez os deuses afinal fossem justos.

– Desejo vê-lo de imediato.

– Às suas ordens, senhor – Sor Flement virou o cavalo e gritou ordens. Três filas de estacas foram arrancadas do chão para abrir um buraco na linha. Tyrion o atravessou com o grupo.

O acampamento de Lorde Tywin espalhava-se ao longo de léguas. A estimativa de Chella de vinte mil homens não podia estar muito longe da verdade. Os plebeus acampavam a céu aberto, mas os cavaleiros possuíam tendas e alguns dos grandes senhores tinham erigido pavilhões grandes como casas. Tyrion vislumbrou o touro vermelho dos Prester, o javali malhado de Lorde Crakehall, a árvore ardente de Marbrand, o texugo de Lynden. Cavaleiros chamavam-no enquanto passava a meio galope, e homens de armas embasbacavam-se perante os homens dos clãs, em evidente espanto.

Shagga respondia-lhes também abrindo a boca; com toda

certeza nunca tinha visto tantos homens, cavalos e armas em sua vida. Os outros salteadores da montanha faziam melhor trabalho em manter uma expressão neutra, mas Tyrion não tinha dúvidas de que estavam tão cheios de espanto quanto Shagga. Cada vez melhor. Quanto mais impressionados estivessem com o poder dos Lannister, mais fácil seria comandá-los.

A estalagem e seus estábulos estavam muito parecidos com o que ele recordava, embora pouco restasse da aldeia além de pedras derrubadas e fundações enegrecidas. Fora erigida uma forca no pátio, e o corpo que dela pendia estava coberto de corvos. Quando Tyrion se aproximou, levantaram voo, guinchando e batendo as asas negras. Desmontou e olhou de relance para o que restava do cadáver. As aves tinham-lhe comido os lábios, os olhos e a maior parte das bochechas, deixando arreganhados os dentes manchados de vermelho, num hediondo sorriso.

– Um quarto, uma refeição e um jarro de vinho, foi tudo que lhe pedi – disse ao cadáver com um suspiro de censura.

Rapazes emergiram hesitantes dos estábulos para tratar de seus cavalos. Shagga não queria entregar o seu.

– O rapaz não roubará sua égua – garantiu-lhe Tyrion. – Só quer dar-lhe um pouco de aveia e água, e escovar-lhe o pelo – o pelo de Shagga também precisava de uma boa escovada, mas mencioná-lo teria demonstrado pouco tato. – Tem a minha palavra, não farão mal ao cavalo.

Irritado, Shagga largou as rédeas.

– Este é o cavalo de Shagga, filho de Dolf – rugiu para o cavalariço.

– Se ele não o devolver, arranca-lhe o membro viril e o dá de comer às cabras – sugeriu Tyrion. – Desde que consiga encontrar alguma.

Um par de guardas domésticos, usando mantos carmesins e elmos encimados por leões, encontrava-se sob a tabuleta da estalagem, de ambos os lados da porta. Tyrion reconheceu o capitão.

– Meu pai?

– Na sala comum, senhor.

– Meus homens querem comer e beber – disse-lhe Tyrion. – Cuide disso – e entrou na estalagem, ali estava seu pai.

Tywin Lannister, Senhor de Rochedo Casterly e Protetor do Oeste, tinha cinquenta e poucos anos, mas era duro como um homem de vinte. Mesmo sentado, era alto, com pernas longas, ombros largos e barriga lisa. Os braços finos estavam envolvidos por músculos. Quando os cabelos dourados, antes espessos, começaram a cair, ordenara ao barbeiro que lhe rapasse a cabeça; Lorde Tywin não acreditava em meias medidas. Também escanhoava o queixo e o bigode, mas conservava as suíças, dois grandes matagais de rijos pelos dourados que lhe cobriam a maior parte das bochechas, das orelhas à maxila. Os olhos eram verde-claros salpicados de ouro. Um bobo mais tolo que a maioria certa vez dissera brincando que até a merda de Lorde Tywin era salpicada de ouro. Havia quem dissesse que o homem ainda estava vivo, enterrado bem fundo nas entranhas de Rochedo Casterly.

Sor Kevan Lannister, o único irmão sobrevivente do pai, partilhava um jarro de cerveja com Lorde Tywin quando Tyrion entrou na sala comum. O tio era corpulento e estava perdendo cabelo, com uma barba amarela cortada curta que seguia a linha do maciço maxilar. Sor Kevan foi o primeiro a vê-lo.

– Tyrion – disse, surpreso.

– Tio – disse Tyrion, fazendo uma reverência. – E o senhor meu pai. Que prazer encontrá-los aqui.

Lorde Tywin não se mexeu da cadeira, mas lançou ao filho anão um longo olhar perscrutador.

– Vejo que os rumores sobre seu falecimento eram infundados.

– Lamento desapontá-lo, pai – disse Tyrion. – Não há necessidade de saltar da cadeira e vir me abraçar, não desejo que se canse – atravessou a sala até a mesa onde eles estavam, agudamente consciente do modo como as pernas deformadas o faziam oscilar a cada passo. Sempre que os olhos do pai caíam sobre ele, ficava desconfortavelmente consciente de todas as suas deformidades e imperfeições. – Foi amável de sua parte ir à guerra por mim – disse, enquanto subia em uma cadeira e se servia de uma taça da cerveja do pai.

– Segundo vejo as coisas, foi você quem começou isto – respondeu Lorde Tywin. – Seu irmão Jaime nunca teria se submetido docilmente a ser capturado por uma mulher.

– Esta é uma das coisas em que diferimos, Jaime e eu. Ele também é mais alto, talvez tenha notado.

O pai ignorou o aparte.

– A honra de nossa Casa estava em causa. Não tive alternativa exceto ir para a guerra. Ninguém derrama impunemente sangue Lannister.

– *Ouça-me rugir* – disse Tyrion, sorrindo, as palavras Lannister. – A bem da verdade, nenhuma gota do meu sangue chegou a ser derramada, embora estivesse perto disso uma ou duas vezes. Morrec e Jyck foram mortos.

– Suponho que vá querer novos homens.

– Não se incomode, pai, adquiri alguns homens meus – experimentou um gole da cerveja. Era marrom e cheia de levedura, tão espessa que quase se conseguia mastigá-la. Muito boa, realmente. Uma pena que o pai tivesse enforcado a estalajadeira. – Como anda a sua guerra?

Foi o tio quem respondeu.

– Bastante bem, até aqui. Sor Edmure tinha espalhado pequenas companhias ao longo das fronteiras para parar as nossas incursões, e o senhor seu pai e eu conseguimos destruir, pouco a pouco, a maior parte antes que conseguissem se reagrupar.

– Seu irmão tem se coberto de glória – disse o pai. – Esmagou os lordes Vance e Piper no Dente Dourado e defrontou o poderio conjunto dos Tully à sombra das muralhas de Correrrio. Os senhores do Tridente foram postos em fuga. Sor Edmure Tully foi feito cativo, com muitos de seus cavaleiros e vassalos. Lorde Blackwood levou alguns sobreviventes para Correrrio, onde Jaime os tem sob cerco. O resto fugiu para suas próprias terras.

– Seu pai e eu temos marchado contra um deles de cada vez – disse Sor Kevan. – Com Lorde Blackwood fora, Corvarbor caiu de imediato, e a Senhora Whent rendeu Harrenhal por falta de homens para defender o castelo. Sor Gregor incendiou os Piper e os Bracken…

– Deixando-os sem oposição? – disse Tyrion.

– Não totalmente – disse Sor Kevan. – Os Mallister ainda detêm Guardamar, e Walder Frey põe em ordem seus recrutas nas Gêmeas.

– Não importa – disse Lorde Tywin. – Frey só se põe em campo quando o cheiro da vitória paira no ar, e tudo que cheira agora é a ruína. E a Jason Mallister falta força para lutar sozinho. Uma vez Correrrio seja tomado por Jaime, ambos dobrarão o joelho bem depressa. A menos que os Stark e os Arryn avancem para nos confrontar, esta guerra está ganha.

– Não me preocuparia muito com os Arryn se estivesse em seu lugar – disse Tyrion. – Os Stark são outra coisa. Lorde Eddard…

– … é nosso refém – disse o pai. – Não comandará exércitos enquanto apodrece numa masmorra sob a Fortaleza Vermelha.

– Não – concordou Sor Kevan –, mas o filho convocou os vassalos e está em Fosso Cailin com uma tropa forte em volta dele.

– Nenhuma espada é forte até ser temperada – declarou Lorde Tywin. – O rapaz Stark é uma criança. Sem dúvida que gosta bastante do som das trombetas de guerra e de ver suas bandeiras esvoaçarem ao vento, mas, no fim das contas, tudo se resume a trabalho de carniceiro. Duvido que tenha estômago para tanto.

Tyrion pensou que as coisas *tinham se* tornado interessantes enquanto estivera longe.

– E o que faz nosso destemido monarca enquanto todo este "trabalho de carniceiro" se desenrola? – quis saber. – Como foi que minha adorável e persuasiva irmã levou Robert a concordar com o aprisionamento de seu querido amigo Ned?

– Robert Baratheon está morto – seu pai respondeu. – Seu sobrinho reina em Porto Real.

Aquilo apanhou *mesmo* Tyrion de surpresa.

– Minha irmã, quer dizer – bebeu outro gole de cerveja. O reino seria um lugar muito diferente com Cersei governando no lugar do marido.

– Se tem intenção de se tornar útil, dou-lhe um comando – seu pai continuou. – Marq Piper e Karyl Vance andam à solta em nossa retaguarda, saqueando as terras ao longo do Ramo Vermelho.

Tyrion soltou um *tsc*.

– Que descaramento deles responder lutando. Em circunstâncias normais, ficaria feliz por punir tanta falta de educação, pai, mas a verdade é que tenho negócios mais prementes em outro local.

– Ah, sim? – Lorde Tywin não parecia surpreso. – Também temos um par de ideias tardias de Ned Stark que tentam se tornar um obstáculo atormentando meus destacamentos logísticos. Beric Dondarrion, um jovem fidalgote qualquer com ilusões de valor. Tem com ele aquela caricatura gorda de um sacerdote, aquele que gosta de pôr fogo na espada. Acha que poderia tratar deles enquanto foge? Sem estragar demais o serviço?

Tyrion limpou a boca com as costas da mão e sorriu.

– Pai, aquece-me o coração pensar que poderia me confiar...
o quê, vinte homens? Cinquenta? Está certo de que pode dispensar tantos assim? Bem, não importa. Se encontrar Thoros e Lorde Beric, espancarei ambos – desceu da cadeira e bamboleou até o aparador, onde uma rodela de queijo fresco raiado estava cercada de frutas. – Mas primeiro tenho algumas promessas minhas a cumprir – disse, enquanto cortava um pedaço. – Preciso de três mil elmos e outras tantas camisas de cota de malha, mais espadas, lanças, pontas de lança em aço, maças, machados de batalha, manoplas, gorjais, grevas,* placas de peito, carroças para transportar isso tudo...

A porta atrás dele abriu-se com estrondo, tão violentamente que Tyrion quase deixou cair o queijo. Sor Kevan saltou do banco, praguejando, enquanto o capitão da guarda atravessou a sala voando e foi de encontro à lareira. Enquanto caía sobre as cinzas frias, com o elmo de leão torto, Shagga partiu a espada do homem em duas num joelho grosso como um tronco de árvore, atirou os pedaços ao chão e entrou pesadamente na sala comum. Foi precedido pelo fedor que exalava, mais forte que o do queijo e avassalador naquele espaço fechado.

– Pequeno capa-vermelha – rosnou –, da próxima vez que desembainhar o aço contra Shagga, filho de Dolf, cortarei seu membro viril e o assarei numa fogueira.

– O quê? Nada de cabras? – disse Tyrion, dando uma dentada no queijo.

Os outros homens dos clãs seguiram Shagga para a sala comum, com Bronn entre eles. O mercenário encolheu tristemente os ombros na direção de Tyrion.

– E quem são vocês? – perguntou Lorde Tywin, frio como a neve.

---

* Partes da armadura que recobrem as pernas, do joelho para baixo. (N. T.)

– Seguiram-me até em casa, pai – explicou Tyrion. – Posso ficar com eles? Não comem muito.

Ninguém estava sorrindo.

– Com que direito, seus selvagens, se intrometem em nossos concílios? – exigiu saber Sor Kevan.

– Selvagens, homem das planícies? – Cronn bem poderia se parecer com um se tivesse tomado um banho. – Somos homens livres, e os homens livres, por direito, tomam parte em todos os concílios de guerra.

– Qual deles é o senhor dos leões? – perguntou Chella.

– São os dois velhos – anunciou Timett, filho de Timett, que ainda não tinha visto seu vigésimo ano.

A mão de Sor Kevan caiu sobre o cabo da espada, mas o ir-mão pousou dois dedos em seu pulso e o segurou. Lorde Tywin parecia imperturbável.

– Tyrion, esqueceu a boa educação? Seja amável e nos apre-sente os nossos... honrados hóspedes.

Tyrion lambeu os dedos.

– Com prazer – respondeu. – A bela donzela é Chella, filha de Cheyk, dos Orelhas Negras.

– Não sou donzela coisa nenhuma – protestou Chella. – Meus filhos já somam ao todo cinquenta orelhas.

– Que somem outras cinquenta – Tyrion bamboleou para longe dela. – Este é Cronn, filho de Coratt. Shagga, filho de Dolf, é aquele que se parece com um Rochedo Casterly de ca-belos. São Corvos de Pedra. Aqui está Ulf, filho de Umar, dos Irmãos da Lua, e aqui, Timett, filho de Timett, Mão Vermelha dos Homens Queimados. E este é Bronn, um mercenário sem nenhuma fidelidade em especial. Já mudou de lado duas vezes no breve período em que o conheço; o senhor e ele vão se enten-der maravilhosamente, pai – para Bronn e para os homens dos clãs, disse: – Apresento-lhes o senhor meu pai, Tywin, filho de

Tytos, da Casa Lannister, Senhor de Rochedo Casterly, Protetor do Oeste, Escudo de Lannisporto, e antiga e futura Mão do Rei.

Lorde Tywin ergueu-se, digno e correto.

– Mesmo no Oeste conhecemos a intrepidez dos clãs guerreiros das Montanhas da Lua. Que os traz do alto de suas terras, senhores?

– Cavalos – disse Shagga.

– A promessa de seda e aço – disse Timett, filho de Timett.

Tyrion se preparara para contar ao senhor seu pai como propunha reduzir o Vale de Arryn a um deserto fumegante, mas não lhe foi dada essa oportunidade. A porta abriu-se de novo com estrondo. O mensageiro deu uma olhadela rápida e estranha aos homens dos clãs de Tyrion enquanto caía sobre o joelho perante Lorde Tywin.

– Senhor, Sor Addam pede-me que avise que a tropa Stark desce pelo talude.

Lorde Tywin Lannister não sorriu. Ele *nunca* sorria, mas Tyrion aprendera a ler o prazer do pai mesmo assim, e ele estava ali, em seu rosto.

– Então o lobinho está deixando a toca para vir brincar entre os leões – disse, numa voz de calma satisfação. – Magnífico. Regresse para junto de Sor Addam e diga-lhe para se retirar. Não deverá dar combate aos nortenhos até chegarmos, mas quero que lhes atormente os flancos e os atraia mais para o sul.

– Será feito conforme ordena – o mensageiro respondeu e se retirou.

– Aqui estamos bem situados – fez notar Sor Kevan. – Perto do rio raso e rodeados de fossos e lanças. Se vierem para o sul, pois que venham e se quebrem contra nós.

– O rapaz pode esperar ou perder a coragem quando vir nossos números – respondeu Lorde Tywin. – Quanto mais depressa quebrarmos os Stark, mais depressa estarei livre para lidar com Stannis Baratheon. Que rufem os tambores para o agrupamento, e envie uma mensagem a Jaime dizendo-lhe que marcho contra Robb Stark.

– Às suas ordens – disse Sor Kevan.

Tyrion observou com um fascínio sombrio quando o senhor seu pai se virou em seguida para os meio selvagens homens dos clãs.

– Dizem que os homens dos clãs de montanha são guerreiros destemidos.

– Dizem a verdade – respondeu Cronn, dos Corvos de Pedra.

– E as mulheres também – acrescentou Chella.

– Acompanhem-me contra os meus inimigos e terão tudo que meu filho lhes prometeu, e mais ainda – disse-lhes Lorde Tywin.

– Pagará com a nossa própria moeda? – disse Ulf, filho de Umar. – Por que necessitaríamos da promessa do pai, quando temos a do filho?

– Nada disse sobre *necessidade* – respondeu Lorde Tywin. – Minhas palavras eram uma cortesia, nada mais. Não precisam se juntar a nós. Os homens das terras de inverno são feitos de ferro e gelo, e até meus cavaleiros mais corajosos temem defrontá-los.

Ah, mas que habilidade, pensou Tyrion, com um sorriso torto.

– Os Homens Queimados nada temem. Timett, filho de Timett, acompanhará os leões.

– Aonde quer que os Homens Queimados forem, os Corvos de Pedra estarão lá primeiro – declarou acaloradamente Cronn. – Também vamos.

– Shagga, filho de Dolf, lhes cortará os órgãos viris e os dará de comer aos corvos.

– Vamos acompanhá-lo, senhor leão – concordou Chella, filha de Cheyk –, mas só se seu filho meio-homem vier conosco. Comprou o ar que respira com promessas. Até termos o aço que nos prometeu, sua vida nos pertence.

Lorde Tywin virou os olhos semeados de ouro para o filho.

– Alegria – disse Tyrion com um sorriso resignado.

Sansa

As paredes da sala do trono tinham sido desnudadas, removeram-se as tapeçarias com cenas de caça que o Rei Robert adorava, amontoadas a um canto, numa pilha desordenada.

Sor Mandon Moore tomou seu lugar sob o trono ao lado de dois de seus companheiros da Guarda Real. Sansa permaneceu perto da porta, pela primeira vez sem ser guardada. A rainha lhe tinha dado liberdade de castelo como recompensa por se comportar bem, mas mesmo assim era escoltada para todo lado. "Guardas de honra para minha futura filha", chamava-os a rainha, mas não faziam com que Sansa se sentisse honrada.

"Liberdade de castelo" significava que podia ir aonde quisesse dentro da Fortaleza Vermelha, desde que prometesse não atravessar suas muralhas, uma promessa que Sansa estivera mais que disposta a fazer. Fosse como fosse, não poderia ter atravessado as muralhas. Os portões eram vigiados dia e noite pelos homens de manto dourado de Janos Slynt, e também havia sempre por perto guardas da Casa Lannister. Além disso, mesmo se pudesse sair do castelo, para onde iria? Bastava que pudesse andar pelo pátio, apanhar flores no jardim de Myrcella e visitar o septo para rezar pelo pai. Às vezes, rezava também no bosque sagrado, visto que os Stark eram fiéis aos antigos deuses.

Aquela era a primeira audiência do reinado de Joffrey, e Sansa olhou nervosamente em volta. Uma fileira de guardas Lannister alinhava-se sob as janelas ocidentais e uma fileira de Patrulheiros da Cidade trajando manto dourado, sob as orientais. De plebeus e gente comum não viu sinal, mas, sob a galeria, um aglomerado de grandes e pequenos senhores andava incansavelmente em círculos. Não eram mais de vinte, quando uma centena costumava esperar pelo Rei Robert.

Sansa deslizou entre eles, murmurando saudações enquanto abria caminho para a frente. Reconheceu a pele negra de Jalabhar Xho, o sombrio Sor Aron Santagar, os irmãos Redwyne, Horror e Babeiro… mas nenhum deles pareceu reconhecê-la. Ou, se o fizeram, esquivaram-se como se tivesse a praga cinzenta. O enfermiço Lorde Gyles cobriu o rosto quando ela se aproximou e fingiu um ataque de tosse, e quando o engraçado e ébrio Sor Dontos começou a saudá-la, Sor Balon Swann segredou-lhe ao ouvido e ele se virou.

E havia tantos outros que não estavam ali. Sansa perguntou a si mesma para onde teriam ido. Em vão, procurou rostos amistosos. Nem um lhe sustentou o olhar. Era como se tivesse se transformado em fantasma, morta antes da hora.

O Grande Meistre Pycelle estava sentado, sozinho, à mesa do conselho, aparentemente adormecido, com as mãos apertadas sobre a barba. Viu Lorde Varys entrar às pressas na sala, sem fazer o mínimo som com os pés. Um momento mais tarde, Lorde Baelish entrou pelas grandes portas sorrindo. Conversou amigavelmente com Sor Balon e Sor Dontos enquanto abria caminho para a frente. Borboletas esvoaçaram nervosamente dentro da barriga de Sansa. *Não devia ter medo*, repreendeu-se. *Não tenho nada a temer, tudo ficará bem, Joff me ama e a rainha também, foi ela quem disse.*

A voz de um arauto ressoou.

– Saúdem Sua Graça, Joffrey das Casas Baratheon e Lannister, o Primeiro de Seu Nome, Rei dos Ândalos, dos Roinares e dos Primeiros Homens e Senhor dos Sete Reinos. Saúdem a senhora sua mãe, Cersei da Casa Lannister, Rainha Regente, Luz do Oeste e Protetora do Território.

Sor Barristan Selmy, resplandecente em sua armadura branca, entrou à frente deles. Sor Arys Oakheart escoltava a rainha, ao passo que Sor Boros Blount caminhava ao lado de Joffrey;

portanto, havia agora na sala seis dos membros da Guarda Real, todas as Espadas Brancas, menos Jaime Lannister. Seu príncipe – não, agora era seu rei! – subiu de dois em dois os degraus até o Trono de Ferro, enquanto a mãe se sentava com o conselho. Joffrey vestia veludo negro intercalado com carmesim, uma capa de colarinho alto, de cintilante tecido de ouro, e na cabeça tinha uma coroa dourada incrustada de rubis e diamantes negros.

Quando Joffrey se virou para olhar para a sala, os olhos encontraram-se com os de Sansa. Sorriu, sentou-se e falou.

– É dever de um rei punir os desleais e recompensar os fiéis. Grande Meistre Pycelle, ordeno que leia meus decretos.

Pycelle pôs-se em pé. Vestia uma magnífica toga de grosso veludo vermelho, com um colarinho de arminho e brilhantes presilhas douradas. Retirou um pergaminho da manga pendente, pesada com arabescos dourados, e começou a ler uma longa lista de nomes, ordenando a todos, em nome do rei e do conselho, que se apresentassem e jurassem lealdade a Joffrey. Caso não o fizessem, seriam declarados traidores e teriam suas terras e títulos confiscados pela coroa.

Os nomes que leu fizeram Sansa prender a respiração. Lorde Stannis Baratheon, a senhora sua esposa e sua filha. Lorde Renly Baratheon. Ambos os lordes Royce e seus filhos. Sor Loras Tyrell. Lorde Mace Tyrell, seus irmãos, tios e filhos. O sacerdote vermelho, Thoros de Myr. Lorde Beric Dondarrion. Senhora Lysa Arryn e o filho, o pequeno Lorde Robert. Lorde Hoster Tully, o irmão, Sor Brynden, e o filho, Sor Edmure. Lorde Jason Mallister. Lorde Bryce Caron, da Marca. Lorde Tytos Blackwood. Lorde Walder Frey e o herdeiro, Sor Stevron. Lorde Karyl Vance. Lorde Jonos Bracken. A Senhora Shella Whent. Doran Martell, Príncipe de Dorne, e todos os seus filhos. *Tantos*, pensou, enquanto Pycelle continuava a ler, *que será preciso um bando inteiro de corvos para enviar essas ordens.*

E por fim, quase em último, chegaram os nomes que Sansa temia. A Senhora Catelyn Stark. Robb Stark. Brandon Stark, Rickon Stark, Arya Stark. Sansa abafou um arquejo. *Arya*. Queriam que Arya se apresentasse e fizesse um juramento... isso significava que a irmã tinha fugido na galé, já devia estar a salvo em Winterfell...

O Grande Meistre Pycelle enrolou a lista, enfiou-a na manga esquerda e retirou outro pergaminho da direita. Limpou a garganta e prosseguiu.

– No lugar do traidor Eddard Stark, é desejo de Sua Graça que Tywin Lannister, Senhor de Rochedo Casterly e Protetor do Oeste, ocupe o posto de Mão do Rei, para falar com a sua voz, liderar seus exércitos contra os inimigos e pôr em prática a sua real vontade. Assim decretou o rei. O pequeno conselho consente. No lugar do traidor Stannis Baratheon, é desejo de Sua Graça que a senhora sua mãe, a Rainha Regente Cersei Lannister, que sempre foi a sua mais dedicada apoiadora, se sente em seu pequeno conselho, para que possa ajudá-lo a governar sabiamente e com justiça. Assim decretou o rei. E o pequeno conselho consente.

Sansa ouviu murmúrios dos senhores que a rodeavam, mas foram rapidamente abafados. Pycelle prosseguiu.

– É também desejo de Sua Graça que o seu leal servidor, Janos Slynt, Comandante da Patrulha da Cidade de Porto Real, seja de imediato promovido à categoria de lorde e que lhe seja atribuído o antigo domínio de Harrenhal com todas as suas terras e rendimentos, e que seus filhos e netos mantenham essas honrarias após a sua morte e até o fim dos tempos. Ordena ainda que *Lorde* Slynt se sente imediatamente em seu pequeno conselho, para ajudar no governo do reino. Assim decretou o rei. E o pequeno conselho consente.

Sansa detectou movimento pelo canto do olho quando Janos Slynt fez sua entrada. E então os murmúrios foram mais sonoros e mais zangados. Senhores orgulhosos, cujas casas remontavam há milhares de anos, abriram relutantemente caminho ao plebeu meio careca com cara de sapo que passava por eles. Escamas douradas tinham sido cosidas ao veludo negro de seu gibão e ressoavam suavemente a cada passo. O manto era de cetim xadrez, negro e dourado. Dois rapazes feios, que deviam ser seus filhos, caminhavam à sua frente, lutando com o peso de um sólido escudo de metal tão alto quanto eles. Como símbolo tinha escolhido uma lança ensanguentada, de ouro em fundo negro como a noite. Ao vê-la, Sansa sentiu arrepios.

Enquanto Lorde Slynt tomava seu lugar, o Grande Meistre Pycelle prosseguiu:

– Por fim, nestes tempos de traição e perturbação, com o nosso querido Robert tão recentemente morto, é opinião do conselho que a vida e a segurança do Rei Joffrey é de suprema importância… – olhou para a rainha.

Cersei pôs-se em pé.

– Sor Barristan Selmy, apresente-se.

Sor Barristan tinha estado na base do Trono de Ferro, tão imóvel como uma estátua, mas agora caía sobre o joelho e inclinava a cabeça.

– Vossa Graça, estou às suas ordens.

– Erga-se, Sor Barristan – disse Cersei Lannister. – Pode tirar o elmo.

– Senhora? – erguendo-se, o velho cavaleiro tirou o grande elmo branco, embora não parecesse compreender por quê.

– Tem servido o reino longa e fielmente, meu bom sor, e todos os homens e mulheres nos Sete Reinos lhe devem agradecimentos. Mas, agora, temo que seu serviço esteja no fim. É desejo do rei e do conselho que se alivie do seu pesado fardo.

– O meu… fardo? Temo que… que não…

O recém-nomeado lorde, Janos Slynt, falou com a voz pesada e brusca.

– Sua Graça está tentando dizer que está demitido do posto de Senhor Comandante da Guarda Real.

O alto cavaleiro de cabelos brancos pareceu encolher, ali, em pé, quase sem respirar.

– Vossa Graça – disse por fim. – A Guarda Real é uma Irmandade Juramentada. Nossos votos são feitos para a vida. Só a morte pode demitir o Senhor Comandante de sua responsabilidade sagrada.

– A morte de quem, Sor Barristan? – a voz da rainha era suave como seda, mas as palavras soaram em todo o salão. – A sua ou a de seu rei?

– O senhor deixou meu pai morrer – disse Joffrey acusadoramente de cima do Trono de Ferro. – É velho demais para proteger alguém.

Sansa viu o cavaleiro olhar para seu novo rei. Nunca como agora o vira aparentar a idade que tinha.

– Vossa Graça – disse. – Fui escolhido para as Espadas Brancas no meu vigésimo terceiro ano. Sempre sonhara com isso, desde o primeiro momento em que empunhei uma espada. Renunciei a qualquer pretensão à minha fortaleza ancestral. A donzela com quem ia me casar desposou meu primo, eu não tinha falta de terras ou filhos, viveria pelo reino. Foi o próprio Sor Gerold Hightower quem ouviu meu juramento… de proteger o rei com todas as minhas forças… de dar meu sangue pelo dele… Lutei ao lado do Touro Branco e do Príncipe Lewyn de Dorne… ao lado de Sor Arthur Dayne, a Espada da Manhã. Antes de servir seu pai, ajudei a proteger o Rei Aerys, e antes dele o pai, Jaehaerys… três reis…

– E todos estão mortos – recordou Mindinho.

– Seu tempo acabou – anunciou Cersei Lannister. – Joffrey precisa de homens jovens e fortes ao seu redor. O conselho decidiu que Sor Jaime Lannister tome o seu lugar como Senhor Comandante dos Irmãos Juramentados das Espadas Brancas.

– O Regicida – disse Sor Barristan, com a voz dura de desprezo. – O falso cavaleiro que profanou sua lâmina com o sangue do rei que jurou defender.

– Tenha cuidado com o que diz, senhor – avisou a rainha. – Fala de nosso amado irmão, do sangue de seu rei.

Lorde Varys falou, mais suavemente que os outros.

– Não esquecemos os seus serviços, meu bom senhor. Lorde Tywin Lannister concordou generosamente em lhe conceder um bom trecho de terras ao norte de Lannisporto, junto ao mar, com ouro e homens suficientes para construir uma robusta fortaleza e criados para lhe satisfazer todas as necessidades.

Sor Barristan ergueu vivamente os olhos.

– Um salão onde morrer, e homens para me enterrar. Agradeço-lhes, senhores... mas escarro em sua piedade – ergueu as mãos e abriu as fivelas que mantinham o manto no lugar, e o pesado pano branco deslizou-lhe dos ombros e foi cair num monte, no chão. Seu capacete caiu com um *clang*. – Sou um cavaleiro – disse-lhes. Abriu as presilhas de prata da placa de peito e também a deixou cair. – Morrerei como cavaleiro.

– Um cavaleiro nu, aparentemente – observou Mindinho.

Todos riram, Joffrey de seu trono, os senhores presentes, Janos Slynt, a Rainha Cersei e Sandor Clegane, e mesmo os outros homens da Guarda Real, os cinco que tinham sido seus irmãos até um momento antes. *Certamente isso foi o que mais lhe magoou,* pensou Sansa. Seu coração compadeceu-se do galante senhor, que ali estava envergonhado e corado, zangado demais para falar. Por fim, puxou a espada.

Sansa ouviu alguém ofegar. Sor Boros e Sor Meryn avançaram para enfrentá-lo, mas Sor Barristan congelou-os no lugar com um olhar que pingava desprezo.

– Nada temam, senhores, seu rei está a salvo... mas não graças a vocês. Mesmo agora, poderia abrir caminho através dos cinco tão facilmente como um punhal corta o queijo. Se aceitam servir às ordens do Regicida, então nenhum de vocês é digno de usar o branco – atirou a espada aos pés do Trono de Ferro. – Tome, rapaz. Funda-a e junte-a às outras, se quiser. Fará melhor serviço que as espadas nas mãos destes cinco. Talvez Lorde Stannis se sente em cima dela quando lhe tomar o trono.

Atravessou toda a sala para sair, com os passos ressoando ruidosamente no chão, arrancando ecos das paredes de pedra nua. Senhores e senhoras abriram alas para ele passar. Sansa só voltou a ouvir sons depois de os pajens fecharem as grandes portas de carvalho e bronze às suas costas: vozes baixas, movimentos incomodados, o rumor de papéis vindo da mesa do conselho.

– Ele me chamou de *rapaz* – disse Joffrey em tom rabugento, soando mais novo do que era. – E também falou de meu tio Stannis.

– Conversa fiada – disse Varys, o eunuco. – Sem significado...

– Pode estar conspirando com meus tios. Quero-o capturado e interrogado – ninguém se moveu. Joffrey ergueu a voz. – Eu disse *que o quero capturado!*

Janos Slynt levantou-se da mesa do conselho.

– Meus homens tratarão disso, Vossa Graça.

– Ótimo – disse o Rei Joffrey. Lorde Janos saiu do salão, com os filhos feios correndo para acompanhar seu passo enquanto arrastavam com dificuldade o grande escudo de metal com as armas da Casa Slynt.

– Vossa Graça – relembrou Mindinho ao rei. – Se pudéssemos recomeçar, os sete são agora seis. Falta-nos uma nova espada para a Guarda Real.

Joffrey sorriu.

– Diga-lhes, mãe.

– O rei e o conselho decidiram que não há homem nos Sete Reinos mais capaz de guardar e proteger Sua Graça do que o seu escudo juramentado, Sandor Clegane.

– Que acha disso, Cão? – perguntou o Rei Joffrey.

Era difícil ler o rosto cheio de cicatrizes de Cão de Caça, que levou um longo momento refletindo.

– E por que não? Não tenho terras nem esposa para deixar, e quem se importaria se tivesse? – o lado queimado da boca retorceu-se. – Mas aviso que não farei juramento de cavaleiro.

– Os Irmãos Juramentados da Guarda Real sempre foram cavaleiros – disse firmemente Sor Boros.

– Até agora – disse Cão de Caça em sua profunda voz áspera, e Sor Boros calou-se.

Quando o arauto do rei avançou, Sansa compreendeu que o momento tinha quase chegado. Alisou nervosamente o tecido da saia. Estava vestida de luto, em sinal de respeito pelo rei morto, mas tinha tido especial cuidado em ficar bela. O vestido era o de seda cor de marfim que a rainha lhe dera, aquele que Arya estragara, mas havia mandado tingir de negro e não era possível ver a mancha. Levara horas atormentada com as joias, e por fim decidira-se pela elegante simplicidade de uma corrente de prata sem adornos.

A voz do arauto retumbou.

– Se algum homem neste salão tem outros assuntos para colocar a Sua Graça, que fale agora ou se mantenha em silêncio.

Sansa vacilou. *Agora*, disse a si mesma, *tenho de fazê-lo agora. Que os deuses me deem coragem.* Deu um passo, depois outro. Senhores e cavaleiros afastaram-se silenciosamente para deixá-la passar, e sentiu o peso daqueles olhos em cima de si. *Tenho de ser tão forte quanto a senhora minha mãe.*

– Vossa Graça – chamou, numa voz suave e trêmula.

A altura do Trono de Ferro dava a Joffrey uma visão melhor que a qualquer outro dos presentes no salão. Foi o primeiro a vê-la.

– Avance, senhora – disse, sorrindo.

O sorriso dele a encorajou, a fez sentir-se bela e forte. *Ele me ama mesmo, ama mesmo.* Sansa ergueu a cabeça e caminhou em sua direção, nem devagar nem depressa demais. Não podia deixá-los ver como estava nervosa.

– A Senhora Sansa, da Casa Stark – gritou o arauto.

Parou sob o trono, no lugar onde o manto branco de Sor Barristan estava amontoado no chão, ao lado de seu elmo e de sua placa de peito.

– Tem algum assunto para o rei e o conselho, Sansa? – perguntou a rainha da mesa do conselho.

– Tenho – ajoelhou-se sobre o manto, para não estragar o vestido, e olhou para seu príncipe naquele temível trono negro. – Se for desejo de Vossa Graça, peço misericórdia para meu pai, Lorde Eddard Stark, que foi Mão do Rei – treinara as palavras uma centena de vezes.

A rainha suspirou.

– Sansa, você me desaponta. O que lhe disse a respeito do sangue do traidor?

– Seu pai cometeu graves e terríveis crimes, senhora – entoou o Grande Meistre Pycelle.

– Ah, pobre coisinha triste – suspirou Varys. – Não é mais que uma criança inocente, senhores, não sabe o que está pedindo.

Sansa só tinha olhos para Joffrey. *Ele tem de me ouvir, tem de me ouvir*, pensou. O rei mudou de posição.

– Deixe-a falar – ordenou. – Quero ouvir o que ela diz.

– Obrigada, Vossa Graça – Sansa sorriu, um tímido sorriso secreto, só para ele. Ele estava ouvindo. Ela sabia que ouviria.

– A traição é uma erva daninha – declarou solenemente Pycelle. – Tem de ser arrancada, raiz, caule e semente, para que novos traidores não nasçam na beira de cada estrada.

– Nega o crime de seu pai? – perguntou Lorde Baelish.

– Não, senhores – Sansa não era assim tão tola. – Sei que ele deve ser punido. Tudo que peço é misericórdia. Sei que o senhor meu pai deve se arrepender do que fez. Era amigo do Rei Robert, e adorava-o, todos sabem que o adorava. Nunca quis ser Mão até que o rei lhe pediu. Devem ter mentido para ele. Lorde Renly, ou Lorde Stannis, ou... ou *alguém*, deve ter mentido, de outra forma...

O Rei Joffrey inclinou-se para a frente, com as mãos agarrando os braços do trono. Pontas de espadas quebradas projetaram-se entre seus dedos.

– Ele disse que eu não era o rei. Por que ele disse isso?

– Tinha a perna quebrada – respondeu ansiosamente Sansa. – Doía tanto que Meistre Pycelle dava-lhe leite de papoula, e dizem que o leite de papoula enche a cabeça de devaneios. De outra forma, nunca o teria dito.

Varys disse:

– A fé de uma criança... que doce inocência... e, no entanto, dizem que a sabedoria surge frequentemente das bocas dos inexperientes.

– Traição é traição – Pycelle respondeu imediatamente.

Joffrey agitava-se no trono.

– Mãe?

Cersei Lannister avaliou Sansa pensativamente.

– Se Lorde Eddard confessasse seu crime – acabou por dizer –, saberíamos que se arrependeu de sua loucura.

Joffrey pôs-se em pé. *Por favor*, pensou Sansa, *por favor, por favor, seja o rei que sei que é, bom, amável e nobre, por favor.*

– Tem algo mais a dizer? – perguntou-lhe.

– Só que... se me ama, conceda-me essa gentileza, meu príncipe – ela disse.

O Rei Joffrey olhou-a de cima a baixo.

– Suas doces palavras me comoveram – disse galantemente, acenando, como que dizendo que tudo ficaria bem. – Farei como pede... Mas primeiro seu pai tem de confessar. Tem de confessar e dizer que eu sou o rei, ou não haverá misericórdia para ele.

– Ele o fará – disse Sansa, com o coração aos saltos. – Ah, eu sei que o fará.

Eddard

A palha no chão fedia a urina. Não havia janela, nem cama, nem mesmo um balde para os dejetos. Lembrava-se de paredes de pedra vermelho-clara respingadas com manchas de salitre, uma porta cinza de madeira rachada, com dez centímetros de espessura e reforçada com ferro. Vira esses detalhes num rápido relance enquanto o atiravam lá. Depois de a porta ser fechada com estrondo, nada mais vira. A escuridão era absoluta. Era como se estivesse cego.

Ou morto. Enterrado com o seu rei.

– Ah, Robert – murmurou enquanto a mão apalpava uma parede fria de pedra, com a perna latejando a cada movimento. Recordou a brincadeira do rei nas criptas de Winterfell, enquanto os Reis do Inverno os olhavam com frios olhos de pedra. *O rei come*, dissera Robert, *e a Mão recolhe a merda*. Como ele rira. Mas enganara-se. *O rei morre*, pensou Ned Stark, *e a Mão é enterrada*.

A masmorra ficava sob a Fortaleza Vermelha, mais fundo do que se atrevia a imaginar. Lembrava-se das velhas histórias sobre Maegor, o Cruel, que assassinara todos os pedreiros que tinham trabalhado em seu castelo para que nunca pudessem revelar os seus segredos.

Maldizia-os a todos: Mindinho, Janos Slynt e seus homens, a rainha, o Regicida, Pycelle, Varys e Sor Barristan, até Lorde Renly, do próprio sangue de Robert, que fugira quando era mais necessário. Mas, no fim das contas, culpava-se a si mesmo.

– *Estúpido* – gritou para a escuridão –, três vezes maldito, cego e estúpido.

O rosto de Cersei Lannister pareceu flutuar à sua frente na escuridão. Tinha os cabelos cheios de sol, mas havia escárnio no sorriso. "Quando se joga o jogo dos tronos, ganha-se ou morre", sussurrou. Ned jogara e perdera, e seus homens tinham pagado o preço de sua loucura com o sangue de suas vidas.

Quando pensou nas filhas, teria chorado de bom grado, mas as lágrimas não vinham. Mesmo agora, era um Stark de Winterfell, e a dor e a raiva congelavam dentro dele.

Se se mantivesse muito quieto, a perna não doía tanto, por isso fez o que pôde para permanecer imóvel. Não saberia dizer durante quanto tempo. Não havia sol nem lua. Não conseguia enxergar para fazer marcas nas paredes. Ned fechou e abriu os olhos; não havia diferença. Adormeceu, acordou e voltou a adormecer. Não sabia o que era mais doloroso, se estar acordado ou dormindo. Quando dormia, sonhava, sonhos escuros e perturbadores sobre sangue e promessas quebradas. Quando acordava, nada havia a fazer não ser pensar, e os pensamentos despertos eram piores que pesadelos. Pensar em Cat era tão doloroso como uma cama de urtigas. Perguntava a si mesmo onde ela poderia estar, o que estaria fazendo. Perguntava-se se voltaria a vê-la.

As horas transformaram-se em dias, ou pelo menos era o que parecia. Sentia uma dor surda na perna quebrada, uma comichão por baixo do gesso. Quando tocava a coxa, sentia a pele quente. O único som era o de sua respiração. Após algum tempo, começou a falar em voz alta, só para ouvir uma voz. Fez planos para se manter são, construiu castelos de esperança na escuridão. Os irmãos de Robert andavam pelo mundo, recrutando exércitos em Pedra do Dragão e em Ponta Tempestade. Alyn e Harwin regressariam a Porto Real com o resto de sua guarda depois de tratarem de Sor Gregor. Catelyn rebelaria o Norte quando as notícias lhe chegassem, e os senhores do rio, da montanha e do Vale se juntariam a ela.

Deu por si a pensar cada vez mais em Robert. Via o rei como ele fora na flor da juventude, alto e bonito, com o grande elmo guarnecido de chifres na cabeça, de machado de guerra na mão, montado no cavalo como um deus cornudo. Ouviu seu riso na escuridão, viu seus olhos, azuis e cristalinos como lagos de montanha. "Olha para nós, Ned", disse Robert. "Deuses, como chegamos a isto? Você aqui e eu morto por um porco. Conquistamos juntos um trono…"

Falhei com você, Robert, pensou Ned. Não podia dizer aquelas palavras. *Menti, escondi a verdade. Deixei que te matassem.*

O rei o ouviu. "Seu tolo de pescoço duro", murmurou, "orgulhoso demais para escutar. Pode-se comer orgulho, Stark? Será que a honra protege seus filhos?" Rachaduras correram pelo rosto, fissuras que se abriam na carne, e ele ergueu a mão e arrancou a máscara. Não era Robert; era Mindinho, sorrindo, zombando dele. Quando abriu a boca para falar, as mentiras transformaram-se em mariposas cinzentas, quase brancas, e levantaram voo.

Ned estava meio adormecido quando ouviu passos. A princípio pensou que fosse sonho; passara-se tanto tempo desde que ouvira algo mais que o som da própria voz. Ned sentia-se febril, com a perna transformada em uma agonia surda e os lábios secos e rachados. Quando a pesada porta de madeira abriu com um rangido, a súbita luz fez seus olhos doerem.

Um carcereiro atirou-lhe um cântaro. O barro era fresco e salpicado de umidade. Ned agarrou-o com as duas mãos e emborcou avidamente. Água escorreu-lhe da boca e pingou através da barba. Bebeu até pensar que ficaria maldisposto.

– Quanto tempo…? – perguntou, numa voz fraca, quando não mais conseguiu beber.

O carcereiro era um homem com ar de espantalho, cara de rato e barba desordenada, vestindo uma camisa de cota de malha e meia capa de couro.

– Não se fala – disse enquanto arrancava o cântaro dos dedos de Ned.

– Por favor – disse Ned –, as minhas filhas... – a porta fechou-se com estrondo. Ned piscou quando a luz desapareceu, baixou a cabeça até o peito e enrolou-se na palha. Já não fedia a urina e a merda. Já não cheirava a nada.

Já não era capaz de distinguir a diferença entre estar acordado e estar dormindo. A lembrança caiu sobre ele na escuridão, tão viva como um sonho. Era o ano da falsa primavera, e ele tinha de novo dezoito anos e descera do Ninho da Águia para o torneio em Harrenhal. Via o profundo verde da campina e cheirava o pólen no vento. Dias tépidos, noites frescas e o gosto doce do vinho. Lembrava-se das gargalhadas de Brandon e do enlouquecido valor de Robert na luta corpo a corpo, do modo como ria enquanto derrubava dos cavalos homem atrás de homem. Lembrava-se de Jaime Lannister, um jovem dourado numa armadura branca com escamas, ajoelhado na grama em frente ao pavilhão do rei, fazendo seu juramento de defender e proteger o Rei Aerys. Depois, Sor Oswell Whent ajudou Jaime a pôr-se em pé, e o próprio Touro Branco, o Senhor Comandante Sor Gerold Hightower, prendeu o nevado manto da Guarda Real em volta de seus ombros. Todas as seis Espadas Brancas estavam lá para dar as boas-vindas ao seu irmão mais novo.

Mas quando a justa começou, o dia foi de Rhaegar Targaryen. O príncipe herdeiro usava a armadura em que acabaria por morrer: cintilante placa negra com o dragão de três cabeças de sua Casa trabalhado com rubis no peito. Uma pluma de seda escarlate estendia-se atrás dele enquanto cavalgava, e parecia que nenhuma lança conseguia tocá-lo. Brandon caiu perante ele, tal como Bronze Yohn Royce e até o magnífico Sor Arthur Dayne, a Espada da Manhã.

Robert tinha feito comentários jocosos com Jon e o velho Lorde Hunter enquanto o príncipe dava a volta ao campo depois de derrubar Sor Barristan na última justa pela coroa de campeão.

Ned lembrava-se do momento em que todos os risos tinham morrido, quando o Príncipe Rhaegar Targaryen fez o cavalo passar por sua esposa, a princesa dorniana Elia Martell, e depositou a coroa da rainha da beleza no colo de Lyanna. Ainda conseguia vê-la: uma coroa de rosas de inverno, azuis como a geada.

Ned Stark estendeu a mão para agarrar a coroa de flores, mas sob as pétalas azul-claras estavam escondidos espinhos. Sentiu-os penetrar-lhe a pele, aguçados e cruéis, viu o lento fio de sangue correr por seus dedos e acordou, tremendo, na escuridão.

Prometa-me, Ned, sussurrara a irmã de sua cama de sangue. Ela adorava o odor de rosas de inverno.

– Que os deuses me salvem – chorou Ned. – Estou enlouquecendo.

Os deuses não se dignaram a responder.

Cada vez que o carcereiro lhe trazia água, dizia a si mesmo que se passara mais um dia. A princípio suplicava ao homem alguma notícia sobre as filhas e o mundo fora de sua cela. As únicas respostas eram grunhidos e pontapés. Mais tarde, quando começaram as dores de estômago, começou a suplicar por comida. Não fazia diferença; não era alimentado. Os Lannister talvez pretendessem que ele morresse de fome. "Não", disse para si mesmo. Se Cersei o quisesse morto, teria sido abatido na sala do trono com seus homens. Ela o queria vivo. Fraco, desesperado, mas vivo. Catelyn tinha seu irmão; não se atreveria a matá-lo, ou a vida do Duende também estaria perdida.

De fora de sua cela chegou-lhe o chocalhar de correntes de ferro. Quando a porta se abriu, rangendo, Ned pôs a mão na parede úmida e empurrou-se para a luz. O clarão de um archote o fez desviar o rosto.

– Comida – grasnou.

– Vinho – respondeu uma voz. Não era o homem com cara de rato.

Aquele carcereiro era mais robusto e mais baixo, embora usasse a mesma meia capa de couro e o mesmo capacete de aço com espigão.

– Beba, Lorde Eddard – enfiou um odre de vinho nas mãos de Ned.

A voz do homem era estranhamente familiar, mas Ned Stark precisou de um momento para a identificar.

– Varys? – disse, vacilante, quando o reconhecimento chegou. Tocou o rosto do homem. – Não estou... não estou sonhando. Está aqui – as rechonchudas bochechas do eunuco estavam cobertas com uma barba cheia e escura. Ned sentiu os pelos rudes com os dedos. Varys transformara-se num carcereiro grisalho, que fedia a suor e a vinho amargo. – Como conseguiu... Que tipo de mago é você?

– Um mago sedento – disse Varys. – Beba, senhor.

As mãos de Ned apalparam o odre.

– Este é o mesmo veneno que deram a Robert?

– Ofende-me – disse Varys num tom triste. – É verdade que ninguém gosta de um eunuco. Dê-me o odre – ele bebeu, com um fio vermelho escorrendo pelo canto da boca gorda. – Não se compara à safra que você me ofereceu na noite do torneio, mas não é mais venenoso que a maioria – concluiu, limpando os lábios. – Aqui está.

Ned experimentou um gole.

– Borras – sentiu-se a ponto de regurgitar o vinho.

– Qualquer homem deve engolir o amargo com o doce. Tanto os grandes senhores quanto os eunucos. Sua hora chegou, senhor.

– As minhas filhas...

– A mais nova escapou de Sor Meryn e fugiu – disse-lhe Varys. – Não fui capaz de encontrá-la. Nem os Lannister. Uma coisa boa, essa. Nosso novo rei não a ama. Sua filha mais velha continua prometida a Joffrey. Cersei a mantém por perto. Veio a uma audiência há alguns dias suplicar que o senhor fosse poupado. Uma pena que não pudesse estar lá, ficaria comovido – inclinou-se para a frente com uma expressão séria. – Creio que o senhor compreende que é um homem morto, Lorde Eddard?

– A rainha não me matará – disse Ned. Sentia a cabeça flutuar; o vinho era forte, e passara-se muito tempo desde que comera. – Cat... Cat tem o irmão dela...

– O irmão *errado* – suspirou Varys. – E de qualquer modo, está perdido. Ela deixou que o Duende lhe fugisse por entre os dedos. Suponho que esteja morto agora, em algum lugar nas Montanhas da Lua.

– Se isso é verdade, corte-me a garganta e acabe com isto – estava tonto do vinho, cansado e desolado.

– Seu sangue é a última coisa que desejo.

Ned franziu as sobrancelhas.

– Quando assassinaram minha guarda, você ficou ao lado da rainha, observando, sem dizer uma palavra.

– E o faria de novo. Julgo recordar que estava desarmado, sem armadura e rodeado por espadas dos Lannister – o eunuco olhou-o de forma curiosa, inclinando a cabeça. – Quando era um garotinho, antes de ser cortado, viajei com uma trupe de pantomimeiros pelas Cidades Livres. Ensinaram-me que cada homem tem um papel a desempenhar, quer na vida quer na pantomima. Assim é na corte. O Magistrado do Rei tem de ser temível, o mestre da moeda deve ser frugal, o Senhor Comandante da Guarda Real tem de ser valente... e o mestre dos espiões deve ser dissimulado, obsequioso e sem escrúpulos. Um informante corajoso seria tão inútil quanto um cavaleiro covarde – recuperou o odre e bebeu.

Ned estudou o rosto do eunuco, procurando a verdade sob as cicatrizes de pantomimeiro e a barba falsa. Bebeu mais um pouco de vinho. Dessa vez desceu mais facilmente.

– É capaz de me libertar deste buraco?

– Seria... Mas vou fazê-lo? Não. Seriam feitas perguntas, e as respostas levariam até mim.

Ned não esperava outra coisa.

– Você é direto.

– Um eunuco não tem honra, e uma aranha não se beneficia do luxo dos escrúpulos, senhor.

– Ao menos poderia levar uma mensagem minha?

– Dependeria da mensagem. De bom grado lhe fornecerei papel e tinta. E depois de escrita, levarei a carta, lerei e a entregarei ou não, conforme o que melhor sirva aos meus fins.

– Seus fins. E que fins são esses, Lorde Varys?

– A paz – respondeu Varys sem hesitação. – Se havia uma alma em Porto Real verdadeiramente desesperada por manter Robert Baratheon vivo era eu – suspirou. – Protegi-o de seus inimigos durante quinze anos, mas não consegui protegê-lo de seus amigos. Que estranho ataque de loucura o levou a dizer à rainha que sabia da verdade sobre o nascimento de Joffrey?

– A loucura da misericórdia – admitiu Ned.

– Ah – disse Varys. – Com certeza. É um homem honesto e honroso, Lorde Eddard. Por vezes me esqueço disso. Conheci tão poucos ao longo da vida – lançou uma olhadela pela cela. – Quando vejo o que a honestidade e a honra lhe trouxeram, compreendo por quê.

Ned Stark encostou a cabeça à úmida parede de pedra e fechou os olhos. Sentia a perna latejar.

– O vinho do rei... interrogou Lancel?

– Ah, decerto. Cersei deu-lhe os odres e lhe disse que eram da safra favorita de Robert – o eunuco encolheu os ombros. – Um caçador vive uma vida perigosa. Se o javali não tivesse acabado com Robert, teria sido uma queda do cavalo, a picada de uma víbora da mata, uma flecha perdida... a floresta é o matadouro dos deuses. Não foi o vinho que matou o rei. Foi a sua *misericórdia*.

Era o que Ned temia.

– Que os deuses me perdoem.

– Se os deuses existirem – disse Varys –, suponho que o farão. Em todo caso, a rainha não teria esperado muito tempo. Robert estava se tornando incontrolável, e ela precisava se ver livre dele para lidar com seus irmãos. Formam uma bela dupla, Stannis e Renly. A manopla de ferro e a luva de seda – limpou a boca com as costas da mão. – Foi tonto, senhor. Devia ter escutado Mindinho quando lhe sugeriu apoiar a sucessão de Joffrey.

– Como... como soube disso?

Varys sorriu.

– Sei, e é tudo que precisa saber. Também sei que de manhã a rainha virá visitá-lo.

Lentamente, Ned ergueu os olhos.

– Por quê?

– Cersei o teme, senhor... mas tem outros inimigos que teme ainda mais. Seu querido Jaime está lutando contra os senhores do rio neste exato momento. Lysa Arryn mantém-se no Ninho da Águia, cercada de pedra e aço, e não há nenhum amor entre ela e a rainha. Em Dorne, os Martell ainda alimentam ressentimentos pelo assassinato da Princesa Elia e de seus bebês. E agora o seu filho marcha pelo Gargalo com uma tropa de nortenhos atrás.

– Robb é só um rapaz – disse Ned, horrorizado.

– Um rapaz com um exército – disse Varys. – Mas apenas um rapaz, como diz. Os irmãos do rei são quem causa a Cersei noites sem dormir... particularmente Lorde Stannis. Sua pretensão é a verdadeira, é conhecido por seu valor como comandante de batalha e é completamente desprovido de misericórdia. Não há na terra criatura que seja, nem de longe, tão aterradora como um homem verdadeiramente justo. Ninguém sabe o que Stannis tem feito em Pedra do Dragão, mas apostaria com o senhor que reuniu mais espadas que conchas. Eis o pesadelo de Cersei: enquanto o pai e o irmão gastam seu poderio batalhando com os Stark e os Tully, Lorde Stannis desembarca, proclama-se rei e arranca a cabeça loira e cacheada do filho... e junta a dela ao negócio, embora eu realmente creia que se preocupa mais com o filho.

– Stannis Baratheon é o verdadeiro herdeiro de Robert – disse Ned. – O trono é dele por direito. Eu veria com agrado a sua coroação.

Varys soltou um estalido com a língua.

– Cersei não vai querer ouvir isso, garanto. Stannis poderá conquistar o trono, mas só restará a sua cabeça podre para lhe dar as boas-vindas, a menos que tenha cuidado com a língua. Sansa suplicou tão docemente que seria uma pena que pusesse tudo a perder. Poderá ter a vida de volta, se a quiser. Cersei não é estúpida. Sabe que um lobo domado é mais útil que um morto.

– Quer que *sirva* a mulher que assassinou o meu rei, massacrou meus homens e fez do meu filho um aleijado? – a voz de Ned estava carregada de incredulidade.

– Quero que sirva o reino – disse Varys. – Diga à rainha que confessará sua vil traição, ordene a seu filho que pouse a espada e proclame Joffrey o herdeiro verdadeiro. Proponha denunciar Stannis e Renly como usurpadores sem fé. Nossa leoa de olhos verdes sabe que é um homem de honra. Dando-lhe a paz de que precisa e o tempo para lidar com Stannis, e jurando levar seu segredo para a tumba, creio que lhe será permitido vestir o negro e viver o resto de seus dias na Muralha, com seu irmão e aquele seu filho ilegítimo.

Pensar em Jon encheu Ned com um sentimento de vergonha e uma mágoa profunda demais para ser expressa em palavras. Se ao menos pudesse voltar a vê-lo, sentar-se e falar com ele... Uma dor atacou-lhe a perna quebrada sob o imundo gesso cinzento que a cobria. Estremeceu, abrindo e fechando os dedos, impotente.

– Esse plano é seu – arquejou para Varys – ou está aliado a Mindinho?

Aquilo pareceu divertir o eunuco.

– Prefiro me casar com a Cabra Negra de Qohor. Mindinho é o segundo homem mais traiçoeiro dos Sete Reinos. Ah, alimento-o com sussurros escolhidos, o suficiente para que ele *pense* que estou do seu lado... tal como permito que Cersei pense que estou do dela.

– E tal como me deixou acreditar que estava do meu. Diga-me, Lorde Varys, a quem serve realmente?

Varys fez um fino sorriso.

– Ora, o reino, meu bom senhor, como pode duvidar disso? Juro por meu membro viril perdido. Sirvo o reino, e o reino precisa de paz – bebeu o último gole de vinho e atirou o odre vazio para o lado. – Então, qual é a sua resposta, Lorde Eddard? Dê-me a sua palavra de que dirá à rainha aquilo que ela quer ouvir quando vier visitá-lo.

– Se o fizesse, minha palavra seria tão oca como uma armadura vazia. Minha vida não me é assim tão preciosa.

– É pena – o eunuco pôs-se em pé. – E a vida de sua filha, senhor? Quão preciosa é?

Uma agulha de gelo perfurou o coração de Ned.

– Minha filha...

– Certamente não pensou que havia me esquecido de sua doce inocente, senhor? A rainha com toda a certeza não o esqueceu.

– Não – suplicou Ned, com a voz debilitada. – Varys, que os deuses tenham misericórdia, faça o que quiser comigo, mas deixe minha filha fora de suas intrigas. Sansa não é mais que uma criança.

– Rhaenys também era uma criança. Filha do Príncipe Rhaegar. Uma coisinha preciosa, mais nova que suas meninas. Tinha um pequeno gatinho negro a quem chamava Balerion, sabia? Sempre senti curiosidade em saber o que lhe teria acontecido. Rhaenys gostava de fingir que ele era o verdadeiro Balerion, o Terror Negro de outrora, mas imagino que os Lannister lhe tenham ensinado rapidamente a diferença entre um gatinho e um dragão no dia em que lhe arrombaram a porta – Varys soltou um longo suspiro cansado, o suspiro de um homem que transportava toda a tristeza do mundo em um saco sobre os ombros. – O Alto Septão disse-me certa vez que à medida que vamos pecando, assim sofremos. Se isso for verdade, Lorde Eddard, diga-me... por que são sempre os inocentes a sofrer mais, quando vocês, os grandes senhores, jogam o seu jogo dos tronos? Pense sobre isso, se quiser, enquanto espera a rainha. Mas guarde também um pensamento: o visitante seguinte poderá trazer pão, queijo e leite de papoula para as suas dores... ou a cabeça de Sansa. A escolha, meu caro senhor Mão, é *inteiramente* sua.

Catelyn

Enquanto a tropa marchava pelo talude através dos pântanos negros do Gargalo e se derramava nos terrenos fluviais que se estendiam para lá dele, as apreensões de Catelyn cresciam. Ela mascarava seus medos com uma expressão impassível e severa, mas estavam lá, crescendo a cada légua de caminho. Seus dias eram ansiosos, as noites, inquietas, e cada corvo que voava sobre sua cabeça a fazia cerrar os dentes.

Temia pelo senhor seu pai e interrogava-se acerca de seu silêncio agourento. Temia pelo irmão Edmure e rezava para que os deuses olhassem por ele se tivesse de enfrentar o Regicida em batalha. Temia por Ned e pelas meninas, e pelos queridos filhos que deixara em Winterfell. E, no entanto, nada havia que pudesse fazer por qualquer um deles, e por isso forçava-se a pôr de lado aqueles pensamentos. *Precisa guardar as forças para Robb,* dizia a si mesma. *Ele é o único que pode ajudar. Tem de ser tão feroz e dura como o Norte, Catelyn Tully. Agora tem de ser uma Stark de verdade, como seu filho.*

Robb cavalgava à cabeça da coluna, sob a esvoaçante bandeira branca de Winterfell. Pedia todos os dias que um de seus senhores se juntasse a ele para que pudessem conferenciar enquanto marchavam; honrava um homem de cada vez, sem mostrar favoritismos, escutando como o senhor seu pai escutara, pesando as palavras de um contra as de outro. *Ele aprendeu tanto com Ned,* pensou ela enquanto o observava, *mas terá aprendido o suficiente?*

O Peixe Negro levara cem homens com lanças e cem cavalos rápidos e correra na frente para ocultar os movimentos do exército e reconhecer o terreno. Os relatórios que os mensageiros de Sor Brynden traziam não a sossegavam. A tropa de Lorde Tywin estava ainda a muitos dias ao sul... mas Walder Frey, Senhor da

Travessia, reunira uma força de quase quatro mil homens em seus castelos debruçados sobre o Ramo Verde.

– De novo atrasado – murmurou Catelyn quando ouviu a notícia. Era a repetição do Tridente, maldito homem. O irmão Edmure chamara os vassalos; por direito, Lorde Frey deveria ter partido para se juntar à tropa Tully em Correrrio, e no entanto aqui estava ele.

– Quatro mil homens – repetiu Robb, mais perplexo que zangado. – Lorde Frey não pode esperar combater sozinho os Lannister. Decerto pretende juntar seu poder ao nosso.

– Será? – perguntou Catelyn. Cavalgara adiante para se juntar a Robb e a Robett Glover, seu companheiro do dia. A vanguarda espalhava-se atrás deles, uma floresta lenta de lanças, estandartes e espadas. – Tenho minhas dúvidas. Não espere nada de Walder Frey, e nunca será surpreendido.

– Ele é vassalo de seu pai.

– Alguns homens encaram seu juramento com mais seriedade que outros, Robb. Lorde Walder sempre se mostrou mais amigável para com o Rochedo Casterly do que meu pai teria gostado. Um de seus filhos está casado com a irmã de Tywin Lannister. É verdade que isso pouco significa, pois Lorde Walder gerou ao longo dos anos um grande número de filhos que têm de casar com alguém. Mas mesmo assim...

– Julga que ele pretende nos trair pelos Lannister, senhora? – perguntou Robett Glover com voz grave.

Catelyn suspirou.

– A bem da verdade, duvido que o próprio Lorde Frey saiba o que pretende fazer. Tem a cautela de um velho e a ambição de um jovem, e nunca pecou por falta de astúcia.

– Temos de ter as Gêmeas, mãe – disse Robb acaloradamente. – Não há outra maneira de atravessar o rio. Bem sabe.

– Sim. E Walder Frey também sabe, pode estar certo disso.

Naquela noite acamparam no limite sul dos pântanos, a meio caminho entre a Estrada do Rei e o rio. Foi aí que Theon Greyjoy lhes trouxe mais notícias do tio de Catelyn.

– Sor Brynden pede que lhes diga que cruzou espadas com os Lannister. Há uma dúzia de batedores que não irão se apresentar a Lorde Tywin tão cedo. Ou nunca mais – sorriu. – Sor Addam Marbrand comanda os batedores deles e está se retirando para o sul, incendiando à sua passagem. Sabe onde estamos, mais ou menos, mas o Peixe Negro jura que não saberá quando nos dividirmos.

– A menos que Lorde Frey lhe diga – disse Catelyn em tom cortante. – Theon, quando regressar para junto de meu tio, diga-lhe que ele deve estacionar seus melhores arqueiros em volta das Gêmeas, dia e noite, com ordens para abater qualquer corvo que deixe as ameias. Não quero aves levando a Lorde Tywin notícias sobre os movimentos do meu filho.

– Sor Brynden já tratou disso, senhora – respondeu Theon com um sorriso pretensioso. – Mais alguns pássaros negros e teremos o suficiente para fazer uma torta. Guardarei para a senhora suas penas para um chapéu.

Catelyn devia saber que Brynden Peixe Negro estaria bem adiantado em relação a ela.

– O que fazem os Frey enquanto os Lannister queimam seus campos e saqueiam seus castros?

– Houve algumas lutas entre os homens de Sor Addam e os de Lorde Walder – respondeu Theon. – A menos de um dia de viagem daqui encontramos dois batedores Lannister servindo de alimento aos corvos onde os Frey os amarraram. Mas a maior parte das forças de Lorde Walder permanece reunida nas Gêmeas.

Isso trazia o selo de Walder Frey sem a menor dúvida, pensou amargamente Catelyn; conter-se, esperar, observar, não correr riscos, a menos que seja forçado a isso.

– Se ele tem combatido os Lannister, então talvez planeje mesmo manter-se fiel ao seu juramento – disse Robb.

Catelyn sentia-se menos encorajada.

– Defender as próprias terras é uma coisa, uma batalha aberta contra Lorde Tywin é outra bem diferente.

Robb voltou a virar-se para Theon Greyjoy.

– O Peixe Negro encontrou alguma outra maneira de atravessar o Ramo Verde?

Theon balançou a cabeça.

– O rio corre cheio e rápido. Sor Brynden diz que não pode ser atravessado pelo baixio, não tão a norte.

– *Tenho* de ter aquela travessia! – declarou Robb, furioso. – Ah, suponho que os nossos cavalos serão capazes de atravessar o rio a nado, mas não com homens vestidos de armadura sobre o dorso. Precisaríamos construir jangadas para fazer passar o nosso aço, os elmos, as cotas de malha e as lanças, e não temos árvores para isso. *Ou* tempo. Lorde Tywin marcha para o norte... – cerrou a mão em punho.

– Lorde Frey teria de ser um louco para tentar nos barrar o caminho – disse Theon Greyjoy com sua habitual confiança fácil. – Temos cinco vezes mais homens. Podemos tomar as Gêmeas se for preciso, Robb.

– Não seria fácil – preveniu-os Catelyn – nem rápido. Enquanto montassem seu cerco, Tywin Lannister traria sua tropa e cairia sobre nós pela retaguarda.

Robb olhou para ela e depois para Greyjoy em busca de uma resposta, mas sem encontrar nenhuma. Por um momento pareceu ter ainda menos que os seus quinze anos, apesar da cota de malha, da espada e da barba que trazia.

– Que faria o senhor meu pai? – perguntou à mãe.

– Encontraria uma maneira de atravessar – ela respondeu. – Custasse o que custasse.

Na manhã seguinte foi o próprio Sor Brynden Tully quem regressou para junto deles. Pusera de lado a armadura pesada e o elmo que usara como Cavaleiro do Portão em favor da proteção mais leve do couro e da cota de malha de um batedor, mas seu peixe de obsidiana ainda prendia seu manto.

O rosto do tio de Catelyn mostrava-se grave ao descer do cavalo.

– Houve uma batalha sob as muralhas de Correrrio – disse, com uma expressão sinistra na boca. – Ouvimos de um batedor Lannister que capturamos. O Regicida destruiu a tropa de Edmure e pôs os senhores do Tridente em fuga.

Uma mão fria apertou o coração de Catelyn.

– E meu irmão?

– Foi ferido e feito prisioneiro – disse Sor Brynden. – Lorde Blackwood e os outros sobreviventes estão sob cerco no interior de Correrrio, cercados pela hoste de Jaime.

Robb mostrou-se insatisfeito.

– Temos de atravessar esse maldito rio se queremos ter alguma esperança de socorrê-los a tempo.

– Isso não será fácil – preveniu o tio. – Lorde Frey chamou todas as suas forças para o interior dos castelos e tem os portões fechados e trancados.

– Maldito seja esse homem – praguejou Robb. – Se o velho tonto não cede e me deixa atravessar, não me deixa alternativa a não ser assaltar suas muralhas. Hei de pôr as Gêmeas abaixo à volta dele, veremos se gosta disso!

– Parece um garoto birrento, Robb – disse Catelyn em tom cortante. – Uma criança vê um obstáculo e a primeira coisa em que pensa é correr à sua volta ou pô-lo abaixo. Um senhor tem de aprender que por vezes as palavras são capazes de alcançar o que as espadas não são.

O pescoço de Robb ficou vermelho ao ouvir a reprimenda.

– Explique-me o que quer dizer, mãe – disse ele brandamente.

– Os Frey possuem a travessia há seiscentos anos, e desde então nunca deixaram de cobrar a sua taxa.

– Que taxa? O que é que ele *quer*?

Ela sorriu.

– É isso que temos de descobrir.

– E se eu preferir não pagar essa taxa?

– Então é melhor que se retire de volta para Fosso Cailin, disponha as tropas para enfrentar Lorde Tywin em batalha... ou arranje asas. Não vejo outras alternativas – Catelyn esporeou o cavalo e afastou-se, deixando o filho refletir sobre o que dissera. Não seria bom fazê-lo sentir que a mãe estava usurpando seu lugar. *Ensinou-lhe sabedoria como lhe ensinou valor, Ned?*, perguntou a si mesma. *Ensinou-lhe a ajoelhar-se?* Os cemitérios dos Sete Reinos estavam cheios de homens corajosos que nunca aprenderam essa lição.

Era perto do meio-dia quando a vanguarda chegou à vista das Gêmeas, onde os Senhores da Travessia tinham a sua sede.

Ali, o Ramo Verde corria rápido e profundo, mas os Frey tinham construído uma ponte sobre ele havia muitos séculos e enriquecido com o dinheiro que os homens pagavam para atravessar. A ponte era um sólido arco de pedra lisa e cinzenta, suficientemente largo para que duas carroças passassem lado a lado; a Torre da Água erguia-se no centro da ponte, dominando quer a estrada, quer o rio com suas seteiras, alçapões e portas levadiças. Os Frey levaram três gerações para completar a ponte; quando terminaram, construíram robustas fortalezas de madeira em cada extremidade, para que ninguém a atravessasse sem sua autorização.

Havia muito tempo a madeira tinha dado lugar à pedra. As Gêmeas, dois castelos atarracados, feios e fortes, idênticos em todos os aspectos, com a ponte unindo-os em arco, guardavam a travessia havia séculos. Grandes muralhas exteriores, profundos fossos e pesados portões de carvalho e ferro protegiam os caminhos, as bases da ponte erguiam-se do interior de robustas fortalezas internas, havia um antemuro e uma porta levadiça em cada margem, e a Torre da Água defendia o arco propriamente dito.

Um relance foi o suficiente para Catelyn compreender que o castelo não seria tomado de assalto. As ameias eriçavam-se de lanças, espadas e atiradeiras, havia um arqueiro em cada ameia e seteira, a ponte levadiça estava erguida, a porta levadiça, descida, e os portões encontravam-se fechados e trancados.

Grande-Jon começou a praguejar assim que viu o que os esperava. Lorde Rickard Karstark olhava, carrancudo e em silêncio.

– Aquilo não pode ser assaltado, senhores – anunciou Roose Bolton.

– E tampouco podemos tomá-lo por cerco sem um exército na margem de lá para investir contra a outra fortaleza – Helman Tallhart disse sombriamente. Do outro lado das profundas águas verdes, a gêmea ocidental era como um reflexo de sua irmã do oriente. – Mesmo se dispuséssemos de tempo. Do qual, na verdade, não dispomos.

Enquanto os senhores do Norte estudavam o castelo, uma porta abriu-se, uma ponte de pranchas deslizou através do fosso e uma dúzia de cavaleiros a atravessou a cavalo para enfrentá-los, liderados por quatro dos muitos filhos de Lorde Walder. Seu estandarte exibia torres gêmeas azul-escuras em fundo cinza-prateado claro. Sor Stevron Frey, herdeiro de Lorde Walder, falou por eles. Todos os Frey tinham cara de fuinha; Sor Stevron, já com mais de sessenta anos e com netos seus, assemelhava-se a uma fuinha particularmente velha e cansada, mas foi bastante educado.

– O senhor meu pai me enviou para saudá-los e perguntar quem lidera esta poderosa hoste.

– Sou eu – Robb esporeou o cavalo e avançou. Usava sua armadura, com o escudo do lobo gigante de Winterfell atado à sela, e Vento Cinzento caminhava ao seu lado.

O velho cavaleiro olhou para o filho de Catelyn com uma leve cintilação de divertimento nos aguados olhos cinzentos, embora seu cavalo castrado relinchasse, inquieto, e se afastasse, de lado, do lobo gigante.

– O senhor meu pai ficaria muito honrado se pudessem partilhar a sua comida e bebida no castelo e explicar o que os traz aqui.

Aquelas palavras caíram sobre os senhores vassalos como uma grande pedra atirada por uma catapulta. Nenhum deles aprovou a ideia. Praguejaram, discutiram e gritaram uns com os outros.

– Não deve fazer isso, senhor – argumentou Galbart Glover com Robb. – Lorde Walder não é de confiança.

Roose Bolton assentiu com a cabeça.

– Entre ali sozinho e pertencerá a eles. Poderá vendê-lo aos Lannister, atirá-lo para uma masmorra ou cortar-lhe a garganta, como quiser.

– Se quiser conversar conosco, que abra os portões e partilharemos *todos* a sua comida e bebida – declarou Sor Wendel Manderly.

– Ou que saia e converse com Robb aqui, à vista de seus homens e dos nossos – sugeriu o irmão, Sor Wylis.

Catelyn Stark partilhava todas aquelas dúvidas, mas bastava-lhe olhar de relance para Sor Stevron para saber que não lhe agradava o que estava ouvindo. Mais algumas palavras e a chance estaria perdida. Tinha de agir, e depressa.

– *Eu vou* – disse em voz alta.

– A senhora? – Grande-Jon enrugou a testa.

– Mãe, tem certeza? – era claro que Robb não tinha.

– Nunca tive tanta – mentiu Catelyn com leveza. – Lorde Walder é vassalo de meu pai. Conheço-o desde menina. Nunca me faria nenhum mal – *a menos que visse nisso algum lucro*, acrescentou em silêncio, mas algumas verdades não podiam ser ditas, e algumas mentiras eram necessárias.

– Estou certo de que o senhor meu pai ficaria feliz por falar com a Senhora Catelyn – disse Sor Stevron. – A fim de atestar as nossas boas intenções, meu irmão, Sor Perwyn, permanecerá aqui até que ela lhes seja devolvida em segurança.

– Ele será nosso hóspede de honra – disse Robb. Sor Perwyn, o mais novo dos quatro Frey do grupo, desmontou e entregou as rédeas do cavalo a um dos irmãos. – Desejo o retorno de minha mãe até o cair da noite, Sor Stevron – prosseguiu Robb. – Não pretendo ficar aqui por muito tempo.

Sor Stevron fez um aceno polido.

– Como quiser, senhor – Catelyn esporeou o cavalo e não olhou para trás. Os filhos e enviados de Lorde Walder rodearam-na.

O pai de Catelyn tinha dito uma vez que Walder Frey era o único senhor dos Sete Reinos que podia tirar um exército dos calções. Quando o Senhor da Travessia recebeu Catelyn no grande salão do castelo oriental, rodeado por vinte filhos sobreviventes (menos Sor Perwyn, que teria sido o vigésimo primeiro), trinta e seis netos, dezenove bisnetos e numerosas filhas, netas, bastardos e bastardos-netos, compreendeu exatamente o que o pai quis dizer.

Lorde Walder tinha noventa anos, uma mirrada fuinha cor-de-rosa de cabeça calva e manchada, artrítico demais para se erguer sem ajuda. A última esposa, uma pálida e delicada jovem de dezesseis anos, caminhou ao lado de sua liteira quando o trouxeram para o salão. Era a oitava Senhora Frey.

– É um grande prazer voltar a vê-lo depois de tanto tempo, senhor – disse Catelyn.

O velho a olhou de soslaio com uma expressão de suspeita.

– Ah é? Duvido. Poupe-me de suas palavras doces, Senhora Catelyn, sou velho demais. Por que está aqui? Será o seu rapaz orgulhoso demais para vir ele mesmo apresentar-se? Que farei eu *com a senhora*?

Catelyn era uma menina da última vez que visitara as Gêmeas, mas já então Lorde Frey era irascível, tinha uma língua aguçada e maneiras bruscas. A idade o tinha tornado pior que nunca, ao que parecia. Precisaria escolher as palavras com cuidado e fazer o possível para não se ofender com as dele.

– Pai – disse Sor Stevron em tom reprovador –, controle o gênio. A Senhora Stark está aqui a nosso convite.

– Perguntei-lhe alguma coisa? Ainda não é Lorde Frey, e não o será até que eu morra. Pareço-lhe morto? Não ouvirei instruções vindas de você.

– Isso não é maneira de falar na frente de nossa nobre convidada, pai – disse um dos filhos mais novos.

– Agora meus bastardos acham-se no direito de me dar lições de cortesia – queixou-se Lorde Walder. – Falarei como bem entender, malditos. Já hospedei três reis ao longo da minha vida, e rainhas também, julga que preciso de lições de gente como você, Ryger? Sua mãe ordenhava cabras da primeira vez que lhe dei minha semente – rechaçou o jovem corado com um movimento súbito de dedos e fez um gesto para dois de seus outros filhos. – Danwell, Whalen, ajudem-me a sentar na cadeira.

Ergueram Lorde Walder da liteira e o transportaram para o cadeirão dos Frey, uma cadeira elevada de carvalho negro, cujo espaldar estava esculpido como duas torres ligadas por uma ponte. A jovem esposa subiu timidamente para junto dele e cobriu-lhe as pernas com uma manta. Depois de se sentar, o velho acenou para que Catelyn se aproximasse e deu-lhe um beijo na mão, seco como papel.

– Pronto – anunciou. – Agora que observei a cortesia, senhora, talvez meus filhos me deem a honra de calar a boca. Por que está aqui?

– Para lhe pedir que abra os portões, senhor – respondeu Catelyn polidamente. – Meu filho e os senhores seus vassalos estão muito impacientes para atravessar o rio e prosseguir caminho.

– Para Correrio? – soltou um risinho abafado. – Ah, não é preciso dizer, não é preciso. Ainda não sou cego. O velho ainda consegue ler um mapa.

– Para Correrio – confirmou Catelyn. Não via motivo para negar. – Onde teria esperado encontrá-lo, senhor. Ainda é vassalo de meu pai, não é?

– *Heh* – disse Lorde Walder, um ruído a meio caminho entre uma gargalhada e um grunhido. – Chamei as minhas espadas, sim, chamei, aqui estão elas, você as viu nas muralhas. Era minha intenção marchar assim que todas as minhas forças estivessem reunidas. Bem, enviar meus filhos. Eu já estou há muito para lá das marchas, Senhora Catelyn – olhou em volta em busca de confirmação e apontou para um homem alto e curvado de cinquenta anos. – Diga-lhe, Jared. Diga-lhe que eram essas as minhas intenções.

– Eram, senhora – disse Sor Jared Frey, um dos filhos de sua segunda mulher. – Por minha honra.

– Será culpa minha que o tonto do seu irmão tenha perdido sua batalha antes de podermos nos pôr em marcha? – recostou-se nas almofadas e franziu as sobrancelhas, como que desafiando-a a contestar a sua versão dos acontecimentos. – Disseram-me que o Regicida o atravessou como um machado atravessa queijo podre. Por que haveriam meus rapazes de correr para o sul para morrer? Todos aqueles que foram para o sul estão de novo correndo para o norte.

Catelyn teria de bom grado enfiado o lamuriento do velho num espeto e colocado para assar numa fogueira, mas só tinha até o cair da noite para abrir a ponte. Calmamente, disse:

– Mais uma razão para que possamos chegar a Correrrio, e depressa. Onde podemos conversar, senhor?

– Estamos conversando agora – queixou-se Lorde Frey. A cabeça malhada e rosada dardejou em volta. – O que estão todos olhando? – gritou para a família. – Saiam daqui. A Senhora Stark deseja falar-me em privado. Pode ser que tenha planos para a minha fidelidade, *heh*. Vão, todos, encontrem algo útil para fazer. Sim, você também, mulher. Fora, fora, *fora* – enquanto os filhos, netos, filhas, bastardos, sobrinhas e sobrinhos jorraram da sala, inclinou-se para perto de Catelyn e confessou: – Estão todos à espera de que eu morra. Stevron aguarda há quarenta anos, mas continuo a desapontá-lo. *Heh*. Por que haveria de morrer só para que ele seja um senhor?, pergunto. Não o farei.

– Tenho toda a esperança de que sobreviva até os cem anos.

– *Isso* os irritaria, não há dúvida. Ah, não há dúvida. Bem, o que queria dizer?

– Queremos atravessar – disse-lhe Catelyn.

– Ah, *sim*? Isso é ser direto. Por que haveria eu de deixar?

Por um momento a ira dela relampejou.

– Se fosse suficientemente forte para subir a uma de suas ameias, Lorde Frey, veria que meu filho tem vinte mil homens junto de suas muralhas.

– Serão vinte mil cadáveres frescos quando Lorde Tywin chegar aqui – disparou o velho em resposta. – Não tente me assustar, senhora. Seu marido está numa cela de traidor qualquer debaixo da Fortaleza Vermelha, seu pai está doente, pode estar morrendo, Jaime Lannister capturou seu irmão. Que tem a senhora que eu deva temer? Aquele seu filho? Se der um filho meu para cada um dos seus, ainda terei dezoito depois de os seus estarem todos mortos.

– O senhor prestou juramento perante meu pai – recordou-lhe Catelyn.

Ele inclinou a cabeça para um lado, sorrindo.

– Ah, sim, disse algumas palavras, mas também prestei juramentos à coroa, assim me parece. Joffrey é agora o rei, e isso faz da senhora, do seu rapaz e de todos aqueles tontos lá fora nada mais que rebeldes. Se eu tivesse o bom senso que os deuses deram aos peixes, ajudaria os Lannister a fervê-los a todos.

– E por que não o faz? – ela desafiou.

Lorde Walder bufou de desdém.

– Lorde Tywin, o orgulhoso e magnífico, Protetor do Oeste, Mão do Rei, ah, que grande homem *este* é, ele e o seu ouro para lá e para cá, e leões para cá e acolá. Aposto que se comer feijão demais solta peidos tal como eu solto, mas nunca o ouvirá *admitir* tal coisa, ah, não. Que tem *ele* para ser tão empolado? Só dois filhos, e um deles é um monstrinho retorcido. Se lhe der um filho meu por cada um dos *dele*, ainda terei vinte e *meio* quando todos os dele estiverem mortos! – soltou um cacarejo. – Se Lorde Tywin quiser a minha ajuda, bem pode *pedi-la*.

Era tudo que Catelyn precisava ouvir.

– Eu estou pedindo a sua ajuda, senhor – disse humildemente. – E meu pai, meu irmão, o senhor meu marido e meus filhos pedem pela minha voz.

Lorde Walder brandiu o dedo ossudo em seu rosto.

– Poupe suas palavras doces, senhora. Palavras doces ouço de minha esposa. Já a viu? Tem dezesseis, uma florzinha, e o seu mel é só para mim. Aposto que me dá um filho em menos de um ano. Talvez faça dele *herdeiro*, isso não irritaria os outros?

– Estou certa de que lhe dará muitos filhos.

A cabeça dele oscilou para cima e para baixo.

– O senhor seu pai não veio ao casamento. Cá para mim, é um insulto. Mesmo que esteja morrendo. Também não veio ao meu último casamento. Chama-me o Atrasado Lorde Frey, sabe? Julgará que perdi o juízo? Que estou meio morto e a cabeça já não funciona bem? Não estou, garanto, hei de sobreviver-lhe tal como sobrevivi a seu pai. Sua família sempre se cagou para mim, não negue, não minta, sabe que é verdade. Há anos fui visitar seu pai e sugeri um casamento entre o seu filho e a minha filha. Por que não? Tinha uma filha em mente, uma querida jovem, só alguns anos mais velha que Edmure, mas se seu irmão não se engraçasse com ela, tinha outras que ele podia escolher, novas, velhas, virgens, viúvas, o que quisesse. Não, Lorde Hoster não quis ouvir falar disso. Deu-me doces palavras, desculpas, mas o que eu *queria* era ver-me livre de uma filha. E sua irmã, esta é tão má quanto o pai. Foi, ah, há um ano, não mais, ainda Jon Arryn era Mão do Rei, fui à cidade assistir à participação de meus filhos no torneio. Stevron e Jared estão velhos demais para a arena, mas Danwell e Hosteen participaram, Perwyn, também, e dois de meus bastardos experimentaram o corpo a corpo. Se soubesse como iam me envergonhar, nunca me teria incomodado a fazer a viagem. Que necessidade tinha eu de cavalgar toda aquela distância para ver Hosteen ser derrubado do cavalo por aquele cachorrinho do Tyrell?, pergunto-lhe. O rapaz tem metade da idade dele, chamam-no Sor Margarida, ou qualquer coisa do gênero. E Danwell foi derrubado por um cavaleiro menor! Há dias em que pergunto a mim mesmo se aqueles dois são realmente meus filhos. Minha terceira mulher era uma Crakehall, e todas as mulheres Crakehall são umas vacas. Bem, não importa, ela morreu antes do seu nascimento, que lhe interessa isto? Estava falando de sua irmã. Propus que o Senhor e a Senhora Arryn criassem dois de meus netos na corte, e ofereci-me para criar o filho deles aqui nas Gêmeas. Serão os meus netos indignos de

serem vistos na corte do rei? São bons rapazes, calmos e bem-
-educados. Walder é filho de Merrett, deram-lhe o nome em minha honra, e o outro... *heh*, não me lembro... pode ter sido outro
Walder, que andam sempre a chamá-lo Walder para que eu os
favoreça, mas o pai dele... qual deles era o pai dele? – seu rosto
enrugou-se. – Bem, fosse quem fosse, Lorde Arryn não o quis, e
nem ao outro, e por isso culpo a senhora sua irmã. Gelou como
se eu tivesse sugerido vender o filho a uma trupe de saltimban-
cos ou fazer dele um eunuco, e quando Lorde Arryn disse que
a criança ia para Pedra do Dragão, para ser criada por Stannis
Baratheon, ela saiu precipitadamente da sala sem uma palavra
de desculpa, e tudo que a Mão pôde me dar foram lamentos. De
que servem lamentos?, pergunto-lhe.

Catelyn franziu as sobrancelhas, inquieta.

– Tinha entendido que o filho de Lysa deveria ser criado por
Lorde Tywin, em Rochedo Casterly.

– Não, era Lorde Stannis – disse Walder Frey num tom ir-
ritável. – Julga que não distingo Lorde Stannis de Lorde Tywin?
São os dois uns rolhas de poço que se acham nobres demais para
cagar, mas deixe isso, eu sei ver a diferença. Ou será que me julga
muito velho para me lembrar? Tenho noventa anos e lembro-
-me muito bem. E também me lembro do que se faz com uma
mulher. Aquela minha esposa há de me dar um filho em menos
de um ano, aposto. Ou uma filha, que isso não se pode controlar. Menino ou menina, há de ser vermelho, encarquilhado e aos
berros, e o mais certo é que lhe queira chamar Walder ou Walda.

Catelyn não se importava com o nome que a Senhora Frey
daria ao filho.

– Jon Arryn ia criar o filho com Lorde Stannis, tem certeza
disso?

– Sim, sim, sim – disse o velho. – Só que morreu, portanto,
que importa? Disse que quer atravessar o rio?

– Quero.

– Pois bem, não pode! – anunciou Lorde Walder vivamente. –
A menos que eu deixe, e por que haveria de deixar? Os Tully e os
Stark nunca foram meus amigos – recostou-se na cadeira e cruzou
os braços, com um sorriso afetado, à espera da resposta dela.

O resto foi só regateio.

Um sol vermelho e inchado pendia, baixo, sobre os montes
ocidentais quando os portões do castelo se abriram. A ponte levadiça foi descida, guinchando, a porta levadiça ergueu-se, e a
Senhora Catelyn Stark avançou para ir juntar-se ao filho e aos
senhores seus vassalos. Atrás dela vinham Sor Jared Frey, Sor
Hosteen Frey, Sor Danwell Frey e o filho bastardo de Lorde
Walder, Ronel Rivers, à frente de uma longa coluna de lanceiros,
fileira atrás de fileira de homens arrastando os pés com cotas de
malha de aço azul e mantos cinza-prateados.

Robb avançou a galope ao seu encontro, com Vento Cinzento correndo ao lado de seu garanhão.

– Está feito – disse-lhe Catelyn. – Lorde Walder o deixa
passar. Suas espadas são também suas, exceto quatrocentas, que
deseja deixar ficar para defender as Gêmeas. Sugiro que deixe
aqui quatrocentos de seus homens, uma força mista de arqueiros e espadachins. Ele dificilmente pode levantar objeções a uma
oferta para aumentar a sua guarnição... mas assegure-se de dar
o comando a um homem em quem possa confiar. Lorde Walder
pode precisar de ajuda para manter a fé.

– Será como diz, mãe – respondeu Robb, olhando pasma-
do para as fileiras de lanceiros. – Talvez... Sor Helman Tallhart,
que lhe parece?

– Uma boa escolha.

– Que... que quis ele de nós?

– Se puder dispensar um tanto de seus soldados, preciso de
alguns homens para escoltar dois dos netos de Lorde Frey para o

norte até Winterfell – disse-lhe ela. – Concordei em recebê-los como protegidos. São novos, com oito e sete anos. Parece que ambos se chamam Walder. Julgo que seu irmão Bran acolherá bem a companhia de garotos próximos da idade dele.

– É tudo? Dois protegidos? Este é um preço bastante pequeno por...

– O filho de Lorde Frey, Olyvar, virá conosco – ela prosseguiu. – Deverá servir como seu escudeiro pessoal. O pai quer vê-lo feito cavaleiro a seu tempo.

– Um escudeiro – encolheu os ombros. – Certo, está bem, se ele...

– Além disso, se sua irmã Arya regressar em segurança para junto de nós, está acordado que se casará com o filho mais novo de Lorde Walder, Elmar, quando ambos tiverem idade.

Robb pareceu embaraçado.

– Arya não vai gostar nem um pouco disso.

– E você deverá se casar com uma das filhas dele quando a luta terminar – Catelyn terminou. – Sua senhoria consentiu amavelmente em deixá-lo escolher a moça que preferir. Tem uma quantidade delas que julga serem adequadas.

Para seu crédito, Robb não vacilou.

– Entendo.

– Consente?

– Posso recusar?

– Se quiser atravessar, não.

– Consinto – disse solenemente Robb. Nunca lhe parecera mais homem do que naquele momento. Rapazes podem brincar com espadas, mas era preciso ser um senhor para fazer um pacto de casamento com a consciência do que ele significava.

Atravessaram ao cair da noite enquanto um quarto de lua flutuava sobre o rio. A dupla coluna serpenteou pelo portão da gêmea oriental como uma grande serpente de aço, deslizando pelo pátio, no interior da fortaleza e através da ponte, irrompendo de novo do segundo castelo na margem ocidental.

Catelyn seguiu à cabeça da serpente, com o filho, o tio, Sor Brynden e Sor Stevron Frey. Atrás, seguiam nove décimos da cavalaria; cavaleiros, lanceiros, cavaleiros livres e arqueiros montados. Foram necessárias horas para que todos atravessassem. Mais tarde, Catelyn se recordaria do barulho de incontáveis cascos na ponte levadiça, de Lorde Walder Frey, em sua liteira, vendo-os passar, do brilho de olhos que espreitavam entre as tábuas dos alçapões no teto enquanto cavalgavam através da Torre da Água.

A maioria da tropa nortenha, lanceiros, arqueiros e grandes massas de homens de armas a pé, permaneceu na margem oriental sob o comando de Roose Bolton. Robb ordenara-lhe que prosseguisse a marcha para o sul, a fim de defrontar o enorme exército Lannister que vinha para o norte sob o comando de Lorde Tywin.

Para o bem ou para o mal, seu filho lançara os dados.

Jon

– **E**stá bem, Snow? – perguntou Lorde Mormont, franzindo as sobrancelhas.

"*Bem*", grasnou o corvo. "*Bem.*"

– Estou, senhor – mentiu Jon… muito alto, como se isso pudesse transformar a mentira em verdade. – E o senhor?

Mormont franziu a testa.

– Um morto tentou me matar. Como poderia estar bem? – coçou o queixo. Sua barba cinzenta tinha sido chamuscada pelo fogo e ele a cortara. Os curtos pelos brancos de suas novas suíças faziam-no parecer velho, pouco confiável e mal-humorado. – Não parece estar bem. Como está sua mão?

– Vai sarando – Jon dobrou os dedos enfaixados para lhe mostrar. Tinha se queimado mais do que supunha ao atirar as cortinas em chamas, e a mão direita estava enfaixada com seda até a metade do antebraço. Na hora nada sentira; a agonia chegara mais tarde. A pele vermelha e fendida segregou fluido, e bolhas negras com um aspecto terrível surgiram entre os dedos, grandes como baratas. – O meistre diz que vou ficar com cicatrizes, mas fora isso a mão deve ficar tão boa como era antes.

– Uma mão com cicatrizes não é nada. Na Muralha usará luvas com frequência.

– É como diz, senhor – não eram as cicatrizes que perturbavam Jon; era o resto. Meistre Aemon dera-lhe leite de papoula, mas mesmo assim a dor fora terrível. A princípio sentira como se a mão ainda estivesse em chamas, ardendo dia e noite. Só mergulhá-la em bacias de neve e gelo moído lhe dava algum alívio. Jon estava agradecido aos deuses por ninguém, além de Fantasma, tê-lo visto se contorcer na cama, choramingando de dor. Quando por fim dormiu, sonhou, e isso foi ainda pior. No sonho, o cadáver com que lutara tinha olhos azuis, mãos negras e o rosto do pai, mas não se atrevia a contar *isso* a Mormont.

– Dywen e Hake regressaram ontem à noite – disse o Velho Urso. – Não encontraram nenhum sinal de seu tio, tal como os outros.

– Eu sei – Jon arrastara-se até a sala comum para jantar com os amigos, e o fracasso na busca dos patrulheiros fora o único tema das conversas.

– Você sabe – resmungou Mormont. – Como é que todo mundo sabe de tudo por aqui? – não parecia esperar uma resposta. – Parece que havia só dois... duas dessas *criaturas*, fossem elas o que fossem, não os chamarei de homens. E devemos dar graças aos deuses. Mas e... bom, não vale a pena pensar nisso. Mas vai haver mais. Posso senti-lo nestes meus velhos ossos, e Meistre Aemon concorda. Os ventos frios estão se erguendo. O verão está no fim e um inverno como o mundo nunca viu se aproxima.

O inverno está chegando. As palavras dos Stark nunca tinham soado a Jon tão sombrias e de mau agouro como agora.

– Senhor – perguntou, hesitante –, ouvi dizer que chegou uma ave ontem à noite...

– Chegou. Por quê?

– Tinha esperança de que trouxesse alguma notícia de meu pai.

"Pai", escarneceu o velho corvo, inclinando a cabeça enquanto passeava pelos ombros de Mormont. *"Pai."*

O Senhor Comandante levantou a mão para lhe fechar o bico, mas o corvo saltou para cima de sua cabeça, sacudiu as asas e voou através do aposento para ir se empoleirar sobre uma janela.

– Dor e ruído – resmungou Mormont. – É só para isso que servem os corvos. Por que aguento esse pestilento pássaro...? Se houvesse notícias de Lorde Eddard, não acha que teria mandado te chamar? Bastardo ou não, pertence ao seu sangue. A mensagem dizia respeito a Sor Barristan Selmy. Parece que foi destituído da Guarda Real. Deram seu lugar àquele cão negro Clegane, e agora Selmy é procurado por traição. Os tontos mandaram um grupo de vigias para capturá-lo, mas ele matou dois e escapou – Mormont bufou, não deixando lugar a dúvidas a respeito do que pensava de homens que mandavam guardas de manto dourado contra um cavaleiro de tanto renome como Barristan, o Ousado. – Temos sombras brancas na floresta e mortos irrequietos que caminham furtivamente por nossos salões, e é um *rapaz* que ocupa o Trono de Ferro – disse, desgostoso.

O corvo riu estridentemente. "*Rapaz, rapaz, rapaz, rapaz.*"

Jon recordou que Sor Barristan fora a melhor esperança do Velho Urso; se caíra, que chance havia de que a carta de Mormont recebesse atenção? Fechou a mão em punho. A dor rompeu dos dedos queimados.

– E minhas irmãs?

– A mensagem não fazia menção alguma a Lorde Eddard ou às meninas – encolheu os ombros, irritado. – Talvez não tenham chegado a receber minha carta. Aemon mandou duas cópias, com as suas melhores aves, mas, quem sabe? O mais provável é que Pycelle não tenha se dignado a responder. Não seria nem a primeira nem a última vez. Temo que contemos com menos que nada em Porto Real. Contam-nos o que querem que saibamos, e isso é bem pouco.

E você me conta o que quer que eu saiba, e isso é ainda menos, pensou Jon com ressentimento. Seu irmão Robb convocara os vassalos e partira para o sul, para a guerra, e nem uma palavra sobre isso lhe fora ventilada... exceto por Samwell Tarly, que lera a carta para Meistre Aemon e sussurrara o conteúdo a Jon naquela noite, em segredo, enquanto repetia que não devia fazê-lo.

Não havia dúvida de que pensavam que a guerra do irmão não lhe dizia respeito. Perturbava-o mais do que conseguia exprimir. Robb marchava, e ele, não. Não importava quantas vezes Jon dissesse a si mesmo que seu lugar agora era ali, com seus novos irmãos na Muralha, sentia-se um covarde do mesmo jeito.

"*Grão*", gritava o corvo. "*Grão, grão.*"

– Ah, cale-se – disse-lhe o Velho Urso. – Snow, daqui a quanto tempo, segundo Meistre Aemon, terá essa mão em boas condições?

– Em breve – Jon respondeu.

– Ótimo – sobre a mesa, entre os dois, Lorde Mormont depositou uma grande espada numa bainha de metal negro ligado com prata. – Tome. Neste caso, está pronto para isto.

O corvo desceu e aterrissou sobre a mesa, pavoneando-se na direção da espada, com a cabeça inclinada de um modo curioso. Jon hesitou. Não fazia nem uma vaga ideia do que aquilo significava.

– Senhor?

– O fogo derreteu a prata do botão e queimou a guarda e o punho. Bem, que se podia esperar de couro seco e madeira velha? Mas a lâmina... seria necessário um fogo cem vezes mais quente que aquele para danificar a lâmina – Mormont empurrou a bainha sobre as tábuas grossas de carvalho. – Mandei fazer o resto de novo. Tome.

"*Tome*", repetiu o corvo num eco, arranjando as penas com o bico.

"*Tome, tome.*"

Com movimentos inábeis Jon pegou a espada. Pegou-a com a mão esquerda, pois a direita, envolta em ataduras, estava ainda muito dolorida e desajeitada. Com cuidado, puxou-a da bainha e ergueu-a até os olhos.

O botão da espada era um pedaço de pedra clara recheado de chumbo para equilibrar a longa lâmina. Fora esculpida à semelhança de uma cabeça de lobo rosnando, com lascas de granada para os olhos. O punho era de couro virgem, macio e negro, ainda sem manchas de suor ou sangue. A lâmina propriamente dita era cerca de quinze centímetros mais longa que aquelas a que Jon estava habituado, delgada de forma que pudesse trespassar tão bem como cortar, com três caneluras profundamente entalhadas no metal. Enquanto Gelo era uma verdadeira espada longa de duas mãos, esta era uma espada de mão e meia, por vezes denominada "espada bastarda". Mas a espada do lobo, na verdade, parecia mais leve que as que manejara antes. Quando Jon a virou de lado, conseguiu ver as ondulações do aço escuro, onde o metal fora dobrado sobre si próprio uma e outra vez.

– Isto é aço valiriano, senhor – disse, espantado. Seu pai o deixara segurar Gelo muitas vezes; conhecia o aspecto e a sensação.

– É – disse-lhe o Velho Urso. – Foi a espada de meu pai, e antes, do pai dele. Os Mormont a usaram ao longo de cinco séculos. Manejei-a nos meus tempos, e a passei a meu filho quando vesti o negro.

Está me dando a espada do filho. Jon quase não conseguia acreditar. A lâmina tinha um equilíbrio magnífico. As arestas cintilavam levemente quando beijavam a luz.

– Seu filho...

– Meu filho trouxe desonra à Casa Mormont, mas pelo menos teve a elegância de deixar a espada quando fugiu. Minha irmã a devolveu à minha guarda, mas bastava que a visse para me recordar da desgraça de Jorah, então a coloquei de lado e não voltei a pensar nela até que a encontramos nas cinzas do meu quarto. O botão original era uma cabeça de urso, em prata, mas tão desgastada que seus traços estavam praticamente indistinguíveis. Para você, pensei que um lobo branco seria mais adequado. Um de nossos construtores é um escultor razoável.

Quando Jon tinha a idade de Bran, sonhara com a realização de grandes feitos, como os garotos sonhavam sempre. Os detalhes de seus feitos mudavam em cada sonho, mas era frequente imaginar que salvava a vida do pai. Depois, Lorde Eddard declararia que Jon provara ser um verdadeiro Stark e colocaria Gelo em suas mãos. Mesmo então soubera que aquilo não passava de delírio de criança; nenhum bastardo poderia jamais esperar manejar a espada do pai. Até a recordação o envergonhava. Que tipo de homem roubava os direitos de nascença do próprio irmão? *Não tenho direito a isto*, pensou, *assim como não tenho direito a Gelo*. Contraiu subitamente os dedos, sentindo uma palpitação de dor bem fundo sob a pele.

– Senhor, honra-me, mas...

– Poupe-me de seus *mas*, rapaz – interrompeu Lorde Mormont. – Não estaria aqui se não fosse você e aquele seu animal. Lutou bravamente... e, mais importante, pensou depressa. *Fogo!* Sim, maldição. Já devíamos saber. Devíamos ter *lembrado*. A Longa Noite já caíra antes. Ah, oito mil anos é bastante tempo, com certeza... mas, se a Patrulha da Noite não recorda, quem recordará?

"Quem recordará", concordou o corvo falador. *"Quem recordará."*

Na verdade, os deuses tinham atendido às preces de Jon naquela noite; o fogo pegara nas roupas do morto e o consumira como se a carne fosse cera e os ossos, madeira velha e seca. Bastava a Jon fechar os olhos para ver a coisa cambalear no aposento privado, esbarrando contra a mobília e batendo nas chamas. Era o rosto que mais o assombrava; rodeado por uma auréola de fogo, com os cabelos em brasa como se fossem palha, a carne morta derretendo e escorrendo do crânio, revelando o brilho do osso que estava por baixo.

Qualquer que fosse a força demoníaca que animava Othor, fora expulsa pelas chamas; a coisa retorcida que tinham encon-

trado nas cinzas não passava de carne queimada e ossos carboni-
zados. Mas em seus pesadelos voltava a enfrentá-la... e dessa vez
o cadáver em chamas tinha as feições de Lorde Eddard. Era a
pele do pai que estourava e enegrecia, os olhos do pai que escorriam pelo rosto como lágrimas de gelatina. Jon não compreendia
por que era assim, ou o que aquilo significava, mas o assustava
mais do que era capaz de exprimir.

– Uma espada é pagamento pequeno por uma vida – concluiu Mormont. – Fique com ela. Não quero mais ouvir falar
disso, compreendido?

– Sim, senhor – o couro macio cedeu sob os dedos de Jon,
como se a espada já estivesse se moldando à sua mão. Sabia que
devia sentir-se honrado, e se sentia, no entanto...

Ele não é meu pai. O pensamento surgiu sem ser convidado
na mente de Jon. *Lorde Eddard Stark é meu pai. Não o esquecerei,
e não importa quantas espadas me ofereçam.* Mas não podia dizer
a Lorde Mormont que era com a espada de outro homem que
sonhava...

– Também não quero cortesias – disse Mormont –, por isso,
não me agradeça. Honre o aço com ações, não com palavras.

Jon fez um aceno com a cabeça.

– Tem nome, senhor?

– Em tempos passados teve. Chamava-se Garralonga.

"*Garra*", gritou o corvo. "*Garra.*"

– Garralonga é um bom nome – Jon experimentou um golpe. Era desastrado e sentia-se desconfortável com a mão esquerda, mas mesmo assim o aço pareceu fluir pelo ar, como se tivesse
vontade própria. – Os lobos têm garras, tal como os ursos.

O Velho Urso parecia satisfeito.

– Suponho que sim. Imagino que vá preferir usar isso sobre
o ombro. É longa demais para a coxa, pelo menos até que cresça
um pouco mais. E será preciso praticar seus golpes com as duas

mãos. Sor Endrew pode lhe mostrar alguns movimentos quando as queimaduras sararem.

– Sor Endrew? – Jon não conhecia o nome.

– Sor Endrew Tarth, um bom homem. Vem a caminho, desde a Torre das Sombras, para assumir o cargo de mestre de armas. Sor Alliser Thorne partiu ontem de manhã para Atalaia-leste do Mar.

Jon baixou a espada.

– Por quê? – perguntou, estupidamente.

Mormont resfolegou.

– Por que o *mandei*, o que acha? Transporta a mão que o seu Fantasma arrancou do pulso de Jafer Flowers. Ordenei-lhe que embarcasse para Porto Real e a apresentasse a esse rei rapaz. *Isso* deve chamar a atenção do jovem Joffrey, julgo eu… e Sor Alliser é um cavaleiro, bem-nascido, ungido, com velhos amigos na corte, muito mais difícil de ignorar que uma gralha com fama de grandeza.

"*Gralha.*" Pareceu a Jon que o corvo soava vagamente indignado.

– E, além disso – prosseguiu o Senhor Comandante, ignorando o protesto da ave –, coloca mil léguas entre você e ele sem que pareça uma reprimenda – sacudiu o dedo no rosto de Jon. – E não pense que isso quer dizer que aprovo aquele disparate na sala comum. O valor compensa um bom bocado de tolice, mas já não é um rapaz, independentemente da idade que tenha. Isso que tem aí é uma espada de homem, e é preciso ser homem para brandi-la. Espero que de hoje em diante desempenhe esse papel.

– Sim, senhor – Jon voltou a enfiar a espada na bainha ligada com prata. Mesmo que não fosse a lâmina que ele teria escolhido, era de qualquer forma um presente nobre, e libertá-lo da malevolência de Alliser Thorne era mais nobre ainda.

O Velho Urso coçou o queixo.

– Tinha me esquecido de como uma barba nova dá coceira – disse. – Bem, não há como evitá-la. Estará essa sua mão suficientemente sã para retomar seus deveres?

– Sim, senhor.

– Ótimo. A noite será fria e vou querer vinho quente com especiarias. Arranje-me um jarro de tinto que não seja amargo demais, e não seja sovina com as especiarias. E diga a Hobb que, se voltar a me enviar carneiro cozido, o mais certo é que *eu o* cozinhe. Aquele último quadril estava cinzento. Nem o pássaro o tocou – afagou a cabeça do corvo com o polegar, e a ave soltou um *quorc* de satisfação. – Desapareça. Tenho trabalho a fazer.

Os guardas sorriram-lhe de seus nichos enquanto ia serpenteando pela escada da torre abaixo, levando a espada na mão boa.

– Bom aço – disse um homem.

– Você ganhou isso, Snow – disse-lhe outro. Jon obrigou-se a sorrir-lhes de volta, mas não pôs o coração nos sorrisos. Sabia que devia estar contente, mas não se sentia assim. A mão doía-lhe, e tinha na boca o sabor da ira, embora não pudesse explicar com o que estava irritado, ou por quê.

Meia dúzia de seus amigos estava à espreita lá fora quando saiu da Torre do Rei, onde o Senhor Comandante Mormont residia agora. Tinham pendurado um alvo na porta do celeiro, para que parecessem estar afinando a sua perícia como arqueiros, mas Jon reconhecia tocaias quando as via. Assim que surgiu, Pyp chamou:

– Então, venha cá, deixe-me ver.

– O quê? – perguntou Jon.

Sapo aproximou-se de lado.

– Sua bunda rosada, o que havia de ser?

– A espada – declarou Grenn. – Queremos ver a espada.

Jon varreu-os com um olhar acusador.

– Todos sabiam.

Pyp sorriu.

– Nem todos somos tão estúpidos como Grenn.

– São, sim – insistiu Grenn. – São mais estúpidos.

Halder encolheu os ombros como que pedindo desculpa.

– Ajudei o Pate a esculpir a pedra para o botão – disse o construtor –, e seu amigo Sam comprou as granadas em Vila Toupeira.

– Mas já sabíamos mesmo antes disso – disse Grenn. – Rudge tem ajudado Donal Noye na forja. Estava lá quando o Velho Urso lhe levou a lâmina queimada.

– A *espada*! – insistiu Matt. Os outros se juntaram ao cântico. – A *espada*, a *espada*, a *espada*.

Jon desembainhou Garralonga e a mostrou, virando-a de um lado para o outro para que pudessem admirá-la. A lâmina bastarda cintilava à luz clara do dia, escura e mortífera.

– Aço valiriano – declarou solenemente, tentando soar tão satisfeito e orgulhoso como deveria se sentir.

– Ouvi falar de um homem que tinha uma navalha feita de aço valiriano – Sapo declarou. – Cortou a cabeça ao tentar fazer a barba.

Pyp deu um sorriso.

– A Patrulha da Noite tem milhares de anos de idade – disse –, mas aposto que Lorde Snow é o primeiro irmão a receber honrarias por destruir a Torre do Senhor Comandante com um incêndio.

Os outros riram, e até Jon teve de sorrir. O incêndio que iniciara não tinha, na verdade, destruído aquela formidável torre de pedra, mas fizera um bom trabalho em devastar o interior dos dois andares superiores, onde o Velho Urso tinha seus aposentos. Isso não parecia preocupar ninguém por lá, visto que também destruíra o cadáver assassino de Othor.

A outra criatura, a coisa com uma mão só que outrora fora um patrulheiro chamado Jafer Flowers, também foi destruída, quase cortada aos pedaços por uma dúzia de espadas... mas não antes de ter matado Sor Jaremy Rykker e mais quatro homens. Sor Jaremy concluíra o serviço de lhe arrancar a cabeça, mas morrera mesmo assim quando o cadáver sem cabeça lhe tirara o punhal da bainha e o enterrara nas entranhas. A força e a coragem não eram grande vantagem contra inimigos que não caíam porque já estavam mortos; até as armas e as armaduras davam pouca proteção. Esse sombrio pensamento amargava o frágil humor de Jon.

– Tenho de falar com Hobb sobre o jantar do Velho Urso – anunciou bruscamente, devolvendo Garralonga à bainha. Os amigos tinham boas intenções, mas não compreendiam. Não era culpa deles, na verdade; não tinham tido de enfrentar Othor, não tinham visto o pálido brilho daqueles olhos mortos e azuis, não tinham sentido o frio daqueles dedos mortos e negros. Nem sabiam da luta nas terras fluviais. Como poderia esperar que compreendessem? Virou-lhes as costas abruptamente e afastou-se a passos largos, carrancudo. Pyp o chamou, mas Jon não lhe deu atenção.

Depois do incêndio, tinham-no instalado de novo em sua antiga cela, na arruinada Torre de Hardin, e foi para lá que regressou. Fantasma estava adormecido, enrolado sobre si mesmo junto à porta, mas ergueu a cabeça ao ouvir as botas de Jon. Os olhos vermelhos do lobo selvagem eram mais escuros que granadas e mais sábios que os dos homens. Jon ajoelhou, coçou sua orelha e mostrou-lhe o botão da espada.

– Olha. É você.

Fantasma farejou o retrato de rocha esculpida e experimentou lambê-lo. Jon sorriu.

– É você quem merece a honra – disse ao lobo... e subitamente se lembrou de como o encontrara, naquele dia, na neve do fim do verão. Afastavam-se com as outras crias, mas Jon ouvira um ruído e se virara, e ali estava ele, de pelos brancos, quase invisível no meio da neve. *Estava sozinho*, pensou, *longe do resto da ninhada. Era diferente, e por isso fora afastado.*

– Jon? – ele ergueu o olhar. Samwell Tarly estava lá, balançando-se nervosamente nos calcanhares. Tinha as bochechas coradas e enrolava-se num pesado manto de peles que fazia com que parecesse estar pronto para a hibernação.

– Sam – Jon pôs-se em pé. – O que foi? Quer ver a espada? – se os outros tinham descoberto, sem dúvida Sam também sabia.

O rapaz gordo balançou a cabeça.

– Em tempos passados fui herdeiro da lâmina de meu pai – disse ele num tom soturno. – Coração da Morte. Lorde Randyll deixou-me pegá-la algumas vezes, mas sempre me assustou. Era de aço valiriano, bela, mas tão aguçada que tinha medo de machucar uma de minhas irmãs. Deve ser Dickon quem a tem agora – esfregou as mãos suadas no manto. – Eu... ah... Meistre Aemon quer vê-lo.

Não era o momento de mudar as ataduras. Jon franziu as sobrancelhas, com suspeita.

– Por quê? – quis saber. Sam fez uma expressão infeliz. Era resposta suficiente. – Você lhe disse, não foi? – perguntou Jon em tom zangado. – Você disse que me contou.

– Eu... ele... Jon, eu não queria... ele perguntou... ou melhor... eu acho que ele *sabia*, ele vê coisas que mais ninguém vê...

– Ele é cego – Jon rebateu energicamente, descontente. – Eu sei o caminho – deixou Sam ali, de pé, de boca aberta e tremendo.

Encontrou Meistre Aemon no viveiro, alimentando os corvos. Clydas estava com ele, levando um balde de carne picada de gaiola em gaiola.

– Sam disse que quer falar comigo.

O meistre confirmou com um meneio.

– É verdade. Clydas, dê o balde a Jon. Talvez ele tenha a bondade de me ajudar – o irmão corcunda de olhos rosados entregou o balde a Jon e desceu precipitadamente a escada. – Atire a carne nas gaiolas – instruiu Aemon. – As aves farão o resto.

Jon passou o balde para a mão direita e enfiou a esquerda nos pedaços ensanguentados. Os corvos desataram a crocitar ruidosamente e a voar de encontro às grades, batendo no metal com asas negras como a noite. A carne tinha sido cortada em pedaços que não eram maiores que uma falange. Encheu a mão e atirou as fatias cruas para dentro da gaiola, e os grasnidos e as brigas tornaram-se mais acalorados. Voaram penas quando dois dos pássaros maiores começaram a lutar por um pedaço. Com rapidez, Jon agarrou um segundo punhado e atirou-o para a gaiola.

– O corvo de Lorde Mormont gosta de fruta e milho.

– É uma ave rara – disse o meistre. – A maioria dos corvos come grãos, mas prefere carne. Torna-os fortes, e temo que apreciem o gosto do sangue. Nisso, são como os homens… e tal como os homens, nem todos os corvos são iguais.

Jon nada tinha a responder àquilo. Atirou carne, perguntando a si mesmo por que teria sido chamado. Não havia dúvida de que o velho acabaria dizendo, a seu próprio tempo. Meistre Aemon não era homem que se pudesse apressar.

– Os pombos também podem ser treinados para transportar mensagens – prosseguiu o meistre –, embora o corvo seja um voador mais forte, maior, mais ousado, muito mais inteligente, mais capaz de se defender contra falcões… mas os corvos são negros, e comem os mortos, por isso alguns homens piedosos os detestam. Baelor, o Bem-Aventurado, tentou substituir todos os corvos por pombas, sabia? – o meistre virou os olhos brancos para Jon, sorrindo. – A Patrulha da Noite prefere corvos.

Os dedos de Jon estavam no balde, com sangue até o pulso.

– Dywen diz que os selvagens nos chamam de gralhas – ele disse em tom incerto.

– A gralha é a prima pobre do corvo. São ambos pedintes de negro, odiados e incompreendidos.

Jon quis compreender qual era o assunto da conversa, e o motivo. Que lhe interessavam corvos e pombas? Se o velho tivesse alguma coisa a lhe dizer, por que não podia simplesmente dizê-la?

– Jon, alguma vez perguntou a si mesmo *por que é* que os homens da Patrulha da Noite não têm esposas nem geram filhos? – perguntou Meistre Aemon.

Jon encolheu os ombros.

– Não – espalhou mais um pouco de carne. Tinha os dedos da mão esquerda escorregadios com o sangue, e a direita latejava por causa do peso do balde.

– Para que não amem – respondeu o velho –, pois o amor é o veneno da honra, a morte do dever.

Aquilo não lhe soava correto, mas nada disse. O meistre tinha cem anos e era um grande oficial da Patrulha da Noite; não lhe competia contradizê-lo.

O homem idoso pareceu sentir suas dúvidas.

– Diga-me, Jon, se chegar o dia em que o senhor seu pai tiver de escolher entre a honra e aqueles que ama, o que fará?

Jon hesitou. Queria dizer que Lorde Eddard nunca se desonraria, nem mesmo por amor, mas dentro de si uma pequena voz zombeteira segredou: *Ele foi pai de um bastardo, onde está a honra nisso? E sua mãe, que foi feito dos deveres dele para com ela, se nem sequer lhe pronuncia o nome?*

– Faria o que fosse certo – disse... com uma voz ressonante, para compensar a hesitação. – Acontecesse o que acontecesse.

– Então Lorde Eddard é um homem entre dez mil. A maioria de nós não é tão forte. O que é a honra comparada com o amor de uma mulher? O que é o dever contra sentir um filho recém-nascido nos braços... ou a memória do sorriso de um irmão? Vento e palavras. Vento e palavras. Somos apenas humanos, e os deuses nos moldaram para o amor. Esta é a nossa grande glória e a nossa grande tragédia. Os homens que criaram a Patrulha da Noite sabiam que só a coragem defenderia o reino da escuridão do Norte. Sabiam que não podiam ter as lealdades divididas que lhes enfraquecessem a determinação. Por isso juraram não ter esposas nem filhos. Mas tinham irmãos e irmãs. Mães que os tinham dado à luz, pais que lhes tinham dado nomes. Chegavam de uma centena de reinos conflituosos e sabiam que os tempos podiam mudar, mas os homens não mudam. Por isso juraram também que a Patrulha da Noite não participaria das batalhas dos reinos que guardava. Mantiveram o juramento. Quando Aegon assassinou o Negro Harren e lhe conquistou o reino, o irmão de Harren era Senhor Comandante na Muralha, com dez mil espadas à mão. Não se pôs em marcha. Nos dias em que os Sete Reinos *eram* sete reinos, não se passava uma geração sem que três ou quatro deles estivessem em guerra. A Patrulha não participou. Quando os ândalos atravessaram o Mar Estreito e varreram os reinos dos Primeiros Homens, os filhos dos reis caídos mantiveram-se fiéis ao seu juramento e permaneceram em seus postos. Sempre foi assim, ao longo de anos incontáveis. É este o preço da honra. Um covarde pode ser tão bravo como qualquer homem quando não há nada a temer. E todos cumprimos o nosso dever quando ele não tem um preço. Como parece fácil então seguir o caminho da honra. Mas, cedo ou tarde, na vida de todos os homens chega um dia em que *não é* fácil, um dia em que ele tem de escolher.

Alguns dos corvos ainda estavam comendo, com longos pedaços fibrosos de carne balançando dos bicos. Os outros pareciam observá-lo. Jon conseguia sentir o peso de todos aqueles minúsculos olhos negros.

– E este é o meu dia... é isso o que está dizendo?

Meistre Aemon virou a cabeça e o olhou com aqueles alvos olhos mortos. Era como se estivesse olhando diretamente para o seu coração. Jon sentiu-se nu e exposto. Pegou o balde com as duas mãos e atirou o resto do conteúdo por entre as grades. Pedaços de carne e sangue voaram para todo lado, espantando os corvos. Levantaram voo, gritando como loucos. As aves mais rápidas apanharam nacos em pleno voo e engoliram avidamente. Jon deixou o balde vazio tinir no chão.

O velho pousou a mão murcha e manchada em seu ombro.

– Dói, rapaz – disse ele em voz baixa. – Ah, sim. Escolher... sempre doeu. E sempre doerá. Eu sei.

– O senhor *não* sabe – disse Jon com amargura. – Ninguém sabe. Mesmo que eu seja seu bastardo, ainda assim ele é meu *pai*...

Meistre Aemon suspirou.

– Não ouviu nada do que eu disse, Jon? Pensa que é o primeiro? – sacudiu a velha cabeça, gesto de um cansaço impossível de descrever. – Três vezes acharam os deuses por bem testar meu juramento. Uma vez quando era rapaz, uma vez em plena idade adulta e uma vez depois de envelhecer. Nessa altura, já as forças me tinham fugido, já os olhos viam mal, mas essa última escolha foi tão cruel como a primeira. Meus corvos traziam as notícias do Sul, palavras mais escuras que suas asas, a ruína de minha Casa, a morte dos meus, desgraça e desolação. Que poderia eu ter feito, velho, cego e frágil? Estava tão impotente como um bebê de colo, mas mesmo assim me machucava permanecer imóvel e esquecido enquanto abatiam o pobre neto de meu irmão, e o filho *dele*, e até as crianças pequenas...

Jon ficou chocado ao ver o brilho de lágrimas nos olhos do idoso.

– Quem é o senhor? – perguntou em voz baixa, quase aterrorizado.

Um sorriso sem dentes estremeceu naqueles velhos lábios.

– Apenas um meistre da Cidadela a serviço do Castelo Negro e da Patrulha da Noite. Na minha ordem, pomos de lado o nome de nossas Casas quando fazemos o juramento e colocamos o colar – o velho tocou a corrente de meistre que pendia solta em torno do pescoço fino e descarnado. – Meu pai foi Mekar, o Primeiro de Seu Nome, e meu irmão Aegon reinou depois dele em meu lugar. Meu avô deu-me o nome em honra do Príncipe Aemon, o Cavaleiro do Dragão, que era seu tio, ou seu pai, depende da lenda em que se acredite. Chamou-me Aemon...

– Aemon... *Targaryen*? – Jon quase não conseguia acreditar.

– Outrora – disse o velho. – Outrora. Portanto, como vê, Jon, eu *sei*... e, sabendo, não lhe direi *fique* ou *vá*. Você tem de fazer essa escolha, e viver com ela pelo resto de seus dias. Como eu – a voz reduziu-se a um suspiro. – Como eu...

Daenerys

Depois da batalha, Dany levou a sua prata pelos campos de mortos. As aias e os homens do seu *khas* vinham atrás, sorrindo e brincando uns com os outros.

Cascos dothrakis tinham rasgado a terra e esmagado o centeio e as lentilhas, enquanto *arakhs* e flechas semeavam uma terrível nova cultura e a regavam com sangue. Cavalos moribundos erguiam a cabeça e gritavam quando ela passava por eles. Homens feridos gemiam e rezavam. *Jaqqa rhan* deslocavam-se entre eles, os homens da misericórdia com seus pesados machados, fazendo colheita da cabeça dos mortos e moribundos. Depois deles, viria um bando de mocinhas, arrancando flechas dos cadáveres até encher os cestos. E por fim viriam os cães, farejando, magros e famintos, a matilha selvagem que nunca andava muito longe do *khalasar*.

As ovelhas eram as que estavam mortas havia mais tempo. Parecia ter milhares delas, negras de moscas, com flechas espetadas em todas as carcaças. Dany sabia que os homens de Khal Ogo tinham feito aquilo; nenhum homem do *khalasar* de Drogo seria tão tolo para desperdiçar flechas em ovelhas quando ainda havia pastores para matar.

A vila estava em chamas, com negras colunas de fumaça rodopiando enquanto se erguiam ao céu de um tom duro de azul. À sombra de muros derrubados de barro seco, cavaleiros galopavam para lá e para cá, brandindo seus longos chicotes enquanto pastoreavam os sobreviventes para fora do entulho fumegante. As mulheres e crianças do *khalasar* de Ogo caminhavam com um orgulho taciturno, mesmo derrotadas e amarradas; eram agora escravas, mas não pareciam temer essa condição. Com o povo da vila era diferente. Dany sentia pena deles; lembrava-se do terror. Mães avançavam aos tropeções, com o rosto vazio e morto, puxando pela mão crianças soluçando. Havia apenas um punhado de homens entre eles, aleijados, covardes e avôs.

Sor Jorah dizia que o povo daquele país chamava a si próprio lhazareno, mas os dothrakis o chamavam de *haesh rakhi*, os Homens-Ovelhas. Em outros tempos, Dany poderia tê-los tomado por dothraki, pois possuíam a mesma pele acobreada e os olhos amendoados. Agora, pareciam-lhe estranhos, atarracados e de rosto achatado, com os cabelos negros cortados curtos de forma estranha. Eram pastores de ovelhas e comedores de vegetais, e Khal Drogo dizia que pertenciam ao sul da curva do rio. O capim do mar dothraki não se destinava a ovelhas.

Dany viu um rapaz saltar e correr para o rio. Um cavaleiro cortou-lhe o caminho e o fez virar-se, e os outros o encurralaram, fazendo estalar os chicotes em seu rosto, obrigando-o a correr para lá e para cá. Um galopou atrás dele, chicoteando-o nas nádegas até lhe deixar as coxas vermelhas de sangue. Outro o apanhou pelo tornozelo, com uma chicotada que o fez estatelar-se. Por fim, quando o rapaz conseguia somente rastejar, fartaram-se da brincadeira e enfiaram-lhe uma flecha nas costas.

Encontrou Sor Jorah junto ao portão despedaçado. Usava uma capa verde-escura sobre a cota de malha. Suas manoplas, grevas e elmo eram de aço cinza-escuro. Os dothrakis o tinham chamado de covarde quando pusera a armadura, mas o cavaleiro cuspira insultos de volta, os ânimos tinham se exaltado, a espada longa colidira com o *arakh*, e o guerreiro cuja troça fora mais sonora tinha sido deixado para trás, sangrando até a morte.

Sor Jorah ergueu o visor de seu elmo de topo achatado ao se aproximar.

– O senhor seu marido a espera na vila.

– Drogo não se feriu?

– Alguns golpes – respondeu Sor Jorah –, nada de mais. Matou hoje dois *khals*. Primeiro Khal Ogo, e depois o filho, Fogo, que se tornou *khal* quando Ogo caiu. Seus companheiros de sangue cortaram os sinos dos cabelos deles, e agora cada passo de Khal Drogo ressoa mais alto que antes.

Ogo e o filho tinham partilhado o banco elevado com Drogo no banquete de batismo onde Viserys fora coroado, mas isso acontecera em Vaes Dothrak, à sombra da Mãe das Montanhas, onde todos os cavaleiros são irmãos e todas as querelas são postas de lado. No campo, as coisas eram diferentes. O *khalasar* de Ogo estava atacando a vila quando Khal Drogo o pegou. Dany perguntava a si mesma o que teriam pensado os Homens--Ovelhas quando viram pela primeira vez a poeira levantada por seus cavalos de cima daquelas muralhas de barro rachado. Talvez alguns, os mais novos e mais tolos, que ainda julgavam que os deuses escutavam as preces dos homens desesperados, a tivessem tomado por salvamento.

Do outro lado da estrada, uma jovem que não era mais velha que Dany soluçou numa voz fina e frágil quando um cavaleiro a atirou para cima de uma pilha de cadáveres, de barriga para baixo, e se enterrou nela. Outros cavaleiros desmontaram para aguardar a sua vez. Era aquele o tipo de salvamento que os dothrakis traziam aos Homens-Ovelhas.

Sou do sangue do dragão, recordou Daenerys Targaryen a si mesma enquanto virava o rosto. Apertou os lábios, endureceu o coração e continuou a seguir para o portão.

– A maior parte dos guerreiros de Ogo fugiu – disse Sor Jorah. – Mesmo assim, pode haver até dez mil cativos.

Escravos, pensou Dany. Khal Drogo os levaria ao longo do rio até uma das vilas da Baía dos Escravos. Quis chorar, mas disse a si mesma que tinha de ser forte. *Isto é a guerra, é assim que ela é, é este o preço do Trono de Ferro.*

– Disse ao *khal* que devíamos rumar a Meereen – Sor Jorah continuou. – Pagarão melhor preço do que ele obteria de uma caravana de escravos. Illyrio escreve que tiveram uma praga no ano passado, e por isso os bordéis estão pagando o dobro por garotas saudáveis, e o triplo por garotos com menos de dez anos. Se crianças suficientes sobreviverem à viagem, o ouro pagará todos os navios de que precisarmos e contratará os homens para navegá-los.

Atrás deles, a moça que estava sendo violentada soltou um som de cortar o coração, um longo lamento soluçante que perdurava, perdurava, perdurava. A mão de Dany apertou as rédeas com força e virou a cabeça da prata.

– Faça-os parar – ordenou a Sor Jorah.

– *Khaleesi?* – o cavaleiro parecia perplexo.

– Faça o que digo. Quero que os pare agora – falou ao seu *khas* com o tom duro dos dothrakis. – Jhogo, Quaro, vão ajudar Sor Jorah. Não quero mais violações.

Os guerreiros trocaram um olhar desconcertado.

Jorah Mormont trouxe seu cavalo para mais perto.

– Princesa – disse –, tem um coração gentil, mas não compreende. Foi sempre assim. Estes homens derramaram sangue pelo *khal*. Agora reclamam a recompensa.

Do outro lado da estrada a jovem ainda chorava, numa língua aguda e cantante, estranha aos ouvidos de Dany. O primeiro homem já tinha se despachado, e o segundo tomara-lhe o lugar.

– Ela é uma mulher-ovelha – disse Quaro em dothraki. – Não é nada, *khaleesi*. Os cavaleiros a estão honrando. Os Homens-Ovelhas dormem com ovelhas, é sabido.

– É sabido – ecoou a aia Irri.

– É sabido – concordou Jhogo, escarranchado no grande garanhão cinzento que Drogo lhe oferecera. – Se seus lamentos ofendem seus ouvidos, Jhogo cortará sua língua – e puxou o *arakh*.

– Não quero que a machuquem – disse Dany. – Eu a reivindico. Façam o que lhes ordeno, ou Khal Drogo saberá disso.

– Sim, *khaleesi* – respondeu Jhogo, batendo com os calcanhares no cavalo. Quaro e os outros o seguiram, com os sinos nos cabelos a repicar.

– Vá com eles – ordenou a Sor Jorah.

– Às suas ordens – o cavaleiro lançou-lhe um olhar estranho. – É mesmo irmã de seu irmão.

– Viserys? – Dany não compreendeu.

– Não – respondeu ele. – Rhaegar – e afastou-se a galope.

Dany ouviu Jhogo gritar. Os violadores riram dele. Um homem gritou de volta. O *arakh* de Jhogo relampejou, e a cabeça do homem tombou de cima de seus ombros. Os risos transformaram-se em pragas quando os cavaleiros levaram a mão às armas, mas, nessa altura, Quaro, Aggo e Rakharo já se encontravam lá. Viu Aggo apontar para o lugar, do outro lado da estrada, onde ela se encontrava montada em sua prata. Os cavaleiros olharam-na com frios olhos negros. Um cuspiu. Os outros retornaram às suas montarias, resmungando.

Enquanto isso, o homem que estava sobre a jovem continuava a entrar e a sair dela, tão concentrado em seu prazer que parecia não se dar conta do que se passava à sua volta. Sor Jorah desmontou e arrancou-o da moça com a mão revestida de cota de malha. O dothraki estatelou-se na lama, saltou com a faca na mão e morreu com uma flecha de Aggo na garganta. Mormont puxou a moça da pilha de cadáveres e a enrolou em seu manto salpicado de sangue. Levou-a até Dany.

– Que quer que façamos com ela?

A jovem tremia, de olhos dilatados e vagos. Os cabelos estavam empastados de sangue.

– Doreah, trate de suas feridas. Não se parece com um cavaleiro, ela talvez não a tema. O resto, comigo – e levou a prata através do portão quebrado de madeira.

Dentro da vila era pior. Muitas das casas estavam em chamas, e os *jaqqa rhan* já tinham desempenhado o seu macabro serviço. Cadáveres sem cabeça enchiam as ruelas estreitas e sinuosas. Passaram por outras mulheres que estavam sendo violentadas. Em todas as vezes, Dany puxava as rédeas, mandava seu *khas* pôr fim àquilo e levava a vítima como escrava. Uma delas, uma mulher de quarenta anos, de corpo largo e nariz achatado, abençoou hesitantemente Dany no Idioma Comum, mas das outras obteve apenas olhares negros e sem vida. Compreendeu com tristeza que suspeitavam dela; temiam que as tivesse poupado para um destino pior.

– Não pode levar todas, menina – disse Sor Jorah da quarta vez que pararam, enquanto os guerreiros de seu *khas* reuniam as novas escravas atrás dela.

– Sou *khaleesi*, herdeira dos Sete Reinos, do sangue do dragão – recordou-lhe Dany. – Não lhe cabe dizer o que eu não posso fazer – do outro lado da cidade um edifício ruiu numa grande nuvem de fogo e fumaça, e ouviam-se gritos distantes e lamentos de crianças assustadas.

Encontraram Khal Drogo sentado fora de um templo quadrado sem janelas, com muros largos de barro e uma cúpula bulbosa que parecia uma imensa cebola marrom. A seu lado encontrava-se uma pilha de cabeças mais alta que ele. Uma das flechas curtas dos Homens-Ovelhas estava espetada na carne de seu antebraço, e sangue cobria o lado esquerdo do peito nu como um salpico de tinta. Seus três companheiros de sangue estavam com ele.

Jhiqui ajudou Dany a desmontar; tinha se tornado desajeitada à medida que a barriga se tornava maior e mais pesada. Ajoelhou-se perante o *khal*.

– O meu sol-e-estrelas está ferido – o golpe de *arakh* era longo, mas pouco profundo; o mamilo esquerdo desaparecera, e uma aba sangrenta de carne e pele pendia-lhe do peito como um trapo molhado.

– É arranhão, lua da minha vida, de *arakh* de companheiro de sangue de Khal Ogo – disse Khal Drogo no Idioma Comum. – Matar ele por isso, e Ogo também – virou a cabeça, com as campainhas da trança a ressoar suavemente. – É Ogo que ouve, e Fogo, seu *khalakka*, que era *khal* quando o matei.

– Não há homem capaz de enfrentar o sol da minha vida – disse Dany –, o pai do garanhão que monta o mundo.

Um guerreiro montado aproximou-se e saltou da sela. Falou com Haggo, uma torrente de dothraki zangado rápida demais para Dany compreender. O enorme companheiro de sangue lançou-lhe um olhar pesado antes de se virar para seu *khal*.

– Este é Mago, que cavalga no *khas* de Ko Jhaqo. Diz que *khaleesi* ficou com sua presa, uma filha das ovelhas que era para ele montar.

O rosto de Khal Drogo estava imóvel e duro, mas os olhos negros estavam curiosos quando se dirigiram a Dany.

– Conte-me a verdade disto, lua da minha vida – ordenou em dothraki.

Dany contou-lhe o que fizera, em sua língua, para que o *khal* a compreendesse melhor, com palavras simples e diretas.

Quando terminou, a testa de Drogo estava franzida.

– São estes os costumes da guerra. Essas mulheres são agora nossas escravas, para que façamos o que quisermos delas.

– Gostaria de mantê-las a salvo – disse Dany, perguntando-se se estaria se atrevendo demais. – Se seus guerreiros quiserem montar essas mulheres, que as tomem com gentileza e as mantenham como esposas. Que lhes deem lugares no *khalasar* e que lhes façam filhos.

Qotho era sempre o mais cruel dos companheiros de sangue. Foi ele que riu.

– Será que o cavalo se reproduz com ovelhas?

Algo no tom dele lembrou-lhe Viserys. Dany virou-se para ele, zangada.

– O dragão alimenta-se quer de cavalos quer de ovelhas.

Khal Drogo sorriu.

– Vejam como ela se faz feroz! – disse. – É meu filho dentro dela, o garanhão que monta o mundo, que a enche com o seu fogo. Monta devagar, Qotho... se a mãe não te queimar no lugar onde se senta, o filho te esmagará na lama. E você, Mago, recolhe a língua e encontra outra ovelha para montar. Estas pertencem à minha *khaleesi* – começou a estender a mão para Daenerys, mas, ao erguer o braço, Drogo fez um súbito esgar de dor e virou a cabeça.

Dany quase conseguia sentir a agonia dele. As feridas eram piores do que Sor Jorah dissera.

– Onde estão os curandeiros? – exigiu saber. O *khalasar* tinha dois tipos: mulheres estéreis e escravos eunucos. As ervanárias lidavam com poções e feitiços; os eunucos, com facas, agulhas e fogo. – Por que não tratam do *khal*?

– O *khal* mandou o homem sem cabelo embora, *khaleesi* – garantiu-lhe o velho Cohollo. Dany viu que o companheiro de sangue também tinha sido ferido; um golpe profundo no ombro esquerdo.

– Há muitos guerreiros feridos – disse teimosamente Khal Drogo. – Que sejam tratados primeiro. Esta flecha não é mais que uma picada de mosca; este pequeno corte é só uma nova cicatriz de que me gabar perante meu filho.

Dany via os músculos de seu peito onde a pele fora arrancada. Um fio de sangue corria da flecha que lhe perfurara o braço.

– Não cabe ao Khal Drogo esperar – proclamou. – Jhogo, procure esses eunucos e os traga imediatamente.

– Senhora de prata – disse uma voz de mulher atrás dela –, eu posso ajudar o Grande Cavaleiro com as suas feridas.

Dany virou a cabeça. Quem falava era uma das novas escravas, a mulher pesada de nariz achatado que a abençoara.

– O *khal* não precisa da ajuda de mulheres que dormem com ovelhas – ladrou Qotho. – Aggo, corte-lhe a língua.

Aggo agarrou-lhe os cabelos e empurrou uma faca contra a garganta da mulher.

Dany ergueu a mão.

– Não. Ela é minha. Deixem-na falar.

Os olhos de Aggo saltaram dela para Qotho, então abaixou a faca.

– Não pretendo fazer nenhum mal, ferozes cavaleiros – a mulher falava dothraki bem. Os trajes que usava tinham sido feitos das mais leves e melhores lãs, ricas de bordados, mas agora estavam cobertos de lama, ensanguentados e rasgados. A mulher apertou o pano esfarrapado do corpete contra os pesados seios. – Tenho alguns conhecimentos nas artes curativas.

– Quem é você? – perguntou-lhe Dany.

– Chamam-me Mirri Maz Duur. Sou esposa de deus neste templo.

– *Maegi* – grunhiu Haggo, passando os dedos pelo *arakh*. Tinha o olhar escuro. Dany lembrava-se da palavra de uma história aterrorizadora que Jhiqui lhe contara uma noite junto à fogueira. Uma *maegi* era uma mulher que dormia com demônios e praticava a mais negra das feitiçarias, uma coisa vil, maldosa e sem alma, que vinha até os homens no escuro da noite e sugava a vida e a força de seus corpos.

– Sou uma curandeira – disse Mirri Maz Duur.

– Uma curandeira de ovelhas – escarneceu Qotho. – Sangue do meu sangue, eu digo que matemos esta *maegi* e que esperemos pelos homens sem cabelo.

Dany ignorou a explosão do companheiro de sangue. Aquela mulher idosa, modesta e gorda não lhe parecia uma *maegi*.

– Onde aprendeu a sua arte, Mirri Maz Duur?

– Minha mãe foi esposa de deus antes de mim e ensinou-me todas as canções e feitiços que mais agradam ao Grande Pastor, e como fazer as fumaças sagradas e os unguentos das folhas, raízes e frutas. Quando era mais nova e mais bonita, fui numa caravana a Asshai da Sombra, para estudar com os magos de lá. Chegam navios de muitas terras a Asshai, e fiquei durante muito tempo estudando os costumes de curar dos povos distantes. Uma cantora de lua de Jogos Nhai deu-me de presente as suas canções de parto, uma mulher do seu povo cavaleiro ensinou-me as magias do capim, dos grãos e dos cavalos, e um meistre das Terras do Poente abriu um cadáver e mostrou-me todos os segredos que se escondem sob a pele.

Sor Jorah Mormont interveio.

– Um meistre?

– Chamava-se Marwyn – respondeu a mulher no Idioma Comum. – Do mar. Do outro lado do mar. As Sete Terras, disse ele. Terras do Poente. Onde os homens são de ferro e os dragões governam. Ensinou-me esta língua.

– Um meistre em Asshai – meditou Sor Jorah. – Diga-me, Esposa de Deus, que usava este Marwyn em volta do pescoço?

– Uma corrente tão apertada que quase o sufocava, Senhor de Ferro, com elos de muitos metais.

O cavaleiro olhou para Dany.

– Só um homem treinado na Cidadela de Vilavelha usa uma corrente assim – disse –, e esses homens realmente sabem muito sobre curar.

– Por que quer ajudar meu *khal*?

– Todos os homens pertencem ao mesmo rebanho, ou pelo menos é isso que nos é ensinado – respondeu Mirri Maz Duur. – O Grande Pastor enviou-me para a Terra para curar suas ovelhas, onde quer que as encontre.

Qotho deu-lhe uma forte bofetada.

– Não somos ovelhas, *maegi*.

– Pare com isso – disse Dany com voz zangada. – Ela é minha. Não quero que lhe façam mal.

Khal Drogo grunhiu.

– A flecha tem de sair, Qotho.

– Sim, Grande Cavaleiro – respondeu Mirri Maz Duur, tocando a face dolorida. – E seu peito tem de ser lavado e costurado para que não ulcere.

– Trate disso então – ordenou Khal Drogo.

– Grande Cavaleiro – disse a mulher –, meus instrumentos e poções estão dentro da casa de deus, onde os poderes curativos são mais fortes.

– Eu o levo, sangue do meu sangue – ofereceu-se Haggo.

Khal Drogo afastou-o com um gesto.

– Não preciso da ajuda de nenhum homem – disse, com uma voz dura e orgulhosa. Pôs-se em pé, sem ajuda, mais alto que todos os outros. Uma nova onda de sangue escorreu por seu peito, jorrando de onde o *arakh* de Ogo lhe cortara o mamilo. Dany pôs-se depressa a seu lado.

– Eu não sou um homem – sussurrou ela –, por isso pode se apoiar em mim – Drogo pousou a enorme mão em seu ombro. Ela suportou um pouco do peso dele durante a caminhada até o grande templo de barro. Os três companheiros de sangue os seguiram. Dany ordenou a Sor Jorah e aos guerreiros de seu *khas* que guardassem a entrada para garantir que ninguém incendiaria o edifício enquanto estivessem lá dentro.

Passaram por uma série de átrios até o alto aposento central, sob a cebola. Uma luz tênue vinha de janelas escondidas, lá em cima. Alguns archotes ardiam, fumacentos, em candeeiros fixos às paredes. Havia peles de ovelha espalhadas pelo chão de barro.

– Ali – disse Mirri Maz Duur, apontando para o altar, uma maciça pedra com veios azuis, esculpida com imagens de pastores e de seus rebanhos. Khal Drogo deitou-se em cima dela. A velha mulher atirou um punhado de folhas secas em um braseiro, enchendo o aposento de fumaça odorífera. – É melhor esperarem lá fora – disse aos outros.

– Somos sangue do seu sangue – disse Cohollo. – Esperamos aqui.

Qotho aproximou-se de Mirri Maz Duur.

– É melhor que saiba isto, mulher do Deus Ovelha. Se fizer mal ao *khal*, sofrerá o mesmo destino – puxou a faca de esfolar e mostrou-lhe a lâmina.

– Ela não fará mal – Dany sentia que podia confiar naquela velha mulher de semblante simples, com o nariz achatado; afinal de contas, salvara-a das mãos dos violadores.

– Se têm de ficar, então ajudem – disse Mirri aos companheiros de sangue. – O Grande Cavaleiro é forte demais para mim. Mantenham-no imóvel enquanto arranco a flecha de sua carne – deixou os farrapos de seu vestido caírem até a cintura enquanto abria um cofre esculpido, e atarefou-se com garrafas e caixas, facas e agulhas. Quando estava pronta, partiu a ponta farpada da flecha e puxou a haste, enquanto entoava um cântico na língua cantante dos lhazarenos. Aqueceu no braseiro uma garrafa de vinho até ferver e despejou-a sobre as feridas de Khal Drogo. Drogo amaldiçoou-a, mas não se mexeu. Ela grudou na ferida da flecha um emplastro de folhas úmidas e virou-se para o golpe no peito, untando-o com uma pasta verde-clara antes de voltar a pôr a aba de pele no lugar. O *khal* rangeu os dentes e engoliu um grito. A esposa de deus pegou uma agulha de prata e um fuso de fio de seda e começou a fechar a ferida. Quando terminou, pintou a pele com unguento vermelho, cobriu-o com mais folhas e atou o peito com um pedaço esfarrapado de couro de ovelha. – Deve dizer as preces que vou lhe dar e manter o couro de ovelha no lugar durante dez dias e dez noites – disse. – Vai haver febre, coceira e uma grande cicatriz quando a ferida sarar.

Khal Drogo sentou-se, com os sinos a tilintar.

– Eu canto sobre as minhas cicatrizes, mulher-ovelha – dobrou o braço e fez uma careta.

– Não pode beber nem vinho nem leite de papoula – preveniu-o a mulher. – Terá dores, mas deve manter o corpo forte para combater os espíritos do veneno.

– Sou *khal* – disse Drogo. – Cuspo na dor e bebo o que quiser. Cohollo, traga-me a roupa – o homem mais velho apressou-se a sair.

– Antes – disse Dany à feia lhazarena – ouvi você falar de canções de parto...

– Conheço todos os segredos da cama sangrenta, Senhora de Prata, e nunca perdi um bebê – respondeu Mirri Maz Duur.

– A minha hora está próxima – disse Dany. – Quero que cuide de mim quando chegar, se quiser.

Khal Drogo deu risada.

– Lua da minha vida, não se pede a uma escrava, ordena-lhe. Ela fará o que mandar – saltou do altar. – Venha, meu sangue. Os garanhões chamam, este lugar é cinzas. É hora de montar.

Haggo seguiu o *khal* para fora do templo, mas Qotho deixou-se ficar tempo suficiente para brindar Mirri Maz Duur com um olhar duro.

– Lembre-se, *maegi*, como passar o *khal*, assim passará você.

– Seja como diz, cavaleiro – respondeu-lhe a mulher, recolhendo seus jarros e garrafas. – O Grande Pastor guarda o rebanho.

Tyrion

Em uma colina com vista sobre a Estrada do Rei, uma longa mesa tosca de pinho tinha sido montada sob um olmo e coberta com um tecido dourado. Era lá, ao lado de seu pavilhão, que Lorde Tywin fazia a refeição da noite com os mais importantes de seus cavaleiros e senhores vassalos, com a sua grande bandeira carmesim e dourada flutuando por cima, atada a uma majestosa lança.

Tyrion chegou tarde, dolorido da cavalgada e amargo, consciente demais de como devia ser ridículo seu aspecto enquanto se bamboleava encosta acima para junto do pai. A marcha do dia fora longa e cansativa. Pensava que talvez fosse se embebedar bastante naquela noite. Era crepúsculo, e o ar encontrava-se vivo, cheio de vaga-lumes.

Os cozinheiros serviam o prato de carne: cinco leitões, com a pele ressequida e estalando, um fruto diferente em cada boca. O cheiro trouxe-lhe água na boca.

– As minhas desculpas – começou, tomando seu lugar no banco ao lado do tio.

– Talvez deva encarregá-lo de enterrar os mortos, Tyrion – disse Lorde Tywin. – Caso se atrase tanto na batalha como à mesa, a luta já terá terminado quando chegar.

– Ah, com certeza pode guardar um camponês ou dois para mim, pai – respondeu Tyrion. – Não muitos, pois não pretendo ser ganancioso – encheu a taça de vinho e observou um criado que trinchava o leitão. A pele quebradiça estalava sob a faca, e da carne jorrou molho quente. Era a paisagem mais adorável que Tyrion vira em séculos.

– Os batedores de Sor Addam dizem que a tropa Stark se deslocou para o sul das Gêmeas – anunciou o pai enquanto lhe enchiam o prato de fatias de porco. – Os recrutados de Lorde Frey juntaram-se a eles. Não devem estar a mais de um dia de marcha a norte de nossa posição.

– Por favor, pai – disse Tyrion. – Preparo-me para comer.

– Será que a ideia de enfrentar a tropa Stark o desencoraja, Tyrion? Seu irmão Jaime estaria ansioso para lidar com eles.

– Gostaria primeiro de lidar com aquele porco. Robb Stark não é, nem de perto, tão tenro, e nunca cheirou tão bem.

Lorde Lefford, a ave agourenta que tinha a responsabilidade pelas provisões e pelo abastecimento, inclinou-se para a frente.

– Espero que seus selvagens não partilhem de sua relutância, caso contrário desperdiçamos bom aço com eles.

– Meus selvagens darão excelente uso ao seu aço, senhor – respondeu Tyrion. Quando dissera a Lefford que precisava de armas e armaduras para equipar os trezentos homens que Ulf tinha trazido das montanhas, parecia que lhe tinha pedido que entregasse as filhas donzelas para lhes dar prazer.

Lorde Lefford franziu as sobrancelhas.

– Vi hoje o grande e cabeludo, aquele que insistiu em ficar com dois machados de batalha, os de aço negro pesado com lâminas gêmeas em crescente.

– Shagga gosta de matar com ambas as mãos – disse Tyrion, enquanto um prato de fumegante carne de porco era depositado na sua frente.

– Ele ainda tinha aquele seu machado de cortar lenha atado às costas.

– Shagga é da opinião de que três machados são ainda melhores que dois – Tyrion mergulhou os dedos no prato do sal e salpicou sua carne com uma boa pitada.

Sor Kevan inclinou-se para a frente.

– Pensamos em colocá-lo, com seus selvagens, na vanguarda quando formos para a batalha.

Sor Kevan raramente "pensava" algo que Lorde Tywin não tivesse pensado antes. Tyrion espetara um bocado de carne na ponta do punhal e o levara à boca. Agora o abaixava.

– Na vanguarda? – repetiu em tom incerto. Ou o senhor seu pai descobrira um novo respeito por suas capacidades, ou decidira ver-se livre do embaraço de sua descendência de uma vez por todas. Tyrion tinha a sombria sensação de que conhecia a verdade.

– Parecem suficientemente ferozes – disse Sor Kevan.

– Ferozes? – Tyrion percebeu que estava repetindo as palavras do tio como um pássaro treinado. O pai observava, julgando-o, pesando cada palavra. – Deixe-me contar como eles são ferozes. Na noite passada, um Irmão da Lua apunhalou um Corvo de Pedra por causa de uma salsicha. Portanto, hoje, quando acampamos, três Corvos de Pedra apanharam o homem e abriram-lhe a garganta. Talvez esperassem recuperar a salsicha, não sei. Bronn conseguiu impedir Shagga de cortar o membro do morto, o que foi uma sorte, mas mesmo assim Ulf exige dinheiro de sangue, que Cronn e Shagga se recusam a pagar.

– Quando falta disciplina aos soldados, a falha reside em seu comandante – disse o pai de Tyrion.

O irmão Jaime sempre fora capaz de fazer com que os homens o seguissem alegremente, e que morressem por ele se necessário. Esse dom faltava a Tyrion. Comprava a lealdade com ouro, e forçava a obediência com seu nome.

– Um homem *maior* seria capaz de lhes causar temor, é isso que está dizendo, senhor?

Lorde Tywin Lannister virou-se para o irmão.

– Se os homens de meu filho não obedecerem às suas ordens, talvez a vanguarda não seja lugar para ele. Sem dúvida que estaria mais confortável na retaguarda, guardando a coluna com a nossa bagagem.

– Não me faça gentilezas, pai – disse Tyrion, irritado. – Se não tem nenhum outro comando para me oferecer, liderarei a sua primeira linha.

Lorde Tywin estudou o filho anão.

– Nada disse sobre comandos. Servirá sob as ordens de Sor Gregor.

Tyrion deu uma dentada no leitão, mastigou por um momento e depois cuspiu-o, zangado.

– Afinal, parece que não tenho fome – disse, erguendo-se desajeitadamente do banco. – Com a sua permissão, senhores.

Lorde Tywin inclinou a cabeça, concedendo-a. Tyrion virou-se e afastou-se. Desceu a colina bamboleando, consciente dos olhos dos homens às suas costas. Uma grande rajada de gargalhadas ergueu-se atrás dele, mas não virou a cabeça. Que todos eles se engasgassem com seus leitões.

O crepúsculo caíra, pintando de negro todos os estandartes. O acampamento Lannister estendia-se ao longo de milhas entre o rio e a Estrada do Rei. Por entre os homens, os cavalos e as árvores, era fácil perder-se, e foi o que aconteceu a Tyrion. Passou por uma dúzia de grandes pavilhões e por uma centena de fogueiras para cozinhar. Vaga-lumes esvoaçavam por entre as tendas como estrelas vagabundas. Detectou um cheiro de salsichas de alho, temperado e saboroso, tão tentador que lhe fez rugir o estômago vazio. Ouviu, a distância, vozes que se erguiam numa canção obscena qualquer. Uma mulher passou por ele correndo, aos risinhos, nua sob uma capa escura, com um perseguidor bêbado que tropeçava nas raízes das árvores. Mais adiante, dois lanceiros enfrentavam-se por sobre um fiozinho de água, treinando sua estocada-e-parada à luz que se desvanecia, com os peitos nus lustrosos de suor.

Ninguém olhou para ele. Ninguém lhe falou. Ninguém lhe prestou a mínima atenção. Estava cercado por homens que tinham prestado vassalagem à Casa Lannister, uma vasta tropa de vinte mil, e no entanto estava sozinho.

Quando ouviu o profundo estrondo do riso de Shagga ressoando na escuridão, seguiu-o até os Corvos de Pedra e o pequeno canto que ocupavam na noite. Cronn, filho de Coratt, acenou com uma caneca de cerveja.

– Tyrion Meio-Homem! Venha, sente-se junto à minha fogueira, partilhe a carne com os Corvos de Pedra. Temos um boi.

– Estou vendo, Cronn, filho de Coratt – a enorme carcaça vermelha estava suspensa sobre um fogo que rugia, enfiada num espeto do tamanho de uma pequena árvore. Sem dúvida que *era* uma pequena árvore. Sangue e gordura pingavam sobre as chamas enquanto dois Corvos de Pedra viravam a carne. – Agradeço-lhe. Mande me chamar quando o boi estiver pronto – pelo aspecto, isso talvez acontecesse ainda antes da batalha. Continuou a andar.

Cada clã tinha sua própria fogueira; os Orelhas Negras não comiam com os Corvos de Pedra, os Corvos de Pedra não comiam com os Irmãos da Lua, e ninguém comia com os Homens Queimados. A modesta tenda que tinha arrancado dos armazéns de Lorde Lefford depois de algumas bajulações fora erigida no centro das quatro fogueiras. Tyrion encontrou Bronn partilhando um odre de vinho com os novos criados. Lorde Tywin enviara-lhe um cavalariço e um criado pessoal para atender às suas necessidades, e até insistira para que aceitasse um escudeiro. Estavam sentados em torno das brasas de uma pequena fogueira. Tinham uma jovem com eles; magra, de cabelos escuros, aparentemente com não mais de dezoito anos. Tyrion estudou-lhe o rosto por um momento, antes de ver espinhas de peixe entre as cinzas.

– O que comeram?

– Trutas, senhor – disse o cavalariço. – Bronn as apanhou.

Truta, pensou. *Leitão. Maldito seja o meu pai*. Olhou com ar fúnebre para as espinhas, com a barriga rugindo.

O escudeiro, um garoto com o infeliz nome de Podrick Payne, engoliu o que quer que se preparava para dizer. Era um primo distante de Sor Ilyn Payne, o carrasco do rei... e quase tão silencioso quanto ele, embora não por falta de uma língua. Tyrion obrigara-o a colocá-la para fora uma vez, só para ter certeza. "É definitivamente uma língua", dissera. "Algum dia vai ter de aprender a usá-la."

No momento não tinha paciência para tentar arrancar um pensamento do garoto, que suspeitava que lhe tinha sido imposto como uma brincadeira cruel. Tyrion voltou sua atenção à moça.

– É ela? – perguntou a Bronn.

Ela se ergueu num movimento gracioso e olhou para ele, da majestosa altura de um metro e meio ou mais.

– É, senhor, e ela pode falar por si mesma, se assim quiser.

Tyrion inclinou a cabeça para um lado.

– Sou Tyrion, da Casa Lannister. Os homens chamam-me Duende.

– Minha mãe chamou-me Shae. Os homens chamam-me... com frequência.

Bronn deu risada, e Tyrion teve de sorrir.

– Para a tenda, Shae, por favor – levantou a aba e a manteve erguida para ela passar. Lá dentro, ajoelhou-se para acender uma vela.

A vida de soldado não era desprovida de certas compensações. Onde quer que se erguesse um acampamento, era certo aparecerem seguidores. Ao fim da marcha do dia, Tyrion enviara Bronn de volta, a fim de lhe arranjar uma prostituta apropriada. "Preferia uma razoavelmente jovem, tão bonita quanto consiga encontrar", dissera. "Se se lavou em algum momento deste ano, ficarei contente. Se não, lave-a. Assegure-se de lhe dizer quem sou e a previna do *que* sou." Jyck nem sempre se incomodara em fazer aquilo. Havia um olhar que as moças por vezes davam quando vislumbravam pela primeira vez o fidalgo a quem tinham sido contratadas para satisfazer... um olhar que Tyrion Lannister não queria ver nunca mais.

Ergueu a vela e a observou. Bronn fizera um trabalho bastante bom; a jovem tinha olhos de corça e era magra, com pequenos seios firmes e um sorriso que alternava entre tímido, insolente e malvado. Gostava daquilo.

– Devo tirar o vestido, senhor? – ela perguntou.

– A seu tempo. É donzela, Shae?

– Se isso lhe agradar, senhor – disse ela com um ar recatado.

– O que me agradaria seria obter de você a verdade, garota.

– Está bem, mas isso custará o dobro.

Tyrion decidiu que iam se dar otimamente bem.

– Sou um Lannister. Tenho ouro com fartura, e pode descobrir que sou generoso... mas quero mais de você do que aquilo que tem entre as pernas, embora também queira isso. Partilhará a minha tenda, encherá meu copo de vinho, rirá dos meus gracejos, massageará as minhas pernas doloridas depois de cada dia de marcha... e quer se mantenha comigo durante um dia ou um ano, enquanto estivermos juntos, não levará nenhum outro homem para a sua cama.

– É justo – ela estendeu a mão até a bainha do vestido de ráfia e tirou-o pela cabeça, num movimento suave, atirando-o para o lado. Por baixo, nada havia a não ser Shae. – Se não apoiar essa vela, meu senhor vai queimar os dedos.

Tyrion apoiou a vela, tomou-lhe a mão nas suas e puxou-a gentilmente para si. Ela se dobrou para beijá-lo. Sua boca recendia a mel e a cravo-da-índia, e os dedos mostraram-se hábeis e cheios de prática ao encontrar os fechos de suas roupas.

Quando a penetrou, ela o recebeu com sussurros afetuosos e pequenos e trêmulos arquejos de prazer. Tyrion suspeitava que aquele deleite era fingido, mas ela o fazia tão bem que não importava. Não desejava *tanta* verdade assim.

Mais tarde, deitado em silêncio com a mulher nos braços, Tyrion percebeu que precisava dela. Dela ou de alguém como ela. Já se passara quase um ano desde que dormira com uma mulher, desde antes de sua partida para Winterfell com o irmão e o Rei Robert. Podia bem morrer no dia seguinte ou no outro, e se isso acontecesse, preferia partir para a cova pensando em Shae do que no senhor seu pai, em Lysa Arryn ou na Senhora Catelyn Stark.

Sentia a suavidade dos seios dela comprimidos contra seu braço. Era uma sensação boa. Uma canção encheu-lhe a cabeça. Suavemente, baixinho, pôs-se a assobiar.

– Que é isso, senhor? – murmurou Shae contra seu corpo.

– Nada – respondeu. – Uma canção que aprendi quando era rapaz, nada demais. Durma, querida.

Quando os olhos dela se fecharam e sua respiração se tornou profunda e regular, Tyrion deslizou por debaixo dela, gentilmente, com cuidado para não lhe perturbar o sono. Nu, rastejou para fora, passou por cima do escudeiro e deu a volta ao redor da tenda a fim de urinar.

Bronn estava sentado de pernas cruzadas por baixo de um castanheiro, perto do lugar onde tinham os cavalos presos. Amolava o gume da espada, bem acordado; o mercenário não parecia dormir como os outros homens.

– Onde a encontrou? – perguntou-lhe Tyrion enquanto urinava.

– Tirei-a de um cavaleiro. O homem estava relutante em desistir dela, mas o seu nome mudou um pouco a maneira dele de pensar... isso e o meu punhal em sua garganta.

– Magnífico – disse secamente Tyrion, sacudindo as últimas gotas. – Acho que me lembro de ter dito *encontre-me uma prostituta*, e não *me faça um inimigo*.

– As bonitas estavam todas tomadas – disse Bronn. – De bom grado a levarei de volta, se preferir uma porca desdentada.

Tyrion coxeou até perto do mercenário.

– O senhor meu pai chamaria a isso insolência, e o mandaria para as minas por impertinência.

– Ainda bem para mim que não é o seu pai – respondeu Bronn. – Vi uma com o nariz cheio de furúnculos. Quer essa?

– O quê? E quebrar seu coração? – atirou Tyrion de volta. – Vou ficar com Shae. Por acaso reparou no *nome* desse cavaleiro de quem a roubou? Preferia não tê-lo a meu lado na batalha.

Bronn ergueu-se, rápido e gracioso como um gato, fazendo a espada girar na mão.

– Terá a mim a seu lado na batalha, anão.

Tyrion fez um aceno. Sentia o ar da noite tépido na pele nua.

– Certifique-se de que eu sobreviva a essa batalha, e poderá escolher a recompensa que desejar.

Bronn atirou a espada da mão direita para a esquerda e experimentou um golpe.

– Quem iria querer matar alguém como você?

– O senhor meu pai, para começar. Pôs-me na vanguarda.

– Eu faria o mesmo. Um homem pequeno com um grande escudo. Vai causar ataques de fúria nos arqueiros.

– Acho-o estranhamente alegre – disse Tyrion. – Devo estar louco.

Bronn embainhou a espada.

– Sem dúvida.

Quando Tyrion regressou à tenda, Shae rolou sobre o cotovelo e murmurou em voz sonolenta:

– Acordei e o senhor não estava aqui.

– O senhor agora está aqui – deitou-se ao seu lado.

A mão dela enfiou-se entre as suas pernas atrofiadas e o encontrou duro.

– Ah, aí está – sussurrou, afagando-o.

Tyrion perguntou-lhe pelo homem de quem Bronn a tirara, e ela disse o nome de um servidor de um fidalgo insignificante.

– Não é preciso temer homens como ele, senhor – disse Shae, com os dedos atarefados em seu membro. – É um homem pequeno.

– Então, e eu, o que sou? – perguntou-lhe Tyrion. – Um gigante?

– Ah, sim – ronronou ela –, o meu gigante Lannister – então o montou e durante algum tempo quase conseguiu fazer com que ele acreditasse. Tyrion adormeceu sorrindo…

… e acordou na escuridão com o toque das trombetas. Shae sacudia-lhe o ombro.

– Senhor – sussurrou. – Acorde, senhor. Estou assustada.

Grogue, sentou-se e atirou o cobertor para o lado. As trombetas chamavam na noite, tempestuosas e urgentes, um grito que dizia *rápido, rápido, rápido.* Ouviu gritos, o tinir de lanças, o relinchar de cavalos, embora ainda nada que parecesse luta.

– As trombetas do senhor meu pai – disse. – Toque de batalha. Pensava que o Stark ainda estivesse a um dia de marcha.

Shae balançou a cabeça, sem compreender. Seus olhos estavam bem abertos e brancos.

Gemendo, Tyrion pôs-se em pé e abriu caminho para fora da tenda, gritando pelo escudeiro. Farrapos de pálido nevoeiro moviam-se à deriva pela noite, longos dedos brancos que saíam do rio. Homens e cavalos atravessavam aos tropeções o frio da madrugada; selas eram apertadas, carroças eram carregadas, fogueiras eram extintas. As trombetas tocaram de novo: *rápido, rápido, rápido.* Cavaleiros saltavam para cima de corcéis que resfolegavam, e homens de armas afivelavam o cinto de suas espadas enquanto corriam. Quando encontrou Pod, o garoto ressonava suavemente. Tyrion deu-lhe um bom pontapé nas costelas.

– A minha armadura – disse –, e mexa-se depressa – Bronn saiu da névoa a trote, já armado e montado, com o seu meio elmo amassado na cabeça. – Sabe o que aconteceu? – perguntou-lhe Tyrion.

– O rapaz Stark roubou-nos uma marcha – disse Bronn. – Esgueirou-se ao longo da Estrada do Rei durante a noite, e agora sua tropa está a menos de uma milha a norte daqui, em formação de batalha.

Rápido, gritaram as trombetas, *rápido, rápido, rápido*.

– Certifique-se de que os homens dos clãs estão prontos para partir – Tyrion voltou a enfiar-se na tenda. – Onde está minha roupa? – ladrou para Shae. – Ali. Não, o couro, raios partam. Sim. Traga-me as botas.

Quando acabou de se vestir, o escudeiro tinha lhe preparado a armadura, ou o que passava por tal coisa. Tyrion era dono de uma boa armadura de placa pesada, habilmente manufaturada para se ajustar ao seu corpo deformado. Infelizmente, estava em segurança em Rochedo Casterly, mas ele não. Tinha de se arranjar com peças avulsas encontradas nas carroças de Lorde Lefford: camisa e touca de cota de malha, o gorjal de um cavaleiro morto, grevas e manoplas articuladas e botas pontiagudas de aço. Algumas das peças eram ornamentadas, outras eram simples; nada condizia ou se ajustava como devia. A placa de peito destinava-se a um homem mais alto; para a sua cabeça grande demais tinham encontrado um enorme elmo em forma de balde, culminado por uma haste triangular com trinta centímetros de comprimento.

Shae ajudou Pod a lidar com as fivelas e as braçadeiras.

– Se eu morrer, chore por mim – disse Tyrion à prostituta.

– Como ia saber? Estaria morto.

– Eu saberia.

– Acredito que sim – Shae baixou o elmo sobre sua cabeça, e Pod ajustou o gorjal. Tyrion afivelou o cinto, pesado sob o peso da espada curta e do punhal. Quando terminou, o cavalariço já lhe trouxera a montaria, um formidável corcel negro com uma armadura tão pesada quanto a sua. Precisou de ajuda para montar; sentia-se como se pesasse uma tonelada. Pod entregou-lhe o escudo, uma maciça prancha de pesado pau-ferro com tiras de aço, e, por fim, o machado de batalha. Shae deu um passo para trás e o admirou.

– O senhor parece temível.

– O senhor parece um anão numa armadura desempare-lhada – Tyrion respondeu amargamente –, mas agradeço-lhe a bondade. Podrick, se a batalha nos correr mal, leve a senhora em segurança para casa – saudou-a com o machado, fez o cavalo dar meia-volta e afastou-se a trote. Tinha o estômago transformado num duro nó, tão apertado que doía. Atrás dele, os criados começaram a desmontar a tenda às pressas. Pálidos dedos carmesins espalharam-se pelo leste quando os primeiros raios de sol surgiram no horizonte. O céu ocidental tinha um profundo tom púrpura, salpicado de estrelas. Tyrion perguntou a si mesmo se aquele seria o último nascer do sol que veria... e se essa dúvida era sinal de covardia. Seu irmão Jaime alguma vez contemplara a morte antes de uma batalha?

Uma trompa de guerra soou a distância, uma profunda nota fúnebre que gelava a alma. Os homens dos clãs subiram em seus ossudos cavalos de montanha, berrando pragas e piadas grossei-ras. Vários pareciam estar bêbados. Quando Tyrion deu sinal de partida, o sol nascente queimava os últimos elos de nevoeiro. O campo que os cavalos tinham deixado estava carregado de orva-lho, como se algum deus de passagem tivesse espalhado um saco

de diamantes pela terra. Os homens das montanhas alinharam-
-se atrás dele, com cada clã enfileirado atrás de seu líder.

À luz da alvorada, o exército de Lorde Tywin Lannister
desdobrou-se como uma rosa de ferro, com os espinhos a raiar.

O tio de Tyrion liderava o centro. Sor Kevan erguera seus
estandartes acima da Estrada do Rei. Com aljavas pendendo dos
cintos, os arqueiros apeados dispuseram-se em três longas linhas, para leste e para oeste da estrada, e ali estavam calmamente
encordoando os arcos. Entre eles, lanceiros formavam quadrados; atrás estava fileira após fileira de homens de armas com lanças, espadas e machados. Trezentos cavalos pesados rodeavam
Sor Kevan e os senhores vassalos Lefford, Lydden e Serrett, com
todos os seus subordinados.

A ala direita era toda de cavalaria, cerca de quatro mil homens, carregados com o peso de suas armaduras. Estavam ali
mais de três quartos dos cavaleiros, agrupados como um grande
punho revestido de aço. Sor Addam Marbrand tinha o comando. Tyrion viu seu estandarte desenrolar-se quando seu porta-
-estandartes o sacudiu: uma árvore ardendo, laranja e esfuma-
çada. Atrás dele esvoaçava o unicórnio púrpura de Sor Flement,
o javali malhado de Crakehall, o galo anão dos Swyft e outros.

O senhor seu pai tomou posição na colina onde dormira. À
sua volta, reunia-se a reserva; uma força enorme, metade montada, metade a pé, de cinco mil homens. Lorde Tywin escolhia
quase sempre comandar a reserva; ocupava o terreno elevado e
observava o desenrolar da batalha a seus pés, enviando suas forças quando e para onde eram mais necessárias.

Mesmo visto de longe, o senhor seu pai era resplandecente. A
armadura de batalha de Tywin Lannister envergonhava a armadura dourada do filho Jaime. Sua grande capa tinha sido tecida
de incontáveis camadas de pano de ouro, e era tão pesada que
quase não se agitava, mesmo quando ele avançava, e tão gran-

de que as pregas cobriam a maior parte do traseiro do garanhão quando se sentava sobre a sela. Nenhuma braçadeira comum seria suficiente para tanto peso, e a capa era mantida no lugar por um par idêntico de leoas em miniatura, acocoradas sobre os ombros, como que em posição de ataque. O companheiro das leoas, um macho com uma magnífica juba, reclinava-se no topo do elmo de Lorde Tywin, com a pata varrendo o ar enquanto rugia. Os três leões eram trabalhados em ouro, com olhos de rubi. A armadura era de pesada placa de aço, esmaltada de carmim-escuro; as grevas e as manoplas tinham decorativos arabescos dourados embutidos. As ombreiras eram sóis raiados dourados, todas as suas presilhas eram douradas, e o aço vermelho tinha sido polido a tal ponto que brilhava como fogo à luz do sol nascente.

Tyrion conseguia agora ouvir o rufar dos tambores do inimigo. Recordou-se de Robb Stark como o vira pela última vez, sentado no cadeirão do pai no Grande Salão de Winterfell, com uma espada nua brilhando nas mãos. Recordou-se de como os lobos selvagens tinham saltado sobre ele vindos das sombras, e de repente voltou a vê-los, rosnando e abocanhando, com os dentes descobertos na frente de seu rosto. Traria o rapaz os lobos consigo para a guerra? A ideia o deixou perturbado.

Os nortenhos deviam estar exaustos depois de sua longa marcha insone. Tyrion perguntou-se o que o rapaz pensara. Teria esperado apanhá-los de surpresa durante o sono? Havia poucas chances de isso acontecer; não importa o que se dissesse dele, Tywin Lannister não era nenhum tolo.

A vanguarda reunia-se à esquerda. Viu primeiro a bandeira, três cães negros sobre fundo amarelo. Sor Gregor encontrava-se por baixo, montado no maior cavalo que Tyrion jamais vira. Bronn deu-lhe uma olhadela e sorriu.

– Siga sempre um homem grande para a batalha.

Tyrion respondeu com um olhar duro.

– E por quê?

– Fazem uns alvos magníficos. Aquele vai atrair os olhares de todos os arqueiros presentes no campo.

Rindo, Tyrion olhou a Montanha com novos olhos.

– Confesso que não o tinha visto sob essa luz.

Clegane não possuía esplendor nenhum; sua armadura era de placa de aço de um cinza baço, marcada pelo uso duro, e não exibia nem símbolos nem ornamentos. Indicava aos homens as suas posições com a arma, uma espada longa de duas mãos que Sor Gregor brandia como um homem menor poderia brandir um punhal.

– Eu mesmo matarei qualquer homem que fuja – ele estava rugindo quando viu Tyrion. – Duende! Para a esquerda. Mantenha o rio. Se for capaz.

A esquerda da esquerda. Para flanqueá-los, os Stark precisariam de cavalos capazes de correr sobre a água. Tyrion levou seus homens para a margem do rio.

– Olhem – gritou, apontando com o machado. – O rio – uma camada de névoa pálida ainda aderia à superfície da água, com a corrente verde-escura rodopiando por baixo. Os baixios eram lamacentos e afogados em juncos. – Aquele rio é nosso. Aconteça o que acontecer, mantenham-se perto da água. Não a percam nunca de vista. Impeçam o inimigo de se interpor entre nós e o nosso rio. Se eles conspurcarem nossas águas, arranquem seus membros e alimentem os peixes com eles.

Shagga tinha um machado em cada mão. Bateu um de encontro ao outro, fazendo-os ressoar.

– Meio-Homem! – gritou. Outros Corvos de Pedra acompanharam o grito, e os Orelhas Negras e Irmãos da Lua também. Os Homens Queimados não gritaram, mas fizeram chocalhar as espadas e as lanças. – Meio-Homem! Meio-Homem! Meio-Homem!

Tyrion fez o corcel descrever um círculo para observar o terreno. Ali, era ondulado e irregular; mole e lamacento perto do rio, subindo em ligeiro declive até a Estrada do Rei, pedregoso e quebrado do outro lado, a leste. Algumas árvores manchavam as vertentes das colinas, mas a maior parte da terra fora limpa e plantada. Seu coração batia no peito em uníssono com os tambores, e sentia a testa fria de suor sob as camadas de couro e aço. Observou Sor Gregor enquanto a Montanha cavalgava para cima e para baixo ao longo das fileiras, gritando e gesticulando. Também essa ala era toda de cavalaria, mas se a direita era um punho revestido de malha, de cavaleiros e lanceiros pesados, a vanguarda era composta pelo lixo do Ocidente: arqueiros montados com coletes de couro, um enxame indisciplinado de cavaleiros livres e mercenários, trabalhadores rurais montados em cavalos de arar e armados com foices e espadas enferrujadas dos pais, rapazes meio treinados vindos dos prostíbulos de Lannisporto... e Tyrion e seus homens dos clãs a cavalo.

– Comida para corvos – murmurou Bronn a seu lado, dando voz ao que Tyrion deixara por dizer. Só pôde concordar com um aceno. Teria o senhor seu pai perdido o juízo? Nenhum lanceiro, arqueiros insuficientes, não mais que um punhado de cavaleiros, os mal armados e os sem armadura, comandados por um bruto sem cabeça que liderava com base na raiva... Como podia o pai esperar que aquela imitação grotesca de uma companhia segurasse o flanco esquerdo?

Não teve tempo para pensar no assunto. Os tambores estavam tão próximos que a batida se infiltrava sob sua pele e deixava suas mãos em convulsões. Bronn desembainhou a espada, e de repente o inimigo surgiu à frente deles, transbordando sobre o cume das colinas, avançando a passo medido por trás de um muro de escudos e lanças.

Malditos sejam os deuses, olhe para todos eles, pensou Tyrion, embora soubesse que o pai tinha mais homens no terreno. Seus capitães lideravam-nos montados em cavalos de batalha revestidos de armadura, com os porta-estandartes transportando as bandeiras a seu lado. Vislumbrou o alce macho dos Hornwood, o sol raiado dos Karstark, o machado de batalha de Lorde Cerwyn e o punho revestido de malha dos Glover... *e as torres gêmeas de Frey,* azuis em fundo cinza. Lá se ia a certeza do pai de que Lorde Walder nada faria. Podia ver-se o branco da Casa Stark por todo lado, com os lobos gigantes cinzentos parecendo correr e saltar à medida que os estandartes se reviravam e se agitavam no topo dos grandes mastros. *Onde está o rapaz?,* interrogou-se Tyrion.

Uma trompa de guerra soou. *Haruuuuuuuuuuuuuu,* gritou, com uma voz tão longa, grave e arrepiante como um vento frio vindo do norte. As trombetas dos Lannister responderam-lhe, *da-*DA *da-*DA *da-*DAAAAAAA, um som de bronze e desafio, mas a Tyrion pareceu que de algum modo soavam menores, mais ansiosas. Sentia uma agitação nas entranhas, uma sensação de náusea líquida; esperava que não fosse morrer enjoado.

Quando as trombetas se calaram, um silvo encheu o ar; uma vasta nuvem de flecha subiu em arco, à direita de Tyrion, de onde os arqueiros flanqueavam a estrada. Os nortenhos desataram a correr, gritando enquanto se aproximavam, mas as flechas dos Lannister caíram sobre eles como chuva, centenas de flechas, milhares, e os gritos de guerra iam se transformando em gritos de dor à medida que os homens tropeçavam e caíam. Então já uma segunda nuvem estava no ar, e os arqueiros colocavam uma terceira flecha na corda de seus arcos.

As trombetas gritaram de novo, *da-*DAAAA *da-*DAAAA *da-*DA *da-*DA *da-*DAAAAAAAA. Sor Gregor brandiu sua enorme espada e berrou uma ordem, e um milhar de outras vozes respondeu aos gritos. Tyrion esporeou o cavalo, acrescentou uma voz à cacofonia, e a vanguarda avançou.

– O rio! – gritou a seus homens enquanto avançavam. – Lembrem-se, exterminem tudo até o rio – continuou a liderar quando passaram a galope leve, até que Chella deu um grito de congelar o sangue e o ultrapassou, e Shagga uivou e a seguiu. Os homens dos clãs avançaram atrás deles, deixando Tyrion no meio da poeira que levantaram.

Em frente, tinha se formado um crescente de lanceiros inimigos, um duplo ouriço de aço, à espera, atrás de escudos altos de carvalho marcados com o sol raiado de Karstark. Gregor Clegane foi o primeiro a atingi-los, liderando uma cunha de veteranos revestidos de armadura. Metade dos cavalos recuou no último momento, quebrando o avanço em frente da fila de lanças. Os outros morreram, com afiadas pontas de aço rasgando-lhes o peito. Tyrion viu uma dúzia de homens cair. O garanhão da Montanha empinou-se, escoiceando com cascos calçados de aço quando uma ponta de lança farpada lhe varreu o pescoço. Enlouquecido, o animal lançou-se a galope sobre as fileiras inimigas. Lanças o atingiram vindas de todas as direções, mas a muralha de escudos quebrou-se sob o seu peso. Os nortenhos fugiram dos estertores de morte do animal aos tropeções. Enquanto o cavalo caía, resfolegando sangue e mordendo com o seu último fôlego vermelho, a Montanha ergueu-se incólume, varrendo as redondezas com sua grande espada de duas mãos.

Shagga arremeteu pela abertura antes que os escudos conseguissem fechá-la, com os outros Corvos de Pedra logo atrás. Tyrion gritou:

– Homens Queimados! Irmãos da Lua! Atrás de mim! – mas a maior parte deles estava à sua *frente*. Viu de relance Timett, filho de Timett, saltar quando a sua montaria morreu em pleno galope entre suas pernas; viu um Irmão da Lua empalado

por uma lança Karstark; observou o cavalo de Cronn estilhaçando as costelas de um homem com um coice. Uma nuvem de
flechas caiu sobre eles; não saberia dizer de onde vinham, mas
caíram tanto sobre homens dos Stark como dos Lannister, ma-
traqueando nas armaduras ou encontrando carne. Tyrion ergueu
o escudo e escondeu-se sob ele.

O ouriço estava ruindo, e os nortenhos recuavam sob o impacto do assalto a cavalo. Tyrion viu Shagga apanhar um lanceiro em cheio no peito quando o louco correu sobre ele; viu o
machado cortar cota de malha, couro, músculo e pulmões. O homem morreu em pé, com a cabeça do machado alojada no peito,
mas Shagga continuou a avançar, abrindo um escudo em dois
com o machado de batalha da mão esquerda, enquanto o cadáver
balançava e tropeçava molemente do seu lado direito. Por fim, o
morto deslizou e caiu. Shagga fez ressoar os dois machados um
contra o outro e rugiu.

Então, o inimigo já havia caído sobre ele, e a batalha de
Tyrion minguou para os poucos centímetros de terreno que rodeavam seu cavalo. Um homem de armas lançou-lhe uma estocada no peito, e seu machado saltou, afastando a lança. O homem
recuou dançando, para outra tentativa, mas Tyrion esporeou o
cavalo, fazendo-o passar por cima dele. Bronn estava rodeado
por três inimigos, mas cortou a cabeça da primeira lança que
veio contra ele e, no contragolpe, varreu a cara de um segundo
homem com sua lâmina.

Uma lança de arremesso precipitou-se sobre Tyrion, vinda
da esquerda, e alojou-se em seu escudo com um *tunc* na madeira. Virou-se e lançou-se em perseguição do atirador, mas o homem ergueu o escudo sobre a cabeça. Tyrion fez chover golpes
de machado sobre a madeira, movendo-se em círculos em redor
do homem. Lascas de carvalho saltaram e partiram voando, até
que o nortenho perdeu o equilíbrio e escorregou, caindo de cos-

tas sob o escudo. Encontrava-se abaixo do alcance do machado de Tyrion, e desmontar era incômodo demais, de modo que o deixou ali e foi atrás de outro homem, apanhando-o pelas costas com um golpe em arco de cima para baixo que lhe sacudiu o braço com o impacto. Conseguiu com isso um momento de pausa. Puxando as rédeas, procurou o rio. E ali estava ele, à direita. Sem saber por que, virara-se para trás.

Um Homem Queimado passou por ele, caído sobre o cavalo. Uma lança penetrara-lhe a barriga e saía pelas costas. Estava além de qualquer ajuda, mas quando Tyrion viu um dos nortenhos correndo e tentando agarrar-lhe as rédeas, avançou.

Sua presa enfrentou-o de espada na mão. Era alto e seco, com uma longa camisa de cota de malha e manoplas articuladas de aço, mas perdera o elmo e sangue escorria sobre seus olhos, vindo de uma ferida na testa. Tyrion lançou-lhe um golpe no rosto, mas o homem alto o afastou.

– Anão – gritou. – Morra – virou-se em círculo, enquanto Tyrion o rodeava montado no cavalo, lançando-lhe golpes na cabeça e nos ombros. Aço ressoava contra aço, e Tyrion logo percebeu que o homem alto era mais rápido e mais forte do que ele. Onde, nos sete infernos, estava Bronn? – Morra – grunhiu o homem novamente, atacando-o furiosamente. Tyrion quase não conseguiu erguer o escudo a tempo, e a madeira pareceu explodir para dentro com a força do golpe. Os estilhaços do escudo caíram-lhe do braço. – *Morra!* – berrou o espadachim, avançando e dando uma pancada tão forte nas têmporas de Tyrion que lhe deixou a cabeça ressoando. A lâmina fez um hediondo som de arranhar quando o homem a puxou. O homem alto sorriu... até ser mordido pelo corcel de batalha de Tyrion, rápido como uma serpente, que lhe abriu a bochecha até o osso. Então gritou. Tyrion enterrou-lhe o machado na cabeça.

– Morra *você* – disse-lhe, e foi o que ele fez.

Ao libertar a lâmina, ouviu um grito.

– *Eddard!* – ressoou uma voz. – *Por Eddard e Winterfell!* – o cavaleiro caiu sobre ele como um trovão, fazendo rodopiar por cima da cabeça a bola eriçada de hastes de uma maça de armas. Os cavalos de batalha se chocaram antes que Tyrion conseguisse sequer abrir a boca para gritar por Bronn. O cotovelo direito explodiu de dor quando as hastes penetraram através do metal fino que protegia a articulação. O machado foi perdido naquele instante. Estendeu a mão para a espada, mas a maça fazia de novo um arco, dirigido ao seu rosto. Não se deu conta de ter atingido o chão, mas quando olhou para cima viu apenas céu. Rolou sobre o flanco e tentou se erguer, mas o corpo estremeceu-lhe de dor e o mundo começou a latejar. O cavaleiro que o derrubara aproximou-se. – Tyrion, o Duende – trovejou. – É meu. Rende-se, Lannister?

Sim, pensou Tyrion, mas a palavra ficou presa na garganta. Fez um som semelhante a um coaxar e pôs-se de joelhos com dificuldade, procurando desajeitadamente uma arma. A espada, o punhal, qualquer coisa...

– Rende-se? – o cavaleiro pairava sobre ele em seu cavalo de guerra recoberto de armadura. Ambos, homem e cavalo, pareciam imensos. A bola de hastes rodopiava num círculo lento. As mãos de Tyrion estavam dormentes, a visão, desfocada, a bainha da espada vazia. – Renda-se ou morrerá – declarou o cavaleiro, fazendo rodopiar o malho cada vez mais depressa.

Tyrion conseguiu se levantar, atirando a cabeça contra a barriga do cavalo. O animal soltou um grito terrível e empinou-se. Tentou libertar-se da agonia da dor, retorcendo-se, choveram sangue e vísceras sobre o rosto de Tyrion e o cavalo caiu como uma avalanche. Quando deu por si, tinha o visor tapado com lama e algo lhe esmagava o pé. Conseguiu libertar-se, com a garganta tão apertada que quase não conseguia falar.

– ... rend... – coaxou por fim, num fio de voz.

– Sim – gemeu uma voz, espessa de dor.

Tyrion raspou a lama do visor para conseguir ver. O cavalo tombara para o outro lado, para cima do cavaleiro. Este tinha a perna presa e o braço que usara para amparar a queda torcido num ângulo grotesco.

– Rendo-me – repetiu. Apalpando o cinto com a mão capaz, sacou uma espada e lançou-a aos pés de Tyrion. – Rendo-me, senhor.

Aturdido, o anão ajoelhou-se e ergueu a arma. A dor atacou-lhe o cotovelo quando moveu o braço. A batalha parecia ter se deslocado para a frente. Ninguém permanecia naquela parte do terreno, salvo um grande número de cadáveres. Os corvos já voavam em círculos e aterrissavam para se alimentar. Viu que Sor Kevan trouxera seu centro em auxílio da vanguarda; sua enorme massa de lanceiros tinha empurrado os nortenhos contra os montes. Lutava-se nas encostas, com lanças atacando outra muralha de escudos, agora ovais e reforçados com rebites de ferro. Enquanto observava, o ar voltou a encher-se de flechas, e os homens atrás da muralha de carvalho ruíram sob aquele fogo assassino.

– Creio que está perdendo, senhor – disse ao cavaleiro sob o cavalo. O homem não lhe deu resposta.

O som de cascos vindo às suas costas o fez rodopiar, embora quase não conseguisse levantar a espada devido à tremenda dor que sentia no cotovelo. Bronn puxou as rédeas e o olhou.

– Acabou por ser de pouco uso – disse-lhe Tyrion.

– Parece que se desembaraçou suficientemente bem sozinho – respondeu Bronn. – Mas perdeu a haste do elmo.

Tyrion apalpou o topo do elmo. A haste tinha sido completamente arrancada.

– Não a perdi. Sei perfeitamente onde ela está. Onde está meu cavalo?

Quando encontraram o animal, as trombetas tinham voltado a soar, e a reserva de Lorde Tywin desceu numa larga curva ao longo do rio. Tyrion observou o pai, que passou por ele a grande velocidade, com o estandarte carmesim e dourado dos Lannister ondulando sobre sua cabeça enquanto trovejava pelo campo afora. Rodeavam-no quinhentos cavaleiros, com a luz do sol arrancando relâmpagos da ponta de suas lanças. Os restos das linhas dos Stark estilhaçaram-se como vidro sob o poder daquele ataque.

Com o cotovelo inchado e latejando dentro da armadura, Tyrion não fez nenhuma tentativa de se juntar ao massacre. Ele e Bronn partiram em busca de seus homens. Encontrou muitos entre os mortos. Ulf, filho de Umar, jazia num charco de sangue que coagulava, com o braço desaparecido até o cotovelo, e uma dúzia de seus Irmãos da Lua espalhados ao redor. Shagga estava estatelado embaixo de uma árvore, cravejado de flechas, abraçado à cabeça de Cronn. Tyrion pensou que estivessem ambos mortos, mas, quando desmontou, Shagga abriu os olhos e disse:

– Mataram Cronn, filho de Coratt – o belo Cronn não ostentava nenhuma marca além da mancha vermelha que tinha no peito, onde a lança o matara. Quando Bronn puxou Shagga e o pôs de pé, o grande homem pareceu reparar nas flechas pela primeira vez. Arrancou-as uma a uma, amaldiçoando os buracos que tinham feito em suas camadas de cota de malha e couro e berrando como um bebê com as poucas que haviam se enterrado na carne. Chella, filha de Cheyk, aproximou-se enquanto arrancavam as flechas de Shagga e mostrou-lhes quatro orelhas que conseguira. Descobriram Timett saqueando os cadáveres com seus Homens Queimados. Dos trezentos homens dos clãs que tinham seguido Tyrion Lannister para a batalha, talvez metade tivesse sobrevivido.

Deixou os vivos cuidando dos mortos, mandou Bronn tomar conta do cavaleiro prisioneiro e foi sozinho em busca do pai. Lorde Tywin encontrava-se sentado junto ao rio, bebericando vinho de uma taça cravejada de joias enquanto o escudeiro desprendia sua placa de peito.

– Uma bela vitória – disse Sor Kevan quando viu Tyrion. – Seus selvagens lutaram bem.

Os olhos do pai estavam postos nele, verde-claros manchados de dourado, tão frios que Tyrion se arrepiou.

– Isso o surpreendeu, pai? – perguntou. – Estragou seus planos? Deveríamos ter sido massacrados, não é verdade?

Lorde Tywin esvaziou a taça, sem expressão no rosto.

– Sim, pus os homens menos disciplinados na esquerda. Previ que quebrariam. Robb Stark é um rapaz verde, provavelmente mais ousado que sábio. Tive esperança de que, se ele visse nossa ala esquerda ruir, pudesse mergulhar pela abertura, ansioso por uma debandada. Depois de ter se entregado por completo, as lanças de Sor Kevan dariam meia-volta e o apanhariam pelo flanco, empurrando-o para o rio enquanto eu trazia a reserva.

– E achou que o melhor seria me colocar no meio dessa carnificina, mantendo-me ignorante de seus planos.

– Uma debandada fingida é menos convincente – disse o pai –, e não me sinto inclinado a confiar meus planos a um homem que se associa a mercenários e selvagens.

– Pena que meus selvagens arruinaram a sua dança – Tyrion tirou a manopla de aço e a deixou cair ao chão, encolhendo-se com a dor que lhe apunhalou o braço.

– O rapaz Stark mostrou ser mais cauteloso do que eu esperava de alguém da sua idade – admitiu Lorde Tywin –, mas uma vitória é uma vitória. Parece que está ferido.

O braço direito de Tyrion estava ensopado de sangue.

– Que bom que reparou, pai – disse ele entre dentes cerrados. – Seria muito incômodo pedir a seus meistres para me atenderem? A menos que lhe dê prazer a ideia de ter um anão *maneta* como filho...

Um grito urgente de *"Lorde Tywin!"* fez o pai virar a cabeça antes que pudesse responder. Tywin Lannister pôs-se em pé quando Sor Addam Marbrand saltou de seu corcel. O cavalo estava espumando e sangrava na boca. Sor Addam, um homem alto de cabelos escuros acobreados que lhe caíam sobre os ombros, coberto por uma lustrosa armadura de aço bronzeado com a árvore em chamas de sua Casa gravada em negro na placa de peito, caiu sobre o joelho.

– Meu suserano, capturamos alguns de seus comandantes. Lorde Cerwyn, Sor Wylis Manderly, Harrion Karstark, quatro dos Frey. Lorde Hornwood está morto, e temo que Roose Bolton nos tenha escapado.

– E o rapaz? – perguntou Lorde Tywin.

Sor Addam hesitou.

– O rapaz Stark não estava com eles, senhor. Dizem que atravessou o rio nas Gêmeas com a maior parte da cavalaria, avançando rapidamente para Correrrio.

Um rapaz verde, recordou Tyrion, *provavelmente mais ousado que sábio.* Teria soltado uma gargalhada, se não doesse tanto.

Catelyn

Os bosques estavam cheios de murmúrios.

O luar tremeluzia nas águas agitadas do córrego enquanto este abria seu caminho rochoso pelo fundo do vale. Sob as árvores, cavalos de guerra relinchavam baixinho e escavavam o solo úmido e coberto de folhas, e homens trocavam palavras nervosas em vozes segredadas. De quando em quando ouvia-se o tinir de lanças, o leve deslizar metálico da cota de malha, mas até esses sons eram abafados.

– Já não deve demorar, senhora – disse Hallis Mollen. Pedira a honra de protegê-la durante a batalha que se aproximava; era seu direito, como capitão da guarda de Winterfell, e Robb não lhe recusara. Tinha trinta homens à sua volta, encarregados da tarefa de mantê-la segura e levá-la a salvo até Winterfell se a luta corresse mal. Robb quisera cinquenta; Catelyn insistira que dez seriam suficientes, que ele necessitaria de todas as espadas para a luta. Tinham chegado aos trinta, nenhum deles satisfeito com o resultado.

– Chegará quando chegar – disse-lhe Catelyn. Sabia que, quando chegasse, significaria a morte. Talvez a morte de Hal... ou a sua, ou a de Robb. Ninguém estava a salvo. Nenhuma vida era certa. Catelyn estava satisfeita por esperar, por escutar os murmúrios nos bosques e a tênue música do regato, por sentir o vento morno nos cabelos.

Afinal de contas, esperar não lhe era estranho. Seus homens sempre a tinham feito esperar. "Espere por mim, gatinha", dizia-lhe sempre o pai quando partia para a corte, para as feiras ou para batalhas. E ela esperava, pacientemente em pé nas ameias de Correrrio, enquanto as águas do Ramo Vermelho e do Pedregoso passavam pelo castelo. Ele nem sempre chegava quando di-

zia, e por vezes se passavam vários dias enquanto Catelyn mantinha sua vigília, espreitando por ameias e seteiras até vislumbrar
Lorde Hoster sobre seu velho castrado castanho, trotando pela
margem do rio até o atracadouro. "Esperou por mim?", perguntava quando se dobrava para abraçá-la. "Esperou, gatinha?"

Brandon Stark também lhe pedira que esperasse. "Não de-
morarei, senhora", garantira. "Casaremos quando eu regressar."
Mas quando o dia por fim chegara, era seu irmão Eddard quem
estava a seu lado no septo.

Ned permanecera pouco mais de uma quinzena com sua
nova esposa antes de também ele partir para a guerra com promessas nos lábios. Pelo menos, a deixara com mais do que palavras; dera-lhe um filho. Nove luas tinham crescido e minguado,
e Robb nascera em Correrrio enquanto o pai ainda guerreava no
sul. Dera-o à luz, em sangue e dor, sem saber se Ned chegaria a
vê-lo. Seu filho. Fora tão pequeno...

E agora era por Robb que esperava... por Robb e por Jaime
Lannister, o cavaleiro dourado que os homens diziam que nunca aprendera a esperar. "O Regicida é irrequieto e irrita-se facilmente", dissera tio Brynden a Robb. E apostara suas vidas e suas
melhores esperanças de vitória na verdade do que dissera.

Se Robb estava assustado, não mostrava sinal disso. Catelyn
observou o filho enquanto se movia por entre os homens, tocando um no ombro, trocando um gracejo com outro, ajudando um
terceiro a acalmar um cavalo ansioso. Sua armadura tinia levemente quando se movia. Só a cabeça se encontrava descoberta.
Catelyn viu uma brisa agitar seus cabelos ruivos, tão parecidos
com os dela, e perguntou a si mesma quando fora que o filho
crescera tanto. Quinze anos, e quase tão alto quanto ela.

Deixem que cresça mais, pediu aos deuses. *Deixem que conheça os dezesseis anos, e os vinte, e os cinquenta. Deixem que cresça tão
alto quanto o pai, e que erga o próprio filho nos braços. Por favor, por*

favor, por favor. Enquanto o observava, aquele jovem alto com a barba nova e o lobo selvagem que lhe seguia os calcanhares, tudo que conseguia ver era o bebê que fora colocado em seu peito em Correrio havia tanto tempo.

A noite estava quente, mas pensar em Correrio era o suficiente para fazê-la estremecer. *Onde estão eles?*, perguntou-se. Poderia o tio ter se enganado? Tanta coisa dependia da verdade do que lhes tinha dito. Robb dera ao Peixe Negro trezentos homens com lanças e os enviara à frente para ocultar sua marcha.

– Jaime não sabe – dissera Sor Brynden quando regressara. – Aposto nisso a minha vida. Nenhuma ave lhe chegou, meus arqueiros certificaram-se disso. Vimos alguns de seus batedores, mas os que nos viram não sobreviveram para ir lhe contar. Ele deveria tê-los mandado em maior número. Não sabe.

– De que tamanho é a tropa? – perguntara o filho de Catelyn.

– Doze mil homens a pé, espalhados em torno do castelo em três acampamentos separados, com os rios entre eles – respondera o tio, com o sorriso assimétrico de que se lembrava tão bem. – Não há outra forma de montar cerco a Correrio, mas, mesmo assim, isso será a ruína deles. Dois ou três mil homens a cavalo.

– O Regicida tem três homens contra cada um dos nossos – dissera Galbart Glover.

– É verdade – dissera Sor Brynden –, mas há uma coisa que falta a Sor Jaime.

– Sim? – perguntara Robb.

– Paciência.

A tropa do Norte era maior do que quando deixara as Gêmeas. Lorde Jason Mallister trouxera as suas forças de Guardamar para se juntar a eles quando rodeavam a nascente do Ramo Azul e se dirigiam a galope para o sul, e outros também haviam se juntado, pequenos cavaleiros e senhores, homens de armas sem chefe que tinham fugido para o norte quando o exército de seu irmão Edmure fora desfeito sob as muralhas de Correrrio. Tinham exigido o mais que se atreviam dos cavalos, a fim de chegar àquele lugar antes que Jaime Lannister soubesse de sua vinda, e agora a hora estava próxima.

Catelyn viu o filho montar. Olyvar Frey segurava-lhe o cavalo. Era filho de Lorde Walder, dois anos mais velho que Robb, e dez anos mais jovem e ansioso. Atou o escudo de Robb no lugar e entregou-lhe o elmo. Quando o baixou sobre o rosto que ela amava tanto, um jovem e alto cavaleiro surgiu montado no garanhão cinzento no lugar onde o filho estivera. Estava escuro entre as árvores, aonde a lua não chegava. Quando Robb virou a cabeça para vê-la, só enxergava negro dentro de seu visor.

– Tenho de percorrer a fileira, mãe – ele disse. – Meu pai diz que devemos deixar que os homens nos vejam antes das batalhas.

– Então vá – disse ela. – Deixe que te vejam.

– Isso lhes dará coragem – disse Robb.

E quem dará coragem a mim?, ela perguntou a si mesma, mas manteve o silêncio e obrigou-se a sorrir. Robb virou o grande garanhão cinzento e afastou-se lentamente dela, com Vento Cinzento a seguir-lhe os movimentos como uma sombra. Atrás dele, a guarda de batalha entrou em formação. Quando forçara Catelyn a aceitar seus protetores, ela insistira que ele também fosse guardado, e os senhores vassalos tinham concordado. Muitos de seus filhos tinham clamado pela honra de acompanhar o Jovem Lobo, como tinham começado a chamá-lo. Torrhen Karstark e o irmão Eddard encontravam-se entre os trinta, tal como Patrek Mallister, Pequeno-Jon Umber, Daryn Hornwood, Theon Greyjoy, não menos que cinco dos muitos descendentes de Walder Frey, bem como homens mais velhos, como Sor Wendel Manderly e Robin Flint. Um de seus companheiros era até mesmo uma mulher: Dacey Mormont, a filha mais velha da Senhora Maege e herdeira da Ilha dos Ursos, uma esguia mulher de um metro e oitenta a quem fora dada uma maça de armas numa idade em que à maioria das mulheres eram oferecidas bonecas. Alguns dos outros senhores resmungavam a esse respeito, mas Catelyn não queria ouvir suas queixas.

– Isso não tem a ver com a honra de suas Casas – dissera-lhes. – Tem a ver com manter meu filho vivo e inteiro.

E se chegar a esse ponto, perguntou-se, *trinta serão suficientes? Seis mil serão suficientes?*

Uma ave soltou um grito fraco a distância, um trinado agudo e sonoro que foi como uma mão de gelo no pescoço de Catelyn. Outra ave respondeu; uma terceira, uma quarta. Conhecia bastante bem o seu chamado dos anos que passara em Winterfell. Picanços das neves. Por vezes eram vistos em pleno inverno, quando o bosque sagrado estava branco e imóvel. Eram aves do norte.

Vêm aí, pensou Catelyn.

– Vêm aí, senhora – segredou Hal Mollen. Estava sempre pronto a afirmar o óbvio. – Que os deuses nos acompanhem.

Catelyn concordou com um aceno enquanto os bosques sossegavam ao seu redor. No silêncio, conseguiu ouvi-los, distantes, mas aproximando-se; os passos de muitos cavalos, o chocalhar das espadas, lanças e armaduras, o murmúrio de vozes humanas, com uma gargalhada aqui, uma praga ali.

Parecia durar uma eternidade. Os sons tornaram-se mais altos. Ouviu mais risos, uma ordem gritada, o respingar de água quando atravessaram e voltaram a atravessar o pequeno córrego. Um cavalo resfolegou. Um homem praguejou. E então o viu por fim... só por um instante, enquadrado entre os galhos das árvores enquanto olhava para o fundo do vale, mas sabia que era ele. Mesmo a distância, Sor Jaime Lannister era inconfundível.

O luar tornara prateados sua armadura e o dourado dos cabelos, e transformara o manto carmesim em negro. Não trazia elmo.

Estivera ali e voltara a desaparecer, com a armadura prateada escondida de novo pelas árvores. Outros seguiam atrás dele, em longas colunas, cavaleiros, espadas juramentadas e cavaleiros livres, três quartos da cavalaria Lannister.

– Ele não é homem para ficar sentado em uma tenda enquanto seus carpinteiros constroem torres de cerco – prometera Sor Brynden. – Já por três vezes acompanhou os cavaleiros em investidas, para perseguir atacantes ou assaltar uma fortaleza obstinada.

Meneando, Robb estudara o mapa que o tio lhe desenhara. Ned ensinara-lhe a ler mapas.

– Ataquem-no *aqui* – dissera, apontando. – Algumas centenas de homens, não mais. Estandartes Tully. Quando vier atrás de vocês, estaremos à espera – o dedo movera-se uma polegada para a esquerda – aqui.

Aqui era uma quietude na noite, luar e sombras, um espesso tapete de folhas mortas no chão, vertentes densamente cobertas por floresta, descendo suavemente até o leito do córrego, com a vegetação rasteira rarefazendo-se à medida que a altitude diminuía.

Aqui estava o filho de Catelyn em seu garanhão, dando-lhe um último olhar e erguendo a espada numa saudação.

Aqui era o chamamento do berrante de Maege Mormont, um longo sopro grave que trovejou pelo vale vindo do leste, para lhes dizer que os últimos cavaleiros de Jaime tinham entrado na armadilha.

E Vento Cinzento atirou a cabeça para trás e uivou.

O som pareceu atravessar Catelyn Stark, e ela deu por si tremendo. Era um som terrível, um som assustador, mas também havia música nele. Por um segundo, sentiu algo semelhante à piedade pelos Lannister lá embaixo. *Então é assim que soa a morte*, pensou.

HAA*ruuuuuuuuuuuuuuuuuuuuuuuuu*, veio a resposta da outra cumeada quando Grande-Jon soprou seu corno. Para leste e oeste, as trombetas dos Mallister e dos Frey sopraram vingança. A norte, onde o vale se estreitava e se dobrava como um cotovelo erguido, os berrantes de Lorde Karstark adicionaram suas vozes profundas e fúnebres àquele coro sombrio. No córrego, lá embaixo, homens gritavam e cavalos empinavam-se.

O bosque sussurrante deixou escapar todo o seu fôlego de repente, quando os arqueiros que Robb escondera nos galhos das árvores dispararam suas flechas e a noite entrou em erupção com os gritos de dor de homens e cavalos. A toda volta dela, os cavaleiros ergueram as suas lanças, e a terra e as folhas que tinham coberto as cruéis pontas cintilantes caíram e revelaram o brilho do aço afiado. Ouviu Robb gritar *"Winterfell!"* no momento em que as flechas voltaram a suspirar. Afastou-se dela a trote, levando os homens para baixo.

Catelyn ficou imóvel sobre o cavalo, com Hal Mollen e a sua guarda em torno de si, e esperou como esperara antes, por Brandon, por Ned, pelo pai. Encontrava-se em um ponto elevado da colina, e as árvores escondiam a maior parte do que se passava lá embaixo. Um segundo, dois, quatro, e de repente foi como se ela e seus protetores estivessem sozinhos na floresta. Os outros tinham se fundido com o verde.

Mas quando ergueu os olhos para a vertente oposta, viu os cavaleiros de Grande-Jon emergirem da escuridão sob as árvores. Vinham em uma longa linha, uma linha infinita, e quando jorraram da floresta, houve um instante, a menor parte de um segundo, em que tudo que Catelyn viu foi o luar refletido na ponta de suas lanças, como se um milhar de fogos-fátuos descessem a vertente, enfeitados pelas chamas prateadas.

Então piscou, e eram apenas homens, correndo para matar ou morrer.

Mais tarde, não poderia afirmar que vira a batalha. Mas a ouviu, e o vale ressoou com ecos. O *crac* de uma lança quebrada, o tinir das espadas, os gritos de "Lannister", "Winterfell" e "Tully! Correrrio e Tully!". Quando compreendeu que nada mais havia para ver, fechou os olhos e escutou. A batalha ganhou vida à sua volta. Ouviu batidas de cascos, botas de ferro chapinhando em água pouco profunda, o som de espadas batendo em escudos de carvalho e o raspar de aço contra aço, os silvos das flechas, o trovejar dos tambores, os gritos aterradores de mil cavalos. Homens berravam pragas e suplicavam por misericórdia, e a recebiam (ou não), e sobreviviam (ou morriam). As vertentes pareciam fazer truques estranhos com o som. Uma vez, ouviu a voz de Robb, tão claramente como se estivesse em pé a seu lado, gritando "Aqui! Aqui!". E ouviu seu lobo gigante, rosnando e rugindo, escutou o estalar daqueles longos dentes, o rasgar da carne, gritos de medo e de dor tanto de homem como de cavalo. Haveria apenas um lobo? Era difícil dizer com certeza.

Pouco a pouco, os sons diminuíram e desapareceram, até por fim restar apenas o lobo. Quando uma aurora vermelha surgiu no leste, Vento Cinzento começou a uivar de novo.

Robb regressou para junto dela em outro cavalo, montando um malhado castrado em vez do garanhão cinzento com que descera o vale. Metade da cabeça de lobo no seu escudo tinha sido despedaçada, vendo-se madeira nua onde profundos sulcos tinham sido abertos no carvalho, mas o próprio Robb parecia não estar ferido. No entanto, quando se aproximou, Catelyn viu que sua luva de cota de malha e a manga de sua capa estavam negras de sangue.

– Está ferido – disse.

Robb ergueu a mão, abriu e fechou os dedos.

– Não. Isto é… sangue de Torrhen, talvez, ou… – balançou a cabeça. – Não sei.

Uma multidão de homens seguia-o ao longo da vertente, sujos, amassados e sorridentes, com Theon e Grande-Jon à frente. Entre os dois, arrastavam Sor Jaime Lannister. Atiraram-no ao chão diante do cavalo de Catelyn.

– O Regicida – anunciou Hal, sem necessidade.

O Lannister levantou a cabeça.

– Senhora Stark – disse, de joelhos. Corria-lhe sangue por uma face, de um golpe no couro cabeludo, mas a luz pálida da aurora devolvera-lhe o brilho do ouro aos cabelos. – Ofereceria à senhora minha espada, mas parece que a perdi.

– Não é a sua espada que desejo, sor – disse-lhe ela. – Dê-me o meu pai e o meu irmão Edmure. Dê-me as minhas filhas. Dê-me o meu marido.

– Temo que os tenha perdido também.

– Uma pena – disse Catelyn friamente.

– Mate-o, Robb – pediu Theon Greyjoy. – Arranque-lhe a cabeça.

– Não – respondeu o filho de Catelyn, enquanto tirava a luva ensanguentada. – Ele é mais útil vivo que morto. E o senhor meu pai nunca perdoou o assassinato de prisioneiros após uma batalha.

– Um homem sensato – disse Jaime Lannister – e honrado.

– Leve-o e acorrente-o – disse Catelyn.

– Faça como diz a senhora minha mãe – ordenou Robb – e cuide para que haja uma guarda forte à volta dele. Lorde Karstark quererá sua cabeça num espeto.

– Isso sem dúvida – concordou Grande-Jon, gesticulando. O Lannister foi levado para ser tratado e acorrentado.

– Por que motivo Lorde Karstark o quer morto? – perguntou Catelyn.

Robb afastou os olhos para a floresta, com a mesma expressão pensativa que Ned fazia com frequência.

– Ele... ele os matou...

– Os filhos de Lorde Karstark – explicou Galbart Glover.

– Os dois – disse Robb. – Torrhen e Eddard. E Daryn Hornwood também.

– Ninguém pode acusar o Lannister de falta de coragem – disse Glover. – Quando viu que estava perdido, reuniu os vassalos e abriu caminho pela vertente acima, esperando chegar a Lorde Robb e abatê-lo. E quase conseguiu.

– *Perdeu* a espada no pescoço de Eddard Karstark, depois de arrancar a mão de Torrhen e de abrir o crânio de Daryn Hornwood – disse Robb. – E todo o tempo gritava por mim. Se não tivessem tentado detê-lo...

– ... Eu estaria agora de luto em vez de Lorde Karstark – disse Catelyn. – Seus homens fizeram o que juraram fazer, Robb. Morreram protegendo seu suserano. Chore por eles. Honre-os pelo valor demonstrado. Mas agora não. Não há tempo para o luto. Pode ter cortado a cabeça da serpente, mas três quartos do corpo ainda estão enrolados ao redor do castelo de meu pai. Ganhamos uma batalha, não a guerra.

– Mas *que* batalha! – disse Theon Greyjoy com ardor. – Senhora, o reino não viu tamanha vitória desde o Campo de Fogo. Garanto, os Lannister perderam dez homens para cada um dos nossos que caíram. Capturamos quase cem cavaleiros, e uma dúzia de senhores vassalos. Lorde Westerling, Lorde Banefort, Sor Garth Greenfield, Lorde Estren, Sor Tytos Brax, Malor, o Dorneano... *e* três Lannister além de Jaime, sobrinhos de Lorde Tywin, dois dos filhos da irmã e um do irmão morto...

– E Lorde Tywin? – interrompeu Catelyn. – Terá por acaso capturado Lorde Tywin, Theon?

– Não – respondeu Greyjoy.

– Até que o faça, esta guerra está longe do fim.

Robb ergueu a cabeça e afastou os cabelos dos olhos.

– Minha mãe tem razão. Ainda temos Correrrio.

Daenerys

As moscas voavam lentamente em volta de Khal Drogo, com as asas zumbindo, um ruído baixo, no limiar da audição, que enchia Dany de terror.

O sol ia alto e impiedoso. O calor tremulava em ondas que subiam dos afloramentos rochosos de colinas baixas. Um estreito fio de suor escorria lentamente entre os seios inchados de Dany. Os únicos sons que se ouviam eram o ruído regular dos cascos dos cavalos, o tinir ritmado dos sinos nos cabelos de Drogo e as vozes distantes atrás deles.

Dany observou as moscas. Eram grandes como abelhas, volumosas, arroxeadas, brilhantes. Os dothrakis as chamavam de *moscas de sangue*. Viviam em pântanos e lagoas de águas paradas, sugavam sangue tanto de homens como de cavalos, e punham os ovos nos mortos e nos moribundos. Drogo as odiava. Sempre que alguma se aproximava dele, a mão disparava, rápida como um ataque de serpente, e fechava-se à sua volta. Nunca o vira falhar. Mantinha a mosca dentro de seu enorme punho durante tempo suficiente para ouvir seus frenéticos zumbidos. Depois, os dedos apertavam-se, e quando voltava a abrir a mão, a mosca era apenas uma mancha vermelha na palma.

Agora, uma rastejava pela garupa de seu garanhão, e o cavalo deu uma sacudidela irritada na cauda para enxotá-la. As outras voaram em volta de Drogo, cada vez mais perto. O *khal* não reagiu. Os olhos fixavam-se em distantes colinas marrons, e as rédeas estavam soltas nas mãos. Sob o colete pintado, um emplastro de folhas de figueira e lama seca azul cobria a ferida que tinha no peito. As ervanárias o tinham feito. O cataplasma de Mirri Maz Duur ardia e provocava-lhe coceira, e ele o arrancara havia seis dias, amaldiçoando-a e chamando-a de *maegi*. O emplastro de lama era mais calmante, e as ervanárias fizeram também leite de papoula para ele. Tinha bebido muito nos últimos três dias; quando não era leite de papoula, era leite de égua fermentado ou cerveja picante.

Mas quase não tocava na comida, e agitava-se e gemia durante a noite. Dany via como seu rosto se tornara cansado. Rhaego estava inquieto dentro de sua barriga, dando pontapés como um garanhão, mas nem isso despertava o interesse de Drogo como antes. Todas as manhãs, os olhos dela encontravam novas rugas de dor em seu rosto quando acordava de seu sono perturbado. E agora aquele silêncio. Estava ficando assustada. Desde que tinham montado, de madrugada, ele não dissera uma palavra. Quando ela falava, não obtinha nenhuma resposta além de um grunhido, e desde o meio-dia nem isso.

Uma das moscas de sangue pousou na pele nua do ombro do *khal*. Outra, voando em círculos, pousou em seu pescoço e rastejou para cima, na direção da boca. Khal Drogo oscilava na sela, fazendo soar as campainhas, enquanto o garanhão prosseguia o caminho num passo regular.

Dany empurrou os calcanhares contra a sua prata e aproximou-se.

– Senhor – disse em voz suave. – Drogo. Meu sol-e-estrelas.

Ele não pareceu ouvir. A mosca de sangue rastejou para baixo do bigode pendente e instalou-se na prega ao lado do nariz. Dany arfou:

– *Drogo* – estendeu a mão, desajeitadamente, e tocou seu braço.

Khal Drogo cambaleou sobre a sela, inclinou-se devagar, e caiu pesadamente do cavalo. As moscas espalharam-se por um segundo, e depois regressaram, aos círculos, pousando em cima dele.

– Não – disse Dany, puxando as rédeas. Sem prestar atenção à barriga pela primeira vez, saltou do cavalo e correu para ele.

A erva em sua pele estava marrom e seca. Drogo gritou de dor quando Dany se ajoelhou a seu lado. A respiração raspava-lhe, áspera, na garganta, e ele olhou para ela sem reconhecê-la.

– Meu cavalo – arquejou. Dany enxotou as moscas de seu peito, esmagando uma como ele teria feito. A pele dele ardia sob seus dedos.

Os companheiros de sangue do *khal* seguiam logo atrás. Dany ouviu Haggo gritar enquanto se aproximava a galope. Cohollo saltou do cavalo.

– Sangue do meu sangue – disse, enquanto caía de joelhos. Os outros dois continuaram montados.

– Não – grunhiu Khal Drogo, lutando nos braços de Dany. – Tenho de montar. Montar. Não.

– Ele caiu do cavalo – disse Haggo, olhando fixamente para baixo. O largo rosto estava impassível, mas a voz era de chumbo.

– Não deve dizer isso – disse-lhe Dany. – Já avançamos o bastante hoje. Acamparemos aqui.

– Aqui? – Haggo olhou em volta. A terra era parda e ressequida, inóspita. – Isto não é lugar para acampar.

– Não cabe a uma mulher nos pedir para parar – disse Qotho –, nem mesmo uma *khaleesi*.

– Acampamos aqui – repetiu Dany. – Haggo, diga-lhes que Khal Drogo ordenou a parada. Se alguém perguntar por que, diga que o meu tempo se aproxima e não consigo prosseguir. Cohollo, traga os escravos, eles devem montar a tenda do *khal* de imediato. Qotho...

– Não me dê ordens, *khaleesi* – disse Qotho.

– Procure Mirri Maz Duur – disse-lhe ela. A esposa de deus devia estar entre os outros Homens-Ovelhas, na longa coluna de escravos. – Traga-a até mim com o seu cofre.

Qotho lançou-lhe um olhar intenso, com os olhos duros como sílex.

– A *maegi* – cuspiu. – Não farei isso.

– Fará – disse Dany –, senão, quando Drogo acordar, saberá por que razão me desafiou.

Furioso, Qotho virou o garanhão e afastou-se a galope… mas Dany sabia que regressaria com Mirri Maz Duur, por mais que não gostasse disso. Os escravos erigiram a tenda de Khal Drogo sob um afloramento recortado de rocha negra cuja sombra providenciava algum alívio do calor do sol da tarde. Mesmo assim, estava sufocante sob a sedareia quando Irri e Doreah ajudaram Dany a amparar Drogo até o interior da tenda. Espessos tapetes ornamentados tinham sido colocados sobre o chão, e almofadas estavam espalhadas pelos cantos. Eroeh, a jovem tímida que Dany salvara fora das muralhas de barro dos Homens-Ovelhas, acendeu um braseiro. Estenderam Drogo em uma esteira trançada.

– Não – resmungou ele no Idioma Comum. – Não, não – foi tudo que disse, tudo que parecia capaz de dizer.

Doreah desprendeu seu cinto de medalhões e o despiu do colete e dos calções, enquanto Jhiqui ajoelhava junto a seus pés para desatar os nós das sandálias de montar. Irri quis deixar as abas da tenda abertas para a aragem poder entrar, mas Dany a proibiu. Não queria que ninguém visse Drogo assim, em delírio e fraco. Quando o seu *khas* chegou, manteve-os lá fora, de guarda.

– Não deixe entrar ninguém sem a minha permissão – disse a Jhogo. – Ninguém.

Eroeh fitou Drogo, temerosa.

– Ele morre – sussurrou.

Dany a esbofeteou.

– O *khal* não pode morrer. Ele é o pai do garanhão que monta o mundo. Seus cabelos nunca foram cortados. Ainda usa as campainhas que o pai lhe deu.

– *Khaleesi* – disse Jhiqui –, ele caiu do cavalo.

Tremendo, com os olhos subitamente cheios de lágrimas, Dany virou o rosto para elas. *Ele caiu do cavalo!* Tinha acontecido, ela tinha visto, e os companheiros de sangue, e sem dúvida que as aias e os homens de seu *khas* também. Quantos mais? Não podia manter segredo, e Dany sabia o que isso significava. Um *khal* que não conseguia montar não conseguia governar, e Drogo caíra do cavalo.

– Temos de lhe dar banho – disse ela teimosamente. Não podia permitir-se o desespero. – Irri, mande trazer a banheira imediatamente. Doreah, Eroeh, encontrem água, água fria, ele está tão quente – era uma fogueira em pele humana.

As escravas instalaram a pesada banheira de cobre no canto da tenda. Quando Doreah trouxe o primeiro jarro de água, Dany umedeceu um pano de seda e o pousou na testa de Drogo, sobre a pele que queimava. Os olhos dele olharam para ela, mas não a viram. Quando a boca se abriu, não deixou escapar nenhuma palavra, só um gemido.

– Onde está Mirri Maz Duur? – ela exigiu saber, com a paciência encurtada pelo medo.

– Qotho há de encontrá-la – disse Irri.

As aias encheram a banheira com água tépida que fedia a enxofre, purificando-a com jarros de óleo amargo e punhados de folhas de menta esmagadas. Enquanto o banho era preparado, Dany ajoelhou-se desajeitadamente ao lado do senhor seu marido, a barriga inchada com o filho de ambos lá dentro. Desfez-lhe a trança com dedos ansiosos, como fizera na noite em que ele a possuíra pela primeira vez, sob as estrelas. Pôs de lado as campainhas com cuidado, uma a uma. Ele iria querê-las de novo quando estivesse bem, disse Dany a si mesma.

Um sopro de ar entrou na tenda quando Aggo enfiou a cabeça através da seda.

– *Khaleesi* – disse –, o ândalo chegou e pede licença para entrar.

"O ândalo" era como os dothrakis chamavam Sor Jorah.

– Sim – disse ela, erguendo-se desajeitadamente –, mande--o entrar – confiava no cavaleiro. Ele saberia o que fazer se mais ninguém soubesse.

Sor Jorah Mormont entrou, baixando a cabeça sob a aba da entrada da tenda, e esperou um momento para que os olhos se ajustassem à escuridão. No feroz calor do sul, usava calças largas de sedareia de várias cores e sandálias abertas de montar atadas ao joelho. A bainha de sua espada pendia de um cinto de pelo de cavalo trançado. Sob um colete branqueado, o peito estava nu, com a pele vermelha por causa do sol.

– Fala-se ao ouvido por todo o *khalasar* – disse ele. – Dizem que Khal Drogo caiu do cavalo.

– Ajude-o – suplicou Dany. – Pelo amor que diz ter por mim, ajude-o agora.

O cavaleiro ajoelhou a seu lado. Olhou para Drogo com atenção durante muito tempo e depois virou os olhos para Dany.

– Mande as aias embora.

Sem palavras, com a garganta apertada pelo medo, Dany fez um gesto. Irri empurrou as outras para fora da tenda.

Quando ficaram a sós, Sor Jorah puxou o punhal. Habil-mente, com uma delicadeza surpreendente para um homem tão grande, começou a raspar do peito de Drogo as folhas negras e a lama seca azul. O emplastro tornara-se tão duro como os muros de barro dos Homens-Ovelhas, e, tal como esses muros, rachava facilmente. Sor Jorah quebrou a lama seca com a faca, afastou os pedaços da pele, puxou as folhas uma a uma. Um cheiro doce e desagradável elevou-se da ferida, tão forte que quase a sufocou. As folhas estavam cobertas de sangue e pus, e o peito de Drogo, negro e cintilante de decomposição.

– Não – sussurrou Dany enquanto as lágrimas lhe corriam pelo rosto. – Não, por favor, deuses, ouçam-me, *não*.

Khal Drogo agitou-se, lutando contra algum inimigo invisível. O sangue escorreu, lento e espesso, da ferida aberta.

– Seu *khal* é um homem morto, princesa.

– Não, ele não pode morrer, não *pode*, era só um corte – Dany tomou a grande mão calosa de Drogo em suas pequenas mãos e apertou-a com força. – Não deixarei que morra...

Sor Jorah soltou uma gargalhada amarga.

– *Khaleesi* ou rainha, essa ordem está além de seu poder. Poupe as lágrimas, menina. Chore por ele amanhã, ou daqui a um ano. Não temos tempo para o luto. Temos de partir, e depressa, antes que morra.

Dany não compreendeu.

– Partir? Para onde partiríamos?

– Para Asshai, diria eu. Fica bem para o sul, no fim do mundo conhecido, mas os homens dizem que é um grande porto. Encontraremos um navio que nos leve de volta a Pentos. Será uma viagem dura, não tenha ilusões. Confia em seu *khas*? Virão conosco?

– Khal Drogo ordenou-lhes que me mantivessem a salvo – respondeu Dany em tom inseguro –, mas se morrer... – tocou o inchaço na barriga. – Não compreendo. Por que haveríamos de fugir? Sou *khaleesi*. Estou grávida do herdeiro de Drogo. Ele será *khal* após Drogo...

Sor Jorah franziu as sobrancelhas.

– Princesa, escute-me. Os dothrakis não seguirão um bebê de peito. Eles se curvavam perante a força de Drogo, e só perante isso. Quando ele desaparecer, Jhaqo, Pono e o outro *kos* lutarão por seu lugar, e seu *khalasar se* devorará. O vencedor não quererá rivais. O garoto será tirado de seu seio no momento em que nascer. Eles o darão aos cães.

Dany abraçou-se.

– Mas *por quê?* – gritou com voz queixosa. – Por que haveriam de matar um bebezinho?

– É filho de Drogo, e as feiticeiras dizem que será o garanhão que monta o mundo. Foi profetizado. É melhor matar a criança do que se arriscar à sua fúria quando se tornar um homem.

O bebê deu um pontapé, como se tivesse ouvido. Dany recordou a história que Viserys lhe contara sobre o que os cães do Usurpador tinham feito aos filhos de Rhaegar. O filho dele também fora um bebê, e mesmo assim o tinham arrancado do peito da mãe e esmagado a cabeça contra uma parede. Assim eram os costumes dos homens.

– Não podem fazer mal ao meu filho! – gritou. – Ordenarei ao meu *khas* que o mantenha a salvo, e os companheiros de sangue de Drogo irão...

Sor Jorah agarrou-a pelos ombros.

– Um companheiro de sangue morre com o seu *khal*. Sabe disso, filha. É certo que o levarão para Vaes Dothrak, para as feiticeiras, é o último dever que têm para com ele em vida... quando o cumprirem, se juntarão a Drogo nas terras da noite.

Dany não queria voltar para Vaes Dothrak e viver o resto da vida entre aquelas terríveis velhas, mas sabia que o cavaleiro falava a verdade. Drogo fora mais que o seu sol-e-estrelas; fora o escudo que a mantivera a salvo.

– Não deixarei que isso aconteça – disse ela teimosamente, numa voz infeliz. Voltou a pegar-lhe a mão. – Não deixarei.

Uma agitação na aba da tenda fez Dany virar a cabeça. Mirri Maz Duur entrou, com uma profunda reverência. Dias de marcha atrás do *khalasar* a tinham deixado coxa e exausta, com bolhas sangrentas nos pés e covas sob os olhos. Atrás dela entraram Qotho e Haggo, transportando o cofre da esposa de deus entre ambos. Quando os companheiros de sangue repararam na ferida de Drogo, o cofre deslizou dos dedos de Haggo e tombou ao chão da tenda, e Qotho soltou uma praga tão furiosa que empestou o ar.

Mirri Maz Duur estudou Drogo, mantendo o rosto imóvel e morto.

– A ferida ulcerou.

– Isto é trabalho seu, *maegi* – disse Qotho. Haggo atirou o punho contra o queixo de Mirri com um estalo carnudo que a jogou ao chão. Depois a pontapeou.

– Pare com isso! – gritou Dany.

Qotho afastou Haggo da mulher, dizendo:

– Pontapés são muita misericórdia para uma *maegi*. Leve-a lá para fora. Vamos prendê-la a uma estaca, para que sirva de montaria a todos os homens que passarem por ela. E quando já nenhum a quiser, os cães a usarão também. Doninhas rasgarão suas entranhas e gralhas pretas se deliciarão com seus olhos. As moscas do rio depositarão os ovos no ventre dela e beberão pus das ruínas de seus seios… – enterrou dedos duros como ferro na carne mole e oscilante do braço da esposa de deus e a pôs em pé.

– Não – disse Dany. – Não a quero machucada.

Os lábios de Qotho mostraram seus dentes tortos e escuros numa terrível caricatura de sorriso.

– Não? Diz a mim que *não*? É melhor que reze para não a prendermos ao lado de sua *maegi*. Você fez isto, tanto como ela.

Sor Jorah interpôs-se, desapertando a espada na bainha.

– Puxe as rédeas da língua, companheiro de sangue. A princesa ainda é sua *khaleesi*.

– Só enquanto o sangue-do-meu-sangue sobreviver – disse Qotho ao cavaleiro. – Quando morrer, não será nada.

Dany sentiu um aperto dentro de si.

– Antes de ser *khaleesi*, era do sangue do dragão. Sor Jorah, chame o meu *khas*.

– Não – disse Qotho. – Nós saímos. Por enquanto... *khalee-si* – Haggo seguiu-o, carrancudo.

– Aquele a quer mal, princesa – disse Mormont. – Os dothrakis acreditam que um homem e os seus companheiros de sangue partilham uma vida, e Qotho a vê terminar. Um homem morto está além do medo.

– Ninguém morreu – disse Dany. – Sor Jorah, posso precisar de sua lâmina. É melhor colocar a armadura – estava mais assustada do que se atrevia a admitir, até para si mesma.

O cavaleiro fez uma reverência.

– Às suas ordens – saiu a passos largos da tenda.

Dany virou-se para Mirri Maz Duur. Os olhos da mulher estavam atentos.

– E assim me salvou outra vez.

– E agora você tem de salvá-lo – disse Dany. – Por favor...

– Não se pede a uma escrava – respondeu bruscamente Mirri –, ordena – aproximou-se de Drogo, que ardia sobre a esteira, e olhou longamente para a ferida. – Pedir ou ordenar, não faz diferença. Ele está além das capacidades de um curandeiro – os olhos do *khal* estavam fechados. Ela abriu um com os dedos. – Tem atenuado a dor com leite de papoula.

– Sim – Dany admitiu.

– Fiz-lhe um cataplasma de vagem-de-fogo e não-me-piques, e atei-o com uma pele de ovelha.

– Ele dizia que ardia. Arrancou-o. As ervanárias fizeram-lhe uma nova, úmida e calmante.

– Sim, ardia. Há grande magia curativa no fogo, até seus homens sem cabelo sabem disso.

– Faça um novo cataplasma – pediu Dany. – Dessa vez eu lhe asseguro de que ele não o arrancará.

– O tempo para isso passou, senhora – disse Mirri. – Tudo que posso fazer agora é tornar mais fácil o escuro caminho que ele tem a percorrer, para que possa cavalgar sem dor para as terras da noite. Terá partido pela manhã.

As palavras da mulher foram como uma faca espetada no peito de Dany. Que tinha ela feito para tornar os deuses tão cruéis? Por fim encontrara um lugar seguro, e por fim experimentara o amor e a esperança. Finalmente estava a caminho de casa. E agora perdia tudo...

– Não – suplicou. – Salve-o, e juro que a liberto. Deve conhecer uma maneira... alguma magia, algum...

Mirri Maz Duur apoiou o peso nos calcanhares e estudou Daenerys com os olhos negros como a noite.

– Existe um feitiço – a voz era silenciosa, pouco mais que um suspiro. – Mas é duro, senhora, e escuro. Alguns diriam que a morte é mais limpa. Aprendi-o em Asshai, e paguei caro pela lição. Meu professor foi um mago de sangue vindo das Terras da Sombra.

Dany sentiu-se congelar.

– Então você é mesmo uma *maegi*...

– Serei? – Mirri Maz Duur sorriu. – Só uma *maegi* pode salvar o seu cavaleiro agora, Senhora de Prata.

– Não há nenhuma outra maneira?

– Nenhuma.

Khal Drogo soltou um arquejo trêmulo.

– Faça-o – exclamou Dany. Não podia ter medo, era do sangue do dragão. – Salve-o.

– Há um preço – preveniu-a a esposa de deus.

– Terá ouro, cavalos, o que quiser.

– Não é questão de ouro ou cavalos. Isto é magia de sangue, senhora. Só a morte pode pagar a vida.

– A morte? – Dany enrolou protetoramente os braços em torno de si própria e balançou para trás e para a frente sobre os calcanhares. – A minha morte? – disse a si mesma que morreria por ele se tivesse de ser. Era do sangue do dragão, não teria medo. O irmão Rhaegar morrera pela mulher que amava.

– Não – prometeu Mirri Maz Duur. – Sua morte, não, *khaleesi*.

Dany tremeu de alívio.

– Faça-o.

A *maegi* assentiu solenemente.

– Será feito como diz. Chame seus servos.

Khal Drogo contorceu-se debilmente quando Rakharo e Quaro o puseram no banho.

– Não – murmurou –, não. Tenho de montar – uma vez dentro da água, toda a força pareceu escoar-se de seu corpo.

– Traga seu cavalo – ordenou Mirri Maz Duur, e foi o que fizeram. Jhiqui levou o grande garanhão vermelho para o interior da tenda. Quando o animal sentiu o cheiro da morte, relinchou e recuou, revirando os olhos. Foram precisos três homens para subjugá-lo.

– Que pretende fazer? – perguntou Dany.

– Precisamos do sangue – respondeu Mirri. – É este o caminho.

Jhogo afastou-se com cautela, com a mão sobre o *arakh*. Era um jovem de dezesseis anos, magro como um chicote, destemido, de riso fácil, com a leve sombra do primeiro bigode no lábio superior. Caiu de joelhos diante de Dany.

– *Khaleesi* – suplicou –, não deve fazer isto. Deixe-me matar esta *maegi*.

– Se a matar, matará o seu *khal* – disse Dany.

– Isto é magia de sangue – disse ele. – É proibido.

– Sou *khaleesi*, e digo que não é proibido. Em Vaes Dothrak, Khal Drogo matou um garanhão e eu comi seu coração, para dar a nosso filho força e coragem. Isto é a mesma coisa. A *mesma*.

O garanhão escoiceou e recuou quando Rakharo, Quaro e Aggo o puxaram para perto da banheira onde o *khal* flutuava como se já estivesse morto, com sangue e pus escorrendo da ferida e sujando as águas. Mirri Maz Duur entoou um cântico com palavras numa língua que Dany não conhecia, e uma faca surgiu-lhe na mão. Dany não chegou a ver de onde a retirara. Parecia velha; bronze vermelho batido, em forma de folha, com a lâmina coberta de antigos glifos. A *maegi* rasgou com ela a garganta do garanhão, sob sua nobre cabeça, e o cavalo gritou e estremeceu enquanto o sangue jorrava numa torrente vermelha. Teria caído, mas os homens do *khas* de Dany mantiveram-no sobre as patas.

— Força da montaria, passa para o cavaleiro — cantou Mirri enquanto o sangue do cavalo rodopiava para dentro das águas do banho de Drogo. — Força do animal, passa para o homem.

Jhogo parecia aterrorizado enquanto lutava contra o peso do garanhão, com medo de tocar na carne morta, mas também com medo de largar. *É só um cavalo*, pensou Dany. Se podia comprar a vida de Drogo com a morte de um cavalo, pagaria esse preço mil vezes.

Quando deixaram o garanhão cair, o banho estava vermelho-escuro, e nada se via de Drogo a não ser o rosto. Mirri Maz Duur não precisava da carcaça.

— Queime-a — disse-lhes Dany. Sabia que era o que faziam. Quando um homem morria, a montaria era abatida e colocada sob o seu corpo na pira funerária, a fim de transportá-lo para as terras da noite. Os homens do seu *khas* arrastaram a carcaça para fora da tenda. Havia sangue por todo lado. Até as paredes de sedareia estavam manchadas de vermelho, e as esteiras sob seus pés estavam negras e úmidas.

Foram acesos braseiros. Mirri Maz Duur atirou um pó vermelho sobre os carvões. Dava à fumaça um odor de especiaria, um cheiro bastante agradável, mas Eroeh fugiu aos soluços, e Dany encheu-se de medo. Mas fora longe demais para voltar atrás agora. Mandou as aias embora.

– Vá com elas, Senhora de Prata – disse-lhe Mirri Maz Duur.

– Eu fico – disse Dany. – O homem possuiu-me sob as estrelas e deu vida à criança que trago dentro de mim. Não o abandonarei.

– É preciso sair. Quando eu começar a cantar, ninguém deve entrar nesta tenda. A canção acordará poderes antigos e escuros. Os mortos dançarão aqui esta noite. Nenhum vivente deve vê-los.

Dany inclinou a cabeça, impotente.

– Ninguém entrará – dobrou-se sobre a banheira, sobre Drogo e seu banho de sangue, e o beijou suavemente na testa. – Traga-o de volta para mim – sussurrou a Mirri Maz Duur antes de sair.

Lá fora, o sol estava baixo no horizonte, e o céu era de um vermelho ferido. O *khalasar* acampara. Havia tendas e esteiras de dormir até onde o olhar chegava. Soprava um vento quente. Jhogo e Aggo cavavam um buraco de fogueira para incinerar o garanhão morto. Uma multidão se reunira para olhar para Dany com olhos negros e duros, com rostos como máscaras de cobre martelado. Viu Sor Jorah Mormont, trajando agora cota de malha e couro, com a larga testa de quem vai perdendo cabelo salpicada de suor. Ele abriu caminho aos empurrões por entre os dothrakis para se pôr ao lado de Dany. Quando viu as pegadas escarlates que as botas dela tinham deixado no chão, a cor pareceu esvair-se de seu rosto.

– O que fez, pequena louca? – perguntou ele em voz rouca.

– Tinha de salvá-lo.

– Podíamos ter fugido – disse ele. – Podia tê-la levado a salvo até Asshai, princesa. Não havia necessidade...

– Sou mesmo sua princesa? – ela perguntou.

– Sabe que sim, que os deuses nos salvem a ambos.

– Então me ajude agora.

Sor Jorah fez uma careta.

– Bem que gostaria de saber como.

A voz de Mirri Maz Duur ergueu-se num lamento agudo e ululante, fazendo passar um arrepio pelas costas de Dany. Alguns dos dothrakis começaram a resmungar e a recuar. A tenda brilhava com a luz vinda dos braseiros que havia no interior. Através da sedareia salpicada de sangue, Dany viu sombras que se moviam.

Mirri Maz Duur dançava, e não estava só.

Dany viu um medo nu no rosto dos dothrakis.

– Isto *não pode ser* – trovejou Qotho.

Não vira o companheiro de sangue voltar. Tinha Haggo e Cohollo com ele. Haviam trazido os homens sem cabelo, os eunucos que curavam com facas, agulhas e fogo.

– Isto *será* – respondeu Dany.

– *Maegi* – rosnou Haggo. E o velho Cohollo, o Cohollo que ligara a vida à de Drogo no dia de seu nascimento, o Cohollo que sempre fora bondoso com ela, cuspiu-lhe em cheio no rosto.

– Morrerá, *maegi* – prometeu Qotho –, mas a outra tem de morrer primeiro – puxou o *arakh* e dirigiu-se à tenda.

– Não – gritou Dany –, não *pode* – pegou-o pelo ombro, mas Qotho a empurrou. Dany caiu de joelhos, cruzando os braços sobre a barriga para proteger a criança que tinha lá dentro.

– Parem-no – ordenou ao seu *khas* –, matem-no.

Rakharo e Quaro encontravam-se ao lado da aba da tenda. Quaro deu um passo para a frente, levando a mão ao cabo do chicote, mas Qotho rodopiou, gracioso como uma bailarina, fazendo subir o *arakh* curvo. A lâmina apanhou Quaro debaixo do braço, o brilhante aço afiado cortou couro e pele, músculo e osso da costela. Sangue jorrou quando o jovem cavaleiro cambaleou para trás, arquejando.

Qotho libertou a lâmina.

– *Senhor dos cavalos* – chamou Sor Jorah Mormont. – Tente comigo – a espada longa deslizou de sua bainha.

Qotho girou, praguejando. O *arakh* moveu-se tão depressa que o sangue de Quaro foi projetado num borrifo fino, como chuva em vento quente. A espada o parou a trinta centímetros do rosto de Sor Jorah, e segurou-o, estremecendo por um instante enquanto Qotho uivava de fúria. O cavaleiro estava revestido por cota de malha, com manoplas e grevas de aço articulado e um pesado gorjal em volta da garganta, mas não se lembrara de colocar o elmo.

Qotho dançou para trás, fazendo girar o *arakh* por cima da cabeça num borrão cintilante, brilhando como um relâmpago, quando o cavaleiro arremeteu numa investida. Sor Jorah fez a melhor parada que foi capaz, mas os golpes sucediam-se tão depressa que parecia a Dany que Qotho tinha quatro *arakhs* em outras tantas mãos. Ouviu o barulho de uma espada atingir uma cota de malha, viu faíscas saltarem quando a longa lâmina curva atingiu de raspão uma manopla. De repente, era Mormont quem tropeçava para trás e Qotho que saltava para um ataque. A face esquerda do cavaleiro ficou vermelha de sangue e um golpe abriu uma fenda na cota de malha e o deixou coxeando. Qotho gritou insultos, chamando-o de covarde, homem de leite, eunuco em traje de ferro.

– Vai morrer agora! – prometeu, com o *arakh* tremendo no ocaso vermelho. Dentro do ventre de Dany, o filho deu um pontapé selvagem. A lâmina curva esquivou-se à direita e mordeu profundamente a anca do cavaleiro, onde a cota de malha fora cortada.

Mormont grunhiu, tropeçou. Dany sentiu uma dor aguda na barriga, uma sensação úmida nas coxas. Qotho berrou de triunfo, mas seu *arakh* batera em osso, e durante meio segundo ficou preso.

Foi o bastante. Sor Jorah fez cair sua espada com toda a força que lhe restava, fazendo-a cortar pele, músculo e osso, e o braço de Qotho pendeu solto, balançando, preso a um fino cordão de pele e tendões. O golpe seguinte do cavaleiro foi dirigido à orelha do dothraki, e levava tanta fúria que pareceu que o rosto de Qotho explodiria.

Os dothrakis gritavam, Mirri Maz Duur uivava dentro da tenda como se não tivesse nada de humano, Quaro pedia água enquanto morria. Dany gritou por ajuda, mas ninguém a ouviu. Rakharo lutava com Haggo, *arakh* dançando com *arakh*, até que o chicote de Jhogo estalou, sonoro como um trovão, enrolando-se em volta da garganta de Haggo. Um puxão, e o companheiro de sangue tropeçou para trás, perdendo o equilíbrio e a espada. Rakharo saltou para a frente, uivando, empurrando o *arakh* para baixo com ambas as mãos através do topo da cabeça de Haggo. A ponta prendeu-se entre os olhos, vermelha, estremecendo. Alguém atirou uma pedra, e, quando Dany viu, tinha o ombro rasgado e ensanguentado.

– Não – chorou –, não, por favor, parem, é demais, o preço é alto demais – mais pedras vieram pelo ar. Tentou rastejar na direção da tenda, mas Cohollo a segurou. Com os dedos em seus cabelos, puxou sua cabeça para trás, e Dany sentiu o frio toque da faca na garganta. – Meu bebê – gritou, e os deuses talvez tivessem ouvido, pois, no mesmo instante, Cohollo morreu. A flecha de Aggo atingiu-o debaixo do braço e trespassou-lhe os pulmões e o coração.

Quando por fim Daenerys encontrou forças para erguer a cabeça, viu a multidão se dispersar; os dothrakis se esgueirando em silêncio de volta às suas tendas e esteiras de dormir. Alguns selavam cavalos, montavam e afastavam-se. O sol se pusera. Fogueiras ardiam por todo o *khalasar*; grandes chamas cor de laranja que crepitavam com fúria e cuspiam fagulhas para o céu. Tentou erguer-se, mas uma dor imensa capturou-a e a esmagou como o punho de um gigante. Ficou sem fôlego; não conseguiu fazer mais que arquejar. O som da voz de Mirri Maz Duur era como uma poesia fúnebre. Dentro da tenda, as sombras rodopiavam.

Sentiu um braço sob a cintura, e Sor Jorah a ergueu. Tinha o rosto pegajoso de sangue, e Dany viu que metade de sua orelha tinha desaparecido. Contorceu-se em seus braços quando a dor voltou e ouviu o cavaleiro gritar para que as aias o ajudassem. Todos *têm tanto medo assim?* Conhecia a resposta. Outra dor a assaltou, e Dany reprimiu um grito. Era como se o filho tivesse uma faca em cada mão, como se estivesse golpeando-a para abrir caminho para o exterior.

– Doreah, maldita seja – rugiu Sor Jorah. – Ande. Vá buscar as parteiras.

– Elas não virão. Dizem que ela está amaldiçoada.

– Se não vierem, arranco-lhes a cabeça.

– Elas se foram, senhor – chorou Doreah.

– A *maegi* – disse alguém. Teria sido Aggo? – Leve-a à *maegi*.

Não, quis dizer Dany, *não, isso não, não podem*, mas quando abriu a boca, escapou dela um longo lamento de dor, e surgiu suor em sua pele. *Que se passa com eles, não veem?* Dentro da tenda, as formas dançavam, escuras contra a sedaria, rodeando o braseiro e o banho sangrento, e algumas não pareciam humanas. Vislumbrou a sombra de um grande lobo, e outra que era como um homem envolvido em chamas.

– A Mulher-Ovelha conhece os segredos da cama de partos – disse Irri. – Foi ela que disse, eu a ouvi dizer.

– Sim – concordou Doreah –, também a ouvi.

Não, gritou Dany, ou talvez tivesse apenas pensado em gritar, pois nem um sussurro lhe escapou dos lábios. Agora a levavam. Seus olhos abriram-se para um céu vazio e morto, negro, triste e sem estrelas. *Por favor, não.* O som da voz de Mirri Maz Duur ficou mais forte até encher o mundo. *As formas!*, gritou. *Os dançarinos!*

Sor Jorah entrou com ela na tenda.

Arya

O cheiro de pão quente que vinha das lojas na Rua da Farinha era mais doce que qualquer perfume que Arya tivesse sentido. Inspirou profundamente e aproximou-se do pombo. Era um pombo rechonchudo, pintalgado de marrom, atarefado, bicando uma casca de pão que tinha caído entre duas pedras do pavimento, mas quando a sombra de Arya o tocou, levantou voo.

Sua espada de madeira assobiou e apanhou o pombo a meio metro do chão, e a ave tombou numa confusão de penas marrons. Num piscar de olhos Arya estava em cima dele, agarrando uma asa enquanto o pombo tentava voar. A ave deu-lhe uma bicada na mão. A menina agarrou-lhe o pescoço e o torceu até sentir os ossos quebrarem.

Comparado com apanhar gatos, apanhar pombos era *fácil*.

Um septão que passava a olhava de soslaio.

– Este é o melhor lugar para encontrar pombos – disse-lhe Arya enquanto batia o pó de si e apanhava a espada de madeira. – Vêm à procura de migalhas – o homem rapidamente se afastou.

Arya atou o pombo ao cinto e começou a descer a rua. Um homem passou por ela, empurrando um carregamento de tortas em um carrinho de duas rodas; cheiravam a mirtilos, limões e damascos. Seu estômago soltou um trovejar oco.

– Pode me dar uma? – ouviu-se dizer. – De limão ou... ou qualquer uma.

O homem do carrinho de mão olhou-a dos pés à cabeça. Deixou claro que não gostou do que viu.

– Três cobres.

Arya bateu com a espada de madeira contra o lado da bota.

– Troco-a por um pombo gordo – disse.

– Que os Outros levem o seu pombo – disse o homem do carrinho de mão.

As tortas ainda vinham quentes do forno. Os cheiros enchiam-lhe a boca de água, mas ela não tinha três cobres... ou um que fosse. Olhou para o homem do carrinho de mão, lembrando-se do que lhe dissera Syrio sobre *ver*. Era um homem baixo, com uma pequena barriga redonda, e quando se movia parecia favorecer um pouco a perna esquerda. Estava justamente pensando que, se agarrasse uma torta e fugisse, ele nunca conseguiria apanhá-la, quando o homem disse:

– Tenha tento nessas suas mãozinhas nojentas. Os homens de manto dourado sabem bem como lidar com ratazanazinhas gatunas de sarjeta, ah, sabem.

Arya olhou de relance para trás. Dois dos membros da Patrulha da Cidade estavam parados na esquina de uma viela. Os mantos chegavam quase ao chão, com a pesada lã tingida de um rico tom de dourado; as botas, luvas e cotas de malha eram negras. Um trazia uma espada longa na cintura, o outro, uma clava de ferro. Com um último relance ávido para as tortas, Arya afastou-se do carrinho e apressou-se em ir embora. Os homens de manto dourado não estavam prestando nenhuma atenção especial nela, mas vê-los deu-lhe nós no estômago. Arya andara para tão longe do castelo quanto pudera, mas mesmo a distância conseguia ver as cabeças que apodreciam no topo das grandes muralhas vermelhas. Bandos de corvos brigavam ruidosamente por cima de cada uma delas, densos como moscas. Dizia-se na Baixada das Pulgas que os homens de manto dourado tinham se aliado aos Lannister, que seu comandante fora feito senhor, com terras no Tridente e lugar no conselho do rei.

Arya também ouvira outras coisas, coisas assustadoras, que não faziam sentido para ela. Havia quem dissesse que o pai assassinara o Rei Robert e que fora morto por Lorde Renly. Outros insistiam que fora *Renly* que matara o rei numa briga de bêbados entre irmãos. Por que outro motivo teria fugido durante a noite como um ladrão comum? Uma história dizia que o rei fora morto por um javali enquanto caçava, outra afirmava que morrera enquanto *comia* javali, empanturrando-se tanto que explodira à mesa. Não, o rei morrera à mesa, diziam outros, mas só porque Varys, a Aranha, o envenenara. Não, tinha sido *a rainha* quem o envenenara. Não, morrera de varíola. Não, sufocara com uma espinha de peixe.

Numa coisa todas as histórias concordavam: o Rei Robert estava morto. Os sinos nas sete torres do Grande Septo de Baelor tinham repicado durante um dia e uma noite, fazendo troar sua dor pela cidade numa maré de bronze. Só faziam soar os sinos assim quando um rei morria, dissera-lhe um aprendiz de curtidor.

Tudo que ela queria era voltar para casa, mas deixar Porto Real não era tão fácil como esperara. Todo mundo falava de guerra, e a quantidade de homens de manto dourado era tão grande nas muralhas da cidade como a de moscas em... bem, nela, por exemplo. Vinha passando as noites na Baixada das Pulgas, sobre telhados e em estábulos, onde quer que conseguisse encontrar um lugar para se deitar, e não demorara muito tempo para compreender que o distrito tinha o nome certo.

Todos os dias, desde a fuga da Fortaleza Vermelha, Arya visitava os sete portões da cidade, um de cada vez. Os Portões do Dragão, do Leão e o Velho estavam fechados e trancados. O da Lama e o dos Deuses estavam abertos, mas só para aqueles que quisessem entrar na cidade; os guardas não deixavam ninguém sair. Os que estavam autorizados a sair o faziam pelo Portão do Rei ou pelo Portão de Ferro, mas eram homens de armas Lannister, de manto carmesim e elmo encimado por um leão, que lá guarneciam os postos de guarda. Espiando do telhado de uma estalagem próxima do Portão do Rei, Arya os viu vasculhar carroças e carruagens, forçar cavaleiros a abrir seus alforjes e interrogar todos os que tentavam passar a pé.

Por vezes pensava em atravessar o rio a nado, mas o Torrente da Água Negra era largo e profundo, e todos concordavam que suas correntes eram perigosas e traiçoeiras. Não tinha dinheiro para pagar a um barqueiro ou comprar uma passagem de navio. O senhor seu pai a ensinara a nunca roubar, mas estava se tornando cada vez mais difícil lembrar por quê. Se não saísse logo dali, teria de arriscar a sorte com os homens de manto dourado. Não tinha passado muita fome desde que aprendera a derrubar aves com a espada de madeira, mas temia que tanto pombo a estivesse deixando doente. Comera dois deles crus antes de encontrar a Baixada das Pulgas.

Na Baixada havia casas de pasto espalhadas pelas vielas, onde enormes banheiras de guisado ferviam havia anos, e podia-se trocar metade de uma por uma fatia de pão do dia anterior e uma "tigela de castanho", e até torravam a outra metade no fogo, desde que o cliente depenasse o pombo. Arya teria dado qualquer coisa por uma xícara de leite e um bolo de limão, mas o castanho não era de todo ruim. Costumava ter cevada e pedaços de cenoura, cebola e nabo, e às vezes tinha até maçã com uma película de gordura por cima. Em geral, tentava não pensar na carne. Uma vez obtivera um pedaço de peixe.

O único problema era que essas casas nunca estavam vazias, e mesmo enquanto devorava a comida podia senti-los observando-a. Alguns deles não tiravam os olhos de suas botas ou de seu manto, e sabia no que estavam pensando. Com outros, quase conseguia sentir os olhos rastejando sob seus couros; *não* sabia em que eles estavam pensando, e isso a assustava ainda mais. Umas duas vezes fora seguida até as vielas e perseguida depois, mas até então ninguém tinha sido capaz de apanhá-la.

A pulseira de prata que esperava vender fora roubada na primeira noite que passara fora do castelo, juntamente com a trouxa de roupa boa, surrupiada enquanto dormia em uma casa queimada, perto da Viela dos Porcos. Tudo que lhe tinham deixado foram o manto em que se enrolara, os couros que vestia, a espada de treino de madeira... e a Agulha. Dormia em cima da Agulha, e se não fosse isso, também a teria perdido; valia mais que todo o resto. Desde então, Arya acostumara-se a caminhar com o manto enrolado no braço direito, a fim de esconder a lâmina que trazia à cintura. A espada de madeira era levada na mão esquerda, onde todos a pudessem ver, para assustar ladrões, mas havia homens nas casas de pasto que não se assustariam nem que ela tivesse um machado de batalha. Era o suficiente para lhe fazer perder o gosto por pombo e pão duro. Era mais comum ir dormir com fome do que se arriscar aos olhares.

Uma vez fora da cidade, encontraria frutas do bosque prontas para serem colhidas, ou pomares que poderia assaltar em busca de maçãs ou cerejas. Arya lembrava-se de ver alguns da Estrada do Rei durante a viagem para o sul. E poderia escavar em busca de raízes na floresta, ou até caçar alguns coelhos. Na cidade, as únicas coisas que podia caçar eram ratazanas, gatos e cães descarnados. Ouvira dizer que as casas de pasto ofereciam um punhado de cobre por uma ninhada de cachorros, mas não gostava de pensar nisso.

Abaixo da Rua da Farinha ficava um labirinto de vilas retorcidas e travessas. Arya lutou para atravessar a multidão, tentando colocar distância entre si e os homens de manto dourado. Aprendera a manter-se no centro da rua. Por vezes tinha de se desviar de carroças e cavalos, mas pelo menos podia vê-los aproximarem-se. Quem caminhasse junto aos edifícios era agarrado pelas pessoas.

Em algumas vielas não havia maneira de não roçar nas paredes; os edifícios aproximavam-se tanto que quase se encontravam.

Um ruidoso bando de crianças pequenas passou por ela correndo, brincando de arco. Arya ficou olhando para eles com ressentimento, lembrando-se dos tempos em que assim brincara com Bran, Jon e o irmão mais novo, Rickon. Perguntou a si mesma quanto teria crescido Rickon, e se Bran estaria triste. Teria dado tudo por ter Jon ali, chamando-a de "irmãzinha" e despenteando-lhe os cabelos. Não que precisasse ser despenteada. Vira seu reflexo em poças, e não lhe parecia que pudesse haver cabelos mais despenteados que os dela.

Tentara falar com as crianças que via na rua, esperando fazer um amigo que lhe arranjasse lugar para dormir, mas devia falar errado ou qualquer coisa do gênero. Os pequenos limitavam-se a mirá-la com olhos rápidos e cuidadosos, e fugiam caso se aproximasse demais. Os irmãos e irmãs mais velhos faziam perguntas que Arya não podia responder, davam-lhe apelidos e tentavam roubá-la. No dia anterior uma menina magricela e descalça, com o dobro de sua idade, a tinha atirado ao chão e tentara arrancar-lhe as botas, mas Arya dera-lhe uma pancada na orelha com a espada de madeira que a afastara aos soluços e sangrando.

Uma gaivota voou em círculos por cima de sua cabeça quando desceu a colina em direção à Baixada das Pulgas. Arya olhou-a de relance, pensativa, mas estava bem longe do alcance de sua espada. A ave a fez pensar no mar. Talvez fosse esse o caminho para fora dali. A Velha Ama costumava contar histórias sobre rapazes que se escondiam em galés mercantes e zarpavam para todo o tipo de aventuras. Talvez Arya pudesse fazer o mesmo. Decidiu visitar a margem do rio. De qualquer forma, ficava a caminho do Portão da Lama, que ainda não verificara hoje.

Os cais estavam estranhamente sossegados quando Arya chegou lá. Viu outro par de mantos dourados, caminhando lado a lado pelo mercado de peixe, mas nem sequer olharam para ela. Metade das bancas estava vazia, e parecia-lhe que havia menos navios atracados do que recordava. No Água Negra três das galés de guerra do rei moviam-se em formação, com os cascos pintados de dourado rasgando as águas à medida que os remos subiam e desciam. Arya observou-as durante algum tempo, depois se pôs a caminho ao longo do rio.

Quando viu os guardas no terceiro cais, vestidos com mantos de lã cinza debruada de cetim branco, o coração quase parou em seu peito. Ver as cores de Winterfell trouxe-lhe lágrimas aos olhos. Atrás dos guardas, uma lustrosa galé mercante de três remos balançava em suas amarras. Arya não conseguia ler o nome pintado no casco; as palavras eram estranhas, em miriano, bravosiano, talvez mesmo alto valiriano. Agarrou pela manga um estivador que passava.

– Por favor – disse –, que navio é este?

– É a *Bruxa dos Ventos*, de Myr – disse o homem.

– *Ainda* está aqui – exclamou Arya. O estivador olhou-a de modo estranho, deu de ombros e afastou-se. Arya correu para o cais. A *Bruxa dos Ventos* era o navio que o pai contratara para levá-la para casa... ainda à espera! Julgara que tinha zarpado havia séculos.

Dois dos guardas jogavam dados enquanto o terceiro fazia rondas, com a mão pousada no botão da espada. Com vergonha de que a vissem chorar como um bebê, Arya parou para esfregar os olhos. Os olhos, os olhos, os olhos, por que era que...

Olhe com os olhos, ouviu Syrio sussurrar.

Arya olhou. Conhecia todos os homens do pai. Os três com os mantos cinzentos eram estranhos.

– Você – chamou aquele que fazia rondas. – Que quer aqui, garoto? – os outros dois ergueram os olhos dos dados.

A única coisa que Arya conseguiu fazer foi evitar saltar e fugir, pois sabia que se o fizesse eles viriam imediatamente atrás dela. Obrigou-se a se aproximar. Estavam à espera de uma menina, mas a tomaram por um garoto. Neste caso, *seria* um garoto.

– Quer comprar um pombo? – mostrou-lhe a ave morta.

– Saia daqui – disse o guarda.

Arya fez o que lhe foi dito. Não teve de fingir estar assustada. Atrás dela, os homens retornaram aos seus dados.

Não saberia dizer como voltou à Baixada das Pulgas, mas respirava com força quando chegou às estreitas e retorcidas ruas de terra batida entre as colinas. A Baixada tinha um fedor característico, o cheiro de pocilgas, estábulos e barracas de curtumes, misturado ao odor azedo das tabernas e de bordéis baratos. Arya abriu caminho pelo labirinto com a mente entorpecida. Só percebeu que o pombo tinha desaparecido quando lhe chegou um odor de castanho borbulhante vindo da porta de uma casa de pasto. Devia ter escorregado do cinto enquanto corria, ou alguém lhe roubara sem que se desse conta. Por um momento quis chorar de novo. Teria de percorrer todo o caminho de volta à Rua da Farinha e encontrar outro pombo que estivesse tão gordo como aquele.

Longe, do outro lado da cidade, sinos começaram a tocar.

Arya olhou para cima, à escuta, perguntando-se o que o toque significaria daquela vez.

– Que é isto agora? – gritou um homem gordo de dentro da casa de pasto.

– Outra vez os sinos, que os deuses nos salvem – lamentou-se uma velha.

Uma prostituta de cabelos vermelhos enfiada em um fiapo de seda pintada abriu uma janela de segundo andar.

– Foi o rei rapaz que morreu? – gritou ela para baixo, debruçando-se sobre a rua. – Ah, os rapazes são assim, nunca duram muito tempo – enquanto ria, um homem nu a envolveu com os braços por detrás, mordendo-lhe o pescoço e esfregando-lhe os pesados seios brancos que pendiam soltos sob a camisa.

– Vadia estúpida – gritou o gordo. – O rei não está morto, aquilo são só sinos de chamar. É só uma torre repicando. Quando o rei morre, tocam todos os sinos da cidade.

– Olha, para de morder, senão faço tocar os *seus* sinos – disse a mulher da janela para o homem atrás dela, afastando-o com um cotovelo. – Então, quem é que morreu, se não foi o rei?

– É uma chamada – repetiu o gordo.

Dois garotos com quase a mesma idade de Arya passaram por ali correndo, patinhando numa poça. Uma velha os amaldiçoou, mas eles prosseguiram seu caminho. Outras pessoas também se punham em movimento, subindo a colina para ver o que era aquele barulho. Arya correu atrás do garoto mais lento.

– Aonde você vai? – ela gritou quando se pôs atrás dele. – O que está acontecendo?

Ele olhou de relance para trás sem diminuir o passo.

– Os mantos dourados estão levando ele para o septo.

– Quem? – berrou Arya, correndo a toda velocidade.

– A *Mão*! O Buu diz que vão cortar a cabeça dele.

Uma carroça que passara pela rua deixara um sulco profundo na rua. O garoto saltou por cima, mas Arya não chegou a ver a fenda. Tropeçou e caiu, de cabeça, esfolando o joelho numa pedra e esmagando os dedos quando as mãos atingiram a terra batida. A Agulha se emaranhou em suas pernas. Arya soluçou enquanto lutava para se pôr de joelhos. O polegar da mão esquerda estava coberto de sangue. Quando o pôs na boca, viu que metade da unha tinha desaparecido, arrancada na queda. As mãos latejavam, e o joelho também estava cheio de sangue.

– *Abram alas!* – gritou alguém da travessa. – *Abram alas para os senhores Redwyne!* – Arya conseguiu sair da rua a tempo de não ser atropelada por quatro guardas montados em cavalos enormes, passando a galope. Usavam manto xadrez, azul e vinho. Atrás deles, dois jovens fidalgos cavalgavam lado a lado num par

de éguas marrons, parecidos como duas gotas de água. Arya vira-
-os na muralha do castelo uma centena de vezes; os gêmeos Redwyne, Sor Horas e Sor Hobber, jovens desajeitados de cabelos
cor de laranja e rosto quadrado e sardento. Sansa e Jeyne Poole
costumavam chamá-los Sor Horror e Sor Babeiro, e explodiam
em risinhos sempre que os viam. Agora não pareciam engraçados.

Todo mundo se movia na mesma direção, todos com pressa
para ver o que motivava o repique dos sinos, que agora pareciam
tocar mais alto, tinindo, chamando. Arya juntou-se à corrente de
gente. Doía-lhe tanto o polegar onde a unha se partira que só
com esforço evitava chorar. Mordeu o lábio enquanto coxeava,
escutando as vozes excitadas ao seu redor.

– ... a Mão do Rei, Lorde Stark. Estão levando-o para o
Septo de Baelor.

– Ouvi dizer que ele estava morto.

– Não tarda, não tarda. Olha, tenho aqui um veado de prata
que diz que vão lhe arrancar a cabeça.

– Já vai tarde, o traidor – o homem cuspiu.

Arya lutou por encontrar a voz.

– Ele *nunca*... – começou, mas era apenas uma criança, e os
homens continuaram a falar por cima dela.

– *Palerma!* Não vão cortar-lhe a cabeça coisa nenhuma. Desde quando eles dão um jeito em traidores nos degraus do Grande Septo?

– Bem, não vão ungi-lo cavaleiro, com certeza. Ouvi dizer
que foi o Stark que matou o velho Rei Robert. Que lhe abriu a
garganta na floresta e que, quando o encontraram, estava lá, frio,
dizendo que tinha sido um javali velho que matara Sua Graça.

– Ah, isso não é verdade, foi o irmão que tratou dele, aquele
Renly, o dos chifres de ouro.

– Cala essa boca mentirosa, mulher. Não sabe o que diz, sua
senhoria é um homem bom e fiel.

Quando chegaram à Rua das Irmãs, a multidão aglomerava-se, ombro contra ombro. Arya deixou-se levar pela corrente humana até o topo da Colina de Visenya. A praça de mármore branco era uma massa sólida de gente, todos tagarelando excitadamente uns com os outros e fazendo força para chegar mais perto do Grande Septo de Baelor. Os sinos soavam muito alto ali.

Arya contorceu-se através da multidão, esgueirando-se entre as patas dos cavalos e agarrando-se bem à espada de madeira. Do meio da multidão, tudo que via eram braços, pernas e barrigas, e as sete esguias torres do septo que se erguiam por cima da praça. Vislumbrou uma carroça de madeira e pensou em subir nela para conseguir ver, mas outros tiveram a mesma ideia. O carroceiro os amaldiçoou e os afastou a golpes de chicote.

Arya ficou frenética. Ao forçar passagem até a frente da multidão, foi empurrada contra a pedra de um pedestal. Ergueu o olhar para Baelor, o Abençoado, o rei septão. Enfiou a espada de madeira no cinto e começou a subir. A unha quebrada deixou manchas de sangue no mármore pintado, mas conseguiu subir e enfiou-se entre os pés do rei.

Foi então que viu o pai.

Lorde Eddard encontrava-se em pé no púlpito do Alto Septão, à porta do septo, apoiado em dois homens de manto dourado. Vestia um gibão de rico veludo cinza com um lobo branco cosido com contas na parte da frente, e um manto de lã cinza debruado de peles, mas estava mais magro do que Arya jamais o vira, com a longa face tensa de dor. Eram mais os homens mantendo-o em pé do que ele se sustentando; o gesso que envolvia a perna quebrada mostrava-se encardido e apodrecido.

O próprio Alto Septão estava atrás dele, um homem atarracado, grisalho pela idade e enormemente gordo, usando uma longa túnica branca e uma imensa coroa de ouro encordoado e cristal que lhe decorava a cabeça com um arco-íris sempre que se movia.

Em volta das portas do septo, um grupo de cavaleiros e de grandes senhores aglomerava-se na frente do elevado púlpito de mármore. Entre eles destacava-se Joffrey, vestido todo de carmesim, seda e cetim adornados com veados empinados e leões rugindo, e uma coroa de ouro na cabeça. Ao seu lado via-se a rainha sua mãe, trajando um negro vestido de luto com fendas carmesins e um véu de diamantes negros nos cabelos. Arya reconheceu Cão de Caça, que usava um manto branco como a neve sobre a armadura cinza-escura, com quatro dos membros da Guarda Real à sua volta. Viu Varys, o eunuco, deslizando entre os senhores em chinelos macios e com uma toga de damasco estampada, e achou que o homem baixo com a capa prateada e barba pontiaguda devia ser aquele que tinha um dia lutado em duelo por sua mãe.

E ali, entre eles, estava Sansa, vestida de seda azul-celeste, com os longos cabelos ruivos lavados e encaracolados, usando braceletes de prata nos pulsos. Arya fechou a cara, perguntando a si mesma o que a irmã estaria fazendo ali, e por que parecia tão feliz.

Uma longa fileira de lanceiros de manto dourado segurava a multidão, comandada por um homem forte, com uma armadura elaborada, toda ela de laca negra e filigrana dourada. O manto tinha o brilho metálico de ouro verdadeiro.

Quando o sino parou de soar, um silêncio foi lentamente cobrindo a grande praça, e seu pai ergueu a cabeça e começou a falar, com a voz tão fraca que Arya quase não conseguia ouvir. As pessoas atrás dela começaram a gritar *"Quê?"*, *"Mais alto!"*. O homem com a armadura de negro e dourado aproximou-se do pai e aguilhoou-o com força. Arya quis gritar *Deixe-o em paz!*, mas sabia que ninguém a ouviria. Mordeu o lábio.

O pai ergueu a voz e recomeçou.

– Sou Eddard Stark, Senhor de Winterfell e Mão do Rei – disse, mais alto, fazendo a voz chegar a toda a praça –, e venho até vós para confessar minha traição perante os deuses e os homens.

– Não – choramingou Arya. Por baixo dela, a multidão desatou a berrar e a gritar. Insultos e obscenidades encheram o ar. Sansa escondera o rosto nas mãos.

O pai ergueu a voz ainda mais alto, esforçando-se por ser ouvido.

– Traí a fé do meu rei e a confiança do meu amigo Robert – gritou. – Jurei defender e proteger seus filhos, mas antes ainda que seu sangue arrefecesse conspirei para depor e matar seu filho, e tomar o trono para mim. Que o Alto Septão, Baelor, o Amado, e os Sete sejam testemunhas da verdade que digo: Joffrey Baratheon é o verdadeiro herdeiro do Trono de Ferro, e, pela graça de todos os deuses, Senhor dos Sete Reinos e Protetor do Território.

Uma pedra saltou da multidão. Arya gritou quando viu o pai ser atingido. Os homens de manto dourado evitaram que caísse. Sangue escorreu-lhe pelo rosto, vindo de um profundo golpe na testa. Mais pedras se seguiram. Uma atingiu o guarda à esquerda do pai. Outra retiniu na placa de peito do cavaleiro com a armadura negra e dourada. Dois homens da Guarda Real puseram-se na frente de Joffrey e da rainha, protegendo-os com os escudos.

A mão de Arya deslizou sob o manto e encontrou a Agulha na bainha. Apertou os dedos em volta do cabo, com mais força do que jamais tivera de usar. *Por favor, deuses, mantenham-no a salvo*, orou. *Não permitam que façam mal ao meu pai.*

O Alto Septão ajoelhou perante Joffrey e sua mãe.

– Como pecamos, assim sofremos – entoou, numa voz profunda e empolada, muito mais forte que a de Stark. – Este homem confessou seus crimes à vista dos deuses e dos homens, aqui neste lugar sagrado – arco-íris dançaram em volta de sua cabeça quando ergueu as mãos numa súplica. – Os deuses são justos, mas o Abençoado Baelor ensinou-nos que também são misericordiosos. O que será feito com este traidor, Vossa Graça?

Mil vozes gritavam, mas Arya não as ouviu. O Príncipe Joffrey... não, o Rei Joffrey... saiu de trás dos escudos de sua Guarda Real.

– Minha mãe pede-me que permita a Lorde Eddard que vista o negro, e a Senhora Sansa suplicou misericórdia para o pai – olhou então à direita para Sansa e *sorriu*, e por um momento Arya pensou que os deuses tinham ouvido sua prece, até que Joffrey voltou a virar-se para a multidão e disse: – Mas elas têm o coração piedoso de mulher. Enquanto eu for rei, a traição nunca passará impune. Sor Ilyn, traga-me a cabeça dele.

A multidão rugiu, e Arya sentiu a estátua de Baelor balançar quando todas aquelas pessoas a empurraram. O Alto Septão agarrou a capa do rei, e Varys aproximou-se correndo, sacudindo os braços, e até a rainha estava lhe dizendo alguma coisa, mas Joffrey balançou a cabeça. Senhores e cavaleiros afastaram-se quando *ele* passou, alto e descarnado, um esqueleto em cota de malha, o Magistrado do Rei. Indistintamente, mesmo que de uma grande distância, Arya ouviu a irmã gritar. Sansa caíra de joelhos, soluçando histericamente. Sor Ilyn Payne subiu os degraus do púlpito.

Arya contorceu-se entre os pés de Baelor e atirou-se sobre a multidão, puxando a Agulha. Caiu em cima de um homem com um avental de açougueiro, atirando-o ao chão. De imediato, alguém esbarrou em suas costas, e quase que ela mesma caiu também. Corpos apertavam-se em volta, tropeçando e empurrando, pisoteando o pobre açougueiro. Arya atacou-os com a Agulha.

Bem no alto do púlpito, Sor Ilyn Payne fez um gesto, e o cavaleiro de negro e dourado deu uma ordem. Os homens de manto dourado atiraram Lorde Eddard ao mármore, projetando-lhe a cabeça e o peito sobre a borda.

– Ei, você! – gritou uma voz irritada a Arya, mas ela passou rapidamente pelo homem, empurrando pessoas para o lado, esgueirando-se entre elas, batendo em qualquer um que atravessasse seu caminho. Uma mão tentou agarrar-lhe a perna, mas ela deu um pontapé na canela dele. Uma mulher tropeçou e Arya correu por cima das costas dela, atirando golpes para um lado e para o outro, mas não havia jeito, *não havia jeito*, tinha gente demais, assim que abria um buraco, ele voltava a se fechar. Alguém a empurrou com uma bofetada. Ainda conseguia ouvir os gritos de Sansa.

Sor Ilyn puxou uma espada longa da bainha que usava atada às costas. Quando ergueu a lâmina acima da cabeça, a luz do sol pareceu ondular e dançar no metal escuro, tremeluzindo num gume mais afiado que qualquer navalha. *Gelo*, pensou Arya, *ele tem Gelo!* Jorraram-lhe lágrimas pelo rosto, cegando-a.

E então uma mão projetou-se da multidão e fechou-se em torno de seu braço como uma armadilha para lobos, com tanta força que a Agulha lhe saltou da mão. Arya foi erguida no ar. Teria caído se ele não a tivesse mantido suspensa com tanta facilidade como se fosse uma boneca. Um rosto aproximou-se dela, cabelos negros e longos, uma barba emaranhada e dentes podres.

– *Não olhe!* – rosnou-lhe uma voz espessa.

– Eu... eu... eu... – soluçou Arya.

O velho a sacudiu com tanta força que a fez bater os dentes.

– Cala a boca e fecha os olhos, *garoto* – indistintamente, como que vindo de uma grande distância, ouviu um... um *ruído...* um som suave como um suspiro, como se um milhão de pessoas tivesse expirado ao mesmo tempo. Os dedos do velho enterraram-se em seu braço, rígidos como ferro. – Olhe para mim. Sim, é isso mesmo, para *mim* – vinho azedo perfumava-lhe o hálito. – Lembrou-se, *garoto?*

Foi o cheiro que avivou a memória. Arya viu os cabelos despenteados e oleosos, o remendado e empoeirado manto negro que lhe cobria os ombros tortos, os duros olhos negros que a olhavam de soslaio. E lembrou-se do irmão negro que viera visitar seu pai.

— Agora já me reconhece? Ora, aí está um garoto inteligente — cuspiu. — Isto aqui já acabou. Você vem comigo, e vai manter a boca calada — quando ela começou a responder, ele a sacudiu outra vez, ainda com mais força. — Eu disse *calada*.

A praça começava a esvaziar-se. A multidão dissolveu-se em volta deles à medida que as pessoas iam regressando às suas vidas. Mas a vida de Arya tinha desaparecido. Entorpecida, arrastou-se ao lado de... *Yoren, sim, o nome dele é Yoren*. Não se deu conta de ele ter encontrado a Agulha até lhe entregar a espada.

— Espero que saiba usar isso, garoto.

— Eu não sou... — começou ela.

Ele a enfiou na reentrância de uma porta, enterrou-lhe dedos sujos nos cabelos e os torceu, puxando-lhe a cabeça para trás.

— ... não é um *garoto* esperto, é isso o que quer dizer?

Tinha uma faca na outra mão.

Quando a lâmina relampejou na direção de seu rosto, Arya atirou-se para trás, escoiceando desesperadamente, sacudindo a cabeça de um lado para o outro, mas ele a tinha presa pelos cabelos, com tanta *força* que sentia o couro cabeludo rasgar-se, e nos lábios o sabor salgado das lágrimas.

Bran

Os mais velhos eram homens-feitos, com dezessete ou dezoito anos vividos desde o dia em que receberam os nomes. Um tinha mais de vinte anos. A maioria era mais nova, com dezesseis anos ou menos.

Bran observava-os da varanda da torre de Meistre Luwin, ouvindo-os grunhir, esforçar-se e praguejar enquanto brandiam os bastões e as espadas de madeira. O pátio ganhava vida com os *clacs* de madeira batendo em madeira, interrompidos com bastante frequência por *fuacs* e uivos de dor quando um golpe atingia couro ou carne. Sor Rodrik caminhava a passos largos entre os rapazes, com o rosto corando sob as suíças brancas, resmungando para todos. Bran nunca vira o velho cavaleiro com um ar tão feroz.

— Não — não parava de dizer. — Não. Não. Não.

— Eles não lutam lá muito bem — disse Bran em tom de dúvida. Deu uma coçadela à toa atrás das orelhas de Verão enquanto o lobo gigante rasgava um pedaço de carne. Ossos esmagavam-se entre os dentes do animal.

— Com certeza — concordou Meistre Luwin com um profundo suspiro. O meistre espiava através de sua grande luneta miriana, medindo sombras e anotando a posição do cometa que pairava, baixo, no céu da manhã. — Mas se lhes dermos tempo... Sor Rodrik tem razão, precisamos de homens para patrulhar as muralhas. O senhor seu pai levou a nata de sua guarda para Porto Real, e seu irmão levou o resto, juntamente com todos os rapazes aptos de léguas ao redor. Muitos não regressarão, e temos de arranjar homens que os substituam.

Bran olhou com ressentimento para os rapazes suados.

– Se ainda tivesse as minhas pernas, poderia derrotá-los todos – recordou a última vez que tivera uma espada na mão, quando o rei viera a Winterfell. Fora apenas uma espada de madeira, mas derrubara o Príncipe Tommen meia centena de vezes. – Sor Rodrik devia ensinar-me a usar uma acha-de--armas. Se a tivesse com um cabo suficientemente comprido, Hodor poderia ser as minhas pernas. Juntos, podíamos ser um cavaleiro.

– Acho isso... improvável – disse Meistre Luwin. – Bran, quando um homem luta, seus braços, pernas e pensamentos devem ser um só.

Embaixo, no pátio, Sor Rodrik gritava.

– Você luta como um ganso. Ele te dá bicadas e você dá bicadas mais fortes nele. *Pare!* Bloqueie o golpe. Luta de gansos não será suficiente. Se essas espadas fossem verdadeiras, a primeira bicada arrancava-lhe o braço! – um dos outros rapazes soltou uma gargalhada, e o velho cavaleiro virou-se para ele. – Você ri. Logo você. É preciso descaramento. *Você* luta como um porco--espinho...

– Havia um cavaleiro que não enxergava – disse teimosamente Bran, enquanto Sor Rodrik continuava a ofender os rapazes lá embaixo. – A Velha Ama contou-me. Tinha uma haste longa com lâminas nas duas extremidades que podia fazer rodopiar com as mãos e cortar dois homens ao mesmo tempo.

– Symeon Olhos-de-Estrela – disse Luwin enquanto anotava números num livro. – Quando perdeu os olhos, pôs safiras em forma de estrelas nas órbitas vazias, ou pelo menos é o que afirmam os cantores. Bran, isso é só uma história, como os contos de Florian, o Tolo. Uma fábula da Era dos Heróis – o meistre soltou um estalido com a língua. – É preciso que deixe esses sonhos de lado, só vão lhe partir o coração.

A menção a sonhos despertou-lhe a memória.

– Sonhei outra vez com o corvo na noite passada. Aquele com três olhos. Voou até o meu quarto e me disse para ir com ele, e foi o que fiz. Descemos às criptas. Meu pai estava lá, e conversamos. Ele estava triste.

– E por quê? – Luwin espreitou por sua luneta.

– Tinha qualquer coisa a ver com Jon, parece-me – o sonho fora profundamente perturbador, mais que qualquer outro dos sonhos com o corvo. – Hodor não quer descer às criptas.

O meistre estivera desatento, Bran percebeu. Tirou o olho da luneta, pestanejando.

– Hodor não quer...

– Descer às criptas. Quando acordei, disse-lhe para me levar até lá embaixo, para ver se meu pai estava mesmo lá. A princípio, não entendia o que eu dizia, mas levei-o até os degraus dizendo-lhe para ir por ali e depois adiante, só que, lá chegando, não quis descer. Limitou-se a ficar no degrau superior e a dizer "Hodor", como se estivesse com medo do escuro, mas eu *tinha* um archote. Deixou-me tão furioso que quase lhe dei uma pancada na cabeça, como a Velha Ama sempre faz – viu o modo como o meistre franzia as sobrancelhas e acrescentou depressa: – Mas não dei.

– Ótimo. Hodor é um homem, não uma mula que se possa espancar.

– No sonho, voei até lá embaixo com o corvo, mas não posso fazer isso quando estou acordado – Bran explicou.

– Por que quer descer às criptas?

– Já disse. Para ir atrás do meu pai.

O meistre puxou a corrente que lhe envolvia o pescoço, como fazia muitas vezes quando se sentia desconfortável.

– Bran, querida criança, um dia, Lorde Eddard se sentará lá embaixo, na pedra, ao lado de seu pai e do pai de seu pai e de todos os Stark até os velhos Reis do Norte... mas, se os deuses forem bondosos, isso não acontecerá senão daqui a muitos anos. Seu pai é prisioneiro da rainha em Porto Real. Não está nas criptas.

– Ele estava lá ontem à noite. Conversei com ele.

– Garoto teimoso – suspirou o meistre, pondo o livro de lado. – Quer ir ver?

– Não posso. Hodor não quer ir, e os degraus são estreitos e tortuosos demais para a Dançarina.

– Acho que posso resolver esse problema.

Em vez de Hodor, chamaram a selvagem Osha. Era alta, dura e não se queixava, indo de bom grado onde quer que a mandassem.

– Vivi a minha vida para lá da Muralha, um buraco no chão não há de me aborrecer, senhores – ela disse.

– Verão, anda – chamou Bran quando ela o ergueu em braços fortes como metal. O lobo gigante largou o osso e seguiu Osha, que atravessou o pátio com Bran e desceu os degraus em espiral até a fria abóbada subterrânea. Meistre Luwin seguia à frente com um archote. Bran nem se importou – *muito* – que ela o transportasse nos braços, e não às costas. Sor Rodrik ordenara que tirassem as correntes de Osha, pois a mulher servira bem e fielmente desde que estava em Winterfell. Ainda usava as pesadas grilhetas de ferro em torno dos tornozelos – um sinal de que ainda não confiavam inteiramente nela –, mas não prejudicavam seus passos seguros nos degraus.

Bran não recordava a última vez em que estivera nas criptas. Fora *antes*, com certeza. Quando era pequeno, costumava brincar ali com Robb, Jon e as irmãs.

Desejou que estivessem ali agora; a cripta talvez não parecesse tão escura e assustadora. Verão avançou pelas sombras cheias de ecos, e então parou, ergueu a cabeça e farejou o ar gelado e morto. Mostrou os dentes e rastejou para trás, com os olhos brilhando, dourados à luz do archote do meistre. Até Osha, dura como ferro velho, parecia desconfortável.

– Gente sombria – disse ao observar a longa fila Stark em granito, nos seus tronos de pedra.

– Eram os Reis do Inverno – sussurrou Bran. Por algum motivo, parecia errado falar alto naquele lugar.

Osha sorriu.

– O inverno não tem rei. Se o tivesse visto, saberia, garoto de verão.

– Eles foram os Reis do Norte durante milhares de anos – disse Meistre Luwin, erguendo o archote bem alto para que a luz brilhasse nos rostos de pedra. Alguns eram homens cabeludos e barbudos, desgrenhados como os lobos que se agachavam a seus pés. Outros se apresentavam escanhoados, com traços magros e aguçados como as espadas longas que tinham sobre as pernas. Homens duros para tempos duros. – Venham – caminhou vivamente pela cripta, passando pela procissão de pilares de pedra e pelas infinitas figuras esculpidas. Uma língua de chamas projetava-se do archote erguido enquanto ele prosseguia.

A abóbada era cavernosa, mais longa que o próprio Winterfell, e Jon dissera-lhe uma vez que havia outros níveis abaixo, criptas ainda mais profundas e mais escuras onde estavam enterrados os outros reis. Não seria bom perder a luz. Verão recusou-se a se afastar dos degraus, mesmo quando Osha seguiu o archote com Bran nos braços.

– Lembra de suas histórias, Bran? – perguntou o meistre enquanto caminhavam. – Conte a Osha quem eles eram e o que fizeram, se puder.

Bran olhou para os rostos que passavam e as histórias vieram-lhe à memória. O meistre contara-as, e a Velha Ama dera-lhes vida.

– Aquele é Jon Stark. Quando os atacantes vindos do mar desembarcaram no leste, expulsou-os e construiu o castelo em Porto Branco. O filho foi Rickard Stark, não o pai do meu pai, mas outro Rickard, que conquistou o Gargalo do Rei do Pântano e casou-se com sua filha. Theon Stark é aquele muito magro de cabelos compridos e barba estreita. Chamavam-no "Lobo Faminto", porque estava sempre em guerra. Aquele é um Brandon, o alto com ar sonhador, era Brandon, o Construtor Naval, porque adorava o mar. Sua tumba está vazia. Tentou navegar para oeste, através do Mar do Poente, e nunca mais foi visto. O filho era Brandon, o Incendiário, porque passou o archote em todos os navios do pai por desgosto. Ali está Rodrik Stark, que conquistou a Ilha dos Ursos num combate de luta livre e a deu aos Mormont. E aquele é Torrhen Stark, o Rei Que Ajoelhou. Foi o último Rei do Norte e o primeiro Senhor de Winterfell, depois de se render a Aegon, o Conquistador. Ah, ali, aquele é Cregan Stark. Lutou uma vez contra o Príncipe Aemon, e o Cavaleiro do Dragão disse que nunca tinha defrontado melhor espadachim – estavam agora quase no fim, e Bran sentiu-se submergir em tristeza. – E ali está o meu avô, Lorde Rickard, que foi decapitado pelo Rei Louco Aerys. A filha Lyanna e o filho Brandon estão nas sepulturas ao seu lado. Eu, não, outro Brandon, irmão do meu pai. Não era previsto que tivessem estátuas, pois isso é só para os senhores e reis, mas meu pai os amava tanto que as mandou fazer.

– A donzela é bonita – disse Osha.

– Estava prometida a Robert, mas o Príncipe Rhaegar a raptou e a violentou – explicou Bran. – Robert lutou uma guerra para reconquistá-la. Matou Rhaegar no Tridente com o seu martelo, mas Lyanna morreu e ele nunca a teve de volta.

– Uma história triste – disse Osha –, mas aqueles buracos vazios são mais tristes.

– A tumba de Lorde Eddard, para quando seu dia chegar – disse Meistre Luwin. – Foi aqui que viu seu pai no sonho, Bran?

– Sim – a memória o fez estremecer. Olhou desconfortavelmente em volta, com os pelos da nuca eriçados. Ouvira um ruído? Estaria alguém ali?

Meistre Luwin aproximou-se do sepulcro aberto, com o archote na mão.

– Como pode ver, ele não está aqui. Nem estará, durante muitos anos. Os sonhos são apenas sonhos, menino – enfiou o braço na escuridão do interior da tumba, como se fosse a boca de um grande animal qualquer. – Vê? Está bem vaz...

A escuridão saltou sobre ele, rosnando.

Bran viu olhos que eram como fogo verde, uma cintilação de dentes, pelo tão negro como o breu que os rodeava. O archote saltou dos dedos do meistre, rolou pelo rosto de pedra de Brandon Stark e caiu aos pés da estátua, com as chamas lambendo-lhe as pernas. À luz ébria e irregular do archote, viram Luwin lutar com o lobo gigante, batendo-lhe no focinho com a mão enquanto os maxilares se fechavam sobre a outra.

– *Verão!* – Bran gritou.

E Verão veio, precipitando-se das trevas atrás deles, uma sombra em salto. Esbarrou em Cão Felpudo e atirou-o para trás, e os dois lobos gigantes rolaram e voltaram a rolar num emaranhado de pelo cinzento e negro, mordendo-se um ao outro, enquanto Meistre Luwin se punha em pé com dificuldade, com o braço rasgado e ensanguentado. Osha apoiou Bran no lobo de pedra de Lorde Rickard e correu para prestar assistência ao meistre. À luz do archote que se extinguia, lobos de sombra com seis metros de altura lutavam na parede e no teto.

– Felpudo – chamou uma voz sumida. Quando Bran ergueu os olhos, o irmão mais novo estava em pé na abertura da sepultura do pai. Dando uma última dentada no focinho de Verão,

Cão Felpudo afastou-se e pôs-se ao lado de Rickon. – Deixe meu pai em paz – avisou Rickon a Luwin. – Deixe-o em paz.

– Rickon – disse Bran suavemente. – O pai não está aqui.

– Está, sim. Eu o vi – lágrimas brilhavam no rosto de Rickon. – Eu o vi ontem à noite.

– No seu sonho...?

Rickon confirmou com a cabeça.

– Deixe-o. Deixe-o em paz. Ele agora vem para casa, como prometeu. Vem para casa.

Bran nunca antes vira Meistre Luwin com uma expressão tão incerta. Sangue pingava-lhe do braço, onde Cão Felpudo rasgara a lã da manga e a carne que estava por baixo.

– Osha, o archote – ele pediu, mordendo a dor, e ela o apanhou antes que se apagasse. Manchas de fuligem enegreciam ambas as pernas do retrato do tio de Bran. – Aquele... aquele *animal* – prosseguiu Luwin – devia estar acorrentado nos canis.

Rickon deu uma palmadinha no focinho de Cão Felpudo, úmido de sangue.

– Eu o libertei. Ele não gosta de correntes – o lobo lambeu-lhe os dedos.

– Rickon – disse Bran –, quer vir comigo?

– Não. Gosto daqui.

– Aqui está escuro. E frio.

– Não tenho medo. Tenho de esperar pelo pai.

– Pode esperar comigo – disse Bran. – Vamos esperar juntos, eu, você e nossos lobos – ambos os lobos lambiam as feridas, e precisavam de um exame atento.

– Bran – disse firmemente o meistre –, eu sei que você tem boas intenções, mas Cão Felpudo é selvagem demais para andar à solta. Eu sou o terceiro homem que ele ataca. Dê-lhe a liberdade do castelo, e é só questão de tempo antes que mate alguém. A verdade é dura, mas o lobo tem de ser acorrentado, ou... – hesitou.

... ou morto, pensou Bran, mas o que disse foi:

– Ele não foi feito para correntes. Esperaremos em sua torre, todos nós.

– Isso é completamente impossível – disse Meistre Luwin.

Osha sorriu.

– Se bem me lembro, o pequeno lorde aqui é o garoto – devolveu o archote a Luwin e voltou a pegar Bran. – À torre do meistre.

– Você vem, Rickon?

O irmão concordou.

– Se Felpudo vier também – disse, correndo atrás de Osha e Bran, e não houve nada que Meistre Luwin pudesse fazer exceto segui-los, mantendo um olho cauteloso nos lobos.

A torre de Luwin estava tão atravancada que Bran se espantava de o meistre conseguir encontrar o que quer que fosse. Instáveis pilhas de livros cobriam mesas e cadeiras, fileiras de frascos tampados revestiam as prateleiras, tocos de vela e poças de cera seca estavam espalhados pela mobília, a luneta miriana, feita de bronze, apoiava-se num tripé perto da porta da varanda, cartas estelares pendiam das paredes, mapas sombreados encontravam-se espalhados por entre as esteiras, havia papéis, penas e potes de tinta por toda parte, e tudo se achava manchado pelos excrementos dos corvos que se empoleiravam nas traves. Seus estridentes *quorcs* soaram, vindos do teto, enquanto Osha limpava e enfaixava as feridas do meistre, seguindo suas concisas instruções.

– Isto é uma loucura – disse o pequeno homem cinzento enquanto ela pincelava as mordidas do lobo com um unguento que provocava ardência. – Concordo que é estranho que ambos tenham sonhado o mesmo sonho, mas quando paramos para pensar, vemos que é natural. Sentem saudade do senhor seu pai, e sabem que ele está preso. O medo pode tornar febril a mente de um homem e lhe dar estranhos pensamentos. Rickon é novo demais para perceber...

– Já tenho quatro anos – disse Rickon. Espiava as gárgulas na Primeira Fortaleza pela luneta. Os lobos selvagens estavam instalados em lados opostos da grande sala redonda, lambendo as feridas e roendo ossos.

– ...novo demais e... *ooh*, pelos sete infernos, isso arde, não, não pare, continue. Novo demais, como dizia, mas você, Bran, já tem idade para saber que sonhos são apenas sonhos.

– Alguns são, outros, não – Osha jogou leite de fogo vermelho-claro num longo corte. Luwin arquejou. – Os filhos da floresta podiam lhe dizer uma coisa ou duas a respeito dos sonhos.

Corriam lágrimas pelo rosto do meistre, mas ele sacudiu a cabeça teimosamente.

– Os filhos... sobrevivem apenas em sonhos. Hoje. Mortos e enterrados. Chega, já chega. Agora as ataduras. Unguentos e depois as faixas, e aperte-as bem, porque vai sangrar.

– A Velha Ama diz que os filhos conheciam as canções das árvores, que podiam voar como aves e nadar como peixes e falar com os animais – disse Bran. – Diz que criavam música tão bela que nos fazia chorar como bebês só de ouvi-la.

– E faziam tudo isso com magia – disse Meistre Luwin, distraído. – Gostaria que estivessem aqui agora. Um feitiço curaria meu braço com menos dor, e poderiam falar com Cão Felpudo e dizer-lhe para não morder – lançou ao grande lobo negro um relance zangado pelo canto do olho. – Aprenda o seguinte, Bran: o homem que confia em feitiços luta com espada de vidro. E os filhos confiavam. Venha cá, deixe-me mostrar uma coisa – pôs-se abruptamente em pé, atravessou a sala e regressou com um frasco verde na mão boa. – Olhe para isto – disse, enquanto tirava a rolha e, com um movimento brusco, fazia cair um punhado de pontas de flecha brilhantes e negras.

Bran pegou uma.

– É feita de vidro – curioso, Rickon aproximou-se da mesa para espiar.

– Vidro de dragão – disse Osha ao sentar-se ao lado de Luwin, com as ataduras na mão.

– Obsidiana – insistiu Meistre Luwin, estendendo o braço ferido. – Forjada nas fogueiras dos deuses, nas profundezas da terra. Os filhos da floresta caçavam com isso há milhares de anos. Eles não trabalhavam o metal. Em lugar de cota de malha, usavam longas camisas de folhas entrelaçadas e envolviam as pernas com cortiça, para que parecessem se fundir com a floresta. No lugar de espadas, usavam lâminas de obsidiana.

– E ainda usam – Osha colocou unguentos suaves sobre as mordidas no braço do meistre e os atou bem apertados com longas faixas de linho.

Bran aproximou a ponta de seta dos olhos. O vidro negro era liso e brilhante. Achou-o belo.

– Posso ficar com uma?

– Como quiser – disse o meistre.

– Também quero uma – disse Rickon. – Quero quatro. Tenho quatro anos.

Luwin o obrigou a contá-las.

– Cuidado, ainda são afiadas, podem cortá-lo.

– Fale mais dos filhos – Bran pediu. Era importante.

– O que quer saber?

– Tudo.

Meistre Luwin puxou o colar de correntes onde lhe irritava o pescoço.

– Eram pessoas da Era da Aurora, as primeiras, de antes dos reis e dos reinos. Naquele tempo, não havia castelos ou fortalezas, não havia cidades, nem sequer se encontrava uma vila mercantil entre aqui e o mar de Dorne. Não havia homem nenhum.

Só os filhos da floresta habitavam as terras a que hoje chamamos de Sete Reinos. Eram um povo escuro e belo, de baixa estatura, não eram mais altos que crianças, mesmo na idade adulta. Viviam nas profundezas dos bosques, em cavernas, no meio dos lagos e em aldeias secretas nas árvores. Como eram leves, os filhos eram ligeiros e graciosos. Os dois sexos caçavam juntos, com arcos de represeiros e laços. Seus deuses eram os deuses da floresta, dos rios e das pedras, os velhos deuses cujos nomes são secretos. Seus sábios chamavam-se *videntes verdes*, e esculpiam estranhos rostos nos represeiros para vigiar os bosques. Ninguém sabe durante quanto tempo os filhos reinaram aqui nem de onde vieram. Mas, há cerca de doze mil anos, os Primeiros Homens chegaram do oriente, atravessando o Braço Partido de Dorne antes de ele ter sido partido. Chegaram com espadas de bronze e grandes escudos de couro, montados em cavalos. Nenhum cavalo fora alguma vez visto deste lado do mar estreito. Não há dúvida que os filhos ficaram tão atemorizados pelos cavalos como os Primeiros Homens, ao vislumbrar os rostos nas árvores. Quando os Primeiros Homens construíram fortalezas e fazendas, abateram os rostos e os queimaram. Horrorizados, os filhos partiram para a guerra. As antigas canções dizem que os videntes verdes usaram magia negra para fazer o mar subir e varrer a terra, quebrando o Braço, mas era tarde demais para fechar a porta. As guerras prolongaram-se até a terra ficar rubra com o sangue de homens e filhos da floresta, mais destes do que daqueles, pois os homens eram maiores e mais fortes, e madeira, pedra e obsidiana eram fraca oposição contra o bronze. Por fim, prevaleceu a sensatez das duas raças, e os chefes e heróis dos Primeiros Homens encontraram-se com os videntes verdes e dançarinos da floresta nos bosques de represeiros de uma ilhota no grande lago chamado Olho de Deus. Foi aí que forjaram o Pacto. Aos Primeiros Homens foram dadas as terras costeiras, os planaltos e os prados luminosos, as montanhas e os pântanos, mas a floresta profunda ficaria para sempre nas mãos dos filhos, e nenhum outro represeiro seria destruído pelo machado em todo o território. Para que os deuses testemunhassem a assinatura, a todas as árvores da ilha foi dada uma cara e, mais tarde, foi formada a sagrada Ordem dos Homens Verdes para vigiar a Ilha das Caras. O Pacto iniciou quatro mil anos de amizade entre os homens e os filhos da floresta. Com o tempo, os Primeiros Homens até puseram de lado os deuses que tinham trazido consigo e passaram a adorar os deuses secretos da floresta. A assinatura do Pacto pôs fim à Era da Aurora e iniciou a Era dos Heróis.

O punho de Bran enrolou-se em volta da brilhante ponta de seta negra.

– Mas o senhor disse que os filhos da floresta agora estão todos mortos.

– Aqui estão – disse Osha, enquanto cortava com os dentes a extremidade da última atadura. – A norte da Muralha as coisas são diferentes. Foi para lá que os filhos se deslocaram, tal como os gigantes e as outras raças antigas.

Meistre Luwin suspirou.

– Mulher, por favor, devia estar morta ou encarcerada. Os Stark a trataram com mais bondade do que merece. Não é bom retribuir-lhes a simpatia enchendo a cabeça dos garotos de besteiras.

– Diga para onde eles foram – Bran desafiou. – Quero saber.

– Eu também – disse Rickon, num eco.

– Ah, muito bem – resmungou Luwin. – Enquanto os reinos dos Primeiros Homens mantiveram o poder, o pacto manteve-se ao longo de toda a Era dos Heróis, da Longa Noite e do nascimento dos Sete Reinos, mas por fim chegou uma época, muitos séculos mais tarde, em que outros povos atravessaram o mar estreito. Os ândalos foram os primeiros; uma raça de guerreiros altos de cabelos claros que chegaram com aço, fogo e a estrela de sete pontas dos novos deuses pintada no peito. As guerras prolongaram-se ao longo de centenas de anos, mas, no fim, todos os seis reinos do Sul caíram perante eles. Só aqui, onde o Rei do Norte repeliu todos os exércitos que tentaram atravessar o Gargalo, permaneceu a lei dos Primeiros Homens. Os ândalos incendiaram os bosques de represeiros, destruíram os rostos a machadadas, mataram os filhos da floresta onde os encontraram e proclamaram por todo lado o triunfo dos Sete sobre os velhos deuses. Por isso, os filhos fugiram para o norte...

Verão começou a uivar.

Meistre Luwin interrompeu-se, sobressaltado. Quando Cão Felpudo se ergueu de um salto e juntou sua voz à do irmão, o terror apertou o coração de Bran.

– *Está chegando* – sussurrou, com a certeza do desespero. Compreendeu que o sabia desde a noite anterior, desde que o corvo o levara até as criptas para dizer adeus. Sabia, mas não acreditara. Desejava que Meistre Luwin tivesse razão. *O corvo*, pensou, *o corvo de três olhos...*

Os uivos pararam tão subitamente como tinham começado. Verão atravessou o chão da torre até junto de Cão Felpudo e pôs-se a lamber um emaranhado de pelo ensanguentado no pescoço do irmão. Da janela veio um ruído de asas.

Um corvo pousou no parapeito de pedra cinzenta, abriu o bico e soltou um ruído duro e rouco de aflição.

Rickon começou a chorar. As pontas de seta caíram de sua mão uma por uma e tamborilaram no chão. Bran o puxou para si e o abraçou.

Meistre Luwin olhou para a ave negra como se fosse um escorpião com penas. Ergueu-se, lento como um sonâmbulo, e dirigiu-se à janela. Quando assobiou, o corvo saltou para cima de seu braço enfaixado. Trazia sangue seco nas asas.

– Um falcão – murmurou Luwin –, talvez uma coruja. Pobre animal, é incrível que tenha sobrevivido – tirou-lhe a carta da perna.

Bran deu por si tremendo enquanto o meistre desenrolava o papel.

– O que é? – perguntou, apertando o irmão com mais força ainda.

– Você sabe o que é, garoto – disse Osha, de uma forma que não era desprovida de bondade, e pousou-lhe a mão na cabeça.

Meistre Luwin olhou-os, perplexo, um homenzinho cinzento com sangue na manga da veste de lã cinza e lágrimas nos olhos brilhantes e cinzentos.

– Senhores – disse aos garotos, numa voz que tinha se tornado rouca e sem força –, nós... teremos de encontrar um escultor que conheça bem as suas feições...

Sansa

No quarto da torre, no coração da Fortaleza de Maegor, Sansa entregou-se às trevas.

Fechou as cortinas em volta da cama, dormiu, acordou chorando e voltou a adormecer. Quando não mais conseguiu dormir, ficou deitada sob os cobertores, tremendo de desgosto. Os criados iam e vinham trazendo refeições, mas a visão de comida era mais do que conseguia suportar. Os pratos empilhavam-se na mesa junto à janela, intocados, estragando, até que os criados os levassem de volta.

Por vezes, seu sono era de chumbo e sem sonhos, e acordava mais cansada do que estivera quando fechara os olhos. Mas esses eram os melhores momentos, pois, quando sonhava, sonhava com o pai. Acordada ou dormindo, via-o, via os homens de manto dourado empurrá-lo para baixo, via Sor Ilyn avançar a passos largos, desembainhando Gelo da bainha que levava às costas, via o momento... o momento em que... quisera afastar os olhos, *quisera* fazê-lo, perdera o apoio das pernas e caíra de joelhos, mas de algum modo não fora capaz de virar a cabeça, e todo mundo gritava e berrava, e o seu príncipe sorrira-lhe, ele *sorrira* e ela se sentira segura, mas só por um momento, até dizer aquelas palavras, e as pernas do pai... era isso que recordava, as pernas, a maneira como elas tinham se *sacudido* quando Sor Ilyn... quando a espada...

Talvez eu também morra, disse a si mesma, e a ideia não lhe pareceu assim tão terrível. Se se atirasse da janela, poderia pôr fim ao sofrimento, e nos anos vindouros os cantores escreveriam canções sobre o seu pesar. Seu corpo jazeria sobre as pedras, lá embaixo, quebrado e inocente, envergonhando todos aqueles que a tinham traído. Sansa chegara a atravessar o quarto e a abrir as venezianas... mas então a coragem a deixara, e correra de volta à cama, aos soluços.

As criadas tentavam conversar com ela quando lhe traziam as refeições, mas nunca lhes deu resposta. Uma vez, o Grande Meistre Pycelle veio ao quarto com uma caixa cheia de frascos e garrafas, para perguntar se estava doente. Pôs a mão em sua testa, obrigou-a a despir-se e tocou-a por todo lado enquanto a criada a segurava. Quando saiu, deu-lhe uma poção de aguamel e ervas e disse-lhe para beber um gole todas as noites. Ela a bebeu toda de uma vez e voltou a adormecer.

Sonhou com passos na escada da torre, um agourento raspar de couro em pedra feito por um homem que subia lentamente até seu quarto, degrau por degrau. Tudo que podia fazer era comprimir-se contra a porta e escutar, tremendo, enquanto ele se aproximava cada vez mais. Sabia que era Sor Ilyn Payne vindo buscá-la, com Gelo na mão, para cortar-lhe a cabeça. Não havia para onde fugir, não havia esconderijo nenhum, nenhuma maneira de trancar a porta. Por fim, os passos pararam e ela soube que ele estava mesmo do outro lado, ali, em pé, silencioso, com seus olhos mortos e a longa cara marcada. Foi então que se percebeu nua. Agachou-se, tentando cobrir-se com as mãos, ao mesmo tempo que a porta começava a se abrir, rangendo, com a ponta da espada espreitando...

Acordou murmurando:

– Por favor, por favor, serei boa, serei *boa*, por favor, não – mas não havia ninguém para ouvi-la.

Quando por fim vieram realmente buscá-la, Sansa não chegou a ouvir os passos. Foi Joffrey quem abriu a porta, não Sor Ilyn, e sim o rapaz que fora o seu príncipe. Estava na cama, enrolada sobre si mesma, com as cortinas cerradas, e não soube dizer se era meio-dia ou meia-noite. A primeira coisa que ouviu foi a porta batendo. Depois, as colchas da cama foram puxadas, e ela ergueu a mão contra a súbita luz e os viu em pé a seu lado.

– Esta tarde a apresentarei na audiência – disse Joffrey. – Trate de se banhar e vestir algo apropriado para minha prometida – Sandor Clegane estava ao lado dele com um gibão simples marrom e uma capa verde, com o rosto queimado hediondo à luz da manhã. Atrás deles encontravam-se dois cavaleiros da Guarda Real trajando longos mantos de cetim branco.

Sansa puxou a manta até o queixo para se cobrir.

– Não – choramingou –, por favor… deixe-me em paz.

– Se recusar a se levantar e se vestir, meu Cão de Caça fará isso por você – disse Joffrey.

– Suplico-lhe, meu príncipe…

– Eu agora sou rei. Cão, tire-a da cama.

Sandor Clegane agarrou-a pela cintura e a ergueu da cama de penas enquanto ela se debatia numa luta frágil. O cobertor caiu ao chão. Por baixo, tinha apenas uma fina camisa de dormir cobrindo-lhe a nudez.

– Faça o que lhe pedem, criança – disse Clegane. – Vista-se – empurrou-a até o roupeiro, quase com gentileza.

Sansa afastou-se deles.

– Eu fiz o que a rainha pediu, escrevi as cartas, escrevi o que ela me disse para escrever. Vossa Graça prometeu que seria misericordioso. Por favor, deixe-me ir para casa. Não cometerei traições, serei boa, juro, não tenho sangue de traidor, *não tenho*. Só quero ir para casa – recordando-se da boa educação, baixou a cabeça. – Se for sua vontade – terminou em voz fraca.

– *Não* é – disse Joffrey. – A mãe diz que eu ainda devo me casar com você, portanto, ficará aqui e obedecerá.

– Eu não *quero* me casar com você – choramingou Sansa. – Cortou a cabeça do meu *pai*!

– Ele era um traidor. Nunca prometi poupá-lo, só ser misericordioso, e isso fui. Se ele não fosse seu pai, teria mandado dilacerá-lo ou flagelá-lo, mas lhe ofereci uma morte limpa.

Sansa fixou os olhos nele, vendo-o pela primeira vez. Vestia um gibão carmesim almofadado com um padrão de leões e uma capa de pano de ouro com um colarinho elevado que lhe enquadrava o rosto. Perguntou a si mesma como pôde alguma vez tê-lo achado bonito. Tinha lábios tão moles e vermelhos como os vermes encontrados depois das chuvas, e os olhos eram vaidosos e cruéis.

– Eu o odeio – sussurrou.

O rosto do Rei Joffrey endureceu.

– Minha mãe me disse que não é próprio que um rei bata na esposa. Sor Meryn.

O cavaleiro estava em cima dela antes mesmo de ter tempo de pensar, puxando-lhe a mão para trás quando tentou proteger o rosto e dando-lhe um murro na orelha com as costas de um punho enluvado. Sansa não se lembrava de ter caído, mas, quando deu por si, estava estatelada nas esteiras. A cabeça ressoava. Sor Meryn Trant pairava sobre ela, com sangue nos nós dos dedos de sua luva de seda branca.

– Irá me obedecer agora, ou terei de mandá-lo castigá-la de novo?

Sansa sentia a orelha dormente. Tocou-a, e as pontas dos dedos vieram úmidas e vermelhas.

– Eu... como... às suas ordens, senhor.

– *Vossa Graça* – corrigiu Joffrey. – Procurarei por você na audiência – virou-se e saiu.

Sor Meryn e Sor Arys seguiram-no, mas Sandor Clegane ficou por tempo suficiente para a colocá-la em pé.

– Poupe-se da dor, menina, e dê ao rei o que ele quer.

– O que... o que ele quer? Diga-me, por favor.

– Quer vê-la sorrindo, perfumada, e sendo a senhora sua amada – rouquejou Cão de Caça. – Quer ouvi-la recitar todas as palavrinhas bonitas da maneira que a septã lhe ensinou. Quer que o ame... e que o tema.

Depois de ele sair, Sansa voltou a estender-se nas esteiras, olhando fixamente para a parede, até que duas criadas de quarto deslizaram timidamente para dentro do aposento.

– Vou precisar de água quente para o meu banho, por favor – disse-lhes –, e de perfume, e algum pó para esconder este roxo – o lado direito do rosto estava inchado e começava a doer, mas sabia que Joffrey queria vê-la bela.

A água quente a fez pensar em Winterfell, e retirou forças da lembrança. Não se lavara desde o dia em que o pai morrera, e ficou sobressaltada ao ver como a água ficara suja. As criadas limparam o sangue do rosto, rasparam a sujeira das costas, lavaram os cabelos e os escovaram até saltarem em espessos cachos ruivos. Sansa não falou nada, exceto para lhes dar ordens; eram criadas Lannister, não suas, e não confiava nelas. Quando chegou a hora de se vestir, escolheu o vestido de seda verde que usara no torneio. Lembrou-se de como Joff fora galante naquela noite no banquete. Talvez o vestido o fizesse se lembrar também e talvez a tratasse com mais gentileza.

Bebeu um copo de soro de leite coalhado e beliscou alguns biscoitos doces enquanto esperava, para acalmar o estômago. Era meio-dia quando Sor Meryn regressou. Trajava a armadura branca; um camisão de escamas esmaltadas com relevos em ouro, um elmo alto com um esplendor dourado como timbre, grevas, gorjal, manoplas e botas de metal reluzente, um pesado manto de lã preso com um leão dourado. O visor fora removido do elmo para exibir seu rosto severo; bolsas sob os olhos, uma boca larga e amarga, cabelos cor de ferrugem pintalgados de cinza.

– Minha senhora – disse, fazendo uma reverência, como se não a tivesse espancado havia menos de três horas. – Sua Graça ordenou-me que a escoltasse até a sala do trono.

– Ordenou também que me batesse se me recusasse a ir?

– Está se recusando a me acompanhar, senhora? – o olhar não tinha expressão alguma. Nem sequer olhou de relance a marca que lhe deixara.

Sansa compreendeu que o homem não a odiava; nem a amava. Não sentia absolutamente nada por ela. Para ele, era apenas uma... uma *coisa*.

– Não – respondeu, pondo-se em pé. Quis exaltar-se, machucá-lo como ele a machucara, preveni-lo de que, quando fosse rainha, o mandaria para o exílio se alguma vez se atrevesse a lhe bater de novo... mas lembrou-se do que Cão de Caça lhe dissera, e tudo que disse foi: – Farei tudo que Sua Graça ordene.

– Assim como eu – ele respondeu.

– Sim... mas o senhor não é um verdadeiro cavaleiro, Sor Meryn.

Sansa sabia que Sandor Clegane teria rido se tivesse ouvido aquilo. Outros homens a teriam amaldiçoado, avisado para que se calasse, até suplicado perdão. Sor Meryn Trant não fez nada disso. Ele simplesmente não se importou.

Além de Sansa, o balcão estava deserto. Ficou em pé, de cabeça baixa, lutando por segurar as lágrimas, enquanto lá embaixo Joffrey se sentava em seu Trono de Ferro e distribuía o que lhe aprazia chamar justiça. Nove casos em dez pareciam aborrecê-lo; esses, permitia que o conselho deles tratasse, contorcendo-se continuamente enquanto Lorde Baelish, o Grande Meistre Pycelle ou a Rainha Cersei resolviam o assunto. Mas quando escolhia decidir, nem mesmo a rainha sua mãe era capaz de influenciá-lo.

Um ladrão foi trazido à sua presença e ele mandou Sor Ilyn cortar-lhe a mão, ali mesmo, na sala de audiências. Dois cavaleiros vieram apresentar-lhe uma disputa sobre terras, e ele decretou que deveriam decidi-la em duelo na manhã seguinte.

– Até a *morte* – acrescentou. Uma mulher caiu de joelhos para pedir a cabeça de um homem executado por traição. Que o amava, disse ela, e que o queria ver decentemente enterrado. – Se amou um traidor, deve ser também traidora – disse Joffrey. Dois homens de manto dourado arrastaram-na para as masmorras.

Lorde Slynt, o da cara de sapo, sentava-se ao fundo da mesa do conselho, usando um gibão de veludo negro e uma reluzente capa de pano de ouro, acenando com aprovação cada vez que o rei pronunciava uma sentença. Sansa fitou duramente aquele rosto feio, lembrando-se de como o homem atirara o pai ao chão para que Sor Ilyn o decapitasse, desejando poder feri-lo, desejando que algum herói *lhe* atirasse ao chão e lhe cortasse a cabeça. Mas uma voz em seu interior sussurrou: *Não há heróis*, e ela se lembrou do que Lorde Petyr lhe dissera, ali naquela mesma sala: "A vida não é uma canção, querida. Poderá aprender isso um dia, para sua decepção". *Na vida, os monstros vencem*, disse a si mesma, e agora era a voz de Cão de Caça que ouvia, um raspar frio, de metal em pedra. "Poupe-se da dor, menina, e dê ao rei o que ele quer."

O último caso foi o de um roliço cantor de taberna, acusado de fazer uma canção que ridicularizava o falecido Rei Robert. Joff ordenou-lhe que fosse buscar sua harpa e o obrigou a cantar a canção perante a corte. O cantor chorou e jurou que nunca mais voltaria a cantá-la, mas o rei insistiu. Era uma canção mais ou menos engraçada, toda ela sobre Robert lutando com um porco. Sansa sabia que o porco era o javali que o matara, mas em alguns versos quase parecia que o que o homem cantava era sobre a rainha. Depois de a canção terminar, Joffrey anunciou que decidira ser misericordioso. O cantor poderia ficar ou com os dedos ou com a língua. Teria um dia para escolher. Janos Slynt acenou.

Sansa viu, aliviada, que aquele foi o último caso da tarde, mas sua provação ainda não tinha terminado. Quando a voz do arauto pôs fim à audiência, ela fugiu do balcão, mas se deparou com Joffrey à sua espera no fundo da escada curva. Cão de Caça encontrava-se com ele, bem como Sor Meryn. O jovem rei a examinou com ar crítico dos pés à cabeça.

— Está com aspecto muito melhor do que de manhã.

— Obrigada, Vossa Graça – disse Sansa. Palavras ocas, mas que o fizeram acenar e sorrir.

— Acompanhe-me – ordenou Joffrey, oferecendo-lhe o braço. Ela não teve alternativa a não ser aceitar. O toque da mão dele a teria arrebatado em outros tempos; agora lhe causava arrepios. — O dia do meu nome chegará em breve – disse Joffrey enquanto se esgueiravam pelos fundos da sala do trono. – Haverá um grande banquete e presentes. Que irá me oferecer?

— Eu… eu não pensei nisso, senhor.

— *Vossa Graça* – disse ele em tom cortante. – É mesmo uma menina estúpida, não é? É o que a minha mãe diz.

— Diz? – depois de tudo que acontecera, aquelas palavras deviam ter perdido o poder de machucá-la, mas de algum modo não era assim. A rainha sempre fora tão boa para ela.

— Ah, sim. Preocupa-se com os nossos filhos, com a hipótese de serem estúpidos como você, mas eu lhe disse que não se preocupasse – o rei fez um gesto, e Sor Meryn abriu uma porta para eles passarem.

— Obrigada, Vossa Graça – murmurou Sansa. *Cão de Caça tinha razão,* pensou. *Sou só um passarinho, repetindo as palavras que me ensinaram.* O sol descera abaixo da muralha ocidental, e as pedras da Fortaleza Vermelha brilhavam, escuras como sangue.

– Eu a engravidarei assim que seja capaz de conceber – disse Joffrey enquanto a levava pelo pátio de treinos. – Se o primeiro for estúpido, cortarei sua cabeça e arranjarei uma esposa mais inteligente. Quando será capaz de ter filhos?

Sansa não conseguia olhar para ele, de tanto que se envergonhava.

– Septã Mordane diz que a maioria... a maioria das moças bem-nascidas tem o desabrochar aos doze ou treze anos.

Joffrey acenou com a cabeça.

– Por aqui – levou-a para dentro da guarita, até a base dos degraus que levavam às ameias.

Sansa sacudiu-o, tremendo. Só agora compreendera para onde se dirigiam.

– *Não* – disse, com a voz transformada num arquejo assustado. – Por favor, não, não me obrigue, suplico-lhe...

Joffrey apertou os lábios.

– Quero lhe mostrar o que acontece aos traidores.

Sansa sacudiu violentamente a cabeça.

– Não vou. Não *vou*.

– Posso dizer a Sor Meryn que a arraste até lá em cima – disse. – Não gostaria disso. É melhor que faça o que eu digo – Joffrey estendeu o braço para ela, e Sansa esquivou-se, recuando até esbarrar em Cão de Caça.

– Obedeça, menina – disse-lhe Sandor Clegane, voltando a empurrá-la para o rei. Sua boca torceu-se no lado queimado do rosto, e Sansa quase foi capaz de ouvir o resto. *Ele conseguirá que suba, aconteça o que acontecer; portanto, dê ao rei o que ele quer.*

Forçou-se a tomar a mão do Rei Joffrey. A subida era algo saído de um pesadelo; cada degrau era uma luta, como se puxasse os pés para dentro da lama que lhe chegava aos tornozelos, e havia mais degraus do que teria acreditado, um milhão de degraus, e o horror que a esperava nas muralhas.

Visto das altas ameias da guarita, o mundo inteiro estendia-se abaixo deles. Sansa via o Grande Septo de Baelor, na colina de Visenya, onde o pai morrera. Na outra extremidade da Rua das Irmãs erguiam-se as ruínas enegrecidas pelo fogo do Poço dos Dragões. A oeste, o sol, vermelho e inchado, estava meio escondido por trás do Portão dos Deuses. Tinha o mar salgado nas costas, e ao sul via-se o mercado dos peixes, as docas e a corrente cheia de remoinhos da Torrente da Água Negra. E ao norte…

Virou-se para esse lado, e viu apenas a cidade, ruas, vielas, colinas e vales, e mais ruas e mais vielas, e a pedra de muralhas distantes. Mas sabia que para lá delas havia campo aberto, fazendas, prados e florestas, e além de tudo isso, ao norte, ao norte e depois ainda mais para o norte, ficava Winterfell.

– Está olhando para onde? – Joffrey perguntou. – O que queria que visse é isto, aqui mesmo.

Um espesso parapeito de pedra protegia o limite exterior da muralha, erguendo-se até o queixo de Sansa, com fendas abertas a cada metro e meio para os arqueiros. As cabeças estavam encravadas entre as fendas, ao longo do topo da muralha, empaladas em hastes de ferro para ficarem viradas para a cidade. Sansa as vira no momento em que pusera os pés ali, mas o rio, as ruas agitadas e o sol poente eram muito mais bonitos. *Ele pode me obrigar a olhar para as cabeças*, disse consigo mesma, *mas não pode me obrigar a vê-las.*

– Este é seu pai – disse. – Este aqui. Cão, vire-o para que ela consiga vê-lo.

Sandor Clegane pegou na cabeça pelos cabelos e a virou. A cabeça cortada fora mergulhada em alcatrão para se manter preservada durante mais tempo. Sansa olhou-a calmamente, sem vê-la totalmente. Não se assemelhava mesmo a Lorde Eddard, pensou; nem sequer parecia *real*.

– Tenho de olhar durante quanto tempo?

Joffrey pareceu desapontado.

– Quer ver os outros? – havia uma longa fileira.

– Se der prazer a Vossa Graça...

Joffrey marchou com ela ao longo do muro, passando por mais uma dúzia de cabeças e duas hastes vazias.

– Estou reservando aquelas para meus tios Stannis e Renly – explicou. As outras cabeças estavam mortas e encravadas na muralha havia muito mais tempo que a de seu pai. Apesar do alcatrão, a maioria estava irreconhecível. O rei apontou para uma e disse: – Ali está sua septã – mas Sansa nem teria percebido que se tratava de uma mulher. O maxilar apodrecera e caíra, e as aves tinham comido uma orelha e a maior parte de uma bochecha.

Sansa se perguntara o que teria acontecido a Septã Mordane, embora agora lhe parecesse que sempre o soubera.

– Por que foi morta? – perguntou. – Jurara perante os deuses...

– Era uma traidora – Joffrey parecia mal-humorado. De algum modo, Sansa o estava aborrecendo. – Não disse o que pretende me dar pelo dia do meu nome. Em vez disso, talvez deva ser eu a lhe dar algo, gostaria?

– Se lhe agradar, senhor – disse Sansa.

Quando ele sorriu, Sansa compreendeu que caçoava dela.

– Seu irmão também é um traidor, compreende? – voltou a virar a cabeça de Septã Mordane ao contrário. – Lembro-me de seu irmão de Winterfell. Meu cão o chamou de senhor da espada de madeira. Não é verdade, cão?

– Chamei? – respondeu Cão de Caça. – Não me lembro.

Joffrey deu petulantemente de ombros.

– Seu irmão derrotou meu tio Jaime. Minha mãe diz que foi por traição e engano. Chorou quando ouviu a notícia. As mulheres são todas fracas, até ela, embora finja que não é. Diz que temos de ficar em Porto Real para o caso de meus outros tios atacarem, mas eu não me importo. Depois do banquete do dia do meu nome, vou reunir uma tropa e matarei eu mesmo seu irmão. Será isso que lhe darei, Senhora Sansa. A cabeça de seu irmão.

Uma espécie de loucura tomou conta de Sansa naquele instante, e ouviu-se a dizer:

– Talvez meu irmão me dê a *vossa* cabeça.

O rosto de Joffrey tornou-se sombrio.

– Nunca deve zombar de mim dessa maneira. Uma esposa fiel não zomba de seu senhor. Sor Meryn, ensine-lhe.

Daquela vez, o cavaleiro a agarrou pelo queixo e manteve sua cabeça imóvel enquanto lhe batia. Bateu-lhe duas vezes, da esquerda para a direita e, com mais força, da direita para a esquerda. O lábio de Sansa abriu-se e correu-lhe sangue pelo queixo, misturando-se com o sal de suas lágrimas.

– Não devia passar o tempo todo chorando – disse-lhe Joffrey. – É mais bela quando sorri.

Sansa obrigou-se a sorrir, com medo de que ele pudesse dizer a Sor Meryn para que batesse de novo se não o fizesse, mas não bastou, o rei ainda balançou a cabeça.

– Limpe o sangue, está toda descomposta.

O parapeito exterior chegava-lhe ao peito, mas ao longo da borda interna do caminho não havia nada, nada, a não ser um longo mergulho até o chão, vinte ou vinte e cinco metros mais abaixo. Bastaria um empurrão, disse a si mesma. Ele estava ali mesmo, bem *ali*, sorrindo-lhe afetadamente com aqueles lábios que eram como vermes gordos. *Podia fazê-lo. Podia. Faça-o agora mesmo.* Nem importaria se caísse com ele. Não importaria nem um pouquinho.

– Venha cá, menina – Sandor Clegane ajoelhou à sua frente, *entre* ela e Joffrey. Com uma delicadeza surpreendente para um homem tão grande, limpou o sangue que lhe escorria do lábio aberto.

O momento passara. Sansa baixou os olhos.

– Obrigada – disse quando ele acabou. Era uma boa menina, e lembrava-se sempre da boa educação.

Daenerys

O momento passou. Começou a abrir os olhos.

— Drogada — disse quando ele a sacudiu. Ela era, boa menina, lembrava-se sempre da boa educação.

Asas encobriram seus sonhos febris.

— Você não quer acordar o dragão, não é?

Caminhava por um longo corredor sob grandes arcos de pedra. Não devia olhar para trás, não *podia* olhar para trás. À frente havia uma porta, minúscula àquela distância, mas mesmo de longe viu que estava pintada de vermelho. Caminhou mais depressa, e seus pés nus lhe deixaram pegadas ensanguentadas na pedra.

— Você não quer acordar o dragão, quer?

Viu a luz do sol no mar dothraki, na planície viva, rica com os odores da terra e da morte. O vento agitava o capim, que ondulava como água. Drogo a envolvia em braços fortes, e a mão dele afagou-lhe o sexo e o abriu, e acordou aquela doce umidade que era só dele, e as estrelas lhes sorriram, estrelas num céu diurno. "Casa", ela sussurrou quando ele a penetrou e a encheu com o seu sêmen, mas de repente as estrelas desapareceram, e as grandes asas varreram o céu azul e o mundo pegou fogo.

— ... não quer acordar o dragão, quer?

O rosto de Sor Jorah estava contraído e desgostoso. "Rhaegar foi o último dragão", disse-lhe. Aquecia suas mãos translúcidas num braseiro brilhante onde ovos de pedra cintilavam, vermelhos como carvões. Num momento estava ali, e no seguinte desvanecia-se, sem cor na pele, menos sólido que o vento. "O último dragão", sussurrou, em um frágil fio de voz, e desapareceu. Dany sentiu a escuridão atrás de si, e a porta vermelha parecia mais longínqua que nunca.

— ... não quer acordar o dragão, quer?

Viserys estava à sua frente, gritando. "O dragão não pede, puta. Você não dá ordens ao dragão. Eu sou o dragão e serei coroado." O ouro derretido escorria-lhe pelo rosto como cera, abrindo profundos canais em sua carne. "Eu sou o dragão e serei coroado!", guinchou, e seus dedos saltaram como serpentes, apertando-lhe os mamilos, beliscando, torcendo, mesmo depois de os olhos estourarem e escorrerem como gelatina por bochechas secas e enegrecidas.

– ... *não quer acordar o dragão...*

A porta vermelha estava tão longe à sua frente, e Dany sentia a respiração gelada atrás de si, aproximando-se pesadamente. Se a apanhasse, teria uma morte que seria mais que morte, uivando para sempre sozinha na escuridão. Pôs-se a correr.

– ... *não quer acordar o dragão...*

Conseguia sentir o calor dentro de si, um terrível ardor no ventre. O filho era alto e orgulhoso, com a pele acobreada de Drogo e os cabelos loiro-prateados dela, com olhos violeta em forma de amêndoas. E sorriu-lhe, e começou a erguer a mão na direção da dela, mas quando abriu a boca, o fogo jorrou. Viu o coração arder-lhe no peito, e num instante ele desaparecera, consumido como uma traça por uma vela, transformado em cinzas. Chorou pelo filho, pela promessa de uma boca querida em seu seio, mas as lágrimas transformaram-se em vapor quando lhe tocaram a pele.

– ... *quer acordar o dragão...*

Fantasmas alinhavam-se ao longo do corredor, vestidos com as vestes desbotadas de reis. Nas mãos traziam espadas de fogo pálido. Tinham cabelos de prata, cabelos de ouro e cabelos brancos de platina, e seus olhos eram de opala e ametista, de turmalina e jade. "Mais depressa", gritaram, "mais depressa, mais depressa." Ela correu, com os pés derretendo a pedra onde a tocavam. *"Mais depressa!"*, gritavam os fantasmas como se fossem um só, e ela gritou e atirou-se em frente. Uma grande faca de dor rasgou-lhe as costas, e sentiu a pele abrir-se, cheirou o fedor de sangue ardendo e viu a sombra de asas. E Daenerys Targaryen levantou voo.

– ... acordar o dragão...

A porta erguia-se na sua frente, a porta vermelha, tão próxima, tão próxima, o corredor era um borrão à sua volta, o frio ficava para trás. E agora já não havia pedra, e ela voava pelo mar dothraki, cada vez mais alto, com o verde ondulando por baixo, e tudo que vivia e respirava fugia aterrorizado da sombra de suas asas. Conseguia sentir o cheiro de casa, conseguia vê-la, ali, por trás daquela porta, campos verdejantes e grandes casas de pedra e braços que a mantivessem quente, *ali*. Escancarou a porta.

– ... o dragão...

E viu o irmão Rhaegar, montado num garanhão tão negro como a sua armadura. Fogo cintilava, vermelho, através da fenda estreita da viseira de seu elmo. "O último dragão", sussurrou, tênue, a voz de Sor Jorah. "O último, o último." Dany ergueu o polido visor negro do irmão. O rosto que estava lá dentro era o dela.

Depois daquilo, durante muito tempo, só houve dor, o fogo em seu interior e os sussurros das estrelas.

Acordou sentindo o sabor das cinzas.

– Não – gemeu –, por favor, não.

– *Khaleesi?* – Jhiqui pairou sobre ela, como uma corça assustada.

A tenda estava mergulhada em sombras, silenciosa e fechada. Flocos de cinzas saltavam de um braseiro, e Dany seguiu-os com os olhos enquanto atravessavam o buraco da fumaça, no topo da tenda. *Voar*, pensou. *Tinha asas, estava voando*. Mas fora apenas um sonho.

– Ajude-me – sussurrou, lutando por se erguer. – Traga-me... – tinha a voz em sangue como uma ferida, e não conseguia pensar no que queria. Por que doía tanto? Era como se seu corpo tivesse sido rasgado em fatias e reconstruído. – Quero...

– Sim, *khaleesi* – e nesse mesmo instante Jhiqui partira, saltando da tenda, aos gritos.

Dany precisava... de alguma coisa... de alguém... de quê? Sabia que era importante. Era a única coisa do mundo que importava. Rolou de lado, apoiando-se sobre um cotovelo, lutando contra a manta que se emaranhava nas pernas. Mexer-se era tão difícil. O mundo nadou, entontecido. *Tenho de...*

Encontraram-na caída sobre o tapete, rastejando na direção de seus ovos de dragão. Sor Jorah Mormont ergueu-a nos braços e a levou de volta às sedas de dormir, enquanto ela lutava debilmente contra ele. Por cima do ombro do cavaleiro, viu as três aias, Jhogo, com sua pequena sombra de bigode, e o rosto largo e achatado de Mirri Maz Duur.

– Tenho – tentou dizer-lhes –, preciso...

– ... dormir, princesa – disse Sor Jorah.

– Não – disse Dany. – Por favor. Por favor.

– Sim – cobriu-a com seda, apesar de ela estar ardendo. – Durma e ficará de novo forte, *khaleesi*. Volte para nós – e então Mirri Maz Duur estava ali, a *maegi*, inclinando uma taça contra seus lábios. Sentiu o sabor de leite azedo e mais alguma outra coisa, algo espesso e amargo. Líquido quente escorreu-lhe pelo queixo. Sem saber bem como, engoliu. A tenda ficou mais sombria, e o sono tomou-a de novo. Dessa vez não sonhou. Flutuou, serena e em paz, num mar negro que não conhecia litorais.

Depois de algum tempo, uma noite, um dia, um ano, não saberia dizer, voltou a acordar. A tenda estava escura, com as paredes de seda batendo como asas quando as rajadas de vento sopravam lá fora. Dessa vez Dany não tentou se levantar.

– Irri – chamou –, Jhiqui, Doreah – chegaram imediatamente. – Tenho a garganta seca, tão seca – e trouxeram-lhe água. Estava morna e sem sabor, mas Dany bebeu sofregamente e mandou Jhiqui buscar mais. Irri umedeceu um pano macio e afagou-lhe a testa. – Estive doente – disse Dany. A jovem do-thraki confirmou com um gesto. – Quanto tempo? – o pano era calmante, mas Irri parecia tão triste que a assustou.

– *Muito* – sussurrou a jovem. Quando Jhiqui regressou com mais água, Mirri Maz Duur veio com ela, com olhos pesados de sono.

– Beba – disse a *maegi*, voltando a levantar a cabeça de Dany até a taça, mas dessa vez era só vinho. Doce, doce vinho. Dany bebeu e voltou a deitar-se, ouvindo o suave som da própria respiração. Sentiu o peso nos membros quando o sono deslizou para voltar a tomá-la.

– Traga-me... – murmurou, com a voz embaraçada e sono-lenta. – Traga... quero segurar...

– Sim? – perguntou a *maegi*. – Que deseja, *khaleesi*?

– Traga-me... ovo... ovo de dragão... por favor... – as pesta-nas transformaram-se em chumbo, e ficou cansada demais para segurá-las.

Quando acordou pela terceira vez, um dardo de luz dou-rada do sol jorrava pelo buraco de fumaça da tenda, e tinha os braços enrolados em volta de um ovo de dragão. Era o mais claro, com escamas da cor de creme de manteiga, com veios em volutas de ouro e bronze, e Dany conseguia sentir seu ca-lor. Sob as sedas de dormir, uma fina película de transpiração cobria-lhe a pele nua. Orvalho de dragão, pensou. Passou leve-mente os dedos sobre a superfície da casca, seguindo as volutas de ouro, e na profundidade da rocha sentiu que algo se torcia e esticava em resposta. Não se assustou. Todo o seu medo tinha desaparecido, ardera.

Dany tocou a testa. Sob a película de suor a pele estava fria ao toque, a febre desaparecera. Esforçou-se para sentar. Houve um momento de tontura, e uma dor profunda entre as coxas. Mas sentia-se forte. As aias se precipitaram ao som de sua voz.

– Água – disse-lhes –, um jarro de água, a mais fria que consigam encontrar. E fruta, acho eu. Tâmaras.

– Às suas ordens, *khaleesi*.

– Quero ver Sor Jorah – disse, pondo-se em pé. Jhiqui trouxe-lhe um roupão de sedareia e envolveu-lhe os ombros com ele. – E também quero um banho quente, e Mirri Maz Duur, e... – as recordações chegaram-lhe todas ao mesmo tempo, e ela vacilou. – Khal Drogo – forçou-se a dizer, observando o rosto delas com terror. – Ele...?

– O *khal* vive – respondeu Irri em voz baixa... Mas Dany viu-lhe uma escuridão nos olhos quando disse as palavras, e assim que acabou de falar, a jovem fugiu para ir buscar água.

Dany virou-se para Doreah.

– Conte-me.

– Eu... eu vou buscar Sor Jorah – disse a jovem lysena, inclinando a cabeça e fugindo da tenda.

Jhiqui teria fugido também, mas Dany a segurou pelo pulso e a manteve presa.

– O que está acontecendo? Tenho de saber. Drogo... e meu filho – por que não teria se lembrado da criança até agora? – O meu filho... Rhaego... onde está ele? Quero vê-lo.

A aia baixou os olhos.

– O menino... não sobreviveu, *khaleesi* – a voz dela era um murmúrio assustado.

Dany soltou-lhe o pulso. *Meu filho está morto*, pensou, enquanto Jhiqui saía da tenda. De algum modo já o sabia. Soubera desde que acordara pela primeira vez com as lágrimas de Jhiqui. Não, soubera-o antes de acordar. O sonho regressou-lhe, súbito e vívido, e lembrou-se do homem alto com a pele acobreada e a longa cabeleira de prata dourada, rebentando em chamas.

Sabia que devia chorar, mas tinha os olhos secos como cinza. Chorara no sonho, e as lágrimas tinham se transformado em vapor no rosto. *Todo o pesar foi queimado em mim*, disse a si mesma. Sentia-se triste, e no entanto… conseguia perceber Rhaego afastando-se dela, como se nunca tivesse existido.

Sor Jorah e Mirri Maz Duur entraram alguns momentos mais tarde, e deram com Dany em pé junto aos outros ovos de dragão, os que ainda estavam dentro do cofre. Pareciam-lhe tão quentes como aquele com o qual dormira, o que era muito estranho.

– Sor Jorah, venha cá – disse. Tomou-lhe a mão e pousou-a no ovo negro com as volutas escarlates. – O que sente?

– Casca, dura como pedra – o cavaleiro estava cauteloso. – Escamas.

– Calor?

– Não. Pedra fria – afastou a mão. – Princesa, está bem? Devia estar de pé, assim tão fraca?

– Fraca? Sinto-me forte, Jorah – para agradá-lo, reclinou-se numa pilha de almofadas. – Conte-me como meu filho morreu.

– Não chegou a viver, minha princesa. As mulheres dizem… – vacilou, e Dany reparou como a carne pendia solta em seu corpo, e como coxeava quando se movia.

– Conte-me. Conte-me o que as mulheres dizem.

Ele virou o rosto. Tinha os olhos assombrados.

– Elas dizem que a criança era…

Dany esperou, mas Sor Jorah não foi capaz de dizer. Seu rosto escureceu de vergonha. Ele próprio parecia quase um cadáver.

– Monstruosa – terminou Mirri Maz Duur por ele. O cavaleiro era um homem poderoso, mas Dany compreendeu naquele momento que a *maegi* era mais forte, e mais cruel, e infinitamente mais perigosa. – Deformada. Fui eu quem a puxou. Tinha escamas como um lagarto, era cega, trazia um vestígio de cauda e pequenas asas de couro como as de um morcego. Quando o toquei, a carne desprendeu-se do osso, e por dentro estava cheia de vermes e fedia a decomposição. Estava morta havia anos.

Escuridão, pensou Dany. A terrível escuridão que vinha por trás para devorá-la. Se olhasse para trás, estaria perdida.

— Meu filho estava vivo e forte quando Sor Jorah me trouxe para esta tenda – disse. – Sentia-o dar pontapés e lutar para nascer.

— Pode ser que sim, pode ser que não – respondeu Mirri Maz Duur –, mas a criatura que saiu de seu ventre era como eu disse. Havia morte naquela tenda, *khaleesi*.

— Só sombras – desvendou Sor Jorah, mas Dany conseguia sentir a dúvida em sua voz. – Eu vi, *maegi*. Vi-a, sozinha, dançando com as sombras.

— A sepultura produz longas sombras, Senhor de Ferro – disse Mirri. – Longas e escuras, e no fim nenhuma luz consegue resistir a elas.

Dany sabia que Sor Jorah matara seu filho. Fizera aquilo por amor e lealdade, mas a transportara para um lugar onde nenhum homem vivo devia ir e entregara seu filho às trevas. Ele também o sabia; o rosto cinzento, os olhos vazios, o coxear.

— As sombras também o tocaram, Sor Jorah – disse-lhe Dany. O cavaleiro não deu resposta. Ela se virou para a esposa de deus. – Preveniu-me de que só a morte podia pagar pela vida. Pensei que se referisse ao cavalo.

— Não – disse Mirri Maz Duur. – Era nisso que queria acreditar. Conhecia o preço.

Conhecia? Conhecia? *Se olhar para trás, estou perdida.*

— O preço foi pago – disse Dany. – O cavalo, meu filho, Quaro e Qotho, Haggo e Cohollo. O preço foi pago, pago e pago – ergueu-se das almofadas. – Onde está Khal Drogo? Mostre-me, esposa de deus, *maegi*, maga de sangue, o que quer que seja. Mostre-me Khal Drogo. Mostre-me o que comprei com a vida de meu filho.

– Às suas ordens, *khaleesi* – disse a velha. – Venha, a levarei até ele.

Dany estava mais fraca do que julgara. Sor Jorah pôs o braço ao seu redor e a ajudou a ficar em pé.

– Há tempo suficiente para isso mais tarde, princesa – disse ele em voz baixa.

– Quero vê-lo agora, Sor Jorah.

Depois da escuridão da tenda, o mundo lá fora era tão brilhante que cegava. O sol queimava como ouro derretido, e a terra estava seca e vazia. As aias esperavam com frutas, vinho e água, e Jhogo aproximou-se para ajudar Sor Jorah a suportar-lhe o peso. Aggo e Rakharo seguiam atrás. O clarão do sol na areia fez com que lhe fosse difícil enxergar mais, até Dany erguer a mão para fazer sombra aos olhos. Viu as cinzas de uma fogueira, alguns cavalos que andavam às voltas, apaticamente, em busca de um pouco de capim, tendas e esteiras espalhadas. Uma pequena multidão de crianças reunira-se para vê-la, e atrás delas vislumbrou mulheres que tratavam de seus deveres e velhos mirrados que olhavam o céu azul uniforme com olhos cansados, enxotando fracamente moscas de sangue. Uma contagem mostraria cerca de cem pessoas, não mais. Onde as outras quarenta mil tinham montado acampamento, só o vento e a poeira restavam agora.

– O *khalasar* de Drogo desapareceu – disse ela.

– Um *khal* que não pode montar não é um *khal* – disse Jhogo.

– Os dothrakis seguem apenas os fortes – disse Sor Jorah. – Lamento, minha princesa. Não havia maneira de detê-los. Ko Pono foi o primeiro a partir, chamando a si mesmo Khal Pono, e muitos o seguiram. Jhaqo não esperou muito tempo para fazer o mesmo. O resto foi se esgueirando noite após noite, em bandos grandes e pequenos. Há uma dúzia de novos *khalasares* no mar dothraki, no lugar que em tempos passados foi apenas de Drogo.

– Os velhos ficaram – disse Aggo. – Os assustados, os fracos e os doentes. E nós, que juramos. Nós ficamos.

– Levaram as manadas de Khal Drogo, *khaleesi* – disse Rakharo. – Não éramos suficientes para impedir. É direito dos fortes roubar dos fracos. Levaram também muitos escravos, do *khal* e seus, mas deixaram alguns.

– Eroeh? – perguntou Dany, lembrando-se da criança assustada que salvara fora da cidade dos Homens-Ovelhas.

– Mago, que é agora companheiro de sangue de Khal Jhaqo, capturou-a para si – disse Jhogo. – Montou-a por cima e por baixo e a deu ao seu *khal*, e Jhaqo a deu aos seus outros companheiros de sangue. Eram seis. Quando ficaram satisfeitos, cortaram-lhe a garganta.

– Era o destino dela, *khaleesi* – disse Aggo.

Se olhar para trás, estou perdida.

– Foi um destino cruel – disse Dany –, mas não tão cruel como será o de Mago. Prometo, pelos velhos deuses e pelos novos, pelo deus-ovelha e pelo deus-cavalo e por todos os deuses que vivem. Juro pela Mãe das Montanhas e o Ventre do Mundo. Antes de acabar com eles, Mago e Ko Jhaqo suplicarão pela clemência que mostraram a Eroeh.

Os dothrakis trocaram olhares inseguros.

– *Khaleesi* – explicou a aia Irri, como se estivesse falando com uma criança. – Jhaqo é agora um *khal*, à frente de vinte mil cavaleiros.

Dany ergueu a cabeça.

– E eu sou Daenerys, nascida na Tempestade, Daenerys da Casa Targaryen, do sangue de Aegon, o Conquistador, e Maegor, o Cruel, e da velha Valíria antes deles. Sou a filha do dragão, e, juro-lhes, esses homens morrerão aos gritos. Agora leve-me a Khal Drogo.

Jazia sobre a terra vermelha e nua, de olhos fixos no sol.

Uma dúzia de moscas de sangue pousara em seu corpo, embora ele não parecesse senti-las. Dany enxotou-as e ajoelhou-se a seu lado. Os olhos dele estavam muito abertos, mas não viam, e ela compreendeu de imediato que Drogo estava cego. Quando sussurrou seu nome, não pareceu ouvir. A ferida no peito estava curada como jamais poderia estar, com a cicatriz que a cobria cinzenta e vermelha e hedionda.

– Por que ele está aqui sozinho ao sol? – perguntou-lhes.

– Parece gostar do calor, princesa – disse Sor Jorah. – Seus olhos seguem o sol, embora não o veja. Consegue fazer algo semelhante ao andar. Vai para onde o levam, mas não mais longe. Come se lhe puserem comida na boca e bebe se lhe despejarem água nos lábios.

Dany beijou o seu sol-e-estrelas suavemente na testa, e ergueu-se para encarar Mirri Maz Duur.

– Seus feitiços são caros, *maegi*.

– Ele vive – disse Mirri Maz Duur. – Você pediu vida, e pagou por vida.

– Isto não é vida para quem era como Drogo. Sua vida eram gargalhadas e carne assando numa fogueira, e um cavalo entre as pernas. Sua vida eram um *arakh* na mão e as campainhas tinindo nos cabelos enquanto cavalgava ao encontro de um inimigo. Sua vida eram os seus companheiros de sangue, e eu, e o filho que lhe devia ter dado.

Mirri Maz Duur não deu resposta.

– Quando voltará a ser como era? – quis saber Dany.

– Quando o sol nascer no ocidente e se puser no oriente – disse Mirri Maz Duur. – Quando os mares secarem e as montanhas forem sopradas pelo vento como folhas. Quando seu ventre voltar a ganhar vida para dar à luz um filho vivo. Então, e não antes, ele regressará.

Dany fez um gesto para Sor Jorah e os outros.

– Deixem-nos. Quero falar a sós com esta *maegi* – Mormont e os dothrakis retiraram-se. – Você *sabia* – disse Dany depois de eles irem embora. Sentia dor, por dentro e por fora, mas a fúria dava-lhe forças. – Você sabia o que eu estava comprando e conhecia o preço, e mesmo assim me deixou pagá-lo.

– Foi errado da parte deles terem queimado meu templo – disse placidamente a pesada mulher de nariz achatado. – Isso enfureceu o Grande Pastor.

– Isso não foi trabalho de nenhum deus – Dany disse friamente.

Se olhar para trás, estou perdida.

– Enganou-me. Assassinou meu filho dentro de mim.

– O garanhão que monta o mundo já não queimará cidades. Seu *khalasar* não transformará nações em poeira.

– Eu intervim por você – disse Dany, angustiada. – Salvei-a.

– Salvou-me? – cuspiu a lhazarena. – Três guerreiros já tinham me possuído, não como um homem possui uma mulher, mas por trás, como um cão possui uma cadela. O quarto estava dentro de mim quando você passou por ali. Como foi que me salvou? Vi a casa do meu deus arder, o lugar onde curei homens bons sem conta. Também me queimaram a casa, e na rua vi pilhas de cabeças. Vi a cabeça de um padeiro que me fazia o pão. Vi a cabeça de um rapaz que salvei da febre do olho morto havia só três luas. Ouvi crianças chorando quando os guerreiros as arrancaram de casa à chicotada. Diga-me lá outra vez o que salvou.

– A sua vida.

Mirri Maz Duur soltou uma gargalhada cruel.

– Olhe para o seu *khal* e veja de que serve a vida quando todo o resto desapareceu.

Dany chamou os homens do seu *khas* e lhes pediu que prendessem Mirri Maz Duur e atassem seus pés e mãos, mas a *maegi* sorriu-lhe quando a levaram, como se partilhassem um segredo. Uma palavra, e Dany podia ter feito com que a decapitassem... mas o que teria então? Uma cabeça? Se a vida não tinha valor, que valor tinha a morte?

Levaram Khal Drogo até sua tenda, e Dany ordenou-lhes que enchessem uma banheira, e dessa vez não houve sangue na água. Foi ela mesma quem lhe deu o banho, lavando a terra e o pó dos braços e do peito, limpando o rosto com um pano macio, ensopando os longos cabelos negros e escovando os nós e embaraços até ficarem de novo brilhantes como os recordava. Quando acabou, o sol já tinha se posto havia muito, e Dany estava exausta. Parou para beber e comer, mas só conseguiu mordiscar um figo e engolir um gole de água. O sono teria sido uma libertação, mas já dormira o suficiente... na verdade, até demais. Devia aquela noite a Drogo, por todas as noites que tinham existido e ainda poderiam existir.

A memória da primeira cavalgada juntos a acompanhou quando o levou para a escuridão do exterior, pois os dothrakis acreditavam que todas as coisas de importância na vida de um homem tinham de ser realizadas a céu aberto. Disse a si mesma que havia poderes mais fortes que o ódio, e feitiços mais velhos e verdadeiros que qualquer um que a *maegi* tivesse aprendido em Asshai. A noite estava negra e sem lua, mas por cima de sua cabeça mil estrelas ardiam, brilhantes. Tomou aquilo como um presságio.

Nenhum suave cobertor verde lhes deu as boas-vindas, só o chão duro e poeirento, nu e semeado de pedras. Não havia árvores agitando-se ao vento, e não havia um córrego que lhe acalmasse os medos com a música suave das águas. Dany disse a si mesma que as estrelas bastariam.

– Lembre-se, Drogo – murmurou. – Lembre-se de nossa primeira cavalgada juntos, no dia em que casamos. Lembre-se da noite em que fizemos Rhaego, com o *khalasar* à nossa volta e os seus olhos no meu rosto. Lembre-se de como a água estava fria e limpa no Ventre do Mundo. Lembre-se, meu sol-e-estrelas. Lembre-se e volte para mim.

O parto a tinha deixado demasiado dolorida e rasgada para introduzi-lo dentro de si como teria desejado, mas Doreah ensinara-lhe outras maneiras. Dany usou as mãos, a boca, os seios. Arranhou-o com as unhas, cobriu-o de beijos e segredou-lhe, rezou e contou-lhe histórias, e quando terminou, o tinha banhado com as suas lágrimas. Mas Drogo nem sentiu, nem falou, nem se ergueu.

E quando a alvorada sem vida surgiu num horizonte vazio, Dany compreendeu que ele estava realmente perdido.

– Quando o sol nascer a oeste e se puser a leste – disse tristemente. – Quando os mares secarem e as montanhas forem sopradas pelo vento como folhas. Quando meu ventre voltar a ganhar vida e der à luz um filho vivo. Então regressará, meu sol-e-estrelas, e não antes.

Nunca, gritou a escuridão, *nunca, nunca, nunca.*

Dentro da tenda Dany encontrou uma almofada de penas estofada de seda suave. Apertou-a contra os seios enquanto voltava para junto de Drogo, para junto do seu sol-e-estrelas. *Se olhar para trás, estou perdida.* Até andar lhe doía, e queria dormir, dormir e não sonhar.

Ajoelhou, beijou Drogo nos lábios e apertou a almofada contra o rosto.

Tyrion

– **E**les têm o meu filho – disse Tywin Lannister.

– Têm, senhor – a voz do mensageiro estava abafada de exaustão. No peito de seu manto rasgado o javali malhado de Crakehall encontrava-se meio obscurecido por sangue seco.

Um dos seus filhos, pensou Tyrion. Bebeu um gole de vinho e não disse uma palavra, pensando em Jaime. Quando ergueu o braço, uma dor atacou-lhe o cotovelo, lembrando-o da sua própria breve experiência de batalha. Amava o irmão, mas não gostaria de estar com ele no Bosque dos Murmúrios nem por todo o ouro de Rochedo Casterly.

Os capitães e vassalos do senhor seu pai tinham se tornado muito silenciosos à medida que o emissário ia contando sua história. O único som que se ouvia eram os estalidos e silvos do tronco que ardia na lareira ao fundo da longa e arejada sala comum.

Depois das dificuldades do longo e implacável avanço para o sul, a ideia de passar nem que fosse uma só noite numa estalagem tinha animado imensamente Tyrion… embora tivesse preferido que não fosse outra vez *aquela* estalagem, com todas as recordações que trazia. O pai estabelecera um ritmo desgastante, que cobrara seu preço. Homens feridos na batalha o acompanhavam o melhor que podiam, ou eram abandonados à própria sorte. Todas as manhãs deixavam mais alguns à beira da estrada, homens que adormeciam para nunca mais acordar. Todas as tardes eram mais alguns os que caíam no caminho. E todas as noites mais alguns desertavam, esgueirando-se na direção das sombras. Tyrion sentira-se quase tentado a ir com eles.

Estava no primeiro andar, desfrutando o conforto de uma cama de penas e do calor do corpo de Shae a seu lado, quando o escudeiro o acordara para dizer que chegara um mensageiro com terríveis notícias de Correrrio. Queria dizer que tudo fora em vão. A corrida para o sul, as marchas forçadas que pareciam não ter fim, os cadáveres abandonados junto à estrada... tudo para nada. Robb Stark chegara a Correrrio havia vários dias.

– Como isso pôde acontecer? – gemeu Sor Harys Swyft – *Como?* Mesmo depois do Bosque dos Murmúrios, Correrrio estava cercado por um anel de ferro, rodeado por uma grande tropa... Que loucura fez Sor Jaime decidir dividir seus homens em três acampamentos separados? Certamente sabia como isso os deixaria vulneráveis.

Melhor que você, seu covarde sem queixo, pensou Tyrion. Jaime podia ter perdido Correrrio, mas enfurecia-o ouvir o irmão ser caluniado por gente como aquele Swyft, um lambe-botas sem vergonha, cuja maior realização fora casar a filha, igualmente desprovida de queixo, com Sor Kevan, ligando-se assim aos Lannister.

– Eu teria feito o mesmo – respondeu o tio, de forma bem mais calma do que Tyrion teria respondido. – O senhor nunca viu Correrrio, Sor Harys, caso contrário saberia que Jaime pouca escolha teve. O castelo ergue-se na extremidade da ponta de terra onde o Pedregoso deságua no Ramo Vermelho do Tridente. Os rios formam dois lados de um triângulo, e quando o perigo espreita, os Tully abrem as comportas a montante para criar um fosso largo no terceiro lado, transformando Correrrio numa ilha. As muralhas erguem-se a pique da água, e de suas torres os defensores controlam as margens opostas ao longo de muitas milhas. Para cortar todos os caminhos, um sitiante tem de erguer um acampamento a norte do Pedregoso, outro a sul do Ramo Vermelho, e um terceiro entre os rios, a oeste do fosso. Não há outra maneira, nenhuma.

– Sor Kevan fala a verdade, senhores – disse o emissário. – Construímos paliçadas de hastes aguçadas em volta dos acampamentos, mas não foi o suficiente, em especial sem aviso e com os rios a nos separar uns dos outros. Caíram primeiro sobre o acampamento norte. Ninguém esperava um ataque. Marq Piper andara atacando nossos comboios de abastecimentos, mas não tinha mais de cinquenta homens. Sor Jaime saíra para lidar com eles na noite anterior... bem, com o que *pensávamos* que fossem eles. Fora-nos dito que a tropa Stark se encontrava a leste do Ramo Verde, marchando para o sul...

– E seus batedores? – o rosto de Sor Gregor Clegane poderia ter sido talhado em pedra. O fogo na lareira dava-lhe à pele um sombrio tom alaranjado e profundas sombras sobre os olhos. – Não viram nada? Não lhes avisaram de nada?

O mensageiro manchado de sangue balançou a cabeça.

– Nossos batedores estavam desaparecendo. Pensávamos que fosse obra de Marq Piper. Aqueles que voltavam nada tinham visto.

– Um homem que nada vê não tem necessidade de olhos – declarou Montanha. – Arranque-os e os dê ao batedor seguinte. Diga-lhe que espera que quatro olhos possam ver melhor que dois... caso contrário, o homem que vier depois terá seis.

Lorde Tywin Lannister virou a cabeça para estudar Sor Gregor. Tyrion viu uma cintilação de ouro quando a luz brilhou nas pupilas do pai, mas não saberia dizer se o olhar era de aprovação ou repugnância. Era frequente que Lorde Tywin se mantivesse em silêncio em conselho, preferindo escutar antes de falar, um hábito que o próprio Tyrion tentava imitar. Mas aquele silêncio não era comum, até para ele, e não tinha tocado no vinho.

– Disse que chegaram de noite? – interveio Sor Kevan.

O homem, cansado, confirmou com a cabeça.

– O Peixe Negro comandou a vanguarda, abatendo as nossas sentinelas e afastando as paliçadas para o assalto principal. Quando nossos homens perceberam o que estava acontecendo, já jorravam cavaleiros das margens, e galopavam pelo acampamento de espadas e archotes na mão. Eu estava dormindo no acampamento ocidental, entre os rios. Quando ouvimos a luta e vimos as tendas que eram incendiadas, Lorde Brax nos levou para as jangadas e tentamos atravessar, mas a corrente nos puxou para jusante e os Tully começaram a atirar pedras com as catapultas que tinham nas muralhas. Vi uma jangada ser esmagada até restarem apenas gravetos, e mais três que foram viradas, e os homens atirados ao rio e afogados... e aqueles que conseguiram atravessar encontraram os Stark à sua espera nas margens do rio.

Sor Flement Brax usava uma capa prateada e roxa e tinha a expressão de um homem que não conseguia compreender o que acabara de ouvir.

– O senhor meu pai...

– Lamento, senhor – disse o mensageiro. – Lorde Brax envergava armadura e cota de malha quando sua jangada virou. Era muito nobre.

Era um tolo, pensou Tyrion, movendo a taça em círculos e fitando as profundezas do vinho. Atravessar um rio à noite numa jangada tosca, usando armadura, com um inimigo à espera do outro lado... se isso era nobreza, escolheria sempre a covardia. Perguntou a si mesmo se Lorde Brax teria se sentido particularmente nobre quando o peso de seu aço o puxou para baixo nas águas negras.

– O acampamento entre os rios também foi derrotado – dizia o mensageiro. – Enquanto tentávamos fazer a travessia, mais homens dos Stark vieram do oeste, duas colunas de cavalaria armada. Vi o gigante acorrentado de Lorde Umber e a águia dos Mallister, mas era o rapaz quem os comandava, com um lobo monstruoso correndo ao seu lado. Não estava lá para ver, mas diz-se que o animal matou quatro homens e dilacerou uma dúzia de cavalos. Nossos lanceiros formaram uma linha de defesa e aguentaram a primeira investida deles, mas quando os Tully os viram em combate, abriram os portões de Correrrio e Tytos Blackwood comandou um ataque pela ponte levadiça e os apanhou pela retaguarda.

– Que os deuses nos protejam – exclamou Lorde Lefford.

– Grande-Jon Umber incendiou as torres de cerco que estávamos construindo. Lorde Blackwood encontrou Edmure Tully acorrentado entre os outros cativos, e fugiu com todos eles. Nosso acampamento ao sul estava sob o comando de Sor Forley Prester. Retirou em boa ordem quando viu que os outros acampamentos estavam perdidos, com dois mil lanceiros e outros tantos arqueiros, mas o mercenário tyroshi que comandava seus cavaleiros livres abaixou seus estandartes e passou para o lado do inimigo.

– Maldito seja o homem – o tio Kevan soava mais zangado que surpreso. – Preveni Jaime para não confiar nele. Um homem que luta por dinheiro é leal apenas à sua bolsa.

Lorde Tywin entrecruzou os dedos sob o queixo. Só os olhos se moviam enquanto escutava. As suíças eriçadas e douradas emolduravam um rosto tão imóvel que poderia ter sido uma máscara, mas Tyrion via minúsculas gotículas de suor que salpicavam a cabeça raspada do pai.

– Como isso pôde *acontecer*? – gemeu de novo Sor Harys Swyft. – Sor Jaime aprisionado, o cerco quebrado... isso é uma *catástrofe*!

Sor Addam Marbrand disse:

– Estou certo de que todos nos sentimos gratos por sua reafirmação do óbvio, Sor Harys. A questão é: o que vamos fazer agora?

– Que *podemos* fazer? A tropa de Jaime está toda massacrada, capturada ou posta em fuga, e os Stark e os Tully instalaram-se bem no meio da nossa linha de abastecimento. Estamos separados do oeste! Eles podem marchar sobre Rochedo Casterly se bem entenderem, e quem os impedirá? Senhores, estamos derrotados. Temos de pedir a paz.

– Paz? – Tyrion fez rodar o vinho pensativamente, bebeu um grande trago e atirou a taça vazia ao chão, estilhaçando-a em mil pedaços. – Aí está a sua paz, Sor Harys. Meu querido sobrinho a quebrou de vez quando decidiu ornamentar a Fortaleza Vermelha com a cabeça de Lorde Eddard. Será mais fácil beber vinho desta taça do que convencer Robb Stark a fazer a paz *agora*. Ele está *ganhando*... ou não reparou ainda?

– Duas batalhas não fazem uma guerra – insistiu Sor Addam. – Estamos longe da derrota. Eu gostaria de ter a oportunidade de experimentar meu aço contra esse rapaz Stark.

– Talvez consintam numa trégua e nos permitam trocar nossos prisioneiros pelos deles – sugeriu Lorde Lefford.

– A menos que troquem três por um, ainda sairemos perdendo – disse Tyrion em voz ácida. – E que temos nós para oferecer pelo meu irmão? A cabeça podre de Lorde Eddard?

– Ouvi dizer que a Rainha Cersei tem as filhas da Mão – disse esperançosamente Lefford. – Se devolvêssemos as irmãs ao rapaz...

Sor Addam soltou uma fungadela de desdém.

– Teria de ser um completo idiota para trocar a vida de Jaime Lannister por duas meninas.

– Então temos de pagar resgate por Sor Jaime, custe o que custar – disse Lorde Lefford.

Tyrion revirou os olhos.

– Se os Stark sentirem necessidade de ouro, podem derreter a armadura de Jaime.

– Se pedirmos uma trégua, nos julgarão fracos – argumentou Sor Addam. – Devíamos marchar imediatamente contra eles.

– Certamente que os nossos amigos na corte podem ser persuadidos a juntar tropas frescas às nossas – disse Sor Harys. – E alguém poderia regressar a Rochedo Casterly a fim de recrutar uma nova tropa.

Lorde Tywin Lannister pôs-se em pé.

– *Eles têm o meu filho* – voltou a dizer, numa voz que cortou a conversa como uma espada corta sebo. – Deixem-me. Todos vocês.

Como se fosse a própria alma da obediência, Tyrion levantou-se para sair com os outros, mas o pai fixou os olhos nele.

– Você não, Tyrion. Fique. E você também, Kevan. O resto, fora.

Tyrion voltou a deixar-se cair no banco, surpreendido até ficar sem fala. Sor Kevan atravessou a sala até as barricas de vinho.

– Tio – chamou Tyrion –, se fizesse o favor...

– Tome – o pai ofereceu-lhe a sua taça, com o vinho intocado.

Agora Tyrion estava *realmente* perplexo. Bebeu.

Lorde Tywin sentou-se.

– Tem razão quanto ao Stark. Vivo, podíamos ter usado Lorde Eddard para forjar uma paz com Winterfell e Correrrio, uma paz que nos daria o tempo de que precisamos para lidar com os irmãos de Robert. Morto... – sua mão enrolou-se num punho. – Loucura. Completa loucura.

– Joff é só um rapaz – lembrou Tyrion. – Na sua idade também fiz alguns disparates.

O pai lançou-lhe um olhar penetrante.

– Suponho que devamos nos sentir gratos por ele ainda não ter se casado com uma prostituta.

Tyrion bebericou o vinho, perguntando-se qual seria a reação de Lorde Tywin se lhe atirasse a taça na cara.

– Nossa posição é pior do que julga – continuou o pai. – Parece que temos um novo rei.

Sor Kevan pareceu abatido.

– Um novo… *quem*? Que fizeram a Joffrey?

A mais tênue das centelhas de desagrado brincou nos finos lábios de Lorde Tywin.

– Nada… por enquanto. Meu neto ainda ocupa o Trono de Ferro, mas o eunuco ouviu sussurros vindos do sul. Renly Baratheon casou-se com Margaery Tyrell em Jardim de Cima nesta quinzena que passou, e agora reivindicou a coroa. O pai e os irmãos da noiva dobraram os joelhos e lhe prestaram juramento.

– Essas são notícias graves – quando Sor Kevan franzia a testa, as rugas que nela havia aprofundavam-se como precipícios.

– Minha filha ordena que cavalguemos para Porto Real de imediato, a fim de defender a Fortaleza Vermelha contra o Rei Renly e o Cavaleiro das Flores – sua boca apertou-se. – *Ordena*, notem bem. Em nome do rei e do conselho.

– Como está o Rei Joffrey com essas notícias? – perguntou Tyrion, com certo humor negro.

– Cersei ainda não achou por bem contar-lhe – disse Lorde Tywin. – Teme que ele possa insistir em marchar ele mesmo contra Renly.

– Com que exército? – perguntou Tyrion. – Espero que não tenha em mente lhe dar *este*.

– Ele fala em comandar a Patrulha da Cidade – disse Lorde Tywin.

– Se ele levar a Patrulha, deixará a cidade indefesa – disse Sor Kevan. – E com Lorde Stannis em Pedra do Dragão…

– Sim – Lorde Tywin baixou o olhar para o filho. – Eu pensava que fosse você aquele que nasceu para bobo, Tyrion, mas parece que me enganei.

– Ora, pai – disse Tyrion –, isso quase que soa como um elogio – inclinou-se para a frente, concentrado. – E Stannis? É ele o mais velho, não Renly. Que sente ele a propósito da pretensão do irmão?

O pai franziu as sobrancelhas.

– Desde o princípio sinto que Stannis é maior ameaça do que todos os outros juntos. E, no entanto, não faz nada. Ah, Varys ouve os seus sussurros. Que Stannis está construindo navios, que Stannis está contratando mercenários, que Stannis mandou vir um umbromante* de Asshai. Que significa isso? Será alguma parte verdade? – encolheu os ombros, irritado. – Kevan, traga o mapa.

Sor Kevan fez o que lhe foi pedido. Lorde Tywin desenrolou o couro, alisando-o.

– Jaime deixou-nos em péssima situação. Roose Bolton e o resto de sua tropa estão a norte de nós. Nossos inimigos possuem as Gêmeas e Fosso Cailin. Robb Stark está instalado a oeste, portanto não podemos retirar para Lannisporto e para o Rochedo, a menos que decidamos dar batalha. Jaime encontra-se prisioneiro, e o seu exército, para todos os fins práticos, deixou de existir. Thoros de Myr e Beric Dondarrion continuam a incomodar nossos destacamentos logísticos. Para leste temos os Arryn, Stannis Baratheon ocupa Pedra do Dragão e, no sul, Jardim de Cima e Ponta Tempestade convocam os vassalos.

Tyrion deu um sorriso torto.

– Anime-se, pai. Pelo menos Rhaegar Targaryen continua morto.

– Tive esperança de que tivesse mais que gracejos a oferecer, Tyrion – disse Lorde Tywin Lannister.

Sor Kevan franziu as sobrancelhas sobre o mapa, com a testa abrindo sulcos.

– Robb Stark já terá agora consigo Edmure Tully e os senhores do Tridente. Seu poderio combinado pode exceder o nosso. E com Roose Bolton atrás de nós… Tywin, se permanecermos aqui, temo que possamos ser apanhados entre três exércitos.

---

* Leitor de sombras. (N. T.)

– Não tenho nenhuma intenção de permanecer aqui. Temos de tratar dos nossos assuntos com o jovem Lorde Stark antes que Renly Baratheon tenha a chance de se pôr em marcha desde Jardim de Cima. Bolton não me preocupa. É um homem cuidadoso, e o tornamos mais cuidadoso no Ramo Verde. Ele será lento na perseguição. Portanto... de manhã partimos para Harrenhal. Kevan, quero que os batedores de Sor Addam nos ocultem os movimentos. Dê-lhe todos os homens que te peça, e mande-os em grupos de quatro. Não quero desaparecimentos.

– Às suas ordens, senhor, mas... por que Harrenhal? É um lugar sombrio e sem sorte. Há quem diga que está amaldiçoado.

– Que digam – disse Lorde Tywin. – Mande Sor Gregor à nossa frente com os seus salteadores. Mande também Vargo Hoat e os seus cavaleiros livres, e Sor Amory Lorch. Cada um deve ter trezentos homens a cavalo. Diga-lhes que quero ver as terras do rio em chamas do Olho de Deus ao Ramo Vermelho.

– Elas arderão, senhor – disse Sor Kevan, pondo-se em pé. – Darei as ordens – fez uma reverência e dirigiu-se à porta.

Quando ficaram sozinhos, Lorde Tywin olhou de relance para Tyrion.

– Seus selvagens podem apreciar um pouco de rapina. Diga-lhes que podem acompanhar Vargo Hoat e saquear à vontade... bens, gado, mulheres, podem ficar com o que quiserem e queimar o resto.

– Dizer a Shagga e a Timett como pilhar é como dizer a um galo como cantar – comentou Tyrion –, mas preferia mantê-los comigo – os selvagens podiam ser grosseiros e indisciplinados, mas eram *dele*, e confiava mais neles do que em quaisquer dos homens do pai. Não iria abrir mão de seus homens.

– Então é melhor que aprenda a controlá-los. Não quero ver a cidade saqueada.

– A cidade? – Tyrion sentiu-se perdido. – Que cidade seria essa?

– Porto Real. Vou mandá-lo para a corte.

Era a última coisa em que Tyrion Lannister teria pensado. Estendeu a mão para o vinho e pensou no assunto por um momento, enquanto bebia.

– E que devo eu fazer lá?

– Governar – seu pai disse concisamente.

Tyrion estremeceu de riso.

– Minha querida irmã pode ter uma coisa ou duas a dizer a respeito disso.

– Deixe-a dizer o que quiser. O filho dela tem de ser controlado antes que nos arruíne a todos. Culpo esses tolos do conselho... o nosso amigo Petyr, o venerável Grande Meistre e aquela maravilha castrada, Lorde Varys. Que tipo de conselhos eles estão dando a Joffrey enquanto ele salta de loucura em loucura? De quem foi a ideia de fazer senhor aquele Janos Slynt? O pai do homem era um *açougueiro*, e dão a ele Harrenhal. *Harrenhal*, que foi a sede de reis! Não que ele algum dia ponha os pés no castelo enquanto eu tiver algo a dizer sobre o assunto. Dizem-me que escolheu para símbolo uma lança ensanguentada. Minha escolha teria sido um cutelo ensanguentado – o pai não levantara a voz, mas Tyrion conseguia ver a ira no ouro de seus olhos. – E demitir Selmy, qual é o sentido disso? Sim, o homem está velho, mas o nome de Barristan, o Ousado, ainda tem peso no reino. Emprestava honra a qualquer homem que servisse. Poderá alguém dizer o mesmo de Cão de Caça? Alimenta-se o cão com ossos por baixo da mesa, não se dá a ele um lugar ao lado do trono – brandiu o dedo na cara de Tyrion. – Se Cersei não conseguir domar o rapaz, você tem de fazê-lo. E se esses conselheiros estiverem fazendo jogo duplo...

Tyrion sabia.

– Hastes – suspirou. – Cabeças. Muralhas.

– Vejo que aprendeu algumas lições comigo.

– Mais do que pensa, pai – respondeu Tyrion em voz baixa. Terminou o vinho e pôs a taça de lado, pensativo. Uma parte de si estava mais satisfeita do que queria admitir. A outra recordava a batalha a montante do rio, e perguntava a si mesmo se estava sendo de novo enviado para defender o flanco esquerdo. – Por que eu? – perguntou, inclinando a cabeça para o lado. – Por que não meu tio? Por que não Sor Addam, Sor Flement ou Lorde Serrett? Por que não um homem... *maior*?

Lorde Tywin pôs-se abruptamente em pé.

– É meu filho.

Foi então que compreendeu. *Desistiu dele*, pensou. *Seu maldito canalha, julga que Jaime é um homem morto, e portanto eu sou tudo que lhe resta.* Tyrion quis esbofeteá-lo, cuspir-lhe na cara, puxar o punhal, arrancar-lhe o coração e ver se era feito de ouro velho e duro como diziam os plebeus. Mas ficou ali sentado, em silêncio e imóvel.

Os cacos da taça partida rangeram sob os saltos do pai quando Lorde Tywin atravessou a sala.

– Uma última coisa – disse ele da porta. – Não levará a prostituta para a corte.

Tyrion ficou sozinho na sala comum durante um longo tempo depois de o pai ir embora. Por fim, subiu os degraus até suas acolhedoras águas-furtadas sob a torre sineira. O teto era baixo, mas isso para um anão não chegava a ser um problema. Da janela via o cadafalso que o pai erigira no pátio. O cadáver da estalajadeira girava lentamente na ponta de uma corda sempre que o vento noturno soprava. Sua carne tornara-se tão escassa e esfarrapada como as esperanças dos Lannister.

Shae soltou um murmúrio sonolento e rolou para ele quando se sentou na beira da cama de penas. Enfiou a mão sob a manta e envolveu com ela um seio macio, e os olhos dela se abriram.

– Senhor – disse, com um sorriso sonolento.

Quando sentiu o mamilo enrijecer, Tyrion beijou-a.

– Tenho em mente levá-la para Porto Real, querida – sussurrou.

Jon

A égua relinchou baixinho quando Jon apertou a cilha.

– Calma, querida senhora – disse ele em voz suave, acalmando-a com um afago. O vento sussurrava no estábulo, uma fria respiração de morte em seu rosto, mas Jon não lhe prestou atenção. Atou o rolo à sela, sentindo os dedos cheios de cicatrizes rígidos e desastrados. – Fantasma – chamou, em voz baixa –, aqui – e o lobo ali estava, com olhos que eram como brasas.

– Jon, por favor. Não pode fazer isso.

Ele montou, com as rédeas na mão, e fez o cavalo girar para a noite. Samwell Tarly estava à porta do estábulo, com a lua cheia espreitando-lhe sobre o ombro. Lançava uma sombra de gigante, imensa e negra.

– Saia da minha frente, Sam.

– Jon, *não pode* – disse Sam. – Não vou deixar que faça isso.

– Eu preferia não machucá-lo – disse-lhe Jon. – Afaste-se, Sam, ou o atropelo.

– Não fará. Precisa me ouvir. Por favor...

Jon enterrou as esporas na carne da égua, que saltou para a porta. Por um instante Sam manteve-se imóvel, com o rosto tão redondo e pálido como a lua que tinha atrás, a boca transformada num O de perplexidade que se alargava. No último momento, quando já estavam quase sobre ele, saltou para o lado como Jon soubera que faria, tropeçou e caiu. A égua saltou sobre ele, penetrando na noite.

Jon vestiu o capuz de seu pesado manto e deixou as rédeas soltas. Castelo Negro encontrava-se silencioso e imóvel quando cavalgou para o exterior, com Fantasma correndo a seu lado. Sabia que havia homens observando na muralha atrás de si, mas os olhos deles estavam virados para o norte, não para o sul. Ninguém o veria partir, ninguém além de Sam Tarly, que lutava para se pôr de pé na poeira dos velhos estábulos. Esperava que Sam não tivesse se machucado ao cair daquela maneira. Era tão pesado e desajeitado que seria mesmo coisa de Sam quebrar o pulso ou torcer o tornozelo ao sair do caminho.

– Eu o preveni – disse Jon em voz alta. – De qualquer forma, isso não tinha nada a ver com ele – flexionou a mão queimada enquanto cavalgava, abrindo e fechando os dedos cheios de cicatrizes. Ainda lhe doíam, mas era bom não ter as ataduras.

O luar prateava os montes enquanto ele seguia a fita retorcida da estrada real. Precisava se afastar o máximo possível da Muralha antes que percebessem que desaparecera. De manhã deixaria a estrada e avançaria por campos, florestas e córregos a fim de despistar os perseguidores, mas no momento a velocidade era mais importante que a dissimulação. Afinal, não era como se eles não soubessem para onde se dirigia.

O Velho Urso estava habituado a se levantar à primeira luz da aurora, portanto, Jon tinha até essa hora para pôr tantas léguas quantas pudesse entre si e a Muralha… se Sam Tarly não o traísse. O gordo rapaz era obediente e fácil de assustar, mas amava Jon como a um irmão. Se fosse interrogado, não havia dúvida de que Sam lhes diria a verdade, mas Jon não o imaginava desafiando os guardas à porta da Torre do Rei para acordar Mormont.

Quando Jon não aparecesse na cozinha para ir buscar o café da manhã do Velho Urso, procurariam em sua cela e encontrariam Garralonga sobre a cama. Tinha sido duro abandoná-la, mas Jon não estava suficientemente despido de honra para levá-la consigo. Nem mesmo Jorah Mormont o fizera quando fugira em desgraça. Sem dúvida que Lorde Mormont encontraria alguém mais merecedor daquela lâmina. Jon sentia-se mal ao pensar no velho. Sabia que sua deserção seria como sal na ferida, ainda em carne viva, da desgraça do filho. Parecia uma pobre maneira de lhe pagar pela confiança, mas nada havia a fazer. Não importa o que fizesse, Jon sentia-se como se estivesse traindo alguém.

Nem mesmo agora sabia se estava fazendo a coisa honrosa. Os sulistas tinham a vida mais facilitada. Tinham seus septões com quem falar, alguém para lhes desvendar a vontade dos deuses e os ajudar a distinguir o bem do mal. Mas os Stark adoravam os velhos deuses, os deuses sem nome, e se as árvores-coração ouviam, não falavam.

Quando as últimas luzes de Castelo Negro desapareceram atrás dele, Jon refreou a égua, pondo-a a trote. Tinha uma longa viagem à sua frente e só aquele cavalo para transportá-lo. Havia fortificações e aldeias de agricultores ao longo do caminho para o sul, onde conseguiria trocar a égua por uma montaria descansada quando precisasse de uma, mas não se estivesse ferida ou arrebentada.

Precisaria encontrar novas roupas em breve; o mais provável era que tivesse de roubar. Estava vestido de negro dos pés à cabeça; botas altas de montar em couro, calças e túnica de ráfia, um colete de couro e um pesado manto de lã. A espada e o punhal estavam embainhados em pele negra de toupeira, e a camisa e a touca que tinha guardados no alforje eram de cota de malha negra. Qualquer uma daquelas peças significaria sua morte se fosse apanhado. Um estranho vestido de negro era visto com uma fria suspeita em todas as aldeias e fortalezas a norte do Gargalo, e logo haveria homens à sua procura. Assim que os corvos de Meistre Aemon levantassem voo, Jon sabia que não encontraria porto seguro. Nem mesmo em Winterfell. Bran poderia querer deixá-lo entrar, mas Meistre Luwin tinha mais bom senso. Trancaria os portões e o mandaria embora, tal como devia fazer. Era melhor nem passar por lá.

Mas via claramente o castelo com o olho da mente, como se

tivesse partido no dia anterior; as grandes muralhas de granito, o Grande Salão com os seus cheiros de fumaça, de cães e de carne assando, o aposento privado do pai, o quarto na torre onde dormira. Parte de si nada mais desejava do que ouvir de novo a gargalhada de Bran, jantar uma das tortas de carne com bacon de Gage, ouvir a Velha Ama contar as suas histórias sobre os filhos da floresta e Florian, o Tolo.

Mas não abandonara a Muralha para isso; partira porque era, no fim das contas, filho de seu pai e irmão de Robb. O presente de uma espada, mesmo de uma espada tão boa como Garralonga, não fazia dele um Mormont. Tampouco era Aemon Targaryen. Três vezes o velho escolhera, e três vezes escolhera a honra, mas isso era ele. Mesmo agora Jon não conseguia decidir se o meistre ficara por ser fraco e covarde ou por ser forte e leal. Mas compreendia o que o velho quisera dizer quando falara da dor da escolha; compreendia isso bem demais.

Tyrion Lannister afirmara que a maioria dos homens preferiria negar uma verdade dura a ter de encará-la, mas Jon estava farto de negações. Ele era quem era: Jon Snow, bastardo e traidor, sem mãe, sem amigos e perdido. Durante o resto de sua vida, não importa quanto durasse, estaria condenado a viver como um estranho, o homem silencioso nas sombras que não se atreve a pronunciar o seu verdadeiro nome. Aonde quer que fosse nos Sete Reinos precisaria viver uma mentira, para que todas as mãos não se levantassem contra ele. Mas não importava, desde que vivesse tempo suficiente para ocupar o seu lugar ao lado do irmão e ajudar a vingar o pai.

Lembrava-se de Robb como o vira pela última vez, em pé, no pátio, com neve derretendo nos cabelos ruivos. Jon teria de encontrá-lo em segredo, disfarçado. Tentava imaginar a expressão no rosto de Robb quando ele se revelasse. O irmão sacudiria a cabeça e sorriria, e diria... diria...

Não conseguia ver o sorriso. Por mais que tentasse, não conseguia vê-lo. Deu por si pensando no desertor que o pai decapitara no dia em que encontraram os lobos gigantes.

– Você disse as palavras – dissera-lhe Lorde Eddard. – Você fez um juramento perante os seus irmãos, perante os velhos deuses e os novos – Desmond e Gordo Tom tinham arrastado o homem até o toco. Os olhos de Bran estavam bem dilatados, e Jon tivera de lhe lembrar que mantivesse o cavalo sob controle. Lembrava-se da expressão no rosto do pai quando Theon Greyjoy lhe dera Gelo, dos salpicos de sangue na neve, do modo como Theon chutara a cabeça quando ela rolara até junto de seus pés.

Perguntou-se o que teria feito Lorde Eddard se o desertor fosse o irmão Benjen em vez daquele estranho esfarrapado. Teria sido diferente? Tinha de ser, com certeza, *com certeza*... e Robb lhe daria as boas-vindas, sem dúvida. *Tinha* de fazê-lo, caso contrário...

Não valia a pena pensar nisso. A dor latejou, bem no interior dos dedos, quando se agarrou com força às rédeas. Jon bateu com os calcanhares no cavalo e pôs-se a galope, correndo pela estrada real como que para fugir de suas dúvidas. Não tinha medo da morte, mas não queria morrer assim, amarrado e decapitado como um simples ladrão. Se tinha de perecer, que fosse de espada na mão, lutando contra os assassinos do pai. Não era um verdadeiro Stark, nunca o fora... mas podia morrer como um. Que dissessem que Eddard Stark fora pai de quatro filhos, não de três.

Fantasma manteve o ritmo durante quase meia légua, com a língua vermelha pendendo da boca. O homem e o cavalo abaixaram a cabeça quando ele pediu mais velocidade à égua. O lobo desacelerou, parou, observando, com os olhos brilhando, vermelhos, o luar. Desapareceu atrás dele, mas Jon sabia que o seguiria, em seu próprio ritmo.

Luzes dispersas cintilaram através das árvores em frente, de ambos os lados da estrada: Vila Toupeira. Um cão latiu quando Jon passou por ele, e ouviu o zurro rouco de uma mula vindo do estábulo, mas fora isso a vila estava silenciosa. Aqui e ali, a cintilação das lareiras brilhava em janelas cobertas, esgueirando-se por entre ripas de madeira, mas eram só um punhado.

Vila Toupeira era maior do que parecia, pois três quartos dela eram subterrâneos, estendendo-se em profundas e quentes câmaras ligadas por um labirinto de túneis. Até o bordel ficava lá embaixo, sem nada na superfície além de uma cabana de madeira que não era maior que uma latrina, com uma lanterna vermelha pendurada sobre a porta. Na Muralha podiam-se ouvir os homens chamando às prostitutas "tesouros enterrados". Jon perguntou a si mesmo se algum de seus irmãos de negro estaria lá embaixo naquela noite, escavando. Isso também era quebra de juramento, mas ninguém parecia se importar.

Só bem depois de passar pela vila é que Jon voltou a reduzir o passo. Nessa altura ele e a montaria já estavam úmidos de suor. Desmontou, tremendo, com a mão queimada doendo. Encontrou um monte de neve que derretia sob as árvores, clara ao luar, pingando água que formava pequenos charcos pouco profundos. Jon acocorou-se e juntou as mãos em taça, aprisionando a água corrente entre os dedos. A neve derretida estava fria como gelo. Bebeu, espalhou um pouco no rosto, até sentir um formigamento nas bochechas. Os dedos latejavam mais do que em qualquer dos últimos dias, e também sentia a cabeça palpitar. *Estou fazendo o que é certo*, disse a si mesmo, *então, por que me sinto tão mal?*

O cavalo estava espumando, e Jon pegou nas rédeas e o levou a pé durante algum tempo. A estrada quase não era suficientemente larga para que dois cavaleiros passassem lado a lado, com o piso entrecortado por pequenos córregos e cheio de pedras. Aquela corrida fora realmente estúpida, um convite para um pescoço quebrado. Jon se questionou o que lhe teria dado. Estaria assim com tanta pressa de morrer? No meio das árvores, o grito distante de um animal assustado qualquer o fez erguer os olhos. A égua relinchou nervosamente. Teria o lobo encontrado alguma presa? Envolveu a boca nas mãos.

– *Fantasma!* – gritou. – Fantasma, aqui – a única resposta foi um rumor de asas atrás de si quando uma coruja levantou voo.

Franzindo as sobrancelhas, Jon prosseguiu caminho. Levou a égua durante meia hora, até que ela secou. Fantasma não apareceu. Jon queria montar e voltar a cavalgar, mas estava preocupado com o lobo desaparecido.

– *Fantasma* – voltou a chamar. – Onde está? Aqui! *Fantasma!* – nada naquela floresta podia incomodar um lobo gigante, até um lobo gigante meio crescido, a menos que... não, Fantasma era inteligente demais para atacar um urso, e se houvesse uma alcateia de lobos nas imediações, Jon certamente os teria ouvido uivar.

Devia comer, decidiu. Os alimentos lhe acalmariam o estômago e dariam a Fantasma a chance de alcançá-lo. Ainda não havia perigo; Castelo Negro ainda dormia. No alforje encontrou um biscoito, um pedaço de queijo e uma pequena maçã escura e murcha. Trouxera também carne de vaca salgada e uma fatia de bacon que surrupiara das cozinhas, mas queria poupar a carne para o dia seguinte. Depois de ficar sem ela, teria de caçar, e isso por ora o atrasaria.

Jon sentou-se sob as árvores e comeu biscoito e queijo enquanto a égua pastava ao longo da Estrada do Rei. Deixou a maçã para o fim. Tinha se tornado um pouco mole, mas a polpa ainda estava ácida e suculenta. Já chegara ao caroço quando ouviu os sons: cavalos, vindos do norte. Rapidamente, Jon saltou e correu para a égua. Poderia fugir? Não, estavam perto demais, certamente os ouviriam, e se viessem de Castelo Negro...

Levou a égua para longe da estrada, para trás de uma espessa mata de árvores-sentinela cinza-esverdeadas.

– Agora silêncio – disse, numa voz abafada, agachando-se a fim de espreitar por entre os galhos. Se os deuses fossem bondosos, os cavaleiros passariam sem detectá-lo. O mais provável era que fossem apenas pessoas simples de Vila Toupeira, lavradores a caminho dos campos, se bem que, o que estariam fazendo na estrada no meio da noite...

Ficou ouvindo o som dos cascos que aumentava a um ritmo constante, enquanto os cavalos se aproximavam a trote rápido pela Estrada do Rei. Julgando pelo ruído, eram pelo menos cinco ou seis cavaleiros. As vozes esgueiraram-se por entre as árvores.

– ... certeza de que ele veio por aqui?

– Não *podemos* ter certeza.

– Tanto quanto sabem, pode bem ter se dirigido para o leste. Ou abandonado a estrada para cortar através da floresta. Era o que eu faria.

– Na escuridão? Estúpido. Se não caísse do cavalo e quebrasse o pescoço, se perderia e acabaria de volta à Muralha quando o sol nascesse.

– Não acabava nada – Grenn soava irritado. – Cavalgava para o sul. Pode-se guiar pelas estrelas.

– E se o céu estivesse nublado? – perguntou Pyp.

– Então não ia.

Outra voz interrompeu.

– Sabem onde eu estaria, se fosse comigo? Em Vila Toupeira, escavando tesouros enterrados – o riso estridente do Sapo trovejou através das árvores. A égua de Jon resfolegou.

– Calem-se todos – disse Halder. – Acho que ouvi qualquer coisa.

– Onde? Não ouvi nada – os cavalos pararam.

– *Você* não consegue ouvir o próprio peido.

– Consigo, sim – insistiu Grenn.

– *Calem-se!*

Caíram todos no silêncio, à escuta. Jon deu por si prendendo a respiração. *Sam*, pensou. Não fora até o Velho Urso, mas também não fora para a cama, acordara os outros rapazes. Malditos sejam todos. Chegada a alvorada, se não estivessem nas camas, também seriam considerados desertores. Que pensavam eles que estavam fazendo?

O silêncio abafado pareceu esticar-se e voltar a esticar-se. De onde Jon espreitava, conseguia ver as pernas dos cavalos deles através dos galhos. Por fim, Pyp falou.

– Que foi que ouviu?

– Não sei – admitiu Halder. – Um som, pensei que pudesse ser um cavalo, mas…

– Ali não há nada.

Pelo canto do olho Jon vislumbrou uma forma branca que se deslocava por entre as árvores. Ouviu-se o restolhar de folhas, e Fantasma saiu das sombras aos saltos, tão subitamente que a égua de Jon se assustou e soltou um relincho.

– *Ali!* – gritou Halder.

– Também ouvi!

– Traidor – disse Jon ao lobo gigante enquanto saltava para a sela. Virou a cabeça da égua para escapulir por entre as árvores, mas eles estavam em cima antes que avançasse três metros.

– *Jon!* – gritou Pyp às suas costas.

– Pare – disse Grenn. – Não pode escapar de todos.

Jon fez rodopiar a montaria para enfrentá-los, puxando a espada.

– Voltem. Não quero machucar ninguém, mas o farei se tiver de ser.

– Um contra sete? – Halder fez um sinal. Os rapazes espalharam-se, cercando-o.

– Que querem de mim? – Jon quis saber.

– Queremos levá-lo de volta para o seu lugar – disse Pyp.

– Meu lugar é com meu irmão.

– Seus irmãos agora somos *nós* – disse Grenn.

– Eles cortarão sua cabeça se o apanharem, sabia? – Sapo soltou uma gargalhada nervosa. – Isso é tão estúpido, é como alguma coisa que um auroque faria.

– Não é nada – disse Grenn. – Não sou nenhum traidor. Disse as palavras e foi a sério.

– Eu também – disse-lhes Jon. – Não compreendem? Eles assassinaram meu *pai*. É a guerra, meu irmão Robb está lutando nas terras do rio...

– Nós sabemos – disse Pyp solenemente. – Sam nos contou tudo.

– Temos pena por seu pai – disse Grenn –, mas não importa. Depois de dizer as palavras, não pode partir, aconteça o que acontecer.

– *Tenho* de partir – disse Jon fervorosamente.

– Você disse as palavras – lembrou-lhe Pyp. – *Agora começa a minha vigia*, foi isso que disse. *Não terminará até a minha morte.*

– *Viverei e morrerei no meu posto* – acrescentou Grenn, concordando com a cabeça.

– Não é preciso me dizer as palavras, conheço-as tão bem quanto vocês – agora estava zangado. Por que não podiam deixá-lo ir em paz? Só tornavam as coisas mais difíceis.

– *Sou a espada na escuridão* – entoou Halder.

– *O vigilante nas muralhas* – piou Sapo.

Jon insultou-os a todos. Eles não lhe deram atenção. Pyp fez avançar o cavalo, recitando:

– *Sou o fogo que arde contra o frio, a luz que traz consigo a alvorada, a trombeta que acorda os que dormem, o escudo que defende os reinos dos homens.*

– Não se aproxime – preveniu-o Jon, brandindo a espada. – Falo sério, Pyp – eles nem sequer traziam armaduras, podia cortá-los aos pedacinhos se tivesse de ser.

Matthar cercara-o por trás. E juntou-se ao coro.

– *Dou a minha vida e a minha honra à Patrulha da Noite.*

Jon bateu com os calcanhares na égua, fazendo-a descrever um círculo. Os rapazes estavam agora em toda a sua volta, aproximando-se por todos os lados.

– *Por esta noite...* – Halder aproximou-se a trote, vindo da esquerda.

– *... e por todas as noites que estão por vir* – terminou Pyp. Estendeu a mão para as rédeas de Jon. – Portanto, sua escolha é esta. Ou me mata ou retorna comigo.

Jon ergueu a espada... e a abaixou, impotente.

– Maldito seja – disse. – Malditos sejam todos.

– Temos de atar suas mãos ou promete que voltará pacificamente? – perguntou Halder.

– Não fugirei, se é isso que quer saber – Fantasma saiu das árvores e Jon lançou-lhe um olhar zangado. – Pouca ajuda você me deu – disse. Os profundos olhos vermelhos olharam-no com inteligência.

– É melhor que nos apressemos – disse Pyp. – Se não estivermos de volta antes da primeira luz da aurora, o Velho Urso terá *todas* as nossas cabeças.

Da viagem de regresso Jon Snow pouco recordaria. Pareceu mais curta que a viagem para o sul, talvez por ter a cabeça em outro lugar. Pyp marcou o ritmo, galopando, ritmando o passo, trotando e depois rebentando de novo a galope. Vila Toupeira chegou e partiu, com a lanterna por cima do bordel havia muito apagada. Fizeram um bom tempo. A alvorada ainda estava a uma hora de distância quando Jon vislumbrou as torres de Castelo Negro à frente do grupo, escuras contra

1000 GEORGE R. R. MARTIN

a pálida imensidão da Muralha. Dessa vez não as sentia como uma casa.

Podiam levá-lo de volta, disse Jon a si mesmo, mas não podiam obrigá-lo a ficar. A guerra não terminaria de manhã, nem no dia seguinte, e os amigos não podiam vigiá-lo dia e noite. Esperaria a sua hora, faria com que pensassem que se sentia satisfeito por permanecer ali… e então, quando relaxassem, partiria de novo. Da próxima vez, evitaria a Estrada do Rei. Seguiria a Muralha para o leste, talvez até mesmo ao mar, uma trajetória mais longa, mas mais segura. Ou talvez até para o oeste, para as montanhas, e depois para o sul pelos passos de altitude. Era esse o caminho dos selvagens, duro e perigoso, mas pelo menos ninguém o seguiria. Não se aproximaria cem léguas de Winterfell ou da Estrada do Rei.

Samwell Tarly os esperava nos estábulos velhos, abandonado no chão e de encontro a um fardo de feno, ansioso demais para dormir. Ergueu-se e sacudiu-se.

– Eu… estou feliz por terem te encontrado, Jon.

– Mas eu não – disse Jon, desmontando.

Pyp saltou do cavalo e olhou para o céu que clareava, descontente.

– Ajude-nos a cuidar dos cavalos, Sam – disse o pequeno rapaz. – Temos um longo dia pela frente e nenhum descanso para enfrentá-lo, graças a Lorde Snow.

Quando o dia rompeu, Jon dirigiu-se às cozinhas como fazia todas as madrugadas. Hobb Três-Dedos não lhe disse nada quando lhe deu a refeição matinal do Velho Urso. Naquele dia eram três ovos vermelhos cozidos, com pão frito, uma fatia de presunto e uma tigela de ameixas secas. Jon levou a comida para a Torre do Rei. Foi encontrar Mormont no banco da janela, escrevendo. O corvo caminhava de um lado para o outro por cima de seus ombros, resmungando *"Grão, grão, grão"*. A ave soltou um guincho quando Jon entrou.

– Deixe a comida na mesa – disse o Velho Urso, olhando-o de relance. – Quero um pouco de cerveja.

Jon abriu uma janela que tinha os tapumes corridos, tirou o jarro de cerveja do parapeito exterior e encheu um corno. Hobb dera-lhe um limão, ainda frio da Muralha. Jon o esmagou no punho. O sumo escorreu-lhe por entre os dedos. Mormont bebia cerveja com limão todos os dias, e dizia que era por isso que ainda tinha os dentes.

– Sem dúvida que amava seu pai – disse Mormont quando Jon lhe trouxe o corno. – As coisas que amamos destroem-nos sempre, rapaz. Lembra-se de quando lhe disse isso?

– Lembro – disse Jon em tom carrancudo. Não queria falar da morte do pai, nem mesmo com Mormont.

– Nunca se esqueça. As verdades duras são aquelas que se deve guardar bem. Vá buscar meu prato. É outra vez presunto? Que seja. Está com um ar cansado. Seu passeio ao luar foi assim tão cansativo?

Jon sentiu a garganta seca.

– Você sabe?

"Saber", disse o corvo dos ombros de Mormont. "Saber."

O Velho Urso bufou.

– Julga que me escolheram para Senhor Comandante da Patrulha da Noite por ser estúpido como um toco, Snow? Aemon disse-me que partiria. Eu lhe disse que regressaria. Conheço os meus homens… e também os meus *rapazes*. A honra o levou à Estrada do Rei… e a honra o trouxe de volta.

– Foram os meus amigos que me trouxeram de volta – disse Jon.

– Acaso disse que tinha sido a *sua* honra? – Mormont inspecionou o prato.

– Mataram meu pai. Esperavam que eu não fizesse nada?

– Na verdade, esperávamos que fizesse exatamente o que

fez – Mormont experimentou uma ameixa e cuspiu o caroço. – Ordenei que fosse vigiado. Você foi visto saindo. Se seus irmãos não o tivessem ido buscar, teria sido apanhado no caminho, e não por amigos. A menos que tenha um cavalo com asas como um corvo. Tem?

– Não – Jon sentia-se um idiota.

– É pena, um cavalo assim nos seria útil.

Jon empertigou-se. Disse a si mesmo que morreria bem; isso, pelo menos, podia fazer.

– Conheço a pena por deserção, senhor. Não tenho medo de morrer.

"*Morra!*", gritou o corvo.

– Nem de viver, espero eu – disse Mormont, cortando o presunto com o punhal e dando um pedaço à ave. – Não desertou... ainda. Está aqui. Se decapitássemos todos os rapazes que vão a Vila Toupeira durante a noite, só fantasmas patrulhariam a Muralha. Mas talvez pretenda fugir de novo amanhã, ou daqui a uma quinzena. É isso? É essa a sua esperança, rapaz?

Jon manteve-se em silêncio.

– Era o que eu pensava – Mormont tirou a casca de um ovo cozido. – Seu pai está morto, rapaz. Acha que pode trazê-lo de volta?

– Não – respondeu, carrancudo.

– Ótimo – disse Mormont. – Vimos os mortos regressar, você e eu, e não é algo que eu queira ver de novo – comeu o ovo em duas dentadas e arrancou um pedaço de casca do meio dos dentes. – Seu irmão está em campo com todo o poder do Norte com ele. Qualquer um dos senhores seus vassalos comanda mais espadas do que poderá encontrar em toda a Patrulha da Noite. Por que imaginará você que precisam de sua ajuda? É um guerreiro assim tão poderoso, ou tem um gramequim no bolso para dar magia à sua espada?

Jon não tinha resposta para lhe dar. O corvo bicava um ovo, quebrando a casca. Enfiando o bico através do buraco, puxou pedaços de clara e de gema.

O Velho Urso suspirou.

– Não é o único atingido por essa guerra. Quer eu goste quer não, minha irmã marcha na tropa de seu irmão, ela e aquelas suas filhas, vestidas com cota de malha de homem. Maege é uma velha *snark* grisalha, teimosa, com gênio ruim e voluntariosa. A bem da verdade, quase não consigo ficar perto da maldita mulher, mas isso não quer dizer que meu amor por ela seja menor que o amor que sente por suas meias-irmãs – franzindo as sobrancelhas, Mormont pegou o último ovo e o esmagou no punho até que a casca estalou. – Ou talvez queira. Mas, seja como for, me desgostaria da mesma forma se ela fosse morta, e você não me vê fugir. Eu disse as palavras, tal como você. Meu lugar é aqui... Onde é o seu, rapaz?

Não tenho lugar nenhum, Jon quis dizer. *Sou um bastardo, não tenho direitos, nem nome, nem mãe, e agora nem sequer um pai.* Mas as palavras não vinham.

– Não sei.

– Eu sei – disse o Senhor Comandante Mormont. – Os ventos frios se levantam, Snow. Para lá da Muralha, as sombras alongam-se. Cotter Pyke escreve sobre vastas manadas de alces correndo ao sul e a leste na direção do mar, e também de mamutes. Diz que um de seus homens descobriu enormes pegadas deformadas a menos de três léguas de Atalaialeste. Patrulheiros da Torre Sombria encontraram aldeias inteiras abandonadas, e à noite Sor Denys diz que veem fogueiras nas montanhas, enormes clarões que ardem do pôr do sol até a alvorada. Qhorin Meia-Mão trouxe um cativo das profundezas da Garganta, e o homem jura que Mance Rayder está reunindo toda a sua gente num novo forte secreto que acreditam ter encontrado, para que fim só os deuses sabem. Acha que seu tio Benjen foi o único patrulheiro que perdemos neste último ano?

"*Ben Jen*", crocitou o corvo, inclinando a cabeça, com pedacinhos de ovo caindo do bico. "*Ben Jen. Ben Jen.*"

– Não – disse Jon. Tinha havido outros. Muitos.

– Julga que a guerra do seu irmão é mais importante que a nossa? – ladrou o velho.

Jon mordeu o lábio. O corvo bateu as asas em sua direção. "*Guerra, guerra, guerra, guerra*", cantou.

– Não é – disse-lhe Mormont. – Os deuses nos salvem, rapaz, você não é cego e não é estúpido. Quando os mortos andam à caça na noite, acha que importa quem se senta no Trono de Ferro?

– Não – Jon não pensara no assunto daquela maneira.

– O senhor seu pai o enviou até nós, Jon. O motivo, quem poderá dizê-lo?

"*Por quê? Por quê? Por quê?*", gritou o corvo.

– Tudo que sei é que o sangue dos Primeiros Homens corre nas veias dos Stark. Os Primeiros Homens construíram a Muralha, e diz-se que se lembram de coisas que os outros esqueceram. E aquele seu animal... foi ele que nos levou às criaturas, que o preveniu do morto nas escadas. Sor Jaremy sem dúvida chamaria isso de um acaso, mas ele está morto, e eu não – Lorde Mormont espetou a ponta do punhal num pedaço de presunto. – Acho que era o seu destino estar aqui, e quero você e seu lobo conosco quando avançarmos para lá da Muralha.

As palavras fizeram com que as costas de Jon se arrepiassem de excitação.

– Para lá da Muralha?

– Você ouviu o que eu disse. Pretendo encontrar Ben Stark, vivo ou morto – mastigou e engoliu. – Não vou ficar aqui docilmente sentado à espera das neves e dos ventos gelados. Temos de saber o que está acontecendo. Dessa vez, a Patrulha da Noite avançará em força, contra o Rei-para-lá-da-Muralha, os Outros, ou seja o que for que se encontre por lá. Pretendo ser eu mesmo a comandá-los – apontou o punhal para o peito de Jon. – Segundo o costume, o intendente do Senhor Comandante é também o seu escudeiro... mas não pretendo acordar todas as manhãs perguntando a mim mesmo se terá fugido de novo. Por isso quero uma resposta de você, Lorde Snow, e quero-a já. É um irmão da Patrulha da Noite... ou só um rapazinho bastardo que deseja brincar de guerra?

Jon Snow endireitou-se e inspirou profunda e longamente. *Perdoem-me, pai, Robb, Arya, Bran... perdoem-me, não posso ajudá-los. Ele tem razão. Este é o meu lugar.*

– Eu sou... seu, senhor. Seu homem. Juro. Não voltarei a fugir.

O Velho Urso resfolegou.

– Ótimo. Agora vá buscar sua espada.

Catelyn

Parecia terem se passado mil anos desde que Catelyn Stark levara o filho bebê de Correrio, atravessando o Pedregoso num pequeno barco para dar início à viagem para o norte até Winterfell. E era pelo Pedregoso que regressavam agora para casa, embora o rapaz vestisse armadura e cota de malha em vez de cueiros.

Robb estava sentado à proa com Vento Cinzento, descansando a mão na cabeça do lobo gigante enquanto os remadores puxavam os remos. Theon Greyjoy encontrava-se com ele. O tio Brynden vinha depois, no segundo barco, com Grande-Jon e Lorde Karstark.

Catelyn ocupou um lugar perto da popa. Correram pelo Pedregoso, deixando a forte corrente empurrá-los para lá da Torre da Roda. O trovejar da grande roda de água que havia lá dentro era um som de infância que trouxe um sorriso triste ao rosto de Catelyn. Das muralhas de arenito do castelo, soldados e criados gritavam o nome dela, e o de Robb, e "Winterfell!". Em todos os baluartes esvoaçava o estandarte da Casa Tully: uma truta saltante, de prata, em fundo ondulado de azul e vermelho. Era uma visão estimulante; no entanto, não lhe alegrava o coração. Gostaria de saber se o coração voltaria a alegrar-se algum dia. *Ah, Ned...*

Abaixo da Torre da Roda descreveram uma curva larga e cortaram as águas agitadas. Os homens puseram os ombros no esforço. O largo arco do Portão da Água surgiu à vista, e Catelyn ouviu o tinir de pesadas correntes quando a grande porta levadiça de ferro foi içada. Ergueu-se lentamente enquanto se aproximavam, e Catelyn viu que a parte de baixo estava vermelha de ferrugem. Os trinta centímetros inferiores pingaram lama sobre eles quando passaram por baixo, com as pontas farpadas a meros centímetros de suas cabeças. Catelyn ergueu o olhar para as barras e se perguntou até que profundidade iria a ferrugem, como aguentaria a porta levadiça um aríete e se deveria ser substituída. Nos dias que corriam, era raro que pensamentos como aquele andassem longe de sua mente.

Passaram sob o arco e as muralhas, saindo do sol para a sombra e de novo para o sol. Havia barcos, grandes e pequenos, amarrados em toda a volta, presos a anéis de ferro incrustados na pedra. Os guardas do pai esperavam com o irmão na escada da água. Sor Edmure Tully era um jovem troncudo, de cabelos ruivos desgrenhados e barba cor de fogo. Sua placa de peito tinha arranhões e amassados de batalha, e o manto azul e vermelho estava manchado de sangue e de cinzas. Tinha ao lado Lorde Tytos Blackwood, um homem duro e espigado, de suíças cinzentas cortadas rente e nariz adunco. Sua armadura, de um amarelo vivo, era incrustada de azeviche em elaborados padrões que lembravam trepadeiras e folhas, e um manto feito de penas de corvo envolvia os ombros magros. Fora Lorde Tytos quem liderara a investida que arrancara o irmão de Catelyn do acampamento Lannister.

– Traga-os – ordenou Sor Edmure. Três homens precipitaram-se pelas escadas, entraram na água até os joelhos e puxaram o barco para perto com longos ganchos. Quando Vento Cinzento saltou para a terra, um deles deixou cair o cabo e cambaleou para trás, tropeçando e sentando-se abruptamente no rio. Os outros riram, e o homem ficou com expressão envergonhada. Theon Greyjoy saltou por cima da borda do barco e ergueu Catelyn pela cintura, pousando-a num degrau seco acima dele enquanto a água lhe batia nas botas.

Edmure desceu os degraus para abraçá-la.

– Querida irmã – murmurou com voz rouca. Possuía profundos olhos azuis e uma boca feita para sorrisos, mas agora não sorria. Parecia desgastado e cansado, consumido pela batalha e macilento de tensão. Tinha um curativo no pescoço, no local onde fora ferido. Catelyn o abraçou com toda a força.

– Sua dor é minha, Cat – disse quando se separaram. – Quando soubemos o que aconteceu a Lorde Eddard… os Lannister pagarão, juro, terá a sua vingança.

– Isso me trará Ned de volta? – ela disse em tom cortante. A ferida ainda era recente demais para palavras mais suaves. Agora não conseguia pensar em Ned. Não queria. Não seria bom. Tinha de ser forte. – Tudo isso pode esperar. Tenho de ver meu pai.

– Ele a espera em seu aposento privado – disse Edmure.

– Lorde Hoster está acamado, senhora – explicou o intendente do pai. Quando ficara aquele bom homem tão grisalho? – Deu-me instruções para levá-la até ele imediatamente.

– Eu a levo – Edmure a acompanhou pela escada da água e pela muralha inferior, onde Petyr Baelish e Brandon Stark tinham no passado cruzado espadas por sua estima. As maciças muralhas de arenito da fortaleza erguiam-se ao redor. Ao atravessarem uma porta, entre dois guardas com elmos encimados por peixes, ela perguntou:

– Como está ele? – já temendo a resposta enquanto pronunciava as palavras.

O olhar de Edmure era melancólico.

– Os meistres dizem que não ficará conosco muito tempo. A dor é… constante, e atroz.

Uma raiva cega a devastou, uma raiva contra o mundo inteiro, contra o irmão Edmure e a irmã Lysa, contra os Lannister, contra os meistres, contra Ned e contra o pai e contra os deuses monstruosos que queriam lhe roubar os dois.

– Devia ter me contado – disse. – Devia ter enviado uma mensagem assim que soube.

– Ele nos proibiu. Não queria que os inimigos soubessem que estava morrendo. Com o reino tão perturbado, temeu que, se os Lannister soubessem como estava frágil...

– ... pudessem atacar? – terminou Catelyn, dura. *Foi obra sua, sua*, sussurrou uma voz dentro dela. *Se não tivesse decidido capturar o anão...*

Subiram em silêncio a escada em espiral.

A fortaleza tinha três lados, como o próprio Correrrio, e o aposento privado de Lorde Hoster era também triangular, com uma varanda de pedra que se projetava ao leste como se fosse a proa de um grande navio de arenito. Dali, o senhor do castelo podia olhar de cima para as suas muralhas e ameias, e para lá delas, onde as águas se encontravam. Tinham posto a cama do pai na varanda.

– Ele gosta de ficar ao sol, observando os rios – explicou Edmure. – Pai, olhe quem eu trouxe. Cat veio vê-lo...

Hoster Tully sempre fora um homem grande, alto e largo na juventude, corpulento quando envelheceu. Agora parecia encolhido, com músculos e carne arrancados dos ossos. Até o rosto cedera. Da última vez que Catelyn o vira, os cabelos e a barba eram castanhos, profusamente grisalhos. Agora tinham se tornado brancos como a neve.

Os olhos dele se abriram ao som da voz de Edmure.

– Gatinha – murmurou numa voz fraca e fina, arruinada pela dor. – Minha gatinha – um sorriso trêmulo tocou-lhe o rosto enquanto a mão procurava a dela às apalpadelas. – Fiquei à sua espera...

– Vou deixá-los conversar – disse o irmão, beijando suavemente o senhor seu pai na testa antes de se retirar.

Catelyn ajoelhou e tomou a mão do pai nas suas. Era uma

mão grande, mas estava agora sem carne, com os ossos movendo-se soltos sob a pele, desaparecida toda a sua força.

– Devia ter me contado – disse ela. – Um mensageiro, um corvo...

– Os mensageiros são capturados e interrogados – ele respondeu. – Os corvos são abatidos... – foi tomado por um espasmo de dor, e os dedos apertaram os dela com força. – Tenho caranguejos na barriga... mordendo, sempre mordendo. Dia e noite. Têm garras duras, os caranguejos. Meistre Vyman faz-me vinho de sonhos, leite de papoula... durmo muito... Mas quis estar acordado para vê-la, quando chegasse. Tive medo... Quando os Lannister capturaram seu irmão, com os acampamentos a toda a volta... tive medo de partir antes de poder voltar a vê-la... tive medo...

– Estou aqui, pai – ela disse. – Com Robb, o meu filho. Ele também virá vê-lo.

– O seu rapaz – ele sussurrou. – Se bem me lembro, ele tinha os meus olhos...

– Tinha e ainda tem. E trouxemos Jaime Lannister acorrentado. Correrrio está de novo livre, pai.

Lorde Holster sorriu.

– Eu vi. Ontem à noite, quando começou, eu lhes disse... tinha de ver. Levaram-me para a guarita... Observei das ameias. Ah, foi uma beleza... os archotes chegaram numa onda, conseguia ouvir os gritos que pairavam sobre o rio... doces gritos... Quando aquela torre de cerco pegou fogo, deuses... teria morrido então, e contente, se pudesse tê-la visto primeiro, criança. Foi o seu rapaz que fez tudo aquilo? Foi o seu Robb?

– Sim – disse Catelyn, imensamente orgulhosa. – Foi Robb... e Brynden. Seu irmão também está aqui, senhor.

– Ele – a voz do pai era um tênue sussurro. – O Peixe Negro... regressou? Do Vale?

– Sim.

– E Lysa? – um vento frio moveu-se através de seus finos cabelos brancos. – Que os deuses sejam bondosos, a sua irmã... ela também veio?

A voz dele estava tão cheia de esperança e desejo que foi duro dizer-lhe a verdade.

– Não. Lamento...

– Ah – o rosto descaiu, e alguma luz desapareceu dos olhos. – Tive esperança... teria gostado de vê-la, antes de...

– Ela está com o filho, no Ninho da Águia.

Lorde Hoster fez um aceno cansado.

– Agora Lorde Robert, com o pobre Arryn falecido... eu me lembro... Por que é que ela não veio com você?

– Está assustada, senhor. No Ninho da Águia sente-se segura – beijou a testa enrugada do pai. – Robb deve estar à espera. Quer vê-lo? E Brynden?

– O seu filho – segredou ele. – Sim. O filho de Cat. Lembro-me que ele tinha os meus olhos. Quando nasceu. Traga-o... sim.

– E seu irmão?

O pai olhou de relance para os rios.

– Peixe Negro – disse. – Já se casou? Tomou alguma... mulher como esposa?

Até no leito de morte, pensou Catelyn com tristeza.

– Ele não se casou. Sabe disso, pai. Nem nunca casará.

– Eu lhe disse... *ordenei*. Case! Era o seu senhor. Ele sabe. Era meu direito, arranjar-lhe um partido. Um bom partido. Uma Redwyne. Casa antiga. Uma doce jovem, bonita... sardas... Bethany, sim. Pobre criança. Ainda espera. Sim. Ainda...

– Bethany Redwyne casou há anos com Lorde Rowan – lembrou-lhe Catelyn. – Tem três filhos dele.

– Mesmo assim – resmungou Lorde Hoster. – Mesmo assim. Cuspiu na moça. Nos Redwyne. Cuspiu em *mim*. O seu senhor, seu irmão... esse Peixe Negro. Tinha outras ofertas. A filha de Lorde Bracken. Walder Frey... qualquer uma das três, disse ele... Casou? Com alguém? Alguém?

– Ninguém – disse Catelyn. – Mas percorreu muitas léguas para vê-lo, abrindo caminho, lutando até Correrrio. Eu não estaria aqui agora se Sor Brynden não nos tivesse ajudado.

– Ele sempre foi um guerreiro – sussurrou o pai. – Isso podia fazer. Cavaleiro do Portão, sim – reclinou-se e fechou os olhos, extremamente fatigado. – Mande-o vir. Mais tarde. Agora quero dormir. Estou muito doente para discutir. Mande-o vir aqui mais tarde, o Peixe Negro...

Catelyn deu-lhe um beijo suave, alisou-lhe os cabelos e deixou-o ali, à sombra de sua fortaleza, com os seus rios a correr embaixo. Adormecera antes ainda de ela sair do aposento.

Quando voltou à muralha inferior, Sor Brynden Tully encontrava-se na escada da água com as botas molhadas, conversando com o capitão dos guardas de Correrrio. Foi imediatamente ao seu encontro.

– Ele está...?

– Morrendo – disse ela. – Como temíamos.

O rosto escarpado do tio mostrou claramente a dor que sentia. Fez correr os dedos pelos espessos cabelos grisalhos.

– Vai me receber?

Ela confirmou com a cabeça.

– Diz que está muito doente para discutir.

Brynden Peixe Negro soltou um risinho.

– Sou um soldado velho demais para acreditar nisso. Hoster há de ralhar comigo a respeito da jovem Redwyne até quando acendermos a sua pira funerária, malditos sejam os seus ossos.

Catelyn sorriu, sabendo que aquilo era verdade.

– Não vejo Robb.

– Acho que foi com Greyjoy até o salão.

Theon Greyjoy estava sentado num banco no Grande Salão de Correrrio, saboreando um corno de cerveja e oferecendo à guarnição do pai de Catelyn um relato do massacre no Bosque dos Murmúrios.

– Alguns tentaram fugir, mas nós tínhamos fechado o vale pelos dois lados, e saltamos da escuridão com espadas e lanças. Os Lannister deviam ter pensado que eram os Outros quem os atacava quando aquele lobo do Robb surgiu entre eles. Vi-o arrancar o braço de um homem, e os cavalos deles enlouqueceram com o seu cheiro. Não sei dizer quantos homens foram atirados...

– Theon – interrompeu Catelyn –, onde posso encontrar meu filho?

– Lorde Robb foi visitar o bosque sagrado, senhora.

Era o que Ned teria feito. *Tenho de me lembrar de que ele é tanto filho de seu pai como meu. Ah, deuses, Ned...*

Encontrou Robb sob a verde abóbada de folhas, rodeado de altas sequoias e grandes e velhos olmos, ajoelhado perante a árvore-coração, um esguio represeiro com um rosto que era mais triste que feroz. Tinha a espada à sua frente, com a ponta espetada na terra, e as mãos enluvadas a agarravam pelo punho. Ao seu redor, ajoelhavam-se também: Grande-Jon Umber, Rickard Karstark, Maege Mormont, Galbart Glover e outros. Até Tytos Blackwood se encontrava entre eles, com o grande manto de corvo aberto atrás de si. Estes são os que fazem culto aos velhos deuses, percebeu Catelyn. Perguntou-se que deuses ela cultuava nos dias que corriam, e não encontrou resposta.

Não podia perturbá-los em suas preces. Os deuses têm de receber o que lhes é devido... mesmo deuses cruéis que quiseram lhe roubar Ned e também o senhor seu pai. Por isso, Catelyn esperou. O vento do rio soprava através dos galhos mais altos, e olhou para a Torre da Roda, à sua direita, com hera subindo pela parede. Enquanto esperava, foi inundada por todas as lembranças. O pai lhe ensinara a montar entre aquelas árvores, e aquele era o olmo de onde Edmure caíra quando quebrara o braço, e mais adiante, sob aquele caramanchão, Lysa e ela tinham brincado aos beijos com Petyr.

Havia anos que não pensava naquilo. Como eram todos novos então... ela não seria mais velha que Sansa, Lysa, mais nova que Arya, e Petyr, ainda mais novo, mas ávido. As meninas tinham-no trocado entre elas, por vezes sérias, por vezes aos risinhos. A recordação era tão viva que quase conseguia sentir os dedos suados dele em seus ombros e saborear a menta de seu hálito. Havia sempre menta crescendo no bosque sagrado, e Petyr gostava de mascá-la. Fora um garoto tão ousado, sempre metido em confusões. "Ele tentou enfiar a língua na minha boca", confessara Catelyn à irmã mais tarde, quando ficaram a sós. "Fez o mesmo comigo", segredara Lysa, tímida e sem fôlego. "Eu gostei."

Robb pôs-se lentamente em pé e embainhou a espada, e Catelyn perguntou-se se o filho teria alguma vez beijado uma moça no bosque sagrado. Com certeza. Vira Jeyne Poole lançar-lhe olhares úmidos, e algumas das criadas, mesmo as que já tinham feito dezoito anos... Ele participara de batalhas e matara homens com uma espada, com certeza já fora beijado. Havia lágrimas nos olhos dela. Limpou-as, zangada.

— Mãe — chamou Robb quando a viu ali em pé. — Temos de convocar um conselho. Há coisas para decidir.

— Seu avô gostaria de vê-lo — ela disse. — Robb, ele está muito doente.

— Sor Edmure me disse. Lamento, mãe... por Lorde Hoster e pela senhora. Mas primeiro temos de nos reunir. Recebemos notícias do sul. Renly Baratheon reivindicou o trono do irmão.

— Renly? — ela disse, chocada. — Pensei que seria certamente Lorde Stannis...

– Todos nós pensávamos o mesmo, senhora – disse Galbart Glover.

O conselho de guerra reuniu-se no Grande Salão, em quatro longas mesas de montar dispostas num quadrado quebrado. Lorde Hoster estava muito fraco para participar e dormia em sua varanda, sonhando com o sol nos rios de sua juventude. Edmure ocupava o cadeirão dos Tully, com Brynden Peixe Negro a seu lado e os vassalos do pai dispostos à esquerda e à direita e ao longo das mesas laterais. A notícia da vitória em Correrrio chegara aos senhores fugitivos do Tridente, atraindo-os de volta. Karyl Vance entrou, agora um lorde, com o pai morto sob o Dente Dourado. Sor Marq Piper estava com ele, e trouxeram um Darry, filho de Sor Raymun, um garoto que não era mais velho que Bran. Lorde Jonos Bracken chegou das ruínas da Barreira de Pedra, carrancudo e fanfarrão, e ocupou um lugar tão afastado de Tytos Blackwood quanto as mesas permitiam.

Os senhores do Norte sentaram-se do lado oposto, com Catelyn e Robb em frente ao irmão dela. Eram menos numerosos. Grande-Jon sentou-se à esquerda de Robb, e em seguida Theon Greyjoy; Galbart Glover e a Senhora Mormont estavam à direita de Catelyn. Lorde Rickard Karstark, desolado e de olhos vazios em sua dor, ocupou seu lugar como um homem perdido num pesadelo, com a longa barba por lavar e pentear. Deixara dois filhos mortos no Bosque dos Murmúrios e não havia notícias do terceiro, o mais velho, que liderara os lanceiros Karstark contra Tywin Lannister no Ramo Verde.

A discussão prolongou-se noite dentro. Cada senhor tinha direito a falar, e foi o que fizeram... e também gritaram, e praguejaram, e argumentaram, e lisonjearam, e brincaram, e regatearam, e bateram na mesa com canecas de cerveja, e ameaçaram, e saíram, e regressaram, mal-humorados ou sorrindo. Catelyn permaneceu sentada ouvindo tudo.

Roose Bolton tinha reunido os restos de sua maltratada tropa no início do talude. Sor Helman Tallhart e Walder Frey ainda mantinham as Gêmeas, o exército de Lorde Tywin atravessara o Tridente e dirigia-se para Harrenhal. E havia dois reis no reino. Dois reis e nenhum acordo.

Muitos dos senhores vassalos queriam marchar sobre Harrenhal de imediato, a fim de defrontar Lorde Tywin e terminar com o poderio dos Lannister de uma vez por todas. O jovem e temperamental Marq Piper sugeria, em vez disso, um ataque a oeste contra Rochedo Casterly. Outros ainda aconselhavam paciência. Correrrio estava atravessado nas linhas de abastecimento dos Lannister, lembrou Jason Mallister; que aguardassem o tempo certo, negando a Lorde Tywin provisões e soldados frescos, enquanto iam fortalecendo as defesas e descansando as tropas fatigadas. Lorde Blackwood não queria ouvir falar daquilo. Deveriam terminar o trabalho que tinham começado no Bosque dos Murmúrios. Marchar contra Harrenhal e trazer também para baixo o exército de Roose Bolton. Àquilo que Blackwood sugeria, Bracken opunha-se, como sempre; Lorde Jonos Bracken pôs-se em pé a fim de insistir que deviam declarar lealdade ao Rei Renly e ir para o sul juntar as suas forças às dele.

– Renly não é o rei – disse Robb. Era a primeira vez que o filho de Catelyn falava. Tal como o pai, sabia ouvir.

– Não pode pretender aderir a Joffrey, senhor – disse Galbart Glover. – Ele ordenou a morte de seu pai.

– Isso faz dele um mal – respondeu Robb. – Não sei se faz de Renly rei. Joffrey ainda é o filho legítimo mais velho de Robert, por isso o trono é dele segundo todas as leis do reino. Se ele morresse, e pretendo fazer com que morra, tem um irmão mais novo. Tommen segue na linha de sucessão a Joffrey.

– Tommen não é menos Lannister que o irmão – exclamou Sor Marq Piper.

– É como diz – disse Robb, perturbado. – Mas, mesmo assim, se nenhum deles for rei, como pode Lorde Renly sê-lo? Ele é o irmão *mais novo* de Robert. Bran não pode ser Senhor de Winterfell antes de mim, e Renly não pode ser rei antes de Lorde Stannis.

A Senhora Mormont concordou.

– Lorde Stannis tem a melhor pretensão.

– Renly foi *coroado* – disse Marq Piper. – Jardim de Cima e Ponta Tempestade apoiam sua pretensão, e os de Dorne não ficarão atrás. Se Winterfell e Correrrio acrescentarem suas forças às dele, teremos cinco das sete grandes casas atrás dele. *Seis*, se os Arryn se moverem! Seis contra o Rochedo! Senhores, dentro de um ano teremos todas as suas cabeças em lanças, a rainha e o rei rapaz, Lorde Tywin, o Duende, o Regicida, Sor Kevan, *todos*! Será isso que ganharemos se nos juntarmos ao Rei Renly. Que tem Lorde Stannis contra isso para que ponhamos tudo de lado?

– O direito – disse teimosamente Robb. Catelyn achou que o filho soara estranhamente como o pai.

– Pretende então nos declarar a favor de Stannis? – perguntou Edmure.

– Não sei – disse Robb. – Rezei para saber o que fazer, mas os deuses não responderam. Os Lannister mataram meu pai por traição, e sabemos que isso foi uma mentira, mas se Joffrey for o rei de direito e lutarmos contra ele, nós *seremos* traidores.

– O senhor meu pai aconselharia cautela – disse o idoso Sor Stevron, com o sorriso de fuinha de um Frey. – Esperem, deixem que esses dois reis joguem o seu jogo de tronos. Quando terminarem de lutar, poderemos dobrar os joelhos ao vencedor, ou poderemos nos opor a ele, conforme seja a nossa escolha. Com Renly armando-se, é provável que Lorde Tywin acolha bem uma trégua… e a devolução em bom estado de seu filho. Nobres senhores, permitam-me que vá conferenciar com ele em Harrenhal e nos arranje bons termos e resgates…

Um rugido de afronta afogou a sua voz.

– *Covarde!* – trovejou Grande-Jon.

– Suplicar por uma trégua só fará com que pareçamos fracos – declarou a Senhora Mormont.

– Que se danem os resgates, *não devemos* abdicar do Regicida – gritou Rickard Karstark.

– Por que não fazer a paz? – perguntou Catelyn.

Os senhores olharam-na, mas foram os olhos de Robb que sentiu, os dele, e apenas os dele.

– Senhora, eles assassinaram o senhor meu pai, seu marido – disse ele em tom sombrio. Desembainhou a espada e pousou-a na mesa à sua frente, fazendo cintilar o aço brilhante contra a madeira rústica. – Esta é a única paz que eu tenho a dar aos Lannister.

Grande-Jon berrou a sua concordância, e outros homens acrescentaram suas vozes, gritando, desembainhando espadas e batendo na mesa com os punhos. Catelyn esperou até que se calassem.

– Senhores – disse ela então –, Lorde Eddard era seu suserano, mas eu partilhei sua cama e dei à luz os seus filhos. Julgam que o amo menos que os senhores? – sua voz quase se quebrou, mas Catelyn inspirou longamente e se acalmou. – Robb, se esta espada pudesse trazê-lo de volta, eu nunca deixaria que a embainhasse até que Ned estivesse de novo ao meu lado… Mas ele partiu, e uma centena de Bosques dos Murmúrios não mudarão isso. Ned partiu, tal como Daryn Hornwood, tal como os valentes filhos de Lorde Karstark, tal como muitos outros bons homens, e nenhum deles regressará para nós. Precisaremos ainda de mais mortes?

– É uma mulher, senhora – estrondeou Grande-Jon com sua voz grave. – As mulheres não compreendem essas coisas.

– É o sexo gentil – disse Lorde Karstark, com rugas de dor frescas no rosto. – Um homem tem necessidade de vingança.

– Dê-me Cersei Lannister, Lorde Karstark, e verá quão *gentil* uma mulher pode ser – respondeu Catelyn. – Eu talvez não compreenda as táticas e a estratégia… mas compreendo a futilidade. Partimos para a guerra quando os exércitos Lannister assolavam as terras do rio, e Ned era um prisioneiro, falsamente acusado de traição. Lutamos para nos defender e para conquistar a liberdade do meu senhor. Pois bem, uma parte está feita, e a outra, para sempre além do nosso alcance. Farei luto por Ned até o fim dos meus dias, mas tenho de pensar nos vivos. Quero as minhas filhas de volta, e a rainha ainda as tem. Se tiver de trocar os nossos quatro Lannister pelas duas Stark deles, chamarei isso de uma pechincha e darei graças aos deuses. Quero-o a salvo, Robb, governando em Winterfell do assento de seu pai. Quero que desfrute sua vida, que beije uma moça, case com uma mulher e gere um filho. Quero pôr fim a isto. Quero ir para casa, senhores, e chorar pelo meu marido.

O salão ficou muito silencioso quando Catelyn parou de falar.

– Paz – disse o tio Brynden. – A paz é doce, minha senhora… mas em que termos? De nada serve forjar um arado a partir de uma espada se for necessário forjar de novo a espada no dia seguinte.

– Para que morreram Torrhen e o meu Eddard, se tiver de regressar a Karhold sem nada a não ser os seus ossos? – perguntou Rickard Karstark.

– Sim – disse Lorde Bracken. – Gregor Clegane arrasou meus campos, massacrou meu povo e transformou Barreira de Pedra em uma ruína fumegante. Deverei agora dobrar o joelho àqueles que lhe deram as ordens? Para que lutamos, se deixarmos tudo como era antes?

Lorde Blackwood concordou, para surpresa e desânimo de Catelyn.

– E se fizéssemos a paz com o Rei Joffrey, não seríamos então traidores para o Rei Renly? E se o veado vencer o leão, em que situação ficaremos?

– Seja o que for que decidirem, nunca chamarei um Lannister de rei – declarou Marq Piper.

– Nem eu! – gritou o pequeno Derry. – Nunca o farei!

De novo começaram os gritos. Catelyn sentou-se, desesperada. Estivera tão perto, pensou. Tinham quase escutado, quase... mas o momento passara. Não haveria paz, não haveria possibilidade de cicatrizar, não haveria segurança. Olhou para o filho, observou-o enquanto escutava o debate dos senhores, de sobrancelha franzida, perturbado, mas casado com a sua guerra. Tinha prometido desposar uma filha de Walder Frey, mas agora Catelyn via claramente a sua esposa: a espada que pousara na mesa.

Catelyn estava pensando nas filhas, perguntando-se se alguma vez voltaria a vê-las, quando Grande-Jon se pôs em pé de um salto.

– SENHORES! – gritou, fazendo a voz reverberar nas traves. – Eis o que eu digo a esses dois reis! – cuspiu. – Renly Baratheon não é nada para mim, e Stannis também não. Por que haveriam de governar a mim e aos meus de uma cadeira florida qualquer em Jardim de Cima ou Dorne? Que sabem eles da Muralha ou da Mata de Lobos, ou das sepulturas dos Primeiros Homens? Até os seus *deuses* estão errados. Que os Outros levem também os Lannister, já tive deles mais do que a minha conta – esticou a mão atrás do ombro e puxou a sua imensa e longa espada de duas mãos. – Por que não havemos de nos governar de novo a nós mesmos? Foi com os dragões que casamos, e os dragões estão todos mortos! – apontou com a lâmina para Robb. – Está *ali* o único rei perante o qual pretendo vergar o *meu* joelho, senhores – trovejou. – O Rei do Norte!

Ajoelhou-se, e depositou a espada aos pés do filho de Catelyn.

– Aceitarei a paz nesses termos – disse Lorde Karstark. – Podem ficar com o seu castelo vermelho e com a sua cadeira de ferro também – tirou a espada da bainha. – O Rei do Norte! – disse, ajoelhando-se ao lado de Grande-Jon.

Maege Mormont pôs-se em pé.

– O Rei do Inverno! – declarou, e pousou sua maça de espigões ao lado das espadas. E os senhores do rio também estavam se erguendo, Blackwood, Bracken e Mallister, casas que nunca tinham sido governadas por Winterfell, mas Catelyn viu-os erguer-se e puxar as lâminas, dobrando os joelhos e gritando as velhas palavras que não eram ouvidas no reino havia mais de trezentos anos, desde que Aegon, o Dragão, chegara para fazer dos Sete Reinos um só... mas agora eram ouvidas de novo, ressoando no madeirame do salão de seu pai:

– O Rei do Norte!

– O Rei do Norte!

– *O REI DO NORTE!*

Daenerys

A terra era vermelha, morta e ressequida, e era difícil encontrar boa madeira. Os forrageiros regressaram com algodoeiros nodosos, arbustos roxos, feixes de grama seca. Abateram as duas árvores menos retorcidas, desbastaram os galhos, arrancaram a casca e dividiram-nas, dispondo as toras em quadrado. Encheram o centro com palha, arbustos, aparas de casca de árvore e fardos de mato seco. Rakharo escolheu um garanhão da pequena manada que lhes restava; não era tão nobre como o vermelho de Khal Drogo, mas poucos cavalos o eram. No centro do quadrado, Aggo deu-lhe uma maçã mirrada e o abateu num instante com um golpe de machado dado entre os olhos.

Atada de pés e mãos, Mirri Maz Duur observava da poeira com inquietação em seus olhos negros.

– Não basta matar um cavalo – disse a Dany. – Em si mesmo, o sangue não é nada. Não sabe as palavras para fazer um feitiço, nem tem a sabedoria para encontrá-las. Julga que a magia de sangue é um jogo de crianças? Chamam-me *maegi* como se fosse uma praga, mas tudo que isso significa é *sábio*. É uma criança, com a ignorância de uma criança. Seja o que for que pretenda fazer, não dará resultado. Solte-me destes nós, e eu a ajudarei.

– Estou farta dos zurros da *maegi* – disse Dany a Jhogo. Ele brindou-a com o chicote, e depois daquilo a esposa de deus manteve-se em silêncio.

Por cima da carcaça do cavalo, construíram uma plataforma de toras decepadas; troncos de árvores menores e braços das maiores, e os mais grossos e retos galhos que conseguiram encontrar. Dispuseram a madeira de leste para oeste, do nascente ao poente. Sobre a plataforma, empilharam os tesouros de Khal Drogo: sua grande tenda, os coletes pintados, as selas e arreios, o chicote que o pai lhe dera quando se fizera um homem, o *arakh* que usara para matar Khal Ogo e o filho, um grande arco de osso de dragão. Aggo queria juntar também as armas que os companheiros de sangue de Drogo tinham dado a Dany como presente de noivado, mas ela o proibiu.

– Essas são minhas – disse-lhe –, e quero ficar com elas – outra camada de arbustos foi depositada em volta dos tesouros do *khal*, e feixes de mato seco foram espalhados sobre eles.

Sor Jorah Mormont puxou-a de lado quando o sol se aproximava do zênite.

– Princesa... – começou.

– Por que me chama assim? – desafiou Dany. – Meu irmão Viserys era seu rei, não é verdade?

– Era, senhora.

– Viserys está morto. Eu sou sua herdeira, o último sangue da Casa Targaryen. O que quer que fosse dele é agora meu.

– Minha... rainha – disse Sor Jorah, caindo sobre um joelho. – Minha espada, que era dele, é sua, Daenerys. E o meu coração também, que nunca pertenceu a seu irmão. Sou apenas um cavaleiro, e nada tenho a oferecer-lhe exceto o exílio, mas escute-me, suplico-lhe. Esqueça Khal Drogo. Não estará só. Prometo-lhe que nenhum homem a levará para Vaes Dothrak a menos que deseje ir. Não tem de se juntar às *dosh khaleen*. Venha para o leste comigo. Yi Ti, Qarth, o Mar de Jade, Asshai da Sombra. Veremos todas as maravilhas que ainda há para ver, e beberemos os vinhos que os deuses achem por bem nos oferecer. Por favor, *khaleesi*. Sei o que pretende fazer. Não o faça. *Não o faça.*

– Tenho de fazê-lo – disse-lhe Dany. Tocou-lhe o rosto, com carinho, com tristeza. – O senhor não compreende.

– Compreendo que o amava – disse Sor Jorah com uma voz carregada de desespero. – Há tempos amei a senhora minha esposa, mas não morri com ela. É a minha rainha, minha espada é sua, mas não me peça que me afaste enquanto sobe para a pira de Drogo. Não a verei arder.

– É isso que teme? – Dany deu-lhe um leve beijo na testa larga. – Não sou assim tão infantil, querido sor.

– Não planeja morrer com ele? Jura, minha rainha?

– Juro – disse ela no Idioma Comum dos Sete Reinos que por direito eram seus.

O terceiro nível da plataforma foi tecido com galhos que não eram mais grossos que um dedo, e coberto com folhas e raminhos secos. Dispuseram-nos de norte a sul, do gelo ao fogo, e em cima colocaram uma grande pilha de macias almofadas e sedas de dormir. O sol começava a baixar em direção a oeste quando terminaram. Dany chamou os dothrakis. Restavam menos de uma centena. Com quantos começara Aegon?, perguntou ela a si mesma. Não importava.

– Serão o meu *khalasar* – disse-lhes. – Vejo os rostos de escravos. Liberto-os. Tirem as coleiras. Partam se quiserem, ninguém lhes fará mal. Se ficarem, serão como irmãos e irmãs, maridos e esposas – os olhos negros observavam, cautelosos, sem expressão. – Vejo crianças, mulheres, os rostos enrugados dos idosos. Ontem era uma criança. Hoje sou uma mulher. Amanhã serei velha. A cada um de vocês digo: deem-me suas mãos e seus corações, e haverá sempre lugar para todos – virou-se para os três jovens guerreiros do seu *khas*. – Jhogo, a você ofereço o chicote de cabo de prata que foi meu presente de noivado, nomeio-o *ko* e peço que jure que viverá e morrerá como sangue do meu sangue, cavalgando ao meu lado para me manter a salvo do mal.

Jhogo aceitou o chicote de suas mãos, mas o rosto mostrava confusão.

– *Khaleesi* – disse hesitantemente –, isso não se faz. Seria uma vergonha ser companheiro de sangue de uma mulher.

– Aggo – chamou Dany, sem prestar atenção às palavras de Jhogo. *Se olhar para trás, estou perdida.* – A você ofereço o arco de osso de dragão que foi meu presente de noivado – tinha dupla curvatura, era de um negro brilhante e requintado, mais alto que ela. – Nomeio-o *ko*, e peço que jure que viverá e morrerá como sangue do meu sangue, cavalgando ao meu lado para me manter a salvo do mal.

Aggo aceitou o arco com os olhos baixos.

– Não posso dizer essas palavras. Só um homem pode liderar um *khalasar* ou nomear um *ko*.

– Rakharo – disse Dany, virando as costas à recusa –, você ficará com o grande *arakh* que foi meu presente de noivado, com ouro incrustado no cabo e na lâmina. E também o nomeio *ko*, e peço que jure que viverá e morrerá como sangue do meu sangue, cavalgando ao meu lado para me manter a salvo do mal.

– É *khaleesi* – disse Rakharo, recebendo o *arakh*. – Cavalgarei ao seu lado até Vaes Dothrak sob a Mãe das Montanhas, e a manterei a salvo do mal até ocupar o seu lugar com as feiticeiras do *dosh khaleen*. Não posso prometer mais.

Ela acenou, tão calmamente como se não tivesse ouvido sua resposta, e virou-se para o último de seus campeões.

– Sor Jorah Mormont – disse –, primeiro e maior dos meus cavaleiros, não tenho presente de noivado para lhe oferecer, mas juro que um dia receberá das minhas mãos uma espada longa como o mundo nunca viu outra igual, forjada por um dragão e feita de aço valiriano. E quero pedir também seu juramento.

– É seu, minha rainha – disse Sor Jorah, ajoelhando-se para depositar a espada aos pés dela. – Juro servi-la, obedecê-la, morrer pela senhora se for necessário.

– Aconteça o que acontecer?

– Aconteça o que acontecer.

– Lembrarei desse juramento. Rezo para que nunca se arrependa de tê-lo feito – Dany o fez se levantar. Pondo-se na ponta dos pés para lhe alcançar os lábios, deu um leve beijo no cavaleiro e disse: – É o primeiro da minha Guarda Real.

Conseguia sentir os olhos do *khalasar* postos nela ao entrar na tenda. Os dothrakis resmungavam e lançavam-lhe estranhos olhares de soslaio com seus olhos escuros e amendoados. Dany compreendeu que a julgavam louca. Talvez estivesse. Saberia em breve. *Se olhar para trás, estou perdida.*

O banho estava escaldando quando Irri a ajudou a entrar na banheira, mas Dany não vacilou nem gritou. Gostava do calor. Fazia-a sentir-se limpa. Jhiqui aromatizara a água com os óleos que Dany encontrara no mercado em Vaes Dothrak; o vapor subia úmido e odorífero. Doreah lavou-lhe os cabelos e os escovou, soltando os nós e os desembaraçando. Irri escovou-lhe as costas. Dany fechou os olhos e deixou que o cheiro e a tepidez a envolvessem. Sentia o calor ensopando a região machucada entre as coxas. Estremeceu quando a penetrou, e sua dor e rigidez pareceram se dissolver. Flutuou.

Quando ficou limpa, as aias ajudaram-na a sair da água. Irri e Jhiqui secaram-na, enquanto Doreah lhe escovava os cabelos até deixá-los como um rio de prata que lhe descia pelas costas. Perfumaram-na com flores, especiarias e canela; uma gota em cada pulso, atrás das orelhas, na ponta dos seios pesados de leite. O último salpico destinava-se ao sexo. O dedo de Irri foi tão ligeiro e fresco como o beijo de um amante ao deslizar suavemente entre seus lábios.

Depois, Dany mandou todos embora para que pudesse preparar Khal Drogo para a sua última cavalgada às terras da noite. Lavou-lhe o corpo e escovou e oleou seus cabelos, fazendo correr os dedos por eles uma última vez, sentindo-lhes o peso, recordando a primeira vez que os tocara, na noite da cavalgada de casamento. Seus cabelos nunca foram cortados. Quantos homens podiam morrer sem nunca terem cortado os cabelos? Submergiu o rosto neles e inalou a escura fragrância dos óleos. Cheirava a erva e a terra quente, a fumaça, a sêmen e a cavalos. Cheirava a Drogo. *Perdoa-me, sol da minha vida*, pensou. *Perdoa-me por tudo o que fiz e por tudo o que tenho de fazer. Paguei o preço, minha estrela, mas foi alto demais, alto demais...*

Dany entrançou seus cabelos, prendeu seus anéis de prata no bigode e pendurou as campainhas, uma a uma. Tantas campainhas, de ouro, prata e bronze. Campainhas para que os inimigos o ouvissem chegar e ficassem fracos de medo. Vestiu-o com calções de pelo de cavalo e botas altas, afivelando à cintura um pesado cinto de medalhões de ouro e prata. Sobre seu peito marcado por cicatrizes, enfiou um colete pintado, velho e desbotado, aquele de que Drogo mais gostava. Para si escolheu calças largas de sedareia, sandálias atadas até o meio da perna e um colete como o de Drogo.

O sol estava descendo quando voltou a chamá-los para levarem o corpo dele até a pira. Os dothrakis observaram em silêncio quando Jhogo e Aggo o trouxeram da tenda. Dany os seguia. Depositaram-no nas almofadas e sedas, com a cabeça voltada para a Mãe das Montanhas, lá longe para nordeste.

– Óleo – ordenou ela, e trouxeram os jarros e despejaram o óleo sobre a pira, empapando as sedas, os arbustos e os feixes de mato seco, até que pingou sob as toras e o ar ficou rico de fragrâncias. – Tragam-me os meus ovos – ordenou Dany às aias. Algo em sua voz as fez correr.

Sor Jorah pegou-lhe no braço.

– Minha rainha, Drogo não terá nenhuma utilidade para ovos de dragão nas terras da noite. É melhor vendê-los em Asshai. Venda um, e poderá comprar um navio que nos leve de volta para as Cidades Livres. Venda os três, e será uma mulher abastada até o fim dos seus dias.

– Não me foram dados para vender – disse-lhe Dany.

Subiu ela mesma na pira para colocar os ovos em volta do seu sol-e-estrelas. O negro junto ao coração, debaixo do braço. O verde ao lado da cabeça, com a trança enrolada nele. O creme e dourado entre as pernas. Quando o beijou pela última vez, Dany sentiu a doçura do óleo em seus lábios.

Ao descer da pira, reparou que Mirri Maz Duur a observava.

– É louca – disse roucamente a esposa de deus.

– Há assim tão grande distância entre a loucura e a sabedoria? – perguntou Dany. – Sor Jorah, ate esta *maegi* à pira.

– À pir... minha rainha, não, escute-me...

– Faça o que eu digo – mesmo assim, ele hesitou até que a ira dela flamejou. – Jurou me obedecer, acontecesse o que acontecesse. Rakharo, ajude-o.

A esposa de deus não gritou quando a arrastaram para a pira de Khal Drogo e a prenderam entre os seus tesouros. Foi a própria Dany quem despejou o óleo na cabeça da mulher.

– Agradeço-lhe, Mirri Maz Duur – disse –, pelas lições que me ensinou.

– Não me ouvirá gritar – respondeu Mirri enquanto o óleo lhe pingava da cabeça e ensopava as suas roupas.

– Ouvirei – disse Dany –, mas o que quero não são os seus gritos, só a sua vida. Lembro-me do que me disse. Só a morte pode pagar pela vida – Mirri Maz Duur abriu a boca, mas não respondeu. Ao se afastar, Dany viu que o desprezo tinha desaparecido dos olhos negros e achatados da *maegi*; no seu lugar havia algo que poderia ser medo. Depois, nada ficou por fazer, a não ser observar o sol e procurar a primeira estrela. Quando um senhor dos cavalos morre, seu cavalo é morto com ele, para que possa montar orgulhoso nas terras da noite. Os corpos são queimados a céu aberto, e o *khal* ergue-se em sua montaria de chamas para ocupar o seu lugar entre as estrelas. Quanto mais ferozmente o homem tiver queimado em vida, mais brilhante sua estrela será na escuridão.

Jhogo a viu primeiro.

– Ali – disse ele numa voz abafada. Dany olhou e a viu, baixa, no leste. A primeira estrela era um cometa que ardia, vermelho. Vermelho de sangue; vermelho de fogo; a cauda do dragão. Não poderia ter pedido um sinal mais forte.

Dany tirou o archote da mão de Aggo e o enfiou entre as toras. O óleo pegou fogo de imediato, os arbustos e o mato seco um instante depois. Minúsculas chamas correram pela madeira como velozes ratos vermelhos, patinando sobre o óleo e saltando de casca para galho, de galho para folha. Um calor que aumentava soprou-lhe no rosto, suave e súbito como o hálito de um amante, mas em segundos se tornara quente demais para suportar. Dany deu um passo atrás. A madeira estalou, cada vez mais alto. Mirri Maz Duur começou a cantar numa voz estridente e ululante. As chamas rodopiaram e contorceram-se, fazendo corridas umas com as outras pela plataforma acima. O ocaso ondulou quando o próprio ar pareceu liquefazer-se com o calor. Dany ouviu toras que se fendiam e estalavam. O fogo envolveu Mirri Maz Duur. A canção dela tornou-se mais sonora, mais estridente... e então arquejou, uma vez e outra, e a canção transformou-se num lamento trêmulo, agudo, sonoro e cheio de agonia.

E agora as chamas chegavam ao seu Drogo, e o rodeavam por completo. Suas roupas pegaram fogo, e por um instante o *khal* ficou vestido com farrapos de flutuante seda cor de laranja e elos de fumaça rodopiante, cinzenta e oleosa. Os lábios de Dany abriram-se, e ela deu por si prendendo a respiração. Parte de si queria ir com ele, como Sor Jorah temera, correr para as chamas para lhe pedir perdão e introduzi-lo em seu corpo uma última vez, deixando o fogo derreter a carne até se tornarem um só, para sempre.

Conseguia sentir o cheiro de carne queimada, em nada diferente da carne de cavalo assando numa fogueira. A pira rugia no crepúsculo que se aprofundava como um grande animal, afogando o som mais fraco dos gritos de Mirri Maz Duur e projetando longas línguas de fogo para lamber a barriga da noite. Quando a fumaça se tornou mais espessa, os dothrakis se afastaram, tossindo. Grandes gotas de fogo cor de laranja desenrolaram seus estandartes naquele vento infernal, com as toras silvando e estalando, e fagulhas brilhantes erguendo-se na fumaça e afastando-se, flutuando como outros tantos vaga-lumes recém-nascidos. O calor batia o ar com grandes asas vermelhas, afastando os dothrakis, afastando até Mormont, mas Dany ficou em seu lugar. Era do sangue do dragão, e tinha o fogo em si.

Sentira a verdade havia muito, pensou Dany quando deu um passo para mais perto do incêndio, mas o braseiro nunca estivera suficientemente quente. As chamas contorciam-se à sua frente como as mulheres que dançaram em seu casamento, rodopiando, cantando e fazendo girar seus véus amarelos, laranja e carmins, terríveis de admirar, mas ao mesmo tempo adoráveis, tão adoráveis, vivas de calor. Dany abriu os braços, com a pele corada e brilhando. *Isto também é um casamento*, pensou. Mirri Maz Duur caíra em silêncio. A esposa de deus a julgara uma criança, mas as crianças crescem, e aprendem.

Outro passo, e Dany sentiu o calor da areia nas solas dos pés, apesar das sandálias. Suor escorreu-lhe pelas coxas, por entre os seios e em regatos pelas bochechas, onde antes tinham corrido lágrimas. Sor Jorah gritava atrás dela, mas ele já não importava, somente o fogo. As chamas eram tão belas, as coisas mais lindas que jamais vira, cada uma delas uma feiticeira vestida de amarelo, laranja e escarlate, fazendo rodopiar longos mantos fumarentos. Viu leões de fogo carmesins e grandes serpentes amarelas e unicórnios feitos de chamas azul-claras; viu peixes e raposas e monstros, lobos e aves brilhantes e árvores floridas, cada uma mais bela que a anterior. Viu um cavalo, um grande garanhão cinzento retratado na fumaça, com uma auréola de chama azul no lugar da crina. *Sim, meu amor, meu sol-e-estrelas, sim, monte agora, cavalgue agora.*

Seu colete começara a pegar fogo, e Dany o tirou e deixou cair ao chão. O couro pintado rebentou em súbitas chamas quando deu um pequeno salto para mais perto do fogo, com os seios nus perante as chamas, córregos de leite a jorrar dos mamilos vermelhos e inchados. *Agora*, pensou, *agora*, e por um instante vislumbrou Khal Drogo à sua frente, montado em seu garanhão de fumaça, com um chicote de fogo na mão. Ele sorriu, e o chicote serpenteou para a pira, silvando.

Ouviu um *crac*, o som de pedra que se quebra. A plataforma de árvores, arbustos e mato começou a deslocar-se e a colapsar sobre si mesma. Pedaços de madeira ardendo deslizaram até junto dela, e Dany foi salpicada por cinzas e fagulhas. E algo mais caiu, saltando e rolando, parando a seus pés; um pedaço de rocha curva, de cor clara e com veios de ouro, quebrada e fumegante. O rugido enchia o mundo, mas, de um modo tênue, Dany ouviu através da catarata de fogo gritos de mulheres e choros de crianças, incrédulas.

Só a morte pode pagar pela vida.

E então se ouviu um segundo *crac*, tão sonoro e cortante como um trovão, e a fumaça agitou-se e rodopiou em torno dela e a pira oscilou, com as toras explodindo quando o fogo atingiu os seus corações secretos. Ouviu os gritos de cavalos assustados e as vozes dos dothrakis em gritos de medo e terror, e Sor Jorah chamando por seu nome e praguejando. *Não*, quis gritar, *não, meu bom cavaleiro, não tema por mim. O fogo é meu. Sou Daenerys, nascida na Tempestade, filha de dragões, noiva de dragões, mãe de dragões, não vê? Não vê?* Com um vômito de chamas e fumaça que subiu a nove metros de altura, a pira ruiu e caiu à sua volta. Sem medo, Dany deu um passo para a tempestade de fogo, chamando por seus filhos.

O terceiro *crac* foi tão sonoro e cortante como se o mundo se rasgasse.

Quando o fogo enfim morreu e o chão ficou suficientemente frio para poder ser atravessado, Sor Jorah Mormont encontrou-a entre as cinzas, rodeada por toras enegrecidas, fagulhas de brasas incandescentes e os ossos queimados de homem, mulher e garanhão. Estava nua, coberta de fuligem, com as roupas transformadas em cinzas, os belos cabelos torrados até desaparecer... mas incólume.

O dragão creme e dourado chupava-lhe o seio esquerdo, o verde e cor de bronze, o direito. Os braços dela os embalavam bem perto. O animal negro e escarlate envolvia-lhe os ombros, com o longo pescoço sinuoso enrolado sob seu queixo. Quando viu Jorah, ergueu a cabeça e o encarou com olhos vermelhos como brasas.

Sem palavras, o cavaleiro caiu de joelhos. Os homens de seu *khas* vieram atrás dele. Jhogo foi o primeiro a depositar o *arakh* a seus pés.

– Sangue do meu sangue – murmurou, inclinando o rosto à terra fumegante.

– Sangue do meu sangue – ouviu Aggo repetir num eco.

– Sangue do meu sangue – gritou Rakharo.

E depois dele vieram as aias, e depois os outros, todos os dothrakis, homens, mulheres e crianças, e Dany não teve mais que olhar para os seus olhos para saber que eram seus agora, hoje, amanhã e para sempre, seus como nunca tinham sido de Drogo.

Quando Daenerys Targaryen se levantou, seu dragão negro silvou, com fumaça clara saindo da boca e das narinas. Os outros dois afastaram-se dos seios e somaram suas vozes ao chamamento, com asas translúcidas abrindo-se e agitando o ar, e pela primeira vez em centenas de anos a noite ganhou vida com a música dos dragões.

APÊNDICE

Casa Baratheon

A mais nova das Grandes Casas, surgida durante as Guerras da Conquista. Havia rumores de que seu fundador, Orys Baratheon, era irmão bastardo de Aegon, o Dragão. Orys subiu na hierarquia até se tornar um dos mais ferozes comandantes de Aegon. Quando derrotou e matou Argilac, o Arrogante, o último Rei da Tempestade, Aegon o recompensou com o castelo, as terras e a filha de Argilac. Orys tomou a moça como noiva e adotou o estandarte, os títulos e o lema de sua linhagem. O selo dos Baratheon é um veado coroado, negro, em fundo dourado. Seu lema é *Nossa é a Fúria*.

REI ROBERT BARATHEON, o Primeiro do Seu Nome,
– sua esposa, RAINHA CERSEI, da Casa Lannister,
– seus filhos:
    – PRÍNCIPE JOFFREY, herdeiro do Trono de Ferro, doze anos,
    – PRINCESA MYRCELLA, uma menina de oito anos,
    – PRÍNCIPE TOMMEN, um garoto de sete anos,
– seus irmãos:
    – STANNIS BARATHEON, Senhor de Pedra do Dragão,
        – sua esposa, SENHORA SELYSE, da Casa Florent,

— sua filha, SHIREEN, uma menina de nove anos,

— RENLY BARATHEON, Senhor de Ponta Tempestade,

— seu pequeno conselho:

— GRANDE MEISTRE PYCELLE,

— LORDE PETYR BAELISH, chamado MINDINHO, mestre da moeda,

— LORDE STANNIS BARATHEON, mestre dos navios,

— LORDE RENLY BARATHEON, mestre das leis,

— SOR BARRISTAN SELMY, Senhor Comandante da Guarda Real,

— VARYS, um eunuco, chamado ARANHA, mestre dos segredos,

— sua corte e vassalos:

— SOR ILYN PAYNE, o Magistrado do Rei, um carrasco,

— SANDOR CLEGANE, chamado CÃO DE CAÇA, Escudo Juramentado do Príncipe Joffrey,

— JANOS SLYNT, um plebeu, comandante da Patrulha da Cidade de Porto Real,

— JALABHAR XHO, um príncipe exilado das Ilhas do Verão,

— RAPAZ LUA, um bobo,

— LANCEL e TYREK LANNISTER, escudeiros do rei, primos da rainha,

— SOR ARON SANTAGAR, mestre de armas,

— SOR BARRISTAN SELMY, Senhor Comandante,

— SOR JAIME LANNISTER, chamado REGICIDA,

— SOR BOROS BLOUNT,

— SOR MERYN TRANT,

— SOR ARYS OAKHEART,

— SOR PRESTON GREENFIELD,

— SOR MANDON MOORE.

As principais Casas vassalas de Ponta Tempestade são: Selmy, Wylde, Trant, Penrose, Errol, Estermont, Tarth, Swann, Dondarrion e Caron.

As principais Casas vassalas de Pedra do Dragão são: Celtigar, Velaryon, Seaworth, Bar Emmon e Sunglass.

Casa Stark

A ascendência dos Stark remonta a Brandon, o Construtor, e aos antigos Reis do Inverno. Governaram Winterfell como Reis do Norte durante milhares de anos, até que Torrhen Stark, o Rei Que Ajoelhou, escolheu jurar fidelidade a Aegon, o Dragão, em vez de lhe dar batalha. Seu selo é um lobo gigante cinzento em campo branco de gelo. O lema dos Stark é *O Inverno Está Chegando*.

EDDARD STARK, Senhor de Winterfell, Protetor do Norte,
— sua esposa, SENHORA CATELYN, da Casa Tully,
— seus filhos:
    — ROBB, herdeiro de Winterfell, catorze anos de idade,
    — SANSA, a filha mais velha, onze anos,
    — ARYA, a filha mais nova, nove anos,
    — BRANDON, chamado BRAN, sete anos,
    — RICKON, um garotinho de três anos,
— seu filho bastardo, JON SNOW, um rapaz de catorze anos,
— seu protegido, THEON GREYJOY, herdeiro das Ilhas de Ferro,
— seus irmãos:

— {BRANDON}, o irmão mais velho, assassinado por ordem de Aerys II Targaryen,

— {LYANNA}, a irmã mais nova, morta nas Montanhas de Dorne,

— BENJEN, o irmão mais novo, um homem da Patrulha da Noite,

— o pessoal de sua casa:

— MEISTRE LUWIN, conselheiro, curandeiro e tutor,

— VAYON POOLE, intendente de Winterfell,

— JEYNE, sua filha, a melhor amiga de Sansa,

— JORY CASSEL, capitão da guarda,

— HALLIS MOLLEN, DESMOND, JACKS, PORTHER, QUENT, ALYN, TOMARD, VARLY, HEWARD, CAYN, WYL, guardas,

— SOR RODRIK CASSEL, mestre de armas, tio de Jory,

— BETH, sua jovem filha,

— SEPTÃ MORDANE, tutora das filhas de Lorde Eddard,

— SEPTÃO CHAYLE, guardião do septo e da biblioteca do castelo,

— HULLEN, mestre dos cavalos,

— seu filho, HARWIN, um guarda,

— JOSETH, um cavalariço e treinador de cavalos,

— FARLEN, mestre do canil,

— VELHA AMA, contadora de histórias, antiga ama de leite,

— HODOR, seu bisneto, um cavalariço simplório,

— GAGE, o cozinheiro,

— MIKKEN, ferreiro e armeiro,

— os principais senhores seus vassalos:

— SOR HELMAN TALLHART,

— RICKARD KARSTARK, Senhor de Karhold,

— ROOSE BOLTON, Senhor do Forte do Pavor,

— JON UMBER, chamado Grande-Jon,

— GALBART e ROBETT GLOVER,
— WYMAN MANDERLY, Senhor de Porto Branco,
— MAEGE MORMONT, Senhora da Ilha dos Ursos.

As principais Casas vassalas de Winterfell são: Karstark, Umber, Flint, Mormont, Hornwood, Cerwyn, Reed, Manderly, Glover, Tallhart e Bolton.

Casa Lannister

De cabelos claros, altos e de boa aparência, os Lannister são do sangue de aventureiros ândalos que esculpiram um reino poderoso nos montes e vales do ocidente, muito embora a linha feminina de que se vangloriam descenda de Lann, o Esperto, o legendário trapaceiro da Era dos Heróis. O ouro de Rochedo Casterly e de Dente Dourado fez dela a mais rica entre as Grandes Casas. Seu selo é um leão dourado num campo carmesim. O lema Lannister é *Ouça-me Rugir!*

TYWIN LANNISTER, Senhor de Rochedo Casterly, Protetor do Oeste, Escudo de Lanisporto,

— sua esposa, {SENHORA JOANNA}, uma prima, morta durante um parto,

— seus filhos:

— SOR JAIME, chamado REGICIDA, herdeiro de Rochedo Casterly, irmão gêmeo de Cersei,

— RAINHA CERSEI, esposa do Rei Robert I Baratheon, gêmea de Jaime,

— TYRION, chamado DUENDE, um anão,

— seus irmãos:

— SOR KEVAN, seu primeiro irmão,

– sua esposa, DORNA, da Casa Swyft,

– seu filho mais velho, LANCEL, escudeiro do rei,

– seus filhos gêmeos, WILLEM e MARTYN,

– sua filha pequena, JANEI,

– GENNA, sua irmã, casada com Sor Emmon Frey,

– seu filho, SOR CLEOS FREY,

– seu filho, TION FREY, um escudeiro,

– {SOR TYGETT}, seu segundo irmão, morto de varíola,

– sua viúva, DARLESSA, da Casa Marbrand,

– seu filho, TYREK, escudeiro do rei,

– {GERION}, seu irmão mais novo, perdido no mar,

– sua filha bastarda, JOY, uma menina de dez anos,

– seu primo, SOR STAFFORD LANNISTER, irmão da falecida Senhora Joanna,

– suas filhas, CERENNA e MYRIELLE,

– seu filho, SOR DAVEN LANNISTER,

– seu conselheiro, MEISTRE CREYLEN,

– seus principais cavaleiros e senhores vassalos:

– LORDE LEO LEFFORD,

– SOR ADDAM MARBRAND,

– SOR GREGOR CLEGANE, a Montanha Que Cavalga,

– SOR HARYS SWYFT, sogro de Sor Kevan,

– LORDE ANDROS BRAX,

– SOR FORLEY PRESTER,

– SOR AMORY LORCH,

– VARGO HOAT, da Cidade Livre de Qohor, um mercenário.

As principais Casas vassalas de Rochedo Casterly são: Payne, Swyft, Marbrand, Lydden, Banefort, Lefford, Crakehall, Serrett, Broom, Clegane, Prester e Westerling.

Casa Arryn

Os Arryn são descendentes dos Reis da Montanha e Vale, uma das mais antigas e puras linhagens da nobreza ândala. Seu selo é a lua e o falcão, de branco, em fundo azul-celeste. O lema dos Arryn é: *Tão Alto Como a Honra.*

{JON ARRYN}, Senhor do Ninho da Águia, Defensor do Vale, Protetor do Leste, Mão do Rei, recentemente falecido,

– sua primeira esposa, {SENHORA JEYNE}, da Casa Royce, morta durante o parto, com a filha natimorta,

– sua segunda esposa, {SENHORA ROWENA}, da Casa Arryn, sua prima, morta por um resfriado de inverno, sem filhos,

– sua terceira esposa e viúva, SENHORA LYSA, da Casa Tully,

– seu filho, ROBERT ARRYN, um garoto enfermiço de seis anos, o novo Senhor do Ninho da Águia e Defensor do Vale,

– seus vassalos e o pessoal de sua casa:

– MEISTRE COLEMON, conselheiro, curandeiro e tutor,

– SOR VARDIS EGEN, capitão da guarda,

– SOR BRYNDEN TULLY, chamado Peixe Negro, Cavaleiro do Portão e tio da Senhora Lysa,

– LORDE NESTOR ROYCE, Supremo Intendente do Vale,

– SOR ALBAR ROYCE, seu filho,

– MYA STONE, uma bastarda a seu serviço,

– LORDE EON HUNTER, pretendente da Senhora Lysa,

– SOR LYN CORBRAY, pretendente da Senhora Lysa,

– MYCHEL REDFORT, seu escudeiro,

– SENHORA ANYA WAYNWOOD, uma viúva,

– SOR MORTON WAYNWOOD, seu filho, pretendente da Senhora Lysa,

– SOR DONNEL WAYNWOOD, seu filho,

– MORD, um carcereiro brutal.

As principais Casas vassalas do Ninho da Águia são: Royce, Baelish, Egen, Waynwood, Hunter, Redfort, Corbray, Belmore, Melcolm e Hersy.

Casa Tully

Os Tully nunca governaram como reis, embora possuíssem terras ricas e o grande castelo de Correrio ao longo de mil anos. Durante as Guerras da Conquista, as terras fluviais pertenciam a Herren, o Negro, Rei das Ilhas. O avô de Herren, o Rei Harwyn Harthand, tomara o Tridente de Arrec, o Rei Tempestade, cujos ancestrais tinham conquistado todas as terras até Gargalo trezentos anos antes, matando o último dos antigos Reis do Rio. Tirano vaidoso e sangrento, Harren, o Negro, era pouco amado por aqueles que governava, e muitos dos senhores do rio o abandonaram para se juntar à tropa de Aegon. O primeiro entre eles foi Edmyn Tully de Correrio. Quando Harren e sua linhagem pereceram no incêndio de Harrenhal, Aegon recompensou a Casa Tully concedendo a Lorde Edmyn o domínio sobre as terras do Tridente e exigindo dos outros senhores do rio que lhe jurassem fidelidade. O símbolo dos Tully é uma truta saltante, prateada, em fundo ondulado de azul e vermelho. O mote dos Tully é: *Família, Dever, Honra*.

HOSTER TULLY, Senhor de Correrio,
    – sua esposa, {SENHORA MINISA}, da Casa Whent, morta durante um parto,

– seus filhos:

– CATELYN, a filha mais velha, casada com Lorde Eddard Stark,

– LYSA, a filha mais nova, casada com Lorde Jon Arryn,

– SOR EDMURE, herdeiro de Correrio,

– seu irmão, SOR BRYNDEN, chamado PEIXE NEGRO,

– o pessoal de sua casa:

– MEISTRE VYMAN, conselheiro, curandeiro e tutor,

– SOR DESMOND GRELL, mestre de armas,

– SOR ROBIN RYGER, capitão da guarda,

– UTHERYDES WAYN, intendente de Correrio,

– seus cavaleiros e senhores vassalos:

– JASON MALLISTER, Senhor de Guardamar,

– PATREK MALLISTER, seu filho e herdeiro,

– WALDER FREY, Senhor de Travessia,

– seus numerosos filhos, netos e bastardos,

– JONOS BRACKEN, Senhor de Barreira de Pedra,

– TYTOS BLACKWOOD, Senhor de Corvarbor,

– SOR RAYMUN DARRY,

– SOR KARYL VANCE,

– SOR MARQ PIPER,

– SHELLA WHENT, Senhora de Harrenhal,

– SOR WILLIS WODE, um cavaleiro a seu serviço.

As Casas menores vassalas de Correrio incluem: Darry, Frey, Mallister, Bracken, Blackwood, Whent, Ryger, Piper e Vance.

Casa Tyrell

Os Tyrell ascenderam ao poder como intendentes dos Reis da Campina, cujos domínios incluíam as planícies férteis desde a Marca de Dorne e da Torrente da Água Negra até as costas do Mar do Poente. Através da linha feminina, dizem descender de Garth Greenhand, o rei jardineiro dos Primeiros Homens, que usava uma coroa de trepadeiras e flores e fazia a terra florescer. Quando o Rei Mern, o último da antiga linhagem, pereceu no Campo de Fogo, seu intendente Harlen Tyrell rendeu Jardim de Cima a Aegon Targaryen, jurando-lhe fidelidade. Aegon concedeu-lhe o castelo e o domínio sobre a Campina. O símbolo dos Tyrell é uma rosa dourada em fundo verde-relva. Seu lema é: *Crescendo Fortes*.

MACE TYRELL, Senhor de Jardim de Cima, Protetor do Sul, Defensor das Marcas, Supremo Marechal da Campina.

— sua esposa, SENHORA ALERIE, da Casa Hightower de Vilavelha,

— seus filhos:

— WILLAS, o filho mais velho, herdeiro de Jardim de Cima,

— SOR GARLAN, chamado GALANTE, o segundo filho,

— SOR LORAS, o Cavaleiro das Flores, o filho mais novo,

— MARGAERY, sua filha, uma donzela de catorze anos,

— sua mãe viúva, a SENHORA OLENNA, da Casa Redwyne, chamada Rainha dos Espinhos,

— suas irmãs:

— MINA, casada com Lorde Paxter Redwyne,

— JANNA, casada com Sor Jon Fossoway,

— seus tios:

— GARTH, chamado o GROSSO, Senhor Senescal de Jardim de Cima,

— seus filhos bastardos, GARSE e GARRETT FLO-WERS,

— SOR MORYN, Senhor Comandante da Patrulha da Cidade de Vilavelha,

— MEISTRE GORMON, um erudito da Cidadela,

— o pessoal de sua casa:

— MEISTRE LOMYS, conselheiro, curandeiro e tutor,

— IGON VYRWELL, capitão da guarda,

— SOR VORTIMER CRANE, mestre de armas,

— seus cavaleiros e senhores vassalos:

— PAXTER REDWYNE, Senhor de Árvore,

— seus filhos com a Senhora Mina:

— SOR HORAS, escarnecido como HORROR, gêmeo de Hobber,

— SOR HOBBER, escarnecido como BABEIRO, gêmeo de Horas,

— DESMERA, uma donzela de quinze anos,

— RANDYLL TARLY, Senhor de Monte Chifre,

— SAMWELL, seu filho mais velho, da Patrulha da Noite,

— DICKON, seu filho mais novo, herdeiro de Monte Chifre,

– ARWYN OAKHEART, Senhora de Carvalho Velho,
– MATHIS ROWAN, Senhor de Bosquedouro,
– LEYTON HIGHTOWER, Voz de Vilavelha, Senhor do Porto,
– SOR JON FOSSOWAY.

As principais Casas vassalas de Jardim de Cima são: Vyrwel, Florent, Oakheart, Hightower, Crane, Tarly, Redwyne, Rowan, Fossoway e Mullendore.

Casa Greyjoy

Os Greyjoy de Pyke dizem descender do Rei Cinzento da Era dos Heróis. Segundo a lenda, o Rei Cinzento governava não só as ilhas ocidentais mas também o próprio mar, e tomou uma sereia como esposa. Durante milhares de anos, piratas das Ilhas de Ferro – chamados "homens de ferro" por aqueles que saqueavam – foram os terrores dos mares, navegando até paragens tão distantes como o Porto de Ibben e as Ilhas do Verão. Orgulhavam-se de sua ferocidade em batalha e de suas sagradas liberdades. Cada ilha tinha seus próprios "rei do sal" e "rei da rocha". O Rei Supremo das Ilhas era escolhido entre aqueles, até que o Rei Urron tornou o trono hereditário ao assassinar os outros reis quando se reuniram para uma escolha. A linhagem de Urron foi extinta mil anos mais tarde, quando os ândalos varreram as ilhas. Os Greyjoy, tal como outros senhores das ilhas, misturaram-se com os conquistadores pelo casamento. Os Reis de Ferro estenderam seus domínios bem para lá das ilhas propriamente ditas, esculpindo reinos no continente através do fogo e da espada. O Rei Qhored podia vangloriar-se sem faltar à verdade que seu decreto era válido "onde quer que os homens consigam cheirar a água salgada ou ouvir o bater das ondas". Nos séculos seguintes, os descendentes de Qhored perderam a Árvore, Vilavelha, a Ilha dos Ursos e a maior parte da costa ocidental. Mesmo assim, ao chegarem as Guerras da Conquista, o Rei Harren, o Negro, governava todas as terras entre montanhas, do Gargalo até a Torrente da Água Negra. Quando Harren e os filhos pereceram na queda de Harrenhal, Aegon Targaryen concedeu as terras fluviais à Casa Tully e permitiu que os senhores sobreviventes das Ilhas de Ferro retomassem o antigo costume e escolhessem quem devia deter a primazia entre eles. Escolheram Lorde Vickon Greyjoy de Pyke. O selo dos Greyjoy é uma lula gigante dourada em fundo negro. Seu lema é *Nós Não Semeamos*.

BALON GREYJOY, Senhor das Ilhas de Ferro, Rei do Sal e da Rocha, Filho do Vento Marinho, Senhor Ceifeiro de Pyke,
   – sua esposa, SENHORA ALANNYS, da Casa Harlaw,
   – seus filhos:
      – {RODRIK}, o filho mais velho, morto em Guardamar durante a Rebelião Greyjoy,
      – {MARON}, o segundo filho, morto nas muralhas de Pyke durante a Rebelião Greyjoy,
      – ASHA, sua filha, capitã do *Vento Negro*,
      – THEON, seu único filho sobrevivente, herdeiro de Pyke, protegido de Lorde Eddard Stark,
   – seus irmãos:
      – EURON, chamado OLHO DE CORVO, capitão do *Silêncio*, um fora da lei, pirata e corsário,
      – VICTARION, Senhor Capitão da Frota de Ferro,
      – AERON, chamado CABELO MOLHADO, um sacerdote do Deus Afogado.

Entre as Casas menores vassalas de Pyke incluem-se: Harlaw, Stonehouse, Merlyn, Sunderly, Botley, Tawney, Wynch e Goodbrother.

Casa Martell

Nymeria, a rainha guerreira de Roine, trouxe seus dez mil navios até a costa de Dorne, o mais meridional dos Sete Reinos, e tomou Lorde Mors Martell por marido. Com a ajuda dela, ele derrotou os rivais pelo domínio de todo o Dorne. A influência roinar permanece forte. Assim, os governantes de Dorne chamam a si mesmos "Príncipes", e não "Reis". Sob a lei de Dorne, as terras e os títulos passam para o filho mais velho, e não para o varão mais velho. Dorne é o único dos Sete Reinos que nunca foi conquistado por Aegon, o Dragão. Só se juntou permanentemente ao reino duzentos anos mais tarde e, quando isso aconteceu, foi pelo casamento e por um tratado, não pela espada. O pacífico Rei Daeron II teve sucesso onde os guerreiros tinham falhado, ao casar-se com a princesa de Dorne, Myriah, e ao dar a irmã em casamento ao Príncipe reinante de Dorne. O estandarte Martell é um sol vermelho trespassado por uma lança dourada. Seu lema é *Insubmissos, Não Curvados, Não Quebrados*.

DORAN NYMEROS MARTELL, Senhor de Lançassolar, Príncipe de Dorne,
  – sua esposa, MELLARIO, da Cidade Livre de Norvos,
  – seus filhos:

— PRINCESA ARIANNE, a filha mais velha, herdeira de Lançassolar,

— PRÍNCIPE QUENTYN, o filho mais velho,

— PRÍNCIPE TRYSTANE, o filho mais novo,

— seus irmãos:

— {PRINCESA ELIA}, sua irmã, casada com o Príncipe Rhaegar Targaryen, morta durante o Saque de Porto Real,

— seus filhos:

— {PRINCESA RHAENYS}, uma jovem garota, morta durante o Saque de Porto Real,

— {PRÍNCIPE AEGON}, um bebê, morto durante o Saque de Porto Real,

— PRÍNCIPE OBERYN, seu irmão, o Víbora Negra,

— o pessoal de sua casa:

— AREO HOTAH, um mercenário morvoshi, capitão dos guardas,

— MEISTRE CALEOTTE, conselheiro, curandeiro e tutor,

— seus cavaleiros e senhores vassalos:

— EDRIC DAYNE, Senhor de Tombastela.

As principais Casas vassalas de Lançassolar incluem: Jordayne, Santagar, Allyrion, Toland, Yronwood, Wyl, Fowler e Dayne.

A Antiga Dinastia
Casa Targaryen

Os Targaryen são do sangue do dragão, descendentes dos grandes senhores da antiga Cidade Franca de Valíria, exibindo sua herança em uma beleza notável (alguns diriam inumana), com olhos lilases, índigo ou violeta e cabelos ouro-prateados ou branco-platinados.

Os antepassados de Aegon, o Dragão, escaparam à Condenação de Valíria e ao caos e morticínio que se seguiu e instalaram-se em Pedra do Dragão, uma ilha rochosa no mar estreito. Foi daí que Aegon e as irmãs Visenya e Rhaenys se lançaram ao mar para conquistar os Sete Reinos. A fim de preservar o sangue real e mantê-lo puro, a Casa Targaryen seguiu com frequência o costume valiriano de casar os irmãos com as irmãs. O próprio Aegon tomou as duas irmãs como esposas e teve filhos de ambas. O estandarte Targaryen é um dragão de três cabeças, vermelho sobre negro, sendo as três cabeças representativas de Aegon e das irmãs. O lema Targaryen é *Fogo e Sangue*.

A LINHA DE SUCESSÃO TARGARYEN
Datada segundo os anos passados após o Desembarque de Aegon

1-37	Aegon I	Aegon, o Conquistador, Aegon, o Dragão,
37-42	Aenys I	Filho de Aegon e Rhaenys,
42-48	Maegor I	Maegor, o Cruel, filho de Aegon e Visenya,
48-103	Jaehaerys I	O Velho Rei, o Conciliador, filho de Aenys,
103-129	Viserys I	Neto de Jaehaerys,
129-131	Aegon II	Filho mais velho de Viserys, [A ascensão de Aegon II ao trono foi disputada pela irmã Rhaenyra, um ano mais velha. Ambos pereceram na guerra que travaram, chamada pelos cantores Dança dos Dragões.]
131-157	Aegon III	A Desgraça dos Dragões, filho de Rhaenyra, [O último dos dragões Targaryen morreu durante o reinado de Aegon III.]
157-161	Daeron I	O Jovem Dragão, o Rei Rapaz, filho mais velho de Aegon III, [Daeron conquistou Dorne, mas foi incapaz de manter o país e morreu jovem.]

161-171	Baelor I	O Amado, o Abençoado, septão e rei, segundo filho de Aegon III,
171-172	Viserys II	Quarto filho de Aegon III,
172-184	Aegon IV	O Indigno, filho mais velho de Viserys II, [Seu irmão mais novo, Príncipe Aemon, o Cavaleiro do Dragão, era campeão e, há quem diga, amante da Rainha Naerys.]
184-209	Daeron II	Filho da Rainha Naerys, e de Aegon ou Aemon, [Daeron trouxe Dorne para o reino ao casar com a princesa Myriah de Dorne.]
209-221	Aerys I	Segundo filho de Daeron II (não deixou descendência),
221-233	Maekar I	Quarto filho de Daeron II,
233-259	Aegon V	O Improvável, quarto filho de Maekar,
259-262	Jaehaerys II	Segundo filho de Aegon, o Improvável,
262-283	Aerys II	O Rei Louco, filho único de Jaehaerys.

Aqui terminou a linhagem dos reis dragões, quando Aerys II foi destronado e morto, bem como seu primogênito, o príncipe herdeiro Rhaegar Targaryen, morto por Robert Baratheon no Tridente.

Os Últimos Targaryen

{REI AERYS TARGARYEN}, o Segundo do Seu Nome, morto por Jaime Lannister durante o Saque de Porto Real,

– sua irmã e esposa, {RAINHA RHAELLA}, da Casa Targaryen, morta durante um parto em Pedra do Dragão,

– seus filhos:

– {PRÍNCIPE RHAEGAR}, herdeiro do Trono de Ferro, morto por Robert Baratheon no Tridente,

– sua esposa, {PRINCESA ELIA}, da Casa Martell, morta durante o Saque de Porto Real,

– seus filhos:

– {PRINCESA RHAENYS}, uma menina pequena, morta durante o Saque de Porto Real,

– {PRÍNCIPE AEGON}, um bebê, morto durante o Saque de Porto Real,

– PRÍNCIPE VISERYS, apresenta-se como Viserys, o Terceiro do Seu Nome, Senhor dos Sete Reinos, chamado Rei Pedinte,

– PRINCESA DAENERYS, chamada Daenerys, Filha da Tormenta, uma donzela de treze anos.

AGRADECIMENTOS DO AUTOR

Diz-se que o diabo está nos detalhes.

Um livro deste tamanho tem *muitos* diabos, e cada um deles morderá o autor se ele não tiver cuidado. Felizmente, conheço muitos anjos.

Os meus agradecimentos e estima, portanto, vão para todas aquelas boas pessoas que tão amavelmente me emprestaram seus ouvidos e sua sabedoria (e, em alguns casos, seus livros) para que pudesse colocar todos os pequenos detalhes nos lugares certos – para Sage Walker, Martin Wright, Melinda Snodgrass, Carl Keim, Bruce Baugh, Tim O'Brien, Roger Zelazny, Jane Lindskold e Laura J. Mixon e, claro, para Parris.

E um agradecimento especial a Jennifer Hershey, por esforços muito além do dever.

NOTA DO TRADUTOR

Uma das regras básicas da tradução dita que nomes e topônimos não devem ser traduzidos. Mas os escritores nem sempre estão dispostos a facilitar a vida dos tradutores tanto assim, e por vezes escrevem histórias passadas em mundos de fantasia, nos quais se falam línguas que não são aquela em que a história é contada. Alguns, por esse motivo, encontram nomes exóticos para seus personagens e locais; outros preferem "traduzi-los", implícita ou explicitamente. Nesses casos, o tradutor é confrontado com um dilema: respeitar a regra que o escritor viola ou violá-la também?

Aqui, optou-se por violá-la até certo ponto. Como a maior parte (mas não todos) dos topônimos de Martin é ou inglês puro ou uma derivação próxima, e dado que ele utiliza muitos desses nomes como uma forma rápida de caracterização do ambiente, considerou-se que, se não fossem traduzidos, estaríamos privando o leitor dessa ajuda à ambientação. Por outro lado, a tradução de nomes é assunto delicado: não convém que, ao ser traduzido, o nome perca credibilidade e mine a suspensão da descrença necessária para apreciar a história. Assim, traduziram-se apenas aqueles nomes para os quais foi encontrado um equivalente viável em português. Topônimos sem tradução (Dorne, Pentos etc.) permaneceram em grande medida inalterados, e o mesmo aconteceu àqueles raros topônimos para os quais nenhum bom equivalente português foi encontrado, entre os quais se destaca, pela centralidade que possui neste romance, Winterfell.

O caso do sobrenome das personagens é semelhante, mas o critério foi outro, pois só uma minoria desses sobrenomes vem num inglês provido de significado (Stark, Snow, Flowers e poucos mais) e não faria grande sentido ter na mesma história, e nos mesmos reinos, as famílias Targaryen, Lannister e Arryn, e Fortes, Neves e Flores, tanto mais que, além desses dois tipos de sobrenome, existe ainda um número considerável de alcunhas e apelidos, e esses devem ser sempre traduzidos. A tradução de alguns sobrenomes, deixando intacto nos outros o "sabor" inglês, geraria uma situação ambígua para os primeiros e não se achou isso aconselhável.

Naturalmente, tudo isso é discutível. Em uma tradução poucas são as coisas que não o são.

QUER SABER MAIS SOBRE A LEYA?

Fique por dentro de nossos títulos, autores e lançamentos.

Curta a página da LeYa no Facebook, faça seu cadastro na aba *mailing* e tenha acesso a conteúdo exclusivo de nossos livros, capítulos antecipados, promoções e sorteios.

A LeYa também está presente em:

www.leya.com.br

 facebook.com/leyabrasil

 @leyabrasil

 instagram.com/editoraleya

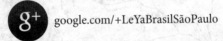 google.com/+LeYaBrasilSãoPaulo

 skoob.com.br/leya

2ª edição   Julho 2014
papel de miolo   Offset 45 g/m²
papel de capa   Supremo 250 g/m²
tipografia   Jenson Pro e Blackmoor Std
gráfica   Geográfica